www.musicweek.com

Contents

From the Editor	3
Section Index	4
Advertisers' Index	344

Record Companies — 5
International Hqs	6
Record Companies & Labels	6
DVD Companies	53

Publishers — 55
Publishers & Affiliates	56
Sheet Music Suppliers	85
Production Music	86
Music Supervisors & Consultants	90

Retai — 93
Retailers	93
Retail Services	99
Mail Order Companies	101

Digital — 103
Music Portals & Online Magazines	103
Download & Mail Order Websites	106
Online Delivery & Distribution	108
Mobile Delivery & Distribution	111
Web Design & Digital Services	112

Design, Pressing & Distribution — 117
Pressers & Duplicators	118
Mastering & Post Production	123
Printers & Packaging	127
Art & Creative Studios	131
Merchandise Companies	135
Distributors	138

Business Services — 145
Industry Organisations	146
Accountants	151
Legal	155
Insurance	162
Financial Advisors	163
Artist Management	163
Recruitment Agencies	186
Event Management	187
Conferences & Exhibitions	189
Awards & Memorabilia	190
Business Consultants	190

Educatio	
Computer Services	ᵢ ᵥ ᵤ
Business Services & Miscellaneous	197

Media — 199
Print Media	200
Radio	207
Digital & Internet Radio	220
Television	221
Broadcast Services	224
Advertising Agencies	226
Video Production	229
Video Production Services	232
Choreography & Styling Services	232
Media Miscellaneous	233

Press & Promotion — 235
Promoters & Pluggers	236
PR Companies	241
Photographers & Agencies	255

Live — 261
Booking Agents	263
Concert Promoters	268
Club Promoters	271
Concert Hire	272
Venues	276
Festivals	301
Ticketing Services	304
Touring & Stage Services	305
Travel & Transport Services	306
Tour Miscellaneous	309

Recording Studios & Services — 311
Recording Studios	313
Mobile Studios	324
Producers & Producer Management	325
Rehearsal Studios	336
Session Fixers	338
Studio Equipment Hire & Sales	339
Studio Equipment Manufacture & Distribution	340
Studio Design & Construction	343
Studio Miscellaneous	343

The Comprehensive Guide to The UK Music Industry and Associated Service Companies

Published annually: Number 43
ISSN: 9780862732149
ISBN: 978 – 0-9571061-0-9

Published by Music Week
Intent Media London
1st Floor
Suncourt House
18-26 Essex Road
London N1 8LN

Publisher: Dave Roberts
Editor: Tim Ingham

Sales Manager: Darrell Carter
t 020 7354 6000
e Darrell.Carter@intentmedia.co.uk

Group Circulation/Marketing Manager:
David Pagendam
t 020 7226 7246
e David.Pagendam@intentmedia.co.uk

Music Week website:
www.musicweek.com

 Database, design and production and advertising sales
Fellows Media Ltd
The Gallery, Manor Farm,
Southam, Cheltenham,
Gloucestershire GL52 3PB
t 01242 259241
e media@fellowsmedia.com
w www.fellowsmedia.com
Publication Director: Jo Fellows
Advertising Sales Director: Mark Brown
e mark@fellowsmedia.com
Production Team: Jan Allen, Tracey Bird, Laura Dixon, Jasper Fellows, Charlotte Goodworth, James Hanson, Emma Hunter, Janna Liddington, Jon Rogers, Richard Stanway

UK & Northern Ireland - **£40**
Europe & Eire - **£45**
Rest of World 1 - **£50** Rest of World 2 - **£60**
To order a copy of the 2012 Directory go to
www.musicweek.com

All material copyright © Music Week 2012

All rights reserved. No parts of this publication may be reproduced in any form or by any means, graphic, electronic or mechanical; including photocopying, recording taping or information storage and retrieval systems, without the written permission of the publisher. The publication – in whole or in part – may not be used to prepare or compile other directories or mailing lists without the written permission of the publisher. The publisher's permission will usually be granted for limited use of data for mailing purposes if applications are made in writing stating quantity to be mailed, timing and including a copy of the intended mailing piece. Measures have been adopted during the preparation of this publication which will assist the publishers to protect their copyright. Any unauthorised use of the data will result in immediate legal proceedings.
While every care is taken to ensure that the data published in this Directory is accurate, the publishers and Fellows Media cannot accept responsibility for any omissions or inaccuracies or for any consequences arising therefrom.

From the Editor

Welcome to the Music Week Directory 2012

The modern music industry can sometimes feel like a bit of a disparate place, with established giants spawning ever more inventive business sidelines while startups – and never-before-seen sectors – crop up around them.

But the shock of the new doesn't mean that there isn't a family of companies – and a thriving community – at the very heart of it all.

That's one reason this Directory is quite so interesting: as well as giving a useful rundown of the leading firms in sectors such as retail, publishing and labels, it offers an important snapshot of the businesses who, together, make the UK music trade such an exciting place to work.

From digital innovations to retailers thriving on the rebirth of vinyl; label service models to newly powerful management agencies, the adaptation to change is extraordinary at both traditional companies and newcomers to the industry – and that forward-thinking spirit is fully reflected in these pages.

Wherever you find a dynamic, ever-changing industry, you'll find music companies doing amazing things. And you'll find them all right here.

Tim Ingham
Editor, Music Week

Section Index

Accountants	151	**P**hotographers & Agencies	255
Advertising Agencies	226	PR Companies	241
Art & Creative Studios	131	Pressers & Duplicators	118
Artist Management	163	Print Media	200
Awards & Memorabilia	190	Printers & Packaging	127
Booking Agents	263	Producers & Producer Management	325
Broadcast Services	224	Production Music	86
Business Consultants	190	Promoters & Pluggers	236
Business Services & Miscellaneous	197	Publishers & Affiliates	55
Choreography & Styling Services	232	**R**adio	207
Club Promoters	271	Record Companies & Labels	6
Computer Services	196	Recording Studios	313
Concert Hire	272	Recruitment Agencies	186
Concert Promoters	268	Rehearsal Studios	336
Conferences & Exhibitions	189	Retail Services	99
Digital & Internet Radio	220	Retailers	93
Distributors	138	**S**ession Fixers	338
Download & Mail Order Websites	106	Sheet Music Suppliers	85
DVD Companies	53	Studio Design & Construction	343
Education	193	Studio Equipment Hire & Sales	339
Event Management	187	Studio Equipment Manufacture & Distribution	340
Festivals	301		
Financial Advisors	163	Studio Miscellaneous	343
Industry Organisations	146	**T**elevision	221
Insurance	162	Ticketing Services	304
International Hqs	6	Tour Miscellaneous	309
Legal	155	Touring & Stage Services	305
Mail Order Companies	101	Travel & Transport Services	306
Mastering & Post Production	123	**V**enues	276
Media Miscellaneous	233	Video Production	229
Merchandise Companies	135	Video Production Services	232
Mobile Delivery & Distribution	111	**W**eb Design & Digital Services	112
Mobile Studios	324		
Music Portals & Online Magazines	103		
Music Supervisors & Consultants	90		
Online Delivery & Distribution	108		

the premier choice for music licensing

Record Companies

650+ original UK and US hit recordings, 26,000+ original recordings, our catalogues include the following artists:

- **Suede** • Steve Miller Band
- **Ian Dury & the Blockheads** • T.Rex • **Janis Ian**
- Jim Croce • **Rage** • Evoke • **Rozalla**
- Frankie Knuckles • **Gene Chandler** • Al Green
- **UK Subs** • Agnelli & Nelson • **Public Domain**
- Voodoo & Serano • **The Look** • Terry Hall
- **Leo Sayer** • Harold Melvin & the Bluenotes
- **O'Jays** • Chairmen of the Board • **Freda Payne**
- The Creation • **The Yardbirds** • Dr John
- **Edison Lighthouse** • Jackie Wilson • **John Foxx**
- Aswad • **Space** • Average White Band
- **The Farm** • Fat Les • **U.S.U.R.A.** • Ian Gillan
- **Roddy Frame** • Helicopter Girl • **I Monster**

For any licensing enquiries please contact:
Glen D'souza 020 7612 3303
glen.d'souza@demonmusicgroup.co.uk

For complete label and catalogue information:
www.youtube.com/user/TrackLicensing   www.tracklicensing.com

Demon Music Group Ltd
33 Foley Street, London W1W 7TL

Record Companies

International Hqs

EMI MUSIC

27 Wrights Lane, London, W8 5SW **t** 020 7795 7000
f 020 7795 7001 **e** firstname.lastname@emimusic.com
w emimusic.com facebook.com/EMIGroup
@emiworldwide youtube.com/emimusic
CEO: Roger Faxon.

SONY MUSIC ENTERTAINMENT INTERNATIONAL LTD

9 Derry Street, London, W8 5HY **t** 020 7361 8000
f 020 7937 0188 **e** firstname.lastname@sonymusic.com
w sonymusic.com President, Sony Music International: Edgar Berger.

Universal Music Group International
364-366 Kensington High Street, London, W14 8NS
t 020 7471 5000 **f** 020 7471 5001
e max.hole@umusic.com **w** umusic.com Chief Operating Officer: Max Hole.

WARNER MUSIC INTERNATIONAL SERVICES LTD

Warner Building, 28 Kensington Church Street, London, W8 4EP **t** 020 7368 2500 **f** 020 7368 2734
e john.reid@warnermusic.com **w** wmg.com Chief Executive Officer: John Reid. Chief Executive Officer: John Reid. General Counsel: Chris Ancliff. Chief Financial Officer: Mike Saunter. Senior Vice President, Corporate Communications: Mel Fox. Senior Vice President, Human Resources: Maria Osherova. Senior Vice President, Commercial Strategy - EMEA: Eric Daugan. Senior Vice President, Commercial Channels and Consumer Marketing - EMEA: Isabel Garvey.

Record Companies & Labels

100% Records Westbourne Studios, 242 Acklam Road, London, W10 5JJ **t** 0203 170 8001
e info@100-percent.co.uk **w** 100-percent.co.uk
youtube.com/user/100percentrecordsuk Managing Director: Toby Harris.

2b3 Productions/Records t 020 7737 5334
f 020 7733 4449 **e** neville@2b3productions.com or neville@2b3records.com **w** 2b3records.com
facebook.com/neville.2b3.thomas
myspace.com/2b3productions
twitter.com/2b3productions
youtube.com/2b3RecordsTv Producer: Neville Thomas.

2NV Records 1 Canada Sq, 29th Floor Canary Wharf Tower, London, E14 5DY
t 0870 220 0237 **f** 0870 220 0238
e info@2nvrecords.com **w** 2nvrecords.com Co-MDs: Paul Boadi & Chris Nathaniel.

3 Bar Fire Arch 462, Kingsland Viaduct, 83 Rivington St, London, EC2A 3AY **e** david@3barfire.com **w** 3barfire.com
Label Manager: David Silverman.

3rd Stone Records (see Adasam Limited)

4AD 17-19 Alma Road, London, SW18 1AA
t 020 8870 9724 **f** 020 8877 9109 **e** 4ad@4ad.com
w 4ad.com facebook.com/fourad
myspace.com/4admusic twitter.com/4AD_Official
youtube.com/user/4ADRecords Managing Director: Simon Halliday.

4Real Records Myrtle Cottage, Rye Rd, Hawkhurst, Kent, TN18 5DW **t** 01580 754771 **f** 01580 754771
e scully4real@yahoo.co.uk **w** 4realrecords.com
MD: Terry Scully 07887 565887.

4th Floor Records (see Defected Records Ltd)

7Hz Recordings 4 Margaret Street, London, W1W 8RF
t 020 7462 1269 **f** 020 7436 5431
e barry@7hzrecordings.com **w** 7hzrecordings.com
GM: Barry Campbell.

7Ts (see Cherry Red Records)

10 Kilo (see Tip World)

13th Hour Contact: Mute. (see Mute)

13th Moon Records PO Box 79, Bridgend, Mid Glamorgan, CF32 8ZR **t** 01656 872582
f 01656 872582 **e** liz@asf-13thmoon.demon.co.uk
w asf-13thmoon.demon.co.uk Manager: Liz Howell.

Music Week Directory

www.musicweek.com

Contacts | **Facebook** | **MySpace** | **Twitter** | **YouTube**

21 Songs Ltd 5 St Johns Lane, Smithfield, London, EC1M 4BH **t** 020 7549 3568 **f** 020 7549 3569 **e** nshialsuk@21-songs.com **w** 21-songs.com CEO: Mr Norbert Shialsuk.

21st Century Generation (see Plaza Records)

33 Jazz Records The Hat Factory, 65-67 Bute St, Luton, LU1 2EY **t** 01582 419584 **f** 01582 459401 **e** 33jazz@compuserve.com **w** 33jazz.com Director: Paul Jolly.

4 Zero Records 27 Arden Mhor, Pinner, Middlesex, HA5 2HR **t** 020 8868 5279 **e** dave@4zerorecords.co.uk **w** 4zerorecords.co.uk facebook.com/pages/4-Zero-Records/347237952510 Founder: Dave Weller.

99 Degrees (see Higher State)

99 North (see Higher State)

100 Hits (see Demon Music Group)

In Stereo 17 Fairlawn Avenue, London, N2 9PS **t** 020 8442 1730 **e** jonathan@in-stereo.net **w** in-stereo.net Managing Director: Jonathan Green.

500 Rekords PO Box 9499, London, E5 0UG **t** 020 8806 9500 **f** 020 8806 9500 **e** paul@500rekords.freeserve.co.uk w.myspace.com/500rekords MD: Paul C 07966 194346.

679 3rd Floor, 140 Wardour Street, London, W1F 8ZT **t** 020 3367 6613 **e** hello@679artists.com **w** 679artists.com Managing Director: Nick Worthington.

852 Recordings 306 Smithfield Buildings, 44 Tib Street, Manchester, M4 1LA **t** 07790 909 896 **e** jonathan.waller@852records.com **w** 852recordings.com Director/A&R: Jonathan M Waller.

1-2-3-4 Records 27 Cowper St, London, EC2A 4AP **t** 020 7684 1126 **f** 020 7613 5917 **e** info@1234records.com **w** 1234records.com Dirs: Sean McLusky, James Mullord.

3 Beat Productions Limited Parr Street Studios, 33-45 Parr Street, Liverpool, Merseyside, L1 4JN **t** 0151 702 6855 **f** 0151 709 3707 **e** tim@3beat.co.uk **w** threebeatrecords.co.uk facebook.com/3Beatmusic twitter.com/3beatmusic youtube.com/3BeatProductions Label Manager: Tim Condran.

3rd Stone PO Box 8, Corby, Northants, NN17 2XZ **t** 01536 202295 **f** 01536 266246 **e** steve@adasam.co.uk **w** adasam.co.uk Label Manager: Steve Kalidoski.

A List Records Ltd 26-28 Hammersmith Grove, London, W6 7BA **t** 020 7117 6776 **f** 070 9221 6682 **e** mail@alistrecords.com **w** alistrecords.com Group Head of Music: Deon Sharma 0207 117 6776 ext 3.

A New Day Records 75 Wren Way, Farnborough, Hants, GU14 8TA **t** 01252 540 270 **f** 01252 372 001 **e** davidrees1@compuserve.com **w** anewdayrecords.co.uk Editor: Dave Rees 07889 797 482.

A&G Records Ltd 1st Floor, 5 Ching Court, 61-63 Monmouth Street, London, WC2H 9EY **t** 020 7845 9880 **e** firstname@agrecords.co.uk **w** agrecords.co.uk MD: Roy Jackson.

A&M (US SIGNED): Polydor (UK SIGNED) or Mercury. (see Polydor Records)

A&M

364-366 Kensington High Street, London, W14 8NS **t** 020 7471 5000 **f** 020 7471 5001 **e** firstname.lastname@umusic.com Managing Director: Orla Lee.

A3 Music PO Box 1345, Worthing, West Sussex, BN14 7FB **t** 01903 202426 **e** music@A3music.co.uk **w** A3music.co.uk myspace.com/a3musicuk twitter.com/a3music youtube.com/A3musicUK Secretary: Mike Pailthorpe.

Aardvark Records 75 Alderwood Parc, Penryn, Cornwall, TR10 8RL **t** 01326 376707 **e** alex@aardvarkrecords.co.uk **w** aardvarkrecords.co.uk facebook.com/home.php?#/pages/Penryn-United-Kingdom/Aardvark-Records/61646399799?ref=ts myspace.com/aardvarkrecordsuk twitter.com/aardvarkrecords youtube.com/aardvarkrecords Managing Director: Alex di Savoia.

AB Entertainment Ltd Unit 11, 407-409 Hornsey Rd, London, N19 4DX **t** 020 7272 0358 **e** info@abentertainment.co.uk **w** abentertainment.co.uk Director: Alexander Balfour.

Abbey Records PO Box 197, Beckley, Oxford, OX3 9YJ **t** 01865 358282 **e** info@scsmusic.co.uk MD: Steve C Smith.

Abeano Music (see XL Recordings)

Record Companies: Record Companies & Labels

8 Music Week Directory   www.musicweek.com

Contacts **Facebook** **MySpace** **Twitter** **YouTube**

ABSOLUTE LABEL SERVICES

Successfully empowering labels, managers and artsist

The Old Lamp Works, Rodney Place, London, SW19 2LQ
t 020 8540 4242 **f** 020 8540 6356
e info@absolutemarketing.co.uk **fi** facebook.com/absoluteltd
G @absoluteltd ☎ Directors: Henry Semmence, Simon Wills, Mark Dowling. Managing Director: Henry Semmence. Director: Simon Wills. Director: Mark Dowling. Senior Label Manager: James McGuinness. Label Manager: Kate Jadick. Digital & Online Manager: Adam Cardew. Repertoire Services Manager: Gina Deacon. Production Co-ordinator: Vicky Malyon. Administration Manager: Fran O'Donnell. Management Accountant: Deborah Cutting.
Absolute offers a bespoke label services solution, enabling clients to deliver their music and vision to market. At the forefront of the independent music sector, with an established proven track record of success, Absolute can oversee and implement every campaign element irrespective of size or budget. Absolute provides the strength and skills whilst giving clients the flexibility to retain control and ownership of their music and copyrights. Absolute represents some of the leading recording artists and labels in the UK, see website for more details:
www.absolutemarketing.co.uk

Absolute Records Craig Gowan, Carrbridge, PH23 3AX **t** 01479 841257
e absolutemuse@hotmail.com **w** absoluterecords.co.uk
fi theabsoluterecords **M** myspace.com/503910386
G absoluterecords **Y** youtube.com/theabsoluterecords
☎ MD: Sue Moss.

Absolution Records The Old Lamp Works, Rodney Place, Wimbledon, London, SW19 2LQ
t 020 8540 4242 **f** 020 8540 6356
e simon@absolutemarketing.co.uk
w absolutemarketing.co.uk ☎ MD: Simon Wills.

Absorb Music / Fruition PO Box 10896, Moseley, Birmingham, B13 0ZU **t** 07920 104 614 **f** 0121 247 6981
e rod@fruitionmusic.co.uk **w** absorbmusic.com ☎ MD: Rod Thomson.

Abstract Sounds Ltd Buspace Studio, Unit 207, Conlan St, London, W10 5AP **t** 020 8968 3030
f 020 8968 3044 **e** abstractsounds@btclick.com
w abstractsounds.co.uk ☎ MD: Edward Christie.

Accidental Records
Accidental Records, 2nd Floor, Hoy House, 11 Greenwich Quay, Clarence Rd, London, SE8 3EY
e info@accidentalrecords.com **w** accidentalrecords.com
☎ Label Mgr: Joe Bentley.

Ace Eyed Records (see Blue Melon Records Ltd)

Ace Records 42-50 Steele Road, London, NW10 7AS
t 020 8453 1311 **f** 020 8961 8725
e sales@acerecords.co.uk **w** acerecords.co.uk ☎ Sales & Marketing Director: Phil Stoker.

Acid Jazz Records 146 Bethnal Green Road, London, E2 6DG **t** 020 7613 1100 **e** info@acidjazz.co.uk
w acidjazz.co.uk **fi** facebook.com/acidjazzrecords
G twitter.com/acidjazzrecs
Y youtube.com/user/ACIDJAZZOFFICIAL ☎ Label Manager: Berit Boettcher.

ACL Records Studlands, Potters Bar, Hertfordshire, EN6 1LX **e** WMD644706@aol.com ☎ Contact: David Thomas.

Acorn Records 1 Tylney View, London Rd, Hook, Hants, RG27 9LJ **t** 07808 377 350 **e** acornrecords@hotmail.com
w acorn-music.com ☎ MD: Mark Olrog.

Acoustics Records PO Box 350, Reading, Berkshire, RG6 7DQ **t** 0118 926 8615 **e** mail@acousticsrecords.co.uk
w acousticsrecords.co.uk ☎ MD: HA Jones.

Acrobat Music Group Ltd Monument House, 215 Marsh Road, Pinner, Middlesex, HA5 5NE
t 020 7593 3100 **f** 020 8869 9847
e enquiries@acrobatmusic.net **w** acrobatmusic.net
☎ Chief Executive Officer: Shirin Koohyar.

Action Records 46 Church St, Preston, Lancs, PR1 3DH **t** 01772 884 772 **f** 01772 252 255
e sales@actionrecords.co.uk **w** actionrecords.co.uk
☎ Manager: Gordon Gibson 01772 258809.

Activa (see 4Real Records)

AD Music 5 Albion Rd, Bungay, Suffolk, NR35 1LQ
t 01986 894712 **e** admin@admusiconline.com
w admusiconline.com ☎ Label Owner: Elaine Wright.

Adasam Limited PO Box 8, Corby, Northants, NN17 2XZ **t** 01536 202 295 **f** 01536 266 246
e steve@adasam.co.uk **w** adasam.co.uk ☎ Label Mgr: Steve Kalidoski.

Adventure Records PO Box 261, Wallingford, Oxon, OX10 0XY **t** 01491 832 183 **e** info@adventuresin-music.com **w** adventure-records.com ☎ Label Manager: Katie Conroy.

Afro Art Recordings 109 Dukes Avenue, Muswell Hill, London, N10 2QD **t** 020 8374 4412 **f** 020 8374 4410
e simonebeedle@afroartrecords.com
w afroartrecords.com ☎ Director: Simone Beedle.

Afrocaribbean Asian and Pop Music Distribution Office 2, Stars Building, 10 Silverhill Close, Nottingham, Nottinghamshire, NG78 6QL
t 01159 519 864 - 07766 945 663
e mgproductions@btconnect.com
w mgmusicproductions.com
☎ 07766945663: acts@african-caribbean-ents.com
01159519864.

Agency Global Enterprises Ltd 145-157 St John's Street, London, EC1V 4PY **t** 020 7043 3734 **f** 020 7043 3736 **e** info@agencyglobal.co.uk
w agencyglobal.co.uk ☎ Dir: Nadeem Sham.

www.musicweek.com   **Music Week Directory** 9

📇 Contacts   👍 Facebook   👤 MySpace   🐦 Twitter   ▶️ YouTube

Agenda Music (see Peacefrog)

Ainm Music Unit E1, Wicklow Enterprise Pk, The Murrough, Wicklow Town, Co Wicklow, Ireland **t** +353 40 462 527 **f** +353 40 462 527 **e** fstubbs@ainm-music.com **w** ainm-music.com 📇 MD: Frank Stubbs.

Airplay Records The Sound Foundation, PO Box 4900, Earley, Berks, RG10 0GA **t** 0118 934 9600 **e** info@soundfoundation.co.uk **w** airplayrecords.co.uk 📇 Label Mgr: Hadyn Wood 07973 559 203.

Albert Productions Unit 29, Cygnus Business Centre, Dalmeyer Road, London, NW10 2XA **t** 020 8830 0330 **f** 020 8830 0220 **e** james@alberts.co.uk **w** albertmusic.co.uk 📇 Head of A&R: James Cassidy.

Alien Trax 2 Kingswood Road, London, SW2 4JF **t** 020 8671 5709 **f** 020 8671 5709 **e** info@alientrax.com **w** alientrax.com 📇 Contact: Max Alien Thing.

All Around The World 9-13 Penny Street, Blackburn, Lancashire, BB1 6HJ **t** 01254 264120 **f** 01254 693768 **e** matt@aatw.com **w** aatw.com 📇 Director: Matt Cadman.

Almighty Records P O Box 998, Wellesley House, Cheltenham, GL50 9FZ **t** 01242 224 444 **e** info@almightyrecords.com **w** almightyrecords.com 👍 facebook.com/pages/Almighty/113825965367243?ref=ts 🐦 twitter.com/#!/almightycrew 📇 MD: Martyn Norris.

Alpha Engineering Records Ltd 6 Waterloo Park Industrial Est, Wellington Road, Bidford on Avon, Warwickshire, B50 4JG **e** alphaengine@hotmail.com **w** alphaengineeringrecords.co.uk 📇 Contact: Paul Townend.

Altarus Inc (UK Office) Warlow Farm House, Eaton Bishop, Hereford, Herefordshire, W29QF **t** 01225 852323 **f** 01225 852523 **e** sorabji-archive@lineone.net **w** altarusrecords.com 📇 UK Office Manager: Alistair Hinton.

Amalie (see Loose Tie Records)

Amazon Records Ltd PO Box 5109, Hove, East Sussex, BN52 9EA **t** 01273 726414 **f** 01273 726414 **e** frank@amazonrecords.co.uk **w** amazonrecords.co.uk 👍 facebook.com/pages/Amazon-Records/41428516755 👤 myspace.com/amazonrecords 🐦 twitter.com/amazonrecords 📇 Managing Director: Frank Sansom.

Amber PO Box 1, Chipping Ongar, Essex, CM5 9HZ **t** 01277 362916 **e** management@amberartists.com **w** amberartists.com 📇 MD: Paul Tage 01277 365046.

Ambiel Music Suffolk **e** nathan@ambielmusic.com **w** ambielmusic.com 👍 facebook.com/ambielmusic 👤 myspace.com/ambielmusic 🐦 twitter.com/ambielmusic ▶️ youtube.com/ambielmusic 📇 Label Manager & Administration: Nathan Rust 01473254867.

Ambiguous Records UK London **e** al@ambiguousrecords.com **w** ambiguousrecords.com 📇 Director/Label Manager: Al Mobbs 07929 742215.

Amethyst (see Rainbow Quartz Records)

Amphion (see Priory Records)

AMQ Records Ltd Utopia Village, 7 Chalcot Road, London, NW1 8LH **t** 020 7813 7964 **f** 020 7209 4092 **w** liveatthesuite.com 📇 Managing Director: Andrew.

Anagram (see Cherry Red Records)

Analogue Baroque (see Cherry Red Records)

Angel Air Records St Edmunds Offices, Broad Rd, Bacton, Stowmarket, Suffolk, IP14 4HP **t** 01449 782188 **f** 01449 782960 **e** sales@angelair.co.uk **w** angelair.co.uk 📇 MD: Peter Purnell.

Anjunabeats Fortress Studios, 34-38 Provost St, London, N1 7NG **t** 020 7608 1567 **f** 020 7253 9825 **e** info@anjunabeats.com **w** anjunabeats.com 📇 Label Manager: Soraya Sobh.

Ankst Musik Records Tops, The Square, Pentraeth, Gwynedd, LL75 8AZ **t** 01248 450155 **f** 01248 450155 **e** emyr@ankst.co.uk **w** ankst.co.uk 👤 myspace.com/ankstmusik 📇 Managing Director: Emyr Williams.

Annie Records 39 Ivygreen Road, Chorlton, Manchester, M21 9AG **t** 0161 860 4133 **e** annie.records@ntlworld.com **w** annierecords.com 📇 CEO: Ann Louttit.

Antilles 📇 Contact: Island. (see Island Records Group)

Apace Music Ltd Unit LG3, Shepherds Building, Charecroft Way, London, W14 0EH **t** 020 7471 9270 **f** 020 7471 9383 **e** sales@apacemusic.co.uk **w** apacemusic.co.uk 📇 MD: Tim Millington.

Ape City (see Primaudial Records)

Apollo Sound 32 Ellerdale Rd, London, NW3 6BB **t** 020 7813 2253 **f** 020 7431 0621 **e** info@apollosound.com **w** apollosound.com 📇 MD: Toby Herschmann.

ARC Music Productions International Ltd PO Box 111, East Grinstead, West Sussex, RH19 4FZ **t** 0870 777 7272 **f** 0870 777 7273 **e** info@arcmusic.co.uk **w** arcmusic.co.uk 👤 myspace.com/arcmusic 📇 Executive Director: Phil Collinson.

Archive Recordings 12 Thicket Road, 12 Thicket Rd, London, SE20 8DD **t** 07944 667281 **e** archiverecordings@live.com 📇 Managing Director: Morris Wright.

Are We Mad? Studios 34 Whitehorse Lane, London, SE25 6RE **t** 020 8653 7744 **f** 020 8771 1911 **e** info@ariwa.com **w** ariwa.com 👤 myspace.com/ariwamusic 📇 Studio Manager: Kamal Fraser 020 8771 1470.

Ark Records Fetcham Park House, Lower Rd, Leatherhead, Surrey, KT22 9HD **t** 01372 360300 **f** 01372 360878 **e** info@arkrecords.com **w** arkrecords.com 📇 MD: Greg Walsh.

Arlo and Betty Recordings Ltd Covetous Corner, Hudnall Common, LittLe Gaddesden, Hertfordshire, HP4 1QW **t** 01442 842 851 **e** christian.ulf@virgin.net 📇 Contact: Christian Ulf-Hansen.

Record Companies: Record Companies & Labels

Music Week Directory

Record Companies: Record Companies & Labels

Arriba Records 156-158 Gray's Inn Road, London, WC1X 8ED **t** 020 7713 0998 **f** 020 7713 1132 **e** info@arriba-records.com **w** arriba-records.com Dir: S-J Henry.

Arrivederci Baby! (see Cherry Red Records)

Artfield 5 Grosvenor Square, London, W1K 4AF **t** 020 7499 9941 **f** 020 7499 5519 **e** bb@artfieldmusic.com **w** bbcooper.com Managing Director: Bb Cooper.

Arvee (see Everest Copyrights)

ASB Ltd (see Vanquish Music Group)

Ash International (see Touch)

Ash Records Hillside Farm, Hassocky Lane, Temple Normanton, Chesterfield, Derbyshire, S42 5DH **t** 01246 231762 **e** ash_music36@hotmail.com Head of A&R: Paul Townsend.

Associate (see Silverword Music Group)

ATG Records Kontakt Productions, 44b Whifflet Street, Coatbridge, ML5 4EL **t** 01236 434 083 **f** 01236 434 083 **e** fraser@kontaktproductions.com **w** kontaktproductions.com Label Manager: Fraser Grieve.

Athene (see Divine Art Record Company)

Atlantic Records UK Electric Lighting Station, 46 Kensington Court, London, W8 5DA **t** 020 7938 5500 **f** 020 7368 4900 **e** max.lousada@atlanticrecords.co.uk **w** atlanticrecords.co.uk @AtlanticRcrdsUK Chairman: Max Lousada.

AUROTONE

aurotone

The Palace Theatre, Stage Door, Greek Street, London, W1D 5AY **t** 020 7117 6789 **f** 020 7117 1234 **e** pete@aurotone.com **w** aurotone.com Contact: Pete Martin.

Authentic Media 9 Holdom Avenue, Bletchley, Milton Keynes, Buckinghamshire, MK1 1QR **t** 01908 364 200 **f** 01908 648 592 **e** info@authenticmedia.co.uk **w** authenticmedia.co.uk MD: David Withers.

Automatic Records Unit 5 Waldo Works, Waldo Rd, London, NW10 6AW **t** 020 8962 2208 **f** 020 8964 9090 **e** russel@digitalstores.co.uk MD: Russel Coultart.

Autonomy Music Group Suite 17, The Quadrant Centre, 135 Salusbury Road, Queens Park, London, NW6 6RJ **t** 020 7644 1450 **e** firstname@autonomymusicgroup.com

Aux Delux (see The Recoverworld Label Group (Supreme Music Ltd))

Avalon Records PO Box 829, Ferndown, Dorset, BH29 9YF **t** 01202 870084 **e** band@galahadonline.com **w** galahadonline.com Manager: Stuart Nicholson.

Avid 15 Metro Centre, Dwight Rd, Tolpits Lane, Watford, Herts, WD18 9SS **t** 01923 281281 **f** 01923 281200 **e** info@avidgroup.co.uk **w** avidgroup.co.uk MD: Richard Lim.

Avie Records 103 Churston Drive, Morden, Surrey, SM4 4JE **t** 020 8542 4866 **f** 020 8542 4854 **e** info@avierecords.com **w** avie-records.com Executive Director: Simon Foster.

Axtone Records Ltd Viking House, 12 St Davids Close, Farnham, Surrey, GU9 9DR **t** 01252 330 894 **f** 01252 330 894 **e** james@axtone.com **w** axtone.com MD: James Sefton 07775 515025.

Azuli Records 25 D'Arblay Street, London, W1V 8ES **t** 020 7287 1932 **f** 020 7439 2490 **e** info@azuli.com **w** azuli.com Marketing: Sean Brosnan.

B-Unique Records 1A Cranbrook Rd, London, W4 2LH **t** 020 8987 0393 **f** 020 8995 9917 **e** info@b-uniquerecords.com **w** b-uniquerecords.com MDs: Mark Lewis, Martin Toher.

Back Alley Records (see Nikt Records)

Back Yard Recordings 150 Regents Park Road, London, NW1 8XN **t** 020 7722 7522 **f** 020 7722 7622 **e** info@back-yard.co.uk **w** back-yard.co.uk Managing Director: Gil Goldberg.

Backbone (see Flair Records)

Backs Recording Company St Mary's Works, St Mary's Plain, Norwich, Norfolk, NR3 3AF **t** 01603 624290 **f** 01603 619999 **e** info@backsrecords.co.uk MD: Jonathan Appel 01603 626221.

Back2Basics Recordings Ltd PO Box 41, Tipton, West Midlands, DY4 7YT **t** 0121 520 1150 **f** 0121 520 1150 **e** info@back2basicsrecords.co.uk **w** back2basicsrecords.co.uk Directors: Jason Ball & Anamaria Gibbons.

Baktabak Records Network House, 29-39 Stirling Rd, London, W3 8DJ **t** 020 8993 5966 **f** 020 8992 0340 **e** chris@arab.co.uk **w** baktabak.com Dir: Chris Leaning.

Ballance Music Ltd 145-157 St John Street, London, EC1V 4PW **e** paul.ballance@mbopglobal.co.uk **w** istoresbusiness.com Contact: Paul Ballance.

Bandleader Recordings Unit 3, Faraday Way, St. Mary Cray, Kent, BR5 3QW **t** 01689 879090 **f** 01689 879091 **e** janice@modernpublicity.co.uk **w** bandleaderrecordings.co.uk GM: Janice Whybrow.

Bandwagon Records Studio 507 Enterprise House, 1-2 Hatfields, London, SE1 9PG **t** 020 7993 1221 **e** support@bandwagon.co.uk **w** bandwagon.co.uk Dirs: Owen Farrington, Huw Thomas.

www.musicweek.com **Music Week Directory** 11

📇 Contacts   👍 Facebook   Ⓜ MySpace   🐦 Twitter   ▶ YouTube

Record Companies: Record Companies & Labels

Barbecue Rock Records PO Box 50789, London, NW6 9BZ **t** 020 72009 2586 **e** mail@whitehousemanagement.com 📇 Contact: Sue Whitehouse.

Barely Breaking Even Records PO Box 25896, London, N5 1WE **t** 020 7607 0597 **f** 020 7607 4696 **e** leeb@bbemusic.demon.co.uk **w** bbemusic.com 📇 Co Sec: Lee Bright.

Barn Dance Publications Ltd 20 Shirley Avenue, Old Coulsdon, Coulsdon, Surrey, CR5 1QU **t** 020 8668 5714 **f** 020 8645 6923 **e** info@barndancepublications.co.uk **w** barndancepublications.co.uk 📇 Managing Director: Derek Jones.

Bass of Bengal 34a Highgate Hill, London, N19 5NL **t** 07510 202 514 **e** bassofbengal@googlemail.com **w** bassofbengal.com 📇 Head of Operations: Dil Zaman.

BBC Audio Books St James House, Lower Bristol Rd, Bath, BA2 3BH **t** 01225 878 000 **f** 01225 878 001 **e** radio.collection@bbc.co.uk **w** bbcworldwide.com/spokenword 📇 MD: Paul Dempsey.

Bear Family (see Rollercoaster Records)

Bearcat (see Bearcat Records)

Bearcat Records PO Box 94, Derby, Derbyshire, DE22 1XA **t** 01332 332336 **f** 01332 332336 **e** chrishall@swampmusic.co.uk **w** swampmusic.co.uk 📇 Director: Chris Hall 07702 564804.

Big Bear Records PO Box 944, Birmingham, West Midlands, B16 8UT **t** 0121 454 7020 **f** 0121 454 9996 **e** jim@bigbearmusic.com **w** bigbearmusic.com 📇 MD: Jim Simpson.

Beat Goes On Records (BGO) 7 St. Andrews St North, Bury St Edmunds, Suffolk, IP33 1TZ **t** 01284 724 406 **f** 01284 762 245 **e** andy@bgo-records.com **w** bgo-records.com 📇 MD: Andy Gray.

Beaten Track Records F114, Dam Park, Ayr, KA8 0EU **t** 01292 293 503 **e** beatentracks@aol.com **w** myspace.com/beatentrackrecords 📇 Contact: Yvonne McLellan.

Beathut 13 Greenwich Centre Business Park, Norman Road, Greenwich, London, SE10 9PY **t** 020 8858 7700 **e** info@beathutonline.com **w** beathutonline.com 📇 Manager: Caroline Hemingway.

Beautiful Jo Records PO Box 1039, Oxford, OX1 4UA **t** 01865 249 194 **f** 01865 792 765 **e** tim@bejo.co.uk **w** bejo.co.uk 📇 MD: Tim Healey.

Because Music Ltd 8 Kensington Park Rd, London, W11 3BU **t** 020 7229 3000 **f** 020 7221 8899 **e** jenny@adlington30.freeserve.co.uk **w** because.tv 📇 Label Manager: Jenny Adlington 07979 238142.

Bedrock Records e bedrockinfo@mac.com **w** bedrock.uk.net

Beggars Archive 17-19 Alma Road, London, SW18 1AA **t** 020 8870 9912 **f** 020 8871 1766 **e** stevewebbon@beggars.com **w** archive.beggars.com 👍 facebook.com/BeggarsArchive 📇 Head of Catalogue: Steve Webbon 0208 875 6282.

Beggars Group 17-19 Alma Rd, London, SW18 1AA **t** 020 8870 9912 **f** 020 8871 1766 **e** postmaster@beggars.com **w** beggars.com

Bell Records (see Sony Music Entertainment UK & Ireland)

Bella Union 120-124 Curtain Road, London, EC2A 3SQ **t** 020 7426 5181 **e** simon@bellaunion.com **w** bellaunion.com 👍 facebook.com/bellaunion Ⓜ myspace.com/bellaunion 🐦 twitter.com/bellaunion ▶ youtube.com/bellaunioninc 📇 Owner: Simon Raymonde.

Berlin Records Caxton House, Caxton Avenue, Blackpool, Lancashire, FY2 9AP **t** 01253 591 169 **f** 01253 508 670 **e** info@berlinstudios.co.uk **w** berlinstudios.co.uk 📇 MD: Ron Sharples.

Betelnut Records 18 Waterloo Road, East Ham, London, E6 1AP **t** 07956 972281 **f** 020 8471 9564 **e** betelnutrecords@gmail.com **w** stateofbengal.com 👍 facebook.com/stateofbengal#!/sam.stateofbengal Ⓜ myspace.com/stateofbengal ▶ youtube.com/stateofbengal 📇 Director: Sam Zaman.

Better The Devil Records PO Box 292, Adversane, Billingshurst, West Sussex, RH14 9XY **t** 01403 784 920 **f** 01403 783 245 **e** info@btdrecords.com **w** betterthedevilrecords.com 📇 MD: Graham Stokes.

Beulah (see Priory Records)

Beyer (see Priory Records)

BGP (see Ace Records)

Biff Bang Pow Records (see Detour Records Ltd)

Big Bear Records PO Box 944, Birmingham, West Midlands, B16 8UT **t** 01214 547020 **f** 01214 549996 **e** admin@bigbearmusic.com **w** bigbearmusic.com 📇 Managing Director: Jim Simpson.

Big Beat (see Ace Records)

Big Brother Recordings 54 Linhope St, London, NW1 6HL **t** 020 7563 5070 **f** 020 7258 0962 **e** info@rkid.co.uk **w** Oasisinet.com / NoelGallagher.com 👍 facebook.com/OasisOfficial // facebook.com/NoelGallagherMusic Ⓜ myspace.com/oasis // myspace.com/NoelGallagher 🐦 twitter.com/oasis // twitter.com/NoelGallagher ▶ youtube.com/oasisinetofficial / youtube.com/NoelGallagherTV 📇 Contact: Alec McKinlay.

Big Cat (UK) Records PO Box 34449, London, W6 0RT **t** 020 7751 0199 **f** 020 7751 0199 **e** info@bigcatrecords.com 📇 MD: Abbo.

Big Chill Recordings PO Box 52707, London, EC2P 2WE **t** 020 7684 1172 **f** 020 7684 2022 **e** eugenie@bigchill.net **w** bigchill.net 📇 Label Mgr: Eugenie Arrowsmith.

Big City (see Candid Productions)

Music Week Directory

📇 Contacts   📘 Facebook   🅼 MySpace   🅱 Twitter   ▶ YouTube

Big Dada PO Box 4296, London, SE11 4WW **t** 020 7820 3555 **f** 020 7820 3434 **e** info@bigdada.com **w** bigdada.com 📇 Lbl Mgr: Will Ashon. (see Ninja Tune)

Big Deal Records 83 Dartmouth Park Rd, London, NW5 1SL **t** 020 7681 0585 **f** 020 7681 0585 **e** Lew@Bigdealrecords.net 📇 MD: Lew Wernick.

Big Moon Records PO Box 347, Weybridge, Surrey, KT13 9WZ **t** 01932 590169 **f** 01932 889802 **e** info@tzuke.com **w** tzuke.com 📇 Label Head: Jamie Muggleton.

Binliner (see Detour Records Ltd)

Biondi Records 33 Lamb Court, 69 Narrow St, London, E14 8EJ **t** 020 7538 5749 **e** info@biondi.co.uk **w** biondi.co.uk 📇 Label Manager: Marc Andrewes.

Birdland Records 39 Clitterhouse Crescent, Cricklewood, London, NW2 1DB **t** 020 8458 1020 **e** mike@mikecarr.co.uk **w** mikecarr.co.uk 📇 MD: Mike Carr.

Bitch Records (see Automatic Records)

Black (see Revolver Music Ltd)

Black Burst Records (see Rough Trade Records)

Black Diamond (see Southern Records/Studios)

Black Magic Records 296 Earls Court Rd, London, SW5 9BA **t** 020 7373 4083 **f** 020 7373 4083 **e** mataya@blackmagicrecordst.com **w** blackmagicrecords.com 🅼 myspace.com/blackmagicrecords 📇 MD: Mataya Clifford.

Black Market Holywell Cottage, Holywell Lane, Upchurch, Kent, UK, ME9 7HN **t** 0785 247 7144 **e** info@blackmarket.co.uk **w** blackmarket.co.uk 📘 Black Market Records 🅼 Black Market Records 📇 MD: Rene Gelston.

Black Mountain Records PO Box 89, Mumbles, Swansea, West Glamorgan, SA3 4XT **t** 01792 301500 **f** 01792 301500 **e** mike@blackmountain.me.uk **w** choralworld.net 📇 Managing Director: Michael Evans.

Blackend (see Plastic Head Records Ltd)

Blakamix International Records Garvey House, 42 Margetts Road, Bedford, MK42 8DS **t** 01234 856 164 **f** 01234 854 344 **e** info@blakamix.co.uk **w** blakamix.co.uk 📇 MD: Dennis Bedeau.

Blast First 📇 Contact: Mute. (see Mute)

Blix Street Records PO Box 5174, Hove, BN52 9HG **t** 01273 206509 **f** 01273 206579 **e** info@blixstreet.co.uk **w** blixstreet.co.uk 📇 Director: Tom Norrell.

Blow Up Records Ltd. PO Box 4961, London, W1A 7ZX **t** 020 7636 7744 **f** 020 7636 7755 **e** webmaster@blowup.co.uk **w** blowup.co.uk 📘 facebook.com/blowuprecords 🅼 myspace.com/blowuprecs 🅱 twitter.com/blowup ▶ youtube.com/blowuprecords 📇 Managing Director: Paul Tunkin.

Blu Bamboo Records Ltd 32 Ransomes Dock, 35-37 Parkgate Road, London, SW11 4NP **t** 020 7801 1919 **f** 020 7738 1819 **e** info@blu-bamboo.com **w** blu-bamboo.com 📇 Dirs/A&R: Alister Jamieson, Stuart Muff.

Blue Banana Records (see Blue Melon Records Ltd)

Blue Dot Music 68 Cranston Avenue, Bexhill-On-Sea, East Sussex, TN39 3NN **t** 01424 215617 **e** bluedot.music@virgin.net **w** bluedotmusic.net 📘 facebook.com/bluedotmusic 🅱 twitter.com/bluedotmusic ▶ youtube.com/bluedotmusic 📇 Managing Director: Frank Rodgers.

Blue Juice Music Ltd Hobbs Barn, Wick End, Stagsden, Beds, MK43 8TS **t** 01234 824 390 **e** bluejuicemusic@aol.com **w** bluejuicemusic.co.uk 📇 MD: Rob Butterfield.

Blue Melon Records Ltd 240A High Road, Harrow Weald, Middx, HA3 7BB **t** 020 8863 2520 **f** 020 8863 2520 **e** steve@bluemelon.co.uk 📇 MD: Steven Glen.

Blue Planet Records (see Blue Melon Records Ltd)

Blue Pro Music Unit 11, 407-409 Hornsey Rd, London, N19 4DX **t** 020 7272 0358 **e** info@bluepromusic.com **w** bluepromusic.com 📇 Director: Alexander Balfour.

Blue Thumb (see Decca Records)

Blueprint Recording Corporation PO Box 593, Woking, Surrey, GU23 7YF **t** 01483 715336 **f** 01483 757490 **e** blueprint@lineone.net **w** blueprint-records.net 📇 MD: John Glover.

Bluurg Records (see Southern Records/Studios)

Bonaire Recordings (see Blue Melon Records Ltd)

Border Community Recordings PO Box 38846, London, W12 8YT **t** 020 8746 0407 **f** 020 8746 0407 **e** contact@bordercommunity.com **w** bordercommunity.com 📇 Label Manager: James Holden.

Born to Dance Records PO Box 50, Brighton, BN2 6YP **t** 01273 301555 **f** 01273 305266 **e** info@borntodance.com **w** borntodance.com 🅼 myspace.com/borntodancerecords 📇 Label Managers: Natasha Brown / Dave Bonner.

Boss Sounds (see Cherry Red Records)

Boulevard (see Silverword Music Group)

Bowmans Capsule PO Box 30466, London, NW6 1GJ **t** 020 7431 3129 **f** 020 7431 3129 **e** sugar@bowmanscapsule.co.uk **w** bowmanscapsule.co.uk 📇 Director: Richard Burdett.

Box Out Records PO Box 697, Wembley, HA9 8WQ **t** 020 8904 6670 **f** 020 8681 1007 **e** info@boxoutrecords.com **w** boxoutrecords.com 📇 CEO: Harold Anthony 07956 583 221.

Boy Wonder Records 100 Highfield Road, Hall Green, Birmingham, B28 0HP **t** 01212 887 711 **e** boywonder@boywonderrecords.com **w** boywonderrecords.com 📇 MD: Anthony Herron.

Record Companies: Record Companies & Labels

www.musicweek.com   **Music Week Directory** 13

👤 Contacts   📘 Facebook   🅂 MySpace   🅃 Twitter   ▶ YouTube

Brainlove Records **e** john@brainloverecords.com
w brainloverecords.com bit.ly/brnlvfb
 myspace.com/brainloverecords
 twitter.com/brainlove youtube.com/brainlove
 Founder: John Brainlove.

Breakin' Loose 32 Quadrant House, Burrell St, London, SE1 0UW **t** 020 7633 9576 **e** sjbbreakinloose@aol.com
 MD: Steve Bingham 07721 065618.

Brewhouse Music Breeds Farm, 57 High Street, Wicken, Ely, Cambridgeshire, CB7 5XR **t** 01353 720309
f 01353 723364 **e** info@brewhousemusic.co.uk
w brewhousemusic.co.uk MD: Eric Cowell.

Brickyard (see Loose Records)

Bright Star Recordings Suite 5, Emerson House, 14b Ballynahinch Road, Carryduff, Belfast, BT8 8DN
t 028 90 817111 **f** 028 90 817444
e brightstarrec@musicni.co.uk **w** brightstarrecordings.com
 MD: Johnny Davis.

Brille Records Ltd 209 Hackney Road, London, E2 8JL
e info@brillerecords.com **w** brillerecords.com Managing Director: Leo Silverman.

Bristol Archive (see Sugar Shack Records Ltd)

British Steel (see Cherry Red Records)

Brownswood Recordings 29a Brownswood Road, London, N4 2HP **t** 020 8802 4981
e info@brownswoodrecordings.com
w brownswoodrecordings.com Directors: Simon Goffe & Gilles Peterson.

BTM (see Gotham Records)

BTM PO Box 6003, Birmingham, West Midlands, B45 0AR
t 0121 477 9553 **e** barry@barrytomes.com
w barrytomesmediagroup.com Barry Tomes @BTMG
 youtube.com/gothamrecords Proprietor: Barry Tomes.

Bugged Out! Recordings 15 Holywell Row, London, EC2A 4JB **t** 020 7684 5228 **f** 020 7684 5230
e paul@buggedout.net **w** buggedout.net Dirs: Paul Benney, John Burgess.

Burning Ice Records PO Box 48, Dorking, Surrey, RH4 1YE **t** 01306 877692 **e** info@objayda.co.uk
w objayda.co.uk partner: Tim Howe.

Burning Petals Records The Studio, Homefield Court, Marston Magna, BA22 8DJ
t 01935 851664 **e** enquiries@burning-petals.com
w burning-petals.com Contact: Richard Jay.

Burning Shed c/o Windsor House, 74 Thorpe Rd, Norwich, Norfolk, NR1 1QH **t** 01603 767726
f 01603 767746 **e** info@burningshed.com
w burningshed.com Production: Pete Morgan.

Bushranger Records 196 Rayleigh Road, Hutton, Hutton, Brentwood, Essex, CM13 1PN **t** 01277 222095
e bushrangermusic@yahoo.com Director: Kathy Lister.

Buttercuts Limited PO BOX 150, Slough, SL1 1HD
t 01753 759 701 **f** 01753 759 749
e contact@buttercutsrecords.com
w buttercutsrecords.com MD: Andrew Oury 07957 420 492.

Butterfly Recordings 67-69 Chalton Street, London, NW1 1HY **t** 020 7554 2100 **f** 020 7554 2101
e ian@biglifemanagement.com **w** butterflyrecordings.com
 Label Manager: Ian Abraham.

Buzz To It Records PO Box 33849, London, UK, N8 9XJ **e** info@buzztoitrecords.co.uk
w buzztoitrecords.co.uk MD: Michael Bukowski.

Buzz-erk Records Studio Two, Chocolate Factory 2, 4 Coburg Road, London, N22 6UJ **e** james@buzz-erk.com
w buzz-erk.com Director: James Whatley.

Buzzin' Fly Records 31 Camden Lock Place, London, NW1 8AL **t** 020 7284 9940 **f** 020 7284 9941
e hey@buzzinfly.com **w** buzzinfly.com Label Manager: Marianne Frederick.

BXR UK (see Media Records Ltd)

Cacophonous (see Visible Noise)

Cadence Recordings and Within Records (see Movementinsound)

Cafe de Soul 2nd Floor, 62 Belgrave Gate, Leicester, LE1 3GQ **t** 0116 299 0700 **f** 0116 299 0077
e cafedesoul@hotmail.com **w** cafedesoul.co.uk Label Managers: Nigel Bird, Vijay Mistry.

Cala Records 17 Shakespeare Gardens, London, N2 9LJ **t** 020 8883 7306 **f** 020 8365 3388
e music@calarecords.com **w** calarecords.com General Manager: Susi Kennedy +442088837306.

Calig (see Priory Records)

Calliope-Muse-Ic Ltd The Fold, Waggon Lane, Upton, West Yorkshire, WF9 1JS **t** 0845 056 0238
f 01977 651391 **e** info@calliope-muse-ic.com **w** calliope-muse-ic.com MD: Andrea Meadows.

Camino Records Crown Studios, 16-18 Crown Rd, Twickenham, Middlesex, TW1 3EE **t** 020 8891 4233
f 020 8891 2339 **e** mail@camino.co.uk **w** camino.co.uk
 Office Manager: Andrew Lodge.

Campion Records (see Disc Imports Ltd)

Candid Productions 16 Castelnau, Barnes, London, SW13 9RU **t** 020 8741 3608 **f** 020 8563 0013
e info@candidrecords.com **w** candidrecords.com
 MD: Alan Bates.

Candid Productions Ltd 16 Castelnau, London, SW13 9RU **t** 020 8741 3608 **f** 020 8563 0013
e info@candidrecords.com **w** candidrecords.com
 MD: Alan Bates.

Candid Records 16 Castelnau, London, SW13 9RU
t 020 8741 3608 **f** 020 8563 0013
e info@candidrecords.com **w** candidrecords.com
 MD: Alan Bates.

Record Companies: Record Companies & Labels

14 Music Week Directory

Contacts | **Facebook** | **MySpace** | **Twitter** | **YouTube**

Record Companies: Record Companies & Labels

Candlelight Records Buspace Studio, Unit 207, Conlan St, London, W10 5AP **t** 020 8968 3030 **f** 020 8968 3044 **e** abstractsounds@btclick.com **w** candlelightrecords.co.uk ✉ MD: Edward Christie.

Candy Records (see PlayLouder Recordings)

Capri Music PO Box 150, Leeds, LS19 6YH **t** 07884 406 366 **f** 0113 250 1620 **e** glp@caprimusic.co.uk **w** glp.caprimusic.co.uk ✉ Label Manager: Chris Donnelly.

Caprio (see Silverword Music Group)

Captain Oi! PO Box 501, High Wycombe, Bucks, HP10 8QA **t** 01494 813 031 **f** 01494 816 712 **e** oi@captainoi.com **w** captainoi.com ✉ Owner: Mark Brennan.

Cara Music Ltd P.O. Box 28386, Winchmore Hill, London, N21 3WT **t** 020 8886 5743 **e** caramusicltd@dial.pipex.com ✉ Dir: Michael McDonagh.

Caragan Music Agency 5 The Meadows, Worlington, Suffolk, IP28 8SH **t** 01638 717 390 **e** daren@caragan.com **w** caragan.com ✉ Head of A&R: Daren Walder.

Care In The Community Recordings
e info@careinthe.com ✉ Contact: Luis +44 20 8525 0301.

Cargo Records 17 Heathmans Road, London, SW6 4TJ **t** 020 7731 5125 **f** 020 7731 3866 **e** phil@cargorecords.co.uk **w** cargorecords.co.uk ✉ MD: Philip Hill.

Caritas Records Achmore, Moss Road, Ullapool, Ross-Shire, IV26 2TF **t** 01854 612938 **f** 01854 612938 **e** caritas-records@caritas-music.co.uk **w** caritas-music.co.uk ✉ Proprietor: Katharine Douglas 01854612938.

Cartel Studios 203-205 The Vale, London, W3 7QS **e** studio@cartelstudios.co.uk ✉ Studio Manager: Seven 02081235572.

Casa Nostra (see Wyze Recordings)

Casmara R.E.D. 16 West Park, Mottingham, London, SE9 4RQ **t** 07803 125742 **f** 020 8857 0731 **e** mail@meridian-records.co.uk ✉ Owner: Richard Hughes.

Casual Records Ltd 83 Rivington St, Shoreditch, London, EC2A 3AY **t** 020 7613 7746 **f** 020 7613 7740 **e** info@casuallondon.com **w** casuallondon.com ✉ Label Manager: William Baker.

Catskills Records PO Box 3365, Brighton, BN1 1WQ **t** 01273 626245 **f** 01273 626346 **e** info@catskillsrecords.com **w** catskillsrecords.com ✉ Directors: Khalid, Amr or Jonny.

Catskills:Projects (see Catskills Records)

Cavalcade Records Ltd 18 Pindock Mews, London, W9 2PY **t** 020 7289 7281 **f** 020 7289 2648 **e** songs@mindermusic.com **w** mindermusic.com ✉ Managing Director: John Fogarty.

The CD Card Company 29-39 Stirling House, London, W3 8DJ **t** 020 8993 5966 **f** 020 8992 0340 **e** cdcard@arab.co.uk **w** cdcard.com ✉ Sales Mgr: Greg Warrington.

Celtic Heritage Series (see Ainm Music)

Cent Records Melbourne House, Chamberlain Street, Wells, BA5 2PJ **t** 01749 689 074 **f** 01749 670 315 **w** centrecords.com ✉ MD: Kevin Newton.

Centric Records c/o 9 Hayters Court, Grigg Lane, Brockenhurst, SO42 7PG **t** 01590 622 477 **f** 01590 622 481 **e** howard.lucas@tmp-uk.com **w** centricrecords.com ✉ Consultant: Howard Lucas.

Century Media Records 6 Water Lane, Camden, London, NW1 8NZ **t** 020 7482 0161 **f** 020 7482 3165 **e** andy@centurymedia.net **w** centurymedia.net ✉ Label Mgr: Andy Turner.

Champion Records Ltd 181 High St, Harlesden, London, NW10 4TE **t** 020 8961 5202 **f** 020 8961 6665 **e** raj@championrecords.co.uk **w** championrecords.co.uk
facebook.com/championrecords
twitter.com/championrecords ✉ General Manager: Raj Porter.

Chandos Records Chandos House, 1 Commerce Park, Commerce Way, Colchester, Essex, CO2 8HX **t** 01206 225200 **f** 01206 225201 **e** enquiries@chandos.net **w** chandos.net ✉ Marketing Manager: Becky Lees.

Change of Weather Records Ltd
29 Gladwell Road, London, N8 9AA **t** 020 8245 2136 **e** pcarmichael@changeofweather.com **w** changeofweather.com ✉ MD: Paul Carmichael 07974 070 880.

Channel 4 Recordings 124 Horseferry Rd, London, SW1P 2TX **t** 020 7396 4444 **f** 020 7306 8044 **e** c4recordings@channel4.co.uk **w** channel4.com ✉ Music Manager: Liz Edmunds.

Chapter One Records Ltd Terwick Pl, Rogate, Petersfield, Hampshire, GU31 5BY **t** 01730 821644 **f** 01730 821597 **e** donna@lesreed.com **w** chapteronerecords.com ✉ Company Secretary: Donna Reed.

Charly (see Snapper Music)

Chateau (see Silverword Music Group)

Cheeky (see Sony Music Entertainment UK & Ireland)

Chemikal Underground Room 2, 3rd Floor, 60 Brook St, Glasgow, G40 2AB **t** 0141 550 1919 **f** 0141 550 1918 **e** stewart@chemikal.co.uk **w** chemikal.co.uk facebook.com/ChemikalUnderground
myspace.com/chemikalunderground
twitter.com/chemUnderground
youtube.com/chemikal ✉ Director: Stewart Henderson.

Music Week Directory

www.musicweek.com

Contacts | **Facebook** | **MySpace** | **Twitter** | **YouTube**

Record Companies: Record Companies & Labels

Cherry Red Records Power Road Studios, 114 Power Road, London, W4 5PY **t** 020 8996 3120 **f** 0208 747 4030 **e** infonet@cherryred.co.uk **w** cherryred.co.uk facebook.com/people/Cherry-Red/1310740870 myspace.com/cherryredgroup twitter.com/cherryredgroup youtube.com/cherryredgroup Managing Director: Adam Velasco.

Choice (see Millennium Records Ltd)

Chrome Dreams PO Box 230, New Malden, Surrey, KT3 6YY **t** 020 8715 9781 **f** 020 8241 1426 **e** mail@chromedreams.co.uk **w** chromedreams.co.uk

Chrome Dreams PO Box 230, New Malden, Surrey, KT3 6YY **t** 020 8715 9781 **f** 020 8241 1426 **e** contactus@chromedreams.co.uk **w** chromedreams.co.uk MD: Rob Johnstone.

Chunk Records 139 Whitfield Street, London, W1T 5EN **t** 020 7380 1000 **e** info@chunkrecords.com **w** chunkrecords.com Label Manager: Neil Stainton 07768 242 057.

Chute Records P.O. Box 211, Dundee, DD1 9PH **t** 07941 286555 **e** sparesnare@hotmail.com **w** wearethesnare.com Manager: Jan D Burnett 07941286555.

Cinepop Records 61 Cedars Rd, Clockhouse, London, BR3 4JG **t** 07966 038615 **e** jc@cinepoprecords.com **w** cinepoprecords.com Label Director: JC Caddy.

Circle Circle House, 14 Waveney Close, Bicester, Oxfordshire, OX26 2GP **t** 01869 240051 **f** 0872 331 0914 **e** sound@circlesound.net **w** circlesound.net Owner: John Willett 07973 633 634.

Circulation Recordings Limited 2 Beaconsfield Street, Darlington, DL3 6ER **t** 01325 255252 **e** graemerobinson@mac.com MD: Graeme Robinson 07545992909.

Community Music Wales Unit 8, 24 Norbury Rd, Fairwater, Cardiff, CF5 3AU **t** 029 2083 8060 **f** 029 2056 6573 **e** hannah.jenkins@communitymusicwales.org.uk **w** communitymusicwales.co.uk communitymusicwales.co.uk twitter.com/cmw_cgc Director: Hannah Jenkins.

Clan Stamp Records 6 The Square, Aspley Guise, Milton Keynes, Beds, MK17 8DF **t** 07943 880 933 **e** Stamp@clanstamprecords.co.uk **w** clanstamprecords.co.uk Head of A&R: Ross Henderson.

Claudio Records Ltd Studio 17, The Promenade, Peacehaven, East Sussex, BN10 8PU **t** 01273 580250 **e** Info@ClaudioRecords.com **w** ClaudioRecords.com MD: Colin Attwell.

Clay Records (see Universal Music (UK) Ltd)

Clean Up (see One Little Indian Records)

Clear Records London **e** info@clearrecords.net **w** clearrecords.net Contact: Ben Ash 020 8960 0111.

Cleveland City Records 52A Clifton Street, Chapel Ash, Wolverhampton, West Midlands, WV3 0QT **t** 01902 838 500 **f** 01902 839 500 **e** info@clevelandcity.co.uk **w** clevelandcity.co.uk Contact: Mike Evans, Lee Glover.

Clovelly Recordings Ltd 1 The Old Cannery, Hengist Rd, Deal, Kent, CT14 6WY **t** 01304 382283 **f** 01304 382283 **e** clovellyrecordings@hotmail.com **w** clovellyrecordings.com MD: John Perkins.

Clown Records Suite 3, Rosden House, 372 Old Street, London, EC1V 9AU **t** 07986 359 568 **e** office@clownmagazine.co.uk **w** clownmagazine.co.uk Contact: Jack Dorrington.

Clubscene 110 Clyde Street, Glasgow, G1 4LH **t** 07785 222 205 **e** mail@clubscene.co.uk **w** clubscene.co.uk Contact: Bill Grainger.

CMP (see Silva Screen)

Cohesion/Creature Music (see East Central One Ltd)

Cold Communications Ltd 6 Manor Fell, Runcorn, Cheshire, WA7 2UZ **t** 07950 685 822 **e** chris.oakley@coldcommunications.com **w** coldcommunications.com Managing Director: Chris Oakley.

Collecting Records LLP 1st Pinewood, Studios, Pinewood Road, Iver, Buckinghamshire, SL0 0NH **t** 01753 785500 **e** info@omppplc.com **w** onemediapublishing.com Chief Executive Officer: Michael Infante.

Collective Music Ltd 5 Henchley Dene, Guildford, Surrey, GU4 7BH **t** 01483 431 803 **f** 01483 431 803 **e** info@collective.mu **w** collective.mu MD: Phil Hardy.

Collegium Records PO Box 172, Whittlesford, Cambridge, CB22 4QZ **t** 01223 832474 **f** 01223 836723 **e** info@collegium.co.uk **w** collegium.co.uk Sales & Marketing: Matthew Bennett/Emma Harrison.

COLUMBIA LABEL GROUP

9 Derry Street, London, W8 5HY **t** 020 7361 8000 **f** 020 7937 0188 **e** firstname.lastname@sonymusic.com **w** columbia.co.uk Managing Director: Mike Smith.

Commercial Recordings Ltd 12 Lisnagleer Rd, Dungannon, Co Tyrone, BT70 3LN **t** 028 8772 4621 **f** 028 8776 1995 **e** info@commercialrecordings.com **w** commercialrecordings.com MD: Raymond Stewart.

Complete Control Music Unit 8, 24 Norbury Road, Cardiff, CF5 3AU **t** 029 2083 8060 **f** 029 2056 6573 **e** touring@communitymusicwales.org.uk **w** completecontrolmusic.com Label Manager: Simon Dancey.

Music Week Directory

Contacts · **Facebook** · **MySpace** · **Twitter** · **YouTube**

Composure Records (see Composure Records)

Composure Records 20 Churchward Drive, Frome, Somerset, BA11 2XL **t** 07816 285809 **e** composurerecords@btinternet.com **w** composurerecords.co.uk MD: Paul Davies.

Concept Music Shepherds Building, Charecroft Way, London, W14 0EE **t** 020 7751 1755 **f** 020 7751 1566 **e** info@conceptmusic.com **w** conceptmusic.com MD: Max Bloom 020 7751 1744.

Concrete Plastic Records PO Box 5019, Brighton, BN50 9JW **t** 01273 572 235 **e** info@concreteplastic.co.uk **w** concreteplastic.co.uk Label Manager: Steve Hyland 07949 266 495.

Concrete Recordings Ltd 35 Beech Rd, Chorlton, Manchester, M21 8BX **t** 0161 881 2332 **f** 0161 860 7283 **e** ms@concreterecordings.co.uk **w** concreterecordings.co.uk Director: Sarah Purcell.

Congo Music Ltd 17A Craven Park Road, Harlesden, London, NW10 8SE **t** 020 8961 5461 **f** 020 8961 5461 **e** byron@congomusic.freeserve.co.uk **w** congomusic.com A&R Director: Root Jackson.

CONVIVIUM RECORDS Cathedral House, Portsmouth, PO12HA **t** 07724631797 **e** adrian@conviviumrecords.co.uk **w** conviviumrecords.co.uk Managing Director: Adrian Green.

Cookin' (see Good Looking Records)

Cooking Vinyl Ltd 10 Allied Way, London, W3 0RQ **t** 020 8600 9200 **f** 020 8743 7448 **e** info@cookingvinyl.com **w** cookingvinyl.com myspace.com/cookingvinyl twitter.com/CookingVinyl youtube.com/user/CookingVinylRecords MD: Martin Goldschmidt.

Cooking Vinyl Mail Order PO Box 1845, London, W3 0BR **t** 020 8600 9200 **f** 020 8743 7534 **e** bob@cookingvinyl.com **w** cookingvinyl.com Direct Mktg Mgr: Bob Allan.

Cousins Records Waterfront Studios Business Centre, 1 Dock Road, Silvertown, London, E16 1AH **t** 020 7055 8094 **f** 020 7055 8091 **e** cousinsrecords@aol.com **w** cousinsrecords.com Director: Donville Davis.

Cowboy Records Ltd (see Amazon Records Ltd)

Cr2 Records PO Box 718, Richmond, Surrey, TW9 4XR **t** 020 8288 7438 **f** 020 8332 1171 **e** info@cr2records.co.uk **w** cr2records.co.uk Managing Director: Mark Brown.

Cramer (see Priory Records)

Crapola Records PO Box 808, Hook, Hampshire, RG29 1UF **t** 01256 862865 **f** 01256 862182 **e** feedback@crapola.com **w** crapola.com facebook.com/dangerglobalwarming myspace.com/dangerglobalwarming youtube.com/dangerglobalwarming Head of A&R: Dan.

Crass Records (see Southern Records/Studios)

Creative World The Croft, Deanslade Farm, Claypit Lane, Lichfield, WS14 0AG **t** 01543 253576 **f** 01543 253576 **e** info@creative-world-entertainment.co.uk **w** creative-world-entertainment.co.uk MD: Mervyn Spence 07885 341745.

Criminal Records Suite B4, 203-205 The Vale, London, W3 7QS **e** info@criminalrecords.cc Contact: A&R.

Critical Mass (see Heat Recordings)

Crocodile Records 431 Linen Hall, 162-168 Regent St, London, W1B 5TE **t** 020 7580 0080 **f** 020 7637 0097 **e** music@crocodilemusic.com **w** crocodilemusic.com Contact: Malcolm Ironton, Ray Tattle.

Crossover Urban (see Heavenly Dance)

Crystal Wish Records 15/11 Caledonian Cres, Edinburgh, EH11 2AN **t** 0131 466 8296 **e** crystalwish@scotlandmail.com **w** myspace.com/crystalwishrecords A&R: Nick Munro.

Cube Records (see Fly Records)

Cube Records Limited Onward House, 11 Uxbridge Street, London, W8 7TQ **t** 020 7221 4275 **f** 020 7229 6893 **e** cube@bucksmusicgroup.co.uk **w** flyrecords.co.uk Contact: Simon Platz.

Cube Soundtracks Onward House, 11 Uxbridge Street, London, W8 7TQ **t** 020 7221 4275 **f** 020 7229 6893 **e** cube@bucksmusicgroup.co.uk **w** cubesoundtracks.co.uk Managing Director: Simon Platz.

Culburnie (see Greentrax Recordings Ltd)

Cultural Foundation Rosedale, North Yorkshire, YO18 8RL **t** 0845 458 4699 **e** info@cultfound.org **w** cultfound.org youtube.com/cultfound MD: Peter Bell 01751 417147.

Curb Records Ltd 45 Great Guildford Street, London, SE1 0ES **t** 020 7401 8877 **f** 020 7928 8590 **e** firstname@curb-uk.com **w** curb-records.co.uk MD: Phil Cokell.

Cyclops Records PO Box 834a, Surbiton, Surrey, KT1 9BZ **t** 020 8397 3990 **f** 020 8397 2998 **e** info@gft-cyclops.co.uk **w** gft-cyclops.co.uk MD: Malcolm Parker.

CYP Limited Children's Audio, The Fairway, Bush Fair, Harlow, Essex, CM18 6LY **t** 01279 444707 **f** 01279 445570 **e** paul@CYP.co.uk **w** cyp.co.uk facebook.com/pages/Kidsmusic/79762755240?ref=ts twitter.com/Kidsmusic_CYP youtube.com/user/kidsmusicCYP Commercial Director: Paul Thorp.

d Records 35 Brompton Rd, London, SW3 1DE **t** 020 7368 6311 **f** 020 7823 9553 **e** d@35bromptonroad.com **w** drecords.co.uk MD: Douglas Mew.

www.musicweek.com   Music Week Directory 17

Contacts   Facebook   MySpace   Twitter   YouTube

Record Companies: Record Companies & Labels

D-Mak Records 2A Downing Street, Ashton-under-Lyne, Lancashire, OL7 9LR **t** 0161 292 9493
f 0161 344 1673 **e** d.murphy@easynet.co.uk
w pincermetal.com MD: Dale Murphy.

D.O.R. PO Box 1797, London, E1 4TX **t** 020 7702 7842
e info@dor.org **w** dor.co.uk facebook.com/DORlabel
 myspace.com/dorlabel twitter.com/dorlabel
 youtube.com/user/DORfilm Label Director: Martin Parker.

Daddy Records 1 Hulme Place, The Crescent, Salford, Manchester, M5 4QA **t** 01613 515 507
e helen@daddyrecords.com **w** daddyrecords.com
 Commercial Manager: Helen Cantwell.

The Daisy Label Unit 2 Carriglea, Naas Rd, Dublin 12, Ireland **t** +353 1 429 8600 **f** +353 1 429 8602
e daithi@daisydiscs.com **w** daisydiscs.com MD: John Dunford.

Dance Paradise UK 207 Muirfield Rd, Watford, Herts, WD19 6HZ **t** 020 8421 3817 **f** 020 8387 4299
e info@dance-paradise.co.uk **w** dance-paradise.co.uk
 MD: Andrei Riazanski.

Dance Regime London **e** sales@danceregime.com
w danceregime.com facebook.com/danceregime
 myspace.com/danceregime
 twitter.com/danceregime youtube.com/chrisgrabiec
 A&R, Label Manager: Sarah-Jayne.

Dance To The Radio Calls Landing, 36-38 The Calls, Leeds, West Yorkshire, LS2 7EW **t** 0113 246 1200
f 0113 243 4849 **e** info@dancetotheradio.com
w dancetotheradio.com
 myspace.com/dancetotheradiolabel
 twitter.com/dttrlabel A&R / Label Manager: Alistair Tant.

Dancebeat (see Tema International)

Dangerous Records Sandwell Manor, Totnes, Devon, TQ9 7LL **t** 01803 867 850 **f** 01803 867 850
e info@dangerousrecords.co.uk **w** dangerousrecords.co.uk
 Label Manager: Liam Smith 07738 543 746.

The Daniel Azure Music Group 72 New Bond St, London, W1S 1RR **t** 07894 702 007 **f** 020 8240 8787
e info@jvpr.net **w** danielazure.com CEO: Daniel Azure.

Dara (see Dolphin Music)

Dark Beat (see Smexi Playaz Records)

Data 103 Gaunt St, London, SE1 6DP **t** 020 7740 8600
f 020 7403 5348 **e** initial+lastname@ministryofsound.com
w datarecords.co.uk Contact: Ben Cooke.

Datum (see Priory Records)

db records PO Box 19318, Bath, Somerset, BA1 6ZS
e david@dbrecords.co.uk **w** dbrecords.co.uk
 Contact: David Bates.

De Angelis Records Studio 5, Power Rd Studios, 114 Power Rd, London, W4 5PY **t** 020 8994 4600
f 020 8996 5743 **e** voices@de-angelisrecords.com **w** de-angelisrecords.com Product Manager: Martine McLean.

de Wolfe Music Shropshire House, 11-20 Capper Street, London, WC1E 6JA **t** 020 7631 3600
f 020 7631 3700 **e** info@dewolfemusic.com
w dewolfemusic.com Managing Director: Warren Wolfe.

Dead Happy Records 3B Castledown Avenue, Hastings, East Sussex, TN34 3RJ **t** 01424 434778
e vibezone@talktalk.net **w** deadhappyrecords.co.uk
 Director: Dave Arnold.

Dead Young Records 44-46 Canal Road, Leeds, LS12 2PL **t** 0113 231 9326
e info@deadyoungrecords.co.uk
w deadyoungrecords.co.uk Head of A&R: Craig Pennington.

Debonair Records & Tapes Ltd Eaton House, 39 Lower Richmond Road, Putney, London, SW15 1ET
t 020 8788 4557 **f** 020 8780 9711
e info@eatonmusic.com **w** debonairrecords.co.uk
 MD: Terry Oates.

Decadent Records 6Q Atlas Business Centre, Oxgate Lane, London, NW2 7HU **t** 020 8452 2255
f 020 8452 4242 **e** info@decadentrecords.co.uk
w decadentrecords.co.uk Label Manager: Nick Bennett.

The Decca Music Group Beaumont House, Avonmore Road, Kensington Village, London, W14 8TS
t 0207 149 1000 **f** 0207 149 1022
e firstname.lastname@umusic.com **w** decca.com
 facebook.com/deccarecords
 twitter.com/deccarecords youtube.com/deccamusic

DECCA RECORDS

Beaumont House, Kensington Village, Avonmore Rd, London, W14 8TS **t** 020 7149 1010
e firstname.lastname@umusic.com
w universalclassics.com President: Dickon Stainer. Managing Director, Decca Records: Mark Wilkinson. Managing Director, Decca Affiliated Labels: Simon Gavin. Finance Director: Andy Daymond. Director of Media: Rebecca Allen. Head of A&R Tom Lewis: Tom Lewis.

Deceptive Records PO Box 288, St Albans, Hertfordshire, AL4 9YU **t** 01727 834 130 MD: Tony Smith.

18 Music Week Directory   www.musicweek.com

Contacts · Facebook · MySpace · Twitter · YouTube

DECONSTRUCTION

9 Derry Street, London, W8 FHY **t** 020 7361 8033
f 02079937 0188 **e** firstname.lastname@sonymusic.com
Head Of Deconstruction: Mike Pickering 020 7361 8000.

Deep Music Po Box 38134, London, W10 6XL
t 020 8964 8256 **f** Email Only Please
e mark@deeprecordingstudios.com
w deeprecordingstudios.com deeprecording
Manager: Mark Rose.

Deeper Substance Records Flat 6, Evedon House, Philip Street, London, N1 5NS **t** 020 7245 3661
e lawrie@deepersubstance.com **w** deepersubstance.com
MD: Lawrence Millar 07971 485 609.

Def Jam (see Mercury Music Group)

Defected Records Ltd 8 Charterhouse Buildings, Goswell Road, London, EC1M 7AN **t** 020 7549 2970
f 020 7250 0449 **e** info@defected.com **w** defected.com
Chief Executive Officer: Simon Dunmore.

Delicious Records 78 Church Path, London, W4 5BJ **t** 020 8994 3142 **f** 020 8994 3142
e delicious@elenaonline.com **w** deliciousrecords.co.uk
MD: Kris Gray.

Deltasonic Records 102 Rose Lane, Mossley Hill, Liverpool, Merseyside, L18 8AG **t** 01517 244760
f 01517 246216 **e** alan@deltasonicrecords.com
w deltasonic.co.uk Managing Director: Alan Wills.

Demi Monde Records & Publishing
Demi Monde Records & Publishing, Foel Studio, Llanfair Caereinion, Powys, SY21 0DS **t** 01938 810758
f 01938 810758 **e** demimonde@dial.pipex.com
w demimonde.co.uk MD: Dave Anderson.

DEMON MUSIC GROUP

33 Foley Street, London, W1W 7JL **t** 020 7612 3300
f 020 7612 3303
e firstname.lastname@demonmusicgroup.co.uk
w demonmusicgroup.co.uk Commercial Director: Adrian Sear. Sales & Marketing Director: Danny Keene. Product Director: Colin Auchterlonie.

Department of Sound Building 348a, Westcott Venture Park, Westcott, Aylesbury, Bucks, HP18 0XB **t** 01296 655 880
e enquiries@departmentofsound.com
w departmentofsound.com MD: Adrienne Aiken.

Destined Records (see Back Yard Recordings)

Destiny Music Iron Bridge House, 3 Bridge Approach, London, NW1 8BD **t** 020 7734 3251 **f** 020 7439 2391
e david@destinymusic.co.uk **w** carlinmusic.co.uk
Managing Director: David Japp.

Detour Records Ltd PO Box 18, Midhurst, West Sussex, GU29 9YU **t** 01730 815 422
f 01730 815 422 **e** detour@btinternet.com **w** detour-records.co.uk Dirs: David Holmes & Tania Holmes.

Deutsche Grammophon (see Decca Records)

Deviant Records Phoenix Music International, PO Box 46, Cromer, NR27 9WX **t** 0845 630 0710
f 0845 630 0720 **e** john.carnell@pmi-music.com
w phoenixmusicinternational.com Business Development Director: John Carnell.

Dew Process Records Unit 70, 3-6 Banister Rd, London, W10 4AR **t** 07896 163 003 **e** megan@dew-process.com **w** dew-process.com Publicity and Promotions Manager: Megan Reeder.

Dharma Records Ltd 5 St George's Terrace, Reading, Berkshire, RG30 2QL **t** 447866626946
e zen@dharmarecords.co.uk **w** dharmarecords.co.uk
 dharmarecordsuk CEO: Phil Knox-Roberts.

Different Unit 24, Farm Lane Trading Centre, 101 Farm Lane, London, SW6 1QJ **t** 020 7471 2700
f 020 7471 2706
e abrizio.gentile@differentrecordings.com
w differentrecordings.com Contact: Fabrizio Gentile +44 207 471 2700.

Digimix Records Ltd Sovereign House, 12 Trewartha Road, Praa Sands, Penzance, Cornwall, TR20 9ST **t** 01736 762826 **f** 01736 763328
e panamus@aol.com **w** digimixrecords.com
 myspace.com/digimixrecords Chief Executive Officer: Roderick Jones.

Digital Plastic Ltd 22 Rutland Gardens, Hove, East Sussex, BN3 5PB **t** 01273 779 793 **f** 01273 779 820
e enzo@plastic-music.co.uk **w** plastic-music.co.uk
MD: Enzo (Vincent Amico).

Digital Soundboy Recording Co.
t 07801 273351 **e** info@digitalsoundboy.com
w digitalsoundboy.com facebook.com/digitalsoundboy
 myspace.com/digitalsoundboy
 twitter.com/digitalSoundBoy
 youtube.com/digitalsoundboytv Label manager/A&R: Jon Bailey.

Dis-funktional Recordings (see 852 Recordings)

Disc Imports Ltd Magnus House, 8 Ashfield Rd, Cheadle, Cheshire, SK8 1BB **t** 0161 491 6655
f 0161 491 6688 **e** dimus@aol.com **w** dimusic.co.uk
MD: Alan Wilson.

Discover (see The Recoverworld Label Group (Supreme Music Ltd))

Music Week Directory

Disky Communications Ltd Connaught House, 112-120 High Road, Loughton, Essex, IG10 4HJ
t 020 8508 3723 **f** 020 8508 0432
e d.harrington@disky.nl MD: Alan Byron.

Disney Music Group 3 Queen Caroline Street, Hammersmith, London, W6 9PE **t** 020 8222 1000 **f** 020 8222 2215 **e** paul.j.brown@disney.com **w** disney.co.uk/music Paul Brown: Vice President & General Manager.

Disorient Recordings (see Mr Bongo)

Distiller Records LLP Studio 11, 10 Acklam Rd, Ladbroke Gorve, London, W10 5QZ **t** 020 8968 8236 **f** 0208 9644706 **e** darrin@distiller-records.com **w** distiller-records.com Director of A&R: Darrin Woodford.

Distinct'ive Records 35 Drury Lane, Covent Garden, London, WC2B 5RH **t** 020 7689 0079 **e** richard@distinctiverecords.com **w** distinctiverecords.com Head of A&R: Richard Ford.

Distinct'ive Breaks Contact: Avex UK. (see Distinct'ive Records)

Disturbing London Records Ltd Unit 4, Waterhouse, 8 Orsman Rd, London, N1 5QJ
t 020 8691 1579 **e** dumi@dlrecords.com
w disturbinglondon.com Managing Director/Artist Manager: Dumi Oburota.

Divine Art Record Company 3 Cypress Close, Doddington, March, Cambridgeshire, PE15 0LE
t 01609 882062 **e** johnc@divine-art.co.uk **w** divine-art.com UK General Manager: John Cronin 01354 740847.

DMI Arch 25, Kings Cross Freight Depot, York Way, London, N1 0EZ **t** 020 7713 8130 **f** 020 7713 8247
e info@dmirecords.com **w** dmirecords.com
 Directors: Massimo Bonaddio/Dan Carey.

Dolph Hamster Music 22 Dane Rd, Margate, Kent, CT9 2AA **t** 0560 366 0825
e label@dolphhamstermusic.com
w dolphhamstermusic.com
 facebook.com/dolphhamstermusic
 myspace.com/dolphhamstermusic
 twitter.com/#!/DHMtwatter
 youtube.com/dolphhamstermusic Director: Mark Loader.

Dolphin Music Unit 4, 3-4 Great Ship Street, Dublin 8, Ireland **t** +353 1 478 3145 **f** +353 1 478 2143
e irishmus@iol.ie **w** irelandcd.com Export Manager: Paul Heffernan.

Dome Records Ltd PO Box 3274, East Preston, West Sussex, BN16 9BD **t** 01903 771027 **f** 01903 779565
e info@domerecords.co.uk **w** domerecords.co.uk
 facebook.com/domerecords
 twitter.com/domerecords Managing Director: Peter Robinson.

Domino Recording Company PO Box 47029, London, SW18 1WD **t** 020 8875 1390 **f** 020 8875 1391
e info@dominorecordco.com **w** dominorecordco.com
 facebook.com/DominoRecordCo
 myspace.com/dominorecords
 twitter.com/DominoRecordCo
 youtube.com/user/DominoRecords Artists & Repertoire: Jack Shankly.

Dorian (see Priory Records)

Dovehouse Records Crabtree, Mill Lane, Kidmore End, Reading, Berkshire, RG4 9HB
t 0118 972 4356 **f** 0118 972 4809
e doverecords@btconnect.com **w** dovehouserecords.com
 President: Thomas Pemberton.

Down By Law Records PO Box 20242, London, NW1 7FL **t** 020 7485 1113 **e** info@proofsongs.co.uk
 Contact: 020 7485 113.

Dragonffli Records - Roc-I.T. Recording Studios Unit 21 North Pontypool Industrial Pk, Pontnewynydd, Pontypool, Gwent, NP4 6PB
t 01495 740150 **e** dragonfflirecords@hotmail.co.uk - roc-i.t.recordingstudio@hotmail.co.uk
 myspace.com/dragonfflirecords - myspace.com/rocitrecordingstudio MD: Nick Byrne 07891 767407.

Dragonfly Records 67-69 Chalton St, London, NW1 1HY **t** 020 7554 2100 **f** 020 7554 2154
e pathaan@pathaan.com **w** dragonflyrecords.com
 Label Mgr: Pathaan.

Dream Catcher Records 1-2 Pratt Mews, Camden Town, Camden Town, London, NW1 0AD
t 020 7554 4840 **f** 020 7267 9643 **e** info@dreamcatcher-records.com **w** dreamcatcher-records.com Managing Director: Gem Howard-Kemp.

DreamWorks (see Polydor Records)

Drowned In Sound Recordings 1 Chilworth Mews, London, W2 3RG **t** 020 7087 8880 **f** 020 7087 8899
e info@disrecords.com **w** disrecords.com Label Mgr: Sean Adams.

Dtox Records Ltd 33 Alexander Road, Aylesbury, Buckinghamshire, HP20 2NR **t** 01296 434731
f 01296 422530 **e** joseph@dtox.co.uk **w** dtox.co.uk
 Label Manager: Joseph Stopps.

DTPM Recordings First floor, 40A Gt Eastern St, London, EC2A 3EP **t** 020 7749 1199 **f** 020 7749 1188
e guy@blue-cube.net **w** dtpmrecordings.net Label Mgr: Guy Williams.

Duffnote Ltd Vine Cottage, North Road, Bosham, Chichester, West Sussex, PO18 8NL **t** 01243 774606
e info@duffnote.com **w** duffnote.com Director: Danny Jones.

Dulcima Records 39 Tadorne Rd, Tadworth, Surrey, KT20 5TF **t** 01737 812922 **f** 01737 812922
e info@dulcimarecords.com **w** dulcimarecords.com
 MD: Norma Camby.

20 Music Week Directory www.musicweek.com

Contacts   **Facebook**   **MySpace**   **Twitter**   **YouTube**

Record Companies: Record Companies & Labels

Dune Records 1st Floor, 73 Canning Road, Harrow, Middx, HA3 7SP **t** 020 8424 2807 **f** 020 8861 5371 **e** info@dune-music.com **w** dune-music.com MD: Janine Irons.

Dusk Fire Whiteleaf Business Centre, Buckingham Ind. Pk, Buckingham, Bucks, MK18 1TF **t** 01296 715228 **e** info@duskfire.co.uk **w** duskfire.co.uk MD: Peter Muir.

Duty Free Recordings Courtsyard Office, 68-69 Chalk Farm Rd, London, NW1 8AN **t** 020 7424 0774 **f** 020 7424 9094 **e** info@dutyfreerecordings.co.uk **w** dutyfreerecordings.co.uk MD: Steffan Chandler.

Dynamic (see Priory Records)

Earache Records Ltd Suite 1-3 Westminster Building, Theatre Square, Nottingham, NG1 6LG **t** www.earache.com/contacts **f** 0115 950 8585 **e** mail@earache.com **w** earache.com MD: Digby Pearson.

East Central One Ltd Creeting House, All Saints Rd, Creeting St Mary, Ipswich, Suffolk, IP6 8PR **t** 01449 723244 **f** 01449 726067 **e** enquiries@eastcentralone.com **w** eastcentralone.com Managing Director: Steve Fernie.

East City Records 120-124 Curtain Rd, London, EC2A 3SQ **t** 020 7739 6903 **f** 020 7613 2715 **e** mark@eastcitymanagement.com A&R: Mark Sutton.

East West (see Atlantic Records UK)

Eastside Records Ltd Top Floor, Outset Building, 2 Grange Rd, London, E17 8AH **t** 020 8509 6070 **f** 020 8509 6021 **e** info@eastside-records.co.uk **w** eastside-records.co.uk Dir: Alexis Michaelides.

Edgy (see Metal Nation Records)

Edition (see Loose Records)

Edsel Records (see Demon Music Group)

EG Records PO Box 606, London, WC2E 7YT **t** 020 8540 9935 A&R: Chris Kettle.

Electric Minds Music 3B Beatty Rd, London, N16 8EA **t** 07958 614297 **e** info@electricminds.com **w** electricminds.co.uk Label Manager: Dolan Bergin.

Electrix Records (see Tortured Records)

Electronic Alchemy Records Ltd PO Box 197, Bexhill on Sea, TN40 9BF **t** 01424 844 411 **f** 01424 844 466 **e** jenny@ea-records.com **w** ea-records.com Head of A&R: Jenny Strickson.

Elektra (see Atlantic Records UK)

Elemental Contact: One Little Indian. (see One Little Indian Records)

Emerald Music (Ireland) Ltd 120A Coach Rd, Templepatrick, Ballyclare, Co Antrim, BT39 0HA **t** 028 9443 2619 **f** 028 9446 2162 **e** info@emeraldmusic.co.uk **w** emeraldmusiconline.com MD: George Doherty.

EMI Classics International Kensley House, 27 Wrights Lane, London, W8 5SW **t** 020 7795 7000 **w** emiclassics.com facebook.com/EMIVirginClassics twitter.com/EMIClassics youtube.com/emiclassics Chairman: David Kassler 020 7752 7000.

EMI CLASSICS

27 Wrights Lane, London, W8 5SW **t** 020 7795 7000 **f** 020 7795 7001 **e** firstname.lastname@emimusic.com **w** emiclassics.com facebook.com/EMIVirginClassics @emiclassics youtube.com/user/emiclassics Chief Operating Officer: Amanda Cupples. VP A&R: Andrew Cornall. International PR Manager: Victor Orive-Martin. UK Marketing & Promotions Manager: Alexa Robertson. UK Sales Manager: Gary Bristow.

EMI Music Ireland EMI House, 1 Ailesbury Road, Dublin 4, Ireland **t** 0035 312 039900 **f** 0035 312 696341 **e** firstname.lastname@emimusic.com **w** emimusic.ie Chairman: Willie Kavanagh.

EMI MUSIC UK

27 Wrights Lane, London, W8 5SW **t** 020 7795 7000 **f** 020 7795 7001 **e** firstname.lastname@emimusic.com **w** emimusic.com CEO UK & Ireland: Andria Vidler. Finance Director UK & Ireland: David D'Urbano. President Parlophone & Virgin A&R Labels: Miles Leonard. SVP Marketing: Mandy Plumb. SVP Global Marketing: Pietro Paravella. SVP Catalogue and Commercial Marketing: Peter Duckworth. SVP Catalogue and Commercial Marketing: Steve Pritchard. SVP Head of Legal & Business Affairs: James Mullan. VP Sales: Derek Allen. VP Visual Content Strategy & Acquisition: Stefan Demetriou. VP Digital Marketing: Dan Duncombe. VP Marketing: Carole MacDonald. VP Music Services: Michael Roe. Senior Director, Artist Publicity: Debra Geddes.

EPIC RECORDS

9 Derry Street, London, W8 5HY **t** 020 7361 8000 **f** 020 7937 0188 **e** firstname.lastname@sonymusic.com Managing Directors: Paul Lisberg, Tops Henderson.

Erato (see Warner Classics & Jazz)

www.musicweek.com   **Music Week Directory** 21

📇 Contacts   **f** Facebook   **S** MySpace   **t** Twitter   ▶ YouTube

Erra Records Ltd 45 Kenwood Gardens, Gants Hill, Essex, IG2 6YQ **t** 07725 551746
e errarecords@googlemail.com **w** errarecords.com
📇 Director: Benji Olufowobi.

Essence Records 10 Trevelyan Gardens, London, NW10 3JY **t** 020 8930 4760 **f** 020 8451 3380
e info@essencerecords.co.uk **w** essencerecords.co.uk
📇 MD: Phil Cheeseman.

Estereo (see Skint Records)

Ether Music Broadway Studios, 28 Tooting High St, London, SW17 0RG **t** 020 8378 6956 **f** 020 8378 6959
e contact@etheruk.com **w** ethermusic.com 📇 Dir: Adrian Harley.

Ethereal Records 68 Seabrook Rd, Hythe, Kent, CT21 5QA **t** 01303 267509 **e** Robertmdrury@aol.com **w** etherealrecords.com 📇 MD: Bob Drury.

Euphoric (see Almighty Records)

Evangeline Recorded Works Ltd
The Old School House, Knowstone, South Molton, Devon, EX36 4YW **t** 01398 341465 **f** 01398 341677
e evangelinemusic@aol.com **w** evangeline.co.uk 📇 Label Manager: Sarah Lock.

Evasive Music Unit 18-19 Croydon House, 1 Peall Rd, Croydon, Surrey, CR0 3EX **t** 020 8287 8585
f 020 8287 0220 **e** info@evasive.co.uk **w** evasive.co.uk
f facebook.com/pages/Evasive/174759732570681
S myspace.com/evasiverecords 📇 MD: Rob Pearson.

Eve / Eve Nova (see The Recoverworld Label Group (Supreme Music Ltd))

Eventide Music PO Box 27, Baldock, Hertfordshire, SG7 6UH **t** 01462 893995 **f** 01462 893995
e eventide.music@ntlworld.com 📇 MD: Kevin Kendle.

Everest Copyrights Station House, Bucknell, Craven Arms, Shropshire, SY7.0AD. **t** 01547 530998
e austin.powell@ukonline.co.uk 📇 Contact: Austin Powell.

Evolve Music Ltd The Courtyard, 42 Colwith Road, London, W6 9EY **t** 020 8741 1419 **f** 020 8741 3289
e firstname@evolverecords.co.uk 📇 Co-MD: Oliver Smallman.

Evolve Records The Courtyard, 42 Colwith Road, London, W6 9EY **t** 020 8741 1419 **f** 020 8741 3289
e firstname@evolverecords.co.uk **w** evolverecords.co.uk
📇 Chairman: Oliver Smallman.

Excalibur Records (see Satellite Music Ltd)

Exceptional Records t 020 8995 8738
f 020 8995 8738 **e** info@exceptionalrecords.com
w exceptionalrecords.com 📇 MD: Bob Fisher.

Exitstencilisms (see Southern Records/Studios)

Expansion Records Unit 2, Boeing Way, International Trading Estate, Brent Road, Southall, Middlesex, UB2 5LB **t** 020 8867 9361 **f** 020 8571 2624
e ralph@expansion-records.co.uk **w** expansionrecords.com
📇 MD: Ralph Tee.

Eyes Wide Shut Recordings 4-7 Forewoods Common, Holt, Wiltshire, BA14 6PJ
t 0845 056 3834 **f** 0870 131 3701 **e** info@empspace.com
w eyeswideshutrecordings.com 📇 Label Manager: George Allen 07909 995 011.

F Communications (UK) (see Wall of Sound)

F.I. (see Hot Lead Records)

Fabric 12 Greenhill Rents, London, EC1M 6BN
t 020 7336 8898 **f** 020 7253 3932
e geoff@fabriclondon.com **w** fabriclondon.com 📇 Label Manager: Geoff Muncey.

Face 2 Face (see Adasam Limited)

Faculty Music Media Innovation Labs, Watford Road, Harrow, Middx, HA1 3TP **t** 020 7193 8036
e facultyoffice@facultymusic.com **w** facultymusic.com
📇 MD: Tony Martin.

Fairy Cake Universe t 0208 299 1645
e amanda@fairycakeuniverse.com **w** aquamanda.net
📇 MD: Amanda Greatorex.

Faith & Hope Records 23 New Mount St, Manchester, M4 4DE **t** 0161 839 4445 **f** 0161 839 1060
e email@faithandhope.co.uk **w** faithandhope.co.uk
📇 MD: Neil Claxton.

Fall Out (see Jungle Records)

Fantastic Plastic The Church, Archway Close, London, N19 3TD **t** 020 7263 2267 **f** 020 7263 2268
e enquire@fantasticplasticrecords.com
w fantasticplasticrecords.com 📇 MD: Darrin Robson.

Fantasy (see Ace Records)

Far Out Recordings Unit 217 Saga Centre, 326 Kensal Road, 326 Kensal Road, London, W10 5BZ
t 020 8969 9545 **f** 020 8969 9544
e info@faroutrecordings.com **w** faroutrecordings.com
📇 Managing Director: Joe Davis.

Fast Western Group Ltd Bank Top Cottage, Meadow Lane, Millers Dale, Derbyshire, SK17 8SN
t 01298 872462 **e** fast.west@virgin.net 📇 MD: Ric Lee.

Duke Marketing Ltd Champion House, Douglas, IM99 1DD **t** 01624 640000 **f** 01624 640001
e nread@dukevideo.com **w** dukevideo.com/
f facebook.com/pages/Duke-Video/40798089825
t facebook.com/pages/Duke-Video/40798089825
▶ youtube.com/dukevideo 📇 VP New Business: Neil Read.

Fat Cat Records 11 Old Steine, Brighton, East Sussex, BN1 1EJ **t** 01273 699 020 **e** info@fat-cat.co.uk **w** fat-cat.co.uk 📇 Label Managers: Dave, Alex.

Fat City Recordings Third Floor, Habib House, 9 Stevenson Sq, Manchester, M1 1DB **t** 0161 228 7884
f 0161 228 7266 **e** matt@fatcity.co.uk **w** fatcity.co.uk
📇 Label Manager: Matt Triggs.

Fat Fox Records 21a Sherbrooke Road, London, SW6 7HX 📇 Dir: Felix Bechtolsheimer.

Record Companies: Record Companies & Labels

Music Week Directory

www.musicweek.com

Contacts · Facebook · MySpace · Twitter · YouTube

Record Companies: Record Companies & Labels

Fat! Records Unit 30, Battersea Business Centre, 99-109 Lavender Hill, London, SW11 5QL **t** 020 7924 1333 **f** 020 7924 1833 **e** info@thefatclub.com **w** thefatclub.com MD: Paul Arnold.

FDM Records 15 Woodcote Road, Leamington Spa, Warwickshire, CV32 4PX **t** 01926 833 460 **f** 01926 426 393 **e** info@fdmrecords.com Label Dir: Kieron Concannon.

Fellside Recordings Ltd PO Box 40, Workington, Cumbria, CA14 3GJ **t** 01900 61556 **e** info@fellside.com **w** fellside.com Director: Paul Adams.

Fenetik (see Soma Recordings Ltd)

Festivo (see Priory Records)

Ffin Records / Recordiau Ffin Chapter, Cardiff, CF5 1QE **e** studio@johnhardymusic.com **w** ffinrecords.co.uk johnhardymusic.com myspace.com/johnhardymusic youtube.com/user/JohnHardyMusic?gl=GB&hl=en-GB Director: John Hardy.

Fiasco London London **e** ed@fiascolondon.com **w** fiascolondon.com Contact: Ed Weidman 07966 438176.

Fierce Panda Aberdeen Centre, 22-24 Highbury Grove, London, N5 2EA **t** 020 7704 6141 **e** ellie@fiercepanda.co.uk **w** fiercepanda.co.uk Contact: Ellie Coden.

Finger Lickin' Records 2nd Floor Rear, 20 Great Portland St, London, W1B 8QR **t** 020 7255 2660 **f** 020 7637 2903 **e** info@fingerlickin.co.uk **w** fingerlickin.co.uk MD: Justin Rushmore.

Fire Records 21a Maury Rd, London, N16 7BP **t** 020 8806 9889 **f** 020 8806 9889 **e** james@firerecords.com **w** firerecords.com firerecords.com myspace.com/firerecords twitter.com/FireRecordsUK Director: James Nicholls 02088069889.

First Night Records Ltd 3 Warren Mews, London, W1T 6AN **t** 020 7383 7767 **f** 020 7383 3020 **e** info@firstnightrecords.com **w** firstnightrecords.com MD: John Craig.

First Records 201-205 Hackney Road, London, E2 8JL **t** 020 7729 7593 **f** 020 7739 5600 **e** info@premises.demon.co.uk **w** premises.demon.co.uk MD: Viv Broughton.

Flair Records 25 Commercial St, Brighouse, West Yorkshire, HD61AF **t** 01484 723557 **e** john@now-music.com **w** now-music.com MD: John Wagstaff.

Flapper (see Pavilion Records Ltd)

Flatline Records Ltd 21 Hudson Avenue, Norwich, Norfolk, NR14 8GB **t** 0845 050 6276 **e** info@flatlinerecords.co.uk **w** flatlinerecords.co.uk facebook.com/home.php?#/group.php?gid=19917565 0219&ref=ts myspace.com/flatlinerecordsuk MD: James Hildreth.

Flingdown (see Snapper Music)

Flo Records (see Nation Records Ltd)

Floating World Records Ltd Executive Suite, Northway House, 1379 High Rd, London, N20 9LP **t** 020 8492 3355 **f** 020 8492 3356 **e** info@fwrecords.co.uk **w** ww.fwrecords.co.uk Director: Pete Macklin.

Flux Delux (see The Recoverworld Label Group (Supreme Music Ltd))

Fly Records 11 Uxbridge Street, 11 Uxbridge St, London, W8 7TQ **t** 020 7221 4275 **f** 020 7229 6893 **e** info@flyrecords.co.uk **w** flyrecords.co.uk Managing Director: Simon Platz.

Flyfree Records - Sam Payne PO Box 336, Moortown, Leeds, LS17 1AE **t** 0113 2662112 **e** sales@sampayne.co.uk **w** sampayne.co.uk Contact: Miss Sam Payne.

FM (see Revolver Music Ltd)

FM Dance (see Revolver Music Ltd)

FM Jazz (see Revolver Music Ltd)

Focus Music International Ltd 14 Fife Rd, London, SW14 7EL **t** 020 8876 7111 **f** 020 8878 0331 **e** info@focus-music.com **w** focus-music.com MD: Don Reedman.

Fontana Contact: Mercury. (see Mercury Music Group)

Food Except Dubstar - EMI: Parlophone.

Formation Records PO Box 1401, Glen Parva, Leicester, LE2 8ZJ **t** 0116 277 9662 **f** 0116 277 3888 **e** info@formationrecords.com **w** formationrecords.com Promotions Mgr: Melanie Small.

Formosa Music Ltd 3 Mills Studios, Three Mill Lane, London, E3 3DU **t** 020 8709 8700 **f** 0208 709 8701 **e** info@formosafilms.com Director: Neil Thompson.

Formula One Records 71 Alan Moss Road, Loughborough, Leicestershire, LE11 5LR **t** 01509 213632 MD: Ian Barker.

Fortune and Glory Osmond House, 78 Alcester Rd, Moseley, Birmingham, West Midlands, B13 8BB **t** 0121 256 1310 **f** 0121 256 1318 **e** hendricks@fortuneandglory.co.uk **w** fortuneandglory.co.uk MD: Hendricks.

four:twenty (see Hope Music Group)

Fred Label Ltd 45 Vyner St, London, E2 9DQ **t** 020 8981 2987 **f** 020 8981 9912 **e** info@fred-london.com **w** fred-label.com myspace.com/fredlabellimited Dir: Fred Mann.

free2air recordings Suite 39, Matrix Complex, 91 Peterborough Road, London, SW6 3BU **t** 020 7384 6471 **f** 020 7751 3444 **e** info@free2airrecordings.com **w** free2airrecordings.com Chairman: Clive Black.

Freemaison Records 36 Brunswick St West, Hove, East Sussex, BN3 1EL **t** 07979 757033 **f** 01273 325935 **e** info@freemaison.com **w** freemaison.com Label Mgrs: Russell Small, James Wiltshire.

www.musicweek.com   **Music Week Directory** 23

👤 Contacts   📘 Facebook   🌐 MySpace   🐦 Twitter   ▶️ YouTube

Freestyle Records 77 Fortess Rd, London, NW5 1AG
t 020 7482 4555 **f** 020 7482 4551
e info@freestylerecords.co.uk **w** freestylerecords.co.uk

Frenetic Music Riverbank House,
1 Putney Bridge Approach, London, SW6 3JD
e info@freneticmusic.com **w** freneticmusic.com
▶️ youtube.com/freneticmusic 👤 MD: Craig Dimech.

Frenetic Music Riverbank House,
1 Putney Bridge Approach, London, SW6 3JD
e info@freneticmusic.com **w** freneticmusic.com
▶️ youtube.com/freneticmusic 👤 MD: Craig Dimech.

Freshly Squeezed (Music Ltd)
Unit 6 Lower Goods Yard, Trafalgar St Arches, Brighton,
BN1 4FQ **t** 01273 680901
e info@freshlysqueezedmusic.com
w freshlysqueezedmusic.com
📘 facebook.com/FreshlySqueezedMusic
▶️ youtube.com/user/freshlysqueezedmusic 👤 MD: Nick Perring.

Full Fat Records (see Rumour Records Ltd)

Full Time Hobby 3rd Floor, 1A Adpar Street, London,
W2 1DE **t** 020 7535 6740 **f** 020 7563 7283
e info@fulltimehobby.co.uk **w** fulltimehobby.co.uk
📘 facebook.com/fulltimehobby
🐦 twitter.com/fulltimehobby
▶️ youtube.com/fulltimehobbyrecords 👤 Managing Director: Wez.

Fullfill LLC UK Ltd 249-251 Kensal Road, 249-251 Kensal Road, London, W10 5DB **t** 020 8968 1231
f 020 8964 1181 **e** info@fullfill.co.uk **w** fullfill.co.uk
👤 Office Manager: Savanna Sparkes.

FUN (see Future Underground Nation)

Fun Records (see Rollercoaster Records)

Functional Breaks (see Future Underground Nation)

Furious? Records PO Box 40, Arundel, W Sussex,
BN18 0UQ **t** 01243 558 444 **f** 01243 558 455
e info@furiousrecords.co.uk **w** furiousrecords.co.uk
👤 Manager: Tony Patoto.

Furry Tongue Records (see Jackpot Records)

Fury Records PO Box 7187, Ringstead, Kettering,
NN16 6DJ **t** 01933 626945 **e** furyrecords@btconnect.com
w fury-records.com 👤 Owner: Dell Richardson.

Future Earth Records 59 Fitzwilliam Street, Wath-Upon-Dearne, Rotherham, South Yorkshire, S63 7HG
t 01709 872875 **e** records@future-earth.co.uk **w** future-earth.co.uk 👤 Managing Director: David Moffitt.

Future Noise Music Unit 1L,
Clapham North Art Centre, 26-32 Voltaire Road, London,
SW4 6DH **t** 020 7062 1600 **f** 020 7498 3589
e enquiries@futurenoisemusic.com
w futurenoisemusic.com 👤 Managing Director: Shirin Koohyar +44 (0)20 7065 1600.

Future Records Beaumont House, Kensington Village,
Avonmore Road, London, W14 8TS **t** 020 7471 5400
f 020 7149 1090 **e** firstname.surname@umusic.com
w future-records.com 👤 MD: Celia McCamley.

Future Underground Nation 80 Monks Rd, Exeter,
Devon, EX4 7BE **t** 01392 490064 **f** 01392 420580
e fun@fun-1.com **w** fun-1.com 👤 Label Mgr: Colin Mitchell.

Futureproof Records Ltd 330 Westbourne Park Rd,
London, W11 1EQ **t** 020 7792 8597 **f** 020 7221 3694
e info@futureproofrecords.com **w** futureproofrecords.com
📘 facebook.com/futureproofpr
🌐 myspace.com/futureproofpr
📘 facebook.com/futureproofpr
▶️ youtube.com/futureproofpr 👤 MD: Phil Legg.

Gallic (see Silverword Music Group)

Gammer (see Annie Records)

Garry J Cape Ltd 17 Blenheim Road, Wakefield,
WF1 3JZ **t** 01924 299461 **e** garry@garryjcape.com
w garryjcape.com 👤 MD: Garry J Cape.

GAS Records 10 St John's Square, Glastonbury,
Somerset, BA6 9LJ **t** 01458 833 040 **f** 01458 833 958
e info@planetgong.co.uk **w** planetgong.co.uk
👤 Contact: Johnny Greene.

Genepool Records 34 Windsor Rd, Teddington,
Middlesex, TW11 0SF **t** n/a **f** n/a
e contact@genepoolrecords.com **w** genepoolrecords.com
👤 Dir: Peter Ward-Edwards.

Genetic Records
A303.5 Tower Bridge Business Complex,
100 Clements Road, London, SE16 4DG **t** 020 8695 6999
e info@geneticrecords.co.uk **w** geneticrecords.co.uk
👤 Administrator: Lindsey Smith.

Genuine Recordings (see Wall of Sound)

Get Back (see Abstract Sounds Ltd)

Giant Records 57 Kingsway, Woking, Surrey, GU21 6NS
t 01483 859 849 **e** mark.studio@ntlworld.com
👤 Contact: Mark Taylor.

Giants Of Jazz (see Hasmick Promotions)

Gimell Records PO Box 197, Beckley, Oxford,
Oxfordshire, OX3 9YJ **t** 01865 358282 **e** info@gimell.com
w gimell.com 🐦 gimellrecords 👤 MD: Steve C Smith.

Glasgow Records Ltd Lovat House, Gavell Rd,
Glasgow, G65 9BS **t** 01236 826 555 **f** 01236 825 560
e info@glasgowrecords.com **w** glasgowrecords.com
👤 MD: Tessa Hartmann.

Gliss Records (see GAS Records)

Glitterhouse Records 123c Cadogan Terrace,
London, E9 5HP **t** 020 8533 3577
e tris@glitterhouserecords.co.uk
w glitterhouserecords.co.uk 👤 MD: Tris Dickin 07958 564 624.

Record Companies: Record Companies & Labels

Music Week Directory

Contacts · **Facebook** · **MySpace** · **Twitter** · **YouTube**

Record Companies: Record Companies & Labels

Global Journey Ltd Unit 3 Boston Court, Salford Quays, Manchester, M50 2GN **t** 0870 264 7484 **f** 0870 264 6444 **e** psamuels@global-journey.com **w** global-journey.com ▪ Head of A&R: Peter Samuels.

Global Mania Entertainment Ltd Victory House - 2nd floor, 99-101 Regent Street, London, W1B 4EZ **t** 20 7494 3303 **f** 20 7494 3313 **e** info@globalmaniaentertainment.co.uk **w** globalmaniaentertainment.co.uk ▪ Office Manager: Laura Fasser.

Global Underground 103 Gaunt St, London, SE1 6DP **e** info@globalunderground.co.uk **w** globalunderground.co.uk facebook.com/group.php?gid=2211707653#!/GUMusic myspace.com/globalundergrounduk twitter.com/gu_music youtube.com/user/globalunderground10

Go Beat (see Island Records Group)

Go Disc (see Island Records Group)

Go Entertain 48 Broadley Terrace, 48 Broadley Terrace, London, NW1 6LG **t** 020 7569 2600 **f** 020 7569 2601 **e** john.cronin@goentertain.tv **w** goentertain.tv ▪ Sales Director: John Cronin.

Going for a Song Ltd Chiltern House, 184 High Street, Berkhamsted, Hertfordshire, HP4 3AP **t** 01442 877417 **f** 01442 870944 **e** sales@goingforasong.com **w** goingforasong.com ▪ Sales & Logistics C'tor: Luke White.

Gold Top Records (see Rumour Records Ltd)

Goldrush Records East Denbrae Cottage, Balbeggie, Perth, PH2 6JD **t** 01821 650408 **f** 01821 650408 **e** sales@goldrushrecords.com **w** goldrushrecords.com ▪ MD: John S. Thomson.

Goldtop Recordings (see Jungle Records)

Good Groove Recording Ltd 217 Buspace Studios, Conlan St, London, W10 5AP **t** 020 7565 0050 **f** 020 7565 0049 **e** gary@goodgroove.co.uk **w** goodgroove.co.uk ▪ Contact: Gary Davies.

Good Looking Records 54 Clarendon Rd, Watford, Herts, WD17 2LA **t** 01923 431 614 **f** 01923 431 848 **e** info@goodlooking.org **w** goodlooking.org ▪ Consultant: Tony Fordham.

Gorgeous Music Suite D, 67 Abbey Rd, London, NW8 0AE **t** 020 7724 2635 **f** 020 7724 2635 **e** velliott@gorgeousmusic.net **w** gorgeousmusic.net ▪ Label Manager: Victoria Elliott.

Gotham Records PO Box 6003, Birmingham, West Midlands, B45 0AR **t** 0121 477 9353 **e** Barry@gotham-records.com **w** gotham-records.com @BTMG youtube.com/gothamrecords ▪ Proprietor: Barry Tomes.

Graduate Records PO Box 388, Holt Heath, Worcester, Worcs, WR6 6WQ **t** 01905 620786 **e** tmv@live.co.uk **w** graduaterecords.com ▪ MD: Tina Virr.

Gramavision (see Palm Pictures)

Gramophone Records Unit X, 37 Hamilton Rd, Twickenham, Middlesex, TW2 6SN **t** 020 8894 2169 **e** woo@attglobal.net **w** gramophonerecords.com ▪ Managing Director: Bruce Woolley.

Granada Ventures 48 Leicester Square, London, WC2H 7FB **t** 020 7389 8555 **e** Mark.hurry@ITV.com **w** granadaventures.tv ▪ Commercial Affairs Director: Mark Hurry.

Grasmere Records - Patterdale Music Ltd 59 Marlpit Lane, Coulsdon, Surrey, CR5 2HF **t** 020 8407 9440 **f** 01737 5553399 **e** grasmere1@blueyonder.co.uk **w** grasmeremusic.co.uk ▪ Co-MDs: Jo Barratt, Annette Barratt.

Grateful Dead (see Ace Records)

Great Western Records (see Rollercoaster Records)

The Green Label Music Company Ltd PO Box 133, Leatherhead, KT24 6WQ **t** 01708 444282 and 01483 281300 **f** 01708 469100 **e** john@greenlabelmusic.co.uk ▪ Directors: Andrew Humphries and John Boyden.

Greensleeves Records 107 Hammersmith Road, London, W14 0QH **t** 020 8758 0564 **f** 020 8758 0811 **e** mail@greensleeves.net **w** greensleeves.net facebook.com/group.php?gid=32135177167&ref=ts myspace.com/greensleevesrecords twitter.com/greensleevesrec youtube.com/greensleevesvideos ▪ President: Olivier Chastan.

Greentrax Recordings Ltd Cockenzie Business Centre, Edinburgh Rd, Cockenzie, East Lothian, EH32 0HL **t** 01875 814155 **f** 01875 813545 **e** info@greentrax.com **w** greentrax.com ▪ MD: Ian D Green 01875 815888.

Gremlin Records **t** 01322 333137 **e** jason@gremlinproductions.co.uk **w** gremlinproductions.com ▪ A&R: Jason Alloway.

Gridlockaz Records Unit S14, Shakespeare Business Centre, 245a Coldharbour Lane, London, SW9 8RR **t** 020 7501 9339 **f** 020 7501 9339 **e** info@gridlockaz.com **w** gridlockaz.com ▪ Label Mgr: Victor Omosevwerha.

Griffin & Co 24 Church Lane, East Peckham, Tonbridge, TN12 5JH **t** 01622 872226 **f** 01622 872229 **e** sales@griffinrecords.co.uk **w** griffinrecords.co.uk ▪ Director: John Hawkings-Byass.

Gringo Records PO Box 7546, Nottingham, NG2 4WT **t** 07747 389 696 **e** info@gringorecords.com **w** gringorecords.com ▪ Boss: Matthew Newnham.

Gronland Records Unit 6 - Fleetwood Building, 2 Northwold Road, London, N16 7HG **t** 020 7553 9166 **f** 020 7553 9198 **e** thebear@groenland.com **w** gronland.co.uk ▪ MD: Rene Renner.

Music Week Directory

- Contacts
- Facebook
- MySpace
- Twitter
- YouTube

Groovin' Records Flat 15, Hoyle Court, 61 Trinity Road, Wirral, Merseyside, CH47 2BS **t** 08454 580037 **e** groovin.records@virgin.net **w** groovinrecords.co.uk Director: Al Peterson.

GRP (see Decca Records)

G2 (see Greentrax Recordings Ltd)

Guess Records (see Duffnote Ltd)

Guild (see Priory Records)

Gut Recordings Phoenix Music International, PO Box 46, Cromer, NR27 9WX **t** 08456 300 710 **f** 08456 300 720 **e** cindy.blackmore@phoenix-corp.co.uk **w** phoenixmusicinternational.com Accounts: Cindy Blackmore.

H&H Music Ltd 15 Haslemere Rd, London, N21 3AB **t** 020 8886 4141 **e** info@handhmusic.eu **w** handhmusic.co.uk Contact: Steve Brink.

Habana Media The Offices., Colgreas Farm, Newquay, TR8 5YZ **t** 01637 831 011 **f** 01637 831 037 Managing Director: Sam Buckle.

The Hallowe'en Society (see Adasam Limited)

Halo UK Records 88 Church Lane, London, N2 0TB **t** 020 8444 0049 **e** halomanagement@hotmail.com **w** halo-uk.net Dir: Mike Karl Maslen 07711 062 309.

Handspun Records 64 Harbour Street, Whitstable, Kent, CT5 1AG **t** 07973 149 333 **e** handspun@haveaniceday.ws **w** dontdothedodo.com Owner: Anthony Cooper.

Hannibal (see Palm Pictures)

Harbourtown Records PO Box 25, Ulverston, Cumbria, LA12 7UN **t** 01229 588290 **f** 01229 588290 **e** records@hartown.demon.co.uk **w** harbourtownrecords.com MD: Gordon Jones.

Harkit Records PO Box 617, Bushey Heath, Hertfordshire, WD23 1SX **t** 020 8385 7771 **e** sales@harkitrecords.com **w** harkitrecords.com Chief Executive Officer: Michael Fishberg.

Harmless Recordings (see Demon Music Group)

Harmonia Mundi (UK) Ltd 45 Vyner Street, London, E2 9DQ **t** 020 8709 9509 **f** 020 8709 9501 **e** info.uk@harmoniamundi.com **w** harmoniamundi.com Managing Director: Patrick Lemanski.

Harper Collins Audio Books 77-85 Fulham Palace Road, Hammersmith, London, W6 8JB **t** 020 8741 7070 **f** 020 8307 4517 **e** rosalie.george@harpercollins.co.uk **w** fireandwater.com Publishing Manager: Rosalie George 020 8307 4618.

Hasmick Promotions Unit 8, Forest Hill Trading Estate, London, SE23 2LX **t** 020 8291 6777 **f** 020 8291 0081 **e** jasmine@hasmick.co.uk **w** hasmick.co.uk Contact: Carl Hazeldine.

Hassle Records Contact: Eat Sleep Records. (see Full Time Hobby)

Haven Records St Mary's Works, St Mary's Plain, Norwich, Norfolk, NR3 3AF **t** 01603 624290 **f** 01603 619999 **e** derek@backsrecords.co.uk **w** havenrecords.co.uk A&R: Derek Chapman/Boo Hewerdine 01603 626221.

Headscope Headrest, Broadoak, Heathfield, East Sussex, TN21 8TU **t** 01435 863994 **f** 01435 867027 **e** info@headscope.co.uk **w** headscope.co.uk Partner: Ron Geesin.

Headstone Records 47 Fairfax Rd, Woking, Surrey, GU22 9HN **t** 01483 856 760 **e** colinspencer@ntlworld.com MD: Colin Spencer 07811 387 220.

Hearmusic (see Mercury Music Group)

Heat Recordings 63 Hartland Rd, London, NW6 6BH **t** 020 7625 5552 **f** 020 7625 5553 **e** info@heatrecordings.com **w** heatrecordings.com MD/A&R: Alex Payne.

Heavenly Dance PO Box 640, Bromley, BR1 4XZ **t** 07985 439 453 **f** 020 8290 4589 **e** Heavenlydance1@aol.com

Heavenly Recordings 219 Portobello Rd, London, W11 1LU **t** 020 7494 2998 **e** info@heavenlyrecordings.com **w** heavenlyrecordings.com myspace.com/heavenlyrecordings twitter.com/heavenlyrecs facebook.com/pages/HEAVENLY-RECORDINGS/21108820390 MD: Jeff Barrett.

Heavy Metal Records Ltd. 152 Goldthorn Hill, Penn, Wolverhampton, West Midlands, WV2 3JA **t** 0121 270 0877 **f** 01902 345155 **e** Paul.Birch@revolverrecords.com **w** HeavyMetalRecords.com facebook.com/heavymetalrecords myspace.com/heavymetalrecords twitter.com/heavymetalrecs youtube.com/revolverrecords MD: Paul Birch.

Hed Kandi (see Ministry Of Sound Recordings)

Helium Records 16 Abbey Churchyard, 16 Abbey Churchyard, Bath, Somerset, BA1 1LY **t** 01225 311661 **f** 01225 482013 **e** carole@heliumrecords.co.uk **w** heliumrecords.co.uk heliumrecords.co.uk heliumrecords.co.uk twitter.com/heliumrecords Director: Carole Davies.

Helix Music 6 The Retreat, London, SW14 8SS **t** 020 3239 7150 **e** sophie@helixmusic.com **w** helixmusic.com Director of A&R: Sophie Henwood.

Hellsquad Records PO Box 54319, London, W2 7AZ **t** 020 77929494 **e** enquiries@hellsquadrecords.com **w** hellsquadrecords.com MD: Thomas Dalton.

Hens Teeth Records Millham Lane, Dulverton, Somerset, TA22 9HQ **t** 01398 324 114 **f** 01398 324 114 MD: Andrew Quarrie.

Record Companies: Record Companies & Labels

Music Week Directory

www.musicweek.com

Contacts **Facebook** **MySpace** **Twitter** **YouTube**

Record Companies: Record Companies & Labels

HHO Ltd Unit 4, Mill Hill Industrial Estate, Flower Lane, Mill Hill, London, NW7 2HU **t** 020 8959 5890 **f** 020 8959 7981 **e** info@hho.co.uk **w** hho.co.uk youtube.com/hhomultimedia **MD**: Henry Hadaway.

HHO Multimedia Suite 1, Brittania Business Centre, London, NW2 1EZ **t** 020 8830 8813 **f** 020 8830 8801 **e** info@hho.co.uk **w** hho.co.uk **MD**: Henry Hadaway.

Hi-Fi (see Everest Copyrights)

Hidden Art Recordings 14 Darley Dale Road, Corby, Northamptonshire, NN17 2XZ **t** 01536 202295 **f** 01536 266246 **e** steve@adasam.co.uk **w** hiddenartrecordings.com **Label Manager**: Steve Kalidoski.

High Barn Records Bardfield Centre, Great Bardfield, Braintree, Essex, CM7 4SL **t** 01371 811291 **e** paul.boon@high-barn.com **w** high-barn.com **Venue And Studio Manager**: Paul Boon.

Higher State 95-99 North Street, London, SW4 0HF **t** 020 7627 5656 **f** 020 7627 5757 **e** info@higherstate.co.uk **w** higherstate.co.uk **A&R Mgr**: Jamie Pierce.

Highnote Ltd PO Box 509a, Thames Ditton, Surrey, KT7 0WQ **t** 020 8873 1090 **e** musicweek@highnote.co.uk **w** highnote.co.uk **Dir**: Mark Rye.

Himalayan Records (see Southern Records/Studios)

Hip Bop (see Silva Screen)

The Hit Music Company Shepperton Film Studios, Studios Rd, Shepperton, Middx, TW17 0QD **t** 01932 593634 **e** chet@thehitmusiccompany.com **w** thehitmusiccompany.com **Chief**: Chet Selwood.

HMV Classics (see EMI Classics International)

Holier Than Thou Records 91 Masons Road, Stratford-Upon-Avon, Warwickshire, CV37 9NE **t** 01789 268661 **e** david@httmusic.co.uk **w** holierthanthou.co.uk **Label Manager**: David Begg.

HomeFront Productions Fir Tree Cottage, Churt, Surrey, GU10 2PY **t** 01252 790421 **e** roland@rolandchadwick.com **w** rolandchadwick.com myspace.com/rolandchadwick **Director**: Roland Chadwick 07980 822517.

Honchos Music (see NRK Sound Division Ltd)

Honey Records 85-89 Duke St, Liverpool, L1 5AP **t** 0151 708 7722 **e** info@honeyrecords.co.uk **w** honeyrecords.co.uk **Dirs**: Mat Flynn, Keith Mullin.

Hope Music Group Unit 4.16 Paintworks, Arnos Vale, Bristol, Somerset, BS4 3EH **t** 0117 971 2397 **f** 0117 972 8981 **e** leon@hoperecordings.com **w** hoperecordings.com **Managing Director**: Leon Alexander.

Hope Recordings (see Hope Music Group)

Horatio Nelson PO Box 1123, London, SW1P 1HB **t** 020 7828 6533 **f** 020 7828 1271 **MD**: Derek Boulton.

Horus Music Unit 7, St. Marks Works, Foundry Lane, Leicester, LE1 3WU **t** 0116 253 0203 **e** nick.dunn@horusmusic.co.uk **w** horusmusic.co.uk horusmusic horusmusicgroup horusmusicltd horusmusic **CEO and Chairman**: Nick Dunn.

Hospital Records 182-184 Dartmouth Rd, Sydenham, London, SE26 4QZ **t** 020 8613 0400 **f** 020 8613 0401 **e** info@hospitalrecords.com **w** hospitalrecords.com **Marketing & Promotions**: Tom Kelsey.

Hot Dog (see The Store For Music)

Hot Lead Records 2, Laurel Bank, Lowestwood, Huddersfield, Yorkshire, HD7 4ER **t** 01484 846333 **f** 01484 846333 **e** HotLeadRecords@btopenworld.com **w** fimusic.co.uk **MD**: Ian R. Smith.

Hours Beat Records (see Archive Recordings)

House Of Phoenix Records 4th Floor, 100 New Bond Street, Mayfair, London, W1S 1SP **t** +44 (0)207 692 4100 **f** +44 (0)207 692 4101 **e** dusso@houseofphoenixrecords.com **w** houseofphoenixrecords.com **President**: Dusso.

Housefly Records 3 Mill Row, Pontardawe, SA8 3AD **t** 07765 441 015 **e** info@houseflyrecords.com **w** houseflyrecords.com **Label Manager**: Jules Hyland.

Household Name Records PO Box 12286, London, SW9 6FE **t** 020 7582 9972 **e** info@householdnamerecords.co.uk **w** houseeholdnamerecords.co.uk **Label Manager**: David Giles.

Housexy (see Ministry Of Sound Recordings)

Hungry Audio 7 Elwyn Rd, Norwich, NR1 2RX **t** 01603 632466 **e** contact@hungryaudio.co.uk **w** hungryaudio.co.uk myspace.com/hungryaudiorecords twitter.com/hungryaudio **MD**: Adrian Cooke 07909 920574.

Hux Records PO Box 12647, London, SE18 8ZF **t** 07939 529772 **f** 01253 796492 **e** info@huxrecords.com **w** huxrecords.com **Owner**: Brian O'Reilly.

Hwyl 2 The Square, Yapham, York, North Yorkshire, YO42 1PJ **e** stevejparry@yahoo.co.uk **w** hwylnofio.com **Owner**: Steve Parry.

Hydrogen Dukebox 89 Borough High Street, London, SE1 1NL **t** 020 7357 9799 **e** doug@hydrogendukebox.com **w** hydrogendukebox.com **Owner**: Doug Hart.

Hyperion Records Ltd PO Box 25, London, SE9 1AX **t** 020 8318 1234 **f** 020 8463 1230 **e** info@hyperion-records.co.uk **w** hyperion-records.co.uk **Dir**: Simon Perry.

I'll Call You Records Brooke Oast, Jarvis Lane, Goudhurst, Cranbrook, Kent, TN17 1LP **t** 01580 211623 **e** rbickersteth@lookingforward.biz **Managing Director**: E R Bickersteth.

I-Anka PO Box 917, London, W10 5FA **e** ianka.records@boltblue.com **w** bobandy.com **MD**: J Punford.

www.musicweek.com

Music Week Directory 27

📇 Contacts   facebook Facebook   myspace MySpace   twitter Twitter   youtube YouTube

Iconoclast Records Ltd 172 Fawe Park Road, London, SW15 2EQ **t** 07900 241786 **f** 07092 109723 **e** al@iconoclastmedia.com 📇 Managing Director/Artists & Repertoire: Al Malik.

Iffy Biffa Records Welland House Farm, Spalding Marsh, Spalding, Linconshire, PE12 6HF **t** 07711 513791 **e** mark@iffybiffa.co.uk **w** iffybiffa.co.uk 📇 MD: Mark Bunn.

ifm records London **e** info@ifmrecords.com **w** indiefishmusic.com/ facebook facebook.com/indiefishmusic twitter @indiefish

IHT Records Unit 2D, Clapham North Arts Centre, 26-32 Voltaire Road, London, SW4 6DH **t** 020 7720 7411 **f** 020 7720 8095 **e** rob@ihtrecords.com **w** davidgray.com 📇 Contact: Rob Holden.

Ikon (see Priory Records)

ill funk recordings 52 St Johns Rd, London, TW7 6NW **t** 020 8568 8914 **e** president@ill-funk.com **w** ill-funk.com 📇 President: Gurdeep S Ubhie +44 7960257842.

Imagemaker Sound & Vision PO Box 69, Launceston, Cornwall, PL15 7YA **t** 01566 86308 **f** 01566 86308 **e** mail@timwheater.com **w** timwheater.com 📇 MD: Olive Lister.

Imaginary Music 3 Cyril Wood Court, 89 West St, Bere Regis, Dorset, BH20 7HH **t** 01929 472 830 **e** gphall@tiscali.co.uk **w** gphall.com 📇 Composer: GP Hall.

Immaterial Records PO Box 706, Ilford, Essex, IG2 6ED **t** 07973 676160 **e** bij@btinternet.com 📇 Owner: Bijal Dodhia.

Immoral Recordings (see JPS Recordings)

Imprint (see D.O.R.)

Independiente Ltd 40 Adam & Eve Mews, London, W8 6UJ **t** 020 7565 5555 **f** 020 7937 9462 **e** info@independiente.co.uk **w** independiente.co.uk 📇 Chairman: Andy Macdonald.

Indigo Records (see Universal Music (UK) Ltd)

Indipop Records P.O. Box 369, Glastonbury, Somerset, BA6 8YN **t** 01749 831 674 **f** 01749 831 674 📇 MD: Steve Coe.

Inferno Cool (see Inferno Records)

Inferno Records 32-36 Telford Way, London, W3 7XS **t** 020 8742 9300 **f** 020 8742 9097 **e** pat@infernorecords.co.uk **w** infernorecords.co.uk 📇 Heaf of A&R: Pat Travers.

Infur (see Seriously Groovy Music)

Inigo Recordings Label Group Suite 220, 241-251 Ferndale Rd, London, SW9 8BJ **t** 020 7168 9118 **f** 020 7168 9118 **e** info@inigorecordings.com **w** inigo-online.com 📇 Contact: Label Manager.

Ink (see Distinct'ive Records)

Inner Rhythm (see Born to Dance Records)

Inner Sanctum Recordings (see Adasam Limited)

Innerground Records 8 Roland Mews, Stepney Green, London, E1 3JT **t** 020 7729 7703 **f** 020 7929 3222 **e** info@innergroundrecords.com **w** innergroundrecords.com 📇 Managing Director: Oliver Brown.

Instant Hit PO Box 34, Ventnor, Isle of Wight, PO38 1YQ **t** 01983 857 079 **e** jkt@diamondisle.co.uk **w** diamondisle.co.uk 📇 MD: Jon Monks.

Instant Karma (see Dharma Records Ltd)

Institute Recordings Phoenix Music International, PO Box 46, Cromer, NR27 9WX **t** 08456 300 710 **f** 08456 300 720 **e** cindy.blackmore@phoenix-corp.co.uk **w** phoenixmusicinternational.com 📇 Accounts: Cindy Blackmore.

Integrity Records Ltd 40 Mill Street, Bedford, Bedfordshire, MK40 3HD **t** 01234 267459 **f** 01234 212864 **e** david@integrityrecords.co.uk **w** integrityrecords.co.uk 📇 Director: David Twigden.

Interlude Records 30 Amity Street, Reading, Berks, RG1 3LP **t** 07879 894 593 **e** info@interluderecords.com **w** interluderecords.com 📇 Label Manager: Tobias Andersson.

International Media Rights Suite 238, 116 Ballards Lane, London, N3 2DN **t** 0845 644 2829 **f** 0844 644 2829 **e** alan@internationalmediarights.com **w** internationalmediarights.com 📇 MD: Alan Bellman.

Interscope (see Polydor Records)

Invicta Hi-Fi Records Limited 5th Floor, Gostin Building, 32-36 Hanover St, Liverpool, L1 4LN **t** 0151 709 5264 **f** 0151 709 8439 **e** admin@invictahifi.co.uk **w** invictahifi.co.uk 📇 Contact: Jules Bennett.

Invisible Hands Music 15 Chalk Farm Rd, London, NW1 8AG **t** 020 7284 3322 **f** 020 7284 4455 **e** info@invisiblehands.co.uk **w** invisiblehands.co.uk 📇 MD: Charles Kennedy.

Iona Records (see Lismor Recordings)

Iris Light Records 9 Station Walk, Highbridge, Somerset, TA9 3HQ **t** 01278 780904 **f** 01278 780904 **e** iLIGHT@irislight.co.uk **w** irislight.co.uk 📇 MD: Adam Sykes.

IRL PO Box 30884, London, W12 9AZ **t** 020 8746 7461 **f** 020 8749 7441 **e** info@independentrecordsltd.com **w** independentrecordsltd.com 📇 Dirs: David Jaymes & Tom Haxell.

Iron Man Records Iron Man Records, PO Box 9121, Birmingham, West Midlands, B13 8AU **t** 07974 746810 **e** info@ironmanrecords.co.uk **w** ironmanrecords.co.uk
facebook facebook.com/ironmanrecords
twitter twitter.com/ironmanrecords
youtube youtube.com/ironmanrecords 📇 Label Manager: Mark Badger.

Record Companies: Record Companies & Labels

ISLAND RECORDS GROUP

364-366 Kensington High St, London, W14 8NS
t 020 7471 5300 **f** 020 7471 5001
e firstname.lastname@umusic.com **w** islandrecords.co.uk
Co-Presidents: Darcus Beese and Ted Cockle. Senior Vice President: David Sharpe. Legal & Business Affairs Director: Claire Sugrue. General Manager Island Label: Jon Turner. Head of Press: Shane O'Neill. Marketing Director Universal Records: Sarah Boorman.

Isobar Records 56 Gloucester Place, London, W1U 8HJ
t 020 7487 3832 **e** info@isobarrecords.com MD: Peter Morris 07956 493692.

ISongs Records Limited 145-157 St John Street, London, EC1V 4PW **e** paul.ballance@mbopglobal.co.uk
w istoresbusiness.co.uk Contact: Paull Ballance.

ISongs Records Ltd 145-157 St John Street, London, EC1V 4PW **e** paul.ballance@mbopglobal.co.uk
w istoresbusiness.com Contact: Paul Ballance.

ITN Corporation PO Box 1795, Sheffield, S3 7FF
e itn@itncorp.demon.co.uk **w** inthenursery.com
facebook.com/INTHENURSERY?ref=ts
myspace.com/inthenursery
twitter.com/#!/InTheNursery Director: Nigel Humberstone 01142728726.

J & S Construction (see Taste Media Ltd)

Jackpot Records PO Box 2272, Rottingdean, Brighton, BN2 8XD **t** 01273 304681 **f** 01273 308120
e seven@7pmmanagement.com **w** a7music.com
Owner: Seven Webster.

Jagged Rock Music Ltd 111 Attingham Drive, Sovereign Heights, Dudley, West Midlands, DY1 3HY
t 07876 774068 **e** peter.newton@jaggedrockmusic.com
w jaggedrockmusic.com
myspace.com/jaggedrockmusic Director: Peter Newton 0121 557 0467.

Jalapeno Records Unit 11, Impress House, Mansell Rd, London, W3 7QH **t** 020 8743 5218
f 020 7681 3949 **e** info@jalapenorecords.com
w jalapenorecords.com MD: Trevor McNamee.

Jam Central P.O. Box 230, Aylesbury, Buckinghamshire, HP21 9WA **t** 07765 258215
e office@jamcentralrecords.co.uk
w jamcentralrecords.co.uk
myspace.com/jamcentralrecords
youtube.com/jamcentralrecords Managing Director: Stuart Robb.

Jamdown Music Ltd Stanley House Studios, 39 Stanley Gardens, London, W3 7SY **t** 020 8735 0280
f 07970 574924 **e** othman@jamdown-music.com
w jamdown-music.com myspace.com/jamdownabood
youtube.com/aboodjamdown MD: Othman Mukhlis.

Jasmine Records (see Hasmick Promotions)

Jayded Records 2nd Floor, 9 Bourlet Close, 2nd Floor, London, W1W 7BP **e** information@2point9.com
w 2point9.com Managing Director: Billy Grant.

Jaygee Cassettes 5 Woodfield, Burnham on Sea, Somerset, TA8 1QL **t** 01278 789 352 **f** 01278 789 352
e patricia@jaygeecassettes.co.uk **w** babysooth.co.uk Snr Partners: Roger & Patricia Wannell.

Jeepster Recordings Ltd Dedswell Suite, Surrey Place, Mill Lane, Godalming, Surrey, GU7 1EY
t 01483 861000 **f** 01483 861888 **e** info@jeepster.co.uk
w jeepster.co.uk Label Manager: Kay Heath.

Jessica Records Ltd 42 Brunswick Terrace, Eastville, Hove, East Sussex, BN3 1HA **t** 01273 220604
f 01273 220604 **e** jappla@o2.co.uk **w** jessica-records.com
Label Manager: Jessica Appla.

Jetstar Phoenix Music International, PO Box 46, Cromer, NR27 9WX **t** 0845 630 0710 **f** 0845 630 0720
e john.carnell@pmi-music.com
w phoenixmusicinternational.com Business Development Director: John Carnell.

Jewish Music Heritage Recordings PO Box 232, Harrow, Middlesex, HA1 2NN **t** 020 8909 2445
f 020 8909 1030 **e** jewishmusic@jmi.org.uk **w** jmi.org.uk
Managing Director: Geraldine Auerbach.

JFM Records 11 Alexander House, Tiller Road, London, E14 8PT **t** 020 7987 8596 **f** 020 7987 8596
e burdlawrence@btinternet.com MD: Julius Pemberton Maynard.

JPS Recordings PO Box 2643, Reading, Berks, RG5 4GF
t 0118 969 9269 **f** 0118 969 9264 **e** johnjpsuk@aol.com
MD: John Saunderson 07885 058 911.

JRC Records 113 Kitchener Road, Walthamstow, London, E17 4LJ **t** 07737 540 075 **e** jayarcea@mac.com
w jayarcea.com Owner: John Clair.

Jumpin' & Pumpin' (see Passion Music)

Jungle (see Jungle Records)

Jungle Records Research House, Fraser Road, Perivale, Middlesex, UB6 7AQ **t** 020 8537 3444 **f** 020 8537 3201
e enquiries@jungle-records.com **w** jungle-records.com
facebook.com/junglerecords
myspace.com/junglerecords
twitter.com/junglerecords
youtube.com/junglerecords Directors: Alan Hauser, Graham Combi.

The Junk Label P.O Box 308, Cobham, Surrey, KT11 2XH **e** info@thejunklabel.com **w** thejunklabel.com
facebook.com/thejunklabel twitter.com/thejunklabel
youtube.com/thejunklabel MD: Bob Gwilliam.

Jus Listen (see RF Records)

www.musicweek.com **Music Week Directory** 29

📧 Contacts   📘 Facebook   💬 MySpace   🐦 Twitter   ▶️ YouTube

Record Companies: Record Companies & Labels

Just Music Hope House, 40 St Peters Rd, London, W6 9BD **t** 020 8741 6020 **e** justmusic@justmusic.co.uk **w** justmusic.co.uk facebook.com/justmusicuk myspace.com/justmusiclabel twitter.com/justmusiclabel youtube.com/justmusictv Director: John Benedict.

K-Scope (see Snapper Music)

K-tel MultiMedia (UK) Ltd Units 1 & 2, Wadsworth Close, Perivale, UB6 7JF **t** 020 8799 6358 **e** janie@k-tel-uk.com Consultant: Janie Webber.

Kabuki 23 Weavers Way, Camden Town, London, NW1 0XF **t** 020 7916 2142 **e** email@kabuki.co.uk **w** kabuki.co.uk Manager: Sheila Naujoks.

Kamaflage Records (see Dragonfly Records)

Kamara Music Publishing PO Box 56, Boston, Lincolnshire, PE22 8JL **t** 07989 641808 **e** kamaramusic@hotmail.co.uk **w** myspace.com/megahitrecordsuk MD: Chris Kamara.

Kamaric (see Fury Records)

Kamera Shy (see Gotham Records)

Kamikaze (see Superglider Records)

Kauris Entertainment International House, 226 Seven Sisters Road, London, N4 3GG **e** didier.metelo@kauris.tv **w** kauris.tv facebook.com/pages/Kauris-Entertainment-Ltd/189392675245 myspace.com/kaurisentertainment kaurisofficial youtube.com/kaurisvision CEO - General Manager: Didier Metelo +44 7909 927272.

Kennington Recordings 44 Norwood Park Road, London, SE27 9UA **t** 020 8670 4082 **e** corporatecommunications@kenningtonrecordings.com **w** kenningtonrecordings.com Director: Owen Laurence.

Kent (see Ace Records)

Keswick (see Loose Records)

Kevin Mayhew (see Priory Records)

Kids Records London **t** 07739 840684 **e** wearedownwiththekids@gmail.com **w** kidsthelabel.co.uk facebook.com/home.php?#/group.php?gid=12940229 3582 myspace.com/kidsrecords twitter.com/kidsrecords President: Dave Kids 07739840684.

Kìla Records & Distribution Charlemont House, 33 Charlemont St, Dublin 2 **t** +353 1 476 0627 **f** +353 1 476 0627 **e** info@kilarecords.com **w** kila.ie facebook.com/kilaofficial myspace.com/kilaofficial Manager: Sarah Glennane.

Kill the Lights (see The Recoverworld Label Group (Supreme Music Ltd))

Kingsize Records The Old Bakehouse, Hale St, Staines, Middx, TW18 4UW **t** 01784 458700 **e** info@dispersionpr.com **w** dispersionpr.com facebook.com/dispersionpr.com twitter.com/dispersionpr Directors: Julian Shay / Dean Muhsin.

Kingsway Music 26-28 Lottbridge Drove, Eastbourne, East Sussex, BN23 6NT **t** 01323 437700 **f** 01323 411970 **e** music@kingsway.co.uk **w** kingsway.co.uk A&R Mgr: Caroline Bonnett.

Kismet Records 91 Saffron Hill, London, EC1N 8PT **t** 020 7404 3333 **e** info@kismetrecords.com **w** kismetrecords.com Director: Gilly Da Silva.

Kitchenware 7 The Stables, Saint Thomas St, Newcastle upon Tyne, Tyne and Wear, NE1 4LE **t** 0191 230 1970 **f** 0191 232 0262 **e** info@kitchenwarerecords.com **w** kitchenwarerecords.com Administration: Nicki Turner.

Klone Records PO Box 54127, London, W5 9BE **t** 020 8997 7893 **f** 020 8997 7901 **e** post@rumour.demon.co.uk **w** klonerecords.com Managing Director: Anne Plaxton.

Kontakt Records (see ATG Records)

KRL - Bulk Music Ltd PO Box 5577, Newton Mearns, Glasgow, G77 9BH **t** 0141 616 0900 **f** 0141 639 6825 **e** krl@krl.co.uk **w** krl.co.uk MD: Isobel Waugh.

Krypton Records 31 Fife St, St James, Northampton, NN5 5BH **t** 01604 752800 **f** 01604 752800 **e** ray@thejets.co.uk **w** thejets.co.uk Contact: Ray Cotton.

KSO Records PO Box 52,279, London, SW16 4YS **t** 07956 120 837 **e** marcusanthony@ksorecords.com **w** ksorecords.com Management: Marcus Antony.

Kudos Records Ltd 77 Fortess Road, Kentish Town, London, NW5 1AG **t** 020 7482 4555 **f** 020 7482 4551 **e** contact@kudos-digital.co.uk **w** kudos-digital.co.uk

L1Ropewalk Recordings 81 Gleneagles Drive, Ainsdale, Southport, Merseyside, PR8 3TH **t** 07982 529168 **e** publicservice2008@yahoo.com **w** l1ropewalkrecordings.co.uk ropewalkrecordings jacspublicservice twitter.com/l1ropewalk owner/proprietor L1 Ropewalk Recordings: Mr Nigel Harrison.

Lager Records 10 Barley Rise, Baldock, Hertfordshire, SG7 6RT **t** 01462 636799 **f** 01462 636799 **e** dan@Lockupmusic.co.uk Dir: Steve Knight.

Lake (see Fellside Recordings Ltd)

Lammas Records 118 The Mount, York, YO24 1AS **t** 01904 624132 **f** 01904 624132 **e** enquiries@lammas.co.uk **w** lammas.co.uk Prop: Lance Andrews.

LAS Records UK LAS House, 10 Derby Hill Crescent, London, SE23 3YL **t** 020 8291 9236 **f** 020 8291 9236 **e** lasrecords@latinartsgroup.com **w** latinartsgroup.com Director: Hector Rosquete 07956 446 342.

Music Week Directory

Last Suppa Records Limited The Coach House, 1a Putney Heath Lane, London, SW15 3JG
t 020 7193 1325 **e** jon@lastsuppa.com **w** lastsuppa.com
Managing Director: Jon Sexton.

Latitudes (see Southern Records/Studios)

Lawn Records (see Rollercoaster Records)

Lazarus Marlinspike Hall, Walpole Halesworth, Suffolk, IP19 9AR **t** 01986 784664 **e** cally@thethe.com **w** thethe.com Soul Prop: Cally.

The Leaf Label PO Box 272, Leeds, LS19 9BP
t 0113 216 1021 **f** 0700 605 7821
e contact@theleaflabel.com **w** theleaflabel.com
facebook.com/theleaflabel
myspace.com/theleaflabel twitter.com/theleaflabel
youtube.com/theleaflabel MD: Tony Morley.

Legend Music 5 Bream Close, Melksham, Wiltshire, SN12 7JX **t** 01225 790937 **e** musicoflegend@aol.com
MD: David Rees 07968 434570.

Legion Presents Records 7, 28a High St, Cardiff, CF10 1PU **t** 02920 399 383 **e** info@legionpresents.com **w** legionpresents.com Dirs: Dave or Kris Legion.

Leningrad Masters (see Priory Records)

Les Molloy Group Box 27, Hindon Court, 104 Wilton Rd, London, SW1V 1DU **t** 07860 389598 **f** 020 3262 0179 **e** molloymolloy@hotmail.co.uk **w** lesmolloy.co.uk Artist and Media Consultant: Les Molloy.

Lewis Recordings PO Box 60201, London, EC1P 1QZ
t 020 7713 0926 **f** 020 7833 2611
e info@LewisRecordings.com **w** LewisRecordings.com
Director: Mike Lewis.

Lex (see Warp)

LHP Records / LHP Publishing 98 Wolseley Rd, Southampton, Hampshire, SO15 3ER
e jayne.lhp@ntlworld.com **w** lhprecords.com Head of Management & Promotions (A&R): Jayne 07891165759.

Lick Records (see Automatic Records)

Lindenburg (see Priory Records)

Lineage Recordings P.O. Box 1034, Maidstone, Kent, ME15 0WZ **t** 07821 357 713 **e** lineage@toucansurf.com
MD: CJ Jammer.

Linn Records Glasgow Rd, Waterfoot, Eaglesham, G76 0EQ **t** 0141 303 5027 **f** 0141 303 5007
e info@linnrecords.co.uk **w** linnrecords.co.uk Managing Director: Gilad Tiefenbrun.

Liquid Sound (see Dragonfly Records)

LIR Classics (London Independent Records)
t 020 3239 6855 **e** info@london-independent.co.uk
w london-independent.co.uk Director: Jan Hart.

Lismor Recordings PO Box 7264, Glasgow, Strathclyde, G46 6YE **t** 0141 637 6010 **f** 0141 637 6010
e lismor@lismor.com **w** allcelticmusic.com MD: Ronnie Simpson 07706152845.

Little Genius Recordings 91 Berwick Street, London, W1F 0NE **t** 020 7292 6462
e gene@littlegeniusrecordings.com
w littlegeniusrecordings.com Contact: Michael Brown.

Little Piece of Jamaica (LPOJ)
55 Finsbury Park Rd, Highbury, London, N4 2JY
t 020 7359 0788 **e** paulhuelpoj@yahoo.co.uk **w** lpoj.com
Dir: Paul Hue 07973 630729.

Live At The Suite Ltd Utopia Village, 7 Chalcot Road, London, NW1 8LH **t** 020 7813 7964 **f** 020 7209 4092
e ladyb@thesuite.sh **w** liveatthesuite.com
Contact: Andrew, Lady B.

Livewire (see K-tel MultiMedia (UK) Ltd)

Lizard King Records Studio 20 Fazeley Studios, 191 Fazeley Street, Birmingham, B5 5SE **t** 0121 449 3814
e info@lizardkingrecords.co.uk **w** lizardkingrecords.co.uk
myspace.com/lizardkingrecords
twitter.com/lizard_king_ CEO: Martin Heath.

Loaded (see Skint Records)

Lochshore (see KRL - Bulk Music Ltd)

Locked On Records 679 Holloway Road, London, N19 5SE **t** 020 7281 4877 **e** tas@puregroove.co.uk
w puregroove.co.uk MD: Tarik Nashnush.

Lockjaw Records County House, St. Marys Street, Worcester, Worcestershire, WR1 1HB **t** 01905 729149
f 01905 729149 **e** info@lockjawrecords.co.uk
w mothershouldknowrecords.com
myspace.com/lockjawrecords
twitter.com/lockjawrec youtube.com/lockjawuk
Managing Director: Sid Emery.

LOE Records LOE House, 159 Broadhurst Gardens, London, NW6 3AU **t** 020 7328 6100 **f** 020 7624 6384
e watanabe@loe.uk.net Creative Mgr: Jonny Wilson.

Lo-Five 22 Herbert Street, Glasgow, G20 6NB
t 0141 560 2748 or 0141 337 1199 **f** 0141 357 0655
e info@lo-fiverecords.com **w** lo-fiverecords.com
Dir: Robin Morton.

Lojinx BCM Box 2676, London, WC1N 3XX
t 020 7193 9154 **f** 020 7691 9716 **e** hello@lojinx.com
w lojinx.com facebook.com/lojinx twitter.com/lojinx
youtube.com/lojinx

LONDON RECORDS

364-366 Kensington High Street, London, W14 8NS
t 0207 471 5750 **e** firstname.lastname@umusic.com
President: Nick Raphael. SVP of A&R: Jo Charrington.

Long Island Records Long Island House, 1- 4 Warple Way, London, W3 0RG **t** 020 8954 7144
e info@longislandstudios.com **w** longislandstudios.com
Contact: Leanne Myers.

www.musicweek.com   **Music Week Directory** 31

👤 Contacts   **f** Facebook   **M** MySpace   **t** Twitter   ▶ YouTube

---

LongMan (see LongMan Records)

LongMan Records West House, Forthaven, Shoreham-by-Sea, W. Sussex, BN43 5HY **t** 01273 453422 **f** 01273 452914 **e** richard@longman-records.com **w** longman-records.com 👤 Director: Richard Durrant.

Loog Records 364-366 Kensington High St, London, W14 8NS **t** 020 7471 5610 **e** loogrecords@umusic.com **w** loogrecords.co.uk 👤 MD: James Oldham.

Lookout Mountain London **e** ac@lookoutmountain.co.uk **w** lookoutmountain.co.uk 👤 Contact: Andrew Campbell.

Loose Music Unit 205, 5-10 Eastman Road, London, W3 7YG **t** 020 8749 9330 **f** 020 8749 2230 **e** info@loosemusic.com **w** loosemusic.com 👤 MD/A&R: Tom Bridgewater.

Loose Records The Pinery, Highmoor Bungalows, Wigton, Cumbria, CA7 9LW **t** 01697 345422 **f** 01697 345422 **e** looserecords@gmail.com **w** looserecords.com **f** facebook.com/pages/Loose-Records/139159737210 **M** w.myspace.com/andrewjtitcombe **t** twitter.com/looserecords 👤 Manager: Tim Edwards.

Loose Tie Records 15 Stanhope Rd, London, N6 5NE **t** 020 8340 7797 **f** 020 8340 6923 **e** paul@paulrodriguezmz.demon.co.uk **w** paulrodriguezmusic.co.uk/ 👤 MD: Paul Rodriguez.

Loriana Music PO Box 2731, Romford, RM7 1AD **t** 01708 750185 **f** 01708 750185 **e** info@lorianamusic.com **w** lorianamusic.com biomusic-6in1.net **f** Biomusic 6in1 **M** lorianamusic ▶ youtube.com/user/Biomusic6in1 👤 Owner: Jean-Louis Fargier 07748 343363.

Lost Highway (see Mercury Music Group)

LOT49 Records LGF 17 Whiteladies Rd, Bristol, BS8 1PB **t** 01173 290108 **e** info@lot49.co.uk **w** lot49.co.uk **M** myspace.com/lot49records ▶ uk.youtube.com/LOT49ers 👤 Label Manager: James Fiddian.

Lovechild Records (see Big Cat (UK) Records)

Low Quality Accident 71 Lansdowne Rd, Purley, Surrey, CR8 2PD **t** 020 8645 0013 **e** flamingofleece@yahoo.com **M** myspace.com/lowqualityaccident ▶ youtube.com/user/alvinledup 👤 MD: Alvin LeDup.

Lowered Recordings Ltd The Dairy, Porters End, Kimpton, Hitchin, Herts, SG4 8ER **t** 01438 831 065 **f** 01438 833 500 **e** enquiries@loweredrecordings.com **w** loweredrecordings.com 👤 MD: Jules Spinner.

LPMusic 14 Bellfield Street, Edinburgh, Midlothian, EH15 2BP **t** 01314 681716 **e** enquiries@lpmusic.org.uk **w** lpmusic.org.uk 👤 Managing Director: Lee Patterson.

LPW Records Ltd LPW House, 2 Cornflower Road, Abbeymead, Gloucester, GL4 4AJ **t** 07891 727 947 **e** info@lpwrecordsltd.biz 👤 A&R Director: Mike Longley.

Lucky 7's (see Tip World)

Lucky Number Music Ltd Studio 1, Scrutton House, 32-38 Scrutton St, London, EC2A 4RQ **t** 07909 532723 **e** contact@luckynumbermusic.com **w** luckynumbermusic.com **M** myspace.com/luckynumbermusic **t** twitter.com/luckynumbermus ▶ youtube.com/luckynumbermusic 👤 Director: Stephen Richards.

Luggage (see Silverword Music Group)

Lumenessence Recordings 103 Islingword Road, Brighton, E Sussex, BN2 9SG **t** 01273 701 997 **f** 01273 690 149 **e** people@lumenessence.co.uk **w** lumenessence.co.uk 👤 MD: Mark Williams.

Luminous Records 92, Manor Rd, Deal, Kent, CT14 9DB **t** 01304 369053 **e** luminousrecords@hotmail.com **w** luminousrecords.co.uk 👤 MD: Howard Werth.

Lunar Records 5-6 Lombard Street, East, Dublin 2, Ireland **t** +353 1 677 4229 **f** +353 1 671 0421 **e** lunar@indigo.ie 👤 Gen Mgr: Judy Cardiff.

Luv Luv Luv 106 Leonard Street, London **t** 02077395551 **e** grania@luvluvluvrecords.com **w** luvluvluvrecords.tumblr.com/ 👤 Contact: Grania Howard.

M60 Recordings 24 Derby St, Edgeley, Stockport, Cheshire, SK3 9HF **t** 0161 476 1172 **e** andylacallen@yahoo.com **w** myspace.com/picnicarea 👤 A&R Director: Andy Callen 07950 119151.

Madam Music Ltd Studio 26, 24-28 St Leonards Rd, Windsor, Berkshire, SL4 3BB **t** 0870 7503755 **f** 0871 9941280 **e** mm@madammusic.com **w** madammusicrecords.com 👤 MD: Deborah Collier.

Madfish (see Snapper Music)

Madrigal Records Guy Hall, Awre, Newnham, Gloucestershire, GL14 1EL **t** 01594 510512 **e** artists@madrigalmusic.co.uk **w** madrigalmusic.co.uk **f** facebook.com/madrigalmusic **t** @madrigalartists 👤 Managing Director: Nick Ford.

Maestro Records PO Box 2255, Mitcham, Surrey, CR4 3BG **t** 020 8687 2008 **f** 020 8687 1998 **e** music@maestrorecords.com **w** maestrorecords.com 👤 MD: Tommy Sanderson.

Magick Eye Records PO Box 3037, Wokingham, Berks, RG40 4GR **t** 0118 932 8320 **f** 0118 932 8320 **e** info@magickeye.com **w** magickeye.com **f** facebook.com/magickeyemusic **M** myspace.com/magickeyemusic **t** twitter.com/magickeyemusic 👤 MD: Chris Hillman.

Main Spring Recordings PO Box 38648, London, W13 9WJ **t** 020 8567 1376 **e** blair@main-spring.com **w** main-spring.com 👤 MD: Blair McDonald.

Record Companies: Record Companies & Labels

Music Week Directory

👤 Contacts   Ⓕ Facebook   Ⓜ MySpace   Ⓣ Twitter   ▶ YouTube

Record Companies: Record Companies & Labels

Makaveli Entertainment Limited
Makaveli Entertainment Limited, 2nd Floor, 145-157 St John's St, London, EC1N 4PY **t** 07961767272
e pcox@makavelientertainment.com
w makavelientertainment.com
🅜 myspace.com/makavelientertainment 👤 CEO: Phillip Cox 07961 767272.

Make Some Noise Records PO Box 792, Maidstone, Kent, ME14 5LG **t** 01622 691 106
f 01622 691 106 **e** info@makesomenoiserecords.com
w makesomenoiserecords.com 👤 Manager: Clive Austen.

Mango (see Island Records Group)

Marine Parade Records Unit 4.16 Paintworks, Bath Road, Bristol, BS4 3EH **t** 0117 971 2397
e eva@marineparade.net **w** marineparade.net 👤 Label Manager: Eva Greene.

Market Square Records Whiteleaf Business Centre, Buckingham Ind. Pk, Buckingham, Bucks, MK18 1TF
t 01296 715228 **e** peter@marketsquarerecords.co.uk
w marketsquarerecords.co.uk 👤 MD: Peter Muir.

Matador Records 17-19 Alma Rd, London, SW18 1AA
t 020 8875 6200 **e** natalie@matadorrecords.com
w matadorrecords.com Ⓕ facebook.com/MatadorRecords
🅜 myspace.com/matadorrecords
Ⓣ twitter.com/#!/matadorrecords
▶ youtube.com/user/matadorrecs 👤 Label Manager: Natalie Judge.

Maybe Records Ltd G17, Riverbank House, 1 Putney Bridge Approach, London, SW6 3JD
t 020 7736 7611 **e** info@mayberecords.com
w mayberecords.com 👤 Director: Duff Battye.

MCA 👤 Contact: MCA. (see Island Records Group)

MCI - Music Collection International (see Demon Music Group)

Big In Ibiza / Nukleuz **e** info@nukleuz.co.uk
w nukleuz.com 👤 MD: Peter Pritchard.

Mediawerk Ltd 85-89 Duke St, Liverpool, Merseyside, L1 5AP **t** 01517079044 **e** john@mediawerk.co.uk
w mediawerk.co.uk 👤 Manager: John Dang.

Mega Hit Records (UK) PO Box 56, Boston, Lincolnshire, PE22 8JL **t** 07976 553 624
e chriskamara@megahitrecordsuk.co.uk
w megahitrecordsuk.com 👤 MD: Chris Kamara.

Megafan Records London **t** 020 8133 3837
e info@megafanrecords.com
w megafanrecords.downloadcentric.net/app
▶ megafanrecords 👤 Contact: Stuart Muff.

Mellow Monkey Records Avalon House, 67 Avalon Rd, London, W13 0BB **t** 07986 557 452
e jo@mightymusicman.co.uk 👤 Contact: Jo Mirowski.

Melodic 14 Tariff Street, 3rd Floor, Manchester, Lancashire, M1 2FF **t** 01612 282070 **f** 01612 283070
e david@melodic.co.uk **w** melodic.co.uk
Ⓕ melodicrecordings
🅜 myspace.com/melodicmanchester Ⓣ melodicrecords
▶ youtube.com/davidmelodic 👤 Managing Director: David Cooper.

Memoir Records PO Box 66, Pinner, Middlesex, HA5 2SA **t** 020 8866 4865 **f** 020 8866 7804
e mor@memoir.demon.co.uk **w** memoir.demon.co.uk
👤 MD: Gordon Gray.

Memphis Industries 8 Ripplevale Grove, London, N1 1HU **t** 020 7607 2610 **e** info@memphis-industries.com
w memphis-industries.com 👤 Co-Managing Director: Ollie Jacob.

MERCURY MUSIC GROUP

364-366 Kensington High Street, London, W14 8NS
t 020 7471 5333 **f** 020 7471 5306
e firstname.lastname@umusic.com
w mercuryrecords.com 👤 President: Jason ILey. MD, Vertigo: Paul Adam. Dir of A&R: Jamie Nelson. General Manager, Marketing: Duncan Scott. Dir of Promotion: Bruno Morelli. Dir of Digital & Publicity: Azi Eftekhari.

Meridian Records PO Box 317, Eltham, London, SE9 4SF **t** 020 8857 3213 **f** 020 8857 0731
e mail@meridian-records.co.uk **w** meridian-records.co.uk
👤 MD: Richard Hughes.

Messy Productions Ltd Studio 2, Soho Recording Studios, 22-24 Torrington Place, London, WC1E 7HJ **t** 020 7813 7202 **f** 020 7419 2333
e info@messypro.com **w** messypro.com 👤 MD: Zak Vracelli.

Metal Nation Records 2 Whitehouse Mews, The Green, Wallsend, Tyne & Wear, NE28 7EP
t 07879812677 **e** metalnation1@hotmail.com
w metalnationrecords.co.uk 👤 MD: Jess Cox.

Metalheadz Recordings Hollycroft, Vicrage Lane, Bovingdon, Hemel Hempstead, Hertfordshire, HP3 0LT
t 01442 832256 **e** chris@metalheadz.co.uk
w metalheadz.co.uk 🅜 myspace.com/metalheadzltd
Ⓣ twitter.com/metalheadzmusic
▶ youtube.com/user/TheMetalheadzTV 👤 Label Manager: Chris Ball.

Metalheadz Hollycroft, Vicrage Lane, Bovingdon, Hemel Hempstead, Hertfordshire, HP3 0LT
t 07525 176 523 **e** chris@metalheadz.co.uk
w metalheadz.co.uk Ⓕ metalheadz.co.uk
🅜 metalheadz.co.uk Ⓣ twitter.com/metalheadzmusic
▶ metalheadz.co.uk 👤 Label Manager: Chris Ball 07850070401.

Music Week Directory

🔗 Contacts 📘 Facebook 💬 MySpace 🐦 Twitter ▶ YouTube

Record Companies: Record Companies & Labels

Metier (see Divine Art Record Company)

Metric Acorn Ltd Unit 3B, Brake Shear House, 164 High Street, Barnet, Hertfordshire, EN55XP **e** stevan@metricacorn.com **w** metricacorn.com 📘 facebook.com/metricacorn 🐦 twitter.com/metricacorn ▶ youtube.com/metricacorn 🔗 Label Manager: Stevan Krakovic +442084405522.

Mi5 Recordings UK Houldsworth Mill Business & Arts Centre, Houldsworth Street, Reddish, Stockport, SK5 6DA **t** 07976 131 145 **f** 0871 433 8757 **e** info@mi5recordings.co.uk **w** mi5recordings.co.uk 🔗 Dir: Andrew Calvert.

MIA Video Entertainment Ltd 4th Floor, 72-75 Marylebone High Street, London, W1U 5JW **t** 020 7935 9225 **f** 020 7935 9565 **e** miavid@aol.com 🔗 Gen Mgr: Vanessa Chinn.

Microphonic Limited 57A Railway Arches, North Woolwich Road, London, E16 2AA **t** 020 3039 2979 **e** info@microphonic.biz **w** microphonic.biz 🔗 Director: Colin Bird.

Midnight Rock (see Fury Records)

Mike Lewis Entertainment Ltd (see Lewis Recordings)

Millennium Records Ltd 6 Water Lane, Camden, London, NW1 8NZ **t** 020 7482 0272 **f** 020 7267 4908 **e** ben@millenniumrecords.com **w** millenniumrecords.com 🔗 MD: Ben Recknagel.

Mimashima Records PO Box 1083, Liverpool, L69 4WQ **t** 0151 222 5785 **f** 0151 222 5785 **e** mail@mimashimarecords.co.uk **w** mimashimarecords.co.uk 🔗 MD: Noel Fitzsimmons.

Mindlab Recordings Limited PO Box 50045, London, London, SE6 2ZB **t** 07765 440 031 **f** 020 8695 2682 **e** info@mindlabrecordings.com **w** mindlabrecordings.com 📘 facebook.com/mindlabrecordings 💬 myspace.com/mindlabrecordings 🐦 twitter.com/harrymindgame ▶ youtube.com/harrymindgame 🔗 Label Manager: Harry Pitters +447765440031 / +4420 8695 2682.

Ministry Of Sound Recordings 103 Gaunt St, London, SE1 6DP **t** 0870 060 0010 **f** 020 7403 5348 **w** ministryofsound.com 🔗 CEO: Lohan Presencer.

Mint (see Jungle Records)

Minta (see Plum Projects)

Mirabeau (see Silverword Music Group)

Miss Moneypenny's Music (see K-tel MultiMedia (UK) Ltd)

Miss Moneypennys Music **t** 01214266820 **f** 01214265700 **e** jim@miss-moneypennys.com **w** moneypennys.com 🔗 MD: Jim Ryan 07702891266.

Mission Recordings Ltd Fairlight Mews, 15 St Johns Road, Kingston upon Thames, KT1 4AN **t** 020 8977 0632 **f** 0870 770 8669 **e** info@missionlimited.com **w** missionlimited.com 🔗 MD: Sir Harry Cowell 0208 977 0632.

MN2S 4-7 Vineyard, London, SE1 1QL **t** 020 7378 7321 **f** 020 7378 6575 **e** sharron@mn2s.com **w** mn2s.com 📘 facebook.com/mn2sagency 💬 myspace.com/mn2s/ 🐦 twitter.com/#!/mn2sagency ▶ youtube.com/user/mn2sofficial 🔗 Director/ Agency Manager/ Agent: Sharron Elkabas 020 7234 9455.

True Panther Sounds 17-19 Alma Road, London, SW18 1AA **t** 020 8870 9912 **e** Natalie@matadorrecords.com **w** truepanthersounds.com 📘 facebook.com/truepanthersounds 💬 myspace.com/truepanthersounds 🐦 twitter.com/#!/truepanther ▶ youtube.com/user/truepanthersounds 🔗 Contact: Natalie Judge.

Mogul Records Limited 3rd Floor, 20 Bedford Street, London, WC2E 9HP **t** 0207 379 9202 **f** 0207 379 9101 **e** guy@mgmaccountancy.co.uk 🔗 Contact: Guy Rippon.

Mohican Records The Little House, Hatton Road, Bedfont, Middx, TW14 9QZ **t** 0208 890 9957 **e** David.hughes55@btinternet.com **w** mohicanrecords.co.uk 📘 facebook.com/pages/Mohican-Records/7170139421 💬 myspace.com/mohicanrecords 🐦 Dave_Mohican 🔗 Managing Director: David Hughes.

Mohock Records Sovereign House, 12 Trewartha Rd, Praa Sands, Penzance, Cornwall, TR20 9ST **t** 01736 762826 **f** 01736 763328 **e** panamus@aol.co.uk **w** songwriters-guild.co.uk 🔗 Managing Director: Roderick Jones.

Moist Records Ltd PO Box 528, Enfield, Middx, EN3 7ZP **t** 070 107 107 24 **f** 0870 137 3787 **e** info@moistrecords.com **w** moistrecords.com 🔗 MD: Rodney Lewis.

Mona Records 144 Warren House, Beckford Close, Warwick Rd, London, W14 8TW **t** 020 7348 9161 **f** 020 7348 9165 **e** info@mona-records.co.uk **w** mona-records.co.uk 🔗 Label Co-ordinator: Kevin Clark 020 7348 9195.

Monarch (see KRL - Bulk Music Ltd)

Mook Records House of Mook Studios, Authorpe Rd, Leeds, West Yorkshire, LS6 4JB **t** 0113 230 4008 **e** mail@mookhouse.ndo.co.uk **w** mookhouse.ndo.co.uk 🔗 Label Manager/Producer: Phil Mayne.

Moon Records UK 18 Longwood Gardens, Ilford, Essex, IG5 0BA **t** 020 8551 1011 **f** 020 8553 4954 **e** moonrecordsuk@aol.com **w** moonrecords.co.uk 🔗 Managing Director: Howard Berlin.

Mooncrest Records (see Universal Music (UK) Ltd)

34 Music Week Directory
www.musicweek.com

Contacts | **Facebook** | **MySpace** | **Twitter** | **YouTube**

Record Companies: Record Companies & Labels

Moshi Moshi Premises Studios, 201-209 Hackney Rd, London, E2 8JL e hello@moshimoshimusic.com
w moshimoshimusic.com
facebook.com/moshimoshirecords
twitter.com/moshimoshimusic
youtube.com/moshimoshirecords Director: Michael McClatchey 07957 388389.

Mosquito Media 64a Warwick Avenue, Little Venice, London, W9 2PU t 07913 174 185
e mosquitomedia@aol.com w mosquito-media.co.uk
Contact: Richard Abbott.

Mother Should Know Records County House, St. Mary's St, Worcester, WR1 1HG t 01905 729149
f 01905 729149 e info@mothershouldknowrecords.com
w mothershouldknowrecords.com Label Manager: Jack Turner.

Motiv8 Recordings e info@motiv8music.biz
w motiv8music.biz Contact: +44 (0)7740 840048.

Motown Contact: Universal/Island. (see Island Records Group)

Mottete Ursina (see Priory Records)

Move (see Divine Art Record Company)

Movementinsound 21 Higher Audley Avenue, Torquay, Devon, TQ2 7PG t 07835 773338
e chris@movementinsound.com w movementinsound.com
myspace.com/movementinsound Director: Chris Clark.

Mr Bongo Worldwide 2nd Floor, 24 Old Steine, Brighton, BN1 1EL t 01273 600 546 f 01273 600 578
e info@mrbongo.com w mrbongo.com
mrbongoworldwide therealmrbongo
mrbongoworldwide Managing Director: Dave Buttle.

MRR 11 Great George St, Bristol, BS1 5RR
t 0117 929 2393 f 0117 929 2696 e craig@mwmuk.com
Label Manager: Craig Williams.

Multisonic (see Priory Records)

Mushroom (see Atlantic Records UK)

Music Club Deluxe (see Demon Music Group)

Music Factory Mastermix Hawthorne House, Fitzwilliam St, Parkgate, Rotherham, South Yorks, S62 6EP t 01709 710022 f 01709 523141
e info@mastermixdj.com w mastermixdj.com MD: Rob Moore.

Music For Nations (see Sony Music Entertainment UK & Ireland)

Music From Another Room Ltd The Penthouse, 20 Bulstrode Street, London, W1U 2JW t 020 7224 4442
f 020 7224 7226 e patrick@julianlennon.com
w julianlennon.com Manager: Patrick Cousins.

Music Mercia (see Fortune and Glory)

Music Of Life Ltd Unit 9b, Wingbury Business Village, Upper Wingbury Farm, Wingrave, Bucks, HP22 4LW
t 07770 364268 e musicofliferecords@gmail.com
MD: Chris France.

Music To Die For Recordings 10 Alexandra Park Road, London, N10 2AB
t 07796 996 669 e info@musictodiefor.com
w musictodiefor.com Label Manager: Johnny Hudson.

Musketeer Records 56 Castle Bank, Stafford, Staffordshire, ST16 1DW t 01785 258746
f 01785 255367 e p.halliwell@tesco.net MD: Paul Halliwell.

Must Destroy Music 7 Jeffreys Place, London, NW1 9PP e tremendousmike@mustdestroymusic.com
w mustdestroymusic.com Contact: Tremendous Mike.

Mutant Disc 36 Brunswick St West, Hove, East Sussex, BN3 1EL t 07979 757 033 f 01273 325 935
e info@phatsandsmall.com Label Mgrs: Russell Small, Jason Hayward.

Mute 1 Albion Place, London, W6 0QT t 020 8600 7960
e info@mute.co.uk w mute.com Chairman: Daniel Miller.

MVLS Music Brookdale House, 75 Brookdale Road, London, E17 6QH t 02085092266 e tony@mvlsmusic.com
w mvlsmusic.com facebook.com/mvlsmusic
twitter.com/mvlsmusic Manager: Tony Williams.

MVM Records 35 Alma Rd, Reigate, Surrey, RH2 0DN
t 01737 224151 f 01737 241481 MD: Maryetta Midgley.

My Dad Recordings 39 Barnfield Rd, Hyde, Cheshire, SK14 4EL t 07967 732 616
e label@mydadrecordings.com w mydadrecordings.com
MD: Paul Vella.

My Kung Fu 68 Broad St, Canton, Cardiff, CF11 8BZ
e john@my-kung-fu.com w my-kung-fu.com Label Mgr: John Rostron.

N2 Records (see Evolve Records)

Nachural Records Unit 1, Chancel industrial estate, Darlington St, Wednesbury, West Midlands, Ws10 7SS
t 0870 69 4401 f 0870 609 4401 e info@nachural.co.uk
w nachural.co.uk MD: Ninder Johal 07774 116545.

Nascente (see Demon Music Group)

Nasha Records PO Box 42545, London, E1 6WZ
t 07904 145 743 f 020 7709 0097 e music@nasha.co.uk
w nasha.co.uk Label Manager: Sobur Ahmed.

Natasha Lea Jones Honeypot Records
1 Victoria Bank, Robin Bank Rd, Darwen, Blackburn, U.K, BB3 0DF t 07846 123547
e natashahoneypot@hotmail.com w natashajones.org
natasha lea jones natasha lea jones natasha lea jones Contact: Natasha Lea Jones.

Nation Records Ltd 19 All Saints Rd, Notting Hill, London, W11 1HE t 020 7792 8167
e akination@btopenworld.com w nationrecords.co.uk
MD: Aki Nawaz 07971 206144.

Natural Grooves 3 Tannsfeld Rd, Sydenham, London, SE26 5DQ t 020 8488 3677 f 020 8473 6539
e jon@naturalgrooves.co.uk w naturalgrooves.co.uk
MD: Jonathan Sharif.

Nature Scene Records London
e info@naturescenerecords.com
w naturescenerecords.com naturescenerecords.com
/naturescene Director: Alastair McNeill 07889630373.

Navigator Records The New Powerhouse, Gateway Business Centre, Kangley Bridge Rd, London, SE26 5AN **t** 020 8676 5154 **e** malc@properuk.com
w propermusicgroup.com Chairman: Malcolm Mills 020 8676 5152.

Nervous (see Nervous Records)

Nervous Records 5 Sussex Crescent, Northolt, Middlesex, UB5 4DL **t** 020 8423 7373 **f** 020 8423 7713 **e** info@nervous.co.uk **w** nervous.co.uk MD: Roy Williams.

Nervous Records 5 Sussex Crescent, Northolt, Middlesex, UB5 4DL **t** 020 8423 7373 **f** 020 8423 7713 **e** info@nervous.co.uk **w** nervous.co.uk MD: Roy Williams.

Nettwerk Music Group Rear of 44 Chiswick Lane, Chiswick, London, W4 2JQ **t** 020 7456 9500
f 020 7456 9501 **w** nettwerk.com
facebook.com/nettwerkmusicuk
twitter.com/nettwerkmusicuk
youtube.com/nettwerkmusic Contact: Rob Anderson.

Neuropa 33 Knightsbridge Street, Glasgow, G13 2YJ
e neuropa@talk21.com Administrator: Alexander.

Bronze Records Ltd 17 Priory Road, London, NW6 4NN **t** 020 7209 2766
e gerrybron@bronzerecords.com **w** bronzerecords.co.uk
MD: Gerry Bron.

New Christian Music (NCM Records) Meredale, Reach Lane, Heath And Reach, Leighton Buzzard, Bedfordshire, LU7 0AL **t** 01525 237700 **f** 01525 237700
e enq@newmusicenterprises.com
w newchristianmusic.co.uk Managing Director: Paul Davis.

New Dawn Records Box 1-2, 191 Greenhead Street, Glasgow, G40 1HX **t** 0141 554 6475 **f** 0141 554 6475
e newdawnrecords@talk21.com **w** belles.demon.co.uk
Contact: Admin Dept.

New Head Records New Head Records, PO Box 329, Newcastle upon Tyne, Tyne & Wear, NE6 9AW
t 07519 076255 **f** 0191 276 0736
e raymondsharp@newheadrecords.co.uk
w newheadrecords.co.uk myspace.com/thesynthdj39s
newheadrecords youtube newheadrecords Label Manager: Ray Sharp.

New Leaf Records 9 Church Road, Conington, Peterborough, Cambridgeshire, PE7 3QJ **t** 01487 830778
e awclifton@btinternet.com **w** leavesmusic.co.uk
Proprietor: Andrew Clifton.

New Music Records Meredale, The Dell, Reach Lane, Heath and Reach, Leighton Buzzard, Beds, LU7 0AL
t 01525 237 700 **f** 01525 237 700
e enq@newmusicenterprises.com
w newmusicenterprises.com Prop: Paul Davis.

New State Unit 2A Queens Studios, 121 Salusbury Road, London, NW6 6RG **t** 020 7372 4474
f 020 7328 4447 **e** info@newstate.co.uk
w newstate.co.uk MD: Tom Parkinson, Tim Binns.

Nice 'N' Ripe Records FX Promotions, Unit 30, Grenville Workshops, 502 Hornsey Rd, London, N19 4EF **t** 020 7281 8363 **f** 020 7281 7663
e niceripe@fxpromotions.demon.co.uk
w fxpromotions.demon.co.uk/nicenripe MD: George Power.

Nikt Records Cadillac Ranch, Pencraig Uchaf, Cwm Bach, Whitland, Dyfed, SA34 0DT
t 01994 484294 **f** 01994 484294
e cadillacranch@telco4u.net **w** nikturner.com
Director: Nik Turner.

Ninja Records 97 Denmark Rd, London, SE25 5RE
e info@ninjarecords.com Contact: Aubrey Whitfield.

Ninja Tune PO Box 4296, London, SE11 4WW
t 020 7820 3535 **f** 020 7820 3434 **e** ninja@ninjatune.net
w ninjatune.net MD: Peter Quicke.

NMC Recordings 3rd Floor, South Wing, Somerset House, Strand, London, WC2R 1LA
t 020 7759 1827 **f** 020 7759 1829 **e** nmc@nmcrec.co.uk
w nmcrec.co.uk facebook.com/NMCRecordings
myspace.com/nmcrecordings NMCRecordings
youtube.com/user/NMCRecordings Sales & Marketing Manager: Eleanor Wilson.

No Dancing Records Oh Yeah @ The Outlet Building, 15-21 Gordon St, Belfast, BT1 2LG **t** 07887 915112
e info@nodancing.com **w** nodancing.co.uk Label Manager: Jimmy Devlin.

Nocturnal Recordings (see 852 Recordings)

Nocturnal Groove 16A Walterton Rd, London, W9 3PN **t** 020 7289 1240 **e** info@nocturnalgroove.co.uk
w nocturnalgroove.co.uk
myspace.com/nocturnalgroove NocGrooveRecs
nocturnalgroove100 Director: Lola Marlin.

Noise Music (see Innerground Records)

Nomadic Music Unit 18, Farm Lane Trading Estate, 101 Farm Lane, London, SW6 1QJ **t** 020 7386 6800
f 020 7386 2401 **e** info@nomadicmusic.net
w nomadicmusic.net Label Head: Paul Flanagan 07779 257 577.

Nonesuch Records (Europe)
The Electric Lighting Station, 46 Kensington Court, London, W8 5DA **t** 020 7938 5500 **f** 020 7368 4931
e firstname.lastname@nonesuch.com **w** nonesuch.com
facebook.com/NonesuchRecords
twitter.com/NonesuchRecords Label Manager: Matthew Rankin.

North South (see Abstract Sounds Ltd)

Music Week Directory

Contacts · **Facebook** · **MySpace** · **Twitter** · **YouTube**

Record Companies: Record Companies & Labels

North Star Music Publishing Ltd PO Box 868, West Wickham, Cambridge, Cambridgeshire, CB21 4SJ **t** 01787 278256 **f** 01787 279069 **e** grahame@northstarmusic.co.uk **w** northstarmusic.co.uk **@**northstarmusic Managing Director: Grahame Maclean.

Not Now Music Ltd 19 Liddell Rd Estate, Maygrove Rd, West Hampstead, London, NW6 2EW **t** 020 7624 4335 **f** 020 7624 4866 **e** glenn@notnowmusic.co.uk **w** notnowmusic.co.uk Director: Glenn Gretlund.

Not On Your Radio 75 Hunter Road, Southsea, Hampshire, PO4 9AY **t** 07811 469888 **e** dave@notonyourradio.com **w** notonyourradio.com facebook.com/notonyourradio twitter.com/davenoyr youtube.com/notradio Managing Director: Dave Robinson +44(0)7811 469888.

Nova Mute (see Mute)

NoWHere Records 30 Tweedholm Ave East, Walkerburn, Peeblesshire, EH43 6AR **t** 01896 870 284 **e** michaelwild@btopenworld.com MD: Michael Wild 07812 818 183.

NRK Sound Division Ltd Unit 5.3 Paintworks, Bath Rd, Bristol, BS4 3EH **t** 0117 300 5497 **f** 0117 300 5498 **e** info@nrkmusic.com **w** nrkmusic.com Dir: Nick Harris.

NSM Music Ltd Leeds **t** 01132 713708 **e** martin@nsmmusic.com Contact: Martin Agabeg.

Ntone (see Ninja Tune)

Nude Music Group PO Box 59269, London, NW3 9HU **t** 020 7586 7895 **f** 020 7586 6484 **e** saul@nudemusicgroup.com MD: Saul Galpern.

Nukleuz (see Media Records Ltd)

NuLife (see Sony Music Entertainment UK & Ireland)

NYJO Records 11 Victor Road, Harrow, Middlesex, HA2 6PT **t** 020 8863 2717 **f** 020 8863 8685 **e** bill.ashton@virgin.net **w** NYJO.org.uk Dir: Bill Ashton.

Obsessive (see Sony Music Entertainment UK & Ireland)

Ochre Records PO Box 155, Cheltenham, Gloucestershire, GL51 0YS **e** ochre@talbot.force9.co.uk **w** ochre.co.uk myspace.com/ochrerecords Proprietor: Talbot.

Offslip Productions 3 Lion Court, Studio Way, Borehamwood, WD6 5NJ **t** 07789 955 059 **e** danfeel@offslip.com **w** offslip.com Dir: Daniel Roberts.

Ohmy Recordings PO Box 52284, London, SW16 5XR **t** 07005 98 18 38 **e** info@ohmyrecordings.com **w** ohmyrecordings.com Directors: Sophie McAdam, Elliott J Brown.

Old Bridge Music PO Box 7, ILKLEY, LS29 9RY **t** 01943 602203 **f** 01943 435472 **e** mail@oldbridgemusic.com **w** oldbridgemusic.com Partner: Chris Newman.

Olympia (see Priory Records)

One 51 Records (see Duffnote Ltd)

One Day Music (see Not Now Music Ltd)

One Little Indian Records 34 Trinity Crescent, London, SW17 7AE **t** 020 8772 7600 **f** 020 8772 7601 **e** michellepolley@indian.co.uk **w** indian.co.uk facebook.com/olirecords myspace.com/onelittleindianrecords twitter.com/olirecords youtube.com/user/onelittleindian Marketing & Product Manager: Michelle Polley 02087727600.

Opal (see Pavilion Records Ltd)

Opera Rara 134-146 Curtain Rd, London, EC2A 3AR **t** 020 7613 2858 **f** 020 7613 2261 **e** info@opera-rara.com **w** opera-rara.com MD: Stephen Revell.

Optimum (see Silverword Music Group)

Or (see Touch)

Orbison Records Covetous Corner, Hudnall Common, Little Gaddesden, Herts, HP4 1QW **t** 01442 842 039 **f** 01442 842 039 **e** mhaynes@orbison.com **w** orbison.com European Consultant: Mandy Haynes.

Org Records 19 Herbert Gardens, London, NW10 3BX **t** 020 8964 3066 **e** organ@organart.demon.co.uk **w** organart.com MD: Sean Worrall.

Organ Grinder Records 29 Chelsea Crescent, Chelsea Harbour, London, SW10 0XB **t** 020 7351 9385 **f** 020 7351 9385 **e** info@organgrinderrecords.com **w** organgrinderrecords.com Director: James Lesslie.

Oriental Star Agency 548 Moseley Road, Birmingham, West Midlands, B12 9AD **t** 01214 496437 **f** 01214 495404 **e** info@osa.co.uk **w** osa.co.uk Director: Mohammed Farooq.

Ottavo (see Priory Records)

Outafocus Recordings 146 Bethnal Green Rd, London, E2 6DG **t** 020 7613 1100 **e** info@outafocus.co.uk **w** outafocus.co.uk Label Manager: Danny Corr.

Outcaste Records Limited 27 Wrights Lane, London, W8 5SW **t** 020 7795 7000 **f** 020 7605 5188 **e** firstname@mvillage.co.uk **w** outcaste.com Co-MDs: Paul Franklyn and Shabs Jobanputra.

Outdigo Records (see Shifty Disco Ltd)

Outstanding Records 7 Pelham Crescent, Hastings, East Sussex, TN34 3AF **t** 020 7871 4564 **e** outstanding.records@ntlworld.com **w** outstandingrecords.com A&R Co-ordinator: Mark Randall.

Oval Sounds 326 Brixton Rd, London, SW9 7AA **t** 020 77358808 **e** gnelki@btinternet.com Contact: Gordon Nelki 02077358808.

Ovation Recordings (see Adasam Limited)

Overground Records PO Box 1Nw, Newcastle Upon Tyne, Tyne and Wear, NE99 1NW **t** 01912 663802 **f** 01912 666073 **e** john@overgroundrecords.co.uk **w** overgroundrecords.co.uk Managing Director: John Esplen.

Owl Records International Limited 7 Strand Street, Youghal, Co. Cork, Ireland **t** 0035 324 90702 **e** owl@eircom.net **w** owlrecords.com Managing Director: Reg Keating.

OxRecs Digital Maytree Cottage, 51 Eaton Rd, Appleton, Abingdon, Oxon, OX13 5JH **t** 01865 862310 **e** info@oxrecs.com **w** oxrecs.com Dir: Bernard Martin.

Oyster Music Limited Oakwood Manor, Oakwood Hill, Ockley, Surrey, RH5 5PU **t** 01306 627277 **f** 01306 627277 **e** info@oystermusic.com **w** oystermusic.com Dirs: Adrian Fitt.

P3 Music Ltd PO Box 6641, Blairgowrie, Perthshire, PH10 9AD **t** 0207 193 3405 **f** 0870 137 6738 **e** james@p3music.com **w** p3music.com facebook.com/pages/P3-Music-Label/50374779811 myspace.com/p3musiclabel twitter.com/p3music youtube.com/P3MusicLabel Director: James Taylor.

Pablo (see Ace Records)

Palawan Productions Ltd/JC Music 16 Waldeck Rd, Strand on the Green, London, W4 3NP **t** 07860 680022 or +1 310 577 2224 **f** +1 310 305 3763 **e** Palawan@me.com **w** palawanproductions.com CEO: John Campbell 07860 680022.

Pale Blue Records 26 King Street, London, WC2E 8JS **t** 020 7759 8554 **f** 020 7759 8549 **w** paleblue.com Record Label Manager: Alison Butters.

Palm Pictures 8 Kensington Park Road, Notting Hill Gate, London, W11 3BU **t** 020 7229 3000 **f** 020 7229 0897 **e** firstname@palmpictures.co.uk **w** palmpictures.com MD: Andy Childs.

Panton (see Prestige Elite Records Ltd)

Parachute Music (see Creative World)

Park Lane (see The Hit Music Company)

Park Records PO Box 651, Oxford, OX2 9AZ **t** 01865 241 717 **f** 01865 204 556 **e** info@parkrecords.com **w** parkrecords.com MD: John Dagnell.

PARLOPHONE

Parlophone

27 Wrights Lane, London, W8 5SW **t** 020 7795 7000 **f** 020 7795 7001 **e** firstname.lastname@emimusic.com **w** parlophone.co.uk facebook.com/parlophone @parlophone youtube.com/parlophone?gl=GB&hl=en-GB President Parlophone & Virgin A&R Labels: Miles Leonard. VP Promotions and Press: Kevin McCabe. VP Marketing: Rob Owen. A&R Director: Elias Christidis. A&R Director: Nathan Thompson.

Pasadena Roof Orchestra - Pasadena Records 178 Hall Lane, Upminster, Essex, RM14 1AT **t** 01708 227177 **f** 01708 641625 **e** derek@pasadenaroof.f9.co.uk **w** pasadena-roof-orchestra.com Director: Derek Jones.

Passion Music Unit 2 Boeing Way, Boeing Way Inter Trading Est, Brent Way, Southall, Middlesex, UB2 5LB **t** 020 8867 9361 **f** 020 8571 2624 **e** les@passionmusic.co.uk **w** passionmusic.co.uk Managing Director: Les Mccutcheon.

Past Perfect Vintage Music Grange Mews, Station Rd, Launton, OX26 5EE **t** 01869 325052 **f** 01869 325072 **e** info@pastperfect.com **w** pastperfect.com facebook.com/coolandvintage twitter.com/vintagemusic myspace.com/pastperfect_vintagemusic

Pavilion Records Ltd Sparrows Green, Wadhurst, East Sussex, TN5 6SJ **e** pearl@pavilionrecords.com **w** pavilionrecords.com MD: John Waite.

Peacefrog PO Box 38171, London, W10 5WU **t** 020 7575 3045 **f** 020 7575 3047 **e** info@peacefrog.com **w** peacefrog.com facebook.com/pages/PEACEFROG/50779918830 myspace.com/peacefrogrecords youtube.com/user/PeacefrogRecords Dir: Phil Vernol.

Peaceville Records PO Box 76, Heckmondwike, West Yorkshire, WF16 9XN **e** paul@peaceville.co.uk **w** peaceville.com A&R Manager: Paul Groundwell.

Pearl (see Pavilion Records Ltd)

Penguin Music Classics Contact: Decca.

People Music Adela Street Studio, The Saga Centre, 326 Kensal Road, London, W10 5BZ **t** 020 8968 9666 **f** 020 8969 9558 **e** info@goyamusic.com **w** goyamusic.com Director: Mike Slocombe.

Perfect Words & Music 31 Chester Road, Poole, Dorset, BH13 6DE **t** 01202 757824 **e** philmurray.pac@btinternet.com Artists & Repertoire: Allison Longstaff.

38 Music Week Directory

Record Companies: Record Companies & Labels

PHAB Records High Notes, Sheerwater Avenue, Woodham, Weybridge, Surrey, KT15 3DS **t** 019323 48174 **f** 019323 40921 ☏ MD: Philip HA Bailey.

Philips (see Decca Records)

Philips Classics (see Decca Records)

Phoenix Music International PO Box 46, Cromer, NR17 9WX **t** 08456 300 710 **f** 08456 300 720 **e** john.carnell@pmi-music.com **w** phoenixmusicinternational.com ☏ Business Development Director: John Carnell.

Phonetic Recordings Ltd Electroline House, 15 Lion Road, Twickenham, Middlesex, TW1 4JH **t** 020 8241 7137 **f** 020 8241 7137 **e** info@phoneticrecordings.com **w** phoneticrecordings.com
facebook.com/pages/Phonetic-Recordings/122359249669?ref=mf
myspace.com/phoneticrecordings
youtube.com/user/PhoneticRecordings ☏ Chief Executive Officer: Rob Roar.

PHONOGENIC

phonogenic

9 Derry Street, London, London, W8 5HY **t** 020 7361 8000 **f** 020 7937 0188 **e** firstname.lastname@sonymusic.com **w** phonogenic.net ☏ Directors: Paul Lisberg, Tops Henderson.

PIAS Recordings/ Wall of Sound Unit 23-24 Farm Lane Trading Estate, 101 Farm Lane, London, SW6 1QJ **t** 020 7471 2700 **f** 020 7471 2706 **e** info1@pias.com **w** pias.com ☏ Managing Director: Peter Thompson.

Pickwick Group Ltd Suite 2, 2nd Floor, Merritt House, Hill Avenue, Amersham, Bucks, HP6 5BQ **t** 01494 732800 **f** 01494 733498 **e** info@pickwickgroup.com **w** pickwickgroup.com ☏ GM: Mark Lawton.

Picnic 22 Herbert St, Glasgow, G20 6NB **t** 0141 560 2748 or 0141 337 1199 **f** 0141 357 0655 **e** info@picnicrecords.com **w** picnicrecords.com ☏ Dir: Robin Morton.

Pier (see Wooden Hill Recordings Ltd)

Pilgrim's Star (see Divine Art Record Company)

Pinball Records (see Amazon Records Ltd)

Pinkpenny Records PO Box 244, Newton Abbot, Devon, TQ12 1TH **t** 01626 201818 **e** sales@pinkpennyrecords.com **w** pinkpennyrecords.com
facebook.com/mrvinylmusic
myspace.com/pinkpennyrecords twitter.com/mrvinyl
youtube.com/mrvinylmusic ☏ A&R: Matt Vinyl 07977 268306.

Planet Records 2nd Floor, 11 Newmarket Street, Colne, Lancashire, BB8 9BJ **t** 01282 866 317 **f** 01282 866 317 **e** info@pendlehawkmusic.co.uk **w** pendlehawkmusic.co.uk ☏ MD: Adrian Melling.

Plankton Records PO Box 13533, London, E7 0SG **t** 020 8534 8500 **e** plankton.records@virgin.net **w** planktonrecords.co.uk
facebook.com/pages/Plankton-Records/192823034065854 ☏ Partner: Keith Dixon.

Plastic Head Records Ltd Avtech House, Hithercroft Rd, Wallingford, Oxon, OX10 9DA **t** 01491 825 029 **f** 01491 826 320 **e** tom@plastichead.com **w** plastichead.com ☏ Director: Tom Doherty.

Platipus Records PO BOX 49470, London, SE20 8WA **f** 020 7806 8066 **e** richard@platipus.com **w** platipus.com ☏ Lbl Mgr: Richard Smith.

Play It Again Sam Unit 24, Farm Lane Trading Estate, 101 Farm Lane, London, SW6 1QJ **t** 0207 471 2700 **e** Pip.Newby@pias.com ☏ Label contact: Pip Newby.

Playaville Records & Music Publishing Woolwich Dockyard Ind Estate, Block1 Unit10, 2nd Floor, Woolwich Church St, London, SE18 5PQ **t** 0845 519 0067 **f** 0845 519 0076 **e** info@playaville.com **w** playaville.com
myspace.com/playavillerecords
twitter.com/playaville youtube.com/playaville
☏ Contact: Stevie Nash.

Player Records Regents Park House, Regent St, Leeds, LS2 7QJ **t** 0113 223 7665 **f** 0113 223 7514 **e** info@playerrecords.com **w** playerrecords.com ☏ Label Manager: Sarah Flay.

PlayLouder Recordings 8-10 Rhoda St, London, E2 7EF **t** 020 7729 4797 **f** 020 7739 8571 **e** Jim.Gottlieb@playlouder.com ☏ Dir: Jim Gottlieb.

Plaza Records PO Box 726, London, NW11 7XQ **t** 07790 905735 **f** 020 8458 6200 **e** roberto.danova@plazarecords.co.uk **w** plazarecords.co.uk ☏ MD: Roberto Danova.

Pleasuredome PO Box 425, London, SW6 3TX **t** 020 7371 0784 **f** 020 7736 9212 **e** getdown@thepleasuredome.demon.co.uk **w** pleasuredome.co.uk facebook.com/thehollyjohnson
myspace.com/therealhollyjohnson
twitter.com/TheHollyJohnson
youtube.com/user/thehollyjohnson ☏ Chairman: Holly Johnson.

Plum Projects 33 Rocks Lane, Barnes, London, SW13 0DB **t** 0203 021 3668 **e** info@plumprojects.com **w** plumprojects.com twitter.com/plumprojects ☏ Grand Wizard: Sl!m.

PM Muzik Publishing Ltd 226 Seven Sisters Rd, London, N4 3GG **t** 020 7372 6806 **f** 020 7372 0969 **e** info@pmmuzik.com **w** pmmuzik.com ☏ Dir: David Lindo.

Point Classics (see Priory Records)

Point4 Records 7 Queens Road, Brixham, Devon, TQ5 BGG **e** info@point4music.com **w** point4music.com **☎** Dirs: Paul Newton, Peter Day.

Pollytone Records PO Box 124, Ruislip, Middlesex, HA4 9BB **t** 01895 638584 **e** info@pollytone.com **w** pollytone.com **☆** myspace.com/pollytonerecords **t** twitter.com/Pollytone **☎** Managing Director: Val Bird.

Polo Records (see Champion Records Ltd)

POLYDOR RECORDS

364-366 Kensington High Street, London, W14 8NS **t** 020 7471 5400 **f** 020 7471 5401 **e** firstname.lastname@umusic.com **w** polydor.co.uk **☎** President: Ferdy Unger-Hamilton. Managing Director: Joe Munns. General Manager: Neil Hughes. SVP & Director of Business Affairs: James Radice. SVP, Finance and Commercial Affairs: Geoff Harris. MD, Fiction: Jim Chancellor. Head of Publicity: Susie Ember.

Polyphonic Reproductions - Studio Music Company Cadence House, Eaton Green Rd, Luton, Beds, LU2 9LD **t** 01582 432139 **f** 01582 731989 **e** stan@studio-music.co.uk **w** studio-music.co.uk **☎** MD: Stan Kitchen.

Pop Music 4 Synch 67 Upper Berkeley St, London, W1H 7QX **t** 020 7563 7028 **f** 020 7563 7029 **e** music@popmusic4synch.co.uk **w** popmusic4synch.com **▶** youtube.com/user/RSMLibrary **☎** General Manager: John Sweeney 0207-563-7028.

Poportunity 5 Bream Close, Melksham, Wiltshire, SN12 7JX **t** 07968 434570 **e** musicoflegend@aol.com **w** davidlegend.co.uk **☎** Dir: David Rees 07968 434 570.

Positiva 27 Wrights Lane, London, W8 5SW **t** 020 7795 7000 **f** 020 7795 7001 **e** firstname.lastname@emimusic.com **w** positiva.co.uk **☎** A&R Director, Positiva/Virgin Records: Jason Ellis.

Positive Records (see Evolve Records)

Possessed Records Ltd PO Box 35064, London, NW1Y 9YX **t** 07890 877913 **e** info@possessedrecords.com **w** possessedrecords.com **☎** Contact: Abigail Hopkins.

Power Records 29 Riversdale Road, Thames Ditton, Surrey, KT7 0QN **t** 020 8398 5236 **f** 020 8398 7901 **☎** MD: Barry Evans.

President Records Ltd 11 Wyfold Road, Fulham, Fulham, London, SW6 6SE **t** 020 7385 7700 **f** 020 7385 3402 **e** hits@president-records.co.uk **w** president-records.co.uk **☎** Managing Director: David Kassner.

Prestige (see Ace Records)

Prestige Elite Records Ltd 3 Faraday Way, St Mary Cray, Kent, BR5 3QW **t** 01689 826555 **f** 01689 823377 **e** info@prestige-elite.com **w** prestige-elite.com **☎** Chairman: Keith C Thomas.

Pretap Music London, W3 7YG **t** 07533 438357 **e** info@pretap.com **w** pretap.com **▶** youtube.com/ikeola **☎** A&R: Ike Leo.

Priestess Records 1A Edward Road, St. Leonards-On-Sea, East Sussex, TN37 6ES **t** 01424 203991 **e** kat.leeryan@btinternet.com **w** myspace.com/reddieselband **☎** Managing Director: Kat Lee-Ryan 07814 659 729.

Primaudial Records Flat 3, 157 Church Walk, Stoke Newington, London, N16 8QA **t** 020 7241 5283 **f** 08701 302469 **e** headhoncho@primaudialrecords.com **w** primaudialrecords.com **☆** myspace.com/primaudialrecords **☎** Label Manager: Ski Oakenfull.

Prime Cut Music 6 Kings Court, High Wycombe, Bucks, HP11 1NA **t** 07866 500910 **e** info@primecutmusic.co.uk **w** primecutmusic.co.uk **☎** Contact: Cassie James.

Priory Records 3 Eden Court, Eden Way, Leighton Buzzard, Bedfordshire, LU7 4FY **t** 01525 377566 **f** 01525 371477 **e** sales@priory.org.uk **w** priory.org.uk **☎** Managing Director: Neil Collier.

Profile (see Silverword Music Group)

Prolific Recordings PO Box 282, Tadworth, Surrey, KT20 5WA **t** 07770 874 282 **e** andy@prolificrecordings.co.uk **w** prolificrecordings.co.uk **☎** Label Manager: Andy Lewis.

Prolifica Records Unit 101, Saga Land, 326 Kensal Rd, London, W10 5BZ **t** 020 8960 9562 **f** 020 8960 9971 **e** Gavino@btclick.com **w** prolifica.net **☆** myspace.com/prolificarecordings **☎** Label Manager: Gavino Prunas.

Proof Records (see Down By Law Records)

Proper Music Group The New Powerhouse, Gateway Business Centre, Kangley Bridge Rd, London, SE26 5AN **t** 020 8676 5154 **e** malc@properuk.com **w** propermusicgroup.com **☎** Chairman: Malcolm Mills 020 8676 5152.

Proper Records The New Powerhouse, Gateway Business Centre, Kangley Bridge Rd, London, SE26 5AN **t** 020 8676 5180 **f** 020 8676 5190 **e** drew@properuk.com **w** properuk.com **☎** Director: Drew Hill.

Prototype Recordings (see Virus Recordings)

Pulse Records & Productions Ltd Cammell Lairds Waterfront Pk, Campbeltown Rd, Wirral, Merseyside, CH41 9HP **t** 0151 649 0427 **f** 0151 649 0894 **e** info@pulse-records.co.uk **w** pulse-records.co.uk **▶** youtube.com/pulsart7 **☎** MDs: Rob Fennah, Alan Fennah.

Record Companies: Record Companies & Labels

Pure Gold Records Sovereign House, 12 Trewartha Rd, Praa Sands, Penzance, Cornwall, TR20 9ST **t** 01736 762826 **f** 01736 763328 **e** panamus@aol.com **w** songwriters-guild.co.uk
myspace.com/digimixrecords Managing Director: Roderick Jones.

Pure Mint Recordings London **e** info@pure-mint.com **w** pure-mint.com MD: Anthony Hall.

Pure Motion Muzik Ltd 226 Seven Sisters Rd, London, N4 3GG **t** 020 7372 6806 **f** 020 7372 0969 **e** info@pmmuzik.com **w** pmmuzik.com Dir: Plucky.

Pure Records PO Box 174, Penistone, Sheffield, S36 8XB **t** 0870 240 5058 **f** 0870 240 5058 **e** info@purerecords.net **w** purerecords.net

Pure Silk Music Broadley House, 48 Broadley Terrace, London, NW1 6LG **t** 020 7724 4500 **f** 020 7724 1300 **e** julian@puresilkmusic.com **w** puresilkmusic.com
myspace.com/puresilkmusic MD: Julian Goodkind.

PureUK Recordings (see Stirling Music Group)

Purple Records Aizlewood Mill, Nursery Street, Sheffield, South Yorkshire, S3 8GG **t** 0114 233 3024 **f** 0114 234 7326 **e** ann@darkerthanblue.fsnet.co.uk **w** purplerecords.net MD: Simon Robinson.

Purr Records 51 Claude Avenue, Oldfield Park, Bath, BA2 1AG **t** 01225 443 844 **e** info@purr.org.uk **w** purr.org.uk Contact: Dave Tinkham, Tim Orchard.

Q Music Recordings (see Suburban Soul (Music))

QNOTE Records Onward House, 11 Uxbridge Street, London, W8 7TQ **t** 020 7221 4275 **f** 020 7229 6893 **e** info@bucksmusicgroup.co.uk; info@qnote.co.uk **w** qnote.co.uk MD: Simon Platz.

Qritikal Records Pinsla Park Cottage, Cardinham, Bodmin, Cornwall, PL30 4EH **t** 07802 584334 **e** david@qritikal.com **w** qritikal.com
myspace.com/qritikal Director: David Self.

Quannum Projects (see Ninja Tune)

Quixotic Records Imex House, V I P Trading Estate, Anchor & Hope Lane, London, SE7 7TE **t** 020 8269 0352 **f** 020 8269 0353 **e** suzanne@quixoticrecords.com **w** quixoticrecords.com Director: Suzanne Hunt.

Racing Junior (see Glitterhouse Records)

Radio Geronimo Timperley House, 11 St.Albans Road, Skircoat Green, Halifax, W.Yorks, HX3 0ND **t** 01422 367 040 **e** bbyford@hotmail.co.uk **w** rhythmsisters.com MD: Bill Byford.

Radioactive (see Island Records Group)

Ragtag Music (see Duke Marketing Ltd)

Rainbow Quartz Records 74 Riverside 3, Sir Thomas Longley Road, Rochester, Kent, ME2 4BH **t** +212 385 8000 **f** +212 385 7845 **e** rainbowqtz@aol.com **w** rainbowquartz.com Founder: Jim McGarry.

Rainy Day Records Sovereign House, 12 Trewartha Rd, Praa Sands, Penzance, Cornwall, TR20 9ST **t** 01736 762826 **f** 01736 763328 **e** panamus@aol.com **w** panamamusic.co.uk
myspace.com/guildofsongwriters Managing Director: Roderick Jones.

Raise the Roof (see Collecting Records LLP)

Ram Records Ltd PO Box 70, Hornchurch, Essex, RM11 3NR **t** 01708 445851 **f** 01708 441270 **e** info@ramrecords.com **w** ramrecords.com
myspace.com/ramrecordsltd
youtube.com/ramrecordstv Label Mgr: Scott Bourne.

Randan Basement, 52 Osborne St, Glasgow, G1 5QH **e** horse@randan.org **w** randan.org randan.org
myspace.com/horserandan randan.org Business Affairs: Horse.

Raven Black Music Cardiff **e** info@ravenblackmusic.com **w** ravenblackmusic.com
The Manging Director: Dean G Hill 0845 257 6889.

Raw Strings (see RF Records)

Rawkus Entertainment (see Island Records Group)

Rayman Recordings (see Adasam Limited)

RCA LABEL GROUP

9 Derry Street, London, W8 5HY **t** 020 7361 8000 **f** 020 7937 0188 **e** firstname.lastname@sonymusic.com **w** rca-records.co.uk Marketing Director: Murray Rose.

RDL Music 132 Chase Way, London, N14 5DH **t** 07050 055168 **f** 08707 415252 **e** atlanticcrossingartists@yahoo.com **w** mkentertainments.8k.com/ Managing Director: Steven Hain.

RDL Records 132 Chase Way, London, N14 5DH **t** 020 8361 5002 **f** 0870 741 5252 **e** atlanticcrossingartists@yahoo.com **w** mkentertainments.8k.com Director: Colin Jacques 07050 055167.

Ready, Steady, Go! (see Graduate Records)

Real World Records Box Mill, Mill Lane, Box, Corsham, Wiltshire, SN13 8PL **t** 0845 146 1733 **f** 0845 146 1728 **e** records@realworld.co.uk **w** realworldrecords.com
facebook.com/realworldrecords
twitter.com/realworldrec
youtube.com/realworldrecords Label Manager: Amanda Jones.

Really Free Music Ichthus House, 1 Northfield Road, Aylesbury, Buckinghamshire, HP20 1PB **t** 01296 583700 **e** info@reallyfreemusic.co.uk **w** reallyfreemusic.co.uk
Managing Director: Peter Wheeler.

www.musicweek.com   **Music Week Directory** 41

📇 Contacts   f Facebook   ◆ MySpace   🅣 Twitter   ▶ YouTube

Record Companies: Record Companies & Labels

The Really Useful Group 22 Tower St, London, WC2H 9TW **t** 020 7240 0880 **f** 020 7240 8977 **e** david.robinson@reallyuseful.com **w** reallyuseful.com 📇 Head Of Music Licensing: David Robinson.

Rebel Music Records Parr Street Studios, 33-45 Parr Street, Liverpool, Merseyside, L14JN **e** drew@rebelmusicrecords.com **w** rebelmusicrecords.com 📇 RMRecords 📇 SoleTrader: Drew Gowman.

Recharge (see The Recoverworld Label Group (Supreme Music Ltd))

Recoup Recordings Suite B, 2 Tunstall Rd, London, SW9 8DA **t** 020 7733 5400 **f** 020 7733 4449 **e** recouprecordings@westburymusic.net **w** westburymusic.net

Recover (see The Recoverworld Label Group (Supreme Music Ltd))

The Recoverworld Label Group (Supreme Music Ltd) PO Box 184, Hove, East Sussex, BN3 6UY **t** 01273 556321 **f** 01273 503233 **e** info@recoverworld.com **w** recoverworld.com f facebook.com/group.php?gid=32921692062 ◆ myspace.com/recoverworld 🅣 twitter.com/recoverworld 📇 MD: Chris Hampshire.

RecPublica 1A The Bridge, Uxbridge Rd, London, W5 3LB **t** +48 694 424 057 **f** +48 683 529 823 **e** office@recpublica.com **w** recpublica.com 📇 Contact: Patrick Zukowski.

Red Admiral Records LLP The Cedars, Elvington Lane, Hawkinge, Nr. Folkestone, Kent, CT18 7AD **t** 01303 893 472 **e** info@redadmiralrecords.com **w** redadmiralrecords.com ▶ youtube.com/redadmiralrecords 📇 CEO: Chris Ashman 01303 893472.

Red Balloon (see 4Real Records)

Red Cat (see The Store For Music)

Red Chord (see Born to Dance Records)

Red Eye Music 76 Monthermer Road, Cathays, Cardiff, Mid Glamorgan, CF24 4QY **t** 02920 217254 **e** info@redeyemusic.co.uk **w** redeyemusic.co.uk 📇 Director: Christopher Rees.

The Red Flag Recording Company 1 Star St, London, W2 1QD **t** 020 7258 0093 **f** 020 7402 9338 **e** info@redflagrecords.com **w** redflagrecords.com 📇 Contact: Tinca Leahy.

Red Grape Records and Management
t 07976 272139 **e** info@redgraperecords.com **w** redgraperecords.com 📇 Director: Kerry Harvey-Piper.

Red Hot Records 105 Emlyn Rd, London, W12 9TG **t** 07985 467970 **e** redhotrecs@aol.com 📇 MD: Brian Leafe.

Red Ink (see Epic Records)

Red Lace Records c/o Trash, 9a Albion Street, Leeds, LS1 5ES **t** 0113 246 8899 **f** 0113 246 8899 **e** redlacerecords@googlemail.com **w** myspace.com/internationaltrust 📇 Label Managers: Jordan Franz, Neil Hanson.

Red Lightnin' The White House, 42 The Street, North Lopham, Diss, Norfolk, IP22 2LU **t** 01379 687693 **f** 01379 687559 **e** peter@redlightnin.com **w** redlightnin.com 📇 Owner: Pete Shertser.

Red Ruby london **t** 07851415669 **e** sueseekredruby@yahoo.co.uk f sue seek red ruby@facebook.com
◆ http://myspace.com/sueseekredruby
🅣 sueseekredruby@twitter.com ▶ sue seek red ruby@youtube.com 📇 red ruby: Sue Seek.

Red Sky Records PO Box 27, Stroud, Gloucestershire, GL6 0YQ **t** 0845 644 1447 **f** 01453 836877 **e** info@redskyrecords.co.uk **w** redskyrecords.co.uk 📇 MD: Johnny Coppin.

Dharma Records e zen@dharmarecords.co.uk **w** dharmarecords.co.uk 📇 CEO: Phil Knox-Roberts.

Reel Track Records PO Box 1099, London, SE5 9HT **t** 020 7326 4824 **f** 020 7535 5901 **e** gamesmaster@chartmoves.com **w** chartmoves.com 📇 A&R Manager: Dave Mombasa.

Regent Records PO Box 528, Wolverhampton, West Midlands, WV3 9YW **t** 01902 424377 **f** 01902 717661 **e** regent.records@btinternet.com **w** regentrecords.com 📇 Contact: Pippa Cole.

Regis Records Ltd Southover House, Tolpuddle, Dorset, DT2 7HF **t** 01305 848983 **f** 01305 848516 **e** info@regisrecords.co.uk **w** regisrecords.co.uk 📇 Contact: Michael Slocock 01305 848725.

Reiker Records PO Box 1851, Yate, BS37 6ZP **t** 0117 311 5052 **e** management@reiker.com **w** reikerrecords.com 📇 Manager: Elle Williams 07990 573 749.

Rekids Ltd PO Box 42769, London, N2 0YY **e** james@rekids.co.uk **w** rekids.com
◆ myspace.com/rekids 🅣 @rekids ▶ youtube.com/rekids 📇 Owner: James Masters.

REL Records 86-92 Causewayside, Edinburgh, Midlothian, EH9 1PY **t** 01316 683366 **f** 01316 624463 **e** neil@relrecords.com 📇 Managing Director: Neil Ross.

Release Records Blenheim House, Henry Street, Bath, BA11JR **t** 01225 428 284 **e** enquiries@acamusic.co.uk **w** acamusic.co.uk 📇 Senior Agent: Jezz Haigh.

Relentless Records EMI House, 43 Brook Green, Hammersmith, London, W6 7EF **t** 020 7795 7000 **f** 020 7605 5188 **e** firstname.lastname@emimusic.com **w** relentless-records.net 📇 Promotions: Roland Hill.

Religion Music 36 Fitzwilliam Sq, Dublin 1, Ireland **e** info@religionmusic.com **w** religionmusic.com 📇 CEO: Glenn Herlihy.

Music Week Directory

Record Companies: Record Companies & Labels

Renegade Hardware (see TOV Music Group Ltd (Trouble on Vinyl))

Renegade Recordings (see TOV Music Group Ltd (Trouble on Vinyl))

Rephlex PO Box 2676, London, N11 1AZ
t 020 8368 5903 **f** 020 8361 2811 **e** info@rephlex.com
w rephlex.com 👤 Press/Distrib: Marcus Scott.

Retek (see The Recoverworld Label Group (Supreme Music Ltd))

Rev-Ola (see Cherry Red Records)

Tom Rose Music Reveal Records PO Box 7535, Derby, Derbyshire, DE1 0NF **t** 07779 017 236
e tomreveal@mac.com **w** tomrosemusic.co.uk 👤 MD: Tom Rose.

Reverb Records Ltd Reverb House, Bennett St, London, W4 2AH **t** 020 8747 0660
e records@reverbxl.com **w** reverbxl.com 👤 GM: Mark Lusty.

Revolution Records 9a Meadow Close, Hounslow, Middlesex, TW4 5LN **t** 020 8274 9712 **e** phil@revrecs.com
w revrecs.com 👤 Director: Mr Phillip Marcombe.

Revolver 152 Goldthorn hill, Wolverhampton, West Midlands, WV2 3JA **t** 01902 345345
f 01902 345155 **e** paul.birch@revolver-e.com
w revolvermusic.co.uk 👤 Director: Paul Birch. (see Revolver Music Ltd)

Revolver Music Ltd 152 Goldthorn Hill, Penn, Wolverhampton, West Midlands, WV2 3JA **t** 01902 345345
f 01902 345155 **e** paul.birch@revolverrecords.com
w revolverrecords.com 📘 facebook.com/revolverworld
🎵 myspace.com/revolverrecords
🐦 twitter.com/revolverrecords ▶ youtube/revolverrecords
👤 Managing Director: Paul Birch 0121 270 0877.

Rex (see XL Recordings)

RF Records Room A30, City College, Chorlton St, Manchester, M1 3HB **t** 0161 279 7302 **f** 0161 279 7225
e pellis@ccm.ac.uk **w** rfrecords.com 👤 Label Mgr: Phil Ellis 07909 907 089.

Rhino Records UK 12 Lancer Square, Kensington Church Street, London, W8 4EH
t 020 7368 3500 **f** 020 7368 2773
e dan.chalmers@warnermusic.com **w** rhino.co.uk
🐦 rhino.co.uk ▶ rhino.co.uk 👤 Managing Director: Dan Chalmers.

Rhythmbank Records 8 Upper Grosvenor Street, London, W1K 2LY **t** 020 7495 8333 **f** 020 7495 7833
w rhythmbank.com 👤 Contact: Vicki Wickham.

Rich Mr Sax Ltd Box G016, Unit 7, Marshwood Close, Canterbury, Kent, CT1 1DX **t** 01227 500250
e enquiries@richmrsax.com **w** rmsrecords.co.uk
👤 Director: Mark Duggan.

Richmond (see Cherry Red Records)

Riddle (see Nikt Records)

Ridge Records 1 York Street, Aberdeen, AB11 5DL
t 01224 573100 **f** 01224 592320 **e** office@ridge-records.com **w** ridge-records.com 👤 Manager: Mike Smith.

Right Recordings - Right Management - Right Music 177 High Street, Harlesden, London, NW10 4TE **t** 020 8961 3889 **f** 020 8951 9955
e info@rightrecordings.com **w** rightrecordings.com
👤 Director: David Landau.

Rinseproof Records 140A Bell Hill Rd, St Georges, Bristol, BS5 7NF **t** 07864 714 695
e djskelm@hotmail.co.uk **w** rinseproofrecords.com
👤 Label Head: Skelm.

Rise & Shine (see Wyze Recordings)

Riviera Records 83 Dolphin Crescent, Paignton, Devon, TQ3 1JZ **t** 07071 226 078 **f** 0870 133 0100
e info@rivieramusic.net **w** rivieramusic.net 👤 MD: Kevin Jarvis.

RM2 Records 124 Monson Road, Reigate, Redhill, Surrey, RH1 2EY **t** 020 7193 4911 **e** info@rm2music.co.uk
w rm2music.co.uk 🐦 twitter.com/RM2Music 👤 Managing Director: Diane Dunkley.

RMO/Chill-out Music & Film 5a Tonbridge Rd, Maidstone, Kent, ME16 8RL **t** 01622 768 668
f 01622 768 667 👤 Dir: Reg McLean.

Road Train Recordings (see Shout Out Records)

Roadrunner Records Ealing Studios, Ealing Green, Ealing Green, London, W5 5EP **t** 020 8567 6762
f 020 8567 6793 **e** rrguest@roadrunnerrecords.co.uk
w roadrunnerrecords.co.uk 📘 roadrunnerrecords.co.uk
🎵 roadrunnerrecords.co.uk 🐦 roadrunnerrecords.co.uk
▶ roadrunnerrecords.co.uk 👤 Managing Director: Mark Palmer 02085676762.

RoadSound Music Wimbledon Film & TV Studios, 1 Deer Park Road, London, SW19 3TL **t** 020 8144 0314
e info@RoadSound.co.uk **w** RoadSound.co.uk
🐦 @RoadSound 👤 Contact: Tony Black.

Rock Action Records PO Box 15107, Glasgow, G1 1US **e** info@rockactionrecords.co.uk **w** rock-action.co.uk 📘 facebook.com/rockactionrecords
🎵 myspace.com/rockactionrecords
🐦 twitter.com/rockactionrecs
▶ youtube.com/user/RockActionRecords 👤 Label Manager: Craig Hargrave.

Rocstar Recordings PO Box 113, Hove, BN32YQ
t 01273 329528 **f** 01273 329528 **e** info@rocstar.com
w rocstar.com 👤 MD: Marco Distefano.

Rollercoaster Records Rock House, London Rd, St Mary's, Stroud, Gloucestershire, GL6 8PU
t 01453 886 252 **f** 01453 885 361
e john@rollercoasterrecords.com
w rollercoasterrecords.com 👤 Dir: John Beecher.

Ronco 107 Mortlake Street, London, SW14 8HQ
t 020 8392 6876 **f** 020 8392 6829
e ray.levy@telstar.co.uk 👤 Label Manager: Ray Levy.

Ronnie Harris Records (see East Central One Ltd)

Music Week Directory

Contacts | **Facebook** | **MySpace** | **Twitter** | **YouTube**

Roots Records PO Box 4549, Coventry, West Midlands, CV4 0DR **t** 02476 422 225 **f** 02476 462 398 **e** rootsrecs@btclick.com **w** rootsrecordsonline.co.uk MD: Graham Bradshaw.

Rose Rouge International Trinity Square, Trinity Square, St. Peter Port, Guernsey, GY1 1LX **t** 01481 728283 **f** 01481 714118 **e** awfgroup@cwgsy.net Director/Producer/Composer: Steve Free.

Rosette Records 43-51 Wembley Hill Rd, Wembley, Middx, HA9 8AU **t** 020 8733 1440 **f** 020 8903 5859 **e** info@rosetterecords.com **w** rosetterecords.com MD: David Smith.

Rough Trade Records 66 Golborne Rd, London, W10 5PS **t** 020 8960 9888 **f** 020 8968 6715 **e** jamiewoolgar@roughtraderecords.com **w** roughtraderecords.com facebook.com/roughtraderecords myspace.com/roughtraderecords twitter.com/roughtraderecs youtube.com/roughtraderecordsuk Press Officer: Jamie Woolgar.

RPM (see Cherry Red Records)

RPM Productions PO Box 158, Chipping Norton, Oxon, OX7 5ZL **t** 01608 643 738 **e** info@rpmrecords.co.uk **w** rpmrecords.co.uk MD: Mark Stratford.

RSK Entertainment Ltd Unit 4-5 Home Farm, Welford, Welford, Newbury, Berkshire, RG20 8HR **t** 01488 608900 **f** 01488 608901 **e** info@rskentertainment.co.uk **w** rskentertainment.co.uk Joint Managing Director: Rashmi Patani.

Rubber Road Records 4-10 Lamb Walk, London, SE1 3TT **t** 020 7921 8353 **e** rubber_road_records@yahoo.co.uk Head of A&R: Nick Lightowlers.

Rubicon Records 59 Park View Road, London, NW10 1AJ **t** 020 8450 5154 **f** 020 8452 0187 **e** rubicrecords@btopenworld.com **w** rubiconrecords.co.uk Founder: Graham Le Fevre.

RubyRed Records 46 University St, Belfast, Northern Ireland, BT7 1HB **t** 07775 657234 **f** 08707 625672 **e** francotton@rubyredrec.com Contact: Fran Cotton.

Rubyworks Records 6 Park Rd, Dun Laoghaire, County Dublin, Ireland **t** +353 1 284 1747 **f** +353 1 284 1767 **e** info@rubyworks.com **w** rubyworks.com twitter.com/rubyworks Dir: Niall Muckian.

Rumour Records Ltd PO Box 54127, London, W5 9BE **t** 020 8997 7893 **f** 020 8997 7901 **e** post@rumour.demon.co.uk **w** rumourrecords.com Managing Director: Anne Plaxton.

Running Man Records PO Box 32100, London, N4 1GR **f** 020 8374 5054 **e** runningman@oysterband.co.uk **w** oysterband.co.uk Label Manager: Colin Clowtt.

S Records (see Sony Music Entertainment UK & Ireland)

S.O.U.R. Recordings (see Tuff Street - SOSL Recordings)

S:Alt Records Ltd e info@saltrecords.com **w** saltrecords.com Label Manager: Roberto Concina.

Safehouse Recordings Suite 39, Matrix Complex, 91 Peterborough Road, London, SW6 3BU **t** 0207 384 6471 **f** 0207 751 3444 **e** info@blacklistent..com Chairman: Clive Black.

Sain Records Canolfan Sain, Llandwrog, Caernarfon, Gwynedd, LL54 5TG **t** 01286 831111 **f** 01286 831497 **e** sain@sainwales.com **w** sainwales.com CEO: Dafydd Roberts.

Salvia Recordings (see XL Recordings)

Sanctuary Classics (see Decca Records)

Sanctuary Records (see Universal Music (UK) Ltd)

Sangraal (see Science Friction)

Sargasso PO Box 221, Baldock, SG7 6WZ **t** 01462 892181 **e** info@sargasso.com **w** sargasso.com Director: John Hall.

Satellite Music Ltd 34 Salisbury St, London, NW8 8QE **t** 020 7402 9111 **f** 020 7723 3064 **e** satellite_artists@hotmail.com MD: Eliot Cohen.

Saturn Return Records PO Box 1083, Liverpool, L69 4WQ **t** 0151 222 5785 **f** 0151 222 5785 **e** mail@saturnreturnrecords.co.uk **w** saturnreturnrecords.co.uk MD: Noel Fitzsimmons.

Saucer (see Seriously Groovy Music)

SavageTrax The Grange, Bevere Green, Bevere, Worcester, Worcestershire, WR3 7RG **t** 07778 645239 **e** kevin@savagetrax.com **w** savagetrax.com Director: Kevin Savage 07778 645 239.

Savoy Records PO Box 271, Coulsdon, Surrey, CR5 3YZ **t** 01737 554 739 **f** 01737 556 737 **e** admin@savoymusic.com **w** savoymusic.com MD: Wendy Smith.

Saydisc Records The Barton, Inglestone Common, Badminton, Gloucestershire, GL9 1BX **e** saydisc@aol.com **w** saydisc.com MD: Gef Lucena.

SBS Records PO Box 37, Blackwood, Gwent, NP12 2YQ **t** 01495 750580 **e** enquiry@sbsrecords.co.uk **w** sbsrecords.co.uk MD: Glenn Powell 07800963006.

Scarlet Records Southview, 68 Siltside, Gosberton Risegate, Lincs, PE11 4ET **t** 01755 841750 **f** 01522 321166 **e** info@scarletrecording.co.uk **w** scarletmusicservices.co.uk MD: Liz Lenten.

Scatty Cat Records 502 Hornsey Road, 502, Hornsey Rd, London, N19 4EF **t** 020 7272 1299 **e** mail@scattycatrecords.com **w** scattycatrecords.com Director: Joseph Carlo.

The Schizofreniks London **e** niki@theschizofreniks.com **w** theschizofreniks.com facebook.com/theschizofreniks Schizofreniks youtube.com/RecordLabel Producer/Managing Director: Niki Clarke.

44 Music Week Directory   www.musicweek.com

🅱 Contacts   📘 Facebook   🆇 MySpace   🅣 Twitter   ▶ YouTube

Record Companies: Record Companies & Labels

Schnitzel Records Ltd - Hamburger Publishing PO Box 64301, London, E1W 9AP
t 020 790 7915 **f** 020 790 7915 **e** info@schnitzel.co.uk
w schnitzel.co.uk 📘 facebook.com/schnitzelrecords
🅱 MD: Oliver Geywitz.

Science Friction 21 Stupton Rd, Sheffield, South Yorks, S9 1BQ **t** 0114 261 1649 **f** 0114 261 1649
e dc@cprod.win-uk.net **w** royharper.co.uk 🅱 Label Manager: Darren Crisp.

Scotdisc - BGS Productions Ltd Newtown St, Kilsyth, Glasgow, Strathclyde, G65 0LY **t** 01236 821081
f 01236 826900 **e** info@scotdisc.co.uk **w** scotdisc.co.uk
🅱 MD: Dougie Stevenson.

Scratch (see The Store For Music)

Scribendum Ltd Burnt Oak Farm, Waldron, Heathfield, East Sussex, TN21 0NL **t** 05603 461 114
e mail@silveroak.biz **w** silveroakmusic.com
📘 facebook.com/#!/pages/Scribendum-Ltd/188248784583260 🅱 Contact: Giorgio Cuppini.

Sea Dream (see Plankton Records)

Seamless Recordings 26 Abbeville Mews, 88 Clapham Park Road, London, SW4 7BX **t** 020 7498 5551 **f** 020 7498 2333
e ben@seamlessrecordings.com
w seamlessrecordings.com 🅱 Director: Ben Sowton.

Second Coming Records 6 Hesleyside Road, South Wellfield, Whitley Bay, NE25 9HB **t** 07812 633 364
f 0191 253 5997 **e** james_climax@hotmail.com 🅱 Label Manager: James Wilson.

Secret Records Regent House, 1 Pratt Mews, London, NW1 0AD **t** 020 7554 4840 **f** 020 7388 8324
e partners@newman-and.co.uk 🅱 MD: Colin Newman.

Sedna Records London **t** 0207 467 0622
e jonathan@10management.com 🅱 Artist Manager: Jonathan Wild.

See Monkey Do Monkey Recordings Kings Road Studios, 183a King's Rd, Pontcanna, Cardiff, CF11 9DF **e** Demos@seemonkeydomonkey.com
w seemonkeydomonkey.com
📘 Facebook.com/seemonkeydomonkey
🅣 twitter.com/seemonkeymusic
▶ youtube.com/seemonkeymusic 🅱 Label Manager: Aimee-Jade Hayes.

Seeca Records 6, Ditton Hill Rd, Surbiton, Surrey, KT6 5JD **t** 020 8398 2510 **f** 020 8398 1970
e info@seeca.co.uk **w** seeca.co.uk 🅱 Dir: Louise Blair.

Select Music & Video Distribution Ltd 3 Wells Pl, Redhill, Surrey, RH1 3SL
t 01737 645600 ext 211 **f** 01737 644065
e GBartholomew@selectmusic.co.uk **w** naxos.com
🅱 Licensing Mgr: Graham Bartholomew 01635 871338.

Select Music and Video Ltd 3 Wells Place, Redhill, Surrey, RH1 3SL **t** 01737 645600 **f** 01737 644065
e BHolden@selectmusic.co.uk **w** naxos.com 🅱 Naxos Label Mgr/Mktg Mgr: Barry Holden.

Selrec Ltd PO Box 357, Middlesbrough, Cleveland, TS1 4WZ **t** 01642 806795 **f** 01642 351962
e info@selectarecords.com **w** selectarecords.com
📘 facebook.com/millbrand
🆇 myspace.com/selectarecords 🅱 MD: Paul Mooney.

Sense World Music 93, Belgrave Road, Leicester, Leicestershire, LE4 6AS **t** 0116 266 7046
f 0116 261 0480 **e** alpesh@senseworldmusic.com
w senseworldmusic.com 🅱 MD: Alpesh Patel.

Serengeti Records 43A Old Woking Rd, West Byfleet, Surrey, KT14 6LG **t** 01932 351925 **f** 01932 336431
e info@serengeti-records.com 🅱 MD: Martin Howell.

Series 8 Records Hatfield Peverel, Hatfield Peverel, Chelmsford, Essex, CM3 2QH **t** 07939 631390
e series8@supalife.com **w** series8records.co.uk
🅱 Managing Director: Trevor Holden.

Seriously Groovy Music 3rd Floor, 28 D'Arblay St, Soho, London, W1F 8EW **t** 020 7439 1947
f 020 7734 7540 **e** admin@seriouslygroovy.com
w seriouslygroovy.com 🅱 Directors: Dave Holmes, Lorraine Snape.

Setanta Records 112 Manor Grove, Richmond, Surrey, tw9 4qf **t** 020 8241 9807 **e** info@setantarecords.com
w setantarecords.com 🅱 MD: Keith Cullen.

Shade Factor Productions Limited 4 Cleveland Sq, London, W2 6DH **t** 020 7402 6477
f 020 7402 7144 **e** mail@shadefactor.com
w shadefactor.com 🅱 MD: Ann Symonds.

Shamtown Records 4/5 High Street, Galway, Ireland
t 0035 391 521309 **f** 0035 391 526341
e sawdoc@eircom.net **w** sawdoctors.com 🅱 Managing Director: Ollie Jennings.

Shellwood Productions (see Priory Records)

Shifty Disco Ltd Unit 13 Kings Meadow, Ferry Hinksey Road, Oxford, Oxfordshire, OX2 0DP
t 01865 798791 **e** info@shiftydisco.co.uk
w shiftydisco.co.uk 🅱 Managing Director: Dave Newton.

Shoeshine Records PO Box 15193, Glasgow, G2 6LB
t 0141 204 5654 **f** 0141 204 5654
e info@shoeshine.co.uk **w** shoeshine.co.uk
🅱 Proprietor: Francis Macdonald.

Shout Out Records 51 Clarkegrove Rd, Sheffield, S10 2NH **t** 0114 268 5665 **f** 0114 268 4161
e entsuk@aol.com 🅱 MD: John Roddison.

Sidewalk 7 New York, United States
e info@sidewalk7.com **w** sidewalk7.com 🅱 CEO: Rocco Gardner.

Silva Classics (see Silva Screen)

Silva Screen 3 Prowse Pl, London, NW1 9PH
t 020 7428 5500 **f** 020 7482 2385
e info@silvascreen.co.uk **w** silvascreen.co.uk
🅱 MD: Reynold da Silva.

Silva Treasury (see Silva Screen)

www.musicweek.com   **Music Week Directory** 45

👤 Contacts   📘 Facebook   🎵 MySpace   🐦 Twitter   ▶️ YouTube

Silverword Music Group 16 Lime Trees Avenue, Llangattock, Crickhowell, Powys, NP8 1LB **t** 01873 810412 **e** silverwordgroup@aol.com **w** silverword.co.uk
👤 Managing Director: Kevin Holland-King.

Simple Records First Floor, 75 Abbeville Rd, SW4 9JN **t** 020 8673 1818 **f** 020 8673 6751 **e** info@simplerecords.co.uk 👤 A&R Director: Will Saul.

Simply Music (see SimplyVinyl.com LP Records)

Simply Recordings (see SimplyVinyl.com LP Records)

SimplyVinyl.com LP Records Harben House, Harben Parade, London, NW3 6LH **e** info@simplyvinyl.com **w** simplyvinyl.com 👤 info@simplyvinyl.com: General Manager.

Sink and Stove Records Bristol
e info@sinkandstove.co.uk **w** sinkandstove.co.uk
📘 facebook.com/pages/Sink-Stove-Records/47821954355?ref=ts
🎵 myspace.com/sinkandstove 👤 Label Mgr: Benjamin Shillabeer.

Sire (see Warner Bros Records UK)

Six Armed Man Records (see Dynamite Vision - Falling A Records)

Six Degrees Records (see Collective Music Ltd)

Skint Records PO Box 174, Brighton, East Sussex, BN1 4BA **t** 01273 738527 **f** 01273 208766 **e** mail@skint.net **w** skintentertainment.com 👤 Dir: Tim Jeffrey.

Skydog (see Jungle Records)

SLAM Productions 3 Thesiger Rd, Abingdon, Oxon, OX14 2DX **t** 01235 529012 **e** slamprods@aol.com **w** slamproductions.net 👤 Proprietor: George Haslam.

Sleeper Music Ltd Block 2, 6 Erskine Road, Primrose Hill, London, NW3 3AJ **t** 020 7580 3995 **f** 020 7900 6244 **e** info@sleepermusic.co.uk **w** guychambers.com 👤 Contact: Dylan Chambers, Louise Jeremy.

Smexi Playaz Records PO Box 2035, Blackpool, FY4 1WW **t** 01253 347329 **f** 01253 347329 **e** glenn@outlet-promotions.com **w** outlet-promotions.com 👤 MD: Glenn Wilson.

Smiled Records RGA Studio, 209 Goldhawk Road, London, W12 8EP **t** 020 8746 7000 **f** 020 8746 7700 **e** info@smiled.net **w** smiled.net 👤 MD: James Barton 07776 188 191.

Snapper Music 1 Star St, London, W2 1QD **t** 020 7563 5500 **f** 020 7563 5566 **e** sales@snappermusic.co.uk **w** snappermusic.co.uk 👤 Marketing Director: Johnny Wilks.

Sobriety Records (see Shout Out Records)

Soda (see Seriously Groovy Music)

Sofa (see Seriously Groovy Music)

Soldier Blue Records PO Box 56535, London, SW18 9DN **t** 07947 116 152 **f** 020 8408 3969 **e** info@soldierbluerecords.com **w** soldierbluerecords.com 👤 Label Relations and A&R Manager: Aishah Bilal.

Solent Records 68-70 Lugley St, Newport, Isle Of Wight, PO30 5ET **t** 01983 524110 **e** md@solentrecords.co.uk **w** solentrecords.co.uk 👤 Owner: John Waterman.

Soma Recordings Ltd 2nd Floor, 342 Argyle St, Glasgow, G2 8LY **t** 0141 229 6220 **f** 0141 226 4142 **e** info@somarecords.com **w** somarecords.com
📘 somarecords.com 🎵 somarecords.com
🐦 twitter.com/SomaRecords ▶️ somarecords.com
👤 MD: Glenn Gibbons.

Sombrero 33 Riding House Street, London, W1W 7DZ **t** 020 7636 3939 **f** 020 7636 0033 **e** info@sonic360.com **w** sonic360.com 👤 Creative Director: Hana Miya.

Some Bizzare London **e** info@somebizarre.com **w** somebizarre.com 🎵 myspace.com/somebizarrerecords, myspace.com/somebizarrelabel 👤 MD: Stevo.

Somerset Entertainment International Ltd 3D Moss Road, Witham, Essex, CM8 3UW **t** 01376 521527 **f** 01376 521528 **e** lbeck@somersetent.com **w** somersetent.com 👤 Sales Contact: Sarah Martin.

Something In Construction
SIC/Wild Unit 2B, Westpoint, 39-40 Warple Way, London, W3 0RG **t** 020 8746 0666 **f** 020 8746 7676
e misterlaurie@gmail.com
w somethinginconstruction.com
📘 facebook.com/somethinginconstruction
🎵 myspace.com/somethinginconstruction 🐦 @SICrecords
▶️ SICMusicVideos 👤 MD: David Laurie.

Something Nothing Records Brighton, East Sussex **t** 07956211651
e russ@somethingnothingrecords.co.uk
w somethingnothingrecords.co.uk
📘 facebook.com/snrecords 👤 Label Manager: Russ Junk Scientist.

Sonar Records Limited 82 London Rd, Coventry, West Midlands, CV1 2JT **t** 441926842974 **e** office@sonar-records.demon.co.uk **w** sonar-records.co.uk 👤 GM: Jon Lord.

Songphonic St Anns Court, St Anns Hill Rd, Chertsey, KT16 9NW **t** 01932 568969 **e** info@songphonic.com **w** songphonic.com 🎵 myspace.com/songphonic
👤 CEO: Osman Kent.

Sonic Cathedral Recordings PO Box 57718, London, NW11 1DR **e** info@soniccathedral.co.uk
w soniccathedral.co.uk
📘 facebook.com/soniccathedral.uk
🎵 myspace.com/soniccathedral
🐦 twitter.com/soniccathedral
▶️ youtube.com/soniccathedral 👤 Founder: Nathaniel Cramp.

Record Companies: Record Companies & Labels

46 Music Week Directory   www.musicweek.com

Contacts   **Facebook**   **MySpace**   **Twitter**   **YouTube**

Record Companies: Record Companies & Labels

Sonic360 3 Wardour Castle, Tisbury, Wiltshire, SP3 6RH
t 020 7636 3939 **f** 020 7636 0033 **e** info@sonic360.com
w sonic360.com myspace.com/sonic60
youtube.com/s0nic360 Label Manager: Zen Grisdale.

SonRise Records Western House, Richardson St, Swansea, SA1 3JF **t** 07815 770 001
e info@sonriserecords.co.uk **w** sonriserecords.co.uk
Contact: Darren Pullin.

SONY MUSIC COMMERCIAL MUSIC GROUP

Derry Street, London, W8 FHY **t** 020 7361 8000
f 020 7937 0188 **e** firstname.lastname@sonymusic.com
SVP Commercial Sales: Nicola Tuer.

Sony Music Entertainment Ireland Ltd
Embassy House, Ballsbridge, Dublin 4, Ireland
t +353 1 647 3400 **f** +353 1 647 3430
e firstname.lastname@sonymusic.com **w** sonymusic.ie
facebook.com/SonyMusicIreland
twitter.com/SonyMusicIre
youtube.com/SonyMusicIrelandLtd MD: Annette Donnelly.

SONY MUSIC ENTERTAINMENT UK & IRELAND

SONY MUSIC

9 Derry Street, London, W8 5HY **t** 020 7361 8000
f 020 7937 0188 **e** firstname.lastname@sonymusic.com
w sonymusic.co.uk Chairman and CEO: Nick Gatfield.

Sorted Records PO Box 5922, Leicester, LE1 6XU
t 0116 291 1580 **f** 0116 291 1580
e sortedrecords@hotmail.com
w homepage.ntlworld.com/d.dixey MD: Dave Dixey.

SOSL Recordings (see Tuff Street - SOSL Recordings)

Soul 2 Soul Recordings 45 Fouberts Place, London, W1F 7QH **t** 020 7439 6060 **e** andy@soul2soul.co.uk
w soul2soul.co.uk MD: Jazzie B.

Soul Brother (see Expansion Records)

Soul Jazz Records 7 Broadwick St, London, W1F 0DA
t 020 7734 3341 **f** 020 7494 1035
e info@soundsoftheuniverse.com **w** souljazzrecords.co.uk
Publicity & Production: Angela Scott.

Soundscape Music 4 Bridgefield, Farnham, Surrey, GU9 8AN **t** 01252 721096 **e** bob@bobholroyd.com
w info@bobholroyd.com Director: Bob Holroyd.

Soundz Of Muzik Ltd The Courtyard,
42 Colwith Road, London, W6 9EY **t** 020 8741 1419
f 020 8741 3289 **e** firstname@evolverecords.co.uk
Director: Trevor Porter.

Southbound (see Ace Records)

Southern Fried Records Fulham Palace,
Bishops Avenue, London, SW6 6EA **t** 020 7384 7373
f 020 7384 7375 **e** nathan@southernfriedrecords.com
w southernfriedrecords.com
facebook.com/southernfriedrecords
@SouthernFriedUK
youtube.com/southernfriedrecords A&R: Nathan Thurtsting.

Southern Records/Studios 10 Myddleton Rd, London, N22 8NS **t** 020 8888 8949 **f** 020 8889 6166
e firstname@southern.com **w** southern.com
facebook.com/pages/Southern-Records/24964764156 myspace.com/southernrecords
southernrec youtube.com/user/southernrecords
Managing Director: Allison Schnackenberg.

Sovereign (see Hot Lead Records)

Space Age Recordings (see Adasam Limited)

Spaced Out Music 8 Southlands Close, Leek, Staffs, ST13 8DF **t** 01782 772989 **e** nomed1@gmail.com **w** the-demon.com MD and Manager for Demon: Mike Stone.

Spit and Polish Records (see Shoeshine Records)

Splash Records Ltd 29 Manor House,
250 Marylebone Rd, London, NW1 5NP **t** 020 7723 7177
f 020 7262 0775 **e** splashrecords.uk@btconnect.com
Director: Chas Peate.

Split Records 13 Dagmar Terrace, London, N1 2BN
t 020 7226 8706 **f** 020 7226 8706
e max@splitrecords.co.uk **w** splitrecords.co.uk
myspace.com/splitrecordsmusic Label Manager: Max Odell 07813 893377.

Spring Records Dargan House, Bray, Co Wicklow, Ireland **f** +353 12 861 514 **e** atrisk@iol.ie **w** mrspring.net
A&R: Springer.

Springthyme Records Balmalcolm House, Balmalcolm, Cupar, Fife, KY15 7TJ **t** 01337 830 773
e admin@springthyme.myzen.co.uk **w** springthyme.co.uk
Director: Peter Shepheard.

Square Biz Records 65A Beresford Road, London, N5 2HR **t** 020 7503 6457 **e** sujiro.gray@btinternet.com
Managing Director: J Gray.

Squeaky Records Ltd 37 Baldock Road, Royston, Herts., SG8 5BJ **t** 01763 243 603 **f** 01763 243 603
e info@squeakyrecords.com **w** squeakyrecords.com
Director: Helen Gregorios-Pippas.

Squint Entertainment (see Collective Music Ltd)

Start Entertainments Ltd Fairways, Gorelands Lane, Northwood, Chalfont St Giles, Buckinghamshire, HP8 4HQ **t** 01494 876166
f 01494 876764 **e** info@startentertainments.com
w nostalgiamusic.co.uk MD: Brian Gibbon.

www.musicweek.com   **Music Week Directory** 47

Contacts **Facebook** **MySpace** **Twitter** **YouTube**

Record Companies: Record Companies & Labels

state ART The Basement, 1 Eaton Pl, Brighton, East Sussex, BN2 1EH **t** 01273 459515
e paul@stateart.org **w** stateart.org
myspace.com/stateart Co-founder: Paul Mex.

State Records 67 Upper Berkeley St, London, W1H 7QX **t** 020 7563 7028 **f** 020 7563 7029
e recordings@staterecords.co.uk **w** popmusic4synch.com
facebook.com/pages/State-Records/270084829685044
myspace.com/staterecordsuk
twitter.com/#!/State_Records
youtube.com/user/RSMLibrary MD: Dr Wayne Bickerton.

Stax (see Ace Records)

Sterling (see Priory Records)

Sterns Music 42 Theobalds Road, London, WC1X 8NW **t** 020 7831 6608 **f** 020 7831 5890
e info@sternsmusic.com **w** sternsmusic.com
facebook.com/people/Sterns-MusicOnline/1303598634
myspace.com/sternsmusicuk
twitter.com/SternsMusic MD: Robert Urbanus.

Sticky Music PO Box 176, Glasgow, G11 5YJ
t 01698 207230 **f** 0141 576 8431
e info@stickymusic.co.uk **w** stickymusic.co.uk
Partner: Charlie Irvine.

Stiff Records (see ZTT Records Ltd)

Stirling Music Group 1-2 St Albans Studio, South End Row, London, W8 5BT **t** 020 7993 5565
e office@pureuk.com **w** pureuk.com CEO: Evros Stakis.

Stockholm (see Polydor Records)

Stompatime (see Fury Records)

Swee Music Swee Music, 11a Newburgh Street, London, W1F 7RW **t** 020 7434 3022
e swainley@iloveswee.com **w** iloveswee.com
facebook.com/sweemusic myspace.com/sweemusic
twitter.com/sweemusic youtube.com/sweemusic
 Label Manager: Swainley Whipps Edan-Entwistle +44 (0)7725039887.

Stones Throw Records Omnibus House, 39-41 North Rd, London, N7 9DP **t** 0207 609 1555
e alex@stonesthrow.com **w** stonesthrow.com
facebook.com/stonesthrow
myspace.com/stonesthrow
twitter.com/stonesthrow youtube.com/stonesthrow
 Label Manager: Alex Robinson.

The Store For Music Hatch Farm Studios, Chertsey Rd, Addlestone, Surrey, KT15 2EH
t 01932 828715 **f** 01932 828717
e brian.adams@dial.pipex.com **w** thestoreformusic.com
 MD: Brian Adams.

Storm Music 2nd Floor, 1 Ridgefield, Manchester, M2 6EG **t** 0161 839 5111 **f** 0161 839 7898 **e** info@storm-music.com **w** storm-music.com MD: Mike Ball.

Stradivarius (see Priory Records)

Stray Cat Records 695 High Rd, Seven Kings, Ilford, Essex, IG3 8RH **t** 020 8590 0022 **f** 020 8599 2870
e jamie@straycatrecords.com **w** straycatrecords.com
 Managing Director: Jamie Danan 07885 670294.

Strictly Rhythm (see Warner Bros Records UK)

Strike Records 7 Warren Mews, London, W1T 6AS
t 020 7874 1704 **e** Info@bythepoolmusic.com
 Contact: Lucille Jackson.

Sub Bubble Recordings Sub Bubble Studios, Unit 2 Towers Business Park, Carey Way, Wembley, Middlesex, HA9 0LQ **t** 020 8902 0497 **f** 07725590312
e ian@subbubble.com **w** subbubble.com Sub Bubble
 Sub Bubble Sub Bubble Sub Bubble Contact: Ian Bennett.

Sublime Music 211 Piccadilly, London, W1J 9HF
t 020 7917 2948 **e** mw@sublime-music.co.uk **w** sublime-music.co.uk Mgr: Nick Grant.

Sublime Recordings 77 Preston Drove, Brighton, East Sussex, BN1 6LD **t** 07774 133 134
e patrick@sublimemusic.co.uk **w** sublimemusic.co.uk
 Contact: Patrick Spinks.

Sub-Urban Records (see Defected Records Ltd)

Suburban Soul (Music) PO Box 415, Bromley, Kent, BR1 2XR **t** 020 8402 1984 **f** 020 8325 0708
e urban_music@msn.com Director: RT Brown 0798 406 1954.

Subversive Records Old House, 154 Prince Consort Road, Gateshead, NE8 4DU
t 0191 469 0100 **f** 0191 469 0001
e info@subversiverecords.co.uk **w** subversiverecords.co.uk
 Dir: Martin Jones.

Sugar Shack Records Ltd PO Box 73, Fishponds, Bristol, BS16 7EZ **t** 01179 855092 **f** 01179 855092
e info@sugarshackrecords.co.uk
w sugarshackrecords.co.uk
myspace.com/sugarshackrecordsuk Dir: Mike Darby.

Sugarstar Ltd IT Centre, York Science Park, York, YO10 5DG **t** 08456 448 424 **f** 0709 222 8681
e Info@sugarstar.com **w** sugarstar.com MD: Mark Fordyce.

Summerhouse Records PO Box 34601, London, E17 6GA **t** 020 8521 3355
e office@summerhouserecords.co.uk
w summerhouserecords.co.uk
myspace.com/summerhouserecords MD: William Jones.

Sunday Best Recordings Studio 11, 25 Denmark St, London, WC2H 8NJ **t** 020 7379 3133
f 0870 420 4392 **e** info@sundaybest.net
w sundaybest.net myspace.com/sundaybestrecordings
youtube.com/sundaybestrecordings Label Manager: Sarah Bolshi.

Sunny Records Ltd 29 Fife Road, East Sheen, London, SW14 7EJ **t** 020 8876 9871 **f** 020 8392 2371
e getcarter.sunny29@amserve.com Contact: John Carter.

48 **Music Week Directory**   www.musicweek.com

👤 Contacts   ▮ Facebook   ▮ MySpace   ▮ Twitter   ▮ YouTube

Record Companies: Record Companies & Labels

Sunrise Records Silverdene, Scaleby Hill, Carlisle, CA6 4LU **t** 01228 675822 **f** 01228 675822 **e** info@sunriserecords.co.uk **w** sunriserecords.co.uk
👤 MD: Martin Smith.

SuperCharged Music 29 Kensington Gardens, Brighton, BN1 4AL **t** 01273 628 181 **f** 01273 670 444 **e** lloyd@superchargedmusic.com
w superchargedmusic.com 👤 Label Manager: Lloyd Seymour.

Superglider Records First Floor, 123 Old Christchurch Rd, Bournemouth, Dorset, BH1 1EP **t** 07968 345173 **e** mail@superglider.com
w superglider.com 👤 Contact: Griff.

Supertron Music 19-23 Fosse Way, London, W13 0BZ **t** 020 8998 6372 👤 MD: Michael Rodriguez 020 8998 4372.

Supremo Recordings PO Box 8679, Dublin 7, Ireland **t** +353 1 671 7393 **f** +353 1 671 7393 **e** info@supremorecordings.com
w supremorecordings.com 👤 MD: Philip Cartin.

Surface2Air Ltd 28C Kilburn Lane, London, W10 4AH **t** 07960 957 939 **e** info@surface2air.net **w** surface2air.net
👤 Head of A&R: Tom Nicolson.

Surfdog Records (see Collective Music Ltd)

Sursagar (see Sense World Music)

Survival Records PO Box 2502, Devizes, Wilts, SN10 3ZN **t** 01380 860500 **f** 01380 860596
e AnneMarie@survivalrecords.co.uk
w survivalrecords.co.uk 👤 Director: David Rome.

Suspect Records 58 Greenfell Mansions, Glaisher St, London, SE8 3EU **t** 07764 159175
e info@suspectrecords.com **w** suspectrecords.com
👤 MD: Stephen Davison.

Susu (see Concept Music)

Swan Records (see Rollercoaster Records)

Sweet Nothing (see Cargo Records)

Swing City (see Wyze Recordings)

Switchflicker 12 Hilton Street, Northern Quarter, Manchester, Lancashire, M1 1JF **t** 07803 601885
e info@switchflicker.co.uk **w** switchflicker.co.uk
▮ myspace.com/switchflickerrecords
▮ twitter.com/switchflicker ▮ youtube.com/switchflicker
👤 Artists & Repertoire: Jayne Compton.

SYCO MUSIC

SYCOmusic

9 Derry Street, London, W8 5HY **t** 020 7361 8000
f 020 7937 0188 **e** firstname.lastname@sonymusic.com
👤 Managing Director: Sonny Takhar.

Symposium Records 110 Derwent Avenue, East Barnet, Herts, EN4 8LZ **t** 020 8368 8667
f 020 8368 8667 **e** symposium@cwcom.net
w symposiumrecords.co.uk

Tabitha Music Limited 39 Cordery Rd, Exeter, Devon, EX2 9DJ **t** 01392 279 914 **e** graham@tabithamusic.com
w tabithamusic.com 👤 CEO: Graham Sclater 0781 215 2651.

Tahra (see Priory Records)

Talking Elephant 8 Martin Dene, Bexleyheath, Kent, DA6 8NA **t** 020 8301 2828 **f** 020 8301 2424
e barry@talkingelephant.co.uk **w** talkingelephant.co.uk
👤 Managing Director: Barry Riddington.

Tall Pop (see Adasam Limited)

TAPE 45-46 Charlotte Rd, London, EC2A 3PD
t 0207 739 0939 **e** label@taperec.com **w** taperec.com
👤 Manager: Daniel Cross.

Tara Music Company Basement, 18 Upper Mount St., Dublin 2, Ireland **t** 00353 1 678 7871
f 00353 1 678 7873 **e** info@taramusic.com
w taramusic.com 👤 Managing Director: John Cook.

Taste Media Ltd 263 Putney Bridge Rd, London, SW15 2PU **t** 020 8780 3311 **f** 020 8785 9894
e info@tastemusic.com **w** tastemedia.com 👤 Managing Director: Safta Jaffery.

TCM Music Ltd 26 School Lane, Herne, Herne Bay, Kent, CT6 7AL **t** 01227 366689
e info@tcmmusicgroup.com **w** tedcarfrae.com
👤 Managing Director: Ted Carfrae.

Teldec (see Warner Classics & Jazz)

Teleryngg (see RDL Music)

Telica Communications (see The Recoverworld Label Group (Supreme Music Ltd))

Tema International 151 Nork Way, Banstead, Surrey, SM7 1HR **t** 01737 219607 **f** 0871 715 1236
e music@tema-intl.demon.co.uk **w** temadance.com
👤 Managing Director: Tony Evans.

Temple Records Shillinghill, Temple, Gorebridge, Midlothian, EH23 4SH **t** 01875 830328 **f** 01875 825390
e info@templerecords.co.uk **w** templerecords.co.uk
👤 Managing Director: Robin Morton.

Tenor Vossa Records Ltd PO Box 34803, London, W8 7OZ **t** 020 7221 0711 **e** tenor.vossa@virgin.net
w tenorvossa.co.uk ▮ facebook.com/pages/Tenor-Vossa-TV-Records/139206105563 ▮ tenorvossarecordsltd
👤 MD: Ari.

Terminus Records (see Collective Music Ltd)

Them's Good Records (see Adasam Limited)

Theobald Dickson Productions The Coach House, Swinhope Hall, Swinhope, Market Rasen, Lincs, LN8 6HT **t** 01472 399 011 **f** 01472 399 025
e tdproductions@lineone.net 👤 MD: Bernard Theobald.

www.musicweek.com **Music Week Directory** 49

Contacts   Facebook   MySpace   Twitter   YouTube

Record Companies: Record Companies & Labels

Thirty-Seven Records 28 St. Albans Gdns, Stranmillis Rd, Belfast, Co. Antrim, BT9 5DR **t** 07736 548 969 **e** sean@thirtysevenrecords.com **w** thirtysevenrecords.com Label Mgr: Sean Douglas.

Three Black Feathers 61 Somers Rd, Malvern, Worcestershire, WR14 1JA **t** 01684 899 457 **e** chris@threeblackfeathers.co.uk **w** threeblackfeathers.co.uk Contact: Chris Heard.

Thunder (see Rollercoaster Records)

Thunderbird Records (see RPM Productions)

Thursday Club Recordings Ltd 310 King Street, London, W6 0RR **t** 020 8748 9480 **f** 020 8748 9489 **e** info@tcr.uk.com **w** tcr.uk.com MD: Rennie Pilgrem.

Tiger Trax PO Box 204, Alton, Hampshire, GU34 1YA **t** 07838 111026 **e** info@tigertrax.co.uk **w** tigertrax.co.uk myspace.com/tigertraxrecords twitter.com/tigertrax Business Affairs: Sam Radford.

Tiny Dog Records Dolphin House, 48, High Street, Wells-next-the-Sea, Norfolk, NR23 1EN **t** 07831 371 726 **e** info@tinydog.co.uk **w** tinydog.co.uk MD: Pete Jennison.

Tip World PO Box 18157, London, NW6 7FF **t** 020 8537 2675 **f** 020 8537 2671 **e** info@tipworld.co.uk **w** tipworld.co.uk Label Manager: Richard Bloor.

Tongue Master Records PO Box 38621, London, W13 8WG **f** 020 7371 4884 **e** info@tonguemaster.co.uk **w** tonguemaster.co.uk Owner: Theodore Vlassopulos.

Too Pure Singles Club 17-19 Alma Rd, London, SW18 1AA **t** 020 8875 6208 **f** 020 8875 1205 **e** paulriddlesworth@beggars.com **w** toopure.com Label Head: Paul Riddlesworth.

Too Young To Die Records Unit 14, Buspace Studios, Conlan St, London, W10 5AR **e** info@tooyoungtodierecords.com **w** tooyoungtodierecords.com MDs: Pete Hobbs, Jonathan Owen.

Top Cat Music Ltd Mill Side, Mill Lane, Box, Corsham, SN13 8PN **t** 01225 744413 **e** info@topcatmusic.co.uk **w** topcatmusic.co.uk myspace.com/thetopcatmusic Dir: Tim Oliver.

Topaz (see Pavilion Records Ltd)

Topic Records 50 Stroud Green Rd, London, N4 3ES **t** 020 7263 1240 **f** 020 7281 5671 **e** info@topicrecords.co.uk **w** topicrecords.co.uk MD: Tony Engle.

Tortured & Electrix Records 21a Finsbury Park Road, London, N4 2LA **t** +44 20 7503 7215 **e** billy@torturedrecords.co.uk **w** torturedrecords.co.uk MD: Billy Nasty.

Total Fitness Music Riverbank House, One Putney Bridge Approach, London, SW63JD **t** 02074714740 **e** contact@totalfitnessmusic.com **w** fitmix.co.uk Managing Director: Dave Lambert.

Touch 13 Osward Road, London, SW17 7SS **t** 020 8355 9672 **f** 020 8355 9672 **e** info@touchmusic.org.uk **w** touchmusic.org.uk Directors: Jon Wozencroft, Michael Harding.

TOV Music Group Ltd (Trouble on Vinyl) 120 Wandsworth Rd, London, SW8 2LB **t** 020 7498 3888 **f** 020 7622 1030 **e** info@tovmusic.com **w** tovmusic.com MD: Clayton Hines.

Townsend Music Group Unit 1, Union Court, Alan Ramsbottom Way, Great Harwood, Lancashire, BB6 7UF **t** 01254 880140 **f** 01254 880149 **e** bruce@townsend-records.co.uk **w** townsend-records.co.uk Sales Director: Bruce McKenzie 0161 283 3291.

Track Records PO Box 107, South Godstone, Redhill, Surrey, RH9 8YS **t** 01342 892074 **f** 01342 893411 **e** ian.grant@trackrecords.co.uk **w** trackrecords.co.uk myspace/trackrecordsuk MD: Ian Grant.

Trad Records 6 Queens Court, Wharfdale Road, Bournemouth, Dorset, BH4 9BS **t** 01202 757 494 **e** info@tradrecords.co.uk **w** tradrecords.co.uk Partner: Andy Burbidge.

Tradition Contact: Rykodisc. (see Palm Pictures)

Transgressive Records The Lexington, 96-98 Pentonville Rd, London, N1 9JB **e** lilas@transgressiverecords.co.uk **w** transgressive.co.uk facebook.com/transgressiverecords myspace.com/transgressiverecords twitter.com/transgressivehq Label Manager: Lilas Bourboulon.

Transient Records (see Automatic Records)

Transistor Records (see RPM Productions)

Transmission Recordings Ltd Bedford House, 8B Berkeley Gardens, London, W8 4AP **t** 020 7243 2921 **f** 020 7243 2894 **e** john@nottinghillmusic.com **w** nottinghillmusic.com Director: John Saunderson.

Trial and Error Recordings 274 Caledonian Road, London, N1 1BA **t** 07867 552 931 **e** info@trialanderrorrecordings.com **w** trialanderrorrecordings.com Co-manager: JeanGa.

Trinity Records Company 72 New Bond St, London, W1S 1RR **t** 020 7499 4141 **e** info@trinitymediagroup.net **w** trinitymediagroup.net Business Affairs: Peter Murray.

Triple A Records Ltd 18 Redsells Close, Downswood, Kent, ME15 8SN **t** 01622 205839 **e** records@triple-a.uk.com **w** triple-a.uk.com CEO: Terry Armstrong.

Triple M Productions 37-45 Windsor Street, Toxteth, Liverpool, Merseyside, L8 1XE **t** 01517072833 **e** triplem@thevocalbooth.com **w** triplemproductions.co.uk myspace.com/triplemliverpool Producer/Composer: Mike Moran 07800 993192.

Tru Thoughts PO Box 2818, Brighton, East Sussex, BN1 4RL **t** 01273 694617 **f** 01273 694589 **e** info@tru-thoughts.co.uk **w** tru-thoughts.co.uk Label Mgr: Paul Jonas.

Music Week Directory

Contacts | **Facebook** | **MySpace** | **Twitter** | **YouTube**

Record Companies: Record Companies & Labels

Truck Records The Old Stable, Church Lane, Steventon, Abingdon, Oxfordshire, OX13 6SW
t 01235 821262 **e** joseph@truckrecords.com
w thisistruck.com Director: Joseph Bennett.

TrustTheDJ Records White Horse Yard, 78 Liverpool Road, London, N1 0QD **t** 020 7288 9814
f 020 7288 9817 **e** contact@trustthedj.com
w trustthedj.com Label Managers: Matt Bullamore, Cam MacPhail.

Truth Cult (see Southern Records/Studios)

Tuff Gong (see Island Records Group)

Tuff Street Recordings (see Tuff Street - SOSL Recordings)

Tuff Street - SOSL Recordings 122 Earlsfield Road, London, SW18 3DS **t** 07050 605219
f 07050 605239 **e** sam@pan-africa.org
w umengroup.com Chief Executive Officer: Oscar Sam-Carrol.

Tugboat Records (see Rough Trade Records)

Turn The Music Up Records 19 Copse Avenue, Swindon, Wiltshire, SN1 2PX **t** 07515 970592
e robert.gem@btinternet.com
w turnthemusicuprecords.com Director: Rob Gem 07515970592.

TV Records Ltd (see Tenor Vossa Records Ltd)

Tyrant 4a Scampston Mews, Cambridge Gardens, London, W10 6HX **t** 020 8968 6815 **f** 020 8969 1728
e info@tyrant.co.uk **w** tyrant.co.uk Dirs: Craig Richards/Amanda Eastwood.

Tyst Music UK Ltd 35 Albany Road, Chorlton, Manchester, M21 0BH **t** 0161 882 0058 **f** 0161 882 0058
e info@tsytdigital.com **w** tsytdigital.com Director: David Wheavill.

Udiscs Monk's Retreat, 33 Dumbreck Rd, Glasgow, G41 5LJ **t** 0141 427 3707 **f** 0141 427 3707
e info@udiscs.com **w** udiscs.com Label Mgr: Steve Bonellie.

U-Freqs 20 Athol Court, 13 Pine Grove, London, N4 3GU
t 07831 770 394 **f** 0870 131 0432 **e** info@u-freqs.com
w u-freqs.com Partner: Stevino.

UGR (see Urban Gospel Records)

Ultimate Dilemma (see Atlantic Records UK)

Umbrella Music (see East Central One Ltd)

Underground Music Movement (UMM) (see Media Records Ltd)

Union Square Music Unit 1.1 Shepherds Studios, Rockley Rd, London, W14 0DA **t** 020 7471 7940
f 020 7471 7941 **e** info@unionsquaremusic.co.uk
w unionsquaremusic.co.uk MD: Peter Stack.

United Kingdom Christian Music Alliance PO Box 6207, Leighton Buzzard, Bedfordshire, LU7 0WQ
e enq@newmusicenterprises.com Contact: Paul Davis 01525 237700.

United Nations Records PO Box 20242, London, NW1 7FL **t** 020 7485 1113 **e** info@proofsongs.co.uk
Contact: Justin Perry.

UNIVERSAL MUSIC (UK) LTD

UNIVERSAL MUSIC UK

364-366 Kensington High Street, London, W14 8NS
t 020 7471 5000 **f** 020 7471 5001 **w** umusic.co.uk
Chairman and CEO: David Joseph. MD, Commercial Division: Brian Rose. CFO: David Bryant. Director of Business Affairs: Adam Barker. MD, Commercial Media Partnerships and Globe TV: Lesley Douglas. Director of Digital: Paul Smernicki. Snr VP International Marketing: Hassan Choudhury. Snr Director of Communications: Selina Webb.

Universal Music Ireland 9 Whitefriars, Aungier Street, Dublin 2, Ireland **t** 0035 314 022600
f 1800475300 **e** Chantal.Hourihan@umusic.com
w umusic.ie facebook.com/universal.music.ireland
twitter.com/UniMusicIreland vevo.com Head of Promotions: Chantal Hourihan 00353 1 4022600.

UNIVERSAL MUSIC STRATEGIC MARKETING
364-366 Kensington High Street, London, W14 8NS
t 020 7471 5000 **f** 020 7471 5001
e firstname.lastname@umusic.com Managing Director: Karen Simmonds. Head of Business Affairs: Scott Getley. General Manager, UMTV: Paul Chisnall. General Manager, Catalogue: Richard Hinkley. Head of Licensing: Kevin Phelan. Finance Director: David Manning.

Untalented Artist Inc. (see Low Quality Accident)

Upbeat Classics (see Upbeat Recordings)

Upbeat Jazz (see Upbeat Recordings)

Upbeat Recordings Larg House, Woodcote Grove, Coulsdon, Surrey, CR5 2QQ **t** 020 8668 3332
f 020 8668 3922 **e** liz@upbeat.co.uk **w** upbeat.co.uk
Senior Partner, Exec Prod: Liz Biddle.

Upbeat Showbiz (see Upbeat Recordings)

Uplifted Music 125 Park Rd, Stretford, Manchester, Lancashire, M32 8ED **t** 07931 943 226
e djsoundgarden@hotmail.com General Manager: Mark Wheavill.

Upper 11 Music & Management Unit A, 42-48 Bell Street, London, NW1 5AW **t** 020 7258 3360
f 020 7723 9224 **e** ameola@upper11.com
w upper11.com facebook.com/universal11.com
twitter.com/upper11group upper11.com A&R Manager: Antony Meola.

Upper 11 Records 4 Jupiter Court, 10-12 Tolworth Rise South, Surbiton, London, KT5 9NN
t 020 8330 3434 **f** 020 8330 3447
e pmclean@upper11.com **w** upper11.com Head of A&R: Patrick McLean.

www.musicweek.com   **Music Week Directory** 51

Contacts · Facebook · MySpace · Twitter · YouTube

Upside Records 28a Oberstein Road, London, SW11 2AE **t** 07786 066665 **e** simon@upsideuk.com **w** upsideuk.com myspace.com/upsidemanagement MD: Simon Jones.

Urban Angel Music Ltd 1st Floor, 126 Bloomfield Avenue, Belfast, BT5 5AE **t** 028 9046 0846 **e** info@urbanangelmusic.com **w** urbanangelmusic.co.uk Artistic Director: Mark McAllister.

Urban Dubz Recordings PO Box 12275, Birmingham, B23 3AB **t** 07931 139 806 **e** info@urbandubz.com **w** urbandubz.com Prop: Jeremy Sylvester.

Urban Gospel Records PO Box 178, Sutton, London, SM2 6XG **t** 020 8643 6403 **f** 020 8643 6403 **e** info@urbangospelrecords.com **w** urbangospelrecords.com
facebook.com/home.php?#/profile.php?id=100000340794073&ref=profile myspace.com/urbangrecords
facebook.com/home.php?#/profile.php?id=100000340794073&ref=profile youtube.com/user/Vibezkidtv
Head of A&R: P Mac 07904 255244.

URP (see Urban Gospel Records)

US Everest (see Everest Copyrights)

Usk Recordings 26 Caterham Road, London, SE13 5AR **t** 020 8318 2031 **f** 020 7737 0063 **e** info@uskrecordings.com **w** uskrecordings.com Dir: Timothy Salter.

V2 120-124 Curtain Road, London, EC2A 3SQ (see Mercury Music Group)

VA Recordings (see Finger Lickin' Records)

Vagabond (see Silverword Music Group)

Vagrant Records UK 3rd Floor, 1a Adpar St, London, W2 1DE **t** 020 7535 6738 **f** 020 7563 7283 **e** vagrantuk@vagrant.com **w** vagrant.com/uk Label Manager: Dexter Hubbard.

Vanquish Music Group Suite F, 2 Doric Way, London, NW1 1LX **t** 020 7388 0446 **f** 08444 439 400 **e** info@vanquish-musicgroup.com **w** vanquish-musicgroup.com Head of A&R: Adjei Amaning.

Venus Music & Records Ltd 13 Fernhurst Gardens, Edgware, Middlesex, HA8 7PQ **t** 020 8952 1924 **e** kamalmmalak@onetel.com **w** venusmusicandrecords.co.uk Managing Director: Kamal Malak 07587404903.

Vertical Recordings Ltd 5-6 Road Farm, Ermine Way, Arrington, Herts, SG8 0AA **t** 01223 207 007 **f** 01223 207 007 **e** info@verticalrooms.com **w** verticalrooms.com Dir: Pete Brazier.

Vertigo (see Mercury Music Group)

Verve (see Decca Records)

Vibe Entertainment (see Taste Media Ltd)

Vibezone (see Dead Happy Records)

Vigilante Music 20 Churchfield Road, Chalfont St Peter, Bucks, SL9 9EN **t** 01753 424293 **e** vigilante@peroxidemusic.com Managing Director: Rupert Withers.

Viktor Records The Saga Centre, 326 Kensal Road, London, W10 5BZ **t** 020 8969 3370 **f** 020 8969 3374 **e** info@streetfeat.demon.co.uk MD: Colin Schaverien.

Vintage (see Collecting Records LLP)

VIRGIN RECORDS

Virgin Records

27 Wrights Lane, London, W8 5SW **t** 020 7795 7000 **f** 020 7795 7001 **e** firstname.lastname@emimusic.com **w** virginrecords.co.uk @virginrecordsuk President Parlophone & Virgin A&R Labels: Miles Leonard. VP Promotions and Press: Manish Arora. VP Marketing: Claire O'Brien. VP A&R: Nick Burgess.

Virus Recordings Unit 125 Safestore, 5-10 Eastman Rd, Acton, London, W3 7YG

Visceral Thrill Recordings 8 Deronda Rd, London, SE24 9BG **t** 020 8674 7990 **f** 020 8671 5548 MD: Dave Massey 07775 806 288.

Visible Noise 231 Portobello Rd, London, W11 1LT **t** 020 7792 9791 **f** 020 7792 9871 **e** julie@visiblenoise.com **w** visiblenoise.com
facebook.com/visiblenoise
myspace.com/visiblenoiserocks
twitter.com/visiblenoise
youtube.com/visiblenoiserecords MD: Julie Weir.

Visionquest (see Loose Tie Records)

Vixen Records Glenmundar House, Ballymann Rd, Bray, County Wicklow, Ireland **t** +353 8 62 576 244 **f** +353 1 282 0508 **e** deke@adtrax.ie CEO: Deke O Brien.

Vocalion Ltd / Dutton Epoch PO Box 609, Watford, WD187YA **t** 01923803001 **f** 01923803002 **e** info@duttonvocalion.co.uk **w** duttonvocalion.co.uk Director: Mike Dutton.

Vocaphone Records 64, Malvern Avenue, Rayners Lane, Harrow, Middx, Ha2 9EX **t** 07976 910382 **e** vocaphone@bigupjazz.com Label Manager: Cole Parker.

VP Records UK Ltd 107 Hammersmith Road, London, W14 0QH **t** 020 8758 0564 **f** 020 8758 0811 **e** joye@vprecords.com **w** vprecords.com GM: Joye Ellington.

Wagram Music Unit 203, Westbourne Studios, 242 Acklam Rd, London, W10 5YG **t** 020 8968 8800 **f** 020 8968 8877 **e** wagrammusic@btclick.com MD: Peter Walmsley.

Record Companies: Record Companies & Labels

Wah Wah 45s Flat 12, St. Luke's Church, 38 Mayfield Rd, London, N8 9LP **t** 07775 657 578 **e** dom@wahwah45s.com **w** wahwah45s.com Label Mgrs, A&R: Dom Servini & Adam Scrimshire.

Wall of Sound Unit 24 Farm Lane Trading Estate, 101 Farm Lane, London, SW6 1QJ **t** 020 7471 2786 **f** 020 7471 2774 **e** info@wallofsound.net **w** wallofsound.net facebook.com/wosound myspace.com/wearewallofsound twitter.com/15wallofsound youtube.com/user/WallofSoundRecording MD: Ami Yamauchi.

Wap Music Ltd Care Of Rockyourmobile LTD, 2nd Floor 145-147 St John St, London, EC1V 4PX **t** 07904 113034 **e** iaininm@aol.com **w** Rockyourmobile.co.uk MD: Iain MacDonald.

Warner Bros Records UK 12 Lancer Square, London, W8 4EH **t** 020 7368 3500 **w** warnerbrosrecords.com CEO, Warner Music UK and Chairman, Warner Bros Records UK: Christian Tattersfield.

Warner Classics & Jazz 3rd Floor, Griffin House, 161 Hammersmith Rd, London, UK, W6 8BS **t** 020 8563 5241 **f** 020 8563 6226 **e** firstname.lastname@warnermusic.com **w** warnerclassicsandjazz.com warnerclassicsandjazz.com twitter.com/warnerclassics warnerclassicsandjazz.com GM: Stefan Bown +44 20 8563 5235.

WARNER MUSIC (UK) LTD

WARNER MUSIC UNITED KINGDOM

Warner Building, 28 Kensington Church Street, London, W8 4EP **t** 020 7368 2500 **f** 020 7368 2770 **e** christian.tattersfield@warnermusic.com **w** wmg.com CEO, Warner Music UK: Christian Tattersfield. CEO, Warner Music UK and Chairman, Warner Bros Records UK: Christian Tattersfield. President, Atlantic Records UK: Max Lousada. Vice-Chairman, Warner Bros Records UK: Jeremy Marsh. Managing Director, Rhino UK & International: Dan Chalmers. General Manager, Atlantic Records UK: Mark Terry. President, Warner Music Entertainment: Conrad Withey. Chief Financial Officer: Simon Robson. Senior Vice President, Business Affairs: Rachel Evers. Senior Vice President, Artist Partnerships: Paul Craig. Senior Vice President, Commercial: Raoul Chatterjee. Senior Director of Artist Relations & Communications: Jason Morais. Human Resources Director: Peter Wheeldon.

Atlantic Records UK The Electric Lighting Station, 46 Kensington Court, London, W8 5DA **t** 020 7938 5500 **w** atlanticrecords.co.uk President, Atlantic Records UK: Max Lousada.

Warner Music Ireland Ltd 2nd Floor, Skylab, 2 Exchange St Upper, Dublin 8, Ireland **t** +353 1 881 4500 **f** +353 1 881 4599 **e** firstname.lastname@warnermusic.com **w** warnermusic.com General Manager: Pat Creed.

Warp Spectrum House, 32-34 Gordon House Road, London, NW5 1LP **t** 020 7284 8350 **f** 020 7284 8360 **e** info@warprecords.com **w** warp.net Managing Director: Kevin Flemming.

Wasted State Records 191/9 Easter Rd, Edinburgh, EH6 8LF **t** 0130 538 2660 **e** toni@wastedstate.com **w** wastedstate.com myspace.com/wastedstateindustries Owner: Toni Martone.

Wayward (see IRL)

IRL/Wayward Records 1 Belstead Road, Ipswich, Suffolk, IP2 8AS **t** 020 8746 7461 **f** 020 8749 7441 **e** info@spiritmm.com **w** irl.org.uk Label Manager: Tom Haxell.

Welsh Gold (see Silverword Music Group)

What Records 3 Belfry Villas, Belfry Avenue, Harefield, Middlesex, UB9 6HY **t** 01895 824674 **e** whatrecords@blueyonder.co.uk Contact: Mick Cater, David Harper.

Whirlie Records 14 Broughton Pl, Edinburgh, EH1 3RX **t** 0131 557 9099 **f** 0131 557 6519 **e** info@whirlierecords.co.uk **w** whirlierecords.co.uk MD: George Brown.

The White (see Jessica Records Ltd)

White Heat Records 96a Hanley Road, London, N4 3DW **t** 07971 907 143 **e** olly@whiteheatrecords.com **w** whiteheatrecords.com Dir: Olly Parker.

White Noise The Motor Museum, 1 Hesketh Street, Liverpool, L17 8XJ **t** 0151 222 2760 **e** office@whitenoiseuk.com **w** whitenoiseuk.com Label Manager: Eric Mackay.

Wichita Recordings 120-124 Curtain Road, London, EC2A 3SQ **t** 020 7729 3371 **e** dick@wichita-recordings.com **w** wichita-recordings.com facebook.com/home.php?#/group.php?gid=5566480479&ref=ts myspace.com/wichitarecordings twitter.com/wichitarecs youtube.com/user/wichitarecordings Owner: Dick Green.

Wienerworld Ltd Unit 7 Freetrade House, Lowther Road, Stanmore, Middlesex, HA7 1EP **t** 020 8206 1177 **f** 020 8206 2757 **e** anthony@wienerworld.com **w** wienerworld.com Managing Director: Anthony Broza.

Wiiija (see 4AD)

Wild Card (see Polydor Records)

www.musicweek.com **Music Week Directory** 53

🔲 Contacts   ▫ Facebook   ▫ MySpace   ▫ Twitter   ▫ YouTube

Wizard Records - Artist Management
PO Box 6779, Birmingham, B13 9RZ **t** 0121 778 2218
f 0121 778 1856 **e** pk.sharma@ukonline.co.uk
w wizardrecords.co.uk ▫ MD: Mambo Sharma 07956 984 754.

Wonderland Media Ltd 23 London Road, Aston Clinton, Aylesbury, Bucks, HP22 5HG
t 01296 631 003 **e** nick@wonderlandmedia.net
w wonderlandmedia.net ▫ Contact: Nick Hindle.

Wonky Chateau Records 20 Jardin De L'Epine, Collings Road, St Peter Port, Guernsey, GY1 1TX
t 01481 727822 **f** 01481 714118
e wonkychateau@yahoo.com ▫ Producer / Musician / Composer: Steve Free.

Wooden Hill Recordings Ltd Lister House, 117 Milton Rd, Weston-super-Mare, Somerset, BS23 2UX
t 01934 644126 **e** cliffdane@tiscali.co.uk
w mediaresearchpublishing.com ▫ Chairman: Cliff Dane.

Working Class Records 22 Upper Brook St, Mayfair, London, W1K 7PZ **t** 020 7491 1060 **f** 020 7491 9996
e contact@workingclassrecords.co.uk
w workingclassrecords.co.uk ▫ Contact: Matt Crossey, Lisa Barker.

World Circuit 138 Kingsland Rd, London, E2 8DY
t 020 7749 3222 **f** 020 7749 3232
e post@worldcircuit.co.uk **w** worldcircuit.co.uk
▫ facebook.com/WorldCircuitRecords
▫ twitter.com/WorldCircuit
▫ youtube.com/user/worldcircuitltd ▫ MD: Nick Gold.

World Music Network (UK) Ltd / Riverboat (UK) Music 6 Abbeville Mews, 88 Clapham Park Rd, London, SW4 7BX **t** 020 7498 5252 **f** 020 7498 5353
e post@worldmusic.net **w** worldmusic.net

Worst Case Scenario Records Global House, Bridge Street, Guildford, Surrey, GU1 4SB **t** 01483 501210
f 01483 501201 **e** info@wcsrecords.com
w wcsrecords.com ▫ Label Manager: Brendan Byrne.

Wrench Records PO Box 67353, London, N8 1BQ
f 07792 236805 **e** mail@wrench.org **w** wrench.org
▫ myspace.com/wrenchrecs ▫ MD: Charlie Chainsaw.

Wrong Records (see Southern Records/Studios)

Wundaland & Boogy Limited 65, Hazelwood Rd, Bush Hill Park, Middx., EN1 1JG **t** 020 8245 6573
f 020 8254 6573 **e** jemgant@yahoo.co.uk ▫ MD: Jem Gant.

Wyze Recordings PO Box 847, Camberley, Surrey, GU15 3ZZ **t** 01276 671441 **f** 01276 684460
e info@wyze.com **w** wyze.com ▫ MD: Kate Ross.

XL Recordings 1 Codrington Mews, London, W11 2EH
t 020 8870 7511 **f** 020 8871 4178 **e** xl@xlrecordings.com
w xlrecordings.com ▫ Artists & Repertoire Coordinator: Jo Bagenal.

Xtra Mile Recordings PO Box 55996, London, W11 9BU **t** 020 7792 9400
e charlie@xtramilerecordings.com
w xtramilerecordings.com
▫ facebook.com/xtramilerecordings
▫ myspace.com/xtramilerecordings
▫ twitter.com/Xtra_Mile
▫ youtube.com/xtramilerecordings ▫ MD: Charlie Caplowe.

Yolk (see High Barn Records)

York Ambisonic PO Box 66, Lancaster, Lancs, LA2 6HS
t 01524 823020 **e** yorkambisonic@btinternet.com
▫ MD: Brendan Hearne.

Young Turks (see Beggars Group)

Zane Records 162 Castle Hill, Reading, Berkshire, RG1 7RP **t** 0118 957 4567 **f** 0118 956 1261
e info@zanerecords.com **w** zanerecords.com
▫ myspace.com/zanerecordsofficialsite ▫ MD: Peter Thompson.

Zebra (see Cherry Red Records)

Zebra 3 Records 27 Wotton Road, Ashford, Kent, TN23 6JS **t** 07970 185443 **e** zebra3records@aol.com
w zebra3.co.uk ▫ facebook.com/zebra3recordsuk
▫ myspace.com/zebra3 ▫ twitter.com/zebra3records
▫ Managing Director: Ben Watson.

Zebra Traffic (see Tru Thoughts)

Zestzone PO Box 2936, Eastbourne, East Sussex, BN21 2XZ **e** info@zestzone.net **w** zestzone.net
▫ Contact: Mark Jensen.

Zeus Records Helions Farm, Sages End Rd, Helions Bumpstead, Suffolk, CB9 7AW **t** 01440 730 795
e info@zeusrecords.com **w** zeusrecords.com
▫ Directors: Ash White, Darren King 07984 468 415.

Zoe Records 9 Campbell Road, Stratford, London, E15 1SY **t** 020 8534 2194 **e** uzo@zoerecords.co.uk
▫ Assistant Business Executive: Uzo Anyia.

ZTT Records Ltd 8-10 Basing St, London, W11 1ET
t 020 7229 1229 **f** 020 7221 9247 **e** Ian@spz.com
w ztt.com ▫ Label Manager: Ian Usher.

Zuma Recordings (see Butterfly Recordings)

ZY Records Ltd. 133, The Common, Earlswood, Solihull, West Midlands, B94 5SH **t** +44 (0) 1564 700 300
e info@zyrecords.com **w** zyrecords.com ▫ Contact: Lisa Stanway.

DVD Companies

2 entertain Ltd 33 Foley St, London, W1W 7TL
t 020 7612 3000 **f** 020 7612 3003
e firstname.lastname@2entertain.co.uk
w 2entertain.co.uk ▫ Sales & Marketing Dir: Brian Hill.

10th Planet DVD and CD Duplication
10th Planet, 68-70 Wardour St, London, W1F 0TB
t 020 7434 2345 **f** 020 7287 2040 **e** sales@10pdm.com
w 10pdm.com ▫ Sales Director: Richard Lamb.

54 Music Week Directory

www.musicweek.com

Contacts | **Facebook** | **MySpace** | **Twitter** | **YouTube**

Record Companies: DVD Companies

Acorn Media UK 16, Welmar Mews, Ivy Works, 154, Clapham Park Rd, London, SW4 7DE **t** 020 7627 7200 **f** 020 7627 2501 **e** customerservices@acornmediauk.com **w** acornmediauk.com Managing Director: Paul Holland.

Beckmann Visual Publishing Milntown Lodge, Lezayre Road, Ramsey, Ramsey, Isle Of Man, IM8 2TG **t** 01624 816585 **f** 01624 816589 **e** videos@beckmanndirect.com **w** beckmanndirect.com youtube.com/beckmannvp Managing Director: Jo White 01624 816585 ext 22.

Classic Media Group Ltd
Shepperton Int'l Film Studios, Studios Rd, Shepperton, Middx, TW17 0QD **t** 01932 592016 **f** 01932 592046 **e** lyn.beardsall@classicpictures.co.uk **w** classicpictures.co.uk Producer: Lyn Beardsall.

Clear Vision PO Box 148, PO Box 148, Enfield, Middlesex, EN3 4NR **t** 020 8292 4875 **f** 020 8805 9000 **e** info@clearvision.co.uk **w** silvervision.co.uk Manager: Ian Allan.

Contender Home Entertainment
48 Margaret Street, London, W1W 8SE **t** 020 7907 3773 **f** 020 7907 3777 **e** enquiries@contendergroup.com **w** contendergroup.com Marketing Manager: Matt Brightwell.

EAGLE ROCK ENTERTAINMENT LTD

eagle rock entertainment

Eagle House, 22 Armoury Way, London, SW18 1EZ **t** 020 8870 5670 **f** 020 8874 2333 **e** mail@eagle-rock.com **w** eagle-rock.com youtube/eaglerocktv Executive Chairman: Terry Shand. Executive Chairman: Terry Shand. Chief Operating Officer: Geoff Kempin. MD International Operations: Lindsay Brown. MD digital & Special Interest: Peter Worsley. MD TV Sales and Music Acquisition: Andrew Winters. Senior International Marketing and Promotions Manager: Annick Barbaria. UK Marketing Manager: Ian Rowe. Group Finance Director: Simon Hosken. A&R Manager: Andy McIntyre.

EMI Music 27 Wright's Lane, London, W8 5SW **t** 020 7795 7000 **f** 020 7795 7001 **e** firstname.lastname@emimusic.com **w** emimusic.com facebook.com/EMIGroup @emiworldwide youtube.com/emimusic Contact: Will Nichols.

Fifth Avenue Films 14 South Avenue, Hullbridge, Hockley, Essex, SS5 6HA **t** 01702 232396 **f** 01702 230944 **e** sales@fifthavenuefilms.co.uk **w** fifthavenuefilms.co.uk Managing Director: Cherye Harris.

Granada Ventures 48 Leicester Square, London, WC2H 7FB **t** 020 7389 8555 **e** Mark.hurry@ITV.com **w** granadaventures.tv Commercial Affairs Director: Mark Hurry.

IQ Media (Bracknell) Ltd 2 Venture House, Arlington Square, Bracknell, Berkshire, RG12 1WA **t** 01344 422 551 **f** 01344 453 355 **e** information@iqmedia-uk.com **w** iqmedia-uk.com MD: Tony Bellamy 07884 262 755.

[PIAS] Comedy Unit 24 Farm Lane Trading Estate, 101 Farm Lane, London, SW6 1QJ **t** 020 7471 2700 **f** 020 7471 2706 **w** piascomedy.com Contact: Andy Townsend.

Prism Leisure Corporation Plc Unit 1, 1 Dundee Way, Enfield, Middlesex, EN3 7SX **t** 020 8804 8100 **f** 020 8216 6645 **e** prism@prismleisure.com **w** prismleisure.com Head Of Sales: Adrian Ball.

River Pro Audio 6 Belvedere Business Park, Crabtree Manorway South, Belvedere, Kent, DA17 6AH **t** 020 8311 7077 **f** 0208 311 7017 **e** sales@riverproaudio.co.uk **w** riverproaudio.com Contact: Joel Monger.

Screen Edge Po Box 30, Lytham St Annes, Lancashire, FY8 9EH **t** 07785 505880 **e** johnb@outlaw23.com **w** outlaw23.com MD: John Bentham.

Sony DADC UK Ltd Kent House, 5th Floor, 14-17 Market Pl, London, W1W 8AJ **t** 020 7307 9771 **f** 020 7307 9769 **e** sigi.obermayr@sonydadc.com **w** sonydadc.com VP Sales & Customer Services: Siegfried Obermayr.

Sony Pictures Home Entertainment
25 Golden Sq, London, W1R 6LU **t** 020 7533 1000 **f** 020 7533 1172 **e** firstname_lastname@fpe.sony.com **w** sphe.co.uk

Universal Pictures UK Prospect House, 80-110 New Oxford St, London, WC1A 1HB **t** 020 7079 6000 **w** universalstudios.com Managing Director Universal Pictures UK: Ian Foster.

Universal Pictures Video Prospect House, 80-110 New Oxford St, London, WC1A 1HB **t** 020 7079 6000 **f** 020 7079 6500 **e** firstname.lastname@nbcuni.com **w** universalpictures.co.uk MDs: Johnny Fewings, Helen Parker.

The Valentine Music Group 26 Litchfield Street, London, WC2H 9TZ **t** 020 7240 1628 **f** 020 7497 9242 **e** info@valentinemusic.co.uk MD: John Nice.

The Video Pool 99A Linden Gardens, London, W2 4EX **t** 020 7221 3803 **e** roz@videopool.com **w** videopool.com MD: Roz Bea.

Warner Home DVD Warner House, 98 Theobalds Road, London, WC1X 8WB **t** 020 7984 6400 **f** 020 7984 5001 **w** warnerbros.com

Wienerworld Unit 7 Freetrade House, Lowther Rd, Stanmore, Middlesex, HA7 1EP **t** 020 8206 1177 **f** 020 8206 2757 **e** anthony@wienerworld.com **w** wienerworld.com MD: Anthony Broza.

SongLink
cuesheet

Publishers

Essential monthly information for music publishers, songwriters and composers who need to know who's looking for what and when....

18 years of high quality service & many successful pitches all over the world achieved via our listings. Contact us for free samples & info.

SongLink lists artists looking for songs, co-writers etc.
www.songlink.com

Cuesheet lists Film/TV co's needing music, scores, songs.
www.cuesheet.net

Contact: David Stark, Editor / Publisher
23 Belsize Crescent, London NW3 5QY
Tel: 020 7794 2540 • Fax: 020 7794 7393
e-mail: david@songlink.com

Publishers

Publishers & Affiliates

2NV Publishing 1 Canada Sq, 29th Floor Canary Wharf Tower, London, E14 5DY **t** 0870 220 0237 **f** 0870 220 0338 **e** info@2nvpublishing.com **w** 2nvpublishing.com ◾ Co-MDs: Paul Boadi and Chris Nathaniel.

2Pointzero Music 79 Wensleydale Road, Hampton, TW12 2LP **t** 07855 353195 **e** info@2pointzero.tv **w** 2pointzero.tv ◾ A&R Director/Partner: Chris Bangs.

3rd Stone (see Heavy Truth Music Publishing Ltd)

41GP Music Ltd 41 Great Portland Street, London, W1W 7LA **t** 07733 112611 **e** richard@musicrightsmanagement.com ◾ Director: Richard Morris.

5HQ (see Paul Rodriguez Music Ltd)

9 Horses (see SGO Music Publishing)

23rd Precinct Ltd 23 Bath St, Glasgow, G2 1HU **t** 0141 332 4806 **f** 0141 353 3039 **e** billy@23rdprecinct.co.uk **w** 23rdprecinct.co.uk ▪ facebook.com/23rdprecinct ◾ myspace.com/23rdprecinctmusic ◾ twitter.com/23rdprecinct ◾ MD: Billy Kiltie.

63 Songs (see Catalyst Music Publishing Ltd)

7Hz Music 4 Margaret Street, London, W1W 8RF **t** 020 7631 0576 **f** 020 7436 5431 **e** barry@7hz.co.uk **w** 7hz.co.uk ◾ MD: Barry Campbell.

A List Music Ltd 500 Chiswick High Road, London, W4 5RG **t** 020 8956 2615 **f** 020 8956 2614 **e** mail@alistmusic.com **w** alistmusic.com ◾ Contact: Deon Sharma.

A Songs Publishing (see ASONGS / Anglo Plugging Music Ltd)

A Train Management (see Bucks Music Group Ltd)

A&C Black (Publishers) 36 Soho Sq, London, W1D 3QY **t** 020 7758 0200 **f** 020 7758 0222 **e** educationalsales@acblack.com **w** acblack.com ◾ Educational Music Ed: Sheena Hodge.

A&G Songs Ltd 1st Floor, 5 Ching Court, 61-63 Monmouth Street, London, WC2H 9EY **t** 020 7845 9880 **e** firstname@agsongs.co.uk **w** agsongs.co.uk ◾ Contact: Roy Jackson.

A7 Music PO Box 2272, Rottingdean, Brighton, BN2 8XD **t** 01273 304 681 **f** 01273 308 120 **e** info@a7music.com **w** a7music.com ◾ Director: Seven Webster.

Abigail London (see Warner/Chappell Music Ltd)

ABRSM 24 Portland Place, London, W1B 1LU **t** 020 7636 5400 **f** 020 7637 0234 **e** publishing@abrsm.ac.uk **w** abrsm.org ▪ abrsm.org ◾ abrsm.org ◾ abrsm.org ◾ Executive Director: Syllabus and Publishing: Leslie East.

Accolade Music 250 Earlsdon Avenue North, Coventry, West Midlands, CV5 6GX **t** 02476 711935 **f** 02476 711191 **e** rootsrecs@btclick.com ◾ MD: Graham Bradshaw.

Acorn Publishing 1 Tylney View, London Road, Hook, Hampshire, RG27 9LJ **t** 07808 377350 **e** publishingacorn@hotmail.com **w** acorn-music.com ◾ Managing Director: Mark Olrog.

Acton Green (see EMI Music Publishing)

Acuff-Rose Music (see Sony/ATV Music Publishing)

Ad-Chorel Music Ltd 86 Causewayside, Edinburgh, EH9 1PY **t** 0131 668 3366 **f** 0131 662 4463 **e** neil@ad-chorelmusic.com **w** ad-chorelmusic.com ◾ MD: Neil Ross.

Addington State (see The Valentine Music Group)

ADN Creation Music Library Sovereign House, 12 Trewartha Rd, Praa Sands, Penzance, Cornwall, TR20 9ST **t** 01736 762826 **f** 01736 763328 **e** panamus@aol.com **w** panamamusic.co.uk ◾ myspace.com/scampmusicpublishing ◾ MD: Roderick Jones.

Adventures in Music 5 Mill Lane, Wallingford, Oxon, OX10 0DH **t** 01491 832 183 **f** 01491 824 020 **e** info@adventuresin-music.com **w** adventure-records.com ◾ MDs: Paul and Katie Conroy.

AE Copyrights (see Air-Edel Associates)

Afrikan Cowboy Music Publishing 35 Couthurst Rd, London, SE3 8TN **t** 07957 391418 **e** info@afrikancowboy.com **w** afrikancowboy.com ◾ Director: Dean Hart.

Agency Global Enterprises Ltd 145-157 St John St, London, EC1V 4PY **t** 020 7043 3734 **f** 020 7043 3736 **e** info@agencyglobal.co.uk **w** agencyglobal.co.uk ◾ Managing Director: Nadeem Sham.

Air (London) (see BMG Chrysalis)

Air-Edel Associates 18 Rodmarton Street, London, W1U 8BJ **t** 020 7486 6466 **f** 020 7224 0344 **e** susan@air-edel.co.uk **w** air-edel.co.uk ◾ Publishing Manager: Susan Arnison.

Alarcon Music Ltd c/o Haynes Orme, 3, Bolt Court, London, EC4A 3DQ **e** byron@bko-alarcon.co.uk ◾ Contact: Byron Orme.

Alaw 4 Tyfica Rd, Pontypridd, Rhondda Cynon Taf, CF37 2DA **t** 01443 402 178 **f** 01443 402 178 **e** sales@alawmusic.com **w** alawmusic.com ◾ Dir: Brian Raby.

Albam Songs Ltd 171 Crescent Road, Barnet, Hertfordshire, EN4 9RN **e** alanbambrough@gmail.com **w** albamsongs.com ◾ MD: Alan Bambrough 020 8275 0129.

www.musicweek.com **Music Week Directory** 57

📇 Contacts   Ⓕ Facebook   Ⓜ MySpace   Ⓣ Twitter   ▶ YouTube

Publishers: Publishers & Affiliates

J Albert & Son (UK) Ltd Unit 29, Cygnus Business Centre, Dalmeyer Road, London, NW10 2XA **t** 020 8830 0330 **f** 020 8830 0220 **e** james@alberts.co.uk **w** albertmusic.co.uk 📇 Head of A&R: James Cassidy.

Albert Music Locked Bag 4000, Neutral Bay, NSW, 2089 **t** +612 9927 0900 **f** +612 9953 1803 **e** info@albertmusic.com **w** albertmusic.com

Alfred Publishing Co (UK) Ltd Burnt Mill, Elizabeth Way, Harlow, Essex, CM20 2HX **t** 01279 828960 **f** 01279 828961 **e** music@alfreduk.com **w** alfreduk.com Ⓕ facebook.com/pages/Alfred-UK/161343503890180 Ⓣ twitter.com/AlfredMusicUK 📇 Director of Sales and Marketing: Andrew Higgins 01279 828960.

All Boys Music Ltd County Hall, Belvedere Rd, London, SE1 7PB **t** 020 7902 8484 **f** 020 7902 8485 **e** helen@pwl-studios.com 📇 Mgr: Helen Dann.

All Media Music (see Paul Rodriguez Music Ltd)

All Out Music (see Catalyst Music Publishing Ltd)

All Zakatek Music 3 Purley Hill, Purley, Surrey, CR8 1AP **t** 020 8660 0861 **f** 020 8660 0861 **e** allzakatekmusic@aol.com 📇 MD: Lenny Zakatek 07831 521863.

Alon Music (see Charly Publishing Ltd)

Alpadon Music Shenandoah, Manor Park, Chislehurst, Kent, BR7 5QD **t** 020 8295 0310 **e** donpercival@freenet.co.uk 📇 MD: Don Percival.

Amazon Music Ltd PO Box 5109, Hove, East Sussex, BN52 9EA **t** 01273 726414 **f** 01273 726414 **e** frank@amazonrecords.co.uk 📇 Manager: Frank Sansom. (see Peermusic (UK) Ltd)

Ambassador Music (see Hornall Brothers Music Ltd)

Amco Music Publishing 2 Gawsworth Rd, Macclesfield, Cheshire, SK11 8UE **t** 01625 420163 **f** 01625 420168 **e** info@amcomusic.co.uk **w** amcomusic.co.uk Ⓜ myspace.com/amcomusicpublishing ▶ youtube.com/amcomusic 📇 MD: Roger Boden.

Amokshasong (see Tairona Songs Ltd)

Amos Barr Music (see Bucks Music Group Ltd)

Amphonic Music Ltd 20 The Green, Warlingham, Surrey, CR6 9NA **t** 01883 627 306 **f** 01883 623 594 **e** info@amphonic.co.uk **w** amphonic.co.uk 📇 MD: Ian Dale.

Anew Music (see Crashed Music)

Anglia Music Company 39 Tadorne Road, Tadworth, Surrey, KT20 5TF **t** 01737 812922 **f** 01737 812922 **e** angliamusic@ukgateway.net 📇 Managing Director: Norma Camby.

Angus Publications 14 Graham Terrace, Belgravia, London, SW1W 8JH **t** 07850 845280 **f** 020 7730 3368 **e** bill.puppetmartin@virgin.net **w** billmartinsongwriter.com 📇 Chairman: Bill Martin.

Anna (see Miriamusic)

Annie Reed Music Ltd Brow Cottage, 178a Top Lane, Whitley, Wiltshire, SN12 8QU **t** 01225 707847 **e** annie@anniereedmusic.com **w** anniereedmusic.com 📇 Director: Annie Havard 07770 623110 or company tel.

Anorak Music Publishing Limited 79 Wardour St, London, W1D 6QB **t** 07976 755949 **e** info@anorakmusic.tv **w** anorakmusic.tv Ⓣ twitter.com/anorakmusic 📇 Contact: Gary Downing / Mike Sefton.

Anxious Music (see Universal Music Publishing Group)

Appertaining (see Catalyst Music Publishing Ltd)

Appleseed Music (see Bucks Music Group Ltd)

Applied Music (see Bucks Music Group Ltd)

Arcadia Production Music (UK) Greenlands, Payhembury, Devon, EX14 3HY **t** 01404 841601 **f** 01404 841687 **e** admin@arcadiamusic.tv **w** arcadiamusic.tv 📇 Prop: John Brett.

Ardmore & Beechwood (see EMI Music Publishing)

Arena Music Hatch Farm Studio, Hatch Farm, Chertsey Road, Addlestone, Surrey, KT15 2EH **t** 01932 828715 **f** 01932 828717 **e** brian.adams@dial.pipex.com 📇 Managing Director: Brian Adams.

Ariel Music Malvern House, Sibford Ferris, Banbury, Oxon, OX15 5RG **t** 01295 780 679 **f** 01295 788 630 **e** jane@arielmusic.co.uk **w** arielmusic.co.uk 📇 Managing Partner: Jane Woolfenden.

Aristocrat Music Ltd Bournemouth Business Centre, 1052-54 Christchurch Rd, Bournemouth, Dorset, BH7 6DS **t** 020 8441 6996 **e** aristocratmusic@aol.com 📇 Managing Director: Terry King.

ARL (see TMR Publishing)

Arloco Music (see Bucks Music Group Ltd)

Arnisongs Unit A, The Courtyard, 42 Colwith Rd, London, W6 9EY **t** 020 8846 3737 **f** 020 8846 3738 **e** susan@jmanagement.co.uk 📇 MD: Susan Arnison.

Arpeggio Music Bell Farm House, Eton Wick, Windsor, Berkshire, SL4 6LH **t** 01753 864910 **f** 01753 884810 📇 MD: Beverley Campion.

Art Music (see Paul Rodriguez Music Ltd)

Artfield 5 Grosvenor Square, London, W1K 4AF **t** 020 7499 9941 **f** 020 7499 5519 **e** bb@artfieldmusic.com **w** bbcooper.com 📇 Managing Director: Bb Cooper.

Arthur's Mother (see The Valentine Music Group)

Artwork (see Bucks Music Group Ltd)

Ascherberg, Hopwood & Crew (see Warner/Chappell Music Ltd)

Ascot Music (see Catalyst Music Publishing Ltd)

Ash Music (GB) Hillside Farm, Hassocky Lane, Temple Normanton, Chesterfield, Derbyshire, S42 5DH **t** 01246 231762 **e** ash_music36@hotmail.com 📇 Head of A&R: Paul Townsend.

58 Music Week Directory

Contacts · Facebook · MySpace · Twitter · YouTube

Publishers: Publishers & Affiliates

Ashley Mark Publishing Company Unit 1-2 Vance Court, Transbritannia Enterprise Park, Blaydon-On-Tyne, Tyne And Wear, NE21 5NH
t 01914 149000 f 01914 149001
e mail@ashleymark.co.uk w fretsonly.com
Owner: Maurice J Summerfield.

ASONGS / Anglo Plugging Music Ltd
Fulham Palace, Bishops Avenue, London, SW6 6EA
t 020 7384 7373 f 020 7384 7375
e stephen@asongs.co.uk w asongs.co.uk @AsongsUK
Business Affairs: Stephen Flannery.

Associated (see Music Sales Ltd)

Associated Music International Ltd
Studio House, 34 Salisbury St, London, NW8 8QE
t 020 7402 9111 f 020 7723 3064 e eliot@amimedia.co.uk
w amimedia.co.uk youtube.com/amimedia MD: Eliot Cohen.

Asterisk Music Rock House, London Road, St. Marys, Chalford, Stroud, Gloucestershire, GL6 8PU t 01453 886252
f 01453 885361 e asterisk@rollercoasterrecords.com

Arnakata Music Limited Latimer Studios, West Kington, Wilts, SN14 7JQ t 01249 783 599
e Dolan@metro-associates.co.uk CEO: Mike Dolan.

Atlantic Seven Productions/Music Library Ltd 52 Lancaster Road, London, N4 4PR t 020 7263 4435
f 020 7436 9233 e musiclibrary@atlanticseven.com
MD: Patrick Shart.

Audio-Visual Media Music Library
Sovereign House, 12 Trewartha Road, Praa Sands, Penzance, Cornwall, TR20 9ST t 01736 762826 f 01736 763328
e panamus@aol.com w panamamusic.co.uk
myspace.com/digimixrecords Managing Director: Roderick Jones.

AUROTONE

aurotone

The Palace Theatre, Stage Door, Greek Street, London, W1D 5AY t 020 7117 6789 f 020 7117 1234
e pete@aurotone.com w aurotone.com
Contact: Pete Martin.

Autonomy Music Publishing (see Bucks Music Group Ltd)

AV Music (see The Valentine Music Group)

Aviation Music Ltd (see Maxwood Music)

Aviva (see Music Sales Ltd)

B9 Records (see BMP - Broken Music Publishing)

B Feldman & Co (see EMI Music Publishing)

B&C Music Publishing (see Maxwood Music)

Back Yard Music Publishing
150 Regents Park Road, London, NW1 8XN
t 020 7722 7522 e info@back-yard.co.uk w back-yard.co.uk Contact: Gil Goldberg.

Bad B Music (see Cheeky Music)

Bados Music (see Paul Rodriguez Music Ltd)

Bamaco Music 57 Kingsway, Woking, Surrey, GU21 6NS
t 07876 222902 e mark.studio@ntlworld.com
Contact: Mark Taylor.

Bandleader Music Co. 7 Garrick St, London, WC2E 9AR t 020 7240 1628 f 020 7497 9242
e valentine@bandleader.co.uk MD: John Nice.

Banks Music Publications The Granary, Wath Court, Hovingham, York, North Yorkshire, YO62 4NN
t 01653 628545 f 01653 627214
e info@banksmusicpublications.co.uk
w banksmusicpublications.co.uk Proprietor: Margaret Silver.

Barbera Music Ltd Fulham Palace, Bishops Avenue, London, SW6 6EA t 020 7736 6809
e info@barberamusic.co.uk w barberamusic.co.uk
facebook.com/pages/Barbera-Music/144585044674
myspace.com/barberahannah
twitter.com/barberamusic Contact: Hugh Gadsdon, Gareth White, Mel Stephenson, Tony Murphy 020 7736 6905.

Bardell Smith (see EMI Music Publishing)

Bardic Edition 6 Fairfax Crescent, Aylesbury, Buckinghamshire, HP20 2ES t 01296 428609
f 01296 581185 e info@bardic-music.com w bardic-music.com Proprietor: Barry Peter Ould.

Bardis Music Co.Ltd Suite 303 Q House, 76 Furze Rd, Sandyford, Dublin 18, Ireland t +353 1 206 3958
f +353 1 206 3965 e info@bardis.ie w bardis.ie MD: Peter Bardon.

Barenreiter Ltd Burnt Mill, Elizabeth Way, Harlow, Essex, CM20 2HX t 01279 828930 f 01279 828931
e info@barenreiter.co.uk w baerenreiter.co.uk
MD: Christopher Jackson.

Barking Green Music Ltd 19 Ashford Carbonel, Ludlow, Shropshire, SY8 4DB t 01584 831474
e peterstretton@barkinggreenmusic.co.uk
Director: Peter Stretton.

Barn Publishing (Slade) Ltd 1-2 Pratt Mews, London, NW1 0AD t 020 7554 4840 f 020 7267 9643
e partners@newman-and.co.uk Partner: Colin Newman.

Basement Music Ltd e john@basementmusic.co.uk
w basementmusic.co.uk Managing Director: John Telfer.

BBC Music Publishing 33 Foley Street, London, W1W 7TL t 020 7927 6244 e victoria.watkins@bbc.co.uk
w bbcworldwide.com Catalogue Manager: Victoria Watkins.

Music Week Directory

Contacts · Facebook · MySpace · Twitter · YouTube

BDi Music Ltd Onward House, 11 Uxbridge St, London, W8 7TQ **t** 020 7243 4101 **f** 020 7229 6893 **e** sarah@bdimusic.com **w** bdimusic.com MD: Sarah Liversedge.

Beacon Music (see Paul Rodriguez Music Ltd)

Beamlink (see Paul Rodriguez Music Ltd)

Beat Music (see Paul Rodriguez Music Ltd)

Beat That Music Ltd (see Independent Music Group)

Beautiful (see Kassner Associated Publishers Ltd)

Beautiful Songs Ltd Wilden House, 36a Bromham Road, Biddenham, Beds, MK40 4AF **t** 01234 367 009 **f** 01234 346 175 **e** gordon@beautifulsongsmusic.com **w** abeautifulnoise.com MD: Gordon Charlton.

Bed & Breakfast Publishing 211 Piccadilly, London, W1J 9HF **t** 020 7917 2948 **e** mw@sublime-music.co.uk **w** sublime-music.co.uk MD: Nick Grant.

Beez (see Paul Rodriguez Music Ltd)

Beggars Music 17-19 Alma Rd, London, SW18 1AA **t** 020 8871 2121 **f** 020 8871 2745 **e** jenwillis@beggars.com **w** beggarsmusic.com General Manager: Jen Willis 020 8875 6260.

Beijing Publishing 105 Emlyn Rd, London, W12 9TG **t** 07985 467970 **e** musgalore@aol.com Owner: Brian Leafe.

Belwin Mills (see EMI Music Publishing)

Berkley (see Bucks Music Group Ltd)

Best Sounds (see Paul Rodriguez Music Ltd)

Biffco Publishing **t** 01273 607 484 or +353 87 278 0233 **e** Ejbiffco@mac.com **w** biffco.net Contact: Emma Jane Lennon.

Big City Triumph Music 3 St Andrews St, Lincoln, Lincolnshire, LN5 7NE **t** 01522 539883 **f** 01522 528964 **e** steve.hawkins@easynet.co.uk **w** icegroup.co.uk MD: Steve Hawkins.

Big Fish Songs Ltd PO Box 8922, Maldon, Essex, CM9 6ZW **t** 07831 891610 **e** john@music-village.com **w** music-village.com Director: John Carnell.

BIG LIFE MUSIC

BIGLIFE MUSIC

67-69 Chalton Street, London, NW1 1HY **t** 020 7554 2100 **f** 020 7554 2101 **e** reception@biglifemanagement.com **w** biglifemanagement.com MD: Tim Parry. CEO: Jazz Summers. Chief Finance Officer: Jackie Parkes. Producer Management: Jill Hollywood. General Manager: Michelle Devires. A&R: Sarah Morgan. Head of A&R: Tim Parry.

Big Shot Music Ltd PO Box 14535, London, N17 0WG **t** 020 8376 1650 **f** 020 8376 8622 **e** Pingramc2@aol.com Contact: P Ingram.

Big Spliff (see Paul Rodriguez Music Ltd)

Big World Publishing PO Box 96, Midhurst, West Sussex, GU29 1AJ **t** 01730 817995 **f** 01730 817995 **e** songs@bigworldpublishing.com **w** bigworldpublishing.com Managing Director/Artists & Repertoire: Patrick Meads.

Bigtime Music Publishing 86 Marlborough Road, Oxford, OX1 4LS **t** 01865 249 194 **f** 01865 792 765 **e** info@bejo.co.uk **w** bejo.co.uk Administrator: Tim Healey.

Billymac (see Paul Rodriguez Music Ltd)

Biswas Music 20 Bedford Street, London, WC2E 9HP **t** 020 7379 9202 **f** 020 7379 9101 **e** guy@mgmaccountancy.co.uk MD: Guy Rippon MA FCCA ACIB.

Black Heat Music 13a Filey Avenue, London, N16 6JL **t** 020 8806 4193 **e** tmorgan@ntlworld.com Director: Tony Morgan.

Blue Banana Music (see Blue Melon Publishing)

Blue Cat (see Asterisk Music)

Blue Melon Publishing 240A High Road, Harrow Weald, Middx, HA3 7BB **t** 020 8863 2520 **f** 020 8863 2520 **e** steve@bluemelon.co.uk MD: Steven Glen.

Blue Mountain Music Ltd 8 Kensington Park Road, London, W11 3BU **t** 020 7229 3000 **f** 020 7221 8899 **e** guy@bluemountainmusic.tv **w** bluemountainmusic.tv Managing Director: Guy Morris.

Blue Planet Music (see Blue Melon Publishing)

Blue Ribbon Music Ltd (see Hornall Brothers Music Ltd)

BMG Rights Management (UK) Ltd 50, Gt Marlborough Street, London, W1F 7JS **t** 020 7440 5280 **e** info.uk@bmg.com/licensing.uk@bmg.com **w** bmg.com Senior Vice President: Alexi Cory-Smith.

BMP - Broken Music Publishing 9 Gleneldon Mews, London, SW16 2AZ **t** 07517 874384 **e** info@bmpuk.co.uk **w** bmpuk.co.uk myspace.com/bmpuk bmp39 Director: Jurgen Dramm.

Bobnal Music Inc (see Bucks Music Group Ltd)

Bocu Music Ltd 1 Wyndham Yard, Wyndham Place, London, W1H 1AR **t** 020 7402 7433 **f** 020 7402 2833 Director: Carole Broughton.

Bomber Music Ltd London, NW11 **t** 08715 089807 **e** music@bombermusic.com **w** bombermusic.com MD: Donagh O'Leary.

Bonney Music Ltd (see Kassner Associated Publishers Ltd)

Publishers: Publishers & Affiliates

Music Week Directory

Publishers: Publishers & Affiliates

Boosey & Hawkes Music Publishers Ltd Aldwych House, 71-91 Aldwych, London, WC2B 4HN **t** 020 7054 7200 **f** 020 7054 7293 **e** marketing@boosey.com **w** boosey.com ✉ Hd of Publicity & Mktg: David Allenby.

BOP Music (see The Valentine Music Group)

Boulevard Music Publishing (see Kevin King Music Publishing)

Bourne Music Ltd c/o SRLV Accountants, 89 New Bond Street, London, W1S 1DA **t** 020 7079 8888 **f** 020 7079 8889 **e** bournemusic@supanet.com ✉ Managing Director: Marco Berrocal.

Boy Wonder Publishing 100 Highfield Road, Hall Green, Birmingham, West Midlands, B28 0HP **t** 07590 470219 **e** oboyonone@hotmail.com **w** boywonderpublishing.co.uk ✉ Managing Director: Anthony Herron.

Bramsdene (see Music Sales Ltd)

Brandon Music Ltd 171 Southgate Rd, London, N1 3LE **t** 020 7704 8542 **f** 020 7704 2028 **e** peterknightjr@btinternet.com **w** brandon-music.net ✉ Director: Peter Knight Jr..

Brass Wind Publications 4 St Mary's Rd, Manton, Oakham, Rutland, LE15 8SU **t** 01572 737409 **f** 01572 737409 **e** davidtriggel@brasswindpublications.co.uk **w** brasswindpublications.co.uk ✉ Contact: David Triggel.

Breakloose (see Bucks Music Group Ltd)

Breitkopf & Hartel Main View Cottage, Main Rd, Terrington St. John, Norfolk, PE14 7RR **t** 01945 882221 **f** 01945 882222 **e** sales@breitkopf.com **w** breitkopf.com ✉ Sales Rep: Robin Winter.

Brentwood Benson Music (see Bucks Music Group Ltd)

Briar Music 5-6 Lombard Street, Dublin 2, Ireland **t** +353 1 677 4229 **f** +353 1 671 0421 **e** lunar@indigo.ie ✉ MD: Brian Molloy +353 1 677 9762.

Bright Music Ltd PO Box 62179, London, SW11 4YL **t** 020 7924 3417 **f** 020 7223 5919 **e** info@brightmusic.co.uk **w** brightmusic.co.uk ✉ MD: Martin Wyatt.

Briter Music (see Asterisk Music)

Broadbent & Dunn Ltd 66 Nursery Lane, Dover, Kent, CT16 3EX **t** 01304 825604 **f** 0870 135 3567 **e** music@broadbent-dunn.com **w** broadbent-dunn.com ✉ Sales Manager: Pamela Withey.

Broadley Music (Int) Ltd Broadley House, 48 Broadley Terrace, London, NW1 6LG **t** 020 7258 0324 **f** 020 7724 2361 **e** admin@broadleystudios.com **w** broadleystudios.com ✉ MD: Ellis Elias.

Broadley Music Library (see Broadley Music (Int) Ltd)

Brookside (see Asterisk Music)

Broughton Park Music Kennedy House, 31 Stamford Street, Altrincham, Cheshire, WA14 1ES **f** 0161 980 7100 **e** harveylisberg@aol.com ✉ MD: Harvey Lisberg.

Bryan Morrison Music 1 Star St, London, W2 1QD **t** 020 7706 7304 **f** 020 7706 4479 **e** bryanmorrisonmusic@btconnect.com ✉ GM: Cora Barnes.

Bryter Music Marlinspike Hall, Walpole Halesworth, Suffolk, IP19 9AR **t** 01986 784 664 **e** cally@brytermusic.com **w** brytermusic.com ✉ Proprietor: Cally.

Bill Buckley Music Saunders, Wood & Co, The White House, 140A Tatchbrook Street, London, SW1V 2NE **t** 020 7821 0455 **f** 020 7821 6196 **e** nigel@s-wood.dircon.co.uk ✉ Partner: Nigel J Wood.

Bucks Music Group Ltd 11 Uxbridge Street, 11 Uxbridge St, London, W8 7TQ **t** 020 7221 4275 **f** 020 7229 6893 **e** info@bucksmusicgroup.co.uk **w** bucksmusicgroup.com ✉ facebook.com/bucksmusicgroup ✉ twitter.com/bucksmusicgroup ✉ Managing Director: Simon Platz.

Buffalo Music Ltd t 01923 266664 **f** 01923 261761 **e** info@buffalomusic.co.uk **w** buffalomusic.co.uk ✉ Office Manager: Janet LeSage.

Bug Music Ltd Unit 4, The Courtyard, Swan Centre, Fishers Lane, London, W4 1RX **t** 020 8996 5796 **f** 020 89965799 **e** info@bugmusic.com **w** bugmusic.com ✉ MD/VP International: Mark Anders. UK General Manager: Roberto Nevi.

Bugle Publishing Group Second Floor, 81 Rivington St, London, EC2A 3AY **t** 020 7012 1416 **f** 020 7012 1419 **e** tcgleg@aol.com **w** milescopeland.com

Bull-Sheet Music 18 The Bramblings, London, E4 6LY **t** 020 8529 5807 **f** 020 8529 5807 **e** irene.bull@btinternet.com **w** bull-sheetmusic.co.uk; bandmemberswanted.co.uk ✉ MD: Irene Bull.

Bullish Music Inc (see Bucks Music Group Ltd)

Burlington (see Warner/Chappell Music Ltd)

Burning Petals Music The Studio, Homefield Court, Marston Magna, Somerset, BA28 8DJ **t** 01935 851664 **e** enquiries@burning-petals.com **w** burning-petals.com ✉ youtube.com/user/burningpetalsrecords ✉ MD: Richard Jay.

Burnt Puppy (see Bucks Music Group Ltd)

Burnt Toast Music Publishing 12 Denyer Court, Fradley, Nr Lichfield, Staffs, WS13 8TQ **t** 01543 444261 **f** 01543 444261 **e** phooper-keeley@softhome.net ✉ MD: Paul Hooper-Keeley.

Burton Music (see Universal Music Publishing Group)

Bushranger Music 196 Rayleigh Road, Hutton, Hutton, Brentwood, Essex, CM13 1PN **t** 01277 222095 **e** bushrangermusic@yahoo.co.uk ✉ Director: Kathy Lister.

Music Week Directory

Contacts ■ **Facebook** ■ **MySpace** ■ **Twitter** ■ **YouTube**

By The Pool Music 7 Warren Mews, London, W1T 6AS **t** 0207 874 1704 **e** Info@bythepoolmusic.com ■ Contact: Carole Striker.

Cala Music Publishing 17 Shakespeare Gardens, London, N2 9LJ **t** 020 8883 7306 **f** 020 8365 3388 **e** music@calarecords.com **w** calarecords.com ■ General Manager: Susi Kennedy 02088837306.

Campbell Connelly & Co (see Music Sales Ltd)

Candid Music 16 Castelnau, London, SW13 9RU **t** 020 8741 3608 **f** 020 8563 0013 **e** info@candidrecords.com **w** candidrecords.com ■ MD: Alan Bates.

Candor Music (see TMR Publishing)

Cara Music P.O.B 28286, Winchmore Hill, London, N21 3WT **t** 020 8886 5743 **e** caramusicltd@dial.pipex.com ■ Dir: Michael McDonagh.

Cargo Music Publishing and CargoGold Production 39 Clitterhouse Crescent, Cricklewood, London, NW2 1DB **t** 020 8458 1020 **e** mike@mikecarr.co.uk **w** mikecarr.co.uk ■ MD: Mike Carr.

Caribbean Music (see Paul Rodriguez Music Ltd)

Caribbean Music Library Sovereign House, 12 Trewartha Road, Praa Sands, Penzance, Cornwall, TR20 9ST **t** 01736 762826 **f** 01736 763328 **e** panamus@aol.com **w** panamamusic.co.uk ■ myspace.com/scampmusicpublishing ■ MD: Roderick Jones.

Carlin Music Corporation Iron Bridge House, 3 Bridge Approach, London, NW1 8BD **t** 020 7734 3251 **f** 020 7439 2391 **e** peterthomas@carlinmusic.com **w** carlinmusic.com ■ General Manager: Peter Thomas.

Carnaby Music 78 Portland Rd, London, W11 4LQ **t** 020 7727 2063 **f** supplied on request **e** mail@negusfancey.com ■ Dir: Charles Negus-Fancey.

Carte Blanche (see Fay Gibbs Music Services)

Cat's Eye Music (see Multiplay Music)

Catalyst Music Publishing Ltd 171 Southgate Road, London, N1 3LE **t** 020 7704 8542 **f** 020 7704 2028 **e** peterknightjr@btinternet.com **w** catalystmusicpublishing.co.uk ■ Managing Director: Peter Knight.

Cathedral Music King Charles Cottage, Racton, Chichester, West Sussex, PO18 9DT **t** 01243 379968 **f** 01243 379859 **e** enquiries@cathedral-music.co.uk **w** cathedral-music.co.uk ■ MD: Richard Barnes.

Catskills Music Publishing PO Box 2365, Brighton, BN1 1WQ **t** 01273 626245 **f** 01273 626246 **e** info@catskillsrecords.com **w** catskillsrecords.com ■ Directors: Khalid, Amr or Jonny.

Cauliflower (see Bucks Music Group Ltd)

Cavendish Music (see Boosey & Hawkes Music Publishers Ltd)

Cecil Lennox (see Kassner Associated Publishers Ltd)

Cee Cee (see Asterisk Music)

Celebrity Bulletin FENS House, 8-10 Wiseton Rd, London, SW17 7EE **t** 020 8672 3191 **f** 020 8672 2282 **e** enquiries@celebrity-bulletin.co.uk **w** celebrity-bulletin.co.uk ■ celebritybullet ■ Managing Director: Neal Goddard.

Celtic Songs Unit 4, Great Ship Street, Dublin 8, Ireland **t** +353 1 478 3455 **f** +353 1 478 2143 **e** irishmus@iol.ie **w** irelandcd.com ■ GM: Paul O'Reilly.

CF Kahnt (see Peters Edition)

Chalumeau (see Paul Rodriguez Music Ltd)

Champion Music 181 High St, Harlesden, London, NW10 4TE **t** 020 8961 5202 **f** 020 8961 6665 **e** raj@championrecords.co.uk **w** championrecords.co.uk ■ facebook.com/championrecords ■ twitter.com/championrecords ■ General Manager: Raj Porter.

Chandos Music Supplies 21 Salisbury Avenue, Colchester, Essex, CO3 3DW **t** 01206 520570 **f** 01206 520570 **e** mail@chandosmusicsupplies.co.uk **w** chandosmusicsupplies.co.uk ■ Music/Copyright Admin: Stephen Hogger.

Chantelle Music 3A Ashfield Parade, London, N14 5EH **t** 020 8886 6236 **e** info@chantellemusic.co.uk **w** chantellemusic.co.uk ■ MD: Riss Chantelle.

Chapala Productions Rectory House, Church Lane, Warfield, Berks, RG12 6EE **t** 01344 890 001 **f** 01344 885 323 ■ Contact: Alan Bown.

Chappell (see Warner/Chappell Music Ltd)

Chappell Morris (see Warner/Chappell Music Ltd)

Charisma Music Publishing (see EMI Music Publishing)

Charjan Music (see Paul Rodriguez Music Ltd)

Charly Publishing Ltd Suite 379, 37 Store Street, London, WC1E 7BS **t** 07050 136143 **f** 07050 136144 ■ Contact: Jan Friedmann.

Chart Music Company Ltd Island Cottage, Rod Eyot, Wargrave Road, Henley-on-Thames, Oxfordshire, RG9 3JD **t** 01491 412946 **e** mail@islandmusicjf.co.uk ■ Dir: JW Farmer.

Chartel (see Bucks Music Group Ltd)

Chatwise Music (see Bucks Music Group Ltd)

Cheeky Music 181 High St, Harlesden, London, NW10 4TE **t** 020 8961 5202 **f** 020 8961 6665 **e** raj@championrecords.co.uk **w** championrecords.co.uk ■ facebook.com/championrecords ■ twitter.com/championrecord ■ General Manager: Raj Porter.

Chelsea Music Publishing Co 125 Parkway, London, NW1 7PS **t** 020 7388 3370 **f** 020 7998 1612 **e** eddie@chelseamusicpublishing.com ■ facebook.com/chelseamusicpublishing **w** chelseamusicpublishing.com ■ MD: Eddie Levy.

Publishers: Publishers & Affiliates

62 Music Week Directory   www.musicweek.com

Contacts · Facebook · MySpace · Twitter · YouTube

Cherry Red Songs Power Road Studios,
114 Power Road, London, W4 5PY **t** 020 8996 3120
f 0208 747 4030 **e** infonet@cherryred.co.uk
w cherryred.co.uk/other/cherryredsongs
facebook.com/people/Cherry-Red/1310740870
myspace.com/cherryredgroup
twitter.com/cherryredgroup
youtube.com/cherryredgroup ■ Director: Matt Bristow.

Chester Music - Novello & Co Ltd (Music Sales Group) 14-15 Berners St, London, W1T 3LJ
t 020 7612 7400 **f** 020 7612 7549
e promotion@musicsales.com **w** chesternovello.com
■ MD: James Rushton.

Chick-A-Boom Music (see Asterisk Music)

Chipglow (see Asterisk Music)

Christabel Music 32 High Ash Drive, Alwoodley, Leeds,
West Yorkshire, LS17 8RA **t** 0113 268 5528
f 0113 266 5954 ■ MD: Jeff Christie.

Christian Music Ministries (see Sovereign Music UK)

Chrome Dreams PO Box 230, New Malden, Surrey,
KT3 6YY **t** 020 8715 9781 **f** 020 8241 1426
e mail@chromedreams.co.uk **w** chromedreams.co.uk
■ GM: Andy Walker.

Chrys-A-Lee (see BMG Chrysalis)

BMG CHRYSALIS

13 Bramley Rd, London, W10 6SP **t** 020 7440 5280
f 020 7287 2787 **e** firstname.lastname@bmgchrysalis.com
w bmgchrysalis.com ■ A&R: Craig Michie. Finance
Director: Mark Raynard. Dir of Business Affairs: Simon
Harvey. Head of Copyright Admin: Andrew Godfrey. Head of
Synchronisation: Gareth Smith.

CIC UK (see Universal Music Publishing Group)

Cicada (see Paul Rodriguez Music Ltd)

Cinephonie Co (see Music Sales Ltd)

Cinque Port Music (see The Valentine Music Group)

Class 52 Music Ltd (see Paternoster Music)

Classic Editions (see Wilson Editions)

Classical Guitar Ashley Mark Publishing Co,
1 & 2 Vance Court, Trans Britannia Ent Pk, Blaydon On Tyne,
NE21 5NH **t** 0191 414 9000 **f** 0191 414 9001
e david@ashleymark.co.uk **w** classicalguitarmagazine.com
■ Sales Manager: David English.

Climax Music 6 Hesleyside Road, South Wellfield,
Whitley Bay, NE25 9HB **t** 07812 633 364 **f** 0191 253 5997
e james_climax@hotmail.com ■ Label Manager: James
Wilson.

CLM 153 Vauxhall St, The Barbican, Plymouth, Devon,
PL4 0DF **t** 01752 510710 **f** 01752 224281
e robhancock@lineone.net ■ Partner: Rob Hancock.

Clouseau (see SGO Music Publishing)

CMA Publications Moving soon, Sufolk
e cmapublications@btinternet.com **w** cma-publications.co.uk ■ MD: Geraldine Price.

Coda (see Bucks Music Group Ltd)

Cold Harbour Recording Company Ltd
Creeting House, All Saints Rd, Creeting St Mary, Ipswich,
IP6 8PR **t** 01449 723244 **e** enquiries@eastcentralone.com
w eastcentralone.com ■ MD: Steve Fernie.

Collegium Music Publications PO Box 172,
Whittlesford, Cambridge, CB22 4QZ **t** 01223 832474
f 01223 836723 **e** info@collegium.co.uk **w** collegium.co.uk
■ Sales & Marketing: Emma Harrison/Matthew Bennett.

Collingwood O'Hare (see Bucks Music Group Ltd)

Columbia Publishing Wales Ltd Glen More,
6 Cwrt y Camden, Brecon, Powys, LD3 7RR **t** 01874 625270
f 01874 625270 **e** dng@columbiawales.fsnet.co.uk
w columbiapublishing.co.uk ■ MD: Dafydd Gittins.

Come Again Music (see Broadley Music (Int) Ltd)

Comma Music (see Paul Rodriguez Music Ltd)

Commercial Arts Ltd 110 South,
Grove Technology Park, Wantage, Oxfordshire, OX12 9XY
t 01235 764602 **e** guy@commercialarts.co.uk
w commercialarts.co.uk ■ Chairman: Guy Fletcher
07900922414.

Compact Collections Ltd 8-12 Camden High St,
London, NW10JH **t** 020 7874 7480
e info@compactmediagroup.com **w** compactmediagroup
■ Contact: John O'Sullivan, James Sellar.

Complete Music 3rd Floor, Bishops Park House, 25-
29 Fulham High Street, London, SW6 3JH **t** 020 7731 8595
f 020 7371 5665 **e** info@complete-music.co.uk
w complete-music.co.uk ■ A&R: Kareem Taylor.

Concord Music Hire Library (see Maecenas Music)

Conexion Media Group Plc 10 Heathfield Terrace,
London, W4 4JE **t** 020 8987 4150 **f** 020 8987 4160
e info@conexion-media.com **w** conexion-media.com
■ CEO: Justin Sherry.

Congo Music Ltd 17A Craven Park Road, Harlesden,
London, NW10 8SE **t** 020 8961 5461 **f** 020 8961 5461
e byron@congomusic.freeserve.co.uk **w** congomusic.com
■ A&R Director: Root Jackson.

Connoisseur Music (see Crashed Music)

Consentrated Music (see Bucks Music Group Ltd)

Constant In Opal Music Publishing Ltd
31 Gorran Avenue, Rowner, Gosport, Hants, PO13 0NF
t 01329 288620 **f** 01736 763328 **e** info@cio-music.com
w cio-music.com ■ Managing Director: Ian Collins.

Copeberg (see Bugle Publishing Group)

Copperplate Music (see Bardic Edition)

Music Week Directory

Publishers: Publishers & Affiliates

Song Solutions 14 Horsted Square, Uckfield, East Sussex, TN22 1QG **t** 01825 748893 **f** 01825 748899 **e** info@songsolutions.org **w** songsolutions.org Head of Contracts: Karen Martin.

COPYRIGHT ADMINISTRATION SERVICES LIMITED

25 High Street, Pewsey, Wiltshire, SN9 5AF **t** 01672 563603 **e** tim@casworldwide.com **w** casworldwide.com

Corelia Music Library Sovereign House, 12 Trewartha Road, Praa Sands, Penzance, Cornwall, TR20 9ST **t** 01736 762826 **f** 01736 763318 **e** panamus@aol.com **w** panamamusic.co.uk myspace.com/scampmusicpublishing Managing Director: Roderick Jones.

Corner Stone (see The Valentine Music Group)

Cornerways Music Ty'r Craig, Longleat Avenue, Craigside, Llandudno, LL30 3AE **t** 01492 549 759 **f** 01492 541 482 **e** gordon@gordonlorenz.com **w** gordonlorenz.com Contact: Gordon Lorenz.

C.O.R.S. Ltd (see Conexion Media Group Plc)

CPP (see International Music Publications (IMP))

Cramer Music 23 Garrick St, London, WC2E 9RY **t** 020 7240 1612 **f** 020 7240 2639 **e** enquiries@cramermusic.co.uk MD: Peter Maxwell.

Crashed Music 162 Church Rd, East Wall, Dublin 3, Ireland **t** +353 1 888 1188 **f** +353 1 856 1122 **e** shay@crashedmusic.com **w** crashedmusic.com MD: Shay Hennessy.

Creative Minds (see Bucks Music Group Ltd)

Creole Music Ltd The Chilterns, France Hill Drive, Camberley, Surrey, GU15 3QA **t** 01276 686077 **f** 01276 686055 **e** creole@clara.net MD: Bruce White.

Cromwell Music (see The Essex Music Group)

Cross Music (see Music Sales Ltd)

Crumbs Music The Stable Lodge, Lime Ave, Kingwood, Henley-on-Thames, Oxon, RG9 5WB **t** 01491 628 111 **f** 01491 629 668 **e** crumbsmusic@btopenworld.com **w** raywilliamsmusic.com MD: Ray Williams 07813 696 999.

CSA Word 6a Archway Mews, 241a Putney Bridge Rd, London, SW15 2PE **t** 020 8871 0220 **f** 020 8877 0712 **e** info@csaword.co.uk **w** csaword.co.uk Audio Manager: Victoria Williams.

David Cunningham Music The Pump House, 17 kirkland lane, Penkhull, Stoke on Trent, Staffordshire, ST4 5DJ **t** 01782 410237 **f** 01782 410237 **e** davidcunninghammusic@yahoo.co.uk Contact: David Cunningham 07754 170541.

Curious (see Bucks Music Group Ltd)

Cutting Edge Music Ltd Ground Floor, 36 King St, London, WC2E 8JS **t** 020 7759 8550 **f** 020 7759 8549 **e** philipm@cutting-edge.uk.com **w** cutting-edge.uk.com MD: Philip Moross.

Cutting Records Music (see Catherine Marks)

Cwmni Cyhoeddi Gwynn Cyf 28 Heol-y-Dwr, Penygroes, Caernarfon, Gwynedd, LL54 6LR **t** 01286 881797 **f** 01286 882634 **e** info@gwynn.co.uk **w** gwynn.co.uk Administrator: Wendy Jones.

Cyclo Music (see Bucks Music Group Ltd)

Cyhoeddiadau Sain Canolfan Sain, Llandwrog, Caernarfon, Gwynedd, LL54 5TG **t** 01286 831111 **f** 01286 831497 **e** rhian@sain.wales.com **w** sain.wales.com Contact: Rhian Eleri.

CYP Music Limited The Fairway, Bush Fair, Harlow, Essex, CM18 6LY **t** 01279 444707 **f** 01279 445570 **e** sales@cyp.co.uk **w** cyp.co.uk Nat'l Accounts Mgr: Gary Wilmot.

d Music 35 Brompton Rd, London, SW3 1DE **t** 020 7368 6311 **f** 020 7823 9553 **e** d@35bromptonroad.com **w** drecords.co.uk MD: Douglas Mew.

D.O.R Encryption PO Box 1797, London, E1 4TX **t** 020 7702 7842 **e** encryption@dor.co.uk **w** dor.co.uk/artists Managing Director: Martin Parker.

Da Vinci Music Ltd (see Independent Music Group)

Daisy Publishing Unit 2 Carriglea, Naas Rd, Dublin 12, Ireland **t** +353 1 429 8600 **f** +353 1 429 8602 **e** daithi@daisydiscs.com **w** daisydiscs.com MD: John Dunford.

Dalmatian Music PO Box 49155, London, SW20 0YL **t** 020 8946 7242 **f** 020 8946 7242 **e** w.stonebridge@btinternet.com Contact: Bill Stonebridge.

The Daniel Azure Music Group 72 New Bond St, London, W1S 1RR **t** 07894 702 007 **f** 020 8240 8787 **e** info@jvpr.net **w** danielazure.com CEO: Daniel Azure.

Danny Thompson Music (see SGO Music Publishing)

Toby Darling Ltd 37/39 Southgate St, Winchester, Hants, SO23 9EH **t** 01962 844 480 **f** 01962 854 400 **e** info@tobydarling.com **w** tobydarling.com MD: Toby Darling.

Dartsongs (see Asterisk Music)

Dash Music (see Music Sales Ltd)

David Paramor Publishing (see Kassner Associated Publishers Ltd)

DCI Video (see International Music Publications (IMP))

De Haske Music (UK) Ltd PO Box 70152, London, WC1A 9FU **t** 020 7395 0380 **e** music@dehaske.co.uk **w** dehaske.com Sales & Marketing Mgr: Mark Coull.

De Sade Music (see Catalyst Music Publishing Ltd)

64 Music Week Directory

Publishers: Publishers & Affiliates

🔵 Contacts   📘 Facebook   🎵 MySpace   🐦 Twitter   ▶️ YouTube

Decentric Music PO Box 241, Harrow, Middlesex, HA2 8YX **t** 020 8977 4616 **f** 020 8977 4616 **e** decentricjb@road.myzen.co.uk 🔵 Dir: James Bedbrook.

Deceptive Music PO Box 288, St Albans, Hertfordshire, AL4 9YU **t** 01727 834 130 🔵 MD: Tony Smith.

Deedle Dytle Music (see Catherine Marks)

Deekers (see Eaton Music Ltd)

Deep Blue Music (see Bucks Music Group Ltd)

Deep Blue Publishing (see Sovereign Music UK)

Definition Music (see Catalyst Music Publishing Ltd)

Delerium Music PO Box 1288, Gerrards Cross, Bucks, SL9 9YB 🔵 Owner: Richard Allen.

Delfont Music (see Warner/Chappell Music Ltd)

Delicious Publishing Suite GB, 39-40 Warple Way, Acton, London, W3 0RG **t** 020 8749 7272 **f** 020 8749 7474 **e** info@deliciousdigital.com **w** deliciousdigital.com
📘 facebook.com/deliciousdigital
🐦 twitter.com/deliciousw3
▶️ youtube.com/user/deliciousdigital 🔵 MD: Ollie Raphael.

Deutscher Verlag Fur Musik, Leipzig (see Breitkopf & Hartel)

Dharma Music PO Box 50668, London, SW6 3UY **e** zen@instantkarma.co.uk 🔵 Chairman: Rob Dickins 0207 384 0938.

Digger Music 20 Bedford Street, London, WC2E 9HP **t** 020 7379 9202 **f** 020 7379 9101 **e** tills@globalnet.co.uk
🔵 CEO: Tilly Rutherford.

Digimix Music Publishing Sovereign House, 12 Trewartha Road, Praa Sands, Penzance, Cornwall, TR20 9ST **t** 01736 762826 **f** 01736 763328 **e** panamus@aol.com **w** panamamusic.co.uk
🎵 myspace.com/guildofsongwriters 🔵 Chief Executive Officer: Roderick Jones.

Dimehart Ltd trading as Fribank
e info@somebizarre.com **w** somebizarre.com 🔵 MD: Stevo.

Dinosaur Music Publishing 5 Heyburn Crescent, Westport Gardens, Stoke On Trent, Staffordshire, ST6 4DL **t** 01782 824 051 **f** 01782 761 752
e music@dinosaurmusic.co.uk **w** dinosaurmusic.co.uk
🔵 MD: Alan Dutton.

Distiller Publishing LLP Studio 11, 10 Acklam Rd, Ladbroke Gorve, London, W10 5QZ **t** 020 8968 8236
f 0208 964 4706 **e** darrin@distiller-records.com 🔵 Director of A&R: Darrin Woodford 0208 968 8236.

District 6 North Clapham Art Centre, 26-32 Voltaire Rd, London, SW4 6DH **e** firstname@district6.co.uk
w district6.co.uk 🔵 Dirs: Paul Vials, Ed Ashcroft.

DJL Music (see Catalyst Music Publishing Ltd)

DL Songs (see Kassner Associated Publishers Ltd)

DMX Music Ltd Forest Lodge, Westerham Road, Keston, Kent, BR2 6EH **t** 01689 882 200 **f** 01689 882 288
e vanessa.warren@dmxmusic.com **w** dmxmusic.co.uk
🔵 Marketing Manager: Vanessa Warren.

DNE Music Publishing Ltd Discovery House, Chiswick Park Building 2, 566 Chiswick High Road, London, W4 5YB **t** 020 8811 3000 **e** jay_mistry@discovery-europe.com **w** discoverychannel.co.uk 🔵 Director, Global Music Services: Jay Mistry 0208 811 3918.

Do It Yourself Music (see Bucks Music Group Ltd)

Domino Publishing Co Ltd Unit 3 Delta Park, Smugglers Way, London, SW18 1EG **t** 020 8875 1390 **f** 020 8875 8848 **e** paull@dominorecordco.com
w dominopublishingco.com
📘 facebook.com/pages/Domino-Publishing/131019916291 🎵 dominopublishingcompany
🔵 General Manager: Paul Lambden.

Don't Call Me Music Brooke Oast, Jarvis Lane, Goudhurst, Cranbrook, Kent, TN17 1LP **t** 01580 211623 **e** rbickersteth@lookingforward.biz 🔵 Managing Director: Richard Bickersteth.

Donna (see EMI Music Publishing)

Donogh Hennessy Music (see SGO Music Publishing)

Dorsey Brothers Music (see Music Sales Ltd)

Douglas Music (see Anglia Music Company)

Dr Watson Music (see Sherlock Holmes Music)

Dread Music (see Bucks Music Group Ltd)

Dreambase Music PO Box 13383, London, NW3 5ZR **t** 020 7794 2540 **f** 020 7794 7393 **e** hitman@popstar.com
🔵 A&R: Tony Strong.

Dreamscape Music Publishing Montrose Court, Finchley Road, London, NW11 **t** 07531 609789
f 01727 826308
e dreamscapemusicpublishing@hotmail.co.uk
🔵 Owner/Head Of A&R/Creative Manager: Adam Charles Lamb.

Drumblade Music (see Bardic Edition)

Dub Plate Music (see Greensleeves Publishing Ltd)

Duffnote Publishing Ltd Vine Cottage, North Road, Bosham, Chichester, West Sussex, PO18 8NL
t 01243 774606 **e** info@duffnote.com **w** duffnote.com
🔵 Director: Danny Jones.

Dune Music 1st Floor, 73 Canning Road, Harrow, Middx, HA3 7SP **t** 020 8424 2807 **f** 020 8861 5371 **e** info@dune-music.com **w** dune-music.com 🔵 MD: Janine Irons.

Durham Music (see Bucks Music Group Ltd)

www.musicweek.com **Music Week Directory** 65

📇 Contacts ⦿ Facebook ⦿ MySpace ⦿ Twitter ⦿ YouTube

Publishers: Publishers & Affiliates

EAGLE-I MUSIC LTD

eagle-i music

Eagle House, 22 Armory Way, London, SW18 1EZ
t 020 8870 5670 **f** 020 8874 2333 **e** jane.skillin@eagle-rock.com **w** eagle-imusic.com 📇 MD: Roberto Neri.

Earache Songs UK Ltd Suite 1-3 Westminster Building, Theatre Sq, Nottingham, NG1 6LG **t** 0115 950 6400 **f** 0115 950 8585 **e** mail@earache.com **w** earache.com 📇 MD: Digby Pearson.

Earlham Press (see De Haske Music (UK) Ltd)

Early Music Today Rhinegold Publishing, 241 Shaftesbury Avenue, London, WC2H 8TF **t** 020 7333 1744 **f** 020 7333 1766 **e** emt@rhinegold.co.uk **w** rhinegold.co.uk/earlymusictoday ⦿ earlymusictoday 📇 Editor: Claudine Nightingale.

Earthsongs (see Bucks Music Group Ltd)

Eastside Music Publishing Ltd Unit 6, 53-55 Theobalds Rd, London, WC1X 8SP **t** 020 7685 8595 **e** paul@eastside-music.co.uk **w** eastside-publishing.co.uk ⦿ facebook.com/PK12one 📇 Managing Director: Paul Kennedy.

Eaton Music Ltd Eaton House, 39 Lower Richmond Rd, Putney, London, SW15 1ET **t** 020 8788 4557 **f** 020 8780 9711 **e** info@eatonmusic.com **w** eatonmusic.com 📇 Dir: Mandy Oates.

Edition Kunzelmann (see Obelisk Music)

Edition Schwann (see Peters Edition)

Editions Jean Davoust (see Catalyst Music Publishing Ltd)

Editions Metropolitaines (see Catalyst Music Publishing Ltd)

Editions Raoul Breton (see Catalyst Music Publishing Ltd)

Edward Kassner Music Co Ltd (see Kassner Associated Publishers Ltd)

Edwin Ashdown (see Music Sales Ltd)

EG Music Ltd PO Box 606, London, WC2E 7YT **t** 020 8540 9935 **e** ck@egmusic.demon.co.uk 📇 Managing Director: Sam Alder.

Egleg Music (see Asterisk Music)

Eleven East Music Inc. (see Bucks Music Group Ltd)

Embassy Music (see Music Sales Ltd)

Emerson Edition Ltd Windmill Farm, Ampleforth, North Yorkshire, YO62 4HF **t** 01439 788324 **f** 01439 788715 **e** JuneEmerson@compuserve.com 📇 MD: June Emerson.

EMI Music Publishing Kensley House, 27 Wrights Lane, London, W8 5SW **t** 020 3059 3059 **e** gmoot@emimusicpub.com **w** emimusicpub.com 📇 President: Guy Moot.

EMI Music Publishing Continental Europe 27 Wrights Lane, London, W8 5SW **t** 020 3059 3059 **e** firstinitial+lastname@emimusicpub.com **w** emimusicpub.com 📇 Contact: Claudia Palmer.

EMI Music Publishing Management Kensley House, 27 Wrights Lane, Kensington, London, W8 5SW **t** 020 3059 3085 **e** adavis@emimusicpub.com 📇 Contact: Amber Davis.

Encore Publications Juglans House, Brenchley Road, Matfield, Tonbridge, Kent, TN12 7DT **t** 01892 725548 **f** 01892 725568 **e** info@encorepublications.com **w** encorepublications.com 📇 Managing Editor: Tim Rogers.

Enterplanetary Koncepts (see Catherine Marks)

ERA Music (see Express Music (UK) Ltd)

Ernst Eulenburg (see Schott Music Limited)

Eschenbach Editions Achmore, Moss Road, Ullapool, Ross-Shire, IV26 2TF **t** 01854 612938 **f** 01854 612938 **e** eschenbach@caritas-music.co.uk **w** caritas-music.co.uk 📇 Proprietor: James Douglas.

Esoterica Music Ltd 20 Station Road, Eckington Road, Sheffield, South Yorkshire, S21 4FX **t** 01246 432507 **f** 01246 432507 **e** richardcory@lineone.net 📇 MD: Richard Cory 07785 232176.

Esquire Music Company 185A Newmarket Road, Norwich, Norfolk, NR4 6AP **t** 01603 451139 📇 MD: Peter Newbrook.

The Essex Music Group Suite 207, Plaza 535, Kings Road, London, SW10 0SZ **t** 020 7823 3773 **f** 020 7351 3615 **e** sx@essexmusic.co.uk 📇 MD: Frank D Richmond.

Euterpe Music (see Paul Rodriguez Music Ltd)

EV-Web (see Bucks Music Group Ltd)

Eventide Music Library Sovereign House, 12 Trewartha Rd, Praa Sands, Penzance, Cornwall, TR20 9ST **t** 01736 762826 **f** 01736 763328 **e** panamus@aol.com **w** panamamusic.co.uk ⦿ myspace.com/scampmusicpublishing 📇 MD: Roderick Jones.

Evergreen Music (see Music Sales Ltd)

Evita Music (see Universal Music Publishing Group)

Evocative Music (see G2 Music)

Evolve Music Ltd The Courtyard, 42 Colwith Road, London, W6 9EY **t** 020 8741 1419 **f** 020 8741 3289 **e** firstname@evolverecords.co.uk 📇 Co-MD: Oliver Smallman.

Ewan McColl Music (see Bucks Music Group Ltd)

Publishers: Publishers & Affiliates

Express Music (UK) Ltd Matlock, Brady Road, Lyminge, Kent, CT18 8HA **t** 01303 863 185 **f** 01303 863 185 **e** siggyjackson@onetel.net.uk
✉ MD: Siggy Jackson.

Faber Music Ltd. Bloomsbury House, 74-77 Great Russell St, London, WC1B 3DA **t** 020 7908 5310 **f** 020 7908 5339 **e** marketing@fabermusic.com **w** fabermusic.com ▌facebook.com/fabermusic ▐ twitter.com/fabermusic ▐ youtube.com/FaberMusicLtd
✉ Head of Marketing: Johann Gouws 02079085310.

Faber Music Burnt Mill, Elizabeth Way, Harlow, Essex, CM20 2HX **t** 01279 828 900 **f** 01279 828 990 **e** sales@fabermusic.com **w** fabermusic.com
✉ Contact: John Hepworth 01279 828900.

Fabulous Music (see The Essex Music Group)

Fairwood Music (UK) Ltd 72 Marylebone Lane, London, W1U 2PL **t** 020 7487 5044 **f** 020 7935 2270 **e** betul@fairwoodmusic.com **w** fairwoodmusic.com
✉ Contact: Betul Al-Bassam.

Faith & Hope Publishing 23 New Mount St, Manchester, M4 4DE **t** 0161 839 4445 **f** 0161 839 1060 **e** email@faithandhope.co.uk **w** faithandhope.co.uk
✉ MD: Neil Claxton.

Fall River Music (see Bucks Music Group Ltd)

Fanfare Music (see BMG Chrysalis)

Fast Western Ltd Bank Top Cottage, Meadow Lane, Millers Dale, Derbyshire, SK17 8SN **t** 01298 872462 **e** fast.west@virgin.net ✉ MD: Ric Lee.

Favored Nations Music Publishing Ltd PO Box 31, Bushey, Herts, WD23 2PT **t** 01923 244 673 **f** 01923 244 693 **e** info@favorednationsmusic.com **w** favorednationsmusic.com ✉ MD: Barry Blue.

FELLOWS MEDIA LTD
The Gallery, Manor Farm, Southam, Cheltenham, Gloucestershire, GL52 3PB **t** 01242 259241 **e** media@fellowsmedia.com **w** fellowsmedia.com
✉ Managing Director: Simon Fellows.

Fenette Music (see De Haske Music (UK) Ltd)

FI Music 2 Laurel Bank, Lowestwood, Huddersfield, West Yorkshire, HD7 4ER **t** 01484 846 333 **f** 01484 846 333 **e** HotLeadRecords@btopenworld.com **w** fimusic.co.uk
✉ Co-Managing Director: Ian R Smith.

John Fiddy Music Unit 3, Moorgate Business Centre, South Green, Dereham, NR19 1PT **t** 01362 697922 **f** 01362 697923 **e** info@johnfiddymusic.co.uk **w** johnfiddymusic.co.uk ✉ Prop: John Fiddy.

Fireworks Music Ltd 28 Percy St, London, W1T 2DB **t** 020 7907 1511 **f** 020 7907 1512 **e** fwx@fireworksmusic.co.uk **w** fireworksmusic.co.uk

First Time Music (Publishing) UK Sovereign House, 12 Trewartha Rd, Praa Sands, Penzance, Cornwall, TR20 9ST **t** 01736 762 826 **f** 01736 763 328 **e** panamus@aol.com **w** songwriters-guild.co.uk
▐ myspace.com/scampmusicpublishing ✉ MD: Roderick Jones.

Flip Flop Music (see Asterisk Music)

Flook Publishing (see SGO Music Publishing)

The Flying Music Company Ltd FM House, 110 Clarendon Road, London, W11 2HR **t** 020 7221 7799 **f** 020 7221 5016 **e** info@flyingmusic.co.uk **w** flyingmusic.com ✉ Directors: Paul Walden, Derek Nicol.

Focus Music (Publishing) Ltd 166 Haverstock Hill, London, NW3 2AT **t** 020 7722 3399 **e** info@focusmusic.com **w** focusmusic.com ▐ Focusmusic1 ▐ 1Focusmusic ✉ MD: Paul Greedus.

Focus Music Library Studio 3, 166 Haverstock Hill, London, NW3 2AT **t** 0207 722 3399 **e** info@focusmusic.com ▐ Focusmusic1 ▐ 1focusmusic
✉ MD: Paul Greedus. (see Focus Music (Publishing) Ltd)

FON Music (see Universal Music Publishing Group)

Footprint Music Publishing The Brackens, London Road, Ascot, Berkshire, SL5 8BE **t** 01344 887 887 **f** 0700 3496 852 **e** mike@fpm-publishing.com **w** fpm-publishing.com ✉ Managing Director: Mike Palmer 01344 887 885.

Fortissimo Music (see Carnaby Music)

Fortunes Fading Music Unit 1, Pepys Court, 84-86 The Chase, London, SW4 0NF **t** 020 7720 7266 **f** 020 7720 7255 **e** ffading@btinternet.com ✉ MD: Peter Pritchard.

Fox Publishing (see EMI Music Publishing)

Francis Day & Hunter (see EMI Music Publishing)

Francis Dreyfus Music (see Catalyst Music Publishing Ltd)

Frank Chacksfield Music (see Music Sales Ltd)

Freedom Songs Ltd PO Box 272, London, N20 0BY **t** 020 8368 0340 **f** 020 8361 3370 **e** freedom@jt-management.demon.co.uk ✉ MD: John Taylor.

Friendly Overtures Walkers Cottage, Aston Lane, Henley-on-Thames, Oxfordshire, RG9 3EJ **t** 01491 574 457 **f** 01491 574 457 ✉ Creative Dir: Michael Batory.

Frontline Music (see Favored Nations Music Publishing Ltd)

Frooty Music (see No Known Cure Publishing)

Fugitive Music Ltd 145 Durnsford Road, London, N11 2EL **e** john@fugitivemusic.f9.co.uk ✉ Managing Director: John Beckett 07889 029808.

Full Cycle Music (see Bucks Music Group Ltd)

Fungus (see Paul Rodriguez Music Ltd)

Future Stars Publishing Company (see Bucks Music Group Ltd)

G2 Music Pinewood Studios, Pinewood Road, Iver, Bucks, SL0 0NH
t 00 44 (0)7711 668121 or 00 44 (0)1753 422740 **e** hitsongs@g2-music.com **w** syncinthecity.com ✉ Creative Director.: Helen Gammons 00 44 (0) 1753 422740 and 00 44 (0)7711 668121.

www.musicweek.com   **Music Week Directory** 67

Contacts   **Facebook**   **MySpace**   **Twitter**   **YouTube**

G & M Brand Publications PO Box 650, Aylesbury, Buckinghamshire, HP22 4YY **t** 01494 775867 **e** michael@gmbrand.co.uk MD: Michael Brand.

G Whitty Music (see Bucks Music Group Ltd)

Gabsongs (see Arnisongs)

Gael Linn Music (see Crashed Music)

Garron Music Newtown Street, Kilsyth, Glasgow, Strathclyde, G65 0LY **t** 01236 821081 **f** 01236 826900 **e** info@scotdisc.co.uk **w** scotdisc.co.uk Contact: Bill Garden.

Gazell Publishing International PO Box 370, Newquay, Cornwall, TR8 5YZ **t** 01637 831011 **f** 01637 831037 **e** rodbuckle@aol.com Office Manager: Sam Buckle.

GDR Music Publishing Ltd 2 Beaconsfield Street, Darlington, County Durham, DL3 6ER **t** 01325 255 252 **f** 01325 255 252 **e** graemerobinson@mac.com MD: Graeme Robinson 07545 992909.

Mark Geary Songs (see SGO Music Publishing)

Gem And Son Music 4 Wainwright Close, Swindon, Wiltshire, SN3 6JU **t** 07515 970592 **e** robert.gem@btinternet.com **w** turnthemusicuprecords.com Contact: Robert.

Gerig, Cologne (see Breitkopf & Hartel)

Getaway Music (see Universal Music Publishing Group)

Ghost Music Ltd (see Freedom Songs Ltd)

Fay Gibbs Music Services Warwick Lodge, 37 Telford Avenue, London, SW2 4XL **t** 020 8671 9699 **f** 020 8674 8558 **e** faygibbs@fgmusicservice.demon.co.uk **w** fgmusicservice.co.uk MD: Fay Gibbs.

Gill Music 40 Highfield Park Road, Bredbury, Stockport, Cheshire, SK6 2PG **t** 0161 494 2098 **e** a1.entertainment@btdigitaltv.com **w** a1entertainmentshowbiz.com Contact: Mrs Gill Cragen.

Glad Music (see Music Sales Ltd)

Glendale Music (see Music Sales Ltd)

Global Copyright Association (see Catherine Marks)

Global Music Ltd (see BMG Chrysalis)

Global Talent Publishing 30 Leicester Sq, London, WC2H 7LA **t** 020 7766 6000 **e** firstname.lastname@thisisglobal.com **w** thisisglobal.com MD: Miller Williams 0207 288 6234.

GMW 50-52 Paul St, London, EC2A 4LB **t** 020 7749 1982 **f** 020 7729 8951 **e** williamhaighton@cs.com **w** gmwentertainment.com MD: William Haighton 07990 525982.

Go Ahead Music Ltd Kerchesters, Waterhouse Lane, Kingswood, Tadworth, Surrey, KT20 6HT **t** 01737 832 837 **f** 01737 833 812 **e** info@amphonic.co.uk MD: Ian Dale.

Gol-Don Publishing 3 Heronwood Rd, Aldershot, Hants., GU12 4AJ **t** 01252 312 382 **e** gol-don.music@ntlworld.com **w** goforit-promotions.com Partners: Golly Gallagher & Don Leach 07904 232 292.

Golden Apple Productions (see Music Sales Ltd)

Golden Mountain Music (see Catalyst Music Publishing Ltd)

Good Groove Songs Ltd Unit 217 Buspace Studios, Conlan St, London, London, W10 5AP **t** 020 7565 0050 **f** 020 7565 0049 **e** gary@goodgroove.co.uk **w** goodgroove.co.uk Contact: Gary Davies.

Goodmusic Publishing PO Box 100, Tewkesbury, Gloucestershire, UK, GL20 7YQ **t** 01684 773883 **f** 01684 773884 **e** sales@goodmusicpublishing.co.uk **w** goodmusicpublishing.co.uk

Grainger Society Edition (see Bardic Edition)

Grand Central Music Publishing Limited 49 Thomas Court, Beatock Close, St. Georges, Manchester, Greater Manchester, M15 4JA **t** 0161 834 4321 **f** 07053611603 **e** grandcentral01@btconnect.com **w** gcmusic.net Director of Legal & Business Affairs: Rudi Kidd 07711 269 939.

Grapevine Music Ltd Creeting House, All Saints Rd, Creeting St Mary, Ipswich, IP6 8PR **t** 01449 723244 **e** enquiries@eastcentralone.com **w** eastcentralone.com MD: Steve Fernie.

Grass Roots Music Publishing 29 Love Lane, Rayleigh, Essex, SS6 7DL **t** 01268 747 077 MD: Gerald Mahlowe.

Greensleeves Publishing Ltd 107 Hammersmith Road, 3rd Floor, Masters House, London, W14 0QH **t** 020 8758 0564 **f** 020 8758 0811 **e** gemma@greensleeves.net **w** greensleeves.net Copyright Administrator: Gemma Lotfian 020 8380 4931.

GRG Music (see PXM Publishing)

Grin Music Hurston Mill, Pulborough, West Sussex, RH20 2EW **t** 01903 741502 **f** 01903 741502 Copyright Mgr: Patrick Davis.

Groove Consortium Studio 13, The Old Truman Brewery, 91 Brick Lane, London, E1 6QL **t** 020 7053 2091 **e** brian@thelemongroup.com **w** thelemongroup.com MD: Brian Allen 07989 340 593.

Gwynn Publishing (see Cwmni Cyhoeddi Gwynn Cyf)

H&B Webman & Co (see Chelsea Music Publishing Co)

Habana Media Ltd PO Box 370, Colgreas Farm, Cubert, Newquay, Cornwall, TR8 5YZ **t** 01637 831011 **f** 01637 831037 **e** rodbuckle@aol.com Manager: Rod Buckle.

Hal Leonard Corporation Hal Leonard - De Haske, 17-18 Henrietta Street, Covent Garden, London, WC2E 8QH **t** 020 7395 0380 **e** mmumford@halleonard.com **w** halleonard.com facebook.com/HalLeonardCorp HalLeonardCorp Director - European Sales & Marketing: Mark Mumford.

Publishers: Publishers & Affiliates

Publishers: Publishers & Affiliates

Halcyon Music 233 Regents Park Road, Finchley, London, N3 3LF **t** 07000 783633 **f** 07000 783634
MD: Alan Williams.

Hallin Music Ltd 70A Totteridge Road, High Wycombe, Bucks, HP13 6EX **t** 01494 528 665 **e** b.hallin@virgin.net
MD: Brian Hallin.

Hamburger Publishing PO Box 64061, London, E1W 9AP **t** 020 790 7915 **f** 020 790 7915
e info@schnitzel.co.uk **w** schnitzel.co.uk
facebook.com/schnitzelrecords MD: Oliver Geywitz.

Hammer Musik (see Bucks Music Group Ltd)

Harbrook Music (see Thames Music)

Hardmonic Music c/o MGR, 55 Loudoun Rd, St. John's Wood, London, NW8 0DL **e** info@hardmonic.com **w** hardmonic.com Director: Roberto Concina.

Harmony Music (see Bucks Music Group Ltd)

Harrison Music (see Music Sales Ltd)

Harvard Music (see Bucks Music Group Ltd)

Hatton & Rose Publishers 46 Northcourt Avenue, Reading, Berkshire, RG2 7HQ **t** 0118 987 4938
f 0118 987 4938 Contact: Graham Hatton.

Hazell Dean Music (see Chelsea Music Publishing Co)

Heartsongs (see Bucks Music Group Ltd)

Heaven Music PO Box 92, Gloucester, GL4 8HW **t** 01452 814321 **f** 01452 812106
e vic_coppersmith@hotmail.com MD: Vic Coppersmith-Heaven.

Heavenly Music (see Paul Rodriguez Music Ltd)

Heavenly Songs 47 Frith Street, London, W1D 4SE **t** 020 7494 2998 **f** 020 7437 3317
e info@heavenlyrecordings.com **w** heavenly100.com
MDs: Jeff Barrett, Martin Kelly.

Heavy Truth Music Publishing Ltd PO Box 8, Corby, Northamptonshire, NN17 2XZ **t** 01536 202295
f 01536 266246 **e** info@heavytruth.com **w** heavytruth.com
Label Manager: Steve Kalidoski.

Heinrichshofen (See Peters Edition)

Hello Cutie/Heru Xuti Publishing Cadillac Ranch, Pencraig Uchaf, Cwrn Bach, Whitland, Carms., SA34 0DT **t** 01994 484466 **f** 01994 484294
e cadillacranch@telco4u.net **w** nikturner.com Dir: Mendy Menendes.

Heraldic Production Music Library
Sovereign House, 12 Trewartha Rd, Praa Sands, Penzance, Cornwall, TR20 9ST **t** 01736 762826 **f** 01736 763328
e panamus@aol.com **w** panamamusic.co.uk
MD: Roderick Jones.

Hibbert Ralph Entertainment Publishing Ltd (see SGO Music Publishing)

High-Fye Music (see Music Sales Ltd)

Hilltop Publishing Ltd PO Box 429, Aylesbury, Bucks, HP18 9XY **t** 01844 238 692 **f** 01844 238 692
e info@hilltoppublishing.co.uk **w** brillsongs.com
Director: David Croydon.

Hit & Run (see EMI Music Publishing)

HMP Publishing UK LAS House, 10 Derby Hill Crescent, London, SE23 3YL **t** 020 8291 9236 **f** 020 8291 9236
e hmp@latinartsgroup.com **w** latinartsgroup.com
Director: Hector Rosquete 07956 446 342.

Hoax Music Publishing - Hoax Records
PO Box 23604, London, E7 0YT **t** 020 8928 1900
e hoax@hoaxmusic.com **w** hoaxmusic.com MD: Ben Angwin.

Honeyhill Music (see Bucks Music Group Ltd)

Hornall Brothers Music Ltd
Unit 1 Northfields Prospect Business Centre, Northfields, London, SW18 1PE **t** 020 8877 3366 **f** 020 8874 3131
e stuart@hobro.co.uk **w** hobro.co.uk Managing Director: Stuart Hornall.

Hot Melt Music (see Universal Music Publishing Group)

HotHouse Music Publishing
C/O Abbey Road Studios, 3 Abbey Road, London, NW8 9AY **t** 020 7446 7446 **f** 020 7446 7448 **e** info@hot-house-music.com **w** hot-house-music.com
myspace.com/hothousemusicworldwide Music Supervisor: Abbie Lister.

Hotspring Music and Productions
t 01428 661111 **e** info@hotspringmusic.com Managing Director: Hugh Goldsmith.

Hournew Music (see Music Sales Ltd)

Howard Beach Music Inc. (see Bucks Music Group Ltd)

Howlin' Music Ltd 114 Lower Park Rd, Loughton, Essex, IG10 4NE **t** 020 8508 4564
e djone@howardmarks.freeserve.co.uk
w myspace.com/howlinmusic Prop/A&R: Howard Marks 07831 430080.

Hub Music (see Universal Music Publishing Group)

Hubris Music (see BDi Music Ltd)

Hucks Productions (see Bucks Music Group Ltd)

Hummingbird Productions (see Bucks Music Group Ltd)

Humph Music (see Paul Rodriguez Music Ltd)

Huntley Music (see Bucks Music Group Ltd)

Hyde Park Music No. 8 Garden Flat, 15 Westbourne Terrace, London, W2 3UN **t** 020 7402 8419
e tony@tonyhiller.com **w** tonyhiller.com Chairman: Tony Hiller.

Hydrogen Dukebox Music Publishing (see Reverb Music Ltd)

Music Week Directory

Publishers: Publishers & Affiliates

I.L.C Music Ltd The Old Props Building, Pinewood Studios, Pinewood Rd, Iver Heath, Bucks, SL0 0NH **t** 01753 785 631 **f** 01753 785 632 **e** Nigelwood@ilcgroup.co.uk Directors: Nigel Wood & Ellis Elias.

Ilona Sekacz Music (see Bucks Music Group Ltd)

Imagem Music Ltd Aldwych House, 71-91 Aldwych, London, WC2B 4HN **t** 0207 054 7200 **f** 0207 054 7290 **w** imagem-music.com facebook.com/ImagemMusic @Imagem_Music MD: Tim Smith.

Imagem Aldwych House, 71-91 Aldwych, London, WC2B 4HN **t** 020 7054 7200 **f** 020 7054 7293 **e** uk@imagem.com **w** imagem.com Contact: Natasha Baldwin.

Immortal Music Ltd (see Independent Music Group)

In The Frame Music 42 Winsford Gardens, Westcliff On Sea, Essex, SS0 0DP **t** 01702 390353 **e** will@willbirch.com **w** willbirch.com Prop: Will Birch.

Incentive Music Ltd Reverb House, Bennett Street, London, W4 2AH **t** 020 8994 8918 **f** 0208 987 9467 **e** incentive@incentivemusic.co.uk **w** incentivemusic.com Managing Director: Nick Halkes.

Independent Music Group 3 York House, Langston Road, Loughton, Essex, IG10 3TQ **t** 08453 711113 **f** 08453 711114 **e** erich@independentmusicgroup.com **w** independentmusicgroup.com Chief Executive Officer: Ellis Rich OBE.

IndieFish Music London **t** jg@theindiefish.com **e** jg@theindiefish.com **w** indiefishmusic.com/ facebook.com/indiefishmusic @indiefish

Indipop Music P.O.Box 369, Glastonbury, Somerset, BA6 8YN **t** 01749 831 674 **f** 01749 831 674 MD: Steve Coe.

Industrial Music (see Bucks Music Group Ltd)

Inky Blackness Ltd 123 Richmond Road, London Fields, London, E8 3NJ **t** 07958520580 **f** 020-7923 0003 **e** inky@inkyblackness.co.uk **w** inkyblackness.co.uk MD: Ian Tregoning.

International Music Network Ltd 3 York House, Langston Rd, Loughton, Essex, IG10 3TQ **t** 0845 371 1113 **f** 0845 371 1114 **e** erich@independentmusicgroup.com **w** independentmusicgroup.com CEO: Ellis Rich OBE.

International Music Publications (IMP) Griffin House, 161 Hammersmith Road, London, W6 8BS **t** 020 8222 9200 **f** 020 8222 9260 **e** imp.info@warnerchappell.com **w** wbpdealers.com Sales Manager: Chris Statham.

International Songwriters' Music PO Box 46, Limerick City, Ireland **t** +353 61 228 837 **f** +353 61 228 8379 **e** jliddane@songwriter.iol.ie **w** songwriter.co.uk MD: James D Liddane.

Intersate (see Paul Rodriguez Music Ltd)

IQ Music Limited Orchard House, Tylers Green/Broad Street, Cuckfield, West Sussex, RH17 5DZ **t** 01444 452807 **f** 0870 295 9752 **e** kathie@iqmusic.co.uk Dir: Kathie Iqbal.

IRS Music/IRS Songs (see Bugle Publishing Group)

Isobar Music 56 Gloucester Pl, London, W1U 8HJ **t** 07956 493692 **e** info@isobarrecords.com MD: Peter Morris.

Ivy Music (see Music Sales Ltd)

Ixion (see Eaton Music Ltd)

J Curwen & Sons (see Music Sales Ltd)

J&H Publishing (see Catherine Marks)

J&M Music Publishing (see Paul Rodriguez Music Ltd)

Jacobs Ladder Music Ltd 11 Claremont Crescent, Croxley Green, Rickmansworth, Hertfordshire, WD3 3QP **t** 01923 220628 **e** allen.jacobs@virgin.net **w** jacobsladdermusic.co.uk Managing Director: Allen Jacobs.

Jacquinabox Music Ltd (see Independent Music Group)

Jap Songs (see Proof Songs)

Jarb Publishing (see Charly Publishing Ltd)

Jaykay Music (see Bucks Music Group Ltd)

Jazid Music (see Paul Rodriguez Music Ltd)

Jazz Art Music (see Bucks Music Group Ltd)

Jenjo Music Publishing 68 Wharton Avenue, Sheffield, South Yorkshire, S26 3SA **t** 0114 287 9882 **f** 0114 287 9882 Contact: Mike Ward.

Jester Song 78 Gladstone Road, London, SW19 1QT **t** 020 8542 8225 **e** jestersong@msn.com MD: R B Rogers.

Jetstar Music Phoenix Music International, PO Box 46, Cromer, NR27 9WX **t** 08456 300 710 **f** 08456 300 720 **e** john.carnell@pmi-music.com **w** phoenixmusicinternational.com Business Development Director: John Carnell.

Jewel Music Co (see Warner/Chappell Music Ltd)

Jewel Music Publishing Ltd (see Hornall Brothers Music Ltd)

Jiving Brothers (see G & M Brand Publications)

Joey Boy Music Publishing (see Catherine Marks)

JO Music Services (see SGO Music Publishing)

Jobete Music (UK) Ltd (see EMI Music Publishing)

Johi Music (see Catherine Marks)

John Rubie (see Paul Rodriguez Music Ltd)

Johnsongs (see Universal Music Publishing Group)

Jonalco Music (see Halcyon Music)

Jonathan Music (see Catalyst Music Publishing Ltd)

Music Week Directory

www.musicweek.com

Contacts | **Facebook** | **MySpace** | **Twitter** | **YouTube**

Jonjo Music (see Bocu Music Ltd)

Josef Weinberger Limited 12-14 Mortimer St, London, W1T 3JJ **t** 020 7580 2827 **f** 020 7436 9616 **e** promotion@jwmail.co.uk **w** josef-weinberger.com Promotion: Lewis Mitchell.

Joustwise Myrtle Cottage, Rye Road, Hawkhurst, Kent, TN18 5DW **t** 01580 754 771 **m** 07887 565887 **f** 01580 754 771 **e** scully4real@yahoo.co.uk **w** 4realrecords.com MD: Terry Scully.

JSE Music Publishing Ltd (see Independent Music Group)

Ju-Ju Bee Music (see Catherine Marks)

Jubilee Music Ltd (see IQ Music Limited)

David Julius Publishing 11 Alexander House, Tiller Road, London, E14 8PT **t** 020 7987 8596 **f** 020 7987 8596 **e** burdlawrence@btinternet.com MD: David Maynard.

June Songs (see Chelsea Music Publishing Co)

Jupiter 2000 (see Crumbs Music)

Just Isn't Music PO Box 4296, London, SE11 4WW **t** 020 7820 3535 **f** 020 7820 3434 **e** adrian@justisntmusic.com **w** justisntmusic.com Manager: Adrian Kemp.

Justice Music (see Bucks Music Group Ltd)

Kaleidoscope Music c/o Curzon Artificial Eye, 20-22 Stukeley St, London, WC2B 5LR **t** 020 7438 9567 **e** ross@kmmp.co.uk Director: Ross Fitzsimons.

Karonsongs / Karon Productions / Karon Records 20 Radstone Court, Hillview Rd, Woking, Surrey, GU22 7NB **t** 01483 755153 **e** ron.roker@ntlworld.co Also enquiries@ronroker.com **w** ronroker.com MD: Ron Roker 07505 764685. (see Catalyst Music Publishing Ltd)

KASSNER ASSOCIATED PUBLISHERS LTD

Units 6 & 7, 11 Wyfold Rd, Fulham, London, SW6 6SE **t** 020 7385 7700 **f** 020 7385 3402 **e** songs@kassner-music.co.uk **w** kassnermusic.com Managing Director: David Kassner. Finance Director: Veronique Kassner. Head of Legal and Business Affairs: Steven Fisher. Business Affairs / International: Alexander Kassner. Head of Copyright: Monika Weinmann. Royalties Manager: Victoria Haslam. Artist and Client Relations: Danica Smith. Creative Manager: Charlie Pinder.

Katsback (see Menace Music)

Kaplan Kaye Music 95 Gloucester Rd, Hampton, Middlesex, TW12 2UW **t** 020 8783 0039 **f** 020 8979 6487 **e** kaplan222@aol.com Contact: Kaplan Kaye.

Kayenne Music (see The Valentine Music Group)

Kensington Music (see The Essex Music Group)

Kensongs (see Paul Rodriguez Music Ltd)

Kerroy Music Publishing 2 Queensmead, St John's Wood Park, London, NW8 6RE **t** 020 7722 9828 **f** 020 7722 9886 **e** kerroy@btinternet.com CEO: Iain Kerr.

Kevin King Music Publishing 16 Lime Trees Avenue, Llangattock, Crickhowell, Powys, NP8 1LB **t** 01873 810142 **e** kevinkinggmusic@aol.com **w** silverword.co.uk Managing Director: Kevin King.

Key 23 Music Sovereign House, 12 Trewartha Rd, Praa Sands, Penzance, Cornwall, TR20 9ST **t** 01736 762826 **f** 01736 763328 **e** panamus@aol.com **w** panamamusic.co.uk myspace.com/keytwentythree Administrator: Karen Williams.

Key Music (see Bucks Music Group Ltd)

Kickstart Music 12 Port House, Square Rigger Row, Plantation Wharf, London, SW11 3TY **t** 020 7223 8666 **f** 020 7223 8777 **e** info@kickstart.uk.net Director: Frank Clark.

Kid Gloves Music Ltd PO Box 49155, London, SW20 0YL **t** 020 8946 7242 **f** 0208 946 7242 **e** w.stonebridge@btinternet.com Contact: Bill Stonebridge 0208 946 7242.

Kila Music Publishing Charlemont House, 33 Charlemont St, Dublin 2, Ireland **t** +353 1 476 0627 **f** +353 1 476 0627 **e** info@kilarecords.com **w** kila.ie facebook.com/kilaofficial myspace.com/kilaofficial Manager: Sarah Glennane +353 86 402 1179.

Killer Trax (see Universal Publishing Production Music)

King Jam Music (see Paul Rodriguez Music Ltd)

King Of Spades (see Paul Rodriguez Music Ltd)

Kingsway Music Lottbridge Drove, Eastbourne, East Sussex, BN23 6NT **t** 01323 437700 **f** 01323 411970 **e** music@kingsway.co.uk **w** kingsway.co.uk Label Mgr: Stephen Doherty.

Kinsella Music 68 Schools Hill, Cheadle, Cheshire, SK8 1JD **t** 0161 491 5776 **f** 0161 491 6600 **e** kevkinsella@aol.com MD: Kevin Kinsella Snr.

Kirklees Music 609 Bradford Road, Bailiff Bridge, Brighouse, West Yorkshire, HD6 4DN **t** 01484 722855 **f** 01484 723591 **e** sales@kirkleesmusic.co.uk **w** kirkleesmusic.co.uk Managing Director: Graham Horsfield.

Kirschner-Warner Bros Music (see Warner/Chappell Music Ltd)

Kite Music Ltd Binny Estate, Ecclesmachan, Edinburgh, EH52 6NL **t** 01506 858885 **f** 01506 858155 **e** kitemusic@aol.com MD: Billy Russell.

Koala Publishing (see Music Exchange (Manchester) Ltd)

Kobalt Music Group 4 Valentine Place, London, SE1 8QH **t** 020 7401 5500 **f** 020 7401 5501 **w** kobaltmusic.com facebook.com/kobaltmusic twitter.com/kobaltmusic

Kojam Music (see Kobalt Music Group)

Koka Music (see Universal Publishing Production Music)

Kudos Film and TV (see BDi Music Ltd)

Kunzelmann (see Peters Edition)

Lady's Gold Mercedes (see Bucks Music Group Ltd)

Lakes Music Wakefield Place, Sandgate, Kendal, Cumbria, LA9 6HT **t** 01539 724 433 **f** 01539 724 499 **e** neil@ensign.uk.com ◪ Director: Neil Clark.

Lakeview Music Pub Co (see The Essex Music Group)

Lantern Music 34 Batcheler St, London, N1 0EG **t** 020 7278 4288 **e** rgoldmff@aol.com ◪ Contact: Rob Gold.

Last Suppa Music Limited The Coach House, 1a Putney Heath Lane, London, SW15 3JG **t** 020 7193 1325 **e** jon@lastsuppa.com **w** lastsuppa.com ◪ Managing Director: Jon Sexton.

Laurel Music (see EMI Music Publishing)

Laurie Johnson Music (see Bucks Music Group Ltd)

Leaf Songs (see Reverb Music Ltd)

Leafman Ltd London **e** liam@leafsongs.com ◪ Contact: Liam Teeling 07767 405056.

Leap Music e info@leapmusic.com **w** leapmusic.com

Leonard, Gould & Butler (see Music Exchange (Manchester) Ltd)

LEOPARD MUSIC PUBLISHING

LEOPARD
music publishing

PO Box 77, Liversedge, West Yorkshire, WF15 7WT
t 05601 480068 **f** 01924 405114
e info@leopardmusicgroup.com **w** leopardmusicgroup.com
◪ myspace.com/leopardmusicpublishing
◪ twitter.com/LeopardMusic
◪ youtube.com/LeopardMusicLimited ◪ Managing Director: Brian Williams. Managing Director: Brian Williams. Creative Director: Teresa Coultard. Marketing and Administration Director: Mark Williams. A&R Development Consultant: Chris Dawkins.

Leosong Copyright Service Ltd (see Conexion Media Group Plc)

Les Molloy Group Box 27, Hindon Court, 104 Wilton Rd, London, SW1V 1DU **t** 07860 389598 **f** 020 3262 0179 **e** molloymolloy@hotmail.com **w** lesmolloy.co.uk ◪ Artist and Media Consultant: Les Molloy.

Liberty Music (see Asterisk Music)

The Licensing Team Ltd 23 Capel Rd, Watford, WD19 4FE **t** 01923 234 021 **f** 020 8421 6590 **e** Info@TheLicensingTeam.com **w** thelicensingteam.com ◪ Director: Lucy Winch.

Lindsay Music 24 Royston St, Potton, Bedfordshire, SG19 2LP **t** 01767 260815 **f** 01767 261729 **e** office@lindsaymusic.co.uk **w** lindsaymusic.co.uk ◪ Publisher: Carole Lindsay-Douglas.

Little Dragon Music (see Bucks Music Group Ltd)

Little Rox Music (see Celtic Songs)

Little Venice (see Bucks Music Group Ltd)

Livingstine Music (see Greensleeves Publishing Ltd)

Lojinx Music Publishing BCM Box 2676, London, WC1N 3XX **t** 020 7193 9154 **e** hello@lojinx.com **w** lojinx.com ◪ facebook.com/lojinx ◪ twitter.com/lojinx ◪ youtube.com/lojinx

Lomond Music 32 Bankton Pk, Kingskettle, Fife, KY15 7PY **t** 01337 830 974 **e** admin@lomondmusic.com **w** lomondmusic.com ◪ Partners: Bruce & Pat Fraser.

Longstop Productions (see Bucks Music Group Ltd)

Loose Music (UK) Pinery Building, Highmoor, Wigton, Cumbria, CA7 9LW **t** 01697 345422 **f** 01697 345422 **e** looserecords@gmail.com **w** looserecords.com
◪ facebook.com/pages/Loose-Records/139159737210
◪ w.myspace.com/andrewjtitcombe
◪ twitter.com/looserecords ◪ A&R: Tim Edwards.

Lorna Music (see EMI Music Publishing)

Ludwig Van Music Ltd Hope House, 40 St Peters Rd, London, W6 9BD **t** 020 8741 6020 **e** info@spiritmm.com ◪ Director: David Jaymes.

Lupus Music 1 Star St, London, W2 1QD **t** 020 7706 7304 **f** 020 7706 4479 **e** lupusmusic@btconnect.com ◪ MD: Cora Barnes.

Lynton Muir Music Ltd 42 Lytton Road, Barnet, Middx, EN5 5BY **t** 020 8950 8732 **f** 020 8950 6648 **e** paul.lynton@btopenworld.com ◪ MD: Paul Lynton.

Lynwood Music 2 Church Street, Hagley, Stourbridge, West Midlands, DY9 0NA **t** 01562 886625 **f** 01562 886625 **e** downlyn@globalnet.co.uk
w users.globalnet.co.uk/~downlyn/index.html
◪ Manager: Rosemary Cooper.

M2 Music (see Bucks Music Group Ltd)

Madena (see Eaton Music Ltd)

Madrigal Music Publishing Co Guy Hall, Awre, Gloucestershire, GL14 1EL
t 01594 510512 / 0)7850 440321
e artists@madrigalmusic.co.uk **w** madrigalmusic.co.uk
◪ facebook.com/madrigalmusic
◪ myspace.com/madrigalmusicmanagement
◪ @madrigalartists ◪ MD: Nick Ford 01594 510512.

Maecenas Music P.O.Box 629, Godstone, Godstone, Surrey, CR8 5AU **t** 01342 893963 **f** 01342 893977 **e** maecenasmusicltd@aol.com **w** maecenas.co.uk ◪ Director: Malcolm Binney.

Magic Frog Music (see Focus Music (Publishing) Ltd)

Music Week Directory

Contacts · Facebook · MySpace · Twitter · YouTube

Publishers: Publishers & Affiliates

Magick Eye Publishing PO Box 3037, Wokingham, Berkshire, RG40 4GR **t** 0118 9328320
e info@magickeye.com **w** magickeye.com
facebook.com/magickeyemusic
myspace.com/magickeyemusic
twitter.com/magickeyemusic MD: Chris Hillman 0118 932 8320.

Magneil Publishing (see Bugle Publishing Group)

Magnet Music (see Warner/Chappell Music Ltd)

Main Spring Music PO Box 38648, London, W13 9WJ
t 020 8567 1376 **e** blair@main-spring.com **w** main-spring.com MD: Blair McDonald.

Make Some Noise Publishing PO Box 792, Maidstone, Kent, ME14 5LG **t** 01622 691 106
f 01622 691 106 **e** info@makesomenoiserecords.com
w makesomenoiserecords.com Manager: Clive Austen.

MAM Music (see BMG Chrysalis)

Mann Music Ltd (see Paternoster Music)

Manners McDade Music Publishing Ltd
2nd Floor, 21 Great Chapel Street, Soho, London, W1F 8FP
t 020 7928 9939 **e** info@mannersmcdade.co.uk
w mannersmcdade.co.uk MD: Catherine Manners.

Mansem Music (see Wilson Editions)

Dejamus Ltd Suite 11, Accurist House, 44 Baker St, London, W1U 7AZ **t** 020 7486 5838 **f** 020 7487 2634
e firstnamelastname@dejamus.co.uk MD: Stephen James.

Marmalade Music (see Warner/Chappell Music Ltd)

Marquis Music (see Bocu Music Ltd)

George Martin Music c/o CA Management, Southpark Studios, 88 Peterborough Road, London, SW6 3HH **t** 020 7384 9575
e information@georgemartinmusic.com
w georgemartinmusic.com A&R: Adam Sharp.

Match Production Music (see Universal Publishing Production Music)

Mattapan Music (see Bucks Music Group Ltd)

Mautoglade Music (see Hornall Brothers Music Ltd)

Maxwood Music Regent House, 1 Pratt Mews, London, NW1 0AD **t** 020 7554 4810 **f** 020 7388 8324
e partners@newman-and.co.uk **w** maxwoodmusic.com
MD: Colin Newman.

Mayhew Music (see Kassner Associated Publishers Ltd)

Mbop Publishing Mbop Publishing, 145-157 St John Street, London, EC1V 4PW
e paul.ballance@mbopglobal.co.uk **w** istoresbusiness.com/
facebook.com/IStores myspace.com/mbopglobal
twitter.com/isongspromotion
youtube.com/mboppromotions MD: Paul Ballance.

Mcasso Music Publishing 32-34 Great Marlborough St, London, W1F 7JB
t 020 7734 3664 **f** 020 7439 2375 **e** lisa@mcasso.com
w mcasso.com Contact: Lisa McCaffery.

McGuinness Whelan 30-32 Sir John Rogersons Quay, Dublin 2, Ireland **t** +353 1 677 7330 **f** +353 1 677 7276
MD: Paul McGuinness.

MCI Music Publishing Ltd 33 Foley Street, London, W1W 7TL **t** 020 7612 3000 **f** 020 7612 3003
e danny.keene@demonmusicgroup.co.uk Director: Danny Keene.

Mediant Music (see Kassner Associated Publishers Ltd)

MEL BAY MUSIC, LTD

Office 512, Fortis House, 160 London Rd, Barking, Essex, IG11 8BB **t** 020 8214 1222 **f** 020 8214 1328
e salesUK@melbay.com **w** melbay.com
facebook.com/pages/Mel-Bay-Publications-Inc/60150101888 myspace.com/melbaypublicationsinc
twitter.com/MelBayMusic
youtube.com/melbaypublications Managing Director: Chris Statham.

Melody First Music Library Sovereign House, 12 Trewartha Road, Praa Sands, Penzance, Cornwall, TR20 9ST **t** 01736 762826 **f** 01736 763328
e panamus@aol.com **w** panamamusic.co.uk
myspace.com/scampmusicpublishing Managing Director: Roderick Jones.

Melody Lauren Music Unit 7 Freetrade House, Lowther Road, Stanmore, Middlesex, HA7 1EP
t 020 8206 1177 **f** 020 8206 2757
e admin@melodylaurenmusic.com **w** wienerworld.com
Managing Director: Anthony Broza.

Menace Music 2 Park Rd, Radlett, Hertfordshire, WD5 8EQ **t** 01923 853 789 **f** 01923 853 318
e menacemusicmanagement@btopenworld.com
MD: Dennis Collopy.

Menlo Music (see International Songwriters' Music)

Mercury Music (see EMI Music Publishing)

Meringue Productions Ltd 37 Church St, Twickenham, Middx, TW1 3NR **t** 020 8744 2277
f 020 8744 9333 **e** meringue@meringue.co.uk
w meringue.co.uk Dir: Lynn Earnshaw.

Mesh Music 13 Sandys Rd, Worcester, WR1 3HE
t 01905 613 023 **e** meshmusic@prison-records.com
MD: Chris Warren.

Mesmerizing Music 14 Church Crescent, London, N10 3ND **t** 07831 608644 **e** howard@mesmermusic.com
MD: Howard Berman.

Messer Music (see Bucks Music Group Ltd)

www.musicweek.com   **Music Week Directory** 73

- Contacts
- Facebook
- MySpace
- Twitter
- YouTube

Publishers: Publishers & Affiliates

Metric Music (see Bugle Publishing Group)

Metro Music Library (see Amphonic Music Ltd)

Michael Batory Music (see Friendly Overtures)

Middle Eight Music (see Cramer Music)

Miggins Music (UK) 33 Mandarin Place, Grove, Oxon, OX12 0QH **t** 01235 771577 **f** 01235 767171 **e** migginsmusic3@yahoo.com Creative Director: Des Leyton.

Mighty Iron Music (see Asterisk Music)

Mikosa Music 9-10 Regent Square, London, WC1H 8HZ **t** 020 7837 9648 **f** 020 7837 9648 **e** mikosapanin@hotmail.com MD: Mike Osapanin.

Millbrand Music Ltd PO Box 357, Middlesbrough, TS1 4WZ **t** 01642 806795 **f** 01642 351962 **e** info@millbrand.com **w** millbrand.com
facebook.com/millbrand myspace.com/millbrand
 Managing Director: Paul Mooney.

Millennium Songs 6 Water Lane, Camden, London, NW1 8NZ **t** 020 7482 0272 **f** 020 7267 4909 **e** mail@millenniumrecords.com MD: Ben Recknagel.

Million Publishing t 07855483074 **e** john@millionpublishing.com **w** millionpublishing.com
 Contact: John Crosby.

Milstein Music (see Catherine Marks)

MINDER MUSIC LTD

m·i·n·d·e·r

18 Pindock Mews, London, W9 2PY **t** 020 7289 7281 **f** 020 7289 2648 **e** songs@mindermusic.com **w** mindermusic.com MD: John Fogarty. Administration: Jenny Clough. Business Affairs: Roger Nickson. A&R: Patrick Fogarty. Security: Jack Russell.

Minerva Vision Music (see Paul Rodriguez Music Ltd)

Mr & Mrs Music (see Catherine Marks)

Miriamusic 1 Glanleam Road, Stanmore, Middlesex, HA7 4NW **t** 020 8954 2025 MD: Zack Laurence.

Mission Publishing Ltd Fairlight Mews, 15 St. Johns Rd, Kingston upon Thames, Surrey, KT1 4AN **t** 020 8977 0632 **f** 0870 770 8669 **e** info@missionlimited.com **w** missionlimited.com MD: Sir Harry.

Mistletoe Melodies (see Bocu Music Ltd)

Misty River Music (see Bucks Music Group Ltd)

MMV Music 3rd Floor, 118-120 Great Titchfield Street, London, W1W 6SS **e** info@pivotalpr.co.uk Contact: Björn Hall.

Moggie Music Ltd 41 Horsefair Green, Stony Stratford, Milton Keynes, MK11 1JP **t** 01908 567388 **e** artistes@halcarterorg.com **w** halcarterorg.com
 Owner: Abbie Carter.

Moist Music Ltd PO Box 528, Enfield, Middx, EN3 7ZP **t** 070 107 107 24 **f** 0870 137 3787 **e** info@moistrecords.com **w** moistrecords.com
 MD: Rodney Lewis.

Moncur Street Music Ltd PO Box 16114, London, SW3 4WG **t** 020 7349 9909 **e** mail@moncurstreet.com **w** moncurstreet.com MD: Jonathan Simon.

MoonRock Music PO Box 883, Liverpool, L69 4RH **t** 0151 922 5657 **f** 0151 922 5657 **e** bstratt@mersinet.co.uk **w** mersinet.co.uk Publishing Manager: Billy Stratton.

Moonsung Music PO Box 369, Glastonbury, Somerset, BA6 8YN **t** 01749 673173 **e** sheila@sheilachandra.com
 Contact: Sheila Chandra.

Morgan Music Co Ltd (see Maxwood Music)

Moss Music 7 Dennis Rd, Corfe Mullen, Wimborne, Dorset, BH23 3NF **t** 01202 695 965 **f** 01202 695 965 **e** petermossmusic@onetel.com MD: Peter Moss.

Mostyn Music 34 Buckley Street, Stalybridge, Cheshire, SK15 1TT **t** 0161 394 7590 **e** Maureen@mostynmusic.com **w** mostynmusic.com Partner: Maureen Cresswell.

Mother Music (see McGuinness Whelan)

Motiv8 Music e info@motiv8music.biz **w** motiv8music.biz Contact: 07740 840048.

MP Belaieff (see Peters Edition)

Mr & Mrs Music Suite 11, Accurist House, 44 Baker St, London, W1U 7AZ **t** 020 7224 2280 **e** lesburgess45@aol.com MD: Les Burgess.

MSM (see Music Exchange (Manchester) Ltd)

Muirhead Music 31A Earls Court Gardens, Suite 1, Chelsea, London, SW5 0TR **t** 0207 912 0376 **e** dennis@muirheadmanagement.co.uk **w** muirheadmanagement.co.uk CEO: Dennis Muirhead 07785 226542.

Mule UK Music PO Box 902, Suite 306, Bradford, BD1 9AH **t** 07971 874 942 **f** 01274 220 579 **e** katherine@full360ltd.com **w** full360ltd.com
 MD: Katherine Canoville.

Multiplay Music 39 High Street, Harrold, Harrold, Bedford, MK43 7DA **t** 01234 720785 **f** 01234 720785 **e** kevin@multiplaymusic.com **w** multiplaymusic.com
 Managing Director: Kevin White.

Mummer Music 38 Grovelands Rd, London, N13 4RH **t** 020 8882 3370 **e** jim@jcook21.freeserve.co.uk Dir: Jim Cook.

Munka (see Paul Rodriguez Music Ltd)

Munnycroft Suite 21, 405 Kings Rd, Chelsea, London, SW10 0BB **t** 020 7352 8393 **e** irene@darah.co.uk

Music Week Directory

Publishers: Publishers & Affiliates

Murfin Music International 1 Post Office Lane, Kempsey, Worcester, WR5 3NS **t** 01905 820659 **f** 01905 820015 **e** muffmurfin@btconnect.com
MD: Muff Murfin.

Music 1 Ltd (see Independent Music Group)

Music Box Publications (see Paul Rodriguez Music Ltd)

Music By Design 5th Floor, Film House, 142 Wardour St, London, W1F 8ZU **t** 020 7434 3244 **f** 020 7434 1064 **e** rosa@musicbydesign.co.uk **w** musicbydesign.co.uk
Production Manager & Music Consultant: Rosa Martinez.

Music Exchange (Manchester) Ltd Claverton Rd, Wythenshawe, Manchester, Greater Manchester, M23 9ZA **t** 0161 946 1234 **f** 0161 946 1195 **e** sales@music-exchange.co.uk **w** musicx.co.uk Director: Gerald Burns.

The Music Factor (see Paul Rodriguez Music Ltd)

Music For Films (see Lantern Music)

Music Funtime (see G & M Brand Publications)

Music Like Dirt PO Box 96, Midhurst, West Sussex, GU29 1AJ **t** 01730 817995 **f** 01730 817995 **e** mld@bigworldpublishing.com **w** bigworldpublishing.com
Managing Director/Artists & Repertoire: Patrick Meads.

Music Music (see Paul Rodriguez Music Ltd)

Music Partner (see Peters Edition)

Music Sales Ltd 14-15 Berners Street, London, W1T 3LJ **t** 020 7612 7400 **f** 020 7612 7545 **e** chris.butler@musicsales.com **w** musicsales.com Head of Publishing: Chris Butler.

Music To Picture (see The Valentine Music Group)

The Music Trunk Publishing Co. Ltd (see Broughton Park Music)

Musica Oscura (see Paul Rodriguez Music Ltd)

Musica Rara (see Breitkopf & Hartel)

Musicare Ltd 60 Huntstown Wood, Clonsilla, Dublin 15, Ireland **t** +353 1 820 6483 **e** musicare@eircom.net
Dir: Brian Barker.

Musicland (see Peters Edition)

Musik' Image Music Library Sovereign House, 12 Trewartha Rd, Praa Sands, Penzance, Cornwall, TR20 9ST **t** 01736 762826 **f** 01736 763328 **e** panamus@aol.com **w** panamamusic.co.uk
myspace.com/scampmusicpublishing Managing Director: Roderick Jones.

Mustard Music Publishing Electroline House, 15 Lion Road, Twickenham, Middlesex, TW1 4JH **t** 020 8288 0155 **e** max@mustardmusic.co.uk **w** mustardmusic.co.uk Co Director: Max Mackie 0208 288 0155.

Mute Song Ltd 1 Albion Place, London, W6 0QT **t** 020 8600 7960 **f** 020 8563 2093 **e** music.publishing@mute.com **w** mutesong.com General Manager: Andrew King.

Muzikozm Music and Masters 78 Gladstone Road, London, SW19 1QT **e** hear@muzikozm.co.uk **w** muzikozm.co.uk Contact: Roland Rogers 020 8542 8225.

Myers Music (see Kassner Associated Publishers Ltd)

Myra Music (see Bucks Music Group Ltd)

N2 Music Ltd (see Evolve Music Ltd)

N2K Publishing Ltd The Studios, 8 Hornton Place, Kensington, London, W8 4LZ **t** 020 7937 0272 **f** 020 7368 6573 **e** marketing@n2kltd.com **w** n2k.ltd.uk
Director: Marcus Shelton.

Native Songs Unit 32, 35-37 Parkgate Road, London, SW11 4NP **t** 020 7801 1919 **f** 020 7738 1819 **e** info@nativemanagement.com **w** nativemanagement.com Unknown: Pete Evans.

Nervous Publishing 5 Sussex Crescent, Northolt, Middlesex, UB5 4DL **t** 020 8423 7373 **f** 020 8423 7713 **e** info@nervous.co.uk **w** nervous.co.uk MD: Roy Williams.

Nettwerk One Music 59-65 Worship Street, Shoreditch, London, EC2A 2DU **t** 020 7456 9500 **e** mark@nettwerk.com **w** nettwerkonemusic.com Co-Managing Director: Robert Anderson.

New Ikon Music (see The Essex Music Group)

New Music Enterprises Meredale, The Dell, Reach Lane, Heath and Reach, Leighton Buzzard, Beds, LU7 0AL **t** 01525 237 700 **f** 01525 237 700 **e** enq@newmusicenterprises.com **w** newmusicenterprises.com Prop: Paul Davis.

New Town Sound Ltd (see Maxwood Music)

Newquay Music (see Bucks Music Group Ltd)

No Known Cure Publishing 162 Temple Avenue, Dagenham, Essex, RM8 1NB **t** 07760 427 306 **e** tomsong1@hotmail.com MD: TF McCarthy.

Noeland Productions (see Bucks Music Group Ltd)

Nomadic Music Unit 18, Farm Lane Trading Estate, 101 Farm Lane, London, SW6 1QJ **t** 020 7386 6800 **f** 020 7386 2401 **e** info@nomadicmusic.net **w** nomadicmusic.net Label Head: Paul Flanagan 07779 257 577.

Northern Light Music Noyna Lodge, Manor Road, Colne, Lancashire, BB8 7AS **t** 07970 728 210 **e** ajjh@freenetname.co.uk Director: Andrew Hall.

Not S'bad Music (see Crashed Music)

www.musicweek.com   **Music Week Directory** 75

📇 Contacts   **f** Facebook   **M** MySpace   **t** Twitter   ▶ YouTube

---

NOTTING HILL MUSIC (UK) LTD

NOTTING HILL music

Bedford House, Berkeley Gardens, London, W8 4AP
t 020 7243 2921 **f** 020 7243 2894
e info@nottinghillmusic.com **w** nottinghillmusic.com
M myspace.com/nottinghillmusic1 **t** twitter.com/nhmusic
📇 MD: David Loader. Chair: Andy McQueen. Int Dir: Peter Chalcraft. Professional Manager: Leo Whiteley. Royalty Manager: Liz Davey. Head of Administration: Charles Garside. Midfield General: John Saunderson.

Obelisk Music 32 Ellerdale Road, London, NW3 6BB
t 020 7435 5255 **f** 020 7431 0621 📇 MD: Mr H Herschmann.

Oblivion Music (see Accolade Music)

Ocean Music (see Express Music (UK) Ltd)

Off The Peg Songs (see In The Frame Music)

Old Bridge Music PO Box 7, ILKLEY, LS29 9RY
t 01943 602203 **f** N/A **e** mail@oldbridgemusic.com
w oldbridgemusic.com 📇 Partner: Chris Newman.

Old Strains (see Paul Rodriguez Music Ltd)

Olin Music (see Asterisk Music)

Olrac Songs (see Asterisk Music)

One Note Music (see Asterisk Music)

One Step Music Ltd 3 York House, Langston Road, Loughton, Essex, IG10 3TQ **t** 08453 711113
f 08453 711114 **e** erich@independentmusicgroup.com
w independentmusicgroup.com 📇 Chief Executive Officer: Ellis Rich.

Online Music Unit 18, Croydon House, 1 Peall Road, Croydon, Surrey, CR0 3EX **t** 020 8287 8585
f 020 8287 0220 **e** publishing@onlinestudios.co.uk
w onlinestudios.co.uk 📇 MD: Rob Pearson.

Onward Music (see Bucks Music Group Ltd)

Opal Music PO BOX 5312, HOVE, BN52 9TG
t 020 7221 4933 **e** opal@opaloffice.com 📇 Manager: Jane Geerts.

Open Times Music PO Box 5279, Hove, East Sussex, BN52 9QQ **t** 01273 774948 **e** pete@opentimesmusic.com
w opentimesmusic.com **M** opentimesmusic.com
📇 Managing Director: Pete McGlinchey.

Orange Songs Ltd 108 Ripon Way, Borehamwood, Hertfordshire, WD6 2JA **t** 020 89052828 **f** 020 7379 3398
e cliff.cooper@omec.com **w** info@omec.com 📇 MD: Cliff Cooper 02089052828.

Our Music (see Associated Music International Ltd)

Outcaste Music Publishing 27 Wrights Lane, London, W8 5SW **t** 020 7795 7000 **f** 020 7605 5188
e firstname@mvillage.co.uk **w** outcaste.com 📇 Co-MDs: Paul Franklyn and Shabs Jobanputra.

Oxford Film Co. (see Paul Rodriguez Music Ltd)

Oxford University Press Music Department, Great Clarendon St, Oxford, Oxfordshire, OX2 6DP
t 01865 355067 **f** 01865 355060
e music.enquiry.uk@oup.com **w** oup.com/uk/music
📇 Music Sales & Mktng: Suzy Gooch.

P&P Songs Ltd Hope House, 40 St Peter's Rd, London, W6 9BD **t** 020 8237 8400 **e** firstname@pandpsongs.com
w pandpsongs.com 📇 Contact: Peter McCamley, Paul Flynn.

P3 Music **t** 01828 633790 **f** 0870 137 6738
e james@p3music.com **w** p3music.com
f facebook.com/pages/P3-Music-Label/50374799811
t twitter.com/p3music ▶ youtube.com/p3musiclabel
📇 MD: James Taylor.

Page One Music (see Kassner Associated Publishers Ltd)

Palace Music (see Warner/Chappell Music Ltd)

Pan Musik (see Kassner Associated Publishers Ltd)

Panache Music Ltd (see Maxwood Music)

Panama Music Library Sovereign House, 12 Trewartha Rd, Praa Sands, Penzance, Cornwall, TR20 9ST
t 01736 762826 **f** 01736 763328 **e** panamus@aol.com
w panamamusic.co.uk
M myspace.com/scampmusicpublishing 📇 MD: Roderick Jones.

Panganai Music 296 Earls Court Rd, London, SW5 9BA
t 020 7373 4083 **f** 020 7373 4083
e blackmagicrecords@talk21.com
w blackmagicrecords.com
M myspace.com/blackmagicrecords 📇 MD: Mataya Clifford 020 737 4083.

Par Entertainment (see Charly Publishing Ltd)

Paradise Line Music (see Blue Melon Publishing)

Parliament Music Ltd PO Box 6328, London, N2 0UN
t 020 8444 9841 **e** info@angerplanet.co.uk
w angerplanet.co.uk **t** @AngerPlanet 📇 Director: David Woolfson.

Partisan c/o Mute Song, 43 Brook Green, London, W6 7EF
t 020 8964 2001 **f** 020 8968 8437
e mamapimp@btopenworld.com **w** emusic.com
📇 MD: Caroline Butler.

Pasadena Music (see Paul Rodriguez Music Ltd)

Patch Music (see SGO Music Publishing)

Paternoster Music 16 Thorpewood Avenue, London, SE26 4BX **t** 020 8699 1245 **f** 020 8291 5584
e peterfilleul@me.com 📇 MD: Peter Filleul, Sian Wynne.

Patricia Music (see Warner/Chappell Music Ltd)

Publishers: Publishers & Affiliates

76 **Music Week Directory**   www.musicweek.com

Contacts   Facebook   MySpace   Twitter   YouTube

Publishers: Publishers & Affiliates

Paul Ballance Music 145-157 St John Street, London, EC1V 4PW **e** paul.ballance@mbopglobal.co.uk **w** istoresbusiness.co.uk MD: Paul Ballance.

Paul Cooke Music 6 Cheyne Walk, Hornsea, East Yorkshire, HU18 1BX **t** 01964 536 193 **e** paulcookemusic@btinternet.com **w** paulcookemusic.com MD: Paul Cooke.

Paul Rodriguez Music Ltd 15 Stanhope Rd, London, N6 5NE **t** 020 8340 7797 **f** 020 8340 6923 **e** paul@paulrodriguezmus.demon.co.uk **w** paulrodriguezmusic.co.uk MD: Paul Rodriguez.

Pearl Music (see Asterisk Music)

PEERMUSIC (UK) LTD

peermusic THE GLOBAL INDEPENDENT

Greyhound House, 23/24 George Street, Richmond upon Thames, Surrey, London, TW9 1HY **t** 020 8939 1700 **f** 020 8605 3788 **e** peermusic@peermusic.com **w** peermusic.com MD: Nigel Elderton. Creative Director: Richard Holley. Head of Business Affairs: Allan Dann. Copyright Manager: Emma Bembridge. Synchronisation & Online Manager: Danny Champion.

Penkiln Burn (see Bryter Music)

Penny St Music (see Bucks Music Group Ltd)

Perfect Songs The Blue Building, 8-10 Basing Street, London, W11 1ET **t** 020 7229 1229 **f** 020 7221 9247 **e** info@perfectsongs.com **w** perfectsongs.com Head of Publishing: Alan Kading.

Performance Music (see Kassner Associated Publishers Ltd)

Perpetuity Rights Management Office 5, 286b Kennington Road, London, SE11 5DU **t** 07765 661496 **e** info@perpetuity.tv **w** perpetuity.tv twitter.com/perpetuity MD: Michael Gordon.

Pete Allen Music (see Paul Rodriguez Music Ltd)

Peter Maurice (see EMI Music Publishing)

Peters Edition 2-6 Baches St, London, N1 6DN **t** 020 7553 4000 **f** 020 7490 4921 **e** sales@editionpeters.com **w** editionpeters.com MD: Linda Hawken.

PHAB Music High Notes, Sheerwater Avenue, Woodham, Surrey, KT15 3DS **t** 019323 48174 **f** 019323 40921 MD: Philip HA Bailey.

Phoenix Music Bryn Golau, Saron, Denbighshire, LL16 4TH **t** 01745 550317 **f** 01745 550560 **e** sales@phoenix-music.com **w** phoenix-music.com Proprietor: Kath Banks.

Phonetic Music Publishing Ltd Viking House, 12 St Davids Close, Farnham, Surrey, GU9 9DR **t** 01252 330 894 **f** 01252 330 894 **e** james@phoneticmusic.com **w** phoneticmusic.com MD: James Sefton 07775 515 025.

Piano Bar Sovereign House, 12 Trewartha Rd, Praa Sands, Penzance, Cornwall, TR20 9ST **t** 01736 762826 **f** 01736 763328 **e** panamus@aol.com **w** panamamusic.co.uk myspace.com/scampmusicpublishing Managing Director: Roderick Jones.

Pink Floyd Music Publishers Ltd 27 Noel St, London, W1F 8GZ **t** 020 7734 6892 **f** 020 7439 4613 **e** info@noelstreet.com MD: Peter Barnes.

Plan C Music Ltd Covetous Corner, Hudnall Common, Little Gaddesden, Herts, HP4 1QW **t** 01442 842851 **f** 01442 842082 **e** christian.ulf@virgin.net **w** plancmusic.com MD: Christian Ulf-Hansen.

Plangent Visions Music Ltd 27 Noel Street, London, W1F 8GZ **t** 020 7734 6892 **f** 020 7439 4613 **e** info@noelstreet.com MD: Peter Barnes.

Plantation Music Pub (see Independent Music Group)

Platinum Sound Publishing Global House, Bridge Street, Guildford, Surrey, GU1 4SB **t** 01483 501 222 **f** 01483 501 201 **e** info@platinumsound.co.uk **w** platinumsound.co.uk Creative Assistant: Louise Sargeant.

Playwrite Music Limited 1 Star St, London, W2 1QD **t** 020 7258 0093 **f** 020 7402 9238 **e** nicky@playwrite.uk.com **w** playwrite.uk.com Manager: Nicky McDermott.

Plaza Music (see Express Music (UK) Ltd)

Plus 8 Music Europe (see Independent Music Group)

Point4 Music Point 4 Music LLP, 7 Queens Road, Brixham, Devon, BR2 8QQ **e** info@point4music.com **w** point4music.com Dirs: Peter Day, Paul Newton.

Pollination Music 92 Camden Mews, Camden, London, NW1 9AG **t** 020 7424 8665 **f** 020 7482 2210 **e** info@pollinationmusic.co.uk **w** pollinationmusic.co.uk A&R Dir: Seamus Morley.

Polymath Music Publishing 103 Islingword Road, Brighton, E Sussex, BN2 9SG **t** 01273 701 997 **f** 01273 690 149 **e** publishing@polymathmusic.co.uk **w** polymathmusic.co.uk MD: Mark Williams.

Portland Productions (see Cramer Music)

Possie Music (see Independent Music Group)

Powdermill Music Aka Ray Pillow Music (see Independent Music Group)

Power Music 29 Riversdale Road, Thames Ditton, Surrey, KT7 0QN **t** 020 8398 5236 **f** 020 8398 7901 MD: Barry Evans.

Power Music Company (see Music Sales Ltd)

Music Week Directory

Powis Music Limited 11 Uxbridge Street, 11 Uxbridge St, Notting Hill, London, W8 7TQ **t** 020 7221 4275 **f** 020 7229 6893 **e** tmedcraft@powismusic.com **w** powismusic.com timpowismusic Managing Director: Tim Medcraft.

Preshus Child Music (see Independent Music Group)

Prestige Music (see Bocu Music Ltd)

Prime Direction Inc (Avex) (see SGO Music Publishing)

Promo Sonor International (SARL) Sovereign House, 12 Trewartha Rd, Praa Sands, Penzance, Cornwall, TR20 9ST **t** 01736 762826 **f** 01736 763328 **e** panamus@aol.com **w** panamamusic.co.uk myspace.com/scampmusicpublishing MD: Roderick Jones.

Proof Songs PO Box 20242, London, NW1 7FL **t** 020 7485 1113 **e** info@proofsongs.co.uk **w** proofsongs.co.uk facebook.com/pages/Proof-Songs-Ltd/232155776798599 myspace.com/proofsongs twitter.com/#!/ProofSongs

Proper Music Publishing Ltd Unit 1, Gateway Business Centre, Kangley Bridge Rd, London, SE26 5AN **t** 020 8676 5180 **f** 020 8676 5190 **e** malc@properuk.com MD: Malcolm Mills.

PS Songs (see Bucks Music Group Ltd)

PSI Music Library Sovereign House, 12 Trewartha Rd, Praa Sands, Penzance, Cornwall, TR20 9ST **t** 01736 762826 **f** 01736 763328 **e** panamus@aol.com **w** panamamusic.co.uk myspace.com/scampmusicpublishing MD: Roderick Jones.

Psychedelic Research Lab Songs (see Independent Music Group)

Psychotic Reaction Music Ltd 209 Hackney Road, London, E2 8JL **e** info@brillemusic.com Managing Director: Leo Silverman.

PUBLISHED BY PATRICK

18 Pindock Mews, London, W9 2PY **t** 020 7289 7341 **f** 020 7289 2648 **e** songs@mindermusic.com **w** mindermusic.com MD: John Fogarty. Administration: Jenny Clough. Business Affairs: Roger Nickson. A&R: Patrick Fogarty. Security: Jack Russell.

Puppet Music (see Paul Rodriguez Music Ltd)

Pure Groove Music 679 Holloway Road, London, N19 5SE **t** 020 7281 1597 **e** mickshiner@puregroove.co.uk **w** puregroove.co.uk Head of A&R: Mick Shiner.

Pushcart Music (see Independent Music Group)

PXM Publishing 68 Cranston Avenue, Bexhill-On-Sea, East Sussex, TN39 3NN **t** 01424 215617 **e** pxm.publishing@virgin.net **w** pxmpublishing.com Director: Carolyne Rodgers.

QFM/SMAC Publishing c/o Nation Records Ltd, 19 ALL SAINTS RD, NOTTING HILL GATE, London, W11 1HE **t** 0207 792 8167 **e** akination@btopenworld.com MD: Aki Nawaz 07971206144.

Quaives Music Ltd (see Bright Music Ltd)

Quick Step Music (see Lomond Music)

R&E Music (see Independent Music Group)

R37 Publishing PO Box 1083, Liverpool, L69 4WQ **t** 0151 222 5785 **f** 0151 222 5785 **e** mail@mimashimarecords.co.uk **w** mimashimarecords.co.uk MD: Noel Fitzsimmons.

Raeworks (see Independent Music Group)

RAK Publishing Ltd 42-52 Charlbert St, London, NW8 7BU **t** 020 7586 2012 **f** 020 7722 5823 **e** rakpublishing@yahoo.com **w** rakpublishing.com myspace.com/rakpublishing General Manager: Nathalie Hayes.

Rakeway Music (see Kirklees Music)

Ralphie Dee Music (see Independent Music Group)

Rapido Music (see Bucks Music Group Ltd)

RBT Publications PO Box 640, Bromley, BR1 4XZ **t** 07985 439 453 **f** 020 8290 4589 Mgr: Roy MacPepple.

Reach Global (UK) Ltd **e** mcloster@reachglobal.com **w** reachglobal.com President: Michael Closter.

Reach Global, Inc. (PRS/ASCAP) (see Reach Global (UK) Ltd)

Reach Global Songs (BMI) (see Reach Global (UK) Ltd)

Real Magic Publishing (see Bucks Music Group Ltd)

Real World Music Ltd Box Mill, Mill Lane, Box, Corsham, Wiltshire, SN13 8PL **t** 01225 743188 **f** 01225 744369 **e** publishing@realworld.co.uk **w** realworld.co.uk/publishing Publishing Manager: Rob Bozas.

Rebecca Music Ltd Terwick Place, Rogate, Petersfield, Hampshire, GU31 5BY **t** 01730 821644 **f** 01730 821597 **e** donna@lesreed.com **w** lesreed.com Dir: Donna Reed.

Recent Future Music (see Universal Music Publishing Group)

Red House Music (see Bucks Music Group Ltd)

Red Songs (see Bucks Music Group Ltd)

Redemption Songs (see BMG Chrysalis)

Redpoint Music (see BMG Chrysalis)

Regina Music (see Music Exchange (Manchester) Ltd)

Repetoire (see Bucks Music Group Ltd)

Publishers: Publishers & Affiliates

Respect Music Suite 2, 11 Sylvan Hill, London, SE19 2QB **t** 020 8768 5334 **e** sharon@respectmusic.co.uk **w** respectmusic.co.uk ■ respect music publishing ltd ■ respectmusic.co.uk ■ respectmusic ■ Director: Sharon Dean.

Restoration Music Ltd (see Sovereign Music UK)

Reverb Music Ltd Reverb House, Bennett Street, London, W4 2AH **t** 020 8747 0660 **e** publishing@reverbxl.com **w** reverbxl.com ■ Managing Director: Annette Barrett.

Revolver Music Publishing / Rocksong Music Publishing 152 Goldthorn hill, Wolverhampton, West Midlands, WV2 3JA **t** 01902 345345 **f** 01902 345155 **e** paul.birch@revolver-e.com **w** revolvermusic.co.uk ■ Director: Paul Birch.

Revue Music (see Creole Music Ltd)

Richmond Music (see Paul Rodriguez Music Ltd)

Rickim Music Publishing Company Thatched Rest, Queen Hoo Lane, Tewin, Welwyn, Herts, AL6 0LT **t** 01438 798625 **f** 01438 798395 **e** joyce@bigmgroup.freeserve.co.uk ■ MD: Joyce Wilde.

Right Bank Music UK Home Park House, Hampton Court Road, Kingston upon Thames, Surrey, KT1 4AE **t** 020 8977 0666 **f** 020 8977 0660 **e** rightbankmusicuk@rightbankmusicuk.com **w** rightbankmusicuk.com ■ Vice President: Ian Mack.

Right Key Music (see Independent Music Group)

Rights Worldwide Ltd (see Faber Music Ltd.)

Rinsin Music (see Bucks Music Group Ltd)

RIPE Recording (see BMP - Broken Music Publishing)

Rita (Publishing) Ltd 12 Pound Court, The Marld, Ashtead, Surrey, KT21 1RN **t** 01372 276328 **e** thebestmusicis@ritapublishing.com **w** ritapublishing.com ■ MD: Pat Norton.

Riverhorse Songs (see Conexion Media Group Plc)

Rivers Music (see Independent Music Group)

Roba Music (see Independent Music Group)

Robbins Music Corp (see EMI Music Publishing)

Robert Forberg (see Peters Edition)

Robert Lienau (see Peters Edition)

Roberton Publications (see Goodmusic Publishing)

Robroy West Music (see Independent Music Group)

Rock And Roll Stew Music Limited 11 Church Green, Benington, Herts, SG2 7LH **t** 07786 084683 **e** info@rockandrollstewmusic.com **w** rockandrollstewmusic.com ■ MD: Andy Spacey.

Rock Music Company Ltd 27 Noel St, London, W1F 8GZ **t** 020 7734 6892 **f** 020 7439 4613 **e** info@noelstreet.com ■ MD: Peter Barnes.

Rolf Baierle Music Limited (see Independent Music Group)

Rollercoaster Music (see Asterisk Music)

Romany Songs (see SGO Music Publishing)

Rondercrest (see Loose Music (UK))

Ronster Music (see Independent Music Group)

Rosette Music (see The Valentine Music Group)

Rough Trade Publishing 81 Wallingford Rd, Goring, Reading, RG8 0HL **t** 01491 873612 **f** 0870 7301460 **e** info@rough-trade.com **w** rough-trade.com ■ myspace.com/roughtradepublishing ■ @RoughTradePub ■ youtube.com/user/RoughTradePublishing ■ MD: Cathi Gibson.

RT Music (see Asterisk Music)

RubyRed Publishing 35 Riverview Gardens, London, Northern Ireland, SW13 8QY **t** 07775 657234 **f** 08707 625672 **e** francotton@rubyredpub.com ■ Director: Fran Cotton.

Rybar Music (see Paul Rodriguez Music Ltd)

Rydim Music (see Blue Mountain Music Ltd)

Sabre Music (see Eaton Music Ltd)

Safe (see Bucks Music Group Ltd)

Salsoul Music Publish (see Independent Music Group)

Salvo West Ltd t/a Union Square (see Bucks Music Group Ltd)

San Remo Music / Live Beaumont House, Kensington Village, Avonmore Rd, London, W14 8TS **t** 020 7471 5400 **f** 020 7149 1090 **e** info@sanremo-live.com **w** sanremo-live.com ■ MD: Celia McCamley.

Sanctuary Music Publishing Ltd (see Universal Music Publishing Group)

Sands Music (see Independent Music Group)

Sanga Music (see Bucks Music Group Ltd)

Sarah Music Cherry Tree Lodge, Copmanthorpe, York, North Yorks, YO23 3SH **t** 01904 703764 **e** malspence@aol.com ■ MD: Mal Spence 07913544417.

Satellite Music (see Associated Music International Ltd)

SATV Publishing Ltd Grant Way, Isleworth, Middlesex, TW7 5QD **t** 020 7805 8280 **f** 020 7805 8089 **e** sue.hepworth@bskyb.com ■ Senior Licensing Executive: Sue Hepworth.

Scamp Music Publishing Sovereign House, 12 Trewartha Rd, Praa Sands, Penzance, Cornwall, TR20 9ST **t** 01736 762826 **f** 01736 763328 **e** panamus@aol.com **w** panamamusic.co.uk ■ myspace.com/scampmusicpublishing ■ Managing Director: Roderick Jones.

Pauline Scanlon Music (see SGO Music Publishing)

Schaeffers-Kassner Music (see Kassner Associated Publishers Ltd)

Music Week Directory

Contacts · **Facebook** · **MySpace** · **Twitter** · **YouTube**

Publishers: Publishers & Affiliates

Schauer & May (see Boosey & Hawkes Music Publishers Ltd)

Schott Music Limited 48 Great Marlborough Street, London, W1F 7BB **t** 020 7534 0700 **f** 020 7534 0319 **e** info@schott-music.com **w** schott-music.com
Director: Judith Webb.

SCO Productions SCO Music 29 Oakroyd Ave, Potters Bar, Herts, EN6 2EL **t** 01707 651439 **e** steveconstantine@hotmail.co.uk MD: Steve Constantine.

Screen Gems-EMI Music (see EMI Music Publishing)

Screen Music Services (see Conexion Media Group Plc)

Sea Dream Music Sandcastle Productions, PO Box 13533, London, E7 OSG **t** 020 8534 8500 **e** sea.dream@virgin.net Snr Partner: Simon Law.

Sepia (see Bucks Music Group Ltd)

Seriously Groovy Music 3rd Floor, 28 D'Arblay St, Soho, London, W1F 8EW **t** 020 7439 1947 **f** 020 7734 7540 **e** admin@seriouslygroovy.com **w** seriouslygroovy.com
Directors: Dave Holmes, Lorraine Snape.

Seriously Wonderful Music (see Bucks Music Group Ltd)

Sesame Love Music (see Catherine Marks)

Seven B Music (see Charly Publishing Ltd)

Seventh House Music (see Bucks Music Group Ltd)

SGO Music Publishing PO Box 2015, Salisbury, SP2 7WU **t** 01747 871563 **f** 01747 870678 **e** sgomusic@sgomusic.com **w** sgomusic.com
myspace.com/sgomusic sgomusic sgoworld MD: Stuart Ongley.

Shaftesbury (see BMG Chrysalis)

Shanna Music Ltd (see Favored Nations Music Publishing Ltd)

Shaun Davey Music (see Bucks Music Group Ltd)

Shay Songs (see Crashed Music)

Sheila Music (see Creole Music Ltd)

Shepsongs Inc (see Independent Music Group)

Sherlock Holmes Music Unit 1 Chapel Road, Portslade, Brighton, BN1 1PF **t** 01273 424703 **f** 01273 418856 **e** mail@sherlockholmesmusic.co.uk **w** sherlockholmesmusic.co.uk MD: Vernon Rossiter.

Shipston Music (see Independent Music Group)

Shogun Music (see Eaton Music Ltd)

Silence Music (see Independent Music Group)

Silk Music (see Independent Music Group)

Silktone Songs Inc (see Independent Music Group)

Silver Cradle Music (see Independent Music Group)

Alan Simmons Music PO Box 7, Scissett, Huddersfield, West Yorkshire, HD8 9YZ **t** 01924 830670 **f** 01924 830852 **e** mail@alansimmonsmusic.com **w** alansimmonsmusic.com Contact: Claire Grainger 01924830670.

Simon Rights Music (see Eaton Music Ltd)

Singletree Music (see Independent Music Group)

Sirens Music (see Catalyst Music Publishing Ltd)

Sixteen Stars Music (see Independent Music Group)

SJ Music 23 Leys Road, Cambridge, CB4 2AP **t** 01223 314771 **w** printed-music.com/sjmusic Principle: Judith Rattenbury.

Slam Dunk Music (see Independent Music Group)

Sleeping Giant Music International (see St James Music)

SLI Music (see Asterisk Music)

Smackin' Music (see Universal Music Publishing Group)

Smirk (see Bucks Music Group Ltd)

SMK Publishing (see Independent Music Group)

Smooth Radio North West Laser House, Waterfront Quay, Salford Quays, Manchester, M50 3XW **t** 0161 886 8800 **f** 0161 886 8811 **e** andy.carter@gmgradio.com **w** smoothradio.co.uk
facebook.com/smoothradio @smoothradio smoothradionetwork Managing Director: Andy Carter.

SMV Schacht Musikvalage (see Bucks Music Group Ltd)

Snappersongs (see Asterisk Music)

So Good Music (see Independent Music Group)

S'Od Music (see Bucks Music Group Ltd)

Solent Songs 68-70 Lugley St, Newport, Isle Of Wight, PO30 5ET **t** 01983 524110 **e** songs@solentrecords.co.uk **w** solentrecords.co.uk Owner: John Waterman.

Songs For Real (see Bucks Music Group Ltd)

Songs In The Key Of Knife 182-184 Dartmouth Road, Forest Hill, London, Se26 4qz **t** 020 8613 0400 **f** 020 8613 0401 **e** info@hospitalrecords.com **w** keyofknife.com
twitter.com/keyofknife MD: Tony Colman.

Songstarr (Music Publishers) Ltd 23 Birkdale Close, Swindon, Wiltshire, SN25 2DH **t** 07713 80816 **e** mail@songstarr.com **w** songstarr.com Publisher: Stephen Kennedy 07713 804816.

Songstream Music Nestlingbown, Chapel Hill, Porthtowan, Truro, Cornwall, TR4 8AS **t** 01209 890606 MD: Roger Bourne.

Songwriter Music (see International Songwriters' Music)

80 Music Week Directory

Contacts **Facebook** **MySpace** **Twitter** **YouTube**

Songwriters' Showcase Sovereign House, 12 Trewartha Rd, Praa Sands, Penzance, Cornwall, TR20 9ST **t** 01736 762826 **f** 01736 763328 **e** panamus@aol.com **w** panamamusic.com / myspace.com/guildofsongwriters MD: Roderick Jones.

Sonic Arts Network Jerwood Space, 171 Union Street, London, SE1 0LN **t** 020 7928 7337 **e** info@sonicartsnetwork.org **w** sonicartsnetwork.org Chief Exec: Phil Hallett.

Sonic360 Music 3 Wardour Castle, Tisbury, Wiltshire, SP3 6RH **t** 020 7636 3939 **f** 020 7636 0033 **e** info@sonic360.com **w** sonic360.com myspace.com/sonic360 youtube.com/s0nic360 Publishing Mgr: Zen Grisdale.

SONY/ATV MUSIC PUBLISHING

30-31 Golden Square, London, W1F 9LD **t** 020 3206 2501 **w** sonyatv.com Managing Director: Rakesh Sanghvi. Director of A&R: Luke McGrellis. Director of A&R: James Dewar. Director of Business Affairs: Gez Orakwusi. Director of Synchronisation and Marketing: Karina Masters. Director, Artist Relations/ VP International Acquisitions: Janice Brock. Director of UK Administration: Gary Bhupsingh. Director of Finance: Will Downs. International HR Manager: Sarah Aukett.

The Sorabji Archive Warlow Farm House, Eaton Bishop, Hereford, HR2 9QF **t** 01225 852323 **f** 01225 852523 **e** sorabji-archive@lineone.net **w** sorabji-archive.co.uk Curator/Director: Alistair Hinton 01225852323.

Souls Kitchens Music 7 The Stables, Saint Thomas St, Newcastle upon Tyne, Tyne and Wear, NE1 4LE **t** 0191 230 1970 **f** 0191 232 0262 **e** info@kitchenwarerecords.com **w** kitchenwarerecords.com Administration: Nicki Turner.

Soulstreet Music Publishing Inc (see Independent Music Group)

Sound Entertainment Ltd 11B Osiers Road, London, SW18 1NL **t** 020 8874 8444 **f** 020 8874 0337 **e** info@soundentertainment.co.uk **w** ComedyCDs.co.uk Director: Bob Nolan.

Sound Songs First Floor, 32 Brighton Road, Shoreham-By-Sea, West Sussex, BN43 6RG **t** 01273 248978 **e** info@thesoundgroup.com **w** thesoundgroup.com CEO: Paula Greenwood.

Soundslike Music (see Bucks Music Group Ltd)

Sovereign Lifestyle Music (see Sovereign Music UK)

Sovereign Music UK PO Box 356, Leighton Buzzard, Beds, LU7 3WP **t** 01525 385578 **e** sovereignmusic@aol.com MD: Robert Lamont.

SPZ Music (USA & Canada) (see Perfect Songs)

Spadesongs (see Asterisk Music)

The Sparta Florida Music Group (see Music Sales Ltd)

Spartan Press (see Yorke Edition)

Speegra 2 Stocks Meadow, Hemel Hempstead, Herts, HP2 7BZ **t** 07789 227 717 **e** richard@speegra.com **w** speegra.com facebook.com/SPEEGRA myspace.com/speegra @speegramusic Partner: Richard Jackson-Bass 07789 227717.

Spielman Music (see Independent Music Group)

Spikey Music (see SGO Music Publishing)

Spirit Music Group 40 Mortimer Street, London, W1W 7RH **t** 0207 580 6916 **e** anthonyc@spiritmusicgroup.com **w** spiritmusicgroup.com General Manager: Anthony Cavanagh.

Split Music (see Mesh Music)

Spoon Music (see Bucks Music Group Ltd)

Spring River Music (see Independent Music Group)

Squaw Peak Music (see Independent Music Group)

Squirrel (see Briar Music)

St James Music 3 Faraday Way, St Mary Cray, BR53QW **e** info@prestige-elite.com **w** prestige-elite.com MD: Keith Thomas.

Stage Three Music Publishing Ltd - A BMG Company 50 Great Marlborough Street, London, W1F 7JS **t** 020 7440 5280 **f** 020 7287 2787 **e** info@stagethreemusic.com / info.uk@bmg.com **w** stagethreemusic.com Senior Vice President: Alexi Cory-Smith.

Stainer & Bell PO Box 110, Victoria House, 23 Gruneisen Rd, London, N3 1DZ **t** 020 8343 3303 **f** 020 8343 3024 **e** post@stainer.co.uk **w** stainer.co.uk Joint MD: Carol Wakefield.

Standard Music Library (see Bucks Music Group Ltd)

Star Street Music Ltd PO Box 375, Chorleywood, Herts, WD3 5ZZ **t** 01923 440608 **e** starstreet.uk@ntlworld.com **w** starstreetmusic.com MD: Nick Battle.

Stave & Nickelodeon (see Blue Melon Publishing)

Staves Music (see Kirklees Music)

Steelworks Songs 2 King St Cloisters, Clifton Walk, London, W6 0GY **t** 020 8237 5520 **e** freedom@frdm.co.uk MD: Martyn Barter.

Step by Step Music (see Independent Music Group)

Steve Dan Mills Music (see Independent Music Group)

Steve Glen Music (see Blue Melon Publishing)

www.musicweek.com

Publishers: Publishers & Affiliates

www.musicweek.com　　　　　　　　　　　　　　**Music Week Directory** 81

📇 Contacts　　ⓕ Facebook　　🅜 MySpace　　🅣 Twitter　　▶ YouTube

Steve Marriott Licensing Ltd Unit 9B, Wingbury Business Village, Upper Wingbury Farm, Wingrave, Bucks, HP22 4LW **t** 07770 364 268 **e** chris@stevemarriott.co.uk **w** stevemarriott.co.uk 📇 MD: Chris France.

Steve Warner Music (see Independent Music Group)

Stevensong Music (see Ash Music (GB))

Still Working Music Covetous Corner, Hudnall Common, Little Gaddesden, Herts, HP4 1QW **t** 01442 842 039 **f** 01442 842 039 **e** mhaynes@orbison.com **w** orbison.com 📇 European Consultant: Mandy Haynes.

Stinkhorn Music (see Asterisk Music)

Stomp Off Music (see Paul Rodriguez Music Ltd)

Stop Drop & Roll Music Colbury Manor, Jacobs Gutter Lane, Eling, Southampton, SO40 9FY **t** 0845 658 5006 **f** 0845 658 5009 **e** frontdesk@stopdroproll.com **w** stopdroproll.com 📇 Publishing Executive: Emma Curtis.

Storm Music Thornton-Cleveleys, Lancashire, FY5 3BG **t** 01253 864598 **e** estelle@photo-stock.co.uk **w** photo-stock.co.uk/NearlyFamous.html 📇 Partner: Estelle Paulo.

Stormking Music (see Bucks Music Group Ltd)

Strange Art Music (see Miggins Music (UK))

Strathmere Music (see Independent Music Group)

Strictly Confidential UK Unit 1 , 3rd Floor, Front building,, 148-150 Curtain Road, London, EC2A 3AR **t** 0207 033 3673 **e** jo.hillier@strictly-confidential.net **w** strictly-confidential.net 📇 GM: Jo Hillier.

Structure Music PO Box 26273, London, W3 6FN **t** 0870 207 7720 **f** 0870 208 8820 **e** sound@structure.co.uk **w** structure.co.uk 📇 Contact: Olly Groves.

Sublime Music Publishing 77 Preston Drove, Brighton, East Sussex, BN1 6LD **t** 07774 133 134 **e** patrick@sublimemusic.co.uk **w** sublimemusic.co.uk 📇 Contact: Patrick Spinks.

Suburban Base Music (see Bryan Morrison Music)

Success Music (see Kassner Associated Publishers Ltd)

Sugar Bottom Publishing (see Independent Music Group)

Sugar Songs UK (see Chelsea Music Publishing Co)

Sugarfree Music (see Bucks Music Group Ltd)

Sugarmusic (see Universal Music Publishing Group)

Sugarstar Music Ltd IT Centre, York Science Park, York, YO10 5DG **t** 08456 448424 **f** 0709 222 8681 **e** info@sugarstar.com **w** sugarstar.com 📇 MD: Mark J. Fordyce.

Sun Star Songs (BMI) (see Independent Music Group)

Sun-Pacific Music (London) Ltd PO Box 5, Hastings, E. Sussex, TN34 lHR **t** 01424 721196 **e** aquarius.lib@clara.net 📇 MD: Gilbert Gibson.

Sunflower Music (see John Fiddy Music)

Supreme Songs Ltd (see Independent Music Group)

Survival Music PO Box 2502, Devizes, Wilts, SN10 3ZN **t** 01380 860500 **f** 01380 860596 **e** annemarie@survivalrecords.co.uk **w** survivalrecords.co.uk 📇 Dir: Anne-Marie Heighway.

Survivor Records (see Kingsway Music)

Susan May Music (see Paul Rodriguez Music Ltd)

Sutjujo Music (see Independent Music Group)

Suzuki (see International Music Publications (IMP))

Sweet 'n' Sour Songs 2-3 Fitzroy Mews, London, W1T 6DF **t** 020 7383 7767 **f** 020 7383 3020 📇 MD: John Craig.

Sweet City Ltd (see IQ Music Limited)

Sweet Glenn Music Inc (see Independent Music Group)

Sweet Karol Music Inc (see Independent Music Group)

Swiggeroux Music Ltd (see SGO Music Publishing)

Swivel Publishing (see Independent Music Group)

Syncredible 2 Queen Caroline Street, Hammersmith, London, W6 9DX **e** media@syncredible.com **w** syncredible.com ⓕ facebook.com/pages/Syncredible-Media-and-Entertainment 📇 Managing Director: Deon Sharma 020 7117 6776.

T H Music (see Chelsea Music Publishing Co)

Tabitha Music Ltd 39 Cordery Rd, Exeter, Devon, EX2 9DJ **t** 01392 279914 **e** graham@tabithamusic.com **w** tabithamusic.com 📇 CEO: Graham Sclater.

Tafari Music (see Greensleeves Publishing Ltd)

Tairona Songs Ltd PO Box 102, London, E15 2HH **t** 020 8555 5423 **e** tairona@moksha.co.uk **w** moksha.co.uk 📇 MD: Charles Cosh.

Take It Quick Music (see Bucks Music Group Ltd)

Takes On Music (see Eaton Music Ltd)

Tales from Forever Publishing (see Independent Music Group)

Tancott Music (see Independent Music Group)

Tanspan Music (see Asterisk Music)

Tapadero Music (see Independent Music Group)

Tapestry Music (see Bucks Music Group Ltd)

Tapier Music (see Charly Publishing Ltd)

Tarantula Productions (see Bucks Music Group Ltd)

Tashman Music (see Creole Music Ltd)

Publishers: Publishers & Affiliates

Publishers: Publishers & Affiliates

Tayborn Publishing (see Music Exchange (Manchester) Ltd)

TBM International, TCB Music (see Independent Music Group)

Teleny Music (see Miriamusic)

Television Music (see EMI Music Publishing)

Tema International 151 Nork Way, Banstead, Surrey, SM7 1HR **t** 01737 219607 **f** 08717 151236 **e** music@tema-intl.demon.co.uk **w** temadance.com **☺** A&R Manager: Andrew James.

Terry Wayne Songs (see Asterisk Music)

Texas Red Songs (see Independent Music Group)

TGM Hammer (see Bucks Music Group Ltd)

Thames Music 445 Russell Court, Woburn Place, London, WC1H 0NJ **t** 020 7837 6240 **f** 020 7833 4043 **☺** MD: C W Adams.

Thank You Music (see Kingsway Music)

The Rosewood Music Company PO Box 6754, Dublin 13, Ireland **t** +353 1 843 9713 **f** +353 1 843 9713 **e** rosewood@iol.ie **w** rosewoodmusic.ie **☺** Professional Mgr: Greg Rogers.

Third Tier Music (see Catalyst Music Publishing Ltd)

Third World (see Paul Rodriguez Music Ltd)

Thomas & Taylor Music Works, Thompson Station Music (see Independent Music Group)

Three 4 Music (see Bucks Music Group Ltd)

Throat Music (see Warner/Chappell Music Ltd)

Thrust Magnum Inc (see Bucks Music Group Ltd)

Thumpin' Publishing (see Independent Music Group)

Tic-Toc Music (UK) Ltd The Hayloft, Silver Street, Fernham, Faringdon, Oxon, sn7 7nz **t** 01793 782542 **f** 01793 782875 **e** tictoc@nildram.co.uk **w** geoffstephens.co.uk **☺** Director of Administration: Ruth Stephens.

Tiger Trax Limited (see Independent Music Group)

Timbuk One Music (see Independent Music Group)

Timewarp (see Paul Rodriguez Music Ltd)

Tin Whistle Music (see Bucks Music Group Ltd)

Tinrib (see Paul Rodriguez Music Ltd)

Tiparm Music Publishers Inc (see Bucks Music Group Ltd)

Titanium Music Limited 4 Plato Place, 72/74 St.Dionis Road, London, SW6 4TU **t** 020 7731 6677 **e** kate@titanium-music.com **w** titanium-music.com **☺** Contact: Michael Conn / Kate Fletcher.

TMC Publishing (see Triad Publishing)

TMR Publishing PO Box 3775, London, SE18 3QR **t** 020 8316 4690 **f** 020 8316 4690 **e** marc@wufog. freeserve.co.uk **w** Braindead-Studios.com **☺** MD: Marc Bell.

TNR Music 5 Oakleigh Mews, Oakleigh Road North, Whetstone, London, N20 9HQ **t** 020 8343 9971 **e** studio@thenextroom.com **w** thenextroom.com **☺** Co-Managing Director: Bob Wainwright.

Todo Music (see Paul Rodriguez Music Ltd)

Tomake Music, Tomeja Music, Tomi Girl Music, Tony Carlisle Music, Torgrimson Music (see Independent Music Group)

Tonecolor Music (see Express Music (UK) Ltd)

Tony Randolph (see Paul Rodriguez Music Ltd)

Tosca Music (see Bucks Music Group Ltd)

Trackdown Music Ickenham Manor, Long Lane, Ickenham, Uxbridge, Middlesex, UB10 8QT **t** 01895 672994 **e** mail@trackdownmusic.co.uk **w** trackdownmusic.co.uk **☺** Director: Joanna Tizard.

Trax On Wax Music Publishers Glenmundar House, Ballyman Rd, Bray, Co. Wicklow, Ireland **t** 0353 86 257 6244 **f** 035312820508 **e** picket@iol.ie **w** adtrax.ie **☺** Dir: Deke O'Brien.

Tree Music (see Sony/ATV Music Publishing)

Trekfarm Ltd Forum House, 235 Regents Park Road, London, N3 3LF **t** 020 8343 1123 **e** jude@trekfarm.com **w** trekfarm.co.uk **☺** Managing Director: Russell Spiro.

Trevor Fung (see Independent Music Group)

Triad Publishing PO Box 150, Chesterfield, S40 0YT **t** 0870 746 8478 **e** traid@themanagementcompany.biz **w** themanagementcompany.biz **☺** MD: Tony Hedley.

Trinity Music (see The Valentine Music Group)

Trinity Publishing Company 72 New Bond St, London, W1S 1RR **t** 020 7499 4141 **e** info@trinitymediagroup.net **w** trinitymediagroup.net **☺** Business Affairs: Peter Murray.

Triple A Publishing Ltd GMC Studio, Hollingbourne, Kent, ME17 1UQ **t** 01622 205839 **e** publishing@triple-a.uk.com **w** triple-a.uk.com **☺** CEO: Terry Armstrong.

Tristan Music Ltd (see Hornall Brothers Music Ltd)

TRO Essex Music (see The Essex Music Group)

Truck Publishing The Old Stable, Church Lane, Steventon, Abingdon, Oxfordshire, OX13 6SW **t** 01235 821262 **e** joseph@truckrecords.com **w** thisistruck.com **☺** Director: Joseph Bennett.

True Playaz Music Publishing (see Bucks Music Group Ltd)

Tsunami Sounds 54 Greek St, London, W1D 3DS **t** 020 7129 8040 **e** info@tsunamimusic.com **w** tsunamimusic.com **☺** Director: Ken Easter.

Tuesday Music (UK) 68 Cranston Avenue, Bexhill, East Sussex, TN39 3NN **t** 01424 215617 **e** tuesday.musicuk@virgin.net **☺** Director: Carolyne Rodgers.

Tuesday Productions (see Bucks Music Group Ltd)

www.musicweek.com **Music Week Directory** 83

Contacts · Facebook · MySpace · Twitter · YouTube

Publishers: Publishers & Affiliates

Tumi Music (Editorial) Ltd 8-9 New Bond St. Place, Bath, Somerset, BA1 1BH **t** 01225 464736 **f** 01225 444870 **e** info@tumimusic.com **w** tumimusic.com
MD: Mo Fini.

Tune Kel Publishing (see Charly Publishing Ltd)

TV4C Films Ltd (see SGO Music Publishing)

TVS Music (see Bucks Music Group Ltd)

Twangy Music (see Music Sales Ltd)

Two Guys Who Are Publishers (see Independent Music Group)

Tyler Music (see The Essex Music Group)

Ubiquitunes (see Bucks Music Group Ltd)

UGR Publishing PO Box 178, Sutton, London, SM2 6XG **t** 020 8643 6403 **f** 020 8643 6403 **e** info@ugrpublishings.com **w** ugrpublishings.com Head of A&R: P Mac 07904 255244.

Ultramodern Music (see Bucks Music Group Ltd)

Unforgettable Songs (see Perfect Songs)

Unicorn Music Publishing 125 Academy Court, 566 Longbridge Road, Dagenham, RM8 2AR **t** 0779 202 7146 **e** sharif@picturemusic.co.uk
Contact: Sharif Ahmed Mobile: 0779 202 7146.

Union Square Music Publishing Ltd Unit 1.1, Shepherds Studios, Rockley Road, London, W14 0DA **t** 020 7471 7940 **f** 020 7471 7941 **e** info@usmpublishing.co.uk **w** usmpublishing.co.uk
General Manager: Jonathan Kyte 020 7471 7940.

Unique Publishing (see Bucks Music Group Ltd)

Unit 11 Publishing Ltd (see Independent Music Group)

United Music GBMH (see Independent Music Group)

United Music Publishers Ltd 3 Abbey Point, Cartersfield Road, Waltham Abbey, Essex, EN9 1FE **t** 01992 703110 **f** 01992 703189 **e** info@ump.co.uk **w** ump.co.uk MD: Shirley Ranger.

United Songwriters Music (see International Songwriters' Music)

Universal Edition (London) 48 Gt Marlborough St, London, W1F 7BB **t** 020 7292 9166 **f** 020 7292 9165 **e** connell@universaledition.com **w** universaledition.com
Sales/Mktng Mgr: Adrian Connell.

UNIVERSAL MUSIC PUBLISHING GROUP

UNIVERSAL MUSIC PUBLISHING GROUP

20 Fulham Broadway, London, SW6 1AH **t** 020 7835 5200 **f** 020 7835 5375 **e** firstname.lastname@umusic.com **w** universalmusicpublishing.com President of Europe & UK: Paul Connolly. VP, Finance & Administration, Europe: Simon Baker. VP, International: Kim Frankiewicz. Deputy Managing Director: Mike McCormack. Legal Counsel: Sarah Levin. Director of Legal and Business Affairs, UK: Simon Hotchkiss. UK Commercial Finance Director: Rob Morris. Head of UK Film, TV & Media: Barbara Zamoyska. Executive Vice President, International: Andrew Jenkins. Head of A&R: Caroline Elleray. Director of Legal & Business Affairs, International: Jackie Alway. VP Business Development, Europe: Simon Mortimer.

Universal Music Publishing Group Manchester First Floor, 62 Bridge St, Manchester, M3 3BW **t** 0161 838 9180 **f** 0161 838 9189 **e** caroline.elleray@umusic.com Contact: Caroline Elleray.

Universal Publishing Production Music 20 Fulham Broadway, London, SW6 1AH **t** 020 7835 5300 **f** 020 7835 5318 **e** farah.hasan@umusic.com **w** unippm.co.uk facebook.com/pages/Universal-Publishing-Production-Music-UK/176115105761597 twitter.com/#!/UPPM_UK youtube.com/user/UPPMUK Head of International Sales & Marketing: Farah Hasan 0207 835 5300.

Uplifted Music Publishing 125 Park Rd, Stretford, Manchester, M32 8ED **t** 07931 943226 **e** djsoundgarden@hotmail.com General Manager: Mark Wheavill.

Upright Songs (see Independent Music Group)

Urban Angel Music Publishing Ltd 1st Floor, 126 Bloomfield Avenue, Belfast, BT5 5AE **t** 028 9046 0846 **e** info@urbanangelmusic.com **w** urbanangelmusic.co.uk
Artistic Director: Mark McAllister.

Utopia Publishing Utopia Village, 7 Chalcot Rd, London, NW1 8LH **t** 020 7586 3434 **f** 020 7586 3438 **e** utopiarec@aol.com MD: Phil Wainman.

The Valentine Music Group 26 Litchfield Street, London, WC2H 9TZ **t** 020 7240 1628 **f** 020 7497 9242 **e** info@valentinemusic.co.uk MD: John Nice.

Valliant Publishing (see Charly Publishing Ltd)

Value Added Tunes (see Independent Music Group)

Van Steene Music Publishing 23 Anthony Road, Borehamwood, Hertfordshire, WD6 4NF **t** 07956 211818 **e** guyvansteene@ntlworld.com Managing Director: Guy van Steene.

Vanderbeek & Imrie Ltd 15 Marvig, Lochs, Isle Of Lewis, Scotland, HS2 9QP **t** 01851 880216 **f** 01851 880216 **e** mapamundi@aol.com MD: M Imrie.

84 Music Week Directory

Contacts · **Facebook** · **MySpace** · **Twitter** · **YouTube**

Vanessa Music Co 35 Tower Way, Dunkeswell, Devon, EX14 4XH **t** 01404 891598 MD: Don Todd MBE.

Vanwarmer Music (see Independent Music Group)

Vaughan Williams Memorial Library (Sound Archive) Cecil Sharp House, 2 Regent's Park Rd, Camden, London, NW1 7AY **t** 020 7485 2206 **f** 020 7284 0534 **e** info@efdss.org **w** efdss.org Library Director: Malcolm Taylor 020 7241 8959.

Vector Music, Veltone Music, Victoria Kay Music, Vidor Publications, Vince Barranco Music (see Independent Music Group)

Verge Music (see Asterisk Music)

Veronica Music (see Music Sales Ltd)

Verulam Music (see Bocu Music Ltd)

Ville de Beest (see Asterisk Music)

Virgin Music (see EMI Music Publishing)

Visual Music Publishing West House, Forthaven, Shoreham-by-Sea, W. Sussex, BN43 5HY **t** 01273 453 422 **f** 01273 452 914 **e** richard@longman-records.com **w** richard-durrant.com Director: Richard Durrant.

VLS Music Inc (see Independent Music Group)

W Bessel, London (see Breitkopf & Hartel)

W.A.M. Music Ltd (see Broadley Music (Int) Ltd)

Walden Creek Music (see Independent Music Group)

Walk on the Wild Side 8 Deronda Road, London, SE24 9BG **t** 020 8674 7990 **f** 020 8671 5548 MD: Dave Massey 07775 806288.

Walter Neal Music (see Asterisk Music)

Wardlaw Banks Park House, 111 Uxbridge Road, London, W5 5LB **t** 08452 990150 **f** 020 7117 3471 **e** info@wardlawbanks.com **w** wardlawbanks.com myspace.com/wardlawbanks Director: Stanley Banks 07852 320736.

Wardo Music (see Bucks Music Group Ltd)

Wardour Music (see Express Music (UK) Ltd)

Warm - Green Bamboo Music (see Catalyst Music Publishing Ltd)

WARNER/CHAPPELL MUSIC LTD

The Warner Building, 28 Kensington Church St, London, W8 4EP **t** 020 7368 2500 **f** 020 7368 2777 **e** firstname.surname@warnerchappell.com **w** warnerchappell.com facebook.com/pages/WarnerChappell-Music-UK/243579729003593 @WCM_UK Managing Director: Richard Manners. Executive Assistant to MD : Rudo Shoniwa. Creative Director : Mike Sault. SVP International Legal & Business Affairs: Jane Dyball. Regional Finance Director Europe : Mike Lavin. SVP Synchronisation Europe : Jim Reid. Head Of Legal & Business Affairs : Mark Waring. Head Of Digital: Iain Morris. Worldwide Head Of Administration: Stephen Clark. Head Of Marketing A&R: Clara Goldsmith. Head Of International A&R: Lesley Hatch. Head Of Adminsitration (Copyright & Royalties) UK: Barry McKee. Musicals Clearance: Claire Osborne. Sample Clearance: Sara Chown. Head Of Human Resources: Natalie Longden.

Water House Music (see Greensleeves Publishing Ltd)

Water Music Productions t 01962 760389 **e** splash@watermusic.co.uk Producer: Tessa Lawlor.

Wave Font t 07904 600 634 **e** mandeepaik@live.com **w** wavefont.com Contact: Mandeep Paik.

Websongs The Troupe Studio, 106 Thetford Rd, New Malden, Surrey, KT3 5DZ **t** 020 8949 0928 **f** 020 8605 0238 **e** kip@websongs.co.uk **w** websongs.com MD: Kip Trevor.

Westbury Music Ltd Suite B, 2 Tunstall Road, London, SW9 8BN **t** 020 7733 5400 **f** 020 7733 4449 **e** felix@westburymusic.net **w** westburymusic.net twitter.com/#!/westburysync Managing Director: Felix Hines.

Westminster Music (see The Essex Music Group)

WGS Music (see Bardic Edition)

Whacker Music (see Independent Music Group)

Whispering Wings Music (see Independent Music Group)

White Noise The Motor Museum, 1 Hesketh Street, Liverpool, L17 8XJ **t** 0151 222 2760 **e** office@whitenoiseuk.com **w** whitenoiseuk.com Label Manager: Eric Mackay.

Whitman (see Eaton Music Ltd)

Whole Earth Music (see Independent Music Group)

Wild Bouquet Music (see Independent Music Group)

Wildwood Music (see The Essex Music Group)

Willow Songs Ltd 39 High St, Harrold, Bedford, MK43 7DA **t** 01234 720785 **f** 01234 720785 **e** kevin@willowsongs.com **w** willowsongs.com 📇 Managing Director: Kevin White.

Wilson Editions Magnus House, 8 Ashfield Rd, Cheadle, Cheshire, SK8 1BB **t** 0161 491 6655 **f** 0161 491 6688 **e** dimus@aol.com **w** dimusic.co.uk 📇 MD: Alan Wilson.

Windfall (see Bucks Music Group Ltd)

Window Music (see Independent Music Group)

Wintrup Songs Ltd 31 Buckingham Street, Brighton, Brighton, East Sussex, BN1 3LT **t** 01273 880439 **e** allan@allanmcgowan.com 📇 Administrator: Allan Mcgowan.

Winwood Music Unit 7 Fieldside Farm, Quainton, Bucks., HP22 4DQ **t** 01296 655777 **f** 01296 655778 **e** sales@winwoodmusic.com **w** winwoodmusic.com 📇 MD: Eric Wilson.

Wipe Out Music Pobox 1Nw, Newcastle Upon Tyne, Tyne and Wear, NE99 1NW **t** 01912 663802 **f** 01912 666073 **e** john@wipeoutmusic.com **w** wipeoutmusic.com 📇 Manager: John Esplen.

The Wire 23 Jack's Pl, 6 Corbet Pl, London, E1 6NN **t** 020 7422 5010 **f** 020 7422 5011 **e** listings@thewire.co.uk **w** thewire.co.uk 📘 facebook.com/The.Wire.Magazine 🐦 twitter.com/thewiremagazine 📇 Publisher: Tony Herrington.

WOMAD Music Ltd Box Mill, Mill Lane, Box, Wiltshire, SN13 8PL **t** 01225 743188 **f** 01225 744309 **e** publishing@realworld.com **w** realworld.co.uk/publishing 📇 Publisher: Rob Bozas.

Wooden (see Bucks Music Group Ltd)

Woody Guthrie Publications (see Bucks Music Group Ltd)

Work of Art Productions Ltd (see Independent Music Group)

World Music Press (see Lindsay Music)

WW Music (see Paul Rodriguez Music Ltd)

WW Norton (see Peters Edition)

Wyze Music PO Box 847, Camberley, Surrey, GU15 3ZZ **t** 01276 671441 **f** 01276 684460 **e** info@wyze.com **w** wyze.com 📇 MD: Kate Ross.

Yancey Music (see Asterisk Music)

Yard Dog Music (see Independent Music Group)

Year Zero Music (see Bucks Music Group Ltd)

Yell Music PO Box 46201, London, W5 3UX **t** 020 8579 8300 **e** jana.yell@yellmusic.com **w** yellmusic.com 📇 MD: Jana Yell 0 7779 852 418.

Yes King Records (see Grand Central Music Publishing Limited)

Yesterday's Music (see Multiplay Music)

Yok Music (see Bucks Music Group Ltd)

Yorke Edition Grove Cottage, Southgate Road, South Creake, Fakenham, Norfolk, NR21 9PA **t** 01328 823501 **f** 01328 823502 **e** info@yorkedition.co.uk **w** yorkedition.co.uk 📇 Proprietor: Rodney Slatford.

Young Beau Music (see Independent Music Group)

Young Man Moving (see Independent Music Group)

Zagora Editions (see Independent Music Group)

Zamalama Music (see Independent Music Group)

Zane Music 162 Castle Hill, Reading, Berkshire, RG1 7RP **t** 0118 957 4567 **f** 0118 956 1261 **e** info@zaneproductions.demon.co.uk **w** zanerecords.com 📇 Contact: Peter Thompson.

Zest Music - Zest Songs 91 Manor Rd South, Hinchley Wood, Esher, KT10 0QB **t** 020 8398 4144 **f** 020 8398 4244 **e** steve@zestmusic.com **w** zestmusic.com 📇 Chief Exec: Steve Weltman.

Zok Music (see Bucks Music Group Ltd)

Zonic Music (see Creole Music Ltd)

Zorch Music (see Nervous Publishing)

Sheet Music Suppliers

A&C Black Howard Road, Eaton Socon, Cambridgeshire, PE19 8EZ **t** 01480 212666 **f** 01480 405014 **e** custser@acblack.com 📇 Educational Support Mgr: Hilary While.

Alker & Askem Arrangements and Transcriptions The Coach House, Market Sq, Bicester, Oxon, OX26 6AG **t** 01869 250647 **e** martin@groovecompany.co.uk **w** aaarrangements.co.uk 📇 MD: Martin Alker.

Barnes Music Engraving Ltd Kinrara, Kintessack, Forres, Moray, IV36 2TG **t** 01309 641 621 **f** 01309 641 622 **e** katie@barnes.co.uk 📇 Manager: Katie Johnston.

Chappell of Bond Street 152-160 Wardour Street, London, W1F 8YA **t** 020 7432 4400 **f** 020 7432 4410 **e** enquiries@chappellofbondstreet.co.uk **w** chappellofbondstreet.com 📇 Manager: N Hill.

Cramer Music 23 Garrick Street, London, WC2E 9RY **t** 020 7240 1612 **f** 020 7240 2639 **e** enquiries@cramermusic.co.uk 📇 MD: Peter Maxwell.

Jazzwise 2B Gleneagle Mews, Ambleside Avenue, London, SW16 6AE **t** 020 8769 7725 **f** 020 8677 7128 **e** admin@jazzwise.com **w** jazzwise.com 📇 Managing Director: Charles Alexander.

Alfred A Kalmus/Universal Edition (London) 48 Gt Marlborough St, London, W1F 7BB **t** 020 7437 5203 **f** 020 7437 6115 **e** andrew.knowles@uemusic.co.uk 📇 Sales Promo Mgr: Andrew Knowles.

London Orchestrations (c/o Jazzwise)

86 Music Week Directory   www.musicweek.com

Contacts · **Facebook** · **MySpace** · **Twitter** · **YouTube**

Publishers: Sheet Music Suppliers, Production Music

Meriden Music (Classical) The Studio Barn, Silverwood House, Woolaston, Gloucestershire, GL15 6PJ
t 01594 529026 f 01594 529027 e info@meridenmusic.co.uk w meridenmusic.co.uk ☎ Contact: The Secretary.

Music Exchange (Manchester) Ltd Claverton Rd, Wythenshawe, Manchester, Greater Manchester, M23 9ZA
t 0161 946 1234 f 0161 946 1195 e sales@music-exchange.co.uk w musicx.co.uk ☎ Director: Gerald Burns.

Musicroom.com 14-15 Berners Street, London, W1T 3LJ t 020 7612 7400 f 020 7836 4810
e info@musicroom.com w musicroom.com ☎ Dir, Internet Operations: Tomas Wise.

Providence Music 1 St Georges Rd, Bristol, BS1 5UL
t 0117 927 6536 f 0117 927 6680
e shop@providencemusic.co.uk w providencemusic.co.uk
☎ Manager: Ruth Cooper.

RSCM Music Direct c/o Norwich Books and Music, St Mary's Works, St Mary's Plain, Norwich, NR3 3BH
t 0845 021 7726 f 0845 021 8826
e musicdirect@rscm.com w rscm.com ☎ Sales: Mr Matthew Wright 01603 612914 ext 206.

sheetmusicdirect.com 14-15 Berners Street, London, W1T 3LJ t 020 7612 7400 f 020 7612 7455
e info@sheetmusicdirect.com w sheetmusicdirect.com
☎ Director Internet Operations: Tomas Wise.

Stanza Music 11 Victor Rd, Harrow, Middlesex, HA2 6PT
t 020 8863 2717 f 020 8863 8685 e bill.ashton@virgin.net
w nyjo.org.uk ☎ Dir: Bill Ashton.

United Music Publishers 42 Rivington Street, London, EC2A 3BN t 020 7729 4700 f 020 7739 6549
e info@ump.co.uk w ump.co.uk ☎ Mktng Mgr: James Perkins.

Production Music

2b Media Services 58 The Parkway, Bassett, Southampton, Hampshire, SO16 3PN t 023 8067 8002
e info@2b-media.co.uk w 2b-media.co.uk
🎵 myspace.com/colinwillshermusic
🐦 twitter.com/2bMedia ☎ Composer & Creative Director: Colin Willsher.

Adage Music / Dobs Vye Keep Hill Lodge, Warren Wood Drive, High Wycombe, Bucks, HP11 1DY
t 07973 295 113 e dobs@adagemusic.co.uk
w adagemusic.com ☎ MD: Dobs Vye.

Adelphoi Music Ltd 26 Litchfield St, Covent Garden, London, WC2H 9TZ t 020 7240 7250 f 020 7240 7260
e info@adelphoimusic.com w adelphoimusic.com
📘 facebook.com/home.php?#/pages/Adelphoi-Music-Ltd/84538267265?ref=ts 🐦 twitter.com/AdelphoiMusic
▶ youtube.com/AdelphoiMusic ☎ Hd, Product'n & Bus. Dev.: Paul Reynolds.

J Albert & Son (UK) Ltd Unit 29, Cygnus Business Centre, Dalmeyer Road, London, NW10 2XA t 020 8830 0330 f 020 8830 0220
e james@alberts.co.uk w albertmusic.co.uk ☎ Head of A&R: James Cassidy.

Arcadia Production Music (UK) Greenlands, Payhembury, Devon, EX14 3HY t 01404 841601
f 01404 841687 e admin@arcadiamusic.tv
w arcadiamusic.tv ☎ Prop: John Brett.

Arclite Studios The Grove Music Studios, Unit 10, Latimer Ind. Estate, Latimer Rd, London, W10 6RQ
t 020 8964 9047 e Info@arcliteproductions.com
w arcliteproductions.com ☎ Studio Mgrs: Alan Bleay, Laurie Jenkins.

Arketek Management Galway, Ireland
e info@arketek.com w arketek.com
🎵 myspace.com/arketek
▶ youtube.com/user/ArketekMusic ☎ Contact: Biggley.

David Arnold Music Ltd Unit 9, Dry Drayton Industries, Dry Drayton, Cambridge, CB3 8AT
t 01954 212020 f 01954 212222
e alex@davidarnoldmusic.com w davidarnoldmusic.com

The Bar Chord 53 Ingelow Road, Clapham, London, SW8 3PZ t 020 7622 9010 e James@thebarchord.com
w thebarchord.com ☎ Dir: James Mcilwraith.

Barefoot Communications 24 Coronet Street, London, N1 6HD t 020 7613 4697 f 020 7729 6613
e alex@barefootuk.co.uk w barefootuk.co.uk ☎ Dir: Alex Gover.

Base Mosquito 128 Redriff Road, London, Southwark, SE16 6QD t 02072322894 f N/A
e basemosquito@yahoo.co.uk w basemosquito.com
📘 facebook.com/basemosquito
🎵 myspace.com/basemosquito
🐦 twitter.com/basemosquito
▶ youtube.com/basemosquito ☎ Producer, Composer, Songwriter, Remixer, DJ, Keys, Flute: Ret Alex 07923379607.

Beatsuite.com Music Library Suite 45, 7-15 Pink Lane, Newcastle, Tyne & Wear, NE1 5DW
t 0845 094 1512 e info@beatsuite.com w beatsuite.com
☎ Marketing Manager: Mark Malekpour.

Beetroot Music Newlands House, 40 Berners Street, London, W1T 3NA t 020 7255 2408
e danny@beetrootmusic.com w beetrootmusic.com
☎ Director: Danny Webster.

Big George and Sons PO Box 7094, Kiln Farm, MK11 1LL t 01908 566 453 e big.george@btinternet.com
w biggeorge.co.uk ☎ Manager: Big George Webley.

Blossom Audiomedia Station Rd, Blaina, Gwent, NP13 3PW t 01495 290 960 e info@blossomstudio.co.uk
w blossomstudio.co.uk ☎ Proprietor & Engineer: Noel Watson 07932 377 109.

BOB Ltd 29 Gloucester Place, London, W1U 8HX
t 020 7580 9373 f 020 7580 9375 e boblimited@aol.com
☎ Director: Alex White.

Boom! Music Ltd 16 Blackwood Close, West Byfleet, Surrey, KT14 6PP t 01932 336212 f 08701 340903
e phil@boommusic.tv w boommusic.tv ☎ Managing Director: Phil Binding.

www.musicweek.com **Music Week Directory** 87

📇 Contacts   ▮ Facebook   ▮ MySpace   ▮ Twitter   ▮ YouTube

Publishers: Production Music

Br1 Productions 30 Highland Rd, Bromley, BR1 4AD
t 07802 723124 **e** alan@br1productions.co.uk
w br1productions.co.uk 📇 Producer: Alan Little 020 8249 9683.

Bruce Fleming Photography 60 Wimpole Street, London, W1G 8AG **t** 020 7486 4001
e mail@brucefleming.com **w** brucefleming.com
📇 Production Manager: Kim Fleming.

Burning Petals Production Music The Studio, Homefield Court, Marston Magna, BA22 8DJ
t 01935 851664 **e** enquiries@burning-petals.com
w burning-petals.com 📇 Managing Director: Richard Jay.

Caleche Studios 175 Roundhay Road, Leeds, LS8 5AN
t 0113 219 4941 **f** 0113 249 4941
e calechestudios@ntlworld.com 📇 MD: Leslie Coleman.

Candle Music Ltd 44 Southern Row, London, W10 5AN
t 020 8960 0111 **f** 020 8968 7008 **e** tony@candle.org.uk
w candle.org.uk ▮ myspace.com/candlemusicuk
▮ twitter.com/CandleMusic
▮ youtube.com/CandleMusicLondon 📇 Managing Director: Tony Satchell 07860 912 192.

Caritas Media Music (inc Caritas Music Library) Achmore, Moss Road, Ullapool, Ross-Shire, IV26 2TF **t** 01854 612938 **f** 01854 612938
e media@caritas-music.co.uk **w** caritas-music.co.uk
📇 Proprietor: Katharine Douglas.

Chicken Sounds PO Box 50789, London, NW6 1BZ
t 020 7209 2586 **f** 020 8459 2759
e mail@whitehousemanagement.com 📇 Manager: Sue Whitehouse.

Coda Recording C/O 41, Wren Wood, Welwyn Garden City, AL7 1QF **t** 01707 331771
e coda@coda-uk.co.uk **w** coda-uk.co.uk
📇 MD/Musical Director, Arranger, Composer, Keyboards: Colin Frechter 07956 570217.

Coolhunter Music 35 Steeds Rd, London, N10 1JB
t 020 8883 8848 **e** jonathan@coolhunter.us or Raffaella@coolhunter.us **w** coolhunter.us
📇 Dir: Raffaella Golinucci or Jonathan Noyce.

Cordella Music 28 Ascension Close, Basingstoke, Hants, RG24 9BA **t** 07831 456348
e barry@barryupton.co.uk **w** barry@cordellamusic.co.uk
📇 MD: Barry Upton.

Cringe Music (Publishing) The Cedars, Elvington Lane, Hawkinge, Nr. Folkestone, Kent, CT18 7AD
t 01303 893472 **f** 01303 893833
e info@cringemusic.co.uk **w** cringemusic.co.uk
📇 CEO: Chris Ashman.

Crocodile Music 431 Linen Hall, 162-168 Regent St, London, W1B 5TE **t** 020 7580 0080 **f** 020 7637 0097
e music@crocodilemusic.com **w** crocodilemusic.com
📇 Contact: Malcolm Ironton, Ray Tattle.

Dalishni Music 19 Market St, Castle Donington, Derby, DE74 2JB **t** 01332 810101 **f** 01332 850123
e Nira@Dalishni.com **w** Dalishni.com
▮ myspace.com/Dalishni ▮ twitter.com/Dalishni
📇 Senior Partner: Nira Amba.

David Beard Music Production
176 Sandbed Lane, Belper, Derbyshire, DE56 0SN
t 01773 824 340 **e** info@davidbeardmusic.com
w davidbeardmusic.com
📇 MD: David Beard 07815 573 121.

David Beard Music Production
176 Sandbed Lane, Belper, Derbyshire, DE56 0SN
t 01773 824340 **e** info@davidbeardmusic.com
w davidbeardmusic.com
📇 Managing Director: David Beard 07815 573121.

David Cunningham Music The Pump House, 17 kirkland lane, Penkhull, Stoke on Trent, Staffordshire, ST4 5DJ **t** 01782 410237 **f** 01782 410237
e davidcunninghammusic@yahoo.co.uk
📇 Contact: David Cunningham 07754 170541.

Deep East Music Ltd 6 Hoxton Square, London, N1 6NU **t** 020 7729 7285 **e** info@deepeastmusic.com
w deepeastmusic.com ▮ twitter.com/DeepEastMusic
📇 Music Director: Ciaran Mcneaney 07810 365241.

delicious digital Suite GB, 39-40 Warple Way, Acton, London, W3 0RG **t** 020 8749 7272 **f** 020 8749 7474
e info@deliciousdigital.com **w** deliciousdigital.com
📇 Dirs: Ollie Raphael, Ed Moris.

Delicious Publishing Suite GB, 39-40 Warple Way, Acton, London, W3 0RG **t** 020 8749 7272 **f** 020 8749 7474
e info@deliciousdigital.com **w** deliciousdigital.com
▮ facebook.com/deliciousdigital
▮ twitter.com/deliciousw3
▮ youtube.com/user/deliciousdigital
📇 MD: Ollie Raphael.

Dreamscape Music 36 Eastcastle Street, London, W1W 8DP **t** 020 7631 1799 **f** 020 7631 1720
e lester@lesterbarnes.com **w** lesterbarnes.com
📇 Composer: Lester Barnes 07767 771 157.

ESIP Ltd P.O. Box 4702, Summerholme, Henley-on-Thames, RG9 9AA **t** 0118 940 6812 **f** 020 8181 7411
e info@esip.co.uk **w** esip.co.uk 📇 Dir: John Ellson.

Everyday Productions 33 Mandarin Place, Grove, Oxfordshire, OX12 0QH **t** 01235 767171
e smi_everyday_productions@yahoo.com
📇 VP Special Proj: David Wareham.

Fexx Productions Cherry Tree St, Elsecar, South Yorkshire, RM6 6NL **t** 07931 752641
e adam.taylor@fexx.co.uk **w** fexx.co.uk
📇 MD: Adam Taylor.

Firebrand Management 12 Rickett St, West Brompton, London, SW6 1RU **t** 07885 282165
e vernfire@aol.com 📇 MD: Mark Vernon.

Focus Music Library Studio 3, 166 Haverstock Hill, London, NW3 2AT **t** 0207 722 3399
e info@focusmusic.com ▮ Focusmusic1
▮ 1focusmusic 📇 MD: Paul Greedus.

Publishers: Production Music

THE FUNKY JUNKIES MUSIC COMPANY

THE FUNKY JUNKIES
To Be Taken Aurally

18 Soho Square, London, W1D 3QL **t** 020 7060 1234
e info@thefunkyjunkies.co.uk **w** thefunkyjunkies.co.uk
facebook.com/thefunkyjunkies
myspace.com/thefunkyjunkiesonmyspace
twitter.com/thefunkyjunkies
youtube.com/thefunkyjunkies Head: Tim Rushent 0207 060 1234. Musical Guru: Sophie Lovett. Marketing Whizz: Jackie Stuart. Deal Closer: Wendy Swinburne.

G3 Music 13 Hales Prior, Calshot Street, London, N1 9JW
t 020 8361 2170 **f** 020 8361 2170 **e** g3music@g3music.com **w** g3music.com Creative Dir: Greg Heath.

Higher Ground Music Productions The Stables, Albury Lodge, Albury, Ware, Herts, SG11 2LH
t 01279 776 019 **e** info@highergrounduk.com **w** highergrounduk.com Creative & Commercial Dir: Greg Newman.

HotHouse Music 1st Floor, 172a Arlington Rd, London, NW1 7HL **t** 020 7446 7446 **f** 020 7446 7448 **e** info@hot-house-music.com **w** hot-house-music.com
myspace.com/hothousemusicworldwide MDs: Becky Bentham/Karen Elliott.

HUM 31 Oval Road, London, NW1 7EA **t** 020 7482 2345
f 020 7482 6242 **e** firstname@hum.co.uk **w** hum.co.uk
Prod: Daniel Simmons.

In Harmony Music Production 130 Cowley Road, Oxford, OX4 3TL **e** info@inharmonyproduction.com
w inharmonyproduction.com Director: Chris Kennedy.

Instant Music 14 Moorend Crescent, Cheltenham, Gloucestershire, GL53 0EL **t** 01242 523304
f 01242 523304 **e** info@instantmusic.co.uk
w instantmusic.co.uk Managing Director: Martin Mitchell 07957 355 630.

Jingle Jangles The Strand, 156 Holywood Road, Belfast, Co Antrim, BT4 1NY **t** 028 9065 6769 **f** 028 9067 3771
e steve@jinglejangles.tv **w** jinglejangles.tv MD: Steve Martin.

Johnny Boy Records The Studio, 46 Chalk Hill, Watford, Herts, WD1 4BX **t** 01923 255389
e info@johnnyboyrecords.com **w** johnnyboyrecords.co.uk
A&R/Production: John Ravenhall.

Carl Kingston 557 Street Lane, Leeds, West Yorkshire, LS17 6JA **t** 0113 268 7886 **f** 0113 266 0045
e carl@carlkingston.co.uk **w** carlkingston.co.uk
Contact: Carl Kingston 07836 568888.

EMI Production Music 27 Wrights Lane, London, W8 5SW **t** 020 3059 3000 **f** 020 3059 2000
e elaine@emiproductionmusic.com
w uk.emiproductionmusic.com/ Global Creative Development: Elaine van der Schoot.

Larry Lush The Studio, 20 Holdenby Rd, Crofton Pk, London, SE4 2DA **t** 07716 887576
e Laurence.e.p@gmail.com **w** larrylush.com
Producer/Engineer/Arranger/Logic Pro Programmer: Laurence Elliott-Potter.

Little Room Music Production 6 Crosby Road, West Bridgford, Nottingham, Nottinghamshire, NG2 5GH
t 0115 981 6724 **e** steve@lrmp.co.uk **w** lrmp.co.uk
Managing Director: Steve Phillips 07941 73328.

Living Productions 39 Tadorne Road, Tadworth, Surrey, KT20 5TF **t** 01737 812922 **f** 01737 812922 **e** livingprods@ukgateway.net Managing Director: Norma Camby.

London Arrangements 30 Maryland Square, London, E15 1HE **t** 020 8221 2381
e enquiries@londonarrangements.com **w** londonarrangements.co.uk Proprietor: Stephen Robinson.

Mad Hat Studios The Upper Hattons Media Centre, The Upper Hattons, Pendeford Hall Lane, Coven, Nr Wolverhampton, WV9 5BD **t** 01902 840440
f 01902 840448 **e** studio@madhat.co.uk **w** madhat.co.uk
Dir: Claire Swan.

Made Up Music Giffords Oasthouse, Battle Rd, Dallington, Heathfield, East Sussex, TN21 9LH
t 01323 449400 **e** info@madeupmusic.co.uk
w madeupmusic.co.uk Contact: Ray Russell, Rik Walton.

Picture Sound The Old Chapel, Hardwick, Aylesbury, Bucks, HP22 4DZ **t** 01296 640839
e derik@picturesoundlibrary.com **w** soundmusiclibrary.com/
facebook.com/pages/soundmusiclibrarycom/226349687424782 Proprietor: Derik Timms.

Pete Martin Productions 305 Canalot Studios, 222 Kensal Rd, London, W10 5BN **t** 020 8960 0700
f 020 8960 0762 **e** info@frontierrecordings.com
w frontierrecordings.com Dir: Pete Martin.

Mcasso Music Production 32-34 Great Marlborough St, London, W1F 7JB
t 020 7734 3664 **f** 020 7439 2375 **e** dave@mcasso.com
w mcasso.com Producer: Mike Connaris.

Meringue Productions Ltd 37 Church St, Twickenham, Middx, TW1 3NR **t** 020 8744 2277
f 020 8744 9333 **e** meringue@meringue.co.uk
w meringue.co.uk Dir: Lynn Earnshaw.

Metrophonic Tithebarns, Tithebarns Lane, Send, Woking, Surrey, GU23 7LE **t** 01483 225276 **f** 01483 479606
e mail@metrophonic.com **w** metrophonic.com Managing Director: Brian Rawling.

Metrophonic Tithebarns, Tithebarns Lane, Send, Surrey, GU23 7LE **t** 01483 225226 **f** 01483 479276
e mail@metrophonic.com **w** metrophonic.com MD: Brian Rawling.

Mews Productions The Hiltongrove Business Centre, Hatherley Mews, London, E17 4QP **t** 020 8520 3949
e nick@mewsproductions.com **w** mewsproductions.com
Director: Nick Michaels.

www.musicweek.com

Music Week Directory 89

📇 Contacts ▸ Facebook ▸ MySpace ▸ Twitter ▸ YouTube

Publishers: Production Music

Mike Stevens Music Canalot Studios, 222 Kensal Rd, London, W10 5BN **t** 020 8960 5269 **e** sue@msmusic.demon.co.uk 📇 MD: Mike Stevens.

Mix Media Productions Ltd PO Box 4337, Manchester, Manchester, Lancashire, M61 0BX **t** 0844 561 0565 **e** kash@mixmediaproductions.com **w** mixmediaproductions.com 📇 Contact: Kashief Ahmed 0772 9941 422.

Mo'Betta Musiq Utopia Village, Studio One, 7, Chalcot Road, London, Primrose Hill, NW1 8LH **t** 020 7586 9899 **e** enquiries@mobettamusiq.com **w** mobettamusiq.com 📇 Contact: Monty Joseph.

Monster Music Management 28 Glen View Crescent, Heysham, Lancashire, LA3 2QW **t** 01524 852037 **f** 01524 852037 **e** croftmc@aol.com 📇 Contact: Mike Croft.

MUMRA Ltd / Kentish Productions 71 Firs Avenue, Friern Barnet, London, N11 3NF **t** 020 8361 9431 **e** aubrey@aubreynunn.com **w** aubreynunn.com 📇 MD: Aubrey Nunn.

Music By Design 5th Floor, Film House, 142 Wardour St, London, W1F 8ZU **t** 020 7434 3244 **f** 020 7434 1064 **e** rosa@musicbydesign.co.uk **w** musicbydesign.co.uk 📇 Production Manager & Music Consultant: Rosa Martinez.

Niles Productions Ltd 34 Beaumont Rd, London, W4 5AP **t** 020 8248 2157 **e** richard@richardniles.com **w** richardniles.com 📇 Director: Richard Niles.

Offbeat Scotland 107 High St, Royal Mile, Edinburgh, Midlothian, EH1 1SW **t** 0131 556 4882 **f** 0131 558 7019 **e** iain@offbeat.co.uk **w** offbeat.co.uk ▸ iain@offbeat.co.uk ▸ myspace/offbeatscotland ▸ youtube/offbeatscotland 📇 Head Producer: Iain McKinna.

Ommusic 99 Penn Road, Hazlemere, High Wycombe, Bucks, HP15 7NA **t** 01494 712 902 or 07960 564 568 **f** 01494 712 902 **e** ommusicinfo@aol.com **w** ommusic.info 📇 Dir: Liz Coffey.

Open Road 29 Everett Road, Withington, Manchester, M20 3EA **t** 07921 840630 **e** stevie@open-road.co.uk **w** open-road.co.uk ▸ facebook.com/pages/Open-Road-Mixing/131236636926621 ▸ twitter.com/openroadmixing ▸ youtube.com/user/openroadmixing 📇 Contact: Stevie Bond.

Osceola Records - Attic Music 104 Devonport Rd, London, W12 8NU **t** 020 8740 8898 **e** jimmythomas@btinternet.com **w** osceolarecords.com 📇 Proprietor: Jimmy Thomas.

Peacock Productions Ltd 34 Percy St, London, W1T 2DG **t** 020 7580 8868 **f** 020 7323 9780 **e** mailus@peacockdesign.com **w** peacockdesign.com 📇 MD: Keith Peacock.

Pete Kirtley Medlars Cottage, 159 London Rd, Bagshot, Surrey, GU19 5DH **t** 07767 607907 **e** pete@jiant.co.uk ▸ myspace.com/petekirtley 📇 Director: Pete Kirtley.

Phatrax Productions **e** phatraxproductions.googlemail.com **w** phatraxproductions.googlepages.com 📇 Contact: Mark Mills.

Pond-Life t 07973 759146 **e** cchesney@hotmail.com **w** chrischesney.co.uk 📇 Dir: Chris Chesney.

Poportunity 5 Bream Close, Melksham, Wiltshire, SN12 7JX **t** 07968 434570 **e** musicoflegend@aol.com **w** davidlegend.co.uk 📇 Dir: David Rees 07968 434 570.

Primrose Music Publishing 78 Gladstone Road, London, SW19 1QT **t** 020 8542 8225 **e** primrose@primrosemusic.co.uk **w** primrosemusic.co.uk

Psi_Co_Acoustics The Land of Green Ginger, High Street, The Pludds, Ruardean, Gloucestershire, GL17 9TU **t** 01594 861 484 **e** psi_co_acoustics@yahoo.co.uk 📇 Proprietor: Rhys David.

QritiKal Media Group Flat 71, The High, Streatham High Road, London, SW16 1EY **t** 07963 891264 **e** stevie@qritikal.com **w** qritikal.co.uk 📇 Director: Stephen Wakeling.

Qton Records Studio One, Utopia Village, 7 Chalcot Road, London, NW1 8LH **t** 020 7586 9899 **e** enquiries@qtonrecords.com **w** qtonrecords.com 📇 Business Manager: Charlotte Hersh.

Radio Jingles Ltd 5 Victoria Parade, Torquay, Devon, TQ1 2BB **t** 01803 201 918 **f** 01803 400 406 **e** info@radiojingles.com **w** radiojingles.com 📇 Commercial Prod: Julian Sharp.

RBM Composers Churchwood Studios, 1 Woodchurch Road, London, NW6 3PL **t** 020 7372 2229 **f** 020 7372 3339 **e** rbm@easynet.co.uk 📇 MD: Ronnie Bond.

Really Useful Records 22 Tower St, London, WC2H 9TW **t** 020 7240 0880 **f** 020 7240 1204 **e** querymaster@reallyuseful.co.uk **w** reallyuseful.com 📇 Senior Music Manager: Anna Brickles.

Repertoire Music Limited 5 Dean Street, London, W1D 3RQ **t** 020 7287 6171 **e** info@repertoiremusic.com **w** repertoiremusic.com ▸ @SimonRepertoire 📇 Director: Simon James.

Ricall Limited St Johns Studio, 6-8 Church Road, Richmond, Surrey, TW9 2QA **t** 020 7592 1710 **f** 020 7592 1713 **e** mail@ricall.com **w** ricall.com 📇 Vice President Commerical Development: Phil Bird.

Savin Productions 19 Woodlea Drive, Solihull, Birmingham, West Midlands, B91 1PG **t** 0121 240 1100 **f** 0121 240 4042 **e** info@savinproductions.com **w** savinproductions.com 📇 Prop: Brian Savin.

SBI Global Ltd 2 Norton Rd, Morecambe, Lancashire, LA3 1HA **t** 020 3239 8581 **e** keith@sbiglobal.com **w** sbiglobal.com 📇 GM: Keith Page.

Shake Up Music Ickenham Manor, Long Lane, Ickenham, Uxbridge, Middlesex, UB10 8QT **t** 01895 672994 **e** mail@shakeupmusic.co.uk 📇 Director: Joanna Tizard.

Music Week Directory

Publishers: Production Music, Music Supervisors & Consultants

Signia Music - Signia Productions 44 Edith Road, London, W14 9BB **t** 020 7371 2137
e dee@signiamusic.com **w** signiamusic.com MD: Dee Harrington.

Slave Productions (UK) PO Box 200, South Shore, Blackpool, Lancs, FY1 6GR **e** sploj3@yahoo.co.uk Creative Director: Rob Powell.

Solomon Productions 25a Chesterfield Road, Chiswick, London, W4 3HQ **t** 07949 507 018
e mail@solomonproductions.com Dir: Sue Ballingall.

Somethin' Else Sound Direction Unit 1-4, 1A Old Nichol Street, London, E2 7HR **t** 020 7613 3211 **f** 020 7739 9799 **e** info@somethin-else.com **w** somethin-else.com Dir: Steve Ackerman.

Soulem Productions The Cabin Studios, 24a Coleridge Road, Crouch End, London, N8 8ED
t 07906 172455 **e** soulemproductions@yahoo.co.uk
w soulemproductions.com soulem prods
myspace.com/soulemsongs twitter.com/soulem
youtube.com/user/soulemprods Music Producer, manager: Mathieu Karsenti 020 8340 9145.

Space City Productions 77 Blythe Road, London, W14 0HP **t** 020 7371 4000 **f** 020 7371 4001
e info@spacecity.co.uk **w** spacecity.co.uk MD: Claire Rimmer.

Sticky Studios Sticky Studios, Kennel Lane, Windlesham, Surrey, GU20 6AA **t** 01276 479255
e admin@stickycompany.com **w** stickycompany.com
Jake Gosling myspace.com/themusicproducer
jakegosling jakegosling8 Managing Director: Jake Gosling.

Stickysongs 33 Trewince Road, Wimbledon, London, SW19 8RD **t** 020 8739 0928 **e** stickysongs@hotmail.com
w petergosling.com myspace/petergosling MD: Peter Gosling.

Street Level Management Ltd
1st Floor, 17 Bowater Road, Westminster Industrial Estate, Woolwich, London, SE18 5TF **t** 07886 260 686
e ceo@streetlevelenterprises.co.uk
w streetlevelenterprises.com MD: Sam Crawford.

Studio G Cedar Tree House, Main Street, Farthingstone, Towcester, Northamptonshire, NN12 8EZ **t** 01327 360820 **f** 01327 360821 **e** library@studiog.co.uk **w** studiog.co.uk Managing Director: John Gale 01327 360822.

Tom Dick and Debbie Productions 43a Botley Road, Oxford, OX2 0BN **t** 01865 201564 **f** 01865 201935
e info@tomdickanddebbie.com **w** tomdickanddebbie.com Director: Richard Lewis.

Tsunami Sounds Ltd 54 Greek Street, London, W1D 3DS **t** 020 7129 8040 **e** info@tsunamimusic.com
w tsunamimusic.com Director: Ken Easter.

Ultimate Unit 6 Belfont Trading Estate, Mucklow Hill, Halesowen, West Midlands, B62 8DR **t** 0121 585 8001
f 0121 585 8003 **e** info@ultimate1.co.uk **w** ultimate1.co.uk Manager: Andy Tain.

unrehearsed kid Assarts Road, Malvern, Worcestershire, WR14 4HW **t** 01684893108 **e** dukeashton@aol.com
w unrehearsedkid.com facebook.com/UnrehearsedKid Producer: Duke Ashton 07803400752.

V-The Production Library c/o Music 4 Ltd, 41-42 Berners Street, London, W1T 3NB **t** 020 7016 2010
e office@v-theproductionlibrary.com **w** v-theproductionlibrary.com

Visual Music West House, Forthaven, Shoreham-by-Sea, W. Sussex, BN43 5HY **t** 01273 453 422 **f** 01273 452 914
e richard@longman-records.com **w** richard-durrant.com Director: Richard Durrant.

Wavsub Music Penvose Cottage, Summers Street, Lostwithiel, Cornwall, PL22 0DH **t** 08700 702 265
e info@wavsub.com **w** wavsub.com Projects Manager: Lisa Baker.

Wesley Music Solace House, Sterling Court, Loddington, Kettering, Northamptonshire, NN14 1RZ **t** 01536 712266 **f** 01536 418211 **e** neil@wesleymusic.co.uk
w wesleymusic.co.uk Managing Director: Neil Heskins.

West One Music 28 Percy Street, London, W1T 2DB
t 020 7907 1500 **f** 020 7907 1510
e info@westonemusic.com **w** westonemusic.com
Creative Director: Edwin Cox.

Wharfedale Professional Ltd
IAG House, Sovereign Court, Ermine Business Park, Huntingdon, Cambridgeshire, PE29 6XU **t** 01480 447706 **f** 01480 431767 **e** chris@iaguk.com **w** wharfedalepro.com National Sales Manager: Chris Fearn.

Music Supervisors & Consultants

The 7 Stars 46 Charlotte Street, London, W1T 2GS
t 020 7436 7275 **f** 020 7436 7276
e firstname.lastname@the7stars.co.uk **w** the7stars.co.uk
Contact: Jenny Biggam.

Adtrax Glenmundar House, Ballyman Road, Bray Co Wicklow, Ireland **t** +353 1 282 0508 **f** +353 1 282 0508
e deke@adtrax.ie **w** adtrax.ie Ceo: Deke O'Brien +353862576244.

Air-Edel Music Supervision 18 Rodmarton Street, London, W1U 8BJ **t** 020 7486 6466 **f** 020 7224 0344 **e** air-edel@air-edel.co.uk Contact: Maggie Rodford & Matt Biffa.

AMI Music Library 34 Salisbury Street, London, NW8 8QE
t 020 7402 9111 **f** 020 7723 3064 **e** eliot@amimedia.co.uk
w amimedia.co.uk MD: Eliot Cohen.

Anthem Ltd Long Ridge, Arrow Lane, Hartley Wintney, Hampshire, RG27 8LR **t** 07834 766 077
e info@anthemltd.co.uk **w** anthemltd.co.uk Creative Director: Jonathan Painter.

Arising Artist 3 Devonshire Street, London, W1W 5DT
t 020 7749 1995 **f** 020 7749 1981 **e** info@arisingartist.com
Contact: Meredith Cork 020 749 1995.

www.musicweek.com

Music Week Directory 91

👤 Contacts f Facebook ▸ MySpace ▸ Twitter ▶ YouTube

AUROTONE

aurotone

The Palace Theatre, Stage Door, Greek Street, London, W1D 5AY **t** 020 7117 6789 **f** 020 7117 1234 **e** pete@aurotone.com **w** aurotone.com 👤 Contact: Pete Martin. Creative Director: Pete Martin. Business & Legal Affairs Director: John Kellett. A&R Director: Nick Lloyd Webber. Feature Film Supervisor: Nora Mullally.
Music supervisors and consultants to the advertising, film and television industries. A unique and artist-led creative company with associates throughout the world, Aurotone create, source and research music for global clients & brands.

Beetroot Music 40 Berners St, London, W1T 3NA **t** 020 7255 2408 **e** danny@beetrootmusic.com **w** beetrootmusic.com 👤 Director: Danny Webster.

Belsize Music ltd 29 Manor House, 250 Marylebone Rd, London, NW1 5NP **t** 020 7723 7177 **f** 020 7262 0775 **e** belsizemusic@btconnect.com 👤 Dir: Chas Peate.

Bulb ideas Flat 27, Cedar House, 35 Melliss Av, Richmond TW9 4BG **t** 07810 186477 **e** bulb@bulbideas.com **w** bulbideas.com 👤 Creative Director: James Wilkinson.

Chris Merriman Media 72 Shelfanger Rd,, Diss, Norfolk, IP22 4EH **t** 07970 443262 **f** 07974 641139 **e** hello@chrismerrimanmedia.co.uk **w** chrismerrimanmedia.co.uk ▸ christhedj 👤 Music Consultant, Journalist and Broadcaster: Chris Merriman.

Compact Collections Ltd 8-12 Camden High St, London, NW10JH **t** 020 7874 7480 **e** info@compactmediagroup.com **w** compactmediagroup 👤 Contact: John O'Sullivan, James Sellar.

Curved Arrow 32-34 Great Marlborough St, London, W1F 7JB **t** 020 7734 3551/3664 **e** lisa@curvedarrow.co.uk **w** curvedarrow.co.uk 👤 Contact: Lisa McCaffery.

Cutting Edge Group 18 Rodmarton Street, London, W1U 8BJ **t** 0207 467 4488 **f** 0207 224 0344 **e** info@cuttingedgegroup.com **w** cuttingedgegroup.com

Dave McAleer 38 Wharncliffe Gardens, London, SE25 6DQ **t** 020 8239 8464 **f** 020 8239 8464 **e** dave@davemcaleer.com **w** davemcaleer.com 👤 Music Consultant: Dave McAleer.

Fony Records & Modern Leopard Media
Cambridge House, Card Hill, Forest Row, East Sussex, RH18 5BA **t** 01342 822619 **f** 01342 822619 **e** mickeymodern@sky.com **w** mybandpal.com f My Band Pal ▸ myspace.com/mickeymodern ▸ @mickeymodern 👤 Partner: Mickey Modern 07831 505883.

Mark Tinley Orchid Cottages, Saffron Rd, Biggleswade, BEDS, SG18 8DJ **t/f** 0709 212 6916 **e** musicweekenquiry@mark.ty-wharton.com **w** mark.ty-wharton.com f en-gb.facebook.com/mark.tywharton ▸ mark.ty-wharton.com ▶ mark.ty-wharton.com 👤 Composer, Protoolist etc: Mark Ty-Wharton.

GMR Entertainment 1 Riverside, Manbre Road, London, W6 9WA **t** 020 8735 8336 **f** 08702 420 120 **e** davidw@gmrentertainment.com **w** gmrentertainment.com 👤 VP, Europe: David Wille.

Green Bandana Productions 7 Iron Bridge House, Bridge Approach, London, NW1 8BD **t** 020 7722 1081 **f** 020 7483 0028 **e** james@jameshyman.com **w** jlhmusic.com 👤 MD: James Hyman.

Hawk Media Monitoring DMS, 44-46 Scrutton Street, London, EC2A 4HH **t** 0845 055 0979 **e** amy.lecoz@dmsukltd.com **w** dmsukltd.com 👤 Dir: Amy Le Coz.

Howling Monkey c/o Splendid Communications, 69 - 85 Tabernacle Street, London, EC2A 4BD **t** 07917 086200 **e** ben.bleet@howlingmonkey.co.uk **w** howlingmonkey.co.uk ▸ twitter.com/Howling_Monkey 👤 Managing Director: Ben Bleet.

i10Q Hurlingham Studios, Ranelagh Gardens, London, SW6 3PA **t** 020 7371 0051 **f** 020 7371 9004 **e** info@i10q.co.uk **w** i10q.co.uk 👤 Creative Director: Sophie Sheen.

James Wilkinson t 07810 186 477 **e** james@jameswilkinson01.com **w** jameswilkinson01.com 👤 Contact: James Wilkinson.

Jeff Wayne Music Group The Media Village, 131-151 Great Titchfield St, London, W1W 5BB **t** 020 7724 2471 **f** 020 3178 7843 **e** info@jeffwaynemusic.com **w** jeffwaynemusic.com ▶ youtube.com/watch?v=_kDLAAmESVg 👤 Head of Search & Licensing: Paul Goodban.

JG Consultancy 34 Burnmoor Drive, Eaglescliffe, Stockton-on-Tees, County Durham, TS16 0HZ **t** 01642 898822 **e** jgconsultantancy@gmail.com 👤 Music and Band Consultant: James Gair.

June Productions Ltd The White House, 6 Beechwood Lane, Warlingham, Surrey, CR6 9LT **t** 01883 622411 **f** 01883 622081 **e** david@mackay99.plus.com 👤 Producer: David Mackay.

JW Media Music Dolphyn Court, 10-11 Great Turnstile, London, WC1V 7JU **t** 0207 400 1460 **f** 0207 400 1470 **e** jenny@jwmediamusic.co.uk **w** jwmediamusic.com ▸ myspace.com/jwmediamusic 👤 Production Music Manager /Consultant: Jenny Thornton 0207 400 1465.

Karen P Productions Ltd PO Box 52160, London, E9 7WR **t** 020 8986 8558 **e** karen@karenpproductions.com **w** karenp.co.uk 👤 Dir: Karen Pearson.

Killer Music Flat 6, Evedon House, New Era Estate, London, N1 5NS **t** 07971 485609 **e** lawrie@killermusic.co.uk **w** killermusic.co.uk 👤 Managing Director: Lawrence Millar.

Knifedge Knifedge Tower, 4 Margaret St, London, W1W 8RF **t** 020 7436 5434 **f** 020 7436 5431 **e** info@knifedge.net **w** knifedge.net 👤 Joint MD: Jonathan Brigden.

Publishers: Music Supervisors & Consultants

Music Week Directory

Publishers: Music Supervisors & Consultants

Leland Music Ltd t 07961 369830 e abi@lelandmusic.co.uk w lelandmusic.co.uk ▪ MD: Abi Leland.

Marcus Music Ltd Mallow, Priory Road, Sunningdale, SL5 9RH t 01344620805 f 01344620202 e marcus@osterdahl.com ▪ Contact: Marcus Österdahl.

Millbrand Media Licensing PO Box 357, Middlesbrough, TS1 4WZ t 01642 806795 f 01642 351962 e info@millbrand.com w millbrand.com facebook.com/millbrand myspace.com/millbrand ▪ MD: Paul Mooney 07724 051117.

Musicalities Limited Snows Ride Farm, Snows Ride, Windlesham, Surrey, GU20 6LA t 01276 474181 f 01276 452227 e info@musicalities.co.uk w musicalities.co.uk ▪ CEO: Ivan Chandler.

Musicare 16 Thorpewood Avenue, London, SE26 4BX t 020 8699 1245 f 020 8291 5384 e peterfilleul@me.com ▪ MD: Peter Filleul & Sian Wynne.

Picture Music – Music Clearance & Licensing 135 Notting Hill Gate,, London, W11 3LB t 07792 027146 e sharif@picturemusic.co.uk w picturemusic.co.uk ▪ Contact: Sharif Ahmed.

The Product Exchange Ltd 68 Cranston Avenue, Bexhill On Sea, East Sussex, TN39 3NN t 01424 215617 e product.exchange@virgin.net w productexchange.co.uk ▪ MD: Frank Rodgers.

Real Time Information The Unit, 2 Manor Gardens, London, N7 6ER t 020 7561 6700 f 020 7561 4701 e hq@realtimeinfo.co.uk w realtimeinfo.co.uk ▪ GM: Dominic Louth.

Record Play 372 Old Street, 372 Old Street, London, EC1V 9LT t 020 7739 0939 f 020 7117 3852 e daniel@record-play.net w record-play.net ▪ MD: Daniel Cross.

Record-Play Consultants Studio 203, 45-46 Charlotte Rd, London, EC2A 3PD t 020 7739 0939 or 07753 388 275 e info@record-play.net w record-play.net ▪ Prop: Daniel Cross.

RED-i Solutions Ltd Unit 5 Westbourne Studios, 242 Acklam Road, London, W1 05JJ t 02072433303 e info@red-i.net w red-i.net ▪ Director: Matt Bullamore.

Ricall Limited St Johns Studio, 6-8 Church Road, Richmond, Surrey, TW9 2QA t 020 7592 1710 f 020 7592 1713 e mail@ricall.com w ricall.com ▪ Vice President Commerical Development: Phil Bird.

Right Music Limited Old Church Cottage, Wilby, Suffolk, IP21 5LE t 01379 388365 f 01379 384731 e kirsten@rightmusic.co.uk w rightmusic.co.uk ▪ MD: Kirsten Lane.

Schoolhouse Management 42 York Pl, Edinburgh, EH1 3HU t 0131 557 4242 e bruce@schoolhousemanagement.co.uk w schoolhousemanagement.co.uk ▪ MD: Bruce Findlay.

Seeca Music Ltd 6, Ditton Hill Rd, Surbiton, Surrey, KT6 5JD t 020 8398 2510 f 020 8398 1970 e info@seeca.co.uk w seeca.co.uk ▪ Dir: Louise Blair.

Spark Marketing Entertainment Ltd 16 Winton Ave, London, N11 2AT t 0870 460 5439 e mbauss@spark-me.com w spark-me.com mbauss ▪ Managing Director: Matthias Bauss.

Squarepeg Studio 201, Westbourne Studios, 242 Acklam Rd, London, W10 5JJ t 020 7575 3325 e info@squarepeg-uk.com w squarepeg-uk.com ▪ MD: Matt Fisher.

Stream Music 80-82 Dean St, London, W1D 3HA t 020 7573 6600 f 020 7573 6728 e dominic.caisley@stream-worldwide.com ▪ Managing Partner, Music: Dominic Caisley 0207 573 6565.

Sync In the City Pinewood Film Studios, Pinewood, Iver, Buckinghamshire, SLO ONH t 07711 668121 f 0208 950 1294 e helen@syncinthecity.com and helen.gammons@gmail.com ▪ MD: Helen Gammons.

Sync Music Unit 4, The Candlemakers, 112 York Road, London, SW11 3RS t 020 7924 7836 w sync-music.com

Synchronicity 28 Howard House, 161 Cleveland St, London, W1T 6QP t 020 7388 2099 e jp@synchronicity.uk.com w synchronicity.uk.com ▪ MD: Joanna Pearson 07976 743 081.

Tonic Music Ltd Noland House, 5th Floor, 12-13 Poland St, London, W1F 8QB t 020 7287 1077 f 020 7692 4673 e hello@tonic.fm w tonic.fm @TonicMusic ▪ Owner/Creative Director: Susan Stone.

Torchlight Music 34 Wycombe Gardens, London, NW11 8AL t 020 8731 9858 f 020 8731 9858 e tony@torchlightmusic.com ▪ Director: Tony Orchudesch.

Townend Music 44 Eastwick Crescent, Rickmansworth, Herts, WD3 8YJ t 01923 720083 f 01923 710587 e townendmus@aol.com ▪ MD: Mike Townend 07974 048955.

Trailer Media Suite 36, 99-109 Lavender Hill, London, SW11 5QL t 07956 423095 e anton@trailermedia.com w trailermedia.com facebook.com/pages/Trailer-Media/87479164684?ref=nf myspace.com/trailermedia twitter.com/anton_trailer ▪ MD: Anton Hiscock.

Tsunami Music 54 Greek Street, London, W1D 3DS t 020 7129 8040 e info@tsunamimusic.com w tsunamimusic.com ▪ Director: Ken Easter.

Upfront Promotions Ltd Unit 217 Buspace Studios, Conlan St, London, W10 5AP t 020 7565 0050 f 020 7565 0049 e richie@upfrontpromotions.com w upfrontpromotions.com ▪ Music PM: Richie Deeney.

uPlayOn.com RH18 5BW e nomismusic@gmail.com w uplayon.com ▪ Singer-songwriter Consultant/MD uPlayOn.com: Simon Skinner 01342 826549.

Ray Williams Music Consultant The Stable Lodge, Lime Ave, Kingwood, Henley-on-Thames, Oxon, RG9 5WB t 01491 628 111 f 01491 629 668 e crumbsmusic@btopenworld.com w raywilliamsmusic.com ▪ MD: Ray Williams 07813 696 999.

Yes Music Ltd Unit 212, The Saga Centre, 326 Kensal Road, London, W10 5BZ t 020 8968 0111 e simon@yesmusic.co.uk w yesmusic.co.uk ▪ Dirs: Simon Goffe, Gilles Petterson.

Retail

Retailers

3 Beat Records 5 Slater St, Liverpool, L1 4BW
t 0151 709 3355 **f** 0151 709 3707 **e** info@3beat.co.uk
w 3beat.co.uk Shop Mgr: Gemmy Varney.

8 Ball 18 Queen St, Southwell, Notts, NG25 0AA
t 01636 813040 **f** 01636 813141 **e** info@8ball.ltd.uk
w 8ball.ltd.uk Prop: Tim Allsopp.

A&A Music 15 Bridge St, Congleton, Cheshire,
CW12 1AS **t** 01260 280778 **f** 01260 298311
e mail@aamusic.co.uk **w** aamusic.co.uk Owner: Alan Farrar.

Aardvark Music Compton House, 9 Totnes Rd,
Paignton, Devon, TQ2 5BY **t** 01803 664481
f 01803 664481 **e** cj@torrerecords.freeserve.co.uk Co-owner: Clive Jones.

Abergavenny Music 23 Cross Street, Abergavenny,
Gwent, NP7 5EW **t** 01873 853394
e james@abergavennymusic.com
w abergavennymusic.com Owner: James Joseph.

Acorn Music 1 Tylney View, London Road, Hook,
Hampshire, RG27 9LJ **t** 07808 377250
e acornrecords@hotmail.com **w** acorn-music.com
 Managing Director: Mark Olrog.

Action Records 46 Church St, Preston, Lancs,
PR1 3DH **t** 01772 884 772 **f** 01772 252 255
e sales@actionrecords.co.uk **w** actionrecords.co.uk
 Manager: Gordon Gibson 01772 258809.

Action Replay 24 Lake Road, Bowness-On-Windermere, Windermere, Cumbria, LA23 3AP
t 01539 445089
e davidsnaith@actionreplay.wanadoo.co.uk
 Owner: David Snaith.

AG Kemble Ltd 63 Leicester Rd, Wigston, Leics.,
LE18 1NR **t** 0116 288 1557 **f** 0116 288 3949 **e** kembles-records@btconnect.com Owners: Paul Watkins & Fiona Nicholls.

Amazon.co.uk Patriot Court, The Grove, Slough,
SL1 1QP **t** 020 8636 9200 **f** 020 8636 9400
e info@amazon.co.uk **w** amazon.co.uk Contact: Music Store.

Asda Southbank, Great Wilson St, Leeds, West Yorkshire,
LS11 5AD **t** 0113 241 8470 **f** 0113 241 8785
e andrew.powell@asda.co.uk **w** asda.co.uk Buyer Music: Andrew Powell 0113 241 2934.

Atomic Sounds 63 Heather Shaw, Trowbridge,
Wiltshire, BA14 7JT **t** 01225 352245
e atomicsounds1983@virginmedia.com Owner: Tony Grist.

Audio Relief Unit 7/C 18-20 Hillgate Place,
Balham Hill, London, SW12 9ER **t** 020 7138 2922
f 08706 260306 **e** admin@audiorelief.co.uk
w audiorelief.co.uk Commercial Director: Chelone Wolf.

Avalanche Records (Head Office)
5 Grassmarket, Edinburgh, EH1 2HY **t** 0131 659 7708
e kevinavalanche@hotmail.com
w avalancherecords.co.uk Owner: Kevin Buckle.

Avid Records 32-33 The Triangle, Bournemouth,
BH2 5SE **t** 01202 295465 **f** 01202 295465
e paul@avidrecords-uk.com **w** avidrecords-uk.com
 Owner: Martin Howes.

Badlands 11 St. Georges Place, Cheltenham,
Cheltenham, Gloucestershire, GL50 3LA **t** 01242 227724
f 01242 227393 **e** shop@badlands.co.uk
w badlands.co.uk Manager: Nik Ward 01242 246232.

Bailey's Records 40 Bull Ring Indoor Market,
Edgbaston Street, Birmingham, West Midlands, B5 4RQ
t 0121 622 6899 **f** 0121 622 6899
w birminghamindoormarket.co.uk Manager: David Rock.

Banquet Records 52 Eden Street,
Kingston Upon Thames, Surrey, KT1 1EE **t** 020 8549 5871
e shop@banquetrecords.com **w** banquetrecords.com
 Owner: Jon Tolley.

Barneys 21A Cross Keys, Market Square, St Neots,
PE19 2AR **t** 01480 406270 **f** 01480 406270
e keith.barnes2@btinternet.com Contact: Keith Barnes.

The Basement 7 North St, Carrickfergus, Co Antrim,
BT38 7AQ **t** 028 9332 9166 **e** phil@basementni.com
w basementni.com
 facebook.com/home.php#/pages/The-Basement/83982388255 Owner: Phil Barnhill.

Bath Compact Discs 11 Broad St, Bath, BA1 5LJ
t 01225 464766 **f** 01225 482275
e Bathcds@btinternet.com **w** bathcds.btinternet.co.uk
 Co-owner: Steve Macallister.

Beatin Rhythm Records 108 Tib St, Manchester,
M4 1LA **t** 0161 834 7783 **e** music@beatinrhythm.com
w beatinrhythm.com Manager: Derek Howe.

The Beatmuseum Block 130, Unit 4,
Nasmyth Rd South, Hillington, Glasgow, G52 4RE
t 0141 882 4445 **f** 0141 882 8563
e james@beatmuseum.com **w** beatmuseum.com
 Contact: James Rennie.

Bim Bam Records Chalfont House, Botley Rd,
Horton Heath, Eastleigh, SO50 7DN **t** 02380 600329
f 02380 600329 **e** bob@bim-bam.com **w** bim-bam.com
 Owner: Bob Thomas.

Music Week Directory

Contacts | **Facebook** | **MySpace** | **Twitter** | **YouTube**

Retail: Retailers

Blackwell Music 23-25 Broad St, Oxford, OX1 3AX
t 01865 333580 **f** 01865 728020
e music.ox@blackwell.co.uk **w** blackwell.co.uk

Bleep.com Spectrum House, 32-34 Gordon House Road, London, NW5 1LP
t 020 7284 8367 **f** 020 7284 8370   **e** info@bleep.com
w bleep.com
facebook.com/group.php?gid=99021031130
twitter.com/BleepTit Manager: Dan Minchom 020 7284 8171.

Bridport Music 33A South Street, Bridport, Dorset, DT6 3NY **t** 01308 425707 **f** 01308 458271
e info@bridportmusic.co.uk **w** bridportmusic.co.uk
facebook.com/pages/Bridport-Music/117197251655956 Owner: Piers Garner.

Cardiff M Disco Servies Ltd
Unit 2 Highwayman Units, Castle view, Bridgend, Mid Glamorgan, CF31 1 NJ **t** 01656 648170
f 01656 648412 **e** cardiffm@xln.co.uk **w** cardiffm.co.uk
 MD: Philip Evans.

Carnival Records
Unit 6a, Howsell Road industrial estate, Malvern, Worcestershire, WR14 1UJ **t** 01684 779509
e info@carnivalrecords.co.uk
w www.carnivalrecords.co.uk
www.facebook.com/carnivalrecords11
www.twitter.com/carnivalrecords Owner: Rachel 01684 899457.

Catapult 100% Vinyl 22 High Street Arcade, Cardiff, CF10 1BB **t** 029 2022 8990 **f** 029 2023 1690
e enquiries@catapult.co.uk **w** catapult.co.uk MD: Lucy Squire 029 2034 2322.

Chalkys.com Butchers Row, Banbury, Oxon, OX16 5JH
t 01295 271190 **f** 01295 258136 **e** richard@chalkys.com
w chalkys.com MD: Richard White 01295 276944.

Citysounds Ltd 5 Kirby Street, London, EC1N 8TS
t 020 7405 5454 **f** 020 7242 1863 **e** sales@city-sounds.co.uk **w** city-sounds.co.uk Owners: Tom & Dave.

ClassicLPs.co.uk 61 Somers Rd, Malvern, Worcestershire, WR14 1JA **t** 01684 899457
e info@classiclps.co.uk **w** classiclps.co.uk
 Owner: Rachel Heard.

Clerkenwell Music 27 Exmouth Market, London, EC1R 4QL **t** 020 7833 9757
e jeremy@clerkenwellmusic.co.uk Owner: Jeremy Brill.

CODA Music 12 Bank St, The Mound, Edinburgh, Scotland, EH1 2LN **t** 0131 622 7246 **f** 0131 622 7245
e mail@moundmusic.co.uk **w** codamusic.co.uk
myspace.com/codamusicedinburgh

Compact Discounts 94 St. John's Road, Battersea, London, SW11 1PX **t** 020 7978 5560 **f** 020 7978 5931
e mark.disc@btconnect.com **w** compactdiscounts.co.uk
 Director: Mark Canavan.

Counter Culture 130 Desborough Road, High Wycombe, Bucks, HP11 2PU **t** 01494 463 366
f 01494 463 366 **e** counterculture1@btconnect.com
 Owner: Cheryl Evans.

Crash Records 35 The Headrow, Leeds, West Yorkshire, LS1 6PU **t** 0113 243 6743
f 0113 234 0421 **e** store@crashrecords.co.uk
w crashrecords.co.uk Proprietor: Ian De-Whytell.

Crazy Beat Records 87 Corbets Tey Rd, Upminster, Essex, RM14 2AH **t** 01708 228678
e sales@crazybeat.co.uk **w** crazybeat.co.uk
 Owner: Gary Dennis.

Crucial Music Pinery Buildings, Highmoor, Wigton, Cumbria, CA7 9LW **t** 016973 45422 **f** 016973 45422
e crucialsales@crucialmusic.co.uk **w** crucialmusic.co.uk
 MD: Simon James.

Cruisin' Records 132 Welling High St, Welling, Kent, DA16 1TJ **t** 020 8304 5853 **f** 020 8304 0429
e john@cruisin-records.fsnet.co.uk Owner: John Setford 07956308712.

Dance 2 Records 9 Woodbridge Rd, Guildford, Surrey, GU1 4PU **t** 01483 451002 **f** 01483 451006
e in2dance2@hotmail.com **w** dance2.co.uk MD: Hans Vind.

Disc-N-Tape 17 Gloucester Road, Bishopston, Bristol, BS7 8AA **t** 0117 942 2227 **f** 0117 942 2227
e graeme@disc-n-tape.co.uk **w** disc-n-tape.co.uk
 Owner: Graeme Cornish.

Discount Disc 21 Percy St, Hanley, Stoke-on-Trent, Staffs, ST1 1NA **t** 01782 266888 **f** 01782 266888
e discountdisc@talk21.com **w** discountdisc.co.uk
 Manager: Ian Trigg.

Disky.com 3 York Street, St. Helier, Jersey, Channel Islands, JE2 3RQ **t** 01534 509 687
e music.online@disky.com **w** disky.com Managing Director: Robert Bisson.

DJdownload.com 10 Greenland Street, Camden, London, NW1 0ND **t** 020 8133 8844 **f** 020 7284 0648
e justin@djdownload.com,
guy@djdownload.com,john@djdownload.com,juliet@djdownload.com **w** djdownload.com
facebook.com/pages/DJDOWNLOADCOM/11798464179 myspace.com/djdownload
twitter.com/djdownload Sales & Marketing Manager: Justin Pearse, Guy Osborne.

Dolphin Discs 56 Moore St, Dublin 1, Ireland
t +353 1 872 9364 **f** +353 1 872 0405 **e** irishmus@iol.ie
w irelandcd.com GM: Paul Heffernan.

Dub Vendor Records 274 Lavender Hill, Clapham Junction, London, England, SW11 1LJ
t 020 7223 3757 **f** 020 7350 2688
e john@dubvendor.co.uk **w** dubvendor.co.uk
twitter.com/dubvendoruk MD: John MacGillivray 020 7207 9390.

www.musicweek.com **Music Week Directory** 95

👤 Contacts   📘 Facebook   💬 MySpace   🐦 Twitter   ▶ YouTube

Retail: Retailers

Earwaves Records 9/11 Paton St, Piccadilly, Manchester, M1 2BA **t** 0161 236 4022 **f** 0161 237 5932 **e** info@earwavesrecords.co.uk **w** earwavesrecords.co.uk 👤 Proprietor: Alan Lacy.

Eastern Bloc Records Unit 5-6 Central Buildings, Oldham Street, Manchester, Lancashire, M1 1JQ **t** 01612 286432 **f** 01612 286728 **e** easternblocrecords1985@hotmail.co.uk **w** easternblocrecords.co.uk 👤 Manager: John Berry.

Elkin Music 31 Exchange Street, Norwich, Norfolk, NR2 1DP **t** 01603 666332 **f** 01603 666332 **e** elkinmusic@hotmail.co.uk **w** elkinmusic.co.uk 👤 Partner: Richard Elkin.

eMusic Europe 25-26 Poland St, London, W1F 8QN **t** 020 7084 5358 **f** 020 7067 9731 **e** mmilne@emusic.com/ ksattar@emusic.com **w** emusic.com 📘 facebook.com/emusic 🐦 twitter.com/emusic ▶ youtube.com/emusic 👤 MD, Europe: Madeleine Milne.

The Energy 106 Store 63 High Street, Belfast, Co Antrim, BT1 2JZ **t** 028 9033 3122 **f** 028 9033 3122 👤 Mgr: Paul Chapman 028 9032 07780.

Essential Music 20 Great Chapel St, Soho, London, W1 8FW **t** 020 7439 7113 **f** 020 7287 3597 **e** info@essentialmusic.co.uk **w** essentialmusic.co.uk 👤 Owner: Neil Williams.

FAB Music 55 The Broadway, Crouch End, London, N8 8DT **t** 020 8347 6767 **f** 020 8348 3270 **e** fab@fabmusic.co.uk 👤 Directors: Mal Page, Kevin Payne.

Fat City Records Unit 22 Buspace Studios, Conlan St, London, W10 5AP **t** 020 8960 8128 **f** 020 8964 9255 **e** shop@fatcity.co.uk **w** fatcity.co.uk 👤 Director: Gerald Short.

Fives 22 Broadway, Leigh-On-Sea, Essex, SS9 1AW **t** 01702 711629 **f** 01702 712737 **e** peter@fives-records.co.uk **w** fives-records.co.uk 👤 Mgr: Pete Taylor.

Flashback 50 Essex Rd, Islington, London, N1 8LR **t** 020 7354 9356 **f** 020 7354 9358 **e** office@flashback.co.uk **w** flashback.co.uk 📘 facebook.com/flashbacklondon#!/profile.php?id=100000280794993 💬 myspace.com/flashbackrecords 🐦 twitter.com/flashbacklondon 👤 Owner: Mark Burgess.

Flashback 144 Crouch Hill, London, N8 9DX **t** 020 8342 9633 **f** 020 8342 9633 **e** office@flashback.co.uk **w** flashback.co.uk 📘 facebook.com/flashbacklondon#!/profile.php?id=100000280794993 💬 myspace.com/flashbackrecords 🐦 twitter.com/flashbacklondon 👤 Owner: Mark Burgess.

Flip Records 2 Mardol, Shrewsbury, SY1 1PY **t** 01743 244 469 **f** 01743 260 985 **e** sales@fliprecords.co.uk **w** fliprecords.co.uk 👤 Owner: Duncan Morris.

Flying Records 94 Dean Street, London, W1D 3TA **t** 020 7734 0172 **f** 020 7287 0766 **e** info@flyingrecords.com **w** flyingrecords.com 👤 Manager: Anthony Cox.

Fopp 142 Wardour Street, London, W1F 8LN **t** 020 7432 2000 **f** 020 7432 2002 **e** firstname.lastname@hmv.co.uk **w** foppreturns.com 👤 Head of Press and PR: Gennaro Castaldo 020 7432 2033.

Forest Records 7, Earley Court, High Street, Lymington, Hampshire, SO41 9EP **t** 01590 676 588 **f** 01590 612 162 **e** forestrec@btconnect.com 👤 Buyer: Neil Hutson.

Forsyth Brothers 126 Deansgate, Manchester, M3 2GR **t** 0161 834 3281 **f** 0161 834 0630 **e** info@forsyths.com **w** forsyths.co.uk 👤 Dept. Mgr, Recorded Music: Audrey Wilson.

45s Record Shop 64 Northgate Street, Gloucester, GL1 1SL **t** 01452 309445 **f** 01452 309445 **e** chrismanna@onetel.net.uk 👤 Contact: Chris Manna.

Gatefield Sounds 70 High Street, Whitstable, Kent, CT5 1BB **t** 01227 263 337 👤 MD: Mike Winch.

Gee CDs 5 Home Street, Tollcross, Edinburgh, EH3 9LZ **t** 0131 228 2022 **e** sales@geecds.co.uk **w** gee-cds.co.uk

Golden Disc Group 11 Windsor Place, Pembroke St, Dublin 2 **t** +353 1 676 8444 **f** +353 1 676 8565 **e** info@goldendiscs.ie **w** goldendiscs.ie

Good Vibrations Records 54 Howard Street, Belfast, Co Antrim, BT1 6PG **t** 028 9058 2250 **f** 028 9058 2252 **w** goodvibrations.ie 👤 MD: Terri Hooley.

Hard To Find Vinyl House, 10 Upper Gough Street, Birmingham City Centre, West Midlands, B1 1JG **t** 0121-687 7777 **f** 0121-687 7774 **e** sales@htfr.com **w** HTFR.com 📘 facebook.com/hardtofindhtfr 💬 myspace.com/htfr 🐦 twitter.com/htfr ▶ youtube.com/htfr 👤 Managing Director: Jason Kirby.

HMV UK Ltd Princess House, 50-60 Eastcastle Street, London, W1W 8EA **t** 020 7432 2000 **f** 020 7432 2002 **e** firstname.lastname@hmv.co.uk **w** hmv.com / hmvgroup.com 📘 hmv.com / hmvgroup.com 💬 .com / hmvgroup.com 🐦 twitter.com/hmvtweets ▶ hmv.com / hmvgroup.com 👤 Head of Press & PR: Gennaro Castaldo 020 7432 2033.

Honest Jon's Records 278 Portobello Rd, London, W10 5TE **t** 020 8969 9822 **f** 020 8969 5395 **e** mail@honestjons.com **w** honestjons.com

HW Audio (Sound & Lighting) 180-198 St Georges Rd, Bolton, Lancs, BL1 2PH **t** 01204 385199 **f** 01204 364057 **e** sales@hwaudio.co.uk **w** hwaudio.co.uk 👤 Sales Dir: Richard Harfield.

iTunes Europe 8 rue Heinrich Heine, L-1720, Luxembourg **w** itunes.com

Music Week Directory

Retail: Retailers

J Sainsbury 33 Holborn, London, EC1N 2HT **t** 020 7695 4295 **f** 020 7695 4295 **e** matt.newman@sainsburys.co.uk **w** sainsburysentertainment.co.uk ✉ Head of Music & DVD: Matt Newman 0207 695 7026.

Jibbering Records 136 Alcester Rd, Moseley, Birmingham, B13 8EE **t** 0121 449 4551 **e** contact@jibberingrecords.com **w** jibberingrecords.com ✉ Owner: Dan Raffety.

JMF Records 86 High Street, Invergordon, Ross-shire, IV18 0DL **t** 01349 853369 **f** 01349 853369 **e** jmfrecords@hotmail.com **w** jmfrecords.co.uk ✉ Manager: James Fraser.

Jumbo Records 5-6 St Johns Centre, Leeds, West Yorkshire, LS2 8LQ **t** 0113 245 5570 **f** 0113 242 5019 **e** hunter@jumborecords.fsnet.co.uk **w** jumborecords.co.uk ✉ Partners: Hunter Smith, Lornette Smith.

June Emerson Wind Music Windmill Farm, Ampleforth, York, YO62 4HF **t** 01439 788324 **f** 01439 788715 **e** JuneEmerson@compuserve.com ✉ Prop: June Emerson.

Kane's Records 14 Kendrick St, Stroud, Glocs., GL5 1AA **t** 01453 766 886 **f** 01453 755 377 **e** sales@kanesrecords.com **w** kanesrecords.com ✉ Owner: Kane Jones.

Kingbee Records 519 Wilbraham Road, Chorlton-Cum-Hardy, Manchester, M21 0UF **t** 0161 860 4762 **f** 0161 860 4762 **e** kingbeerecords@lycos.co.uk ✉ Contact: Les Hare.

Langland Records 2 Bell St, Wellington, Shropshire, TF1 1LS **t** 01952 244 845 ✉ Owner: Ian Bridgewater.

Lewks Music & Movies 3 Wales Court, Downham Market, Norfolk, PE38 9JZ **t** 01366 383762 **f** 01366 383544 **e** admin@lewks.co.uk **w** lewks.co.uk

Loco Records 5 Church Street, Chatham, Kent, ME4 4BS **t** 01634 818330 **f** 01634 880321 **e** info@locomusic.co.uk **w** locomusic.co.uk ✉ Owner: Gary Turner.

Main Street Music 11 Smithfield Centre, Leek, Staffordshire, ST13 5JW **t** 01538 384 315 **e** mike@demon655.freeserve.co.uk

Malcolm's Musicland The Baptist Chapel, Chapel Street, Chorley, Lancashire, PR7 1BW **t** 01257 264362 **e** sales@cdvideo.co.uk **w** malcolmsmusicland.co.uk Malcolm's Musicland ✉ Proprietor: Malcolm Allen.

MDC Classic Music Ltd 124 Camden High St, London, NW1 0LU **t** 020 7485 4777 **f** 020 7482 6888 **e** info@mdcmusic.co.uk **w** mdcmusic.co.uk ✉ Dir: Alan Goulden.

Millenium Music 16-18 The Arcade, Oakhampton, Devon, EX20 1EX **t** 01837 659249 **e** milleniummusic@btopenworld.com **w** millenium-music.net ✉ Owner: Richard Appleby.

Mixmaster Music & Entertainment Newport Road, Castlebar, Co Mayo, Ireland **t** +353 94 23732 **f** +353 94 23732 **e** mixmaster@eircom.net ✉ Owner: Pat Concannon.

Morning After Music Llyfnant House Shop, 22 Penrallt Street, Machynlleth, Powys, SY20 8AJ **t** 01654 703767 ✉ Propietor: Malcolm Hume.

Mostyn Music 34 Buckley Street, Stalybridge, Cheshire, SK15 1TT **t** 0161 394 7590 **e** Maureen@mostynmusic.com **w** mostynmusic.com ✉ Partner: Maureen Cresswell.

MSM Recordstore 1st Floor, 17 Chalk Farm Road, London, NW1 8AG **t** 020 7284 2527 **f** 020 7284 2504 **e** info@msmrecordstore.co.uk **w** msmrecordstore.co.uk ✉ MD: Des Carr.

Music and Merchandise Music and Merchandise, Lodge Road, Sandbach, Cheshire, CW11 3HP **t** 01270.759078 **e** info@mamstore.co.uk **w** mamstore.co.uk facebook.com/mamstore **c** twitter@mamstore musicandmerchandise ✉ Managing Director: Martin J Harrison 01270 759078.

The Music Box 13 Market Place, Wallingford, Oxon, OX10 0AD **t** 01491 836269 **e** info@themusicbox.net ✉ Owner: Richard Strange.

Music Magpie 22 Castle Street, 22 Castle Street, Macclesfield, Cheshire, SK11 6AF **t** 08704 792705 **e** shop@musicmagpie.co.uk **w** musicmagpie.co.uk ✉ Operations Manager: Craig Dawson.

The Music Room St. John's Pl, Cleckheaton, West Yorkshire, BD19 3RR **t** 01274 879 768 **f** 01274 852 280 **e** info@the-music-room.com **w** themusicroom-online.co.uk ✉ Partner: John Turner.

Music Room 8 North Street, Sandwick, Isle of Lewis, Outer Hebrides, HS2 0AD **t** 07754 614498 **e** karen@celticmusicroom.com **w** celticmusicroom.com ✉ Contact: John Clarke.

Musicbank 5 Station Way, Cheam Village, Surrey, SM3 8SD **t** 020 8643 2869 **f** 020 8643 3092 ✉ Contact: Robert Bush.

Musica Music Stands & Digital Piano Dollies) Piccaddilly Mill, Lower St, Stroud, Gloucestershire, GL5 2HT **t** 01453 751911 **e** info@musisca.co.uk **w** musisca.co.uk ✉ Director: Marc Oboussier.

Pelicanneck Records 74-76 High St, Manchester, M4 1ES **t** 0161 834 2569 **f** 0161 236 3351 **e** mailboy@boomkat.com **w** boomkat.com ✉ Owner: Shlom Sviri.

Pendulum Records 34 Market Place, Melton Mowbray, Leicestershire, LE13 1XD **t** 01664 565025 **f** 01664 560310 **e** mw@pendulum-records.co.uk **w** pendulum-records.co.uk ✉ Owner: Mike Eden.

www.musicweek.com   **Music Week Directory** 97

📇 Contacts   ⓕ Facebook   🅼 MySpace   🅣 Twitter   ▶ YouTube

Retail: Retailers

Phonica Records 51 Poland Street, London, W1F 7LZ **t** 020 7025 6070 **e** simon@phonicarecords.com **w** phonicarecords.co.uk ⓕ phonicarecords.com 🅣 twitter.com/phonicarecords ▶ phonicarecords.com 📇 Manager: Simon Rigg.

Piccadilly Records 53 Oldham Street, Manchester, Lancashire, M1 1JR **t** 0161 839 8008 **f** 0161 839 8008 **e** darryl@piccadillyrecords.com **w** piccadillyrecords.com 🅼 myspace.com/piccadillyrecords 📇 Director: Darryl Mottershead 0161 834 8888.

Pied Piper Records 293 Wellingborough Rd, Northampton, NN1 4EW **t** 01604 624777 **f** 01604 624777 **e** piedpiperrecords@aol.com **w** pied-piper-records.co.uk 📇 Prop: Nick Hamlyn.

Planet Video Systems Pinewood Studios, Pinewood Road, Iver, Bucks, SL0 ONH **t** 08707 605369 **f** 020 8950 1294 **e** mix@planetaudiostudios.com **w** planetaudiosystems.co.uk 📇 GM: Helen Gammons.

Planet of Sound (Scotland) 236 High St, Ayr, South Ayrshire, KA7 1RN **t** 01292 265 913 **f** 01292 265 493 **e** planet-of-sound@btconnect.com 📇 Manager: Ian Hollins.

Play.com Webworks, Sovereign House, Vision Park,, Chivers Way, Histon, Cambridge, Cambs, CB24 9BY **t** 01223 484 000 **f** 01223 484 137 **w** play.com ⓕ facebook.com/Playcom 🅣 twitter.com/playcom 📇 Manager for Music: Ben Bewick.

Prelude Records 25B Giles St, Norwich, Norfolk, NR2 1JN **t** 01603 628319 **f** 01603 620170 **e** admin@preluderecords.co.uk **w** preluderecords.co.uk 📇 Partner: Andrew Cane.

Probe Records Retail Unit 1, The Bluecoat, School Lane, Liverpool, L1 3BX **t** 0151 708 8815 **f** 0151 709 7121 **e** probe-records@btconnect.com **w** probe-records.com 📇 Owner: Anne Davies.

Providence Music 1 St Georges Road, Bristol, BS1 5UL **t** 01179 276 536 **f** 01179 276 680 **e** shop@providencemusic.co.uk **w** providencemusic.co.uk 📇 Manager: Ruth Cooper.

Prozone Music 1 Station Road, Chesham, Buckinghamshire, HP5 1DH **t** 01494 776262 **e** info@prozonemusic.com **w** prozonemusic.com 📇 Director: Tom Watson.

Pure Groove Records 649 Holloway Road, London, N19 5SE **t** 07815 119775 **f** 020 7263 5590 **e** info@puregroove.co.uk **w** puregroove.co.uk 📇 Buyer: Simon Singleton.

Rapture Entertainment Ltd
Unit 12 Woolgate Shopping Centre, Market Square, Witney, Oxfordshire, OX28 6AP **t** 01993 700567 **f** 01993 862877 **e** info@rapture-online.co.uk **w** rapture-online.co.uk 📇 Managing Director: Gary Smith.

Rat Records 348 Camberwell New Road, Camberwell, London, SE5 0RW **t** 07795 424575 **e** ratrecords@btconnect.com **w** ratrecordsuk.net ⓕ facebook.com/pages/Rat-Records/240644122654134?ref=ts 📇 Supreme Overlord: Tom Fisher.

Ray's Jazz at Foyles 1st Floor, 113-119 Charing Cross Rd, London, WC2H 0EB **t** 020 7440 3205 **e** paul@foyles.co.uk **w** foyles.com 📇 Mgr: Paul Pace.

Record Corner Pound Lane, Godalming, Surrey, GU7 1BX **t** 01483 422006 **e** info@therecordcorner.co.uk **w** therecordcorner.co.uk 📇 Proprietor: Tom Briggs.

Records & Discs Ltd T/A Tower Records Ireland 6-8 Wicklow St, Dublin 2, Ireland **t** +353 1 671 3250 **f** +353 1 671 3260 **e** cliveb@towerrecords.ie **w** towerrecords.ie ⓕ facebook.com/TowerRecordsDublin 🅼 myspace.com/tower_records 🅣 twitter.com/Tower_Records ▶ towerrecords.ie 📇 Store Mgr: Clive Branagan.

Reflex 23 Nun Street, Newcastle Upon Tyne, Tyne and Wear, NE1 5AG **t** 01912 603246 **f** 01912 603245 **e** alan@reflexcd.co.uk **w** reflexcd.co.uk 📇 Owner: Alan Jourdan.

Reform Ltd Unit 12, City Arcade, Fore Street, Exeter, Devon, EX4 3JE **t** 01392 411 337 **e** sales@reform-records.co.uk **w** reformrecords.co.uk ⓕ facebook.com/#!/pages/Reform-Records/109187169145645 🅣 twitter.com/#!/reformexeter ▶ youtube.com/user/reformrecords1 📇 Business owner: Max Jones 07926211377.

Release The Groove Records 20 Denman Street, London, W1D 7HR **t** 020 7734 7712 **f** 020 7734 7713 **e** sales@easyvinyl.com **w** easyvinyl.com 📇 Managing Directors: Gary Dillon, Dean Savonne.

Replay 73 Park Street, Bristol, BS1 5PF **t** 0117 904 1134 📇 Mgr: Bob Jones 0117 904 1135.

Replay Records Stall 18 Indoor Market, Tunstall, Stoke On Trent, Staffs, ST6 5TP **t** 01782 823456 **e** mack937@btinternet.com 📇 Prop: Brian Mack.

Rhythm & Rhyme Records 9 High Street, Launceston, Cornwall, PL15 8ER **t** 01566 772774 **f** 01566 775668 📇 Owner: Chris Parsons.

Roadkill Records 89 Oldham St, Manchester, M4 1LW **t** 0161 832 4444 **e** info@roadkill-records.com **w** roadkill-records.com 📇 Mgr: Liam Stewart.

Rock Box 151 London Rd, Camberley, Surrey, GU15 3JY **t** 01276 26628 **f** 01276 678776 **e** mailorder@rockbox.co.uk **w** rockbox.co.uk 📇 Owner: Alan Bush.

Retail: Retailers

Rough Trade East Rough Trade East, Old Truman Brewery, 91 Brick Lane, London, E1 6QL
t 020 7392 7788 **e** press@roughtrade.com
w roughtrade.com Store manager: Spencer Hickman.

Rough Trade Shops Old Truman Brewery, 91 Brick Lane, London, E1 6QL **t** 020 7392 7788
f 020 7392 7789 **e** pete@roughtrade.com
w roughtrade.com roughtrade.com Contact: Peter Donne 020 7391 7780.

Rough Trade West 130 Talbot Rd, London, W11 1JA
t 020 7229 8541 or 020 7221 3066 **f** 020 7221 1146
e shop@roughtrade.com **w** roughtrade.com
 Contact: Nigel House.

Rounder Records 19 Brighton Square, The Lanes, 19 Brighton Square, Brighton, Sussex, BN1 1HD
t 01273 325440 **e** philshop@btconnect.com
w rounderbrighton.co.uk Manager: Johnny Hartford.

Rub A Dub 35 Howard St, Glasgow, Lanarkshire, G1 4BA **t** 0141 221 9657 **f** 0141 221 9650
e info@rubadub.co.uk **w** rubadub.co.uk Partner: Dan Lurinsky.

micsdirect Unit 2-B Orpin Road, Merstham, Redhill, Surrey, UK, RH1 3EZ **t** 01737 306010
e sales@micsdirect.com **w** micsdirect.com micsdirect
 Managing Director: Andy Wild 07941 241142.

Selectadisc 21 Market St, Nottingham, NG1 6HX
t 0115 947 5420 **f** 0115 941 4261 **w** selectadisc.co.uk
 Owner: Brian Selby.

Sellanby 245 Northolt Rd, South Harrow, Middx., HA2 8HR **t** 020 8864 2622 Owners: David & Peter Smith.

Sho'nuff...Beatz Workin' 86 Main St, Bangor, Co. Down, BT20 4AG **t** 028 9147 7926 **f** 028 9147 7927
e steve@shonuff.co.uk **w** shonuff.co.uk Owner: Steve McDowell.

Silverback Records 40 Bloomsbury Way, London, WC1A 2SA **t** 020 7404 9456
e info@silverbackrecords.com **w** silverbackrecords.co.uk
 Owners: Ben Addison, Mike Oxley.

Sister Ray 34-35 Berwick Street, Soho, London, W1F 8RP **t** 020 7734 3297 **e** sales@sisterray.co.uk
w sisterray.co.uk Owner: Phil Barton.

Smyths Musique 12 Railway St, Newcastle, Co Down, BT33 0AL **t** 028 4372 2831 **e** musique@smyths.biz
w smyths.biz

Solo Music 22a Market Arcade, Guildhall Shopping Centre, Exeter, EX4 3HW
t 01392 496554 **f** 01392 491785
e admin@solomusic.freeserve.co.uk **w** solomusic.co.uk
 Co-Owner: Penny Keen, Maggie Garrett

Soul Brother Records 1, Keswick Road, London, SW15 2HL **t** 020 8875 1018 **f** 020 8871 0180
e soulbrother@btinternet.com **w** soulbrother.com
 Partner: Laurence Prangell.

Soundclash 28 St Benedicts Street, Norwich, Norfolk, NR2 4AQ **t** 01603 761004 **f** 01603 762248
e soundclash@btinternet.com **w** run.to/soundclash
 MD: Paul Mills.

Sounds Good 7 Henrietta Street, Cheltenham, Gloucestershire, GL50 4AA **t** 01242 234604
f 01242 253030 **e** cds@soundsgoodonline.co.uk
w soundsgoodonline.co.uk Managing Director: Robert Nichols.

Sounds of the Universe 7 Broadwick St, London, W1F 0DA **t** 020 7494 2004 **f** 020 7494 2004
e info@soundsoftheuniverse.com
w souljazzrecords.co.uk Contact: Karl Shale.

Sounds To Go 130 Holloway Rd, London, N7 8JE
t 020 7609 3851 **f** 020 7609 3851
e sounds_to_go@hotmail.com **w** gem.co.uk
 Owner: Alex Isaacs.

Speed Music Plc Speed Music, 195 Caerleon Road, Newport, South Wales, NP19 7HA **t** 01633 215577
e info@speedmusic.co.uk **w** speedmusic.co.uk
 facebook.com/group.php?gid=130806610278301
 myspace.com/speedmusicswansea
 twitter.com/#!/SpeedNewport Manager: Nick Fowler.

Spillers Records 36, The Hayes, Cardiff, CF10 1AJ
t 029 2022 4905 **f** 029 2034 0358
e info@spillersrecords.com **w** spillersrecords.com

Spin Compact Discs 8 High Bridge, Newcastle-upon-Tyne, NE1 1EN **t** 0191 261 4741 **f** 0191 261 4747
e info@spincds.com **w** spincds.com Owner: Dave Dodds 0191 261 4742.

Spiral Classics Classical LPs 52 Herbert St, Loughborough, LE11 1NX **t** 01509 557 846
f 01509 557 847 **e** sophia@spiralclassics.co.uk
w spiralclassics.co.uk Owner: Sophia Singer.

Stagebeat Limited 48 Kingsmead, The Meads Shopping Centre, Farnborough, Hampshire, GU14 7SL **t** 01252 416 117 **f** 01252 416 299
e sales@stagebeat.com **w** stagebeat.com
 facebook.com/pages/STAGEBEAT/23734769581
 twitter.com/STAGEBEAT Managing Director: Moss Hills 01252 416 511.

Stand-Out Records Ltd 23 Fisherton Street, Salisbury, Wilts, SP2 7SU **t** 01722 411 344
f 01722 421 505 **e** stand-out@totalise.co.uk
w myspace.com/standoutrecordsltd MD: Andy Bennett.

www.musicweek.com

Music Week Directory 99

📇 Contacts ❚ Facebook ❚ MySpace ❚ Twitter ▶ YouTube

Swordfish 14 Temple Street, Birmingham, B2 5BG **t** 0121 6334859 **f** n/a 📇 Owner: Mike Caddick.

Tempest Records 83 Bull St, City Centre, Birmingham, West Midlands, B4 6AB **t** 0121 236 9170 **f** 0121 236 9270 **e** info@tempestrecords.co.uk **w** tempestrecords.co.uk ❚ facebook.com/tempestrecords ❚ myspace.com/tempestrecords 📇 Manager: Mark Thornton.

Tesco Stores Ltd PO Box 44, Cirrus Building C, Shire Park, Welwyn Garden City, Herts, AL7 1ZR **t** 01992 632222 **f** 01707 297690 **w** tesco.com 📇 Commercial Manager - Music: Pete Selby.

Three Shades Records 16 Needless Alley, off New Street, Birmingham City Centre, West Midlands, B2 5AE **t** 0121 687 2772 📇 Shop Manager: Martin Banks.

Time Life Music Brettenham House, Lancaster Place, London, WC2E 7TL **t** 020 7499 4080 **e** info@timelife.co.uk **w** timelife.co.uk

Torre Records 240 Union St, Torquay, Devon, TQ2 5BY **t** 01803 291506 **f** 01803 291506 **e** cj@torrerecords.freeserve.co.uk 📇 Co-owner: Lee Jones.

Track Records 50 Goodramgate, York, North Yorkshire, YO1 7LF **t** 01904 629 022 **f** 01904 610 637 **e** trackrecords@btinternet.com **w** trackrecordsuk.com 📇 Owner: Keith Howe.

Tracks 14 Railway Street, Hertford, SG14 1BG **t** 01992 589294 **f** 01992 587090 📇 Buyer: Dennis Osborne.

Trading Post 23 Nelson St, Stroud, Glos **t** 01453 759116 **f** 01453 756455 **e** simon@tradingpost.freeserve.co.uk **w** the-tradingpost.co.uk

Tudor Tunes 7 Tudor Row, Lichfield, WS13 6HH **t** 01543 257627 **f** 01543 257627 **e** tudortunes@williams3291.fsnet.co.uk 📇 Owners: Dave & Janice Williams.

TuneTribe 3 Devonshire Street, London, W1W 5DT **t** 020 7749 1980 **f** 020 7749 1981 **e** info@tunetribe.com **w** tunetribe.com ❚ facebook.com/TuneTribe ❚ twitter.com/tunetribe 📇 CEO: William Haighton.

UDM Records 30 Southbury Rd, Enfield, Middx, EN1 1SA **t** 020 8366 5422 **f** 020 8366 5422 **e** info@ultimatedancemusic.co.uk **w** ultimatedancemusic.co.uk 📇 Owner: Neil Stamp.

Upbeat Trevelver, Belle Vue, Bude, Cornwall, EX23 8JL **t** 01288 355763 **f** 01288 355763 📇 Owner: Keith Shepherd.

Uptown Records 3 D'Arblay Street, London, W1F 8DH **t** 020 7434 3639 **f** 020 7434 3649 **e** izzy@uptownrecords.com **w** uptownrecords.com

Vinyl Addiction Record Shop 6 Inverness St, Camden, London, NW1 7HJ **t** 020 7482 1114 **f** 020 7681 6039 **e** music@vinyladdiction.co.uk **w** vinyladdiction.co.uk 📇 MD: Justin Rushmore.

Vox Pop 53-55 Thomas Street, Manchester, M4 1NA **t** 0161 832 3233 **e** enquiries@voxpopmusic.com **w** voxpopmusic.com 📇 Manager: Tim Giles.

Waterside Music 1 Waterside House, The Plains, Totnes, Devon, TQ9 5DW **t** 01803 867947 📇 Prop: John Cooper.

Webworks powering Play.com Sovereign House, Vision Park, Chivers Way, Histon, Cambridge, CB24 9BY **t** 01223 484 000 **f** 01223 484 137 **w** play.com

What Records Shelford House Farm Barn, Lutterworth Rd, Burton Hastings, CV11 6RD **t** 01455 221189 **e** whatuk@aol.com **w** whatrecords.co.uk 📇 Director: Tim Ellis.

Whitelabel Records 4, Colomberie, St Helier, Jersey, Channel Islands, JE2 4QB **t** 01534 725 256 **f** 01534 780 956 **e** info@whitelabelrecords.co.uk **w** whitelabelrecords.co.uk 📇 Owner: Mal White.

WM Morrisons Supermarkets Plc Hilmore House, Gain Lane, Bradford, West Yorkshire, BD3 7DL **t** 0845 611 5000 **e** andrew.pleasance@morrisonsplc.co.uk **w** morrisons.co.uk 📇 Senior Trading Director For Operations: Andrew Pleasance.

WS::Records 3 Mill Street, Bedford, Bedfordshire, MK40 3EU **t** 01234 266244 **e** wsrcrds@aol.com **w** wsrecords.com ❚ facebook.com/home.php#/group.php?gid=36171258 324&ref=ts 📇 Mgr: Paul Willsher.

www.mbopmegastore.com 145-157 St John Street, London, EC1V 4PW **e** paul.ballance@mbopglobal.co.uk **w** istoresmusic.com 📇 Contact: Paul Ballance 07803 007707.

WyldPytch Records 51 Lexington St, London, W1F 9HL **t** 020 7434 3472 **f** 020 7287 1403 **e** contact@wyldpytch.com **w** wyldpytch.com 📇 Owner: Digger Elias.

X-Records 44 Bridge St, Bolton, Lancs, BL1 2EG **t** 01204 524018 **f** 01204 370214 **e** xrecords@xrecords.co.uk **w** xrecords.co.uk

zavvi.com Meridian House, Gadbrook Park, Rudheath, Northwich, Cheshire, CW9 7RA **w** zavvi.com

Zhivago Sound And Vision 5-6 Shop Street, Galway, Ireland **t** +353 91 564198 **f** +353 91 509951 **w** musicireland.com 📇 Gen Mgr: Des Hubbard.

The Zone PO Box 57, Radlett, Hertfordshire, WD7 8BU **t** 01923 850650 **f** 01923 859903 **e** feedback@thezone.co.uk **w** thezone.co.uk 📇 MD: Carey Budnick.

Retail Services

2Funky 62 Belgrave Gate, Leicester, LE1 3GQ **t** 0116 299 0700 **f** 0116 299 0077 **e** shop@2-funky.co.uk **w** 2-funky.co.uk 📇 Manager: Vijay Mistry.

Retail: Retailers, Retail Services

100 **Music Week Directory** www.musicweek.com

🅱 Contacts 📘 Facebook 🅴 MySpace 🅴 Twitter ▶ YouTube

Retail: Retail Services

AG Kemble Ltd 63 Leicester Rd, Wigston, Leics., LE18 1NR **t** 0116 288 1557 **f** 0116 288 3949 **e** kembles-records@btconnect.com 🅱 Owners: Paul Watkins & Fiona Nicholls.

Airplay The Manse, 39 Northenden Road, Sale, Cheshire, M33 2DH **t** 0161 962 2002 **f** 0161 962 2112 **e** mailbox@airplay.co.uk **w** airplay.co.uk 🅱 Head of Music: Paul Maunder.

Blueprint Digital Unit 1, 73 Maygrove Road, London, NW6 2EG **t** 020 7209 4224 **f** 020 7209 2334 **e** info@blueprint.net **w** blueprint.net 🅱 SVP, Products & Services: Mike Pears.

C-Burn Systems Ltd 33 Sekforde St, London, EC1R 0HH **t** 020 7250 1133 **f** 020 7253 8553 **e** info@c-burn.com **w** c-burn.com 🅱 Sales & Marketing: Neil Phillips.

Cambridge Shelving Ltd Unit 15, Lancaster Way Business Park, Ely, Cambridgeshire, CB6 3NW **t** 01353 665533 **e** jf21@hotmail.co.uk **w** reddisplays.com 🅱 Director: John Findlay 07970 854226.

Cardiff M Light & Sound Unit 2 Highwayman Units, Castle view, Bridgend, Mid Glamorgan, CF31 1 NJ **t** 01656 648170 **f** 01656 648412 **e** cardiffm@xln.co.uk **w** cardiffm.co.uk 🅱 MD: Philip Evans.

Colorset Graphics 2-3 Black Swan Yard, Bermondsey St, London, SE1 3XW **t** 020 7234 0300 **f** 020 7234 0118 **e** mail@colorsetgraphics.co.uk **w** colorsetgraphics.co.uk 🅱 Dir: Frank Baptiste.

Creative Retail Entertainment 2 Pincents Kiln, Calcot, Reading, Berkshire, RG31 7SD **t** 0118 930 5599 **f** 0118 930 3369 **e** lc@cre.co.uk **w** cre.co.uk 🅱 Sales Co-Ordinator: Lesley Cooper.

Digital DJ Ltd 22 The Ropery, Newcastle upon Tyne, NE6 1TY **t** 0191 276 2791 **f** 0191 224 0148 **e** info@digitaldjsystems.com **w** digitaldjsystems.com 🅱 Dir: Paul Rogers.

Essanby Ltd Riverside Works, Amwell Lane, Ware, Herts, SG12 8EB **t** 01920 870596 **f** 01920 871553 **e** shatcher@essanby.co.uk **w** essanby.co.uk 🅱 MD: Steve Hatcher.

HMV Group Plc Shelley House, 2-4 York Road, Maidenhead, Berkshire, SL6 1SR **t** 01628 818300 **f** 01628 818301 **e** gennaro.castaldo@hmv.co.uk **w** hmv.co.uk 🅱 Head of Press & PR: Gennaro Castaldo.

International Displays Stonehill, Stukeley Meadows Ind Estate, Huntingdon, Cambridgeshire, PE29 6ED **t** 01480 414204 **f** 01480 414205 **e** info@internationaldisplays.co.uk **w** internationaldisplays.co.uk 🅱 Sales & Marketing Dir.: Carl Jenkin.

Jacks Records Flat 1C, Backfields, Sheffield, S1 4HJ **t** 0114 279 8937 **e** sales@jacksrecords.idps.co.uk **w** jacksrecords.idps.co.uk 🅱 Owner: Ian Gadsby 0114 2798937.

Kempner Distribution Ltd 498-500 Honeypot Lane, Stanmore, Middlesex, HA7 1JZ **t** 020 8952 5262 **f** 020 8952 8061 **e** info@kempner.co.uk **w** kempner.co.uk 🅱 Mkting Mgr: Eddie Rollinson.

Masson Seeley & Co Ltd Howdale, Downham Market, Norfolk, PE38 9AL **t** 01366 388000 **f** 01366 385222 **e** admin@masson-seeley.co.uk **w** masson-seeley.co.uk 🅱 Contact: Martin Potten.

Micro Video Services 24 Cobham Rd, Ferndown Industrial Estate, Wimborne, Dorset, BH21 7NP **t** 01202 861 696 **f** 01202 654 919 **e** av.sales@mvsav.co.uk **w** microvideoservices.com 🅱 Contact: Sales Department.

Pentonville Rubber Products Ltd 104-106 Pentonville Road, London, N1 9JB **t** 020 7837 4582 **f** 020 7278 7392 **e** queries@pentonvillerubber.co.uk **w** pentonvillerubber.co.uk

pre.vu The Cow Shed, Hyde Hall Farm, Buckland, Herts, SG9 0RU **t** 01763 276 007 **e** firstname.lastname@pre.vu **w** pre.vu 🅱 Commercial Dir: Andrew McGee.

Pro.Loc UK Ltd Northgate Business Centre, 38 Northgate, Newark on Trent, Nottinghamshire, NG24 1EZ **t** 01636 642827 **f** 01636 642865 **e** sales@proloc.co.uk **w** proloc-online.com 🅱 Sales: Sam Jessop.

Retail Entertainment Displays Ltd (RED) 27-28 Stapledon Rd, Orton Southgate, Peterborough, Cambs, PE2 6TD **t** 01733 239001 **f** 01733 239002 **e** info@reddisplays.com **w** reddisplays.com 🅱 MD: John Findlay.

Retail Management Solutions Bloxham Mill, Barford Rd, Bloxham, Banbury, OX15 4FF **t** 01295 724568 **f** 01295 722801 **e** info@rmsepos.com **w** rmsepos.com 🅱 Contact: Robert Collier.

Sarem Media Packaging 43A Old Woking Road, West Byfleet, Surrey, KT14 6LG **t** 01932 352535 **f** 01932 336431 **e** penny@media-packaging.co.uk **w** media-packaging.co.uk 🅱 Contact: Penny Coomber.

Sounds Wholesale Unit 2, Park St, Burton on Trent, Staffs, DE14 3SE **t** 01283 566823 **f** 01283 568631 **e** matpriest@aol.com **w** soundswholesaleltd.co.uk 🅱 Dir: Matt Priest.

Mike Thorn Display & Design 30 Muswell Avenue, London, N10 2EG **t** 020 8442 0279 **f** 020 8442 0496 **e** info@bear-art.com 🅱 MD: Mike Thorn.

VIP Music CD Clearances 61b The Whittle Estate, Cambridge Rd, Whetstone, Leicester, Leicestershire, LE8 6LH **t** 0116 275 2815 **e** rob@vip-24.com **w** vip-24.com 🅱 CD buyer - large amounts: Rob Lythall.

www.musicweek.com **Music Week Directory** 101

📧 Contacts 📘 Facebook 🅼 MySpace 🅱 Twitter ▶️ YouTube

Walsh & Jenkins Plc Power House, Powerscroft Road, Sidcup, Kent, DA14 5EA **t** 020 8308 6300 **f** 020 8308 6340 **e** sales@walsh-jenkins.co.uk **w** walsh-jenkins.co.uk 📧 Sales Office Co-ordiantor: Jackie Read.

West 4 Tapes And Records 105 Stocks Lane, Bracklesham Bay, West Sussex, PO20 8NU **t** 01243 671238 📧 Sales Dir: Kenneth G Roe.

Wilton of London Stanhope House, 4-8 Highgate High Street, London, N6 5JL **t** 020 8341 7070 **f** 020 8341 1176 **w** wilton-of-london.co.uk 📧 Contact: The Managing Director.

Mail Order Companies

Absolute Music (Music Equipment Sales & Hire) 58 Nuffield Road, Poole, Dorset, BH17 0RT **t** 01202 597180 **f** 01202 684900 **e** shop@absolutemusic.co.uk **w** absolutemusic.co.uk 📘 facebook.com/absolutemusicuk 🅼 myspace.com/absolutemusicuk 🅱 twitter.com/absolutemusicuk 📧 Sales Director: Andy Legg.

Alma Road Mail Order PO Box 3813, London, SW18 1XE **t** 020 8870 9912 **f** 020 8871 1766 **e** mailorder@almaroad.co.uk **w** beggars.com 📧 Mail Order Manager: Jo.

Badlands Mail Order 11 St George's Place, Cheltenham, Gloucestershire, GL50 3LA **t** 01242 227724 **f** 01242 227393 **e** shop@badlands.co.uk **w** badlands.co.uk 📧 MD: Philip Jump.

Bus Stop Mail Order Ltd 42-50 Steele Road, London, NW10 7AS **t** 020 8453 1311 **f** 020 8961 8725 **e** info@busstop.co.uk **w** acerecords.co.uk 📧 Director: Yvette DeRoy.

CDX Music By Mail The Olde Coach House, Windsor Cresent, Radyr, South Glamorgan, CF4 8AG **t** 029 2084 3604 **f** 029 2084 2184 **e** sales@cdx.co.uk **w** cdx.co.uk 📧 MD: Paul Karamouzis 029 2084 2878.

CeeDee Mail Ltd PO Box 14, Stowmarket, Suffolk, IP14 1ED **t** 01449 770 138 **f** 01449 770 133 **e** CeeDeeMail@aol.com 📧 Sales Mgr: Peter.

City Sounds 5 Kirby Street, London, EC1N 8TS **t** 020 7404 1800 **f** 020 7242 1863 **e** sales@city-sounds.co.uk **w** city-sounds.co.uk 📧 Contact: Tom Henneby 020 7405 5454.

Compact Disc Services 40-42 Brantwood Avenue, Dundee, DD3 6EW **t** 01382 776595 **f** 01382 736702 **e** cdser@aol.com **w** cd-services.com 📧 Snr Partner: Dave Shoesmith.

Copperplate Mail Order 68, Belleville Rd, London, SW11 6PP **t** 020 7585 0357 **f** 020 7585 0357 **e** copperplate2000@yahoo.com **w** copperplatemailorder.com 📧 MD: Alan O'Leary.

Corban Recordings (Scottish Traditional & Contemporary Folk/Jazz etc) PO Box 2, Glasgow, Lanarkshire, G44 3LB **t** 0141 637 5277 **e** alastair@corbanrecordings.com **w** corbanrecordings.com 📧 Producer/Artiste: Alastair McDonald As Above.

Cyclops PO Box 834a, Surbiton, Surrey, KT1 9BZ **t** 020 8397 3990 **f** 020 8397 2998 **e** info@gft-cyclops.co.uk **w** gft-cyclops.co.uk 📧 MD: Malcolm Parker.

Didgeridoo PO Box 333, Brighton, East Sussex, BN1 2EH **t** 01403 740 289 **f** 01403 740 261 **e** ukorders@didgerecords.com **w** didgerecords.com 📧 Head of Mail Order: Sarah Clark.

Discurio - Military Recordings Specialist Unit 3, Faraday Way, St Mary Cray, Kent, BR5 3QW **t** 01689 879101 **f** 01689 879101 **e** jono@discurio.co.uk **w** discurio.com & discurio.co.uk 📧 Manager: Jonathan Mitchell.

Esprit International Limited Esprit House, The Sidings, Station Approach, Gravesend, Kent, DA13 0YS **t** 01474 815010 **f** 01474 815030 **e** sales@eil.com **w** eil.com 📧 Managing Director: Robert Croydon 01474 815 007.

Fast Forward Units 9-10 Sutherland Court, Tolpits Lane, Watford, Hertfordshire, WD18 9SP **t** 01923 897080 **f** 01923 896263 **e** sales@fast-forward.co.uk 📧 MD: Ken Hill.

Freak Emporium Mail-Order PO Box 1288, Gerrards Cross, Bucks, SL9 9YB **t** 01753 893008 **f** 01753 892879 **e** sales@freakemporium.com **w** freakemporium.com 📧 MD: Richard Allen.

Global Groove Records Global Groove Records, 13 Bucknall New Road, Hanley, Stoke-On-Trent, Staffordshire, ST1 2BA **t** 01782 215554 **f** 01782 201698 **e** mail@globalgroove.co.uk **w** globalgroove.co.uk 📧 Buyer: Pete Bromley 01782 207234.

Hard To Find Record Vinyl House, 10 Upper Gough Street, Birmingham City Centre, West Midlands, B1 1JG **t** 0121-687 7777 **f** 0121-687 7774 **e** sales@htfr.com **w** HTFR.com 📘 facebook.com/hardtofindhtfr 🅼 myspace.com/htfr 🅱 twitter.com/htfr ▶️ youtube.com/htfr 📧 Managing Director: Jason Kirby.

Jim Stewart, Motown, Soul & Sixties CD Specialist 37 Main Rd, Hextable, Swanley, Kent, BR8 7RA **t** 01322 613883 **f** 01322 613883 **e** jstew79431@aol.com **w** soulsearchingplus.co.uk 📧 Contact: Jim Stewart.

The Left Legged Pineapple PO BOX 8676, Loughborough, Leicestershire, LE11 9DY **t** 01509 210130 **e** pineapple@left-legged.com **w** left-legged.com 📧 Owner: Jason White.

Retail: Retail Services, Mail Order Companies

Music Week Directory

www.musicweek.com

Contacts · **Facebook** · **MySpace** · **Twitter** · **YouTube**

Retail: Mail Order Companies

Magpie Direct Music PO Box 509a, Thames Ditton, Surrey, KT7 0WQ **t** 020 8873 1090
e editor@highnote.co.uk **w** magpiedirect.com
MD: Mark Rye.

Merlin Moosik 63 Longcroft, Yate, Bristol, Gloucestershire, BS37 7YN **t** 01454 311885
e merlin@moosik.freeserve.co.uk **w** merlin-moosik.co.uk
Director/Owner: Keith Hatherall 07717 858622.

Mostly Music 28 Carlisle Close, Mobberley, Knutsford, Cheshire, WA16 7HD **t** 01565 872650 **f** 01565 872650
e mostlymusic@btinternet.com **w** mostlymusic.co.uk
Proprietor: Roger Wilkes.

Music Exchange (Manchester) Ltd
Mail Order Dept., Claverton Rd, Wythenshawe, Manchester, M23 9ZA **t** 0161 946 9301 **f** 0161 946 1195
e mail@music-exchange.co.uk **w** music-exchange.co.uk
Mail Order Department Manager: Martin Hutchinson.

New World Music Harmony House, Hillside Road East, Bungay, Suffolk, NR35 1RX
t 01986 891600 **f** 01986 891601
e jeff@newworldmusic.co.uk **w** newworldmusic.com
Managing Director: Jeff Stewart.

Nostalgia Direct 11 St Nicholas Chambers, Newcastle-upon-Tyne, NE1 1PE **t** 0191 233 1200
f 0191 233 1215 Contact: George Carr.

Open Ear Productions Ltd Main Street, Oughterard, Co.Galway, Ireland **t** +353 91 552816
f +353 91 557967 **e** info@openear.ie **w** openear.ie
MD: Bruno Staehelin.

Reader's Digest International 1 Eversholt Street, 9th Floor, Euston, London, NW1 2DN **t** 020 7045 0719
e richard_dinnadge@readersdigest.co.uk **w** rd.com
Product Development Director - Reader's Digest International Music: Richard Dinnadge 020 7045 0714.

Red Lick Records PO Box 55, Cardiff, CF11 1JT
t 029 2049 6369 **f** 029 2049 4359 **e** sales@redlick.com
w redlick.com MD: Tony Chilcott.

Red Lick Records P.O. Box 55, Cardiff, CF11 1JT
t 020 2049 6369 **f** 029 2049 4359 **e** sales@redlick.com
w redlick.com MD: Tony Chilcott.

Rocking Chair PO Box 296, Matlock, Derbyshire, DE4 3XU **t** 01629 827013 **f** 01629 821874
e rc@mrscasey.co.uk **w** mrscasey.co.uk/rockingchair
MD: Steve Heap.

Ross Record Distribution 30 Main St, Turriff, Aberdeenshire, AB53 4AD **t** 01888 568 899
f 01888 568 890 **e** gibson@rossrecords.com
w rossrecords.com MD: Gibson Ross.

Rugby Songs Unlimited Whitnell, Colyford, Colyton, Devon, EX24 6HS **t** 01297 553803
e very_funny@compuserve.com **w** rugby-songs.co.uk
MD: Mike Williams.

Selections Dorchester, Dorset, DT2 7YG
t 01305 848725 **f** 01305 848516
e sales@selections.com **w** selections.com
Contact: Michael Slocock.

Soul Brother Records 1 Keswick Road, London, SW15 2HL **t** 020 8875 1018 **f** 020 8871 0180
e SoulBrother@btinternet.com **w** SoulBrother.com
Partner: Laurence Prangell.

Soundtracks Direct 3 Prowse Place, London, NW1 9PH **t** 020 7428 5500 **f** 020 7482 2385
e info@silvascreen.co.uk **w** soundtracksdirect.co.uk
MD: Reynold D'Silva.

Sterns Postal 293 Euston Road, London, NW1 3AD
t 020 7387 5550 **f** 020 7388 2756
e info@sternsmusic.com **w** sternsmusic.com Retail Mgr: Dominic Raymond Barker.

Tanty Records - The Dub Shop PO Box 557, Harrow, Middlesex, HA2 6ZX **t** 07802 463 154
e store@tantyrecordshop.com **w** tantyrecordshop.com
Owner: Kelvin Richard 07802 463154.

Tanty Records - The Heavyweight Dub Reggae Shop PO Box 557, Harrow, Middlesex, HA2 6ZX **t** 07802 463154 **e** kelvin.r@tantyrecord.com
w tantyrecordshop.com Owner: Kelvin Richard.

Thirdwave Music Direct PO Box 19, Orpington, Kent, BR6 9ZF **t** 01689 609481 **f** 01689 609481
e info@thirdwavemusic.com **w** thirdwavemusic.com
MD: Matt Gall.

Track Records 50 Goodramgate, York, North Yorkshire, YO1 7LF **t** 01904 629 022
f 01904 610 637 **e** trackrecords@btinternet.com
w trackrecordsuk.com Owner: Keith Howe.

Tracks PO Box 117, Chorley, Lancashire, PR6 0UU
t 01257 269726 **f** 01257 231340 **e** sales@tracks.co.uk
w tracks.co.uk Contact: Paul Wane.

Upfront Direct Ltd 217 Buspace Studios, Conlan St, London, W10 5AP **t** 020 7565 0050 **f** 020 7565 0049
e matthew@upfrontdirect.com Contact: Matthew Taylor.

Vinyl Tap Mail Order Music Old Chapel, 31 Chapel Hill, Linthwaite, Huddersfield, Yorkshire, HD7 5NJ **t** 01484 845999 **e** sales@vinyltap.demon.co.uk
w vtmusic.co.uk facebook.com/pages/Vinyl-Tap-Mail-Order-Music/207461245980018
twitter.com/#!/vinyltap1 manager: Tony Boothroyd.

The Woods - The Compact Disc Club
Sussex House, 17a High St, Bognor Regis, West Sussex, PO21 1RJ **t** 01243 827712 **f** 01243 842615
e thewoodstcdc@yahoo.com **w** the-woods.co.uk
Proprietor: Trevor Flack.

www.musicweek.com   **Music Week Directory** 103

Contacts · Facebook · MySpace · Twitter · YouTube

Digital

Music Portals & Online Magazines

7digital Limited Unit F, Zetland House, 5 - 25 Scrutton St, London, EC2A 4HJ **t** 020 7099 7777 **f** 020 7504 8020 **e** info@7digital.com **w** 7digital.com
facebook.com/7digitalUK twitter.com/7digital

ABLE2UK - UK Disabled Awareness Company 52 Baronsmead, Maybush, Southampton, SO16 9TB **t** 07982 718253 **e** able2uk@hotmail.co.uk
Contact: Howard Thorpe.

Band Family Tree 2 Oakfield Terrace, Childer Thornton, Wirral, CH66 7NY **t** 0870 011 6289 **e** admin@bandfamilytree.com **w** bandfamilytree.com
MD: Rob Cowley.

Base.ad PO Box 56374, London, SE1 3WF **t** 0207 357 8066 **f** 0207 357 8166 **e** london@base.ad **w** base.ad Editor: Tanya Mannar.

Bonkers Entertainment 57 Fairbridge Road, London, N19 3EW **t** 07943 440 682
e tristen@bonkersentertainment.com **w** bonkerspr.com
facebook.com/bonkerspr
myspace.com/bonkerspromotions
twitter.com/bonkerspr Managing Director: Tristen Lee.

Chartwatch Magazine 34 Brybank Rd, Hanchett Village, Haverhill, Suffolk, CB9 7WD **t** 01440 713859 **e** ndr@sanger.ac.uk **w** chartwatch.co.uk
Editors: Neil Rawlings, John Hancock.

Clickmusic 1st Floor, 9 Chapel Place, London, EC2A 3DQ **t** 020 7613 7246 **e** viki@clickmusic.com **w** clickmusic.com Editor: Victoria Sinden.

Cliff Chart Site 17 Podsmead Rd, Tuffley, Gloucester, Gloucestershire, GL1 5PB **t** 01452 306 104 **f** 01452 306104 **e** william@cliffchartsite.co.uk **w** cliffchartsite.co.uk Contact: William Hooper.

Clown Magazine Suite 3, Rosden House, 372 Old Street, London, EC1V 9AU **t** 07986 359 568 **e** office@clownmagazine.co.uk **w** clownmagazine.co.uk
Contact: Jack Dorrington.

CMU Daily Fl 2 Unicorn House, 221-222 Shoreditch High St, London, E1 6PJ **t** 020 7099 9050 **e** cmu@unlimitedmedia.co.uk **w** theCMUwebsite.com
facebook.com/cmuhq twitter.com/cmu
Editor/Publisher: Andy Malt/Chris Cooke.

Dazed Digital 112-116 Old St, London, EC1V 9BG **t** 020 7336 0766 **f** 020 7336 0966
e tim@dazedgroup.com **w** dazeddigital.com
facebook.com/DazedandConfusedMagazine
myspace.com/dazedandconfusedmag
twitter.com/DazedMagazine Music Editor: Tim Noakes 020 7549 6856.

Direct Drive TV 38 Twisaday House, 28 Colville Square, Notting Hill, London, W11 2BW **t** 07916 277 272 **e** leroy@directdrive.tv **w** directdrive.tv
CEO: Leroy Smith.

DMC Ltd PO Box 89, Slough, Berks, SL1 8NA **t** 01628 667124 **f** 01628 605246 **e** info@dmcworld.com **w** dmcworld.com Label Manager: Martin Madigan.

DMC Update DMC Update, 3 Progress Business Centre, Whittle Parkway, Burnham, Buckinghamshire, SL16DQ **t** 01628 667124
f 01628 605246 **e** info@dmcworld.com
w dmcupdate.com twitter.com/DMCUpdate
Editor: Martin Madigan.

Drowned In Sound London
e firstname@drownedinsound.com
w drownedinsound.com
facebook.com/DrownedinSound
twitter.com/drownedinsound Editor: Sean Adams.

Electric Circus/Soviet Union Records/Manchestemus Musicdash, PO Box 1977, Manchester, M26 2YB **t** 07771 958875
e jon@musicdash.co.uk **w** manchestermusic.co.uk
facebook.com/manchestermusic
myspace.com/manchestermusiccouk
twitter.com/chairsmissing
youtube.com/musicmanchester Director: Jon Ashley.

EveryUrbanThing.com PO Box 48568, London, NW9 9BF **t** 020 8922 0433 **e** ak@everyurbanthing.com **w** everyurbanthing.com CEO: Akhil Suchak.

FirstForMusic.com 23 New Mount Street, Manchester, M4 4DE **t** 0161 953 4081 **f** 0161 953 4091 **e** info@FirstForMusic.com **w** FirstForMusic.com
Contact: Steven Oakes.

Fmagazine.com 9 Cambridge Court, Earlham Street, Covent Garden, London, WC2H 9RZ **t** 020 7379 4466 **e** chrissie@fmagazine.com **w** fmagazine.com
MD: Chrissie Adams 07979 905015.

G MaG G MaG Online, PO Box 18542, London, E17 5UY **t** 020 8527 2720 **e** mel@gmag.org.uk **w** gmag.org.uk
Editor/Publisher: Melissa C Sinclair.

GBOB International 21 Denmark Street, London, WC2H 8NA **t** 020 7379 3777 **f** 020 7379 4888 **e** music@gbob.com **w** gbob.com Communications Director: Matt Walker.

Get Ready to ROCK! 34 Coniston Rd, Neston, Cheshire, CH64 0TD **t** 0151 336 6199 **f** 0151 336 6199 **e** info@getreadytorock.com **w** getreadytorock.com
facebook.com/getreadytorockweb
myspace.com/getreadytorock
twitter.com/musicUwant2hear
youtube.com/getreadytorockvideo Managing Editor: David Randall.

104 Music Week Directory   www.musicweek.com

Contacts · **Facebook** · **MySpace** · **Twitter** · **YouTube**

Digital: Music Portals & Online Magazines

Give A Band A Chance
e admin@giveabandachance.com
w giveabandachance.com Contact: Sue O'Sullivan 07867522088.

Glasswerk.co.uk Ltd 85-89 Duke St, Liverpool, Merseyside, L1 5AP **t** 01517079044
e editor@glasswerk.co.uk w glasswerk.co.uk
 Editor: Laura Johnson.

God Is In The TV Zine 36 Loftus St, Canton, Cardiff, CF5 1HL **t** 029 2019 1692 **e** bill@godisinthetvzine.co.uk
w godisinthetvzine.co.uk Editor: Bill Cummings.

ihouseu.com PO Box 1185, Tring, Hertfordshire, HP23 5WG **t** 08453 888903 **f** 08453 888904
e info@ihouseu.com w ihouseu.com
 facebook.com/adamgiddz twitter.com/ihouseu
 MD: Adam Giddens.

Jukebox 3 Gray Place, Wokingham Road, Bracknell, Berks, RG42 1QA **t** 01344 428 308 **f** 07043 018 674
e vikki@jukebo.cx w jukebo.cx Editor: Vikki Roberts.

Jump Off TV e info@jumpoff.tv w jumpoff.tv
 facebook.com/jumpofftv myspace.com/jumpofftv
 twitter.com/jumpofftv youtube.com/jumpoff
 CEO: Harold Anthony.

Kent & E Sussex Gig Guide The Cedars, Elvington Lane, Hawkinge, Nr. Folkestone, Kent, CT18 7AD
t 01303 893472 **e** Chris@kentgigs.com w kentgigs.com
 CEO Red Admiral Records LLP: Chris Ashman.

IhouseU Media George House, High Street, Tring, Hertfordshire, HP23 4AF **t** 08453 888903
f 08453 888904 **e** adam@ihouseu.com w ihouseu.com
 MD: Adam Giddens.

KinDups Ltd PO Box 711, Godalming, GU7 9BE
t 07760 128 024 **e** info@kindups.com w kindups.com
 Director: Dominic Graham-Hyde.

Let's Talk Music The Dog House, 32 Sullivan Crescent, Harefield, Middlesex, UB9 6NL
t 01895 825 757 **e** Bill@letstalkmusic.com
w letstalkmusic.com Contact: Bill Smith.

livegigguide Ltd The Windsor Centre, 15-29 Windsor Street, London, N1 8QG **t** 020 7359 2927
f 020 7359 7212 **e** info@livegigguide.com
w livegigguide.com Director of Operations: Olivier de Peretti Clark.

Liveroom.tv 407 Hornsey Road, London, N19 4DX
t 07983 644 338 **e** Tamara@liveroom.tv w liveroom.tv
 Dir, Business Dev't: Tamara Deike.

The Living Tradition PO Box 1026, Kilmarnock, Ayrshire, Scotland, KA2 0LG **t** 01563 571220
f 01563 544855 **e** admin@livingtradition.co.uk
w folkmusic.net Ed: Pete Heywood.

Making Music (The Nat'l Fed. Of Music Societies) 2-4 Great Eastern St, London, EC2A 3NW
t 020 7422 8280 **f** 020 7422 8349
e info@makingmusic.org.uk w makingmusic.org.uk
 Chief Executive: Robin Osterley.

Music Hurts Ramp Industry, 3rd Floor, 20 Flaxman Terrace, London, WC1H 9AT **t** 020 7388 0709
e hello@musichurts.com w musichurts.com Editorial Dir: Andy Crysell.

The Music Magazine PO Box 234, Washington, Tyne and Wear, NE37 9AE **t** 07860 945404
e scott.goodacre@themusicmagazine.com
w themusicmagazine.co.uk tinyurl.com/2ue6o9x
 myspace.com/themusicmagazinecouk
 twitter.com/_musicmagazine Editor: Scott Goodacre.

MUSIC WEEK

MusicWeek

Suncourt House, 18-26 Essex Road, London, N1 8LN
t 020 7226 7246 **e** Dave.Roberts@intentmedia.co.uk
w musicweek.com facebook.com/MusicWeekNews
 twitter.com/MusicWeekNews Publisher: Dave Roberts. Editor: Tim Ingham. Advertising Manager: Darrell Carter. Deputy Advertising Manager: Archie Carmichael. Head of Business Analysis: Paul Williams. Senior Staff Writer: Tom Pakinkis. Subscription Sales Executive: Craig Swan.
The long-established industry bible for the UK and international music business, Music Week's print edition is complemented by a constantly updated website and a range of editorial email services. Reaching the desks and screens of 5,000 execs from all sectors of the industry, Music Week is the essential read for anyone in the business of music.

MUSIC WEEK DIRECTORY

MusicWeek Directory

Suncourt House, 18-26 Essex Road, London, N1 8LN
t 020 7226 7246 **e** Dave.Roberts@intentmedia.co.uk
w musicweek.com Publisher: Dave Roberts. Editor: Tim Ingham. Advertising Manager: Darrell Carter. Deputy Advertising Manager: Archie Carmichael.
The definitive contacts directory for the UK music industry.

Netsounds Music PO Box 3007, Church Stretton, SY6 7XH **t** 01694 723462
e enquiries@netsoundsmusic.com
w netsoundsmusic.com

New CD Weekly 56 Manston Rd, Exeter, Devon, EX1 2QA **t** 01392 432 630 **f** 01392 432 630
e rod@newcdweekly.com w newcdweekly.com
 MD: Rod Walsom.

60 Years of the Official Singles Chart

Celebrate 60 years of the Official Singles Chart in 2012 with **theofficialcharts.com**

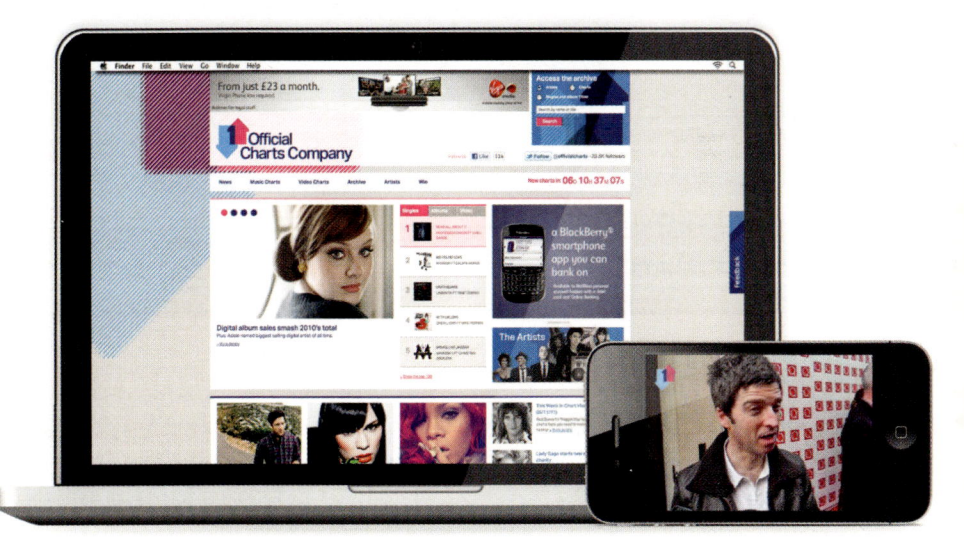

A buzzing community of 550,000 of the UK's biggest chart fans, and growing

Daily chart news, music features, video interviews and competitions

Access the Archive super-search – search every chart, single, album and artist by keyword, from 1960 to present

Editorial opportunities: dan@theofficialcharts.com
Media/marketing enquiries: lauren@theofficialcharts.com
Commercial and b2b services: giles@theofficialcharts.com

Official Charts Company
Number 1 for all your UK chart, data and promotional needs

Music Week Directory 106 www.musicweek.com

👤 Contacts   **f** Facebook   **M** MySpace   **t** Twitter   ▶ YouTube

---

Digital: Music Portals & Online Magazines, Download & Mail Order Websites

NME.com IPC Media, Blue Fin Building, 110 Southwark St, London, SE1 0SU **t** 020 3148 5000 **f** 020 3148 8107 **e** luke_lewis@ipcmedia.com **w** nme.com 👤 Online Ed: Luke Lewis.

noizemakesenemies.co.uk // Online Music Magazine Top Floor Rear Studio, 2 Linacre RD, London, NW2 5BB **t** noizemakesenemies.co.uk **e** editor@noizemakesenemies.co.uk **w** noizemakesenemies.co.uk **f** tinyurl.com/2u4fz2e **M** myspace.com/noizemakesenemies **t** twitter.com/_noize ▶ youtube.com/noizemakesenemies 👤 Editor: Martin Kendrick.

Nowness 112-116 Old St, London, EC1V 9BG **t** 020 7336 0766 **f** 020 7336 0966 **e** tim@dazedgroup.com **w** nowness.com **f** facebook.com/nowness **t** @Nowness ▶ youtube/nowness 👤 Music Editor: Tim Noakes.

THEOFFICIALCHARTS.COM

[Official Charts Company logo]

Riverside Building, County Hall, Westminster Bridge Rd, London, SE1 7JA **t** 020 7620 7450 **f** 020 7478 8519 **e** info@theofficialcharts.com **w** theofficialcharts.com **f** facebook.com/officialcharts **t** twitter.com/officialcharts ▶ youtube.com/officialcharts 👤 Managing Director: Martin Talbot 0207 620 7460. Charts Director: Omar Maskatiya. Finance Director: Jonathan Woods. Head of Commercial: Giles Jones. Brand Manager: Lauren Kreisler. Content Manager: Dan Lane. Senior Operations Executive: Chris Austen. Senior Operations Executive: Lucy Blyth. Data Analyst: Jahir Miah. Chart Operations Assistant: Lette Webb.

Online Classics Gnd & 1st Floors, 31 Eastcastle Street, London, W1W 8DL **t** 020 7636 1400 **f** 020 7637 1355 **e** team@onlineclassics.com **w** onlineclassics.com 👤 CEO: Christopher Hunt.

OnlineConcerts.com 2 Valentine Cottages, Petworth Rd, Witley, Godalming, Surrey, GU8 5LS **t** 01428 684537 **e** info@onlineconcerts.com **w** onlineconcerts.com 👤 Founder: John Doukas.

Oxfordmusic.net Ltd 9 Park End Street, 9 Park End Street, Oxford, Oxfordshire, OX1 1HH **t** 01865 798746 **f** 01865 798792 **e** info@oxfordmusic.net **w** oxfordmusic.net 👤 Managing Director: Andy Clyde.

Planet Loud 101 Elm Park, Reading, Berkshire, RG30 2HT **t** 07879 881 407 **e** graham@planet-loud.com **w** planet-loud.com 👤 Contact: Graham Finney.

Popjustice.com PO Box 64569, London, SW17 1BE **t** 020 3239 0258 **e** website.contact@popjustice.com **w** popjustice.com **f** facebook.com/popjustice **M** myspace.com/popjustice **t** twitter.com/popjustice 👤 Editor: Peter Robinson.

Popworld Ltd 14 Ransome's Dock, 35 Parkgate Road, London, SW11 4NP **t** 020 7350 5500 **f** 020 7350 5501 **e** firstname@popworld.com **w** popworld.com

Primal Sounds.com PO Box 5, Alton, Hants, GU34 2EN **t** 07967 155542 **e** mail@primalsounds.com **w** primalsounds.com 👤 Owner

Download & Mail Order Websites

1 Off Wax PO Box 5139, Glasgow, G76 8WF **t** 0141 585 7354 **f** 0141 585 7354 **e** sales@1offwax.co.uk **w** 1offwax.co.uk 👤 Sales Director: Theresa Talbot.

101cd.com PO Box 103, Jersey, Channel Islands, JE7 8QX **t** 020 8680 5282 **f** 01534 481 360 **e** service@101cd.com **w** 101cd.com 👤 Commercial Dir: Hanif Virani.

991 The Nine Nine One Building, Railway Sidings, Meopham, Gravesend, Kent, DA13 OLT **t** 0844 264 0 991 **f** 01474 815030 **e** cathryn.draper@991.com **w** 991.com **f** 991.com **M** 991.com **t** twitter.com/991dotcom 👤 Director: Cathryn Draper 01474 816077.

Action Records 46 Church St, Preston, Lancs, PR1 3DH **t** 01772 884 772 **f** 01772 252 255 **e** sales@actionrecords.co.uk **w** actionrecords.co.uk 👤 Manager: Gordon Gibson 01772 258809.

Audiojelly Ltd 50 Hadley Road, Barnet, Herts., EN5 5QR **t** 020 8441 0163 **f** 020 8441 8522 **e** ricky@audiojelly.com **w** audiojelly.com **t** audiojelly.com 👤 Contact: Ricky Simmonds 0208 440 0710.

Babymusic.com Suite 750, 2 Old Brompton Rd, London, SW7 3DQ **t** 020 8883 7306 **f** 020 8365 3388 **e** susikennedy@babymusic.com **w** babymusic.com 👤 General Manager: Susi Kennedy.

Bandwagon Studio 507 Enterprise House, 1-2 Hatfields, London, SE1 9PG **t** 020 7993 1221 **e** support@bandwagon.co.uk **w** bandwagon.co.uk 👤 Dirs: Owen Farrington, Huw Thomas.

BBC Shop BBC Worldwide, 80 Wood Lane, London, W12 0TT **t** 020 8433 1303 **f** 020 8225 7877 **e** bbcshop@bbc.co.uk **w** bbcshop.com 👤 Executive Producer: Greg Jarvis.

Music Week Directory

www.musicweek.com — 107

Contacts | Facebook | MySpace | Twitter | YouTube

Digital: Download & Mail Order Websites

Beathut.com PO Box 3365, Brighton, BN1 1WQ
t 01273 626245 **f** 01273 626246
e info@catskillsrecords.com **w** beathut.com
Dirs: Khalid, Amr or Jonny.

Cargo Records (UK) Ltd 17 Heathmans Road, Parsons Green, London, SW6 4TJ **t** 020 7731 5125
f 020 7731 3866 **e** info@cargorecords.co.uk
w cargorecords.co.uk Managing Director: Philip Hill.

CD Pool Devonshire House, 223 Upper Richmond Rd, London, SW15 6SQ **t** 0845 458 8780 **f** 020 8789 8668
e admin@cdpool.co.uk **w** cdpool.com
tinyurl.com/3ah5smx myspace.com/cdpool
twitter.com/cdpool Contact: Steve Roberts 020 8780 0612.

CDJShop.com Unit 2, Crooks Industrial Estate, Croft Street, Cheltenham, GL53 0ED **t** 01242 257 777
f 01242 257 774 **e** info@cdjshop.com **w** cdjshop.com
Director: Simon Brisk.

The All Celtic Music Store PO Box 7264, Glasgow, G46 6YE **t** 0141 637 6010 **f** 0141 637 6010
e sales@allcelticmusic.com **w** allcelticmusic.com
MD: Ronnie Simpson.

Classical.com 18 Denbigh Road, London, W11 2SN
t 020 8816 8848 **e** conductor@classical.com
w classical.com VP Content & Business: Roger Press.

Crucial Music Pinery Buildings, Highmoor, Wigton, Cumbria, CA7 9LW **t** 016973 45422 **f** 016973 45422
e crucialsales@crucialmusic.co.uk **w** crucialmusic.co.uk
MD: Simon James.

kidsmusic The Fairway, Bush Fair, Harlow, Essex, CM18 6LY **t** 01279 444707 **f** 01279 445570
e paul@cyp.co.uk **w** kidsmusic.co.uk kidsmusic.co.uk
twitter.com/Kidsmusic_CYP Commercial Director: Paul Thorp.

Kidsmusic CYP Kidsmusic, The Fairway, Bush Fair, Harlow, Essex, CM18 6LY **t** 01279 444707
f 01279 445570 **e** enquiries@kidsmusic.co.uk
w kidsmusic.co.uk
facebook.com/pages/Kidsmusic/79762755240?ref=ts twitter.com/Kidsmusic_CYP
youtube.com/user/kidsmusicCYP Operations Director: Mike Kitson.

Digital Animal Osmond House, 78 Alcester Rd, Birmingham, B13 8BB **t** 0121 449 3814
e info@digitalanimal.com **w** digitalanimal.com
MD: Richard Powell.

Digital Stores 27 Wrights Lane, London, W8 5SW
t 0844 499 2999 **e** info@digitalstores.co.uk
w digitalstores.co.uk Chief Executive Officer: Russel Coultart.

Disky.com 3 York Street, St. Helier, Jersey, Channel Islands, JE2 3RQ **t** 01534 509 687
e music.online@disky.com **w** disky.com Managing Director: Robert Bisson.

Dub Vendor Mail Order Dub Vendor Records, 274 Lavender Hill, Clapham Junction, London, SE23 3EP
t 020 7223 3757 **f** 020 7350 2688
e mailorder@dubvendor.co.uk **w** dubvendor.co.uk
myspace.com/dubvendor MD: John MacGillivray.

eil.com Esprit House, Railway Sidings, Meopham, Kent, DA13 0YS **t** 01474 815010 **f** 01474 815030
e sales@eil.com **w** eil.com Marketing Manager: Simon Wright.

Flip Records 2 Mardol, Shrewsbury, SY1 1PY
t 01743 244 469 **f** 01743 260 985
e sales@fliprecords.co.uk **w** fliprecords.co.uk
Owner: Duncan Morris.

ProducerLoops.com Suite 24, 79 Lynch Lane, Weymouth, Dorset, DT4 9DW **t** 0845 094 3077
e support@producerloops.com **w** producerloops.com
producerloops.com Managing Director: Jan Franklin.

Isa Music 46 Elliot Street (Mews), Glasgow, G3 8DZ
t 0141 248 2266 **f** 0141 248 4333 **e** admin@isa-music.com **w** isa-music.com
facebook.com/pages/Glasgow-United-Kingdom/Isa-Music twitter.com/allcelticmusic MD: Ronnie Simpson.

Jansmusic **e** jan@jansmusic.co.uk **w** jansmusic.co.uk
Director: Jan Hart.

Lost Dog Recordings 1103 Argyle Street, Glasgow, G3 8ND **t** 0141 243 2439 **e** info@lostdogrecordings.com
w lostdogrecordings.com A&R: Jonathan Stone.

The Music Index 34 Coniston Rd, Neston, Cheshire, CH64 0TD **t** 0151 336 6199 **f** 0151 336 6199
e info@themusicindex.com **w** themusicindex.com
Sales Director: Christine Adamson.

Music Magpie 22 Castle Street, 22 Castle Street, Macclesfield, Cheshire, SK11 6AF **t** 08704 792705
e shop@musicmagpie.co.uk **w** musicmagpie.co.uk
Operations Manager: Craig Dawson.

Musicroom.com 14-15 Berners Street, London, W1T 3LJ **t** 020 7612 7400 **f** 020 7836 4810
e info@musicroom.com **w** musicroom.com Dir, Internet Operations: Tomas Wise.

Musoswire PO Box 100, Gainsborough, Lincs, DN21 3XH **t** 01427 629184 **f** 01427 629184
e helpdesk@musoswire.com **w** musoswire.com
Prop: Dan Nash.

108 Music Week Directory

www.musicweek.com

Contacts · Facebook · MySpace · Twitter · YouTube

Digital: Download & Mail Order Websites, Online Delivery & Distribution

Mute Bank c/o Recordstore.co.uk, Unit 5 Waldo Works, Waldo Rd, London, NW10 6AW **t** 020 8964 9020 **f** 020 8964 9090 **e** steve.wheeler@digitalstores.co.uk **w** mutebank.co.uk ☎ Manager: Recordstore.co.uk: Steve Wheeler.

Napster UK 57-61 Mortimer St, London, W1W 8HS **t** 020 7101 7275 **f** 020 7101 7120 **e** dan.nash@napster.co.uk **w** napster.co.uk ☎ Senior Marketing Manager: Dan Nash.

Oxfordmusic.net Ltd 9 Park End Street, 9 Park End Street, Oxford, Oxfordshire, OX1 1HH **t** 01865 798796 **f** 01865 798792 **e** info@oxfordmusic.net **w** oxfordmusic.net ☎ Managing Director: Andy Clyde.

Plastic Music Ltd 22 Rutland Gardens, Hove, East Sussex, BN3 5PB **t** 01273 779 793 **f** 01273 779 820 **e** enzo@plastic-music.co.uk **w** plastic-music.co.uk ☎ MD: Enzo (Vincent Amico).

PostEverything.com Suite 313, Bon Marché Centre, 241 Ferndale Road, London, SW9 8BJ **t** 020 7733 2444 **e** feedback@posteverything.com **w** posteverything.com ☎ GM: Des Berry.

Quaife Music Publishing Ltd 9 Carroll Hill, Loughton, Essex, IG10 1NL **t** 020 8508 3639 **e** quaife@talktalk.net **w** quaifemusic.co.uk ☎ Managing Director: Alan Quaife.

Range Records & Tapes 4 Botany Drive, Dudley, West Midlands, DY3 3XT **t** 01902 663165 **f** 01902 663165 **e** paul@rangerecords.com **w** rangerecords.com ☎ Prop: Paul Whitehouse.

Rap and Soul Ltd Box 60201, London, EC1R 1QZ **t** 020 7713 0926 **e** James@RapAndSoulMailOrder.com **w** RapAndSoulMailOrder.com ☎ Dir: Mike Lewis.

Recordstore.co.uk 27 Wrights Lane, London, W8 5SW **t** 0844 499 2999 **e** martin.daniels@recordstore.co.uk **w** recordstore.co.uk · twitter.com/recordstore ☎ Manager: Recordstore.co.uk: Martin Daniels.

SANDBAG LTD

SANDBAG

59/61 Milford Rd, Reading, RG1 8LG **t** 0118 9505812 **f** 0118 9505813 **e** mungo@sandbag.uk.com **w** sandbag.uk.com ☎ Contact: Christiaan Munro.

Secondsounds.com PO Box 370, Amersham, Bucks, HP6 5ZP **t** 01494 875759 **e** information@secondsounds.com **w** secondsounds.com ☎ Mkt Director: Kevin Rockett.

Smallfish Records Unit 3M, Leroy House, 436 Essex Road, London, N1 3QP **t** 020 7288 2900 **e** mike@smallfish.co.uk **w** smallfish.co.uk ☎ Manager: Mike Oliver.

Streetsonline.co.uk Overline House, Station Way, Crawley, West Sussex, RH10 1JA **t** 01293 402040 **f** 01293 402050 **e** nick.coquet@streetsonline.co.uk **w** streetsonline.co.uk ☎ Content Mgr: Nick Coquet.

Toughshed.com 72 Rosebank Road, Hanwell, London, W7 2EN **t** 07976 372 032 **f** 07092 272 032 **e** orders@toughshed.com **w** toughshed.com ☎ MD: Neato.

Townsend Music Group Unit 1, Union Court, Alan Ramsbottom Way, Great Harwood, Lancashire, BB6 7UF **t** 01254 880140 **f** 01254 880149 **e** steve@townsend-records.com **w** townsend-records.com ☎ Managing Director: Steve Bamber 01254 880142.

Tribal2Go.co.uk 11 Hillgate Place, London, SW12 9ER **t** 020 8673 4343 **f** 020 8675 8562 **e** sales@tribal2go.co.uk **w** tribal2go.co.uk ☎ Directors: Alison Wilson, Terry Woolner.

Tumi Music Ltd 8-9 New Bond Street Place, Bath, BA1 1BH **t** 01225 464736 **f** 01225 444870 **e** info@tumi.co.uk **w** tumimusic.com ☎ E Commerce: Damien Doherty.

Tystdigital.com 35 Albany Road, Chorlton, Manchester, M21 0BH **t** 0161 882 0058 **f** 0161 882 0058 **e** info@tsytdigital.com **w** tsytdigital.com ☎ Director: David Wheawill.

Upbeat Recordings Larg Cottage, Woodcote Grove, Coulsdon, Surrey, CR5 2QQ **t** 01923 836220 **f** 01895 259341 **e** info@upbeatclassical.co.uk **w** upbeatclassical.co.uk ☎ Managing Director: Liz Biddle.

Vinyl Tap Old Chapel, 31 Chapel Hill, Linthwaite, Huddersfield, Yorkshire, HD7 5NJ **t** 01484 845999 **e** sales@vinyltap.demon.co.uk **w** vtmusic.co.uk ☎ Director: Tony Boothroyd.

Vivante Music Ltd Unit 6, Fontigarry Business Park, Reigate Road, Sidlow, Surrey, RG2 8QH **t** 01293 822 816 **f** 01293 821 965 **e** sales@vivante.co.uk **w** vivante.co.uk ☎ Managing Director: Steven Carr.

Online Delivery & Distribution

24-7 Entertainment Ltd 15b Bergham Mews, Blythe Road, London, W14 0HN **t** 020 7602 9920 **f** 020 7602 9944 **e** info@247e.com **w** 247e.com ☎ VP UK: Jonathan Smith.

www.musicweek.com   **Music Week Directory** 109

Contacts   Facebook   MySpace   Twitter   YouTube

Digital: Online Delivery & Distribution

ABSOLUTE DIGITAL

absolute Digital

The Old Lamp Works, Rodney Place, Wimbledon, London, SW19 2LQ **t** 020 8540 4242 **f** 020 8540 6056 **e** info@absolutemarketing.co.uk **w** absolutemarketing.co.uk facebook.com/absoluteltd @absoluteltd Directors: Henry Semmence, Simon Wills, Mark Dowling. Managing Director: Henry Semmence. Director: Simon Wills. Director: Mark Dowling. Digital & Online Manager: Adam Cardew. Senior Label Manager: James McGuinness. Label Manager: Kate Jadick. Repertoire Services Manager: Gina Deacon. Production Co-ordinator: Vicky Malyon. Administration Manager: Fran O'Donnell. Management Accountant: Deborah Cutting. **Absolute offers a bespoke label services solution, enabling clients to deliver their music and vision to market. At the forefront of the independent music sector, with an established proven track record of success, Absolute can oversee and implement every campaign element irrespective of size or budget. Absolute provides the strength and skills whilst giving clients the flexibility to retain control and ownership of their music and copyrights. Absolute represents some of the leading recording artists and labels in the UK, see website for more details: www.absolutemarketing.co.uk**

Access All Bands 117 The Custard Factory, Gibb Street, Birmingham, B9 4AA **t** 0121 010 8636 **e** info@accessallbands.com **w** accessallbands.com Manager: Geoff Pearce 0121 010 8636.

Amazon.co.uk Patriot Court, The Grove, Slough, Berkshire, SL1 1QP **t** 020 8636 9200 **f** 020 8636 9400 **e** info@amazon.co.uk **w** amazon.co.uk Contact: Music Store.

Arkade Fetcham Park House, Lower Road, Leatherhead, Surrey, KT22 9HD **t** 01386 853 007 **e** smiller@arkade.com **w** arkade.com facebook.com/pages/Arkade/198475826844481?ref=ts twitter.com/#!/musicarkade co-founder: Stephen Miller 01386853007.

Art Empire Industries Ltd 2nd Floor, 36-37 Featherstone Street, London, EC1Y 8QZ **t** 020 7741 0050 **f** 020 7250 1726 **e** hello@artempireindustries.com **w** artempireindustries.com MD: Del Dias.

AWAL (UK) Ltd (Sheffield)
Sheffield Technology Park, Arundel Street, Sheffield, South Yorkshire, S1 2NS **t** 0114 221 1906 **e** info@awal.co.uk **w** awal.com Label Manager: Paul Bower.

AWAL (London) 42-48 Charlbert Street, London, NW8 7BU **e** marketing@awal.com **w** awal.com facebook.com/AWALdotcom myspace.com/artistswithoutalabel twitter.com/AWALdotcom youtube.com/artistswithoutalabel Project Manager: Jack Semmence.

Blueprint Digital Unit 1, 73 Maygrove Road, London, NW6 2EG **t** 020 7209 4224 **f** 020 7209 2334 **e** info@blueprint.net **w** blueprint.net SVP, Products & Services: Mike Pears.

Broad Street Digital 12-18 Paul Street, London, EC2A 4JH **t** 020 7338 0583 **f** 020 7375 1854 **w** broadstreetdigital.com

Cadiz Digital Ltd 2 Greenwich Quay, Greenwich Quay, Clarence Road, London, SE8 3EY **t** 020 8692 3555 **f** 020 8469 3300 **e** info@cadizdigital.net **w** cadizdigital.com Managing Director: Richard England.

Classical World Ltd trading as Classical.com 18 Denbigh Road, London, W11 2SN **t** 020 8816 8848 **e** conductor@classical.com **w** classical.com President: Roger Press.

Consolidated Independent 8-10 Rhoda St, London, E2 7EF **t** 020 7729 8493 **e** info@ci-info.com **w** ci-info.com General Manager: Kieron Faller-Mead.

Craze Productions 10 Great Russell Street, London, WC1B 3BQ **t** 020 7993 8548 **e** doctorofdance@gmail.com **w** crazedigital.com Director: Sam Kleinman 07877 691615.

Ditto Music Branston Court, Branston St, Birmingham, B18 6BA **t** 0121 551 6624 **e** info@dittomusic.com **w** dittomusic.com MD: Matt Parsons.

Doxmedia 29 Latimer Rd, London, E7 0LQ **t** 07713 510830 **e** info@doxmedia.co.uk **w** dowmedia.co.uk Contact: Keith Dixon.

EPM PO Box 47264, London, W7 1WX **t** 020 8566 0200 **e** jonas@epm-music.com **w** epm-music.com facebook.com/pages/EPM-Music/126388614058894 myspace.com/epmonline twitter.com/EPM_Music youtube.com/user/EPMmusicVideos Partner: Jonas Stone.

ePM Online PO Box 47264, London, W7 1WX **t** 020 8566 0200 **e** melle@epm-music.com **w** epm-music.com Partner: Melle Boels.

Digital: Online Delivery & Distribution

FASTRAX

IMD Fastrax — DEFINING MEDIA LOGISTICS

Allan House, 10 John Princes St, London, W1G 0JW
t 020 7468 6888 **f** 020 7468 6889 **e** fastrax@imdplc.com
w fastrax.co.uk facebook.com/pages/IMD-Fastrax/152451074822279 IMDFastrax
 Fastrax: Fastrax Team 442074686888.

FATdrop - Digital music services PO Box 5107, Brighton, BN50 9RG **t** 0845 226 3726
e info@fatdrop.co.uk **w** fatdrop.co.uk
 twitter.com/fatdrop youtube.com/fatdrop

Fresh Digital PO Box 4075, Pangbourne, Berks, RG8 7FU **t** 0118 984 3468 **f** 0118 984 3463
e info@freshdigital.co.uk **w** freshdigital.co.uk MD: Dave Morgan.

hmv.com Princess House, 50-60 Eastcastle Street, London, W1W 8EA **t** 020 7432 2000 **f** 020 7432 2002
e firstname.lastname@hmv.co.uk **w** hmv.com
 facebook.com/hmv myspace.com/hmvlive
 twitter.com/hmvtweets youtube.com/hmv Head of Press & PR: Gennaro Castaldo 020 7432 2033.

IMImobile 4th Floor, 33 Glasshouse St, London, W1B 5DG **t** 020 7053 6161
e europe.sales@imimobile.com **w** imimobile.com
 Director: Tim Newmarch.

Interactive Web Solutions 10 Parker Court, Dyson Way, Staffordshire Technology Park, Stafford, Staffs, ST18 0WP **t** 01785 279 920 **f** 01785 223 514
e services@iwebsolutions.co.uk **w** iwebsolutions.co.uk
 Business Dev't Dir: Ian Gordon.

Interoute Walbrook Building, 195 Marsh Wall, London, E14 9SG **t** 020 7025 9000 **f** 020 7025 9858
e info@interoute.com **w** interoute.com Interoute
 Chief Architect: Russell Albert.

IODA Third Floor, 99 Farringdon Road, London, EC1R 3BN
t 0207 099 1480 **f** 0207 833 1679
e uk.info@iodalliance.com **w** iodalliance.com MD: Pete Dodge.

Keynote Unsigned 6 Beckside, Norwich, Norfolk, NR10 3SY **t** 07828 594 232
e info@keynoteunsigned.co.uk **w** keynoteunsigned.co.uk
 Dir: Adem Genc.

Kudos Records (Digital) Ltd 77 Fortess Rd, Kentish Town, London, NW5 1AG **t** 020 7482 4555
f 020 7482 4551 **e** info@kudos-digital.co.uk **w** kudos-digital.co.uk Digital Co-ordinator: James Birchall.

Live At The Suite Ltd Utopia Village, 7 Chalcot Road, London, NW1 8LH **t** 020 7813 7964
f 020 7209 4092 **e** ladyb@thesuite.sh
w liveatthesuite.com Contact: Andrew, Lady B.

IStores Music 145-147 St John Street, London, EC1V 4PW **e** paul.ballance@mbopglobal.co.uk
w IStoresMusic.com facebook.com/IStores
 myspace.com/mbopglobal
 twitter.com/isongspromotion
 youtube.com/mboppromotions MD: Paul Ballance.

Mbop Ltd - Global Digital Distribution 145-157 St John St, London, EC1V 4PW
e paul.ballance@mbopglobal.co.uk
w istoresbusiness.com/ facebook.com/IStores
 myspace.com/mbopglobal
 twitter.com/isongspromotion
 youtube.com/mboppromotions Director: Paul Ballance.

Mobiqa 111 George St, Edinburgh, EH2 4JN
t 0131 225 3141 **f** 0131 220 5353 **e** info@mobiqa.com
w mobiqa.com CEO: Iain McCready.

Mud Hut Digital First Floor Suite, 325 Goring Road, Goring By Sea, West Sussex, BN12 4NX **t** 01903 501200
f 01903 501200 **e** adam@mudhutdigital.com
w mudhutdigital.com mudhutdigital.com CEO: Adam Clavering.

Musoswire PO Box 100, Gainsborough, Lincs, DN21 3XH **t** 01427 629184 **f** 01427 629184
e helpdesk@musoswire.com **w** musoswire.com
 Prop: Dan Nash.

NewState Digital Unit 2A Queens Studio, 117-121 Salusbury Road, London, NW6 6RG **t** 020 7372 4474
f 020 7328 4447 **e** info@newstatedigital.com
w newstatedigital.com Label Manager: Darren Latimer.

only Vinyl Unit 31-32, Atlas Business Centre, Oxgate Lane, London, NW2 7HU **t** 020 8452 5544
f 020 8452 4242 **e** info@only-vinyl.com **w** only-vinyl.com
 Contact: Dean Vincent.

[PIAS] Ireland 5-6 Lombard St East, Dublin 2, Ireland
t +353 1 677 9391 **f** +353 1 677 9449
e info@piasireland.com **w** piasireland.com General Manager: Alison Rogers.

RSK ENTERTAINMENT

RSK Entertainment

Units 4&5, Home Farm, Welford, Newbury, Berkshire, RG20 8HR **t** 01488 608 900 **f** 01488 608 901
e info@rskentertainment.co.uk **w** rskentertainment.co.uk
 Joint MDs: Rashmi Patani & Simon Carver.

Sandbag Ltd 59/61 Milford Rd, Reading, RG1 8LG
t 0118 9505812 **f** 0118 9505813
e mungo@sandbag.uk.com **w** sandbag.uk.com
 Contact: Christiaan Munro.

Music Week Directory

Contacts · Facebook · MySpace · Twitter · YouTube

SoundCloud MOO Studios, Trans-World House, 100 City Rd, London, EC1Y 2BP **e** dave@soundcloud.com **w** soundcloud.com ▪ VP Business Development: Dave Haynes 0044 7786 136632.

Stream UK Ltd 1 Water Lane, London, NW1 8NZ **t** 020 7387 6090 **f** 020 7419 1819 **e** enquiries@streamuk.com **w** streamuk.com ▪ Contact: Danielle Philip.

Symbios Group 25 Barnes Wallis Rd, Segensworth East, Fareham, PO15 5TT **t** 0870 490 0000 **f** 0870 478 1530 **e** info@symbiosgroup.co.uk **w** symbiosgroup.co.uk ▪ Marketing Dir: Sarah Montague.

Townsend Music Group Unit 1, Union Court, Alan Ramsbottom Way, Great Harwood, Lancashire, BB6 7UF **t** 01254 880140 **f** 01254 880149 **e** steve@townsend-records.co.uk **w** townsend-records.co.uk ▪ Managing Director: Steve Bamber 01254 880142.

Tribal2Go.co.uk 11 Hillgate Place, London, SW12 9ER **t** 020 8673 4343 **f** 020 8675 8562 **e** sales@tribal2go.co.uk **w** tribal2go.co.uk ▪ Directors: Alison Wilson, Terry Woolner.

TuneTribe Digital 3 Devonshire Street, London, W1W 5DT **t** 020 749 1980 **f** 0207 749 1981 **e** info@tunetribe.com **w** tunetribedigital.com ▪ Contact: William Haighton.

Valuflik, Inc - Direct Choice TV Communications Ltd Suite 10, 3rd Floor, Macmillan House, 96 Kensington High Street, London, W8 4SG **t** 020 7082 3928 **f** 020 7082 0880 **e** jthomas@directchoicetv.com **w** valuflik.com ▪ Business Dev't Manager: Johanna Thomas 07884 268 082.

VidZone The Limes, 123 Mortlake High St, London, SW14 8SN **t** 020 8487 5880 **f** 020 8487 9683 **e** adrian@vidzone.tv **w** vidzone.tv ▪ CEO: Adrian Workman.

Mobile Delivery & Distribution

24-7 Entertainment Ltd 15b Bergham Mews, Blythe Road, London, W14 0HN **t** 020 7602 9922 **f** 020 7602 9944 **e** info@247e.com **w** 247e.com ▪ VP UK: Jonathan Smith.

3 Star House, 20 Grenfell Rd, Maidenhead, Berks, SL6 1EH **t** 01628 765 000 **f** 01628 767 031 **e** firstname.lastname@three.co.uk **w** three.co.uk ▪ Hd of Music & Entertain't: Andrew Parker.

Art Empire Industries Ltd 2nd Floor, 36-37 Featherstone Street, London, EC1Y 8QZ **t** 020 7741 0050 **f** 020 7250 1726 **e** hello@artempireindustries.com **w** artempireindustries.com ▪ MD: Del Dias.

Bandwagon Ltd Studio 507 Enterprise House, 1-2 Hatfields, London, SE1 9PG **t** 020 7993 1221 **e** support@bandwagon.co.uk **w** bandwagon.co.uk ▪ Dirs: Owen Farrington, Huw Thomas.

Blueprint Digital Unit 1, 73 Maygrove Road, London, NW6 2EG **t** 020 7209 4224 **f** 020 7209 2334 **e** info@blueprint.net **w** blueprint.net ▪ SVP, Products & Services: Mike Pears.

Broad Street Digital 12-18 Paul Street, London, EC2A 4JH **t** 020 7338 0583 **f** 020 7375 1854 **w** broadstreetdigital.com

Kodime 39 The Woodlands, Esher, Surrey, KT10 8DD **t** 0870 787 4652 **f** 020 8224 0033 **e** info@kodime.com **w** kodime.com ▪ MD: Nico Kopke.

Kudos Records (Digital) Ltd 77 Fortess Rd, Kentish Town, London, NW5 1AG **t** 020 7482 4555 **f** 020 7482 4551 **e** info@kudos-digital.co.uk **w** kudos-digital.co.uk ▪ Digital Co-ordinator: James Birchall.

Look Media Grove House, 27 Hammersmithe Grove, London, W6 0JL **t** 020 8600 2615 **f** 020 8600 2501 **e** info@lookmediauk.com **w** lookmediauk.com ▪ Managing Director: Jonathan Schultz.

M2Y-Siemens UK 90 Long Acre, London, WC2E 9RZ **t** 07730 426 310 **e** leslie.golding@siemens.com **w** siemens.com/m2y ▪ Hd of Content: Leslie Golding.

Masterpiece Unit 16 Talina Centre 23A, Bagleys Lane, London, SW6 2BW **t** 020 7731 5758 **f** 020 7384 1750 **e** jeff.young@masterpiece.net **w** masterpiece.net ▪ Business Development Manager: Jeff Young.

Mobile Roadie 1st Floor, 1-3 Rivington Street,, Shoreditch, London, EC2A 3DT **t** 07724378702 **e** stephen@mobileroadie.com **w** mobileroadie.com ▪ twitter.com/mobileroadie ▪ Director Sales: Stephen O'Reilly 077 24378702.

Mobiq Tech House, Reddicap Trading Estate, Coleshill Road, Sutton Coldfield, B75 7BU **t** 0121 311 9980 **f** 0121 311 9981 **e** info@mobiq.tv **w** mobiq.tv ▪ Commercial Dir: John Plant.

Mobiqa 111 George St, Edinburgh, EH2 4JN **t** 0131 225 3141 **f** 0131 220 5353 **e** info@mobiqa.com **w** mobiqa.com ▪ CEO: Iain McCready.

MonsterMob Group Plc 52 Berkeley Square, London, W1J 5BT **t** 020 7408 4732 **f** 020 7491 3794 **e** david.bloomfield@monstermob.com **w** mob.tv ▪ Head of Music: David Bloomfield.

MusiWave UK 77 Oxford St, London, W1D 2ES **t** 020 7659 2053 **f** 020 7659 2100 **e** noel@musicwave.com **w** musiwave.com ▪ Business Dev't Mgr: Noel Penzer.

O2 O2 UK, 260 Bath Rd, Slough, Berks, SL1 4DX **t** 01132 722000 **f** 01753 565010 **e** matt.ward@o2.com **w** o2.co.uk/music ▪ facebook.com/o2ukofficial ▪ twitter.com/o2 ▪ youtube.com/o2ukofficial ▪ Music Specialist: Matt Ward.

Digital: Online Delivery & Distribution, Mobile Delivery & Distribution

112 Music Week Directory   www.musicweek.com

- Contacts
- Facebook
- MySpace
- Twitter
- YouTube

Digital: Mobile Delivery & Distribution, Web Design & Digital Services

Pocket Group Unit 62/63, Pall Mall Deposit, 124-128 Barlby Road, London, W10 6BL **t** 0870 241 1827 **f** 0870 241 1829 **e** info@pocketgroup.co.uk **w** pocketgroup.co.uk MD: Andrew Hull.

pvNS - Alcatel Voyager Place, Shoppenhangers Road, Maidenhead, Berkshire, SL6 2PJ **t** 01633 413600 **e** firstname.lastname@alcatel.co.uk **w** alcatel.com Contact: Patrick Parodi.

Qpass Golden Cross House, 8 Duncannon St, London, WC2N 4JF **t** 020 7484 5031 **f** 020 7484 4958 **e** cpoepperl@qpass.com **w** qpass.com Marketing Dir: Claudia Poepperl.

Que Pasa Communications Ltd Coppergate House, 16 Brune St, London, E1 7NJ **t** 020 7953 7700 **f** 020 7953 7709 **e** hugh@quepasacomms.co.uk **w** que-pasa.co.uk Commercial Dir: Hugh Burrows.

ScreenFX Dudley House, 36-38 Southampton St, Covent Garden, London, WC1E 7HE **t** 020 7240 0123 **f** 020 7240 0611 **e** info@screenfx.com **w** screenfx.com Sales Dir: Billy Howard.

SMS MusicMaker P.O. Box 44197, Fulham, London, SW6 2XP **t** 07947 370 056 **e** info@smsmusicmaker.com **w** smsmusicmaker.com Dir: Barney Cordell.

Valuflik, Inc - Direct Choice TV Communications Ltd Suite 10, 3rd Floor, Macmillan House, 96 Kensington High Street, London, W8 4SG **t** 020 7082 3928 **f** 020 7082 0880 **e** jthomas@directchoicetv.com **w** valuflik.com Business Dev't Manager: Johanna Thomas 07884 268 082.

Victoria Real Ltd Shepherds Building Central, Charecroft Way, London, W14 0EE **t** 020 8222 4170 **f** 020 8222 4215 **e** susan.doherty@victoriareal.com **w** victoriareal.com Hd of Business Dev't: Susan Doherty.

Vodafone Group Services 1 Kingdom St, Sheldon Square, London, W26 BY **t** 01635 66 44 44 **e** martin.kummer@vodafone.com **w** vodafone.com Vodafone Group Head of Music: Martin Kummer.

WIN 1 Cliveden Office Village, Lancaster Road, High Wycombe, Bucks, HP12 3YZ **t** 01494 750500 **f** 01494 750800 **e** businessdevelopment@winplc.com **w** winplc.com Marketing Manager: Ben King.

Xbox - Europe, Middle East & Africa Microsoft House, 10 Great Pulteney Street, London, W1F 9NB **t** 020 7434 6172 **f** 020 7434 6495 **e** markcad@microsoft.com Hd, Strategic P'tnerships: Mark Cadogan.

Web Design & Digital Services

3ME Ltd Music & Celebrity Social Gaming Network, 2a Queens Studio, 121 Salisbury Road, London, NW6 6RG **t** 020 7644 6572 **e** hello@3me.me **w** 3me.me @accessallareas Contact: Mike Jones 0207 644 6572.

Agitprop Design & Communications 19 Links Yard, 29A Spelman Street, London, E1 5LX **t** 07989 586272 **e** musicweek@agitprop.co.uk **w** agitprop.co.uk Creative Director: Jim Holt.

Air MTM 27 The Quadrangle, 49 Atalanta St, London, SW6 6TU **t** 020 7386 1600 **f** 020 7386 1619 **e** info@airmtm.com **w** airmtm.com twitter.com/airmtm Contact: Jonny South.

All of Music Design PO Box 2361, Romford, Essex, RM2 6EZ **t** 01708 688 088 **f** 020 7691 9508 **e** michelle@allofmusic.co.uk **w** allofmusic.co.uk MD: Danielle Barnett.

Amplifeye 5 Pendarves Road, Camborne, Cornwall, TR14 7QB **t** 0871 789 4219 **e** dan@amplifeye.com **w** amplifeye.net Director: Daniel Mitchell 07886 923 821.

AOL 80 Hammersmith Road, London, W14 8UD **t** 020 7348 8000 **f** 020 7348 8002 **w** aol.com

ArtScience Limited 3-5 Hardwidge St, London, SE1 3SY **t** 020 7939 9500 **f** 020 7939 9499 **e** lab5@artscience.net **w** artscience.net Dirs: Douglas Coates, Pete Rope.

Astream.com 2nd Floor, 36-37 Featherstone St, London, EC1Y 8QZ **t** 0845 230 8804 **f** 0845 230 8805 **e** Alex@Astream.com **w** Astream.com Director: Alex Wolfe.

Atari Landmark House, Hammersmith Bridge Road, London, W6 9DP **t** 020 8222 9700 **e** firstname.lastname@atari.com **w** atari.com UK Marketing Director: Richard Orr.

Bang On - Online PR 77 Leonard Street, London, EC2A 4QS **t** 020 7749 7826 **e** info@bangonpr.com **w** bangonpr.com Online Publicists: Leanne Mison, Katie Riding.

Beatwax Communications 91 Berwick Street, London, W1F 0NE **t** 020 7734 1965 **f** 020 7292 8333 **e** michael@beatwax.com **w** beatwax.com MD: Michael Brown.

Big Picture Interactive Ltd 9 Parade, Leamington Spa, Warwickshire, CV32 4DG **t** 01926 422002 **f** 01926 450945 **e** enquiries@bigpictureinteractive.co.uk **w** thebigpic.co.uk PA: Sarah Pannell.

www.musicweek.com   **Music Week Directory** 113

📇 Contacts   f Facebook   🎵 MySpace   t Twitter   ▶ YouTube

Digital: Web Design & Digital Services

Bloc Media Ltd 61 Charlotte Rd, London, EC2A 3QT **t** 020 7739 1718 **f** 020 7739 9494 **e** contact@blocmedia.com **w** blocmedia.com 📇 MD: Rick Palmer.

Blue Source Ltd Lower Ground Floor, 49-51 Central St, London, EC1V 8AB **t** 020 7553 7950 **e** seb@bluesource.com **w** bluesource.com 📇 Company Director: Seb Marling.

C-Burn Systems Ltd 33 Sekforde St, London, EC1R 0HH **t** 020 7250 1133 **f** 020 7253 8553 **e** info@c-burn.com **w** c-burn.com 📇 Sales & Marketing: Neil Phillips.

Cake Group Ltd 10 Stephen Mews, London, W1T 1AG **t** 020 7307 3100 **f** 020 7307 3101 **e** andrea@cakegroup.com **w** cakegroup.com 📇 Head of Marketing: Andrea Ledsham.

Clevercherry.com Victoria Works, Birmingham, B1 3PE **t** 0121 236 1060 **e** ineedhelp@clevercherry.com **w** clevercherry.com 📇 MD: Ian Allen.

ColBrowne.co.uk St 4, Fl 2, The Old Truman Brewery, 91-95 Brick Lane, London, E1 6QL **t** 07802 824 001 **e** me@colbrowne.co.uk **w** colbrowne.co.uk 📇 MD: Col Browne.

CopyMaster International Ltd 14 Lombard Road, Merton, Merton, London, SW19 3TZ **t** 020 8543 9223 **f** 020 8543 3419 **e** ron@copymaster.co.uk **w** copymaster.co.uk 📇 Cd & Dvd Account Manager: Ron Boucaud.

The Creative Corporation The Loft Studio, 35 Britannia Row, London, N1 8QH **t** 020 7704 8777 **e** dave@thecreativecorporation.co.uk **w** thecreativecorporation.co.uk 📇 Contact: Dave Stansbie 07779 615 217.

Creative Cultures 10 Alexandra Park Road, London, N10 2AB **t** 020 7100 3254 **f** 0871 661 4578 **e** firstname.lastname@creativecultures.biz **w** creativecultures.biz 📇 Managing Director: Johnny Hudson.

Darling Social Services Ltd Unit 204/5, Hatton Square Business Centre, 16-16A Baldwin Gardens, London, EC1N 7RJ **t** 020 7061 6266 **e** info@darlingsocialservices.com **w** darlingsocialservices.com
f facebook.com/darlingsocialservices
t twitter.com/darlingsocial 📇 Directors: Patrick Clifton/Ed Cartwright/Dan Stevens.

Design Lab Studio 336, Stratford Workshops, Burford Road, London, E15 2SP **t** 020 8555 5540 **f** 0208 5555540 **e** info@design-lab.tv **w** design-lab.tv 📇 Art Director: Matthew James 07841 196 787.

Diverse Interactive 6 Gorleston Street, London, W14 8XS **t** 020 7603 4567 **f** 020 7603 2148 **e** info@diverse.tv **w** diverse.co.uk 📇 Interactive Prod Mgr: Nicola Wells.

Division 100 Unit Two, 34 Charlotte Rd, London, EC2A 3PB **t** 020 7033 0000 **f** 020 7033 0001 **e** designers@division100.com **w** division100.com 📇 Dir: Terence Chisholm.

DMCC - Online Marketing and Search Engines 34 Hereford Road, London, W2 5AJ **t** 07092 047 348 **f** 07092 047 348 **e** SearchFindUse@DMCC.net **w** dmcc.net 📇 Projects Director: Fiona Austin.

Dreamcatcher Studios Ltd 3, Merryman Drive, Crowthorne, Berkshire, RG45 6TW **t** 07771 818 111 **f** 01344 779 677 **e** leeault@dreamcatcherstudiosltd.co.uk **w** dreamcatcherstudios.co.uk 📇 Creative Director: Lee Ault.

DS Emotion Ltd Chantry House, Victoria Road, Leeds, West Yorkshire, LS5 3JB **t** 0113 225 7100 **f** 0113 225 7200 **e** info@dsemotion.com **w** dsemotion.com

DVS Productions Ltd Prospect House, Lower Caldecote, Biggleswade, Beds, SG18 9UH **t** 01767 601398 **f** 0870 706 6257 **e** admin@dvsproductions.com **w** dvsproductions.com 📇 Director: David Smyth.

Epic 52 Old Steine, Brighton, East Sussex, BN1 1NH **t** 01273 728 686 **f** 01273 821 567 **e** marketing@epic.co.uk **w** epic.co.uk 📇 Marketing Manager: Ericka Newton.

Eyetoeye Entertainment Tucketts Barn, Trusham, Devon, TQ13 0NR **t** 07860728483 **e** brian@eyetoeye.com **w** eyetoeye.com 📇 Partner: Brian Yates.

Fastchanges 15 Barlby Gardens, London, W10 5LW **t** 020 7870 8159 **e** info@fastchanges.com **w** fastchanges.com 📇 Design Director: Jude Samuel.

FELLOWS MEDIA LTD The Gallery, Manor Farm, Southam, Cheltenham, Gloucestershire, GL52 3PB **t** 01242 259241 **e** media@fellowsmedia.com **w** fellowsmedia.com 📇 Managing Director: Simon Fellows.

Firebrand 3 Wish Rd, Eastbourne, East Sussex, BN21 4NX **t** 01323 430700 **f** 01323 430223 **e** enq@firebrand.co.uk **w** firebrand.co.uk 📇 Creative Director: Michael Dale.

TheFireFactory.com 3-5 High Pavement, The Lace Market, Nottingham, NG1 1HF **t** 0115 989 7389 **f** 0870 131 4234 **e** info@thefirefactory.com **w** thefirefactory.com 📇 Producer: Jake Shaw.

Music Week Directory

Digital: Web Design & Digital Services

Fourmiles Media Services PO Box 5571, Milton Keynes, MK3 5YN **t** 0709 222 3403 **f** 0705 069 8195 **e** enquiries@fourmiles.com **w** fourmiles.com MD: David Wright.

Glasseye Unit 20A, Iliffe Yard, Crampton Street, London, SE17 3QA **t** 020 7701 4300 **e** info@glasseyeltd.com **w** glasseyeltd.com Director: James Jefferson.

Good Technology The Griffin Building, 83 Clerkenwell Road, London, EC1R 5AR **t** 020 7343 3700 **f** 020 7343 3701 **e** firstname.lastname@goodtechnology.com **w** goodtechnology.com MD: Xanthe Arvanitakis.

Graphico Goldwell House, 5 Old Bath Road, Newbury, Newbury, Berkshire, RG14 1JH **t** 01635 522810 **f** 01635 580621 **e** brian.taylor@weare2020.com **w** graphico.co.uk Chief Oeprating Officer: Brian Taylor.

Gulp! Marketing 69-85 Tabernacle Street, Splendid Building, London, EC2A 4BD **e** richard@gulpmarketing.com/gareth@gulpmarketing.com **w** gulpmarketing.com gulpmarketing MD: Richard Marshall & Gareth Currie 07973 543 527.

Hotdigits 34 Coniston Road, Neston, Cheshire, CH64 0TD **t** 0151 336 6199 **f** 0151 336 6199 **e** info@hotdigits.co.uk **w** hotdigits.co.uk Principal: David Randall.

Hotpot Digital First Floor, 62 Bridge St, Manchester, M3 3BW **t** 0161 838 9183 **f** 0161 838 9189 **e** hello@hotpotdigital.com **w** hotpotdigital.com Senior Designer: Steven Oakes.

Hutch Rose Cottage, South Dock Lock Office, Rope Street, London, SE16 7SZ **t** 020 7252 0147 **e** info@willhutchinson.co.uk **w** willhutchinson.co.uk MD: Will Hutchinson 07952 751614.

Hyperlaunch New Media Mardyke House, 16-22 Hotwell Rd, Bristol, BS8 4UD **t** 0117 914 0070 **f** 0117 914 0071 **e** don@hyperlaunch.com **w** hyperlaunch.com MD: Don Jenkins.

ID Interactive 5 Rolls Crescent, Manchester, M15 5JX **t** 0161 232 9314 **f** 0161 232 9514 **e** info@idinteractive.co.uk **w** idinteractive.net Manager: Azmat Mohammed.

Ignite Creative TV Studio 209, 134-141 Curtain Road, London, EC2A 3AR **t** 02077290066 **e** kary@ignitecreative.tv **w** ignitecreative.tv facebook.com/ignitecreative @ignitemedia youtube.com/ignitecreativetv MD / Head of Production: Kary Stewart 020772900666.

Impressive Digital (imprint of Impressive PR) 9 Jeffrey's Place, London, NW1 9PP **t** 020 7284 3444 **e** caitlin@impressivepr.com or mel@impressivepr.com (MD) **w** impressivepr.com twitter.com/impressivedigi Head of Marketing: Caitlin Lock.

Interactive Web Solutions 10 Parker Court, Dyson Way, Staffordshire Technology Park, Stafford, Staffs, ST18 0WP **t** 01785 279 920 **f** 01785 223 514 **e** services@iwebsolutions.co.uk **w** iwebsolutions.co.uk Business Dev't Dir: Ian Gordon.

Interface New Media 20A Brownlow Mews, London, WC1N 2LA **t** 020 7416 0702 **f** 020 7416 0700 **e** info@interface-newmedia.com **w** interface-newmedia.com Dir: Neil Jones.

IntoMusic.co.uk Unit 8, 6 Bloom Grove, London, SE27 0HZ **t** 020 8676 4850 **e** info@intomusic.co.uk **w** intomusic.co.uk CEO: Gavin Moulton.

IQ Media (Bracknell) Ltd 2 Venture House, Arlington Square, Bracknell, Berkshire, RG12 1WA **t** 01344 422 551 **f** 01344 453 355 **e** information@iqmedia-uk.com **w** iqmedia-uk.com MD: Tony Bellamy 07884 262 755.

IStores Design 40 Bowling Green Lane, Clerkenwell, London, EC1R 0NE **t** 02074157010 **f** 02074157030 **e** design@istoresdesign.co.uk **w** istoresdesign.co.uk Head of Design: Dylan Martin.

Lateral Net Ltd Charlotte House, 47-49 Charlotte Road, London, EC2A 3QT **t** 020 7613 4449 **f** 020 7613 4645 **e** studio@lateral.net **w** lateral.net New Business Manager: Jon Bains.

Legion Presents 7, 28a High St, Cardiff, CF10 1PU **t** 02920 399 383 **e** info@legionpresents.com **w** legionpresents.com Dirs: Dave or Kris Legion.

LoFly Web Technology Unit 2A Queens Studios, 121 Salusbury Road, London, NW6 6RG **t** 020 7372 4474 **f** 020 7328 4447 **e** info@lofly.co.uk **w** lofly.co.uk New Media Programmers: Peter Gill, Tom Parkinson.

Luna Internet Ltd 8 Triumph Way, Woburn Road Industrial Estate, Kempston, Bedford, MK42 7QB **t** 0845 345 0175 **f** 01234 299 009 **e** info@luna.co.uk **w** luna.co.uk Sales & Mktg Dir: Spencer Ecclestone.

Lynton Black Media 7 Ty Ddewi Court, Cardiff, CF11 9AW **t** 02920 195 300 **e** creativity@lyntonblack.net **w** lyntonblack.net Creative Director: Lynton Black 07921 903 943.

m3m 1 Church Lane, Rochdale, OL16 1NR **t** 0161 408 4300 **e** gus@modernmediamuse.com **w** modernmediamuse.com Founder: Gus Geraghty 0161 4084300.

www.musicweek.com   **Music Week Directory** 115

📇 Contacts   f Facebook   ✱ MySpace   ▸ Twitter   ▶ YouTube

Digital: Web Design & Digital Services

Mackerel Design Ltd 15-17 Middle Street, Brighton, West Sussex, BN1 1AL **t** 01273 201313 **e** info@mackerel.co.uk **w** mackerel.co.uk 📇 Director: Mark Davis.

Mando Group Liverpool Science Park, 131 Mount Pleasant, Liverpool, L3 5TF **t** 0845 365 4040 **f** 0845 365 4041 **e** ian.finch@mandogroup.com **w** mandogroup.com f mandogroup.com ✱ mandogroup.com ▸ mandogroup.com ▶ mandogroup.com 📇 MD: Ian Finch.

Martello Media Limited 4 Islingtone Avenue, Sandycove, Co Dublin, Ireland **t** +353 1 284 4668 **f** +353 1 280 3195 **e** info@martellomedia.com **w** martellomedia.com 📇 Project Manager: Iseult O'Siochain.

Mekon Ltd Mekon House, 31-35 St Nicholas Way, Sutton, Surrey, SM1 1JN **t** 020 8722 8400 **f** 020 8722 8500 **e** info@mekon.com **w** mekon.com 📇 Sales Dir: Julian Murfitt.

Microsoft - MSN Microsoft House, 10 Great Pulteney Street, London, W1R 3TG **t** 0870 60 10 100 **w** mircrosoft.com/uk/info

Moonfish Ltd 43 Hulme St, Manchester, M15 6AW **t** 08700 70 4321 **f** 08707 41 8931 **e** fish.market@moonfish.com **w** moonfish.com 📇 Creative Dir: Bill Croson.

Musicalc/RoyaltyShare 6 Old London Road, 6 Old London Road, Kingston Upon Thames, Surrey, KT2 6QF **t** 020 8439 1518 **f** 020 8541 1885 **e** musicalc@royaltyshare.com **w** musicalc.com 📇 General Manager: Andrew Hudson.

Neuecom Web Solutions 9 Adam Street, London, WC2N 6AA **t** 020 8331 3646 **e** info@neuecom.com **w** neuecom.com 📇 MD: Chiduve Ameke.

The New Black Unit 1, 7A Plough Yard, London, EC2A 3LP **t** 020 7096 4217 **e** info@newblack.me **w** newblack.me 📇 Managing Director: Ben Taub & Jim Tattersall 07779 794704.

Nile-On Online PR & Marketing 42a Charlotte Street, London, W1T 2NP **t** 020 7636 7322 **f** 020 7636 7325 **e** serena@nile-on.com **w** nile-on.com 📇 Online Press Director: Serena Wilson.

Noise Inc Hope House, 40 St Peter's Rd, London, W6 9BD **t** 020 8748 4746 **e** info@noise-inc.com **w** noise-inc.com 📇 Partner: Kim de Ruiter 020 8747 4746.

Opendisc® Medius House LG, 2 Sheraton Street, London, W1F 8BD **t** 020 7479 4239 **e** uk@opendisc.net **w** opendisc.net 📇 CEO: Guillaume Doret.

OR Multimedia Ltd Unit 5 Elm Court, 156-170 Bermondsey Street, London, SE1 3TQ **t** 020 7939 9540 **f** 020 7939 9541 **e** info@or-media.com **w** or-media.com 📇 Dir: Peter Gough.

Outside Line Butler House, 177-178 Tottenham Court Road, London, W1T 7NY **t** 020 7636 5511 **f** 020 7636 1155 **e** ant@outsideline.com **w** outsideline.co.uk 📇 Director: Anthony Cauchi.

Oxfordmusic.net Ltd 9 Park End Street, 9 Park End Street, Oxford, Oxfordshire, OX1 1HH **t** 01865 798796 **f** 01865 798792 **e** info@oxfordmusic.net **w** oxfordmusic.net 📇 Managing Director: Andy Clyde.

Playniac t 020 7617 7516 **w** playniac.com f facebook.com/playniac ✱ myspace.com/playniac ▸ twitter.com/playniac ▶ youtube.com/playniac 📇 MD: Rob Davis.

Poptel Technology Ltd 35 Stukeley Street, London, WC2B 5LT **t** 0845 899 1001 **f** 0845 899 0160 **e** info@poptech.coop **w** poptech.coop 📇 Business Development: Paul Evans.

Proactive PR Suite 201, Homelife House, 26 - 32 Oxford Road, Bournemouth, BH8 8EZ **t** 01202 315 333 **f** 01202 315 600 **e** info@proactivepr.org **w** proactivepr.org 📇 Dir: Cliff Lay.

Probe Media 2nd Floor, The Hogarth Centre, Hogarth Lane, London, W4 2QN **t** 020 8742 3636 **f** 020 8995 1350 **e** sanjay@probemedia.co.uk **w** probemedia.co.uk 📇 Account Director: Sanjay Vadher.

Real World Multimedia Box Mill, Millside, Mill Lane, Box, Wiltshire, SN13 8PL **t** 0845 146 1733 **f** 01225 744369 **w** realworld.co.uk

RealNetworks Europe Ltd 1st Floor, 233 High Holborn, London, WC1V 7DN **t** 020 7618 4000 **f** 020 7618 4001 **e** initial+lastname@real.com **w** realnetworks.com 📇 Sales Director: David Smith.

Rednet Ltd 6 Cliveden Office Village, Lancaster Road, High Wycombe, Buckinghamshire, HP12 3YZ **t** 01494 513 333 **f** 01494 443 374 **e** contactus@red.net **w** red.net 📇 Mktg Mgr: Zoe Marrett.

rehabstudio Ltd 1st Floor, 101 Redchurch St, London, E2 7DP **t** 020 3222 0080 **e** newbusiness@rehabstudio.com **w** rehabstudio.com 📇 Creative Director: Tim Rodgers.

Ricall Limited St Johns Studio, 6-8 Church Road, Richmond, Surrey, TW9 2QA **t** 020 7592 1710 **f** 020 7592 1713 **e** mail@ricall.com **w** ricall.com 📇 Vice President Commerical Development: Phil Bird.

116 Music Week Directory

www.musicweek.com

Contacts   **Facebook**   **MySpace**   **Twitter**   **YouTube**

Digital: Web Design & Digital Services

Rocudo 210 Business & Innovation Centre, NUI Galway, Galway City, Ireland **e** info@rocudo.com **w** rocudo.com
facebook.com/rocudo twitter.com/rocudoremixes youtube.com/user/RocudoTeam Chief Executive Officer: Culann mac Cabe.

Rootsmusic.com 22 Oregon Avenue, Manor Park, London, E12 5TD **t** 020 8553 1435 **f** 020 8553 1435 **e** info@rootsmusic.co.uk **w** rootsmusic.co.uk MD: Ayo Bamidele.

Sign-Up.to (E-Marketing) 60 Maltings Pl, London, SW6 2BX **t** 0845 644 4184 **e** solutions@sign-up.to **w** sign-up.to facebook.com/signupto twitter.com/signupto youtube.com/signuptech MD: Matt McNeill.

Simbiotic Mercat House, Argyle Court, 1103 Argyle St, Glasgow, G3 8ND **t** 0141 243 2439 **e** graham@simbiotic.co.uk **w** simbiotic.co.uk Dir: Graham Collins.

Simple Web Ltd Unit G, Albion Dockside Building, Hanover Place, Bristol, BS1 6UT **t** 0117 92140980 **e** mark@simpleweb.co.uk **w** simpleweb.co.uk redeye Contact: Mark Panay.

Skinny t 020 8693 8798 **e** hello@skinnycreative.com **w** skinnycreative.com @skinnystudio Director: Sonya Skinner 07843424454.

Somethin' Else 20-26 Brunswick Place, London, N16DZ **t** 020 7250 5500 **f** 020 7250 0937 **e** steve.ackerman@somethinelse.com **w** somethinelse.com Managing Director: Steve Ackerman 020 7250 5617.

Sony Psygnosis Ltd Napier Court, Wavertree Technology Park, Liverpool, Merseyside, L13 1HD **t** 0151 282 3000 **f** 0151 282 3001 **w** worldwidestudios.net/en/Homepage

Soundengineer.co.uk 49 Liddington Road, London, E15 3PL **t** 020 8536 0649 **f** 07092 022897 **e** ian@soundengineer.co.uk **w** soundengineer.co.uk Sound Engineer: Ian Hasell.

state51 8-10 Rhoda Street, London, E2 7EF **t** 020 7729 4343 **f** 020 7729 8494 **e** intouch@state51.co.uk **w** state51.co.uk Director: Paul Sanders.

Stream UK 1 Water Lane, London, NW1 8NZ **t** 020 7387 6090 **f** 020 7419 1819 **e** enquiries@streamuk.com **w** streamuk.com Sales Dir: Danielle Phillips.

Stylorouge 57-60 Charlotte Road, London, EC2A 3QT **t** 020 7729 1005 **f** 020 7739 7124 **e** rob@stylorouge.co.uk **w** stylorouge.co.uk Creative Director: Rob O'Connor.

Telepathy Interactive Media Hardy House, High Street, Box, Wiltshire, SN13 8NF **t** 01225 744 225 **f** 01225 744 554 **e** info@telepathy.co.uk **w** telepathy.co.uk Dir: Nigel Milk.

Turnround Multi-Media Barn Studios Chapel Farm, Over Old Road, Hartpury, Gloucester, Gloucestershire, GL19 3BJ **t** 01242 224360 **e** studio@turnround.co.uk **w** turnround.co.uk Managing Director: Ross Lammas.

UKMusic.com PO Box 53382, London, NW10 3XQ **t** 07834 351690 **e** management@ukmusic.com **w** ukmusic.com Managing Director: Doug Cooper.

United Agency Splendid Building, 69 - 85 Tabernacle Street, London, EC2A 4BD **t** 07500 924 927 **e** gareth@united-agency.co.uk **w** united-agency.co.uk Director: Gareth Currie.

Version Industries Ltd 47 Lower End, Swaffham Prior, Cambridge, CB5 0HT **t** 07903 886 471 **f** 020 8374 4021 **e** team@versionindustries.com **w** versionindustries.com Lead Designer/Developer: Gavin Singleton.

Virgin Media 160 Gt Portland St, London, W1W 5QA **t** 020 7299 5000 **e** firstname.surname@virginmedia.co.uk **w** virginmedia.com Head of Publishing: Caroline Hugh.

Visualeyes Imaging Services 11 West Street, Covent Garden, London, WC2H 9NE **t** 020 7836 3004 **f** 020 7240 0079 **e** imaging@visphoto.co.uk **w** visphoto.co.uk Sales & Marketing Manager: Fergal O'Regan.

VocalTuning.com 9 Woodmancote Vale, Cheltenham, Glocs, GL52 9RJ **t** 01242 676 672 **e** enquiries@vocaltuning.com **w** vocaltuning.com Sound engineer: James Kinnear.

WayOutWebs.com PO Box 1345, Ilford, Essex, IG4 5FX **t** 07050 333 555 **e** info@wayoutwebs.com **w** wayoutwebs.com Business Dev't Director: Paul Booth.

WEB SHERIFF

2 Queen Caroline Street, London, W6 9DX **t** 020 8323 8013 **f** 020 8323 8080 **e** websheriff@websheriff.com **w** websheriff.com Managing Director: John Giacobbi.

Yellocello Internet 49 Windmill Rd, London, W4 1RN **t** 020 8742 2001 **e** info@yellocello.com **w** yellocello.com MD: Charlie Carne.

ZDNet UK Ltd International House, 1 St Katharine's Way, London, E1W 1XQ **t** 020 7903 6800 **f** 020 7903 6000 **e** firstname.lastname@zdnet.co.uk **w** zdnet.co.uk Ops Dir: Jill Hourston.

CODE 7

LOOK NO FURTHER
CODE 7 MUSIC DISTRIBUTION

Design, Pressing & Distribution

CONTACT US AT:
INFO@CODE7MUSIC.COM
WWW.CODE7MUSIC.COM

Music Week Directory — www.musicweek.com

Contacts · Facebook · MySpace · Twitter · YouTube

Design, Pressing & Distribution

Pressers & Duplicators

10th Planet CD Duplication 68-70 Wardour Street, London, W1F 0TB **t** 020 7434 2345 **f** 020 7287 2040 **e** sales@10pdm.com **w** 10pdm.com ✉ Sales Director: Richard Lamb.

Accurate Disc Duplication Queniborough Industrial Estate, Melton Road, Queniborough, Leicestershire, LE7 8FP **t** 0870 774 1112 **f** 0870 774 1113 **e** info@accuratedisc.com **w** accuratedisc.com

ACS Media Ltd 37 Bartholomew St, Newbury, Berkshire, RG14 5LL **t** 01635 552237 **f** 01635 34179 **e** sales@acsmedia.co.uk **w** acsmedia.co.uk ✉ MD: Wilber Craik 01635 580448.

AGR Manufacturing Ltd The Old Exchange, Mill Lane, Great Dunmow, Essex, CM6 1BG **t** 01371 859393 **f** 01371 859375 **e** info@agrm.co.uk **w** agrm.co.uk ✉ Artwork Audio And Technical: Ed Jones.

Alfasound Duplication Old School House, 1 Green Lane, Ashton On Mersey, Sale, Cheshire, M33 5PN **t** 0161 905 1361 **f** 0161 282 1360 **e** garry.adl@btinternet.com ✉ MD: Garry Bowen.

AND Press (Manufacturing Agents) Westfield Cottage, Scragged Oak Rd, Maidstone, Kent, ME14 3HA **t** 01622 632 634 **f** 01622 632 634 **e** info@andpress.co.uk **w** andpress.co.uk ✉ MD: Andy Rutherford.

AWL Compact Disc Company 356 Scraptoft Lane, Leicester, LE5 1PB **t** 0116 241 3979 **f** 0116 243 3760 ✉ Dir: Andrew Lipinski.

Blue Pro Media Unit 11, 407-409 Hornsey Rd, London, N19 4DX **t** 0207 272 0358 **e** info@bluepromedia.com **w** bluepromedia.com **t** @blueprouk

C2 Productions Ltd **t** 01707 322600 **f** 01707 322800 **e** carlos@c2productions.co.uk **w** c2productions.co.uk ✉ Managing Director: Carlos Buhagiar.

Canon Video (UK) Ltd 15 Main Drive, East Lane Business Park, Wembley, Middlesex, HA9 7FF **t** 020 8385 4455 **f** 020 8385 0722 **e** snehal@canonvideo.co.uk **w** canonvideo.co.uk ✉ Sales Dir: Mr Saylash.

CD and Cassette Duplication Ltd 77 Barlow Road, Stannington, Sheffield, South Yorkshire, S6 5HR **t** 0114 233 0033 **f** 0114 233 0033 ✉ MD: Ian Stead.

CD Industries Units 7-10, Sovereign Park, Coronation Road, London, NW10 7QP **t** 020 8961 8898 **f** 020 8961 8688 ✉ Production: Ms ME Tan.

CDA Disc Ltd Abbey House, 450 Bath Rd, Longford, Heathrow, UB7 0EB **t** 020 8757 8966 **f** 020 8757 8972 **e** sales@cdadisc.com **w** cdadisc.com ✉ Sales Manager: Ian Mackay.

Chameleon Developments Ltd 71 Rampton Drift, Longstanton, Cambridge, CB4 5EW **t** 0845 456 2144 **f** 01223 528449 **e** chameleon-d@btconnect.com **w** chameleon-developments.com ✉ MD: Tash Cox.

Cine Wessex Westway House, St Thomas Street, Winchester, Hampshire, SO23 9HJ **t** 01962 865 454 **f** 01962 842 017 **e** info@cinewessex.co.uk **w** cinewessex.co.uk ✉ Duplication Manager: Ema Branton.

Cinram Operations UK Ltd 2-6 Central Avenue, Ransomes Euro Park, Ipswich, Suffolk, IP3 9SL **t** 01473 271 010 **f** 01473 271 040 **e** uk.sales@cinram.com **w** cinram.com ✉ Senior Account Executive (Sales & Marketing): Ian Kerr.

CLEAR SOUND AND VISION

CSV House, 51 Marlborough Rd, London, E18 1AR **t** 020 8989 8777 **f** 020 8989 9777 **e** sales@c-s-v.co.uk **w** clearsoundandvision.com ✉ Managing Director: Clive Robins.

CopyMaster International Ltd 14 Lombard Road, Merton, Merton, London, SW19 3TZ **t** 020 8543 9223 **f** 020 8543 3419 **e** ron@copymaster.co.uk **w** copymaster.co.uk ✉ Cd & Dvd Account Manager: Ron Boucaud.

Copysound 3 Bowdens Business Centre, Hambridge, Somerset, TA10 0BP **t** 01458 259 280 **f** 01458 259 280 **e** sales@copysound.co.uk **w** copysound.co.uk ✉ Duplication Manager: Nigel Neill.

Cutgroove Ltd (Vinyl Pressing Agency) 101 Bashley Rd, Park Royal, London, NW10 6TE **t** 020 8838 8270 **f** 020 8838 2012 **e** nikki@cutgroove.com **w** intergroove.co.uk ✉ Manager: Nikki Howarth.

Bulk replication and super-quick duplication - **even SAME DAY** by prior arrangement! Our sales staff and technical specialists are dedicated to giving you the highest service levels and expert help and advice in all aspects of CD and DVD production.

sounds good®

- Express Duplication
- Bulk Replication
- Print & Packaging
- Mailing Services
- Keen Pricing
- Expert Service
- Free Help & Advice

**Post Production
Audio & Video
Graphic Design
Mastering**

Instant Online Quotes

It's all about CD & DVD pressing & duplication, and the Graphics, Audio, Video and Multimedia expertise that lies behind it. Isn't it great to deal with people who really know what they're talking about!

www.SoundsGood.co.uk   Tel: 0118 930 1700

Sounds Good Ltd., 11 Chiltern Enterprise Centre, Station Road, Theale, Berkshire. RG7 4AA
Sounds Good is a Registerd Trade Mark. © 2011 P4P Ltd.

Music Week Directory

Contacts • Facebook • MySpace • Twitter • YouTube

Design, Pressing & Distribution: Pressers & Duplicators

CVB Duplication 179A Bilton Road, Perivale, Middlesex, UB6 7HQ **t** 020 8991 2610 **f** 020 8997 0180 **e** sales@cvbduplication.co.uk **w** cvbduplication.co.uk ▪ Sales & Marketing: Phil Stringer.

dBm Ltd The Loft, Mill Lane, Little Hallingbury, Bishop's Stortford, Hertfordshire, CM22 7QT **t** 01279 721434 **e** info@dbmltd.com **w** dbmltd.com ▪ Sales & Marketing Dirs.: Janice Glen, Richard Watts.

Diamond Black Ltd The Old Bancroft Buildings, Kingham Way, Luton, Beds, LU2 7RG **t** 01582 425555 **f** 01582 725900 **e** diamondblack@btconnect.com ▪ Director: Perri D'Cruz.

Digital Disc Duplication 105 Risbygate St, 1st Floor, Bury St Edmunds, Suffolk, IP33 3AA **t** 01284 700773 **e** sales@digitaldiscduplication.co.uk **w** digitaldiscduplication.co.uk ▪ Contact: Karl Adams.

Disc Manufacturing Services Ltd 48 Salisbury Rd, Plymouth, PL4 8QU **t** 01752 201275 **e** info@discmanufacturingservices.com **w** discmanufacturingservices.com ▪ MD: Dave Summers.

DOCdata UK Ltd Halesfield 14, Telford, Shropshire, TF7 4QR **t** 01952 680131 **f** 01952 583501 **e** uksales@docdata.com **w** docdata.co.uk ▪ Contact: Tina Buttery.

Downsoft Ltd Downsway House, Epsom Road, Ashtead, Surrey, KT21 1HA **t** 01372 272422 **f** 01372 276122 **e** work@downsoft.co.uk **w** downsoft.co.uk ▪ Mgr: Martin Dare.

Duplic8 Ltd Ashcroft, Wicken Bonhunt, Saffron Walden, Essex, CB11 3UL **t** 0845 873 3050 **f** 0845 873 3040 **e** ben@duplic8.cd **w** duplic8.eu ▪ Director: Ben Bull.

EMS Audio Ltd Dir, 12 Balloo Avenue, Bangor, Co. Down, BT19 7QT **t** 028 9127 4411 **f** 028 9127 4412 **e** info@musicshop.to **w** musicshop.to ▪ William Thompson: EMS.

Eurodisc Manufacturing Ltd The Innovation Centre, Mewburn Rd, Banbury, OX16 9PA **t** 01295 817604 **e** info@euro-disc.co.uk **w** euro-disc.co.uk

Fairview Music Cavwood Grange Farm, Common Lane, North Cave, Brough, East Yorkshire, HU15 2PE **t** 01430 425546 **f** 01430 425547 **e** info@fairviewstudios.co.uk **w** fairviewstudios.co.uk ▪ Duplication Manager: Jackie Herd.

Filterbond Ltd 19 Sadlers Way, Hertford, Hertfordshire, SG14 2DZ **t** 01992 500101 **f** 01992 500101 **e** jbsrecords.filterbondltd@virgin.net ▪ MD: John B Schefel.

First Choice Media Unit 1, Murray Business Centre, Murray Road, Orpington, Kent **t** 01689 828 182 **f** 01689 899 369 **e** dudley.perrin@firstchoiceltd.co.uk **w** firstchoiceltd.co.uk ▪ Head of Music: Dudley Perrin 07980 728 106.

HHO Manufacturing Suite 1 Britannia Business Centre, Cricklewood Lane, London, NW2 1EZ **t** 020 8830 8813 **f** 020 8830 8801 **e** info@hhomanufacturing.com **w** hhomanufacturing.com ▪ Manager: Sami Chidiac.

Hiltongrove Multimedia 3 Greenwich Quay, Clarence Rd, London, SE8 3EY **t** 020 8521 2424 **f** 020 8691 3144 **e** info@hiltongrove.com **w** hiltongrove.com ▪ Contact: Sales.

Ibex Digital Ltd Unit 1, Kennet Road, Dartford, Kent, DA1 4QN **t** 02032838466 **f** 02032838477 **e** sales@ibexdigital.co.uk **w** ibexdigital.co.uk facebook.com/pages/Ibex-Digital-Ltd/180195512039004 twitter.com/#!/ibexDigitalLtd ▪ Directors: Nik Hersey-Walker.

ICC Duplication Regency Mews, Silverdale Road, Eastbourne, East Sussex, BN20 7AB **t** 01323 647 880 **f** 01323 643 095 **e** info@iccduplication.com **w** iccduplication.co.uk ▪ Operations Dir: Andy Thorpe.

Icon Marketing Ltd Park House, 27 South Avenue, Thorpe St Andrew, Norwich, NR7 0EZ **t** 01603 708050 **f** 01603 708005 **e** Icon@dircon.co.uk **w** icon-marketing.co.uk ▪ Production Manager: Sarah Neve.

Impress Music Ltd 5 Northfield Industrial Estate, Beresford Avenue, Wembley, Middx, HA0 1NW **t** 020 8795 0101 **f** 020 8795 0303 **e** firstname@impressmusic-uk.com **w** impressmusic-uk.com ▪ Chairman: Alastair Bloom.

ITD Cassettes Ltd 31 Angelvale, Buckingham Industrial Park, Buckingham, Bucks, MK18 1TH **t** 01280 821 177 **f** 01280 821 188 **e** ITDcassettes@aol.com **w** ITDcassettes.com ▪ MD: Mike McLoughlin.

KDG UK Ltd Unit 5 Triangle Business Park, Pentrebach, Merthyr Tydfil, Mid Glamorgan, SF48 4TQ **t** 01685 354700 **f** 01685 354701 **e** sales@kdguk.com **w** kdg-mt.com ▪ Sales Mgr: Ian Browning.

Key Production 8 Jeffreys Place, London, NW1 9PP **t** 020 7284 8800 **f** 020 7284 8844 **e** mail@keyproduction.co.uk **w** keyproduction.co.uk ▪ MD: Karen Emanuel.

Keynote Audio Services Ltd Smoke Tree House, Tilford Rd, Farnham, Surrey, GU10 2EN **t** 01252 794 253 **f** 01252 792 642 **e** admin@keynoteaudio.co.uk **w** keynoteaudio.co.uk ▪ MD: Tim Wheatley.

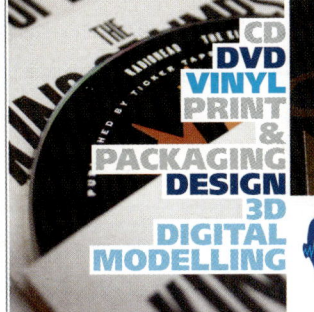

www.musicweek.com　　　　　　　　　　**Music Week Directory** 121

📇 Contacts　📘 Facebook　💬 MySpace　🐦 Twitter　▶️ YouTube

CD DVD VINYL PRINT & PACKAGING DESIGN 3D DIGITAL MODELLING

CLEAR SOUND & VISION
w www.clearsoundandvision.com
e sales@c-s-v.co.uk
t 020 8989 8777

Design, Pressing & Distribution: Pressers & Duplicators

Lemon Media Ltd The Hub, Warne Road, Weston-super-Mare, Somerset, BS23 3UU **t** 01934 423 022 **e** Stuart@LemonMedia.co.uk **w** lemonmedia.co.uk 📇 Sales Mgr: Stuart Timmis 07966 311 058.

Les Molloy Group Box 27, Hindon Court, 104 Wilton Rd, London, SW1V 1DU **t** 07860 389598 **f** 020 3262 0179 **e** molloymolloy@hotmail.co.uk **w** lesmolloy.co.uk 📇 Artist and Media Consultant: Les Molloy.

Logicom Sound And Vision Portland House, 1 Portland Drive, Willen, Milton Keynes, Buckinghamshire, MK15 9JW **t** 01908 663848 **f** 01908 666654 **e** grayham.amos@luk.net **w** luk.net 📇 Bus Dev Mgr: Grayham Amos.

MacTrak Duplicating 3/2 Inveresk Industrial Estate, Musselburgh, Edinburgh, EH21 7UL **t** 0131 665 5377 **f** 0131 653 6905 **e** mactrak@ednet.co.uk **w** mactrak.co.uk 📇 Prop: MD MacGregor.

Meltones Media 3 King Edward Drive, Chessington, Chessington, Surrey, KT9 1DW **t** 020 8391 9406 **f** 020 8391 8924 **e** sales@meltones.com **w** meltones-media.co.uk 📇 Managing Director: Tony Fernandez.

Metro Broadcast Ltd 5-7 Great Chapel St, London, W1F 8FF **t** 020 7434 7700 **f** 020 7434 7701 **e** info@metrobroadcast.com **w** metrobroadcast.com 📇 Business Development Dir: Paul Beale.

MPO Ireland Ltd Blanchardstown Industrial Est, Snugborough Road, Blanchardstown, Dublin 15, Ireland **t** +353 1 822 1363 **f** +353 1 806 6064 **e** swalsh@mpo.ie **w** mpo.fr 📇 Sales Director: Sharon Walsh.

MPO UK Ltd 500 Chiswick High Road, 500 Chiswick High Road, London, W4 5RG **t** 020 8956 2727 **e** keith@mpo.co.uk **w** mpo.fr 📇 UK Manager: Keith Young.

Multi Media Replication Ltd Unit 4 Balksbury Hill Industrial Estate, Balksbury Hill, Upper Clatford, Andover, Hampshire, SP11 7LW **t** 01264 336330 **f** 01264 336694 **e** info@replication.com **w** replication.com 📇 Managing Director: Philip Hall.

Music Ventures The Old Porch, 5-6 Vennington, Westbury, Shrewsbury, Shropshire, SY5 9RG **t** 01743 884567 **f** 01743 885123 **e** sales@musicventures.com **w** musicventures.com 📇 Sales Manager: Andrew Smales.

Noisebox Digital Media Ltd Jonathan Scott Hall, Thorpe Rd, Norwich, NR1 1UH **t** 01603 767726 **f** 01603 767746 **e** info@noisebox.co.uk **w** noisebox.co.uk 📇 MD: Pete Morgan.

Noon Media Solutions 60 Bury Street, Ruislip, Middx, HA4 7SU **t** 01895 472 882 **e** sales@noonmediasolutions.com **w** noonmediasolutions.com 📇 MD: David Noonan.

ODPM Ltd Unit 19, Soho Mills, Wooburn Green, Buckinghamshire, HP10 0PF **t** 0870 288 5330 **f** 0870 522 5331 **e** duncan@odpm-ltd.com **w** odpm-ltd.com 💬 myspace.com/odpm ▶️ youtube.com/odpmltd 📇 Director: Duncan Baldwin.

Open Ear Productions Ltd Kinarva, Co. Galway, Ireland **t** +353 91 635810 **f** +353 87 58575588 **e** info@openear.ie **w** openear.ie 📇 MD: Bruno Staehelin.

optimal media UK Ltd 16-18 Brushfield Street, London, E1 6AN **t** 020 7492 4880 **f** 020 7492 4886 **e** info@optimal-online.co.uk **w** optimal-online.co.uk 📇 Contact: Rufus Kalex.

Orbis Digital Ltd Unit 52E, Sunnyside Road, Coatbridge, ML5 3DG **t** 0845 60 76 123 **e** alan@orbisdigital.co.uk **w** orbisdigital.co.uk 📇 Optical Media Consultant: Alan Mann 01236 44 96 99.

122 Music Week Directory

Contacts · **Facebook** · **MySpace** · **Twitter** · **YouTube**

Design, Pressing & Distribution: Pressers & Duplicators

Orlake Records (Vinyl Specialists) Sterling Industrial Estate, Rainham Road South, Dagenham, Essex, RM10 8HP **t** 020 8592 0242 **f** 020 8595 8182 **e** info@orlakerecords.com **w** orlakerecords.co.uk Production Controller: Paula Pearl.

PR Records Hamilton House, Endeavour Way, London, SW19 8UH **t** 01423 541020 **f** 01423 540970 **e** pr@celtic-music.co.uk Cust Liason: Ruth Bulmer. **Professional Magnetics Ltd** Cassette House, 329 Hunslet Road, Leeds, West Yorkshire, LS10 1NJ **t** 0113 270 6066 **f** 0113 271 8106 **e** promags@aol.com **w** promags.freeserve.co.uk Dir: Hilary Rhodes.

Repeat Performance RPM 50, Fordhook Avenue, Ealing Common, London, W5 3LP **t** 020 3286 4018 **e** info@rpmuk.com **w** rpmuk.com MD: Robin Springall.

Replica North Works, Hookstone Park, Harrogate, North Yorkshire, HG2 7DB **t** 01423 888979 **f** 01423 540970 **e** replica@northworks.co.uk Dir: David Bulmer 01423 541020.

Short Run CDs 203-205 The Vale, London, W3 7QS **e** studio@cartelstudios.co.uk Contact: Ash.

SKM Europe Charlotte Cottage, 73 Leighton Rd, Wing, Leighton Buzzard, Bedfordshire, LU7 0NN **t** 01296 681 535 **f** 01296 689 428 **e** anita@skmeurope.co.uk **w** skm.co.kr Sales Dir: Steve Castle.

Sound Discs CD DVD Mastering Duplication Design West Mount Farm, Woodmancote Lane, Chichester, West Sussex/Hampshire, PO18 8UL **t** 08453 707080 / 01243 572557 **e** info@sound-discs.co.uk **w** sound-discs.co.uk ww.myspace.com/sounddiscscdduplication Production Director: Peter Bullick 07721 624 868.

SOUND PERFORMANCE

SOUND PERFORMANCE

3 Greenwich Quay, Clarence Rd, London, SE8 3EY **t** 020 8691 2121 **f** 020 8691 3144 **e** sales@soundperformance.co.uk **w** soundperformance.co.uk Contact: Sales. Sales Manager: Russell Hodgskin.
CD & DVD replication direct to the Music Industry. All manufactured in our UK facility. We also offer associated printed parts, bespoke packaging, vinyl manufacturing and CD-R duplication

Sound Recording Technology The Studios, 8 Hornton Place, Kensington, London, Cambs, W8 4LZ **t** 020 8123 0429 **f** 01480 496100 **e** sales@soundrecordingtechnology.co.uk **w** soundrecordingtechnology.co.uk Managing Director: Sarah Pownall.

Sounds Good Ltd 11 Chiltern Enterprise Centre, Station Road, Theale, Reading, Berkshire, RG7 4AA **t** 0118 930 1700 **f** 0118 930 1709 **e** info@soundsgood.co.uk **w** SoundsGood.co.uk facebook.com/SoundsGood.co.uk Director: Martin Maynard.

Sponge Multimedia Ltd Sponge Studios, Cross Chancellor Street, Leeds, West Yorkshire, LS6 2TG **t** 0113 234 0004 **f** 0113 242 4296 **e** damian@spongestudios.demon.co.uk **w** spongestudios.demon.co.uk Director: Damian McLean-Brown.

TC Video Wembley Commercial Centre, East Lane, Wembley, Middx, HA9 7UU **t** 020 8904 6271 **f** 020 8904 0172 **e** info@tcvideo.co.uk **w** tcvideo.co.uk Marketing Manager: Lissandra Xavier.

Technicolor Creative Services Perivale Park, Horsenden Lane South, Perivale, Middx, UB6 7RL **t** 020 8799 0555 **f** 020 8799 0579 **e** firstname.lastname@thomson.net **w** technicolor.com Sales Dir: Robert Dunne.

Thames Valley Video 660 Ajax Avenue, Slough, Berkshire, SL1 4BG **t** 01753 553131 **f** 01753 554505 **e** tvv@netcomuk.co.uk MD: Nigel Morris.

Trend Digital Media ltd A2 Canal Bank, Park West Industrial Park, Dublin 12, Ireland **t** +353 1 6060 600 **f** +353 1 6160 601 **e** mandy.byrnes@trenddigitalmedia.com **w** trenddigitalmedia.com Sales Director: Mandy Byrnes.

Tribal Manufacturing Ltd 11 Hillgate Place, London, SW12 9ER **t** 020 8673 0610 **f** 020 8675 8562 **e** alison@tribal.co.uk , terry@tribal.co.uk , greg@tribal.co.uk **w** tribal.co.uk Contact: Alison Wilson, Terry Woolner, Greg Bell.

UK Discs PO Box 1467, Oxford, OX3 3BH **t** 01865 741 802 **e** sales@ukdiscs.com **w** ukdiscs.com Dir: Dale Olivier.

VDC Group Unit 3-4 Nucleus Business Centre, Central Way, Park Royal, London, NW10 7XT **t** 020 8963 3555 **f** 020 8965 9412 **e** enquiries@vdcgroup.com **w** vdcgroup.com Head Of Sales: Mike Seaman 020 8963 3562.

The Vinyl Factory Manufacturing Ltd Apollo House, 120 Blyth Rd, Hayes, Middlesex, UB3 1SY **t** 020 8756 0707 **f** 020 8756 0836 **e** adam.teskey@thevinylfactory.com **w** thevinylfactory.com General Manager: Adam Teskey 020 8756 0719.

Vinyl Factory Productions (One Stop Service) Sterling Industrial Est, Rainham Rd South, Dagenham, Essex, RM10 8HP **t** 020 8526 8070 **e** paula.pearl@vinylfactory.com **w** vinylfactory.co.uk Production Mgr: Paula Pearl.

Vinyl Pressing 308 High Street, London, E15 1AJ **t** 020 8519 4260 **f** 020 8519 5187 MD: Terence Murphy.

www.musicweek.com **Music Week Directory** 123

Contacts | **Facebook** | **MySpace** | **Twitter** | **YouTube**

Mastering & Post Production

360 Mastering Ltd 18A Farm Lane Trading Centre, 101 Farm Lane, London, SW6 1QJ **t** 020 7385 6161 **f** 020 7386 0473 **e** studio@360mastering.co.uk **w** 360mastering.co.uk MD: Dick Beetham.

The 400 Company B3, The Workshops, 2A, Askew Crescent, London, W12 9DP **t** 020 8746 1400 **e** info@the400.co.uk **w** the400.co.uk Production Manager: Christian Riou.

ABCD & DVD Ltd PO Box 53297, London, NW10 5QJ **t** 0845 257 3706 **e** sales@abcdanddvd.com **w** abcdanddvd.com facebook.com/ABCDANDDVDLTD myspace.com/abcdanddvd twitter.com/abcdanddvdltd Director: Iliboku Martins.

Airtight Productions - DVD Authoring Unit 16, Albany Rd Trading Estate, Albany Rd, Chorlton, M21 0AZ **t** 0161 881 5157 **e** info@airtightproductions.co.uk **w** airtightproductions.co.uk Dir: Anthony Davey.

Alchemy Mastering 12 Cock Lane, London, EC1A 9BU **t** 020 7248 2177 **e** mastering@alchemymastering.com **w** alchemymastering.com facebook.com/#!/groups/20635773968/ twitter.com/AlchemyMasters Vinyl & CD Mastering: Barry Grint.

Arvato Digital Services (Sonopress) Wednesbury One, Black Country New Road, Wednesbury, West Midlands, WS10 7NY **t** 01215 027800 **f** 01215 027811 **e** sales@sonopress.co.uk **w** sonopress.co.uk Managing Director: John Shervey.

Audio Sorcery Little Wold, Station Rd, Groombridge, East Sussex, TN3 9NE **t** 01892 862489 **e** info@tgas.co.uk **w** tgas.co.uk Contact: Paul Midcalf.

AudiopleXus Mastering Studio 10 Manhattan, Fairfield Rd, London, E3 2UJ **t** 020 8980 8947 **f** 020 8980 8947 **e** info@audioplexus.com **w** audioplexus.co.uk Founder/CEO: Chris Stilmant.

Blue Pro Mastering Unit 11 407-409 Hornsey Road, 407-409 Hornsey Rd, London, N19 4DX **t** 020 7272 0358 **e** info@bluepromastering.com **w** bluepromastering.com facebook.com/bluepromastering myspace.com/bluepromastering twitter.com/blueprouk youtube.com/bluepromastering Director: Alexander Balfour.

Chapel Media The Studios, 8 Hornton Place, Kensington, London, W8 4LZ **t** 020 7938 5329 **f** 020 7937 4326 **e** info@chapel-media.com **w** chapel-media.com Technical Director: Alan Higgison.

Close To The Edge Mastering 2 The Embankment, Twickenham, Middlesex, TW1 3DU **t** 07785 755205 **e** Jon@CloseToTheEdge.biz **w** CloseToTheEdge.biz Owner / Mastering Engineer: Jon Astley 0208 892 9236.

CD & DVD REPLICATION DIRECT TO THE MUSIC INDUSTRY

ALL MANUFACTURED IN THE UK

ALL ASSOCIATED PACKAGING & PRINT
SPECIAL PACKAGING, BOX SETS
& BESPOKE ITEMS

SOUND PERFORMANCE

t: +44 (0)20 8691 2121
f: +44 (0)20 8691 3144
e: info@soundperformance.co.uk
w: www.soundperformance.co.uk

Sound Performance Ltd,
3 Greenwich Quay
Clarence Road,
London SE8 3EY

Design, Pressing & Distribution: Mastering & Post Production

124 Music Week Directory   www.musicweek.com

Contacts   Facebook   MySpace   Twitter   YouTube

Design, Pressing & Distribution: Mastering & Post Production

CopyMaster International Ltd 14 Lombard Road, Merton, Merton, London, SW19 3TZ **t** 020 8543 9223
f 020 8543 3419 **e** ron@copymaster.co.uk
w copymaster.co.uk ◘ Cd & Dvd Account Manager: Ron Boucaud.

Cottage Media Mastering 2 Gawsworth Rd, Macclesfield, Cheshire, SK11 8UE **t** 01625 420163
e cmm@cottagegroup.co.uk **w** cottagegroup.co.uk
◘ myspace.com/cottagestudios ◘ MD: Roger Boden.

dB Entertainments Limited PO Box 147, Peterborough, Cambs., PE1 4XU **t** 01733 311755
f 01733 709449 **e** info@dbentertainments.com
w dbentertainments.com ◘ Director/Producer: Russell Dawson-Butterworth.

Digital Media Services UK Ltd DMS, 44-46 Scrutton Street, London, EC2A 4HH **t** 0845 055 0979
f 0845 055 0970 **e** amy.lecoz@dmsukltd.com
w dmsukltd.com ◘ Dir: Amy Le Coz.

Dolby Laboratories, Inc. Interface Business Pk, Wootton Bassett, Wiltshire, SN4 8QJ **t** 01793 842100
f 01793 842101 **e** info@dolby.co.uk **w** dolby.com
◘ Manager, Business Development: Andrea Borgato.

Electric Mastering 308 Westbourne Studios, 242 Acklam Road, London, W10 5JJ **t** 020 7524 7557
f 020 7524 7558 **e** info@electricmastering.com
w electricmastering.com ◘ Mastering Engineer's: Chris Potter / Guy Davie.

The Exchange Mastering Studios
42 Bruges Place, Randolph Street, London, NW1 0TX
t 020 7485 0530 **f** 020 7482 4588
e studio@exchangemastering.co.uk
w exchangemastering.co.uk
◘ facebook.com/exchangemastering
◘ twitter.com/exchangestudios ◘ MD: Graeme Durham.

Fat As Funk Mastering PO Box 5, Lydeard Saint Lawrence, Taunton, Somerset, TA4 4HA
t 01984 618611 **e** loz@fatasfunk.com
w alternativeblueprint.com ◘ fatasfunk.com
◘ twitter.com/FatAsFunk ◘ Managing Director: Lawrence Gill 00447779527151.

Figment DVD 341-345 Old St, London, EC1V 9LL
t 020 7729 1969 **f** 020 7739 1969 **e** mail@figment-media.com **w** figment-media.com ◘ MD: Andrew Huffer.

Finesplice Ltd 1 Summerhouse Lane, Harmondsworth, West Drayton, Middlesex, UB7 0AT **t** 020 8564 7839
f 020 8759 9629 **e** info@finesplice.co.uk
w finesplice.co.uk ◘ Managing Director: Ben Turner.

Flare DVD Ingestre Court, Ingestre Place, London, W1F 0JL **t** 020 7343 6565 **f** 020 7343 6555
e darrell@flare-dvd.com **w** flare-dvd.com
◘ Designer: Darrell de Vries.

Fleetwood Post Denham Media Park, North Orbital Road, Denham, Bucks, UB9 5HQ
t 08700 771 071 **f** 08700 771 068
e tim.s@fleetwoodmobiles.com **w** fleetwoodmobiles.com
◘ Dir: Tim Summerhayes.

Flow Mastering 83 Brixton Water Lane, London, SW2 1PH **t** 020 7733 8088 **f** 020 7326 4016
e brethes@mac.com **w** flowmastering.co.uk
◘ facebook.com/flow.mastering
◘ myspace.com/flowmastering ◘ Director: Dominique Brethes.

Flying Ace Productions Walders, Oldbury Lane, Ightham, Sevenoaks, Kent, TN15 9DD **t** 01732 887056
f 01732 887056 **e** reiddick@toucansurf.com
◘ Director: Will Reid Dick 07778 165931.

Hafod Mastering Hafod, St Hilary, Cowbridge, Wales, CF71 7DP **t** 01446 775512 **f** 01446 775512
e studio@hafodmastering.co.uk **w** hafodmastering.co.uk
◘ Dir: Donal Whelan.

Hangman Studios 111 Frithville Gardens, London, W12 7JQ **t** 020 8600 3440 **f** 020 8600 3401
e danielle@hangmanstudios.com **w** hangmanstudios.com
◘ Studio Mgr: Danielle Edwards.

Finyl Tweek 7 Heathmans Road, London, SW6 4TJ
t 020 7371 0978 **f** 020 7736 0273
e dan@finyltweek.com **w** finyltweek.com
◘ twitter.com/finyltweek ◘ Director: Dan Smith 020 7471 8812.

Hiltongrove Mastering
The Hiltongrove Business Centre, Hatherley Mews, London, E17 4QP **t** 020 8509 2244 **f** 020 8509 1155
e theteam@hiltongrovemastering.com
w hiltongrovemastering.com ◘ Managing Director: David Blackman.

Instant Music 14 Moorend Crescent, Cheltenham, Gloucestershire, GL53 0EL **t** 01242 523304
f 01242 523304 **e** info@instantmusic.co.uk
w instantmusic.co.uk ◘ Managing Director: Martin Mitchell 07957 355 630.

International Broadcast Facilities
15 Monmouth Street, London, WC2H 9DA
t 020 7497 1515 **f** 020 7379 8562 **e** post@ibf.co.uk
w ibf.co.uk ◘ Head of Audio: Martin Reekie.

JRP Music Services Empire House, Hereford Rd, Southsea, Hants, PO5 2DH **t** 023 9229 7839
e James.Perrett@soc.soton.ac.uk **w** jrpmusic.fsnet.co.uk
◘ Senior Engineer: James Perrett.

JTS 73 Digby Road, London, E9 6HX **t** 020 8985 3000
f 020 8986 7688 **e** sales@jts-uk.com **w** jts-uk.com
◘ Studio Mgr: Keith Jeffrey.

www.musicweek.com   Music Week Directory 125

▪ Contacts   ▪ Facebook   ▪ MySpace   ▪ Twitter   ▪ YouTube

Design, Pressing & Distribution: Mastering & Post Production

Keynote Audio Services Ltd Smoke Tree House, Tilford Rd, Farnham, Surrey, GU10 2EN **t** 01252 794 253 **f** 01252 792 642 **e** admin@keynoteaudio.co.uk **w** keynoteaudio.co.uk ▪ MD: Tim Wheatley.

Lansdowne Studios Rickmansworth Road, Watford, WD17 3JN **t** 020 8846 9444 **f** 05601 155 009 **e** info@cts-lansdowne.co.uk **w** cts-lansdowne.co.uk ▪ Bookings Enquiries: Sharon Rose.

Liquid Mastering Unit 6Q, Atlas Business Centre, Oxgate Lane, London, NW2 7HU **t** 020 8452 2255 **f** 020 8422 4242 **e** sales@liquidmastering.co.uk **w** liquidmastering.co.uk ▪ Contact: 0208 452 2255.

Locomotion 1-8 Bateman's Building, Soho Square, London, W1D 3EN **t** 020 7304 4403 **f** 020 7304 4400 **e** info@locomotion.co.uk **w** locomotion.co.uk

LOUD Pofessional Mastering 3 Windsor Place, Whitehall, Taunton, Somerset, TA1 1PG **t** 01823 353123 **f** 01823 353055 **e** enquiries@loudmastering.com **w** loudmastering.com ▪ Proprietor & Engineer: John Dent.

The Machine Room 54-58 Wardour Street, London, W1D 4JQ **t** 020 7734 3433 **f** 020 7287 3773 **e** paul.willey@themachineroom.co.uk **w** themachineroom.co.uk ▪ Contact: Paul Willey.

Master Blaster Music Unit 228, Canalot Studios, 222 Kensal Road, London, W10 5BN **t** 020 8969 9555 **f** 020 8969 9555 **e** info@masterblastermusic.net **w** masterblastermusic.net ▪ Mastering Engineer: Matthew Denny.

MasteringWorld.com Hafod, St. Hilary, Cowbridge, South Glamorgan, CF71 7DP **t** 01446 771789 **e** donal@masteringworld.com **w** masteringworld.com ▪ Director: Donal Whelan.

Masterpiece Media Unit 16 Talina Centre 23A, Bagleys Lane, London, SW6 2BW **t** 020 7731 5758 **f** 020 7384 1750 **e** jeff.young@masterpiece.net **w** masterpiece.net ▪ Business Development Manager: Jeff Young.

Masterworks Audio Unit 222, Canalot Studios, 222 Kensal Rd, London, W10 5BN **t** 07739 384689 **e** info@masterworksaudio.co.uk **w** masterworksaudio.co.uk ▪ Contact: Milan Adamik.

Mediadisc Unit 4C, Farm Lane Trading Centre, 101 Farm Lane, Fulham, London, SW6 1QJ **t** 020 7385 2299 **f** 020 7385 4888 **e** studio@mediadisc.co.uk **w** mediadisc.co.uk ▪ MD: Simon Payne.

Metropolis Mastering The Power House, 70 Chiswick High Rd, London, W4 1SY **t** 020 8742 1111 **f** 020 8742 2626 **e** mastering@metropolis-group.co.uk **w** metropolis-group.co.uk
▪ facebook.com/metropolisstudios
▪ twitter.com/metropolisgroup
▪ youtube.com/MetropolisStudios

Molinare 34 Fouberts Place, London, W1F 7PX **t** 020 7478 7000 **f** 020 7478 7299 **e** bookings@molinare.co.uk **w** molinare.co.uk

MOTTOsound PO Box 1074, Nelson, Lancashire, BB9 4DL **t** 0113 815 3001 **f** 0113 815 3001 **e** info@mottosound.co.uk **w** mottosound.co.uk ▪ twitter.com/MOTTOsound ▪ Mastering Engineer & Owner: Russ Hepworth-Sawyer.

ODPM Ltd Pinewood Studios, Block D Suite 49a, Pinewood Rd, Iver Heath, Buckinghamshire, SL0 0NH **t** 0870 288 5330 **f** 0870 288 5330 **e** info@odpm-ltd.com **w** odpm-ltd.com ▪ myspace.com/odpm ▪ youtube.com/odpmltd ▪ Director: Duncan Baldwin.

Optimum Mastering Ltd Unit 5.4 Paintworks, Arnos Vale, Bath Rd, Bristol, Somerset, BS4 3EH **t** 0117 971 6901 **f** 0117 971 0700 **e** info@optimum-mastering.com **w** optimum-mastering.com
▪ myspace.com/optimummastering
▪ twitter.com/Optimast ▪ Engineer: Shawn Joseph.

PDRL PO Box 3, South Croydon, Surrey, CR2 0YW **t** 020 8651 3333 **e** abjacobs@pdrl.net **w** pdrl.net ▪ Owner: A Jacobs.

Phoenix Video Ltd Whyteleafe House, 31 Codmore Crescent, Chesham, Bucks, HP5 3LZ **t** 0845 271 7300 **e** terry@phoenix-video.co.uk **w** phoenix-video.co.uk ▪ MD: Terry Young.

The Pierce Rooms Mastering Pierce House, London Apollo Complex, Queen Caroline St, London, W6 9QH **t** 020 8563 1234 **f** 020 8563 1337 **e** gay@pierceroomsmastering.com **w** pierce-entertainment.com ▪ Booking Manager: Gay Marshall.

Red Facilities 61 Timber Bush, Leith, Edinburgh, EH6 6QH **t** 0131 555 2288 **f** 0131 555 0088 **e** doit@redfacilities.com **w** redfacilities.com ▪ Director: Max Howarth +44 (0)131 555 2288.

Red Light Mastering, Audio Post & Duplication 27 Lexington Street, Soho, London, W1F 9AQ **t** 020 7287 7373 **e** craig@red-light.co.uk **w** red-light.co.uk ▪ MD: Craig Dormer 07796 958 115.

Redwood Studios Ltd 20 Great Chapel Street, London, W1F 8FW **t** 020 7287 3799 **e** andrestudios@yahoo.co.uk **w** redwoodstudios.co.uk ▪ MD/Producer/Sound Designer: Andre Jacquemin.

Repeat Performance RPM 6 Grand Union Centre, West Row, London, W10 5AS **t** 020 8960 7222 **f** 020 8968 1378 **e** info@rpmuk.com **w** rpmuk.com ▪ MD: Robin Springall.

Revolution Mastering 5 Falcon Park, Neasden Lane, London, NW10 1RZ **t** 020 8965 5323 **e** studio@revolutionmastering.com **w** revolutionmastering.com
▪ facebook.com/pages/Revolution-Mastering/161704687172883 ▪ revomastering
▪ YouTube.com/revolutionmastering ▪ Director: Nick Bennett 07811 177355.

Music Week Directory

www.musicweek.com

Contacts ◼ **Facebook** ◼ **MySpace** ◼ **Twitter** ◼ **YouTube**

Design, Pressing & Distribution: Mastering & Post Production

Reynolds Mastering PO Box 5092, Colchester, Essex, CO1 1FN **e** info@reynoldsmastering.com **w** reynoldsmastering.com ◼ MD: Peter Reynolds.

The Sanctuary (Soho) 53 Frith St, London, W1D 4SN **t** 020 7734 4480 **f** 020 7439 7394 **e** info@thesanctuary.tv **w** thesanctuary.tv ◼ Joint MDs: Maryan Kennedy, Daniel Stracey.

Silk Recordings 65 High Street, Kings Langley, Herts., WD4 9HU **t** 01923 270 852 **e** info@silkrecordings.com **w** silkrecordings.com ◼ MD: Bob Whitney 07812 602 535.

Smoke & Mirrors 57-59 Beak St, London, W1F 9SJ **t** 020 7468 1000 **f** 020 7468 1001 **e** production@smoke-mirrors.co.uk **w** smoke-mirrors.com ◼ CEO: Penny Verbe.

Sonic Arts 85 Barlby Road, London, W10 6BN **t** 020 8962 3000 **f** 020 8962 6200 **e** avi@sonic-arts.com **w** sonic-arts.com ◼ Director: Aleks Kaczmarek 02089623000.

Sound Discs CD DVD Duplication Mastering Design West Mount Farm, Woodmancote Lane, Chichester, West Sussex/Hampshire, PO18 8UL **t** 0203 7000 780 / 01243 572557 **e** info@sound-discs.co.uk **w** sound-discs.co.uk ◼ ww.myspace.com/sounddiscscdduplication ◼ Production Director: Peter Bullick 07721 624 868.

Sound Generation Unit 3, Clarence Road, Greenwich, London, SE8 3EY **t** 020 8691 2121 **f** 020 8691 3144 **e** at@soundperformance.co.uk **w** soundperformance.co.uk ◼ Studio Mgr: Andrew Thompson.

Sound Mastering 42-50 Steele Rd, Park Royal, London, NW10 7AS **t** 020 8961 1741 **e** info@soundmastering.com **w** soundmastering.com ◼ Contact: Duncan Cowell.

Sound Recording Technology The Studios, 8 Hornton Place, Kensington, London, Cambs, W8 4LZ **t** 020 8123 0429 **f** 01480 496100 **e** sales@soundrecordingtechnology.co.uk **w** soundrecordingtechnology.co.uk ◼ Managing Director: Sarah Pownall.

The Soundmasters International Ltd The New Boathouse, 136-142 Bramley Road, London, W10 6SR **t** 020 7565 3020 **f** 020 7565 3021 **e** info@soundmasters.co.uk **w** soundmasters.co.uk ◼ Managing Director: Kevin Metcalfe.

Sounds Good Ltd 11 Chiltern Enterprise Centre, Station Road, Theale, Reading, Berkshire, RG7 4AA **t** 0118 930 1700 **f** 0118 930 1709 **e** info@soundsgood.co.uk **w** SoundsGood.co.uk ◼ facebook.com/SoundsGood.co.uk ◼ Director: Martin Maynard.

SELREC Suite Sixteen PO Box 357, Middlesbrough, TS1 4WZ **t** 01642 806795 **f** 01642 351962 **e** info@selectarecords.com **w** selectarecords.com ◼ facebook.com/millbrand ◼ Director: Paul Mooney.

Stream Digital Media Ltd 61 Charlotte St, London, W1P 1LA **t** 020 7208 1567 **f** 020 7208 1555 **e** info@streamdm.co.uk **w** streamdm.co.uk ◼ Head of Stream: Paul Kind.

Super Audio Mastering Monks Withecombe, Chagford, Newton Abbot, Devon, TQ13 8JY **t** 01647 432858 **f** 01647 432308 **e** info@superaudiomastering.com **w** superaudiomastering.com ◼ Managing Director And Master Engineer: Simon Heyworth 07721 613145.

SVC 142 Wardour Street, London, W1F 8ZU **t** 020 7734 1600 **f** 020 7437 1854 **e** post@svc.co.uk **w** svc.co.uk ◼ Facilities Mgr: Jon Murray.

Tangerine Dreams Riverside Studios, Crisp Road, Hammersmith, London, W6 9RL **t** 0800 085 6732 **f** 020 8237 1220 **e** prodvd@tangerinedreams.co.uk **w** tangerinedreams.co.uk ◼ Contact: 01189 89 2306.

Tenth Egg Productions 47 Stanley Avenue, Beckenham, Kent, BR3 6PU **t** 020 7193 9603 **e** hi@tenthegg.co.uk **w** tenthegg.co.uk ◼ Head Engineer: Nick Barron.

The Digital Audio Co 3 Carleton Business Park, Carleton New Road, Skipton, North Yorkshire, BD23 2AA **t** 01756 797100 **f** 01756 797101 **e** info@the-digital-audio.co.uk **w** the-digital-audio.co.uk ◼ facebook.com/TheDigitalAudio.Co.Uk ◼ myspace.com/thedigitalaudioco ◼ Partner: Dave Aston.

Transfermation Ltd 63 Lant Street, London, SE1 1QN **t** 020 7417 7021 **f** 020 7378 0516 **e** trace@transfermation.com **w** transfermation.com ◼ Co-ordinator: Tracey Roper.

Transition Mastering Studios Kemble House, Kemble Road, London, SE23 2DJ **t** 020 8699 7888 **f** 020 8699 9441 **e** info@transition-studios.co.uk **w** transition-studios.co.uk ◼ Manager: Jason Goz.

Trend A2 Canal Bank, Park West Industrial Park, Dublin 12, Ireland **t** +353 1 6060 600 **f** +353 1 6160 601 **e** mandy.byrnes@trenddigitalmedia.com **w** trenddigitalmedia.com ◼ Sales Director: Mandy Byrnes.

Videosonics 68a Delancey Street, London, NW1 7RY **t** 020 7209 0209 **f** 020 7419 4460 **e** info@videosonics.com **w** videosonics.com ◼ Studio Mgr: Peter Hoskins.

www.musicweek.com **Music Week Directory** 127

- Contacts
- Facebook
- MySpace
- Twitter
- YouTube

the box set co.

container ✓ contents ✓ complete ✓

Specialists in the design and manufacture of box sets for the music industry.

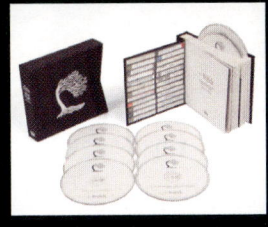

Creative packaging solutions are helping to sustain physical sales.

Our track record in delivering high quality box sets and special packaging is second to none. From the development of your initial idea, through to the manufacturing of your product, our team will offer their vast experience and knowledge to guide you through every stage of your project, ensuring that you are 100% happy with every last detail.

To discuss a potential project, or if you would like to know more about the services we offer, please get in touch. We look forward to hearing from you.

www.boxsetco.com | +44 (0)20 8469 4401 | info@boxsetco.com

Design, Pressing & Distribution: Mastering & Post Production, Printers & Packaging

WHITFIELD MASTERING

whitfield | mastering
Mastering   Post-Production   J-Mastering

1st Floor, No. 34 Lexington Street, Soho, London, W1F 0LH
t 0207 439 3332
f 0207 439 3335
e info@whitfieldmastering.com
w whitfieldmastering.com
facebook.com/whitfieldmastering
twitter.com/whitfieldstudio
Contact: 07958949025.

Printers & Packaging

ACS Media Ltd (Printers) 37 Bartholomew St, Newbury, Berks, RG14 5LL **t** 01635 552237
f 01635 34179 **e** sales@acsmedia.co.uk
Contact: Wilber Craik 01635 580448.

After Dark Media Unit 29, Scott Business Park, Beacom Park Road, Plymouth, PL2 2PB **t** 01752 294103
f 01752 257320 **e** nigel@afterdarkmedia.net
w afterdarkmedia.net Manager: Nigel Muntz.

AGI Berghem Mews, Blythe Rd, London, W14 0HN
t 020 7602 9119 **e** agi-eu-sales@eu.agimedia.com **w** agi-world.com Contact: George Duffy.

AGI Amaray Amaray House, Arkwright Road, Willowbrook North Industrial Estate, Corby, Northamptonshire, NN17 5AE **t** 01536 274800
f 01536 274899 **e** amaraysales@uk.agimedia.com
w agimedia.com Customer Services Manager: William Millen.

Airborne Packaging Pegasus House, Beatrice Rd, Leicester, Leics, LE3 9FH **t** 0116 253 6136
f 0116 251 4485 **e** sales@airbornebags.co.uk
w airbornebags.co.uk Sales Manager: Gary Newby.

Audioprint 2-4 Wolseley Court, Woburn Road Industrial Estate, Kempston, Bedford, Bedfordshire, MK42 7AY **t** 01234 857566
f 01234 841700 **e** info@audioprint.co.uk
w audioprint.co.uk Director: Stephen Lawrence.

Bernard Kaymar Trout Street, Preston, Lancashire, PR1 4AL **t** 01772 562211 **f** 01772 257813
e sales@bernard-kaymar.co.uk **w** bernard-kaymar.co.uk
MD: Mrs J Stead.

Blackgate Security Print & Promotions Ltd
PO Box 2696, Ascot, SL5 8ZQ **t** 01344 891 500
f 01344 891 500 **e** info@bspp.biz **w** bspp.biz Sales & Marketing Director: Vicky Butcher.

128 Music Week Directory

www.musicweek.com

🔲 Contacts   f Facebook   🔲 MySpace   t Twitter   ▶ YouTube

THE BOX SET COMPANY

3 Greenwich Quay, Clarence Rd, London, SE8 3EY
t 020 8469 4401 f 020 8691 3144 w boxsetco.com
🔲 Contact: Sales 020 8469 4403. Sales Manager: Georgia Byrne.
Container - contents - complete. From design to distribution, including sourcing of complex internal components from global sources, all at competitive prices.

Bridge Media Productions Ltd

Unit 1, Kennet Road, Dartford, Kent, DA1 4QN
t 02032838466 f 02032838466
e info@bridgemediagroup.co.uk
w bridgemediagroup.co.uk
f facebook.com/pages/Bridge-Media-Group/257996914229302
t twitter.com/#!/BridgeMediaLtd 🔲 Directors: Nik Hersey-Walker and Phil Mayne.

Charitees - T-shirt Printers

37 Barnfield Avenue, Kingston upon Thames, Surrey, KT2 5RD t 020 8549 8653
f 020 8404 7368 e info@charitees.co.uk
w charitees.co.uk 🔲 Proprieter: Don Chetland.

CLEAR SOUND AND VISION

CSV House, 51 Marlborough Rd, London, E18 1AR
t 020 8989 8777 f 020 8989 9777 e sales@c-s-v.co.uk
w clearsoundandvision.com 🔲 Managing Director: Clive Robins.

CMJ Print Services (Poster Specialists)

t +353 87 232 1815 e jcomic@indigo.ie
w myspace.com/jimcomic f facebook.com/jim.morrish
🔲 myspace.com/jimcomic 🔲 el Presidente: Jim Morrish.

Delga Group

Seaplane House, Riverside Est., Sir Thomas Longley Rd, Medway City Estate, Rochester, Kent, ME2 4BH t 01634 227 000 e info@delga.co.uk
w delga.co.uk 🔲 Sales: Greg Barden.

Fingerprint FO+ Ltd

Units 2 & 3 Alders Court, Watchmead, Welwyn Garden City, AL7 1LT
t 01707 322996 f 01707 325004
e foad@fingerprint.uk.com w fingerprint.uk.com
🔲 Managing Director: Foad Saberian.

Founders-Total Spectrum (UK) Ltd

11 Intec 2, Wade St, Basingstoke, Hants, RG24 8NE t 01256 814114
f 01256 814115
e mark.norsworthy@totalspectrum.co.uk
w totalspectrum.co.uk 🔲 MD: Mark Norsworthy.

GM Printing Ltd

7 Greenwich South St, Greenwich, London, SE10 8NW t 0800 216 620
e accounts@gmprinting.co.uk w gmprinting.co.uk
🔲 Owner: Graham Milton.

Go Digital Print Ltd

21 Wates Way, Mitcham, Surrey, CR4 4GH t 020 8648 7060 f 020 8241 0989
e godigital@stjames.org.uk w godigitalprint.co.uk
🔲 Production Manager: Steve Hill.

GZ Digital Media UK

PO Box 37860, London, SE23 3WT t 020 8291 3175 e paul@gzcd.co.uk
w gzdm.cz 🔲 Sales Director: Paul Bibby 4402082913175.

Jourdans

Kestral Way, Sowton Industrial Estate, Exeter, Devon, EX2 7LA t 01392 445524 f 01392 445526
e rhino@jourdans.co.uk 🔲 Mktg Dir: David Gargrave.

JTL Printed And Embroided Leisurewear

Unit 12, Worcester Rd Industrial Est, Chipping Norton, Oxfordshire, OX7 5XW t 01608 645569 f 01608 645529
e sales@jtlembroidery.co.uk w jtlembroidery.co.uk
🔲 Sales Director: Terry Kimble.

Keyprint (Printers)

Research House, Fraser Rd, Greenford, Middlesex, UB6 7AQ t 020 8566 7246
f 020 8566 7247 e sales@keyprinters.co.uk
w keyprinters.co.uk 🔲 Managing Director: Mike Keyworth 01992 553193.

Design, Pressing & Distribution: Printers & Packaging

www.musicweek.com   **Music Week Directory** 129

- Contacts - Facebook - MySpace - Twitter - YouTube

Lexon Group Park Road, Risca, Gwent, NP11 6YJ
t 01633 613444 **f** 01633 601333
e print@lexongroup.com **w** lexongroup.com
- Contact: Sales Dept.

Leyprint Leyland Lane, Leyland, Preston, Lancashire, PR25 1UT **t** 01772 425000 **f** 01772 425001
e edward@leyprint.co.uk **w** leyprint.co.uk - Sales & Mktg Dir: Edward Mould.

Linards 16 Mead Business Centre, Mead Lane, Hertford, Hertfordshire, SG13 7BJ **t** 01992 558820
f 01992 558831 **e** pat@linards.co.uk **w** linards.co.uk
- Contact: Patrick Leighton.

London Fancy Box Co Ltd Unit 11 Poulton Close, Dover, Kent, CT17 0XB **t** 01304 242001 **f** 01304 213570
e d.dixon@londonfancybox.co.uk **w** londonfancybox.co.uk
- Sales & Marketing Manager: Drew Dixon 07768 210 000.

Modo Production Ltd 14 Regent Hill, Brighton, East Sussex, BN1 3ED **t** 01273 779 030 **f** 01273 771 900
e mike@modo.co.uk **w** modo.co.uk - Sales Manager: Mike Hicks 07917 422 474.

Modo Production Ltd 14 Regent Hill, Brighton, East Sussex, BN1 3ED **t** 01273 779030 **f** 01273 777718
e henry@modo.co.uk **w** modo.co.uk - Creative Manager: Henry Lavelle.

MPO UK Ltd 500 Chiswick High Road, 500 Chiswick High Road, London, W4 5RG
t 020 8956 2727 **e** keith@mpo.co.uk **w** mpo.fr - UK Manager: Keith Young.

Noon Media Solutions 60 Bury Street, Ruislip, Middx, HA4 7SU **t** 01895 472 882
e sales@noonmediasolutions.com
w noonmediasolutions.com - MD: David Noonan.

Nuleaf Graphics Ltd 49 - 51 Farringdon Rd, London, EC1M 3JP **t** 020 7242 5111 **e** peter@nuleaf-group.co.uk
w nuleaf-group.co.uk - Nuleaf Graphics
- @nuleafgraphics - Contact: Keith Morgan, Peter Moran.

The Panda Group 1 The Hollands Centre, Hollands Road, Haverhill, Suffolk, CB9 8PR
t 01440 762 011 **f** 01440 709 200
e sales@pandapress.co.uk **w** pandapress.co.uk
- Business Development Manager: Kim Williamson 07984 407 774.

Panmer Plastics (UK) Ltd Unit 4-5, Delta Centre, Mount Pleasant, Wembley, London, HA0 1UX
t 020 8903 7733 **f** 020 8903 3036 **e** info@panmer.com
w panmer.com - MD: Nimesh Shah 02089037733.

Pollard Boxes Ltd Feldspar Close, Enderby, Leicester, Leicestershire, LE19 4SD **t** 0116 275 2666
f 0116 275 2567 **e** ian@pollardboxes.co.uk
w pollardboxes.co.uk - facebook.com/pages/Pollard-Boxes/179283305435309
- twitter.com/#!/pollardboxes - Sales Development Manager: Ian Bason.

SENOL
PRINTING

1962 - 2012

50 Years printing for the music industry has given us unrivalled knowledge and experience.

We print & manufacture CD books/inlays, 7", 10", 12" singles & 12" albums including widespine.

Senol uses the latest CTP technology, using Trueflow and Proofing systems.

You can depend on us for a friendly service, fast turnaround, high quality and competitive pricing.

Help for file submission is always on hand, no question is too small.

You will find more information about our services on our website, alternatively if you would like to speak to us, please do not hesitate to pick up the phone and call.

Tel - **020 8641 3890**
Fax - **020 8641 3486**
Email - **info@senolprinting.co.uk**
Web - **www.senolprinting.co.uk**

6 Sandiford Road
Kimpton Industrial Park
Sutton, Surrey
SM3 9RD

Design, Pressing & Distribution: Printers & Packaging

Music Week Directory

Contacts · Facebook · MySpace · Twitter · YouTube

PRINT & PACKAGING DESIGN · 3D DIGITAL MODELLING · CD DVD

PROJECT PACKAGING
w www.projectpackaging.co.uk
e sales@projectpackaging.co.uk
t 020 8989 8777

Pozzoli Ltd 12 York Gate, Regent's Pk, London, NW1 4QS **t** 020 7384 3283 **f** 020 7384 3283 **e** mail@pozzolispa.com **w** pozzolispa.com ◘ Sales Dir UK: Tony Brooks 01628 580168.

Proactive PR Suite 201, Homelife House, 26 - 32 Oxford Road, Bournemouth, BH8 8EZ **t** 01202 315 333 **f** 01202 315 600 **e** info@proactivepr.com **w** proactivepr.com ◘ Dir: Cliff Lay.

PROJECT PACKAGING

CSV House, 51 Marlborough Rd, London, E18 1AR **t** 020 8989 8777 **e** sales@projectpackaging.co.uk **w** bespokepackaging.co.uk ◘ Sales: Mark Chapman.

RAD Printing Ltd Unit F9- F11 Northfleet Industrial Estate, Lower Road, Northfleet, Gravesend, Kent, DA11 9SW **t** 01322 380775 **f** 01322 380647 **e** john@radprint.com **w** radprint.com ◘ Production Manager: John Chambers.

Repeat Performance RPM 6 Grand Union Centre, West Row, London, W10 5AS **t** 020 8960 7222 **f** 020 8968 1378 **e** info@rpmuk.com **w** rpmuk.com ◘ MD: Robin Springall.

Rowleys:London One Port Hill, Hertford, Hertfordshire, SG14 1PJ **t** 01992 587 350 **e** annie@rowleyslondon.co.uk **w** rowleyslondon.co.uk ◘ Contact: Annie Rowley.

Sarem Media Packaging Media House, 43A Old Woking Road, West Byfleet, Surrey, KT14 6LG **t** 01932 352535 **f** 01932 336431 **e** penny@media-packaging.co.uk **w** media-packaging.co.uk ◘ Contact: Penny Coomber.

Sarem Media Packaging Media House, 43A Old Woking Road, West Byfleet, Surrey, KT14 6LG **t** 01932 352535 **f** 01932 336431 **e** penny@media-packaging.co.uk **w** media-packaging.co.uk ◘ Contact: Penny Coomber.

Senol Printing 6 Sandiford Rd, Kimpton Industrial Park, Sutton, Surrey, SM3 9RD **t** 020 8641 3890 **f** 020 8641 3486 **e** info@senolprinting.co.uk **w** senolprinting.co.uk ◘ Managing Director: Jacqui Gunn.

Shellway Press 42-44 Telford Way, Westway Estate, London, W3 7XS **t** 020 8749 8191 **f** 020 8749 8721 **e** stuart@shellway.co.uk ◘ MD: Stuart Shelburnt.

SMP Group Plc 2 Swan Road, Woolwich, London, SE18 5TT **t** 020 8855 5535 **f** 020 8855 5367 **e** John.Leahy@smpgroup.co.uk **w** smpgroup.co.uk ◘ MD: John Leahy 07808 909 292.

Sounds Good Ltd 11 Chiltern Enterprise Centre, Station Road, Theale, Reading, Berkshire, RG7 4AA **t** 0118 930 1700 **f** 0118 930 1709 **e** info@soundsgood.co.uk **w** SoundsGood.co.uk facebook.com/SoundsGood.co.uk ◘ Director: Martin Maynard.

St Ives Direct (Blackburn) Ltd Greenbank Technology Pk, Challenge Way, Blackburn, Lancashire, BB1 5QB **t** 01254 278800 **f** 01254 278811 **e** jamie.elson@st-ives.com **w** st-ives.com ◘ Sales Director: Jamie Elson.

St James Litho 21 Wates Way, Mitcham, Surrey, CR4 4HR **t** 020 8640 9438 **f** 020 8241 0989 **e** macroom@stjames.org.uk **w** stjames.org.uk ◘ Production Manager: Steve Hodges.

Super Jewel Box Media House, 43A Old Woking Road, West Byfleet, KT14 6LG **t** 01932 343800 **f** 01932 336431 **e** penny@superjewelbox.co.uk **w** superjewelbox.co.uk ◘ Contact: Penny Coomber.

Sweet Concepts Symal House, 423 Edgware Road, London, NW9 0HU **t** 020 8200 5000 **f** 020 8200 4929 **e** sales@sweetconcepts.com **w** sweetconcepts.com ◘ MD: Stephen Taylor.

T Shirt Printers Valley Farm Way, Wakefield Rd, Leeds, LS10 1SE **t** 0113 276 0445 **e** sales@screen-machine.co.uk **w** printwear.co.uk printwearleeds ◘ Works Manager: Tony de Whytell.

Tapemaster King George's Place, 764 Eastern Avenue, Newbury Park, Ilford, Essex, IG2 7HU **t** 020 8518 4202 **f** 020 8518 4203 **e** laji@master-group.com **w** master-group.com ◘ MD: Laji Lalli +442085184202.

Design, Pressing & Distribution: Printers & Packaging, Art & Creative Studios

www.musicweek.com **Music Week Directory** 131

📇 Contacts ⓕ Facebook ⓜ MySpace ⓣ Twitter ▶ YouTube

WHERE ON AND OFFLINE MEET.
The UK's leading full-service creative and production agency for the entertainment industry.

eCRM
MULTILINGUAL EDITORIAL
PRE-PRESS
PRODUCTION   PHOTOSHOOTS
WEBSITE BUILD   PRODUCT MANAGEMENT
ONLINE MARKETING   SCREEN
SOCIAL MEDIA   ART DIRECTION
                ASSET MANAGEMENT

wlp — White Label Productions Limited 45-51 Whitfield Street, London W1T 4HD · info@whitelabelproductions.co.uk
TEL: 020 3031 6100 · www.whitelabelproductions.co.uk
Part of TargetMCG

Design, Pressing & Distribution: Art & Creative Studios

Tapematic UK Hanger 3, Lodge Farm, Nightingale Hall Road, Colchester, Essex, CO6 2NR
t 07836 626133 **f** 01787 224843 **e** uk@tapematic.com
w tapematic.com 📇 Managing Director: David Hill.

Target Transfers Ltd Anglia Way, Chapel Hill, Braintree, Essex, CM7 3RG **t** 01376 326351
f 01376 345876 **e** sales@targettransfers.com
w targettransfers.com 📇 Managing Director: Robin Bull.

ThinkTank Media 8 Jeffreys Place, Camden, London, NW1 9PP **t** 020 7284 8810 **e** info@thinktankmedia.co.uk
w thinktankmedia.co.uk

Vycon Products Ltd Units 1, Crathie Rd, off Western Rd, Kilmarnock, Ayrshire, KA3 1NG
t 01563 574481 **f** 01563 533537 **e** sales@vycon.co.uk
w vycon.co.uk 📇 Sales Dir: Morag Belford.

Art & Creative Studios

After Dark Media Unit 29, Scott Business Park, Beacom Park Road, Plymouth, PL2 2PB **t** 01752 294130
f 01752 257320 **e** nigel@afterdarkmedia.net
w afterdarkmedia.net 📇 Manager: Nigel Muntz.

Airside 339 Upper St, Islington, London, N1 0PB
t 020 7354 9912 **e** studio@airside.co.uk **w** airside.co.uk
📇 PR and New Business: Anne Brassier.

Alchemy Carta Ltd The Alembic Hazel Drive, Narborough Rd South, Leicester, LE3 2JE **t** 0116 282 4824
f 0116 282 5202 **e** info@alchemygroup.com
w alchemygroup.com 📇 Sales Dir: Sandra Philipson.

ArtScience Limited 3-5 Hardwidge St, London, SE1 3SY **t** 020 7939 9500 **f** 020 7939 9499
e lab5@artscience.net **w** artscience.net 📇 Dirs: Douglas Coates, Pete Rope.

Big Active Ltd (Art Direction & Design)
Unit 6.01, The Tea Building, 56 Shoreditch High Street, London, E1 6JJ **t** 020 7739 5601 **f** 020 7739 7479
e contact@bigactive.com **w** bigactive.com 📇 Creative Dir: Gerard Saint.

Bijoux Graphics 10 L Peabody Bldgs, Clerkenwell Close, London, EC1R 0AY **t** 020 7608 1316
f 020 7608 0525 **e** davies@bijouxgraphics.co.uk
w bijouxgraphics.com 📇 Director: David Davies 07947 896 775.

Binary & The Brain 45-46 Charlotte Rd, Shoreditch, London, EC2A 3PD **t** 020 3157 4054
e simon@binaryandthebrain.com
w binaryandthebrain.com ⓣ twitter.com/BinaryAndBrain
📇 Creative Director: Simon Dovar.

Blade Design Ltd Unit 4, 101 Pentonville Road, Islington, London, N1 9LF **t** 020 3119 1022
e steve@bladeweb.co.uk **w** bladeweb.co.uk
📇 Director: Steve Knee.

Blag Magazine **t** 020 3286 0321
e blag@blagmagazine.com **w** weareblag.com
ⓕ facebook.com/pages/BLAG/84613854415
ⓜ myspace.com/blagmag ⓣ twitter.com/blagmagazine
▶ youtube.com/blagmagazine 📇 Directors: Sarah J Edwards & Sally A Edwards.

Blue Source Ltd Lower Ground Floor, 49-51 Central St, London, EC1V 8AB **t** 020 7553 7950
e seb@bluesource.com **w** bluesource.com 📇 Company Director: Seb Marling.

Brian Burrows Ind Illustration & Graphic Design Enterprise House, 133 Blyth Road, Hayes, Middlesex, UB3 1DD **t** 020 8573 8761 **f** 020 8561 9114
e bburrows@btinternet.com 📇 MD: Brian Burrows.

Century Displays 75 Park Road, Kingston Upon Thames, Surrey, KT2 6DE **t** 020 8974 8950
f 020 8546 3689 **e** info@centurydisplays.co.uk
w centurydisplays.co.uk 📇 General Manager: Neil Wicks.

Colors 7 Hillside, Hatfield, Hertfordshire, AL10 8HN
t 07950 317771 **e** chris@colors.co.uk **w** colors.co.uk
📇 Director: Chris Green.

Coloset Graphics 3 Black Swan Yard, Bermondsey St, London, SE1 3XW **t** 020 7234 0300 **f** 020 7234 0118
e info@colorsetgraphics.co.uk **w** colorsetgraphics.co.uk
📇 Dir: Frank Baptiste.

Crush Design & Art Direction 11 Vine St, Brighton, BN1 4AG **t** 01273 606058 **e** contact@crushed.co.uk
w crushed.co.uk 📇 Director: Carl.

Music Week Directory

Design, Pressing & Distribution: Art & Creative Studios

D-Face 6 Links View, London, N3 1RN **t** 020 8349 4973 **f** 020 8349 4973 **e** designone@d-face.co.uk **w** d-face.co.uk Creative Director: Donna Pickup.

D-Fuse 13-14 Great Sutton St, London, EC1V 0BX **t** 020 7253 3462 **e** info@dfuse.com **w** dfuse.com Dir: Michael Faulkner.

Darkwave Art 19 Birrell Rd, Nottingham, NG7 6LN **e** info@darkwaveart.co.uk **w** darkwaveart.co.uk myspace.com/darkwaveart Designer: Matt Vickerstaff.

Delga Group Seaplane House, Riverside Est., Sir Thomas Longley Rd, Medway City Estate, Rochester, Kent, ME2 4BH **t** 01634 227 000 **e** info@delga.co.uk **w** delga.co.uk Sales: Greg Barden.

The Design & Advertising Resource 7 Kings Wharf, 301 Kingsland Road, Hoxton, London, E8 4DS **t** 020 7254 3191 **f** 0870 442 5297 **e** info@your-resource.co.uk **w** your-resource.co.uk Account Director: Richard Fearn.

Design Corporation (London) Ltd 7 Portland Mews, Soho, London, W1F 8JQ **t** 020 7734 5676 **e** us@designcorporation.co.uk **w** design4music.com MD: Nigel Pearce 07974 144830.

The Design Dell 13a Newnham St, Ely, Cambs, CB7 4PG **t** 01353 659 911 **f** 01353 650 011 **e** dan@design-dell.com **w** design-dell.com Creative Director: Dan Donovan.

Design Lab Studio 336, Stratford Workshops, Burford Road, London, E15 2SP **t** 020 8555 5540 **f** 0208 5555540 **e** info@design-lab.tv **w** design-lab.tv Art Director: Matthew James 07841 196 787.

The Designers Republic S1 Artspace, 118-120 Trafalgar Street, Sheffield, South Yorkshire, S1 4JT **t** 0114 213 3790 **e** disinfo@thedesignersrepublic.com **w** thedesignersrepublic.com Creative Director: Ian Anderson 07770 957680.

Division 100 Unit Two, 34 Charlotte Rd, London, EC2A 3PB **t** 020 7033 0000 **f** 020 7033 0001 **e** designers@division100.com **w** division100.com Dir: Terence Chisholm.

DS Emotion Ltd Chantry House, Victoria Road, Leeds, West Yorkshire, LS5 3JB **t** 0113 225 7100 **f** 0113 225 7200 **e** info@dsemotion.com **w** dsemotion.com

Duke Creative Agency Ground Floor, 17-18 Margaret St, London, W1W 8RP **t** 020 7580 7070 **f** 020 7636 8815 **e** marc@duke.tv **w** dukeandearl.com Head of Business Development: Marc Heal.

Eject Creative Studios Omega Works, Fish Island, London, E3 2PF **t** 020 8986 6320 **e** studio@eject.co.uk **w** eject.co.uk twitter.com/ejectUK Director: Lee Murrell.

Eldamar Ltd 157 Oxford Rd, Cowley, Oxford, OX4 2ES **t** 01865 77 99 44 **e** ideas@eldamar.co.uk **w** eldamar.co.uk Creative Director: Ayd Instone.

expdesign.co.uk 4-8 Rodney Street, London, N1 9JH **t** 020 7841 8737 **e** info@expdesign.co.uk **w** expdesign.co.uk Creative Director: Mark Bailey.

Eyetoeye Entertainment Tucketts Barn, Trusham, Devon, TQ13 0NR **t** 07860728483 **e** brian@eyetoeye.com **w** eyetoeye.com Partner: Brian Yates.

Farrow Design Ltd 23-24 Great James St, London, WC1N 3ES **t** 020 7404 4225 **f** 020 7404 4223 **e** studio@farrowdesign.com **w** farrowdesign.com Contact: Mark Farrow 020 7831 4976 ISDN.

Fluid Graphic Design Ltd Fluid Studios, 12 Tenby St, Birmingham, B1 3AJ **t** 0121 212 0121 **f** 0121 212 0202 **e** james@fluidesign.co.uk **w** fluidesign.co.uk Director: James Glover.

Form Design + Branding 47 Tabernacle Street, London, EC2A 4AA **t** 020 7014 1430 **f** 020 7014 1431 **e** studio@form.uk.com **w** form.uk.com facebook.com/home.php?#/group.php?gid=63198025 02&ref=ts twitter.com/#!/Form_design youtube.com/user/ChannelForm Partners: Paula Benson, Paul West.

Framous Unit 12, Vale Grove, Acton, London, W3 7QP **t** 020 8735 0047 **f** 020 8735 0048 **e** lucy@framous.ltd.uk **w** framous.ltd.uk twitter.com/Framous Manager: Lucy Walker.

Glasseye Unit 20A, Iliffe Yard, Crampton Street, London, SE17 3QA **t** 020 7701 4300 **e** info@glasseyeltd.com **w** glasseyeltd.com Director: James Jefferson.

Green Ink "Captains" Church Rd, Great Hallingbury, Bishop's Stortford, Herts, CM22 7TZ **t** 01279 718949 **e** info@green-ink.co.uk **w** green-ink.co.uk MD: Bruce Gill.

hngdesign 12 Bickleigh House, Frogwell Close, London, N15 6ED **t** 07956 967288 **e** hngdesign@gmail.com **w** hngdesign.com Contact: Heidi Kayla.

Hold Link House, Link Place, Upper Hollingdean Rd, Brighton, East Sussex, Bn1 7DU **t** 01273 550066 **e** hello@wearehold.com **w** WeAreHold.com Director: Anthony Oram 01273 55 00 66.

How Splendid 54-62 Regent St, London, W1B 5RE **t** 020 7287 4442 **f** 020 7287 5557 **e** dan@howsplendid.com **w** howsplendid.com Account Dir: Dan Morris.

Hutch Rose Cottage, South Dock Lock Office, Rope Street, London, SE16 7SZ **t** 020 7252 0147 **e** info@willhutchinson.co.uk **w** willhutchinson.co.uk MD: Will Hutchinson 07952 751614.

ID Interactive 5 Rolls Crescent, Manchester, M15 5JX **t** 0161 232 9314 **f** 0161 232 9514 **e** info@idinteractive.co.uk **w** idinteractive.net Manager: Azmat Mohammed.

Ideas Redding House, Redding, Falkirk, FK2 9TR **t** 01324 716827 **f** 01324 716827 **e** inquiries@ideas.co.uk **w** ideas.co.uk facebook.com/pages/IDEAS/268645251981 Creative Director: Don Jack.

www.musicweek.com   **Music Week Directory** 133

📇 Contacts   📘 Facebook   💬 MySpace   🐦 Twitter   ▶️ YouTube

Design, Pressing & Distribution: Art & Creative Studios

Impac Associates Ltd Grafton House, 2-3 Golden Square, London, W1F 9HR **t** 020 7734 1134 **f** 020 7734 1135 **e** impac.tom@virgin.net 📇 Contact: Tom Heron.

Intro 42 St John St, London, EC1M 4DL **t** 020 7324 3244 **f** 020 7324 3245 **e** intro@intro-uk.com **w** introwebsite.com 📇 New Business Mgr: Jo Marsh.

Irrational Design 122 Hollydale Rd, Nunhead, London, SE15 2TQ **t** 07956 512509 **e** andy.knowles@irrational.info **w** irrational.info 📇 Dir: Andy Knowles.

Jawa and Midwich 45-46 Charlotte Rd, London, EC2A 3PD **t** 020 3157 4054 **e** info@jawa-midwich.com **w** jawa-midwich.com 🐦 twitter.com/JawaAndMidwich 📇 Designer (Partner): Simon Dovar.

Jeff Cummins Design 125, High Oak Rd, Ware, Herts, SG12 7PA **t** 07751 549098 **f** 01920 411434 **e** info@jeffcummins.com **w** jeffcummins.com 📇 Art Director: Jeff Cummins 01920 411434.

Joel Harrison Design Flat 24, Flanders House, 12 Defoe Road, London, N16 0EG **t** 07968 773972 **f** 07968 773972 **e** info@joelharrisondesign.com **w** joelharrisondesign.com 📇 Art Director: Joel Harrison.

JP3 Studio 3, 3A Brackenbury Road, London, W6 0BE **t** 020 8762 9153 **f** 020 8740 0200 **e** info@jp3.co.uk **w** jp3.co.uk 📇 MD: Paul McGarvey.

Chris Kay (UK) Ltd 158 Station Road, Witham, Essex, CM8 3YS **t** 01376 500566 **f** 01376 500578 **e** sales@chriskay.com **w** chriskay.com 📇 Contact: Eddie Clark.

LGD Ltd 180 Corporation St, Birmingham, B4 6UD **t** 0121 212 3450 **f** 0121 212 3455 **e** info@lgdgroup.co.uk **w** lgdgroup.co.uk 📇 Partner: Phil Jolly.

Linards 16 Mead Business Centre, Mead Lane, Hertford, Hertfordshire, SG13 7BJ **t** 01992 558820 **f** 01992 558831 **e** Pat@linards.co.uk **w** linards.co.uk 📇 Contact: Patrick Leighton.

Lynton Black Media 7 Ty Ddewi Court, Cardiff, CF11 9AW **t** 02920 195 300 **e** creativity@lyntonblack.net **w** lyntonblack.net 📇 Creative Director: Lynton Black 07921 903 943.

Mackerel Design Ltd 15-17 Middle Street, Brighton, West Sussex, BN1 1AL **t** 01273 201313 **e** info@mackerel.co.uk **w** mackerel.co.uk 📇 Director: Mark Davis.

Mainartery Design Avalon House, 67 Avalon Rd, London, W13 0BB **t** 020 8997 9062 **e** jo@mainartery.co.uk **w** mainartery.co.uk 📇 Contact: Jo Mirowski 07986 557 452.

Me Company 14 Apollo Studios, Charlton Kings Rd, London, NW5 2SA **t** 020 7482 4262 **f** 020 7284 0402 **e** meco@mecompany.com **w** mecompany.com 📇 Art Dir: Paul White.

Mental Block Chanctonbury Lodge, Washington Road, Storrington, Pulborough, West Sussex, RH20 4AF **t** 01903 743925 **e** info@mentalblock.co.uk **w** mentalblock.co.uk 📇 Director: Johnathan Elliott 07740703350.

The Mustard Laboratory 25, Hollycroft Avenue, Wembley, HA9 8LG **t** 020 8904 4003 **f** 020 8904 4003 **e** chris@mustardlab.co.uk **w** mustardlab.co.uk 📇 Contact: Chris Musto 07970 069991.

Mystery Ltd 87A Worship Street, London, EC2A 2BE **t** 020 7456 7833 **f** 020 7267 0191 **e** enquiries@mystery.co.uk **w** mystery.co.uk 📇 Studio Manager: Jon O'Connor.

Navig8 Basement, 36 Charlotte Street, Fitzrovia, London, W1T 2NA **t** 020 7813 0373 **f** 020 7436 8996 **e** enquiries@navig8.co.uk **w** navig8.co.uk 📇 Contact: Drew Corps.

Nu Urban Design Unit 9, Rivermead Industrial Estate, Pipersway, Thatcham, Berkshire, RG19 4EP **t** 01635 587900 **f** 01635 292314 **e** kevin@nu-urbanmusic.co.uk **w** nu-urbandesign.co.uk 📇 Head of Design: Kevin Broome.

The Nuclear Family London **t** 01263 861159 **e** red@thenuclearfamily.co.uk **w** thenuclearfamily.co.uk 📇 Creative Director: Red K Sanderson.

OR Multimedia Ltd Unit 5 Elm Court, 156-170 Bermondsey Street, London, SE1 3TQ **t** 020 7939 9540 **f** 020 7939 9541 **e** info@or-media.com **w** or-media.com 📇 Dir: Peter Gough.

Plus Two Studio 153 Hagley Rd, Oldswinford, Stourbridge, West Midlands, DY8 2JB **t** 01384 393311 **f** 01384 393232 **e** andy@plustwo.co.uk **w** plustwo.co.uk 📇 Art Director: Andrew Higginbotham.

Popular Studio 9, 3rd Floor, Floor Print House, London, E8 3DL **t** 020 7923 4349 **e** peter@popularuk.com **w** popularuk.com 📇 Creative Director: Peter Chadwick.

Proactive PR Suite 201, Homelife House, 26 - 32 Oxford Road, Bournemouth, BH8 8EZ **t** 01202 315 333 **f** 01202 315 600 **e** info@proactivepr.com **w** proactivepr.org 📇 Dir: Cliff Lay.

Quite Great Design Unit D, Magog Court, Shelford Bottom, Cambridge, CB2 4AD **t** 01223 410 000 **e** Harvey@quitegreat.co.uk **w** quitegreat.co.uk 📘 facebook.com/group 23485307554 💬 myspace.com/quitegreat 🐦 twitter.com/quitegreat 📇 MD: Pete Bassett.

Raw-Paw Graphics 13-14 Great Sutton St, London, EC1 0BX **t** 020 7253 3462 **e** mike@dfuse.com **w** dfuse.com 📇 MD: Michael Faulkner.

Real World Design Mill Lane, Box, Corsham, Wiltshire, SN13 8PN **t** 0845 146 1733 **f** 01225 744369 **w** realworldrecords.com 🐦 @realworldrec

Red James London, EC2 **t** 020 7628 7853 **e** red@redjam.com **w** redjam.com 📇 Dir: Red James.

Music Week Directory

Contacts · **Facebook** · **MySpace** · **Twitter** · **YouTube**

Design, Pressing & Distribution: Art & Creative Studios

Red Sky Media 12 Austral Way, Althorne, Essex, CM3 6UP **t** 01621 743 979 **e** dan@redskymedia.co.uk **w** redskymedia.co.uk ✉ Mgr: Daniel Raynham 07957 297 872.

The Reptile House 69-70 Long Lane, Smithfield, London, EC1A 9EJ **t** 020 7796 3545 **f** 020 7796 3561 **e** matt@the-reptile-house.co.uk **w** the-reptile-house.co.uk ✉ Creative Director: Matt Hughes.

Robin Scott Ltd Kingstore Studio, The Green, Hampton Court, East Molsey, KT8 9BW **t** 07974 797711 **e** robin@robinscott.co.uk **w** robinscott.org ✉ Director: Robin Scott.

Ryan Art 48A Southern Row, London, W10 5AN **t** 020 8968 0966 **f** 020 8968 6418 **e** info@ryanart.com **w** ryanart.com ✉ Director: Simon Ryan.

Sane & Able 15a Bolingbroke Rd, Brook Green, London, W14 0AJ **t** 07515 657810 **e** studio@saneandable.co.uk **w** saneandable.co.uk 🐦 twitter.com/saneandable ✉ Senior Designer: Alan Long.

Scott Parker Design Symington House, 14 School Lane, Market Harborough, Leicestershire, LE16 9DJ **t** 07817 956788 **e** scott@scottparkerdesign.co.uk **w** scottparkerdesign.co.uk ✉ Creative Director, Photographer & Graphic Designer: Scott Parker.

Seed Software The Seed Warehouse, Maidenhead Yard, The Wash, Herts, SG14 1PX **t** 01992 558 881 **f** 01992 558 465 **e** info@seedsoftware.co.uk **w** seedsoftware.co.uk ✉ MD: Andrew W Ellis.

Skinny t 020 8693 8798 **e** hello@skinnycreative.com **w** skinnycreative.com 🐦 @skinnystudio ✉ Director: Sonya Skinner 07843424454.

Skinny Dip (Illustrators Agents) 6 Silver Place, London, W1F 0JS **t** 020 7287 9585 **e** info@skinnydip.co.uk **w** skinnydip.co.uk ✉ Contact: Amy Foster, Jonny Wright.

Slightly Sinister London **e** info@slightlysinister.com **w** slightlysinister.com

Small Japanese Soldier 32-38 Saffron Hill, London, EC1N 8FH **t** 020 7421 9300 **f** 020 7421 9334 **e** Jungle@smalUapanesesoldier.com **w** smalljapanesesoldier.com ✉ MD: Andy Hunns.

Sounds Good Ltd 11 Chiltern Enterprise Centre, Station Road, Theale, Reading, Berkshire, RG7 4AA **t** 0118 930 1700 **f** 0118 930 1709 **e** info@soundsgood.co.uk **w** SoundsGood.co.uk 📘 facebook.com/SoundsGood.co.uk ✉ Director: Martin Maynard.

Studio Lobster & Design e shorty@studiolobster.com **w** studiolobster.com ✉ MD: Richard Short.

Studio Plum 39 Belgrade Road, London, N16 8DH **t** 0207 249 8198 **e** jonnie@studioplum.co.uk **w** studioplum.co.uk ✉ Producer: Jonnie Pound.

StudioMix 3rd Floor, Mayfair House, 11 Lurke St, Bedford, MK40 3HZ **t** 01234 272347 **f** 01234 272327 **e** design@studiomix.co.uk **w** studiomix.co.uk ✉ Senior Designer: Mick Lowe.

Stylorouge 57/60 Charlotte Rd, London, EC2A 3QT **t** 020 7729 1005 **f** 020 7739 7124 **e** rob@stylorouge.co.uk **w** stylorouge.co.uk ▶ youtube.com/stylorougelondon ✉ Director: Rob O'Connor.

Stylorouge Ltd 57/60 Charlotte Rd, London, EC2A 3QT **t** 020 7729 1005 **f** 020 7739 7124 **e** rob@stylorouge.co.uk **w** stylorouge.co.uk ✉ Dir: Rob O'Connor.

thelongdrop thelongdrop, Studio 2, 25 Halstead Rd, Earls Colne, Essex, CO6 2NG **t** 01787 224464 **e** studio@thelongdrop.com **w** thelongdrop.com 🔊 myspace.com/thelongdrop 🐦 twitter.com/thelongdrop ✉ Creative Dir: Andy Carne.

Tom Hingston Studio 76 Brewer Street, London, W1F 9TX **t** 0207 287 6044 **f** 0207 287 6048 **e** info@hingston.net **w** hingston.net ✉ Contact: Tom Hingston.

Tourist 95a Rivington St, Shoreditch, London, EC2A 3AY **t** 020 7739 3011 **f** 020 7739 3033 **e** info@wearetourist.com **w** wearetourist.com ✉ Directors: Rob Chenery, Keith White, Mark caylor, Errol Sidelsky.

Traffic 15 Grosvenor Gardens, London, SW14 8BY **t** 020 8878 0013 **e** jeremy@traffic-design.com **w** traffic-design.com ✉ Creative Director: Jeremy Plumb.

Traffic Design 3 Astrop Mews, Hammersmith, London, W6 7HR **t** 020 8742 9559 **e** jeremy@traffic-design.com **w** traffic-design.com ✉ Creative Director: Jeremy Plumb.

Tumbling Dice Creative Management PO Box 6234, Leighton Buzzard, LU7 2WX **t** 01525 217727 **e** enquiries@wearetumblingdice.com **w** wearetumblingdice.com ✉ MD: Duncan Illing.

Two:Design Studio 45 - Hampstead House, 176 Finchley Rd, London, NW3 6BT **t** 020 8275 8594 **e** info@twodesign.net **w** twodesign.net 🔊 myspace.com/twodesign 🐦 twitter.com/twodesign ✉ Creative Director: Graham Peake.

Undertow Design No7, 9-10 College Terrace, London, E3 5EP **t** 020 8983 4718 **f** 020 8983 4718 **e** info@undertow-design.co.uk **w** undertow-design.co.uk ✉ Art Director: Steve Wilkins 07966170109.

UnLimited Creative Unicorn House, 221-222 Shoreditch High St, London, E1 6PJ **t** 020 7099 9050 **e** creative@unlimitedmedia.co.uk **w** unlimitedmedia.co.uk ✉ Contact: Chris Cooke.

Version Industries Ltd 47 Lower End, Swaffham Prior, Cambridge, CB5 0HT **t** 07903 886 471 **f** 020 8374 4021 **e** team@versionindustries.com **w** versionindustries.com ✉ Lead Designer/Developer: Gavin Singleton.

www.musicweek.com   **Music Week Directory** 135

📇 Contacts   ▫ Facebook   ▪ MySpace   ▫ Twitter   ▫ YouTube

Vivid Design & Print Ltd 26 Sydney Street, Brighton, East Sussex, BN1 4EP **t** 01273 604290
e info@vividbrighton.co.uk **w** vividbrighton.co.uk
📇 Owner: Paul Jukes.

Wherefore Art? 8 Primrose Mews, Sharpleshall Street, London, NW1 8YW **t** 020 7586 8866 **f** 020 7586 8800
e info@whereforeart.com **w** whereforeart.com 📇 Creative Director: David Costa.

White Label Productions Ltd 45-51 Whitfield St, London, W1T 4HD **t** 020 3031 6100
e c.grant@whitelabelproductions.co.uk
w whitelabelproductions.co.uk 📇 MD: Cheryl Grant.

Wolf Graphics - Exotica Records 49 Belvoir Rd, London, SE22 0QY **t** 020 8299 2342
e jim@exoticarecords.co.uk **w** exoticarecords.co.uk
▫ facebook.com/profile.php
▪ myspace.com/exoticarecordings 📇 MD: Jim Phelan.

ZIP Design Ltd Unit 2A Queens Studios, 121 Salusbury Rd, London, NW6 6RG **t** 020 7644 6581
e studio@zipdesign.co.uk **w** zipdesign.co.uk 📇 Creative Director: Neil Bowen.

Merchandise Companies

ABC Shirts Unit 16, Greenwich Centre Business Park, 53 Norman Road, London, SE10 9QF **t** 020 8853 1103
f 020 8293 1746 **e** sales@abcshirts.com **w** abcshirts.com
📇 Contact: Jane Cheese.

Action Jacket Company PO Box 1180, Stourbridge, West Midlands, DY9 0ZF **t** 01562 887096
f 01562 882010 **e** info@actionjacket.co.uk
w actionjacket.co.uk 📇 Proprietor: Brian Smith.

Active Merchandising (T Shirts)
58, Overn Avenue, Buckingham, MK18 1LT
t 01280 814510 **f** 01280 814519
e leonprice@lineone.net 📇 MD: Leon Price.

Adrenalin Merchandising Unit 5, Church House, Church Street, London, E15 3JA **t** 020 8503 0634
f 020 8221 2528 **e** scott@adrenalin-merch.demon.co.uk
w adrenalin-merch.demon.co.uk 📇 Contact: Scott Cooper.

Alex Co 94 Guildford Road, Croydon, Surrey, CR0 2HJ
t 020 8683 0546 **f** 020 8689 4749
e alexco@btinternet.com 📇 MD: Stuart Alexander.

Alister Reid Ties 9 Applegate House, Applegate, Brentwood, Essex, CM14 5PL **t** 01277 375329
f 01277 375331 **e** colin@arties.fsbusiness.co.uk 📇 Sales Manager: Colin Stoddart.

Backstreet International Merchandise Ltd
4th Floor, 10 Greenland St, Camden, London, NW1 0ND
t 020 7428 1100 **f** 020 7428 1101
e andy.allen@bsimerch.com **w** bsimerch.com
▫ facebook.com/pages/Backstreetmerchcom/1581580 11420 ▫ twitter.com/#!/backstreetmerch 📇 CEO: Andy Allen.

Baskind Promotions Ltd 54 Otley Rd, Headingley, Leeds, West Yorkshire, LS6 2AL **t** 0113 389 4100
f 0113 389 4101 **e** simon@baskind.com **w** baskind.com
📇 MD: Simon Baskind.

Blowfish U.V. 29 Granville St, Loughborough, Leics., LE11 3BL **t** 07900 262 052 **f** 01509 560 221
e anna@blowfishuv.co.uk **w** blowfishuv.co.uk 📇 MD: Anna Sandiford.

Blue Apple Merchandise PO Box 29, Ullapool, IV26 2WF **t** 01854 612 388
e info@blueapplemerchandise.co.uk
w blueapplemerchandise.co.uk 📇 Director: Simon Lawlor 07792 517 508.

Bravado International Group Bond House, 347-353 Chiswick High Road, London, W4 4HS
t 020 8742 5600 **f** 0208 724 5601
e david.boyne@bravado.com **w** bravado.com
📇 Contact: David Boyne 0208 742 5600.

Caterprint Ltd Unit 3, Chaseside Works,, Chelmsford Rd, Southgate, London, N14 4JN
t 020 8886 1600 **f** 020 8886 1636
e info@caterprint.co.uk **w** caterprint.co.uk
📇 Contact: Leonard.

Century Displays 75 Park Road, Kingston Upon Thames, Surrey, KT2 6DE **t** 020 8974 8950
f 020 8546 3689 **e** info@centurydisplays.co.uk
w centurydisplays.co.uk 📇 General Manager: Neil Wicks.

Chester Hopkins International PO Box 536, Headington, Oxford, OX3 7LR **t** 01865 766 766
f 01865 769 736 **e** office@chesterhopkins.co.uk
w chesterhopkins.co.uk 📇 MDs: Adrian Hopkins, Jo Chester 020 8441 1555.

Crewe Issue Ltd 54a Holmdale Road, West Hampstead, London, NW6 1 BL **t** 0207 431 5548
f 0207 431 5548 **e** paul@crewe-issue.co.uk **w** crewe-issue.co.uk 📇 MD - Paul Maxwell: Paul Maxwell.

EMC Advertising Gifts Derwent House, 1064 High Road, Whetstone, London, N20 0YY
t 020 8492 2200 **f** 020 8445 9347
e sales@emcadgifts.co.uk **w** emcadgifts.co.uk 📇 Sales Dir: John Kay.

Epona Fairtrade and Organic Cotton Clothing
Unit 216, Bon Marche Centre, 241-251 Ferndale Road, London, SW9 8BJ **t** 020 7095 9888
e info@eponaclothing.com **w** eponaclothing.com
📇 Director: Tom Andrews.

Event Merchandising Unit 11, The Edge, Humber Rd, London, NW2 6EW **t** 020 8208 1166 **f** 020 8208 4477
e event@eventmerch.com **w** eventmerchandising.com
📇 MD: Jeremy Goldsmith 0208 208 1166.

Fair Oaks Entertainments 7 Towers Street, Ulverston, Cumbria, LA12 9AN **t** 01229 581 766
f 01229 581 766
e fairoaksorderline@roots2rockmusic.com
w roots2rockmusic.com 📇 Contact: JG Livingstone.

Design, Pressing & Distribution: Art & Creative Studios, Merchandise Companies

136 Music Week Directory

www.musicweek.com

📧 Contacts   ▫ Facebook   ▫ MySpace   ▫ Twitter   ▫ YouTube

Design, Pressing & Distribution: Merchandise Companies

Fezborough Limited Manor Farm, Cleveley, Chipping Norton, Oxfordshire, OX7 4DY **t** 01608 677100 **f** 01608 677101 **e** kellogs@fezbro.com **w** fezbro.com
📧 Director: John Kalinowski 07889 787600.

Fifth Column T Shirt Design & Print 276 Kentish Town Road, London, NW5 2AA
t 020 7485 8599 **f** 020 7267 3718
e info@fifthcolumn.co.uk **w** fifthcolumn.co.uk
📧 MD: Rodney Adams.

Finally Fan-Fair PO Box 153, Stanmore, Middlesex, HA7 2HF **t** 01923 896975 **f** 01923 896985 **e** hrano@fan-fair.freeserve.co.uk 📧 MD: Mike Hrano.

Firebrand Live Ltd 41 Mitchell St, London, EC1V 3QD
t 020 7253 7185 **e** firstname@firebrandlive.com
w firebrandlive.com 📧 CEO: Ruth Blakemore.

Flag Standards Compass House, Waldron, East Sussex, TN21 0RE **t** 01435 810080 **f** 01435 810082
e sales@flagstandards.co.uk **w** flagstandards.co.uk
📧 Owner: Tim Eustace.

GB eye Ltd 1 Russell Street, Kelham Island, Sheffield, S3 8RW **t** 0114 276 7454 **f** 0114 272 9599
e max@gbeye.com **w** gbeye.com 📧 Licensing Manager: Max Arguile 0114 252 1614.

GMerch 2 Glenthorne Mews, London, W6 0LJ
t 020 8741 7100 **f** 020 8741 1170
e Paula.Campbell@gmerch.com **w** gmerch.com
📧 MD: Mark Stredwick.

Green Island Promotions Ltd Unit 31, 56 Gloucester Rd, Kensington, London, SW7 4UB
t 0870 789 3377 **f** 0870 789 3414
e greenisland@btinternet.com 📧 Dir: Steve Lucas.

Promotional Clothing Co. The Old Boat House, 66 London Rd, Sheffield, South Yorkshire, S2 4LR
t 0114 273 9848 **f** 0114 278 7855
e darren@promoclothing.com **w** iddltd.co.uk
▫ myspace.com/iddltd 📧 Director: Darren Coathupe.

Idle Eyes Printshop 81 Sheen Court, Richmond, Surrey, TW10 5DF **t** 020 8876 0099 **f** 020 8876 0099
e IdleEyes@gmail.com **w** idleeyesprintshop.com
📧 Manager: Jonathan Rees.

Independent Posters PO Box 7259, Brentwood, Essex, CM14 5ZA **t** 01277 372000 **f** 01277 375333
e info@independentposters.co.uk 📧 Publishing Manager: Kim Miller.

Inkorporate 10A Lower Mall, Hammersmith, London, W6 9DJ **t** 020 8748 3311 **f** 020 8563 7999
e sales@inkorporate.co.uk **w** inkorporate.co.uk 📧 Sales Director: Melvyn de Villiers.

Iris Unit 8a, Southam St, London, W10 5PH
t 020 8969 4761 **e** info@irisprinting.co.uk
w irisprinting.co.uk 📧 Director: Tim.

JIGSAW DESIGNS East End, Fairy Hall Lane, Rayne, Braintree, Essex, CM77 6SZ **t** 01376 347464
f 01376 347464 **e** jigsaw.designs@talk21.com
📧 Embroider/Screen Printer: Geoff Noble.

Keynote Unsigned 6 Beckside, Norwich, Norfolk, NR3 3SY **t** 07828 594 232
e info@keynoteunsigned.co.uk **w** keynoteunsigned.co.uk
📧 Dir: Adem Genc.

Klobber Ltd 443 Streatham High Road, London, SW16 3PH **t** 020 8679 9289 **f** 020 679 9775
e info@fruitpiemusic.com **w** fruitpiemusic.com
📧 Director: Kumar Kamalagharan.

Live Nation Merchandise Europe Zetland House, 5-25 Scrutton St, London, EC2A 4HJ **t** 020 7613 3555
f 020 7613 3550 **e** info@livenation.com **w** livenation.com
📧 MD: Jeremy Joseph.

LOGO Promotional Merchandise Ltd 10 Crescent Terrace, Ilkley, West Yorkshire, LS29 8DL
t 01943 817238 **f** 01943 605259
e alan@logomerchandising.co.uk
w logomerchandising.co.uk 📧 Director: Alan Strachan.

Masons Music Dept. 260, Drury Lane, Ponswood Industrial Estate, St Leonards On Sea, East Sussex, TN38 9BA **t** 01424 427562 **f** 01424 434362
e mark@masonsmusic.com **w** masonsmusic.co.uk
📧 Sales Co-ordinator: Mark Stewart.

Metro Merchandising Ltd The Warehouse, 60 Queen Street, Desborough, Northamptonshire, NN14 2RE **t** 01536 763100 **f** 01536 763200
e mailbox@metro-ltd.co.uk **w** metro-ltd.co.uk
📧 MD: Martin Stowe.

Mick Wright Merchandising 185 Weedon Road, Northampton, NN5 5DA **t** 07000 226397
f 08701 372735 **e** tshirts@mickwright.com
w mickwright.com 📧 CEO: Mick Wright 07802 500054.

Nymphs of Bacchus Apartment 17, The Tobacco Factory Phase 3, 2 Naples Street, Manchester, M4 4DH **t** 07742 462 574
e enquiries@nymphsofbacchus.co.uk
w nymphsofbacchus.co.uk 📧 Owner: Kelly Bucher.

PINK! Brand Solutions Ltd 565 24/28 St Leonards Road, Windsor, Berks, SL4 3BB
t 01753 622555 **f** 01753 622557 **e** stuff@pink-brand.co.uk **w** pink-brand.co.uk 📧 Dir: Stuart Bailey.

PKA Promotions 6 South Folds Road, Oakley Hay Industrial Estate, Corby, Northamptonshire, NN18 9EU **t** 01536 461122 **f** 01536 744668
e PKaPromotions@aol.com 📧 MD: Mr D Dias.

Positive Branding Unit 17, Capitol Way, London, NW9 0EQ **t** 020 8912 1515 **f** 08708 681 467
e sales@positivebranding.co.uk **w** positivebranding.co.uk
📧 Sales Manager: David Wilton.

Promotional Condom Co PO Box 111, Croydon, Surrey, CR9 6WS **t** 0033 29751 2950 **f** 0033 29739 3306
e promotionalcondoms@btopenworld.com 📧 Dir: Andrew Kennedy.

Propaganda Symal House, 423 Edgware Road, London, NW9 0HU **t** 020 8200 1000 **f** 020 8200 4929
e sales@propa.net **w** propa.net 📧 Sales Manager: Jason Stevens.

www.musicweek.com   **Music Week Directory** 137

📧 Contacts   Ⓕ Facebook   Ⓜ MySpace   Ⓣ Twitter   ▶ YouTube

Design, Pressing & Distribution: Merchandise Companies

Pyramid Posters The Works, Park Rd, Blaby, Leicester, LE8 4EF **t** 0116 264 2642 **f** 0116 264 2640 **e** mordy.benaiah@pyramidinternational.com **w** pyramidinternational.com 📧 Licensing Director: Mordy Benaiah.

Razamataz 4 Derby St, Colne, Lancashire, BB8 9AA **t** 01282 861099 **f** 01282 861327 **e** simon@razamataz.com **w** razamataz.com 📧 Contact: Simon Hartley.

Rock-It! Promotions Old Employment Exchange, East Grove, (off Rectory Rd), Rushden, Northants, NN10 0AP **t** 0800 980 4660 **f** 01933 413279 **e** andy@rockitpromotions.com **w** onechordwonder.com 📧 Sales Manager: Andy Campen.

Rowleys:London One Port Hill, Hertford, Hertfordshire, SG14 1PJ **t** 01992 587 350 **e** annie@rowleyslondon.co.uk **w** rowleyslondon.co.uk 📧 MD: Annie Rowley.

RTG Branded Apparel The Old Dispensary, 36 The Millfields, Plymouth, Devon, PL1 3JB **t** 01752 253888 **f** 01752 255663 **e** sales@rtg.co.uk **w** rtg.co.uk 📧 Sales Dir: Andy Moulding.

Sandbag Ltd 59/61 Milford Rd, Reading, RG1 8LG **t** 0118 9505812 **f** 0118 9505813 **e** mungo@sandbag.uk.com **w** sandbag.uk.com 📧 Contact: Christiaan Munro.

Shirty Shirts 144 Algernon Road, London, SE13 7AW **t** 020 8690 7658 **f** 020 7692 9258 **e** justin@shirtyshirts.screaming.net 📧 Ops Dir: Justin Simpson.

SMP Group Plc 2 Swan Road, Woolwich, London, SE18 5TT **t** 020 8855 5535 **f** 020 8855 5367 **e** John.Leahy@smpgroup.co.uk **w** smpgroup.co.uk 📧 MD: John Leahy 07808 909 292.

Stashco PO Box 74, Middlesbrough, TS7 0WX **t** 01642 318926 **f** 01642 318927 **e** sales@srlgroup.co.uk action@stashco.co.uk **w** srlgroup.co.uk stashco.co.uk 📧 Contact: Roy Sunley.

STARWORLD

Unit 4A Stretton Distribution Centre, Grappenhall Lane, Appleton, Warrington, Cheshire, WA4 4QT **t** 01925 210018 **f** 01925 210028 **e** sales@starworlduk.com **w** starworldonline.com 📧 Sales Manager: Chris Burrows. Sales Manager: Chris Burrows.
Starworld is a progressive corporate and promotional clothing brand that has supplied technically advanced, value-driven products to the European garment decoration industry since 1990.

Sweet Concepts Symal House, 423 Edgware Road, London, NW9 0HU **t** 020 8200 5000 **f** 020 8200 4929 **e** sales@sweetconcepts.com **w** sweetconcepts.com 📧 MD: Stephen Taylor.

T-Shirts 4 Less Ltd 1 Temple Parade, Netherlands Rd, Oakleigh Park, Hertfordshire, EN5 1DN **t** 020 8445 9955 **f** 020 8445 8700 **e** varn@t-shirts4less.co.uk **w** t-shirts4less.co.uk 📧 Sales Director: Varn Lykourgos 0208 445 9955.

T.O.T. Shirts 14B Banksia Rd, Eley Estate, Edmonton, London, N18 3BH **t** 020 8807 8083 **f** 020 8345 6095 **e** sales@t-o-t-shirts.co.uk **w** t-o-t-shirts.co.uk 📧 Snr Account Dir: Paul Whiskin.

Tabak Marketing Ltd Network House, 29-39 Stirling Road, London, W3 8DJ **t** 020 8993 5966 **f** 020 8992 0340 **e** tabak@arab.co.uk 📧 Mgr: Chris Leaning.

TCB Merchandise Unit C1,, Mint Business Pk, 41, Butchers Rd, London, E16 1PH **t** 020 7511 5775 **e** guy@tcbinc.co.uk **w** tcbinc.co.uk 📧 Managing Director: Guy Gillam.

TDC Neckwear 34 Chandlers Rd, St Albans, Hertfordshire, AL4 9RS **t** 01727 840548 **f** 01727 840552 **e** djt@tieman.co.uk **w** tieman.co.uk 📧 MD: David Taylor.

Tie Rack Corporate Neckwear Capital Interchange Way, Brentford, Middlesex, TW8 0EX **t** 020 8230 2345 **f** 020 8230 2350 **e** corp.sales@tie-rack.co.uk **w** tierackcorporate.com 📧 MD: Peter Hirsch.

The Tradewinds Merchandising Company Ltd The Courtyard, Lynton Road, Crouch End, London, N8 8SL **t** 0845 230 9005 **f** 0845 230 9006 **e** info@tradewinds.eu.com **w** tradewinds.eu.com 📧 Sales Admin: Tammy Desouza.

Upfront Merchandising Ltd 217 Buspace Studios, Conlan St, London, W10 5AP **t** 020 7565 0050 **f** 020 7565 0049 **e** claire@upfrontpromotions.com **w** upfrontpromotions.com 📧 Contact: Claire Gibson.

USB-FlashDrive.co.uk Nash House, Datchet Rd, Slough, Berkshire, SL3 7LR **t** 01753 491470 **f** 01753 539801 **e** neil@usb-flashdrive.com **w** USB-FlashDrive.co.uk 📧 Marketing Manager: Neil Harris.

Vektor Clothing & Promotions Ground Floor Office, 38 Church Road, Burgess Hill, West Sussex, RH15 9AE **t** 01444 253496 **e** chris@vektor.co.uk **w** vektor.co.uk 📧 Sales Manager: Chris Andrews 07810 633322.

West Country Marketing & Advertising Kyre Park, Kyre, Tenbury Wells, Worcestershire, WR15 8RP **t** 01885 410247 **f** 01885 410398 **e** info@wcma.co.uk **w** wcma.co.uk 📧 Sales Director: Simon Adam.

Zephyr Flags And Banners Midland Road, Thrapston, Northants, NN14 4LX **t** 01832 734 484 **f** 01832 733 064 **e** sskey@zephyr-tvc.com **w** zephyr-tvc.com 📧 Sales Mgr: Simon Skey.

Distributors

A.C. Entertainment Technologies Ltd (Equipment Supply) Centauri House, Hillbottom Road, High Wycombe, Bucks, HP12 4HQ **t** 01494 446000 **f** 01494 461024 **e** sales@ac-et.com **w** ac-et.com

ABSOLUTE MARKETING & DISTRIBUTION LTD

absolute
Successfully empowering labels, managers and artsist

The Old Lamp Works, Rodney Place, Wimbledon, London, SW19 2LQ **t** 020 8540 4242 **f** 020 8540 6056 **e** info@absolutemarketing.co.uk **w** absolutemarketing.co.uk facebook.com/absoluteltd @absoluteltd Directors: Henry Semmence, Simon Wills, Mark Dowling. Managing Director: Henry Semmence. Director: Simon Wills. Director: Mark Dowling. Senior Label Manager: James McGuinness. Label Manager: Kate Jadick. Digital & Online Manager: Adam Cardew. Repertoire Services Manager: Gina Deacon. Production Co-ordinator: Vicky Malyon. Administration Manager: Fran O'Donnell. Management Accountant: Deborah Cutting.
Absolute offers a bespoke label services solution, enabling clients to deliver their music and vision to market. At the forefront of the independent music sector, with an established proven track record of success, Absolute can oversee and implement every campaign element irrespective of size or budget. Absolute provides the strength and skills whilst giving clients the flexibility to retain control and ownership of their music and copyrights. Absolute represents some of the leading recording artists and labels in the UK, see website for more details: www.absolutemarketing.co.uk

ACTIVE MEDIA DISTRIBUTION LTD

ACTIVE Media Distribution Ltd
cd, vinyl & dvd
specialists in sales and marketing of music

Lower Farm, Church Hill, East Ilsley, Newbury, Berkshire, RG20 7LP **t** 01635 281358 **f** 01635 281607 **e** nigel@amdist.com **w** amdist.com amdist.com amdist.com amdist.com Director: Nigel Reveler. Director: Nigel Reveler. Director: Colin Jennings. A & R Consultant: Hampton Cummings. Concert Chairman: Albert Charlton. Financial Controller: Cedric Burgess. General Factotum: Norman Norman.
National Sales Representation, Export, Licensing, Project Management - fulfillment through Universal. Representing Runrig, Pete Shelley, Glenn Tilbrook, Gretchen Peters, The Saw Doctors, Manfred Mann's Earth Band, Lisbee Stainton among others.

ADA UK

Electric Lighting Station, 46 Kensington Court, London, W8 5DA **t** 020 7938 5530 **f** 020 7368 4911 **e** info@ada-music.com **w** ada-music.com Contact: 0207 938 5530. Managing Director: Dan Chalmers. Business Manager: Ian Harmon. Product Director: Nick Roden. Label Manager: Emma Camfield. Label Manager: Nic Rizzi. International Sales Manager: Tricia Arnold. International Marketing Manager: Sandra Scott.

ADA Global Ltd First Floor, Electric Lighting Station, 46 Kensington Court, London, W8 5DA **t** 020 7938 5678 **f** 020 7368 4911 **e** info@ada-global.com **w** ada-global.com facebook.com/search/?q=caroline+gerdolle&init=quick#/pages/ADA-Global/116224481761?ref=ts twitter.com/adaglobal youtube.com/adaglobal VP: Colleen Theis.

African Caribbean Asian Entertainment Agency Stars Building, 10 Silverhill Close, Nottingham, NG8 6QL **t** 07944 432649 / 0115 951 9864 **f** 07766945663 **e** acts@african-caribbean-ents.com **w** african-caribbean-ents.com MD: Mr Kwabena 07766 945663.

Altered Ego 230 Centennial Park, Elstree Hill South, Elstree, Borehamwood, Herts., WD6 3SN **t** 020 8236 2310 **f** 020 8236 2312 **e** info@alteredegomusic.com **w** alteredegomusic.com GM: Mark Lawton.

alto UK Magnus House, 8 Ashfield Rd, Cheadle, Cheshire, SK81BB **t** 0161 491 6655 **e** musicalmerit@blueyonder.co.uk **w** altocd.com Sales/Distribution/Licensing: Robin Vaughan 01562 751330.

APEX Home Entertainment Ltd Unit 3 & 4, Albert St, Droylsden, Manchester, M43 7BA **t** 0161 370 6908 **f** 0161 371 8207 **e** sales@apexhomeentertainment.com **w** apexhomeentertainment.com MD: Bill White.

Arabesque Distribution Network House, 29-39 Stirling Road, London, W3 8DJ **t** 020 8992 7732 **f** 020 8992 0340 **e** sales@arab.co.uk **w** arab.co.uk MD: Brian Horn 020 8992 0098.

arvato scm ltd Chippenham Drive, Kingston, Milton Keynes, Bucks, MK10 0AT **t** 01908 452500 **f** 01908 452501 **e** firstname.lastname@arvatoentertainment.co.uk **w** arvatoscm.co.uk Head of Commercial Services: Neil Lander 01908 452690.

www.musicweek.com **Music Week Directory** 139

📧 Contacts   f Facebook   💠 MySpace   🐦 Twitter   ▶ YouTube

Authentic Media 9 Holdom Avenue, Bletchley, Milton Keynes, Buckinghamshire, MK1 1QR **t** 01908 364 200 **f** 01908 648 592 **e** info@authenticmedia.co.uk **w** authenticmedia.co.uk 📧 MD: David Withers.

Backs Distribution St Mary's Works, St Mary's Plain, Norwich, Norfolk, NR3 3AF **t** 01603 624290 **f** 01603 619999 **e** info@backsrecords.co.uk 📧 Distribution Manager: Derek Chapman 01603 626221.

Baked Goods Distribution Ducie House, 37 Ducie Street, Manchester, M1 2JW **t** 0161 236 3233 **f** 0161 236 3351 **e** simon@baked-goods.com **w** baked-goods.com 📧 Sales Director: Simon Tonkinson.

Beathut Distribution 13 Greenwich Centre Business Park, Norman Road, Greenwich, London, SE10 9PY **t** 020 8858 7700 **e** info@beathutonline.com **w** beathutonline.com 📧 Manager: Caroline Hemingway.

Beaumex Unit B7-B9 Calmount Business Park,, Calmount Road,Walkinstown, Dublin **e** gillianm@beaumex.ie **w** beaumex.ie f Facebook/pages/beaumex 🐦 Twitter.com/Beaumex 📧 Marketing Department: Gillian Mahon +353 1 4191100.

Believe Digital Unit E, 19 Heathmans Road, Parsons Green, London, SW6 4TJ **t** 02070368720 **e** Alexis.hooper@believedigital.com **w** believedigital.com f facebook.com/believedigital 💠 myspace.com/believeindigitalmusic 🐦 @Believe_Digital 📧 MD: Stephen King.

Black Arrow Distribution Ltd 57A North Woolwich Road, via Dock Road, Silvertown, London, E16 2AA **t** 020 7055 8094 **f** 020 7055 8091 **e** blackarrowltd@aol.com **w** cousinsrecords.com 📧 Dir: Donville Davis.

Cadiz Music Ltd 2 Greenwich Quay, Clarence Rd, London, SE8 3EY **t** 020 8692 4691 **f** 020 8469 3300 **e** richard@cadizmusic.co.uk **w** cadizmusic.co.uk 📧 MD: Richard England 020 8692 3555.

Candid Productions Ltd 16 Castelnau, London, SW13 9RU **t** 020 8741 3608 **f** 020 8563 0013 **e** info@candidrecords.com **w** candidrecords.com 📧 MD: Alan Bates.

Cargo Records (UK) Ltd 17 Heathmans Rd, Parsons Green, London, SW6 4TJ **t** 020 7731 5125 **f** 020 7731 3866 **e** info@cargorecords.co.uk **w** cargorecords.co.uk
f facebook.com/group.php?gid=198143310172&ref=search&sid=100000185858194.3784478549..1 💠 myspace.com/cargorecordsuk 🐦 twitter.com/CargoRecords 📧 MD: Philip Hill.

Changing World Distribution Willow Croft, Wagg Drove, Huish Episcopi, Near Langport, Somerset, TA10 9ER **t** 01458 253 838 **f** 01458 253838 **e** enquiries@changingworld.co.uk **w** changingworldmusic.co.uk 📧 Manager: David Hatfield 07970711368.

Cinram Logistics Rabans Lane, Aylesbury, Buckinghamshire, HP19 8TS **t** 01296 426151 **f** 01296 481009 **e** markoconnor@cinram.com **w** cinram.com/uklogistics 📧 Managing Director: Mark O'Connor.

Cisco Europe 144 Princes Avenue, London, W3 8LT **t** 020 8992 7351 **f** 020 8400 4931 **e** info@ciscoeurope.co.uk 📧 MD: Mimi Kobayashi.

Claddagh Records 65 Middle Abbey St, Dublin 1, Ireland **t** +353 1 8720075 **f** +353 1 8720076 **e** wholesale@crl.ie **w** claddaghrecords.com 📧 Co Mgr: Jane Bolton.

CM Distribution North Works, Hook Stone Park, Harrogate, North Yorkshire, HG2 7DB **t** 01423 888979 **e** info@northworks.co.uk 📧 MD: DR Bulmer.

CODE 7 MUSIC DISTRIBUTION

CODE⁷

23 London Road, Aston Clinton, Aylesbury, Buckinghamshire, HP22 5HG **t** 01296 631003 **e** info@code7music.com **w** code7music.com 📧 Managing Director: Nick Hindle.

Contact (UK) Research House, Fraser Rd, Greenford, Middlesex, UB6 7AQ **t** 020 8997 5662 **f** 020 8997 5664 **e** contactukltd@btinternet.com **w** contactukmusic.com 📧 Director: Michael Lo Bianco.

Copperplate Distribution 68 Belleville Rd, London, SW11 6PP **t** 020 7585 0357 **f** 020 7585 0357 **e** copperplate2000@yahoo.com **w** copperplatedistribution.com 💠 myspace/copperplate 📧 CEO: Alan O'Leary.

Crucial Distribution Pinery Buildings, Highmoor, Wigton, Cumbria, CA7 9LW **t** 016973 45422 **f** 016973 45422 **e** crucialsales@crucialmusic.co.uk **w** crucialmusic.co.uk 📧 MD: Simon James.

DA Sales & Marketing 56 Castle Bank, Stafford, ST16 1DW **t** 01785 258746 **f** 01785 255367 **e** p.halliwell@tesco.net 📧 MD: Paul Halliwell.

DB Music Sales Ltd 5 O'Feld Terrace, Ferry Rd, Felixstowe, Suffolk, IP11 9NA **t** 01394 283712 **f** 01394 283712 **e** david@dbmusicsales.co.uk **w** dbloom.co.uk 📧 Dir: David Bloom.

Delta Leisure Group Plc 222 Cray Avenue, Orpington, Kent, BR5 3PZ **t** 01689 888888 **f** 01689 888800 **e** info@deltamusic.co.uk **w** deltamusic.co.uk 📧 Managing Director: Laurie Adams.

Denis Tyler Ltd High Trees Martinsend Lane, Great Missenden, Buckinghamshire, HP16 9HR **t** 01494 866262 **f** 01494 890321 **e** denistylerlimited@btinternet.com **w** denistyler.com 📧 MD: Elizabeth Tyler.

Design, Pressing & Distribution: Distributors

Music Week Directory

Design, Pressing & Distribution: Distributors

Digimix Worldwide Distribution Sovereign House, 12 Trewartha Road, Praa Sands, Penzance, Cornwall, TR10 9ST **t** 01736 762826 **f** 01736 763328 **e** panamus@aol.com **w** digimixrecords.com
myspace.com/digimixrecords ☎ Chief Executive Officer: Roderick Jones.

Digital Classics Distribution Ltd 31 Eastcastle St, London, W1W 8DL **t** 020 7636 1400 **f** 020 7299 8190 **e** nb@digitalclassics.co.uk **w** digitalclassics.co.uk ☎ Head of Sales: Rick Barker.

Discovery Records Banda Trading Estate, Nursteed Road, Devizes, Wiltshire, SN10 3DY **t** 01380 728000 **f** 01380 722244 **e** info@discovery-records.com **w** discovery-records.com ☎ Managing Director: Mike Cox.

Dynamic Distribution
Unit 19c Coln Park, Andoversford Industrial Estate, Andoversford, Cheltenham, Gloucestershire, GL54 4HJ **t** 01242 820000 **f** 01242 820000 **e** info@dynamic-distribution.net **w** dynamic-distribution.net
☎ Director: Joanna Massive.

Dynamic Entertainment Unit 22 Acton Park Estate, The Vale, London, W3 7QE **t** 020 8746 9500 **f** 020 8746 9501 **e** info@dynamicentertainment.co.uk ☎ MD: Beverley King.

Elap UK Ltd 42 Keswick Close, Tilehurst, Reading, Berks, RG30 4SD **t** 01189 452999 **f** 01189 451313 **e** chris.wickens@elap.com **w** elap.com ☎ GM: Chris Wickens.

Empathy Records PO Box 3439, Brighton, BN50 9JG **t** 01273 623 117 **f** 01273 602 870 **e** info@empathyrecords.co.uk **w** empathyrecords.co.uk ☎ Director: Cat Gahan.

Ernie B's Reggae 20 Silverdale Road, London, E4 9PN **t** 02078316608 **e** zepgerson@gmail.com **w** ebreggae.com ☎ Contact: Zep.

Essential Direct Ltd Brewmaster House, 91 Brick Lane, London, E1 6QL **t** 020 7375 2332 **f** 020 7375 2442 **e** info@essentialdirect.co.uk **w** essentialdirect.co.uk ☎ A&R/Dir: Gary Dedman.

Essential Exports Brewmaster House, 91 Brick Lane, London, E1 6QL **t** 020 7375 2332 **f** 020 7375 2442 **e** info@essentialdirect.co.uk **w** essentialdirect.co.uk ☎ A&R/Dir: Gary Dedman.

Essential Music & Marketing 10 Allied Way, Warple Way, London, W3 0RQ **t** 020 8600 9222 **f** 020 8740 0740 **e** essential@essential-music.com **w** essential-music.com ☎ Managing Director: Mike Chadwick.

Euro Japan Trading Co PO Box 48515, London, NW4 3WE **t** 020 8202 6985 **f** 020 8202 6985 **e** myokoyama@eurojapantrading.com **w** eurojapantrading.com ☎ Dir: Masami Yokoyama.

Excel Marketing Services Ltd 151 Valley Road, Rickmansworth, Hertfordshire, WD3 4BR **t** 01923 710629 **e** excelmsvk@gmail.com ☎ Managing Director: Vinoth Kumar 07860 800808.

F Minor Ltd Unit 8, Commercial Mews North, 45A, Commercial Road, Eastbourne, East Sussex, BN21 3XF **t** 01323 736598 **f** 01323 738763 **e** sales@fminor.com **w** fminor.com ☎ MD: Paul Callaghan.

Fat Cat International Ltd 20 Liddell Road Estate, Maygrove Road, London, NW6 2EW **t** 020 7624 4335 **f** 020 7624 4866 **e** info@fatcatint.co.uk ☎ MD / Buyer: Trevor Reidy.

Fierce! Distribution PO Box 40, Arundel, West Sussex, BN18 0UQ **t** 01243 558444 **f** 01243 558455 **e** info@fiercedistribution.com **w** fiercedistribution.com ☎ Director: Jonathan Brown.

Forsyth Brothers Ltd 126 Deansgate, Manchester, M3 2GR **t** 0161 834 3281 **f** 0161 834 0630 **e** publishing@forsyths.co.uk **w** forsyths.co.uk ☎ Publishing Division Mgr: Michael Welton.

Forte Music Distribution Ltd
Wyastone Business Park, Wyastone Leys, Ganarew, Monmouth, NP25 3SR **t** 08707 622864 **f** 08707 626015 **e** info@fortedistribution.co.uk **w** fortedistribution.co.uk ☎ Managing Director: Simon Keeler.

Fullfill Distribution LLC UK Ltd 249-251 Kensal Road, 249-251 Kensal Road, London, W10 5DB **t** 020 8968 1231 **f** 020 8964 1181 **e** info@fullfill.co.uk **w** fullfill.co.uk ☎ Office Manager: Savanna Sparkes.

Futureproof Distribution 330 Westbourne Park Rd, London, W11 1EQ **t** 020 7792 8597 **f** 020 7221 3894 **e** info@futureproofrecords.com
w futureproofrecords.com
facebook.com/futureproofpr
myspace.com/futureproofpr
facebook.com/futureproofpr
youtube.com/futureproofpr ☎ MD: Phil Legg.

Gardners- Music, DVD, Books, EBooks, Games, Wholesale, Distribution & Fulfilment
1 Whittle Drive, Eastbourne, East Sussex, BN23 6QH **t** 01323 521555 **f** 01323525504 **e** garry.elwood@gardners.com **w** gardners.com ☎ Home Entertainment Business Director: Garry Elwood 01323521555.

Garron Music Newtown Street, Kilsyth, Glasgow, Strathclyde, G65 0LY **t** 01236 821081 **f** 01236 826900 **e** info@scotdisc.co.uk **w** scotdisc.co.uk ☎ MD: Bill Garden.

GDR Digital Media 2 Beaconsfield Street, Darlington, County Durham, DL3 6ER **t** 01325 255 252 **f** 01325 255 252 **e** graemerobinson@mac.com ☎ Managing Director: Graeme Robinson.

Gordon Duncan Distributions 20 Newtown St, Kilsyth, Glasgow, Lanarkshire, G65 0LY **t** 01236 827550 **f** 01236 827560 **e** gordon-duncan@sol.co.uk ☎ Contact: Jack Scott, Senga Gregor.

Griffin & Co. Ltd Church House, 96 Church St, St Mary's Gate, Lancaster, LA1 1TD **t** 01524 844399 **f** 01524 844335 **e** sales@griffinrecords.co.uk **w** griffinrecords.co.uk ☎ GM: Ian Murray.

www.musicweek.com **Music Week Directory** 141

Contacts | **Facebook** | **MySpace** | **Twitter** | **YouTube**

Handleman UK Ltd 27 Leacroft Rd, Birchwood, Warrington, Cheshire, WA3 6PJ **t** 0870 444 5844 **f** 0870 444 5944
e firstname.lastname@handleman.co.uk
w handleman.co.uk ◼ Music Purchasing Mgr: John Misra.

Harmonia Mundi (UK) Ltd 45 Vyner St, London, E2 9DQ **t** 020 8709 9509 **f** 020 8709 9501
e info.uk@harmoniamundi.com **w** harmoniamundi.com
◼ Press Manager: Celia Ballantyne.

Help For Bands Unit 7, St. Marks Works, Foundry Lane, Leicester, LE1 3 WU **t** 0116 243 0203
e nick@helpforbands.co.uk **w** helpforbands.co.uk
◼ Partner: Nick Dunn 0116 253 0203.

Hermanex Ltd
e hermanexsecretariaat@hermanex.com
w hermanex.com ◼ Contact: Hermanex Secretary 0031 2292 94 8811.

Horus Music Limited LCB Depot, 31 Rutland Street, Leciester, LE1 1RE **t** 0116 253 3436 **w** horusmusic.co.uk
◼ Contact: Nick Dunn.

Horus Music Distribution Unit 7, St. Marks Works, Foundry Lane, Leicester, LE1 3WU **t** 0116 253 0203
e nick.dunn@horusmusic.co.uk **w** horusmusic.co.uk
◼ horusmusic ◼ horusmusicltd ◼ horusmusic ◼ CEO and Chairman: Nick Dunn.

Hot Records PO Box 333, Brighton, East Sussex, BN1 2EH **t** 01403 740260 **f** 01403 740261
e info@hotrecords.uk.com **w** hottestsoundsaround.com
◼ Managing Director: Martin Jennings.

Impetus Distribution Ltd 10 High Street, Skigersta, Ness, Isle of Lewis, Outer Hebrides, HS2 0TS
t 01851 810 808 **f** 01851 810 809
e mpetusrecs@aol.com ◼ MD: Paul Acott-Stephens.

IMS (Interactive Management Services)
Unit 4C, The Odyssey Centre, Corporation Rd, Birkenhead, Merseyside, CH41 1LB **t** 0845 644 1580 **f** 0845 644 1580
e daveims@compuserve.com **w** heritagevideo.co.uk
◼ MD: David MacWilliam.

Independent Thinking 4 Hall Farm Barns, Fornham All Saints, Bury St Edmunds, Suffolk, IP28 6JJ
t 07795 516 065 **f** 01284 756 320 **e** jacqui@indie-thinking.co.uk **w** indie-thinking.co.uk ◼ MD: Jacqui Sinclair 020 7368 2596.

Indi Entertainment 2, Carriglea, Naas Rd, Dublin 12, Ireland **t** +353 1 419 5000 **f** +353 1 419 5016
e peter@indientertainment.ie **w** indientertainment.ie
◼ Managing Director: Peter Kenny.

Interactive Music Ltd 2 Carriglea, Naas Rd, Dublin 12, Ireland **t** +353 1 419 5037 **f** +353 1 419 5409
e info@interactive-music.com **w** interactive-music.com
◼ MD: Oliver Walsh.

Jazz Music Glenview, Moylegrove, Cardigan, Dyfed, SA43 3BW **t** 01239 881278 **f** 01239 881296
e jazz.music@btinternet.com ◼ Sales Mgr: Jutta Greaves.

Jed-Eye Distribution Ltd Enterprise House, 113-115 George Lane, London, E18 1AB **t** 020 8262 6277
f 020 8262 6361 **e** info@jed-eye.com **w** jed-eye.com
◼ MD: Adrian Smith.

Kelso Entertainment Ltd 592 London Rd, Isleworth, TW7 4EY **t** 020 8758 1635 **f** 020 8758 1635
e info@kelsoent.co.uk **w** kelsoent.co.uk ◼ MD: Oliver Comberti.

KRD Church Barn, 4 Harpers Yard, Harborough Magna, Rugby, Warwickshire, CV23 0JP **t** 07976 835376
e krd1@supanet.com ◼ MD: Pat Ward.

Kudos Records Ltd 77 Fortess Road, Kentish Town, London, NW5 1AG **t** 020 7482 4555 **f** 020 7482 4551
e contact@kudos-digital.co.uk **w** kudos-digital.co.uk

Lasgo Chrysalis Ltd Unit 2-
4 Chapman Park Industrial Estate, 378 High Road, Willesden, London, NW10 2DY **t** 020 8459 8800
f 020 8451 5555 **e** peter.lassman@lasgo.co.uk
w lasgo.co.uk ◼ Managing Director: Peter Lassman.

Load Media Green Lane, Burghfield Bridge, Burghfield, Reading, RG30 3XN **t** 01189 599 944 **f** 01189 587 416
e info@load-media.com **w** load-media.co.uk ◼ A&R & Production: Brillo.

Media UK Distribution Sovereign House, 12 Trewartha Rd, Praa Sands, Penzance, Cornwall, TR20 9ST **t** 01736 762826 **f** 01736 763328
e panamus@aol.com **w** songwriters-guild.co.uk
◼ myspace.com/digimixrecords ◼ Managing Director: Roderick Jones.

Metrodome Distribution 110 Park Street, London, W1K 6NX **t** 020 7408 2121 **f** 020 7409 1935
e video@metrodomegroup.com **w** metrodomegroup.com
◼ Head Of Marketing: Jane Lawson.

Metronome Distribution Unit 3 Jubilee Wharf, Commercial Rd, Penryn, Cornwall, TR10 8FG
t 01326 377738 **f** 01326 377738
e info@metronome.co.uk **w** metronomedistribution.co.uk
◼ Managing Director: Tim Smithies.

Midland Records Chase Road, Brownhills, West Midlands, WS8 6JT **t** 01543 378222
f 01543 360988 ◼ Dir: Ms Wendy Creffield 01543 378225.

Multiple Sounds Distribution Units 1 - 2 Bay Close, Port of Heysham Ind Estate, Heysham, Lancs, LA3 2XS
t 01524 851177 **f** 01524 851188
e info@multiplesounds.com **w** multiplesounds.com
◼ MD: Mike Hargreaves.

Design, Pressing & Distribution: Distributors

Design, Pressing & Distribution: Distributors

MAM Logistics Group Lodge Road, Sandbach, Cheshire, CW11 3HP **t** 01270.750888 **f** 01270.757582 **e** info@mamlogistics.co.uk **w** mamlogistics.co.uk
Managing Director: Stephen J Harrison 01270 750888.

Music Box Leisure Ltd Unit 9, Enterprise Court, Lancashire Enterprise Bus Park, Centurion Way, Leyland, PR26 6TZ **t** 01772 455000 **f** 01772 331199 **e** enquiries@musicboxleisure.com Sales Director: Jan Beer.

Music Exchange (Manchester) Ltd Claverton Rd, Wythenshawe, Manchester, Greater Manchester, M23 9ZA **t** 0161 946 1234 **f** 0161 946 1195 **e** sales@music-exchange.co.uk **w** musicx.co.uk Director: Gerald Burns.

Music Sales (Northern Ireland) 224B Shore Rd, Lower Greenisland, Carrickfergus, Co Antrim, BT38 8TX **t** 028 9086 5422 **f** 028 9086 2902 **e** musicsales@dnet.co.uk **w** musicsalesni.co.uk
Dir: Martin McCoubrey.

Musical Memories Ltd 11 Riverside, Wraysbury, Nr Staines, TW19 5JN **t** 01784 483217 **f** 01784 483210 **e** Info@musicalmemories.co.uk **w** musicalmemories.co.uk
MD: Jimmy Devlin.

Musonic (UK) 271B Wenta Business Centre, Colne Way, Watford, Hertfordshire, WD24 7ND **t** 020 8950 5151 **f** 020 8950 5391 **e** sales@musonic.co.uk **w** musonic.co.uk
Director: Stephen Blank.

NDN Distribution 7 St Nicholas Churchyard, Newcastle upon Tyne, NE1 1PF **t** 0191 300 0354 **e** info@ndndistribution.co.uk **w** ndndistribution.co.uk
Manager: Lisa McNab.

New Note Distribution Ltd Pinnacle Building, Teardrop Centre, London Road, Swanley, Kent, BR8 8TS **t** 01322 616 050 **f** 01322 615 658 **e** sales@newnote.com **w** newnote.com Joint MDs: Graham Griffiths, Eddie Wilkinson.

Nimbus Wyastone Leys, Monmouth, Monmouthshire, NP25 3SR **t** 01600 890007 **f** 01600 891052 **e** antony@wyastone.co.uk **w** wyastone.co.uk
NimbusJazz NimbusRecords Bussiness Director: Antony Smith.

Northern Record Supplies Ltd Star Works, Wham St, Heywood, Lancs, OL10 4QU **t** 01706 367 412 **e** nrs99@ukonline.co.uk MD: Simon Jones.

Nova Sales and Distribution (UK) Ltd 22 Isabel House, 46 Victoria Road, Surbiton, Surrey, KT6 4JL **t** 020 8390 3322 **f** 020 8390 3338 **e** info@novadist.net **w** novadist.net nova sales and distribution uk ltd Managing Director: Wilf Mann.

Nu Urban Music Unit 9 Rivermead, Pipersway, Thatcham, Berks, RG19 4EP **t** 01635 587900 **f** 01635 292314 **e** kevin@nu-urbanmusic.co.uk **w** nu-urbanmusic.co.uk Web/Art: Kevin Broome.

One Nation Vinyl Distribution Units G10/G11, Belgravia Workshops, 159-163 Marlborough Rd, London, N19 4NP **t** 020 7263 3100 **f** 020 7263 3002 **e** barry@onenation.co.uk **w** onenation.co.uk MD: Barry Milligan.

One Shot Music (Wholesale Only) The Forge, Water Lane, Roydon, Essex, CM19 5DR **t** 01279 792 985 **e** vinylmo@btinternet.com MD: Morris Cszechowicz.

Orange Music Electronic Company Ltd Omec House, 108 Ripon Way, Borehamwood, Herts, WD6 2JA **t** 020 8905 2828 **f** 020 8905 2868 **e** info@omec.com **w** orangeamps.com

The Orchard 1 Star Street, 2nd Floor, London, W2 1QD **t** 020 7402 2082 **e** tams@theorchard.com **w** theorchard.co.uk facebook.com/orcharduk twitter.com/orcharduk theorchard.co.uk
Marketing Director: Chris Tams +44 (0) 207 402 2082.

Pendle Hawk Music 2nd Floor, 11 Newmarket Street, Colne, Lancashire, BB8 9BJ **t** 01282 866 317 **f** 01282 866 317 **e** info@pendlehawkmusic.co.uk **w** pendlehawkmusic.co.uk MD: Adrian Melling.

[PIAS] UK Unit 23-24 Farm Lane Trading Estate, 101 Farm Lane, London, SW6 1QJ **t** 020 7471 2700 **f** 020 7471 2706 **e** info1@pias.com **w** pias.com/uk
Managing Director: Peter Thompson.

Plastic Head Music Distribution Ltd Avtech House, Hithercroft Rd, Wallingford, Oxfordshire, OX10 9DA **t** 01491 825 029 **f** 01491 826 320 admin **e** info@plastichead.com **w** plastichead.com
myspace.com/plasticheaddistribution Dir: Steve Beatty.

Play Right Distribution Crabtree Cottage, Mill Lane, Kidmore End, Oxon, RG4 9HB **t** 0118 972 4356 **f** 0118 972 4809 **e** ppmusicint@aol.com **w** dovehouserecords.com Head of Sales: Lara Pavey.

Prime Direct Distribution Unit B 203 faircharm Trading Estate, 8-12 Creekside, London, SE8 3DX **t** 020 8320 0980 **f** 020 8691 6705 **e** spencer@primedirectdist.co.uk **w** primedirectdist.co.uk
Director: Spencer Broughton +44 (o) 20 8320 0980.

Priory Records Ltd 3 Eden Court, Eden Way, Leighton Buzzard, Bedfordshire, LU7 4FY **t** 01525 377566 **f** 01525 371477 **e** sales@priory.org.uk **w** priory.org.uk
MD: Neil Collier.

Prism Leisure Corporation Plc Unit 1, 1 Dundee Way, Enfield, Middlesex, EN3 7SX **t** 020 8804 8100 **f** 020 8216 6645 **e** prism@prismleisure.com **w** prismleisure.com Head Of Sales: Adrian Ball.

Music Week Directory

Contacts · Facebook · MySpace · Twitter · YouTube

Proper Music Distribution The New Powerhouse, Gateway Business Centre, Kangley Bridge Rd, London, SE26 5AN **t** 020 8676 5154 **e** malc@properuk.com **w** propermusicgroup.com Chairman: Malcolm Mills 020 8676 5152.

Proper Music Distribution Ltd
The New Powerhouse, Gateway Business Centre, Kangley Bridge Rd, London, SE26 5AN **t** 0870 444 0800 **f** 0870 444 0801
e steve.kersley@properdistribution.co.uk
w properdistribution.co.uk MD: Steve Kersley.

Proper Note The New Powerhouse, Gateway Business Centre, Kangley Bridge Rd, London, SE26 5AN **t** 020 8676 5154 **e** malc@properuk.com **w** propermusicgroup.com Chairman: Malcolm Mills 020 8676 5152.

Rare Beatz Distribution PO Box 20176, London, SE19 1DN **t** 020 8670 5338 **f** 0871 781 9364 **e** info@groovechronicles.net **w** groovechronicles.net Label Manager: Noodles.

Republic Of Music 73A, MIDDLE ST, Brighton, BN1 1AL **t** 01273 739 323 **f** 01273 208 766
e markmcquillan@mac.com **w** republicofmusic.com
republicofmusic.com twitter.com/rombrighton
Dir: Mark McQuillan.

Right Track Records & Distribution 3rd Floor, 3-4a Little Portland St, London, W1W 7JB
e info@righttrackrecords.com **w** righttrackrecords.com
Contact: Colin Peter, Neil Smith.

Roots Records PO Box 4549, Coventry, West Midlands, CV4 0DR **t** 02476 422 225 **f** 02476 462 398
e rootsrecs@btclick.com **w** rootsrecordsonline.co.uk
MD: Graham Bradshaw.

Route 1 Unit F34, Third Floor, Park Hall Rd Trading Estate, 40 Martell Rd, London, SE21 8EN **t** 020 8670 9433 **f** 020 8670 8452
e steve@directdance.co.uk **w** route1direct.com
MD: Steve Bradley.

RS Sound & Vision Unit C2, M4 Business Park, Maynooth Road, Celbridge, Co.Kildare, Ireland
t +353 1 627 4110 **f** +353 1 627 4107 **e** rsirl@indigo.ie
w recordservices.biz MD: Brian Wynne.

RSK ENTERTAINMENT

Units 4&5, Home Farm, Welford, Newbury, Berkshire, RG20 8HR **t** 01488 608 900 **f** 01488 608 901
e info@rskentertainment.co.uk **w** rskentertainment.co.uk
Joint MDs: Rashmi Patani & Simon Carver.

The Sales Office Unit One, Georges Farm, Hillesden Rd, Gawcott, Buckingham, MK18 4JF
t 01280 823568 **f** 01280 822307
e nigel@thesalesoffice.co.uk **w** thesalesoffice.co.uk
Managing Director: Nigel French.

Sarem Media Packaging 43A Old Woking Road, West Byfleet, Surrey, KT14 6LG **t** 01932 352535
f 01932 336431 **e** penny@media-packaging.co.uk
w media-packaging.co.uk Contact: Penny Coomber.

Savoy Strict Tempo Distributors PO Box 271, Coulsdon, Surrey, CR5 3TR **t** 01737 554 739
f 01737 556 737 **e** admin@savoymusic.com
w savoymusic.com Dir: Wendy Smith.

Select Music & Video Distribution 3 Wells Place, Merstham, Surrey, RH1 3SL **t** 01737 645600
f 01737 644065 **e** cds@selectmusic.co.uk
w selectmusic.co.uk MD: Anthony Anderson.

Self Distribution 96a Hanley Road, London, N4 3DW **t** 07971 907 143 **e** olly_parker@hotmail.com
w whiteheatrecords.com Sales and Enquiries: Olly Parker.

Sharpe Music 9A Irish St, Dungannon, Co Tyrone, BT70 3LN **t** 028 8772 4621 **f** 028 8775 2195
e info@sharpemusicireland.com **w** sharpemusicireland.com
MD: Raymond Stewart.

Shellshock Distribution 23A Collingwood Rd, London, N15 4LD **t** 020 8800 8110 **f** 020 8800 8140
e garreth@shellshock.co.uk **w** shellshock.co.uk
MD: Garreth Ryan.

Shop Genius Ltd Unit 7 Sutherland Court, Tolpits Lane, Watford, Hertfordshire, WD18 9SP **t** 01923 896688
f 01923 896633 **e** allan@shopgenius.biz **w** shopgenius.biz
MD: Allan Nazareth.

Shure Distribution UK Unit 2 IO Centre, Lea Road, Waltham Abbey, Essex, EN9 1AS **t** 01992 703058
f 01992 703057 **e** info@shuredistribution.co.uk
w shuredistribution.co.uk Sales Manager: Mike Gibson.

Shuttlesound 4 The Willows Centre, Willow Lane, Mitcham, Surrey, CR4 4NX **t** 020 86467114
f 020 8254 5666 **e** shuttlesound.info@uk.bosch.com
w shuttlesound.com Sales Director: Sean Maxwell.

Soul Trader Unit 43, Imex-Spaces Business Centre, Ingate Place, London, SW8 3NS **t** 020 7498 0732
f 020 7498 0737 **e** soultrader@btconnect.com MD: Marc Lessner.

SRD (Southern Record Distribution)
70 Lawrence Road, London, N15 4EG **t** 020 8802 3000
f 020 8802 2222 **e** info@srd.co.uk **w** southern.com
Managing Director: John Knight 020 8802 4444.

ST Holdings Ltd Unit 2 Old Forge Road, Ferndown Industrial Estate, Wimborne, Dorset, BH21 7RR
t 01202 890889 **f** 01202 890886 **e** sales@stholdings.co.uk
w stholdings.co.uk Director: Chris Parkinson.

Design, Pressing & Distribution: Distributors

Music Week Directory

Design, Pressing & Distribution: Distributors

Stern's Distribution 74 Warren St, London, W1T 5PF
t 020 7388 5533 **f** 020 7388 2756
e sales@sternsmusic.com **w** sternsmusic.com Contact: 020 7387 5550.

Stern's Music 42 Theobalds Road, London, WC1X 8NW
t 020 7831 6608 **f** 020 7837 5890
e info@sternsmusic.com **w** sternsmusic.com
sternsmusic.com sternsmusic.com Contact: Robert Urbanus 020 78316608.

Swift Record Distributors
Units 8 & 9 Phoenix Works, R/O 93 Windsor Road, Bexhill-on-Sea, East Sussex, TN39 3PE **t** 01424 220028
f 01424 213440 **e** swiftrd@btinternet.com
w swiftrd.btinternet.co.uk GM: Robin L Gosden.

Talking Books Ltd 11 Wigmore Street, London, W1U 1PE **t** 020 7491 4117 **f** 020 7629 1966
e support@talkingbooks.co.uk **w** talkingbooks.co.uk
Dir: Stanley Simmonds.

Thames Distributors Ltd Unit 12, Mill Farm Business Pk, Millfield Rd, Hounslow, Middlesex, TW4 5PY **t** 020 8898 2227 **f** 020 8898 2228
e r.gibbon@thamesworldmusic.com Director: Roger Gibbon.

That's Entertainment (Yorkshire) Ltd
103 Heckmondwike Rd, Dewsbury, West Yorks, WF13 3PG
t 01924 412856 **f** 01924 412882
e thatsent@btconnect.com Director: Andrew Knapton.

Tuned Distribution Unit 26 Acklam Workshops, 10 Acklam Road, London, W10 5QZ **t** 020 8964 1355
f 020 8969 1342 **e** info@tuned-distribution.co.uk **w** tuned-distribution.co.uk MD: Lee Muspratt.

Urban Gospel Records Distributions Sutton, London, SM2 6XG **t** 020 8643 6403 **f** 020 8643 6403
e ugrrecords@hotmail.com **w** urbangospelrecords.com
myspace.com/urbangospelrecords
twitter.com/urbangrecords
youtube.com/user/Vibezkidtv Hd of Marketing & Sales: P. Mac 07904 255244.

Voiceprint PO Box 50, Houghton-le-Spring, Tyne & Wear, DH4 5YP **t** 0191 512 1103
f 0191 512 1104 **e** info@voiceprint.co.uk
w voiceprint.co.uk MD: Rob Ayling.

White Light Ltd 20 Merton Industrial Pk, Jubilee Way, Wimbledon, London, SW19 3WL **t** 020 8254 4800
f 020 8254 4801 **e** info@WhiteLight.Ltd.uk
w WhiteLight.Ltd.uk
Managing Director: Bryan Raven.

Windsong International Heather Court, 6 Maidstone Rd, Sidcup, Kent, DA14 5HH
t 020 8309 3857 **f** 020 8309 3905
e enquiries@windsong.co.uk **w** windsong.co.uk
Hd Of International Sales: David Gadsby.

The Woods Sussex House, 17a High St, Bognor Regis, West Sussex, PO21 1RJ **t** 01243 827712 **f** 01243 842515
e twiddi@yahoo.co.uk **w** twiddi.co.uk
Proprietor: Trevor Flack.

WRD Worldwide Music 282 Camden Rd, London, NW1 9AB **t** 020 7267 6762 **f** 020 7482 4029
e info@wrdmusic.com **w** wrdmusic.com
MD: Steve Johanson.

Wwwatt CD Gregory House, Harlaxton Road, Grantham, Lincolnshire, NG31 7JX
t 01476 577734 **f** 01476 579309
e malcolm@wwwatt.co.uk **w** wwwatt.com
Ops Mgr: Malcolm Mclean.

Wyastone Estate Limited Wyastone Business Pk, Wyastone Leys, Monmouth, NP25 3SR
t 01600 890007 **f** 01600 891052
e sales@wyastone.co.uk **w** wyastone.co.uk
Nimbus Records Business Director: Antony Smith.

Z Audio Distribution 33 Atlas Business Centre, Oxgate Rd, London, NW2 7HJ **t** 020 8438 8877
f 020 8438 8914 **e** info@zaudio.co.uk
w zaudio.co.uk MD: Zac Mendelsohn.

Zander Exports 34 Sapcote Trading Centre, 374 High Road, Willesden, London, NW10 2DJ
t 020 8451 5955 **f** 020 8451 4940
e zander@btinternet.com **w** zanderman.co.uk
Dir: John Yorke.

Zeit Distribution PO Box 50, Houghton-le-Spring, Tyne & Wear, DH4 5YP **t** 0191 512 1103 **f** 0191 512 1104
e info@voiceprint.co.uk **w** voiceprint.co.uk
MD: Rob Ayling.

Zimbalam UK Unit E, 19 Heathman's Road, Parsons Green, London, London, SW6 4TJ
t 020 70368720 **e** questions@zimbalam.com
w zimbalam.co.uk facebook.com/ZimbalamUK
ZimbalamUK Zimbalam UK Manager: Hannah Donovan.

Ultimate Protection™

Business Services

WEB SHERIFF®

www.websheriff.com
websheriff@websheriff.com
44-(0)208-3238013

Business Services

Industry Organisations

AIM (The Association of Independent Music)
Lamb House, Church Street, Chiswick, London, W4 2PD
t 020 8994 5599 f 020 8994 5222 e info@musicindie.com
w musicindie.com facebook.com/aim.music
twitter.com/aim_uk Marketing & Events: Lara Baker.

APRS (Assoc. of Professional Recording Services) PO Box 22, Totnes, Devon, TQ9 7YZ
t 01803 868600 f 01803 868444 e info@aprs.co.uk
w aprs.co.uk Chairman: Malcolm Atkin.

The Arts Council 70 Merrion Sq, Dublin 2, Ireland
t +353 1 618 0200 f +353 1 676 1302
e info@artscouncil.ie w artscouncil.ie Director: Orlaith McBride.

Arts Council England 14 Great Peter St, London, SW1P 3NQ t 0845 300 6200 e info@artscouncil.org.uk
w artscouncil.org.uk Director of Music Strategy: Susanna Eastburn.

ASCAP (AMERICAN SOC. OF COMPOSERS AUTHORS & PUBL)

8 Cork St, London, W1S 3LJ t 020 7439 0909
f 020 7434 0073 e scdevine@ascap.com w ascap.com
VP Membership: Sean Devine. Snr Vice President, Int: Roger Greenaway. Vice President, Membership: Seán Devine. Membership(Film/TV): Simon Greenaway.

The Association Of Blind Piano Tuners
31 Wyre Crescent, Lynwood, Darwen, Lancashire, BB3 0JG
t 0844 736 1976 e abpt@uk-piano.org w uk-piano.org
Secretary: Barrie Heaton.

Association of British Jazz Musicians First Floor, 132 Southwark St, London, SE1 0SW t 020 7928 9089
f 020 7401 6870 e info@jazzservices.org.uk
w jazzservices.org.uk Hon Sec: Chris Hodgkins.

Barclaycard Mercury Prize
e info@mercuryprize.co.uk w mercuryprize.com
facebook.com/mercuryprize mercuryprize
youtube.com/mercuryprize

BASCA - British Academy of Songwriters, Composers and Authors British Music House, 26 Berners St, London, W1T 3LR t 020 7636 2929
f 020 7636 2212 e info@basca.org.uk w basca.org.uk
Membership Manager: Graham Jackson.

BMI (BROADCAST MUSIC INCORPORATED)

Flat 84, Harley House, Marylebone Road, London, NW1 5HN
t 020 7486 2036 f 020 7224 1046 e london@bmi.com
w bmi.com facebook.com/broadcastmusicinc
myspace.com/bmi twitter.com/#!/bmi
youtube.com/user/bmivideo Executive Director, Writer-Publisher Relations, Europe & Asia: Brandon Bakshi. Executive Director, Writer-Publisher Relations, Europe & Asia: Brandon Bakshi. Senior Executive, Writer-Publisher Relations, Europe: Simon Aldridge. Executive, Writer-Publisher Relations, Europe: Ed Poston.

BPI (THE BRITISH RECORDED MUSIC INDUSTRY)

The British Recorded Music Industry

Riverside Building, County Hall, Westminster Bridge Rd, London, SE1 7JA t 020 7803 1300 f 020 7803 1310
e general@bpi.co.uk w bpi.co.uk Chief Executive: Geoff Taylor.

The BRIT Awards c/o BPI, Riverside Building, County Hall, Westminster Bridge Rd, London, SE1 7JA
t 020 7803 1300 f 020 7803 1310 e brits@bpi.co.uk
w brits.co.uk Dir, Events & Charity: Maggie Crowe.

BRIT Trust c/o BPI, Riverside Building, County Hall, Westminster Bridge Rd, London, SE1 7JA t 020 7803 1300
f 020 7803 1310 e brittrust@bpi.co.uk w brittrust.co.uk
Dir, Events & Charity: Maggie Crowe.

British Federation Of Audio PO Box 365, Farnham, Surrey, GU10 2BD t 01428 714616 f 01428 717599
e chrisc@british-audio.org.uk w british-audio.org.uk
Secretary: Chris Cowan.

British Interactive Media Association 12-16 Laystall Street, 12-16 Laystall St, Clerkenwell, London, EC1R 4PF t 020 7843 6797 f 08700 517842
e henrycarroll@bima.co.uk w bima.co.uk Partnership Manager: Henry Carroll.

British Library Sound and Vision 96 Euston Rd, London, NW1 2DB t 020 7412 7676 e sound-archive@bl.uk
w bl.uk/soundarchive Head of Sound and Vision: Richard Ranft.

www.musicweek.com **Music Week Directory** 147

Contacts | Facebook | MySpace | Twitter | YouTube

Business Services: Industry Organisations

Broadcasting Commission of Ireland
2/5 Warrington Place, Dublin 2, Ireland **t** 0035 316 441200 **f** 0035 316 441299 **e** info@baci.ie **w** bci.ie Chief Executive Officer: Michael O'Keeffe.

BVA (British Video Association)
167 Great Portland St, London, W1W 5PE **t** 020 7436 0041 **f** 020 7436 0043 **e** general@bva.org.uk **w** bva.org.uk Dir Gen: Lavinia Carey.

Christian Copyright Licencing (Europe) Ltd
PO Box 1339, Eastbourne, East Sussex, BN21 4YF **t** 01323 417711 **f** 01323 417722 **e** info@ccli.co.uk **w** ccli.co.uk Sales Mgr: Chris Williams.

Community Media Association
15 Paternoster Row, Sheffield, South Yorkshire, S1 2BX **t** 0114 279 5219 **f** 0114 279 8976 **e** cma@commedia.org.uk **w** commedia.org.uk Dir: Diane Reid.

Contemporary Music Centre, Ireland
19 Fishamble St, Temple Bar, Dublin 8, Ireland **t** +353 16 731 922 **f** +353 16 489 100 **e** info@cmc.ie **w** cmc.ie facebook.com/CMCIreland myspace.com/cmcireland twitter.com/cmcireland youtube.com/user/CMCIreland Director: Eve O'Kelly.

Copyright Advice and Anti-Piracy Hotline
t 0845 603 4567

Cornwall Music Industry Forum Krowji, West Pk, Redruth, Cornwall, TR15 3AJ **t** 01209 313200 **e** tim@metronome.co.uk **w** cornwallmusic.co.uk Chairman: Tim Smithies.

CPA (Concert Promoters Association)
6 St Mark's Rd, Henley-on-Thames, Oxfordshire, RG9 1LJ **t** 01491 575060 **e** carolesmith.cpa@virgin.net **w** concertpromotersassociation.co.uk Secretary: Carole Smith.

Department for Culture, Media and Sport 2-4 Cockspur St, London, SW1Y 5DH **t** 020 7211 6200 **e** enquiries@culture.gsi.gov.uk **w** culture.gov.uk Contact: Public Enquiries 0207 6211 6000.

EDiMA (European Digital Media Association)
Friars House, Office 118, 157-168 Blackfriars Road, London, SE1 8EZ **t** 020 7401 2661 **f** 020 7928 5850 **e** info@edima.org **w** edima.org Dir: Wes Himes.

English Folk Dance & Song Society
Cecil Sharp House, 2 Regent's Park Rd, Camden, London, NW1 7AY **t** 020 7485 2206 **f** 020 7284 0534 **e** marketing@efdss.org **w** efdss.org Marketing: Nick Hallam.

Enterprise Ireland 35-39 Shelbourne Road, Ballsbridge, Dublin 4, Ireland **t** 0035 317 272000 **f** 0035 312 066400 **e** client.service@enterprise-ireland.com **w** enterprise-ireland.com Chairman: Hugh Cooney.

ERA (Entertainment Retailers Association)
Colonnade House, 2 Westover Road, 2 Westover Rd, Bournemouth, Dorset, BH1 2BY **t** 01202 292063 **f** 01202 292067 **e** admin@eraltd.org **w** eraltd.org Director General: Kim Bayley.

FACT Europa House, Church St, Isleworth, Middlesex, TW7 6DA **t** 020 8568 6646 **f** 020 8560 6364 **e** eddy.leviten@fact-uk.org.uk **w** fact-uk.org.uk Head of Communications: Eddy Leviten.

Folk Arts Network PO BOx 296, Matlock, Derbyshire, DE4 3XU **t** 01629 827 014 **f** 01629 821 874 **w** folkarts-england.org.uk Administrator: Frances Watt.

French Music Bureau in UK Institut Francais, 17 Queensberry Place, London, SW7 2DT **t** 020 7073 1301 **f** 020 7073 1359 **e** london@french-music.org **w** french-music.org tinyurl.com/lvesmj myspace.com/frenchmusicbureau twitter.com/frenchmusicuk Director: Eric Vandepoorter 0207 073 1334.

Gibson Guitar 3rd Floor, 29-35 Rathbone St, London, W1T 1NJ **t** 020 7167 2144 **f** 020 7167 2150 **e** jeremy.singer@gibson.com **w** gibson.com UK PR Mgr: Jeremy Singer.

Groovin' Records Flat 15, Hoyle Court, 61 Trinity Road, Wirral, Merseyside, CH47 2BS **t** 08454 580037 **e** groovin.records@virgin.net **w** groovinrecords.co.uk Director: Al Peterson.

GS1 UK Staple Court, 11 Staple Inn Buildings, London, WC1V 7QH **t** 020 7092 3500 **e** info@gs1uk.org **w** gs1uk.org Contact: Service Team.

GUILD OF INTERNATIONAL SONGWRITERS & COMPOSERS

Sovereign House, 12 Trewartha Rd, Praa Sands, Penzance, Cornwall, TR20 9ST **t** 01736 762826 **f** 01736 763328 **e** songmag@aol.com **w** songwriters-guild.co.uk myspace.com/guildofsongwriters General Sec: Carole A Jones.

IFPI (International Federation of the Phonographic Industry) IFPI, 10 Piccadilly, London, W1J 0DD **t** 020 7878 7900 **f** 020 7878 7950 **e** info@ifpi.org **w** ifpi.org IFPI_org Director of Communications: Adrian Strain 020 7878 7935.

IMRO (Irish Music Rights Organisation)
Copyright House, Pembroke Row, Lower Baggot St, Dublin 2, Ireland **t** 0035 316 614844 **f** 0035 316 763125 **e** keith.johnson@imro.ie **w** imro.ie Marketing Manager: Keith Johnson.

Intelligent Media (UK & International Media Monitoring) 23 Grove Park Terrace, Clifton Works, 23 Grove Park Terrace, London, W4 3QE **t** 020 8995 0055 **f** 020 8995 9900 **e** jonm@intelligentmedia.com **w** intelligentmedia.com Managing Director: Jon Mais 020 8996 6061.

148 **Music Week Directory**   www.musicweek.com

📇 Contacts   **f** Facebook   **S** MySpace   **t** Twitter   ▶ YouTube

Business Services: Industry Organisations

Interactive Media in Retail Group 5 Dryden Street, London, WC2E 9BN **t** 07000 464674 **f** 07000 394674 **e** market@imrg.org **w** imrg.org 📇 MD: Jo Tucker.

International Music Managers Forum (IMMF) 1 York St, London, W1U 6PA **t** 020 7935 2446 **f** 020 7486 6045 **e** davids@immf.net **w** immf.net 📇 Exec Dir: David Stopps.

IRMA IRMA House, 1 Corrig Avenue, Dun Laoghaire, Dublin, Ireland **t** +353 1 280 6571 **f** +353 1 280 6579 **e** irma_info@irma.ie **w** irma.ie 📇 Dir Gen: Dick Doyle.

ISA (INTERNATIONAL SONGWRITERS' ASSOCIATION)

PO Box 46, Limerick City, Limerick, Ireland **t** 0035 361 228837 **f** 0035 361 2288379 **e** jliddane@songwriter.iol.ie **w** songwriter.co.uk 📇 Membership Director: Bill Miller.

The Liverpool Institute For Performing Arts Mount St, Liverpool, Merseyside, L1 9HF **t** 0151 330 3000 **f** 0151 330 3131 **e** marketing@lipa.ac.uk **w** lipa.ac.uk 📇 Director of Marketing: Corinne Lewis.

MCPS (Ireland) Pembroke Row, Lower Baggot Street, Dublin 2, Ireland, Ireland **t** 0035 316 766940 **f** 03531 6611316 **e** victor.finn@mcps.ie **w** mcps.ie 📇 Managing Director: Victor Finn.

Millward Brown UK Olympus Avenue, Tachbrook Park, Warwick, Warwickshire, CV34 6RJ **t** 01926 826610 **f** 01926 826209 **e** bob.barnes@millwardbrown.com **w** millwardbrown.com 📇 Charts Director: Bob Barnes 01926 826528.

MMF (Music Managers Forum) British Music House, 26 Berners Street, London, W1T 3LR **t** 02073064885 **f** 08708 507801 **e** info@themmf.net **w** themmf.net **f** facebook.com/themmf **S** myspace.com/themmf **t** @MMFUK 📇 Chief Executive Officer: Jon Webster.

Mobile Entertainment Forum (MEF) 12 Great Newport Street, London, WC2H 7JD **t** 020 7632 5920 **f** 020 7240 0481 **e** info@m-e-f.org **w** m-e-f.org 📇 Executive Director: Rimma Perelmuter.

Music Of Black Origin - Mobo Awards 22 Stephenson Way, London, NW1 2HD **t** 020 7419 1800 **f** 020 7419 1600 **e** info@mobo.com **w** mobo.com 📇 Founder: Kanya King MBE.

MPA (Music Publishers Association) 6th Floor, British Music House, 26 Berners St, London, W1T 3LR **t** 020 7580 0126 **f** 020 7637 3929 **e** info@mpaonline.org.uk **w** mpaonline.org.uk **t** the_MPA 📇 Communications Officer: Will Lines.

MPG (The Music Producers Guild) PO Box 38134, London, W10 6XL **t** 020 3239 7606 **e** andrewhunt@mpg.org.uk **w** mpg.org.uk **f** facebook.com/pages/MPG/ **S** myspace.com/musicproducersguild **t** twitter.com/ukmpg ▶ youtube.com/mpg_uk 📇 Director/Memberships: Andrew Hunt.

Music For All Ivy Cottage Offices, Finch's Yard, Eastwick Rd, Great Bookham, Surrey, KT23 4BA **t** 01372 750600 **f** 01372 750515 **e** paul@mia.org.uk **w** musicforall.org.uk 📇 Chief Executive: Paul McManus.

Music Industries Association Ivy Cottage Offices, Finches Yard, Eastwick Road, Leatherhead, Surrey, KT23 4BA **t** 01372 750600 **f** 01372 750515 **e** paulmc@mia.org.uk **w** mia.org.uk 📇 Chief Executive Officer: Paul Mcmanus.

Music Preserved Hillside Cottage, Hill Brow Road, Liss, Hants, GU33 7 **t** 01730 892148 **f** 01730 894294 **e** musicpreserved@dial.pipex.com **w** musicpreserved.org 📇 Chairman: Basil Tschaikov.

Musicians Benevolent Fund 17-11 Britannia St, London, WC1X 9JS **t** 020 7239 9100 **f** 020 7713 8942 **e** info@helpmusicians.org.uk **w** helpmusicians.org.uk **f** facebook.com/pages/Musicians-Benevolent-Fund/40347641054 **t** twitter.com/MusiciansBFund ▶ youtube.com/helpmusicians 📇 Chief Executive: David Sulkin.

The Musicians Guide To World Domination 59 Nobles Close, Wantage, Oxford, Oxfordshire, OX12 0NR **t** 07928 282862 **e** marcus@starharbour.co.uk **w** themusiciansguide.co.uk 📇 Contact: Marcus 07928282862.

MUSICIANS' UNION

Musicians' Union

60-62 Clapham Rd, London, SW9 0JJ **t** 020 7582 5566 **f** 020 7582 9805 **e** info@theMU.org **w** theMU.org 📇 General Secretary: John Smith.

National Association of Youth Orchestras Central Hall, West Tollcross, Edinburgh, EH3 9BP **t** 0131 221 1927 **f** 0131 229 2921 **e** admin@nayo.org.uk **w** nayo.org.uk

National Foundation for Youth Music (Youth Music) One America St, London, SE1 0NE **t** 020 7902 1060 **f** 020 7902 1061 **e** info@youthmusic.org.uk **w** youthmusic.org.uk 📇 Chief Executive: Christina Coker.

National Outdoor Events Association formerly National Entertainment Agents Council 23 Coral Avenue, Westward Ho!, Bideford, Devon, EX39 1 UW **t** 01237 473113 **f** 01237 459661 **e** secretary@noea.org.uk **w** noea.org.uk 📇 General Secretary: John Barton.

www.musicweek.com   **Music Week Directory** 149

Contacts   Facebook   MySpace   Twitter   YouTube

Business Services: Industry Organisations

NEMIS (New Music In Scotland) 2nd Floor, 22 Jamaica St, Glasgow, G1 4QD **t** 07803 752 913 **e** alec@nemis.org **w** nemis.org Development Officer: Alec Downie.

Nicolaou Solicitors Barn Studios, Burnt Farm Ride, Goffs Oak, Hertfordshire, EN7 5JA **t** 01707 877707 **f** 01707 877708 **e** niclaw@tiscali.co.uk Solicitor: Constantina Nicolaou.

Nordoff-Robbins Music Therapy Studio A2, 1927 Building, 2 Michael Road, London, SW6 2AD **t** 020 7371 8404 **f** 020 7371 8206 **e** lindamac@nrfr.org.uk **w** silverclef.com Appeals Manager: Linda McLean.

Ofcom Riverside House, 2a Southwark Bridge Rd, London, SE1 9HA **t** 020 7981 3000 **f** 020 7981 3333 **e** contact@ofcom.org.uk **w** ofcom.org.uk

OFFICIAL CHARTS COMPANY

Riverside Building, County Hall, Westminster Bridge Rd, London, SE1 7JA **t** 020 7620 7450 **f** 020 7478 8519 **e** info@theofficialcharts.com **w** theofficialcharts.com
facebook.com/officialcharts
twitter.com/officialcharts youtube.com/officialcharts
 Managing Director: Martin Talbot 0207 620 7460.
Managing Director: Martin Talbot. Chart Director: Omar Maskatiya. Finance Director: Jonathan Woods. Financial Controller: Austen Hornbrook. Brand Manager: Lauren Kreisler. Content Manager: Dan Lane. Senior Operations Executive: Lucy Blyth. Senior Operations Executive: Chris Austin. Data Analyst: Jahir Miah. Chart Operations Assistant: Lette Webb. Head of Commercial Development: Giles Jones. Business Development Executive: Paul Kehoe.
The Official Charts Company celebrates the 60th anniversary of the Official Singles Chart in 2012. A joint venture between the BPI (The British Recorded Music Industry) and ERA (Entertainment Retailers Association), the Official Charts Company is responsible for the commissioning, marketing, distribution and management of the UK's official music and video charts. It is the only provider of full UK market sales and streaming information on all music and video releases. TheOfficialCharts.com is our all-new consumer-facing digital platform with nearly 550k monthly users. Featuring chart news, video interviews, competitions and our huge, searchable Official Chart archive, we can help labels, studios, PRs and artists create buzz around key releases and anniversaries.

The Patent Office Concept House, Cardiff Road, Newport, Gwent, NP10 8QQ **t** 01633 814000 **f** 01633 813600 **e** enquiries@patent.gov.uk **w** patent.gov.uk Contact: 08459 500505.

PLASA (Professional Lighting & Sound Association) Redoubt House, 1 Edward Rd, Eastbourne, East Sussex, BN23 8AS **t** 01323 524120 **f** 01323 524121 **e** info@plasa.org **w** plasa.org Executive Director: Ruth Rossington.

PPI (Phonographic Performance Ireland) PPI House, 1 Corrig Avenue, Dun Laoghaire, Dublin, Ireland **t** +353 1 280 5977 **f** +353 1 280 6579 **e** info@ppiltd.com **w** ppiltd.com CEO: Dick Doyle.

PPL (PHONOGRAPHIC PERFORMANCE LTD)

1 Upper James Street, London, W1F 9DE **t** 020 7534 1000 **f** 020 7534 1111 **e** info@ppluk.com **w** ppluk.com
 CEO: Peter Leathem. Chairman: Fran Nevrkla. CEO: Peter Leathem. Director of Licensing: Tony Clark. Director of Performer Affairs: Keith Harris. Finance Director: Ben Lambert. Director of Government Relations: Dominic McGonigal. Director of PR & Corporate Communications: Jonathan Morrish. Head of Member Services: Penny White.
PPL, which does not retain any profit for itself, is the music licensing company that, on behalf of 47,500 performers and 6,300 record companies in the UK, and more internationally, licenses, recorded music for public performance, broadcast and new media use.

PPL REPERTOIRE DATABASE (CATCO)

1 Upper James Street, London, W1F 9DE **t** 020 7534 1331 **f** 020 7535 1383 **e** repertoire@ppluk.com **w** ppluk.com
 CEO: Peter Leathem. Chairman: Fran Nevrkla. CEO: Peter Leathem. Director of Licensing: Tony Clark. Director of Performer Affairs: Keith Harris. Finance Director: Ben Lambert. Director of Government Relations: Dominic McGonigal. Director of PR & Corporate Communications: Jonathan Morrish. Member Services Operations Manager: Simon Hutchinson.
The Record Industry's track level sound recording database, providing the 'one-stop-drop' for all sound recordings data needs.

PRC (Performer Registration Centre) 1 Upper James Street, London, W1F 9DE **t** 020 7534 1234 **f** 020 7534 1383 **e** PRC.info@ppluk.com **w** performersmoney.ppluk.com

The Prince's Trust 18 Park Sq East, London, NW1 4LH **t** 020 7543 1289 **f** 020 7543 1200 **e** info@princes-trust.org.uk **w** princes-trust.org.uk/music @princestrust Contact: 0800 842 842.

150 Music Week Directory

www.musicweek.com

👤 Contacts 📘 Facebook 🎵 MySpace 🐦 Twitter ▶️ YouTube

Business Services: Industry Organisations, Accountants

Production Services Association PO Box 2709, Bath, BA1 3YS **t** 01225 332 668 **f** 01225 332 701 **e** gm@psa.org.uk **w** psa.org.uk 👤 GM: Andy Lenthall.

PRS For Music Copyright House, 29-33 Berners St, London, W1T 3AB **t** 020 7580 5544 **w** prsformusic.com
📘 facebook.com/PRSforMusic
🎵 myspace.com/prsformusic 🐦 twitter.com/prsformusic
👤 Contact: Switchboard.

RadioCentre e lucy@radiocentre.org **w** radiocentre.org 🐦 twitter.com/RadioCentre 👤 Station Liaison Officer: Lucy Forster.

Scottish Music Centre City Halls, Candleriggs, Glasgow, G1 1NQ **t** 0141 552 5222 **f** 0141 553 2789 **e** info@scottishmusiccentre.com
w scottishmusiccentre.com 🐦 twitter.com/scottishmusic
👤 MD: Gill Maxwell.

SESAC (SOCIETY OF EUROPEAN SONGWRITERS & COMPOSERS)

67 Upper Berkeley St, London, W1H 7QX **t** 020 7616 9284 **f** 020 7563 7029 **e** rights@sesac.co.uk **w** sesac.com
👤 Chairman, SESAC International: Wayne Bickerton. SESAC, UK Member Relations: John Sweeney.

Student Radio Association c/o The Radio Academy, 2nd Floor, 5 Golden Square, London, W1F 9BS
t 07092 845935 **e** chair@studentradio.org.uk
w studentradio.org.uk
📘 facebook.com/studentradio?ref=MusicWeek
🐦 twitter.com/sra ▶️ youtube.com/studentradiouk
👤 Chair: Fred Bradley 07867953849.

The Agents' Association (Great Britain)
54 Keyes House, Dolphin Square, London, SW1V 3NA
t 020 7834 0515 **e** association@agents-uk.com **w** agents-uk.com 👤 Administrator: Carol Richards.

The English Folk Dance and Song Society
Cecil Sharp House, 2 Regent's Park Road, London, NW1 7AY
t 020 7485 2206 **f** 020 7284 0534 **e** info@efdss.org
w efdss.org 📘 /EFDSS 🐦 @TheEFDSS 👤 Society & Marketing Administrator: Verity Flecknell. Seated Capacity: 400 Standing capacity: 540

Radio Advertising Bureau e sarah@rab.co.uk
w rab.co.uk 📘 facebook.com/pages/Britain-Loves-Radio/146386735430465 🐦 twitter.com/ukrab
▶️ youtube.com/user/BritainLovesRadio 👤 Marketing Manager: Sarah Ordidge.

U.B.E.M.I.A (Urban Black Entertainment Music Industry Association) P.O.Box 7874, London, SW20 9XD **t** 07050605219 **f** 07050605239 **e** sam@pan-africa.org 👤 Founder/Chairman: Oscar Sam-Carrol Jnr.

UK Music Ltd British Music House, 26 Berners St, London, W1T 3LR **t** 020 7306 4446 **f** 020 7306 4449 **e** contact@ukmusic.org **w** ukmusic.org 🐦 @Uk_Music

Variety & Light Entertainment Council
54 Keyes House, Dolphin Square, London, SW1V 3NA
t 020 7834 0515 **f** 020 7821 0261 👤 Joint Secretary: Kenneth Earle.

Variety Club Children's Charity
Variety Club House, 93 Bayham Street, London, NW1 0AG
t 020 7428 8100 **f** 020 7482 8123
e stuart@varietyclub.org.uk **w** varietyclub.org.uk
👤 Director: Stuart Rogers.

VPL

1 Upper James Street, London, W1F 9DE **t** 020 7534 1400 **f** 020 7534 1414 **e** info@ppluk.com **w** ppluk.com
👤 CEO: Peter Leathem. Chairman: Fran Nevrkla. CEO: Peter Leathem. Director of Licensing: Tony Clark. Director of Performer Affairs: Keith Harris. Finance Director: Ben Lambert. Director of Government Relations: Dominic McGonigal. Director of PR & Corporate Communications: Jonathan Morrish. Head of Member Services: Penny White.
VPL, which does not retain any profit for itself, is the music licensing company that, on behalf of approximately 4,000 record companies in the UK, licenses music videos for broadcast and public performance.

Welsh Music Foundation 33-35 West Bute Street, Cardiff Bay, Cardiff, South Glamorgan, CF10 5LH
t 02920 494110 **f** 02920 494210
e enquiries@welshmusicfoundation.com
w welshmusicfoundation.com
📘 facebook.com/home.php?#!/pages/Cardiff-United-Kingdom/Welsh-Music-Foundation-Sefydliad-Cerddoriaeth-Gymreig/10678344095 🐦 twitter.com/walesmusic
👤 Managing Director: Lisa Matthews.

WOM@ TT WOM@ TT c/o The Tabernacle, Powis Sq, London, W11 2AY **e** womaatt@gmail.com
w worldofmusicatt.org.uk 👤 Contact: Debbie Golt, Fred K, Wala Danga, Wil Joseph 07939564103.

Women In Music 7 Lion Lane, Billericay, Essex, CM12 9DL **e** info@womeninmusic.org.uk
w womeninmusic.org.uk 👤 Honorary Secretary: Dr. Margaret Lucy Wilkins.

The Worshipful Company Of Musicians
6th Floor, 2 London Wall Buildings, London, EC2M 5PP
t 020 7496 8980 **f** 020 7588 3633
e deputyclerk@wcom.org.uk **w** wcom.org.uk 👤 Dept Clerk: Margaret Alford.

www.musicweek.com   **Music Week Directory** 151

👤 Contacts   📘 Facebook   🅜 MySpace   🅣 Twitter   ▶️ YouTube

BEVIS & CO
Chartered Accountants

Apex House,
6 West St,
Epsom,
Surrey,
KT18 7RG

T: 01372 840 280
W: www.bevisandco.co.uk

Royalty Auditing for the music industry

Business Services: Accountants

Accountants

Hardwick & Morris 41 Great Portland Street, London, W1W 7LA **t** 020 7268 0100 **f** 0870 7065204 **e** enquiries@41gp.com **w** 41GP.com 👤 Partner: Lisa Morris.

Alan Boddy & Co Chartered Accountants Damer House, Meadow Way, Wickford, Essex, SS12 9AH **t** 01268 571466 **f** 01268 570638 **e** alan@albodd.freeserve.co.uk **w** alanboddy.co.uk 👤 Principal: Alan Boddy FCA.

Alan Heywood & Company 78 Mill Lane, London, NW6 1JZ **t** 020 7435 0101 **f** 020 7431 5410 **e** alan@alanheywood.co.uk **w** alanheywood.co.uk 👤 Contact: Alan Heywood FCA.

Anthony Tiscoe & Company Brentmead House, Britannia Rd, London, N12 9RU **t** 020 8343 8749 **f** 020 8492 0159 **e** tony@tiscoe.fsnet.co.uk **w** tiscoeaccountants.com 👤 Chartered Accountant: Anthony Tiscoe 07976 661217.

Baker Tilly 25 Farringdon Street, London, EC4A 4AB **t** 020 3201 8000 **e** david.blacher@bakertilly.co.uk **w** bakertilly.co.uk 👤 Head of Media and Technology Group: David Blacher.

BDO Stoy Hayward 55 Baker St, London, W1U 7EU **t** 020 7486 5888 **f** 020 7487 3686 **e** chris.maddock@bdo.co.uk **w** bdo.co.uk 👤 Partner: Chris Maddock.

Berg Kaprow Lewis LLP 35 Ballards Lane, London, N3 1XW **t** 020 8922 9222 **f** 020 8922 9223 **e** steven.hocking-robinson@bkl.co.uk **w** bkl.co.uk 👤 Principal: Steven Hocking-Robinson.

Bettersounds Consultancy Little Orchards, Sandyhurst Lane, Ashford, Kent, TN25 4NT **t** 01233 643325 **e** Bettersounds@btconnect.com 👤 Contact: Bernard Symonds.

BEVIS & CO

BEVIS & CO
Chartered Accountants
Royalty Auditing for the music industry

Apex House, 6 West Street, Epsom, Surrey, KT18 7RG **t** 01372 840280 **f** 01372 840282 **e** chris@bevisandco.co.uk **w** bevisandco.co.uk 👤 Partner: Chris Bevis.

BKR Haines Watts Sterling House, 177-181 Farnham Road, Slough, Berkshire, SL1 4XP **t** 01753 530333 **f** 01753 576606 **e** slough@hwca.com **w** hwca.com 👤 Partner: Michael Davidson.

Blackstone Franks LLP 26-34 Old St, London, EC1V 9QR **t** 020 7250 3300 **f** 020 7250 1402 **e** RMaas@blackstones.co.uk **w** blackstonefranks.com 👤 Partner: Robert Maas.

Blinkhorns 27 Mortimer Street, London, W1T 3BL **t** 020 7636 3702 **f** 020 7636 0335 **e** Joel.Trott@blinkhorns.co.uk **w** blinkhorns.co.uk 👤 Partner: Joel Trott.

Blue² 7 Bourne Court, Southend Rd, Woodford Green, Essex, IG8 8HD **t** 020 8418 2408 **f** 020 8550 6020 **e** info@bluesquaredfinance.co.uk **w** bluesquaredfinance.co.uk 👤 Contact: Nick Lawrence.

Bowker Orford 15-19 Cavendish Pl, London, W1G 0DD **t** 020 7636 6391 **f** 020 7580 3909 **e** mail@bowkerorford.com **w** bowkerorford.com 👤 Partner: Rashpal Parmar.

Brebner, Allen & Trapp The Quadrangle, 180 Wardour Street, London, W1F 8LB **t** 020 7734 2244 **f** 020 7287 5315 **e** partners@brebner.co.uk **w** brebner.co.uk 👤 Partner: Jose Goumal.

Breckman & Company 49 South Molton Street, London, W1K 5LH **e** richardnelson@breckmanandcompany.co.uk **w** breckmanandcompany.co.uk 👤 Partner: Mr Richard Nelson 0207 499 2292.

Business Services: Accountants

Brett Adams-Chartered Accountants
25 Manchester Square, London, W1H 3PY **t** 020 7486 8985
f 020 7486 8991 **e** info@brettadams.co.uk
Partner: Steven Davidson.

Bright Grahame Murray Chartered Accountants 131 Edgware Rd, London, W2 2AP
t 020 7402 7444 **f** 020 7402 8444 **e** markcole@bgm.co.uk
w bgm.co.uk Managing Partner: Mark Cole.

Brighten Jeffrey James 421a Finchley Rd, Hampstead, London, NW3 6HJ **t** 020 7794 7373
f 020 7431 5566 **e** info@brightenjeffreyjames.co.uk
w brightenjeffreyjames.com Partner: Roger Brighten.

Brown McLeod Ltd 51 Clarkegrove Rd, Sheffield, South Yorkshire, S10 2NH **t** 0114 268 4747
f 0114 268 4161 **e** john@brownmcleod.co.uk
w brownmcleod.co.uk MD: John Roddison.

Bullocks 41 Great Portland St, London, W1W 7LA
t 020 7268 0123 **f** 020 7637 1997
e enquiries@bullocks.co.uk **w** bullocks.co.uk
Director: Kashif Khan 0207 268 0123.

CC YOUNG & CO

Chartered Accountants and Registered Auditors,
13/14 Margaret Street, London, W1W 8RN
t 020 7291 1690 **f** 020 7291 1697 **e** info@ccyoung.co.uk
w ccyoung.co.uk Contact: Colin Young, Kate Dosanjh or Helen Spiers. Director: Colin Young. Manager: Helen Spiers. Operations Manager: Kate Dosanjh.

Charlie Carne & Co 49 Windmill Road, London, W4 1RN
t 020 8742 2001 **e** info@charliecarne.com
w charliecarne.com Chartered Accountant: Charlie Carne.

Conroy & Company 27 Beaumont Avenue, St. Albans, Herts, AL1 4TL **t** 01727 858 589
e conroyandcompany@btconnect.com Snr Partner: A Conroy FCA, FSCA.

Cousins Brett 20 Bulstrode Street, London, W1U 2JW
t 020 7486 5791 **f** 020 7224 7326
e johncousins@cousinsbrett.com **w** cousinsbrett.com
Partner: John Cousins.

DALES EVANS & CO LTD CHARTERED ACCOUNTANTS

DALES EVANS Chartered Accountants
88/90 Baker Street
London W1U 6TQ

88/90 Baker Street, London, UK, W1U 6TQ
t 020 7298 1899 **f** 020 7298 1871
e reception@dalesevans.co.uk Director: Lester Dales.
Director: Paul Makin.

DBM Ltd 8 The Glasshouse, 49A Goldhawk Rd, London, W12 8QP **t** 020 8222 6628 **f** 020 8222 6629
e info@dbmltd.co.uk Managing Director: David Hitchcock.

De La Haye Royalty Services 76 High St, Stony Stratford, Bucks, MK11 1AH **t** 01908 568800
f 01908 568890 **e** royalties@delahaye.co.uk
w delahaye.co.uk MD: Roger La Haye.

Deloitte LLP 2 New Street Sq, London, EC4A 3BZ
t 020 7007 0833 **f** 020 7303 4786
e cbradbrook@deloitte.co.uk **w** deloitte.co.uk Tax Partner, Music/Media: Charles Bradbrook.

DPC Media Holed Stone Barn, Stisted Cottage Fm, Hollies Rd, Bradwell, Braintree, Essex, CM77 8DZ **t** 01376 551426 **f** 01376 551787
e info@dpcmedia.demon.co.uk Business Mgr: Dave Clark.

EMTACS-Entertainers & Musicians Tax & Accountancy 69 Loughborough Rd, West Bridgford, Nottingham, NG2 7LA **t** 0115 981 5001 **f** 0115 981 5005
e mail@emtacs.co.uk **w** emtacs.co.uk
facebook.com/gchallinger Partner: Geoff Challinger.

Entertainment Accounting International Limited Ground Floor Front, 9 Heathmans Road, London, SW6 4TJ **t** 020 7384 9362 **f** 020 7731 1762
e contact@eai.uk.com Director: Mike Donovan / Mark Howe 0207 384 9362.

Freedman Frankl & Taylor Reedham House, 31 King Street West, Manchester, M3 2PJ **t** 0161 834 2574
f 0161 831 7608 **e** mail@fft.co.uk **w** fft.co.uk

FSPG 21 Bedford Sq, London, WC1B 3HH **t** 020 7637 4444
f 020 7323 2857 **e** jon@fspg.co.uk Partner: Jon Glasner.

Grant Thornton UK LLP Grant Thornton House, 22 Melton St, London, NW1 2EP **t** 020 7383 5100
f 020 7383 4715 **e** nick.page@gtuk.com **w** grant-thornton.co.uk Partner: Nick Page.

Guy Rippon Organization 3rd Floor, 20 Bedford Street, London, WC2E 9HP **t** 020 7379 9202
f 020 7379 9101 **e** guy@mgmaccountancy.co.uk
Managing Director: Guy Rippon.

Hardwick & Morris 41 Great Portland Street, London, W1W 7LA **t** 020 7268 0100 **f** 08707 065204
e stephanie@hardwickandmorris.co.uk
w hardwickandmorris.co.uk Partner: Stephanie Hardwick.

www.musicweek.com **Music Week Directory** 153

Contacts Facebook MySpace Twitter YouTube

Business Services: Accountants

Harold Everett Wreford LLP, Chartered Accountants 44-46 Whitfield Street, London, W1T 2RJ **t** 020 7636 3383 **f** 020 7636 4237 **e** jsloneem@hew.co.uk **w** hew.co.uk Member, Entertainment: Jeffrey Sloneem 02076363383.

Harris & Trotter 65 New Cavendish Street, London, W1G 7LS **t** 020 7467 6300 **f** 020 7467 6363 **e** mail@harrisandtrotter.co.uk **w** harrisandtrotter.co.uk Senior Partner: Ronnie Harris.

George Hay & Co 83 Cambridge Street, London, SW1V 4PS **t** 020 7630 0582 **f** 020 7630 1502 **e** info@georgehay.com **w** georgehay.com Contact: The Snr Partner.

HEMINGWAY LTD

Hemingway Ltd
Global Music & Media Business Management

Ground & Basement Studio, 485 Liverpool Road, London, N7 8PG **t** 020 7609 5371 **f** 020 8711 3025 **e** samantha@hemingwayltd.com **w** hemingwayltd.com HemingwayLtd Business Director: Samantha Hemingway. Specialist Consultant: Andrew Wilkinson.

HW Fisher & Company Acre House, 11-15 William Rd, London, NW1 3ER **t** 020 7388 7000 **f** 020 7380 4900 **e** info@hwfisher.co.uk **w** hwfisher.co.uk Partner: Martin Taylor.

Hyman Capital Services Ltd 25 Duke St, London, W1U 1LD **t** 020 7034 1974 **f** 070 9286 4010 **e** clive.hyman@hymancapital.com **w** hymancapital.com CEO: Clive Hyman 07802 634163.

Immediate Business Management 61 Birch Green, Hertford, Herts, SG14 2LR **t** 01992 550573 **f** 01992 550573 **e** immediate@onetel.com Partner: Derek Jones.

Jeffrey James Chartered Accountants 421a Finchley Rd, Hampstead, London, NW3 6HJ **t** 020 7794 7373 **f** 020 7431 5566 **e** info@jeffreyjames.co.uk Partner: Jeffrey Kaye.

JER 16 Cornerways, 1 Daylesford Avenue, London, SW15 5QP **t** 020 8878 3298 **f** 020 8878 3298 **e** julie@jeroyalties.com **w** jeroyalties.com Royalty Auditor: Julie Eyre.

John Gale Associates 415 Hillcross Avenue, Morden, Morden, Surrey, SM4 4BZ **t** 020 8542 7869 **f** 020 8543 9547 **e** john@jgacs.co.uk **w** jgacs.co.uk Principal: John Gale.

Johnsons Media 2nd Floor, 109 Uxbridge Rd, London, W5 5TL **t** 020 8567 3451 **f** 020 8840 6823 **e** mail@johnsonsca.com **w** johnsonsca.com Partner: David M Turner.

Jon Child & Co 107 Oldham St, Manchester, M4 1LW **t** 0161 834 8885 **f** 0161 834 9992 **e** jon@jonchild.com **w** jonchild.com Partner: Jon Child.

Kaizen Accounting Ltd 15 Blois Rd, Steeple Bumpstead, Essex, CB9 7BN **t** 01440 731984 **f** 01440 731984 **e** kentonm@hotmail.com **w** kaizenaccounting.co.uk KentonM Director: Kenton Mitchell 07969 056052.

Kingston Smith W1 141 Wardour St, London, W1F 0UT **t** 020 7304 4646 **f** 020 7304 4647 **e** ghowells@kingstonsmithW1.co.uk **w** kingstonsmithW1.co.uk Partner: Geraint Howells.

KPMG LLP 1-2 Dorset Rise, London, EC4y 8EN **t** 020 7694 3902 **e** gavin.houlgate@kpmg.co.uk **w** kpmg.co.uk Contact: Gavin Houlgate.

Leigh Philip & Partners 1-6 Clay Street, London, W1U 6DA **t** 020 7486 4889 **f** 020 7486 4885 **e** mail@lpplondon.co.uk Snr Partner: Leigh Genis.

LIVE WIRE BUSINESS MANAGEMENT

lbm
SPORTS + ENTERTAINMENT ACCOUNTANTS

Canal House, 26 Grove Island, Corbally, Limerick, Ireland **t** +353 61 340111 **f** +353 61 350300 **e** info@Lbm.ie Contact: Alan McEvoy / Liam Murphy.

Lloyd Piggott Wellington House, 39/41 Piccadilly, Manchester, M1 1LQ **t** 0161 236 7677 **f** 0161 236 7678 **e** info@lloydpiggott.co.uk **w** lloydpiggott.co.uk Tax Director: Paula Abbott.

Lubbock Fine Chartered Accountants Russell Bedford House, City Forum, 250 City Road, London, EC1V 2QQ **t** 020 7490 7766 **f** 020 7490 5102 **e** jeffgitter@lubbockfine.co.uk **w** lubbockfine.co.uk twitter.com/lubbockfine youtube.com/lubbockfinelondon Partner: Jeff Gitter.

Mansfield & Co, Chartered Accountants 55 Kentish Town Rd, Camden Town, London, NW1 8NX **t** 020 7482 2022 **f** 020 7197 8016 **e** mco@mansfields.co.uk Senior Partner: David FL Mansfield.

MGM Accountancy Ltd 3rd Floor, 20 Bedford Street, London, WC2E 9HP **t** 020 7379 9202 **f** 020 7379 9101 **e** guy@mgmaccountancy.co.uk Managing Director: Guy Rippon.

MGR LLP 55 Loudoun Road, St John's Wood, London, NW8 0DL **t** 0207 625 4545 **f** 0207 625 5265 **e** ian.thomas@mgr.co.uk / david.jaye@mgr.co.uk **w** mgr.co.uk Partner, Touring / Business Development Manager: Ian Thomas / David Jaye 020 7625 4545.

MGR Media 55 Loudoun Road, St. Johns Wood, London, NW8 0DL **t** 020 7625 4545 **f** 020 7625 5265 **e** info@mgrmedia.com **w** atfgroup.com Partner: Tim Sullivan.

154 Music Week Directory   www.musicweek.com

Contacts **Facebook** **MySpace** **Twitter** **YouTube**

Business Services: Accountants

Morris & Shah Lower Ground Floor, 28A York Street, London, W1U 6QA **t** 020 7486 9554 **f** 020 7486 9557
e morrisandshah@morrisandshah.co.uk
Partners: Jonathan Morris, Kewal Shah.

MUSIC BUSINESS ASSOCIATES LTD

MBA ACCOUNTING FOR MUSIC

Apex House, 6 West Street, Epsom, Surrey, KT18 7RG
t 01372 840281 **f** 01372 840282
e paulk@musicbusinessassociates.com
w musicbusinessassociates.com Royalties and Accounts Manager: Paul Kerslake 01372 840 281.

Music Royalties Ltd 26 Pavilion Way, Eastcote, Middlesex, HA4 9JN **t** 07855 411 983
e david@musicroyalties.co.uk **w** musicroyalties.co.uk
Dir: David Rayment.

MWM Chartered Accountants 11 Great George St, Bristol, BS1 5RR **t** 0117 929 2393 **f** 0117 929 2696
e craig@mwmuk.com **w** mwmuk.com Director: Craig Williams.

Neill & Co 2a Forest Drive, Theydon Bois, Epping, Essex, CM16 7EY **t** 01992 812211 **f** 01992 812299
e info@neill.co.uk **w** neill.co.uk Principal: Keith Neill.

Nieman Walters Niman 7 Bourne Court, Southend Road, Woodford Green, Essex, IG8 8HD
t 020 8550 3131 **f** 020 8550 6020
e info@nwnaccounts.com **w** nwnaccounts.com
Partner: Edmund Niman.

Note for Note 15 Marroway, Weston Turville, Aylesbury, Bucks, HP22 5TQ **t** 01296 614966 **f** 01296 614651
e Chris@note-for-note.co.uk Proprietor: Chris Turner.

Nyman Libson Paul Regina House, 124 Finchley Road, London, NW3 5JS **t** 020 7433 2400 **f** 020 7433 2401
e mail@nlpca.co.uk **w** nlpca.co.uk Partner: Amin Saleh.

OJK Ltd Emery House, 192 Heaton Moor Road, Stockport, Cheshire, SK4 4DU **t** 01614 323307 **f** 01614 323476
e dcushion@ojk.co.uk; alamb@ojk.co.uk **w** ojk.co.uk
Contact: David Cushion or Andrew Lamb.

Pearson & Co 113 Smug Oak Business Centre, Lye Lane, Bricket Wood, St Albans, Hertfordshire, AL2 3UG
t 01923 894404 **f** 01923 894990
e richard@stantonpearson.co.uk Partner: Richard Pearson.

Pet Sounds 1 Alfred Place, London, WC1E 7EB
t 07976 577773 **f** 08717 333401
e robin@petsoundsaccounts.co.uk Director: Robin Hill.

PKF (UK) LLP Farringdon Place, 20 Farringdon Road, London, EC1M 3AP **t** 020 7065 0000 **f** 020 7065 0650
e info.london@uk.pkf.com **w** pkf.co.uk

Prager and Fenton LLP 8th Floor, Imperial House, 15-19 Kingsway, London, WC2B 6UN **t** 020 7632 1400
f 020 7632 1401 **e** enquiries@pragerfenton.co.uk
w pragerfenton.com Partner: Austin Jacobs.

PriceWaterhouseCoopers 1 Embankment Place, London, WC2N 6RH **t** 020 7583 5000 **f** 020 7822 4652
e robert.boyle@uk.pwc.com **w** pwc.com Head Of UK E & M: Robert Boyle.

RCO - Royalty Compliance Organisation
10a Sheen Gate Gardens, London, SW14 7NY
t 020 8878 2291 **e** ask@TheRcO.co.uk **w** rcoonline.com
Partners: Mike Skeet, Gill Sharp.

Reeds Copperfields, Mount Pleasant, Crowborough, East Sussex, TN6 2NF **t** 01892 668676 **f** 01892 668678
Principle: Chris Reed.

ROSS BENNET-SMITH

ROSS BENNET-SMITH
CHARTERED ACCOUNTANTS

Charles House, 5-11 Regent Street, St James's, London, SW1Y 4LR **t** 020 7930 6000 **f** 020 7930 7070
e info@rossbennetsmith.com **w** rossbennetsmith.com
Partner: Daniel Ross.
Representing many of the worlds' most prominent recording artists, bands, producers, labels, industry executives and new talent.

RSM Robson Rhodes LLP 186 City Road, London, EC1V 2NU **t** 020 7251 1644 **f** 020 7250 0801
e enquiries@rsmi.co.uk **w** rsmi.co.uk Contact: Dir of Communications.

Ryan & Co 4F, Shirland Mews, London, W9 3DY
t 020 8960 0961 **f** 020 8960 0963 **e** ryan@ryanandco.com
w ryanandco.com Chartered Accountant: Cliff Ryan.

S.C. Song (Accountants) 50 Eaton Drive, Kingston-Upon-Thames, Surrey, KT2 7QX **t** 07770 816015
f 020 8241 8309 **e** scsong403@msn.com
Accountant: SC Song.

Saffery Champness Lion House, 72-75 Red Lion Street, London, WC1R 4GB **t** 020 7841 4000
f 020 7841 4100 **e** info@saffery.com **w** saffery.com
Partner: Julian Hedley.

SRLV ACCOUNTANTS

SRLV ACCOUNTANTS
WE VALUE PARTNERSHIP

Fifth Floor, 89 New Bond Street, London, W1S 1DA
t 020 7079 8888 **f** 020 7079 8889 **e** general@srlv.co.uk
w srlv.co.uk Contact: Richard Rosenberg, Steve Jeffery, Stephen Marks.

www.musicweek.com   **Music Week Directory** 155

- Contacts ▫ Facebook ▫ MySpace ▫ Twitter ▫ YouTube

Silver Levene LLP 37 Warren Street, London, W1T 6AD
t 020 7383 3200 **f** +44 (0) 20 7383 4165/8
e robert.perez@silverlevene.co.uk **w** silverlevene.co.uk
Partner: Robert Perez +44 (0) 20 7383 3200.

SLOANE & CO. CHARTERED CERTIFIED ACCOUNTANTS & REGISTERED AUDITORS

Sloane & Co.

36-38 Westbourne Grove, Newton Road, London, W2 5SH
t 020 7221 3292 **f** 020 7229 4810 **e** david@sloane.co.uk
w sloane.co.uk Senior Partner: David Sloane.
Partner: Mark Allen. Manager: Annabel Fried.

Ivan Sopher & Company 5 Elstree Gate, Elstree Way,
Borehamwood, Herts, WD6 1JD **t** 020 8207 0602
f 020 8207 6758 **e** accountants@ivansopher.co.uk
w ivansopher.co.uk Proprietor: Ivan Sopher.

Synergy Business Management Mill Park,
Park Road, Burgess Hill, West Sussex, RH15 8ET
t 01444 250222 **f** 020 8568 6968 **e** synergy143@aol.com
 Partner: Eddie Bull.

Tenon Media 66 Chiltern St, London, W1U 4JT
t 020 7535 1400 **f** 020 7535 1401
e julian.hedley@tenongroup.com **w** tenongroup.com
 Managing Director: Julian Hedley.

Thomas Harris Chartered Accountants
The 1929 Building, Merton Abbey Mills, Wimbledon, London,
SW19 2RD **t** 020 8542 4262 **f** 020 8545 0662
e ah@thomas-harris.co.uk Partners: Chris Thomas/Andy Harris.

W John Daniel FCCA The Beam House,
14 Winkfield Rd, Windsor, Berkshire, SL4 4BG
t 01753 852924 **f** 01753 852924
e johndaniel@btconnect.com Snr Partner: John Daniel.

Warley & Warley Chartered Accountants
76 Cambridge Road, Kingston-Upon-Thames, Surrey,
KT1 3NA **t** 020 8549 5137 **f** 020 8546 3022
e info@warleyandwarley.co.uk **w** warleyandwarley.co.uk
 Partner: Andrew Wordingham.

William Evans & Partners 20 Harcourt St, London,
W1H 4HG **t** 020 7563 8390 **f** 020 7569 8700
e wep@williamevans.co.uk Senior Partner: Stephen Evans.

Wingrave Yeats Ltd (Chartered Accountants)
101 Wigmore St, London, W1U 1QU **t** 020 7495 2244
f 020 7499 9442 **e** wyl@wingrave.co.uk **w** wingrave.co.uk
 Partner: Martin Jones.

Winters 29 Ludgate Hill, London, EC4M 7JE
t 020 7919 9100 **f** 020 7919 9019 **e** info@winters.co.uk
w winters.co.uk Partner: Roy Bristow.

Wyndhams 177 High Street, Harlesden, London,
NW10 4TE **t** 020 8951 9958 **f** 020 8951 9955
e dlandau@talk21.com Director: David Landau 020 8951 9952.

Legal

Iain Adam, Solicitor 2 Whitmore Gardens, London,
NW10 5HH **t** 020 8969 5243 **f** 020 8960 2128
 Contact: Iain Adam.

Addleshaw Goddard 150 Aldersgate Street, London,
EC1A 4EJ **t** 020 7606 8855 **f** 020 7606 4390
e paddy.graftongreen@addleshawgoddard.com
w addleshawgoddard.com Partner: Paddy Grafton Green.

ACM - Mediators Association of Cambridge Mediators,
Sheraton House, Castle Park, Cambridge, CB3 0AX
t 01223 370 063 **e** dennis@muirheadmanagement.co.uk
w cambridgemediators.co.uk Accredited
Mediator: Dennis Muirhead 07785 226 542.

Angel & Co 1 Green St, Mayfair, London, W1K 6RG
t 020 7495 0555 **f** 020 7495 7550 **e** mail@legalangel-uk.com **w** legalangel-uk.com Principal: Nigel Angel.

Anthony Jayes LLP Solicitors, Universal House,
251 Tottenham Court Rd, London, W1T 7JY
t 020 7291 9110 **f** 020 7291 9120 **e** enquiries@ajllp.com
w ajllp.com Contact: Mary Collier.

Bandname.com 21 Market Pl, Blandford Forum, Devon,
DT11 7AF **e** information@bandname.com
w bandname.com Manager: Crystal Beaubien.

Baxter McKay Schoenfeld LLP
Suite 208 Panther House, 38 Mount Pleasant, London,
WC1X 0AN **t** 020 7833 9191 **f** 020 7833 9494
e gb@baxtermckay.com Partner: Gill Baxter.

Benedicts (Solicitors) LLP 40 St. Peters Road,
40 St Peters Road, London, W6 9BD **t** 020 8741 6020
f 020 8741 8362 **e** john@benedicts.biz **w** benedicts.biz
 Partner: John Benedict.

BOLT BURDON

bolt burdon SOLICITORS

Providence House, Providence Place, Islington, London,
N1 0NT **t** 020 7288 4700 **e** chrisphillips@boltburdon.co.uk
or mikeshepherd@boltburdon.co.uk **w** boltburdon.co.uk
 Partners: Chris Phillips and Mike Shepherd.

Brabners Chaffe Street 1 Dale St, Liverpool, L2 2ET
t 0151 600 3000 **f** 0151 600 3009
e francis.mcentegart@brabnerscs.com
w brabnerschaffestreet.com Solicitor, Media: Francis McEntegart.

Business Services: Accountants, Legal

Music Week Directory

Business Services: Legal

Contacts · Facebook · MySpace · Twitter · YouTube

Bray and Krais Solicitors
Suites 9 & 10, Fulham Business Exchange, The Boulevard, Imperial Wharf, London, SW6 2TL **t** 020 7384 3050
f 020 7384 3051 **e** bandk@brayandkrais.com ☎ Senior Partner: Richard Bray.

Briffa Business Design Centre, 52 Upper Street, Islington, London, N1 0QH **t** 020 7288 6003 **f** 020 7288 6004
e info@briffa.com **w** briffa.com ☎ Snr Partner: Margaret Briffa.

CALVERT SOLICITORS

CALVERT

77 Weston Street, London Bridge, London, SE1 3RS
t 020 7234 0707 **f** 020 7234 0909
e nigel@calvertsolicitors.co.uk **w** calvertsolicitors.co.uk
☎ Senior Partner: Nigel Calvert. Music Lawyers: Kate Westwood, Sajjad Khan, Eleni Croker.

Cambridge Civil Mediation Sheraton House, Castle Pk, Cambridge, CB3 0AX **t** 01223 370063
f 01223 307277 **e** john.byrne@ccmediation.co.uk
☎ Mediator: John Byrne.

Campbell Hooper Solicitors LLP
35 Old Queen Street, London, SW1H 9JD **t** 020 7222 9070
f 020 7222 5591 **e** paulrenney@campbellhooper.com
w campbellhooper.com ☎ Contact: Paul Renney.

Charles Russell LLP, Solicitors 5 Fleet Place, London, EC4M 7RD **t** 020 7203 5000 **f** 020 7203 5002
e duncan.lamont@charlesrussell.co.uk
w charlesrussell.co.uk ☎ Partner: Duncan Lamont.

Christopher Wilkins Chichester, West Sussex
t 07921 789992 **e** chris@christopher-wilkins.com
w christopher-wilkins.com ☎ Mediator: Christopher Wilkins.

Clintons 55 Drury Lane, London, WC2B 5RZ
t 020 7379 6080 **f** 020 7240 9310
e amyers@clintons.co.uk **w** clintons.co.uk
☎ Partner: Andrew Myers.

Cobbetts LLP One Colmore Sq, Birmingham, B4 6AJ
t 0845 404 2404 **f** 0845 166 6279
e frances.anderson@cobbetts.com **w** cobbetts.com
☎ Partner: Frances Anderson.

Collins Long Solicitors 24 Pepper St, London, SE1 0EB **t** 020 7401 9800 **f** 020 7401 9850
e info@collinslong.com **w** collinslong.com
☎ Partners: James Collins & Simon Long.

COLLYER BRISTOW LLP SOLICITORS

Collyer Bristow

4 Bedford Row, London, WC1R 4DF **t** 020 7242 7363
f 020 7405 0555 **e** cblaw@collyerbristow.com
w collyerbristow.com ☎ Partner: Howard Ricklow. Partner and Head of Dispute Resolution: Patrick Wheeler. Assistant Solicitor: Neil Eagleton. Assistant Solicitor: Annsley Ward.

David Morgan Management Ash House, 8 Second Cross Rd, Twickenham, TW2 5RF **t** 020 8898 8183
f 020 8898 8185 **e** davidmanagement@aol.com
w musicroyaltyinvestigations.com ☎ MD: David Morgan.

Creative Law & Business 73A Middle St, Brighton, BN1 1AL **t** 01273 823770 **f** 01273 208766
e dean@creativelaw.eu **w** creativelaw.eu ☎ MD: Dean Marsh.

Cambridge Mediators Sheraton House, Castle Park, Cambridge, CB3 0AX **t** 01223 370063
e dennis.muirhead@cambridgemediators.co.uk
w cambridgemediators.co.uk ☎ Accredited Mediator: Dennis Muirhead 07785 226542.

DWFM BECKMAN SOLICITORS

DWFM | DWFM BECKMAN SOLICITORS

Aldine House, 33 Welbeck Street, London, W1G 8LX
t 020 7872 0023 **f** 020 7872 0024
e irving.david@dwfmbeckman.com **w** dwfmbeckman.com
☎ Partner Media Law Intellectual Property: Irving David.

Effective Legal Services Waters Edge, Frogmill, Hurley, Berks, SL6 5NL **t** 01628 820 000 **f** 01628 820 000
e henriette@effectivemusicservices.com
w effectivemusicservices.com ☎ Solicitor: Henriette Amiel 07808 741 277.

Entertainment Law Associates

Ent-Law Solicitors 3 Grange Farm Business Park, Shedfield, Southampton, Hampshire, SO32 2AD
t 01329 834100 **f** 01329 834448 **e** paul@ent-law.co.uk
☎ Contact: Paul Lambeth LLB.

Entertainment Advice Ltd London
t 020 8249 8084 **f** 020 7788 3449
e info@entertainmentadvice.co.uk
w entertainmentadvice.co.uk
☎ Consultant/Lawyer: Anthony Hall skype: entertainmentadvice.

"WITH US THERE'S NO NEED TO CHECK THE SMALL PRINT"

Amongst the small ads on these pages you'll find many firms and individuals offering you their "legal" services.

What you may not realise however, is that some of them are not even lawyers, let alone solicitors with music industry experience.

So, before you decide who to instruct to negotiate your record deal, publishing contract or management agreement make sure they really do have the necessary knowledge and expertise.

Alternatively, you need look no further than...

DWFM | DWFM BECKMAN SOLICITORS

33 WELBECK STREET, LONDON W1G 8LX
TEL: 020 7872 0023 FAX: 020 7872 0024/5
irving.david@dwfmbeckman.com
www.dwfmbeckman.com

Contact: Irving David

158 Music Week Directory

Business Services: Legal

Entertainment Industry Legal Services Ltd
37 Trinity Rd, E.Finchley, London, N2 8JJ **t** 020 8365 2962
f 020 8365 2484 **e** howard@hlivingstone.fsnet.co.uk
w musicattorney.co.uk ✉ Music Lawyer (Retired Solicitor): Howard Livingstone.

ePM Online PO Box 47264, London, W7 1WX
t 020 8566 0200 **e** anne@epm-music.com **w** epm-music.com ✉ myspace.com/epmonline ✉ Contact: Anne Jenniskens LLM.

F C Cotton & Co 46 University St, Belfast, Northern Ireland, BT7 1HB **t** 07775 657234
f 08707 625672 **e** francotton@fccotton.com
w fccotton.com ✉ Contact: Fran Cotton.

Finers Stephens Innocent 179 Great Portland St, London, W1W 5LS **t** 020 7323 4000 **f** 020 7580 7069
e marketing@fsilaw.co.uk **w** fsilaw.com ✉ Partner: Robert Lands.

FORBES ANDERSON FREE

forbes anderson free
SOLICITORS

60 Charlotte Street, London, W1T 2NU **t** 020 7291 3500
f 020 7291 3511 **e** info@forbesanderson.com
✉ Partners: Andrew Forbes, Dominic Free & Martyn Bailey.

Forte Law The Cottage, Penmark, Barry, South Glamorgan, CF63 3BP **t** 01446 713599
e pamela.forte@fortelaw.co.uk **w** fortelaw.co.uk
✉ Solicitor: Pamela Forte.

Fox Williams Ten Dominion Street, London, EC2M 2EE
t 020 7628 2000 **f** 020 7628 2100 **e** mail@foxwilliams.com
w foxwilliams.com ✉ Senior Associate: Jane Elliot.

GB Law 4B, Mascalls Lane, Brentwood, Essex, CM14 5LR
t 01277 231177 **f** 01277 226521 **e** info@gblawyers.co.uk
✉ Senior Partner: Dale Beeson.

Goldkorn Mathias Gentle Page LLP
6 Coptic Street, London, WC1A 1NW **t** 020 7631 1811
f 020 7631 0431 **e** bpage@gmgplegal.com ✉ Member: Bob Page or David Gentle.

Kuits Solicitors 3 St. Mary's Parsonage, Manchester, Greater Manchester, M3 2RD **t** 0161 832 3434
f 0161 838 8110 **e** rudi.kidd@kuits.com **w** kuits.com
facebook.com/pages/Kuits-Solicitors/162572817100179 twitter.com/#!/Kuits_Biz
✉ Consultant: Rudi Kidd 07711 269 939.

GSC Solicitors 31-32 Ely Place, London, EC1N 6TD
t 020 7822 2222 **f** 020 7822 2211
e info@gscsolicitors.com **w** gscsolicitors.com ✉ Senior Partner: Saleem Sheikh.

Hamlins Roxburghe House, 273-287 Regent St, London, W1B 2AD **t** 020 7355 6000 **f** 020 7518 9100
e w.farrow@hamlins.co.uk **w** hamlins.co.uk
✉ Partner: Laurence Gilmore.

Harbottle and Lewis Hanover House, 14 Hanover Sq, London, W1S 1HP **t** 020 7667 5000 **f** 020 7667 5100
e chloe.wright@harbottle.com. **w** harbottle.com
✉ Contact: Chloë Wright.

Harrisons Entertainment Law Ltd
8 The Glasshouse, 49a Goldhawk Rd, London, W12 8QP
t 020 8749 7377 **e** ann@annharrison.co.uk
w annharrison.co.uk ✉ Principal: Ann Harrison.

Helen Searle - Legal & Business Adviser
Searlelaw, End Cottage, Posingford, Hartfield, East Sussex, TN7 4HA **t** 01892 770018 **e** helen@helensearle.com
w helensearle.com ✉ Partner: Helen Searle.

Howell-Jones Partnership Flint House, 52 High St, Leatherhead, Surrey, KT22 8AJ **t** 01372 860 650
f 01372 860 659 **e** leatherhead@howell-jones.com
w howell-jones.com ✉ Snr Partner: Peter Scott.

Independent Label Scheme 73A Middle Street, Brighton, East Sussex, BN1 1AL **t** 01273 823770
f 01273 823771 **e** dean@indielabelscheme.com
w indielabelscheme.com ✉ Principal: Dean Marsh.

Independent Music Law Advice 14 Vane Close, Hampstead, London, NW3 5UN **t** 07748 593758
f 020 7433 3266 **e** elliot@musiclawadvice.co.uk
w musiclawadvice.co.uk facebook.com/elliot.musiclaw
myspace.com/musiclawadvice
twitter.com/EllMusiclaw musiclawadvice.co.uk
✉ Independent Music Law Adviser: Elliot Chalmers.

IPS Law LLP 2nd Floor, 5 Ridgefield, Manchester, M2 6EG
t 0161 830 4710 **f** 0161 830 4711
e firstname.lastname@IPSLaw.co.uk **w** ipslaw.co.uk
✉ Music Lawyer: Eleanor Brody.

Jane Clemetson Limited 85 Charing Cross Rd, London, WC2H 0AA **t** 020 7287 1380 **f** 020 7734 3394
e jane.clemetson@clemetson.co.uk ✉ Contact: Jane Clemetson.

Jim Cook 38 Grovelands Rd, London, N13 4RH
t 020 8882 3370 **e** jim@jcook21.freeserve.co.uk
✉ Business Affairs / Legal Adviser: Jim Cook.

John Byrne & Co Sheraton House, Castle Pk, Cambridge, CB3 0AX **t** 01223 370063 **f** 01223 307277
e JB@johnbyrne.co.uk ✉ Principal: John Byrne.

John Ireland & Co - Counsel for Unique & Natural Talent 57 Elgin Crescent, London, W11 2JU
t 020 7792 1666 **e** john@johnirelandandco.net
w johnirelandandco.net ✉ Contact: John Ireland.

Kirkpatrick & Lockhart Preston Gates Ellis LLP 110 Cannon Street, London, EC4N 6AR
t 020 7648 9000 **f** 020 7648 9001
e nigel.davies@klgates.com **w** klgates.com ✉ Partner: Nigel Davies.

Lawrence Harrison Limited **t** 020 8348 1616
e info@lawrenceharrison.co.uk **w** lawrenceharrison.co.uk
✉ Director: Lawrence Harrison.

Laytons Solicitors 22 St John St, Manchester, M3 4EB
t 0161 834 2100 **f** 0161 834 6862 **e** music@laytons.com
✉ Music Law Department: Eleanor Brody or David Sefton.

Music Royalty Investigations

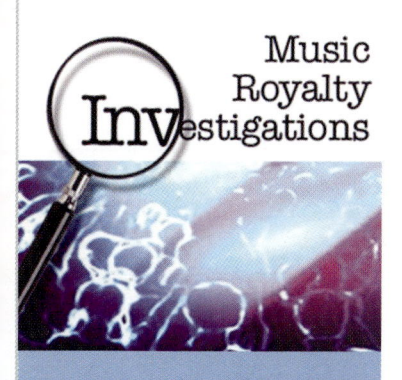

IMPORTANT NOTICE

- Victims of the Music Industry from the 50's, 60's, 70's, 80's etc.

- Artists, Songwriters, Producers, Heirs to Royalty entitlement, Independent Record Companies, DJ'S etc.

- **WORLDWIDE ROYALTY RECOVERY SERVICE**
  Help in collecting your entitlement by our specialised royalty recovery consultants.

- Forensic Royalty audits, and full catalogue valuations (and more) undertaken.

MUSIC ROYALTY INVESTIGATIONS

www.musicroyaltyinvestigations.com

For a free confidential assessment without obligation contact

E: David@musicroyaltyinvestigations.com
T: 0044 (0) 208 894 3486
M: 0044 (0) 780 221 7064

Music Week Directory

Contacts · Facebook · MySpace · Twitter · YouTube

Business Services: Legal

Lea & Company Solicitors Bank Chambers, Market Pl, Stockport, Cheshire, SK1 1UN **t** 0161 480 6691 **f** 0161 480 0904 **e** mail@lealaw.com **w** lealaw.com
👤 Partner: Stephen Lea.

Lee & Thompson LLP 4 Gee's Court, St Christopher's Place, London, W1U 1JD **t** 020 3073 7600 **f** 020 3073 7601 **e** mail@leeandthompson.com **w** leeandthompson.com 👤 Managing Partner: Andrew Thompson.

Legality Solicitors Piccadilly House, 49 Piccadilly, Manchester, M1 2AP **t** 0161 212 1718 **f** 0161 386 8794 **e** mark@legality.biz **w** legality.biz 📘 UK Music Law ✆ @UKMusicLaw 👤 Managing Director: Mark Roberts.

LEONARD LOWY & CO

LEONARD LOWY & CO. Solicitors

85-87 Bayham Street, London, NW1 0AG **t** 020 7788 4533 **f** 08708 809435 **e** lowy@leonardlowy.co.uk **w** leonardlowy.co.uk ✆ @LeonardLowy 👤 Principal: Leonard Lowy. Principal: Leonard Lowy. Consultant: Julian Charles.

Lewis Davis Shapiro & Lewit see Smiths

Lewis Silkin LLP 5 Chancery Lane, Clifford's Inn, London, EC4A 1BL **t** 020 7074 8000 **f** 020 7864 1264 **e** becky.gillett@lewissilkin.com **w** lewissilkin.com
👤 Marketing & BD Manager: Becky Gillett 020 70748000.

Lipkin Gorman 61 Grosvenor Street, Mayfair, London, W1K 3JE **t** 020 7493 4010 **f** 020 7409 1734
👤 Partner: Charles Gorman.

Hogan Lovells Atlantic House, Holborn Viaduct, London, EC1A 2FG **t** 020 7296 2000 **f** 020 7296 2001 **e** penelope.thornton@hoganlovells.com **w** lovells.com
👤 Senior Associate: Penelope Thornton.

Maclay Murray & Spens LLP 1 George Street, Glasgow, Lanarkshire, G2 1AL **t** 01412 485011 **f** 01412 485219 **e** alison.bryce@mms.co.uk **w** mms.co.uk
👤 Partner: Alison Bryce.

Maclay Murray & Spens LLP 151 St Vincent St, Glasgow, G2 5NJ **t** 0141 248 5011 **f** 0141 248 5819 **e** andy.harris@mms.co.uk **w** mms.co.uk 👤 Contact: Andy Harris.

Magrath LLP 66/67 Newman St, London, W1T 3EQ **t** 020 7495 3003 **f** 020 7317 6738
e alexis.grower@magrath.co.uk **w** magrath.co.uk
👤 Consultant: Alexis Grower.

Manches Aldwych House, 81 Aldwych, London, WC2B 4RP **t** 020 7404 4333 **f** 020 7430 1133 **e** manches@manches.com **w** manches.co.uk

Marriott Harrison Staple Court, 11 Staple Inn Buildings, London, WC1V 7QH **t** 020 7209 2000 **f** 020 7209 2001 **e** tony.morris@marriottharrison.co.uk
w marriottharrison.com ✆ @TMOR_London 👤 Partner & Head of Media: Tony Morris 020 7209 2093.

Martine Alan 271 Regent Street, London, W1B 2ES **t** 020 3089 4086 **e** martine@martinealan.co.uk **w** martinealan.co.uk 📱 myspace.com/martinealan ✆ twitter.com/martinealan 👤 Music Lawyer: Martine Alan 07944 558175.

MC Kirton & Co 83 St Albans Avenue, London, W4 5JS **t** 020 8987 8880 **f** 020 8181 4989
e michael@mckirton.com 👤 Snr Partner: Michael Kirton.

McClure Naismith 292 St Vincent St, Glasgow, Lanarkshire, G2 5TQ **t** 0141 204 2700 **f** 0141 248 3998 **e** eduncan@mcclurenaismith.com **w** mcclurenaismith.com
👤 IP Partner: Euan Duncan.

Metcalfes Solicitors 46-48 Queen Sq, Bristol, BS1 4LY **t** 0117 929 0451 **f** 0117 929 9551
e mburgess@metcalfes.co.uk **w** metcalfes.co.uk
👤 Entertainment Lawyer: Martino Burgess.

MICHAEL SIMKINS LLP

Michael Simkins LLP SOLICITORS

Lynton House, 7-12 Tavistock Square, London, WC1H 9LT **t** 020 7874 5600 **f** 020 7874 5601
e euan.lawson@simkins.com **w** simkins.com
👤 Partner: Euan Lawson.

Miller Rosenfalck LLP 17-18 Aylesbury Street, 17-18 Aylesbury Street, London, EC1R 0DB **t** 020 7553 9932 **f** 020 7490 5060 **e** sr@europeanbusinesslawyers.com
w europeanbusinesslawyers.com 👤 Solicitor (England & Wales) & Avocat (France): Steen Rosenfalck.

Mishcon de Reya Summit House, 12 Red Lion Square, London, WC1R 4QD **t** +44 20 7440 7000
f +44 20 7404 5982 **e** contactus@mishcon.com
w www.mishcon.com ✆ @mishcon_de-reya
📺 www.youtube.com/mishcondereya 👤 Director of Business Development: Elliot Moss +44 20 7440 7010.

Murray Buchanan Associates 272 Bath St, Glasgow, G2 4JR **t** 0141 354 1660 **f** 0141 354 1661 **e** mail@mba-legal.com **w** mba-legal.com 👤 Contact: Murray Buchanan.

Music Royalty Investigations Ash House, 8 Second Cross Rd, Twickenham, TW2 8RF **t** 020 8894 3486 **e** david@musicroyaltyinvestigations.com
w musicroyaltyinvestigations.com 👤 MD: David Morgan 07802 217064.

Business Services: Legal

Nexus Solicitors Carlton House, 16-18 Albert Square, Manchester, M2 5PE **t** 0161 819 4900 **f** 0161 819 4901 **e** cthompson@nexussolicitors.co.uk **w** nexussolicitors.co.uk **@nexussolicitors** Entertain Solicitor: Carol Thompson 0161 819 7330.

Nigel Dewar Gibb & Co Solicitors 43 St John St, London, EC1M 4AN **t** 020 7608 1091 **f** 020 7608 1092 **e** ndg@e-legaluk.co.uk **w** e-legaluk.co.uk Principal: Nigel Dewar Gibb.

Northrop McNaughtan Deller Gilmoora House, 57-61 Mortimer Street, London, W1W 8HS **t** 0203 427 3007 **f** 0207 101 7120 **e** nmd@nmdsolicitors.co.uk **w** nmdsolicitors.com Partner: Tim Northrop, Christy McNaughtan, Martin Deller.

Olswang 90 High Holborn, London, WC1V 6XX **t** 020 7067 3000 **f** 020 7067 3999 **e** olsmail@olswang.com **w** olswang.com Chief Executive Officer: David Stuart.

P Ganz & Co Hawks Hill Studio, Hawks Hill Lane, Bredgar, Kent, ME9 8HE **t** 01795 830009 **f** 01795 830195 **e** penny.ganz@ganzlegal.com **w** ganzlegal.com Solicitor: Penny Ganz.

P Russell & Co, Solicitors London House, 271 King Street, London, W6 9LZ **t** 020 8233 2943 **f** 020 8233 2944 **e** info@prcsolicitors.com **w** prcsolicitors.com Proprietor: Paul Russell.

Peter Last 75 Holland Road, Kensington, London, W14 8HL **t** 020 7603 4245 **e** prlast@aol.com Lawyer: Peter Last.

Pinsent Curtis Biddle 1 Gresham Street, London, EC2V 7BU **t** 020 7606 9301 **f** 020 7606 3305 **e** martin.lane@pinsents.com **w** pinsents.com Managing Ptnr: Martin Lane.

Pitmans SK Sport and Entertainment LLP 1 Crown Court, 66 Cheapside, London, EC2V 6LR **t** 020 7634 4620 **f** 020 7634 4621 **e** ndewargibb@pitmans.com; jsummers@pitmans.com **w** pitmans.com/intellectual-property/ pitmans_IP Partners: Nigel Dewar Gibb, Jeremy Summers 020 7634 4629.

Quastels Midgen LLP 74 Wimpole St, London, W1G 9RR **t** 020 7908 2525 **f** 020 7908 2626 **e** jspalter@quastels.com **w** quastels.com Partner: Julian Spalter 0207908 2543.

RafterMarsh Suite 404, Albany House, 324-326 Regent St, London, W1B 3HH **t** 07872927518 **f** 020 3031 1086 **e** terry@raftermarsh.com **w** raftermarsh.com Solicitor: Terry Marsh.

Randall Harper – Solicitor Lawyers Direct, 53 Davies Street, London, W1K 5JH **t** 07713 258 767 **f** 08454 589398 **e** Randall.Harper@lawyers-direct.biz **w** randall-harper-solicitor.com Consulting Solicitor: Randall Harper.

Rohan & Co Solicitors Aviation House, 1-7 Sussex Road, Haywards Heath, West Sussex, RH16 4DZ **t** 01444 450901 **f** 01444 440437 **e** partners@rohansolicitors.co.uk **w** rohansolicitors.co.uk Partner: Rupert Rohan.

Ross & Craig 12A Upper Berkeley Street, London, W1H 7QE **t** 020 7262 3077 **f** 020 7724 6427 **e** david.leadercramer@rosscraig.com **w** rosscraig.com MD: David Leadercramer.

James Rubinstein & Co Myrtle Cottage, Lewson Street, Norton, Kent, ME9 9JT **t** 07921 125 473 **f** 0870 912 1202 **e** help@jamesrubinstein.co.uk Principal: James Rubinstein.

Russell-Cooke 8 Bedford Row, London, WC1R 4BX **t** 020 7440 4843 **f** 020 7611 1721 **e** surname@russell-cooke.co.uk **w** russell-cooke.co.uk Partner: Lawrence Harrison.

Russells Regency House, 1-4 Warwick Street, London, W1B 5LJ **t** 020 7439 8692 **f** 020 7494 3582 **e** brianh@russells.co.uk **w** russellslaw.co.uk Managing Partner: Brian Howard.

Sample 1 Ltd 10 Crystal Palace Rd, London, SE22 9HB **t** 020 8637 9795 **f** 020 8516 5572 **e** info@sample1.co.uk **w** sample1.co.uk MD: Mark Pearse.

Sample Clearance Services Ltd 28 Clifton Rd, Brighton, East Sussex, BN1 3HN **t** 07540 97800 **f** 01273 381913 **e** saranne@sampleclearance.com **w** sampleclearance.com Managing Director: Saranne Reid 07976 662014.

Schillings 41 Bedford Square, London, WC1B 3HX **t** 020 7453 2500 **f** 020 7453 2600 **e** legal@schillings.co.uk **w** schillings.co.uk Partner: John Kelly.

Seddons 5 Portman Square, London, W1H 6NT **t** 020 7725 8000 **f** 020 7935 5049 **e** enquiries@seddons.co.uk **w** seddons.co.uk Partner: David Kent.

Sheridans Whittington House, Alfred Pl, London, WC1E 7EA **t** 020 7079 0100 **f** 020 7079 0200 **e** rroberts@sheridans.co.uk **w** sheridans.co.uk twitter.com/sheridans_news Partner: Russell Roberts.

Simons Muirhead & Burton 8 - 9 Frith St, London, W1D 3JB **t** 020 3206 2700 **f** 020 3206 2800 **e** simon.goldberg@smab.co.uk **w** smab.co.uk Partner: Simon Goldberg.

Smiths 17 Shorts Gardens, Covent Garden, London, WC2H 9AT **t** 020 7395 8630 **f** 020 7395 8639 **e** lewis@smiths-law.com **w** smiths-law.com Partner: Andrew Lewis.

Sound Advice Music Services PO Box 567, Durham, DH1 9GN, Durham, County Durham **e** soundadvice@fsmail.net **w** soundadvicemusicservices.co.uk soundadvicemusicservices Principal: Mick Burgess 07861 023566.

SSB Solicitors Matrix Complex, 91 Peterborough Rd, London, SW6 3BU **t** 020 7348 7630 **f** 020 7348 7631 **e** legal@ssb.co.uk **w** ssb.co.uk Partner: Paul Spraggon.

Statham Gill Davies 38 Wigmore St, London, W1U 2RU **t** 020 7317 3210 **f** 020 7487 5925 **e** john.statham@sgdlaw.com **w** sgdlaw.com Solicitor/Partner: John Statham.

Business Services: Legal, Insurance

Steeles Law LLP Bedford House, 21A John Street, London, WC1N 2BF **t** 020 7421 1720 **f** 020 7421 1749 **e** jtarling@steeleslaw.co.uk **w** steeleslaw.co.uk Specialist Music Lawyer: James Tarling.

Swan Turton 68a Neal St, Covent Garden, London, WC2H 9PA **t** 020 7520 9555 **f** 020 7520 9556 **e** info@swanturton.com **w** swanturton.com Head of Music Group: Julian Turton.

Tarlo Lyons Watchmaker Court, 33 St John's Lane, London, EC1M 4DB **t** 020 7405 2000 **f** 020 7814 9421 **e** info@tarlolyons.com **w** tarlolyons.com Partners: Stanley Munson, D Michael Rose.

Taylor Wessing 5 New Street Square, London, EC4A 3TW **t** 020 7300 7000 **f** 020 7300 7100 **e** london@taylorwessing.com **w** taylorwessing.com @taylorwessing Consultant: Paul Mitchell.

Teacher Stern LLP 37-41 Bedford Row, London, WC1R 4JH **t** 020 7242 3191 **f** 020 7242 1156 **e** d.salisbury@teacherstern.com **w** teacherstern.com Snr Partner: David Salisbury.

The Legal Side Limited 1 Ritherdon Road, London, SW17 8QE **t** 020 8672 0604 **e** sally@legalside.co.uk **w** legalside.co.uk Principal: Sally Bevan.

Tods Murray LLP 133 Fountainbridge, 133 Fountainbridge, Edinburgh, Midlothian, EH3 9AG **t** 01316 562000 **f** 01316 562020 **e** richard.findlay@todsmurray.com **w** todsmurray.com Partner: Richard Findlay.

Tods Murray LLP (Glasgow) 33 Bothwell St, Glasgow, G2 6NL **t** 0141 275 4771 **f** 0141 275 4781 **e** richard.findlay@todsmurray.com **w** todsmurray.com Entertainment Law Partner: Richard Findlay 0785 032 7725.

Turner Parkinson LLP Hollins Chambers, 64A Bridge Street, Manchester, Lancashire, M3 3BA **t** 01618 331212 **f** 01618 349098 **e** andrew.booth@tp.co.uk **w** tp.co.uk Partner: Andy Booth.

Van Straten Solicitors R B Building, 557 Harrow Road, London, W10 4RN **t** 020 8588 9660 **f** 020 8969 7285 **e** adam@vanstraten.co.uk **w** vanstraten.co.uk Contact: Adam Van Straten.

Ward Hadaway Unit 5, The Sharp Project, Thorp Road, Manchester, M40 5BJ **t** 0161 202 1182 **f** 0113 205 6700 **e** carol.isherwood@wardhadaway.com **w** wardhadaway.com wardhadcreative Solicitor: Carol Isherwood.

The Waterfront Partnership 5 The Leathermarket, Weston Street, London, SE1 3ER **t** 020 7234 0200 **f** 020 7234 0600 **e** music@waterfrontpartnership.com **w** waterfrontpartnership.com Solicitor: Alison Berryman

WEB SHERIFF

2 Queen Caroline Street, London, W6 9DX **t** 020 8323 8013 **f** 020 8323 8080 **e** websheriff@websheriff.com **w** websheriff.com Managing Director: John Giacobbi.

WGS Solicitors 133 Praed St, London, W2 1RN **t** 020 7723 1656 **f** 020 7724 6936 **e** cl@wgs.co.uk **w** wgs.co.uk Partner: Charles Law.

Wiggin 10th Floor, Met Building, 22 Percy Street, London, W1T 2BU **t** 020 7612 9612 **f** 01242 224223 **e** alexander.ross@wiggin.co.uk **w** wiggin.co.uk Partner: Alexander Ross 020 7927 9671.

Zimmers Solicitors Rechtsanwaelte
5 Water Lane, London, NW1 8NZ **t** 020 7284 6970 **f** 020 7284 6980 **e** hanna.weber@zimmerslaw.com **w** zimmerslaw.com European Registered Lawyer: Hanna Weber.

Insurance

APEX Insurance Services Ltd Riverbank House, 1 Putney Bridge Approach, London, SW6 3JD **t** 020 7384 9222 **f** 020 7384 4411 **e** martin@apex-ins.co.uk **w** APEX-ins.co.uk Contact: Martin Goebbels, Pamela Choat, Holly Leary.

NW Brown Insurance Brokers Ltd
Richmond House, 16-20 Regent St, Cambridge, CB2 1DB **t** 01223 720310 **f** 01223 353705 **e** richard.rampley@nwbrown.co.uk **w** nwbrown.co.uk Account Exec: Richard Rampley.

Doodson Entertainment - London
8 New Concordia Wharf, Mill Street, London, SE1 2BB **t** 0207 394 2152 **f** 0207 394 2154 **e** rwhitham@doodsonbg.com **w** doodsonbg.com/entertainment Client Manager: Richard Whitham.

DOODSON ENTERTAINMENT

Century House, Pepper Road, Hazel Grove, Stockport, Cheshire, SK7 5BW **t** 0161 419 3000 **f** 0161 419 3030 **e** pbarrie@doodsonbg.com **w** doodsonbg.com twitter.com/doodsonents youtube.com/doodsonbg Entertainment Broker: Paul Barrie 0161 419 3002. COO: Stuart Davies. Director: David Leech. Director: Mark Foley. CEO Doodson Insurance Brokerage – USA: Roger Sandau.

www.musicweek.com   **Music Week Directory** 163

Contacts · Facebook · MySpace · Twitter · YouTube

Honour Point Limited 88 Hagley Rd, Edgbaston, Birmingham, West Midlands, B16 8LU **t** 0121 454 8388 **f** 0121 454 6685 **e** info@honour-point.co.uk **w** honour-point.co.uk Managing Director: Dominic Dolan.

La Playa The Stables, Manor Farm, Milton Road, Impington, Cambridge, CB4 9NF **t** 01223 522411 **f** 01223 237942 **e** media@laplaya.co.uk **w** laplaya.co.uk MD: Mark Boon.

Lark Insurance Ibex House, 42-47 Minories, London, EC3N 1DY **t** 020 8557 2410 **f** 020 7543 2801 **e** info@larkinsurance.co.uk **w** larkinsurance.co.uk/musical_instruments.html Musical Instrument Insurance Advisor: Clare Cromwell.

LongReach International Ltd 20-21 Took's Court, London, EC4A 1LB **t** 020 8421 7555 **f** 020 8421 7550 **e** ri@longreachint.com **w** longreachint.com Dir: Rick Inglesis.

Robertson Taylor Insurance Brokers Ltd 33 Harbour Exchange Square, London, E14 9GG **t** 020 7510 1234 **f** 020 7510 1134 **e** paul.twomey@rtib.co.uk **w** robertson-taylor.com myspace.com/robertsontaylorinsurance New Business Manager: Paul Twomey.

Stafford Knight Entertainment Insurance Brokers 55 Aldgate High Street, London, EC3N 1AL **t** 020 7481 6262 **f** 020 7481 7638 **e** tony.crawford@towergate.co.uk Divisional Dir: Tony Crawford.

Swinglehurst Ltd St Clare House, 30-33 Minories, London, EC3N 2DD **t** 020 7480 6969 **f** 020 7480 6346 **e** lastname@swinglehurst.co.uk **w** swinglehurst.co.uk Partner: Gordon Devlin.

Financial Advisors

Aaron Knight Saili Associates Ltd 27 Lynwood Avenue, Langley, Berkshire, SL3 7BJ **t** 01753 676300 **f** 05601 162288 **e** arun@aksaili.com **w** aksaili.com Director: Arun Saili.

Blacktower Financial Advisers Ltd 105 St. Peters Street, St. Albans, Hertfordshire, AL1 3EJ **t** 01727 896000 **f** 01727 896001 **e** sta@bfa-uk.com **w** bfa-uk.com Director: Derek Prentice 01727 896033.

Chelver Media Finance First Floor, Kendal House, 1 Conduit St, London, W1S 2XA **t** 020 7287 7087 **f** 020 7287 9696 **e** steve@ccdb.cc **w** ccdb.cc Contact: Steve Cherry.

Collins Financial Consultants Ltd 1st Floor, Building 1, Gateway 1000, Whittle Way, Arlington Business Park, Stevenage, Hertfordshire, SG1 2FP **t** 01438 364439 **f** 01438 364500 **e** cfc@sjpp.co.uk **w** sjpp.co.uk/cfc Director: Paul Collins.

Craig Ryle Financial Ltd 62 Lake Rise, Romford, Essex, RM1 4EE **t** 01708 760 544 **f** 01708 760 563 **e** mail@craigryle.fsnet.co.uk Director: Linda Ryle.

HCF Partnership Devonshire House, 582 Honeypot Lane, Stanmore, Middlesex, HA7 1JS **t** 020 8731 5151 **f** 020 8731 5178 **e** enquiries@hcf.co.uk **w** hcfpartnership.co.uk Director: Kevin Simmonds.

Investec Specialist Private Bank 2 Gresham Street, London, EC2V 7QP **t** 0207 597 3977 **f** 0207 597 4100 **e** andrew.michael@investec.co.uk **w** investecspb.co.uk Contact: Andrew Michael, Oona Ferst.

Jelf Group Plc 1 Crescent Office Park, Clarks Way, Bath, Somerset, BA2 2AF **t** 01225 822036 **f** 01225 329028 **e** martin.laverick@jelfgroup.com **w** jelfgroup.com Director: Martin Laverick 07767 212 181.

LongReach International Ltd 20-21 Took's Court, London, EC4A 1LB **t** 020 8421 7555 **f** 020 8421 7550 **e** ri@longreachint.com **w** longreachint.com Dir: Rick Inglesis.

The Manor Partnership 9 Hayters Court, Grigg Lane, Brockenhurst, Southampton, SO42 7PG **t** 01590 622 477 **f** 01590 622 481 **e** howard.lucas@tmp-uk.com **w** themanorpartnership.com Dir: Howard Lucas.

MGR Media 55 Loudoun Road, St Johns Wood, London, NW8 0DL **t** 020 7625 4545 **f** 020 7625 5265 **e** info@mgrmedia.com **w** atfgroup.com Partner: Tim Sullivan.

Music Media IFA Ltd Bright Cook House, 139 Upper Richmond Road, London, SW15 2TX **t** 020 8780 0988 **f** 020 8780 1594 **e** post@musicmedia.co.uk **w** musicmedia.co.uk Planning Dir: Malcolm Lyons.

Smith & Williamson 30 Queen Square, Bristol, BS1 4ND **t** 0117 925 7603 **f** 0117 922 5105 **e** tt1@smith.williamson.co.uk **w** smith.williamson.co.uk Senior Consultant: Tony Thorpe.

WTK Wealth Management Limited Regus House, Manchester Business Park, 3000 Aviator Way, Manchester, M22 5TG **t** 01625 599 944 **f** 01625 599 001 **e** info@wtkltd.com **w** wtkltd.com

Artist Management

1 2 One Entertainment Ltd Unit 6, 53-55 Theobalds Rd, London, WC1X 8SP **t** 020 7685 8595 **e** Paul@12one.net **w** 12one.net facebook.com/PK12one myspace.com/pk12one Chairman: Paul Kennedy.

1-2-hear Management Red Quarters, 1 Rivington Street, Shoreditch, London, EC2A 3DT **t** 07900 452378 **e** clare@1-2-hear.com **w** 1-2-hear.com facebook.com/121.hear myspace.com/claretucker1 /1_2_hear Director / Artist manager: Clare Tucker.

10 Management London **t** 0207 467 0622 **e** jonathan@10management.com Artist Manager: Jonathan Wild.

2-Tuff-Oscar Sam-Carrol Creative Management 122 Earlsfield Road, London, SW18 3DS **t** 07050 605219 **f** 07050 605239 **e** sam@pan-africa.org **w** umengroup.com CEO: Oscar Sam-Carrol Jnr.

Business Services: Insurance, Financial Advisors, Artist Management

Music Week Directory

www.musicweek.com

Contacts · Facebook · MySpace · Twitter · YouTube

Business Services: Artist Management

2Point9 Second Floor, 9 Bourlet Close, London, W1W 7BP e office2@2point9.com w 2point9.com
myspace.com/2point9 youtube.com/2point9Records
Directors: Billy Grant, Rob Stuart 07801033741.

3cord Management 54 Portobello Road, London, W11 3DL t 020 7229 9218 e simon@3cord.net
Manager: Simon Hicks.

4 Tunes Management PO Box 36534, London, W4 3XE t 020 8442 7560 f 020 8442 7561 e andy@4-tunes.com w 4-tunes.com MD: Andy Murray.

7pm Management PO Box 2272, Rottingdean, Brighton, BN2 8XD t 01273 304 681 f 01273 308 120 e seven@7pmmanagement.com w 7pmmanagement.com
Director: Seven Webster.

A Readman 6 Puslane, Wokingham, Berks, RG40 2DD t 0118 978 2910 e annareadman@hotmail.com w areadman.co.uk MD: Anna Readman.

Ablaze Management Unit 209, Coborn Business House, 3 Coborn Road, London, E3 2DA t 020 8980 9081 e nadia@ablazepr.com Director: Nadia Khan 07990 680 303.

Absorb Music / Fruition PO Box 10896, Moseley, Birmingham, B13 0ZU t 07920 104 614 f 0121 247 6981 e rod@fruitionmusic.co.uk w absorbmusic.com MD: Rod Thomson.

Abstrakt Management 55 Main Avenue, Totley Rise, Sheffield, South Yorkshire, S17 4FH t 0114 262 0981 e info@abstraktmanagement.com Managing Director: Alf Billingham.

ACA Music Management & Booking
Blenheim House, Henry Street, Bath, BA1 1JR
t 01225 428284 e enquiries@acamusic.co.uk
w acamusic.co.uk MD: Harry Finegold.

Acker's International Jazz Agency
53 Cambridge Mansions, Cambridge Rd, London, SW1 4RX
t 020 7978 5885 e pamela@ackersmusicagency.co.uk
w ackersmusicagency.co.uk Proprietor: Pamela F Sutton.

Active Music Management (AMM) Suite 404, 324/326 Regent St, London, W1B 3HH t 0870 120 7668 f 0870 120 9880 e activemm@btinternet.com
w activemm.co.uk MD: Mark Winters.

Adastra The Stables, Westwood House, Main Street, Driffield, East Humberside, YO25 9XA t 01377 217662 f 01377 217754 e adastra@adastra-music.co.uk
w adastra-music.co.uk facebook.com/pages/Driffield-United-Kingdom/Adastra-Music/50710424147?ref=mf
myspace.com/adastramusicbookings
twitter.com/Adastra_Music Owner: Chris Wade.

Adventures in Music 5 Mill Lane, Wallingford, Oxon, OX10 0DH t 01491 832 183 f 01491 824 020
e info@adventuresin-music.com w adventure-records.com
MDs: Paul and Katie Conroy.

Agency Global Enterprises Ltd 145-157 St John's Street, London, EC1V 4PY t 020 7043 3734 f 020 7043 3736 e info@agencyglobal.co.uk
w agencyglobal.co.uk Dir: Nadeem Sham.

Air MTM 27 The Quadrangle, 49 Atalanta Street, London, SW6 6TU t 020 7386 1600 f 020 7386 1619
e info@airmtm.com w airmtm.com Artist Management: Marc Connor.

Air-Edel Associates 18 Rodmarton Street, London, W1U 8BJ t 020 7486 6466 f 020 7224 0344 e mlo@air-edel.co.uk w air-edel.co.uk Business Manager: Mark Lo.

Airstate Ltd 26 Litchfield Street, Covent Garden, London, WC2H 9TZ e info@airstate.com Contact: Kirsty 020 7420 2140.

Alan Seifert Management 1 Winterton House, 24 Park Walk, London, SW10 0AQ t 020 7795 0321 e alanseifert@lineone.net MD: Alan Seifert 07958 241 733.

Albert Samuel Management
3 City Business Centre, Lower Road, London, SE16 2XB
t 020 7740 1600 f 020 7252 2552
e info@asmdamage.co.uk w asmanagement.co.uk
Directors: Albert & David Samuel.

Alchemy Remix Management
33 Humberstone Ave, Manchester, M15 5EE
t 0161 232 1110 f 0161 232 1110 e info@alchemy-remix.com w alchemy-remix.com
facebook.com/alchemyremixmanagement
myspace.com/alchemyremixmanagement
alchemy_updates Owner: Howie Martinez 07855507179.

Ambush Management 32 Ransome's Dock, 35-37 Parkgate Road, London, SW11 4NP t 020 7801 1919 f 020 7738 1819 e alambush.native@19.co.uk
w ambushgroup.co.uk MD: Alister Jamieson.

Amusico Limited Fides House, 10 Chertsey Rd, Woking, Surrey, GU21 5AB t 07532 358514 e ralph@amusico.com
w amusico.com Contact: Ralph Lofting.

Angel Artists Poland Street, Soho, London, W1F
t 079 0898 4005 e info@angel-artists.com w angel-artists.com
facebook.com/people/Angel-Artists/1314711781
myspace.com/angelartists twitter.com/AngelArtists
youtube.com/AngelArtists CEO: M. Hague.

Anglo Management Fulham Palace, Bishops Avenue, London, SW6 6EA t 020 7384 7373 f 020 7371 9490
e matt@anglomanagement.co.uk
w anglomanagement.co.uk Business Affairs Manager: Matt Graux.

ArchangelUK Unit 61A Eurolink, 49 Effra Rd, London, SW2 1BZ t 0207 0733 0477 e info@archangeluk.co.uk
w archangeluk.co.uk facebook.com/groups/archangeluk
twitter.com/#!/brucearchangel
youtube.com/profile?gl=GB&hl=en-GB&user=archangelvideos CEO: Bruce Elliott-Smith.

Archangelle t 07545 916362 e info@archangelle.co.uk
w archangelle.co.uk archangelgreen
archangelrecordings brucearchangel
archangelvideos CEO: Bruce Elliott-Smith.

www.musicweek.com **Music Week Directory** 165

- Contacts
- Facebook
- MySpace
- Twitter
- YouTube

Business Services: Artist Management

Archer Williams Management 17B Ravensdon St, London, SE11 4AQ **t** 020 7587 0733
e info@archerwilliams.co.uk **w** archerwilliams.co.uk
Contact: Gareth Williams / Lauren Archer.

Arctic King Music Cambridge House, Card Hill, Forest Row, East Sussex, RH18 5BA **t** 01342 822619 **f** 01342 822619 **e** mickeymodern@sky.com **w** myspace.com/mickeymodern Mickey Modern
myspace.com/mickeymodern @mickeymodern
Owner: Mickey Modern 07831 505883.

Ardent Music PO Box 20078, London, NW2 3FA **t** 020 7435 7706 **f** 020 7435 7712
e info@ardentmusic.co.uk MD: Ian Blackaby.

Armstrong Academy Artist Management Ltd
18 Redsells Close, Downswood, Maidstone, Kent, ME15 8SN **t** 01622 205839 **e** management@triple-a.uk.com **w** triple-a.uk.com CEO: Terry Armstrong.

Askonas Holt Ltd (classical artists only)
Lincoln House, 296-302 High Holborn, London, WC1V 7JH **t** 020 7400 1700 **f** 020 7400 1799
e info@askonasholt.co.uk **w** askonasholt.co.uk Joint Chief Executive Officer: Robert Rattray.

Associated London Management PO Box 3787, London, SE22 9DZ **t** 020 8299 1650 **f** 020 8693 5514
e duophonic@btopenworld.com Contact: Martin Pike.

ATC Management 142 New Cavendish Street, London, W1W 6YF **t** 020 7323 2430 **f** 020 7580 7776
e ollie@atcmanagement.com Contact: Ollie Slaney 07833 641 484.

Atomic Management & Music
The Tea Building, studio 6.02, 56 Shoreditch High Street, London, E1 6JJ **t** 020 7739 0110 **e** info@atomic-london.com **w** atomic-london.com MD: Mick Newton.

Atrium Music PO Box 278, Wavertree, Liverpool, L15 8WY **t** 0151 510 1410 **e** query@atrium-music.co.uk **w** atrium-music.co.uk MD: Paula McCool 07786 537 866.

Audiojelly Management Limited 50 Hadley Road, Barnet, London, Hertfordshire, EN5 5QS **t** 020 8441 0163 **f** 020 8441 8522 **e** ricky@audiojelly.com
w audiojellymanagement.com Managing Director: Ricky Simmonds +44 208 441 0163.

AuthorityMGMT 12 Cheviot Court, Luxborough St, London, W1U 5BH **e** james@authoritymgmt.com
w authoritymgmt.com Artist Manager: James Merritt +447958 419285.

Automatic Management 13 Cotswold Mews, 30 Battersea Square, London, SW11 3RA **t** 020 7978 7999 **f** 020 7978 7808 **e** info@automaticmanagement.co.uk **w** myspace.com/automaticmanagement MD: Jerry Smith.

Autonomy Music Group
Suite 27, The Quadrant Centre, 135 Salusbury Road, Queens Park, London, NW6 6RJ **t** 020 7644 1350
e firstname@autonomymusicgroup.com

Avalon Management Group Ltd 4a Exmoor St, London, W10 6BD **t** 020 7598 8000 **f** 020 7598 7300
e enquiries@avalonuk.com **w** avalonuk.com

Back Yard Management 150 Regents Park Road, London **t** 020 7722 7522 **e** info@back-yard.co.uk **w** back-yard.co.uk Contact: Gil Goldberg 02077227522.

Bad Sneakers Management 119 Balls Pond Road, London, N1 4BL **t** 0207 2757640 **e** info@badsneakers.co.uk **w** badsneakers.co.uk Owner: Ed Mason.

Badger Management 4 Ormonde Gardens, Belfast, BT6 9FL **t** 028 9079 1666 **e** steve@badger-management.com Contact: Stephen Orr.

Bamonte Artist Management
e contact@bamonte.com **w** bamonte.com @THISISBAM
Owner: Daryl Bamonte.

Band & Brand - Kim Glover Management
The White House, 32 Thornton Hill, Wimbledon, London, SW19 4HS **t** 020 8947 5475 **f** 020 8947 5478
e kimgloveroffice@aol.com MD: Kim Glover.

Bandana Management 100 Golborne Rd, London, W10 5PS **t** 020 8969 0606 **f** 020 8969 0505
e info@banman.co.uk **w** banman.co.uk MD: Brian Lane.

Joe Bangay Enterprises River House, Riverwoods Drive, Marlow, Buckinghamshire, SL7 1QY **t** 01628 486193 **f** 01628 890239 **e** william.b@btclick.com **w** joebangay.com Managing Director: Joe Bangay.

Barrington Pheloung Management Andrew's, off Rand Rd, High Roding, Great Dunmow, CM6 1NQ **t** 01371 874 022 **f** 01371 874 110 **e** info@pheloung.co.uk Composer: Barrington Pheloung.

Bastard Management Cefn Coch Gwyllt, Cemmaes Rd, Machynlleth, Powys, SY20 8LU **t** 01650 511574 **e** bastardmgt@hotmail.com MD: Alex Holland.

Bedlam Management PO Box 34449, London, W6 0RT **t** 07974 355 078 **e** info@bedlammanagement.com MD: Steven Abbott.

Beetroot Management Newlands House, 40 Berners St, London, W1T 3NA **t** 020 7255 2408
e info@beetrootmusic.com **w** beetrootmusic.com
Assistant Manager: Annabel Burn.

Bermuda Management Matrix Complex, 91 Peterborough Road, London, SW6 3BU **t** 020 7371 5444 **f** 020 7371 5454 **e** paul@crownmusic.co.uk MD: Paul Samuels.

BH Productions Limited (Exclusive to Eddy Grant) 8 Hornton Place, Kensington, London, W8 4LZ **t** 020 7937 9252 Management: Tony Calder 07525 614 389.

Big Blue Music Windy Ridge, 39-41 Buck Lane, London, NW9 0AP **t** 020 8205 2990 **f** 020 8205 2990
e info@bigbluemusic.biz **w** bigbluemusic.biz
Mgr/Producer: Steve Ancliffe.

Music Week Directory

Contacts | **Facebook** | **MySpace** | **Twitter** | **YouTube**

Business Services: Artist Management

Big Dipper Productions 3rd Floor, 29-31 Cowper St, London, EC2A 4AT **t** 020 7608 4591 **f** 020 7608 4599 **e** john@bestest.co.uk Dirs: John Best, Dean O'Connor.

Big Help Music 4 Parkfield Road, Rugby, Warwickshire, CV21 1EN **t** 07782 172101 **e** dutch@bighelp.biz **w** bighelp.biz facebook.com/BigHelpManagement twitter.com/BigHelpMGMT youtube.com/user/bighelpmanagement Artist development: Dutch Van Spall.

Big K Music 3 Uplands, Ware, Hertfordshire, SG12 7LB **t** 01920 464406 **e** bigkmusic@btinternet.com Tour Manager: Keith Hammond.

BIG LIFE MANAGEMENT

BIGLIFE MANAGEMENT

67-69 Chalton Street, London, NW1 1HY **t** 020 7554 2100 **f** 020 7554 2101 **e** reception@biglifemanagement.com **w** biglifemanagement.com Managing Director: Tim Parry. CEO: Jazz Summers. Chief Finance Officer: Jackie Parkes. Producer Management: Jill Hollywood. General Manager: Kat Kennedy.

Big M Productions Thatched Rest, Queen Hoo Lane, Tewin, Welwyn, Herts, AL6 0LT **t** 01438 798625 **f** 01438 798395 **e** joyce@bigmgroup.freeserve.co.uk Managing Director: Joyce Wilde.

Big Out Ltd 27 Smithwood Close, Wimbledon, London, SW19 6JL **t** 020 8780 0085 **e** BigOutLtd@aol.com **w** bigoutltd.com myspace.com/bigoutltd MD: Louise Porter 07703 165 146.

Big Print Music 12 Cinnamon Row, Plantation Wharf, Battersea, London, SW11 3UX **e** andrew@bigprintmusic.com Contact: Andrew Gemmell +44 207 924 6428.

BIGBOY Management t 020 7617 7226 **f** 020 7373 0600 **e** richard@thebigboy.com **w** thebigboy.com Managing Director: Richard Beck 07738 522474.

Bizarre Management Enfield, London **t** 020 8123 5221 **e** info@bizarremanagement.com MD: Matthias Siefert.

BK 40 Management 12 Cinnamon Row, Plantation Wharf, Battersea, London, SW11 3UX **t** 07843 500935 **f** 020 7228 3447 **e** glynn@bk40.com **w** bk40.com Director: Glynn Smith.

Black Gold Management 6 Heron's Place, Old Isleworth, Middlesex, TW7 7BE **t** 020 7193 5553 **e** talent@blackgoldmanagement.com **w** blackgoldmanagement.com Owner: John Black.

Black Magic Management 296 Earls Court Rd, London, SW5 9BA **t** 020 7373 4083 **f** 020 7373 4083 **e** mataya@blackmagicrecords.com **w** blackmagicrecords.com myspace.com/blackmagicrecords MD: Mataya Clifford.

Blacklist Entertainment - Blacklist Management Suite 39, Matrix Complex, 91 Peterborough Road, London, SW6 3BU **t** 020 7384 6471 **f** 020 7751 3444 **e** jayne@blacklistent.com **w** blacklistent.com Chairman: Clive Black 02073846471.

Blast Artist Management t 07960 525330 **e** sam@bam.uk.com **w** myspace.com/blastartistmanagement Management: Sam Smith.

Blind Faith Management 1 Allevard, Blackrock Rd, Cork, Ireland **t** +353 87 226 9273 **f** +353 21 453 7478 **e** gerald@blindfaithmanagement.com **w** blindfaithmanagement.com MD: Gerald O'Leary.

Blue Sky Entertainment 41 249-251 Kensal Road, 249 Kensal Road, London, W10 5DB **t** 07771 934624 **e** gordon@stratamusic.com **w** stratamusic.com Manager: Gordon Biggins.

Blueprint Management PO Box 593, Woking, Surrey, GU23 7YF **t** 01483 715336/7 **f** 01483 724972 **e** blueprint@lineone.net **w** blueprint-management.com Dirs: John Glover, Matt Glover 01483 715336.

Bob James Management Services PO Box 121, Hove, Sussex, BN3 4YY **t** 01273 906055 **e** bob@bobjamesuk.com **w** bobjamesuk.com facebook.com/bobjamesuk myspace.com/bobjamesuk @bobjames Owner: Bob James +44 (0) 1273 906055.

Bodo Music Co Ashley Rd, Hale, Altrincham, Cheshire, WA15 9SF **t** 07939 521 465 **f** 0161 928 8136 **e** fgarcia777@hotmail.com(DO NOT PUBLISH) MD: FL Marshall.

BossMedia The New Building, 180 Kensington Church St, Notting Hill, London, W8 4DP **t** 07786 884867 **e** info@bossmedia.co.uk **w** bossmedia.co.uk myspace.com/bossmedia Dir: Taharqa Daniel-Rashid.

Derek Boulton Management 76 Carlisle Mansions, Carlisle Place, London, SW1P 1HZ **t** 020 7828 6533 **f** 020 7828 1271 MD: Derek Boulton.

BPR Productions Ltd 27 Lewes Crescent, Brighton, East Sussex, BN2 1GB **t** 01273 684714 **f** 01273 622042 **e** info@bprmusic.com **w** info@bprmusic.com myspace.com/bprproductionsltd MD: Ina Dittke.

Braw Management 31 Hartington Place, Edinburgh, EH10 4LF **t** 0131 221 0011 **e** kennybraw@googlemail.com **w** proclaimers.co.uk Manager: Kenny MacDonald.

Brenda Brooker Enterprises Suite 328, 162-168 Regent St, London, W1B 5TD **t** 020 7038 3722 **e** BrookerB@aol.com MD: Brenda Brooker.

www.musicweek.com   **Music Week Directory** 167

Contacts   Facebook   MySpace   Twitter   YouTube

Business Services: Artist Management

Brian Gannon Management St. James House, Kiln Lane, Milnrow, Rochdale, Lancashire, OL16 3JF e brian@briangannon.co.uk w briangannon.co.uk Owner: Brian Gannon.

Brilliant! Castlett House, Guiting Power, Gloucestershire, GL54 5US t 01451 851101 e neilferris@me.com w brilpr.co.uk Contact: Neil Ferris and Jill Ferris 01451 851 101.

Brilliant Entertainment Management Ltd The Old Truman Brewery, 91-95 Brick Lane, London, E1 6QL t 07802 481630 e anita@brilliantmanagement.co.uk w brilliantmanagement.co.uk MD: Anita Heryet.

Brontone Limited 110 Clerkenwell Workshops, 27-31 Clerkenwell Close, London, EC1R 0AT t 020 7278 7123 f 020 7837 1415 e info@brontone.com w brontone.com Contact: Anthony Addis Mark Addis or Alex Wall (0161 432 3307 for Anthony and Mark Addis).

Brotherhood Of Man Management Westfield, 75 Burkes Road, Beaconsfield, Buckinghamshire, HP9 1PP t 01494 673 073 f 01494 680 920 e agency@brotherhoodofman.co.uk w brotherhoodofman.co.uk

Bruised Fruit Marquis House, 89-91 Adelaide St, Belfast, BT2 8FE t 028 9023 9783 e admin@bruisedfruitpromotions.com w bruisedfruitpromotions.com Managing Director: Jennie McCullough 02890239783.

Bryter Music Marlinspike Hall, Walpole Halesworth, Suffolk, IP19 9AR t 01986 784 664 e info@brytermusic.cc w brytermusic.cc Soul Proprietor: Cally.

BTM PO Box 6003, Birmingham, West Midlands, B45 0AR t 0121 477 9553 e barry@barrytomes.com w barrytomesmediagroup.com Barry Tomes @BTMG youtube.com/gothamrecords Proprietor: Barry Tomes.

Bulldozer Media Ltd 8 Roland Mews, Stepney Green, London, E1 3JT t 020 7729 7703 f 020 7729 7703 e oliver@bulldozermedia.com w bulldozermedia.com facebook.com/BulldozerMediaLtd myspace.com/bulldozermedia twitter.com/#!/bulldozermedia youtube.com/user/BulldozerMedia MD: Oliver J. Brown 07973 907 581.

Bullitt Music Management Studio 11, 10 Acklam Rd, Ladbroke Gorve, London, W10 5QZ t 020 8968 8236 f 0208 964 4706 e darrin@bullittmusic.com Managing Director: Darrin Woodford 0208 968 8236.

But! Management - But! Records Walsingham Cottage, 7 Sussex Sq, Brighton, East Sussex, BN2 1FJ t 01273 680 799 e jamesie@butgroup.com w butgroup.com youtube.com/user/TheBUTmusicgroup MD: Allan James 01273 680799.

Calder Entertainment Media 8 Hornton Place, Kensington, London, W8 4LZ t 020 7937 9252 f 020 7937 4326 e anthony.calder@calderreps.com w caldereps.com myspace.com/caldereps twitter.com/AnthonyCalder Artist Representation: Anthony Calder 07976 872343.

Cambrian Entertainments International 24 Titan Court, Laporte Way, Luton, LU4 8EF t 0870 200 5000 f 01582 488 877 e tim@cambrian.tv w cambrian.tv Managing Director Designate: Tim Savage 01582 544 793.

Carrot And Stick Management 28 Brooklyn Road, Bath, Somerset, BA1 6TE t 01225 460492 e info@carrotandstick.net w carrotandstick.net Director: Adrian Feeney 07817 332 695.

CEC Management 65-69 White Lion Street, London, N1 9PP t 020 7837 2517 f 020 7278 5915 e peter@cecmanagement.com Managing Director: Peter Felstead.

CEC Producer Management 65-69 White Lion Street, London, N1 9PP t 020 7837 2517 f 020 7278 5915 e peter@cecmanagement.com Chief Executive Officer: Peter Felstead.

Cent Management Melbourne House, Chamberlain Street, Wells, BA5 2PJ t 01749 689 074 f 01749 670 315 w centrecords.com MD: Kevin Newton.

Charles Gordon Entertainment A303.5 Tower Bridge Business Complex, 100 Clements Road, London, SE16 4DG t 020 7232 0800 f 020 8698 6600 e info@cgordon.co.uk w cgordon.co.uk MD: Berni Griffts.

Charmenko Email for details. e nick@charmenko.net w charmenko.net MD: Nick Hobbs.

Chris Griffin Management Flat 17, Ledbury House, Portobello Court, London, W11 2DH t 07973 883159 e chris_griffin17@hotmail.com Managing Director: Chris Griffin.

Cigale Entertainment Ltd PO Box 38115, London, W10 6XG t 020 8932 2860 e info@cigale-ent.com w cigale-ent.com Managing Director: Luc Vergier.

Clarion/Seven Muses (Classical Artist Management) 47 Whitehall Park, London, N19 3TW t 020 7272 4413 f 020 7281 9687 e admin@c7m.co.uk w c7m.co.uk Partner: Caroline Oakes.

CMO Management International Ltd Studio 2.6, Shepherds East, Richmond Way, London, W14 0DQ t 020 7316 6969 f 020 7316 6970 e reception@cmomanagement.co.uk w cmomanagement.co.uk MD: Chris Morrison.

Co Star Entertainment 24 Ashleigh Drive, Uttoxeter, Staffordshire, ST147RG t 07595 020629 e mail@craigbunting.co.uk Manager: Craig Bunting.

Coalition Management Studio 2, 3a Brackenbury Rd, London, W6 0BE t 020 8743 1000 f 020 8743 0500 e emily@coalitiongroup.co.uk Contact: Tim Vigon, Tony Perrin.

Business Services: Artist Management

Raymond Coffer Management Ltd PO Box 595, Bushey, Herts, WD23 1PZ **t** 020 8420 4430 **f** 020 8950 7617 **e** raymond.coffer@btopenworld.com 👤 Contact: Raymond Coffer.

Collaboration 33 Montpellier St, Brighton, East Sussex, BN1 3DL **t** 01273 730744 **f** 01273 775134 **e** nikki@collaborationuk.com **w** collaborationuk.com 👤 MD: Nikki Neave.

Conception Artist Management 36 Percy St, London, W1T 2DH **t** 020 7580 4424 **f** 020 7323 1695 **e** info@conception.gb.com 👤 MD: Jean-Nicol Chelmiah.

Congo Music Ltd 17A Craven Park Road, Harlesden, London, NW10 8SE **t** 020 8961 5461 **f** 020 8961 5461 **e** byron@congomusic.freeserve.co.uk **w** congomusic.com 👤 A&R Director: Root Jackson.

Closer Artists Management **e** info@closerartists.com **w** closerartists.com 👤 Managing Director: Paul Mcdonald.

Consigliari Ltd Langdale House, 11 Marshalsea Road, London, SE1 1EN **t** 020 7089 2608 **f** 020 7940 5656 **e** info@consigliari.com 👤 Contact: Mark Melton.

Coochie Hart 26 Harcourt St, London, W1H 4HW **t** 020 7724 9700 **f** 020 7724 2598 **e** info@coochie-hart.com **w** coochie-hart.com 👤 MD: Amanda G/Rosie H.

Cool Kids Music Management Ltd 93 Lavenham Road, London, SW18 5ER **t** 07748 321 266 or 07879 224 626 **e** info@coolkidsmusic.co.uk **w** coolkidsmusic.co.uk 👤 Directors: Sandra Skiba, Brijitte Dreyfus.

Cool Music Ltd 1a Fishers Lane, Chiswick, London, W4 1RX **t** 020 8995 7766 **f** 020 8987 8996 **e** enquiries@coolmusicltd.com **w** coolmusicltd.com 👤 Musicians Contractor: Gareth Griffiths.

Craig Huxley Media 13 Christchurch Road, London, N8 9QL **t** 020 8374 9133 **f** 020 8292 1205 **e** craighuxleymedia@blueyonder.co.uk 👤 Proprietor: Craig Huxley.

Crashed Music 162 Church Rd, East Wall, Dublin 3, Ireland **t** +353 1 888 1188 **f** +353 1 856 1122 **e** info@crashedmusic.com **w** crashedmusic.com 👤 MD: Shay Hennessy.

Create Management Sollys Mill, Mill Lane, Godalming, Surrey, GU7 1EY **t** 01483 419090 **f** 01483 419504 **e** patrick@createmanagement.com **w** createmanagement.com 🐦 @patrickhaveron ▶ youtube.com/createtv 👤 Director: Patrick Haveron.

Creative Music Management Unit 53, Simla House, Weston St, London, SE1 3RN **t** 020 7378 1642 **f** 020 7378 1642 **e** general@creativepruk.com 👤 CEO: Dave Norton.

Crisis Management 18 Reynard Road, Chorlton, Manchester, M21 8DD **t** 07771 934870 **f** 0161 882 0712 **e** firstname@crisismanagement.uk.com **w** crisismanagement.uk.com 👤 Director: Karen Boardman 07771 934 870.

CroakTek Sounds t 07791374450 **e** croakteksounds@gmail.com 📘 facebook.com/croakteksounds ▶ youtube.com/croakteksounds 👤 Owner/ Founder: Sam Ferris 07791 374470.

Crown Music Management Services Matrix Studio Complex, 91 Peterborough Road, London, SW6 3BU **t** 020 7371 5444 **f** 020 7371 5454 **e** mark@crownmusic.co.uk **w** crownmusic.co.uk 👤 Managing Director: Mark Hargreaves.

Cruisin' Music Management PO Box 3187, Radstock, BA3 5WD **t** 01373 834161 **f** 01373 834164 **e** sil@cruisin.co.uk **w** cruisin.co.uk 👤 Managing Director: Sil Willcox.

Daddy Management 15 Holywell Row, London, EC2A 4JB **t** 020 7684 5219 **f** 020 7684 5230 **e** paul@daddymanagement.net 👤 MD: Paul Benney.

Daisy Management Unit 2 Carriglea, Naas Rd, Dublin 12, Ireland **t** +353 1 429 8600 **f** +353 1 429 8602 **e** daithi@daisydiscs.com **w** daisydiscs.com 👤 MD: John Dunford.

The Daniel Azure Music Group 72 New Bond St, London, W1S 1RR **t** 07894 702 007 **f** 020 8240 8787 **e** info@jvpr.net **w** danielazure.com 👤 CEO: Daniel Azure.

Dara Management Unit 4, Great Ship Street, Dublin 8, Ireland **t** +353 1 478 3455 **f** +353 1 478 2143 **e** irishmus@iol.ie **w** irelandcd.com 👤 MD: Joe O'Reilly.

Dark Blues Management Puddephats, Markyate, Herts, AL3 8AZ **t** 01582 842226 **f** 01582 840010 **e** info@darkblues.co.uk **w** darkblues.co.uk 👤 Office Mgr: Fiona Hewetson.

Darklight Entertainment 58 Speed House, Barbican, London, EC2Y 8AT **t** 020 7628 5180 **f** 020 7681 3588 **e** darklight_entertainment@yahoo.com 👤 Contact: James Little 07836 210 926.

Darling Artists Unit 1B Leroy House 426 Essex Road, Leroy House, 436 Essex Road, London, N13GP **t** 020 7379 8787 **f** 020 7379 5737 **e** david@darlinguk.com **w** darlingdepartment.com 📘 facebook.com/darlingdepartment 🐦 twitter.com/darlingdept 👤 Manager: David Laub.

Lena Davis John Bishop Associates Cotton's Farmhouse, Whiston Road, Cogenhoe, Northamptonshire, NN7 1NL **t** 01604 891487 **f** 01604 890405 👤 Contact: Lena Davis.

db Music 4th Floor Studio, 16 Abbey Churchyard, Bath, BA1 1LY **t** 01225 311661 **f** 01225 482013 **e** david@dbmusic.co.uk **w** dbmusic.co.uk 👤 Contact: David Bates.

Death Or Glory Music ltd Woodcock Farm, Woodcock Lane, Grafty Green, Maidstone, Kent, ME17 2AY **e** ewan@deathorglorymusic.com **w** deathorglorymusic.com 📘 facebook.com/deathorglorymusic 🎵 myspace.com/deathorglorymusicltd 👤 Contact: Ewan Grant.

www.musicweek.com   **Music Week Directory** 169

📇 Contacts   **f** Facebook   🎵 MySpace   **t** Twitter   ▶ YouTube

Business Services: Artist Management

Decoy Management 1 Albion Place, London, W6 0QT **t** 020 8600 7960 **f** 020 8600 7989 **e** angie.somerside@mute.com 📇 MD: Angie Somerside.

Def Hedd Management e matt.defhedd@mac.com 📇 Artist Manager: Matt Frost 07812 192469.

Definition Music Limited PO Box 3515, Barnet, Hertfordshire, EN5 9LE **t** 020 328 77945 **e** harvey.lee@definitionmusic.com **w** definitionmusic.com 📇 Managing Director: Harvey Lee.

Deluxxe Management PO Box 373, Teddington, Middlesex, TW11 8ZQ **t** 020 8755 3630 **e** info@deluxxe.co.uk **w** deluxxe.co.uk 📇 Managing Director: Diane Wagg 07771 861054.

Denis Vaughan Management PO Box 28286, London, N21 3WT **t** 020 7486 5353 **f** 020 8224 0466 **e** dvaughanmusic@dial.pipex.com 📇 Director: Denis Vaughan.

Dennis Heaney Promotions Whitehall, 8 Ashgrove Rd, Newry, N. Ireland, BT34 1QN **t** 028 3026 8658 **f** 028 3026 6673 **e** dennis_heaney@hotmail.com **w** susanmccann.com **f** Susan McCann 📇 Director: Dennis Heaney.

Deuce Management & Promotion PO Box 49454, London, SE20 7WS **t** 07875 245648 **e** rob@deucemp.com **w** deucemp.com **f** facebook.com/deucemp 🎵 myspace.com/deucesounds **t** twitter.com/deuceofficial 📇 Managing Director: Rob Saunders 07875 245 648.

Deutsch-Englische Freundschaft 51 Lonsdale Rd, Queens Park, London, NW6 6RA **t** 020 7328 2922 **f** 020 7328 2322 **e** info@d-e-f.com 📇 Mgr: Eric Harle.

Discipline Global Mobile Ltd PO Box 1533, Salisbury, Wiltshire, SP5 5ER **t** 01722 780187 **f** 01722 781042 **e** dgm@dgmhq.com **w** dgmlive.com 📇 MD: David Singleton.

Diamond Sounds Music Management The Fox and Punchbowl, Burfield Rd, Old Windsor, Berks, SL4 2RD **t** 01753 855420 **e** samueldsm@aol.com **w** loosecannonz.biz 📇 Director: Julie Samuel 07831 115223.

Direct Heat Management PO Box 1345, Worthing, West Sussex, BN14 7PY **t** 01903 202426 **e** mike@happyvibes.co.uk **w** happyvibes.co.uk 📇 Dir: Mike Pailthorpe.

Divine Management Top Floor, 9 Trinity Avenue, London, N2 0LX **t** 020 8922 9022 **e** info@divinemanagement.co.uk 📇 Manager: Natalie de Pace.

DJT Management Ltd PO Box 229, Sheffield, South Yorkshire, S1 1LY **t** 07778 400 512 **f** 0114 258 3164 **e** david@djtmanagement.co.uk 📇 Director: David Taylor.

David Dorrell Management 2nd Floor, Lyme Wharf, 191 Royal College St, London, NW1 0SG **t** 0870 420 5088 **f** 0870 420 5188 **e** Michelle@dorrellmanagement.com 📇 Contact: Michelle Beaver.

Doug Smith Associates Dalton House, 60 Windsor Avenue, London, SW19 2RR **t** 07802 338463 **f** 020 8896 1778 **e** mail@dougsmithassociates.com **w** dougsmithassociates.com 📇 Partner: Doug Smith.

Dreamscape Global Artists Ltd 40 Alsop Close, Halsey Park, London Colney, St Albans, Herts, AL2 1BW **t** 07531 609789 **f** 01727 825939 **e** dreamscape25@hotmail.com 🎵 myspace.com/dreamscapemanagement **t** twitter.com/#!/DreamscapeSLS 📇 Managing Director / Artist Manager: Adam C. Lamb 07531609789.

Dreem Teem Millmead Business Centre 86, Millmead Ind Estate, Millmead Rd, London, N17 9QU **t** 020 8801 8800 **f** 020 8801 4800 **e** viveka@urbanhousemusic.com **w** urbanhousemusic.com 📇 Mgr: Viveka Nilsson.

The Dune Music Company 1st Floor, 73 Canning Road, Harrow, Middx, HA3 7SP **t** 020 8424 2807 **f** 020 8861 5371 **e** info@dune-music.com **w** dune-music.com 📇 MD: Janine Irons.

Associated London Management PO Box 3787, London, SE22 9DZ **t** 020 8299 1650 **e** duophonic@btinternet.com **w** associatedlondonmanagement.com 📇 Manager: Martin Pike.

Duroc Media Limited Riverside House, 10-12 Victoria Rd, Uxbridge, Middx, UB8 2TW **t** 01895 810831 **f** 01895 231499 **e** info@durocmedia.com **w** durocmedia.com 📇 MD: Simon Porter.

Duty Free Artist Management 3rd Floor, 67 Farringdon Road, London, EC1M 3JB **t** 020 7831 9931 **f** 020 7831 9331 **e** info@dutyfreerecordings.co.uk **w** dutyfreerecords.com 📇 Booking Agent: Sacha Hearn.

DWL (Dave Woolf Ltd) Second Floor, 53 Goodge Street, London, W1T 1TG **t** 020 7436 5529 **f** 020 7637 8776 **e** firstname@dwl.uk.net 📇 MD: Dave Woolf.

Dyfel Management 19 Fontwell Drive, Bickley, Bromley, Kent, BR2 8AB **t** 020 8467 9605 **f** 020 8249 1972 **e** jean@dyfel.co.uk **w** dyfel.co.uk 📇 Dir: J Dyne.

Dynamik Music 22 Bittacy Rise, London, NW7 2HG **t** 020 7193 3272 **f** 020 7681 3699 **e** giles@dynamik-music.com **w** dynamik-music.com 📇 MD: Giles Goodman.

Eclipse-PJM PO Box 3059, South Croydon, Surrey, CR2 8TL **t** 020 8657 2627 **f** 020 8657 2627 **e** eclipsepjm@btinternet.com 📇 MD: Paul Johnson 07798 651691.

Eddie Lock Unit 2, The Old Parish Hall, The Square, Lenham, Kent, ME17 2PQ **t** 01622 858300 **f** 01622 858300 **e** info@eddielock.com **w** eddielock.co.uk **f** metalheadz.co.uk 🎵 myspace.com/goldie_art 📇 Exclusive Manager of Goldie: Eddie Lock 01622 858300 / 07710 772207.

EG Management Ltd PO Box 606, London, WC2E 7YT **t** 020 8540 9935 📇 A&R: Chris Kettle.

Music Week Directory

www.musicweek.com

Contacts · **Facebook** · **MySpace** · **Twitter** · **YouTube**

Business Services: Artist Management

Egg Management The Studio, 16 Station Road, Sevenoaks, Kent, TN13 2XA **t** 01732 462 554 **f** 01732 462 565 **e** info@egg-management.com **w** egg-management.com MD: Jonathan Rice.

ELA Management Contact: See Wild West Management.

Eleven Clements Yard, Iliffe St, London, SE17 3LJ **t** 020 7820 1262 **f** 020 7820 1846 **e** eleven@dsl.pipex.com Contact: Dave Bedford, Ruth Starns.

Elite Squad Management Valtony, Loxwood Road, Plaistow, W Sussex, RH14 0NY **t** 01403 871 200 **f** 01403 871 334 **e** tony@elitesquad.freeserve.co.uk MD: Tony Nunn.

Embargo Management (UK) Ltd 10 Jew Street, Brighton, East Sussex, BN1 1UT **t** 01273 777010 **f** 01273 777087 **e** enquiries@embargomanagement.com **w** embargomanagement.com Managing Director: Sumit Bothra.

HI Tone Music Unit 11 Network European Business Centre, 329-339 Putney Bridge Rd, London, SW15 5922 **t** 020 8788 5922 **e** davidsteele@hitonemusic.com **w** hitonemusic.com MD: David Steele.

Emperor Management unit one lyemarsh farm, mere, wiltshire, ba12 6ba **t** 07785 598472 **e** john.empson@btopenworld.com **w** myspace.com/emperormanagement MD: John Empson.

Empire Artist Management Unit 4, Portobello Dock, 557 Harrow Rd, London, W10 4RH **t** 020 8968 5888 **f** 020 8968 5999 **e** info@empire-management.co.uk **w** empire-management.co.uk Dir: Neale Easterby, Richard Ramsey.

EmT Music Production EmT Music, 107 Institute Road, Kings Heath, Birmingham, West Midlands, B147EU **t** 0121-441-2405 **e** emtmusicpublishing@supanet.com **w** emtmusicproduction.co.uk CEO: Tony Collinge +44 (0) 121-441-2405.

Enable Music Ltd 54 Baldry Gardens, London, SW16 3DJ **t** 020 8144 0616 **e** mike@enablemusic.co.uk **w** enablemusic.co.uk MD: Mike Andrews 07775 737 281.

ePM PO Box 47264, London, W7 1WX **t** 020 8566 0200 **e** jonas@epm-music.com **w** electronicpm.co.uk Partner: Jonas Stone.

Equator Music 17 Hereford Mansions, Hereford Road, London, W2 5BA **t** 020 7727 5858 **f** 020 7229 5934 **e** info@equatormusic.com **w** equatormusic.com Contact: Ralph Baker.

European Arts & Media 30 The Mall, Beacon Court, Sandyford, Dublin 18, Ireland **t** +353 1 293 4002 **e** Paul.Newman@euroartsmedia.ie **w** euroartsmedia.ie Director: Paul Newman.

Everlasting Music 71a Sutton Rd, London, N10 1HH **t** 020 8444 8190 **f** 020 8444 9656 **e** info@everlastingmusic.co.uk **w** everlastingmusic.co.uk MD: Danny Parnes 07958 208817.

Extensive Music UK 21 Bawtry Road, Unit 6, London, N20 0SY **t** +44 208 361 6096 **e** Scott@extensivemusic.com **w** extensivemusic.com CEO/A & R Director: Scott Simons.

Extreme Music Production 4-7 Forewoods Common, Holt, Wiltshire, BA14 6PJ **t** 01225 782 984 **e** george@xtrememusic.co.uk **w** xtrememusic.co.uk MD: George Allen 01225 782984.

Extreme Music Production 4-7 Forewoods Common, Holt, Wiltshire, BA14 6PJ **t** 01225 782984 **e** george@xtrememusic.co.uk **w** xtrememusic.co.uk facebook.com/pages/Extreme-Music-Production MD: George D Allen 07909995011.

Eyetoeye Entertainment Tucketts Barn, Trusham, Devon, TQ13 0NR **t** 07860728483 **e** brian@eyetoeye.com **w** eyetoeye.com Partner: Brian Yates.

Fanatic Management PO Box 153, Stanmore, Middlesex, HA7 2HF **t** 01923 896975 **f** 01923 896985 **e** hrano@fan-fair.freeserve.co.uk MD: Mike Hrano.

Fat and Frantic Management Brook Oast, Jarvis Lane, Goudhurst, Cranbrook, Kent, TN17 1LP **t** 01580 211623 **e** rbickersteth@fatandfrantic.com **w** fatandfrantic.com Managing Director: E Bickersteth.

Fat! Management Unit 36, Battersea Business Centre, 99-109 Lavender Hill, London, SW11 5QL **t** 020 7924 1333 **f** 020 7924 1833 **e** info@thefatclub.com **w** thefatclub.com MD: Paul Arnold.

FBI Routenburn House, Routenburn Road, Largs, Strathclyde, KA30 8SQ **t** 01475 673392 **f** 01475 674075 **e** wbrown8152@aol.com Owner: Willie Brown 0795 729 2054.

Feedback Communications The Court, Long Sutton, Hook, Hampshire, RG29 1TA **t** 01256 862865 **f** 01256 862182 **e** feedback@crapola.com **w** crapola.com facebook.com/dangerglobalwarming myspace.com/dangerglobalwarming youtube.com/dangerglobalwarming Management: Keir.

First Column Management 60 Compton Road, Brighton, East Sussex, BN1 5AN **t** 01273 501043 **f** 01273 388968 **e** fcm@firstcolumn.co.uk Director: Phil Nelson.

First Time Management Sovereign House, 12 Trewartha Rd, Praa Sands, Penzance, Cornwall, TR20 9ST **t** 01736 762826 **f** 01736 763328 **e** panamus@aol.com **w** songwriters-guild.co.uk myspace.com/scampmusicpublishing Managing Director: Roderick Jones.

FKM PO Box 242, Haslemere, Surrey, GU26 6ZT **t** 01428 608 149 **e** fken10353@aol.com Chairman: Fraser Kennedy.

www.musicweek.com   **Music Week Directory** 171

👤 Contacts   **f** Facebook   **M** MySpace   **t** Twitter   ▶ YouTube

Business Services: Artist Management

Flamecracker Management PO Box 394, Hemel Hempstead, HP3 9WL **t** 01442 403345 **f** 01442 403445 **e** kdavis@aol.com **w** frantik.org
👤 Manager: Karen Davis.

Flamencovision 54 Windsor Road, Finchley, London, N3 3SS **t** 020 8346 4500 **f** 020 8346 2488 **e** hvmartin@dircon.co.uk **w** flamencovision.com
👤 MD: Helen Martin.

Flamingo Record Management Thornhurst Place, Rowplatt Lane, Felbridge, East Grinstead, RH19 2PA **t** 01342 317943 **f** 01342 317943 **e** ed@badgerflamingoanimation.co.uk **w** badgerflamingoanimation.co.uk 👤 MD: Ed Palmieri.

Flat Cap Music 70 Codrington Hill, London, SE23 1ND **t** 020 8690 2335 **f** 020 8690 2335 **e** mike@flatcapmusic.com **w** myspace.com/mrlonesome
M myspace.com/mrlonesome **t** twitter.com/mikeflatcap
👤 Managing Director: Mike Watson 07887 660076.

The Flying Music Company Ltd FM House, 110 Clarendon Road, London, W11 2HR **t** 020 7221 7799 **f** 020 7221 5016 **e** info@flyingmusic.co.uk
w flyingmusic.com 👤 Directors: Paul Walden, Derek Nicol.

Fools Paradise t 07973 297124 **e** julian@fools-paradise.co.uk 👤 Manager: Julian Nugent.

Formidable Management 26 Top Rd, Five Crosses, Cheshire, WA6 6SW **t** 07939 140774 **e** carl@formidable-mgmt.com 👤 Owner: Carl Marcantonio.

Four Seasons Management Mulliner House, Flanders Road, London, W4 1NN **t** 020 8987 2515 **e** 07841595647 **w** fsmc.co.uk 👤 MD: Daryl Costello 07841 595 647.

Four Seasons Music Ltd Killarney House, Killarney Rd, Bray, Co. Wicklow, Ireland **t** +353 1 286 9944 **f** +353 1 286 9945 **e** coulter@indigo.ie **w** philcoulter.com
👤 PA to MD: Moira Winget.

Fox Records Management & Promotion
62 Lake Rise, Romford, Essex, RM1 4EE **t** 01708 760544 **e** foxrecords@talk21.com **M** myspace.com/foxrecordsltd
👤 Partner: Linda Ryle.

Freak'n See Music Ltd 19c Heathmans Rd, London, SW6 4TJ **t** 020 7384 2429 **f** 020 7384 2429 **e** firstname@freaknsee.com **w** freaknsee.com
👤 MD: Jimmy Mikaoui.

Fredag Artist Management 53 George IV Bridge, Edinburgh, EH1 1EJ **t** 0131 225 5522 **e** David@Fredag.co.uk
w Fredag.co.uk **f** facebook.com/FredagLive
t Twitter.com/FredagLive ▶ Youtube.com/FredagLive
👤 Contact: David Murray 07515530188.

Freedom Management 2 King Street Cloisters, Clifton Walk, Hammersmith, London, W6 0GY
t 020 8237 5520 **e** freedom@frdm.co.uk **w** frdm.co.uk
👤 MD: Martyn Barter.

Freshwater Hughes Management PO Box 54, Northaw, Herts, EN6 4PY **t** 01707 661431 **f** 01707 664141 **e** info@freshwaterhughes.com **w** freshwaterhughes.com
👤 Contact: Jacqueline Hughes, Brian Freshwater 020 8360 0505.

Friars Management Ltd 33 Alexander Road, Aylesbury, Buckinghamshire, HP20 2NR **t** 01296 434731 **f** 01296 422530 **e** davidstopps@fmlmusic.com
w fmlmusic.com 👤 Director: David Stopps.

Fruit Ground Floor, 37 Lonsdale Road, London, NW6 6RA **t** 020 7328 0848 **f** 020 7328 8078 **e** fruitmanagement@btconnect.com 👤 Partner: Caroline Killoury.

Fruition Management PO Box 10896, Birmingham, B13 0ZU **t** 0121 247 6981 **f** 0121 247 6981 **e** rod@fruitionmusic.co.uk 👤 MD: Rod Thomson 07976 215 719.

Fruity Red Inc. PO Box 10349, London, NW1 9WJ
t 020 8889 3408 **e** Helen@fruityred.com **w** fruityred.com
👤 Dir: Helen Douglas.

Full 360 Ltd PO Box 902, Suite 306, Bradford, BD1 9AH **t** 07971 874 942 **f** 01274 220 579 **e** katherine@full360ltd.com **w** full360ltd.com
👤 MD: Katherine Canoville.

Full Time Hobby Management 3rd Floor, 1A Adpar Street, London, W2 1DE **t** 020 7535 6740 **f** 020 7563 7283 **e** info@fulltimehobby.co.uk
w fulltimehobby.co.uk 👤 Managing Director: Nigel Adams.

Fully Comprehensive Management
16C Highbury Grange, London, N5 2PX **t** 07939 724 143 **e** gavin@fullycomprehensive.com 👤 MD: Gavin Nugent.

Fun-Da-Mental C/O Nation Records Ltd, 19 All Saints Rd, Notting Hill Gate, London, W11 1HE
t 0207 792 9167 **e** akination@btopenworld.com
👤 Contact: Aki Nawaz 07971206144.

Fundamental Management Ltd Falkland House, Falkland Road, London, N8 0QY **t** 020 8376 1876
f 020 8808 4413 **e** fundamentaluk@yahoo.co.uk
👤 Mgr: Maria James.

Future Management PO Box 183, Chelmsford, Essex, CM2 9XN **t** 01245 601910 **f** 01245 601048 **e** Futuremgt@aol.com **w** futuremanagement.co.uk
👤 MD: Joe Ferrari.

Fwinki Music 20 Greenland Street, 4th Floor, London, NW1 0ND **t** 07976 851033 **e** amul@fwinki.com
w fwinki.com 👤 Managing Director: Amul Batra.

G Entertaining 16 Coney Green, Abbotts Barton, Winchester, Hants, SO23 7JB **t** 0845 601 6285 **e** enquiries@g-entertaining.co.uk **w** g-entertaining.co.uk
👤 MD: Peter Nouwens.

Ganz Management 88 Calvert Rd, Greenwich, London, SE10 0DF **t** 020 8333 9447 **f** 020 8355 9328 **e** sam.towers@ganzmanagement.com 👤 Manager: Sam Towers.

Business Services: Artist Management

Contacts | **Facebook** | **MySpace** | **Twitter** | **YouTube**

Geronimo! Management 15 Canada Copse, Milford, Surrey, GU8 5AL **t** 07960 187529
e barneyjeavons@supanet.com ✉ Owner: Barney Jeavons.

Gina Coles Management 1a Plymouth Road, Totnes, Devon, TQ9 5PH **t** 01803 864757 **e** gcm@btinternet.com
✉ Contact: Gina Coles.

Global Music Development Ltd Global House, 7 Fernbank Drive, Bingley, West Yorkshire, BD16 4HB
t 01274 562 954 **e** KirkGMD@btinternet.com
w globalmusicdevelopment.com ✉ Director: Kirk Worley 07887 852 393.

Globeshine (UK) Ltd 70A Totteridge Road, High Wycombe, Bucks, HP13 6EX **t** 01494 528 665
e b.hallin@virgin.net ✉ MD: Brian Hallin.

GM Promotions 17 The Athenaeum, 32 Salisbury Rd, Hove, E. Sussex, BN3 3AA **t** 01273 774 469
e info@gmpromotions.co.uk **w** gmpromotions.co.uk
✉ Dir: Laura Ducceschi 07980 917 056.

Gol-Don Management 3 Heronwood Rd, Aldershot, Hants., GU12 4AJ **t** 01252 312 382 **e** gol-don.music@ntlworld.com **w** goforit-promotions.com
✉ Partners: Golly Gallagher & Don Leach 07904 232 292.

Gola Entertainment 7 Crofton Terrace, Dun Laoghaire, Co.Dublin, Ireland **t** +353 1 230 4615 **e** gola@iol.ie
w moyabrennan.com ✉ Manager: Tim Jarvis.

Good Groove Management 217 Buspace Studios, Conlan St, London, W10 5AP **t** 020 7565 0050
f 020 7565 0050 **e** justine@goodgroove.co.uk
w goodgroove.co.uk ✉ Contact: Justine Young.

GR Management 974 Pollokshaws Rd, Shawlands, Glasgow, Strathclyde, G41 2HA **t** 0141 632 1111
f 0141 649 0042 **e** info@grmanagement.co.uk ✉ MDs: Rab Andrew, Gerry McElhone.

Graham Peacock Management PO Box 84, Hove, East Sussex, BN3 6YP **t** 01273 777409 **f** 01273 777809
e graha@gpmanagement.net **w** gpmanagement.net
✉ Managing Director: Graham Peacock.

Grand Union Management
Units 124 & 126 Buspace Studios, Conlan St, London, W10 5AP **t** 020 8968 7788 **f** 020 8969 9888
e info@granduniongroup.com **w** granduniongroup.com
✉ Managers: David Bianchi, Nick Ember, Nick Yeatman.

Grant Management - G-Man Entertainment
Dalton House, 60 Windsor Avenue, London, SW19 2RR
t 0845 057 3739 **f** 020 7787 8738
e grant.music@btconnect.com ✉ MD: John Watson-Grant.

Grapedime Music 28 Hurst Crescent, Barrowby, Grantham, Lincolnshire, NG32 1TE **t** 01476 560241
e grapedime@pjbray.globalnet.co.uk ✉ Manager: Phil Bray.

Graphite 133 Kew Rd, Richmond, Surrey, TW9 2PN
t 020 8948 5446 **e** info@graphitemedia.net
w graphitemedia.net 🐦 twitter.com/graphite1
✉ Director: Ben Turner.

Gremlin Productions t 01322 333137
e jason@gremlinproductions.co.uk
w gremlinproductions.com ✉ A&R: Jason Alloway.

Grenade Artist Management London
e info@grenadeartists.com
🎵 myspace.com/grenadeartistmanagement
✉ Director: Lewis Frei 07793891174.

Grinning Rat Music Management Brays Cottage, Bowden Hill, Chilcompton, Somerset, BA3 4EN
t 01761 233 517 **e** grinningrat@gmail.com
w helenasoftley.com ✉ MD: Ian Softley 07779 325 966.

Groover Management Ltd PO Box 357, Middlesbrough, TS1 4WZ **t** 01628 636152 **f** 01642 351962
e info@grooverman.com **w** grooverman.com
✉ Director: Steve Metcalfe.

Gulp! Marketing 69-85 Tabernacle Street, Splendid Building, London, EC2A 4BD
e richard@gulpmarketing.com/gareth@gulpmarketing.com
w gulpmarketing.com 🐦 gulpmarketing.com ✉ MD: Richard Marshall & Gareth Currie 07973 543 527.

Hall Or Nothing Management 3rd Floor, 19 Denmark Street, London, WC2H 8NA **t** 020 3119 2007
f 020 7240 5177 **e** martin.hall@hallornothing.co.uk
w hallornothing.co.uk ✉ Managing Director: Martin Hall.

Hannah Management Ltd Fulham Palace, Bishops Avenue, London, SW6 6EA **t** 020 7736 6905
e info@hannahmanagement.co.uk
w hannahmanagement.co.uk
📘 facebook.com/pages/Hannah-Management/141930638612
🎵 myspace.com/barberahannah
🐦 twitter.com/hannahmgmt ✉ Contact: Hugh Gadsdon, Mel Stephenson, Gareth White, Tony Murphy 0207 736 6932.

Harmony Entertainment 23 Ruscombe Way, Feltham, Middx, TW14 9NY **t** 020 8751 6060
f 020 8751 6060 **e** harmonyents@hotmail.co.uk
✉ MD: Mike Dixon 07774 856 679.

Harvey Lisberg Associates Kennedy House, 31 Stamford St, Altrincham, Cheshire, WA14 1ES
f 0161 980 7100 **e** harveylisberg@aol.com ✉ MD: Harvey Lisberg.

Hazard Chase - Classical Music Management
25 City Road, Cambridge, Cambridgeshire, CB1 1DP
t 01223 312400 **f** 01223 460827
e info@hazardchase.co.uk **w** hazardchase.co.uk
✉ Managing Director: James Brown.

Headstone Management 47 Fairfax Rd, Woking, Surrey, GU22 9HN **t** 01483 856 760
e colinspencer@ntlworld.com ✉ MD: Colin Spencer 07811 387 220.

Heavenly Management 47 Frith Street, London, W1D 4SE **t** 020 7494 2998 **f** 020 7437 3317
e lou@heavenlymanagement.com ✉ Dir: Martin Kelly.

Heavyweight Management
Unit 212, The Saga Centre, 326 Kensal Rd, London, W10 5BN **t** 020 8968 0111 **f** 020 8968 0110
e heavyweight@dial.pipex.com **w** heavyweightman.com
✉ MD: Simon Goffe, Emily Moxon.

www.musicweek.com **Music Week Directory** 173

Contacts · Facebook · MySpace · Twitter · YouTube

Business Services: Artist Management

Hedgehog 9 Tavistock Court, Tavistock Square, London, WC1H 9HE **t** 020 7387 3220 **f** 020 7383 2832 **e** carol_hodge@hotmail.com Manager: Carol Hodge.

Henderson Management 51 Promenade North, Cleveleys, Blackpool, Lancashire, FY5 1LN **t** 01253 863386 **f** 01253 867799 **e** agents@henderson-management.co.uk **w** henderson-management.co.uk MD: John Henderson.

Herotech Management 24-25 Nutford Place, London, W1H 5YN **t** 020 7725 7064 **f** 020 7725 7066 **e** dylan@herotech.co.uk

Hooked On Music t 0797 0518301 **e** tom@hookedonmusic.net **w** hookedonmusic.net twitter.com/HookedOnMusic Contact: Tom Rose +44 (0) 7970518301.

Hope Management Unit 4 16 Paintworks, Arnos Vale, Bristol, Somerset, BS4 3EH **t** 0117 971 2397 **f** 0117 972 8981 **e** steve@hopemanagement.co.uk **w** hoperecordings.com Managing Director: Steve Satterthwaite.

House of Clubs London **e** ed@houseofclubs.co.uk **w** houseofclubs.co.uk Contact: Ed Weidman 07966 438376.

Hyperactive Music Management PO Box 550, Brentford, TW8 0XZ **f** 020 8580 4912 **e** teresa@hyperactivemgt.com Contact: Teresa Sutterby.

Idle Eyes Management 81 Sheen Court, Richmond, Surrey, TW10 5DF **t** 07866 423 729 **e** Jon@IdleEyes.co.uk **w** idleeyes.co.uk Dir: Jonathan Rees 020 8876 0099.

IDMC Gospel Choir Suite 56, 56 Marden Crescent, Croydon, Surrey, CR0 3ER **t** 07971 766513 **e** john@idmcgospel.com **w** idmcgospel.com idmcsparetime myspace.com/idmcgospel John Fisher IDMC Gospel Choir MD: John Fisher.

IE Music Ltd 111 Frithville Gardens, London, W12 7JG **t** 020 8600 3400 **f** 020 8600 3401 **e** info@iemusic.co.uk **w** iemusic.co.uk MDs: David Enthoven, Tim Clark.

Ignition Management 54 Linhope St, London, NW1 6HL **t** 020 7298 6000 **f** 020 7258 0962 **e** mail@ignition-man.co.uk Contact: Natalie Hicks.

IJT Management PO Box 696, Felbridge, Surrey, RH19 2XS **t** 0845 370 9904 **f** 0845 370 9905 **e** info@ijtmanagement.com Directors: Ian or Jo Titchener.

Immoral Management PO Box 2643, Reading, Berks, RG5 4GF **t** 0118 969 9269 **f** 0118 969 9264 **e** johnjpsuk@aol.com MD: John Saunderson.

Impatient Management The Icehouse, The Bond, 180-182 Fazeley Street, Birmingham, West Midlands, B5 5SE **t** 01216 871404 **f** 01214 757412 **e** rob@impatientmanagement.co.uk **w** bluehippomedia.co.uk Director: Rob Taylor 07710 836471.

Imprint Bookings & Management - DJ Agency Unit 13, Barley Shotts Business Park, 24 Acklam Rd, London, W10 5YG **t** 020 8964 1331 **f** 020 8960 9660 **e** gareth@imprintdjs.com **w** imprintdjs.com Contact: Gareth Rees.

Imprint Music Ltd 17C Northwold Rd, London, N16 7DH **t** 020 7275 8682 **e** info@senser.co.uk **w** imprintmusic.co.uk tinyurl.com/25c4b8b myspace.com/senserband youtube.com/user/johnnysenser Managing Director: Paul West.

Impro Management The Coachhouse, Rockland All Saints, Attleborough, N17 1tu **t** 07775 934408 **e** firstname@impromanagement.com Dirs: Guy Trezise, Steve Baker.

In Phase Management 55A Ditton Rd, Surbiton, Surrey, KT6 6RF **t** 05601 759669 **e** mail@inphasemanagement.com **w** inphasemanagement.com Director: Fay Woolven.

In2music Flat 3, 1 Prince of Wales Rd, London, NW5 3LW **t** 020 7428 2604 **f** 020 7424 0183 **e** jessicain2music@aol.com Contact: Jessica Peel.

Incredible Management PO Box 28965, London, SW14 7WX **t** 020 8487 8868 **e** graham@incrediblemanagement.com **w** incrediblemanagement.com Artist Management: Graham Filmer.

Independent Sound Management (ISM) 3rd Floor, 39 Margaret St, London, W1G 0JQ **t** 020 7493 9200 **f** 020 7493 9111 **e** alexis@independentsound.net GM: Alexis Vokos.

Innocent Management 45 Sylvan Avenue, London, N22 5JA **t** 07896 428 861 **e** info@innocentmanangement.com **w** innocentmanangement.com Contact: Lise Regan.

Insanity Artists Agency Ltd Moray House, 23-31 Great Titchfield Street, London, W1W 7PA **t** 020 7927 6222 **f** 020 7927 6223 **e** info@insanitygroup.com **w** insanitygroup.com MD: Andy Varley.

Instinct Management 10 Nightingale Lane, London, SW12 8TB **t** 020 8675 9233 **e** geoffsmith3@mac.com Manager: Geoff Smith.

Intelligent Music Management Ltd 42A Malden Road, London, NW5 3HG **t** 020 7284 1955 **f** 020 7424 9876 **e** verity.german@glatmanent.com MD: Daniel Glatman.

Interactive Music Management 2 Carriglea, Naas Road, Dublin 12, Ireland **t** +353 1 419 5039 **f** +353 1 419 5409 **e** info@interactive-music.com MD: Oliver Walsh.

Interceptor Enterprises 11-14 Kensington Street, Brighton, East Sussex, BN1 4AJ **t** 01273 699777 **f** 01273 699555 **e** info@interceptor.co.uk Manager: Charlie Charlton.

International Artists** 4th Floor, Holborn Hall, 193-197 High Holborn, London, WC1V 7BD **t** 020 7025 0600 **f** 020 7404 9865 **e** reception@intart.co.uk **w** internationalartistes.com Dir: Phil Dale.

174 **Music Week Directory**   www.musicweek.com

📧 Contacts   📘 Facebook   🆇 MySpace   🐦 Twitter   ▶️ YouTube

Business Services: Artist Management

INXS Music Management (London)
PO Box 39464, London, N10 1WP **t** 07779 340 154
f 020 8883 4086 **e** info@inxs.com **w** inxs.com
📧 MD: Nathan Hull.

JoWo Management Saxons, 65 Bowes Hill,
Rowlands Castle, Hampshire, PO9 6BS **t** 07851 558584
e jowomgt@hotmail.co.uk 📧 Contact: Jo Womar.

J Management Unit A, The Courtyard, 42 Colwith Rd,
London, W6 9EY **t** 020 8846 3737 **f** 020 8846 3738
e john.arnison@seginternational.com 📧 MD: John Arnison.

Jaba Music Management 57 Riding House Street,
London, W1W 7EF **t** 020 7631 0576
e barry@jabamusic.co.uk **w** jabamusic.co.uk
📧 Director: Barry Campbell.

Jack 'N' Jill Artiste Management
F3, 60 West End Lane, London, NW6 2NE **t** 07050 056 175
f 020 7372 3088 **e** JNJ@mgmt.fsbusiness.co.uk
w myspace.com/jnjmgmt 📧 MD: Joycelyn Phillips 07860 232 527.

Jackie Davidson Management
Network European Business Centre, 329-
339 Putney Bridge Rd, London, SW15 2PG **t** 020 8788 5922
f 020 8785 2842 **e** firstname@jdmanagement.co.uk
w jdmanagement.co.uk 📧 MD: Jackie Davidson.

Jamdown Ltd Stanley House Studios,
39 Stanley Gardens, London, W3 7SY **t** 020 8735 0280
f 020 8930 1073 **e** othman@jamdown-music.com
w jamdown-music.com 📧 MD: Othman Mukhlis.

James Barnes Music t 07710 373 235
e james@jamesbarnesmusic.com
w jamesbarnesmusic.com 📧 Contact: James Barnes 07710373235.

James Grant Music 94 Strand On The Green, Chiswick,
London, W4 3NN **t** 020 8742 4950 **f** 020 8742 4951
e enquiries@jamesgrant.co.uk **w** jamesgrant.co.uk 📧 Co-MDs: Simon Hargreaves, Nick Worsley.

James Wilkinson 01 t 07810 186 477
e james@jameswilkinson01.com **w** jameswilkinson01.com
📧 Contact: James Wilkinson.

Jigsaw Music Mgmt e info@jigsawmusicmgmt.com
w jigsawmusicmgmt.com 📧 Partners: Ellie Giles, Carrie Ridley.

Jive Entertainment Services PO Box 9071, Gaulby,
Billesdon, Leicestershire, LE3 9YP **t** 01162 599095
e hojive@aol.com 📧 MD: Dave Bartram 07831 835635.

JJ Artist Management Studio Mews, 32 Milton Grove,
London, N11 1AX **t** 07737 315 633 **f** 020 8351 9313
e info@jjartists.co.uk **w** myspace.com/keishawhitemusic
📧 Creative Director: Jennifer Dias.

John Boddy Agency LLP 10 Southfield Gardens,
Twickenham, Middlesex, TW1 4SZ **t** 020 8892 0133
f 020 8287 0798 **e** jba@johnboddyagency.co.uk
w johnboddyagency.co.uk 📧 Partner: John Boddy 020 8891 3809.

John Miles Organisation Cadbury Camp Lane,
Clapton In Gordano, Bristol, BS20 7SB **t** 01275 854675
f 01275 810186 **e** john@johnmiles.org.uk
w johnmilesorganisation.org.uk 📧 Managing Director: John Miles 01275 856770.

John Taylor Management PO Box 272, London,
N20 0BY **t** 020 8368 0340 **f** 020 8361 3370 **e** john@jt-management.demon.co.uk 📧 MD: John Taylor.

Jon Sexton Management (JSM) 9 Spedan Close,
Branch Hill, London, NW3 7XF **t** 07855 551 024
e copasetik1@aol.com **w** copasetik.com 📧 MD: Jon Sexton.

Jonathan Lipman Ltd - Talent Management & PR 7 Poland St, London, W1F 8PU **t** 0871 221 0011
e info@jonathanlipman.com **w** jonathanlipman.com
📧 Contact: Jonathan Lipman Ltd - Talent Management & PR.

Jonny Paul Management 2 Downsbury Studios,
40 Steeles Rd, London, NW3 4SA **t** 020 7586 3005
f 020 7586 3005 **e** jonny@paul66.fsworld.co.uk
📧 MD: Jonny Paul.

JPR Management PO Box 3062, Brighton, East Sussex,
BN50 9EA **t** 01273 779944 **f** 01273 779967
e info@jprmanagement.co.uk **w** jprmanagement.co.uk
📧 MD: John Reid.

JPS Management PO Box 2643, Reading, Berks,
RG5 4GF **t** 0118 969 9269 **f** 0118 969 9264
e johnjpsuk@aol.com 📧 MD: John Saunderson 07885 058 911.

Jukes Productions Ltd PO Box 13995, London,
W9 2FL **t** 020 72897673 **e** jukes@easynet.co.uk
w jukesproductions.co.uk 📧 MD: Geoff Jukes.

Just Another Management Co Hope House,
40 St Peters Road, London, W6 9BD **t** 020 8741 6020
e justmusic@justmusic.co.uk 📧 Director: Serena Benedict.

Just Noize PO Box 84, Bexley, Kent, DA5 9AP
t 07972 243027 & 07816 958935 **e** info@justnoize.com
w justnoize.com 📧 Directors: Laurie Moon & Daniel Millington.

Justin Perry Management PO Box 20242, London,
NW1 7FL **t** 020 7485 1113 **e** info@proofsongs.co.uk

JW Management 380 Longbanks, Harlow, Essex,
CM18 7PG **t** 01279 304 526 **f** 01279 304 526
e jpweston@ntlworld.com 📧 Manager/Consultant: John Weston ACCA.

Kabuki 23 Weavers Way, Camden Town, London, NW1 0XF
t 020 7916 2142 **e** email@kabuki.co.uk **w** kabuki.co.uk
📧 Manager: Sheila Naujoks.

KAL Management 95 Gloucester Rd, Hampton,
Middlesex, TW12 2UW **t** 020 8783 0039 **f** 020 8979 6487
e kaplan222@aol.com **w** kaplan-kaye.co.uk 📧 Dir: Kaplan Kaye.

Karma Entertainment Group Brentwood, Newby,
Middlesbrough, TS8 0AQ **t** 07841 622 200
e info@karmaeg.com **w** karmaeg.com 📧 Dir: Kevin Parry.

www.musicweek.com **Music Week Directory** 175

Contacts   Facebook   MySpace   Twitter   YouTube

Business Services: Artist Management

Katherine Howard Public Relations and Artist Management The Mill House, Bridge St, London, Norfolk, NR14 6NA **t** 01508 521800 **e** info@katherinehoward.co.uk **w** katherinehoward.co.uk MD: Katherine Howard.

Keith Aspden Management
e keith@keithaspden.co.uk Contact: Keith Aspden 0754 383 1186.

Keith Harris Music PO Box 2290, Maidenhead, Berkshire, SL6 6WA **t** 01628 674422 **f** 01628 631379 **e** info@keithharrismusic.co.uk MD: Keith Harris.

Key Management 20 Lower Stephens Street, Dublin 2, Ireland **t** +353 1 478 0191 **f** +353 1 475 1324 **e** info@thecube.ie A&R Director: Mark French.

Key Music Management ltd
56 Bramhall Lane South, Bramhall, Cheshire, SK7 1AH **t** 0161 440 0670 **e** Kmmoffice@me.com **w** fanfaremedia.co.uk/kmm/page.html
 facebook.com/pages/Key-Music-Management-Ltd/134406989916779 Managing Director: Richard Jones.

Kickstart Management 12 Port House, Square Rigger Row, Plantation Wharf, London, SW11 3TY **t** 020 7223 8666 **f** 020 7223 8777 **e** info@kickstart.uk.net Director: Ken Middleton.

Kii Music 122a HighburtyRoad, Kings Heath, Birmingham, B14 **t** 0121 443 2186 **e** geoff@saffamusic.co.uk MD: Geoff Pearce.

Krack Music Management East Yorkshire **t** 01405 861124 **e** alan@krack.prestel.co.uk MD: Alan Lacey 07881 672 014.

Krown Elektrik Productions 4 Quarry House, Charlton Road, Bristol, BS10 6NP **t** 0117 9500588 **e** mikeboppintobin@aol.com **w** stackridge.net LummyDays Director: Mike Tobin 07917 747552.

KSO Management Consultancy PO Box 52,279, London, SW16 4YS **t** 07956 120837 **e** marcusanthony@ksorecords.com **w** ksorecords.com
 KsorecordsConsultancy myspace.com/ksorecords
 twitter.com/ksorecords
 youtube.com/user/ksorecords MD: Marcus Anthony.

KUDOS Management Crown Studios, 16-18 Crown Rd, Twickenham, Middlesex, TW1 3EE **t** 020 8891 4233 **f** 020 8891 2239 **e** kudos@camino.co.uk MD: Billy Budis.

L25 Entertainment 16 Rowan Walk, London, N2 0QJ **t** 07973 624443 **e** info@L25entertainment.co.uk Directors: Darren Michaelson, Polly Comber 020 8455 2014.

Lamb Management 2 Norman Street, Hyde, Cheshire, SK14 1Pw **t** 07545 378105 **e** john@easylamb.com **w** easylamb.com Manager: John Leah.

Last Suppa Management The Coach House, 1a Putney Heath Lane, London, SW15 3JG **t** 020 71931325 **e** jon@lastsuppa.com **w** lastsuppa.com Managing Director: Jon Sexton.

Latin Arts Services LAS House, 10 Derby Hill Crescent, London, SE23 3YL **t** 020 8291 9236 **f** 020 8291 9236 **e** bookings@latinartsgroup.com **w** latinartsgroup.com Director: Hector Rosquete 07956 446 342.

Leafman 31 Belsize Park, London, NW3 4DX **t** 07767 405 056 **e** liam@leafsongs.com MD: Liam Teeling.

Lee & Co 3 Taylor Avenue, Silsden, Keighley, West Yorks, BO20 0DY **t** 01535 653 139 **e** erika@letstalkmusic.com Contact: Erika Lee 07969 697 660.

Lee Management Dean Street Studios, 59 Dean St, London, W1D 6AN **t** 020 7734 8009 **e** jazzlb@leemanagement.co.uk MD: Jasmin Lee.

The Lemon Group 1st Floor, 17 Bowater Road, Westminster Industrial Estate, Woolwich, London, SE18 5TF **t** 07989 340 593 **e** brian@thelemongroup.com **w** thelemongroup.com MD: Brian Allen.

Les Molloy Group Box 27, Hindon Court, 104 Wilton Rd, London, SW1V 1DU **t** 07860 389598 **f** 020 3262 0179 **e** molloymolloy@hotmail.co.uk **w** lesmolloy.co.uk Artist and Media Consultant: Les Molloy.

Level 22 Management 111 Princess Rd, Manchester, M14 4RB **t** 0161 226 9156 **e** level22uk@yahoo.co.uk Director: Randolph Mike 07950 102 202.

Lewis Management 87 Main Street, Empingham, Oakham, Rutland, LE15 8PR **t** 08450 678 008 **e** ed@lewisemail.net **w** centre-excuse.com Artist Manager: Ed Lewis 07828 30 60 69.

LH Management Studio 205, Westbourne Studios, 242 Acklam Road, London, W10 5JJ **t** 020 8968 0637 **e** info@lhmanagement.com MD: Lisa Horan.

Liberation Management Walnut Cottage, Walden Road, Hadstock, Cambridge, Cambridgeshire, CB21 4NX **t** 01223 890186 **e** jamie@liberationmanagement.co.uk Manager & Marketing Consultant: Jamie Spencer 07771 506 820.

Liquid Management Unit 101 Canalot Studios, 222 Kensal Rd, London, W10 5BN **f** 07092 389779 **e** info@Liquidmanagement.net
 facebook.com/liquidmanagement
 myspace.com/liquidmanagement
 twitter.com/liquidmanagement Management: David Manders.

Little Giant Music 2 Hermitage House, Gerrard Road, London, N1 8AT **t** 07779 616 552 **e** Liza@littlegiantmusic.com **w** littlegiantmusic.com Dir: Liza Kumjian-Smith.

Little Victories Portobello Dock, 553 - 557 Harrow Road, London, W10 4RH **t** 020 8968 5888 **f** 020 7079 8889 **e** stuart@littlevictoriesltd.com **w** littlevictoriesltd.com Managing Director: Stuart Clarke 07940 992 490.

LM2 Entertainment PO Box 57619, London, NW7 1DE **t** 020 8349 1933 **e** brad.lazarus@LM2.co.uk Director: Brad Lazarus.

Business Services: Artist Management

Logan Media Entertainment PO Box 2470, The Studio, Chobham, Surrey, GU24 8ZD **t** 01276 855247 **e** info@lmeworldwide.com **w** lmeworldwide.com
CEO: Craig Logan.

Eddie Lock 2 The Old Parish Hall, The Square, Lenham, Maidstone, Kent, ME17 2PQ **t** 01622 858300 **e** info@eddielock.com **w** eddielock.co.uk Artist Manager: Eddie Lock.

LOE Music LOE Ltd, 159 Broadhurst Gardens, London, NW6 3AU **t** 020 7328 6100 **f** 020 7624 6384 **e** kato@loe.uk.net MD: Hiroshi Kato.

Louis Walsh Management 24 Courtney House, Appian Way, Dublin 6, Ireland **t** +353 1 668 0309 **f** +353 1 668 0721 **e** info@louiswalsh.net MD: Louis Walsh +353 1 668 0982.

Low Fat Management
e darron@lowfatmanagement.com
w lowfatmanagement.com

Lowspeak Music Limited Trinity House, Heather Park Drive, Wembley, Middlesex, HA0 1SU **t** 0845 458 5448 **f** 0845 458 3442 **e** info@lowspeak.com **w** lowspeak.com Contact: Chris Cooke.

LTM Innit Studios, 33a Wadeson Street, London, E2 9DR **t** 020 8981 9210 **f** 020 8981 9210 **e** mail@lunchtm.co.uk Contact: Ed Millett.

Lucid Tiger Music e info@lucidtigermusic.com **w** lucidtigermusic.com facebook.com/lucidtiger myspace.com/lucidtigermusic twitter.com/LucidTiger Directors: Anthony / Raphael.

Lumin Pheasant Cottage, High Street, Iken, Suffolk, IP12 2EY **e** hello@lumin.org **w** lumin.org lumin lumintwitts luminproductions Creative Producer: Joana Seguro.

M A C Services PO Box 121, Hove, East Sussex, BN3 4YY **t** 020 8144 9064 **e** sacha@macservices.org.uk **w** macservices.org.uk Directors: Sacha Taylor-Cox and Bob James.

M4 Management PO Box 605, Cardiff, CF24 3XU **t** 02920 317 331 **e** m4management@btinternet.com Dir: Jo Hunt 07770 988 503.

Machine Management 3rd Floor, 2-8 Scrutton Street, London, EC2A 4RT **t** 020 7247 4227 **f** 020 7247 4700 **e** info@machinemanagement.co.uk **w** machinemanagement.co.uk Managing Director: Iain Watt.

Mad Management 21 Carnarvon Road, Southend-on-Sea, Essex, SS2 6LR **t** 01702 305410 **f** 01702 460433 **e** madmanagementltd@aol.com MD: Alex Rose.

MaDa Music Entertainment Ltd 8 Copsem Drive, Esher, London, Surrey, KT10 9HD **t** 07771 710 234 **e** Adam@madamusic.com
facebook.com/madamusicentertainment
twitter.com/madamusicent MD: Adam Nicol.

Madison Management 6 Cinnamon Gardens, Guildford, Surrey, GU2 9YZ **t** 07810 540 990 **e** info@madisonmanagement.co.uk **w** madisonmanagement.co.uk Artist Manager: Paul Harvey.

Madrigal Music Guy Hall, Awre, Newnham, Gloucestershire, GL14 1EL **t** 01594 510512 **e** artists@madrigalmusic.co.uk **w** madrigalmusic.co.uk facebook.com/madrigalmusic myspace.com/madrigalmusicmanagement @madrigalartists Managing Director/Head Of Artists & Repertoire: Nick Ford +44 (0)01594 510512.

magnoliamam Ltd - inc: the magnolia label Bank View, Beeston Brook, Tarporley, CW6 9NH **t** 01829 730733 **e** dave@magnoliamam.co.uk youtube.com/magnoliaMAMLtd MD: Dave Wibberley.

Mako Music 27 Waverton Rd, London, SW18 3BZ **t** 020 8870 6790 **e** dombrownlow@tiscali.co.uk MD: Dominic Brownlow.

Man's Best Friend The Big White House, Pett Level Rd, Pett Level, East Sussex, TN35 4EH **t** 07830 294 522 **e** info@the-modern.co.uk **w** the-modern.co.uk MD: Darron Sven Coppin.

Manager Bat for Lashes, Mechanical Bride, Genuflex 27 Lechmere Rd, London, NW2 5DA **t** 020 8451 2936 **e** dickodell@hotmail.com Artist Manager: Dick O'Dell +447831 757156.

Manta Ray Music Ltd 145-157 St John St, London, EC1V 4PY **e** andre@mantaraymusic.co.uk **w** mantaraymusic.co.uk Director: Andre do Valle +44 203 236 5358.

Mat Ong Management 85-89 Duke St, Liverpool, Merseyside, L1 5AP **t** 01517079044 **e** info@matongmanagement.co.uk **w** matongmanagement.co.uk Manager: Mat Ong.

Max Energy Limited The Old Steam House, Herstmonceux, E. Sussex, BN27 1RF **t** 01323 731 727 or 07905 147709 **e** nelson@solarnavigator.net **w** solarnavigator.net Contact: Nelson Kruschandl.

MBL 1 Cowcross St, London, EC1M 6DR **t** 020 7253 7755 **f** 020 7251 8096 MD: Robert Linney.

MCM e mcmcork@aol.com Artist Manager / Music Consultant: Meredith Cork 07836 716333.

Mel Bush Organization Ltd 5 Stratfield Saye, 20-22 Wellington Road, Bournemouth, Dorset, BH8 8JN **t** 01202 298432 **f** 01202 950034 **e** info@melbush.com **w** maksim.co.uk Managing Director: Mel Bush.

Memnon Entertainment 49 Thomas Court, Beattock CLose, St. Georges, Manchester, M15 4JA **t** 0161 834 4321 **f** 07053611603 **e** info@memnonentertainment.com **w** memnonentertainment.com /memnonentertainment Director of Business Affairs: Rudi Kidd 07711 269939.

www.musicweek.com   **Music Week Directory** 177

📧 Contacts   f Facebook   ✺ MySpace   t Twitter   ▶ YouTube

Business Services: Artist Management

Menace Management Ltd 2 Park Rd, Radlett, Herts, WD7 8EQ **t** 01923 853789 **f** 01923 853318 **e** menacemusicmanagement@btopenworld.com MD: Dennis Collopy 01923 854789.

Mental Music Management Email for address, London, E3 **e** mentalmusicmgt@yahoo.co.uk **w** myspace.com/mentalmusicmgt ✺ myspace.com/mentalmusicmgt Mgr: Gary Heath please email.

Merlin Elite Ltd 55 Yeldham Road, 55 Yeldham Road, London, W6 8JF **t** 020 8834 8900 **f** 020 8834 8901 **e** richard.thompson@merlinelite.co.uk **w** merlinelite.co.uk Managing Director: Richard Thompson.

Michael McDonagh Management P.O.B 28286, Winchmore Hill, London, N21 3WT **t** 020 8886 5743 **e** mmcdmusic@dial.pipex.com Director: Michael McDonagh.

Midi Management Ltd The Old Barn, Jenkins Lane, Great Hallingbury, Essex, CM22 7QL **t** 01279 759067 **f** 01279 504145 **e** midi-management@btconnect.com Manager/Director: Mike Champion.

Midnight To Six Management 4th Floor, 1 Cowcross St, London, EC1M 6DR **t** 020 7251 6226 **e** tony@midnighttosix.com director: Tony Crean.

Mighty Music Management Avalon House, 67 Avalon Rd, London, W13 0BB **t** 020 8997 9062 **e** jo@mightymusicman.co.uk Contact: Jo Mirowski 07986 557 452.

Mike Malley Entertainments 10 Holly Park Gardens, Finchley, London, N3 3NJ **t** 020 8346 4109 **f** 020 8346 1104 **e** mikemalley@ukstars.co.uk **w** ukstars.co.uk MD: Mike Malley.

Minty Highway Ltd 8 School Villas, Church End, Broxted, Dunmow, CM6 2BS **e** danny@mintyhighway.com **w** monostereo.se f monostereo.se ✺ myspace.com/monostereomalmo t twitter.com/monostereomalmo Contact: Danny Sperling 07899 890339.

Mission Artist Management Fairlight Mews, 15 St Johns Rd, Kingston upon Thames, KT1 4AN **t** 020 8977 0632 **f** 0870 770 8669 **e** info@missionlimited.com **w** missionlimited.com MD: Sir Harry 0208 977 0632.

Mixmaster Entertainment Newport Road, Castlebar, Co Mayo, Ireland **t** +353 94 23732 **f** +353 94 23732 **e** mixmaster@eircom.net Owner: Pat Concannon.

MK Music Ltd **t** 07939 080524 **e** debi@mickkarn.net **w** mickkarn.net ✺ myspace.com/mickkarn Director: Debi Zornes.

Mockingbird Music PO Box 52, Marlow, Bucks, SL7 2YB **t** 01491 579214 **f** 01491 579214 **e** mockingbirdmusic@aol.com Artiste Management: Leon B Fisk.

Modal Management Prospect House, Lower Caldecote, Biggleswade, Beds, SG18 9BA **t** 01767 601398 **e** davidsamuel@modalmanagement.co.uk MD: David Samuel +447773494085.

Modest! Management 91 Peterborough Road, Matrix Complex, London, SW6 3BU **t** 020 7384 6410 **f** 020 7384 6411 **e** richard@modestmanagement.com **w** modestmanagement.com t ModestMGMT Director: Richard Griffiths 02073846410.

Moksha Management Ltd PO Box 102, London, E15 2HH **t** 020 8555 5423 **f** 020 8519 6834 **e** info@moksha.co.uk **w** moksha.co.uk MD: Charles Cosh.

Mondo Management Studio 2, 92 Lots Road, London, SW10 0QD **t** 020 7352 4844 **f** 020 7376 3244 **e** rob@ihtrecords.com **w** mondo-management.com Contact: Rob Holden.

Money Talks Management Cadillac Ranch, Pencraig Uchaf, Cwm Bach, Whitland, Dyfed, SA34 0DT **t** 01994 484466 **f** 01994 484294 **e** cadillacranch@telco4u.net **w** nikturner.com Dir: Sid Money.

Moneypenny Management The Stables, Westwood House, Main St, North Dalton, Driffield, East Yorks, YO25 9XA **t** 01377 217815 **f** 01377 217754 **e** nigel@adastey.demon.co.uk **w** adastra-music.co.uk/moneypenny MD: Nigel Morton 07977 455882.

Monkeybiz Management Entertainment Agency 13 Homan House, Kings Avenue, London, SW4 8DB **t** 020 8683 9373 **e** info@monkeybizmanagement.com **w** monkeybizmanagement.com Contact: Donald Deans 07940 550 153.

Monumental Management Ltd 15 Chalk Farm Rd, Camden, London, NW1 8AG **t** 020 7428 2592 **e** info@monumentalmanagement.co.uk **w** MonumentalManagement.co.uk MD: Brett Leboff.

Morethan4 Music & Management PO Box 53847, London, SE27 7AD **t** 020 7043 6064 **e** info@morethan4.com **w** morethan4.com MD: Anthony Hamer-Hodges 07885 512 721.

Mothership Management Studio 3, 3A Brackenbury Road, Hammersmith, London, W6 0BE **t** 020 8762 9159 **e** rebecca@mothershipmanagement.com **w** mothershipmanagement.com f facebook.com/Mothershipmgmt t twitter.com/mothershipmgmt ▶ youtube.com/mothershipmgmt Managing Director: Rebecca Sichel-Coates.

Motive Music Management 93b Scrubs Lane, London, NW10 6QU **t** 07808 939 919 **e** nathan@motivemusic.co.uk Contact: Nathan Leeks.

MP Music Services Ltd 32 Ashley Close, Walton on Thames, Surrey, KT12 1BJ **t** 020 8123 6551 **e** info@mpmusicservices.co.uk **w** mpmusicservices.co.uk MD: Mark Plunkett.

178 Music Week Directory   www.musicweek.com

📧 Contacts   📘 Facebook   Ⓜ️ MySpace   🐦 Twitter   ▶️ YouTube

Business Services: Artist Management

MPC Entertainment MPC House, 15-16 Maple Mews, London, NW6 5UZ **t** 020 7624 1184 **f** 020 7624 4220 **e** mpc@mpce.com **w** mpce.com 👤 Chief Executive: Michael Cohen.

MSM Music Consultants PO Box 10036, Halesowen, B62 8WD **t** 07785 506637 **e** trevorlonguk@aol.com 👤 MD: Trevor Long.

Music First PO Box 3418, Sheffield, S11 7WJ **t** 0114 268 5441 **e** info@musicfirst.info **w** musicfirst.info 👤 Dir: Barney Vernon.

Music Management 65 Tierney Rd, London, SW2 4QH **t** 020 8678 0167 **e** paul@themusicmanagement.com **w** themusicmanagement.com 🐦 @themusicmanage 👤 Artist Manager: Paul Carey 07971 871481.

music media artists **t** 08456 432678 **e** info@musicmediaartists.com **w** musicmediaartists.com 👤 Contact: Sean Quinn 08456 432 678.

MWM Music Management 11 Great George Street, Bristol, Somerset, BS1 5RR **t** 0117 929 2393 **f** 0117 929 2696 **e** office@mwmuk.com 👤 Director: Craig Williams 0179292393.

Negus-Fancey Company 78 Portland Rd, London, W11 4LQ **t** 020 7727 2063 **f** supplied on request **e** mail@negusfancey.com 👤 Contact: Charles Negus-Fancey.

NEM Productions (UK) Priory House, 55 Lawe Road, South Shields, Tyne and Wear, NE33 2AL **t** 0191 427 6207 **f** 0191 427 6323 **e** dave@nemproductions.com **w** nemproductions.com 👤 Contact: Dave Smith.

Nettwerk Management UK Clearwater Yard, 35 Inverness St, London, NW1 7HB **t** 020 7424 7500 **f** 020 7424 7501 **e** eleanor@nettwerk.com **w** nettwerk.com 👤 Contact: Sam Slattery.

Nick Stewart & Associates Island Studios, 22 St Peters Square, London, W6 9NW **t** 020 8741 6218 **f** 0208 834 7589 **e** info@nickstewart.net **w** nickstewart.net 👤 CEO: Nick Stewart 0208 741 6218.

Nigel Martin-Smith Management Nemesis House, 1 Oxford Court, Bishopsgate, Manchester, M2 3WQ **t** 0161 228 6465 **e** nigel@nmsmanagement.co.uk 👤 MD: Nigel Martin-Smith.

Nita Anderson Entertainments 165 Wolverhampton Road, Sedgley, Dudley, West Midlands, DY3 1QR **t** 01902 882211 **f** 01902 883356 **e** nitaandersonagency@hotmail.com **w** nitaanderson.co.uk 👤 Contact: Juanita Anderson.

No Half Measures Ltd 5 Eagle St, 1st Floor, Glasgow, G4 9XA **t** 0141 353 8822 **f** 0141 353 8823 **e** info@nohalfmeasures.com **w** nohalfmeasures.com
📘 facebook.com/nohalfmeasures
Ⓜ️ myspace.com/nohalfmeasures
🐦 twitter.com/nohalfmeasures
▶️ youtube.com/nohalfmeasures 👤 MD: Dougie Souness.

Normal Management 1a Queensbridge Road, London, E2 8NP **t** 07956 236041 / 07957 613167 **e** aliceharter@normal-management.com / mrpaulnoble@gmail.com 📘 facebook.com/loisandthelove 👤 MDs: Alice Harter, Paul Noble.

North & South PO Box 1099, London, SE5 9HT **t** 020 7326 4824 **f** 020 7535 5901 **e** gamesmaster@chartmoves.com 👤 MD: Dave Klein.

Northern Lights Management 2 Watlington Road, Lewknor, OX49 5TT **t** 07887 983 452 **f** 020 8342 8213 **e** jonathan@northernlightsmgt.co.uk **w** northernlightsmgt.co.uk 👤 Manager: Jonathan Morley.

Northern Music Company Cheapside Chambers, 43 Cheapside, Bradford, West Yorks, BD1 4HP **t** 01274 306361 **f** 01274 730097 **e** info@northernmusic.co.uk **w** northernmusic.co.uk 👤 MD: Andy Farrow.

NOW Music 25 Commercial St, Brighouse, West Yorkshire, HD61AF **t** 01484 723557 **e** john@now-music.com **w** now-music.com 👤 MD: John Wagstaff.

NoWHere Management 30 Tweedholm Ave East, Walkerburn, Peeblesshire, EH43 6AR **t** 01896 870284 **e** michaelwild@btopenworld.com 👤 Owner: Michael Wild 07812 818 183.

NP Records 77 Malvern Rd, St George, Bristol, BS5 8JA **t** 0117 939 5458 **f** 0117 902 3669 **e** neil@np-records.co.uk **w** np-records.co.uk Ⓜ️ myspace.com/nprecordslabel 👤 Partner: Neil Preston 07779 446904.

Nutty Tart Management Call for address. **t** 07951 062 566 **e** nuttytartmanagement@hotmail.com 👤 MD: Mandy Freedman.

NVA Entertainment Group Canary Wharf Tower, 1 Canada Sq, London, E14 5DY **t** 0844 335 3980 **f** 0844 335 3981 **e** info@nvaentgroup.com **w** nvaentgroup.com Ⓜ️ myspace.com/nvamgt 🐦 twitter.com/nvaent ▶️ youtube.com/nvatv 👤 MD: Chris Nathaniel.

O-Mix 47a Rectory Grove, Clapham, London, SW4 0DX **t** 020 7622 4176 **f** 020 7622 4176 **e** akw@o-mix.co.uk **w** myspace.com/omix 👤 MD: Alex Kerr-Wilson 0207 622 4176.

Octagon Music Octagon House, 81-83 Fulham High Street, London, SW6 3JW **t** 020 7862 0000 **f** 020 7862 0007 **e** peter.rudge@octagon.com **w** octagon-uk.com 👤 Managing Director: Peter Rudge 0207 862 0035.

OMC Management 13 Kings Meadow, Ferry Hinksey Road, Oxford, Oxfordshire, OX2 0DP **t** 01865 798791 **e** dave.newton@oxfordmusic.net 👤 Manager: Dave Newton.

One Fifteen 1 Prince Of Orange Lane, Greenwich, London, SE10 8JQ **t** 020 8293 0999 **f** 020 8293 9525 **e** enquiry@onefifteen.com **w** onefifteen.com 👤 MD: Paul Loasby.

www.musicweek.com   **Music Week Directory** 179

👤 Contacts   **f** Facebook   🎵 MySpace   **t** Twitter   ▶ YouTube

Business Services: Artist Management

Onside Management Suite 4, Alexander House, 15 Ware Rd, Hertford, SG13 7DZ **t** 01992 535126 **f** 01992 535127 **e** mail@onside.com 👤 Managing Director: Nick Boyles.

Opal Ltd PO Box 5312, Hove, BN52 9TG **t** 020 7221 4933 **e** opal@opaloffice.com 👤 Contact: Jane Geerts.

Open Top Music 20 Market Place, Kingston upon Thames, KT1 1JP **e** mail@opentopmusic.com **w** opentopmusic.com 👤 Dir: Nick Turner.

Opium (Arts) Ltd 49 Portland Rd, London, W11 4LJ **t** 020 7229 5080 **f** 020 7229 4241 **e** adrian@opiumarts.com 👤 Contact: Richard Chadwick, Adrian Molloy.

OPL Management 4 The Limes, North End Way, London, NW3 7HG **t** 020 8209 0025 **e** oplmanagement@aol.com 👤 Director: Miss Sabina Van de Wattyne.

Ornadel Management Unit B, 11 Bell Yard Mews, 175 Bermondsey St, London, SE1 3TN **t** 020 7407 4466 **e** guy@ornadel.com **w** ornadel.com 👤 Contact: Guy Ornadel.

Out There Management Strongroom, 120-124 Curtain Rd, London, EC2A 3SQ **t** 020 7739 6903 **f** 020 7613 2715 **e** outthere@outthere.co.uk 👤 Manager: Stephen Taverner.

Oxygen Management Ltd 2 Archer Street, Soho, London, W1D 7AW **t** 020 7529 9753 **f** 020 7439 0794 **e** Giles.Cooper@oxygenmanagement.com **w** oxygenmanagement.com 👤 Directors: Giles Cooper, Mark Reid 020 7434 9919.

P&P Music International Crabtree, Mill Lane, Kidmore End, Reading, Berkshire, RG4 9HB **t** 0118 972 4356 **f** 0118 972 4809 **e** ppmusicint@aol.com **w** dovehouserecords.com 👤 President: Thomas Pemberton.

P. B. M. 16B Kingsgate Rd, London, NW6 4TB **t** 020 7625 1082 **e** paul@pbmgt.co.uk **w** pbmgt.co.uk 👤 MD: Paul Bell.

P3 Music Management Ltd PO Box 6641, Blairgowrie, PH10 9AD **t** 01828 633790 **f** 0870 137 6738 **e** james@p3music.com **w** p3music.com **f** facebook.com/pages/P3-Music-Label/50374779811 🎵 myspace.com/p3musiclabel **t** twitter.com/p3music ▶ youtube.com/P3MusicLabel 👤 Director: James Taylor.

P3M Music Management & Consultancy 5 Chatsworth Court, Pembroke Road, London, W8 6DG **t** 07771 862401 **e** paulmoorep3m@aol.com 👤 MD: Paul Moore.

Parallel Universe Music 7 Eagle Court, 69 High St, London, N8 7QG **t** 07788 545 112 **f** 020 8340 8031 **e** carmen@paralleluniversemusic.com 👤 Artist Manager: Carmen Layton-Bennett.

Park Promotions PO Box 651, Oxford, OX2 9AZ **t** 01865 241 717 **f** 01865 204 556 **e** info@parkrecords.com **w** parkrecords.com 👤 MD: John Dagnell.

Parliament Management PO Box 6328, London, N2 0UN **t** 020 8444 9841 **e** info@angerplanet.co.uk **w** angerplanet.co.uk **t** @Anger Planet 👤 Director: David Woolfson 0208 444 9841.

Part Rock Management Ltd 1 Conduit St, London, W1S 2XA **t** 01424 845815 **f** 020 7681 1817 **e** stewartyoung@mindspring.com 👤 MD: Stewart Young.

Patrick Garvey Management Ltd 40 North Parade, York, YO40 7AB **t** 01904 621222 **f** 08700 513884 **e** andrea@patrickgarvey.com **w** patrickgarvey.com 👤 Director: Andrea McDermott.

Paul Barrett (Rock `N' Roll Enterprises) 21 Grove Terrace, Penarth, South Glamorgan, CF64 2NG **t** 029 2070 4279 **f** 029 2070 9989 **e** barrettrocknroll@ntlworld.com 👤 Dir: Paul Barrett 029.20.704279.

Paul Crockford Management (PCM) 272 Latimer Road, London, W10 6QY **t** 020 8962 8272 **f** 020 8964 5718 **e** assistant@paulcrockfordmanagement.com 👤 Managing Director: Paul Crockford.

The Music Management 65 Tierney Rd, London, SW2 4QH **t** 07971 871481 **e** paul@themusicmanagement.com **w** themusicmanagement.com **t** @themusicmanage 👤 Management/Personal Representation: Paul Carey.

Pegasus Management 8 Ashington Court, Westwood Hill, Sydenham, London, SE26 6BN **t** 020 8778 9918 **f** 020 8355 7708 **e** PegasusMgnt@hotmail.com 👤 Dir: James Doheny.

Personality Artistes Ltd PO Box 1, Skippool, Poulton-Le-Fylde, Lancashire, FY6 7WS **t** 01253 899988 **f** 01253 899333 **e** info@personalityartistes.com **w** personalityartistes.com 👤 Managing Director: Mal Ford 07860 479 092.

Peter Haines Management Montfort, The Avenue, Kingston near Lewes, East Sussex, BN7 3LL **t** 07710 215441 **e** peterhaines@hotmail.co.uk **w** recordbusiness.com 👤 Artist Manager: Peter Haines.

PEZ Management 126 Clonmore Street, London, SW18 5HB **t** 020 8480 4445 **f** 020 8480 4446 **e** pezmanagement@aol.com 👤 Contact: Perry Morgan 07831 100 980.

PFB Management 9 Bowmans Lea, London, SE23 3TL **t** 020 8291 3175 **e** pbibby6@gmail.com 👤 Managing Director: Paul Bibby.

Phenomena e info@projectphenomena.com **w** projectphenomena.com 👤 Producer: Wilfried Rimensberger +44 20 7821 1400.

Phonetic Music Management Viking House, 12 St Davids Close, Farnham, Surrey, GU9 9DR **t** 01252 330 894 **f** 01252 330 894 **e** james@phoneticmusic.com **w** phoneticmusic.com 👤 MD: James Sefton 07775 515 025.

Music Week Directory

Contacts ■ **Facebook** ■ **MySpace** ■ **Twitter** ■ **YouTube**

Business Services: Artist Management

Pitch One Management Electroline House, 15 Lion Road, Twickenham, Middlesex, TW1 4JH **t** 020 8241 7137 **f** 020 8241 7137 **e** rob@pitch-one.net **w** pitch-one.net ■ Chief Executive Officer: Rob Roar.

PJ Music 156A High Street, London Colney, St. Albans, Hertfordshire, AL2 1QF **t** 01727 827017 **f** 01727 827017 **e** pjmusic@virgin.net **w** schmusicmusic.com ■ Director: Paul Bowrey 07860 902 361.

Plan C Management Covetous Corner, Hudnall Common, Little Gaddesden, Herts, HP4 1QW **t** 01442 842851 **f** 01442 842082 **e** christian.ulf@virgin.net **w** plancmusic.com ■ Manager: Christian Ulf-Hansen.

Plug Artists 1 Carysfort road, Dalkey, n/a, Co. Dublin, Ireland **t** +353 85 830 8888 **e** marcus@plugartists.ie **w** plugartists.ie ■ plugartists.ie ■ Founder: Marcus Lester.

Plus Artist Management Plus Music Publishing 36 Follingham Court, Drysdale Pl, London, N1 6LZ **t** 020 7684 8594 **e** info@plusmusic.co.uk **w** plusmusic.co.uk ■ Proprietor: Desmond Chisholm.

Pocket Rocket Music Ltd 5 Hanover Place, Bow, 23-31 Great Titchfield Street, London, E3 4QD **t** 07855 121787 **e** simon@pocketrocketmusic.com **w** pocketrocketmusic.com ■ simonprm ■ Director: Simon Burke-Kennedy.

PopWorks 1 Lopen Road, Silver Street, London, N18 1PN **t** 020 8807 6268 **f** 020 8351 1497 **e** popworks1@yahoo.com ■ MD: Linda Duff.

Porcupine Management 14 Colquitt Street, Liverpool, Merseyside, L1 4DE **t** 0151 709 4090 **e** oxygenmusic@btinternet.com ■ Partners: Pete or Peasy.

Power Artist Management 29 Riversdale Road, Thames Ditton, Surrey, KT7 0QN **t** 020 8398 5236 **f** 020 8398 7901 **e** barry.levans@btinternet.com(DO NOT PUBLISH) ■ MD: Barry Evans.

PR-ISM Flat 2, 14 Park Terrace, The Park, Nottingham, Nottinghamshire, NG1 5DN **t** 0115 947 5440 **e** phil.long@virgin.net **w** pr-ism.co.uk ■ Managing Director: Phil Long 07971 780 821.

The Precious Organisation The Townhouse, 1 Park Gate, Glasgow, G3 6DL **t** 0141 353 2255 **f** 0141 353 3545 **e** elliot@precioustoo.com ■ MD: Elliot Davis.

Prestige Management The Matrix, 91 Petersborough Road, London, SW6 3BU **t** 020 7384 6477 **f** 020 7384 6477 **e** info@prestigeuk.com ■ Managers: Richard Rashman, Matthew Fletcher, Joe O'neil, Waddell Solomon, Darren Keating.

Previous Management PO Box 61, East Molesey, Surrey, KT8 6BA **t** 020 8224 7643 **e** info@previousmanagement.com **w** previousmanagement.com ■ Manager: Janis Haves.

Principle Management 30-32 Sir John Rogerson's Quay, Dublin 2, Ireland **t** +353 1 6777330 **f** +353 1 6777276 **e** candida@numb.ie ■ Director: Paul McGuinness.

Pro-Rock Management Caxton House, Caxton Avenue, Blackpool, Lancashire, FY2 9AP **t** 01253 508670 **f** 01253 508670 **e** promidibfp@aol.com **w** members.aol.com/promidibfp ■ MD: Ron Sharples.

Probation Management 1st Floor, Warwick Hall, Off Banastre Avenue, Cardiff, CF14 3NR **t** 029 2069 4450 **f** 029 2069 4455 **e** probmgt@btconnect.com **w** myspace.com/probationmanagement ■ Dirs: Martin Bowen, Adam Stangroom.

Prohibition Management Fulham Palace, Bishops Avenue, London, SW6 6EA **t** 020 7384 7372 **f** 020 7371 7940 **e** Caroline@prohibitiondj.com **w** prohibitiondj.com ■ MD: Caroline Prothero 07967 610 877.

Prolifica Management Unit 1, 32 Caxton Rd, London, W12 8AJ **t** 020 8740 9920 **f** 020 811 8170 **e** colin@prolifica.co.uk ■ Dir: Colin Schaverien.

Pure Delinquent 134 Replingham Road, Southfields, London, SW18 5LL **t** 07972 701 243 **f** 020 8870 0790 **e** info@pure-delinquent.com **w** pure-delinquent.com ■ Dir: Julie Pratt.

Pure DJs OFFICE 385, Devonshire House, 49 Eldon Street,, Sheffield, S1 4NR **t** 01142 997707 **e** paul@puredjs.com **w** puredjs.com ■ Director: Paul Grayson 07776 295329.

Pure Music Management 77 Beak St, No. 306, London, W1F 9DB **t** 07766 180 330 **f** 020 7439 3330 **e** puremusicmgmt@yahoo.com ■ Contact: Michael Cox.

PVA Ltd 2 High Street, Westbury On Trym, Bristol, BS9 3DU **t** 0117 950 4504 **f** 0117 959 1786 **e** enquiries@pva.ltd.uk **w** pva.ltd.uk ■ Sales Director: John Hutchinson.

PVA Management County House, St Mary's St, Worcester, WR1 1HB **t** 01905 616100 **f** 01905 610709 **e** maggie@pva.co.uk **w** pva.co.uk ■ Marketing Manager: Maggie Pink.

Quest Management 36 Warple Way, Unit 1D, London, W3 0RG **t** 020 8749 0088 **f** 020 8749 0080 **e** info@quest-management.com ■ Manager: Scott Rodger.

Quintessential Music PO Box 546, Bromley, Kent, BR2 0RS **t** 020 8402 1984 **f** 020 8325 0708 **e** urban_music@msn.com ■ Senior Partner: Quincey 07956 389 840.

R2 Management PO Box 100, Moreton-In-Marsh, Gloucestershire, GL56 0ZX **t** 01608 651802 **f** 01608 652814 **e** robbeden@aol.com **w** jacobsladder.org.uk ■ Managing Director: Robb Eden.

Radar Music and Management 31 Lingfield Crescent, Stratford-Upon-Avon, Warwickshire, CV37 9LX **t** 01789 268280 **e** joe@radarmusic.co.uk **w** radarmusic.co.uk ■ Contact: Joe Cooper.

Radius Music Ltd PO Box 46375, London, SW17 9WJ **t** 020 8672 7030 **f** 020 8672 7030 **e** info@radiusmusic.co.uk **w** radiusmusic.co.uk ■ facebook.com/radiusmusic ■ myspace.com/radiusmusicuk ■ Manager: Mark Wood.

Contacts **Facebook** **MySpace** **Twitter** **YouTube**

Raf E 18 Coronation Court, London, W10 6AL **t** 020 8451 1352 **f** 020 8451 1352 **e** raf2raf@gmail.com Dir: Raf Edmonds.

Random London **t** 020 8459 1150 **e** steve.malins@btinternet.com **w** metamatic.com Manager: Steve Malins.

Raw Power Management Bridle House, 36 Bridle Lane, London, W1F 9BZ **t** 08453 313300 **f** 08453 313500 **e** info@rawpowermanagement.com **w** rawpowermanagement.com facebook.com/rawpowermanagement myspace.com/rawpowermanagement @rawpowermgmt CEO: Craig Jennings.

Raygun Music Management Ltd 350 Portland Rd, Hove, East Sussex, BN3 5LF **t** 07930 376810 **e** julian.deane@raygunmusicmanagement.com **w** raygunmusicmanagement.com myspace.com/raygunmusicmanagmnt Director: Julian Deane.

Razzamatazz Management 204 Holtye Rd, East Grinstead, West Sussex, RH19 3ES **t** 01342 301617 **e** razzamatazzmanagement@btconnect.com Dir: Jill Shirley 07836 268292.

Real Time Management PO Box 1275, High Wycombe, Bucks, HP12 3TQ **t** 07772 109 344 **e** chris.smith@real-time-management.co.uk **w** real-time-management.co.uk MD: Chris Smith.

Represents Artist Management Office 3, Bannon Court, 54-58 Micheal Road, London, SW6 2EF **t** 020 7384 2080 **f** 020 7384 2055 **e** ben@represents.co.uk **w** represents.co.uk MD: Ben King.

Ric Martin Fast Helicopter Building, Hangar 4, Shoreham Airport, West Sussex, BN43 5FF **t** 01273 44 64 84 **e** ric@ricmartinagency.co.uk **w** hot-chocolate.co.uk Manager: Ric Martin 07860 722255.

Richman Management Ltd 103 Southwood Lane, London, N6 5TB **t** 020 8374 2258 **e** richard@richmanmanagement.com MD: Richard Shipman.

Riot Management Limited 17 Clifford St, London, W1S 3RQ **e** Matt@Riot-Management.com Manager/Owner/Director: Matt Page.

Riverman Management George House, Brecon Road, London, W6 8PY **t** 020 7381 4000 **f** 020 7381 9666 **e** info@riverman.co.uk **w** riverman.co.uk @rivermanmgt Director: David Mclean.

Riviera Music Management 83 Dolphin Crescent, Paignton, Devon, TQ3 1JZ **t** 07071 226 078 **f** 0870 133 0100 **e** Info@rivieramusic.net **w** rivieramusic.net MD: Kevin Jarvis.

RLM (Richard Law Management) 58 Marylands Road, Maida Vale, London, W9 2DR **t** 020 7286 1706 **f** 020 7266 1293 **e** richard@rlmanagement.co.uk Manager: Richard Law.

RM2 Music 124 Monson Road, Reigate, Redhill, Surrey, RH1 2EY **t** 020 7193 4911 **e** info@rm2music.co.uk **w** rm2music.co.uk twitter.com/RM2Music Managing Director: Diane Dunkley.

Roar Global 4th Floor, 34-35 Eastcastle St, London, W1W 8DW **t** 020 7462 9060 **e** info@roarglobal.com **w** roarglobal.com MD: Jonathan Shalit.

Robert Miller Management 14 Victoria Road, 14 Victoria Rd, Douglas, Isle Of Man, IM2 4ER **t** 01624 677214 **e** info@runningmedia.com **w** runningmedia.com Managing Director: Bob Miller 07973 129068.

Robin Morton Consultancy 3/2, The Printworks, 14 Norval Street, Glasgow, G11 7RX **t** 0141 560 2748 **f** 0141 357 0655 **e** robin@robinmorton.com **w** lo-five.com Contact: Robin Morton 07870 590 909.

Rocket Music Management Limited 1 Blythe Rd, London, W14 0HG **t** 44-20-7348-4800 **f** 44-20-7348-4838 **e** info@rocketmusic.com **w** rocketmusic.com CEO: Todd Interland.

Roedean Music Ltd Suite 5, 58 Broadwick St, London, W1F 7AJ **t** 020 7434 7286 **e** tonyhall@btconnect.com MD: Tony Hall.

Roger Boden Management 2 Gawsworth Rd, Macclesfield, Cheshire, SK11 8UE **t** 01625 420163 **e** rbm@cottagegroup.co.uk **w** cottagegroup.co.uk MD: Roger Boden.

RokSolid Entertainment Ltd 1 The Village, North End Way, London, NW3 7HA **e** manny@roksolid.co.uk **w** roksolid.co.uk CEO / Chairman: Manny Elias / Mo Siddiqui 07778 037396.

Rough Trade Management 66 Golborne Rd, London, W10 5PS **t** 020 8875 5194 **f** 020 8968 6715 **e** kellykiley@roughtraderecords.com **w** roughtradeproducers.com Artist Liason: Kelly Kiley.

Richard Pascoe Management 51A Wood Ville, The Heath, Surrey, CR7 8LN **t** 07956 368680 **e** R.Pascoe@RPMan.co.uk **w** RPMan.co.uk facebook.com/RPManMK myspace.com/RPManagement twitter.com/RichardPascoe youtube.com/RPManUK C.E.O: Richard Pascoe +44 7956 368680.

RubyRed 46 University St, Belfast, Northern Ireland, BT7 1HB **t** 07775 657234 **f** 08707 625672 **e** francotton@rubyredmgmt.com **w** rubyredmanagement.com Contact: Fran Cotton.

Rumour Music Management PO Box 54127, London, W5 9BE **t** 020 8997 7893 **f** 020 8997 7901 **e** post@rumour.demon.co.uk Managing Director: Anne Plaxton.

Running Dog Management Whitecroft, Well Lane, Devauden, Monmouthshire, NP16 6NX **t** 07917 794801 **e** runningdogmanagement@yahoo.com Managing Director: Les Modget 07917794801.

Music Week Directory

Contacts | **Facebook** | **MySpace** | **Twitter** | **YouTube**

Business Services: Artist Management

Runrig Management 1 York Street, Aberdeen, AB11 5DL
t 01224 573100 f 01224 592320 e office@runrig.co.uk
w runrig.co.uk Office Manager: Mike Smith.

Billy Russell Management Binny Estate, Ecclesmachan, Edinburgh, EH52 6NL t 01506 858885
f 01506 858155 e kitemusic@aol.com w kitemusic.com
MD: Billy Russell.

Safehouse Management PO Box 47200, London, W6 6DQ t 020 8743 4000 f 020 8743 4021
e info@safehousemanagement.com
w safehousemanagement.com Director: Lynn Cosgrave.

Saphron Management 36 Belgrave Road, London, E17 8QE t 07973 415 167 e saph@btinternet.com
Manager: Annette Bennett.

Satellite Artists Studio House, 34 Salisbury St, London, NW8 8QE t 020 7402 9111 f 020 7723 3064
e satellite_artists@hotmail.com MD: Eliot Cohen.

SB Management The Studio (Basement), 144 Shepherds Bush Road, London, W6 7PB
t 020 7078 9789 f 0871 253 1584 e info@sbman.co.uk
w sbman.co.uk MD: Simon Banks.

Scarlet Management Southview, 68 Siltside, Gosberton Risegate, Lincs, PE11 4ET t 01755 841750
f 01522 321166 e info@scarletrecording.co.uk
w scarletmusicservices.co.uk MD: Liz Lenten.

Scruffy Bird Management 118 Commercial Street, 30-31 Shoreditch High Street, London, E1 6NF
t 020 7650 7840 e emily@anoraklondon.com
w scruffybird.com Director: Emily Cooper.

Dave Seamer Entertainments 46 Magdalen Road, Oxford, Oxfordshire, OX4 1RB t 01865 240054
f 01865 240054 e dave@daveseamer.co.uk
w daveseamer.co.uk Managing Director: Dave Seamer.

Seaview Music 28 Mawson Rd, Cambridge, CB1 2EA
t 01223 508431 f 01223 508449
e seaview@dial.pipex.com w seaview.dial.pipex.com
Administrator: Alison Suter.

SEG Entertainment UK The Courtyard, Unit A, 42 Colwith Rd, Hammersmith, London, W6 9EY
t 020 8846 3737 f 020 8846 3738
e firstname.lastname@seginternational.com
w seginternational.com/music CEO/ MD: Marc Marot, John Arnison.

Sentinel Management 60 Sellons Avenue, London, NW10 4HH t 020 8961 6992 e sentinel7@hotmail.com
Dirs: Sandra Scott 07932 737 547.

SGO Music Management PO Box 2015, Salisbury, Wiltshire, SP2 7WU t 01747 871563 f 01747 870678
e sgomusic@sgomusic.com w sgomusic.com
myspace.com/sgomyspace twitter.com/#!/sgomusic
youtube.com/user/sgoworld Director: Stuart Ongley.

Shamrock Music 9, Thornton Pl, Marylebone, London, W1H 1FG t 020 7935 9719 f 020 7935 0241
e lindy@celtus.demon.co.uk w johnmcmanus.biz Artist Manager, MD: Lindy McManus.

Shavian Enterprises 14 Devonshire Pl, London, W1G 6HX t 020 7935 6906 f 020 7224 6256
e info@sandieshaw.com w sandieshaw.com
Director: Grace Banks.

Shaw Thing Management Unit 12A Utopia Villiage, 7 Chalcot Road, 7 Chalcot Road, London, NW1 8LH
t 020 8361 6669 f 020 8361 9403
e hills@shawthingmanagement.com Managing Director: Hillary Shaw.

Sheepfold 43 Broadleaf Avenue, Bishop's Stortford, Herts, CM23 4JY t 01279 835067
e pauljamesburrell@aol.com Mgr: Paul Burrell.

Show Business Entertainment The Bungalow, Chatsworth Avenue, Long Eaton, Nottinghamshire, NG10 2FL t 0115 973 5445 f 0115 946 1831
e kimholmes@showbusinessagency.freeserve.co.uk
MD: Kim Holmes.

Shurwood Management Tote Hill Cottage, Stedham, Midhurst, West Sussex, GU29 0PY t 01730 817400
f 01730 815846 e shurley@shurwood.fsnet.co.uk
GM: Shurley Selwood.

Sidewinder Management Ltd 10 Cambridge Mews, Brighton & Hove, BN3 3EZ t 01273 774460
e sdw@SidewinderMgmt.com w SidewinderMgmt.com
MD: Simon Watson.

Silent Records Matrix Studios, 91 Peterborough Rd, London, SW6 3BU t 07957 165391
e julian.close@tubemanagement.com
myspace.com/tubemanagement MD: Julian Close.

Silver Management London
e silvermanagement@live.co.uk Contact: Brian Smith 020 7502 0250.

Silverbird Ltd Amersham Common House, 133 White Lion Rd, Amersham Common, Bucks, HP7 9JY
t 01494 766754 f 01494 766745
e donatella@silvrbird.demon.co.uk w leosayer.co.uk
Mgr: Donatella Piccinetti.

Simple Management 36 Avenue Rd, Brentford, Middx, TW8 9NS t 020 8560 8402 f 020 8560 8402
e simonbentley@onetel.net Manager: Simon Bentley.

Simply Entertainment Ltd Wilson's Corner, 1-5 Ingrave Road, Brentwood, Essex, CM15 8AP
t 07900 262 486 e anthony@simplyentertainmentltd.com
w simplyentertainmentltd.com Dir: Anthony Campbell.

Sleeper Music Block 2, 6 Erskine Road, Primrose Hill, London, NW3 3AJ t 020 7580 3995 f 020 7900 6244
e info@sleepermusic.co.uk w guychambers.com
Contact: Dylan Chambers, Louise Jeremy.

Slowburn Productions 18 Eastwick Lodge, 4 Village Road, Enfield, Middx, EN1 2DH t 020 8360 4670
e Harry@slowburnproductions.co.uk MD: Harry Benjamin.

Small World 18a Farm Lane Trading Centre, 101 Farm Lane, London, SW6 1QJ t 020 7385 3233
f 020 7386 0473 e tina@smallworldmanagement.com
MD: Tina Matthews.

www.musicweek.com **Music Week Directory** 183

Contacts | Facebook | MySpace | Twitter | YouTube

Business Services: Artist Management

SMI/Everyday Productions 33 Mandarin Place, Grove, Oxon, OX12 0QH **t** 01235 771577 **e** smi_everyday_productions@yahoo.com Contact: 01235 767171.

Soho Artists 1st Floor, 18 Broadwick Street, London, W1F 8HS **t** 020 7434 0008 **f** 020 7434 0061 **e** paul@sohoartists.co.uk **w** sohoartists.co.uk CEO: Paul Burger.

Solar Management 13 Rosemont Rd, London, NW3 6NG **t** 020 7794 3388 **f** 020 7794 5588 **e** info@solarmanagement.co.uk **w** solarmanagement.co.uk MD: Carol Crabtree.

Son Management 72 Marylebone Lane, London, W1U 2PL **t** 020 7486 7458 **f** 020 8467 6997 **e** sam@randm.co.uk Mgr: Sam Eldridge.

Sound Artist Management 20th Century Theatre, 291 Westbourne Grove, London, london, London, W11 2QA **t** 020 72213452 **f** 0871 900 5119 **e** info@soundartistmanagement.com **w** soundartistmanagement.com DJ/VJ Agent, Production Manager: Edward Bigland 020 7221 3452.

The Sound Foundation The Sound Foundation, PO Box 4900, Earley, Berks, RG10 0GA **t** 0118 934 9600 **e** info@soundfoundation.co.uk **w** airplayrecords.co.uk Label Mgr: Hadyn Wood 07973 559 203.

Sounds Like A Hit Ltd Matrix Complex, 91 Peterborough Rd, London, SW6 3BU **t** 020 7384 6464 **e** steve@slahit.com **w** soundslikeahit.com Director: Steve Crosby.

Southside Management 20 Cromwell Mews, London, SW7 2JY **t** 020 7225 1919 **f** 020 7823 7091 **e** kate@southsidemanagement.co.uk MD: Bob Johnson.

Sparklestreet HQ 18 Sparkle St, Manchester, M1 2NA **t** 0161 273 3435 **f** 0161 273 3695 **e** gary@pd-uk.com **w** sparklestreet.net Dir: Gary McClarnan 07798 766 861.

Spirit Music & Media Hope House, 40 St Peters Rd, London, W6 9BD **t** 020 8741 6020 **e** info@spiritmm.com **w** irl.org.uk facebook.com/#!/pages/Independent-Records-Ltd/163808406963773 myspace.com/spiritmusicmedia irlspirit MD: Tom Haxell & David Jaymes.

Split Music 13 Sandys Rd, Worcester, WR1 3HE **t** 01905 613 023 **e** meshmusic@prison-records.com MD: Chris Warren.

Split Peach Management 15 Barley Hills, Bishop's Stortford, Hertfordshire, CM23 4DS **t** 01279 865070 **f** 08704 860812 **e** simon@music-zine.com **w** splitpeach.co.uk Chief Executive Officer: Simon Baker splitpeach.co.uk.

Starwood Management 33 Richmond Place, Brighton, E Sussex, BN2 9NA **t** 01273 675 444 **e** mark@illshows.fsnet.co.uk Co-MD: Mark Nicholson.

Stevo Management London **e** info@somebizarre.com **w** somebizarre.com MD: Stevo.

Stewart Coxhead Munro House, High Close, Rawdon, Leeds, West Yorkshire, LS19 6HF **t** 0113 250 3338 **f** 0113 250 7343 **e** stewart@stewartcoxhead.com **w** acoustic-alchemy.net Managing Director: Stewart Coxhead.

Strata Music Ltd e info@stratamusic.com **w** stratamusic.com MD: Gordon Biggins.

Streetfeat Management Ltd Unit 105, The Saga Centre, 326 Kensal Rd, London, W10 5BZ **t** 020 8969 3370 **f** 020 8960 9971 **e** info@streetfeat.demon.co.uk MD: Colin Schaverien.

Stress Management Imex House, VIP Trading Estate, Anchor & Hope Lane, London, SE7 7TE **t** 020 8269 0352 **f** 020 8269 0353 **e** suzanne@quixoticrecords.com **w** quixoticrecords.com Manager: Suzanne Hunt.

Sublime Music 77 Preston Drove, Brighton, East Sussex, BN1 6LD **t** 07774 133 134 **e** patrick@sublimemusic.co.uk **w** sublimemusic.co.uk Contact: Patrick Spinks.

Sugar Shack Management PO Box 73, Fishponds, Bristol, BS16 7EZ **t** 01179 855092 **f** 01179 855092 **e** mike@sugarshackrecords.co.uk **w** sugarshackrecords.co.uk myspace.sugarshackrecordsuk Dir: Mike Darby.

Sunrise UK Silverdene, Scaleby Hill, Carlisle, CA6 4LU **t** 01228 675822 **f** 01228 675822 **e** info@sunriseuk.co.uk **w** sunriseuk.co.uk Proprietor: Martin Smith.

Superdark Sub Bubble Studios, Unit 2 Towers Business Park, Carey Way, Wembley, Middlesex, HA9 0LQ **t** 020 8902 0497 **e** ian@subbubble.com **w** myspace.com/superdarkmuic Contact: Ian Bennett.

SuperVision Management 59-65 Worship Street, London, EC2A 2DU **t** 020 7688 9000 **f** 020 7688 8999 **e** info@supervisionmgt.com Director: Dean James.

Sweet Song Management t 02076243077 **e** dp@sweetsongmanagement.com Contact: Dace Paula.

Swing Cafe 26 Fox Lane, London, N13 4AH **t** 020 8882 7422 **e** lauriejay@swingcafemusic.com **w** swingcafemusic.com MD: Laurie Jay.

T2 Management Dolphin Court, 42 Carleton Road, London, N7 0ER **t** 020 7607 6654 **e** hilltaryn@hotmail.com Dir: Taryn Hill 07971 575810.

TARGO Entertainment - There's A Riot Going On e targo.entscorps@virgin.net Manager: Mathew Priest 07971 405874.

Teleryngg UK 132 Chase Way, London, N14 5DH **t** 07050 055167 **f** 08707 415252 **e** atlanticcrossingartists@yahoo.com Managing Director: Richard Struple.

Terry Blamey Management PO Box 13196, London, SW6 4WF **t** 020 7371 7627 **f** 020 7731 7578 **e** info@TerryBlamey.com Contact: Julia Brukner.

Business Services: Artist Management

Contacts | **Facebook** | **MySpace** | **Twitter** | **YouTube**

The Animal Farm 4th Floor, Block A, Tower Bridge Business Complex, 100 Clements Rd, London, SE16 4DG **t** 020 7237 8768
e ville@theanimalfarm.co.uk **w** theanimalfarm.co.uk
theanimalfarm MD: Ville Leppanen.

The Cardigan Suite PO Box 7438, New Bradwell, Milton Keynes, MK13 0WG **t** 07736 322731
e matt@thecardigansuite.com **w** thecardigansuite.com
MD: Matt Clark.

The Delicious Fox t 07588 234013
e latoya@velvetines.com / bianca@velvetines.com
Contact: Bianca Geldenhuys & Latoya Akisanya.

Hawkwind Management PO Box 28, Honiton, EX14 1PB **t** 44 (0) 7803 169198 **f** 44 (0) 20 7681 2270
e management@hawkwind.com **w** hawkwind.com
facebook.com/pages/Hawkwind/117137094965867
@HawkwindHQ Contact: Kris.

The Hook Up Management 11 Old Steine, Brighton, BN1 1EJ **t** 01273 667991
e info@thehookupconsultancy.com Contact: Jonny Goodwillie.

The ICE Group 3 St Andrews St, Lincoln, Lincolnshire, LN5 7NE **t** 01522 539883 **f** 01522 528964
e steve.hawkins@easynet.co.uk **w** icegroup.co.uk
MD: Steve Hawkins.

The Music & Media Partnership Grand Prix House, 126-129 Power Rd, London, W4 5PY **t** 020 8987 0818
f 020 8987 0828 **e** info@tmmp.co.uk **w** tmmp.co.uk
MD: Rick Blaskey.

The Music Partnership New Broad St House, New Broad St, London, EC2M 1NH **t** 020 7840 9590
e office@musicpartnership.co.uk **w** musicpartnership.co.uk
Artist Manager: Louise Badger.

The Screen Talent Agency Rich Mix Building, 35-47 Bethnal Green Rd, London, E1 6LA **t** 020 7729 7477
f 020 7681 3588 **e** info@screen-talent.com **w** screen-talent.com m.d.: James Little.

The TCB Group 24 Kimberley Court, Kimberley Rd, Queens Pk, London, NW6 7SL **t** 020 7328 7272
f 020 7372 0844 **e** stevenhoward@tcbgroup.co.uk
w tcbgroup.co.uk CEO: Steven Howard.

Theobald Dickson Productions The Coach House, Swinhope Hall, Swinhope, Market Rasen, Lincs, LN8 6HT
t 01472 399 011 **f** 01472 399 025
e tdproductions@lineone.net MD: Bernard Theobald.

Three Six Zero Group A14 Jacks Place, 6 Corbet Place, London, E1 6NN **t** 0203 0517 930
f 0203 0041 589 **e** duncan.murray@threesixzerogroup.com
w threesixzerogroup.com Remix Manager: Duncan Murray 0044 (0) 203 0517 930.

Tim Prior - Artist & Rights Management
The Old Lampworks, Rodney Place, London, SW19 2LQ
t 020 8542 4222 **f** 020 8540 6056 **e** tim@arm-eu.com
MD: Tim Prior.

TK1 Management PO Box 38475, London, SE16 7XT
t 020 7481 1411 **f** 020 7481 1411
e info@tk1management.com **w** tk1management.com
Dirs: Trina Torpey & Kathryn Nash.

Toni Medcalf Management
68 Upper Richmond Rd West, London, SW14 8DA
t 020 8876 2421 **e** ttmmanagement@aol.com Artist Manager: Toni Medcalf 07767 832260.

Tony Hall Group of Companies Suite 5, 58 Broadwick St, London, W1F 7AL **t** 020 7434 7286
f 020 7434 7288 **e** tonyhall@btconnect.com MD: Tony Hall.

Top Draw Music Management The Media Centre, Basepoint Centre, 272 Field End Rd, Eastcote, HA4 9NA
t 020 8582 0408 **e** james@tdmm.co.uk **w** tdmm.co.uk
Managing Director: James Hamilton.

Total Concept Management (TCM) PO Box 128, Dewsbury, West Yorkshire, WF12 9XS **t** 01924 438295
f 0700 603 3898 **e** tcm@totalconceptmanagement.com
w totalconceptmanagement.com

Total Management Flat 2, 7 Milnthorpe Rd, Meads Village, Eastbourne, East Sussex, BN20 7NS
t 07941 373897 **e** chris@totalmgt.biz
w myspace.com/catherinetran MD: Chris McGeever.

Touched Productions 4 Varley House, County St, London, SE1 6AL **t** 020 7403 5451 **f** 020 7403 5446
e toucheduk@aol.com **w** touched.co.uk Dir: Armorel Weston.

Transmission Management London
e sybil@transmissionmanagement.com Owner: Sybil Bell.

TRC Management Ltd 10C Whitworth Court, Manor Park, Manor Farm Road, Runcorn, Cheshire, WA7 1WA
t 01928 571111 **e** mail@trcmanagement.com
w trcmanagement.com Managing Director: Phil Chadwick.

Trinifold Management Third Floor, 12 Oval Rd, London, NW1 7DH **t** 020 7419 4300 **f** 020 7419 4325
e trinuk@globalnet.co.uk MD: Robert Rosenberg.

Truelove Records - Tortured Artists
PO Box 63445, London, SE1P 5FL **t** 020 3239 2575
e business@truelove.co.uk **w** torturedartists.co.uk
Contact: Brian Roach.

Turnstile Music LLP 104a Cowbridge Road East, Canton, Cardiff, CF11 9DX **t** 029 2039 4200
f 029 2037 2703 **e** alun@turnstilemusic.net
Contact: Alun Llwyd.

Logan Media Entertainment PO Box 2470, The Studio, Chobham, Surrey, GU24 8ZD **t** 01276 855247
e info@lmeworldwide.com **w** lmeworldwide.com
CEO: Craig Logan.

Twist Management Suite 41, Centre House, 56 Wood Lane, London, W12 7SB **t** +44(0)208 743 9001
e info@twistmanagement.co.uk **w** twistmanagement.co.uk
Contact: Hamish Harris.

www.musicweek.com   **Music Week Directory** 185

📧 Contacts   📘 Facebook   🎵 MySpace   🐦 Twitter   ▶️ YouTube

Business Services: Artist Management

UKNY Music Ltd Unit 21 Westbourne Studios, 242 Acklam Road, London, W10 5JJ **t** 020 3159 5372 **f** 020 7373 2525 **e** hello@uknymusic.com 📧 Owner: Zak Biddu.

Union Entertainment Group International
e paolo@ueginc.com **w** ueginc.com 📧 Contact: Paolo d'Alessandro / Head of International +44 207 193 2384.

Upbeat Classical Management
170 Thirlmere Gardens, Northwood, Middlesex, HA6 2RU **t** 01923 836220 **e** info@upbeatclassical.co.uk **w** upbeatclassical.co.uk 📧 Director: Maureen Phillips.

Upbeat Management Larg Cottage, Woodcote Grove, Coulsdon, Surrey, CR5 2QQ **t** 020 8668 3332 **f** 020 8668 3922 **e** info@upbeat.co.uk **w** upbeat.co.uk 📧 Partner: Beryl Korman.

Uplifted Management 125 Park Rd, Stretford, Manchester, Lancashire, M32 8ED **t** 07931 943226 **e** info@upliftedmanagement.org.uk **w** upliftedmanagement.org.uk 📧 General Manager: Mark Wheawill.

Upside Management 28a Oberstein Road, London, SW11 2AE **t** 07786 066665 **e** simon@upsideuk.com **w** upsideuk.com 🎵 myspace.com/upsidemanagement 📧 Co MDs: Simon Jones & Denise Beighton.

Urban Influence UK Ltd The Chilterns, France Hill Drive, Camberley, Surrey, GU15 3QA **t** 01276 27317 **f** 01276 686 055 **e** julianwhite@urban-influence.co.uk **w** urbaninfluence.co.uk 📧 MD: Julian White.

Valley Music Ltd
Unit 6 The Quadrant Upper Culham Farm, Upper Culham Road, Upper Culham, Reading, Berkshire, RG10 8NR **t** 01491 845840 **f** 01491 413667 **e** info@valleymusicuk.com **w** tomjones.com 📧 Managing Director: Mark Woodward.

Value Added Talent Management (VAT)
1 Purley Place, London, N1 1QA **t** 020 7704 9720 **f** 020 7226 6135 **e** vat@vathq.co.uk **w** vathq.co.uk 📧 MD: Dan Silver 0207 704 0024.

Vashti PO Box 2553, Maidenhead, Berkshire, SL6 1ZJ **t** 01628 620082 **f** 01628 637066 **e** info@sheilaferguson.com **w** sheilaferguson.com 📧 MD: Sheila Ferguson.

Vern Allen Entertainments & Management Agency P.O Box 135, Exeter, Devon, EX2 9WA **t** 01392 273305 **f** 01392 426421 **e** vern@vernallen.co.uk **w** vernallen.co.uk 📧 Dir: Vernon Winteridge.

Vex Management 24 Caradoc Street, Greenwich, London, SE10 9AG **t** 020 8858 0800 **e** paul@vexmanagement.com 🎵 myspace.com/vex 🐦 twitter.com/vex_management 📧 Managing Director: Paul Ablett 0208 858 0800.

Victor Hugo Salsa Show 10 Derby Hill Crescent, London, SE23 3YL **t** 020 8291 5838 **f** 020 8291 9236 **e** vhs@victorhugosalsa.com **w** victorhugosalsa.com 📧 MD: Victor Hugo 07725472354.

Violation Management 26 Mill Street, Gamlingay, Sandy, Bedfordshire, SG19 3JW **t** 01767 651552 **f** 01767 651228 **e** dicky_boy@msn.com 📧 Manager: Dick Meredith 07768 667076.

Voicebox PO Box 82, Altrincham, Cheshire, WA15 0QD **t** 0161 928 3222 **f** 0161 928 7849 **e** vb@thevoicebox.co.uk **w** thevoicebox.co.uk 📧 MD: Vicki Hope-Robinson.

W7 Management 69 Elgar Avenue, Surbiton, Surrey, KT5 9JP **t** 07949 023581 **e** wes@w7management.com **w** w7management.com 📧 Artist and Business Consultant: Wes Jennison +44 (0) 7949 023581.

War Zones and Associates 33 Kersley Road, London, N16 0NT **t** 020 7249 2894 **f** 020 7254 3729 **e** wz33@aol.com 📧 MD: Richard Hermitage 07831 857 011.

Watercress Management The Old Vicerage, Pickering, North Yorkshire, YO18 7AW **t** 01751 475502 **f** 01751 475502 **e** organised@ukonline.co.uk 📧 Dir: Ian McDaid.

What Management 3 Belfry Villas, Belfry Avenue, Harefield, Uxbridge, Middlesex, UB9 6HY **t** 01895 824674 **e** whatmanagement@blueyonder.co.uk 📧 Co Owner: Mick Cater David Harper.

White Tiger Management 55 Fawcett Close, London, SW16 2QJ **t** 020 8677 5199 **f** 020 8769 5795 **e** wtm@whitetigermgt.com **w** whitetigermgt.com 📧 Partners: Paul & Corinne White.

Whitehouse Management PO Box 50789, London, NW6 1BZ **t** 020 7209 2586 **f** 020 8459 2759 **e** sue@whitehousemanagement.com 📧 MD: Sue Whitehouse.

Whitenoise Management PO Box 741, TW9 4WQ **t** 020 8878 8550 **e** chris@whitenoisemanagement.com **w** myspace.com/whitenoisemanagement 📧 MD: Chris Butler.

Wild Honey Management 10 Lansdowne Road, Hove, East Sussex, BN3 3AU **t** 01273 738704 **f** 01273 732112 **e** jimtracey@aol.com **w** wildhoney.co.uk 📧 Contact: Jim Tracey.

Wildlife Entertainment Ltd Unit F, 21 Heathmans Rd, London, SW6 4TJ **t** 020 7371 7008 **f** 020 7371 7708 **e** info@wildlife-entertainment.com 📧 Managing Director: Ian McAndrew.

Allan Wilson Enterprises Queens House, Chapel Green Road, Hindley, Wigan, Lancashire, WN2 3LL **t** 01942 258565 **f** 01942 255158 **e** allan@allanwilson.co.uk 📧 Owner: Allan Wilson 01942 255158.

Wise Buddah Talent 74 Great Titchfield St, London, W1W 7QP **t** 020 7307 1600 **f** 020 7307 1601 **e** chris.north@wisebuddah.com **w** wisebuddahtalent.com 🐦 @wise_buddah 📧 Joint MD & Head of Talent: Chris North.

Wiseblood Management 231 Portobello Rd, London, W11 1LT **t** 020 7792 9791 **f** 020 7792 9851 **e** julie@visiblenoise.com 📧 Director: Julie Weir.

Contacts Facebook MySpace Twitter YouTube

Wolfgang Kuhle Artist Management
PO Box 425, London, SW6 3TX t 020 7371 0397
f 020 7736 9212 e wolfgangkuhle@me.com
w pleasuredome.co.uk facebook.com/thehollyjohnson
 myspace.com/therealhollyjohnson
 twitter.com/TheHollyJohnson
 youtube.com/user/thehollyjohnson Managing Director: Wolfgang Kuhle.

Alan Wood Agency 346 Gleadless Road, Sheffield, South Yorkshire, S2 3AJ t 0114 258 0338 f 0114 258 0638
e celia@alanwoodagency.co.uk w alanwoodagency.co.uk
 Contact: Alan Wood.

Working Class Music Management
22 Upper Brook St, Mayfair, London, W1K 7PZ
t 020 7491 1060 f 020 7491 9996
e workingclassmusic@btinternet.com
w workingclassmanagement.com Contact: Matt Crossey, Lisa Barker.

World Famous Group 467 Fulham Rd, Fulham, London, SW6 1HL t 020 7385 6838 f 020 7385 0999
e info@worldfamousgroup.com w worldfamousgroup.com
 Chairman: Alon Shulman.

XIX 33 Ransomes Dock, 35-37 Parkgate Road, London, SW11 4NP t 020 7801 1919 f 020 7801 1920
e reception@19.co.uk w 19.co.uk

XL Talent Reverb House, Bennett St, London, W4 2AH
t 020 8747 0660 e management@reverbxl.com
w reverbxl.com Partners: Maggi Hickman, Mike Box, Julian Palmer.

Yergh Entertainment London t +44(0)843289145
e antony@yergh.com w wyergh.com
 twitter.com/tonymeola MD: Antony Meola.

Yergh Entertainment London t 020 7193 0134
e antony@yergh.com w yergh.com MD: Antony Meola 02071930134.

Young Guns Ltd 2 Princes Street, Mayfair, London, W1B 2LB t 020 7495 6606 e enquiries@younggunsuk.com
w younggunsuk.com Artist Manager: Alexander Lyon 07931 703 331.

Z Management The Palm House, PO Box 19734, London, SW15 2WU t 020 8874 3337 f 020 8874 3599
e office@zman.co.uk w zman.co.uk MD: Zita Wadwa-McQ.

ZincSplash 50 Lovelace Green, London, SE9 1LF
t 07970 000 034 e theboss@zincsplash.com
w zincsplash.com Manager: Craig Brookes.

Zoot Management PO Box 3932, Birmingham, B30 2EQ t 01527 578444 e jackie@zootmusic.net
w zootmusic.net Artist Manager: Jackie Wade 07817204912.

ZY Music Management Ltd. West Midlands, B94 5SH t +44 (0) 1564 700 300 e info@zyrecords.com
w zyrecords.com Contact: Lisa Stanway 01564 700 300.

ZY Music Publishing Ltd West Midlands, B94 5SH
t +44 (0) 1564 700 300 e lisa@zyrecords.com
 Contact: Lisa Stanway 01564 700 300.

Recruitment Agencies

Cat Entertainment Search Pinewood Studios, Pinewood Road, Iver Heath, Buckinghamshire, SL0 0NH
t 01753 630040 f 01753 630030
e cat@catentertainmentsearch.com
w catentertainmentsearch.com GM: Catherine Pianta-McGill.

Grosvenor Bureau Secretarial Recruitment
22 South Molton St, London, W1K 5RB t 020 7491 0884
f 020 7409 1524 e gb@grosvenorbureau.co.uk
w grosvenorbureau.co.uk MD: Jackie McGurrell.

Handle Recruitment 7 Portman Mews South, London, W1H 6AY t 020 7569 9999 e stella.walker@handle.co.uk
w handle.co.uk @HandleRecruit Managing Director: Stella Walker.

Matchstick Media 1st Floor, 10 Argyll Street, London, W1F 7TQ t 020 7297 0030 e info@matchstickmedia.co.uk
w matchstickmedia.co.uk Managing Partner: Tim Palmer.

Media Moves 3rd Floor, Kingly Court, 49 Carnaby Street, London, W1F 9PY t 020 7758 4300 f 020 7758 4345
e richard.watson@careermovesgroup.co.uk
w careermovesgroup.co.uk twitter.com/careermovesgrp
 Head of Media Moves - specialists in Music, Broadcast & Publishing: Richard Watson.

Media Recruitment 1 Parkway, London, NW1 7PG
t 020 7267 0555 f 020 7482 3666
e tanya@mediarecruitment.co.uk
w mediarecruitment.co.uk Senior Consultant: Tanya Ferris.

Positive Solutions Recruitment Ltd 1 The Mews, Castle Street, Farnham, Surrey, GU9 7LP t 0871 300 4444
f 01252 891 720 e info@positivejobs.com
w positivejobs.com Dir: Craig Chuter 07855 395 685.

PR Moves 3rd Floor, Kingly Court, 49 Carnaby Street, London, London, W1F 9PY
t 020 7758 4300 f 020 7758 4345
e eleanor@careermovesgroup.co.uk
w careermovesgroup.co.uk/pr/jobs Head of PR Moves: Eleanor Karadimitradis.

Rose Inc 5th Floor, 133 Long Acre, London, WC2E 9DT
t 020 7836 2666 f 020 7836 2667 e tom@rose-inc.co.uk
w rose-inc.co.uk Managing Partner: Tom Evans.

www.musicweek.com **Music Week Directory** 187

Contacts　Facebook　MySpace　Twitter　YouTube

Event Management

Ambush Management 32 Ransome's Dock, 35-37 Parkgate Road, London, SW11 4NP **t** 020 7801 1919 **f** 020 7738 1819 **e** alambush.native@19.co.uk **w** ambushgroup.co.uk MD: Alister Jamieson.

Archangel^ Unit 61A Eurolink, 49 Effra Rd, London, SW2 1BZ **t** 0207 0733 0477 **e** info@archangeluk.co.uk **w** archangeluk.co.uk facebook.com/groups/archangeluk twitter.com/#!/brucearchangel youtube.com/profile?gl=GB&hl=en-GB&user=archangelvideos CEO: Bruce Elliott-Smith.

Aylesbury Showcase AYLESBURY SHOWCASE, PO Box 230, Aylesbury, Buckinghamshire, HP21 9WA **e** office@aylesburyshowcase.co.uk **w** aylesburyshowcase.co.uk Managing Director: Stuart Robb.

B&H Sound Services Ltd Unit 3, Haddonbrook, Fallodan Rd, Orton Southgate, Peterborough, Cambrigeshire, PE2 6YX **t** 01733 371 250 **f** 01733 235 016 **e** sound@bhsound.co.uk **w** bhsound.co.uk Technical Manager: Julian Stanford 01733 371250.

Back Row Productions 71 Endell Street, London, WC2H 9AJ **t** 020 7836 4422 **f** 020 7836 4425 **e** promotions@priscillaonstage.com **w** backrow.co.uk Events Manager: Nick Hardcattle.

Ballistic Events Unit 13 The Tay Building, 2A Wrentham Avenue, London, NW10 3HA **t** 020 8968 7766 **f** 05602 046198 **e** louise@ballisticevents.com **w** ballisticevents.com Director: Louise Stevens 02089687766.

Big Bear Events 8 Thrush Rd, Poole, BH21 3AP **t** 01202 684555 **f** 01202 684666 **e** ianw@fonix.co.uk **w** bigbearevents.co.uk Director: Ian Walker.

Big Cat Group Griffin House, 18-19 Ludgate House, Birmingham, B3 1DW **t** 0121 200 0910 **f** 0121 236 1342 **e** info@bcguk.com **w** bcguk.com Dir: Nick Morgan.

Brickwerk Suite 33, Barley Mow Centre, 10 Barley Mow Passage, London, W4 4PH **t** 020 8995 2258 **e** hello@brickwerk.co.uk **w** brickwerk.co.uk Dir: Jo Brooks-Nevin.

CA Event The Hollow, Peaslake Lane, Peaslake, Guildford, Surrey, GU5 9RJ **t** 08708 612123 **f** 08708 612124 **e** jcobb@caevent.co.uk **w** caevent.co.uk Director: James Cobb.

Capitalize Specialist PR and Sponsorship Ltd 52 Thrale St, London, SE1 9HW **t** 020 7940 1700 **e** Info@capitalize.co.uk **w** capitalize.co.uk MD: Richard Moore.

Clockwork Entertainments 4 The Stables, Broadfield Way, Aldenham, Watford, Hertfordshire, WD25 8DG **t** 01923 236699 **f** 020 8455 9555 **e** sales@clockworkentertainment.com **w** clockworkentertainment.com Director: James Miller.

Irish Record Fairs c/o 87 Templeogue Road, Terenure, Dublin 6W, Ireland **t** +353 87 2441 874 **e** brian@irishrecordfairs.com **w** irishrecordfairs.com Irish Record Fairs MD: Brian O Kelly.

Cromwell Management 15 Tennyson Avenue, St Ives, Cambs, PE27 6TU **t** 01480 496394 **e** cromwellmanagement@hotmail.co.uk Contact: Vic Gibbons.

Dark Blues Management Puddephats, Markyate, Herts, AL3 8AZ **t** 01582 842226 **f** 01582 840010 **e** info@darkblues.co.uk **w** darkblues.co.uk Office Mgr: Fiona Hewetson.

DAYTime Entertainment The Garden Studio, Willoughby Rd, Harpenden, Hertfordshire, AL5 4PF **e** diane@daytime-ent.com Director: Diane Young 01582 761041.

EnTEEtainment Ltd Ground Floor, Elmwood Building, Southend Road, Bradfield Southend, Reading, Berks, RG7 6EU **t** 0118 974 1910 **f** 0118 974 1919 **e** dick@dicktee.com **w** dicktee.com MD: Dick Tee.

Event health, safety & welfare **e** pennymellor@aim.com Contact: Penny Mellor +44 7831 656545.

Eventpro UK Rosewood House, 43 Granby Street, Loughborough, Leicestershire, LE11 3DU **t** 01509 610452 **f** 0845 299 4199 **e** anna@eventprouk.com **w** eventprouk.com Creative Events Coordinator: Anna Gabrielle Moss 01509 631 112.

FMProductions 5 Homeside Farm, Bossingham, Kent, CT4 6AR **t** 01227 709790 **f** 01227 709730 **e** fmproductions@mac.com Tour & Prod Manager: Ken Watts.

Full 360 Ltd PO Box 902, Suite 306, Bradford, BD1 9AH **t** 07971 874 942 **f** 01274 220 579 **e** katherine@full360ltd.com **w** full360ltd.com MD: Katherine Canoville.

Fun Events Group 31 Lower Clapton Rd, London, E5 0NS **t** 020 8985 1054 **e** admin@funevents.com **w** funevents.com Director: Harv Sethi.

The Hope & Anchor 207 Upper St, London, N1 1BZ **t** 020 7700 0550 **e** info@bugbearbookings.com **w** bugbearbookings.com Promoters: Jim & Tony 07956 313239 / 07956 165 064. Standing capacity: 120

Impact Ventures / ILUVLIVE t 020 8671 2161 **e** info@impactventures.co.uk **w** impactventures.co.uk / iluvlive.co.uk MD: Rachael Bee.

Impact Ventures 51 Athlone Rd, London, SW2 2DT **t** 020 8671 2161 **e** info@impactventures.co.uk **w** impactventures.co.uk MD: Rachael Bee.

Polar Arts Ltd 26 Middle Stoke, Limpley Stoke, Bath, BA2 7GF **t** 01225 723201 **f** 020 7681 1900 **e** julietteslater@mac.com Tour/Event Management: Juliette Slater +44 7711 629290.

Lee Charteris Associates 10 Marco Rd, London, W6 0PN **t** 020 8741 2500 **e** mail@LeeCharteris.com Production Manager: Lee Charteris 07801 663 700.

Business Services: Event Management

Music Week Directory

Contacts **Facebook** **MySpace** **Twitter** **YouTube**

Business Services: Event Management

LFX Events Event Management & Consultancy, 5 Lorland Road, Stockport, Cheshire, SK3 0JJ
t 0161 408 2220 **e** luke@lfxevents.co.uk **w** lfxevents.co.uk
facebook.com/LFXevents twitter.com/LFXevents
Owner: Luke Fitzmaurice 07545 042832.

LilyCo 21 Beckenham Place Park, Beckenham, Kent, BR3 5BP **t** 020 8663 4849 **f** 020 8663 4855
e info@lilyuk.com **w** lilyuk.com Dir: Paxton Talbot.

LOE Ltd LOE House, 159 Broadhurst Gardens, London, NW6 3AU **t** 020 7328 6100 **f** 020 7624 6384
e kato@loe.net.uk MD: Hiroshi Kato.

M&C Saatchi 36 Golden Square, London, W1F 9EE
t 020 7543 4689 **f** 020 7543 4501
e firstnameinitialofsurname@mcsaatchi.com
w mcsaatchi.com/sportandentertainment Sponsorship & Events: Georgia Terzis.

Mad As Toast, Events 60 Stamperland Drive, Clarkston, Glasgow, G76 8HF **t** 07717 437148
e info@madastoast.com Directors: George Watson, John Richardson. 07717 437148, 07834 158118..

Mantaplan Ltd Douglas Drive, Godalming, Surrey, GU7 1HJ **t** 01483 420088 **f** 01483 424566
e andy@mantaplan.com **w** mantaplan.com CEO: Andy Ayres.

Martin Coull Management Stoneyport Associates, Suite 10, Leith Business Centre, 130 Leith Walk, Edinburgh, EH5 5DT **e** martincoullmanagement@gmail.com
Proprietor: Martin Coull 07803 137509.

Mi Live 6 Tower terrace, Kilmainham, Dublin 8, Ireland
t + 353 87 9817515 **e** info@milive.net
berniemcgrath@yahoo.com MD: Bernie McGrath.

Mrs Casey Music PO Box 296, Matlock, Derbyshire, DE4 3XU **t** 01629 827012 **f** 01629 821874
e info@mrscasey.co.uk **w** mrscasey.co.uk MD: Steve Heap.

musicbuddy 16 hillcroft crescent, London, W5 2SQ
t 07802248326 **e** dave@musicbuddy.co.uk
w musicbuddy.co.uk facebook.com/musicbuddy
twitter.com/musicbuddyuk music festival, live gig and performance/recording royalty (prs/ppl) management: dave viney 078 02 24 83 26.

Musicmedia Events t 08456 432676
e info@musicmediaevents.com **w** musicmediaevents.com
Contact: Sean Quinn.

MusicTalks 40 Palmeira Road, Bexleyheath, Kent, DA7 4UX **t** 020 8301 6366 **e** pauline.slane@btinternet.com
w musictalks.biz Consultant: Pauline Slane 07798 641400.

Oort London **t** 07871 265432 **e** emma@oortmedia.net
w oortmedia.net Event Director: Emma Peters.

Red Onion 806 High Road, Leyton, London, E10 6AE
t 020 8520 3975 **e** info@redonion.uk.com
w redonion.uk.com facebook.com/redonion.uk.com
twitter.com/redonion.uk.com youtube.com/redonion.uk.com MD: Dee Curtis.

Remarkable Productions Ltd 54 Chalton Street, London, NW1 1HS **t** 020 7387 1203 **f** 08716 616 760
e julian@remarkableproductions.org
w remarkableproductions.org Remarkable Prods
Director: Julian Rudd.

Rowleys Open One Port Hill, Hertford, Hertfordshire, SG14 1PJ **t** 01992 587 350 **e** annie@rowleyslondon.co.uk
w rowleysopen.com Managing Director: Annie Rowley.

Saphron Management 36 Belgrave Road, London, E17 8QE **t** 07973 415167 **e** saph@btinternet.com
Manager: Annette Bennett. Standing capacity: 100

11entertainment 21 Healey Street, London, NW1 8SR
e matt@11entertainment.co.uk **w** 11entertainment.co.uk
Director: Matt Ross +44 7912041122.

Songmaker Ltd Suite 296, 2 Lansdowne Row, London, W1J 6HL **t** 08717 505555 **f** 08712 264256
e michelle@songmaker.co.uk **w** songmaker.co.uk PA To Director: Michelle Parsons.

Sound And Light Productions PO Box 32295, London, W5 1WD **t** 0870 066 0272 **f** 0870 066 0273
e slp@soundandlightproductions.co.uk
w soundandlightproductions.co.uk Directors: Jan Goodwin & John Denby 07860 594619 07860 594620.

Sound Artist Management 20th Century Theatre, 291 Westbourne Grove, London, london, London, W11 2QA
t 020 72213452 **f** 0871 900 5119
e info@soundartistmanagement.com
w soundartistmanagement.com DJ/VJ Agent, Production Manager: Edward Bigland 020 7221 3452.

STN Music 6 Ashgrove Gardens, Whitchurch, Aylesbury, Bucks, HP22 4JL **t** 01296 641062 **f** 0871 504 8435
e info@stn-music.co.uk **w** stn-music.co.uk
facebook.com/pages/STN-Music/384008044765
Partner: John Bassil 07751 310983.

Strawberry Fields Represents Bournemouth, Dorset **t** 07866 489 585
e suzy@strawberryfieldsrepresents.com
w strawberryfieldsrepresents.com Publicist: Suzy Wheeler.

Supernova Entertainment Ltd Unit E, 6 Rosary Gardens, London, SW7 4NS **t** 020 7617 7226
f 020 7373 0600 **e** richard@supernovaentertainment.org
w supernovaentertainment.org Director: Richard Beck 07738 522474.

SXSW Inc./Mementomori Ltd 9 The Coach Yard, Cloughjordan, Co Tipperary, Ireland **t** +353-505-42570
e una@sxsw.com **w** sxsw.com facebook.com/sxsw
twitter.com/#!/sxsw youtube.com/sxsw UK & Ireland Representative/Director: Una Johnston.

The Production Office Ltd PO Box 665, 2nd Floor, Bourne Concourse, Peel Street, Ramsey, IM99 4PD
t +44 (0) 1308 861 374 **f** info@tpo-online.com **e** info@tpo-online.com **w** tpo-online.com Director: Chris Vaughan, Keely Myers.

www.musicweek.com

www.musicweek.com   **Music Week Directory** 189

📇 Contacts   **f** Facebook   **M** MySpace   **t** Twitter   ▶️ YouTube

Toast Events Bon Marche Building, 241-251 Ferndale rd, Brixton, London, SW9 8BJ **t** 020 7326 1200
e julie@toastpress.com **w** toastpress.com 📇 Director: Julie Bolt.

Traxx Connective 2nd floor, 342 Argyle St, Glasgow, G2 8LY **t** 0141 221 2495 **f** 0141 221 2495
e mark@wearetraxx.com **w** wearetraxx.com 📇 Dir: Mark MacKechnie.

Turnround Multi-Media Barn Studios Chapel Farm, Over Old Road, Hartpury, Gloucester, Gloucestershire, GL19 3BJ **t** 01242 224160 **e** studio@turnround.co.uk **w** turnround.co.uk 📇 Managing Director: Ross Lammas.

UBM Events Ludgate House, 245 Blackfriars Road, 245 Blackfriars Road, London, SE1 9UY **t** 020 7921 8605 **f** 020 7921 8505 **e** caroline.jacksonlevy@umb.com **w** cmpi.biz 📇 Managing Director: Caroline Levy.

Upbeat Event Catering and Design Global Infusion Court, Nashleigh Hill, Chesham, Bucks, HP5 3HE **t** 01494 790 700 **f** 01494 790 701
e david.stringer@globalinfusiongroup.com
w globalinfusiongroup.com 📇 International Sales & Marketing Manager: David Stringer.

Urban Precinct Limited 26 South Hill Road, Boxmoor, Hemel Hempstead, Hertfordshire, HP1 1JB
t 08451 309 548 **f** 08451 309 547
e info@urbanprecinct.com **w** urbanprecinct.com
f urbanprecinct.com **M** urbanprecinct.com
t urbanprecinct.com ▶️ urbanprecinct.com
📇 Directors: Charlotte Roel & Floyd Adams III.

UZ Events 228-230 High Street, Glasgow, Lanarkshire, G1 5HZ **t** 01415 594910 **f** 01415 526048
e office@uzevents.com **w** uzevents.com 📇 Director: Neil Butler.

wildplum Live PO Box 999, Enfield, London, EN1 9AD **t** 020 7193 6783 **e** info@wildplum.co.uk **w** wildplum.co.uk
M MySpace/wildplum **t** twitter.com/wildplumlive 📇 Head of Music & Concept Development: AL Douglas.

Word Of Mouth Events PO Box 31348, London, SW11 5ZE **t** 020 8673 3782 **f** 020 8675 6816
e info@wordofmouthevents.co.uk
w wordofmouthevents.co.uk 📇 Events Organiser: AJ.

World Famous Group 467 Fulham Rd, Fulham, London, SW6 1HL **t** 020 7385 6838 **f** 020 7385 0999
e info@worldfamousgroup.com **w** worldfamousgroup.com
📇 Chairman: Alon Shulman.

Worn Out Marketing 4th Floor, 52-53 Margaret Street, London, W1W 8SQ **t** 020 7631 9202 **e** tony@worn-out.net
w worn-out.net 📇 Manager: Tony Arthy.

XRL Events Ltd XRL House, Hatches Barn, Bradden Lane, Gaddesden Row, Hemel Hempstead, HP2 6JB **t** 0800 634 0900 **f** 0870 404 4101 **e** events@xrl.co.uk
w xrl.co.uk 📇 Contact: Renu Sen.

XX Management 1 Jordan Court, 294 Alcester Road, Moseley, Birmingham, B13 8LL **t** 07597 064801
e Dave@xxmanagement.com **w** xxmanagement.com
w xxmanagement.com 📇 Director: Dave Hinett.

Conferences & Exhibitions

Access Events International India House, 2nd Floor, 45 Curlew St, London, SE1 2ND **t** 020 7940 7070 **f** 020 7940 7071 **e** info@access-events.com **w** access-events.com 📇 Marketing Dir: Paul Gilbertson.

Capricorn Events PO Box 15172, Redditch, Worcestershire, B97 9JW **t** 07821 909698
e groove@capricorn-events.co.uk **w** capricorn-events.co.uk
📇 Professional DJ: Les Marshall.

Central Hall Westminster Storey's Gate, Westminster, London, SW1H 9NH **t** 020 7222 8010
f 020 7222 6883 **e** info@c-h-w.co.uk **w** c-h-w.com
📇 Marketing Manager: Maria Schuett. Seated Capacity: 2350

Cup Promotions Ltd Suite 14-16, Marlborough BC, 96 George Lane, South Woodford, London, E18 1AD **t** 020 8989 2204 **f** 020 8989 2219 **e** info@cup.uk.com **w** cup.uk.com 📇 Dir: Mark Abery.

Deeside Leisure Centre Chester Road West, Queensferry, Deeside, Clwyd, CH5 1SA **t** 01244 812311
f 01244 836287 **e** deeside_leisure_centre@flintshire.gov.uk
w flintshire.gov.uk Seated Capacity: 3500

ESIP Ltd P.O. Box 4702, Summerholme, Henley-on-Thames, RG9 9AA **t** 01491 574 717 **f** 0870 122 4634
e info@esip.co.uk **w** esip.co.uk 📇 Dir: John Ellson.

Event Management Systems (UK) Ltd Unit 100, Rockingham Street, London, SE1 6PD
t 020 7407 2115 **f** 020 7407 2132 **e** support@ems-events.co.uk **w** ems-events.co.uk 📇 Customer Liaison Mgr: Ms Taly Akiva.

Genesis Adoration Ltd Redwood House, Hurstwood Grange, Hurstwood Lane, Haywards Heath, West Sussex, RH17 7QX **t** 01444 476120 **f** 01444 476101 **e** lorna.milner@genesisadoration.com
w genesisadoration.com 📇 Events Manager: Lorna Milner.

Harrogate International Centre Kings Road, Harrogate, North Yorkshire, HG1 5LA **t** 01423 500 500 **f** 01423 537 270
e sales@harrogateinternationalcentre.co.uk
w harrogateinternationalcentre.co.uk 📇 Director: Stuart Quin. Seated Capacity: 2009 Standing capacity: 1431

Hawksmere Plc 7th Floor, Elizabeth House, York Road, London, SE1 7NQ **t** 020 7632 2300 **f** 0845 120 9612
e dominic.riley@hawksmere.co.uk **w** hawksmere.co.uk
📇 MD: Dominic Riley.

IAAAM (Int Association Of African American Music) The Business Village, 3-9 Bromhill Road, London, SW18 4JQ **t** 020 8870 8744 **f** 020 8874 1578
e info@hardzone.co.uk **w** hardzone.co.uk 📇 Co-Founder: Jackie Davidson.

Business Services: Event Management, Conferences & Exhibitions

Music Week Directory

Business Services: Awards & Memorabilia, Business Consultants

IMS - International Music Summit 133 Kew Road, Richmond, Richmond, Surrey, TW9 2PN **t** 020 8948 5446 **e** ben@graphitemedia.net **w** graphitemedia.net
facebook.com/imsibiza twitter.com/imsibiza
Director: Ben Turner.

In The City 8 Brewery Yard, Deva Centre, Trinity Way, Salford, M3 7BB **t** 0161 839 3930 **f** 0161 839 3940 **e** office@inthecity.co.uk **w** inthecity.co.uk
Director: Yvette Livesey.

International Live Music Conference (ILMC) 2-4 Prowse Pl, London, NW1 9PH **t** 020 7284 5868 **f** 020 7284 1870 **e** conference@ilmc.com **w** ilmc.com
Producer: Alia Dann Swift.

Intrak 6 Delaney Drive, Freckleton, Preston, Lancashire, PR4 1SJ **t** 01772 633697 **f** 01772 634875 **e** info@intrak.co.uk **w** intrak.co.uk Prop: JA Foley.

Jack Morton Worldwide 16-18 Acton Park Estate, Stanley Gardens, London, W3 7QE **t** 020 8735 2000 **f** 020 8735 2020 **e** Asitha_Ameresekere@jackmorton.co.uk **w** jackmorton.com Sales/Mkt Dir: Chris Morris.

Lashed Worldwide Events Clearwater Yard, 35 Inverness St, London, NW1 7HB **t** 020 7424 7500 **f** 020 7424 7501 **e** roman@ornadel.com Contact: Roman Trystram.

Midem (UK) Greybrook House, 28 Brook Street, London, W1K 5NQ **t** 020 7528 0086 **f** 020 7895 0949 **e** javier.lopez@reedmidem.com **w** midem.com
facebook.com/pages/Midem/25119315898
@midem youtube.com/midem Director UK Sales - Music Division: Javier Lopez 020 75280086.

Moonlite Productions 12 Chequers End, Winslow, Bucks, MK18 3HT **t** 07966 331000 **e** info@moonlite.co.uk **w** moonlite.co.uk MD: James Iyengar.

NUS Ents - Ents Convention 45 Underwood St, London, N1 7LG **t** 020 7490 0946 **f** 020 7490 1026 **e** steve@nus-ents.co.uk **w** nus-ents.co.uk NUS Ents Co-ordinator: Steve Hoyland.

Sensible Events 2nd Floor, Regent Arcade House, 19-25 Argyll St, London, W1F 7TS **t** 020 7009 3470 **e** Andrew@sensibleevents.com **w** sensibleevents.com
MD: Andrew Zweck.

SMi Group Unit 122, Great Guildford Business Sq, 30 Great Guildford St, London, SE1 0HS **t** 020 7827 6000 **f** 020 7827 6001 **e** client_services@smi-online.co.uk **w** smi-online.co.uk.

Awards & Memorabilia

Award Framers International Ltd The Studio, 8 Bridge End, Dorchester on Thames, Wallingford, Oxfordshire, OX10 7JP **t** 01865 341327 **f** 01235 821427 **e** info@awardframers.com **w** awardframers.com
Managing Director: Michael Selway.

Bonhams 2 Relay Dr, White City, London, W12 7SJ **t** 08700 273620 **f** 08700 273626 **e** entertainment@bonhams.com **w** bonhams.com
Entertainment Dept: Stephanie Connell.

Century Displays 75 Park Road, Kingston Upon Thames, Surrey, KT2 6DE **t** 020 8974 8950 **f** 020 8546 3689 **e** info@centurydisplays.co.uk **w** centurydisplays.co.uk General Manager: Neil Wicks.

Christie's Rock and Pop Memorabilia Auctions 85 Old Brompton Road, London, SW7 3LD **t** 020 7752 3281 **f** 020 7752 3183 **e** nroberts@christies.com **w** christies.com
facebook.com/#!/Christies twitter.com/#!/christiesinc
Head of Department: Neil Roberts +44 (0) 20 7752 3281.

Exposure Music Awards! Cheltenham **e** info@exposuremusicawards.org **w** exposuremusicawards.org Co Founder: Dean G Hill 0845 257 6889.

The Gold Disc.com 12 Brampton Sidings, Hempstalls Lane, Newcastle-under-Lyme, Staffordshire, ST5 0SR **t** 01782 616165 **e** askdave@thegolddisc.co.uk **w** thegolddisc.co.uk facebook.com/thegolddisc
myspace.com/thegolddisc twitter.com/thegolddisc
youtube.com/user/thegolddisc?feature=mhee
MD: Dave Breese 01782 61 61 65.

Business Consultants

A Minor Music Consultancy 101 High Street, Stetchworth, Newmarket, Suffolk, CB8 9TH **t** 01638 508 582 **e** ed@oneservice.co.uk MD: Edward Ashcroft 07711 088 972.

Arising Artist 3 Devonshire Street, London, W1W 5DT **t** 020 7749 1980 **f** 020 7749 1981 **e** info@arisingartist.com **w** arisingartist.com Consultant: Meredith Cork.

Arrowsmith Communications 5 Norfolk Court, Victoria Park Gardens, Worthing, BN1 4ED **t** 01903 200 916 **e** eugeniearrowsmith@yahoo.co.uk
Media Consultant: Eugenie Arrowsmith 07967 102 259.

Autonomy Music Group Suite 27, The Quadrant Centre, 135 Salusbury Road, Queens Park, London, NW6 6RJ **t** 020 7644 1450 **e** firstname@autonomymusicgroup.com

Blinkhorns 27 Mortimer Street, London, W1T 3BL **t** 020 7636 3702 **f** 020 7636 0335 **e** Joel.Trott@blinkhorns.co.uk **w** blinkhorns.co.uk
Partner: Joel Trott.

BossSound - Music Consultancy 4 The Candlemakers, 112 York Road, London, SW11 3RA **t** 07812 349 798 **e** christian@bossSound.co.uk
MD: Christian Siddell.

Box Music Ltd 2 Munro Terrace, Cheyne Walk, London, SW10 0DL **t** 020 7376 8736 **f** 020 7376 3376 **e** sam@boxmusicltd.com GM: Sam Hilsdon.

Bravura - Music Career Coaching
t 01246 231249 **e** lindsey@bravura-group.com **w** bravura-group.com Music Career Coach: Lindsey Benton.

Caragan Music Agency 5 The Meadows, Worlington, Suffolk, IP28 8SH **t** 01638 717 390 **e** daren@caragan.com **w** caragan.com Head of A&R: Daren Walder.

Music Week Directory

Contacts · Facebook · MySpace · Twitter · YouTube

Business Services: Business Consultants

Churchill Howells Associates Ltd
24 Cornwall Road, Cheam, Sutton, Surrey, SM2 6DT
t 020 8643 3353 **f** 020 8643 9423 **e** gchurchill@c-h-a-ltd.demon.co.uk Chairman: Carole Howells.

Clear Focussed Minds 195 Micklefield Rd, High Wycombe, Bucks, HP13 7HB **t** 01494 521 641
e kazlanglee@aol.com **w** clearfocussedminds.co.uk Consultant: Karen-Joy Langley (Bsc, BACP Reg.).

Clearwater Special Projects Ltd (Threat Management & Security) Netley Hall, Shrewsbury, Shropshire, SY5 7JZ **t** 01743 719 109 **f** 01743 719 170
e i.dewsnip@clearwaterprojects.com
w clearwaterprojects.com Operations Manager: Ian Dewsnip.

Collective Music Ltd 5 Henchley Dene, Guildford, Surrey, GU4 7BH **t** 01483 431 803 **f** 01483 431 803
e info@collective.mu **w** collective.mu MD: Phil Hardy.

Compact Collections Ltd 8-12 Camden High St, London, NW10JH **t** 020 7874 7480
e info@compactmediagroup.com **w** compactmediagroup Contact: John O'Sullivan, James Sellar.

David Newham Associates Windrush, The Ridgeway, Enfield, Middlesex, EN2 8AN
t 020 8366 3311 **f** 020 8366 4443
e david.newham@firenet.uk.net **w** davidnewham.co.uk Director: David Newham 07967 681908.

Death Or Glory Marketing Consultancy
Woodcock Farm, Woodcock Lane, Maidstone, ME172AY
e ewan@deathorglorymusic.com **w** deathorglorymusic.com Contact: Ewan Grant.

Discovery Media Ltd 39, Romney Court, Shepherds Bush Green, London, W12 8PY **t** 020 8740 7341
e lauren@discovery-media.biz **w** discovery-media.biz Director: Lauren Lorenzo 07956 474379.

EP Music Licensing and Business Affairs Consultants 11 Richmond Way, East Grinstead, W Sussex, RH19 4TG **t** 01342 313 035 **e** clive@epmusic.biz **w** epmusic.biz MD: Clive Wills.

Feltwain 2000 Ltd 42 Lytton Rd, Barnet, Middlesex, EN5 5BY **t** 020 8950 8732 **f** 020 8950 6648
e paul.lynton@btopenworld.com MD: Paul Lynton.

GMR Entertainment 1 Riverside, Manbre Road, London, W6 9WA **t** 020 8735 8336 **f** 08702 420 120
e davidw@gmrentertainment.com
w gmrentertainment.com VP, Europe: David Wille.

Graham Stokes Label Management
74 Great Titchfield St, London, W1W 7QP **t** 020 7636 7441
e graham@grahamstokes.com **w** grahamstokes.com MD: Graham Stokes 02076367441.

Green Consulting 17 Fairlawn Avenue, East Finchley, London, N2 9PS **t** 020 8442 1730
e jonathan@jgreenconsulting.co.uk MD: Jonathan Green 07831489488.

Gulp! Marketing 69-85 Tabernacle Street, Splendid Building, London, EC2A 4BD
e richard@gulpmarketing.com/gareth@gulpmarketing.com **w** gulpmarketing.com gulpmarketing.com MD: Richard Marshall & Gareth Currie 07973 543 527.

Habana Media Consulting The Offices, Colgreas Farm, Cubert, Cornwall, TR8 5PL **t** 01637 831 011
e habanamanager1@aol.com Contact: Rod Buckle.

Hawthorns Consulting Ltd 16 Bonner Hill Road, 16 Bonner Hill Road, Kingston upon Thames, Surrey, KT1 3HE **t** +44 7957 482814 **f** +44 870 706 5329
e fharvey@hawthornsconsulting.co.uk Director: Fiona Harvey 07957 482814.

Johnny Hudson – Music Consultant (Music To Die For) 10 Alexandra Park Road, London, N10 2AB
t 07796 996 669 **e** Johnny@musictodiefor.com
w musictodiefor.com Contact: Johnny Hudson.

ICP Group (Threat Management & Security)
2 Old Brompton Rd, London, SW1 3DQ **t** 020 7031 4440
e info@icpgroup.ltd.uk **w** icpgroup.ltd.uk MD: Will Geddes.

Immediate Business Management
61 Birch Green, Hertford, Herts, SG14 2LR **t** 01992 550573
f 01992 550573 **e** immediate@onetel.com
Partner: Derek Jones.

Ingenious Media Plc 15 Golden Sq, London, W1F 9JG
t 020 7319 4000 **f** 020 7319 4001
e enquiries@ingeniousmedia.co.uk **w** ingeniousmedia.co.uk

Innate Music - Project / PR & Marketing Consultants 58 Claremont Rd, Ealing, London, W13 0DG
t 0788 1622117 **e** nathan@innate-music.com **w** innate-music.com Director: Nathan Graves.

Inspiral 6 Cheyne Walk, Hornsea, East Yorkshire, HU18 1BX **t** 01964 536 193
e paulcookemusic@btinternet.com **w** paulcookemusic.com MD: Paul Cooke.

Intuition Music 1 Devonport Mews, London, W12 8NG
e Berni@IntuitionMusic.com Contact: Berni Griffiths 07771 743 077.

John Waller Management & Marketing
The Old Truman Brewery, 91 Brick Lane, London, E1 6QL
t 020 7247 1057 **e** john@johnwaller.net
myspace.com/johnwallermanagement Managing Director: John Waller.

JTMusicMediaMan 68 Church Hill Rd, Barnet, Hertfordshire, EN4 8UZ **e** jtmusicmedia@me.com
w jamietopham.com twitter.com/jtmusicmediaman A&R/ Promo Consultant: Jamie Topham 07540 328313.

Keith RD Lowde F.C.A. Minoru, Pharaoh's Island, Shepperton, Middx, TW17 9LN **t** 01932 222 803
f 01932 222 803 **e** k.lowde@btconnect.com Contact: 0771 444 9765.

Lazarus Media Cydale House, 249A West End Lane, London, NW6 1XN **t** 020 7794 1666 **f** 020 7794 1666
e info@lazarusmedia.co.uk **w** lazarusmedia.co.uk MD: Steve Lazarus 07976 239140.

Music Week Directory

Contacts · **Facebook** · **MySpace** · **Twitter** · **YouTube**

Business Services: Business Consultants

The Licensing Team Ltd 23 Capel Rd, Watford, WD19 4FE **t** 01923 234 021 **f** 020 8421 6590 **e** Info@TheLicensingTeam.com **w** thelicensingteam.com Director: Lucy Winch.

Lip Service 36 Redmore Rd, London, W6 0HZ **t** 07764 166792 **e** patrick@lipserviceconsultants.com **w** lipserviceconsultants.com Director: Patrick Clifton.

Mandy Haynes Consultancy Covetous Corner, Hudnall Common, Little Gaddesden, Herts, HP4 1QW **t** 01442 842039 **f** 01442 842082 **e** mandy@haynesco.fsnet.co.uk MD: Mandy Haynes.

MECS (Music & Entertainment Consultancy Services) 14 Grasmere Ave, Kingston Vale, London, SW15 3RB **t** 020 8974 5579 **f** 020 8974 5579 **e** tony@a-b-u.demon.co.uk MD: Tony Watts.

Muirhead Management (Consultants) 31A Earls Court Gardens, Suite 1, London, SW5 0TR **t** 0207 912 0376 **e** dennis@muirheadmanagement.co.uk **w** muirheadmanagement.co.uk Music Industry Mediator & Consultant: Dennis Muirhead 07785 226542.

MusicalMerit Consultancy 9 Griffin Avenue, Kidderminster, Worcs, DY10 1NA **t** 01562 751330 **e** musicalmerit@blueyonder.co.uk **w** musicalmerit.co.uk Consultant (classical & nostalgia) / Owner: Robin Vaughan 07774 117678.

Music & Arts Security Ltd 13 Grove Mews, Hammersmith, London, W6 7HS **t** 020 8563 9444 **f** 020 8563 9555 **e** sales@musicartssecurity.co.uk **w** music-and-arts-security.co.uk MD: Jerry Judge.

The Music Consultancy P.O. Box 696, Felbridge, Surrey, RH19 2XS **t** 0845 370 9904 **f** 0845 370 9905 **e** ian@themusicconsultancy.com **w** themusicconsultancy.com myspace.com/themusicconsultancy Managing Director: Ian Titchener.

The Music Label Agency Limited 16 Chestnut Road, Twickenham, TW2 5QZ **t** 07718 893463 **e** judyneal@themusiclabelagency.com **w** themusiclabelagency.com Contact: Judy Neal.

Music Rights Management Limited 41 Great Portland Street, London, W1W 7LA **t** 07733 112611 **e** richard@musicrightsmanagement.com Director: Richard Morris.

Music Village Ltd PO Box 8922, Maldon, Essex, CM9 6ZW **e** john@music-village.com **w** music-village.com Director: John Carnell 07831 891610.

MusicBusinessCoach.com 39 Palmerston Place, Edinburgh, EH12 5AU **t** 0131 202 6236 **f** 0131 202 6238 **e** coach@musicbusinesscoach.com **w** musicbusinesscoach.com Managing Consultant: David Murray.

MyRoyalties Unit 6 Spectrum House, 32 34 Gordon House Rd, London, NW5 1LP **t** 07519 073336 **e** nick@carnmores.co.uk **w** myroyalties.co.uk Partner: Nick Myles.

NiceMan Productions (Licensing & Repertoire Mgmt) 111 Holden Rd, London, N12 7DF **t** 0207 822 8002 **e** scott@nicemanproductions.com **w** nicemanproductions.com Licensing Dir: Scott Simons.

One Solution International Group 500 Chiswick High Rd, London, W4 5RG **t** 020 8956 2615 **f** 020 8956 2614 **e** info@onesolution-int.com **w** onesolution-int.com Hd, Commercial Services: Alexis Stanislaus.

Outerglobe (Global Fusion) 113 Cheesemans, London, W14 9XH **t** 07939564103 **e** debbie@outerglobe.com **w** outerglobe.com myspace.com/outerglobe outerglobe MD: Debbie Golt.

Platinum Girls Media 1 Queens Walk, Queens Walk House, London, W5 1TP **t** 020 8740 7341 or 07956 474 379 **e** lorenzolauren@hotmail.com MD: Lauren Lorenzo.

Pure Delinquent 134 Replingham Road, Southfields, London, SW18 5LL **t** 07972 701 243 **f** 020 8870 0790 **e** info@pure-delinquent.com **w** pure-delinquent.com Dir: Julie Pratt.

PVA Ltd 2 High Street, Westbury On Trym, Bristol, BS9 3DU **t** 0117 950 4504 **f** 0117 959 1786 **e** enquiries@pva.ltd.uk **w** pva.ltd.uk Sales Director: John Hutchinson.

Quite Great Solutions Unit D, Magog Court, Shelford Bottom, Cambridge, CB2 4AD **t** 01223 410 000 **e** Harvey@quitegreat.co.uk **w** quitegreatsolutions.co.uk facebook.com/group 23485307554 myspace.com/quitegreat twitter.com/quitegreat MD: Tony Lewis.

rainermusik.com 6 The Firs, Ryde, PO33 1FN **t** 01983812324 **f** 01983812324 **e** rainermusik@sky.com **w** rainermusik.com International Project Management Consultant: Rainer Focke.

Randall Harper – Solicitor Lawyers Direct, 53 Davies Street, London, W1K 5JH **t** 07713 258 767 **f** 08454 589398 **e** Randall.Harper@lawyers-direct.biz **w** randall-harper-solicitor.com Consulting Solicitor: Randall Harper.

Release Consulting Ltd (I.T.) 91 Peterborough Road, Parsons Green, London, SW6 3BU **t** 0845 053 2975 **e** contact@releaseconsulting.co.uk **w** releaseconsulting.co.uk MD: Will Lovegrove.

Richard Thomas - Consultant 42 Geraldine Road, London, SW18 2NT **t** 020 8870 2701 **e** richtt123@yahoo.co.uk Managing Director: Richard Thomas.

Rights Highway Ltd 42 Lytton Road, Barnet, Middlesex, EN5 5BY **t** 020 8950 8732 **f** 020 8950 6648 **e** paul.lynton@rightshighway.com **w** rightshighway.com MD: Paul Lynton.

www.musicweek.com   **Music Week Directory** 193

📇 Contacts   ▣ Facebook   ▣ MySpace   ▣ Twitter   ▶ YouTube

Rightsman
The Rights Management and Marketing Group
t 020 8348 9179 / 020 8542 4222 **e** dick@rightsman.com
w rightsman.com ▣ rightsmanuk 📇 Consultants: Dick Miller 02083489179.

RoadSound Enterainment
Wimbledon Film & TV Studios, 1 Deer Park Road, London, SW19 3TL **t** 020 8144 0314 **e** info@roadsound.co.uk
w RoadSound.co.uk 📇 Managing Director: Tony Black.

Rollon Entertainment Limited London
e info@rollonentertainment.com
w rollonentertainment.com 📇 Director: Celina Rollon.

Sense of Music Consultancy 100 Updown Hill,
Haywards Heath, West Sussex, RH16 4GD **t** 020 7060 0784 **f** 020 7060 0783 **e** berry@senseofmusic.com
w senseofmusic.com 📇 Contact: Berry Klein Nagelvoort.

Skullduggery Services 40a Love Lane, Pinner,
Middlesex, HA5 3EX **t** 020 8429 0853
e xskullduggeryx@btinternet.com 📇 MD: Russell Aldrich.

Teddington Media Limited 13 Hawkins Road,
Teddington, Middlesex, TW11 9ET **t** 020 8404 8307
f 020 8404 8307 **e** info@teddingtonmedia.com
w teddingtonmedia.com 📇 Managing Director: Nicholas Dicker.

The Hook Up Consultancy 11 Old Steine, Brighton,
BN1 1EJ **t** 01273 667991
e info@thehookupconsultancy.com
w thehookupconsultancy.com
▣ facebook.com/thehookupmusicconsultancy
▣ twitter.com/TheMusicHookUp 📇 MD: Jonny Goodwillie.

UnLimited Consulting Fl 2 Unicorn House,
221 - 222 Shoreditch High Street, London, E1 6PJ
t 020 7099 9050 **e** chris@unlimitedmedia.co.uk
w unlimitedmedia.co.uk 📇 MD: Chris Cooke.

Upfront Media Group Ltd 217 Buspace Studios,
Conlan St, London, W10 5AP **t** 020 7565 0050
f 020 7565 0049 **e** simon@upfrontpromotions.com
w upfrontpromotions.com 📇 Contact: Simon Stanford.

Upside Productions (Music Consultancy)
28a Oberstein Road, Battersea, London, SW11 2AE
t 02073501917 **e** simon@upsideuk.com **w** upsideuk.com
▣ myspace.com/upsidemanagement 📇 Co MDs: Simon Jones & Denise Beighton 07786 066665.

Westbury Music Consultants Ltd
72 Marylebone Lane, London, W1U 2PL **t** 020 7487 5044
f 020 7935 2270 **e** pcornish@westburymusic.co.uk
📇 Director: Peter Cornish.

Yes Music Ltd Unit 212, The Saga Centre,
326 Kensal Road, London, W10 5BZ **t** 020 8968 0111
e simon@yesmusic.co.uk **w** yesmusic.co.uk 📇 Dirs: Simon.

Education

3rd Precinct Ltd T/A Urban Precinct
26 South Hill Road, Boxmoor, Hemel Hempstead, Hertfordshire, HP1 1JB **t** 08451 309548 **f** 08451 309547
e charlotte@urbanprecinct.com **w** urbanprecinct.com
▣ facebook.com/urbanprecinct
▣ myspace.com/urbanprecinct
▣ twitter.com/urbanprecinctuk
▶ youtube.com/urbanprecinct 📇 CEO: Charlotte Roel 08451 309 548.

Academy of Contemporary Music (ACM)
Rodboro Bld, Bridge St, Guildford, Surrey, GU1 4SB
t 01483 500800 **f** 01483 500801 **e** enquiries@acm.ac.uk
w acm.ac.uk ▣ acm.ac.uk ▣ acm.ac.uk ▣ acm.ac.uk
▶ acm.ac.uk 📇 Director: Julia Leggett.

Access To Music Lionel House, 35 Millstone Lane,
Leicester, LE1 5JN **t** 0800 281 842 **f** 0116 242 6868
e info@access-to-music.co.uk **w** accesstomusic.co.uk
📇 Head of Admissions: Alan Ramsay 0116 242 6888.

Alchemea College The Windsor Centre,
Windsor Street, London, N1 8QG **t** 020 7359 4035
e mike@alchemea.com **w** alchemea.com
▣ facebook.com/alchemea
▣ facebook.com/alchemeacollege ▣ @alchemeacollege
▶ youtube.com/alchemeacollege 📇 Sales & Marketing Director: Mike Sinnott 020 7359 3986.

Alternative Display Training 874 Pershore Road,
Selly Park, Birmingham, West Midlands, B29 7LS
t 0121 414 0436 **f** 0121 414 0436
e pauline@alternatedisplaytraining.com
w alternatedisplaytraining.com 📇 MD: Pauline Carr.

Andy's Guitar Workshop 27 Denmark Street,
London, WC2H 8NJ **t** 020 7916 5080 **f** 020 7916 5714
e aguitar@btinternet.com 📇 MD: Andy Preston.

Associated Board of the Royal Schools of
Music 24 Portland Place, London, W1B 1LU
t 020 7636 5400 **f** 020 7637 0234 **e** abrsm@abrsm.ac.uk
w abrsm.ac.uk 📇 Fin Dir: Tim Leats.

Banana Row Drum School 47 Eyre Place, Edinburgh,
EH3 5EY **t** 0131 557 2088 **f** 0131 558 9848
e info@bananarow.com **w** bananarow.com 📇 MD: Craig Hunter.

Bear Storm South Bank Technopark, 90 London Road,
London, SE1 6LN **t** 020 7815 7744 **f** 020 7815 7793
e greg@bearstorm.com Website: **w** bearstorm.com
📇 MD: Greg Tallent.

BIMM - Brighton & Bristol Institute Of Modern
Music 38-42 Brunswick St West, Brighton, East Sussex, BN3 1EL **t** 0844 2646 666 **f** 0844 2646 646
e info@bimm.co.uk **w** bimm.co.uk ▶ youtube.com/bimmtv
📇 Founding Directors: Kevin Nixon, Sarah Clayman, Bruce Dickinson.

DecPlay Piano - the fastest way to learn
piano 4 Brewer Street, Manchester, M1 2EU
t 0845 688 4491 **e** declan@decplaypiano.com
w decplaypiano.com 📇 MD: Declan Cosgrove.

Business Services: Business Consultants, Education

Music Week Directory

www.musicweek.com

Contacts | **Facebook** | **MySpace** | **Twitter** | **YouTube**

Business Services: Education

The Brit School For Performing Arts & Technology 60 The Crescent, Croydon, Surrey, CR0 2HN **t** 020 8665 5242 **f** 020 8665 8676 **e** admin@brit.croydon.sch.uk **w** brit.croydon.sch.uk ◘ Arts Industry Liason Mgr: Arthur Boulton.

Buckinghamshire New University Queen Alexandra Rd, High Wycombe, Buckinghamshire, HP11 2JZ **t** 0800 056 5660 **f** 01494 524392 **e** creative@bucks.ac.uk **w** bucks.ac.uk ◘ Faculty Marketing Manager: Nadine Bar.

Canford Summer School of Music P.O.Box 629, Godstone, RH9 8WQ **t** 01342 893963 **f** 01342 893977 **e** canfordsummersch@btinternet.com **w** canfordsummerschool.co.uk ◘ Director of Music: Malcolm Binney As above.

Centre For Voice The Tobacco Factory, Raleigh Rd, Bristol, BS3 1TF **t** 0117 902 6606 **f** 0117 902 6607 **e** info@centreforvoice.idps.co.uk **w** centrecords.com ◘ Principal: Andrew Hambly-Smith.

City University Music Department, Northampton Square, London, EC1V 0HB **t** 020 7040 8284 **f** 020 7040 8576 **e** music@city.ac.uk **w** city.ac.uk/music ◘ Administrator: Andrew Pearce.

Collage Arts Chocolate Factory 2, Coburg Road, London, N22 6UJ **t** 020 8365 7500 **f** 020 8365 8686 **e** preeti@collage-arts.org **w** collage-arts.org ◘ Learning Development Manager: Preeti Dasgutta 020 8829 1318.

Community Music Wales Unit 8, 24 Norbury Rd, Fairwater, Cardiff, CF5 3AU **t** 029 2083 8060 **f** 029 2056 6573 **e** admin@communitymusicwales.org.uk **w** communitymusicwales.co.uk ◘ Programme Manager: Charlotte Little.

Deep Recording Trust 187 Freston Rd, London, W10 6TH **t** 020 8206 5850 **f** Email only Please **e** andy@deeprecordingstudios.co.uk, enrol@deeprecordingstudios.co.uk, **w** deeprecordingstudios.co.uk ◘ Course Tutor: Andy Paterson.

Dorset music forum Dorset **t** 07866 489585 **e** suzy@dorsetmusic.com **w** dorsetmusic.com
▫ facebook.com/dorsetmusicforum
▫ myspace.com/dorsetmusic
▫ twitter.com/dorsetmusic ◘ CEO: Suzy Wheeler 07866 489 585.

Tech Music School 76 Stanley Gardens, London, W3 7SZ **t** +44 (0)20 8749 3131 **e** enquiries@techmusicschool.co.uk **w** techmusicschool.co.uk
▫ facebook.com/techmusicschool
▫ myspace.com/techmusicschools
▫ youtube.com/techmusicschool ◘ Head of Recruitment and Admissions: Darren Suckling.

Ebony and Ivory Vocal Tuition 11 Varley Parade, Edgware Road, Colindale, London, NW9 6RR **t** 020 8200 5510 **f** 020 8205 1907 **e** ajit123@aol.com **w** ebonyivory.co.uk ◘ MD: Ajit Sahajpal.

Education Group 20 Bayes Street, 20 Bayes Street, Kettering, Northamptonshire, NN16 8EH **t** 01536 411334 **f** 01536 525687 **e** dsmith@educationgroup.co.uk **w** educationgroup.co.uk ◘ Project Managers: Darren Smith.

London College of Music University of West London University of West London, St Mary's Rd, Ealing, London, W5 5RF **t** 020 8579 5000 **f** 020 8231 2546 **e** clare.beckett@uwl.ac.uk **w** uwl.ac.uk
▫ facebook.com/UniversityofWestLondon
▫ clearingguru ◘ Head of Student Recruitment: Clare Beckett 020 8231 2121.

Folk Music Journal 19 Bedford Rd, East Finchley, London, N2 9DB **t** 020 8444 1137 **e** fmj@efdss.org **w** efdss.org ◘ Ed: David Atkinson.

Gateway School of Recording 16 Bromells Rd, London, SW4 0BG **t** 0870 770 8816 **e** info@gsr.org.uk **w** gsr.org.uk ◘ Course Administrator: Hilary Cohen.

Global Entertainment Group Old House, 154 Prince Consort Road, Gateshead, NE8 4DU **t** 0191 469 0100 **f** 0191 469 0001 **e** info@globalmusicbiz.co.uk **w** globalmusicbiz.co.uk ◘ Course Co-ordinator: Martin Jones.

The Grove Music Studios - Bass & Drum Tuition 10 Latimer Industrial Estate, Latimer Road, London, W10 6RQ **t** 020 8960 9601 **f** 020 8960 9606 **e** info@musicspace.co.uk **w** musicspace.co.uk ◘ Dir: Alistair R. Fincham.

Guildhall School of Music & Drama Silk Street, Barbican, London, EC2Y 8DT **t** 020 7628 2571 **f** 020 7256 9438 **e** music@gsmd.ac.uk **w** gsmd.ac.uk
▫ /guildhallschool ▫ /guildhallschool ▫ /guildhallschool ◘ Contact: Music Department.

Hatchet Music Educational Resources 5 Poplar Avenue, Norwich, Norfolk, NR4 7LB **t** 01603 458 488 **e** mark1@hatchetmusic.co.uk **w** hatchetmusic.co.uk ◘ MD: Mark Narayn 07917 731298.

Henley Business School MBA - Music Business Greenlands, Henley-on-Thames, Oxfordshire, RG9 3AU **t** 01491 418 803 and 07711 668121 **e** mba@henley.com and helen.gammons@henley.com
▫ facebook.com/henleymba ▫ @henleymba
▫ youtube.com/user/HenleyBusinessSchool ◘ Program Director: Helen Gammons 01491 418 803 and 00 44 (0)7711 668121.

In The Music Biz 108 Oglander Road, London, SE15 4DB **t** 07740 438537 **e** inthemusicbiz@btinternet.com **w** inthemusicbiz.com ◘ Course Manager: Amanda Hull.

Institute of Contemporary Music Performance Foundation House, 1A Dyne Road, London, NW6 7XG **t** 020 7328 0222 **f** 020 7372 4603 **e** enquiries@icmp.co.uk **w** icmp.co.uk
▫ facebook.com/TheInstituteLondon
▫ twitter.com/TheInstitute ◘ Managing Director: Paul Kirkham.

www.musicweek.com   **Music Week Directory** 195

👤 Contacts   📘 Facebook   🅜 MySpace   🐦 Twitter   ▶ YouTube

Business Services: Education

Institute of Popular Music The Roxby Building, Chatham Street, Chatham Street, Liverpool, Merseyside, L69 7ZT **t** 01517 943101 **f** 01517 942566 **e** sara@liv.ac.uk **w** liv.ac.uk/ipm 👤 Director Of The Institute of Popular Music: Sara Cohen.

JAMES - Joint Audio Media Education Support - UK Industry education wing of MPG/APRS PO Box 915, Aylesbury, Buckinghamshire, HP20 9FT **e** admin@jamesonline.org.uk, contactus@jamesonline.org.uk **w** jamesonline.org.uk 🐦 JAMES_News 👤 Secretary: Melvyn Toms Please email.

Jewel and Esk Valley College 24 Milton Road East, Edinburgh, EH15 2PP **t** 0131 657 7321 **f** 0131 657 2276 **e** aduff@jevc.ac.uk **w** jevc.ac.uk 👤 Learning Manager: Althea Duff.

Jewish Music Institute Soas University Of London, Thornhaugh Street, Thornhaugh St, Russell Sq, London, WC1H 0XG **t** 020 8909 2445 **f** 020 8909 1030 **e** jewishmusic@jmi.org.uk **w** jmi.org.uk 👤 Director: Geraldine Auerbach.

Leeds University School of Music, University of Leeds, Leeds, West Yorkshire, LS2 9JT **t** 0113 343 2583 **f** 0113 343 2586 **e** s.r.warner@leeds.ac.uk **w** leeds.ac.uk/music 👤 Course Leader, BA Popular and World Musics: Dr Simon Warner.

London Music School 9-13 Osborn St, Brick Lane, London, E1 6TD **t** 0845 299 0724 **e** music@londonmusicschool.com **w** londonmusicschool.com 👤 Management Team: Lisa Hedlund.

Mark Roberts Drums t 07881 553144 **e** mroberts.drums@virgin.net **w** markrobertsdrums.com 👤 Owner: Mark Roberts.

Martin Belmont 101A Cricklewood Broadway, London, NW2 3JG **t** 020 8450 2885 👤 Guitar Teacher: Martin Belmont.

MMF Training PO Box 161, Romiley, Stockport, SK6 3WQ **t** 0161 430 8324 **f** 0161 430 8333 **e** angela@mmf-training.com **w** mmf-training.com 👤 Head of Training & Education: Stuart Worthington.

Music Business School PO BOX 55497, Clapham, London, SW4 4BN **e** steve@musicbusinessschool.co.uk **w** musicbusinessschool.co.uk 📘 Music Business School 🐦 mbschool 👤 Head Boy: Steve Melhuish.

Music For Youth 102 Point Pleasant, London, SW18 1PP **t** 020 8870 9624 **f** 020 8870 9335 **e** mfy@mfy.org.uk **w** mfy.org.uk 👤 Executive Director: Larry Westland.

Music Teacher Rhinegold Publishing, 239-241 Shaftesbury Avenue, London, WC2H 8EH **t** 020 7333 1747 **f** 020 7333 1765 **e** music.teacher@rhinegold.co.uk **w** rhinegold.co.uk 👤 Ed: Clare Stevens.

Music, Arts & Culture Hiltongrove Business Centre, 25 Hatherley Mews, London, E17 4QP **t** 020 8520 3975 **f** 0208520 3975 **e** info@redonion-uk.com 👤 Manager: Dee Curtis.

Newark College Friary Rd, Newark, Nottinghamshire, NG24 1PB **t** 01636 680680 **f** 01636 680681 **e** enquiries@lincolncollege.ac.uk **w** newark.ac.uk 👤 Contact: Customer Services.

Nordoff Robbins 2 Lissenden Gardens, London, NW5 1PQ **t** 020 7267 4496 **f** 020 7267 4369 **e** enquiries@nordoff-robbins.org.uk **w** nordoff-robbins.org.uk 👤 Chief Executive Officer: Pauline Etkin.

North Glasgow College 123 Flemington St, Glasgow, Lanarkshire, G21 4TD **t** 0141 630 5000 **f** 0141 558 9905 **e** r.campbell@north-gla.ac.uk **w** northglasgowcollege.ac.uk 👤 Senior Lecturer: Ross Campbell.

NYJO - National Youth Jazz Orchestra 2nd floor, 5 Vigo St, Westminster, London, W1S 3HD **t** 020 7494 1733 **e** fiona@nyjo.org.uk **w** NYJO.org.uk 📘 NYJO.org.uk 🐦 twitter.com/nyjoUK ▶ NYJO.org.uk 👤 Executive Director: Fiona Ord-Shrimpton.

Anger Planet - Anger Management Specialists PO Box 6328, London, N2 OUN **t** 020 8444 9841 **e** info@angerplanet.co.uk **w** angerplanet.co.uk 🐦 @Anger Planet 👤 Director: David Woolfson 0208 444 9841.

Point Blank Music College 23-28 Penn St, London, N1 5DL **t** 020 7729 4884 **f** 020 7729 8789 **e** david@pointblanklondon.com **w** pointblanklondon.com 📘 facebook.com/pointblankcollege 🅜 myspace.com/pointblanklondon 🐦 twitter.com/point_blank ▶ youtube.com/pointblankonline 👤 Sales & Marketing Mgr: David Reid.

The Recording Workshop Unit 10, Buspace Studios, Conlan St, London, W10 5AP **t** 020 8968 8222 **f** 020 7460 3164 **e** recordingworks@btconnect.com **w** recordingworkshopuk.com 🐦 recordingworkshopuk.com 👤 Managing Director: Jose Gross.

Rotolight Pinewood Studios, Pinewood Road, Iver, Bucks, SlO ONH **t** 01753 422744 **e** rg@appleworld-distribution.com>, **w** rotolight.com 🐦 twitter.com/#!/rotolight ▶ youtube.com/user/Rotolight 👤 CEO & Designer.: Rod Gammons 01753 422740.

The Royal Academy of Music University of London, Marylebone Rd, London, NW1 5HT **t** 020 7873 7373 **f** 020 7873 7374 **e** publicity@ram.ac.uk **w** ram.ac.uk 📘 facebook.com/pages/Royal-Academy-of-Music/41083569097 🐦 twitter.com/RoyalAcadMusic 👤 Marketing Manager: Peter Craik 020 7873 7318.

The Royal College Of Music Prince Consort Rd, London, SW7 2BS **t** 020 7591 4300 **f** 020 7589 7740 **e** info@rcm.ac.uk **w** rcm.ac.uk 📘 facebook.com/rcmlatest 🐦 twitter.com/rcmlatest 👤 Director of Operations: Kevin Porter.

Business Services: Education, Computer Services

The Royal School of Church Music (RSCM)
19 The Close, Salisbury, Wiltshire, SP1 2EB
t 01722 424 848 f 01722 424 849
e enquiries@rscm.com w rscm.com

Royal Welsh College of Music & Drama
Castle Grounds, Cathays Park, Cardiff, CF10 3ER
t 029 2039 1361 f 029 2039 1301
e admissions@rwcmd.ac.uk w rwcmd.ac.uk
facebook.com/profile.php?id=638118688&v=info&ref=profile#/rwcmd twitter.com/RWCMD
youtube.com/RWCMD2009 Admissions: Aimee Bryett.

SAE Institute
SAE House, 297 Kingsland Rd, London, E8 4DD t 020 7923 9159 f 020 7691 7653
e saelondon@sae.edu w sae.edu
facebook.com/pages/Oxford-United-Kingdom/SAE-Institute/106636269504?ref=ts
twitter.com/sae_london UK Marketing Manager: James Bilios.

Safi Sounds Management
306 Vicarage Rd, Huddersfield, HD3 4HJ t 07929 868849
e info@safisounds.co.uk w safisounds.co.uk
myspace.com/safisez Contact: Sarah Hutton.

School of Sound Recording
65-69 Downing Street, Manchester, M1 7JE t 0161 276 2100
f 0161 272 7242 e enquiries@s-s-r.com w s-s-r.com s-s-r.com s-s-r.com s-s-r.com Principal: Ian Hu.

Sense of Sound Training
Parr Street Studios, 33-45 Parr St, Liverpool, L1 4JN t 0151 707 1050
f 0151 709 8612 e info@senseofsound.net
w senseofsound.net Artistic Director: Jennifer John.

Show Me How to Play.com
The Ironworks, 30 Cheapside, Brighton, E. Sussex, BN1 4GD
t 01273 670088 f 01273 626502
e info@showmehowtoplay.com w showmehowtoplay.com
MD: Mark Flannery.

SSR
65-69, Downing Street, Manchester, M1 7JE
t 0161 276 2100 f 0161 272 7242 e ian.hu@s-s-r.com
w s-s-r.com Principal: Ian Hu.

Streetlights Contemporary Music School
Tally House, Sheepdown Close, Petworth, GU28 0BP
t 01798 343388 e streetlights@btconnect.com
w streetlightsmusicschool.co.uk Principal: Chris Mountford.

The Helen Astrid Singing Academy
London
t 07710 245 904
e helen@thehelenastridsingingacademy.com
w thehelenastridsingingacademy.com Singing Coach: Helen Astrid (R.A.M.) +44(0)7710 245 904.

The London Oratory School Schola Foundation
Seagrave Road, London, SW6 1RX
t 020 7381 7684 f 020 7381 7676 e schola@los.ac
w london-oratory.org/schola Music Administrator: Helen Cocks 020 7835 0102.

Training in Sound Recording
The Studio, Tower St, Hartlepool, TS24 7HQ t 01429 424440 f 01429 424441
e studiohartlepool@btconnect.com
w studiohartlepool.com Contact: Tony Rowsell.

Tribal Tree
66C Chalk Farm Road, London, NW1 8AN
t 020 7482 6945 f 020 7485 9244
e enquiries@tribaltreemusic.co.uk w tribaltreemusic.co.uk
Programme Mgr: Louise Nkosi.

Trinity Laban Conservatoire of Music and Dance
King Charles Court, King William Walk, London, SE10 9JF t 020 8305 4444 e info@trinitylaban.ac.uk
w trinitylaban.ac.uk Contact: Veronique Fricke.

University of Chester (Warrington Campus)
Commercial Music Production, Crab Lane, Fearnhead, Warrington, WA2 0DB t 01925534308 / 01925534347
e r.dyson@chester.ac.uk; j.mason@chester.ac.uk
w chester.ac.uk/undergraduate/commercial-music-production facebook.com/uochester
twitter.com/#!/uochester youtube.com/uochester
Programme Leaders: Russell Dyson / Jim Mason.

University of St Andrews Music Centre
Younger Hall, North St, St Andrews, Fife, KY16 9AJ
t 01334 462226 f 01334 462228 e music@st-andrews.ac.uk w st-andrews.ac.uk/music Music Centre Manager: Helen Gregory. Seated Capacity: 450 Standing capacity: 1000

University of Surrey
School of Performing Arts, Dept of Music, Guildford, Surrey, GU2 7XH
t 01483 686500 f 01483 686501 e spa@surrey.ac.uk
w surrey.ac.uk/music

University Of Westminster
Centre for Commercial Music, Watford Rd, Harrow, Middlesex, HA1 3TP t 020 7911 5940 f 020 7911 5943
e k.hoji@westminster.ac.uk w westminster.ac.uk
Course Dir: Kienda Hoji.

The Vocal Zone - Vocal Coach
PO Box 25269, London, N12 9ZT t 07970 924 190
e info@thevocalzone.co.uk w thevocalzone.co.uk
Contact: Kenny Thomas..

Computer Services

Counterpoint Systems
The Forum, 74-80 Camden St, London, NW1 0EG t 020 7543 7500
f 020 7543 7600 e info@counterp.com w counterp.com
facebook.com/pages/Counterpoint-Systems/125413800809265 twitter.com/counterp
CEO: Amos Biegun.

Musicalc/RoyaltyShare
6 Old London Road, 6 Old London Road, Kingston Upon Thames, Surrey, KT2 6QF t 020 8439 1518 f 020 8541 1885
e musicalc@royaltyshare.com w musicalc.com General Manager: Andrew Hudson.

Portech Systems Ltd
501 The Green House, Gibb Street, Birmingham, B9 4AA t 0121 624 2626
f 0121 624 0550 e s.naeem@portech.co.uk
w portech.co.uk Sales Manager: S.Naeem.

www.musicweek.com   **Music Week Directory**

👤 Contacts   **f** Facebook   🅼 MySpace   **t** Twitter   ▶ YouTube

Priam Software The Old Telephone Exchange, 32-42 Albert St, Rugby, CV21 2SA **t** 01788 558000 **f** 01788 558001 **e** office@priamsoftware.com **w** priamsoftware.com 👤 Commercial Manager: Neil Spektor.

Ranger Computers Ranger House, 2 Meeting Lane, Duston, Northamptonshire, NN5 6JG **t** 01604 589200 **f** 01604 589505 **e** enquiries@rangercom.com **w** ranger.demon.co.uk 👤 Managing Director: David Viewing.

Spool Multi Media (UK) Unit 30, Deeside Industrial Park, Deeside, Flintshire, CH5 2NU **t** 01244 280602 **f** 01244 288581 **e** rv@smmuk.co.uk **w** smmuk.co.uk 👤 MD: Roy Varley.

Summit Services Rosebery Avenue, High Wycombe, Bucks, HP13 7YZ **t** 01494 447 562 **f** 01494 441 498 **e** summit@summit-services.co.uk **w** summit-services.co.uk 👤 MD: Bob Street.

Worldspan Communications Ltd Unit 19, Red Lion Business Centre, Red Lion Road, Surbiton, Surrey, KT6 7QD **t** 020 8288 8555 **f** 020 8288 8666 **e** sales@span.com **w** span.com 👤 Sales: Rob Barth.

Zenassist Computer Services Oatlands Chase, Weybridge, KT13 **t** 08453 883 357 **f** 07050 666 342 **e** baron@zenassist.com **w** zenassist.com 👤 Technical Director: Baz Omidi 07050 678 205.

Business Services & Miscellaneous

A1 Reliable Discotheques 132 Chase Way, London, N14 5DH **t** 08009567062 **e** a1disco@yahoo.co.uk **w** lastminutedjlondon.co.uk 👤 Mgr: Colin Jacques.

Affinity Music 60 Kingly St, London, W1B 5DS **t** 020 7453 4062 **f** 020 7436 3666 **e** info@affinitymusic.co.uk **w** affinitymusic.co.uk 👤 MD: Simon Binns.

The Arts Clinic 14 Devonshire Place, London, W1G 6HX **t** 020 7935 1242 **f** 020 7224 6256 **e** mail@artsclinic.co.uk **w** artsclinic.co.uk 👤 Director: Sandie Powell.

Assential Arts Coxeter House, 21-27 Ock Street, Abingdon, Oxfordshire, OX14 3ST **t** 01235 536008 **f** 01235 207070 **e** info@assentialarts.com **w** assentialarts.com 👤 MD: Mike Selway.

Big Fish Events Ltd Studio 215 Westbourne Studios, 242 Acklam Road, London, W10 5JJ **t** 020 7524 7555 **f** 020 7524 7556 **e** robert@bigfishevents.co.uk **w** bigfishevents.co.uk **f** facebook.com/bigfishevents 🅼 @bigfishmusic **t** bigfishevents.co.uk 👤 MD: Robert Guterman 07860 484881.

Caligraving Ltd Brunel Way, Thetford, Norfolk, IP24 1HP **t** 01842 752116 **f** 01842 755512 **e** info@caligraving.co.uk **w** caligraving.co.uk 👤 Sales Dir: Oliver Makings.

The Chain Music Services Ltd 30 Seby Rise, Uckfield, TN22 5EE **t** 01825 769829 **e** mail@chainmusic.com 👤 MD: Giorgio Cuppini.

Chart Moves-The Game 2 Move 2 PO Box 1099, London, SE5 9HT **t** 020 7326 4824 **f** 020 7535 5901 **e** gamesmaster@chartmoves.com **w** chartmoves.com 👤 MD: David Klein.

Christian Copyright Licensing (Europe) Ltd PO Box 1339, Eastbourne, East Sussex, BN21 4YF **t** 01323 417711 **f** 01323 417722 **e** executive@ccli.co.uk **w** ccli.co.uk 👤 Sales Mgr: Chris Williams.

Cuesheet Music Report 23 Belsize Crescent, London, NW3 5QY **t** 020 7794 2540 **f** 020 7794 7393 **e** cuesheet@songlink.com **w** cuesheet.net 👤 Editor/Publisher: David Stark.

Esfor Limited PO Box 221, Hertfordshire, SG7 6WZ **t** 01462 892181 **e** info@esforlimited.com **w** esforlimited.com 👤 MD: John K Hall 01462892181.

Fonix L.E.D. 8 Thrush Rd, Poole, Dorset, BH12 4NP **t** 01202 684555 **f** 01202 684666 **e** ianw@fonix.co.uk **w** fonix.co.uk 👤 Director: Ian Walker.

Hamilton House Mailings Ltd Earlstrees Court, Earlstrees Rd, Corby, Northamptonshire, NN17 4HH **t** 01536 399000 **f** 01536 399012 **e** sales@hamilton-house.com **w** hamilton-house.com 👤 MD: Stephen Mister.

Hello Currency Ltd 2nd Floor, 145-157 St.John Street, London, EC1V 4PY **t** 020 7788 7765 **f** 0845 280 1549 **e** ngoddard@hellocurrency.com **w** hellocurrency.com 👤 MD: Noel Goddard.

International Security Ltd 55 Princes Gate, Exhibition Rd, London, SW7 2PN **t** 020 7158 0329 / 07707 297759 **f** 020 7158 0559 **e** liam.nammock@internationalsecurity.co.uk **w** internationalsecurity.co.uk 👤 Director: Liam Nammock.

Jazz Services 1st Floor, 132 Southwark St, London, SE1 0SW **t** 020 7928 9089 **f** 020 7401 6770 **e** info@jazzservices.org.uk **w** jazzservices.org.uk 👤 Director: Chris Hodgkins.

JBS Management UK Apartment 11, Dean Meadow, Newton-le-Willows, Lancs, WA12 9PX **e** xag84@jaybs.freeserve.co.uk

Madrigal Music Consultancy Co Guy Hall, Awre, Gloucestershire, GL14 1EL **t** +44(0)1594 510512 / +44(0)7850 440321 **e** artists@madrigalmusic.co.uk **w** madrigalmusic.co.uk **f** facebook.com/madrigalmusic 🅼 myspace.com/madrigalmusicmanagement **t** @madrigalartists 👤 MD: Nick Ford.

The Manor Partnership 9 Hayters Court, Grigg Lane, Brockenhurst, Southampton, SO42 7PG **t** 01590 622 477 **f** 01590 622 481 **e** howard.lucas@tmp-uk.com **w** themanorpartnership.com 👤 Dir: Howard Lucas.

Business Services: Computer Services, Business Services & Miscellaneous

Music Week Directory www.musicweek.com

📧 Contacts   Facebook   MySpace   Twitter   YouTube

Marken Time Critical Express
Unit 2, Metro Centre, St Johns Road, Isleworth, Middlesex, TW7 6NJ **t** 020 8388 8555 **f** 020 8388 8666
e info@marken.com **w** marken.com 📧 Bus Devel Mgr: Rob Paterson.

Matinee Sound & Vision Ltd
132-134 Oxford Road, Reading, Berkshire, RG1 7NL
t 0118 958 4934 **f** 0118 959 4936 **e** info@matinee.co.uk **w** matinee.co.uk 📧 Managing Director: Christopher Broderick.

Merseyside Music Development Agency (MMDA)
Units 8-25, The Arts Village, Henry St, Liverpool, Merseyside, L1 5BS **t** 0151 707 4550
e info@mmda.org.uk **w** mmda.org.uk 📧 Administrative Assistant: Emma Kennedy.

Music Ally Ltd
1-5 Exchange Court, London, WC2R 0JU **t** 020 74204320
e paul.brindley@musically.com **w** musically.com
 facebook.com/musicallyfb twitter.com/musically
📧 CEO: Paul Brindley 020 7420 4321.

Newman & Co
Regent House, 1 Pratt Mews, London, NW1 0AD **t** 020 7554 4840 **f** 020 7388 8324
e partners@newman-and.co.uk **w** newman-and.co.uk
📧 Snr Partner: Colin Newman.

Anger Planet - The Anger Management Specialists
PO Box 6328, London, N2 0UN
t 020 8444 9841 **e** info@angerplanet.co.uk
w angerplanet.co.uk @AngerPlanet 📧 Director: David Woolfson.

Portman Music Services Ltd
Laurel House, Station Approach, Alresford, Hampshire, SO24 9GH
t 01962 732033 **f** 01962 732032
e maria@portmanmusicservices.net
w portmanmusicservices.co.uk 📧 Director: Maria Comiskey.

Rasheed Ogunlaru Life Coaching
223 Mayall Road, The Coaching Studio, 223a Mayall Rd, London, SE24 0PS **t** 020 7207 1082
e rasheed@rasaru.com **w** rasaru.com rasaru.com
 rasaru.com 📧 Life & Business Coach: Rasheed Ogunlaru.

RPM Research
Suite 3, 17 Pepper St, London, E14 9RP
t 020 7537 3030 **f** 020 7537 0008
e info@rpmresearch.com **w** rpmresearch.com
📧 Partners: Gary Trueman, David Lewis.

Sarsaparilla Marketing
1 Lyric Square, London, W6 0NB **t** 020 7147 9960
e info@sarsaparillamarketing.com 📧 Contact: Kimberly Davis 0207 147 9960.

Stuart Batsford Ltd
5 Bolton Lodge, 19 Bolton Road, Chiswick, London, W4 3TG
t 020 8995 3557 **e** stuart.batsford@btinternet.com
📧 Director: Stuart Batsford 07870 242 559.

Studio2 PA Services
Studio 2, 25 Halstead Rd, Earls Colne, Colchester, Essex, CO6 2NG **t** 01787 224464 **f** 01787 224464 **e** karen@studio2pa.com
w studio2pa.com 📧 Personal Assistant: Karen Carne.

T&S Immigration Services Ltd
118 High Street, Kirkcudbright, DG6 4JQ **t** 01557 339123
e steve@tandsimmigration.co.uk
w tandsimmigration.co.uk 📧 UK Work Permit Specialists: Steve & Tina Richard.

Terry McDonald - Music Licensing and Royalties Consultant
10 Tranquil Dale, Buckland, Betchworth, Surrey, RH3 7EE **t** 01737 845434
e terry@terrymcdonald.co.uk **w** terrymcdonald.co.uk
📧 Owner: Terry McDonald.

VIP Removal Services
Stars Building Office 2, 10 Silverhill Close, Nottingham, Nottinghamshire, NG8 6QL
t 07405 705059 **e** brother_love_talking@live.com
w move-4-less.co.uk 📧 Company Director: Brother Love 07964177590.

Business Services: Business Services & Miscellaneous

**Just one video...
to meet all your promotion needs**

Media

With one master copy, IMD Fastrax can service review and broadcast quality video content to over 100 TV broadcasters and digital media sites across the UK, eliminating the need to send costly tapes and DVDs by inefficient postal and courier services.

- Music Video Review Service
- Music Video Distribution for Media
- Tape Dubbing/Duplicating
- CD/DVD Duplicating
- Standards Conversion
- Harding Testing/Fixing
- Transcoding
- Broadcast QC check
- Video/Audio Legalisation
- Radio Servicing (120 Regional Stations)

IMDFastrax
DEFINING MEDIA LOGISTICS

www.fastrax.co.uk

Media

Print Media

247 Magazine After Dark Media, Unit 39, Scott Business Park, Beacon Park Road, Plymouth, PL2 2PB **t** 01752 294 130 **f** 01752 564 010 **e** editorial@afterdarkmedia.com **w** 247mag.co.uk
Editor: Lucy Griffiths.

Access All Areas One Canada Square, Canary Wharf, Canary Wharf, London, E14 5AP **t** 020 7772 8444 **f** 020 7772 8588 **e** nic.howden@oceanmedia.co.uk **w** access-aa.co.uk Editor: Nic Howden.

Artistes & Agents Richmond House Publishing Co, 70-76 Bell St, Marylebone, London, NW1 6SP **t** 020 7224 9666 **f** 020 7224 9688 **e** sales@rhpco.co.uk **w** rhpco.co.uk
Manager: Spencer Block.

Attitude Trojan Publishing, Ground Floor, 211 Old Street, London, EC1V 9PS **t** 020 7608 6461 **f** 020 7608 6380 **e** attitude@attitudemag.co.uk **w** attitudemag.co.uk
Ed: Adam Mattera.

Audience Media Ltd 26 Dorset Street, London, W1U 8AP **t** 020 7486 7007 **f** 020 7486 2002 **e** info@audience.uk.com **w** audience.uk.com
Publisher/Managing Editor: Stephen Parker.

Audio Media Magazine IMAS Publishing UK Ltd, 1 Cabot House, Compass Point Business Park, St Ives, Cambs, PE27 5JL **t** 01480 461555 **f** 01480 461550 **e** p.mac@audiomedia.com **w** audiomedia.com Editor: Paul Mac.

Audio Pro International Saxon House, 6A St. Andrew Street, 6a St Andrew Street, Hertford, Hertfordshire, SG14 1JA **t** 01992 535646 **e** andrew.low@intentmedia.co.uk **w** audioprointernational.com Editor: Andrew Low.

Bandit A&R Newsletter 68/70 Lugley St, Newport, Isle Of Wight, PO30 5ET **t** 01983 524 110 **e** bandit@banditnewsletter.com **w** banditnewsletter.com
myspace.com/banditnewsletter MD: John Waterman.

Base.ad PO Box 56374, London, SE1 3WF **t** 0207 357 8066 **f** 0207 357 8166 **e** london@base.ad **w** base.ad Editor: Tanya Mannar.

BBC Music Magazine Tower House, Fairfax St, Bristol, BS1 3BN **t** 0117 927 9009 **f** 0117 934 9008 **e** music@bbcmagazines.com **w** bbcmusicmagazine.com
Editor: Oliver Condy.

Between The Grooves 3 Tannsfeld Rd, London, SE26 5DQ **t** 020 8488 3677 **f** 020 8333 2572 **e** info@betweenthegrooves.com **w** betweenthegrooves.com Editor: Jonathan Sharif.

The Big Issue 1-5 Wandsworth Rd, London, SW8 2LN **t** 020 7526 3201 **f** 020 7526 3301 **e** matt.ford@bigissue.com **w** bigissue.com Ed: Matt Ford.

Blues & Soul PO 1976, CROYDON, CR90 9FX **t** 020 3174 8020 **f** 020 8656 5651 **e** editorial@bluesandsoul.com **w** bluesandsoul.com
facebook/bluesandsoul myspace.com/bluesandsoul
twitter.com/bluesandsoul
youtube.com/bluesandsoulmagazine Editor: Lee Tyler.

Blues Matters! PO Box 18, Bridgend, Mid Glamorgan, CF3 6YW **t** 01656 745628 **f** 01656 745028 **e** darren@bluesmatters.com **w** bluesmatters.com
facebook.com/group.php?gid=5350172405
myspace.com/bluesmatterspublication Editor-In-Chief: Darren Howells 02920399998.

borderevents 2 Heatherlie Park, Selkirk, Selkirkshire, TD5 5AL **t** 01750 725480 **e** info@borderevents.com **w** borderevents.com facebook.com/borderevents
@borderevents Music Editor: Andrew Lang.

Brass Band World Impromptu Publishing, 4th Floor, 117-119 Portland Street, Manchester, M1 6FB **t** 0161 236 9526 **f** 0161 247 7978 **e** advertising@brassbandworld.com **w** brassbandworld.com
Ad Mgr: Jerry Hall.

British & International Music Yearbook Rhinegold Publishing Ltd, 241 Shaftesbury Avenue, London, WC2H 8TF **t** 020 7333 1761 **f** 020 7333 1766 **e** bmyb@rhinegold.co.uk **w** rhinegold.co.uk
@musicyearbooks Editor: Claudine Nightingale.

British Bandsman 66-78 Denington Rd, Wellingborough, Northants, NN8 2QH **t** 01933 445 442 **f** 01933 445 435 **e** info@britishbandsman.com **w** britishbandsman.com Editor: Kenneth Crookston.

Broadcast Emap Media, 33-39 Bowling Green Lane, London, EC1R 0DA **t** 020 7505 8000 **f** 020 7505 8050 **e** admin@broadcastnow.co.uk **w** broadcastnow.co.uk
Ed: Conor Dignam.

Campaign 22 Bute Gardens, London, W6 7HN **t** 020 8267 4683 **f** 020 8267 4915 **e** campaign@haynet.com Ed: Caroline Marshall.

CityLife Michell Henry House, Chadderton, Oldham, OL9 8EF **t** 0161 832 7200 **f** 0161 839 1488 **e** paul.ogden@men-news.co.uk **w** citylife.co.uk
Editor: Paul Ogden.

City Living Magazine 1st Floor, Weaman St, Birmingham, B4 6AT **t** 0121 234 5202 **f** 0121 234 5757 **e** jamie_perry@mrn.co.uk **w** icbirmingham.co.uk/cityliving
Product Mgr: Jamie Perry.

Clash Music Ltd Ground Floor East, 1-3 Dufferin Street, London, EC1Y 8NA **t** 0207 734 9351 **e** info@clashmusic.com **w** clashmusic.com
facebook.com/clashmusic
myspace.com/clashmagazine
twitter.com/clash_music youtube.com/ClashMagazine
Editor: Simon Harper 0207 734 9351 London 01382 808808 Scotland.

www.musicweek.com **Music Week Directory** 201

📇 Contacts   ▣ Facebook   ▣ MySpace   ▣ Twitter   ▶ YouTube

Media: Print Media

Classic FM Magazine Haymarket Publishing, Teddington Studios, Broom Rd, Teddington, Middlesex, TW11 9BE **t** 020 8267 5136 **f** 020 8267 5150 **e** classicfm@haymarket.com **w** classicfm.com
📇 Editor: John Evans.

Classic Rock 2 Balcombe Street, London, NW1 6NW **t** 020 7042 4000 **f** 020 7042 4159 **e** sian.llewellyn@futurenet.co.uk **w** classicrockmagazine.com
▣ facebook.com/ClassicRockMagazine
▣ myspace.com/classicrockmagazine
▣ twitter.com/ClassicRockMag 📇 Editor: Sian Llewellyn.

Classical Music Rhinegold Publishing, 241 Shaftesbury Avenue, London, WC2H 8TF **t** 020 7333 1742 **f** 020 7333 1769 (Ed) **e** classical.music@rhinegold.co.uk **w** rhinegold.co.uk
📇 Ed: Keith Clarke 020 7333 1733 (ads).

Constantly Cliff 17 Podsmead Rd, Tuffley, Gloucester, Gloucestershire, GL1 5PB **t** 01452 306 104 **f** 01452 306 104 **e** william@cliffchartsite.co.uk **w** cliffchartsite.co.uk 📇 Editor: William Hooper.

Clown Magazine Suite 3, Rosden House, 372 Old Street, London, EC1V 9AU **t** 07986 359 568 **e** office@clownmagazine.co.uk **w** clownmagazine.co.uk
📇 Contact: Jack Dorrington.

Computer Music Future Publishing, 30 Monmouth St, Bath, BA1 2BW **t** 01225 442244 **e** ronan.macdonald@futurenet.co.uk **w** computermusic.co.uk 📇 Ed: Ronan Macdonald.

Country Music People 1-3 Love Lane, London, SE18 6QT **t** 020 8854 7217 **f** 020 8855 6370 **e** info@countrymusicpeople.com **w** countrymusicpeople.com 📇 Ed: Craig Baguley.

Country Music Round Up PO Box 111, Waltham, Grimsby, NE Lincs, DN37 0YN **t** 01472 821808 **f** 01472 821808 **e** countrymusic_ru@hotmail.com **w** cmru.co.uk 📇 Publisher: John Emptage.

The Crack 1 Pink Lane, Newcastle upon Tyne, NE1 5DW **t** 0191 230 3038 **f** 0191 230 4484 **e** rob@thecrackmagazine.com **w** thecrackmagazine.com
📇 Ed: Robert Meddes.

Daily Mail Northcliffe House, 2 Derry Street, London, W8 5TT **t** 020 7938 6000 **f** 020 7937 3251 **e** editorial@dailymailonline.co.uk **w** dailymail.co.uk
📇 Managing Director: James Bromley.

Daily Record & Sunday Mail 1 Central Quay, GlasgowGlasgow, G3 8DA **t** 0141 309 3000 **f** 0141 309 3340 **e** reporters@dailyrecord.co.uk **w** dailyrecord.co.uk

Daily Telegraph 1 Canada Square, Canary Wharf, London, E14 5DT **t** 020 7538 5000 **f** 020 7538 7650 **w** telegraph.co.uk

Dazed & Confused 112-116 Old St, London, EC1V 9BG **t** 020 7336 0766 **f** 020 7336 0966 **e** tim@dazedgroup.com **w** dazeddigital.com
▣ facebook.com/DazedandConfusedMagazine
▣ myspace.com/dazedandconfusedmag
▣ twitter.com/DazedMagazine 📇 Music Editor: Tim Noakes 020 7549 6856.

Deuce Vision Publishing, 1 Trafalgar Mews, East Way, London, E9 5JG **t** 020 8533 9320 **f** 020 8533 9320 **e** editor@deucemag.com **w** deucemag.com 📇 Ed: Colin Steven.

Diplo Magazine 156-158 Gray's Inn Road, London, WC1X 8ED **t** 020 7833 9766 **f** 020 7833 9766 **e** charlesb@diplo-magazine.co.uk **w** diplo-magazine.co.uk
📇 Editor-in-Chief: Charles Baker.

Disorder Magazine Unit 4/5, First Floor, Universal House, 88-94 Wentworth St, London, E1 7SA **t** 020 7247 6504 **e** taylor@disordermagazine.com **w** disordermagazine.com 📇 Editor: Taylor Glasby.

DJ Magazine The Old Truman Berwery, London, E1 6QL **t** 020 7247 8855 **e** info@djmag.com **w** DJmag.com
📇 Deputy Editor: Tom Kihl.

Early Music Faculty of Music, University of Cambridge, 11 West Rd, Cambridge, CB3 9DP **t** 01223 335 178 **f** 01223 335 178 **e** earlymusic@oupjournals.org **w** em.oupjournals.org 📇 Editor: Dr Tess Knighton.

Echoes 3 Elsinore Rd, London, SE23 2SH **t** 020 8291 2870 **e** echoesmag@btconnect.com **w** echoesmagazine.co.uk
📇 Editor: Chris Wells.

Essential Newcastle 5-11 Causey St, Newcastle-upon-Tyne, NE3 4DJ **t** 0191 284 9994 **f** 0191 284 9995 **e** richard.holmes@accentmagazines.co.uk 📇 Editor: Richard Holmes.

Evening Standard Northcliffe House, 2 Derry Street, London, W8 5TT **t** 020 7938 6000 **f** 020 7937 7392 **e** editor@thisislondon.co.uk **w** thisislondon.co.uk

FASHION.MUSIC.STYLE Limited (FMS Magazine) 132 The Shaftesburys, Barking, IG11 7JA **t** 020 8591 8416 **e** sarah@fashionmusicstyle.com **w** fashionmusicstyle.com 📇 Publisher & Editor-in-Chief: Sarah Hardy 07786 328 166.

Financial Times 1 Southwark Bridge, London, SE1 9HL **t** 020 7873 3000 **f** 020 7873 3062 **w** ft.com

The Fly 59-65 Worship St, London, EC2A 2DU **t** 020 7688 9000 **f** 020 7688 8999 **e** jj.dunning@channelfly.com **w** the-fly.co.uk ▣ the-fly.co.uk
📇 Editor: JJ Dunning.

Foresight Bulletin/Planner Profile Group, Dragon Court, 27-29 Macklin St, London, WC2B 5LX **t** 020 7190 7829 **f** 020 7190 7858 **e** info@profilegroup.co.uk **w** foresightonline.co.uk
📇 Editor: Vicki Ormiston.

Media: Print Media

Fresh Direction Student Magazine
Buliding D, Berkeley Works, Berkley Grove, London, NW1 8XY
t 020 7449 0900 f 020 7449 0901 e paul.russell@fd-media.co.uk w fd-media.co.uk
myspace.com/freshdirection Publisher: Paul Russell.

fRoots PO Box 3072, Bristol, BS8 9GF t 0117 317 9020
e froots@frootsmag.com w frootsmag.com
myspace.com/frootsmag Editor: Ian Anderson.

Fused Magazine Studio 315, The Greenhouse, Gibb St, Birmingham, B9 4AA t 0121 246 1946
e enquiries@fusedmagazine.com w fusedmagazine.com
facebook.com/group.php?gid=18350653872&ref=ts
myspace.com/fusedmagazine
twitter.com/fusedmagazine
youtube.com/fusedmagazine Editor: David O'Coy.

Future Music Future Publishing, 30 Monmouth Street, Bath, Somerset, BA1 2BW t 01225 442244
f 01225 732353 e andy.jones@futurenet.co.uk
w futuremusic.co.uk Snr Editor: Andy Jones.

The Gen The Gen, Cluny Annex, 36 Lime Street, Ouseburn Valley, Newcastle, NE1 2PQ t 0191 231 4016
f 0191 231 3795 e mail@generator.org.uk
w generator.org.uk facebook.com/GeneratorNE
myspace.com/generatoruk twitter.com/GeneratorNE
youtube.com/generatoruk Music Business Advice, Information and Support Services: Martin McAloon 0191 255 4466.

GQ Vogue House, Hanover Sq, London, W1S 1JU
t 020 7152 3731 f 020 7495 1679
e stuart.mcgurk@condenast.co.uk
andy.morris@condenast.co.uk w gqmagazine.co.uk
Commissioning Editor: Stuart McGurk, Andy Morris.

Gramophone Teddington Studios, Broom Rd, Teddington, Middlesex, TW11 9BE t 020 8267 5136
f 020 8267 5844 e gramophone@haymarket.com
w gramophone.co.uk
facebook.com/gramophonemagazine
twitter.com/gramophonemag Publishing Coordinator: Sue Mcwilliams.

The Grapevine 45 Underwood Street, London, N1 7LG
t 020 7490 0946 f 020 7490 1026 e nick@nus-ents.co.uk
w nusonline.co.uk Sales Manager: Nick Woodward.

The Guardian PO Box 68164, Kings Place, 90 York Way, London, N1P 2AP t 020 7278 2332 f 020 7713 4366
e arts.editor@guardianunlimited.co.uk w guardian.co.uk

Guitar & Bass Magazine Leon House, 233 High Street, 233 High St, Croydon, Surrey, CR9 9AF
t 020 8726 8000 f 020 8726 8397
e john.callahan@anthem-publishing.com
w guitarmagazine.co.uk Editor: John Callaghan 020 8726 8306.

Guitarist Future Publishing, 30 Monmouth Street, Bath, Somerset, BA1 2BW t 01225 442244 f 01225 732285
e neville.marten@futurenet.co.uk Ed: Neville Marten.

Heat Endeavor House, 189 Shaftesbury Avenue, London, WC1H 8JG t 020 7295 5000 f 020 7859 8670
e heatmag@heatmag.com

The Herald 200 Renfield Street, Glasgow, G2 3QB
t 0141 302 7000 f 0141 302 7171 e arts@theherald.co.uk
w theherald.co.uk

Hi-Fi Choice Future Publishing, 99 Baker Street, London, W1U 6FP t 020 7317 2600 f 020 7317 0275
e tim.bowern@futurenet.co.uk w hificchoice.co.uk Dep Ed: Tim Bowern.

Hi-Fi News Leon House, 233 High St, Croydon, Surrey, CR9 1HZ t 020 8726 8310 f 020 8726 8397 e hi-finews@ipcmedia.com w hifinews.co.uk; avexpo.co.uk
Ed: Steve Harris.

Hi-Fi World Audio Publishing, Unit G4, Imex House, Kilburn Park Road, London, W9 1EX t 020 7625 3134
e editorial@hi-fiworld.co.uk w hi-fiworld.co.uk
Editor: David Price.

Hit Sheet 31 The Birches, London, N21 1NJ
t 020 8360 4088 f 020 8360 4088 e info@hitsheet.co.uk
w hitsheet.co.uk facebook.com/hitsheet
myspace.com/hitsheet twitter.com/paulhitsheet
Publisher: Paul Kramer 07932 034750.

Hokey Pokey Millham Lane, Dulverton, Somerset, TA2 9HQ t 01398 324 114 f 01398 324 114
e hokey.pokey@bigfoot.com Ed: Andrew Quarrie 07831 103 194.

The Hollywood Reporter 5th Floor, Endeavour House, Shaftesbury Avenue, London, WC2H 8TJ
t 020 7420 6000 f 020 7420 6014 e stuart.kemp@thr.com
w thr.com UK Bureau Chief: Stuart Kemp.

Honk Ty Cefn, Rectory Rd, Canton, Cardiff, South Glamorgan, CF5 1QL t 029 2066 8127
f 029 2034 1622 e honk@welshmusicfoundation.com
w welshmusicfoundation.com/honk Ed: James McLaren.

Hot Press Magazine 13 Trinity Street, Dublin, Dublin 2, Ireland t 0035 312 411500 f 0035 312 411538
e info@hotpress.ie w hotpress.com
facebook.com/hotpressmagazine
myspace.com/hotpressmagazine @hotpressmagazine
Editor: Niall Stokes.

i Northcliffe House, 2 Derry Street, London, W8 5TT
t 020 7938 6000 f 020 7937 3251 e i@independent.co.uk
facebook.com/i @theipaper

i-D Magazine 124 Tabernacle St, London, EC2A 4SA
t 020 7490 9710 f 020 7251 2225 e reception@i-Dmagazine.co.uk w i-dmagazine.co.uk

The Independent Northcliffe House, 2 Derry Street, London, W8 5TT t 020 7938 6000 f 020 7937 3251
e arts@independent.co.uk w independent.co.uk

The Independent On Sunday Northcliffe House, 2 Derry Street, London, W8 5TT t 020 7938 6000
f 020 7937 3251 e arts@independent.co.uk
w independent.co.uk

Installation Europe 1st Floor, Suncourt House, 18-26 Essex Road, London, N1 8LR t 020 7226 7246
e paddy.baker@intentmedia.co.uk w installationeurope.com
iepaddyb youtube.com/installationeurope
Editor: Paddy Baker.

www.musicweek.com **Music Week Directory** 203

Contacts · **Facebook** · **MySpace** · **Twitter** · **YouTube**

Media: Print Media

International Broadcast Engineer Business Media Ltd, 3rd Floor, Armstrong House, 38 Market Square, Uxbridge, Middlesex, UB8 1LH **t** 01342 717 459 **e** info@bpl-business.com **w** ibeweb.com Publisher: Clare Sturzaker.

IQ Magazine 2-4 Prowse Pl, London, NW1 9PH **t** 020 7284 5867 **f** 020 7284 1870 **e** greg@iq-mag.net **w** iq-mag.net Editor: Greg Parmley.

Irish Music Scene Bunbeg, Letterkenny, Co Donegal, Ireland **t** +353 7495 31176 **e** donalkoboyle@eircom.net Ed/Publisher: Donal K O'Boyle.

Irish Times 10-16 D'Olier Street, Dublin 2, Ireland **t** +353 1 679 2022 **e** enquiries@irish-times.com **w** ireland.com

Jazz Journal International Jazz Journal Ltd, 3-3A Forest Road, Loughton, Essex, 1G10 1DR **t** 020 8532 0456 **f** 020 8532 0440 Publisher/Ed: Eddie Cook 020 8532 0678.

The Jazz Rag PO Box 944, Birmingham, West Midlands, B16 8UT **t** 0121 454 7020 **f** 0121 454 9996 **e** jazzrag@bigbearmusic.com **w** bigbearmusic.com Ed: Jim Simpson.

Jazzwise Magazine Streatham Business Centre, 1 Empire Mews, Stanthorpe Road, London, SW16 2BF **t** 020 8677 0012 **f** 020 8677 7128 **e** jon@jazzwise.com **w** jazzwisemagazine.com Jazzwise @jazzwise Editor & Publisher: Jon Newey.

Kerrang! Bauer Consumer Media, Endeavour House, 189 Shaftesbury Avenue, London, WC2H 8JG **t** 020 7295 5000 **e** feedback@kerrang.com **w** kerrang.com kerrang.com twitter.com/kerrangmagazine kerrang.com Editor: Nichola Browne 020 7520 6524.

Keyboard Player 100 Birkbeck Road, Enfield, Middlesex, EN2 0ED **t** 020 8245 5840 **e** stevemillerkp@blueyonder.co.uk **w** keyboardplayer.com Ed: Steve Miller.

Knowledge Magazine Vision Publishing, 1 Trafalger Mews, Eastway, London, E9 5JG **t** 020 8533 9300 **e** editor@knowledgemag.co.uk **w** knowledgemag.co.uk Ed: Colin Steven.

The Knowledge WLR Media & Entertainment, 6-14 Underwood St, London, N1 6JQ **t** 020 7549 8666 **f** 020 7549 8668 **e** knowledge@wilmington.co.uk **w** theknowledgeonline.com Sales Manager: Sarah Keegan.

Leeds Guide Ltd 30-34 Aire Street, Leeds, West Yorkshire, LS1 4HT **t** 0113 244 1000 **f** 0113 244 1002 **e** editor@leedsguide.co.uk Ed: Dan Jeffrey.

The List 14 High St, Edinburgh, EH1 1TE **t** 0131 550 3050 **f** 0131 557 8500 **e** editor@list.co.uk **w** thelist.co.uk Ed: Nick Barley.

Loaded 26th Floor, Kings Reach Tower, Stamford Street, London, SE1 9LS **t** 020 7261 5562 **f** 020 7261 5640 **e** firstname_lastname@ipcmedia.com **w** loaded.co.uk

Loud And Quiet Floor 1, 2 Loveridge Mews, Kilburn, London, NW6 2DP **t** 07838 170 171 **e** info@loudandquiet.com **w** loudandquiet.com Editor: Stuart Stubbs.

M4 Media (music business contract publishing) 2-4 Prowse Place, London, NW1 9PH **t** 020 7284 5869 **f** 020 7284 1870 **e** info@m-4media.com **w** m-4media.com Dir: Chris Prosser.

Mail On Sunday Northcliffe House, 2 Derry Street, London, W8 5TT **t** 020 7938 6000 **f** 020 7937 3829 **e** editorial@dailymailonline.co.uk **w** mailonsunday.co.uk

Marketing 174 Hammersmith Road, London, W6 7JP **t** 020 8267 4150 **e** Via website **w** marketing.haynet.com Ed: Craig Smith.

Marketing Week 12-26 Lexington St, 50 Poland Street, London, W1R 4 **t** 020 7970 4000 **f** 020 7970 6721 **e** stuart.smith@centaur.co.uk **w** marketing-week.co.uk Ed: Stuart Smith.

Maverick Goldings, Elphicks Farm, Water Lane, Hunton, Maidstone, Kent, ME15 0SG **t** 01622 823920 **f** 01622 823933 **e** cherry.batchelor@hand-media.com **w** maverick-country.com
facebook.com/maverickmagazine
myspace.com/maverick_country
twitter.com/maverick_mag Director: Cherry Batchelor.

Maverick Magazine Goldings, Elphicks Farm, Water Lane, Hunton, Kent, ME15 0SG **t** 01622 823920 **f** 01622 823933 **e** michelle.teeman@hand-media.com **w** maverick-country.com
facebook.com/maverickmagazine
myspace.com/maverick_country
twitter.com/maverick_mag Managing Editor: Michelle Rossiter 01622 823922.

Media Research Publishing Lister House, 117 Milton Rd, Weston-super-Mare, Somerset, BS23 2UX **t** 01934 644126 **e** cliffdane@tiscali.co.uk **w** mediaresearchpublishing.com Chairman: Cliff Dane.

M8 Magazine Trojan House, Phoenix Business Park, Paisley, Renfrewshire, PA1 2BH **t** 0141 840 5980 **f** 0141 840 5995 **e** info@m8magazine.com **w** m8magazine.co.uk Ed: Kevin McFarlane.

Metal Hammer Future Publishing, 2 Balcombe St, London, NW1 6NW **t** 01225 442244 **f** 020 7402 419 **e** chris.ingham@futurenet.com **w** metalhammer.co.uk Ed: Chris Ingham.

Metro Scotland 20 Waterloo Street, Glasgow, G2 6DB **t** 0141 225 3336 **f** 0141 225 3316 **e** scotlife@ukmetro.co.uk Arts Editor: Rory Weller.

Music Week Directory

www.musicweek.com

Contacts **Facebook** **MySpace** **Twitter** **YouTube**

MI Pro Saxon House, 6A St. Andrew Street, 6a St Andrew St, Hertford, Hertfordshire, SG14 1JA
t 01992 535646 **e** mipro@intentmedia.co.uk **w** mi-pro.co.uk
miprofessional Executive Editor: Andy Barrett.

The Mirror 1 Canada Square, London, E14 5AP
t 020 7293 3000 **f** 020 7293 3405
e feedback@mirror.co.uk **w** mirror.co.uk

Mixmag Development Hell, 90-92 Pentonville Rd, London, N1 9HS **t** 020 7078 8400 **e** mixmag@mixmag.net
w mixmag.net Ed: Nick Decosemo 020 7078 8411.

Mobile Entertainment Intent Media, St Andrew House, 46-48 St Andrew Street, Hertford, SG14 1JA **t** 01992 535 646
e stuart.obrien@intentmedia.co.uk **w** mobile-ent.biz
Editor: Stuart O'Brien.

MOJO Endeavour House, 189 Shaftesbury Avenue, London, WC1H 8JG **t** 020 7208 3443 **e** mojo@bauermedia.co.uk
w mojo4music.com facebook.com/MOJOmagazine
@MOJOmagazine youtube.com/user/MOJO4MUSIC
Editor: Phil Alexander.

Music Business Journal 3 Winsdown House, Three Gates Lane, Haslemere, Surrey, GU27 2LE
t 01428 656 442 **e** info@musicjournal.org
w musicjournal.org Managing Editors: JoJo Gould/ Jonathan Little.

Music Journal 10 Stratford Place, London, W1C 1AA
t 020 7629 4413 **f** 020 7408 1538 **e** membership@ism.org
w ism.org Ed: Neil Hoyle.

MUSIC WEEK

Suncourt House, 18-26 Essex Road, London, N1 8LN
t 020 7226 7246 **e** Dave.Roberts@intentmedia.co.uk
w musicweek.com facebook.com/MusicWeekNews
twitter.com/MusicWeekNews Publisher: Dave Roberts. Editor: Tim Ingham. Advertising Manager: Darrell Carter. Deputy Advertising Manager: Archie Carmichael. Head of Business Analysis: Paul Williams. Senior Staff Writer: Tom Pakinkis. Subscription Sales Executive: Craig Swan.
The long-established industry bible for the UK and international music business, Music Week's print edition is complemented by a constantly updated website and a range of editorial email services. Reaching the desks and screens of 5,000 execs from all sectors of the industry, Music Week is the essential read for anyone in the business of music.

MUSIC WEEK DIRECTORY

Suncourt House, 18-26 Essex Road, London, N1 8LN
t 020 7226 7246 **e** Dave.Roberts@intentmedia.co.uk
w musicweek.com Publisher: Dave Roberts. Editor: Tim Ingham. Advertising Manager: Darrell Carter. Deputy Advertising Manager: Archie Carmichael.
The definitive contacts directory for the UK music industry.

Musical Opinion 50 Collinstone Drive, St Leonards-on-Sea, E. Sussex, TN38 0NX **t** 01424 715 167
f 01424 712 214 **e** musicalopinion2@aol.com
w musicalopinion.com Publisher: Denby Richards.

Neon Buzz Magazine 1b Hepworth Road, Streatham, London, SW16 5DH **t** 07952 520 734
e thisisneonbuzz@googlemail.com **w** neonbuzz.net
Editor: Claire Evans.

Nerve Talbot Campus, Fern Barrow, Poole, Dorset, BH12 5BB **t** 01202 965744 **f** 01202 535990
e suvpcomms@bournemouth.ac.uk **w** nervemedia.net
Editor: Sarah Wiles.

A New Day - The Jethro Tull Magazine
75 Wren Way, Farnborough, Hants, GU14 8TA
t 01252 540 270 **f** 01252 372 001
e DAVIDREES1@compuserve.com **w** anewdayrecords.co.uk
Editor: Dave Rees 07889 797 482.

News Of The World News International, 1 Virginia Street, London, E1 9XR **t** 020 7782 7000
f 020 7583 9504 **e** Via website **w** newsoftheworld.co.uk

Nightshift PO Box 312, Kidlington, Oxford, OX5 1ZU
t 01865 372255 **e** nightshift@oxfordmusic.net
w nightshift.oxfordmusic.net Editor: Ronan Munro.

NME IPC Music Magazines, Blue Fin Building, 110 Southwark St, London, SE1 0SU **t** 020 3148 5000
f 020 3148 8107 **e** karen_walter@ipcmedia.com
w nme.com Editor: Krissi Murison 020 3148 6864.

Northdown Publishing Ltd PO Box 49, Bordon, Hants, GU35 0AF **t** 07845 296730
e northdown01@gmail.com **w** northdown.demon.co.uk
Director: Michael Heatley.

Notion Music HQ Ltd., 4th Floor, 2 Plough Yard, London, EC2A 3LP **t** 0870 046 6622 **f** 0870 046 6611
e editorial@musichqmedia.com **w** notionmag.com & planetnotion.com facebook.com/NotionMagazine
@NotionMagazine Publisher: Bill Hussein.

One To One Ludgate House, 245 Blackfriars Road, 245 Blackfriars Road, London, SE1 9UF **t** 020 7921 8347
f 020 7921 8302 **e** etoppin@cmpi.biz **w** oto-online.com
Sales Contact: Paul Reynolds.

Music Week Directory

Contacts | **Facebook** | **MySpace** | **Twitter** | **YouTube**

Opera Now 241 Shaftesbury Avenue, London, WC2H 8EH
t 020 7333 1733 **f** 020 7333 1736
e opera.now@rhinegold.co.uk **w** operanow.co.uk
facebook.com/operanow twitter.com/#!/Operanow
Editor: Ashutosh Khandekar 020 7333 1740.

Organ 19 Herbert Gardens, London, NW10 3BX
t 020 8964 3066 **e** organ@organart.demon.co.uk
w organart.com MD: Sean Worrall.

Original British Theatre Directory 70-76 Bell St, Marylebone, London, NW1 6SP **t** 020 7224 9666
f 020 7224 9688 **e** sales@rhpco.co.uk **w** rhpco.co.uk
Manager: Spencer Block.

Orpheus Publications Ltd 3 Waterhouse Square, 138-142 Holborn, London, EC1N 2NY **t** 020 7882 1040
f 020 7882 1020 **w** thestrad.com Editor: Naomi Sadler.

The Piano Rhinegold Publishing, 241 Shaftesbury Avenue, London, WC2H 8EH
t 020 7333 1733 **f** 020 7333 1736 **e** piano@rhinegold.co.uk
w rhinegold.co.uk Contact: 020 7333 1724.

Pipeline Rock Instrumental Review Magazine
12 Thorkill Gardens, Thames Ditton, Surrey, KT7 0UP
e editor@pipelinemag.co.uk **w** pipelinemag.co.uk
Editor: Alan Taylor.

Popular Music Cambridge University Press, The Edinburgh Building, Shaftesbury Road, Cambridge, CB2 2RU **t** 01223 325757 **f** 01223 315052
w journals.cambridge.org/public/door Eds: Lucy Green, David Laing.

Press Association, Rock Listings 4th Floor, 292 Vauxhall Bridge Road, London, SW1V 1AE
t 020 7963 7749 **f** 020 7963 7800 **e** gigs@pa.press.net
Rock & Pop Editor: Delia Barnard.

Pro Sound News Europe 18-26 Suncourt House, Essex Rd, London, N1 8LN **t** 020 7226 7246
e steve.connolly@intentmedia.co.uk
w prosoundnewseurope.com Group Ad Manager: Steve Connolly.

PSNLive 3rd Floor, Ludgate House, 245 Blackfriars Rd, London, SE1 9UY **t** 020 7921 8319
e david.robinson@ubm.com **w** prosoundnewseurope.com
Editor: David Robinson.

QSheet Markettiers4dc Ltd, 10a Northburgh House, Northburgh St, London, EC1V 0AT **t** 020 7253 8888
f 020 7253 8885 **e** editor@qsheet.com **w** qsheet.com
Editor: Nik Harta.

The Radio Magazine Goldcrest Broadcasting, Tindle House, High Street, Bordon, Hampshire, GU35 0AY
t 01420 477272 **f** 01420 476868
e kelly.mitchell@tindlenews.co.uk **w** theradiomagazine.co.uk
Sales Manager: Kelly Mitchell.

Radio Times Woodlands, 80 Wood Lane, London, W12 0TT **t** 020 8576 2000 **e** radio.times@bbc.co.uk
w radiotimes.com

Record Collector Room 101, 140 Wales Farm Rd, London, W3 6UG **t** 020 8752 8170 **f** 0208 752 8186
e firstname.lastname@metropolis.co.uk
w recordcollectormag.com
facebook.com/#!/profile.php?id=100002730115441
twitter.com/#!/RecCollMag Editor: Ian McCann.

Revolutions 211 Western Road, London, SW19 2QD
t 020 8646 7094 **f** 020 8646 7094
e john@revolutionsuk.com **w** revolutionsuk.com
Editor: John Lonergan.

Rhythm Future Publishing, 30 Monmouth St, Bath, Somerset, BA1 2BW **t** 01225 442 244 **f** 01225 732 353
e phil.ascott@futurenet.co.uk **w** futurenet.com
Editor: Phil Ascott.

Rock Sound Unit 22 Jack's Pl, 6 Corbet Pl, Spitalfields, London, E1 6NN **t** 020 7877 8770 **f** 020 7377 0455
e patrick.napier@rocksound.tv **w** rocksound.tv
Publisher: Patrick Napier.

Roots And Branches 54 Canterbury Road, Penn, Wolverhampton, West Midlands, WV4 4EH **t** 07973 133 416
e steve-morris@blueyonder.co.uk **w** roots-and-branches.com Ed: Steve Morris.

Rough Guides Ltd 80 Strand, London, WC2R 0RL
t 020 7010 3701 **f** 020 7010 6767
e mail@roughguides.co.uk **w** roughguides.com
Contact: Switchboard.

RTE Guide TV Building, Donnybrook, Dublin 4, Ireland
t +353 1 208 2919 **f** +353 1 208 3085 **e** Aoife.Byrne@rte.ie
Ed: Aoife Byrne.

RWD Aldwych House, 81 Aldwych, London, WC2B 4HN
t 020 7492 6900 **f** 020 7492 6909
e hattiecollins@gmail.com or staff@rwdmag.com for general enquiries **w** rwdmag.com RWD Mag
Myspace.com/rwdmag twitter.com/rwdmag
youtube.com/rwdtv Editor: Hattie Collins 07932 636615.

Sandman Magazine PO Box 3720, Sheffield, S10 9AB
t 0114 278 6727 **e** jan@sandmanmagazine.co.uk
w sandmagazine.co.uk Ed: Jan Webster.

The Scotsman 108 Holyrood Road, Edinburgh, Midlothian, EH8 8AS **t** 0131 620 8620
e enquiries@scotsman.com **w** scotsman.com

Sky TV Guide & Digital TV Guide
The New Boathouse, 136-142 Bramley Rd, London, W10 6SR **t** 020 7565 3000 **f** 020 7565 3056
e skymag@bcp.co.uk

Song And Media Promotions 32 Hillgarth, Castleside, Consett, County Durham, DH8 9QD
t 01207 500825 **f** 01736 763328
e songandmedia@aol.com **w** songandmedia.com
myspace.com/guildofsongwriters Managing Director: Colin Eade.

Songlines The Shepherds Building, Rockley Road, Rockley Road, London, W14 0DA **t** 020 7371 2777
f 020 7371 2220 **e** info@songlines.co.uk **w** songlines.co.uk
Editor: Simon Broughton.

Media: Print Media

Music Week Directory

 Contacts Facebook MySpace Twitter YouTube

Media: Print Media

SongLink International 23 Belsize Crescent, London, NW1 5QY **t** 020 7794 2540 **f** 020 7794 7393 **e** david@songlink.com **w** songlink.com
 facebook.com/songlink myspace.com/songlink
 Ed/Publisher: David Stark 07956 270 592.

Songwriting & Composing Magazine
Sovereign House, 12 Trewartha Rd, Praa Sands, Penzance, Cornwall, TR20 9ST **t** 01736 762826 **f** 01736 763328 **e** songmag@aol.com **w** songwriters-guild.co.uk
 myspace.com/guildofsongwriters Editor: Roderick Jones 01736 762 826.

Sound On Sound Media House, Trafalgar Way, Bar Hill, Cambridge, Cambridgeshire, CB3 8SQ **t** 01954 789 888 **f** 01954 789 895 **e** sos@soundonsound.com **w** soundonsound.com Publisher: Ian Gilby.

The Stage Stage House, 47 Bermondsey Street, London, SE1 3XT **t** 020 7403 1818 **f** 020 7357 9287 **e** editor@thestage.co.uk **w** thestage.co.uk

Stage, Screen & Radio 373 -377 Clapham Rd, London, SW9 9BT **t** 020 7346 0900 **f** 020 7346 0901 **e** info@bectu.org.uk **w** bectu.org.uk Ed: Janice Turner.

The Strad Newsquest Specialist Media Ltd, 30 Cannon St, London, EC4M 6YJ **t** 020 7618 3456 **f** 020 7618 3483 **e** ariane.todes@thestrad.com **w** thestrad.com Ed: Ariane Todes.

Straight No Chaser 17D Ellingfort Rd, London, E8 3PA **t** 020 8533 9999 **f** 020 8985 6447 **e** info@straightnochaser.co.uk **w** straightnochaser.co.uk Ed: Paul Bradshaw.

Sugar 64 North Row, London, W1K 7LL **t** 020 7150 7972 **f** 020 7150 7572 **e** lysannecurrie@hf-uk.com **w** hf-uk.com Editorial Dir: Lysanne Currie.

The Sun News International, 1 Virginia Street, London, E1 9BD **t** 020 7782 4000 **f** 020 7782 4063 **e** talkback@the-sun.co.uk **w** thesun.co.uk

Sunday Mirror 1 Canada Square, London, E14 5AD **t** 020 7510 3000 **f** 020 7293 3405 **e** Via website **w** sundaymirror.co.uk

Sunday People 1 Canada Square, London, E14 5AP **t** 020 7293 3000 **f** 020 7293 3810 **e** feedback@mirror.co.uk **w** people.co.uk

Sunday Telegraph 1 Canada Square, London, E14 5DT **t** 020 7538 5000 **e** firstname.lastname@telegraph.co.uk **w** telegraph.co.uk

Sunday Times News International, 1 Pennington Street, London, E1 9XW **t** 020 7782 5000 **f** 020 7782 5658 **e** artsed@thetimes.co.uk **w** timesonline.co.uk

Swell Music Rocklyn, Trebarwith Strand, Tintagel, Cornwall, PL34 0HB **t** 01840 779 054 **f** 01840 779 053 **e** info@swellmusic.co.uk **w** swellmusic.co.uk Dir: Andrew Grainger.

Tempo (A Quarterly Review of Modern Music)
PO Box 171, Herne Bay, CT6 6WD **t** 020 7291 7224 **e** macval@compuserve.com **w** temporeview.com
 Ed: Calum MacDonald.

The Guide The Guardian, PO Box 68164, Kings Place, 90 York Way, London, N1P 2AP **t** 020 7713 4152 **f** 020 7713 4346 Contact: 020 7239 9980.

The Miniature Music Press Ltd Kings Road Studios, 183a Kings Road, Cardiff, CF11 9DF **t** 02920343244 **e** james@theminiaturemusicpress.com **w** themmp.tv Contact: James Payne.

The Musical Times PO Box 464, Berkhamsted, Herts, HP4 2UR **t** 01442 879 097 **e** mustimes@aol.com **w** themusicaltimes.blogspot.com Editor: Antony Bye.

The Observer PO Box 68164, Kings Place, 90 York Way, London, N1P 2AP **t** 020 7278 2332 **f** 020 7713 4250 **e** firstname.lastname@observer.co.uk **w** observer.co.uk
 Contact: 020 7713 4286.

The Singer 241 Shaftesbury Avenue, London, WC2H 8TF **t** 020 7333 1746 **f** 020 7333 1769 **e** the.singer@rhinegold.co.uk **w** rhinegold.co.uk
 Editor: Kimon Daltas.

Time Out Universal House, 251 Tottenham Court Road, London, W1T 7AB **t** 020 7813 3000 **f** 020 7813 6158 **e** music@timeout.com **w** timeout.com/london Music Ed: Chris Salmon.

The Times Metro News International, 1 Pennington Street, London, E98 1TE **t** 020 7782 5000 **f** 020 7782 5525 **e** metro@the-times.com Ed: Rupert Mellor.

The Times 1 Pennington St, London, E98 1XY **t** 020 7782 5000 **e** firstname.lastname@thetimes.co.uk **w** timesonline.co.uk

TNT Magazine 14-15 Child's Place, London, SW5 9RX **t** 020 7960 6008 **f** 08707 522717 **e** alison.grimson@tntmagazine.com **w** tntmagazine.com
 Entertainment Editor: Rebecca Galton.

TV Times IPC Magazines, Blue Fin Building, 110 Southwark Street, London, SE1 0SU **t** 020 7261 7740 **e** firstname_lastname@ipcmedia.com **w** ipc.co.uk

TVB Europe Ludgate House, 245 Blackfriars Rd, London, SE1 9UF **t** 020 7921 8307 **f** 020 7921 8302 **e** tvbeurope@mediateam.ie **w** tvbeurope.com
 Editor: Fergal Ringrose.

Uncut Blue Fin Building, 110 Southwark Street, 110 Southwark St, London, SE1 0SU **t** 020 3148 6985 **e** allan_jones@ipcmedia.com **w** uncut.net Editor: Allan Jones.

Undercover Undercover Agents Ltd, Basement, 69 Kensington Gardens Sq, London, W2 4DG **t** 020 7792 9392 **e** diagnostyx@hotmail.com Editor In Chief: Nat Illumine.

Venue Magazine 4th Floor, Bristol News & Media, Temple Way, Bristol, BS99 7HD **t** 0117 942 8491 **f** 0117 942 0369 **e** music@venue.co.uk **w** venue.co.uk
 Music Editor: Leah Pritchard.

Vice Magazine 77 Leonard St, London, EC2A 4QS **t** 020 7749 7810 **e** info@viceuk.com **w** viceland.com
 Ed: Andy R. Capper.

www.musicweek.com **Music Week Directory** 207

👤 Contacts 📘 Facebook 💬 MySpace 🐦 Twitter ▶️ YouTube

The Voice 6th floor, Northern & Shell Tower, 4 Selsdon Way, London, E14 9GL **t** 020 7510 0386 **f** 020 7510 0341 **e** advertising@the-voice.co.uk **w** voice-online.co.uk 👤 Recruitment Advertising: Tinu Fisher.

Volume10 Online Music Magazine 27 Trent Avenue, Liverpool, L31 9DE **t** 07779 793 555 **e** team@volume10.com **w** volume10.com 👤 Editor: Tony Mooney.

Web User IPC Inspire, Blue Fin Building, 110 Southwark Street, London, SE1 0SU **t** 020 3148 4327 **f** 020 3148 8122 **e** editor@web-user.co.uk **w** web-user.co.uk 👤 Editor: Richard Clark.

What's On - Birmingham & Central England Weaman St, Birmingham, B4 6AT **t** 0121 234 5202 **f** 0121 234 5757 **e** jamie_perry@mrn.co.uk 👤 Product Mgr: Jamie Perry.

The White Book Inside Communications, Bank House, 23 Warwick Rd, Coventry, West Midlands, CV1 2EW **t** 024 7657 1171 **f** 024 7657 1172 **e** inside_events@mrn.co.uk **w** whitebook.com 👤 Business Manager: Clair Whitecross.

Radio

3TR FM Riverside House, Bishopstrow Road, Warminster, Wiltshire, BA12 9HQ **t** 01935 848480 **f** 01985 211110 **e** enquiries@3trfm.com **w** 3trfm.com 👤 Managing Director: John Baker.

102 Capital FM Suite 1.1, 4 Exchange Quay, Salford, Manchester, M5 3EE **t** 0161 662 4700 **f** 0161 832 1102 **e** firstname.surname@thisisglobal.com **w** capitalfm.com 👤 Programme Director: Ben Newby.

107.6 Kestrel FM Paddington House, Festival Place, Basingstoke, Hampshire, RG21 7LJ **t** 01256 694000 **f** 01256 694002 **e** sue.reynolds@kestrelfm.com **w** kestrelfm.com 👤 Station Manager: Sue Reynolds.

3FM 45 Victoria Street, Douglas, IM1 3RS, Isle of Man **t** 01624 616333 **f** 01624 614333 **e** max@three.fm **w** three.fm 📘 facebook.com/3FMradio 🐦 @3FMradio 👤 Managing Director: Max Hailey.

95.8 Capital FM 30 Leicester Sq, London, WC2H 7LA **t** 020 7766 6958 **f** 020 7054 8299 **e** firstname.lastname@capitalfm.com **w** capitalfm.com 👤 Programme Director: James Brownlow.

96.3 Radio Aire 51 Burley Road, Leeds, West Yorkshire, LS3 1LR **t** 0113 283 5500 **f** 0113 283 5501 **e** stuart.baldwin@radioaire.com **w** radioaire.co.uk 👤 Programme Director: Stuart Baldwin.

Absolute Radio 1 Golden Square, London, W1F 9DJ **t** 020 7434 1215 **e** james.curran@absoluteradio.co.uk **w** absoluteradio.co.uk 👤 Head Of Music: James Curran.

Absolute radio Great Titchfield St, London **e** naturalvisibility@hotmail.com 👤 Contact: Sarah Lee 0207 3997255.

Alchemy Radio Gable House, 18-24 Turnham Green Terrace, London, W4 1QP **t** 020 8996 4811 **e** chris@alchemyradio.com **w** alchemyradio.com 👤 Director: Chris Slade.

All Four Sides (radio production) 118 Petherton Rd, London, N5 2RT **t** 020 7683 2120 **e** rog@allfoursides.com **w** allfoursides.com 👤 Director: Rog How 07595 538136.

Alpha 103.2 Radio House, 11 Woodland Road, Darlington, County Durham, DL3 7BJ **t** 01325 255552 **f** 01325 255551 **e** james.horsepool@thisisstar.co.uk **w** thisisstar.co.uk 👤 Programme Controller: James Horsepool.

Argyll FM 27-29 Longrow, Campbeltown, Argyll, PA28 6ER **t** 01586 551800 **e** studio@argyllfm.co.uk **w** argyllfm.co.uk 👤 Administration Contact: Yvonne Nicoll.

Arrow FM Priory Meadow Centre, Hastings, East Sussex, TN34 1PJ **t** 01424 461177 **f** 01424 422662 **e** mike.buxton@arrowfm.co.uk **w** arrowfm.co.uk 👤 Programme Controller: Paul Williams.

Asian Sound Radio Broadcast House, Southall Street, Manchester, Lancashire, M3 1LG **t** 01612 881000 **f** 01612 889000 **e** info@asiansoundradio.co.uk **w** asiansoundradio.co.uk 👤 Managing Director/Programme Controller: Shujat Ali.

107.9 Bath FM Station House, Ashley Avenue, Lower Weston, Bath, North East Somerset, BA1 3DS **t** 01225 471 571 **f** 01225 471 681 **e** studio@bathfm.co.uk **w** bathfm.co.uk 👤 Head of Programming: Paul Roberts.

BBC 1Xtra Yalding House, 152-156 Gt Portland St, London, W1W 6AJ **t** 020 7765 2413 **f** 020 7765 0759 **e** firstname.lastname@bbc.co.uk **w** bbc.co.uk/1Xtra 👤 Acting Controller: Ben Cooper.

BBC 6 Music Western House, 99 Great Portland St, London, W1W 7NY **t** 020 7580 4468 **f** 020 7765 4571 **e** paul.rodgers@bbc.co.uk **w** bbc.co.uk/6music 📘 facebook.com/bbc6music 🐦 bbc.co.uk/6music/6musicsocial 👤 Editor: Paul Rodgers.

BBC Jersey 18-21 Parade Rd, St Helier, Jersey, Channel Islands, JE2 3PL **t** 01534 870000 **f** 01534 732569 **e** radiojersey@bbc.co.uk **w** bbc.co.uk/jersey 📘 BBC Radio Jersey 🐦 jerseyintroducing 🐦 bbcjersey or jsyintroducing ▶️ flickr.com/bbcjersey 👤 Asst. Editor/Programmes: Matthew Price 01534 837260.

BBC Leicester 9 St. Nicholas Place, Leicester, Leicestershire, LE1 5LB **t** 0116 251 6688 **f** 0116 251 1463 **e** kate.squire@bbc.co.uk **w** bbc.co.uk/radioleicester 👤 Managing Editor: Kate Squire.

BBC London Eggton House, Portlands Place, London, W1A 1AA **t** 020 7224 2424 **f** 020 7208 9680 **e** ldn-planning@bbc.co.uk **w** bbc.co.uk/london 👤 Managing Editor: David Robey.

BBC Nan Gaidheal 52 Church St, Stornoway, Isle of Lewis, HS1 2LS **t** 01851 705000 **f** 01851 704633 **e** rapal@bbc.co.uk **w** bbc.co.uk/alba 👤 Music Producer: John Murray.

Media: Print Media, Radio

Music Week Directory

Media: Radio

📇 Contacts   📘 Facebook   🅼 MySpace   🐦 Twitter   ▶ YouTube

BBC Radio 1 152-156 Great Portland St, London, W1W 6AJ **t** 020 7580 4468 **f** 020 7765 1439 **e** joe.harland@bbc.co.uk **w** bbc.co.uk/radio1 **f** /bbcradio1 **t** /BBCR1 /bbcradio1 **👤** Executive Producer: Joe Harland.

BBC Radio 2 Western House, 99 Great Portland Street, London, W1W 7NY **t** 020 8743 8000 **e** lewis.carnie@bbc.co.uk **w** bbc.co.uk/radio2 **f** facebook.com/pages/Radio-2/90798069240 **t** twitter.com/bbc_radio_2 **👤** Head Of Programmes: Lewis Carnie.

BBC Radio 3 Broadcasting House, Portland Place, London, W1A 1AA **t** 020 7765 2512 **f** 020 7765 2511 **e** roger.wright@bbc.co.uk **w** bbc.co.uk/radio3 **👤** Controller: Roger Wright.

BBC Radio 4 Broadcasting House, Portland Place, London, W1A 1AA **t** 020 7580 4468 **f** 020 7765 3421 **e** mark.damazer@bbc.co.uk **w** bbc.co.uk/radio4 **👤** Controller: Mark Damazer.

BBC Radio Lancashire 20-26 Darwen St, Blackburn, Lancashire, BB2 2EA **t** 01254 262411 **f** 01254 680821 **e** radio.lancashire@bbc.co.uk **w** bbc.co.uk/lancashire **f** facebook.com/BBCLancashire **👤** Managing Editor: John Clayton 01254 841040.

BBC Radio Manchester New Broadcasting House, BBC Quay House, Media City, Salford, M50 2QH **t** 01612 002020 **e** radio.manchester@bbc.co.uk **w** bbc.co.uk/manchester **f** facebook.com/bbcradiomanchester **t** bbcradiomanc **👤** Managing Editor: John Ryan.

BBC Radio Merseyside P.O.BOX 95.8, Liverpool, Merseyside, L49 1ZJ **t** 0151 708 5500 **f** 0151 794 0988 **e** radio.merseyside@bbc.co.uk **w** bbc.co.uk/liverpool **👤** Head of Music: Nickie Mackay.

BBC Radio Northampton Broadcasting House, Abington St, Northampton, NN1 2BH **t** 01604 239100 **f** 01604 230709 **e** ian.brown@bbc.co.uk **w** bbc.co.uk/northampton **👤** Head of Music: Ian Brown.

BBC Radio Suffolk Broadcasting House, St Matthews Str, Ipswich, Suffolk, IP1 3EP **t** 01473 250000 **f** 01473 340785 **e** foz@bbc.co.uk **w** bbc.co.uk/radiosuffolk **👤** Head of Music: Stephen Foster.

BBC Radio Ulster Broadcasting House, Ormeau Avenue, Belfast, Co Antrim, BT2 8HQ **t** 028 9033 8000 **f** 028 9033 8800 **e** firstname.lastname@bbc.co.uk **w** bbc.co.uk/northernireland/atl **👤** Senior Producer - Radio: Simon Taylor.

BBC Radio York Radio York, Broadcasting House, 20 Bootham Row, York, North Yorkshire, YO30 7BR **t** 01904 641351 **f** 01904 610937 **e** northyorkshire.news@bbc.co.uk **w** bbc.co.uk/radioyork **👤** Managing Editor: Sarah Drummond.

BBC Scotland 40 Pacific Quay, Glasgow, Strathclyde, G51 1DA **t** 0141 422 6000 **e** sean.purser@bbc.co.uk **w** bbc.co.uk/scotland **👤** Producer: Sean Purser 0141 422 6136.

BBC Southern Counties Radio Broadcasting Centre, Guildford, Surrey, GU6 7AP **t** 01483 306306 **f** 01483 304952 **e** surrey@bbc.co.uk **w** bbc.co.uk/surrey / bbc.co.uk/sussex **👤** Managing Editor: Nicci Holliday.

Beacon Radio 267 Tettenhall Rd, Wolverhampton, West Midlands, WV6 0DE **t** 01902 461 300 **f** 01902 461 299 **e** firstname.lastname@gcapmedia.com **w** beaconradiowestmids.co.uk **👤** Prog Cont: Darrell Woodman.

Beat 102-103 The Broadcast Centre, Ardkeen, Dunmore Rd, Waterford, Ireland **t** +353 51 849102 **f** +353 51 849103 **e** reception@beat102103.com **w** beat102103.com **f** Beat 102-103 **👤** CEO/Prog Dir: Gabrielle Cummins 00-353-51-846160.

107 The Bee Unit 2A Petre Court, Petre Road, Clayton Business Park, Accrington, Lancashire, BB5 5HY **t** 01254 778000 **f** 01254 778001 **e** simon.brierley@thebee.co.uk **w** thebee.co.uk **👤** Station Manager: Simon Brierley.

BBC Radio Berkshire PO Box 1044, Reading, Berkshire, RG4 8FH **t** 0118 946 4200 **f** 0118 946 4555 **e** radio.berkshire@bbc.co.uk **w** bbc.co.uk/radioberkshire **👤** Managing Editor: Duncan Mclarcy.

Black Diamond FM 67 Gardiner Place, Newtongrange, Dalkeith, Midlothian, EH22 4RT **t** 01316 634811 **e** admin@blackdiamondfm.com **w** blackdiamondfm.com **👤** Chairman: John Ritchie 0131 663 4488.

Radio Borders Tweedside Park, Tweedbank, Galashiels, Selkirkshire, TD1 3TD **t** 01896 759444 **f** 08453 457080 **e** info@radioborders.com **w** radioborders.com **👤** Station Manager: Stuart Mcculloch.

106.3 Bridge FM PO Box 1063, Coity, Bridgend, Mid Glamorgan, CF35 6WY **t** 08458 904000 **f** 08458 905000 **e** martin.mumford@bridge.fm **w** bridge.fm **👤** Managing Director: Martin Mumford.

Bright 106.4 11A Market Place Shopping Centre, Burgess Hill, West Sussex, RH15 9NP **t** 01444 248 127 **f** 01444 248 553 **e** mail@bright1064.com **w** bright1064.com **👤** Programme Controller: Andrew Dancey.

BBC Radio Bristol Radio Bristol, PO Box 194, Bristol, Somerset, BS99 7QT **t** 0117 974 1111 **f** 0117 923 8323 **e** radio.bristol@bbc.co.uk **w** bbc.co.uk/radiobristol **👤** Managing Editor: Tim Pemberton.

British Forces Broadcasting Service Chalfont Grove, Narcot Lane, Chalfont St. Peter, Gerrards Cross, Buckinghamshire, SL9 8TN **t** 01494 878354 **f** 01494 870552 **e** admin.officer@bfbs.com **w** ssvc.com **👤** Controller Bfbs Radio: Nicky Ness.

96.4 FM BRMB 9 Nine Brindley Place, 4 Oozells Square, Birmingham, West Midlands, B1 2DJ **t** 01212 455000 **f** 01212 455900 **e** info@brmb.co.uk **w** brmb.co.uk **👤** Station Admin Manager: Kirsty Whitaker.

www.musicweek.com   **Music Week Directory** 209

📇 Contacts   **f** Facebook   🅼 MySpace   **t** Twitter   ▶ YouTube

Media: Radio

Brunel FM The Lime Kiln Studios, Lime Kiln, Wootton Bassett, Swindon, SN4 7HF **t** 01793 853 777 **f** 01793 855 851 **e** enquiries@brunelfm.com **w** brunelfm.com 📇 Programme Controller: Craig Rance.

BBC Radio Cambridgeshire PO Box 96, 104 Hills Road, Cambridge, CB2 1LD **t** 01223 259696 **f** 01223 460832 **e** Cambs@bbc.co.uk **w** bbc.co.uk/radiocambridgeshire 📇 Music Librarian: Sophie Rowell.

Capital Birmingham 1 The Sq, 111 Broad St, Birmingham, B15 1AS **t** 0121 226 5700 **f** 0121 226 5709 **e** Neil.Greenslade@galaxybirmingham.co.uk **w** galaxybirmingham.co.uk 📇 Programme Controller: Neil Greenslade.

Capital East Midlands Chapel Quarter, Maid Marian Way, Nottingham, NG1 6JR **t** 0115 873 1500 **f** 0115 873 1509 **e** firstname.lastname@gcapmedia.com **w** trentfm.co.uk 📇 Programme Director: Chris Pegg.

Capital East Midlands 35-36 Irongate, Derby, DE1 3GA **t** 01332 324 000 **f** 01332 324 009 **e** firstname.lastname@gcapmedia.com **w** ramfm.co.uk 📇 Prog Cont: James Daniels.

Capital East Midlands 6 Dominus Way, Meridian Business Park, Leicester, Leicestershire, LE19 1RP **t** 0116 256 1300 **f** 0116 256 1303 **e** firstname.lastname@gcapmedia.com **w** leicestersound.co.uk 📇 Prog Cont/Head of Music: Simon Ritchie.

Capital North East Kingfisher Way, Silverlink Business Pk, Wallsend, Tyne & Wear, NE28 9NX **t** 0191 206 8000 **f** 0191 444 2509 **e** Giles.Tanner@capitalfm.com **w** capitalfm.com 📇 Programme Controller: Giles Tanner.

Capital Scotland Four Winds Pavilion, Pacific Quay, Glasgow, G51 1EB **t** 01415 666106 **e** firstname.lastname@thisisglobal.com **w** galaxyscotland.co.uk 📇 Programme Controller: Stuart Barrie.

Capital South Coast Segensworth West, Fareham, Hampshire, PO15 5SX **t** 01489 587600 **f** 01489 587659 **e** firstname.lastname@thisisglobal.com **w** capitalfm.com 📇 Programme Controller: Simon Monk.

Capital South Wales Atlantic Wharf, Cardiff Bay, South Glamorgan, CF10 4DJ **t** 029 2066 2066 **f** 029 2066 2060 **e** firstname.lastname@reddragonfm.com **w** reddragonfm.co.uk 📇 Prog Cont: Gavin Marshall.

Capital Yorkshire Joseph's Well, Hanover Walk, Leeds, West Yorkshire, LS3 1AB **t** 0113 308 5100 **f** 0113 308 5129 **w** galaxyyorkshire.co.uk 📇 Programme Director: Brent Tobin.

Carillon Radio Loughborough General Hospital, Epinal Way, Loughborough, Leics, LE11 5JY **t** 01509 564 433 **f** 0870 751 8989 **e** info@carillonradio.com **w** carillonradio.com 📇 Station Sec/Engineer: John Sketchley.

Radio Carmarthenshire PO Box 971, Llanelli, Llanelli, Dyfed, SA15 1YH **t** 08458 907000 **f** 08458 905000 **e** enquiries@radiocarmarthenshire.com **w** radiocarmarthenshire.com 📇 Chief Executive Officer: Jason Bryant.

Central FM 201-203 High St, Falkirk, FK1 1DU **t** 01324 611164 **f** 01324 611168 **e** joe.kilday@centralfm.co.uk **w** centralfm.co.uk **t** @centralfm 📇 Programme Controller: Joe Kilday.

105.4 Century FM Laser House, Waterfront Quay, Salford Quays, Manchester, M50 3XW **t** 0161 662 4701 **f** 0161 662 4709 **e** firstname.lastname@centuryfm.co.uk **w** 1054centuryfm.com 📇 Programme Director: Sarah Graham.

100.102 Century North East Century House, PO Box 100, Church St, Gateshead, Tyne and Wear, NE8 2YY **t** 0191 556 3000 **f** 0191 556 3109 **e** firstname.lastname@centuryfm.co.uk **w** 100centuryfm.co.uk 📇 Programme Controller: Paul Smith.

CFM Atlantic House, Carlisle, Mid Glamorgan, CA1 3NG **t** 01228 818964 **f** 01228 819444 **e** reception@cfmradio.com **w** cfmradio.com 📇 Regional Managing Director: Sally Aitchison.

Channel 103 FM Tunnell Street, St Helier, St. Helier, Jersey, JE2 4LU **t** 01534 888103 **f** 01534 887799877177 **e** linda.burnam@channel103.com **w** channel103.com 📇 Managing Director: Linda Burnam.

Choice FM London 29-30 Leicester Square, London, WC2H 7LA **t** 020 7766 6801 **f** 020 7766 6840 **e** robert.dovidio@thisisglobal.com **w** choicefm.com 📇 Programme Director: Robert D'Ovidio 020 7054 8006.

Belfast Citybeat 2nd Floor, Arena Building, 85 Ormeau Road, Belfast, Antrim, BT7 1SH **t** 028 9023 4967 **f** 028 9089 0100 **e** studio@citybeat967.co.uk **w** citybeat967.co.uk 📇 Programme Controller: Bill Young.

Clare FM Abbeyfield Centre, Francis St, Ennis, Co. Clare, Ireland **t** +353 65 682 8888 **f** +353 65 682 9392 **e** info@clarefm.ie **w** clarefm.ie 📇 Head of Music: Andrew Looby.

Classic FM 29-30 Leicester Square, London, WC2H 7LA **t** 020 7343 9000 **f** 020 7344 2789 **e** darren.henley@thisisglobal.com **w** classicfm.com 📇 Managing Director: Darren Henley.

Classic VRN 1287 PO Box 1287, Kirkcaldy, KY2 5SX **t** 01592 654 828 **f** info@vrn1287.com **w** vrn1287.com 📇 Group Programme Director: Colin Johnston.

BBC Radio Cleveland BBC, Broadcasting House, Newport Road, Middlesbrough, Cleveland, TS1 5DG **t** 01642 225211 **f** 01642 211356 **e** ben.thomas@bbc.co.uk **w** bbc.co.uk/tees 📇 Assistant Editor: Ben Thomas.

Club Asia 963 & 972 AM 227-247 Gascoigne Road, 227-247 Gascoigne Rd, Barking, Essex, IG11 7LN **t** 020 8594 6662 **f** 020 8594 3523 **e** info@clubasiaonline.com **w** clubasiaonline.com 📇 Programme Director: Sumerah Ahmad.

Media: Radio

👤 Contacts   📘 Facebook   🅜 MySpace   🇹 Twitter   ▶ YouTube

Clyde 1 FM Clydebank Business Pk, Clydebank, Glasgow, G81 2RX **t** 0141 565 2200 **f** 0141 565 2265 **e** info@clyde1.com **w** clyde1.com 👤 Deputy Programme Director: Duncan Leven.

Clyde 2 Clydebank Business Park, Clydebank, Glasgow, Lanarkshire, G81 2RX **t** 01415 652200 **f** 01415 652265 **e** info@clyde2.com **w** clyde2.com 👤 Station Director: Tracey Mcnelan.

Compass FM 96.2 26A Wellowgate, Grimsby, NE Lincs, DN32 0RA **t** 01472 346 666 **f** 01472 508 811 **e** enquiries@compassfm.co.uk **w** compassfm.co.uk 👤 Station Manager: Richard Lyon.

Connect FM 5 Church Street, 5 Church Street, Peterborough, Cambridgeshire, PE1 1XB **t** 08448 001769 **f** 01733 898107 **e** info@connectfm.com **w** connectfm.com 👤 Managing Director: Dave Myatt.

Cool FM PO Box 974, Belfast, County Antrim, BT1 1RT **t** 02891 817181 **f** 02891 814974 **e** music@coolfm.co.uk **w** coolfm.co.uk 👤 Chairman: David Sloan.

Cork's 96 FM & C103 Broadcasting House, Patrick's Place, Wellington Rd, Cork, Ireland **t** +353 21 455 1596 **f** +353 21 455 1500 **e** info@96fm.ie **w** 96fm.ie / c103.ie 👤 Prog Director/CEO: Kieran McGeary.

BBC Radio Cornwall Phoenix Wharf, Truro, Cornwall, TR1 1UA **t** 01872 275421 **f** 01872 240679 **e** radio.cornwall@bbc.co.uk **w** bbc.co.uk/radiocornwall 👤 Music Librarian: Kath Peters.

Country Mix 106.8 - Dublin Radio Centre, Killarney Rd, Bray, Ireland **t** +353 1 272 4770 **f** +353 1 272 4753 **e** mail@countrymix.ie **w** countrymix.ie 📘 facebook.com/countrymix 🇹 twitter.com/countrymix 👤 CEO / Prog Director: Sean Ashmore +35312724770.

County Sound Radio 1566 MW Dolphin House, North Street, Guildford, Surrey, GU1 4AA **t** 01483 300964 **f** 01483 531612 **e** paul.marcus@964eagle.co.uk **w** countysound.co.uk 👤 Managing Director: Paul Marcus.

BBC Coventry & Warwickshire Unit 5-8 Priory Place, Coventry, West Midlands, CV1 5SQ **t** 02476 551000 **f** 02476 552000 **e** coventry@bbc.co.uk **w** bbc.co.uk/coventrywarwickshire 👤 Managing Editor: David Clargo.

CRMK Online Acorn house, Midsummer Boulevard, Central Milton Keynes, Milton Keynes, Buckinghamshire, MK9 **e** phil@crmk.co.uk **w** crmk.co.uk 📘 crmk on line 👤 Presenter: Phil Walsh 07538 953385.

Cuillin FM Stormyhill Road, Portree, Isle Of Skye, IV51 9DT **t** 01478 611797 **f** 01478 613341 **e** admin@cuillinfm.co.uk **w** cuillinfm.co.uk 👤 Chairman: Hector Cormac.

BBC Radio Cumbria Annetwell Street, Carlisle, Cumbria, CA3 8BB **t** 01228 592444 **f** 01228 511255 **e** radio.cumbria@bbc.co.uk **w** bbc.co.uk/radiocumbria 👤 SBJ/Programmes/Music: Liz Rhodes.

Dearne FM Unit 7 Zenith Park, Whaley Road, Whaley Rd, Barnsley, South Yorkshire, S75 1HT **t** 01226 321733 **f** 01226 321755 **e** enquiries@dearnefm.co.uk **w** dearnefm.co.uk 👤 Chairman And Chief Executive Officer: Michael Betton.

Delta FM Tindle House, High Street, Bordon, Hants, GU35 0AY **t** 01420 473 473 **f** 01420 485 186 **e** firstname.surname@deltaradio.co.uk **w** deltaradio.co.uk 👤 Station/ Progamme Manager: David Way.

BBC Radio Derby PO Box 104.5, Derby, DE1 3HL **t** 01332 361111 **f** 01332 290794 **e** radio.derby@bbc.co.uk **w** bbc.co.uk/derby 👤 Managing Editor: Simon Cornes.

BBC Radio Devon Mannamead, Seymour Road, Plymouth, Devon, PL3 5BD **t** 01752 260323 **f** 01752 234595 **e** radio.devon@bbc.co.uk **w** bbc.co.uk/radiodevon 👤 Managing Editor: Mark Grinnell.

Downtown Radio/DTR Kiltonga Industrial Estate, Belfast Road, Newtownards, County Down, BT23 4ES **t** 02891 815555 **f** 02891 818913 **e** programmes@downtown.co.uk **w** downtown.co.uk 👤 Chairman: David Sloan.

Dream 100 Northgate House, St. Peters Street, Colchester, Essex, C01 1HT **t** 01206 764466 **f** 01206 715102 **e** firstname.surname@dream100.com **w** dream100.com 👤 Financial Director: David Rees.

98FM The Malt House - South Block, Grand Canal Quay, Dublin 2, Ireland **t** 0035 316 708970 **f** 03531 6708969 **e** chris.thomson@98FM.com **w** 98FM.com 📘 nowisgood 🇹 98fmdotcom 👤 Programme Director: Chris Thomson.

Dune 107.9 The Power Station, Victoria Way, Southport, Merseyside, PR8 1RR **t** 01704 502 500 **f** 01704 502 520 **e** phil.johnson@dune1079.co.uk **w** dune1079.co.uk 👤 Programme Controller: Phil Johnson.

Durham FM 3 Framwell House, Framwelgate, Durham, Co Durham, DH1 5SU **t** 0191 374 0777 **f** 0191 384 7880 **e** enquiries@durhamfm.com **w** durhamfm.net 👤 Station Manager: Peter Grant.

96.4 Eagle Radio Dolphin House, North Street, Guildford, Surrey, GU1 4AA **t** 01483 300964 **f** 01483 531612 **e** onair@964eagle.co.uk **w** 964eagle.co.uk 👤 Programme Director: Peter Gordon.

Easy Radio DAB Radio House, Merrick Rd, Southall, UB2 4AU **t** 020 8574 6666 **e** info@easy1035.com **w** easy1035.com 👤 Programme Controller: Paul Owens.

Energy FM 100 Market Street, Douglas, Isle Of Man, IM1 2PH **t** 01624 611936 **f** 01624 664699 **e** mail@energyfm.net **w** energyfm.net 👤 Managing Director: Andy Wint.

Fen Radio 107.5 5 Church Mews, Wisbech, Cambs, PE13 1HL **t** 01945 467 107 **f** 01945 467 464 **e** firstname.lastname@fenradio.co.uk **w** fenradio.co.uk 👤 Prog Mgr: Richard Grant.

www.musicweek.com   **Music Week Directory** 211

📇 Contacts   **f** Facebook   **S** MySpace   **t** Twitter   ▶ YouTube

Media: Radio

Fire 107.6 Quadrant Studios, Old Christchurch Rd, Bournemouth, Dorset, BH1 2AD **t** 01202 318 100
f 01202 318 110 **e** info@fireradio.co.uk **w** fireradio.co.uk
📇 Programme Controller: Claire Edwards.

FM104 Macken House, Mayor Street Upper, North Wall, Dublin 1, Ireland **t** 0035 315 006600 **f** 0035 316 689401
e margaretn@fm104.ie **w** fm104.ie 📇 Chief Executive Officer: Margaret Nelson.

97.3 Forth One Forth House, 13-17 Forth Street, Edinburgh, Midlothian, EH1 3LE **t** 01315 569255
f 01315 583277 **e** cathy.kirk@radioforth.com
w forthone.com 📇 Station Director: Cathy Kirk.

1548 Forth 2 Forth House, 13-17 Forth Street, Edinburgh, Midlothian, EH1 3LE **t** 01315 569255
f 01315 583277 **e** info@forth2.com **w** forth2.com
📇 Managing Director: Cathy Kirk.

Fresh Radio The Watermill, Broughton Hall, Skipton, North Yorkshire, BD23 3AG **t** 0845 224 2052
e info@freshradio.co.uk **w** freshradio.co.uk
f facebook.com/group.php?gid=2514832081&ref=ts
t twitter.com/FreshSkipton 📇 Managing Director: Julian Hotchkiss.

Galway Bay FM Sandy Road, Galway City, Galway, Ireland **t** 0035 391 770000 **f** 0035 391 752689
e info@galwaybayfm.ie **w** galwaybayfm.ie 📇 Chief Executive Officer: Keith Finnegan.

Get Ready to ROCK! Radio 34 Coniston Rd, Neston, Cheshire, CH64 0TD **t** 0151 336 6199 **f** 0151 336 6199
e radio@getreadytorockradio.com
w getreadytorockradio.com
f facebook.com/getreadytorockradio
S myspace.com/getreadytorock
t twitter.com/musicUwant2hear
▶ youtube.com/getreadytorockvideo 📇 Programme Director: David Randall.

BBC Radio Gloucestershire London Road, Gloucester, Gloucestershire, GL1 1SW **t** 01452 308585
f 01452 306541 **e** radio.gloucestershire@bbc.co.uk
w bbc.co.uk/gloucestershire 📇 Managing Editor: Mark Hurrell.

Gold Radio Network 30 Leicester Square, London, WC2H 7LA **t** 08452 318888
e adrian.stewart@mygoldmusic.com **w** mygoldmusic.com
📇 Programme Controller: Adrian Stewart.

GTFM Pinewood Studios, Pinewood Avenue, Rhydyfelin, Pontypridd, CF37 5EA **t** 01443 406111 **f** 01443 492744
e andrew@gtfm.co.uk **w** gtfm.co.uk 📇 Station Mgr/Prog Dir: Andrew Jones.

Hallam FM Radio House, 900 Herries Road, Sheffield, South Yorkshire, S6 1RH **t** 0114 209 1000 **f** 0114 285 3159
e news@hallamfm.co.uk **w** hallamfm.co.uk
f facebook.com/hallamfm **t** twitter.com/hallamfm
▶ youtube.com/hallamfmradio 📇 Deputy Programme Director: James Lett.

Heart (Anglesey & Gwynedd) Llys Y Dderwen, Parc Menai, Bangor, LL57 4BN **t** 01248 673400
w heartcymru.co.uk

Heart (Bedfordshire) 5 Abbey Court, Fraser Rd, Priory Business Pk, Bedford, Befordshire, MK44 3WH
t 01234 235010 **f** 01234 235009
e firstname.lastname@heart.co.uk **w** heartbedford.co.uk
📇 Prog Cont: Tony Dibbin.

Heart (Beds, Bucks and Hertfordshire)
Chiltern Rd, Dunstable, Bedfordshire, LU6 1HQ
t 01582 676200 **w** heartdunstable.co.uk 📇 Programme Controller: Paul Holmes.

Heart (Berkshire and North Hampshire)
The Chase, Calcot, Reading, RG31 7RB **t** 0118 945 4400
w heartberkshire.co.uk

Heart (Birmingham & The West Midlands)
1 The Square, 111 Broad St, Birmingham, West Midlands, B15 1AS **t** 0121 226 5700 **f** 0121 226 5709
e firstname.lastname@heart.co.uk **w** heartwestmids.co.uk

Heart (Bristol) One Passage St, Bristol, BS2 0JF
t 0117 984 3200 **f** 0117 984 3202
e firstname.lastname@heart.co.uk **w** heartbristol.co.uk

Heart (Cambridge) Enterprise House, The Vision Park, Chivers Way, Histon, Cambs, CB24 9ZR **t** 01223 623800
w heartcambridge.co.uk

Heart (Cheshire and NE Wales) The Studios, Mold Rd, Wrexham, LL11 4AF **t** 01978 752202
w heartwrexham.co.uk

Heart (Colchester) Abbeygate Two, 9 Whitewell Rd, Colchester, Essex, CO2 7DE **t** 01206 577577
w heartcolchester.co.uk

Heart (Dorset and New Forest) 5 Southcote Rd, Bournemouth, Dorset, BH1 3LR **t** 01202 234900
w heartdorset.co.uk

Heart (Essex) Radio House, 31 Glebe Rd, Chelmsford, CM1 1QG **t** 01245 524500 **w** heartessex.co.uk

Heart (Exeter and East Devon) Hawthorn House, Exeter Business Pk, Exeter, Devon, EX1 3QS
t 01392 444444 **f** 01392 354249
e firstname.lastname@heart.co.uk **w** heartexeter.co.uk

Heart (Gloucestershire) The Mall, Gloucester, GL1 1SS **t** 01452 572400 **w** heartgloucestershire.co.uk

Heart (Hampshire and West Sussex)
Radio House, Apple Industrial Estate, Whittle Avenue, Segensworth West, Fareham, PO15 5SH **t** 01489 589911
w hearthampshire.co.uk

Heart (Kent) Radio House, John Wilson Business Pk, Whitstable, Kent, CT5 3QX **t** 01227 772004
e firstname.lastname@thisglobal.com **w** heartkent.co.uk
📇 Programme Controller: Stuart Davies.

Heart (London) 30 Leicester Sq, London, WC2H 7LA
t 020 7766 6222 **f** 020 7054 8019 **e** news@heart.co.uk
w heartlondon.co.uk

Media: Radio

🔲 Contacts   📘 Facebook   🅜 MySpace   🅴 Twitter   ▶️ YouTube

Heart (Milton Keynes) 14 Vincent Avenue, Crownhill, Milton Keynes, Bucks, MK8 0AB **t** 01908 269111 **f** 01908 591619 **e** firstname.lastname@heart.co.uk **w** heartmk.co.uk 📘 facebook.com/thisisheart 🅜 myspace.com/heartmiltonkeynes 🅴 twitter.com/thisisheart ▶️ youtube.com/thisisheart 🔲 Programme Controller: Chris Gregg 01908 591600.

Heart (Norfolk and North Suffolk) 47-49 Colegate, Norwich, NR3 1DB **t** 01603 630621 **w** heartnorwich.co.uk

Heart (North Devon) Unit 2B, Lauder Lane, Roundswell, Barnstaple, North Devon, EX31 3TA **t** 01271 366 370 **f** 01271 366 359 **e** firstname.lastname@heart.co.uk **w** heart.co.uk 🔲 Prog Cont: Paul Hopper.

Heart (North Wales Coast) PO Box 963, Bangor, LL57 4ZR **t** 01248 673401 **w** heartwalescoast.co.uk

Heart (Northamptonshire) 19-21 St Edmunds Rd, Northampton, NN1 5DY **t** 01604 795600 **w** heartnorthants.co.uk

Heart (Nottingham & The East Midlands) City Link, Nottingham, NG2 4NG **t** 0115 910 6100 **f** 0115 910 6107 **w** hearteastmids.co.uk

Heart (Oxfordshire) Radio House, Pony Rd, Cowley, Oxford, OX4 2XR **t** 01865 871100 **w** heartoxfordshire.co.uk

Heart (Peterborough) Queensgate Centre, Peterborough, PE1 1XJ **t** 01733 460460 **w** heartpeterborough.co.uk

Heart (Plymouth) Earls Acre, Alma Rd, Plymouth, Devon, PL3 4HX **t** 01752 275500 **w** heartplymouth.co.uk

Heart (Somerset) Haygrove House, Shoreditch Rd, Taunton, Somerset, TA3 7BT **t** 01823 338448 **f** 01823 368309 **e** firstname.lastname@heart.co.uk **w** heartsomerset.co.uk 🔲 Programme Controller: Jon White.

Heart (South Devon) Unit 1G, South Hams Business Park, Churchstow, Kingsbridge, Devon, TQ7 3QR **t** 01548 854 595 **e** firstname.lastname@heart.co.uk **w** heartsouthdevon.co.uk 🔲 Programme Controller: Richard Spencer.

Heart (Suffolk) Radio House, Alpha Business Park, 6-12 White House Rd, Ipswich, Suffolk, IP1 5LT **t** 01473 461000 **w** heartipswich.co.uk

Heart (Sussex) Radio House, Franklin Rd, Brighton, East Sussex, BN41 1AF **t** 01273 430111 **f** 01273316929 **e** neil.webster@heart.co.uk **w** heart.co.uk/sussex 🔲 Managing Director: Neil Webster 01273316910.

Heart (Torbay and South Devon) Harbourpoint, Victoria Parade, Torquay, Devon, TQ1 2RA **t** 01803 201444 **w** hearttorbay.co.uk

Heart (Wiltshire) 1st Floor, Chiseldon House, Stonehill Green, Westlea, Swindon, SN5 7HB **t** 01793 842600 **w** heartwilts.co.uk

Heart (Wirral) 1 Pacific Road, Birkenhead, Merseyside, CH41 1LJ **t** 01516 501700 **f** 01516 508109 **e** nick.davidson@heart.co.uk **w** wirralsbuzz.co.uk 🔲 Regional Managing Director: Nick Davidson.

Heartland FM 9 Alba Place, Pitlochry, Perthshire, PH16 5BH **t** 01796 474040 **f** 01796 474007 **e** mailbox@heartlandfm.co.uk **w** heartlandfm.co.uk 🔲 Programme Controller: Pete Ramsden.

Heat Radio Castle Quay, Castlefield, Manchester, M15 4PR **t** 0161 288 5000 **w** heatworld.com 🔲 Managing Director: Steve King.

BBC Hereford & Worcester Hylton Road, Worcester, Worcestershire, WR2 5WW **t** 01905 748485 **f** 01905 337209 **e** worcester@bbc.co.uk **w** bbc.co.uk/herefordandworcester 🔲 Managing Editor: James Coghill.

HertBeat FM The Pump House, Knebworth Park, Hertford, SG3 6HQ **t** 01438 810900 **f** 01438 815100 **e** info@hertbeat.com **w** hertbeat.com 🔲 Programme Controller: Steve Folland.

HFM Innovation House, Welland Business Park, Valley Way, Market Harborough, LE16 7PS **t** 01858 464 666 **f** 01858 464 678 **e** info@harboroughfm.co.uk **w** harboroughfm.co.uk 🔲 Programme Controller: Nick Shaw.

High Peak Radio The Studios, Smithbrook Close, Chapel-En-Le-Frith, High Peak, Derbyshire, SK23 0QD **t** 01298 813144 **f** 01298 813388 **e** info@highpeakradio.co.uk **w** highpeakradio.co.uk 🔲 Director: Roger Price.

Highland Radio Pine Hill, Letterkenny, Co Donegal, Ireland **t** +353 74 912 5000 **f** +353 74 912 5344 **e** enquiries@highlandradio.com **w** highlandradio.com 🔲 Head of Prog & Music: Linda McGroarty.

Hobo Partnership 7 Castlebar Rd, London, W5 2DL **t** 020 7434 2907 **e** deb@hobopartnership.com **w** hobopartnership.com 🔲 MD: Debbie Wheeler.

Hospital Broadcasting Association PO Box 341, Messingham, Scunthorpe, DN15 5EG **t** 0870 321 6019 **e** info@hbauk.com **w** hbauk.com

BBC Radio Humberside BBC Queens Court, Queens Gardens, Hull, North Humberside, HU1 3RH **t** 01482 323232 **f** 01482 226409 **e** radio.humberside@bbc.co.uk **w** bbc.co.uk/radiohumberside 🔲 Assitant Editor: Derek Mcgill.

Imagine FM 1 Waterloo Place, Watson Square, Stockport, Cheshire, SK1 3AZ **t** 01614 767340 **f** 01616 091401 **e** paul.taylor@imaginefm.net **w** imaginefm.net 🔲 Chief Executive: Paul Taylor 0161 476 7340.

Independent Radio News Ltd 200 Gray's Inn Road, London, WC1X 8XZ **t** 020 7430 4090 **f** 020 7430 4092 **e** news@irn.co.uk **w** irn.co.uk 🔲 MD: John Perkins.

Inflight Productions 15 Stukeley Street, London, WC2B 5LT **t** 020 7400 0700 **f** 020 7400 0707 **e** firstname.lastname@inflightproductions.com **w** inflightproductions.com 🔲 MD: Steve Harvey.

www.musicweek.com **Music Week Directory** 213

📇 Contacts   📘 Facebook   🎵 MySpace   🐦 Twitter   ▶ YouTube

Island FM 12 Westerbrook, Southside, St. Sampson, Guernsey, GY2 4QQ **t** 01481 242000 **f** 01481 249676 **e** martyn.parr@islandfm.co.uk **w** islandfm.com 📇 Station Director: Martyn Parr.

Isle Of Wight Radio 8-10 Dodnor Park, Newport, Isle Of Wight, PO30 5XE **t** 01983 822557 **f** 01983 822109 **e** claire.willis@iwradio.co.uk **w** iwradio.co.uk 📇 Station Manager/Sales: Claire Willis 07761 549896.

Isles FM 103 PO Box 333, Stornoway, Isle Of Lewis, Stornoway, Isle Of Lewis, HS1 2PU **t** 01851 703333 **f** 01851 703322 **e** studio@isles.fm **w** isles.fm 📇 Managing Director: Ann Moqbel.

107.8 Radio Jackie, The Sound of South West London 110-112 Tolworth Broadway, Surbiton, Surrey, KT6 7HT **t** 020 8288 1300 **f** 020 8288 1312 **e** Dave.Owen@RadioJackie.com **w** radiojackie.com 🐦 @Radio_Jackie 📇 Programme Director: Dave Owen.

Brighton's Juice 107.2 170 North Street, Brighton, East Sussex, BN1 1EA **t** 01273 386107 **f** 01273 273107 **e** info@juicebrighton.com **w** juicebrighton.com 📘 facebook.com/Juicebrighton 📇 Chairman: Daniel Nathan.

Juice 107.6 FM Liverpool 27 Fleet Street, Liverpool, Merseyside, L1 4AR **t** 01517 073107 **f** 08712 007001 **e** graham.sarath@juiceliverpool.com **w** juice.fm 🐦 juice.fm.com 📇 Station Director: Graham Sarath.

BBC Radio Kent Great Hall Arcade, Mount Pleasant Road, Tunbridge Wells, TN1 1QQ **t** 01892 670000 **f** 01892 675644 **e** radio.kent@bbc.co.uk **w** bbc.co.uk/kent 📇 Managing Editor: Paul Leaper.

Kerrang! Radio 20 Lionel St, Kerrang! House, Birmingham, B3 1AQ **t** 0845 053 1052 **e** james.walshe@kerrangradio.co.uk **w** kerrangradio.co.uk 📇 Programme Director: James Walshe 0844 583 7955.

Radio Kerry Maine Street, Tralee, Kerry, Ireland **t** 0035 366 7123666 **f** 0035 366 7122282 **e** info@radiokerry.ie **w** radiokerry.ie 📇 Chief Executive Officer: Paul Byrne.

Key 103 Castle Quay, Castlefield, Manchester, Lancashire, M15 4PR **t** 01612 885000 **f** 01612 885071 **e** steve.king@key103.co.uk **w** key103.co.uk 📇 Managing Director: Steve King.

KFM Radio M7 Business Park, Newhall, Naas, Co Kildare, Ireland **t** 0035 345 898999 **f** 0035 345 898993 **e** info@kfmradio.com **w** kfmradio.com 📇 General Manager/Exec Director: Clem Ryan.

Kick FM Consort House, 42 Bone Lane, Newbury, Berkshire, RG14 5SD **t** 01635 841000 **f** 01635 841010 **e** firstname@kickfm.com **w** kickfm.com 📇 Unknown: Joss Baker.

Kingdom FM Haig House, Balgonie Road, Markinch, Glenrothes, Fife, KY7 6AQ **t** 01592 753753 **f** 01592 757788 **e** office@kingdomfm.co.uk **w** kingdomfm.co.uk 📇 Station Manager/Programme Controller: Kevin Brady.

Kiss 100 Bauer Media, Mappin House, 4 Winsley St, London, W1W 8HF **t** 0207 182 8000 **f** 020 7182 8489 **e** firstname.lastname@totalkiss.com **w** totalkiss.com 📇 Grp Programme Director: Andy Roberts.

Kiss 105-108 5 Winsley St, Paddington, London, Suffolk, W1W8 **t** 020 8182 80000 **f** 01284 715329 **e** kelly.snook@totalkiss.com **w** totalkiss.com 📇 Network Sales Director: Kelly Snook.

KLFM 18 Blackfriars Street, King's Lynn, Norfolk, PE30 1NN **t** 01553 772777 **f** 01553 766453 **e** admin@klfm967.co.uk **w** klfm967.co.uk 📇 Station Manager: Pam Lawton.

Kmfm (Ashford) Express House, 34-36 North Street, Ashford, Kent, TN24 8JR **t** 01233 623232 **f** 01233 626545 **e** pwilliams@kmfm.co.uk **w** kmfm.co.uk/ashford 📇 Head Of Km Radio: Penny Williams.

Kmfm (Canterbury, Whitstable and Herne Bay) 9 St George's Place, Canterbury, Kent, CT1 1UU **t** 01227 786106 **f** 01227 785106 **e** initial+lastname@kmfm.co.uk **w** kmfm.co.uk/canterbury 📇 Programme Controller: Steve Fountain.

Kmfm (Medway) Ginsbury House, Sir Thomas Longley Road, Medway City Estate, Rochester, Kent, ME2 4DU **t** 01634 227800 **f** 01634 841122 **e** pwilliams@kmfm.co.uk **w** kentonline.co.uk/kmfm 📇 Head Of Km Radio: Penny Williams.

Kmfm (Thanet) 181 Northdown Road, Cliftonville, Margate, Kent, CT9 2PA **t** 01843 220222 **f** 01843 299666 **e** sfountain@kmfm.co.uk **w** kmfm.co.uk/thanet 📇 Head Of Radio: Steve Fountain.

Kmfm (West Kent) 1 East St, Tonbridge, Kent, TN9 1AR **t** 01732 369 200 **f** 01732 369 201 **e** initial+lastname@kmfm.co.uk **w** kmfm.co.uk/westkent 📇 Programme Controller: Steve Fountain.

Kmfm (Sheppway & Whitecliffs Country) 93-95 Sandgate Road, Folkestone, Kent, CT20 2BQ **t** 01303 240402 **f** 01303 246659 **e** sfountain@thekmgroup.co.uk **w** kmfm.co.uk/shepway 📇 Programme Controller: Steve Fountain.

Kool AM PO Box 1072, Edmonton, London, N9 0WQ **t** 020 8373 1073 **f** 020 8373 1074 **e** info@c4trt.co.uk **w** koolam.co.uk 📇 Group Station Manager: Steve Saunders.

Lakeland Radio Unit 1 Lakeland Food Park, Crook Road, Crook Rd, Kendal, Cumbria, LA8 8QJ **t** 01539 737380 **f** 01539 737390 **e** berlinda.allen@lakelandradio.co.uk **w** lakelandradio.co.uk 📇 Station Director: Berlinda Allen.

Lanarkshire's L107 L107 House, 69 Bothwell Rd, Hamilton, Lanarkshire, ML3 0DW **t** 01698 303420 **f** 0871 661 5998 **e** radio@l107.com **w** l107.com 📇 Programme Director: Derek McIntyre.

LBC 97.3 30 Leicester Sq, London, WC2H 7LA **t** 020 7766 6000 **e** firstname.lastname@lbc.co.uk **w** lbc.co.uk

BBC Radio Leeds Broadcasting Centre, 2 St. Peters Square, Leeds, West Yorkshire, LS9 8AH **t** 0113 244 2131 **f** 0113 224 7316 **e** radioleeds@bbc.co.uk **w** bbc.co.uk/leeds 📇 Managing Editor: Rozina Breen.

Media: Radio

Media: Radio

Leith FM 17-17A Academy Street, Leith, Edinburgh, Midlothian, EH6 7EE **t** 01315 550446 **f** 01315 550446 **e** manager@leithfm.co.uk **w** leithfm.co.uk Managing Director: Momo Bouchkal.

LifeFM 103.2 2nd Floor, 89-93 High Street, Harlesden, London, NW10 4NX **t** 020 8963 9560 **f** 020 8963 9561 **e** info@lifefm.org.uk **w** lifefm.org.uk

BBC Radio Lincolnshire Newport, Newport, Lincoln, Lincolnshire, LN1 3XY **t** 01522 511411 **f** 01522 511058 **e** radio.lincolnshire@bbc.co.uk **w** bbc.co.uk/lincolnshire Head Of Music: Linda Rust.

Lincs FM 102.2 Witham Park, Waterside South, Lincoln, Lincolnshire, LN5 7JN **t** 01522 549900 **f** 01522 549911 **e** enquiries@lincsfm.co.uk **w** lincsfm.co.uk Chief Executive Officer: Michael Betton.

LMFM Radio Broadcasting House, Rathmullen Rd, Drogheda, Co. Louth, Ireland **t** +353 41 983 2000 **f** +353 41 983 2957 **e** info@lmfm.ie **w** lmfm.ie Programme Director: Eamonn Doyle.

Lochbroom FM Radio House, Mill St, Ullapool, Ross-shire, IV26 2UN **t** 01854 613131 **f** 01854 613132 **e** Lochbroomfm@ecosse.net **w** lochbroomfm.co.uk

London Greek Radio LGR House, 437 High Rd, London, N12 0AP **t** 020 8349 6950 **f** 020 8349 6960 **e** sales@lgr.co.uk **w** lgr.co.uk Prog Contr/Head of Music: George Gregoriou.

Magic 105.4 Mappin House, 4 Winsley Street, London, W1W 8HF **t** 020 7182 8000 **f** 020 7182 8489 **e** studio@magic.co.uk **w** magic.co.uk Managing Director, Bauer Radio London: Steve Parkinson.

Magic 1152 Pilgrim St, Newcastle Upon Tyne, Tyne and Wear, NE1 6BF **t** 01912 306100 **f** 01912 790288 **e** enquiries@metroandmagic.com **w** metroradio.co.uk Managing Director: Sally Aitchison.

Magic 1152 (Manchester) Unit 5-6 Castle Quay, Castlefield, Manchester, Lancashire, M15 4PR **t** 01612 885000 **f** 01612 885151 **e** gary.stein@key103.co.uk **w** manchestersmagic.co.uk Station Director: Gary Stein.

Magic 1161 Commercial Rd, Hull, North Humberside, HU1 2SG **t** 01482 325141 **f** 08454 580390 **e** jono.symonds@vikingfm.co.uk **w** magic1161.co.uk Programme Director: Jono Symonds.

Magic 1170 Radio House, Yales Crescent, Thornaby, Stockton-on-Tees, TS17 6AA **t** 01642 888222 **f** 01642 868290 **e** tfm.reception@tfmradio.com **w** tfmradio.com Programme Director: Alex Roland.

Radio City 96.7 St. Johns Beacon, 1 Houghton St, Liverpool, Merseyside, L1 1RL **t** 01514 726800 **f** 01514 726821 **e** richard.maddock@radiocity.co.uk **w** radiocity.co.uk Director: Richard Maddock.

Magic 828 51 Burley Rd, Leeds, West Yorkshire, LS3 1LR **t** 0113 283 5500 **f** 0113 283 5501 **e** anthony.gay@radioaire.com **w** magic828.com Regional Managing Director Yorkshire: Anthony Gay.

Magic 999 Magic 999, St Pauls Square, Preston, Lancashire, PR1 1YE **t** 01772 477700 **f** 01772 477701 **e** dean.obrian@magic999.co.uk **w** magic999.com Station Director: Dean O'Brian 01772 477000.

Magic AM Radio House, 900 Herries Road, Sheffield, Sheffield, South Yorkshire, S6 1RH **t** 0114 209 1000 **f** 0114 285 3159 **e** james.lett@hallamfm.co.uk **w** magicam.co.uk facebook.com/magicam Deputy Programme Director: James Lett.

Mansfield 103.2 The Media Suite, Brunts Business Centre, Samuel Brunts Way, Mansfield, Nottinghamshire, NG18 2AH **t** 01623 646666 **f** 01623 660606 **e** info@mansfield103.co.uk **w** mansfield103.co.uk Managing Director: Tony Delahunty.

Manx Radio PO Box 1368, Broadcasting House, Douglas, Isle Of Man, IM99 1SW **t** 01624 682600 **f** 01624 682604 **e** postbox@manxradio.com **w** manxradio.com Managing Director: Anthony Pugh.

Mercia Hertford Pl, Coventry, West Midlands, CV1 3TT **t** 024 7686 8200 **f** 024 7686 8209 **e** firstname.lastname@mercia.co.uk **w** mercia.co.uk Programme Controller: Mike Newman.

Herts Mercury 96.6 Unit 5, The Metro Centre, Dwight Rd, Watford, WD18 9SS **t** 01923 205 470 **f** 01923 205 471 **e** firstname.lastname@hertsmercury.co.uk **w** hertsmercury.co.uk

102.7 Mercury FM 9 The Stanley Centre, Kelvin Way, Crawley, West Sussex, RH10 2SE **t** 01293 519 161 **f** 01293 565 663 **e** firstname.lastname@gcapmedia.com **w** mercuryfm.co.uk Programme Controller: Chris Baughen.

Metro Radio 55 Degrees North, Pilgrim Street, Newcastle Upon Tyne, Tyne and Wear, NE1 6BL **t** 01912 306100 **f** 01912 790288 **e** sally.aitchison@metroandmagic.com **w** metroradio.co.uk Managing Director: Sally Aitchison.

Marcher Sound The Studios, Mold Road, Gwersyllt, Wrexham, Clwyd, LL11 4AF **t** 01978 752 202 **f** 01978 722 209 **e** firstname.lastname@gcapmedia.com **w** marchersound.co.uk Programme Controller: Lisa Marrey.

Mid West Radio Clare St, Ballyhaunis, Co. Mayo, Ireland **t** +353 94 963 0553 **f** +353 94 963 0285 **e** chris@mnwr.ie **w** mnwrfm.com Station Mgr/Head of Music: Chris Carroll.

Midlands 103 The Mall, William St, Tullamore, Co Offaly, Ireland **t** +353 506 51333 **f** +353 506 52546 **e** goodcompany@midlandsradio.fm **w** midlandsradio.fm GM Broadcasting: John McDonnell.

Ministry of Sound Radio 103 Gaunt St, London, SE1 6DP **t** 0870 060 0010 **f** 020 7403 5348 **e** soconnor@ministryofsound.com **w** ministryofsound.com/radio facebook.com/ministryofsound twitter.com/ministryradio Head of Radio: Steve O'Connor 020 7740 8862.

www.musicweek.com   **Music Week Directory** 215

👤 Contacts   **f** Facebook   **✱** MySpace   **t** Twitter   ▶ YouTube

Media: Radio

104.7 Minster FM Chessingham House, Dunnington, York, North Yorkshire, YO19 5SE **t** 01904 488888 **f** 01904 488811 **e** david.green@minsterfm.com **w** ministerfm.com 👤 Programme Controller: David Green.

Mix 107 PO Box 1107, High Wycombe, Buckinghamshire, HP13 6WQ **t** 01494 446 611 **f** 01494 445 400 **e** studio@mix107.co.uk **w** mix107.co.uk 👤 Station Manager: Andy Muir.

MIX 96 11 Bourbon Street, Bourbon St, Aylesbury, Buckinghamshire, HP20 2PZ **t** 01296 399396 **f** 01296 398988 **e** studio@mix96.co.uk **w** mix96.co.uk 👤 Managing Director: Lydia Flack.

Mixcloud 9 Elms Road, Harrow, Middlesex, HA3 6BB **e** nikhil@mixcloud.com **w** mixcloud.com 👤 Co-founder / Director: Nikhil Shah 07734 945 839.

Moray Firth Radio(MFR) PO Box 271, Inverness, Inverness-Shire, IV3 8UJ **t** 01463 224433 **f** 01463 243224 **e** danny.gallagher@mfr.co.uk **w** mfr.co.uk **f** facebook.com/morayfirthradio **t** @morayfirthradio ▶ youtube.com/morayfirthradio 👤 Managing Director/Pc: Danny Gallagher 01463224433.

MRM Cedar House, Vine Lane, Hillingdon, Middlesex, UB10 0NF **t** 01895 251515 **f** 01895 251616 **e** mark@mrmltd.co.uk 👤 Director & Executive Producer: Mark Rowles 07973 538230.

Raidio na Gaeltachta Casla, Conamara, County na Gaillimhe, Ireland **t** +353 91 506677 **f** +353 91 506666 **e** rnag@rte.ie **w** rnag.ie 👤 Head of Sales: Mairin Mhic Dhonnchada.

NECR School Road, Kintore, Kintore, Inverurie, Aberdeenshire, AB51 0UX **t** 01467 632909 **f** 01467 632969 **e** enquries@necrfm.co.uk **w** necrfm.co.uk 👤 Managing Director: Colin Strong.

Nevis Radio Ben Nevis Industrial Estate, Fort William, Inverness-Shire, PH33 6PR **t** 01397 700007 **f** 01397 701007 **e** david@nevisradio.co.uk **w** nevisradio.co.uk 👤 Station Manager: David Ogg.

BBC Radio Newcastle Broadcasting Centre, Barrack Road, Newcastle upon Tyne, Tyne and Wear, NE99 1RN **t** 0191 232 4141 **f** 0191 261 8907 **e** radionewcastle.news@bbc.co.uk **w** bbc.co.uk/radionewcastle 👤 Senior Producer: Sarah Miller.

NME Radio B2 Blue Fin Building, 110 Southwark St, London, SE1 0SU **t** 020 7922 1991 **e** info@dx-media.co.uk **w** nmeradio.co.uk **f** facebook.com/nmeradio **✱** myspace.com/nmeradio **t** twitter.com/nmeradio 👤 Contact: Kylie Wallis.

NonStopPlay.com 1 Whitby Court, Reading, Berks, RG4 6SF **t** 020 3051 7571 **e** admin@nonstopplay.com **w** nonstopplay.com **f** facebook.com/NonStopPlayDanceRadio **✱** myspace.com/nonstopplay **t** twitter.com/nonstopplay 👤 Station Manager: James Pratt.

BBC Radio Norfolk The Forum, Millennium Plain, Norwich, Norfolk, NR2 1BH **t** 01603 617411 **f** 01603 764103 **e** david.clayton@bbc.co.uk **w** bbc.co.uk/norfolk 👤 Managing Editor: David Clayton.

North Norfolk Radio The Studio, Breck Farm, Stody, Holt, Norfolk, NR24 2ER **t** 01263 860 808 **f** 01263 860 809 **e** info@northnorfolkradio.com **w** northnorfolkradio.com 👤 Contact: Jason Reynolds.

Northern Sound Radio Unit 1E, Mastertech Business Park, Athlone Rd, Longford, Ireland **t** +353 434 7777 **f** +353 434 9384 **e** info@northernsound.ie **w** northernsound.ie 👤 CEO: Richard Devlin.

Northsound 1 Abbotswell Rd, West Tullos, Aberdeen, AB12 3AJ **t** 01224 337000 **f** 01224 400003 **e** firstname.lastname@northsound.co.uk **w** northsound1.com 👤 Prog Director/HoM: Chris Thomson.

Northsound 2 Abbotswell Rd, West Tullos, Aberdeen, AB12 3AJ **t** 01224 337 000 **f** 01224 400 222 **e** firstname.lastname@northsound.co.uk **w** northsound2.com 👤 Prog Director/HoM: Gary Muircroft.

99.9 Radio Norwich 29 Yarmouth Road, 29 Yarmouth Rd, Norwich, Norfolk, NR7 0EE **t** 08453 656999 **f** 08453 657999 **e** firstname.lastname@999radionorwich.com **w** 999radionorwich.com 👤 Programme Manager: Steve Bradley.

BBC Radio Nottingham London Road, Nottingham, Nottinghamshire, NG2 4UU **t** 0115 955 0500 **f** 0115 902 1983 **e** radio.nottingham@bbc.co.uk **w** bbc.co.uk/nottingham 👤 Managing Editor: Mike Bettison.

Oak 107 Waldron Court, Prince William Rd, Loughborough, Leicestershire, LE11 5GD **t** 01509 211711 **f** 01509 246107 **e** info@oak107fm.co.uk **w** oak107fm.co.uk 👤 Programme Controller/Head Of Music: Gavin Sanways.

Oak 107 & 107.9 FM Unit 3 Martins Court, Telford Way, Stephenson Industrial Estate, Coalville, Leicestershire, LE67 3HD **t** 01530 278200 **f** 01530 278201 **e** iison@oakfm.co.uk **w** oakfm.co.uk 👤 Programme Manager: Ian Ison.

Oban FM 132 George Street, Oban, Argyll, PA34 5NT **t** 01631 570057 **f** 01631 570530 **e** laura@obanfm.org.uk **w** obanfm.org 👤 Station Manager: Laura Johnston.

Ocean FM (Ireland) North West Business Park, Collooney, Co Sligo, Ireland **t** 0035 371 9118100 **f** 0035 371 9118101 **e** studio@oceanfm.ie **w** oceanfm.ie 👤 Station Manager/Programme Director: Niall Delaney.

Original 106 FM Roman Landing, Kingsway, Southampton, Hampshire, SO14 3HY **t** 02380 384100 **f** 02380 829844 **e** info@original106.com **w** original106.com 👤 Assistant Programme Director: Martyn Lee.

BBC Radio Oxford 269 Banbury Road, Summertown, Oxford, Oxfordshire, OX2 7DW **t** 08459 311444 **f** 08459 311555 **e** oxford@bbc.co.uk **w** bbc.co.uk/oxford 👤 Manager: Will Banks.

glide fm 1079 Broadcast Centre, 270 Woodstock Rd, Oxford, Oxfordshire, OX2 7NW **t** 01865 315 980 **f** 01865 389504 **e** firstname.lastname@glidefm.co.uk **w** glidefm.co.uk **f** facebook.com/glidefm **t** twitter.com/glidefm 👤 Station Manager: Ian Walker 01865 315980.

Music Week Directory

Contacts | **Facebook** | **MySpace** | **Twitter** | **YouTube**

Media: Radio

Palm 105.5 Marble Court, Lymington Road, Torquay, Devon, TQ1 4FB **t** 01803 321055 **f** 01803 321059 **e** info@palm.fm **w** palm.fm ◻ Programe Controller: John Hogarth.

Peak FM Dunston Trading Estate, Foxwood Road, Chesterfield, Derbyshire, S41 9RF **t** 01246 269107 **f** 01246 269933 **e** studio@peak107.com **w** peak107.com ◻ Station & Sales Director: Chris Overend.

Radio Pembrokeshire Unit 14 The Old School Estate, Station Road, Narberth, Dyfed, SA67 7DU **t** 01834 869384 **f** 01834 861524 **e** martin@radiopembrokeshire.com **w** radiopembrokeshire.com ◻ Managing Director: Martin Mumford.

Pirate FM Carn Brea Studios, Barncoose Industrial Estate, Redruth, Cornwall, TR15 3XX **t** 01209 314400 **f** 01209 315250 **e** beverley.warne@piratefm.co.uk **w** piratefm.co.uk ◻ facebook.com/piratefm ◻ Station Manager: Beverley Warne.

Premier Christian Radio 22 Chapter Street, London, SW1P 4NP **t** 020 7316 1300 **f** 020 7233 6706 **e** premier@premier.org.uk **w** premier.org.uk ◻ facebook.com/thisispremier ◻ @premierradio ◻ youtube.com/officialpremiertv ◻ Cheif Executive Officer: Peter Kerridge.

Pulse Classic Gold Pennine House, 39-45 Well Street, Bradford, West Yorkshire, BD1 5NE **t** 01274 203040 **f** 01274 203130 **e** ben.holmes@pulseclassicgold.co.uk **w** pulseclassicgold.co.uk ◻ Managing Director: Ben Holmes.

The Pulse of West Yorkshire Pennine House, Forster Square, Bradford, West Yorkshire, BD1 5NE **t** 01274 203 040 **f** 01274 203 130 **e** firstname.lastname@pulse.co.uk **w** pulse.co.uk ◻ Programme Director: Mark Brow.

Q101.2FM 42A Market Street, Omagh, County Tyrone, BT78 1EH **t** 02866 320777 **f** 02882 259517 **e** marie.conlon@northernmediagroup.com **w** q101west.fm ◻ Chief Executive Officer: Robert Walshe.

Q102 Glenageary Office Park, Glenageary, Co. Dublin, Ireland **t** 0035 318 506597 **f** 0035 316 629974 **e** scott.williams@q102.ie **w** q102.ie ◻ Managing Director: Scott Williams.

Q102.9 FM 87 Rossdowney Road, 87 Rossdowney Rd, Londonderry, County Londonderry, BT47 5SU **t** 02871 344449 **f** 02871 311177 **e** robertwalshe@northernmediagroup.com **w** q102.fm ◻ Chief Executive Officer: Robert Walshe.

Q97.2FM 24 Cloyfin Road, Coleraine, County Londonderry, BT52 2NU **t** 02825 648777 **f** 02870 326666 **e** robert.walshe@northernmediagroup.com **w** q972.fm ◻ Managing Director: Padraig O'Dwyer.

Quay West 107.4 PO Box 1074, Bridgwater, Somerset, TA6 4WE **t** 01278 727 701 **f** 01278 727 705 **e** info1074@quaywestfm.net **w** bcrfm.co.uk ◻ Station Manager: Dave Englefield.

Quay West 102.4/100.8 Harbour Studios, The Esplande, Watchet, Somerset, TA23 0AJ **t** 01984 634 900 **f** 01984 634 811 **e** studio1024@quaywestfm.net **w** quay.fm ◻ Station Manager: Dave Englefield.

Radio Maldwyn The Magic 756, The Studios, The Pk, Newtown, Powys, SY16 2NZ **t** 01686 623555 **f** 01686 623666 **e** radio.maldwyn@ukonline.co.uk **w** magic756.net ◻ MD/Prog Controller: Austin Powell.

RNA FM Arbroath Infirmary, Rosemount Rd, Arbroath, Angus, DD11 2AT **t** 01241 879 660 **f** 01241 439 664 **e** info@radionorthangus.co.uk **w** radionorthangus.co.uk ◻ MD/Prog Dir: Malcolm J.B. Finlaystno.

radio2XS Manor Farm Studios, Sheffield, South Yorkshire, S21 5RZ **t** 0200 888 0297 **e** studio@radio2xs.com **w** radio2XS.com ◻ Programme & Music Director: Jeff Cooper.

Reading 107FM Radio House, Madejski Stadium, Reading, Berkshire, RG2 0FN **t** 0118 986 2555 **f** 0118 945 0809 **e** studio@reading107fm.com **w** reading107fm.com ◻ Programme Controller: Robert Kenny.

Real Radio Parkway Court, Glasgow Business Pk, Glasgow, G69 6GA **t** 0141 781 1011 **f** 0141 781 1112 **e** sandra.somers@realradio.co.uk **w** realradio.co.uk ◻ Station Co-ordinator: Sandra Somers 0141 781 2262.

UTV Media UK Faraday House, Birchwood Park, Warrington, WA3 6FZ **t** 01925 403 550 **f** 01925 403 551 **e** terry.underhill@utvmedia.co.uk **w** utvradio.com/ ◻ Group Programme Director: Terry Underhill.

Real Radio North West Laser House, Waterfront Quay, Salford Quays, Manchester, M50 3XW **t** 0161 886 8800 **f** 0161 886 8811 **e** mark.matthews@realradio.co.uk **w** realradio.co.uk ◻ facebook.com/realradionorthwest ◻ @realnorthwest ◻ realradionw ◻ Brand Programme Director: Mark Matthews.

Real Radio Wales PO Box 6105, Radyr, Morganstown, Cardiff, Mid Glamorgan, CF15 8YF **t** 02920 315100 **f** 02920 315150 **e** andy.carter@realradio.co.uk **w** realradiofm.com ◻ Managing Director: Andy Carter 02920 315 100.

Red FM 1 UTC, Bishopstown, Cork, Ireland **t** 0035 321 4865500 **f** 0035 321 4865501 **e** info@redfm.ie **w** redfm.ie ◻ Chief Executive Officer: Carol O'Beirne.

Resonance Fm 140-148 Borough High Street, London, SE1 1LB **t** 020 7407 1210 **e** ed@resonancefm.com **w** resonancefm.com ◻ Managing Director/Programme Director: Ed Baxter.

96.2 The Revolution Sarah Moor Studios, Henshaw Street, Oldham, Lancashire, OL1 3EN **t** 01616 216500 **f** 01616 216521 **e** john.evington@therevolution962.com **w** revolutiononline.co.uk ◻ Station Director: John Evington.

Ridings FM Unit 7 Zenith Park, Whaley Road, Barnsley, South Yorkshire, S75 1HT **t** 01924 367177 **f** 01924 367133 **e** enquiries@ridingsfm.co.uk **w** ridingsfm.co.uk ◻ Group Programme Director: Keith Briggs.

www.musicweek.com   **Music Week Directory** 217

📇 Contacts   **f** Facebook   🪟 MySpace   **t** Twitter   ▶ YouTube

Media: Radio

97.4 Rock FM St Paul's Square, Preston, Lancashire, PR1 1YE **t** 01772 477700 **f** 01772 477701 **e** dean.obrien@rockfm.co.uk **w** rockfm.co.uk 📇 Station Director: Dean O'Brien.

96.3 Rock Radio Glasgow Business Park, Glasgow, Lanarkshire, G69 6GA **t** 01417 811011 **f** 01417 811112 **e** gavin.bruce@gmgradio.com **w** gmgradio.co.uk **t** twitter.com/RockRadioEditor 📇 Managing Director: Gavin Bruce.

Rother FM 5 Siding Court, White Road Way, Bessemer Way, Doncaster, South Yorkshire, DN4 5NU **t** 01709 369991 **f** 01709 369993 **e** initial+lastname@rotherfm.co.uk **w** rotherfm.co.uk 📇 Programme Controller: Rod Archer.

RTE Radio 1 Radio Centre, Donnybrook, Dublin 4, Ireland **t** +353 1 208 3111 **f** +353 1 208 4523 **e** radio1@rte.ie **w** rte.ie 📇 Head of RTE Radio 1: Eithne Hand.

107.1 Rugby FM The Ideas Centre, Holly Farm Business Park, Honiley, Kenilworth, Warwickshire, CV8 1NP **t** 01788 541100 **f** 01788 541070 **e** mail@rugbyfm.co.uk **w** rugbyfm.co.uk 📇 Managing Director: Christine Arnold.

Rutland Radio 40 Melton Road, Oakham, Rutland, LE15 6AY **t** 01572 757868 **f** 01572 757744 **e** kbriggs@lincsfm.co.uk **w** rutlandradio.co.uk 📇 Head Of Operations: Keith Briggs.

Sabras Radio 63 Melton Road, 63 Melton Rd, Leicester, Leicestershire, LE4 6PN **t** 0116 261 0666 **f** 0116 266 7776 **e** don@sabrasradio.com **w** sabrasradio.com 📇 Managing Director/Programme Controller: Don Kotak.

97.5 Scarlet FM The Foothold Centre, Stebonheath Terrace, Stebonheath Terrace, Llanelli, Dyfed, SA15 1NE **t** 01554 719080 **f** 01834 861524 **e** martin.mumford@townandcountrybroadcasting.com **w** scarletfm.co.uk 📇 Group Managing Director: Martin Mumford.

Seven FM 1 Millenium Park, Woodside Industrial Estate, Woodside Road, Ballymena, Co Antrim, BT42 4QJ **t** 02825 648777 **f** 02825 648778 **e** damien.mcginley@sevenfm.co.uk **w** sevenfm.co.uk 📇 Programme Director: Damien Mcginley.

The Severn Abbey Studios, 13-14, Abbey Foregate, Shrewsbury, Shropshire, SY2 6AE **t** 01743 284 940 **e** initial+lastname@shropshirestar.co.uk **w** thesevern.co.uk 📇 MD/Prog Controller: Pete Wagstaff.

Shannonside FM Unit 1E, Mastertech Business Park, Athlone Rd, Longford, Ireland **t** +353 43 47777 **f** +353 43 48384 **e** info@shannonside.ie **w** shannonside.ie 📇 CEO: Richard Devlin.

BBC Radio Shetland Pitt Lane, Lerwick, Shetland, Shetland Isles, ZE1 0DW **t** 01595 694747 **f** 01595 694307 **e** radio.shetland@bbc.co.uk **w** bbc.co.uk/radioscotland 📇 Senior Producer: John Johnson.

Showcase International Music Business Guide 6-14 Underwood Street, London, N1 7JQ **t** 020 7566 5763 **f** 020 7549 8668 **e** ecanavan@wilmington.co.uk **w** showcase-music.com 📇 Publishing Manager: Edward Canavan.

BBC Radio Shropshire Radio Shropshire, 2-4 Boscobel Drive, Shrewsbury, Shropshire, SY1 3TT **t** 01743 248484 **f** 01743 271702 **e** radio.shropshire@bbc.co.uk **w** bbc.co.uk/england/radioshropshire 📇 SBJ Programmes: Tim Page.

SIBC Market Street, Lerwick, Shetland, Shetland Isles, ZE1 0JN **t** 01595 695299 **f** 01595 695696 **e** info@sibc.co.uk **w** sibc.co.uk **t** twitter.com/SIBC_Shetland 📇 Managing Director/Programme Controller: Inga Walterson.

Signal 2 67-73 Stoke Road, Stoke-On-Trent, Staffordshire, ST4 2SR **t** 01782 441300 **f** 01782 441301 **e** reception@signalradio.com **w** signal2.co.uk 📇 Station Director: Ian Fowler.

Signal 1 67-73 Stoke Road, Stoke-On-Trent, Staffordshire, ST4 2SR **t** 01782 441300 **f** 01782 441301 **e** reception@signalradio.com **w** signal1.com 📇 Station Director: Ian Fowler.

106.9 Silk FM Radio House, Bridge Street, Macclesfield, Cheshire, SK11 6DJ **t** 01625 268 000 **f** 01625 269 010 **e** mail@silkfm.com **w** silkfm.com 📇 Programme Controller: Andy Bailey.

Smash! Hits Radio Castle Quay, Castlefield, Manchester, M15 4PR **t** 0161 288 5000 **e** gary.stein@bauermedia.co.uk 📇 Station Director: Gary Stein.

Smooth Radio London 26-27 Castlereagh Street, London, W1H 5DL **t** 020 7706 4100 **f** 020 7723 9742 **e** firstname.lastname@smoothfm.com **w** smoothradio.co.uk 📇 Programme Director: Gavin McCoy.

Smooth Radio Laser House, Waterfront Quay, Salford Quays, Manchester, M50 3XW **t** 08450 501004 **f** 08450 501005 **e** steve.collins@smoothradio.co.uk **w** smoothradio.co.uk 📇 Brand Programme Director: Steve Collins.

Smooth Radio North West Laser House, Waterfront Quay, Salford Quays, Manchester, M50 3XW **t** 0161 886 8800 **f** 0161 886 8811 **e** andy.carter@gmgradio.com **w** smoothradio.co.uk **f** facebook.com/smoothradio **t** @smoothradio ▶ smoothradionetwork 📇 Managing Director: Andy Carter.

Smooth Radio West Midlands Crown House, 123 Hagley Rd, Edgbaston, Birmingham, B16 8LD **t** 0121 452 1057 **f** 0121 452 3222 **e** firstname.lastname@smoothradio.co.uk **w** smoothradio.co.uk 📇 Station Director: Alison Forshaw.

BBC Radio Solent Havelock Road, Havelock Road, Southampton, Hampshire, SO14 7PW **t** 02380 631311 **f** 02380 339648 **e** radio.solent.news@bbc.co.uk **w** bbc.co.uk/england/radiosolent 📇 Managing Editor: Chris Carnegy.

Music Week Directory

Contacts Facebook MySpace Twitter YouTube

Media: Radio

BBC Somerset Sound Broadcasting House, Park St, Taunton, Somerset, TA1 4DA **t** 01823 323956 **f** 01823 332539 **e** somerset.sound@bbc.co.uk **w** bbc.co.uk/england/southbristol/somerset Managing Ed: Simon Clifford.

South East Radio Custom House Quay, Wexford, Ireland **t** 0035 353 9145200 **f** 0035 353 9145295 **e** eamonnbuttle@southeastradio.ie **w** southeastradio.ie facebook.com/southeastradio twitter.com/southeastradio Managing Director: Eamonn Buttle +353 53 911 7807.

South West Sound Unit 40 The Loreburne Shopping Centre, The Loreburne Centre, High Street, Dumfries, Dumfriesshire, DG1 2BD **t** 01387 250999 **f** 01387 265629 **e** fiona.blackwood@southwestsound.co.uk **w** southwestsound.co.uk Station Director And Head Of Sales: Fiona Blackwood.

Spectrum Radio 4 Ingate Place, London, SW8 3NS **t** 020 7627 4433 **f** 020 7627 3409 **e** enquiries@spectrumradio.net **w** spectrumradio.net Managing Director: Toby Aldrich.

Spin 1038 Level 3 South Block, The Malt House, Grand Canal Quay, Dublin 2, Ireland **t** 00353 1 6564600 **f** 00353 1 6564690 **e** liam.thompson@spin1038.com **w** spin1038.com facebook.com/spin1038 spin1038 Group Programme Director: Liam Thompson.

Spire FM City Hall Studios, Malthouse Lane, Salisbury, Wiltshire, SP2 7QQ **t** 01722 416644 **f** 01722 415102 **e** ceri.hurford-jones@spirefm.co.uk **w** spirefm.co.uk Managing Director: Ceri Hurford-Jones.

Spirit FM 9-10 Dukes Court, Bognor Rd, Chichester, West Sussex, PO19 8FX **t** 01243 773 600 **f** 01243 786 464 **e** info@spiritfm.net **w** spiritfm.net New Music Presenter: Milly Luxford.

Star 107 107 Sturton Street, Sturton Street, Cambridge, Cambridgeshire, CB1 2QG **t** 01223 305107 **f** 01223 577686 **e** mark.peters@star107.co.uk **w** star107.co.uk Programme Controller: Mark Peters.

Star 107.5 1st Floor, West Suite, Cheltenham Film Studios, Hatherley Lane, Cheltenham, Gloucestershire, GL51 6PN **t** 01242 699 555 **f** 01242 699 666 **e** studio@star1075.co.uk **w** star1075.co.uk Programme Controller: Brody Swain.

Star 107.7 11 Beaconsfield Rd, Weston-super-Mare, North Somerset, BS23 1YE **t** 01934 624 455 **f** 01934 629 922 **e** firstname.lastname@star1077.co.uk **w** star1077.co.uk Station Mgr: Sue Brooks.

Star Bristol Star Radio, County Gates, Ashton Rd, Bristol, BS3 2JH **t** 0117 966 1065 **f** 0117 953 1065 **e** firstname.lastname@starbristol.com **w** starbristol.com Programme Controller: Matt Howells.

BBC Radio Stoke Cheapside, Hanley, Stoke-On-Trent, Staffordshire, ST1 1JJ **t** 01782 208080 **f** 01782 289115 **e** radio.stoke@bbc.co.uk **w** bbc.co.uk/radiostoke Managing Editor: Sue Owen.

97.2 Stray FM The Hamlet, Hornbeam Park, Harrogate, North Yorkshire, HG2 8RE **t** 01423 522972 **f** 01423 522922 **e** firstname.lastname@strayfm.com **w** strayfm.com Managing Director: Sarah Barry.

103.4 Sun FM PO Box 1034, Sunderland, Tyne And Wear, SR5 2YL **t** 01915 481034 **f** 01915 487171 **e** studio@sun-fm.com **w** sun-fm.com 1034sunfm Managing Director: Helen Edmondson.

Sunrise FM 55 Leeds Road, 30 Chapel St, Little Germany, Bradford, West Yorkshire, BD1 5AF **t** 01274 735043 **f** 01274 728534 **e** usha@sunriseradio.fm **w** sunriseradio.fm Chief Executive Officer: Usha Parmar.

Sunrise Radio Sunrise House, Bridge Road, Southall, Middlesex, UB2 4AT **t** 020 8594 6662 **f** 020 8594 3523 **e** info@sunriseradio.com **w** clubasiaonline.com Chairman: Avtar Lit.

Sunshine 1530 (Worcester) PO Box 262, Worcester, Worcestershire, WR6 5ZE **t** 01905 740600 **f** 01905 740608 **e** studio1530@sunshineradio.co.uk **w** sunshineradio.co.uk Sales Manager: Annie Harding.

Sunshine 855 Unit 11 Burway Trading Estate, Bromfield Road, Bromfield Rd, Ludlow, Shropshire, SY8 1EN **t** 01584 873795 **f** 01584 875900 **e** nick.jones@sunshineradio.co.uk **w** sunshine855.com Acting Station Manager: Nick Jones.

Sunshine 954 (Hereford) Otherton Lane, Cotheridge, Worcester, WR6 5ZE **t** 01905 740 600 **f** 01905 740 608 **e** studio954@sunshineradio.co.uk **w** sunshineradio.co.uk Acting Station Manager: John Hyde.

Swansea Sound 1170 MW Victoria Road, Gowerton, Swansea, West Glamorgan, SA4 3BE **t** 01792 511964 **f** 01792 511171 **e** info@swanseasound.co.uk **w** swanseasound.co.uk Station Director: Carrie Mosley.

talkSPORT 18 Hatfields, London, SE1 8DJ **t** 020 7959 7800 **f** 020 7959 7808 **e** firstname.lastname@talksport.co.uk **w** talksport.net Programme Director: Moz Dree.

Tay AM 6 North Isla St, Dundee, DD3 7JQ **t** 01382 200 800 **f** 01382 423 231 **e** firstname.lastname@tayam.co.uk **w** Tayam.co.uk Head of Music: Graeme Waggott.

Tay FM 6 North Isla Street, Dundee, Angus, DD3 7JQ **t** 01382 200800 **f** 01382 423252 **e** ally.ballingall@bauermedia.co.uk **w** tayfm.co.uk Director Of An Scotland: Ally Ballingall.

107.4 Telford FM 4 Waterloo Road, Ketley, Ketley, Telford, Shropshire, TF1 5AY **t** 01952 280011 **f** 01952 280010 **e** info@seven.co.uk **w** telfordfm.co.uk Managing Director/Programme Controller: Pete Wagstaff.

Ten-17 Latton Bush Business Centre, Southern Way, Harlow, Essex, CM18 7BU **t** 01279 431 017 **f** 01279 236 659 **e** firstname.lastname@gcapmedia.com **w** ten17.co.uk Programme Controller: Freddie Scherer.

TFM Yale Crescent, Thornaby, Stockton-On-Tees, Cleveland, TS17 6AA **t** 01642 888222 **f** 01642 868288 **e** sally.atichison@tfmradio.com **w** tfmradio.co.uk Managing Director: Sally Atichison.

Music Week Directory

- Contacts
- Facebook
- MySpace
- Twitter
- YouTube

Media: Radio

The Bay PO Box 969, St Georges Quay, Lancaster, LA1 3LD **t** 01524 848 747 **f** 01524 845 969 **e** firstname.lastname@thebay.co.uk **w** thebay.co.uk Managing Director: Bill Johnston 01524 848747.

103.4 The Beach 10 Oulton Road, Lowestoft, Suffolk, NR32 2TL **t** 08453 451035 **f** 08453 451036 **e** info@thebeach.co.uk **w** thebeach.co.uk Managing Director: Chris Wilson.

The Hits Radio Castle Quay, Castlefield, Manchester, M15 4PR **e** paul.mack@bauermedia.co.uk **w** thehitsradio.com Programmes Manager: Paul Mack 0161 288 5000.

The Radio Academy 2nd Floor, 5 Golden Square, London, W1F 9BS **t** 020 3174 1180 **f** 020 7990 8050 **e** info@radioacademy.org **w** radioacademy.org facebook.com/radioacademy @radioacademy Operations Manager: Nella Hodgkinson.

BBC Three Counties Radio Three Counties Radio, Lundbeck House, 1 Hastings Street, Luton, Bedfordshire, LU1 5XL **t** 01582 637400 **f** 01582 401467 **e** mark.norman.01@bbc.co.uk **w** bbc.co.uk/threecounties Managing Editor: Mark Norman.

Time 107.5 Lambourne House, 7 Western Road, Romford, Essex, RM1 3LD **t** 01708 731643 **f** 01708 730383 **e** peter@timefm.com **w** timefm.com Group Station Director & Sales Director: Peter Streams.

Time 107.3 2-6 Basildon Rd, London, SE2 0EW **t** 020 8311 3112 **f** 020 8312 1930 **e** gary@timefm.com **w** timefm.com Grp Prog Controller: Gary Mulligan.

Time 106.8 2-6 Basildon Rd, London, SE2 0EW **t** 020 8311 3112 **f** 020 8312 1930 **e** gary@timefm.com **w** timefm.com Grp Prog Cont: Gary Mulligan.

Tindle Radio Radio House, Orion Court, Great Blakenham, Ipswich, Suffolk, IP6 0LW **t** 08453 656999 **f** 08453 657999 **e** joff.hopkins@tindleradio.com **w** 999radionorwich.com Head Of Music Group: Joff Hopkins.

Tipp FM Davis Road, Clonmel, Co Tipperary, Ireland **t** +353 522 5299 **f** +353 522 5447 **e** onair@tippfm.com **w** tippfm.com CEO: Ethel Power.

Tipperary Mid-West St Michael Street, Tipperary, Ireland **t** +353 62 52555 **f** +353 62 52671 **e** tippmidwest@radio.fm **w** tippmidwestradio.com/ Station Mgr: Anne Power.

100-102 Today FM Marconi House, Digges House, Dublin 2, Ireland **t** 0035 318 049000 **f** 0035 318 049099 **e** woreilly@todayfm.com **w** todayfm.com Chief Executive Officer: Willie O'Reilly.

TotalRock 8-10 Rhoda Street, London, E2 7EF **t** 020 7240 6665 **e** tw@totalrock.com **w** totalrock.com facebook.com/totalrockradio twitter.com/Totalrock youtube.com/totalrockradio Head of Music: Tony Wilson 02072406665.

Touch 107.6 Unit 9, Manor Park, Banbury, Oxfordshire, OX16 3TB **t** 01295 661 076 **e** firstname.lastname@cnradio.co.uk **w** touchfm1076.co.uk Head of Presentation: Dale Collins 01295 661 070.

Touch 102 e firstname.lastname@cnradio.co.uk Contact: Peter Storry.

96.2 Touch FM Unit G4, Holly Farm Business Park, Honiley, Kenilworth, Warwickshire, CV8 1NP **t** 01926 485600 **e** steve.hyden@touchradio.co.uk **w** mytouchfm.co.uk Programme Director: Steve Hyden.

107.4 Tower FM Orrell Lodge, Orrell Road, Orrell, Wigan, Greater Manchester, WN5 8HJ **t** 01942 777680 **f** 01204 534065 **e** tony.wilkinson@utvradio.co.uk **w** towerfm.co.uk Station Director: Tony Wilkinson.

Swansea Bay Radio The Media Centre, Culverhouse Cross, Cardiff, Cardiff, CF5 6XJ **t** 02921 414100 **e** mark.franklin@southwalesradio.com **w** townandcountrybroadcasting.com Group Programme Director: Mark Franklin.

Trax FM 5 Sidings Court, White Rose Way, Doncaster, South Yorkshire, DN4 5NU **t** 01302 341166 **f** 01302 326104 **e** enquiries@traxfm.co.uk **w** traxfm.co.uk Admin Manager: Michelle Hancock.

2BR (Two Boroughs Radio) 2Br, 2A Petre Court, Petre Road, Accrington, Lancashire, BB5 5HY **t** 01282 690000 **f** 01282 690001 **e** simon.briley@2br.co.uk **w** 2br.co.uk Managing Director: Simon Bridley.

U105 U105, Ormeau Rd, Havelock House, Belfast, BT7 1EB **t** 028 9033 2105 **f** 028 9033 0105 **e** mj@u105.com **w** u105.com facebook.com/U105NI Programme Controller / Head Of Music: Maurice Jay.

Unique Production UBC Media Group PLC, 50 Lisson St, London, NW1 5DF **t** 020 7453 1600 **f** 020 7453 1665 **e** info1@ubcmedia.com **w** UBCMedia.com Commercial Dir: John Quinn.

Valleys Radio PO Box 1116, Ebbw Vale, NP23 8XW **t** 01495 301 116 **f** 01495 300 710 **e** firstname.lastname@valleysradio.co.uk **w** valleysradio.co.uk Programme Mgr: Tony Peters.

96.9 Viking FM Commercial Road, Commercial Rd, Hull, North Humberside, HU1 2SG **t** 01482 325141 **f** 08454 580390 **e** programmes@vikingfm.co.uk **w** vikingfm.co.uk Station Manager: Lisa Hughs.

VIP Broadcasting 8 Bunbury Way, Epsom, Surrey, KT17 4JP **t** 01372 721196 **e** mail@vipbroadcasting.co.uk **w** vipbroadcasting.co.uk Managing Director: Chris Vezey.

BBC Wales/Cymru Broadcasting House, Llantrisant Road, Llandaff, Cardiff, Mid Glamorgan, CF5 2YQ **t** 02920 322000 **f** 02920 323724 **e** radio.wales@bbc.co.uk **w** bbc.co.uk/wales Radio Wales Editor: Sali Collins.

96.4FM The Wave Victoria Road, Gowerton, Swansea, West Glamorgan, SA4 3AB **t** 01792 511964 **f** 01792 511965 **e** info@thewave.co.uk **w** thewave.co.uk Station Director: Helen Bowden.

Wave 105.2 FM 5 Manor Court, 4 Barnes Wallis Road, Segensworth East, Fareham, Hampshire, PO15 5TH **t** 01489 481057 **f** 01489 481100 **e** martin.ball@wave105.com **w** wave105.com Managing Director: Martin Ball.

Music Week Directory

Media: Radio, Digital & Internet Radio

Wave 102 FM 8 South Tay Street, Dundee, Angus, DD1 1PA **t** 01382 901000 **f** 01382 908035 **e** alistair.smith@wave102.co.uk **w** wave102.co.uk Programme Controller: Alistair Smith 0132 901000.

Waves Radio 7 Blackhouse Circle, Blackhouse Industrial Estate, Peterhead, Aberdeenshire, AB42 1BN **t** 01779 491012 **f** 01779 490802 **e** waves@wavesfm.com **w** wavesfm.com Managing Director: Norman Spence 01779 490333.

Wessex FM Radio House, Trinity Street, Dorchester, Dorset, DT1 1DJ **t** 01305 250333 **f** 01305 266885 **e** joannah.bishop@wessexfm.com **w** wessexfm.com Area Director: Joannah Bishop 01305 250 333.

West FM 54 Holmston Road, 54 Holmston Rd, Ayr, Ayrshire, KA7 3BE **t** 01292 283662 **f** 01292 283665 **e** info@westfm.co.uk **w** westfm.co.uk Station Manager: Brenda Ritchie.

West Sound Radio Radio House, 54, Holmston Rd, Ayr, KA7 3BE **t** 01292 283 662 **f** 01292 283 665 **e** james.pllu@westsound.co.uk **w** westsound.co.uk Programme Controller: James Pllu.

BBC Radio Wiltshire Broadcasting House, Prospect Place, Swindon, Wiltshire, SN1 3RW **t** 01793 513626 **f** 01793 513650 **e** radio.wiltshire@bbc.co.uk **w** bbc.co.uk/radiowiltshire Head of Music: Mark Seaman.

107.2 Wire FM Warrington Business Park, Long Lane, Warrington, Cheshire, WA2 8TX **t** 08447 360083 **f** 01925 657705 **e** info@wirefm.com **w** wirefm.com Managing Director: Scott Tanuan.

Wired FM Mary Immaculate College, South Circular Road, Limerick, Ireland **t** +353 61 315773 **f** NA **e** manager@wiredfm.ie **w** wiredfm.ie facebook.com/wiredfm twitter.com/wiredfm Station Manager: Martina O'Brien 0035361315773 / 0035361454205.

102.4 Wish FM Orrell Lodge, Orrell Road, Orrell, Wigan, Lancashire, WN5 8HJ **t** 01942 761024 **f** 01942 777694 **e** tony.wilkinson@wish-fm.com **w** wishfm.net Station Director: Tony Wilkinson.

WLR FM The Broadcast Centre, Ardkeen, County Waterford, Ireland **t** 0035 351 872248 **f** 0035 351 846148 **e** des@wlrfm.com **w** wlrfm.com Managing Director: Des Whelan.

BBC WM The Mailbox, Birmingham, West Midlands, B1 1RF **t** 08453 00 99 56 **f** 0121 472 3174 **e** bbcwm@bbc.co.uk **w** bbc.co.uk/radiowm Managing Editor: Keith Beech.

107.7 FM The Wolf Mander House, Mander Centre, Wolverhampton, West Midlands, WV1 3NB **t** 01902 571070 **f** 01902 571079 **e** marie.wright@thewolf.co.uk **w** thewolf.co.uk Station Director: Marie Wright.

BBC World Service Room 101, Henry Wood House, 3/6 Portland Place, London, W1A 1AA **t** 020 7765 3938 **f** 020 7765 3945 **e** alan.rowett@bbc.co.uk **w** bbc.co.uk/worldservice Head of Music: Alan Rowett.

107.2 The Wyre Foley House, 123 Stourport Road, Kidderminster, Worcs., DY11 7BW **t** 01562 641 072 **f** 01562 641 073 **e** initial+lastname@shropshirestar.co.uk **w** thewyre.com Programme Director: Pete Wagstaff.

Wythenshawe FM 97.2 Alderman Gatley House, Hale Top, Civic Centre, Manchester, Lancashire, M22 5RQ **t** 01614 997982 **f** 01614 997442 **e** info@wfmradio.org **w** wfmradio.org Station Manager: Christine Brennan.

Wyvern FM Kirkham House, John Comyn Drive, John Comyn Drive, Worcester, Worcestershire, WR3 7NS **t** 01905 545500 **f** 01905 545509 **e** simon.walkington@wyvernfm.co.uk **w** wyvernfm.co.uk Manager: Simon Walkington.

Xfm London 30 Leicester Square, London, WC2H 7LA **t** 020 7766 6600 **f** 020 7766 6601 **e** andy.ashton@xfm.co.uk **w** xfm.co.uk Programme Director: Andy Ashton.

Xfm Manchester Suite 1.1, 4 Exchange Quay, Salford, Manchester, M5 3EE **t** 0161 662 4700 **f** 0161 662 4759 **w** xfm.co.uk Deputy Programme Director: Mike Walsh.

RadioXL Kms House, Bradford Street, Birmingham, West Midlands, B12 0JD **t** 0121 535353 **f** 01217 533111 **e** info@radioxl.net **w** radioxl.net Managing Director/Programming Director: Arun Bajaj.

Yorkshire Coast Radio PO Box 962, Scarborough, North Yorkshire, YO11 3ZP **t** 01723 581700 **f** 01723 588990 **e** studio@yorkshirecoastradio.com **w** yorkshirecoastradio.com Station Manager/Programme Controller: Chris Sigsworth.

Yourradio FM Pioneer Park Studios, Castlegreen Street, Dumbarton, Dumbartonshire, G82 1JB **t** 01389 734422 **f** 08454 900556 **e** sdignon@yourradiofm.com **w** yourradiofm.com Station Manager: Susan Dignon.

Digital & Internet Radio

Gaydar Radio PO Box 113, Twickenham, Twickenham, Middlesex, TW1 4WY **t** 020 8744 1287 **f** 020 8744 1089 **e** robin.crowley@qsoft.com **w** gaydarradio.com facebook.com/GaydarRadioOfficial twitter.com/gaydarradio youtube.com/GaydarRadio Head of Radio: Robin Crowley.

Music Choice Ltd (A member of the Music Choice Europe Ltd Group) 83 Blackfriars Road, London, SE1 8HA **t** 020 3107 0300 **f** 020 3107 0301 **e** contactus@musicchoice.co.uk **w** musicchoiceinternational.com Finance Director: Daniel Reeve.

Planet Rock 54 Lisson Street, London, NW1 5DF **t** 0207 4531645 **f** 0207 4531645 **e** info@planetrock.com **w** planetrock.com facebook.com/planetrockradio myspace.com/officialplanetrock twitter.com/planetrockradio youtube.com/planetrockradio Managing Director: Jonathan Arendt.

www.musicweek.com　　　**Music Week Directory** 221

👤 Contacts　📘 Facebook　🅜 MySpace　🅣 Twitter　▶️ YouTube

Q Radio 20 Lionel Street, Birmingham, West Midlands, B31AQ **t** 0844 583 7955
e james.walshe@bauermedia.co.uk **q** qthemusic.com 👤 Programme Director: James Walshe.

Radio Magnetic Unit 7/B 1103 Argyle Street, 1103 Argyle St, Glasgow, Lanarkshire, G3 8ND
t 01412 268808 **e** dougal@radiomagnetic.com
w radiomagnetic.com facebook.com/radiomagnetic
myspace.com/radiomagnetic
twitter.com/radiomagnetic
youtube.com/radiomagnetic 👤 Programme Director: Dougal Perman.

The Storm PO Box 2000, 1, Passage St, Bristol, BS99 7SN
t 020 7911 7300 **f** 020 7911 7369
e mail@stormradio.co.uk **w** stormradio.co.uk 👤 MD: Mark Lee.

UCB Europe Hanchurch Christian Centre, PO Box 255, Stoke On Trent, Staffordshire, ST4 8YY **t** 01782 642 000
f 01782 641 121 **e** ucb@ucb.co.uk **w** ucb.co.uk 👤 Station Controller: Andrew Urquhart.

VIP Radio PO Box 909, Thorpe Salvin, Notts., S80 3YZ
t 01909 774 111 **f** 01909-515171 **e** info@vipradio.net
w vipradio.net 👤 Managing Director: Kev Roberts.

World Radio Network (WRN) PO Box 1212, London, SW8 2ZF **t** 020 7896 9000 **f** 020 7896 9007
e contactus@wrn.org **w** wrn.org 👤 Marketing Manager: Tim Ayris.

Television

The 3DD Group 5th Floor, 08-12 Camden High St, London, NW1 0JH **t** 020 7380 8100 **f** 020 7380 8118
e Sales@3DDgroup.com **w** 3DDgroup.com 👤 CEO: Dominic Saville.

Anglia Anglia House, Norwich, Norfolk, NR1 3JG
t 01603 615151 **f** 01603 631032 **e** duty.office@itv.com
w itvregions.com/Anglia

At It Productions 68 Salusbury Road, Queens Park, London, NW6 6NU **t** 020 7644 0000 **f** 020 7644 0001
e enquiries@atitproductions.com **w** atitproductions.com
👤 MDs: Chris Fouracre, Martin Cunning.

BBC Midlands Today The Mailbox, Birmingham, West Midlands, B1 1AY **t** 0121 567 6130 **f** 0121 567 6005
e midlands.today@bbc.co.uk or ben.sidwell@bbc.co.uk or lindsay.doyle@bbc.co.uk **w** bbc.co.uk/midlandstoday
👤 Reporters: Ben Sidwell or Lindsay Doyle.

BBC Television Centre Wood Lane, Shepherd's Bush, London, W12 7RJ **t** 020 8743 8000 **e** info@bbc.co.uk
w bbc.co.uk

Big Eye Film & Television Lock Keepers Cottage, Century Street, Whitworth Street West, Manchester, M3 4QL
t 0161 832 6111 **f** 0161 834 8558 **e** eye@bigeye.u-net.com 👤 Contact: Steven Lock, Mary Richmond.

Blue Post Production 58 Old Compton St, London, W1D 4UF **t** 020 7437 2626 **f** 020 7439 2477
e info@primefocus2orld.com **w** primefocusworld.com
twitter.com/prime_focus 👤 MD: Simon Briggs.

Border The Television Centre, Carlisle, Cumbria, CA1 3NT
t 01228 525101 **f** 01228 541384 **w** border-tv.com

Box Television Mappin House, 4 Winsley St, London, W1W 8HF **t** 020 7182 8000 **f** 020 73761313
e ssadler@channel4.co.uk **w** boxtv.co.uk 👤 Dir of Music: Simon Sadler.

Brighter Pictures 10th Floor, Blue Star House, 234-244 Stockwell Road, London, SW9 9SP **t** 020 7733 7333
f 020 7733 6333 **e** info@brighter.co.uk **w** brighter.co.uk
👤 MD: Gavin Hay.

Carlton (Central) Carlton Studios, Television House, Nottingham, NG7 2NA **t** 0115 986 3322 **f** 0115 964 5552
w carlton.com/central

Carlton UK 101 St Martin's Lane, London, WC2N 4AZ
t 020 7240 4000 **f** 020 7240 4171 **w** carlton.com

Carlton (Westcountry) Western Wood Way, Langage Science Park, Plymouth, Devon, PL7 5BG
t 01752 333333 **f** 01752 333444
w carlton.com/westcountry

Chameleon TV Church House, 14 Town St, Horsforth, Leeds, LS18 4RJ **t** 0113 205 0045 **f** 0113 281 9454
e (firstname)@chameleontv.com **w** chameleontv.com
👤 MD: Allen Jewhurst.

Channel 4 124 Horseferry Rd, London, SW1P 2TX
t 020 7396 4444 **f** 020 7306 8630
e Initial+lastname@channel4.co.uk **w** channel4.com
👤 Head of T4 & Music: Neil McCallum.

Channel AKA PO Box 64397, London, EC2P 2GU

Channel U PO Box 50239, London, EC1V 3YF
t 020 7054 9010 **f** 020 7054 9011 **e** info@vitv.co.uk
w channelu.tv 👤 CEO: Stewart Lund.

The Chart Show 37 Harwood Rd, London, SW6 4QP
t 020 7371 5999 **f** 020 7384 2026 **e** info@chartshow.tv
w chartshow.tv 👤 CEO: Gail Screene.

Chrome Productions 37 Lonsdale Road, Queens Park, London, NW6 6RA **t** 020 7644 1980 **f** 020 7624 4028
e info@chromeproductions.co.uk
w chromeproductions.co.uk 👤 Production Manager: Hannah Chandler.

Channel Television The Television Centre, St Helier, Jersey, Channel Islands, JE1 3ZD **t** 01534 816816
f 01534 816778 **e** broadcast@channeltv.co.uk
w channeltv.co.uk 👤 Managing Director Broadcast: Karen Rankine.

Different Ltd 10 Summerhill Terrace, Summerhill Square, Newcastle upon Tyne, NE4 6EB **t** 0191 261 0111
f 0191 221 1122 **e** dreid@different-uk.com **w** different-uk.com 👤 Producer: David Reid.

Direct Drive TV 38 Twisaday House, 28 Colville Square, Notting Hill, London, W11 2BW **t** 07916 277 272
e leroy@directdrive.tv **w** directdrive.tv 👤 CEO: Leroy Smith.

Media: Digital & Internet Radio, Television

Music Week Directory

Contacts ▪ **Facebook** ▪ **MySpace** ▪ **Twitter** ▪ **YouTube**

Media: Television

Document Productions Ltd 43 High St, Market Harborough, Leics, LE16 7AQ **t** 01858 565 977 **f** 0870 458 1686 **e** karen.craig@documentuk.com **w** documentuk.com facebook.com/pages/Upside-Down-the-Movie/174571444813 twitter.com/UpsideDownMovie youtube.com/user/upsidedownmovie#p/ Production Manager: Karen Craig 07941 197937.

BBC East St Catherine's Close, All Saints Green, Norwich, Norfolk, NR1 3ND **t** 01603 619331 **f** 01603 284455 **e** look.east@bbc.co.uk **w** bbc.co.uk/england/lookeast

EMI Music 27 Wright's Lane, London, W8 5SW **t** 020 7795 7000 **f** 020 7795 7001 **e** firstname.lastname@emimusic.com VP Visual Content EMI Creative: Stefan Demetriou.

Endemol UK Productions Shepherds Building Central, Charecroft Way, London, W14 0EE **t** 0870 333 1700 **f** 0870 333 1800 **e** info@endemoluk.com **w** endemoluk.com Music Supervisor: Amelia Hartley.

Channel 5 The Northern & Shell Tower, 4, Selsdon Way, City Harbour, London, E14 9GL **t** 020 7308 5262 **e** martin.price@five.tv **w** channel5.com Head Of Music: Martin Price.

Fizz PO Box 50239, London, EC1V 3YF **t** 020 7054 9010 **f** 020 7054 9011 **e** info@vitv.co.uk **w** fizzmusic.com CEO: Stewart Lund.

GearBox 23 Shield Drive, West Cross Industrial Estate, Brentford, Middlesex, TW8 9EX **t** 020 8380 7400 **f** 020 8380 7410 **e** mail@gearbox.com **w** gearbox.com Contact: Michael Pearce.

Goldie 2, The Old Parish Hall, The Square, Lenham, Maidstone, kent, ME17 2PQ **t** 01622 858300 **f** 01622 858300 **e** info@eddielock.com **w** eddielock.co.uk myspace.com/goldie_art Contact: Eddie Lock.

Granada (Manchester) Granada Television, Quay Street, Manchester, M60 9EA **t** 0161 832 7211 **f** 0161 953 0298 **e** officers.duty@granadatv.co.uk **w** granadatv.co.uk Music & Fim Ent Dept: Louise Wilcockson.

Granada (News Centre) Albert Dock, Liverpool, Merseyside, L3 4BA **t** 0151 709 9393 **f** 0151 709 3489 **w** granada.co.uk Contact: 0161 832 7211.

Hamma & Glamma Productions Ltd 31 Vernon Street, London, W14 0RN **t** 020 7199 0020 **f** 020 7084 0377 **e** info@hammaglamma.com **w** hammaglamma.com Office Manager: Liz Orkney.

Influential Media 110 Ducie House, Ducie St, Manchester, M1 2JW **t** 07050 395708 **e** info@influential.tv **w** influential.tv /influentialmanchester /influentialtv /influentialfilms Creative Director: Mike Swindells.

Endemol UK Shepherds Building Central, Charecroft Way, London, W14 0EE **t** 0870 333 1700 **f** 0870 333 1800 **w** endemoluk.com twitter.com/endermolukpress Contact: Laurence Jones, Nick Samwell-Smith.

ITV London The London Television Centre, Upper Ground, London, SE1 9LT **t** 020 7620 1620 **f** 020 7261 3307 **e** planning@itvlondon.com **w** itvregions.com/london

Jump Off TV e harry@jumpoff.tv **w** jumpoff.tv CEO: Harold Anthony.

Kerrang! TV Mappin House, 4 Winsley St, London, W1W 8HF **t** 020 7182 8000 **w** kerrang.com

Kyng Films 14 Herbert St, Chalk Farm, London, NW5 4HD **t** 020 7267 3032 **f** 020 7267 3032 **e** mail@kyngfilms.com **w** kyngfilms.com Head of Production: Mag Oireachtaigh 07966195281.

LandscapeHD Ltd Landscape Studios, Royal Oak Lane, Crowhurst, E Sussex, TN33 9BY **t** 01424 830 628 **e** sales@landscapetv.com **w** landscapehd.com Chairman: Nick Austin +44 1424 830628.

Later With Jools Holland BBC TV Centre, Wood Lane, London, W12 7RJ **t** 020 8743 8000 **e** sharon.hanley@bbc.com **w** bbc.co.uk/later #laterjools Head of Communications: Sharon Hanley 0208 743 8000.

Maguffin Ltd 10 Frith Street, London, W1V 5TZ **t** 020 7437 2526 **f** 020 7437 1516 **e** firstname@maguffin.co.uk **w** maguffin.co.uk MD / Prod: James Chads.

Maidstone Studios The Maidstone Studios, Vinters Park, New Cut Road, Maidstone, Kent, ME14 5NZ **t** 01622 691111 **f** 01622 684411 **e** info@maidstonestudios.com **w** maidstonestudios.com Studio Resources Manager: Emma Norris.

Mike Mansfield Television Ltd 41-42 Berners Street, 41-42 Berners Street, London, W1T 3NB **t** 020 8947 6884 **f** 020 7580 2582 **e** mikemantv@aol.com **w** cyberconcerts.com Managing Director: Mike Mansfield.

Meridian Television Centre, Northam, Southampton, Hampshire, SO14 0PZ **t** 023 8022 2555 **f** 023 8071 2012 **e** viewerliaison@meridiantv.com **w** meridiantv.co.uk

MTV Base 17-29 Hawley Crescent, London, NW1 8TT **t** 020 7284 7777 **f** 020 7284 6466 **e** Lastname.firstname@mtvne.com **w** mtv.co.uk/base Music Ed: Lyndsay Wesker.

MTV Dance Hawley Crescent, London, NW1 8TT **t** 020 7284 7777 **f** 020 7284 6466 **e** Lastname.firstname@mtvne.com **w** mtv.co.uk/dance Snr Music Editor: Des Paul.

MTV Hits Hawley Crescent, London, NW1 8TT **t** 020 7284 7777 **f** 020 7284 6466 **e** Lastname.firstname@mtvne.com **w** mtv.co.uk/hits Music Ed: Des Paul.

MTV UK & Ireland Hawley Crescent, London, NW1 0TT **t** 020 7284 7777 **f** 020 7284 6466 **e** lynn.david@mtvne.com **w** mtv.co.uk Managing Director Mtv Networks UK & Ireland: David Lynn.

www.musicweek.com **Music Week Directory** 223

📇 Contacts   ▫ Facebook   ▫ MySpace   ▫ Twitter   ▪ YouTube

Media: Television

MTV2 17-29 Hawley Crescent, London, NW1 8TT
t 020 7284 7777 **f** 020 7284 6466
e lastname.firstname@mtvne.com **w** mtv.co.uk 📇 Director Of Music Programming & Artist Relations: Matt Cook.

MusFlashTV Brycbox House, Cocks Crescent, New Malden, Surrey, KT3 4TA **t** 020 8336 2100
f 020 8605 0744 **e** enquires@musflashtv.com
w musflashtv.com 📇 Chairman & MD: Barry Evans.

Music Box 30 Sackville Street, London, W1X 1DB
t 020 7478 7300 **f** 020 7478 7403
e reception@sunsetvine.co.uk **w** music-bx.co.uk 📇 MD: John Leach.

NBC News Worldwide 200 Grays Inn Rd, London, WC1X 8XZ **t** 020 7843 8777
e cheryll.simpson@nbc.com/David.rudge@nbc.com
📇 Foreign Editors: Cheryll Simpson/David Rudge.

BBC North BBC Broadcasting Centre, Woodhouse Lane, Leeds, West Yorkshire, LS2 9PX **t** 0113 244 1188
f 0113 243 9387 **e** look.north@bbc.co.uk
w bbc.co.uk/england/looknorthyorkslincs

BBC North West New Broadcasting House, Oxford Road, Manchester, M60 1SJ **t** 0161 200 2020
f 0161 236 1005 **e** nwt@bbc.co.uk
w bbc.co.uk/england/northwesttonight

BBC Northern Ireland Ormeau Avenue, Belfast, Co Antrim, BT2 8HQ **t** 028 9033 8000 **f** 028 9033 8800
w bbc.co.uk/northernireland

Oasis TV 6-7 Great Pulteney Street, London, W1R 3DF
t 020 7434 4133 **f** 020 7494 2843 **e** sales@oasistv.co.uk
w oasistv.co.uk 📇 Buisness Dev't Mgr: Matthew Lock.

Off the Radar TV Ltd 20-22 Rosebery Avenue, London, EC1R 4SX **t** 020 7520 8340
e Patrick@offtheradar.tv **w** OfftheRadar.tv 📇 Commercial Manager: Patrick Usmar.

Pearson Television Ltd 1 Stephen Street, London, W1P 1PJ **t** 020 7691 6000 **f** 020 7691 6100
e facilites.helpdesk@fremental.com **w** pearsontv.com

The Pop Factory / Avanti Television
Welsh Hills Works, Jenkin St, Porth, CF39 9PP
t 01443 688500 **f** 01443 688501
e info@thepopfactory.com **w** thepopfactory.com
📇 Contact: Emyr Afan Davies.

Remarkable (An Endermol Company)
Shepherds Building Central, Charecroft Way, London, W14 0EE **t** 0870 333 1700 **f** 0870 333 1800
e endemoluk.com 📇 MD: David Fynn, Colette Foster.

Remedy Productions 9 Thorpe Close, 9 Thorpe Close, London, W10 5XL **t** 020 8964 4408 **f** 020 8964 4421
e info@remedyproductions.tv **w** remedyproductions.tv
📇 Managing Director: Toby Dormer.

Rogue 2-3 Bourlet Close, London, W1W 7BQ
t 020 7907 1000 **f** 020 7907 1001
e charlie@roguefilms.co.uk **w** roguefilms.com
▫ facebook.com/pages/London-United-Kingdom/Rogue/435521830053?v=wall&ref=search
📇 Managing Director: Charlie Crompton 0207 907 1000.

RTE Network 2 Donnybrook, Dublin 4, Ireland
t +353 1 208 3111 **f** +353 1 208 2511 **e** television@rte.ie
w rte.ie

RTE TG4 Donnybrook, Dublin 4, Ireland **t** +353 1 208 3111
f +353 1 208 2511 **w** tg4.ie/tg4.htm

S4C (Sianel Pedwar Cymru) Parc Ty Glas, Llanishen, Cardiff, South Glamorgan, CF4 5DU **t** 029 2074 7444
f 029 2074 1457 **e** hotline@s4c.co.uk **w** s4c.co.uk

SixTV The Oxford Channel 270 Woodstock Rd, Oxford, OX2 7NW **t** 01865 557000 **f** 01865 553355
e ptv@oxfordchannel.com **w** sixtv.co.uk 📇 Producer: Tom Copeland.

Sky Box Office Skt Television, Unit 2, Grant Way, Isleworth, Middlesex, TW7 5QD **t** 020 7805 8126
f 020 7805 8130 **e** marc.conneely@bskyb.com **w** sky.com
📇 Hd of Pay-Per-View Events: Marc Conneely.

Sky Music Channels Unit 4, Grant Way, Isleworth, Middlesex, TW7 5QD **t** 020 7805 8526 **f** 020 7805 8522
e Ian.Greaves@bskyb.com 📇 Music Programming Manager: Ian Greaves.

BBC South Havelock Road, Southampton, Hampshire, SO1 0XQ **t** 023 8022 6201 **f** 023 8033 9931
e spotlight@bbc.co.uk **w** bbc.co.uk

BBC South West Broadcasting House, Seymour Road, Plymouth, Devon, PL3 5DB **t** 01752 229201
f 01752 234595 **e** spotlight@bbc.co.uk
w bbc.co.uk/england/spotlight 📇 Press Office: Marlene Crawley 01752 234545.

Southampton Television
Sir James Mathews Building, 157-187 Above Bar St, Southampton, SO14 7NN **t** 023 8023 2400
f 023 8038 6366 **e** James.Rostance@southamptontv.co.uk
w southamptontv.co.uk 📇 Producer, Music & Ent.: James Rostance.

Space Promotions The Light Studios, Cooper House, Unit 1v2, Michael Road, Fulham, London, SW6 2AD
t 07512737946 **e** kate@spacepromotions.com
w www.spacepromotions.com ▫ @spacepromotions
📇 Contact: Kate Whitmarsh.

Subtv 140 Buckingham Palace Road, London, SW1W 9SA
e music@sub.tv **w** sub.tv ▫ twitter.com/subtvmusic
▪ youtube.com/subtvmusic 📇 Channel Manager: Simon Marriott 02078812601.

224 **Music Week Directory**   www.musicweek.com

- Contacts ■ Facebook ■ MySpace ■ Twitter ■ YouTube

Media: Television, Broadcast Services

T4 At It Productions, Westbourne Studios, 242 Acklam Rd, London, W10 5YG **t** 020 88964 2122 **f** 020 8964 2133 **e** lindsey.brill@atitproductions.com ■ Entertainment Booker: Lindsey Brill.

Tiscali TV 20 Broadwick St, London, W1F 8HT **t** 020 7087 2016 **f** 020 7087 2016 **e** lyall.sumner@uk.tiscali.com **w** tiscali.co.uk ■ Head of Tiscali TV, Film & Music: Lyall Sumner 02070872016.

Tough Cookie Ltd part of Whizz Kid Entertainment Ltd, 4 Kingly Street, London, W1B 5PE **t** 020 7440 2550 **f** 020 7440 2599 **e** tracey@whizzkid.tv **w** tough-cookie.co.uk ■ General Manager: Tracey Lloyd.

Tyne Tees Television Centre, City Road, Newcastle upon Tyne, Tyne and Wear, NE1 2AL **t** 0191 261 0181 **f** 0191 269 3770 **e** news@tynetees.tv **w** itvregions.com/Tyne_Tees

Us3 Productions Ltd Studio 2, 155 Commercial Street, London, E1 6BJ **e** info@us3productions.com **w** us3productions.com ■ Head of Production: Darren Emerson 02073775787.

UTV (Ulster Television) Havelock House, Ormeau Road, Belfast, Co Antrim, BT7 1EB **t** 028 9032 8122 **f** 028 9024 6695 **w** utvlive.com ■ Contact: 028 9026 2220.

Videotech 131-151 Great Titchfield St., London, W1W 5BB **t** 020 7665 8200 **f** 020 7665 8213 ■ Producer: Diana Smith.

BBC Wales Broadcasting House, Meirion Road, Bangor, LL57 3BY **t** 01248 370880 **f** 01248 352784 **e** feedback.wales@bbc.co.uk **w** bbc.co.uk/wales

WAM TV (Worldart Media Television Ltd) 1 High St, Lasswade, Midlothian, EH18 1NA **t** 0131 654 2372 **e** contact@wam.tv **w** wam.tv ■ MD: Paul Blyth.

Whizz Kid Entertainment 4 Kingly Street, London, W1B 5PE **t** 020 7440 2550 **f** 020 7440 2599 **e** tracey@whizzkid.tv **w** whizzkid.tv ■ @WhizzKidEnt ■ General Manager: Tracey Lloyd.

Yorkshire Television Ltd Television Centre, Leeds, West Yorkshire, LS3 1JS **t** 0113 243 8283 **f** 0113 244 5107 **w** yorkshiretv.co.uk ■ MD: David Croft.

Zeppotron (A Endermol Company) Shepherds Building Central, Charecroft Way, London, W14 0EE **t** 0870 333 1700 **f** 0870 333 1800 **e** endemoluk.com ■ twitter.com/endermolukpress ■ MD: Annabel Jones.

Broadcast Services

Aimimage Unit 5, St. Pancras Commercial Centre, 63 Pratt St, London, NW1 0BY **t** 020 7482 4340 **f** 020 7267 3972 **e** hire@aimimage.com **w** aimimage.com ■ Production Manager: Atif Ghani.

Amber Artists Chelmsford, Essex **t** 01245 269491 **e** information@amberartists.com **w** amberartists.com ■ MD: Bridget Metcalfe.

Arcadia Production Music (UK) Greenlands, Payhembury, Devon, EX14 3HY **t** 01404 841601 **f** 01404 841687 **e** admin@arcadiamusic.tv **w** arcadiamusic.tv ■ Prop: John Brett.

Audio Systems Components Ltd 1 Comet House, Calleva Park, Aldermaston, Berkshire, RG7 8JB **t** 0118 981 1000 **f** 0118 981 9813 **e** sales@ascuk.com **w** ascuk.com ■ Contact: Iain Elliott 0118 981 9565.

Audionics 31 Jessops Riverside, Sheffield, South Yorkshire, S9 2RX **t** 0114 242 2333 **f** 0114 243 3913 **e** info@audionics.co.uk **w** audionics.co.uk ■ facebook.com/pages/Audionics/218699118165645 ■ twitter.com/@audionics ■ Director: Phil Myers.

Blur 1 Ltd 166 Regent's Pk Rd, Primrose Hill, London, NW1 8XN **t** 020 7483 1767 **e** info@blur1.com **w** blur1.com ■ Sarahjane Gabb ■ Dir: Sarahjane Gabb 07958 629658.

Calrec Audio Ltd Nutclough Mill, Hebden Bridge, West Yorkshire, HX7 8EZ **t** 01422 842159 **f** 01422 845244 **e** enquiries@calrec.com **w** calrec.com ■ Sales & Mkting Dir: John Gluck.

Churches Media Council Box 6613, South Woodham Ferrers, Essex, CM3 5DY **t** 01245 322158 **f** 01245 321957 **e** office@churchesmediacouncil.org.uk **w** churchesmediacouncil.org.uk ■ Dir: Peter Blackman.

Community Media Asociation The Workstation, 15 Paternoster Row, Sheffield, S1 2BX **t** 0114 279 5219 **f** 0114 279 8976 **e** cma@commedia.org.uk **w** commedia.org.uk ■ Contact: Diane Reid.

Compact Collections Ltd 8-12 Camden High St, London, NW10JH **t** 020 7874 7480 **e** info@compactmediagroup.com **w** compactmediagroup ■ Contact: John O'Sullivan, James Sellar.

delicious digital Suite GB, 39-40 Warple Way, Acton, London, W3 0RG **t** 020 8749 7272 **f** 020 8749 7474 **e** info@deliciousdigital.com **w** deliciousdigital.com ■ Dirs: Ollie Raphael, Ed Moris.

Digital One 33-34 Alfred Pl, London, WC1E 7DP **t** 020 7299 8670 **f** 020 7299 8671 **e** info@digitalone.co.uk **w** ukdigitalradio.com

DMX Music Ltd Forest Lodge, Westerham Road, Keston, Kent, BR2 6HE **t** 01689 882 200 **f** 01689 882 288 **e** vanessa.warren@dmxmusic.com **w** dmxmusic.co.uk ■ Marketing Manager: Vanessa Warren.

Doctor Rock The Century, 2 A Newlands Rd, Waterlooville, Hampshire, PO7 5NF **t** 023 9225 4426 **e** bob.woodhead@hotmail.co.uk ■ Producer/Presenter/Pop-Historian: Bob Woodhead.

Done and Dusted 6 Ramillies Street, 151 Wardour Street, London, W1F 7TY **t** 020 7297 8060 **f** 020 7494 3067 **e** lou@doneanddusted.com **w** doneanddusted.com ■ Producer: Louise Fox.

DT Productions Maygrove House, 67 Maygrove Rd, London, NW6 2SP **t** 020 7644 8888 **f** 020 7644 8889 **e** info@dtproductions.co.uk **w** dtproductions.co.uk ■ Music Programming: Lee Taylor.

www.musicweek.com   **Music Week Directory** 225

Contacts · Facebook · MySpace · Twitter · YouTube

Media: Broadcast Services

DTP Radio Production Studios 35 Tower Way, Dunkeswell, Devon, EX14 4XH **t** 01404 891598 MD: Don Todd MBE.

Eagle Media Productions Russell House, Ely Street, Stratford-upon-Avon, Warwickshire, CV37 6LW **t** 01789 415 187 **f** 01789 415 210 **e** amy@eaglemp.co.uk **w** eagle-rock.com MD: Alan Ravenscroft.

FASTRAX

IMD Fastrax
DEFINING MEDIA LOGISTICS

Allan House, 10 John Princes St, London, W1G 0JW **t** 020 7468 6888 **f** 020 7468 6889 **e** fastrax@imdplc.com **w** fastrax.co.uk facebook.com/pages/IMD-Fastrax/152451074822279 IMDFastrax
Fastrax: Fastrax Team 442074686888.

Festival Productions PO Box 107, Brighton, East Sussex, BN1 1QG **t** 01273 669595 **f** 01273 669596 **e** post@festivalradio.com **w** festivalradio.com MD: Steve Stark.

Freeway Press 20 Windmill Road, Kirkcaldy, Fife, KY1 3AQ **t** 01592 655309 **f** 01592 596177 **e** cronulla20@aol.com **w** freewaypress.co.uk
Director: John Murray 07973 920 488.

Ignite Creative TV Studio 209, 134-141 Curtain Road, London, EC2A 3AR **t** 02077290066 **e** kary@ignitecreative.tv **w** ignitecreative.tv facebook.com/ignitecreative @ignitemedia youtube.com/ignitecreativetv MD / Head of Production: Kary Stewart 020772900066.

Immedia Broadcasting 7-9 The Broadway, Newbury, Berks, RG14 1AS **t** 01635 572 800 **f** 01635 572 801 **e** customerservices@immediabroadcasting.com **w** immediabroadcasting.com Office Mgr: Lesley Pye.

Independent Television News (ITN) 200 Grays Inn Road, London, WC1X 8XZ **t** 020 7833 3000 **f** 020 7430 4016 **e** press.office@itn.net **w** itn.co.uk
Contact: Press Office.

Inner Ear 16 Argyle Court, 1103 Argyle St, Glasgow, G3 8ND **t** 0141 226 8808 **e** dougal@radiomagnetic.com
Contact: Andy McColgan.

ITV Network Centre Ltd 200 Gray's Inn Road, London, WC1X 8HF **t** 020 7843 8000 **f** 020 7843 8158 **w** itv.co.uk

Karen P Productions Ltd PO Box 52160, London, E9 7WR **t** 020 8986 8558 **e** karen@karenpproductions.com **w** karenp.co.uk Dir: Karen Pearson.

Medialane International The Old Garage, The Green, Great Milton, Oxford, Oxfordshire, OX44 7NP **t** 01844 278534 **f** 01844 278538 **e** stratton@medialane-international.com **w** medialane-international.com
Managing Director: Alan Stratton.

MetrobroadcastLtd 53 Great Suffolk Street, London, SE1 0DB **t** 020 7202 2000 **f** 020 7202 2005 **e** info@metrobroadcast.com **w** metrobroadcast.com
Director: Paul Braybrooke.

Radio Computing Services (UK) Ltd The Mill, Abbey Mill Business Park, Lower Eashing, Godalming, Surrey, GU7 2QJ **t** 01483 422411 **f** 01483 422499 **e** sales@rcsuk.com **w** rcsuk.com facebook.com/rcsukltd twitter.com/rcsukltd Managing Director: Jon Earley.

Neon Productions - Rab Noakes Studio Two, 19 Marine Crescent, Kinning Pk, Glasgow, G51 1HD **t** 07802 430 526 **e** stephy@go2neon.com **w** go2neon.com
Production Manager: Stephanie Pordage.

Nielsen Music 6th Floor, Endeavour House, 189 Shaftesbury Avenue, London, WC2H 8TJ **t** 020 7420 9292 **f** 020 7420 9295 **e** info@nielsenmusiccontrol.com **w** nielsen-music.com @NielsenMusicUK Managing Director, Nielsen Music: Jean Littolff.

Nielsen Music (Ireland) Top Floor, 6 Clare St, Dublin 2, Ireland **t** +353 1 605 0686 **f** +353 1 678 5343 **e** f.byrne@nielsenmusiccontrol.com **w** nielsen-music.com
International Operations Manager: Feidhlim Byrne 0035316050686.

Outerglobe African Caribbean Oriental London **e** outerglobe@yahoo.co.uk Contact: DebbieOuterglobe +447939564103.

Outerglobe Media London **e** outerglobe@yahoo.co.uk
Contact: DebbieOuterglobe +447939564103.

Paul Chantler - Radio Programming Consultant **t** 07788 584 888 **e** chantler@aol.com **w** paulchantler.com MD: Paul Chantler.

PPL VIDEO STORE (MUSIC MALL)

PPL VIDEO STORE

1 Upper James Street, London, W1F 9DE **t** 020 7534 1444 **f** 020 7534 1440 **e** videostore@ppluk.com **w** ppluk.com
CEO: Peter Leathem. Chairman: Fran Nevrkla. CEO: Peter Leathem. Director of Licensing: Tony Clark. Director of Performer Affairs: Keith Harris. Finance Director: Ben Lambert. Director of Government Relations: Dominic McGonigal. Director of PR & Corporate Communications: Jonathan Morrish. Production Co-ordinator: Tom Borsberry.
PPL Video Store(formerly Music Mall) provides copies of music videos to major broadcasters, production companies and businesses providing video jukeboxes, music systems and video on demand services.

Q Sheet Markettiers4dc, Northburgh House, 10a Northburgh St, London, EC1V 0AT **t** 020 7253 8888 **f** 020 7253 8885 **e** editor@qsheet.com **w** qsheet.com
Music Editor: Nik Harta.

Music Week Directory

Contacts | **Facebook** | **MySpace** | **Twitter** | **YouTube**

Media: Broadcast Services, Advertising Agencies

Radica Broadcast Systems Ltd
18 Bolney Grange Industrial Pk, Hickstead, Haywards Heath, West Sussex, RH17 5PB **t** 01444 258285 **f** 01444 258288 **e** sales@radica.com **w** radica.com/radio ☎ Sales Mgr: Graham Sloggett.

Radiomonitor 84 Springbank Road, London, SE136SX **t** 02070605000 **e** phil@radiomonitor.com ☎ Contact: Philip von Oppen.

RAJAR (Radio Joint Audience Research)
2nd Floor, 5 Golden Square, London, W1F 9BS **t** 020 7292 9040 **f** 020 7292 9041 **e** info@rajar.co.uk **w** rajar.co.uk ☎ Chief Executive Officer: Jerry Hill.

Ricall Limited St Johns Studio, 6-8 Church Road, Richmond, Surrey, TW9 2QA **t** 020 7592 1710 **f** 020 7592 1713 **e** mail@ricall.com **w** ricall.com ☎ Vice President Commerical Development: Phil Bird.

RTÉ Lyric FM Cornmarket Sq, Limerick, Ireland **t** +353 61 207300 **f** +353 61 207390 **e** lyric@rte.ie **w** rte.ie/lyricfm ☎ Station Mgr/Prog Dir: Aodan O Dubhghaill.

Satellite Media Services Lawford Heath Teleport, Lawford Heath Lane, Rugby, Warwickshire, CV23 9EU **t** 01788 523000 **f** 01788 523001 **e** sales@sms-internet.net **w** sms-internet.net ☎ MD: Tim Whittingham.

Straight TV Limited 4th Floor, 121 Princess Street, Manchester, M1 7AG **t** 0161 200 6000 **f** 0161 228 0228 **e** info@straight.tv **w** straight.tv ☎ Contact: Clare Winnick.

Student Radio Association c/o The Radio Academy, London **t** 07092 845935 **f** 020 7255 2029 **e** chair@studentradio.org.uk **w** studentradio.org.uk ☎ facebook.com/studentradio?ref=ts ☎ twitter.com/SRA ☎ Contact: Fred Bradley.

Talk Of The Devil 5 Ripley Rd, Worthing, West Sussex, BN1 5NQ **t** 01903 526515 **f** 01903 539634 **e** steve.power@talk-of-the-devil.com **w** talk-of-the-devil.com ☎ MD: Steve Power.

TotalRock 8-10 Rhoda Street, London, E2 7EF **t** 020 7240 6665 **e** tw@totalrock.com **w** totalrock.com ☎ facebook.com/totalrockradio ☎ twitter.com/Totalrock ☎ youtube.com/totalrockradio ☎ Head of Music: Tony Wilson 02072406665.

Transorbital Productions 557 Street Lane, Leeds, West Yorkshire, LS17 6JA **t** 0113 268 7886 **f** 0113 266 0045 **e** carl@carlkingston.co.uk **w** carlkingston.co.uk ☎ MD: Carl Kingston 07836 568 888.

Unique Facilities (Location Broadcasting Services) 50 Lisson St, London, NW1 5DF **t** 020 7723 0322 **f** 020 7453 1666 **e** info@uniquefacilities.com **w** uniquefacilities.com ☎ Facilities Mgr: Shane Wall.

Victoria Radio Network PO Box 1287, Kirkcaldy, Fife, KY2 5ZX **t** 01592 268530 **e** info@vrn1287.com **w** vrn1287.com ☎ Group Programme Director: Colin Johnston.

Vision Community Radio London **t** 07939 564 103 **e** visionradioltd@gmail.com ☎ Contact: Debbie Dunkwu 07939564103.

The Vocal Booth Toxteth TV, 37-45 Windsor St, Liverpool, L8 1XE **t** 0151 707 2833 **f** 0151 707 2833 **e** info@thevocalbooth.com **w** thevocalbooth.com ☎ facebook.com/pages/The-Vocal-Booth/121124237930932 ☎ myspace.com/thevocalbooth ☎ Producer: Mike Moran/Alan Watson 07800 993192.

Advertising Agencies

A&GSync 1st Floor, 5 Ching Court, 61-63 Monmouth Street, London, WC2H 9EY **t** 020 7845 9880 **e** firstname@agsyncmusic.com **w** agsyncmusic.com ☎ Managing Director: Roy Jackson.

Abbott Mead Vickers BBDO 151 Marylebone Road, London, NW1 5QE **t** 020 7616 3500 **f** 020 7616 3580 **e** linseyf@amvbbdo.com **w** amvbbdo.com ☎ Hd of TV Department: Francine Linsey.

AKA

115 Shaftesbury Avenue, Cambridge Circus, London, WC2H 8AF **t** 020 7836 4747 **f** 020 7836 8787 **e** aka@akauk.com **w** akauk.com ☎ twitter.com/akapromotions ☎ MD: Adam Kenwright. Managing Director: Adam Kenwright. Deputy Managing Director: Kate Turnbull. Business Development Director: Amanda Lewis. Finance and Commercial Director: Shahid Latif. Operations Director: Adrian Allen. Director of Client Services: Alain Airth. Head of Box Office and Ticketing: Richard Howle. Senior Creative Director: Marc Evanson-Bailey. Head of Promotions and Marketing: Charlotte Thompson. Head of Media: Paul Smith. Head of Digital: Alex Woodford.

aka has provided innovative media and marketing solutions to the live entertainment, arts venues and attractions industries since 1995 and is a fully recognised dynamic full service agency passionate about selling lifestyle experiences. We have offices in Melbourne, New York, and Manchester making us the only specialist entertainment media agency servicing all of the UK. aka delivers bespoke campaign strategies, excellent media rates and innovative placement, detailed integrated account management and fulfillment, high profile sales promotions and brand partnerships, compelling creative, award-winning digital design and marketing, expert sales analysis, personalised networks of ticketing agents and group operators, an in-house broadcasting/editing production team, a merchandise and publishing service and worldwide brand guardianship.

ArtScience Limited 3-5 Hardwidge St, London, SE1 3SY **t** 020 7939 9500 **f** 020 7939 9499 **e** lab5@artscience.net **w** artscience.net ☎ Dirs: Douglas Coates, Pete Rope.

www.musicweek.com **Music Week Directory** 227

📇 Contacts   📘 Facebook   🅼 MySpace   🅃 Twitter   ▶️ YouTube

Media: Advertising Agencies

Bartle Bogle Hegarty 60 Kingly Street, London, W1B 5DS **t** 020 7734 1677 **f** 020 7437 3666 **e** firstname.lastname@bbh.co.uk **w** bbh.co.uk

BBA Active Ltd Studio 3, 62 Muswell Hill Road, London, N10 3JR **t** 020 8883 7635 **e** bba@bbagenius.com **w** bbagenius.com 📇 MD: Stephen Benjamin.

BLM Group Eagle House, 50 Marshall St, London, W1F 9BQ **t** 020 7437 1317 **f** 020 7437 1287 **e** info@blm.co.uk **w** blm.co.uk

Brotherhood Media 4th Floor, 52-53 Margaret St, London, W1W 8SQ **t** 020 7631 9200 **e** info@brotherhood-media.co.uk **w** brotherhood-media.co.uk
📘 facebook.com/brotherhoodmedia 🅃 @brohoodmedia 📇 Directors: James Heighway, Dominic Murphy.

Leo Burnett Ltd Warwick Building, Kensington Village, Avonmore Rd, London, W14 8HQ **t** 020 7751 1800 **f** 020 7348 3855 **e** firstname.lastname@leoburnett.co.uk **w** leoburnett.com

CDP-Travis Sully 9 Lower John Street, London, W1F 9DZ **t** 020 7437 4224 **f** 020 7437 5445 **e** melodyrichards@cdplondon.com **w** cdp-travissully.com 📇 Office Manager: Melody Richards.

The Clinic 32-38 Saffron Hill, London, EC1N 8FH **t** 020 7421 9333 **f** 020 7421 9334 **e** firstname.lastname@clinic.co.uk **w** clinic.co.uk 📇 Creative Dir: David Dragan.

CMS MUSIC MEDIA LTD

CMSMUSICMEDIA

Meadow House, 128A Meadow Walk, Epsom, Surrey, KT19 0BA **t** 020 8393 9345 **f** 020 8393 9345 **e** info@cms-music.co.uk **w** cms-music.co.uk 📇 MD: Ian Compton.

Cranham Advertising Suite 1, Essex House, Station Road, Upminster, Essex, RM14 2SJ **t** 01708 641164 **f** 01708 220030 **e** cranham@globalnet.co.uk

Creative Marketing Services Hollinthorpe Hall, Swillington Lane, Leeds, LS26 8BZ **t** 0844 412 2688 **f** 0844 412 2699 **e** hello@cmsadvertising.co.uk **w** cmsadvertising.co.uk 📇 Contact: Andrew Batty FCIM.

Cunning 192 St John Street, London, EC1V 4JY **t** 020 7566 5300 **e** info@cunning.com **w** cunning.com 📇 MD: Anna Carloss.

Da Costa & Co 9 Gower Street, London, WC1E 6HA **t** 020 7916 3791 **f** 020 7916 3799 **e** nickdc@dacosta.co.uk **w** dacosta.co.uk

DDB London 12 Bishops Bridge Road, London, W2 6AA **t** 020 7258 3979 **f** 020 7402 4871 **e** melanie.bennett@ddblondon.com **w** ddblondon.com 📇 Business Development Director: Melanie Bennett.

Delaney Lund Knox Warren 25 Wellington Street, London, WC2E 7DA **t** 020 7836 3474 **f** 020 7240 8739 **e** info@dlkw.co.uk **w** dlkw.co.uk

The Design & Advertising Resource 7 Kings Wharf, 301 Kingsland Road, Hoxton, London, E8 4DS **t** 020 7254 3191 **f** 0870 442 5297 **e** info@your-resource.co.uk **w** your-resource.co.uk 📇 Account Director: Richard Fearn.

Dewynters 48 Leicester Square, London, WC2H 7QD **t** 020 7321 0488 **f** 020 7321 0104 **e** info@dewynters.com **w** dewynters.com 📇 Client Management: Richard Abba.

Diabolical Liberties 1 Bayham St, London, NW1 0ER **t** 020 7916 5483 **f** 020 7916 5482 **e** sales@diabolical.co.uk **w** diabolical.co.uk 📇 General Manager: Michael Chesters.

Different Ltd 10 Summerhill Terrace, Summerhill Square, Newcastle upon Tyne, NE4 6EB **t** 0191 261 0111 **f** 0191 221 1122 **e** dreid@different-uk.com **w** different-uk.com 📇 Producer: David Reid.

DKA 87 New Cavendish St, London171-177 Great Portland S, W1W 6XD **t** 020 7467 7300 **f** 020 7467 7380 **e** enquiries@dka.uk.com **w** dka.uk.com

Eat Your Greens - Brand Sponsorship Consultants 11 Cleves Way, Hampton, Middlesex, TW12 2PL **t** 020 8487 0394 **e** info@eatyourgreens.ltd.uk **w** eatyourgreens.ltd.uk 📇 MD: Denzil Thomas.

EMR Digital Studio One, Charter House, Crown Court, London, WC2B 5EX **t** 020 7240 1222 **f** 020 7240 8777 **e** patrick.johnston@emrdigital.co.uk **w** visibilityiq.co.uk 📇 Dir of Business Devt.: Patrick Johnston.

Euro RSCG London Cupola House, 15 Alfred Place, London, WC1E 7EB **t** 020 7467 9200 **f** 020 7467 9210 **e** infouk@eurorscg.com **w** eurorscglondon.co.uk

Lee Golding Advertising and Communications Ltd Edinburgh House, 40 Great Portland Street, London, W1W 7LZ **t** 020 7436 7910 **f** 020 7636 6091 **e** carol@leegolding.co.uk 📇 Contact: Carol Golding 020 7436 7978.

Grey London Johnson Building, 77 Hatton Garden, London, EC1N 8JS **t** 020 3037 3000 **e** francesca.mair@greyeu.com **w** grey.co.uk 📇 TV PA: Francesca Mair.

Hive Associates Ltd Bewlay House, 2 Swallow Place, London, W1B 2AE **t** 020 7664 0480 **f** 020 7664 0481 **e** consult@hiveassociates.co.uk **w** hiveassociates.co.uk 📇 Account Director: Alex Moss.

JJ Stereo Unit 14 Barley Shots Business Park, 246 Acklam Road, 246 Acklam Road, London, W10 5YG **t** 020 8969 5444 **f** 020 8969 5544 **e** info@jjstereo.com **w** jjstereo.com 📇 Director: Ruth Paveley.

Lavery Rowe 69-71 Newington Causeway, London, SE1 6BD **t** 020 7378 1780 **f** 020 7407 4612 **e** sales@laveryrowe.co.uk

The Leith Agency 37 The Shore, Leith, Edinburgh, EH6 6QU **t** 0131 561 8600 **f** 0131 561 8601 **e** p.adams@leith.co.uk **w** leith.co.uk 📇 MD: Phil Adams.

Media: Advertising Agencies

The London Advertising Partnership 61-63 Portobello Road, london, W1 3DB **t** 020 7229 9755 **f** 020 7229 6720 **e** london_ad@btinternet.com ✉ MD: Simon Dodds.

Lowe & Partners Bowater House, 3rd Floor, 68-114 Knightsbridge, London, SW1X 7LT **t** 020 7584 5033 **f** 020 7581 9027 **e** info@loweworldwide.com **w** loweworldwide.com

M&C Saatchi 36 Golden Square, London, W1F 9EE **t** 020 7543 4689 **f** 020 7543 4501 **e** firstnameinitialofsurname@mcsaatchi.com **w** mcsaatchi.com/sportandentertainment ✉ Sponsorship & Events: Georgia Terzis.

Matters Media Ltd 1st Floor, 146 Marylebone Rd, London, NW1 5PH **t** 020 7224 6030 **f** 020 7224 6010 **e** mark@mattersmedia.co.uk ✉ Contact: Mark Riley.

McCann-Erickson 7-11 Herbrand St, London, WC1N 1EX **t** 020 7837 3737 **f** 020 7837 3773 **e** firstname.lastname@europe.mccann.com **w** mccann.com

McConnells McConnell House, Charlemont Place, Dublin, Ireland **t** +353 1 478 1544 **f** +353 1 478 0224 **e** firstname.lastname@mcconnells.ie **w** mcconnells.ie ✉ Contact: John Fanning.

Mearns & Gill Advertising Ltd 7 Carden Place, Aberdeen, Grampian, AB10 1PP **t** 01224 646311 **f** 01224 631882 **e** alan@mearns-gill.com **w** mearns-gill.net

Media Campaign Services - MCS 20 Orange Street, London, WC2H 7EW **t** 020 7389 0800 **f** 020 7839 6997 **e** dwoods@mediacampaign.co.uk **w** mediacampaign.co.uk ✉ Contact: David Woods.

Media Junction 40a Old Compton St, Soho, London, W1D 4TU **t** 020 7434 9919 **f** 020 7439 0794 **e** mailbox@mediajunction.co.uk **w** mediajunction.co.uk ✉ MD: Giles Cooper.

Mediacom TED The Entertainment Division, 124 Theobalds Rd, London, WC1X 8RX **t** 020 7874 5500 **f** 020 7874 5999 **e** chris.binns@mediacom.com **w** mediacomuk.com ✉ Managing Partner: Chris Binns.

Mediamix - Media planning, buying & consultancy 107 Mortlake High St, London, SW14 8HQ **t** 020 8392 6885 **f** 020 8392 6803 **e** info@themediamix.co.uk ✉ MD: David Collins.

MJ Media 97 Charlotte Street, London, W1T 4QA **t** 020 7467 9700 **f** 020 7467 9701 **e** reception@mjmedia.co.uk **w** mjmedia.co.uk ✉ Director: Matt Fuller.

Mother Biscuit Building, 10 Redchurch Street, London, E2 7DD **e** mother@motherlondon.com **w** motherlondon.com ✉ Contact: 020 7012 1999.

Nick Pease Jingles and Copywriting Services 290 Elgin Avenue, Maida Vale, London, W9 1JS **t** 07850710125 **e** nickpease@aol.com **w** misterdojingles.co.uk ✉ MD: Nick Pease.

Pawson Media 207 High Holborn, London, WC1V 7BW **t** 020 7405 9080 **f** 020 7831 7391 **e** mail@pawson-media.co.uk ✉ Media Director: David Cecil.

PD Communications The Business Village, Broomhill Road, London, SW18 4JQ **t** 020 8871 5033 **f** 020 8871 5034 **e** sales@pdcom.net **w** pdcom.net ✉ Creative Dir: Peter Saag.

Probe Media 2nd Floor, The Hogarth Centre, Hogarth Lane, London, W4 2QN **t** 020 8742 3636 **f** 020 8995 1350 **e** sanjay@probemedia.co.uk **w** probemedia.co.uk ✉ Account Director: Sanjay Vadher.

Profound Media & Management Ltd PO Box 4222, Coventry, West Midlands, CV4 0BH **t** 02476 677712 **e** info@profoundmedia.co.uk **w** profoundmedia.co.uk ✉ Director: Paul Flower.

Publicis Ltd 82 Baker Street, London, W1M 2AE **t** 020 7935 4426 **f** 020 7487 5351 **e** re-fresh@publicis.co.uk **w** publicis.co.uk

Purple Frog The Threshing Barn, North Weston, Thame, Oxon, OX9 2HA **t** 01844 295170 **f** 01844 260696 **e** more@purplefrog.co.uk **w** purplefrog.co.uk ⓕ purplefroguk ⓣ purplefroguk ✉ Managing Director: David Finch.

QRBT Ltd Great Guildford Business Sq, 30 Great Guildford St, London, SE1 0HS **t** 020 7921 9292 **f** 020 7921 9342 **e** qrbt@qrbt.com **w** qrbt.com

Rainey, Kelly, Camppbell, Rolfe/Y&R Greater London House, Hampstead Road, London, NW1 7QP. **t** 020 7387 9366 **f** 020 7611 6570 **e** firstname_lastname@uk.yr.com **w** rkcryr.com

Ramp Industry Studio 242, Bon Marche Centre, 241-251 Ferndale Rd, London, SW9 8BJ **t** 020 7326 0345 **e** andy@rampindustry.com **w** rampindustry.com ✉ Managing Partner: Andy Crysell.

Robertson Saxby Associates Standard House, 107-115 Eastmoor Street, London, SE7 8LX **t** 020 8858 3202 **f** 020 8853 2103 **e** dresource@aol.com ✉ Contact: Dick Saxby.

Rowleys:London 1 Port Hill, Hertford, Hertfordshire, SG14 1PJ **t** 01992 587350 **e** annie@rowleyslondon.co.uk **w** rowleyslondon.co.uk ✉ Managing Director: Annie Rowley.

Saatchi & Saatchi Plc 80 Charlotte St, London, W1A 1AQ **t** 020 7636 5060 **f** 020 7637 8489 **e** firstname.surname@saatchi.co.uk **w** saatchi-saatchi.com

Skinny t 020 8693 8798 **e** hello@skinnycreative.com **w** skinnycreative.com ⓣ @skinnystudio ✉ Director: Sonya Skinner 07843424454.

Sold Out The Windsor Centre, 16-29 Windsor Street, London, N1 8QG **t** 020 7704 0409 **f** 020 7226 8249 **e** michelle@soldout.co.uk

St Luke's Communications Ltd 18 Dukes Rd, London, WC1H 9PY **t** 020 7380 8888 **f** 020 7380 8899 **e** initial+lastname@stlukes.co.uk **w** stlukes.co.uk

Target Media 45-51 Whitfield Street, London, W1T 4HB **t** 0203 372 0900 **f** 0203 372 0901 **e** info@target-media.co.uk **w** target-media.co.uk ✉ MD: Robert Wilkerson 0203 372 0903.

www.musicweek.com **Music Week Directory** 229

Contacts   Facebook   MySpace   Twitter   YouTube

TCS Media 35 Garway Rd, London, W2 4QF
t 020 7221 7292 **f** 020 7221 0460
e information@tcsmedia.co.uk **w** tcsmedia.com Dir: Mike Ashby.

J Walter Thompson Co Ltd 1 Knightsbridge Green, London, SW1X 7NW **t** 020 7656 7000 **f** 020 7656 7010
e firstname.lastname@jwt.com **w** jwtworld.com

TMD Carat 43-49 Parker St, London, WC2B 5PS
t 020 7430 6000 **f** 020 7430 6299
e firstname_lastname@carat.co.uk **w** carat.com
MD: Colin Mills.

TMP Worldwide Chancery House, 53-64 Chancery Lane, London, WC2A 1QS **t** 020 7406 5000 **f** 020 7406 5001
e firstname.lastname@tmp.com **w** tmpw.co.uk

Waxmans Ltd 56 St John St, London, EC1M 4HG
t 020 7253 5500 **f** 020 7490 2387 **e** info@waxman.co.uk
w waxman.co.uk Account Manager: Lorraine Wells.

Wood Brigdale Nisbet & Robinson
Granville House, 132-135 Sloane Street, London, SW1X 9AX
t 020 7591 4800 **f** 020 7591 4801

Wunderman Greater London House, Hampstead Road, London, NW1 7QP **t** 020 7611 6666 **f** 020 7611 6668
e firstname_lastname@uk.wunderman.com
w wunderman.com

Young Euro RSCG 64 Lower Leeson Street, Dublin 2, Ireland **t** +353 1 614 5300 **f** +353 1 661 1992
e info@young-ad.ie **w** youngeurorscg.ie

Video Production

The 400 Company B3, The Workshops, 2A, Askew Crescent, London, W12 9DP **t** 020 8746 1400
e info@the400.co.uk **w** the400.co.uk Production Manager: Christian Riou.

Abbey Road Studios 3 Abbey Rd, London, NW8 9AY
t 020 7266 7366 **f** 020 7266 7367
e videoservices@abbeyroad.com **w** abbeyroad.com
Video Services Manager: Lucy Launder.

Agile Films Unit 1, 68-72 Redchurch Street, London, E2 7DP **t** 020 7689 2373 **f** 020 7689 2374
e info@agilefilms.com **w** agilefilms.com Head of Music Videos: Jo Rudolphy.

Angelic Films Ltd Pinewood Studios, Pinewood Road, Iver Heath, Bucks, SL0 0NH **t** 0845 094 1138
e adam@angelicfilms.co.uk **w** angelicfilms.co.uk
angelicfilms.co.uk Producer: Adam Coop.

Autopsy Red Bus Studios, 34 Salisbury St, London, NW8 8QE **t** 020 7724 2243 **f** 020 7724 2871
e info@crimson.globalnet.co.uk MD: Simon Crawley.

Banana Split Productions 11 Carlisle Road, London, NW9 0HD **t** 020 8200 1234 **f** 020 8200 1121
e accounts@bananasplitprods.com **w** banana-split.com
MD: Steve Kemsley.

The Big Yellow Feet Production Co. Ltd
Dunley Hill Farm, Dorking, Surrey, RH5 6SX **t** 01483 285928
e greg@bigyellowfeet.com **w** bigyellowfeet.com
Director: Gregory Mandry.

Black Dog Films Ltd 42-44 Beak St, London, W1F 9RH
t 020 7434 0787 **f** 020 7734 4978
e initial+surname@rsafilms.co.uk **w** blackdogfilms.com
Rep: Svana Gisla.

Black Shark Media 11 Mascotte Road, London, SW15 1NN **t** 020 8785 1557 **e** jk@blacksharkmedia.com
w blacksharkmedia.com Director: James Kibbey.

Blue Planet 96 York Street, London, W1H 1DP
t 020 7724 2267 **e** base@blueplanet.co.uk
Contact: Bruce Robertson.

Bomdigi Productions 2 Duke's Rd, London, WC1H 9AD
t 07949 617863 **e** jo@bomdigi.com **w** bomdigi.com
Multimedia Producer & Director: Jo Roach.

Box 19 Shudehill, Manchester, M4 2AF **t** 0161 228 2399
e info@the-box.co.uk **w** the-box.co.uk Director: Mike Kirwin.

Camberwell Studios t 020 7737 0007
e andy.woodruff@camberwellstudios.co.uk
w camberwellstudios.co.uk

CC-Lab 5-6 Newman Passage, London, W1T 1EH
t 020 7580 8055 **f** 020 7637 8350 **e** info@cc-lab.com
w cc-lab.com Executive Producer: Jason Hocking.

Channel 20-20 20-20 House, 26-28 Talbot Lane, Leicester, LE1 4LR **t** 0116 233 2220 **f** 0116 222 1113
e rob.potter@channel2020.co.uk **w** channel2020.co.uk
CEO: Rob Potter.

Chrome Productions 37 Lonsdale Road, Queens Park, London, NW6 6RA **t** 020 7644 1980 **f** 020 7624 4028
e info@chromeproductions.co.uk
w chromeproductions.co.uk Production Manager: Hannah Chandler.

Cowboy Films 11-29 Smiths Court, Great Windmill Street, London, W1D 7DP **t** 020 7287 3808
f 020 7287 3785 **e** info@cowboyfilms.co.uk
w cowboyfilms.co.uk Dir: Robert Bray.

Davey Inc. 20 Denmark St, London, WC2H 8NA
t 020 7209 0385 **f** 020 7209 0385 **e** gail@daveyinc.com
w daveyinc.com facebook.com/daveyinc
myspace.com/daveyinc twitter.com/daveyinc
youtube.com/daveyinc Producer: Gail Davey 07795 220145.

Done and Dusted 6 Ramillies Street, 151 Wardour Street, London, W1F 7TY **t** 020 7297 8060
f 020 7494 3067 **e** lou@doneanddusted.com
w doneanddusted.com Producer: Louise Fox.

Exceeda Films 110-116 Elmore Street, London, N1 3AH
t 020 7288 0433 **f** 020 7288 0735
e contact@exceeda.co.uk **w** exceeda.co.uk
Producer: Sarah Davenport.

Media: Advertising Agencies, Video Production

Music Week Directory

Media: Video Production

Factory Films 30 Bloomsbury Street, London, WC1B 3QJ **t** 020 7291 6130 **f** 020 7291 6140 **e** paul@factoryfilms.net **w** factoryfilms.net facebook.com/pages/London-United-Kingdom/Factory-Films/138553609750?ref=ts Managing Director: Paul Fennelly.

Fast Lane Entertainment 77 St John Street, London, EC1M 4NN **t** 0207 251 9923 **f** 0207 253 9181 **e** rob@fast-lane.tv **w** fast-lane.tv Creative Director: Rob Lane.

Filmmaster Clip The Old Lampworks, Rodney Place, London, SW19 2LQ **t** 07870 818 004 **e** luca.legnani@filmmaster.com **w** filmmaster.com UK Representative: Luca Legnani.

Fire House Productions 42 Glasshouse Street, London, W1B 5DW **t** 020 7439 2220 **f** 020 7439 2210 **e** postie@firehouse.biz **w** firehouse.biz MD: Julie-Anne Edwards.

Formosa Films Bridge House, 3 Mills Studios, Three Mill Lane, London, E3 3DU **t** 020 8709 8700 **f** 020 8709 8701 **e** info@formosafilms.com **w** formosafilms.com Producer: Neil Thompson 07973 165 942.

Gas & Electric Ltd 5B Camden Road, London, NW1 9LG **t** 020 7284 4800 **f** 020 7424 7277 **e** info@gasandelectric.co.uk **w** gasandelectric.co.uk MD: Tom King.

Glassworks 33-34 Great Poulteney Street, London, W1F 9NP **t** 020 7434 1182 **f** 020 7434 1183 **e** amanda@glassworks.co.uk **w** glassworks.co.uk Joint MD: Amanda Ryan.

Gorgeous Enterprises 11 Portland Mews, London, W1F 8JL **t** 020 7287 4060 **f** 020 7287 4994 **e** gorgeous@gorgeous.co.uk **w** gorgeous.co.uk MD: Paul Rothwell.

Great Guns Ltd 43-45 Camden Road, London, NW1 9LR **t** 020 7692 4444 **f** 020 7692 4322 **e** sheridan@greatguns.com **w** greatguns.com Prod Mgr: Sheridan Thomas.

Groovy Badger 284a Lee High Rd, London, SE13 5PJ **t** 07831 431 019 **f** 0870 124 5135 **e** info@groovybadger.com **w** groovybadger.com Dir: Sebastian Smith 07956 273 883.

Hangman Studios 111 Frithville Gardens, London, W12 7JQ **t** 020 8600 3440 **f** 020 8600 3401 **e** danielle@hangmanstudios.com **w** hangmanstudios.com Studio Mgr: Danielle Edwards.

High Barn Productions Bardfield Centre, Great Bardfield, Braintree, Essex, CM7 4SL **t** 01371 811291 **e** paul.boon@high-barn.com **w** high-barn.com Venue And Studio Manager: Paul Boon.

HLA 35 Adam and Eve Mews, London, W8 6UG **t** 020 7299 1000 **f** 020 7299 1001 **e** mike@hla.net **w** hla.net Managing Director: Mike Wells.

The Hold 20 Craigs Park, Edinburgh, EH12 8UL **t** 0131 339 0164 **e** kris@thehold.co.uk **w** thehold.co.uk Director: Kris Bird.

Icast UK Ltd 11 Clemence St, London, E14 7TR **t** 020 7536 0999 **e** gill@icast.uk.com **w** icast.uk.com facebook.com/icast myspace.com/icast bestofmyspace /icast Dir: Gill Mills 07970 488 179.

IMS Interactive Management Services Ltd Unit 19, Price St Business Centre, Birkenhead, Merseyside, CH41 4JQ **t** 0151 651 0100 **f** 0151 652 0077 **e** daveims@compuserve.com **w** heritagevideo.co.uk MD: David McWilliam.

Independent Films 3rd Floor, 7A Langley Street, London, WC2H 9JA **t** 020 7845 7474 **f** 020 7845 7475 **e** mail@independ.net Head of Music Video: Richard Weager.

IQ Media (Bracknell) Ltd 2 Venture House, Arlington Square, Bracknell, Berkshire, RG12 1WA **t** 01344 422 551 **f** 01344 453 355 **e** information@iqmedia-uk.com **w** iqmedia-uk.com MD: Tony Bellamy 07884 262 755.

JamDVD London **t** 07976 820 774 **f** 07092 003 937 **e** jamdvd@macunlimited.net **w** jamdvd.com Producer: Julie Gardner.

Juxtapose Films 31 Glengall Rd, London, NW6 7EL **t** 020 8728 3148 **e** info@juxtaposefilms.com **w** juxtaposefilms.com Executive Producer: Tom Norton.

Legion Presents 7, 28a High St, Cardiff, CF10 1PU **t** 02920 399 383 **e** info@legionpresents.com **w** legionpresents.com Dirs: Dave or Kris Legion.

Liveroom.tv 407 Hornsey Road, London, N19 4DX **t** 07983 644 338 **e** Tamara@liveroom.tv **w** liveroom.tv Dir, Business Dev't: Tamara Deike.

Mad Cow Productions 75 Amberley Rd, London, W9 2JL **t** 020 7289 0001 **f** 020 7289 0003 **e** info@madcowfilms.co.uk **w** madcowfilms.co.uk Head of Production: Anwen Rees-Myers.

Maguffin Ltd 10 Frith Street, London, W1V 5TZ **t** 020 7437 2526 **f** 020 7437 1516 **e** firstname@maguffin.co.uk **w** maguffin.co.uk MD / Prod: James Chads.

Masterpiece Unit 16 Talina Centre 23A, Bagleys Lane, London, SW6 2BW **t** 020 7731 5758 **f** 020 7384 1750 **e** jeff.young@masterpiece.net **w** masterpiece.net Business Development Manager: Jeff Young.

Melling White Productions 12 Culley View, Alresford, Winchester, Hants, SO24 9PD **t** 07768 016219 **e** info@mellingwhite.co.uk Head Prod: Carol White.

Metropolis Creative The Power House, 70 Chiswick High Rd, London, W4 1SY **t** 020 8742 1111 **f** 020 8742 2626 **e** creative@metropolis-group.co.uk **w** metropolis-group.co.uk facebook.com/metropolisstudios twitter.com/metropolisgroup vimeo.com/metropolisgroup

Midas Media 11 Ashley Pk South, Aberdeen, AB10 6RP **t** 0845 680 0028 **e** info@midasmedia.tv **w** midasmedia.tv Director: Scott Brown.

www.musicweek.com   **Music Week Directory** 231

📇 Contacts   **f** Facebook   **M** MySpace   **t** Twitter   ▶ YouTube

Media: Video Production

The Moving Picture Company 127 Wardour Street, London, W1F 0NL **t** 020 7434 3100 **f** 020 7287 5187 **e** mailbox@moving-picture.co.uk **w** moving-picture.co.uk 📇 Snr Prod: Simon Gosling.

Nexus 113-114 Shoreditch High St, London, E1 6JN **t** 020 7749 7500 **f** 020 7749 7501 **e** info@nexusproductions.com **w** nexusproductions.com

One Small Step 30D Great Sutton St, London, EC1V 0DU **t** 020 7490 2001 **f** 020 7490 2010 **e** dan@onesmallstep.tv **w** onesmallstep.tv 📇 Managing Partner: Dan Kreeger.

Original Concept Studio 2, Fusion Arts, Kingston, London, KT1 1BW **t** 020 8123 5823 **e** hello@originalconcept.tv **w** originalconcept.tv 📇 Creative & Director: Colin Melville.

OVC Media Ltd 88 Berkeley Court, Baker St, London, NW1 5ND **t** 020 7402 9111 **f** 020 7723 3064 **e** joanne.ovc@virgin.net **w** ovcmedia.com 📇 MD: Joanne Cohen.

Partizan 40-42 Lexington Street, London, W1F 0LN **t** 020 7851 0200 **f** 020 7851 0249 **e** harriet.towler@partizan.com **w** partizan.com 📇 Office Manager: Harriet Towler.

Passion Pictures 33-34 Rathbone Place, London, W1T 1JN **t** 020 7323 9933 **f** 020 7323 9030 **e** info@passion-pictures.com 📇 Producer: Spencer Friend.

Picture Production Company 19-20 Poland St, London, W1F 8QF **t** 020 7439 4944 **f** 020 7434 9140 **e** steve@theppc.com **w** theppc.co.uk 📇 Sales & Marketing Dir: Steve O`Pray.

Pinball 6 Eton Garages, Lambolle Place, London, NW3 4PE **t** 07941 474 721 **e** paula@pinballonline.net **w** pinballonline.net 📇 Producer: Paula Alvarez Vaccaro.

Poisson Rouge Pictures Ltd 140 Battersea Park Road, London, SW11 4NB **t** 020 7720 5666 **f** 020 7720 5757 **e** info@poissonrougepictures.com **w** poissonrougepictures.com 📇 Producer: Christopher Granier-Deferre.

POP @ Paul Weiland Film Co Ltd 14 Newburgh Street, London, W1V 1LF **t** 020 7494 9600 **f** 020 7434 0146 **e** eatpop@aol.com 📇 Producer: Alex Johnson.

Pulse Films 1 Book Mews,, Flitcroft St, London, WC2H 8DJ **t** 020 7240 2414 **f** 020 7240 3244 **e** marisa@pulsefilms.co.uk **w** pulsefilms.co.uk 📇 Head of Production: Marisa Clifford.

Ring-pull Records 241A East Barnet Rd, East Barnet, Hertfordshire, EN4 8SS **t** 07932 653196 **e** info@ringpullrecords.com **w** ringpullrecords.com 📇 Label Mgr: Angelique Ekart.

SBS Records PO Box 37, Blackwood, Gwent, NP12 2YQ **t** 01495 750580 **e** enquiry@sbsrecords.co.uk **w** sbsrecords.co.uk 📇 MD: Glenn Powell 07800963006.

Scopitone Ltd HMS President, Victoria Embankment, London, EC4Y 0HJ **t** 020 7353 3496 **e** chris@scopitone.co.uk **w** scopitone.co.uk 📇 Production Manager: Chris Burton.

The Showreel Company Ltd 28 Cleveland Avenue, London, W4 1SN **t** 020 8525 0058 **e** the.showreelcompany@virgin.net **w** theshowreelcompany.co.uk 📇 Director: John Gugolka.

Silvertip Films 8 Quadrum Park, Old Portsmouth Road, Guildford, Surrey, GU3 1LU **t** 01483 407533 **e** info@silvertipfilms.co.uk **w** silvertipfilms.co.uk **f** facebook.com/silvertipfilms **t** twitter.com/silvertipfilms ▶ youtube.com/silvertipfilms 📇 Director: Geoff Cockwill 07786331502.

Sounds Good Ltd 11 Chiltern Enterprise Centre, Station Road, Theale, Reading, Berkshire, RG7 4AA **t** 0118 930 1700 **f** 0118 930 1709 **e** info@soundsgood.co.uk **w** SoundsGood.co.uk **f** facebook.com/SoundsGood.co.uk 📇 Director: Martin Maynard.

South Manchester Studios Studio House, Battersea Road, Heaton Mersey, Stockport, Cheshire, SK4 3EA **t** 01614 329000 **f** 01614 431325 **e** info@southmanchesterstudios.co.uk **w** southmanchesterstudios.co.uk 📇 Managing Director: Robert Topliss.

Spectre Vision 48 Beak Street, London, W1F 9RL **t** 020 7851 2000 **e** spectre@spectrevision.com 📇 Contact: Janie Balcomb.

Splinter Films Clink Street, Studios, 1 Clink Street, London, SE1 9DG **t** 020 7378 9378 **f** 020 7378 9388 **e** splinter@splinterfilms.com **w** splinterfilms.com 📇 Producer: Emer Patten.

Stink Ltd 87 Lancaster Road, London, W11 1QQ **t** 020 7908 9400 **f** 020 7908 9400 **e** info@stink.tv **w** stink.tv 📇 Head of Promos: Alexa Hayward.

Storm Film Productions Ltd 32 Great Marlborough Street, London, W1F 7JB **t** 020 7439 1616 **f** 020 7439 4477 **e** sophie.storm@btclick.com 📇 Prod Mgr: Sophie Inman.

Straightwire 10 Cranbrook Court, Fleet, Hants, GU15 4QA **t** 01252 665873 **f** 01252 665873 **e** rob@straightwire.co.uk **w** straightwire.co.uk 📇 Producer: Rob Weston 07940 032286.

Music Week Directory

🛇 Contacts 📘 Facebook 🎵 MySpace 🐦 Twitter ▶ YouTube

Studio Plum 39 Belgrade Road, London, N16 8DH
t 0207 249 8198 e jonnie@studioplum.co.uk
w studioplum.co.uk 🛇 Producer: Jonnie Pound.

Tom Dick and Debbie Ltd 43A Botley Road,
Oxford, OX2 0BN t 01865 201564 f 01865 201935
e info@tomdickanddebbie.com w tomdickanddebbie.com
🛇 Director: Richard Lewis.

Tomato Films 29-35 Lexington Street, London,
W1R 3HQ t 020 7434 0955 f 020 7434 0255
e films@tomato.co.uk w tomato.co.uk 🛇 MD: Jeremy Barrett.

tracking-shot Abingdon, Oxfordshire t 07590 504352
e music@tracking-shot.com w tracking-shot.com
📘 facebook.com/trackingshot
🎵 myspace.com/tracking_shot
🐦 twitter.com/tracking_shot
▶ youtube.com/trackingshot 🛇 Contact: Nick Addison.

TSI Video 10 Grape St, London, WC2H 8TG
t 020 7379 3435 f 020 7379 4589 e rwillcocks@tsi.co.uk
🛇 Bkings Co-ord: Rebecca Willcocks.

Yawning Dog Productions 70A Uxbridge Road,
London, W12 8LP t 020 8742 9067 f 020 8742 9118
e nina@yawningdog.fsnet.co.uk 🛇 Prod: Nina Beck.

Video Production Services

Agency Global Enterprises Ltd 145-
157 St John's Street, London, EC1V 4PY t 020 7043 3734
f 020 7043 3736 e info@agencyglobal.co.uk
w agencyglobal.co.uk 🛇 Dir: Nadeem Sham.

Audio Motion Ltd Riverside House, Osney Mead,
Oxford, Oxfordshire, OX2 0ES t 08701 600504
f 01865 728319 e info@audiomotion.com
w audiomotion.com 🛇 Audio Manager: Nick Morris.

Broadley Productions 48 Broadley Terrace,
48 Broadley Terrace, London, NW1 6LG t 020 7725 5858
f 020 7725 5859 e info@broadley.tv w broadley.tv
🛇 Director: Richard Landy.

Cartel Music Videos 203-205 The Vale, London,
W3 7QS e studio@cartelstudios.co.uk 🛇 Contact: Seven 02081235572.

Classlane Media The Coach House, Newport Grange,
Main Road Newport, East Yorkshire, HU15 2PR
t 01430 472055 e dave_l@classlane.co.uk
w classlane.co.uk 🛇 Dir: David Lee.

factory 54-55 Margaret Street, London, W1W 8SH
t 020 7580 5810 f 020 7580 5811
e info@factory.uk.com w factory.uk.com 🛇 Production & Marketing Director: Ingrid Armstrong.

Flynn Productions Ltd Top Floor, Pitfield House,
31 - 35 Pitfield St, London, N1 6HB t 020 7251 6197
e mary@flynnproductions.com w flynnproductions.com
🛇 Managing Director: Mary Calderwood.

Freehand Limited 52 Dunsfold Park, Stovolds Hill,
Cranleigh, Surrey, GU6 8TB t 01483 200111
f 01483 200101 e phil.kerby@freehand.co.uk
w freehand.co.uk/production ▶ freehand.co.uk
🛇 Production Manager: Phil Kerby.

GALA Productions Ltd 25 Stamford Brook Rd,
London, W6 0XJ t 020 8741 4200 f 020 8741 2323
e beata@galaproductions.co.uk w galaproductions.co.uk
🛇 Executive Producer: Beata Romanowski 07768 078864.

Illumina Digital 8 Canham Mews, Canham Rd, London,
W3 7SR t 020 8600 9300 f 020 8600 9333
e matt.jones@illumina.co.uk w illumina.co.uk 🛇 Head of Production: Matt Jones.

Mothcatcher Films 20 Craigs Pk, Edinburgh,
Scotland, EH12 8UL t 01387 613005
e info@mothcatcher.co.uk w mothcatcher.co.uk/music-videos 🛇 Dirs: Kerry Mullaney & Kris Bird.

New Stream Media Ltd First Floor,
29 Great Guildford St, London, SE1 9EZ t 020 7536 1614
f 020 7620 0595 e info@newstreammedia.co.uk
w newstreammedia.co.uk 🛇 Contact: Abigail Hemingway.

Shagreen Motion Picture Co Ltd
6 Billberry Close, Bradford, West Yorkshire, BD14 6ND
e info@shagreen.org w shagreen.org
🛇 Contact: Harvinder Singh +447590493060.

Urban Music Entertainment Network (U-Men) Group PO Box 7874, London, SW20 9XD
t 07050 605219 f 07050 605239 e sam@pan-africa.org
w umengroup.com 🛇 CEO: Oscar Sam-Carrol.

Vanderquest 7 Latimer Rd, Teddington, Middlesex,
TW11 8QA t 020 8977 1743 f 020 8943 2818
e info@vanderquest.co.uk w vanderquest.co.uk
🛇 MD: Nick Maingay.

Choreography & Styling Services

Carol Hayes Management Ltd 5-
6 Underhill Street, London, NW1 7HS t 020 7482 3666
e ian@carolhayesmanagement.co.uk w carolhayes management.co.uk 🛇 Head Booker: Ian Loughran.

JK Dance
South Manchester Film & TV Studios, Studio House,
Battersea Road, Heaton Mersey, Stockport, SK4 3EA
t 0161 4325222 f 0161 4326800 e info@jkdance.co.uk
w jkdance.co.uk 🛇 MD: Julie Kavanagh.

www.musicweek.com **Music Week Directory** 233

👤 Contacts 📘 Facebook 🎵 MySpace 🐦 Twitter ▶️ YouTube

Fay Leith - Makeup Artist 6 Silver Place, London, W1F 0JS **t** 020 7287 9585 **e** info@skinnydip.co.uk **w** skinnydip.co.uk 👤 Contact: Amy Foster, Jonny Wright.

Sarahpilates Sunflower House, 68 Primrose Gardens, Belsize Pk, London, NW3 4TP **t** 020 7722 4373 **e** sarah@sarahpilates.com **w** sarahpilates.com 📘 sarahpilates 🐦 sarahpilates 👤 Pilates personal Trainer: Sarah Rosenfield.

Terri Manduca Ltd The Basement, 11 Elvaston Place, London, SW7 5QG **t** 020 7581 5844 **f** 020 7581 5822 **e** sally@terrimanduca.co.uk **w** terrimanduca.co.uk 👤 MD: Terri Manduca.

A United Production (U.P) 6 Shaftesbury Mews, London, SW4 9BP **t** 020 7498 6563 **f** 020 7498 6563 **e** info@unitedproductions.biz **w** unitedproductions.biz 👤 Creative director: Lyndon Lloyd.

Media Miscellaneous

Access All Bands 117 The Custard Factory, Gibb Street, Birmingham, B9 4AA **t** 0121 010 8636 **e** geoff@saffa.co.uk 👤 MD: Geoff Pearce.

amberhand Ocean House, New Barnet, Hertfordshire, EN5 5FP **t** +44 (0)844 247 3343 **e** info@amberhand.co.uk **w** amberhand.co.uk 🐦 amberhandltd 👤 Managing Director: Andy A Moss 0844 247 3343.

Ascent Media Ltd Ascent Media, 1 Stephen St, London, W1T 1AL **t** 020 7878 0000 **f** 020 7878 7870 **e** firstname.lastname@ascentmedia.co.uk **w** ascentmedia.com 👤 SVP of Marketing EMEA: Sally Reid.

Big Blue Star Ltd Shirgarton Cottage, Fore Road, Kippen, Stirling, Stirlingshire, FK8 3DT **t** 07702 252519 **e** paulgoodwin@bigbluestar.co.uk **w** bigbluestar.co.uk 👤 Managing Director: Paul Goodwin.

Broadchart International Limited St. Johns Studios, 6-8 Church Rd, Richmond, Surrey, TW9 2QA **t** 020 7637 8800 **e** andy.hill@broadchart.com **w** broadchart.com 👤 CEO: Andy Hill.

Btoe.com High Parsons, Lavenham, Suffolk, CO10 9SB **t** 07590 927195 **e** colin@btoe.com **w** btoe.com 👤 CEO: Colin Larkin.

Celebrities Worldwide 39-41 New Oxford St, London, WC1A 1BN **t** 020 7836 7702/3 **f** 020 7836 7701 **e** info@celebritiesworldwide.com **w** celebritiesworldwide.com 👤 Co-MDs: Claire Nye, Richard Brecker.

Classic Rock (UK) Ltd - Classic Rock Society PO Box 7487, Daventry, Northants, NN11 1EG **t** 01327 310088 **e** miles@classicrocksociety.co.uk **w** classicrocksociety.co.uk 👤 MD: Miles Bartaby.

Cuesheet Film/TV Tipsheet 23 Belsize Crescent, London, NW3 5QY **t** 020 7794 2540 **f** 020 7794 7393 **e** cuesheet@songlink.com **w** cuesheet.net 👤 Editor/Publisher: David Stark 07956 270592.

East Coast FM Radio Centre, Bray South Business Park, Bray, Co Wicklow, Ireland **t** +353 1 272 4700 **f** +353 1 272 4701 **e** mail@eastcoast.fm **w** eastcoast.fm 👤 Prog Dir/Head of Music: Joe Harrington 272 4700.

Electric Banana **e** andy@electric-banana.co.uk **w** electric-banana.co.uk 👤 Group Editor in Chief: Andy Parker.

Entertainment Press Cuttings Agency Unit 7, Lloyds Wharf, Mill Street, London, SE1 2BD **t** 020 7237 1717 **f** 020 7237 3388 **e** epca@ukonline.co.uk 👤 Manager: Sally Miller.

Giant Mobile 57 Kingsway, Woking, Surrey, GU21 6NS **t** 01483 859 849 **e** mark.studio@ntlworld.com 👤 Contact: Mark Taylor.

Graff of Newark Ltd Woodhill Road, Collingham, Newark, Nottinghamshire, NG23 7NR **t** 01636 893036 **f** 01636 893317 **e** sales@graffofnewark.co.uk **w** graffofnewark.co.uk 👤 Sales Coordinator: Maureen Baumber.

Green Island Promotions Unit 31, 56 Gloucester Road, London, SW7 4UB **t** 0870 789 3377 **f** 0870 789 3414 **e** greenisland@btinternet.com **w** greenislandpromotions.com 👤 Dir: Steve Lucas.

Gym Screen Media South Manchester Studios, Battersea Rd, Heaton Mersey, Stockport, SK4 3EA **t** 0161 442 4205 **f** 0161 442 2677 **e** info@gymscreenmedia.com **w** gymscreenmedia.com 👤 COO: Simon Archibald.

Hanspeter Kuenzler Journalistic Services 25 Plympton Avenue, London, NW6 7TL **t** 020 7328 0052 **e** hpduesi@aol.com **w** hanspeterkuenzler.com 👤 Contact: Hanspeter Kuenzler 07879 855126.

JN Associates 8 Broxash Rd, London, SW11 6AB **t** 020 7223 5280 **f** 020 7223 9493 **e** jonnewey@btinternet.com 👤 Research & Archivist Dir: Jon Newey.

Klipjoint - Photo archive service. 25 Plympton Ave, London, NW6 7TL **t** 020 8357 3499 **f** 020 7372 2572 **e** mail@klipjoint.info **w** klipjoint.info 👤 MD: Duncan Brown.

LDNstudio Box 10293, CM16 4DD **t** 0844 567 9720 **f** 07623 192021 **e** info@LDNstudio.com **w** LDNstudio.com 🎵 myspace.com/LDNstudio 🐦 twitter.com/LDNstudio 👤 Dir: Ralph Watson.

Media: Media Miscellaneous

Music Week Directory

Media: Media Miscellaneous

The Life Alchemist Ltd PO Box 111, London, W13 0ZH **t** 08448 843 108 **f** 0208 566 7215 **e** info@johnrushton.com **w** thelifealchmist.com facebook.com/johnrushton twitter.com/johnrushton youtube.com/watch?v=qaV8DKoz9hA Dir: John S Rushton 02085667215.

M4 Media (music business contract publishing) 2-4 Prowse Place, London, NW1 9PH **t** 020 7284 5869 **f** 020 7284 1870 **e** info@m-4media.com **w** m-4media.com Dir: Chris Prosser.

MediaPack 8th Floor, Ludgate House, 245 Blackfriars Rd, London, SE1 9UR **t** 020 7921 8347 **f** 020 7921 8339 **e** etoppin@cmpi.biz **w** mediapack-online.com Editor: Elizabeth Toppin.

Meltones Media 3 King Edward Drive, Chessington, Chessington, Surrey, KT9 1DW **t** 020 8391 9406 **f** 020 8391 8924 **e** sales@meltones.com **w** meltones-media.co.uk Managing Director: Tony Fernandez.

Mike Music Freshwater House, Outdowns, Effingham, Surrey, KT24 5QR **t** 01483 281500 **f** 01483 281501 **e** yellowbal@aol.com MD: Mike Smith.

Minima Productions **e** tamer@minimaproductions.com **w** minimaproductions.com Contact: Tamer 07973 332060.

Music & Media Law Services Ltd Wychwood, Kencot, Oxon, GL7 3QT **t** 01367 860256 **f** 01367 860116 **e** anicholas@btinternet.com MD: Alastair Nicholas.

Nearly Famous Blackpool, FY5 3BG **t** 01253 864598 **e** wayne@waynepaulo.com **w** waynepaulo.com/NearlyFamous.html Author - Owner: Wayne Paulo.

Neon Street Marketing 62 Ransome Road, Ipswich, Suffolk, IP3 9AT **t** 07817 794 342 **e** phil@neonstreet.co.uk **w** neonuk.com neonstreet MD Phil Pethybridge.

Openplay Limited Suite 106, Hiltongrove Business Centre, Hatherley Mews, London, E17 4QP **t** 020 8520 6644 **f** 020 8520 7755 **e** info@openplay.co.uk **w** openplay.co.uk Director: David Hoskins.

The Pavement 1 Lexington St, London, W1F 9AF **t** 020 7220 2990 **f** 020 7437 5402 **e** info@thepavement.com **w** thepavement.com facebook.com/pages/London-United-Kingdom/The-Pavement/95830624268 twitter.com/thepavement Manging Director: Andy Evans.

Poker PR Creative Media 8 Foundry St, Brighton, East Sussex, BN1 4AT **t** 0845 871 8011 **e** dave@pokerpr.co.uk **w** pokerpr.co.uk pokerpr.co.uk/pokerprcreativemedia myspace.com/poker_pr twitter.com/poker_pr Managing Director: David Mitchell.

Pro-Motion 33 Kendal St, Hove, East Sussex, BN3 5HZ **t** 01273 327175 **e** info@martinjames.demon.co.uk Executive Producer: Martin James.

Riverbank Media Limited 34 Meadowside, Cambridge Park, TWICKENHAM, Middlesex, TW1 2JQ **t** 020 8891 1773 **f** 020 8711 3562 **e** colin.beer@riverbankmedia.com **w** riverbankmedia.com Technical Director: Colin Beer.

RockBox (A Division of Clear Channel Outdoor) 33 Golden Sq, London, W1F 9JT **t** 020 7478 2200 **f** 020 7287 8129 **e** aimee.mckay@clearchannel.co.uk **w** clearchannel.co.uk Group Head: Aimee McKay.

Rovi Europe Malvern House, 14-18 Bell St, Maidenhead, Berkshire, SL6 1BR **t** 01268 677300 **f** 01628 677392 **e** scott.winchester@rovicorp.com **w** rovicorp.com Head of Business Development, Europe: Scott Winchester.

Shazam Entertainment 4th Floor, Block F, 375 Kensington High St, London, W14 8QH **t** 020 7471 3440 **f** 020 7471 3477 **e** tim.porter@shazamteam.com **w** shazamentertainment.com Marketing Dir: Tim Porter.

Sound Stage Production Music Kerchesters, Waterhouse Lane, Kingswood, Surrey, KT20 6HT **t** 01737 832837 **f** 01737 833812 **e** info@amphonic.co.uk **w** amphonic.com MD: Ian Dale.

St Pierre Publicity - R&B Music Consultants The Hoods, High St, Wethersfield, Nr Braintree, Essex, CM7 4BY **t** 01371 850238 **e** stpierre.roger@gmail.com **w** rogerstpierre.com MD: Roger St Pierre.

Supersweet Magazine **e** hello@supersweet.org **w** supersweet.org Editor: Choltida Pekanan.

This Day In Music Apps 4th Floor, 88-90 Baker Street, London, W1U 6TQ **t** 07768 652899 **e** neil@thisdayinmusic.com **w** thisdayinmusicapps.com Editor: Neil Cossar.

Upfront Promotions Ltd 217 Buspace Studios, Conlan St, London, W10 5AP **t** 020 7565 0050 **f** 020 7565 0049 **e** simon@upfrontpromotions.com **w** upfrontpromotions.com MD: Simon Stanford.

West10 G16 Shepherd's Building, Rockley Road, London, W14 0DA **t** 020 3393 8291 **e** rosie.harley@west10entertainment.co.uk **w** west10entertainment.co.uk Director of Editorial: Rosie Harley.

What Hi-Fi? Sound and Vision Haymarket Media Group, Teddington Studios, Broom Road, Teddington, Middlesex, TW11 9BE **t** 020 8267 5000 **f** 020 8267 5019 **e** dominic.dawes@haymarket.com **w** whathifi.com facebook.com/whathifi whathifi.com Editor: Dominic Dawes 020 8267 5158.

Yellow Boat Music 18 Soho Square, London, W1D 3QL **t** 020 7439 1272 **e** fred@yellowboatmusic.com **w** yellowboatmusic.com Office Manager: Fred McPetrie.

OPEN DOOR
communications

Press & Promotion

Specialist Music PR
PRINT DIGITAL & REGIONAL

EDITORIAL
EVENT MANAGEMENT
SPONSORSHIP
CELEBRITY PROFILE
EVALUATION

Managing Director
Gail Walker gail@opendoorpr.co.uk

Open Door Communications Ltd
77 Blackheath Road, London, SE10 8PD
Tel: +44(0) 20 8693 4436

www.opendoorpr.co.uk

Contacts **Facebook** **MySpace** **Twitter** **YouTube**

Press & Promotion

Promoters & Pluggers

1-2-hear 1-2-hear / Red Quarters, 1 Rivington Street, Shoreditch, London, EC2A 3DT **t** 07900 452 378
e clare@1-2-hear.com **w** 1-2-hear.com
facebook.com/121.hear myspace.com/claretucker1
twitter.com/1_2_hear Director: Clare Tucker 07900 452378.

Absolute PR Hazlehurst Barn, Valley Rd, Hayfield, Derbyshire, SK22 2JP **t** 01663 747970 **f** 01663 747970
e neil@thisdayinmusic.com **w** absolutepr.net/
Contact: Neil Cossar 07768 652899.

Aiken Promotions Ltd 418 Lisburn Rd, Belfast, BT9 6GN, Northern Ireland **t** 028 9068 9090
f 028 9068 2091 **e** office@aikenpromotions.com
w aikenpromotions.com MD: Peter Aiken.

Aire International 27 The Quadrangle, 49 Atalanta St, London, SW6 6TU **t** 020 7386 1600 **f** 020 7386 1619
e info@airmtm.com **w** airmtm.com Contact: Sheela Bates.

Airplayer Ltd Studio 3, 3a Brackenbury Road, London, W6 0BE **t** 020 8762 9155 **f** 020 8740 0200
e rob@airplayer.co.uk; nick@airplayer.co.uk
w airplayer.co.uk Contact: Rob Lynch/Nick Alsey.

Alan James PR Ground Floor, 60 Weston St, London, SE1 3QJ **t** 020 7403 9999 **e** promo@ajpr.co.uk
w ajpr.co.uk MD: Alan James.

All About Promotions 27A Kings Gardens, West End Lane, London, NW6 4PX **t** 020 7328 4836
f 020 7372 3331 **e** info@allaboutpromo.com
w allaboutpromo.com Proprieter: Amanda Beel.

Ask Me PR e liam@askmepr.com **w** askmepr.com
LiamAWalsh MD: Liam Walsh 07976258577.

Avalon Public Relations 4A Exmoor Street, London, W10 6BD **t** 020 7598 8000 **f** 020 7598 7223
e danl@avalonuk.com **w** avalonuk.com Head of Public Relations: Dan Lloyd.

BarBands e ross@barbands.co.uk

Beatwax Communications 91 Berwick Street, London, W1F 0NE **t** 020 7734 1965 **f** 020 7292 8333
e michael@beatwax.com **w** beatwax.com MD: Michael Brown.

Big Sister Promotions Studio 3, 3A Brackenbury Road, London, W6 0BE **t** 020 8740 0100
f 020 8740 0200 **e** karen@bigsisteruk.com MD: Karen Williams.

Bigger Things Records and Stringbean International Records Limited
33 Montagu Gardens, Edmonton, London, Middlesex, N18 2HB **t** 44 (0) 20 8616 4570 **f** 44 (0) 20 8616 4570
e anthonystrn@aol.com **w** stringbeanrecords.com
stringbeanrecords.com stringbeanrecords.com
stringbeanrecords.com Managing Director: Anthony Campbell 44 (0) 7963 900576.

Bonkers PR 57 Fairbridge Road, London, N19 3EW
t 07943 440 682 **e** tristen@bonkersentertainment.com
w bonkerspr.com facebook.com/bonkerspr
myspace.com/bonkerspromotions
twitter.com/bonkerspr Managing Director: Tristen Lee.

BR-Asian Media Consulting 45 Circus Rd, St Johns Wood, London, NW8 9JH **t** 020 8550 9898
f 020 7289 9892 **e** moizvas@brasian.com **w** brasian.com
MD: Moiz Vas.

Brand Culture Sport & Entertainment
The Old Studio, Clapham North Art Centre, 26-32 Voltaire Road, London, SW4 6DH **t** 020 720 3415
f 020 7504 8144 **e** scottw@brandculture-se.com
w brandculture-se.com @BrandCultureSE
youtube.com/user/BrandCultureSE Managing Partner: Scott White +44 (0) 207 819 9289.

Brotherhood Media 4th Floor, 52-53 Margaret St, London, W1W 8SQ **t** 020 7631 9200 **e** info@brotherhood-media.co.uk **w** brotherhood-media.co.uk
facebook.com/brotherhoodmedia @brohoodmedia
Directors: James Heighway, Dominic Murphy.

Chachaman PR e steve@chachaman.co.uk
w myspace.com/chachamanpr Managing Director: Steve Ager 07754 043 291.

Chapple Davies 53 Great Portland Street, London, W1W 7LG **t** 020 7299 7979 **f** 020 7299 7978
e james@chapdav.com **w** chapdav.com Partner: James Chapple-Gill & Gareth Davies.

Chilli PR 21 Ferdinand Street, Camden, London, NW1 8EU **t** 07939 150670 **e** helen@chillipr.com
w chillipr.com Director: Helen Jones.

CMC PO Box 3, Newport, NP20 3YB **t** 07973 715 875
e alanjones@cmcpromotions.co.uk Principal: Alan Jones.

Content Studio 204, Latimer Rd, London, W10 6QY
t 020 8960 1384 **e** gideon@contentunlimited.com
w independent-music.co.uk MD: Gideon Palmer 07976 279 716.

Content PR 223d Canalot Studios, 222 Kensal Rd, London, W10 5BN **t** 020 8960 4660
e joggs@contentpr.co.uk Director: Joggs Camfield 07799 882 333.

www.musicweek.com **Music Week Directory** 237

Contacts   Facebook   MySpace   Twitter   YouTube

Press & Promotion: Promoters & Pluggers

Cool Badge 25 Horsell Road, Clarendon Building, 25 Horsell Road, London, N5 1XL **t** 020 7609 5115 **e** music@coolbadge.com **w** coolbadge.com Managing Director: Russell Yates 07766 233 368.

Crashed Music 162 Church Rd, East Wall, Dublin 3, Ireland **t** +353 1 888 1188 **f** +353 1 856 1122 **e** info@crashedmusic.com **w** crashedmusic.com MD: Shay Hennessy.

Creative Cultures – Digital Promotions & Marketing 10 Alexandra Park Road, London, N10 2AB **t** 020 7100 3254 **f** 0871 661 4578 **e** firstname.lastname@creativecultures.biz **w** creativecultures.biz Managing Director: Johnny Hudson.

Crunk! Promotions Unit 11 Impress House, Mansell Road, London, W3 7QH **t** 020 8932 3030 **f** 020 8932 3031 **e** duncan.2710@power.co.uk **w** power.co.uk/crunk Promotions Mgr: Duncan Stump.

Dylan White National Radio and TV promotion Studio, 3 3A Brackenbury Rd, London, W6 0BE **t** 07768 791479 **e** dylan@dylanwhite.co.uk **w** dylanwhite.co.uk facebook.com/dylanwhite myspace.com/dylanwhitepromotion twitter.com/DylanGWhite Managing Director: Dylan White.

Euro Solution 40 St. Peters Road, 40 St. Peter's Road, London, W6 9BD **t** 020 8563 7788 **f** 020 8748 9431 **e** craig@music-house.co.uk **w** music-house.co.uk Head Of Promotion: Craig Jones 020 8563 3923.

Fake Media National, Digital and internet Radio Promotions May Villas, 50 Main Road, Naphill, Buckinghamshire, HP14 4QB **t** 07966 233275 **e** adam.fisher@fakemedia.com facebook.com/adamfisher myspace.com/fakemedia fakeboy MD: Adam Fisher.

FFR UK 2 Hastings Terrace, Conway Road, London, N15 3BE **t** 020 8826 5900 **f** 020 8826 5902 **e** fullfrontalrecords@hotmail.com **w** ffruk.com Dir: Tara Rez.

Fiend TV Arch 462, Kingsland Viaduct, 83 Rivington Street, London, EC2A 3AY **t** 020 7684 5634 **f** 020 7117 4527 **e** info@fiendtv.co.uk **w** fiendtv.co.uk Dir: David Silverman.

Nick Fleming PR Ltd 1st Floor, 74 Great Titchfield St, London, W1W 7QP **t** 020 7636 7441 **f** 020 7636 9523 **e** firstname@fclpr.com **w** flemingassociatespr.com facebook.com/flemingassociates Chairman: Nick Fleming.

Frontier Promotions The Grange, Cockley Cley Road, Hilborough, Thetford, Norfolk, IP26 5BT **t** 01760 756394 **f** 01760 756398 **e** frontieruk@btconnect.com Managing Director: Sue Williams.

Futureproof Promotions 330 Westbourne Park Rd, London, W11 1EQ **t** 020 7792 8597 **f** 020 7221 3694 **e** info@futureproofrecords.com **w** futureproofrecords.com facebook.com/futureproofpr myspace.com/futureproofpr facebook.com/futureproofpr youtube.com/futureproofpr MD: Phil Legg.

Glasswerk Concerts 491 Holloway Road, London, N19 4DD **e** alex.machorton@glasswerk.co.uk **w** glasswerk.co.uk Contact: Alex Machorton 0207 561 0030.

GOAL! C/O Music House Group, 40 St. Peter's Road, Hammersmith, London, W6 9BD **t** 020 8563 7788 **f** 020 8748 9431 **e** stark@music-house.co.uk **w** music-house.co.uk/goal Contact: Chris Stark/Simon Walsh.

Gorgeous Promotions Suite D, 67 Abbey Rd, St John's Wood, London, NW8 0AE **t** 020 7724 2635 **f** 020 7724 2635 **e** promotion@gorgeousmusic.net **w** gorgeousmusic.net TV/Radio Consultants: David Ross & Victoria Elliott.

Groovefinder Productions - Groovefinder Records 30, Havelock Rd, Southsea, Portsmouth, PO5 1RU **t** 07831 450 241 **e** jeff@groovefinderproductions.com **w** groovefinderproductions.com state of the eye recordings MD: Jeff Powell.

HART MEDIA LTD

hart media – regional radio, tv, specialist & student radio promotions

The Primrose Hill Business Centre, 110 Gloucester Avenue, London, NW1 8HX **t** 020 7209 3760 **f** 020 7209 3761 **e** info@hartmedia.co.uk **w** hartmedia.co.uk hartmedia twitter.com/hartmedia Managing Director: Jo Hart.

HESSO MEDIA LTD

HESSO MEDIA

Hesso Media, 32 Percy St, London, W1T 2DE **t** 020 7636 9562 **e** Chris@hessomedia.com / Natalie@hessomedia.com **w** hessomedia.com facebook.com/pages/Hesso-Media-Ltd/195653071612 myspace.com/hessomedia twitter.com/hessomedia youtube.com/Hessomedia Contact: Chris Hession 07793 630426 / Natalie Peyton 07960 215268.

rOrO Co-op Salisbury, Wiltshire **e** rorocoop@yahoo.co.uk Editor: Robbie Romero 07545 695989.

238 Music Week Directory   www.musicweek.com

Contacts   Facebook   MySpace   Twitter   YouTube

Press & Promotion: Promoters & Pluggers

The Howlin' Promotion Company
114 Lower Park Rd, Loughton, Essex, IG10 4NE
t 020 8508 4564 / 07831 430080
e djone@howardmarks.freeserve.co.uk HowardMarks
HowardMarks Prop: Howard Marks 07831 430080.

Hungry Media Ltd 3 Berkley Grove, London, NW1 8XY
t 020 7722 6992 **e** woolfie@hungrylikethewoolf.com
MD: Woolfie.

Hyper Active Music House Group, 40 St. Peter's Road, Hammersmith, London, W6 9BD **t** 020 8563 7788
e markb@music-house.co.uk **w** music-house.co.uk/hyperactive Head of Promotions: Mark Bowden 020 8563 3924.

ish-media Unit 19, 2-4 Exmoor Street, London, W10 6BD **t** 020 3327 1956 **e** eden@ish-media.com **w** ish-media.com @radioplugger Director: Eden Blackman.

James Grant Music 94 Strand On The Green, Chiswick, London, W4 3NN **t** 020 8742 4950
f 020 8742 4951 **e** enquiries@jamesgrant.co.uk
w jamesgrant.co.uk Co-MDs: Simon Hargreaves, Nick Worsley.

JBMusicMedia 2, The Bush, Newtown Road, Awbridge, Romsey, Hampshire, SO51 0GG
t 01794 342426 **f** 01794 432426
e jacqui@kwinstanley.free-online.co.uk GM: Jacqui Bateson.

JBPR 4th Floor, 3-8 Bolsover St, London, W1W 6AB, London **t** 0207 631 1991 **e** joe.bennett@jbpr.co.uk **w** jbpr.co
Director: Joe Bennett 07885815935.

Jeff Chegwin National TV & Radio PR
Suite 139, 2 Lansdowne Row, Berkeley Sq, London, W1H 6JL **e** jeffchegwin@hotmail.com **w** jeffchegwin.com
Dir: Jeff Chegwin 07957 939072.

Jon Turner & Julian Spear 56 Cole Park Rd, Twickenham, TW1 1HS **t** 020 8891 3333
f 020 8891 3222 **e** jon@turnerspear.com;
julian@turnerspear.com Partners: Jon Turner & Julian Spear 07950 413259; Julian=07939 118015.

Large PR Ltd 1 Brickfield Cottages, High Rd, Epping, Essex, CM16 6TH **t** 01992 570461 **f** 0870 051 8459
e info@largepr.com **w** largepr.com Contact: Stuart Emery.

LES MOLLOY GROUP

lmg music

Box 17, Hindon Court, 104 Wilton Rd, London, SW1V 1DU
t 07860 389598 **f** 020 3262 0179
e mollymolloy@hotmail.co.uk **w** lesmolloy.co.uk Artist and Media Consultant: Les Molloy.

Lisa Davies Promotions Caravela House, Waterhouse Lane, Kingswood, Surrey, KT20 6DT
t 01737 362444 **f** 01737 362555
e lisa@lisadaviespromotions.co.uk
w lisadaviespromotions.co.uk Managing Director: Lisa Davies.

Lisa MacDonald Promotions 4 Norse Rd, Scotstoun, Glasgow, G14 9HP
e lisamacdonald666@yahoo.com Dir: Lisa MacDonald 07836 211012.

Listen Up Music PR
The Media Centre 19 Bolsover Street, London, W1W 5NA
t 0207 886 0870 **f** 0207 665 8201 **e** james@listen-up.biz
w listen-up.biz Director: Luke Neville.

LPW PLuggers LPW House, 2 Cornflower Road, Abbeymead, Gloucester, GL4 4AJ **t** 07891 727 947
e info@lpwrecordsltd.biz Contact: Mike Longley.

M P Promotions Hollywood House, Billesley Lane, Portway, Birmingham, B48 7HG **t** 01564 829 214
e mikeperry@btinternet.com Managing Director: Mike Perry 01564 829214.

Mainstream Promotions The Music Village, 11B Osiers Road, London, SW18 1NL **t** 07000 4 77666
f 020 8870 2101 **e** mainstream@rush-release.co.uk
MD: Jo Underwood 020 8870 0011.

Making Waves 40 Underwood Street, London, N1 7JQ
t 020 7490 0944 **f** 020 7490 1026
e info@makingwaves.co.uk or
scotty@makingwaves.co.uk **w** makingwaves.co.uk
MD: Matt Williams.

Mbop Radio & TV Promotions 145-157 St John Street, London, EC1V 4PW
e paul.ballance@mbopglobal.co.uk **w** lSongs-promotions.co.uk Head of National Radio & TV PR: Paul Ballance.

Mixmedia Productions Manchester, Manchester, Lancashire, PO BOX 43370 **t** 0844 561 0565
e kash@mixmediaproductions.com
w mixmediaproductions.com Contact: Kashief Ahmed +44 (0) 772 994 1422.

Mocking Bird Music PO Box 52, Marlow, Bucks, SL7 2YB **t** 01491 579214 **f** 01491 579214
e mockingbirdmusic@aol.com Artiste Management: Leon B Fisk.

Mosquito Media 64a Warwick Avenue, Little Venice, London, W9 2PU **t** 07813 174 185
e mosquitomedia@aol.com **w** mosquito-media.co.uk
Contact: Richard Abbott.

M P PROMOTIONS 13 Greave, Romiley, Stockport, Cheshire, SK6 4PU **t** 0161 494 7934 / 07801 191784
e maria@mppromotions.co.uk Director: Maria Philippou 0161 494 7934 / 0780 119 1784.

The Music Elevator PO Box 23374, Edinburgh, EH6 8YY **t** 07941 815059 **e** mail@themusicelevator.com
w themusicelevator.com Contact: Ewan McKenzie.

www.musicweek.com   **Music Week Directory** 239

👤 Contacts   f Facebook   🎵 MySpace   t Twitter   ▶ YouTube

Press & Promotion: Promoters & Pluggers

Music House Group Music House, 40 St Peter's Road, Hammersmith, London, W6 9BD **t** 020 8563 7788 **f** 020 8748 9431 **e** simon.walsh@music-house.co.uk **w** music-house.co.uk 👤 Director: Simon Walsh 020 8653 7788.

Music-Zine PO Box 9080, Bishop's Stortford, Hertfordshire, CM23 4XW **t** 01279 865070 **f** 08704 860812 **e** simon@music-zine.com **w** music-zine.com 👤 Publisher: Simon Baker 07941 142 779.

NoBul Promotions 59 New River Crescent, Palmers Green, London, N13 5RD **t** 020 8882 3677 **f** 020 8882 3688 **e** info@nobulmusic.co.uk **w** nobulmusic.co.uk 👤 MD: Alex Alexandrou.

NONSTOP PROMOTIONS

nonstop promotions

Studio 14, Cliveden House, 19-22 Victoria Villas, Richmond, Surrey, TW9 2JX **t** 020 8334 9994 **f** 020 8334 9995 **e** info@nonstop1.co.uk **w** nonstoppromotions.co.uk **t** twitter.com/nonstoptv 👤 Managing Director: Niki Sanderson. Director: Stuart Kenning. Promotions Coordinator: Emma Williams.

Out Promotion 26 Fouberts Place, 26 Fouberts Place, London, W1F 7PP **t** 020 7434 4525 **e** caroline@out-london.co.uk **w** out-london.co.uk f facebook.com/outpromotion **t** twitter.com/outpromotion 👤 Head Of Radio & Tv And Promotions Manager: Caroline Poulton.

Overground Radio Promotions PO Box 1NW, Newcastle upon Tyne, NE99 1NW **t** 0191 232 6700 **f** 0191 232 6701 **e** has@overground.co.uk 👤 MD: Hasan Gaylani.

Peafish Promotions 30 Mildmay Grove South, Islington, London, N1 4RL **t** 07772 405 545 **e** info@peafish.com **w** myspace.com/peafish 👤 Contact: Sarah Pink.

Pepper Music Promotions Ltd 17A Duntshill Road, London, SW18 4QN **t** 07788 926616 **e** jamie@peppermusicpromotions.com **w** peppermusicpromotions.com 👤 Director: Jamie Watherston.

Don Percival Artists' Promotion Shenandoah, Manor Park, Chislehurst, Kent, BR7 5QD **t** 020 8295 0310 **f** 020 8295 0311 **e** donpercival@freenet.co.uk 👤 MD: Don Percival.

Phil McIntyre Promotions 3rd Floor, 85 Newman Street, London, W1T 3EU **t** 0207 291 9000 **f** 0207 291 9001 **e** info@mcintyre-ents.com **w** mcintyre-ents.co.uk 👤 Promoter: Paul Roberts.

Shoot
music promotions

PR & MARKETING CAMPAIGNS THROUGH SPORT

√ SPORT PRESS √ SPORT RADIO
√ SPORT ONLINE √ SPORT TV
√ SPORT STADIUMS

Shoot Music are specialists in sport promotions for music, targeting over 25 million sport fans in the UK.

VISIT WWW.SHOOTMUSIC.CO.UK
OR CONTACT TOM ROBERTS AT
TOM@SHOOTMUSIC.CO.UK

Pioneer Promotions 5 Emerson House, 14B Ballynahinch Rd, Belfast, BT8 8DN **t** 028 9081 7111 **f** 028 9081 7444 **e** ppromo@musicni.co.uk 👤 MD: Johnny Davis.

Pivotal PR 3rd Floor, 118-120 Great Titchfield Street, London, W1W 6SS **t** 020 7268 9820 **e** bjorn@pivotalpr.co.uk **w** pivotalpr.co.uk 👤 Contact: Björn Hall.

The Play Centre Marketing & Promotions c/o Unit 2 Devonport Mews, Shepherd's Bush, London, W12 8NG **t** 07973115328 **f** 07970642974 **e** stuckee@theplaycentre.com **w** heplaycentre.com 👤 MD: Shaun 'STuCKee' Willoughby.

Plug and Play Promo Unit 1, The Mill, Mill Lane, Little Shrewley, Warwick, CV35 7HN **t** 07976971540 **e** sue@plugandplaypromo **w** myspace.com/suebuckler 👤 Contact: Sue Buckler.

Poparazzi Unit 11 Impress House, Mansell Road, Mansell Rd, London, W3 7QH **t** 020 8932 3030 **f** 020 8932 3031 **e** tracey@power.co.uk **w** power.co.uk 👤 Promotions Director: Tracey Webb 0208 9323030.

Power Plugging Power Promotions, Unit 11 Impress Hse, Mansell Rd, London, W3 7QH **t** 020 8932 3030 **e** Mark@power.co.uk **w** power.co.uk 👤 Contact: Mark Loverush.

Press & Promotion: Promoters & Pluggers

Contacts · **Facebook** · **MySpace** · **Twitter** · **YouTube**

Power Promotions Unit 11 Impress House, Mansell Road, Mansell Rd, London, W3 7QH **t** 020 8932 3030 **f** 020 8932 3031 **e** mark@power.co.uk **w** power.co.uk ■ Promotions Director: Mark Loverush.

Precision PR Radio and Press Suite 336, Trafalgar House, Grenville Place, London, NW1 3SA **t** 020 8959 3611 **e** jasmine@precisionpr.co.uk **w** precisionpr.co.uk ■ facebook.com/#!/pages/Precision-PR/102959629769848 ■ Director of Promotions: Jasmine Daswani 0787 200 7247.

Prohibition Ltd Fulham Palace, Bishops Avenue, London, SW6 6EA **t** 020 7384 7372 **f** 020 7371 7940 **e** Caroline@prohibitiondj.com **w** prohibitiondj.com ■ MD: Caroline Prothero 07967 610 877.

Public City PR 31 Twelve Acres, Welwyn Garden City, Hertfordshire, AL7 4TG **e** hayley@publiccitypr.com **w** publiccitypr.com ■ Radio & TV Promotion: Hayley Codd 07967 303857.

Radar Plugging Ltd 1A Codrington Mews, London, W11 2EH **t** 07718 731033 **e** brad@radarplugging.com **w** radarplugging.com ■ Managing Director: Brad Hunner.

Radical PR Suite 134, Southbank House, Black Prince Road, London, SE1 7SJ **t** 07980 297759 **f** 020 7463 0670 **e** radical@radicalpr.com **w** radicalpr.com ■ Director: Paul Ruiz.

RADIO PROMOTIONS

RadioPromotions

Tanners, Tanners Lane, Adderbury, Banbury, Oxon, OX17 3ET **t** 01295 814995
e music@radiopromotions.co.uk **w** radiopromotions.co.uk
■ Contact: Steve Betts. Promotions manager: Bill Whitney.
Professional regional radio and TV promotion offering an individual service where every record is a priority.

Raised On Radio 23 Handley Court, Aigburth, Liverpool, Merseyside, L19 3QS **t** 01514 279884 **f** 01514 279884 **e** steve.raisedonradio@tinyworld.co.uk ■ Director Of Promotions: Steve Dinwoodie 07710 - 564 604.

Renegade 40 St. Peters Road, 40 St. Peter's Road, Hammersmith, London, W6 9BD **t** 020 8563 7788 **f** 020 8748 9421 **e** chris@renegademusic.co.uk **w** musichouse.co.uk/renegade ■ Director: Chris Smith 020 8563 3929.

Riff Raff PR 2 King Street Cloisters, Clifton Walk, Hammersmith, London, W6 0GY **t** 020 8237 5524 **e** nick@riffraffpr.com **w** riffraffpr.com ■ Contact: Nick Bray 07887 764481.

Rocket St Matthews Church, Brixton Hill, London, SW2 1JF **t** 020 7326 1234 **e** radio@rocketpr.co.uk **w** rocketpr.co.uk ■ MD: Prudence.

Rocketscience Media 93 Leonard Street, The Griffin, 93 Leonard St, London, EC2A 4RD **t** 020 7033 4000 **e** lou@rocketsciencemedia.com **w** rocketsciencemedia.com ■ rempr ■ Director: Lou Hernando 020 70334000.

Rush Release Promotions 3rd Floor, 3-4a Little Portland Street, London, W1W 7JB **t** 0845 370 9904 **f** 0845 370 9905 **e** jo@rushrelease.com **w** rushrelease.com ■ myspace.com/rushrelease ■ @rushreleasetd ■ rushrelease.tumblr.com/ ■ MD: Jo Titchener 07785 272954.

Scene Not Herd 28 Main St, Newbigging, South Lanarkshire, ML1 8LZ **t** 07986 527947 **e** lesley@scenenotherd.co.uk **w** scenenotherd.co.uk ■ Sales & Marketing: Lesley Woodall.

SCREAM PROMOTIONS

Scream PROMOTIONS

2nd Floor, 28 Denmark Street, London, WC2H 8NJ
t 020 7240 0004 **e** claire@screampromotions.co.uk
w screampromotions.co.uk
■ Managing Director: Claire Jarvis 07957 244 757.

Scruffy Bird The Nest, 2nd Floor, 61-63 Brick Lane, London, E1 6QL **t** 020 7650 7840 **e** emily@scruffybird.com **w** scruffybird.com ■ Head of Radio & TV: Emily Cooper.

Midnight Mango Productions The Old Stables, Spring Farm, Moorlinch, Bridgwater, Somerset, TA7 9DD **t** 01458 211117 **e** matt@midnightmango.co.uk **w** midnightmango.co.uk ■ facebook.com/MidnightMango ■ myspace.com/midnightmango ■ twitter.com/MidnightMango ■ MD: Matt Bartlett.

Seesaw PR Ltd 50 Great Portland Street, 50 Great Portland St, London, W1W 7ND **t** 07831 171353 **e** sam@seesawpr.net **w** seesawpr.net ■ Director: Sam Wright 020 7631 4645.

Sharp End PR 14-15 Bentinck Mansions, Bentinck St, London, W1U 2ER **t** 020 7487 2865 **e** ronmccreight@btinternet.com ■ Contact: Ron McCreight.

Shoot Promotions Limited 4th Floor, 52-53 Margaret St, London, W1W 8SQ **t** 020 7631 9208 **e** info@shootmusic.co.uk **w** shootmusic.co.uk ■ twitter.com/shootmusic ■ Director: Tom Roberts.

Showcase Live 127 Kennington Park Road, London, SE11 4JJ **t** 07981 967135 **e** george@showcaselivelondon.co.uk **w** myspace.com/showcaseliveevents ■ Promoter: George Eason.

Press & Promotion: Promoters & Pluggers, PR Companies

Single Minded Promotions 1 Lyric Sq, London, W6 0DB **t** 020 7460 3410 **e** tony@singleminded.com **w** singleminded.com singlemindedTV MD: Tony Byrne 07860 391902.

Size 9 Music House Group, 40 St. Peter's Rd, Hammersmith, London, W6 9BD **t** 020 8563 7788 **f** 020 8748 9431 **e** simon.walsh@music-house.co.uk **w** music-house.co.uk/size9 Director: Simon Walsh.

Skullduggery Services 40a Love Lane, Pinner, Middlesex, HA5 3EX **t** 020 8429 0853 **e** xskullduggeryx@btinternet.com MD: Russell Aldrich.

SongandMedia.com PO Box 218, Consett, County Durham, DH8 1EP **t** 01207 500825 **e** songandmedia@aol.com **w** songandmedia.com myspace.com/songandmedia MD: Colin Eade.

Soulfood Music Music House, 40 St. Peter's Rd, Hammersmith, London, W6 9BD **t** 020 8563 7788 **f** 020 8748 9431 **e** soulfoodmusicuk@gmail.com **w** music-house.co.uk/soulfood myspace.com/stevesoulfoodmusic twitter.com/soulfoodmusic Head Of Promotions: Steve Ripley 07702 161290.

Special D (SDDP) 29 St Barnabas Street, Belgravia, London, SW1W 8QB **t** 020 7730 7697 **f** 020 7730 7697 **e** steve.stimpy@btinternet.com **w** special-d.com MD: Stimpy 0790 427 2668.

Stay Tuned The Media Centre, 19 Bolsover Street, London, W1W 5NA **t** 020 7886 0882 **e** matt@staytuned.me **w** staytuned.me @staytunedpr Director: Matt Connolly 07801 231 255.

Steve Osborne Media 6 Lincoln Way, Daventry, Northants., NN11 4SX **t** 0845 250 8860 **e** mail@steveosborne.info **w** steveosborne.info Proprietor: Steve Osborne.

Stringbean International Records Limited 33 Montagu Gardens, Edmonton, London, Middlesex, N18 2HB **t** 020 8807 6059 **f** 020 8807 6059 **e** sales@stringbeanrecords.com **w** stringbeanrecords.com stringbeanrecords.com Managing Director: Donovan Campbell 07758 669161.

Swell Music Marketing Rocklyn, Trebarwith Strand, Tintagel, Cornwall, PL34 0HB **t** 01840 779 054 **f** 01840 779 053 **e** info@swellmusic.co.uk **w** swellmusic.co.uk Dir: Andrew Grainger.

Terrie Doherty Promotions 40 Princess St, Manchester, M1 6DE **t** 0161 234 0044 **e** terriedoherty@googlemail.com Terrie Doherty Director, Regional Radio / TV: Terrie Doherty.

The Union PR Unit 19, 2-4 Exmoor Street, London, W10 6BD **t** 0203 327 1956 **e** eden@ish-media.com / joe.bennett@jbpr.co **w** ish-media.com / jbpr.co Directors: Eden Blackman & Joe Bennett.

Tomkins PRomotions Ltd (Regional Radio and TV Promotion) The Old Lampworks, Rodney Place, London, SW19 2LQ **t** 020 8540 8166 **f** 020 8540 6056 **e** susie@tomkinspr.com **w** tomkinspr.com Managing Director: Susie Tomkins 07710 867676.

TurnerSpear Ltd 56 Cole Park Road, Twickenham, TW1 1HS **t** 020 8891 3333 **f** 020 8891 3222 **e** jon@turnerspear.com : julian@turnerspear.com **w** turnerspear.com Directors: Jon Turner, Julian Spear Jon: 07950 413259 : Julian: 07939 118015.

Viaduct Promotions 26A, Tabley Road, London, N7 0NQ **t** 0207 683 1220 **e** james@viaductpromotions.co.uk **w** viaductpromotions.co.uk facebook.com/viaductpromotions twitter.com/viaductpromo Contact: James Pegrum.

Videopops Power Promotions, Unit 11 Impress Hse, Mansell Rd, London, W3 7QH **t** 020 8932 3030 **e** Tracey@power.co.uk **w** power.co.uk Director: Tracey Webb 0208 9323030.

Vigilante Music Ltd 20 Churchfield Road, Chalfont St Peter, Bucks, SL9 9EN **t** 01753 424293 **e** vigilante@peroxidemusic.com **w** peroxidemusic.com/vigilante Contact: Rupert Withers.

Vision 22 Upper Grosvenor Street, London, W1K 7PE **t** 020 7499 8024 **f** 020 7499 8032 **e** vision@visionmusic.co.uk **w** visionmusic.co.uk facebook.com/pages/Vision-Music-Promotion/18989830768 myspace.com/visionpromotions twitter.com/#!/visionmusicpr youtube.com/user/visionpromotions Head Of Promotions: Rob Dallison 0207 199 0109.

White Dolphin Films t 020 7993 5944 **e** chris@whitedolphinfilms.co.uk Contact: 020 7993 5944 - 07545 092504.

Wild 2B Westpoint, 39-40 Warple Way, London, W3 0RG **t** 020 8746 0666 **f** 020 8746 7676 **e** info@wild-uk.com **w** wild-uk.com MD: Dave Roberts.

Worn Out Marketing 4th Floor, 52-53 Margaret Street, London, W1W 8SQ **t** 020 7631 9202 **e** tony@worn-out.net **w** worn-out.net Manager: Tony Arthy.

XK8 Organisation Arch 462, Kingsland Viaduct, 83 Rivington Street, London, EC2A 3AY **t** 020 7490 0666 **e** jeff@xk8organisation.com **w** xk8organisation.com myspace.com/xk8organisation Director: Jeff Davy.

PR Companies

9PR 65-69 White Lion St, 2nd Floor, London, N1 9PP **t** 020 7833 9303 **e** firstname@9pr.co.uk **w** 9pr.co.uk 9prpress 9prpress MD: Jo Donnelly.

A Star PR 7 Wincrofts Drive, London, SE9 2RG **t** 0208 859 4846 **e** ian.roberts@astarpr.com **w** astarpr.com @astarpr Managing Director: Ian Roberts 07971 191582.

242 Music Week Directory

Contacts | **Facebook** | **MySpace** | **Twitter** | **YouTube**

Press & Promotion: PR Companies

Ablaze PR Unit 209, Coborn Business House, 3 Coborn Road, London, E3 2DA **t** 020 8980 9081 **e** nadia@ablazepr.com Director: Nadia Khan 07990 680 303.

Abstrakt Publicity 21d Gloucester St, Pimlico, London, SW1V 2DB **t** 020 7834 0440 **e** abstrakt@abstraktpublicity.co.uk MD: Anna Goodman 07976 247026.

Aire International 27 The Quadrangle, 49 Atalanta St, London, SW6 6TU **t** 020 7386 1600 **f** 020 7386 1619 **e** info@airmtm.com **w** airmtm.com Contact: Sheela Bates.

Alchemy Content Gable House, 18-24 Turnham Green Terrace, London, W4 1QP **t** 020 8996 4832 **e** tom@alchemycontent.com **w** alchemycontent.com Director: Tom Kihl.

Alchemy PR Gable House, 18-24 Turnham Green Terrace, Chiswick, London, W4 1QP **t** 020 8996 4810 **e** matt@alchemypr.com **w** alchemypr.com twitter.com/alchemypr Managing Director: Matt Learmouth 0208 996 4810.

All About Media Unit 1, The Mill, Mill Lane, Little Shrewley, Warwick, CV35 7HN **t** 07855496774 **e** info@allaboutmedia.uk.com **w** allaboutmedia.uk.com Contact: Debbie Ward.

All Press 53 Corsica Street, London, N5 1JT **t** 0203 227 0430 **e** nienke.klop@all-press.co.uk MD: Nienke Klop 07931 557 970.

AMP Publicity Murray House, 40 Dunford Road, London, N7 6EL **t** 020 3004 8580 **e** hello@amp-publicity.com **w** amp-publicity.com facebook.com/amppublicity @amppublicity Contact: Louise Minter.

Anorak London The Hood, Unit 202, 118 Commercial Street, London, E1 6NF **t** 020 7650 7840 **e** info@anoraklondon.com **w** anoraklondon.com / anoraklondon.tumblr.com myspace.com/anoraklondon twitter.com/anoraklondon Directors: Emily Cooper, Laura Martin.

APB Studio 18, Westbourne Studios, 242 Acklam Road, London, W10 5JJ **t** 020 8968 9000 **f** 020 8968 8500 **e** apb.press@which.net MD: Gordon Duncan.

Archipelago PR 22 Stonecroft Rd, Northumberland Heath, Erith, Kent, DA8 1HP **t** 01322 405961 **e** info@archipelagopr.co.uk **w** archipelagopr.co.uk ARCHIPELAGOPR Company Director: Charlie O'Connor.

Ark PR The Office, 79 De Montfort Road, Lewes, East Sussex, BN7 1ST **t** 01273 476921 **e** arkpr@aol.com **w** myspace.com/arkpr facebook.com/arkpr myspace.com/arkpr twitter.com/TheArkspr Managing Director: Derek Day 07759 528 006.

Arrowsmith Communications 5 Norfolk Court, Victoria Park Gardens, Worthing, BN11 4ED **t** 01903 200 916 **e** eugeniearrowsmith@yahoo.co.uk Media Consultant: Eugenie Arrowsmith 07967 102 259.

ASAP Communications Ltd Suite One, 2 Tunstall Rd, London, SW9 8DA **t** 020 7978 9488 **f** 020 7978 9490 **e** info@asapcomms.co.uk **w** asapcomms.com MD: Yvonne Thompson.

The Associates UK Monticello House, 45 Russell Sq, London, WC1B 4JP **t** 020 7907 4770 **f** 020 7907 4771 **e** info@the-associates.co.uk **w** the-associates.co.uk Exec Dir: Lisa Richards.

Authority Communications 39 - 41 North Road, London, N7 9D **t** 0207 609 8968 **e** firstname@authoritycommunications.com **w** authoritycommunications.com/ Contact: David Collyer / Alex Fordham.

Avalon Public Relations 4A Exmoor Street, London, W10 6BD **t** 020 7598 8000 **f** 020 7598 7223 **e** danl@avalonuk.com **w** avalonuk.com Head of Public Relations: Dan Lloyd.

Backdrop Promotions The Summit, 40 Highgate West Hill, Highgate, London, N6 6LS **t** 020 8347 2792 **e** info@backdrop-promotions.com **w** backdrop-promotions.com twitter.com/backdroppr Director: Adam Savage +44 (0)208 3472792.

Background Noise 221 Shoreditch High St, London, E1 6PJ **t** 020 3397 2620 **e** sam@backgroundnoise.co.uk **w** backgroundnoise.co.uk Director: Sam Taylor 07724 526 500.

Bad Moon Publicity Ltd 7-8 Jeffrey's Place, Camden, London, NW1 9PP **t** 020 7284 8921 **e** firstname@badmoon.co.uk **w** badmoon.co.uk BadMoonPR MD: Anton Brookes.

Badger Promotions PO Box 9121, Birmingham, B13 8AU **t** 08712 260 910 **e** info@badgerpromotions.co.uk **w** badgerpromotions.co.uk Promoter: Mark Badger.

Bang On - Online PR 77 Leonard Street, London, EC2A 4QS **t** 020 7749 7826 **e** info@bangonpr.com **w** bangonpr.com Online Publicists: Leanne Mison, Katie Riding.

Bang PR 28 Sebastian House, Hoxton Street, London, N1 6QH **t** 020 7739 2269 **e** info@bangpr.co.uk **w** bangpr.co.uk Press Officer: Krista Booker.

Barrington Harvey Troopers Yard, Bancroft, Hitchin, Hertfordshire, SG5 1JW **t** 01462 456780 **f** 01462 456781 **e** simon@bhpr.co.uk **w** barringtonharvey.co.uk Dir: Simon Harvey.

Beatwax Communications 91 Berwick Street, London, W1F 0NE **t** 020 7734 1965 **f** 020 7292 8333 **e** michael@beatwax.com **w** beatwax.com MD: Michael Brown.

Beyond Publicity 2nd Floor, 16 - 18 Hollen St, London, W1F 8BQ **t** 020 7851 0075 **f** 020 7494 0995 **e** Natasha@beyondpublicity.net **w** myspace.com/beyondpublicity Contact: Angela Robertson & Natasha Mann.

chuffmedia

Regional, Touring & College Press for labels big and small, working across numerous genres from rock to pop, indie to dance and country to AOR.

Our view is that outside the M25 lies a wealth of publications that are vital in developing and maintaining a long and successful artist career. With that readership being so diverse, we have always made a conscious decision not to 'specialise' in one genre, rather we aim to work across the board in terms of styles and cater each campaign accordingly.

Some of our artists include: AWOLNATION, Foo Fighters, Foster The People, James Blake, Katy B, Kings Of Leon, Lady Antebellum, Lady Gaga, The Maccabees, Max Cooper, Nicola Roberts, The Pierces, Rise To Remain, Ryan Adams, The Saturdays, Snoop Dogg, Snow Patrol, Tinie Tempah, Twin Atlantic, The Wanted, You Me At Six

Contact Warren on 020 76814124 for a chat or email warren@chuffmedia.com
2A Oakford Road, Tufnell Park, London, NW5 1AH

www.chuffmedia.com

244 Music Week Directory

Contacts · Facebook · MySpace · Twitter · YouTube

Press & Promotion: PR Companies

Big Cat Group Griffin House, 18-19 Ludgate House, Birmingham, B3 1DW **t** 0121 200 0910 **f** 0121 236 1342 **e** info@bcguk.com **w** bcguk.com Dir: Nick Morgan.

Big Group Ltd 91 Princedale Road, Holland Park, London, W11 4NS **t** 020 7229 8827 **f** 020 7243 1462 **e** info@biggroup.co.uk **w** biggroup.co.uk Account Director: Simon Broyd.

Big Machine Media 48 Charlotte Street, London, W1T 2NS **t** 020 3178 2441 **e** erika@bigmachinemedia.com **w** bigmachinemedia.com National Press Director: Erika Thomas.

Big Mouth Publicity Unit LF 2.1, The Leather Market, 11/13 Weston Street, London, SE1 3ER **t** 0203 189 4606 **e** info@bigmouthpublicity.co.uk **w** bigmouthpublicity.co.uk Contact: Steve Phillips and Jakub Blackman.

Black & White Music PR 32 Amity Road, Reading, Berkshire, RG1 3LJ **t** +44(0)1189 968 347 **e** shane@bwmusic.co.uk **w** bwmusic.co.uk Director: Shane Daunt + 44 (0) 7828 934 717.

Black Arts PR - The Regional Press Specialist Apartment 21, Number One The Parade, Cowes, Isle of Wight, PO31 7QJ **t** 01983 281567 **e** simonblackmore@blackartspr.com Proprietor: Simon Blackmore 07973 374 423.

Blurb PR 8 West Heath Yard, 174 Mill Lane, West Hampstead, West Hampstead, London, NW6 1TB **t** 020 7419 1221 **e** hello@blurbpr.com **w** blurbpr.com facebook.com/blurbpr myspace.com/BlurbPR BlurbMusicPR Managing Director: Mike Plumley 0207 419 1221.

BONKERS PR

BONKERS ENTERTAINMENT.COM

57 Fairbridge Road, London, N19 3EW **t** 07943 440 482 **e** tristen@bonkersentertainment.com **w** bonkerspr.com facebook.com/bonkerspr myspace.com/bonkerspromotions twitter.com/bonkerspr Managing Director: Tristen Lee. CEO: Laurence Bellamy. National & Regional Radio: Tristen Lee. National TV & Online PR: Jenna Lee. Producer for Bonkers Entertainment: Siobhan Bellamy.

Borkowski PR 65 Clerkenwell Road, London, EC1R 5BL **t** 020 7404 3000 **e** larry@borkowski.co.uk **w** borkowski.co.uk Managing Director: Larry Franks.

Bounce PR 1 Saddlers Court, 4-6 South Parade, Bawtry, Doncaster, South Yorkshire, DN10 6JH **t** 01302 719030 **e** tori@bouncepr.co.uk **w** bouncepr.co.uk facebook.com/BouncePRUK twitter.com/BouncePRUK Contact: Tori Oldridge.

BR-Asian Media Consulting 45 Circus Rd, St Johns Wood, London, NW8 9JH **t** 020 8550 9898 **f** 020 7289 9892 **e** moizvas@brasian.com **w** brasian.com MD: Moiz Vas.

Brassneck Publicity 170 Southgate Rd, London, N1 3HX **t** 020 7254 1112 **e** brassneckpr@aol.com MD: Mick Houghton.

Burt Greener Communications 6th Floor, 41 St Vincent Pl, Glasgow, G1 2ER **t** 0141 248 6007 **f** 0141 248 3322 **e** firstname@burtgreener.co.uk Dirs: Lorna Burt, Janine Greener.

Cake Group Ltd 10 Stephen Mews, London, W1T 1AG **t** 020 7307 3100 **f** 020 7307 3101 **e** andrea@cakegroup.com **w** cakegroup.com Head of Marketing: Andrea Ledsham.

Cannonball PR 695 High Road, Seven Kings, Ilford, Essex, IG3 8RH **t** 020 8590 0022 **f** 020 8599 2870 **e** jamie@cannonballpr.com **w** cannonballpr.com twitter.com/kevcannonballpr Managing Director: Jamie Danan 07885 670294.

Capitalize Ltd 52 Thrale Street, London, SE1 9HW **t** 020 7940 1700 **f** 020 7940 1739 **e** Info@capitalize.co.uk **w** capitalize.co.uk MD: Richard Moore.

Carboni Classical Media PO Box 308, Sevenoaks, Kent, TN15 0ZW **t** 01732 888585 **e** mcarboni@carbonimedia.com **w** carbonimedia.com Director: Marius Carboni.

Caroline Moss PR Ltd 50 Marine Parade, Brighton, BN2 1PH **t** 020 8968 5597 **e** pr@carolinemoss.co.uk **w** carolinemoss.co.uk Director: Caroline Moss.

Casablanca PR 26 Porchester Sq, London, W2 6AN **t** 020 7221 2287 **f** 020 7221 2287 **e** fozia@casablancapr.co.uk MD: Fozia Shah 07887 610 027.

Celebration PR Ltd 8 Ashington Court, Westwood Hill, Sydenham, London, SE26 6BN **t** 020 8778 9918 **f** 020 8355 7708 **e** celebration@dial.pipex.com Dir: James Doheny.

Chris Hewlett PR & Artist Management 5 Park Avenue, Whitstable, CT5 2DA **t** 0845 601 2833 / 07966 491 786 **e** info@chrishewlett.com **w** chrishewlett.com Contact: Chris Hewlett.

Chuffmedia The Yard, 2a Oakford Rd, Tufnell Pk, London, NW5 1AH **t** 020 7681 4124 **e** warren@chuffmedia.com **w** chuffmedia.com twitter.com/chuffmedia Company Director: Warren Higgins.

Circus PR Argo House, Kilburn Park Rd., Maida Vale, London, NW6 5LF **t** 020 7644 0267 **f** 020 7644 0698 **e** bernard@circusrecords.net **w** circusrecords.net MD: Bernard MacMahon.

www.musicweek.com **Music Week Directory** 245

📧 Contacts 📘 Facebook 💬 MySpace 🐦 Twitter ▶️ YouTube

Press & Promotion: PR Companies

Max Clifford Associates 49-50 New Bond Street, London, W1Y 9HA **t** 020 7408 2350 **f** 020 7409 2294 **e** max@mcapr.co.uk 📧 MD: Max Clifford.

CLOUD PR

3 Coleshill Road, Teddington, TW11 0LL **t** 020 8287 5017 **e** tedcummings@cloudpr.co.uk **w** cloudpr.co.uk 📧 MD: Ted Cummings 07774 160395.

CNC Associates 95 Tantallon Rd, London, SW12 8DQ **t** 020 8673 0048 **f** 020 8673 0048 **e** office@cnclimited.co.uk **w** cnclimited.co.uk 📧 MD: Conor Nolan.

Complete Control PR 178 Seaforth Avenue, Motspur Park, Surrey, KT3 6JN **t** 020 8942 9978 **e** polly@completecontrolpr.co.uk 📧 Managing Director: Polly Birkbeck 07958 380353.

Complete PR PO Box 34126, London, NW10 5BZ **t** 020 8830 3300 **f** 020 8830 0033 **e** alison@completepr.co.uk **w** completepr.co.uk 📧 MD: Alison McNichol.

Connie Filippello Publicity 49 Portland Rd, Holland Park, London, W11 4LJ **t** 020 7229 5400 **f** 020 7229 4804 **e** cfpublicity@aol.com **w** cfpublicity.co.uk 📧 MD: Connie Filippello.

Cool Kids Music Ltd 93 Lavenham Road, London, SW18 5ER **t** 07748 321 266 or 07879 224 626 **e** info@coolkidsmusic.co.uk **w** coolkidsmusic.co.uk 📧 Directors: Sandra Skiba, Brijitte Dreyfus.

Copperplate Consultants 68 Belleville Rd, London, SW11 6PP **t** 020 7585 0357 **f** 020 7585 0357 **e** copperplate2000@yahoo.com **w** copperplateconsultants.com 💬 myspace/copperplate 📧 MD: Alan O'Leary.

Creative Cultures – Digital PR & Marketing 10 Alexandra Park Road, London, N10 2AB **t** 020 7100 3254 **f** 0871 661 4578 **e** firstname.lastname@creativecultures.biz **w** creativecultures.biz 📧 Managing Director: Johnny Hudson.

Cunning 192 St John Street, London, EC1V 4JY **t** 020 7566 5300 **e** info@cunning.com **w** cunning.com 📧 MD: Anna Carloss.

Cypher PR Unit 2A Queens Studio, 121 Salisbury Road, London, NW6 6RG **t** 020 7372 4464 **f** 020 7328 4447 **e** info@cypherpr.com **w** cypherpr.com 📧 Head Of Programming: Rupert Cogan.

"Effective, experienced, innovative and friendly."

FIFTH ELEMENT
Public Relations & Artist Management

5
Public Relations
Pr

Contact Catherine Hockley at:

FIFTH ELEMENT Pr

The Studio
44 Christchurch Avenue
London
NW6 7BE

TEL: 0207 722 0000
info@fifthelement.biz
www.fifthelement.biz

Music Week Directory

Contacts | **Facebook** | **MySpace** | **Twitter** | **YouTube**

Press & Promotion: PR Companies

DARKHORSE PUBLICITY

darkhorse publicity

70 Churchill Square Business Centre, Kings Hill, West Malling, Kent, ME19 4YU
t 07595 899054 / 020 7193 6886
e info@darkhorsepublicity.co.uk
w darkhorsepublicity.co.uk
twitter.com/darkhorsetweet MD: James Davies.

Darling Unit 1B, Leroy House, 436 Essex Road, London, N1 3QP t 020 7379 8787 f 020 7379 5737
e dan@darlinguk.com w darlingdepartment.com
facebook.com/darlingdepartment
twitter.com/darlingdept Director: Dan Stevens.

DawBell Office 417, Golden Cross House, 8 Duncannon Street, London, WC2N 4JF t 020 7484 5012
e richard.dawes@dawbell.com; stuart.bell@dawbell.com; sophie.green@dawbell.com w dawbell.com
facebook.com/group.php?gid=127572234650
twitter.com/DawBell Managing Directors: Richard Dawes & Stuart Bell.

Delta PR PO Box 25285, London, N12 0XD
t 0845 6801 857 e mal@delta-pr.com w delta-pr.com
Owner: Mal Smith.

Denis Vaughan Managements Agency
PO Box 28286, London, N21 3WT t 020 7486 5353
f 020 8224 0466 e dvaughanmusic@dial.pipex.com
Director: Denis Vaughan.

Denis Vaughan P.R. Services PO Box 28286, London, N21 3WT t 020 7486 5353 f 020 8224 0466
e dvaughanmusic@dial.pipex.com Director: Denis Vaughan.

Diffusion PR PO Box 2610, Mitcham, Surrey, CR4 2YH
t 020 7384 3200 f 0871 277 3055
e jodie@diffusionpr.co.uk w diffusionpr.co.uk MD: Jodie Stewart.

Division PR Studio 7 Acklam Workspace, 10 Acklam Rd, London, W10 5QZ t 020 8962 8282
e zac@divisionpromotions.com w divisionpromotions.com
Dirs: Zac Leeks, James Sherry.

DNA Publicity Unit 4, Wellington Close, London, W11 2AN t 020 7792 5100 e odaniaud@aol.com
Director: Olly Daniaud 020 7792 5200.

Dog Day Press Finsbury Business Centre, 40 Bowling Green Lane, London, EC1R 0NE
t 020 7415 7108 e info@dogdaypress.com
w dogdaypress.com Press Officer: Nathan Beazer.

Dorothy Howe Press & Publicity
41 Hartington Court, Hartington Rd, Chiswick, London, W4 3TT t 020 8995 3920 e press@dorothyhowe.co.uk
MD: Dorothy Howe.

Duff Press Riverbank House, 1 Putney Bridge Approach, London, SW6 3JD
t 020 7736 7611 f 020 7371 9949
e duff@duffpress.co.uk w duffpress.com Managing Director: Duff Battye 07904 385308.

DWL (Dave Woolf Ltd) PR/Management
Second Floor, 53 Goodge St, London, W1T 1TG
t 020 7436 5529 f 020 7637 8776
e firstname@dwl.uk.net w dwl.uk.net Contact: James Windle/Denise Martin.

Electric PR 24A, Bartholomew Villas, London, NW5 2LL
t 020 7424 0405 f 020 7424 0305
e electric_pr@hotmail.com MD: Laurence Verfaillie.

Elevate PR 19 Medlar, Hempstead, Kent, ME7 3RQ
t +44 0203 589 3265 f 0870 881 0867
e info@elevatelondon.com w elevatelondon.com
Director: Penny Adaarewa.

Emms Publicity Aberdeen House, 22 Highbury Grove, London, N5 2EA t 020 7226 0990 f 020 7354 8600
e info@emmspublicity.com w emmspublicity.com
Managing Director: Stephen Emms.

Emmsix: Unit A, The Courtyard, 42 Colwith Rd, London, W6 9EY t 020 8846 3737 f 020 8846 3738
e christianne@emmsix.co.uk MD: Christianne Lambert.

Excess Press The Metway, 55 Canning St, Brighton, BN2 0EF t 01273 667991 e info@excesspress.co.uk
w excesspress.co.uk Dirs: Jayne Houghton, Fiona Clarke, Jack Thunder.

Family Ltd 2nd Floor, 140 Shoreditch Highstreet, London, E1 6JE t 0207 7295963
e juliebland@familyltd.co.uk w familyltd.co.uk
Contact: Julie Bland.

FerraraPR 18 Fitzgerald House, 169 East India Dock Rd, London, E14 0HH t 07946 523007
e rosalia@ferrarapr.com w ferrarapr.com
facebook.com/ferrarapr
myspace.com/rosaliaferrara twitter.com/FerraraPR
MD: Rosalia Ferrara 020 7515 3643.

FFR UK 2 Hastings Terrace, Conway Road, London, N15 3BE t 020 8826 5900 f 020 8826 5902
e fullfrontalrecords@hotmail.com w ffruk.com Dir: Tara Rez.

Fifth Avenue PR 37 Fifth Avenue, London, W10 4DL
t 020 8960 5802 e fifthavenuepr@googlemail.com
Director: Sarah Lowe.

Press & Promotion: PR Companies

FIFTH ELEMENT PR

The Studio, 44 Christchurch Avenue, London, NW6 7BE
t 020 7722 0000 **e** info@fifthelement.biz
w fifthelement.biz twitter.com/catfifthelement
Managing Director: Catherine Hockley.
Launched in 2000 Fifth Element is one of the UK's leading independent PR agencies, covering National, Regional and On-line PR.

Fistral PR 114 The Royal, Wilton Pl, Salford, Manchester, M3 6FT **t** 0161 835 4142 **e** info@fistralpr.co.uk **w** fistralpr.co.uk fistral fistralpr MD: Peggy Manning.

Focus Marketing Communications

Suite 6, Ruxley House, 550B London Road, Sutton, Surrey, SM3 9AA **t** 020 8641 8614
e info@focusmarketingcommunications.com
w focusmarketingcommunications.com MD: Brian Oliver.

Free Associates Shakespeare Business Centre, 245A Coldharbour Lane, London, SW9 8RR
t 020 7095 8188 **e** jody@freeassociates.org
Director: Jody Gillett 07818 453 650.

Freeman PR The Bon Marche Centre, 241-251 Ferndale Road, 241-251 Ferndale Rd, London, SW9 8BJ **t** 020 7738 3754 **f** 020 7738 6739
e info@freemanpr.net **w** freemanpr.net
Director: Amanda Freeman.

Freewheelin' PR Freewheelin Media, 2 Sutton Lane, London, EC1M 5PU **t** 020 7490 5675 **f** 020 7253 6381
e info@freewheelinmedia.com **w** freewheelinmedia.com
Dir: Vikas Malik.

Frequency Media (FMG UK Ltd) Studio 4 Block A, The Cogent Works, 50 -54 Saint Pauls Square, Birmingham, B3 1QS **t** 0121 262 3890 **f** 0121 439 0778 **e** gerard@fmguk.com **w** fmguk.com Director: Gerard Franklin 07866 422109.

G Promo PR 2 Streatley Mews, Corve Street, Ludlow, Shropshire, SY8 2PN **t** 01584 873211
e GPromo@btinternet.com **w** gpromopr.com
Contact: Geraint Jones.

Gerry Lyseight PR Unit S6,

Shakespeare Business Centre, 245a, Coldharbour Lane, London, SW9 8RR **t** 020 7095 8146 **e** gerry@glpr.co.uk **w** gerrylyseight.co.uk + gerrylyseight.com MD: Gerry Lyseight.

Get Involved Communications Ltd

131C Salusbury Road, 131C Salusbury Rd, London, NW6 6RG **t** 020 7604 2944 **f** 08704 204392
e info@getinvolvedltd.com **w** getinvolvedltd.com
Director: Ziggie Galen.

GFI Promotions PO Box 2952, Glen Ellyn, Illinois, IL 60138., United States **t** 001 630-201-3918 **e** gfi-promotions@ntlworld.com **w** gfi-promotions.com
Master Of Promotion: Golly Gallagher.

Glass Ceiling PR 50 Stroud Green Rd, London, N4 3ES **t** 020 7263 1240 **f** 020 7281 5671
e promo@glassceilingpr.com MD: Harriet Simms.

Global Guest List PR Suite 42, Pall Mall Deposits, 124-128 Barlby Road, London, W10 6BL **t** 020 8962 0601 **f** 020 8962 0575 **e** info@globalguestlist.net
w globalguestlist.net MD: Babs Epega.

Global Publicity 60 Maltings Place, London, Surrey, SW6 2BX **t** 07957 434517 **f** 020 7168 3868
e nikki@globalpublicity.co.uk **w** globalpublicity.co.uk
myspace.com/globalpublicity twitter.com/globalpr
Managing Director: Nikki Wright.

Glocal PR Lower ground floor, 30, Hamlet Road, London, SE192AW **t** 07983535548 **e** info@glocalpr.com   skype: angelo_ridolfo **w** glocalpr.com
facebook.com/pages/Glocal-P-R/161665027183135
twitter.com/#!/glocalpr Managing Director: Angelo Ridolfo.

Gloss Communications Gable House, 18-24 Turnham Green Terrace, Chiswick, London, W4 1QP **t** 020 8996 4812 **w** glosscommunications.co.uk

Gold Star Agency Wyastone Business Park, Wyastone Leys, Ganarew, Monmouth, Monmouthshire, NP25 3SR **t** 01600 892 690 **e** nita@goldstarpr.com **w** goldstarpr.com facebook.com/pages/GOLD-STAR-PR/173912928171 Managing Director: Nita Keeler.

GreenGab-PR Ltd 85 Clifton Hill, London, NW8 0JN **t** 0207 625 7951 **e** gaby@greengabpr.co.uk
w greengabpr.com twitter.com/greengabpr
Director: Gaby Green 07968 199617.

Hackford Jones PR Third Floor, 16 Manette St, London, W1D 4AR **t** 020 7287 9788 **f** 020 7287 9731 **e** info@hackfordjonespr.com **w** hackfordjonespr.com
Co-MDs: Simon Jones, Jonathan Hackford.

Hall Or Nothing Independent Publicity

Unit 4A, Ransomes Dock, 35-37 Parkgate Rd, Battersea, London, SW11 4NP **t** 020 7228 3390 **f** 020 7350 2472 **e** press@hallornothing.com **w** hallornothing.com
MD: Terri Hall.

HardZone Marketing & PR

Network European Business Centre, 329-339 Putney Bridge Rd, London, SW15 2PG
t 020 8788 5922 **f** 020 8785 2842
e info@hardzone.co.uk **w** hardzone.co.uk MD: Jackie Davidson.

Press & Promotion: PR Companies

Hartmann Media Lovat House, Gavell Rd, Kilsyth, Glasgow, G65 9BS **t** 01236 826666 **f** 01236 825560 **e** tessa@hartmannmedia.co.uk MD: Tessa Hartmann.

Hawk Media Monitoring DMS, 44-46 Scrutton Street, London, EC2A 4HH **t** 0845 055 0979 **f** 0845 055 0970 **e** amy.lecoz@dmsukltd.com **w** dmsukltd.com Dir: Amy Le Coz.

Henry's House PR 108 Gt. Russell Street, London, WC1B 3NA **t** 020 7291 3000 **f** 020 7291 3001 **e** jane@henryshouse.com **w** henryshouse.com Dir: Jane Shaw.

Hermana PR 44 Church Rd, London, SE19 2ET **t** 020 8771 8800 **e** firstname@hermana.co.uk myspace.com/hermanapress twitter.com/hermanapr Dir: Ken Lower.

Hero PR 3 Tennyson Rd, Thatcham, Berkshire, RG18 3FR **t** 01635 868385 **f** 01635 868385 **e** owen@heropr.com **w** heropr.com MD: Owen Packard.

Hill & Knowlton (UK) 20 Soho Sq, London, W1A 1PR **t** 020 7413 3000 **f** 020 7413 3111 **e** wfick@hillandknowlton.com **w** hillandknowlton.co.uk Brand Mgr: Wayne Fick.

hush-hush Suite 14-15, Old Truman Brewery, 91 Brick Lane, London, E1 6QL **t** 020 8989 1726 **e** danielle@hush-hush.org.uk Press Officer: Danielle Richards 020 7223 7456.

Hyperactive Publicity Ltd 47 Riverview Gardens, Barnes, London, SW13 8QZ **t** 020 8741 7343 **e** info@hyperactive-publicity.com Contact: Caroline Turner.

Hyperlaunch New Media Mardyke House, 16-22 Hotwell Rd, Bristol, BS8 4UD **t** 0117 914 0070 **f** 0117 914 0071 **e** don@hyperlaunch.com **w** hyperlaunch.com MD: Don Jenkins.

Ian Cheek Press Suite 3 Spinners House, Bachelor Lane, Horsforth, Leeds, LS18 5NF **t** 0113 258 5070 **e** iancheek@talk21.com Head of Press: Ian Cheek.

Ice-Pr Ltd Unit 5, 10 Acklam Road, London, W10 5QZ **t** 020 8968 2222 **f** 020 8968 2220 **e** info@ice-pr.com **w** ice-pr.com Contact: Jason Price.

ID Publicity 25 Britannia Row, London, N1 8QH **t** 020 7359 4455 **f** 020 7704 1616 **e** info@idpublicity.com MD: Lisa Moskaluk.

Idea Generation 11 Chance St, London, E2 7JB **t** 020 7749 6850 **f** 020 7428 4948 **e** info@ideageneration.co.uk **w** ideageneration.co.uk twitter.com/igmusic Associate Director: Kate Statham 02077496854.

IMPRESSIVE PR

impressive

9 Jeffrey's Place, Camden, London, NW1 9PP **t** 020 7284 3444 **e** mel@impressivepr.com **w** impressivepr.com twitter.com/impressivepr M.D.: Mel Brown. Head of PR: Sophie Glynne. With 15 years of PR success under our belt, plus a new digital marketing department, Impressive deliver cutting edge and sophisticated media solutions to artists and brands alike. We specialise in entertainment, working across music, comedy, events and brand & reputation management. Our PR departments cover print, TV, radio & digital media, both nationally and regionally, whilst out digital department covers all aspects of our clients' digital presence, from website and mobile app creation to email marketing, advertising and social network management. Experienced, connected, passionate and creative... the future is Impressive.

In House Press 14 Tariff Street, 14 Tariff St, Manchester, Lancashire, M1 2FF **t** 01612 282070 **f** 01612 283070 **e** info@inhousepress.com **w** inhousepress.com myspace.com/inhousepress Managing Director: David Cooper.

Incubator Creative Media 19 Catherine Place, London, SW1E 6DX **t** 020 7802 0160 **e** info@incubator-uk.com **w** incubator-uk.com twitter.com/incubatoruk Founder & Creative/Strategic Diretcor: Dan Walsh.

Indiscreet PR 30 The Crescent, Whitley Bay, Tyne & Wear, NE26 2JG **t** 07813 290474 **e** alan@indiscreetpr.com **w** indiscreetpr.com facebook.com/pages/Indiscreet-PR/115878775180144?sk=wall Dirs: Alan Robinson, Lesley Shone 07930 810751.

Infected 29 Castle Rd, Causewayhead, Stirling, FK9 5JB **t** 01786 471133 **e** mike.infected000@btclick.com MD: Mike Gourlay.

Murray Chalmers PR Alma Studio, First Floor, 32 Stratford Road, London, W8 6QF **t** 0207 361 0730 **e** murray@murraychalmers.com **w** murraychalmers.com twitter.com/mchalmerspr MD: Murray Chalmers.

inform@tion communication Ltd 6 Hornsey Lane Gardens, London, N6 5PB **t** 020 8374 6040 **e** infocom@dial.pipex.com MD: Michael Thorne.

Interactive M Ltd Bridge House, St Marys Rd, West Hythe, Kent, CT21 4NU **t** 01303 261893 **e** info@interactivem.co.uk **w** interactivem.co.uk MD: Jo Cerrone.

Jackie Gill Promotions 3 Warren Mews, London, W1T 6AN **t** 020 7383 5550 **f** 020 7383 3020 **e** jackie@jackiegill.co.uk MD: Jackie Gill.

www.musicweek.com **Music Week Directory** 249

📇 Contacts   ⓕ Facebook   Ⓜ MySpace   🅣 Twitter   ▶ YouTube

Press & Promotion: PR Companies

James Grant Music 94 Strand On The Green, Chiswick, London, W4 3NN **t** 020 8742 4950
f 020 8742 4951 **e** enquiries@jamesgrant.co.uk
w jamesgrant.co.uk 📇 Co-MDs: Simon Hargreaves, Nick Worsley.

Joanna Burns PR Balfour House, 741 High Road, London, N12 0BP **t** 020 8446 0030
e info@joannaburnspr.com **w** joannaburnspr.com
ⓕ Facebook.com/MusicPR 🅣 Twitter.com/MusicPR
📇 Managing Director: Joanna Burns.

John Crosby Music Publicity/PR PO Box 340, Hastings, East Sussex, TN34 3XZ **t** 08451 087811
f 08700 410577 **e** john@johncrosby.plus.com
w johncrosby.plus.com ⓕ facebook.com/johncrosbyPR
Ⓜ myspace.com/johncrosbypr
🅣 twitter.com/johncrosby1950 📇 Managing Director: John Crosby 07920 260 824.

Judy Totton Publicity Hurlingham Studios, Ranelagh Gardens, London, SW6 3PA
t 020 7371 8158 / 8159 **e** judy@judytotton.com
w judytotton.com 📇 Managing Director: Judy Totton 07798 806079.

JWPR 8a Boyces Avenue, Clifton Village, Bristol, Avon, BS8 4AA **t** 01173 079535 or 07971 991370
e jay@swns.com **w** twitter.com/jaywilliamspr
Ⓜ twitter.com/jaywilliamspr 🅣 twitter.com/jaywilliamspr
📇 Owner: Jay Williams 07971 991370.

Karenstringer.pr 60 Shirley Drive, Hove, East Sussex, BN3 6UF **t** 01273 240246
e karenstringer.pr@ntlworld.com 📇 Contact: Karen Stringer 07877 710422.

Kelly Pike Publicity Suite 120, Park Royal Business Centre, 9-17 Park Royal Road, London, NW10 7LQ **t** 020 8621 2345 **f** 020 8621 2344
e kpikepr@globalnet.co.uk 📇 MD: Kelly Pike.

Dispersion PR The Old Bakehouse, Hale St, Staines, Middx, TW18 4UW **t** 01784 458700
e info@dispersionpr.com **w** dispersionpr.com
ⓕ facebook.com/dispersionpr
🅣 twitter.com/dispersionpr 📇 Directors: Julian Shay / Dean Muhsin.

Kish Communications 6 Creasy Estate, Aberdour St, London, SE1 4SL **t** 07931 423646
e kate@kishcommunications.com
w kishcommunications.com 📇 Managing Director: Kate Matheou 0044 7931423646.

La Digit Hope House, 40 St Peter's Road, London, W6 9BD **t** 020 8563 3926 **e** Info@LaDigit.co.uk
w LaDigit.co.uk 📇 Director: Paul Piggott.

Lander PR Ltd Lander Music Group, Balfour House, 741 High Road, Finchley, London, N12 0BP
t 020 8446 8881 **e** judd@landerpr.com **w** landerpr.com
ⓕ facebook.com/LanderPR
Ⓜ myspace.com/landermusicpr 🅣 twitter.com/LanderPR
📇 Director: Judd Lander.

Laura Norton PR 12 Park House, Bridge Road, Welwyn Garden City, Hertfordshire, AL8 6TR
t 07908 575359 **e** lauranortonpr@gmail.com
w lauranortonpr.com 📇 Director/Publicist: Laura Norton.

LD Communications 58-59 Gt. Marlborough St, London, W1F 7JY **t** 020 7439 7222 **f** 020 7734 2933
e info@ldcommunications.co.uk
w ldcommunications.co.uk 📇 CEO: Bernard Doherty.

Leslie Gilotti - Music & New Media Promotions 79 Northcote Rd, London, E17 7DT
t 07867 785 070 **e** info@gilotti.net **w** gilotti.net
📇 Dir: Leslie Gilotti.

Leyline Publicity Studio 24 Westbourne Studios, 242 Acklam Road, 242 Acklam Road, London, W10 5JJ
t 020 7575 3285 **f** 020 7575 3286
e adrian@leylinepromotions.com **w** leylinpublicity.com
📇 Managing Director: Adrian Leigh.

Loudhailer Press Limited Suite E, North House, 31 North Street, Carshalton, Surrey, SM5 2ES
t 020 8254 7875 **e** lewis@loudhailerpress.com
w loudhailerspeaks.blogspot.com 🅣 @LewJam
📇 Director: Lewis Jamieson 07718 652582.

Lucid Group 4th Floor, Bentinck House, 3-8 Bolsover Street, London, W1W 6AB **t** 020 7631 1991
e contact@lucidonline.co.uk **w** lucidgroup.co.uk
📇 Dirs: Charlie Lycett.

LVPR 23 Ashfield Rd, London, W3 7JE **t** 020 8743 6137
e linda@lindavalentine.biz 📇 MD: Linda Valentine 07949 174811.

Magnum PR 41 Halcyon Wharf, 5 Wapping High St, London, E1W 1LH **t** 020 7709 0914
e Tammy@magnumpr.co.uk 📇 MD: Tammy Arthur 07956 241542.

Making Waves 40 Underwood Street, London, N1 7JQ
t 020 7490 0944 **f** 020 7490 1026
e info@makingwaves.co.uk or scotty@makingwaves.co.uk **w** makingwaves.co.uk 📇 PR Manager: Dan Minty.

Kathryn Mason | PR & Marketing
(Music publicity & marketing in Ireland),
A108 The Oak, Grange Hall,
Brehon Field Road, Rathfarnham, Dublin 16, Ireland
t + 353 (0)87 2627977 **e** km@kathrynmason.ie
w kathrynmason.ie
ⓕ facebook.com/kathrynmasonprmarketing
📇 Owner: Kathryn Mason +353 (0) 87 262 7977.

Manilla PR Ltd Evans Business Centre,
1 Stephenson Court, Skippers Lane Industrial Estate, Middlesbrough, North Yorkshire, TS6 6UT **t** 01642 438858
e tony@manillapr.com **w** manillapr.com 📇 Managing Director: Tony Mcdonagh 07792 647760.

Matchbox Recordings Vine Cottage (A&R), Hailey, Middletown, OX29 9UB **t** 01993 834 743
e info@matchboxrecordings.co.uk
w matchboxrecordings.co.uk 📇 Dir/Hd of A&R: Dale Olivier.

Press & Promotion: PR Companies

Material Marketing & Communications
Riverside House, 260 Clyde St, Glasgow, G1 4JH
t 0141 204 7970 **f** 0141 221 8623
e spence@materialmc.co.uk **w** materialmc.co.uk
myspace.com/wearematerial
youtube.com/materialblog Directors: Colin Spence & Sera Miller.

MBC PR Wellington Building, 28-32 Wellington Road, London, NW8 9SP **t** 020 7483 9205 **f** 020 7483 9206
e bc@mbcpr.com Co-Managing Director: Barbara Charone.

ISongs Promotions 145-157 St John Street, London, EC1V 4PW **e** paul.ballance@mbopglobal.co.uk **w** ISongs-promotions.co.uk facebook.com/IStores
myspace.com/mbopglobal
twitter.com/isongspromotion
youtube.com/mbopromotions Head of Promotions: Paul Ballance.

Mercenary Publicity Unit 17, Saga Centre, 326 Kensal Rd, London, W10 5BZ **t** 020 8354 4111
e info@mercenarypublicity.com
w mercenarypublicity.com
facebook.com/mercenarypublicity
myspace.com/mercenarypublicity
twitter.com/welovemercenary Director: Kas Mercer.

Midas Public Relations 10-14 Old Court Pl, London, W8 4PL **t** 020 7361 7860 **e** charlie.harris@midaspr.co.uk **w** midaspr.co.uk twitter.com/midaspr Senior Account Manager: Charlie Harris.

Midnight Communications 3 Lloyds Wharf, Mill St, London, SE1 2BA **t** 020 7232 4517 **f** 020 7232 4540
e enquiries@midnight.co.uk **w** midnight.co.uk
Director: Vicki Hughes.

Million PR London **e** gillian@millionpr.com
w millionpr.com Director: Gillian Pittaway 07947 174246.

Mingo PR Flat 3/1, 19 Duke St, Glasgow, G4 0UL
t 0141 552 3623 **e** mingo@easynet.co.uk
w mingopr.co.uk MD: Jill Mingo 0780 372 8469.

Momentum PR Po Box 225, Saffron Walden, CB10 9BR
t 020 7700 0275 **e** nick@momentumpr.co.uk or mandy@momentumpr.co.uk **w** momentumpr.co.uk
MD: Nick Weetch or Mandy Weetch.

Moore Publicity 187 Mackenzie Rd, Beckenham, London, BR3 4SE **t** 07809 642044 or 020 8676 9540
e nik@moorepublicity.co.uk **w** moorepublicity.co.uk
Proprietor: Nik Moore 07809 642044.

Mosquito Media 64a Warwick Avenue, Little Venice, London, W9 2PU **t** 07813 174 185
e mosquitomedia@aol.com **w** mosquito-media.co.uk
Contact: Richard Abbott.

Music & Media Consulting Ltd 3 Cypress Close, Doddington, Cambs, PE15 0LE **t** 07774 426966
f 01354 740847 **e** john@musicandmediaconsulting.com
w musicandmediaconsulting.com
facebook.com/pages/Music-and-Media Consulting/191435214214552
twitter.com/#!/MusicandMediaCo Director: John S. Cronin 01354 740847.

Music Company International Ltd
103 Churston Drive, Morden, Surrey, SM4 4JE
t 020 8542 4866 **f** 020 8542 4854
e info@musiccointernational.com
w musiccointernational.com
facebook.com/pages/MusicCo-International/138184959543815?ref=ts
twitter.com/#!/MusicCoIntl Director: Melanne Mueller.

MusicPress PR 16 The Green, Wolviston, Co. Durham, TS22 5LN **t** 01740-644453 **e** allan@musicpresspr.com
MD: Allan Glen.

Mutante Inc First Floor, 3 - 9 Belfast Rd, London, N16 6UN **t** 07947 609867 **e** sean@mutante.co.uk
w mutante.co.uk Director: Sean Newsham.

Name PR Innovation Labs, Watford Rd, Harrow, London, Middlesex, HA1 3TP **t** 020 8357 7305
e info@namepr.co.uk **w** namepr.co.uk
facebook.com/namepr twitter.com/namepr
MD: Sam Shemtob.

Nelson Bostock Communications
Compass House, 22 Redan Pl, London, W2 4SA
t 020 7229 4400 **f** 020 7727 2025
e info@nelsonbostock.com **w** nelsonbostock.com
facebook.com/group.php?gid=2505616690&ref=search&sid=575590108.3927833083..1 Assistant Director: Bruce McLachlan.

New Crime Press 1 Soneyford, Uttoxeter, Staffordshire, ST14 8BW
e newcrimepress@googlemail.com Press Agents: James Brighouse / Craig Bunting.

Noble PR Consultancy 2 Prospero Rd, London, N19 3RF **t** 020 7272 7772 **e** peter@noblepr.co.uk
w noblepr.co.uk twitter.com/noble_pr, twitter.com/peter_noble MD: Peter Noble 0794 908 9762.

Norwich Artistes Bryden, 115 Holt Rd, Hellesdon, Norwich, NR6 6UA **t** 01603 407101 **f** 01603 405314
e brian@norwichartistes.co.uk **w** norwichartistes.co.uk
MD: Brian Russell.

OceanFall International Media Marketing & PR e info@oceanfall.com **w** oceanfall.com
oceanfall.co.uk Marketing Director: Leon Mitchell.

www.musicweek.com   **Music Week Directory** 251

Contacts Facebook MySpace Twitter YouTube

Press & Promotion: PR Companies

OPEN DOOR PR

77 Blackheath Road, London, SE10 8DP **t** 020 8693 4436
e gail@opendoorpr.co.uk **w** opendoorpr.co.uk
Managing Director: Gail Walker.
Open Door PR is a specialist music and brand PR agency driving coverage for its clients through the national, regional and digital media. Managing multi-platform marketing campaigns, Open Door PR offers: Print PR, Online PR, Editorial, Social Media, Brand Sponsorships, Album, Label & Product Launches, Event Management, Evaluation. We have over 6 years experience of promoting artists and driving sales through editorial coverage. Clients have included; Ministry of Sound, Hed Kandi, Hard2Beat, Universal, Skint, Loaded, Takeover Entertainment & House Trained.

Orbit PR Unit 206, 2nd Floor, Curtain House, 134-146 Curtain Rd, London, EC2A 3AR **t** 020 7033 4667 **f** 020 7033 4668 **e** karen@orbitpr.net **w** orbitpr.net
myspace.com/orbitpr Director: Karen Johnson 07930 391607 or 07930391607.

Orbit22 Media & Entertainment Churchill House, 12 Mosley St, Newcastle upon Tyne, NE1 1DE
t 0191 230 8023 **e** orbit22media@gmail.com
CEO/Owner: Jacquiline Swinburne +44(0)7766115337.

Outerglobe 113 Cheesemans, London, W14 9XH
t 07939564103 **e** debbie@outerglobe.com
w outerglobe.com outerglobe
myspace.com/outerglobe outerglobe MD: Debbie Golt.

Outpost Arch 462, Kingsland Viaduct, 83 Rivington Street, Shoreditch, London, EC2A 3AY
t 020 7684 5634 **e** david@outpostmedia.co.uk
w outpostmedia.co.uk Dir: David Silverman.

Outside Management Butler House, 177-178 Tottenham Court Rd, London, W1T 7NY
t 020 7436 3633 **f** 020 7436 3632 **e** info@outside-org.co.uk **w** outside-org.co.uk Director: Alan Edwards.

The Outside Organisation Ltd Butler House, 177-178 Tottenham Court Rd, London, W1T 7NY
t 020 7436 3633 **f** 020 7436 3632 **e** info@outside-org.co.uk **w** outside-org.co.uk @outsideorg
Chairman: Alan Edwards.

P&M (Public Relations & Marketing)
3rd Floor, Winchester House, 259-269 Old Marylebone Rd, London, NW1 5RA **t** 020 7170 4189 **f** 020 7170 4001
e info@pmltd.co.uk **w** pmltd.co.uk Head of PR: Phyllisia Adjei.

Pad Communications t 0845 458 8662
f 0845 458 8663 **e** simon@padcom.co.uk
w padcom.co.uk MD: Simon Morrison.

Paddy Forwood PR Manor Farm House, Stubhampton, Blandford Forum, Dorset, DT11 8JS
t 01258 830014 **f** 01258 830014
e pad.forwood@virgin.net **w** paddyforwoodpr.com
Director: Paddy Forwood.

Palmer Evans Associates 5 Landseer Rd, Hove, East Sussex, BN3 7AF **t** 01273 775801
e jimevans@talk21.com MD: Jim Evans 07976 376030.

Parallel PR Tewkesbury, Gloucestershire, GL20 6AZ
e steve@parallelpr.co.uk **w** parallelpr.co.uk Media Consultant: Steve Benton 01684 833132.

Peafish Promotions 30 Mildmay Grove South, Islington, London, N1 4RL **t** 07772 405 545
e info@peafish.com **w** myspace.com/peafish
Contact: Sarah Pink.

Peter Thompson Associates
Flat 1, 12 Bourchier St., London, W1D 4HZ
t 020 7439 1210 **f** 020 7439 1202
e info@ptassociates.co.uk MD: Peter Thompson.

Phill Savidge PR 8 Denton Road, London, N8 9NS
t 020 8348 0373/07887 584242 **f** 020 8348 0373
e phill@phillsavidge.com **w** phillsavidge.com Managing Director: Phill Savidge 0208 3480373/07887 584242.

Phuture Trax Press & Events PR PO Box 48527, London, NW4 4ZB **t** 020 8959 9131 **f** 020 8959 9131
e nicky@phuturetrax.co.uk **w** phuturetrax.co.uk
myspace.com/phuturetrax
twitter.com/PhutureTrax1 Managing Director: Nicky Trax 020 8959 9131 or mobile: 07951 128001.

Piranha PR 51 The Gardens, 51 The Gardens, London, SE22 9QQ **t** 020 8299 1928 **e** rosie@piranha-pr.co.uk
w piranha-pr.co.uk myspace.com/piranhapr
Managing Director: Rosie Wilby 07956 460372.

Planet Earth Publicity 49 Rylstone Way, Saffron Walden, Essex, CB11 3BL **t** 07966 557 774
e dave@planetearthpublicity.com
w planetearthpublicity.com MD: Dave Clarke 07966 557774.

Plug Two Cardiff **t** 07972 537440 **e** paul@plugtwo.com
w plugtwo.com Plugger, Writer, Editor of Swn Magazine: Paul Barnett.

Pomona Bridge House, 13 Devonshire Street, 13 Devonshire Street, Keighley, West Yorkshire, BD21 2BH
t 01422 846900 **e** mark@pomonauk.co.uk
w pomonapr.com Owner: Mark Hodkinson.

Porter Frith Panther House, 38 Mount Pleasant, London, WC1X 0AN **t** 020 7833 8444
e porterfrith@hotmail.com MD: Liz Frith.

PPR Publicity Rylett Studios, 77 Rylett Crescent, London, W12 9RP **t** 020 8746 4600 **f** 020 8746 4618
e peteflatt@pprpublicity.com **w** pprpublicity.com
MD: Pete Flatt 020 8746 4601.

Precious PR 3 Eliot Place, Blackheath, London, SE3 0QL
t 020 8318 0368 **e** jack@preciouspr.plus.com
w myspace.com/preciouspr MD: Jacqueline McKillion 07958 495 199.

Press & Promotion: PR Companies

Prescription PR Prescription PR, 47-51 Norfolk Street, Cambridge, CB1 2LD **t** 01223 505378
e james@prescriptionpr.co.uk **w** prescriptionpr.co.uk
facebook.com/prescriptionpr
myspace.com/prescriptionpr
twitter.com/prescriptionpr Managing Director: James Parrish.

Press Counsel PR PO Box 55996, London, W11 9BU **t** 020 7792 9400 **e** info@presscounselpr.com **w** presscounselpr.com myspace.com/presscounsel
MD: Charlie Caplowe.

PresStop Creatives 4E Oakdale Road, London, SW16 2HW **t** 020 8677 0193
e shazia@presstopcreatives.com
w presstopcreatives.com MD: Shazia Nizam.

Progressive Publicity County House, St Mary's St, Worcester, WR1 1HB **t** 01905 729149 **f** 01905 729149
e kate.brookes@progressivepublicity.com
w progressivepublicity.com
myspace.com/progressivepublicity Contact: Kate Brookes.

Psycho Media 111 Clarence Rd, Wimbledon, London, SW19 8QB **t** 020 8540 8122 **f** 020 8715 2827
e john@psycho.co.uk **w** psycho.co.uk Director: John Mabley.

Public City PR 3 Nicholls Yard, Crow Lane, Reed, Royston, SG8 8BJ **t** 07949554666
e em@publiccitypr.com **w** publiccitypr.com
facebook.com/PublicCityPRUK publiccitypruk
Publicity: Emma Van Duyts 07949 554666.

Public Eye Communications Ltd Plaza Suite 318, 535 Kings Road, London, SW10 0SZ **t** 020 7351 1555 **f** 020 7351 1010 **e** ciara@publiceye.co.uk
Chairman: Ciara Parkes.

The Publicity Connection 3 Haversham Lodge, 2-4 Melrose Avenue, London, NW2 4JS **t** 020 8450 8882 **f** 020 8208 4219 **e** sharon@thepublicityconnection.com **w** thepublicityconnection.com @PRConnect
MD: Sharon Chevin.

Pure Publicity 31 Mapesbury Rd, London, NW2 4HS **t** 020 8208 1279 **e** kim.machray@purepublicity.co.uk **w** purepublicity.co.uk MD: Kim Machray 07720 941 391.

Purple PR (Entertainment) 27-29 Glasshouse Street, London, W1B 5DF **t** 020 7434 7092 **e** william@purplepr.com **w** purplepr.com Dirs: William Rice, Carl Fysh.

Queen of the Crop™ C/O Reception, The Custard Factory, Gibb Street, Birmingham, West Midlands, B9 4AA **t** 0121 753 7700
e info@queenofthecrop.co.uk **w** queenofthecrop.co.uk
Contact: Miss Nzinga Graham-Smith aka Naz +44 (0)7858 444 913.

Quite Great Publicity Unit D, Magog Court, Shelford Bottom, Cambridge, CB2 3AD **t** 01223 410000
e ask@quitegreat.co.uk **w** quitegreat.co.uk
facebook.com/group 23485307554
myspace.com/quitegreat twitter.com/quitegreat
MD: Pete Bassett.

Random PR 41 Walters Workshop, 249 Kensal Road, London, W10 5DB **t** 020 8968 1545 **f** 020 8964 1181
e danni@randompr.co.uk **w** randompr.co.uk Office Manager: Danni Chambers.

Rare Communications 144 Gloucester Avenue, Primrose Hill, London, NW1 8JA **t** 020 7483 2500
f 020 7483 3700 **e** louise@rarecommunications.co.uk **w** rarecommunications.co.uk Director: Louise Drabwell 07979 241 458.

Razzle PR 66 Red Lion Street, Holborn, London, WC1R 4NA **t** 020 7430 0444 **e** karen@razzlepr.com
Head of Press: Karen Childs.

The Red Consultancy 41-44 Great Windmill St, London, W1D 7NF **t** 020 7465 7700 **f** 020 7025 6500
e red@redconsultancy.com **w** redconsultancy.com
CEO: Mike Morgan.

Relatively Entertainment PO Box 1034, Maidstone, ME15 0WZ **t** 07821 357 713 **e** lineage@toucansurf.com
MD: Paul Aaaron.

Republic Media Ltd Studio 202, 242 Acklam Rd, London, W10 5JJ **t** 020 8960 7449 **f** 020 8960 7524
e info@republicmedia.net **w** republicmedia.net
twitter.com/Republic_Media Director: Sue Harris.

Richard Wootton Publicity 572 Kingston Rd, Raynes Park, London, SW20 8DR **t** 020 8545 9299
f 020 8417 8470 **e** richard@rwpublicity.com Managing Director: Richard Wootton 07774 111 692.

RKM Public Relations Suite 201, Erico House, 93-99 Upper Richmond Rd, London, SW15 2TG
t 020 8785 5640 **f** 020 8785 5641 **e** info@rkmpr.com **w** rkmpr.com Dir: Rob Montague.

RMP 2C Woodstock Studios, Woodstock Grove, London, W12 8LE **t** 020 8749 7999 **e** firstname@rmplondon.co.uk
MD: Regine Moylett.

Rock Solid PR 11 Downton Avenue, Streatham Hill, London, SW2 3TU **t** 020 8674 2224 **f** 020 8674 2224
w rocksolidsounds.co.uk MD: John Welsh 07968 817 359.

Rollingpress Studio 11, 10 Acklam Grove, Ladbroke Grove, London, W10 5QZ **t** 020 8969 6699 **f** 020 8964 4706
e lee@rollingpress.co.uk **w** rollingpress.co.uk
Contact: Lee Haynes 07971 292154.

Rood Media PO Box 21469, Highgate, London, N6 4ZG **t** 07973 366301 **e** roo@roodmedia.com
w roodmedia.com Director: Roo Farndon.

RRR Management 96 Wentworth Rd, Birmingham, B17 9SY **t** 0121 426 6820 **f** 0121 426 5700
e enquiries@rrrmanagement.com **w** rrrmanagement.com
MD: Ruby Ryan.

Press & Promotion: PR Companies

Run Music 68A Rochester Place, Camden, London, NW1 9JX **t** 020 7485 1141 **e** ben@runmusic.co.uk **w** runmusic.co.uk ✉ Director: Ben Harris.

Sainted PR Office 17, Shaftesbury Centre, 85 Barlby Rd, London, W10 6BN **t** 020 8962 5700 **e** heatherfinlay@saintedpr.com **w** saintedpr.com myspace.com/saintedpr twitter.com/saintedpr ✉ MD: Heather Finlay.

Sally Reeves PR 49 Way Lane, Waterbeach, Cambridge, CB25 9NQ **t** 01223 864710 **e** sallyreeves@btinternet.com ✉ MD: Sally Reeves 07790 518 756.

Sarah J. Edwards PR PO Box 2423, London, WC2E 9PG **t** 0870 138 9430 **f** 0870 138 9430 **e** blag@blagmagazine.com **w** blagmagazine.com ✉ Dir: Sarah J. Edwards.

Sarsaparilla Ltd 1 Lyric Sq, London, W6 0NB **t** 020 7147 9960 **w** sarsparillamarketing.com ✉ Dir: Kimberly Davis.

Serious Press and PR 30 West Street, Stoke-sub-Hamdon, Somerset, TA14 6PZ **t** 01935 823719 **f** 01935 823719 **e** janehamdon@yahoo.com ✉ MD: Jane Osborne.

Silver PR 41 Lavers Rd, London, N16 0DU **t** 020 7502 0240 **e** rachel.silver@silverpr.co.uk **w** silverpr.co.uk Silver__PR ✉ Dir: Rachel Silver.

Singsong Entertainment Publicity Whiteleaf Business Centre, Buckingham Ind. Pk, Bucks, MK18 3AF **t** 01296 715228 **e** peter@singsongpr.biz **w** singsongpr.biz ✉ MD: Peter Muir.

Siren Music Ltd PO Box 166, Hartlepool, Cleveland, TS26 9JA **t** 01429 424603 **e** daveianhill@yahoo.co.uk **w** tenacitymusicpr.co.uk ✉ MD: Dave Hill 07951 679666.

Six07 Press 21 Ferdinand Street, London, NW1 8EU **t** 020 7428 0911 **f** 020 7428 0919 **e** ritu@six07press.com **w** six07press.com six07pressuk six07 ✉ Director: Ritu Morton.

Skullduggery Services 40a Love Lane, Pinner, Middlesex, HA5 3EX **t** 020 8429 0853 **e** xskullduggeryx@btinternet.com ✉ MD: Russell Aldrich.

Slice The Engine Group, 60 Great Portland St, London, W1W 7RT **t** 020 7309 5700 **f** 020 7309 5701 **e** firstname@slice.co.uk **w** slice.co.uk ✉ MD: Nadia Gabbie 0207 309 5700.

SLIDING DOORS PUBLICITY

Evans House, 107 Marsh Road, Pinner, Middlesex, HA5 5PA **t** 020 8429 7013 **e** james@slidingdoors.biz **w** slidingdoors.biz ✉ Managing Director: James Hamilton.

Smash Press London **t** 07721 662933 **e** nick@smashpr.co.uk **w** smashpr.co.uk ✉ MD: Nick White 07721 662 933.

SMC Europe 14 Bowling Green Lane, London, EC1R 0BD **t** 0207 251 8770 **f** 0207 251 8557 **e** info@smceurope.com **w** thesmc-group.com ✉ Contact: Leon Hamilton.

Sofa PR 15 Haynes Lane, London, SE19 3AN **t** 07970 551283 **e** sofapr@mac.com ✉ MD: Simon Ward 020 8771 5354.

SONIC PR LTD

5 The Hedgerows, Whitworth, Rochdale, Lancashire, OL12 8AW **t** 01706 853554 **f** 01706 853554 **e** rob@sonicpr.co.uk **w** sonicpr.co.uk myspace.com/sonicpr twitter.com/robsonicpr ✉ Managing Director: Rob Kerford 07882 882 314. MD: Rob Kerford. Press Officer: James McArdle. Press Officer: Martin Guttridge-Hewitt.
Sonic PR's three press officers deliver UK-wide regional, online and student music PR for physical & digital releases, and live campaigns. Specifically tailored to the needs of the client, 15 years of experience guarantees we meet the demands of the modern music industry Our roster includes :- Beth Jeans Houghton, Chilly Gonzales, Depeche Mode, Emmy the Great, Goldfrapp, Justice, Kraftwerk, Lisa Hannigan, Metronomy, Moby, Mute Records, Nick Cave and The Bad Seeds, Richard Hawley, Seasick Steve, The Jim Jones Revue, Warp Records, WU LYF. All media formats used. All genres covered. Press friendly website. Press release and biog-writing service available. PR with passion and professionalism.

Southern PR 6 Stucley Place, Camden, London, NW1 8NT **t** 020 7267 3466 **e** lisa@southernpr.co.uk ✉ MD: Lisa Southern 020 7267 3498.

Spring PR and Marketing 301 b/c Aberdeen House, Aberdeen Centre, 22-24 Highbury Grove, London, N5 2EA **t** 020 7704 0999 **f** 020 7704 6999 **e** rhiannon@spring-pr.com **w** spring-pr.com ✉ Dir: Rhiannon Sheehy.

Starling Publicity Flat F, 13 Stoke Newington Church St, Stoke Newington, London, N16 0NX **e** firstname@starlingpublicity.com **w** starlingpublicity.com ✉ Director: Alix Wenmouth 07760 105469.

Stephen Anderson Publicity Cathedral Buildings, 64 Donegall St, Belfast, Co Antrim, BT1 2GT, Northern Ireland **t** 028 9031 0949 **e** stephen_anderson@btconnect.com **w** stephenandersonpublicty.com ✉ MD: Stephen Anderson.

254 Music Week Directory   www.musicweek.com

Contacts　　Facebook　　MySpace　　Twitter　　YouTube

Press & Promotion: PR Companies

Stoked PR 1 Hardwick St, London, EC1R 4RB
t 020 7841 7085 e info@stokedpr.com w stokedpr.com
Director: Kate Head.

Stone Immaculate Press Music Room,
12 Alderton Rd, London, SE24 0HS t 020 7737 6359
e stone@stoneimmaculate.co.uk
w stoneimmaculate.co.uk/
facebook.com/profile.php?id=100002029507465
myspace.com/stoneimmaculatepr
twitter.com/#!/stoneimmaculate MD: Chris Stone.

Strategix Digital 9 Elle Court, 96 Nether St, London,
N12 8ET t 0845 680 1857 e mal@strategix-mobile.com
w strategix-mobile.com Owner: Mal Smith.

Street Press PR 20 Dulse Craig, Eyemouth,
Berwickshire, TD14 5EJ t 07801 313 225
e heather@streetpress.co.uk
w myspace.com/streetpress MD: Heather Moul.

Supersonic PR 307 Curtain House, 134-
146 Curtain Road, London, EC2A 3AR t 020 7033 7992
e info@supersonicpr.com w supersonicpr.com
facebook.com/SupersonicPR @supersonicpr
MD: Sundraj Sreenivasan.

Sure Shot PR - Online PR, Social Media and Digital Marketing The Premises Studios,
207 Hackney Rd, London, E2 8JL t 020 7729 5256
e info@sureshotpr.com w sureshotpr.co.uk
facebook.com/sureshotpr Director: Giovanna Ferin.

Tara Tomes PR PO Box 6003, Birmingham, B45 0AR
t 0121 477 9553 f 0121 693 2954
e tara@taratomes.com w taratomespr.com MD: Tara Tomes 07966 174 319.

Taylor Herring Public Relations
11 Westway Centre, 69 St Marks Road, London, W10 6JG
t 020 8206 5151
e peter.mountstevens@taylorherring.com
w taylorherring.com Managing Partner: Peter Mountstevens.

Technique Publicity 1 Codrington Mews, London,
W11 2EH t 020 8875 6257 e jon@technique-pr.com
w technique-pr.com Contact: Jon Wilkinson.

Tenacity Po Box 166, Hartlepool, Cleveland, TS26 9JA
t 01429 424 603 e daveiahill@yahoo.co.uk
w tenacitymusicpr.co.uk Proprietor: Dave Hill 07951 679 666.

Toast Press 241-251 Ferndale Road, 241-
251 Ferndale Road, Brixton, London, SW9 8BJ
t 020 7326 1200 e press@toastpress.com
w toastpress.com facebook.com/toastpress
myspace.com/toastpress twitter.com/toastpress
Managing Director: Ruth Drake.

Tomorrow Never Knows 15 Hopkin Close,
Queen Elizabeth Park, Guildford, Surrey, GU2 9LS
t 01483 234 428 e ritch@tomorrowneverknows.co.uk /
bally@tomorrowneverknows.co.uk
w tomorrowneverknows.co.uk @RitchAmes
MD: Ritch Ames / Bally Ames.

Top Button Digital The Yard, 2a Oakford Road,
Tufnell Park, London, NW5 1AH t 02076814124
e ollie@topbuttondigital.com w topbuttondigital.com
facebook.com/TopButtonDigital @topbutton_digi
Director: Ollie McCormack.

Tora! Company Clearwater Yard, 35 Inverness St,
London, NW1 7HB t 020 7424 7500 f 020 7424 7501
e gary@tora-co.demon.co.uk Dir: Gary Levermore.

Traffic Marketing 6 Stucley Place, London, NW1 8NS
t 020 7485 7400 f 020 7485 5151
e info@trafficmarketing.co.uk w trafficmarketing.co.uk
MD: Lisa Paulon.

Triad Publicity e info@triadpublicity.co.uk
triadpublicity Contact: Johnny Hopkins 07711 654772 / Vanessa Cotton 07803 500818.

Trinity Media Group 72 New Bond St, London,
W1S 1RR t 020 7499 4141 e info@trinitymediagroup.net
w trinitymediagroup.net Business Affairs: Peter Murray.

Uproar Communications The Old Dairy,
35 Little Russell Street, London, WC1A 2HH
t 020 7580 1852 f 020 7580 1855
e julian@uproaruk.com w uproaruk.com Chief Urbanaire: Julian Davis.

Velocity Communications 25 Waverley Rd,
St Albans, AL3 5PH t 020 7060 9111 f 020 7060 9112
e andy@velocitypr.co.uk w velocitypr.co.uk Managing Director: Andy Saunders.

Wasted Youth PR 21-22 Great Castle Street, London,
W1G 0HY t 020 7493 5873 e sarah@wastedyouthpr.com
w wastedyouthpr.com MD: Sarah Pearson.

We R Pr Unit 7, Bridgecourt, 12 Cook St, Glasgow,
G5 8JN t 07870 974 750 e werprglasgow@gmail.com
MD: Maco.

WildKat PR 36 Bruton Street, London, W1J 6QZ
t 020 7499 9334 e info@wildkatpr.com w wildkatpr.com
facebook.com/pages/London-United-Kingdom/WildKat-PR/102049366512666
twitter.com/#!/WildKatPR Managing Director: Kathleen Alder.

Work Hard PR 35 Farm Avenue, London, SW16 2UT
t 020 8677 8466 e roland@workhardpr.com
w workhardpr.com MD: Roland Hyams.

The Works PR 11 Marshalsea Road, London, SE1 1EN
t 020 7940 4686 f 020 7940 5656
e info@theworkspr.com w theworkspr.com Press: Judy Lipsey.

Writing Services 20 Rockfield Rd, Monmouth,
NP25 5BA t 01600 713758 e anita@writing-services.co.uk w writing-services.co.uk
Owner/manager: Anita Holford.

Xtaster – Music, Lifestyle & Brand Marketing
1 Stucley Studios, Stucley Place, Camden, London,
NW1 8NS t 020 7482 7000 f 020 7267 6638
e info@xtaster.co.uk w xtaster.co.uk MDs: Stuart Knight, Nick Dryden.

Ya Basta! PR Tithe Barn, Tithe Court, Langley, SL3 8AS
t 07764 575 600 **e** ash@yabastapr.co.uk
w yabastapr.co.uk Director: Ash Eaton.

Yes Please PR 29 Harford House,
35 Tavistock Crescent, London, W11 1AY
t 020 7792 2843 **e** yespleasepr@btinternet.com
 MD: Ginny Luckhurst.

The Zeitgeist Agency Exmouth House,
3 Pine Street, London, EC1R 0JH **t** 07866 435876
e jamiestockwood@thezeitgeistagency.com
w thezeitgeistagency.com thezeitgeistagency.com
 Director / Co-Owner: Jamie Stockwood
07866 435 876.

Photographers & Agencies

3D Media Services Seton Lodge, 26 Sutton Avenue,
Seaford, East Sussex, BN25 4U **t** 01323 892 303
e talk2us@3dmediaservices.com **w** 3dmediaservices.com
 MDs: Anthony Duke, Kim Duke.

aandr Photographic 16a Crane Grove, Islington,
London, N7 8LE **t** 020 7607 3030 **f** 020 7607 2190
e info@aandrphotographic.co.uk
w aandrphotographic.co.uk Photographers
Agents: Anita Grossman, Rosie Harrison.

Adam Gasson Photography 6 Albermarle Row,
Cathays, Bristol, Somerset, BS8 4LY **t** 07720 053526
e adam@adamgasson.com **w** adamgasson.com
 Photographer: Adam Gasson.

All Action Digital 32 Great Sutton St, London,
EC1V 0NB **t** 020 7608 2988 **f** 020 7336 0491
e mo@allaction.co.uk **w** allactiondigital.com
 GM: Isabelle Vialle.

Mark Allan 30 Barry Road, London, SE22 0HU
t 020 8693 6625 **e** mark@markallan-photographer.com
w markallan-photographer.com Photographer: Mark Allan.

Ami Barwell - Rock 'n' Roll Photographer
Suite 6, 334 Old Streeet, London, EC1V 9DS
t 07787188452 **e** ami@musicphotographer.co.uk
w musicphotographer.co.uk Managing Director:
Ami Barwell.

Amit & Naroop Photography Studio 1B,
39 - 40 Westpoint, Warple Way, London, W3 0RG
t 020 8743 4646 **e** info@amitandnaroop.com
w amitandnaroop.com Partners: Amit Amin
& Naroop Jhooti.

Christian Ammann Contact: ERA Management Ltd

Andy Fallon Music Photographer
Studio One, 111b, London, SE4 2DZ **t** 07956 303122
e andy@andyfallon.co.uk **w** andyfallon.co.uk Music
photographer: Andy Fallon.

Peter Ashworth 107 South Hill Park, London,
NW3 2SP **t** 020 7435 4142 **e** peter@ashworth-photos.com **w** ashworth-photos.com
 facebook.com/peter.ashworth1 Photographer: Peter
Ashworth 07714 952292.

Balcony Jump Management 61 Bayham Pl,
Camden, London, NW1 0ET **t** 0207 121 6380
f 0207 121 6382 **e** info@balconyjump.co.uk
w balconyjump.co.uk MD: Tim Paton.

Kingsley Barker Contact: Inspired Reflection Ltd

Sam Barker Contact: Inspired Reflection Ltd

Oly Barnsley Contact: Darling Creative

Bartolomy 28 Royal Close, London, N16 5SE
t 07870 137 373 **f** 020 8211 8909
e Bartolomy@gmail.com **w** bartolomy.com
 facebook.com/#!/pages/London-United-Kingdom/Bartolomy/156258464308?ref=ts
 myspace.com/bartolomy twitter.com/bartolomy
 Photographer: Bartolomy 07870137373.

Frank Bauer Contact: Skinny Dip

Bijoux Graphics 10 L Peabody Bldgs,
Clerkenwell Close, London, EC1R 0AY **t** 020 7608 1316
f 020 7608 0525 **e** davies@bijouxgraphics.co.uk
w bijouxgraphics.co.uk Director: David Davies 07947
896 775.

Bill Charles London Studio 214, 24-28 Hatton Wall,
London, EC1N 8JH **t** 0207 404 9210
e billcharles@pocko.com **w** billcharles.com
 billcharles.com Contact: Robert Simmons.

George Bodnar Churchill House, 137 Brent St, London,
NW4 4DJ **t** 020 8248 1004 **f** 020 8457 2602
e george@gbimages.com **w** GBimages.com
 twitter.com/GBphoto Photographer: George Bodnar.

Igor Borisov Contact: Serlin Associates

Robin Broadhead Contact: Serlin Associates

Bruce Fleming Photography 60 Wimpole Street,
London, W1G 8AG **t** 020 7486 4001
e mail@brucefleming.com **w** brucefleming.com
 Production Manager: Kim Fleming.

Ray Burmiston Contact: Shoot Production Ltd

Willy Camden Contact: Shoot Production Ltd

Matt Canon Contact: Shoot Production Ltd

Capital Pictures 85 Randolph Avenue, London,
W9 1DL **t** 020 7286 2212 **e** sales@capitalpictures.com
w capitalpictures.com Dir: Phil Loftus.

Andy Carne thelongdrop, Studio 2, 25 Halstead Rd,
Earls Colne, Essex, CO6 2NG **t** 01787 224464
e studio@andycarne.com **w** andycarne.com
 myspace.com/andycarne twitter.com/andycarne
 Photographer: Andy Carne.

Press & Promotion: Photographers & Agencies

Contacts | **Facebook** | **MySpace** | **Twitter** | **YouTube**

Christie Goodwin pictures that rock
11 Chiltern Place, 96 Harestone Valley Rd, Caterham,, Surrey, CR3 6HZ **t** 07799 174199
e patrick@christiegoodwin.com **w** christiegoodwin.com
Manager: Patrick Cusse.

Dean Chalkley Contact: Shoot Production Ltd

Chiaki Nozu Photography 79 Consfield Avenue, Motspur Park, New Malden, Surrey, KT3 6HD
t 07973 167754 **f** 020 8942 3834
e info@chiakinozu.com **w** chiakinozu.com Owner: Chiaki Nozu.

Claire Grogan Photography 18 Calverley Grove, Archway, London, N19 3LG **t** 020 7272 1845
e claire@clairegrogan.co.uk **w** clairegrogan.co.uk
Contact: Claire Grogan 07932 635381.

Claire Greenway Music Photography
e photo@clairegreenway.com **w** clairegreenway.com
Contact: Claire Greenway 07980819350.

Tom Corbett Contact: Darling Creative

Sarah Cresswell Contact: ERA Management Ltd

Pete Cronin 14 Lakes Rd, Keston, Kent, BR2 6BN
t 01689 858719 **e** pete@petecronin.com
w petecronin.com Contact: 07860 391985.

Dan Griffiths - Music Photography
4. Osborne House, St. Mary's Terrace, London, W2 1SG
t 07734 188328 **e** dan@dangriffiths.com
w dangriffiths.com
facebook.com/musicphotographeruk
twitter.com/dgriffithsphoto Music Photographer: Dan Griffiths.

Jack Daniels Plot 2, The Plantation, Swanage, Dorset, BH19 2TD **t** 07831 356719 **f** 01929 427471
e musicweek@jackdaniels.me.uk **w** jackdaniels.me.uk
Contact: Jack Daniels 01929 427429.

Darling Creative Unit 227 Worlds End Studios, 132 - 134 Lots Rd, London, SW10 0RJ **t** 020 7349 7033
f 020 7351 5044 **e** studio@darling-creative.com
w darling-creative.com Director: Kitty Wengraf.

Davix Management Suite D, 67 Abbey Rd, St John's Wood, London, NW8 0AE **t** 07956 302894
e davixuk@hotmail.com **w** davidrossphotography.co.uk
Photographer: David Ross.

Corinne Day Contact: Susie Babchick Agency

Bruno Dayan Contact: Serlin Associates

Ian Derry Contact: ERA Management Ltd

Tom Dunkley Contact: Shoot Production Ltd

Frederic Duval 6 Dorset Court, Hertford Road, London, N1 4SD **t** 020 7503 6870 **e** jenny_duval@hotmail.com
Contact: 07876 481 279.

Andy Earl 29 Curlew Street, London, SE1 2ND
t 020 7403 1156 **f** 020 7403 1157 **e** mail@andyearl.com
w andyearl.com

East Photographic Unit 8 Iron Bridge House, 3 Bridge Approach, London, NW1 8BD **t** 020 7722 3444
f 020 7722 3544 **e** roger@eastphotographic.com
w eastphotographic.com Co Director: Roger Silveira.

David Ellis Contact: Terri Manduca Ltd

Nicky Emmerson Contact: Darling Creative

ERA Management Ltd 120 The Beaux Arts Building, 10-18 Manor Gardens, London, N7 6JT **t** 020 7281 5996
f 020 7281 6202 **e** info@eramanagement.com
w eramanagement.com Dir: Eva Dijkstra.

Famous Pictures & Features Agency
13 Harwood Rd, London, SW6 4QP **t** 020 7731 9333
f 020 7731 9330 **e** info@famous.uk.com
w famous.uk.com Library Manager: Rob Howard.

Daniela Federici Contact: Darling Creative

Freelance Directory NUJ, Acorn House, 314-320 Gray's Inn Road, London, WC1X 8DP **t** 020 7843 3703
f 020 7278 1812 **e** pamelam@nuj.org.uk
w gn.apc.org/media Contact: Pamela Morton.

Dean Freeman Contact: Terri Manduca Ltd

Eric Frideen Contact: Serlin Associates

Future Earth 59 Fitzwilliam St, Wath Upon Dearne, Rotherham, South Yorks, S63 7HG **t** 01709 872875
e david@future-earth.co.uk **w** future-earth.co.uk
MD: David Moffitt.

George Chin Photography t 020 8144 8253
e george@georgechin.com **w** georgechin.com/
Photographer: George Chin T:020 8144 8253 / M: 07876 745943.

Louis Girardi Contact: Inspired Reflection Ltd

Bob Glanville 77 Shelley House, Churchill Gardens, Pimlico, London, SW1V 3JE **t** 07957 363 472
e info@bobglanville.com **w** bobglanville.com
Photographer: Bob Glanville.

Christie Goodwin 11 Chiltern Place, 96 Harestone Valley Rd, Caterham, Surrey, CR3 6HZ
t 07799 174199 **e** patrick@ccphotoart.biz
w christiegoodwin.com Manager: Patrick Cusse 07799174199.

Graham Smith Photography
e info@grahamsmithphotography.com
w grahamsmithphotography.com Photographer/Film Maker: Graham Smith.

Adrian Green Contact: Shoot Production Ltd

Guy Dixon Photography t 07971 195310
e guydixonphotography@mac.com **w** guydixon.com
Director of Photography: Guy Dixon.

Halo Event Photography 49 Hopton Rd, Streatham, London, SW16 2EL **t** 020 7993 4693 or 07886 757501
e contact@haloep.co.uk **w** haloep.co.uk Director of Photography: Andrew Paine.

Marc Hom Contact: Serlin Associates

www.musicweek.com **Music Week Directory** 257

📧 Contacts 📘 Facebook 👥 MySpace 🐦 Twitter ▶️ YouTube

Press & Promotion: Photographers & Agencies

Hugo Morris Photography 134 Renfrew St, Glasgow, G3 6ST **t** 07929 194 571 **e** info@XTmedia.co.uk **w** hugomorris.com 📧 Contact: Hugo Morris.

Iconicpix Music Archive
e georgechin@iconicpix.com **w** iconicpix.com/ 📧 Managing Director/CEO: George Chin T.020 8144 8253 / M.07876 745943.

Idols Licensing And Publicity Image House, Station Rd, London, N17 9LR **t** 020 7385 5121 **e** james@idols.co.uk **w** idols.co.uk 📧 CEO: James Claydon - james@idols.co.uk.

Inspired Reflection Ltd 28 Dayton Grove, Peckham, London, SE15 2NX **t** 0870 919 3587 **f** 0870 919 3588 **e** deborah@inspiredreflection.com **w** inspiredreflection.com 📧 MD: Deborah Williams.

Drew Jarrett Contact: Skinny Dip

J.C.Mac 5 Lawnwood Court, Catteshall Lane, Godalming, Surrey, GU7 1XS **t** 07768 475 622 **e** jcmac@blissmedia.co.uk **w** blissmedia.co.uk 📧 Photographer: J.C. Mac.

Mitch Jenkins Contact: Shoot Production Ltd

Joe Bangay Photography River House, Riverwoods Drive, Marlow, Buckinghamshire, SL7 1QY **t** 01628 486193 **f** 01628 890239 **e** william.b@btclick.com **w** joebangay.com 📧 Managing Director: William Bangay 07860 812 529.

John Beecher Photo Library Rock House, St. Marys, Chalford, Stroud, Gloucestershire, GL6 8PU **t** 01453 886252 **f** 01453 885251 **e** john@rollercoasterrecords.com **w** rollercoasterrecords.com 📧 Owner: John Beecher 0845 456 9759.

Jon Stone Performance Photography
143 Liverpool Road, Southport, Merseyside, PR8 4NT **t** 01704 563 195 or 07785 913 400 **e** jon-stone@excite.com 📧 Contact: Jon Stone.

Jonathan Rea Photography 49 Josephine Avenue, London, SW2 2JZ **t** 020 8674 7828 or 07799 673 383 **e** jonathanrea@mac.com **w** jonathanrea.net 📧 Proprietor: Jonathan Rea.

Joseph Kaler Photography London **t** +44 (0)208 281 2504 **e** info@josephkaler.com **w** josephkaler.com 📘 facebook.com/Joseph.Kaler 📧 Dir: Joseph Kaler 07957561217.

Judy Totton Photography EBC House, Ranelagh Gardens, London, SW6 3PA **t** 020 7371 8158 / 8159 **e** judy@judytotton.com **w** judytottonphotography.com 📧 MD: Judy Totton.

Junction10 Photography
292 Wolverhampton Road West, Bentley, Walsall, West Midlands, WS2 0DS **t** 07973 618503 **f** 08707 607654 **e** jason@junction10.net **w** junction10.net 📘 facebook.com/junction10 🐦 twitter.com/junction10 📧 Freelance Photographer: Jason Sheldon.

Kochi Photography 33/37 Hatherley Mews, Walthamstow, London, E17 4QP **t** 020 8521 9227 **f** 020 8520 5553 **e** xplosive@supanet.com 📧 Director: Terry McLeod.

Charlotte Krag Contact: Inspired Reflection Ltd

Kristine Skovli Photography 22a Morval Road, London, SW2 1DQ **t** 07947 332 514 **e** kristine@kskovli.com **w** kskovli.com 📧 photographer: Kristine Skovli.

Laurie Lewis 176 Camden Road, London, NW1 9HG **t** 020 7267 0315 📧 Dir: Topsy Corian.

Rebecca Lewis Contact: Skinny Dip

Link Photographers 41A The Downs, London, SW20 8HG **t** 020 8944 6933 **e** office@linkphotographers.com **w** linkphotographers.com 📧 Proprietor: Orde Eliason.

London Features International Ltd
3 Boscobel St, London, NW8 8PS **t** 020 7723 4204 **f** 020 7723 9201 **e** john@lfi.co.uk **w** lfi.co.uk 📧 Editorial Dir: John Halsall.

Loud Pixels Photography
391A Upper Richmond Road, London, SW15 5QL **t** 07738 920225 **e** marc@loudpixels.net **w** loudpixels.net 📘 facebook.com/pages/Marc-Broussely-Photographer/42761718244 👥 myspace.com/sonicmoo 🐦 twitter.com/Loudpixels 📧 Director: Marc Broussely.

Lynn Hilton Photography 11 sylvan hill, London, SE19 2QB **t** 0044 7831 163844 **e** lynn@lynnhilton.com **w** lynnhilton.com 📧 Director: Lynn Hilton 00 44 7831 163844.

Kevin Mackintosh Contact: Serlin Associates

Sarah Maingot Contact: Serlin Associates

Mark Baker Imagery High Wycombe, Buckinghamshire, HP12 4QU **e** bakerimages@yahoo.com **w** bakerimages.com 📘 facebook.com/markbakerimagery ▶️ youtube.com/user/bakerimages1 📧 Contact: Mark Baker 07855 976294.

Mark Latham - Music Photographer
267 Park Road, Barnsley, South Yorkshire, S70 1QJ **t** 07900 802858 **e** mark@marklatham.co.uk **w** marklatham.co.uk 📧 Owner: Mark Latham.

Mark McNulty 3 Hougoumont Grove, Waterloo, Liverpool, Merseyside, L22 0LP **t** 0151 284 9001 **e** markmcnulty@me.com **w** mcnulty.co.uk 📘 facebook.com/mcnultyarchive 🐦 twitter.com/markmcnulty ▶️ youtube.com/markmcnulty 📧 Freelance Photographer & Filmmaker: Mark McNulty 07885 847806.

Marta Stoyanova Photography Bullen Street, Battersea, London, SW11 3HG **t** 07946 380581 **e** info@martegallery.com **w** martegallery.com 📧 Music Portrait And Fashion Photographer: Marta Stoyanova.

John McMurtrie t 07976 961188 **e** jmc@picturedesk.co.uk **w** picturedesk.co.uk 📧 Contact: John McMurtrie.

258 Music Week Directory

Press & Promotion: Photographers & Agencies

Anne Menke Contact: Serlin Associates

Michael Taylor Photography Belfast
t 028 9065 4450 w mtphoto.co.uk/music/
✉ Contact: Michael Taylor. **Michael Taylor Photography** 412 Beersbridge Rd, Belfast, BT5 5EB
t 028 9065 4450 f 028 9047 1625
e michael@mtphoto.co.uk w mtphoto.co.uk
✉ Photographer: Michael Taylor.

Mission Photographic
Ground Floor, 10 St Johns Crescent, Canton, Cardiff, CF5 1NX t 07816 857 450
e mei@missionphotographic.com
w missionphotographic.com ✉ Contact: Mei Lewis.

Stephen Morgan Contact: Skinny Dip

Marin Morrell Contact: Serlin Associates

MUSIC PICS LTD

34B King Charles Road, Surbiton, Surrey, KT5 8PY
t 0208 339 9946 e john@musicpics.co.uk
w musicpics.co.uk ✆ @twitter/musicpicsuk
✉ Contact: John Rahim.

Nick Tansley Pictures 1 Lopen Rd, London, N18 1PN t 020 8807 6268 f 020 8351 1497
e popworks1@yahoo.com ✉ Contact: Nick Tansley.

One Photographic 4th Floor, 48 Poland St, London, W1F 7ND t 020 7287 2311 f 020 7287 2313
e harriet@onephotographic.com w onephotographic.com
✉ Agents: Belinda Taylor, Harriet Essex.

Paul Harries Photography 95 Waldegrave Rd, Teddington, Middlesex, TW11 8LA t 020 8977 1958
e paul@paulharries.co.uk w paulharries.co.uk
✉ Contact: Paul Harries 07889 767 179.

Paul Salmon Photography Oceans Reach, 32 Homer Crescent, Braunton, North Devon, EX33 1DT
t 07799 652288 f 01271 815871
e ysalmon@hotmail.com w paulsalmonphotography.com
✉ Contact: Yvonne Salmon.

PC.P 3rd Floor, 10 Greek Street, London, W1D 4DH
t 020 7313 9100 f 020 7434 0462 e penny@pcp-agency.com w pcp-agency.com ✉ Dir: Penny Caplowe 07786 245112.

Soulla Petrou Contact: Shoot Production Ltd

Valerie Phillips Contact: Serlin Associates

Photo-Stock Library International
14 Neville Avenue, Anchorsholme, Thornton-Cleveleys, Lancashire, FY5 3BG t 01253 864598 f 01253 864598
e wayne@photo-stock.co.uk w photo-stock.co.uk
▪ WaynePaulo ▪ WaynePaulo
✆ twitter.com/WaynePaulo ▪ WaynePaulo
✉ Director: Wayne Paulo.

Pictorial Press Ltd Unit 1 Market Yard Mews, 194 Bermondsey Street, London, SE1 3TQ
t 020 7378 7211 f 020 7378 7194
e info@pictorialpress.co.uk w pictorialpress.com
✉ Director: Tony Gale.

Pop - Pix Media Avalon House, 67 Avalon Rd, London, W13 0BB t 020 8997 9062 e info@poppix.co.uk
w poppix.co.uk ✉ Contact: Alex Mills 07986 557 452.

Phil Poynter Contact: Serlin Associates

Ralf Pulmanns Contact: ERA Management Ltd

Rebecca Valentine Agency 37 Foley St, London, W1W 7TN t 07968 190 411
e rebecca@rebeccavalentine.com
w rebeccavalentine.com ✉ MD: Rebecca Valentine.

Red represents Ltd t 07977 506 780
f 070 0580 0027 e ginny@redrepresents.com
w redrepresents.com ✆ @Redrepresents
✉ Contact: Ginny Mettrick 07977506780.

Redferns Music Picture Library 21-31 Woodfield Rd, London, W9 2BA t 020 3227 2720
f 020 7266 2414 e info@redferns.com
w gettyimages.com/redferns ✉ Editor: Jon Wilton.

Rena Pearl Photography 8A The Drive, London, NW11 9SR t 020 8455 7661 e rena@renapearl.com
w renapearl.com ✆ renapearl ✉ Freelance Photographer: Rena Pearl 07798 693756.

John Rensten Contact: Rebecca Valentine Agency

Repfoto 108 Sutton Court, Fauconberg Road, London, W4 3EE t 020 8995 3632 e repfoto@btinternet.com
w repfoto.com ✉ Partner: Robert Ellis.

Retrograph Nostalgia Archive Ltd
10 Hanover Crescent, Brighton, E. Sussex, BN2 9SB
t 01273 687554 e retropix1@aol.com w Retrograph.com
✉ MD: Jilliana Ranicar-Breese.

Rex Features 18 Vine Hill, London, EC1R 5DZ
t 020 7278 7294 f 020 7837 4812
e editorial@rexfeatures.com w rexfeatures.com ✉ News Editor: John Melhuish 020 7278 5789.

Paul Rider Contact: Shoot Production Ltd

Rip Contact: Ripley & Ripley (London)

Ripley & Ripley (London) London, N1
t 07739 745495 e studio@ripleyandripley.com
w ripleyandripley.com ✉ Managing Director: Rip.

Rock Lens Photography t 07786 261950
e info@rocklens.com w rocklens.com
✉ Owner/Photographer: Steve Thorne.

Sheila Rock Contact: Terri Manduca Ltd

Martyn Rose Contact: Rebecca Valentine Agency

www.musicweek.com   **Music Week Directory** 259

Contacts   Facebook   MySpace   Twitter   YouTube

Press & Promotion: Photographers & Agencies

Russ Tannen Photography 4c, Coldharbour Lane, Camberwell, London, SE5 9PR **t** 07855 679 499
e info@russtannen.com **w** russtannen.com
Photographer: Russ Tannen.

Sarahphotogirl The Studio, 2 Derwent Croft, Scarborough, North Yorkshire, Scarborough, YO13 9HW
t 07803 108884 **e** info@sarahphotogirl.com
w sarahphotogirl.com facebook.com/sarahphotogirl
myspace.com/sarahphotogirl
flickr.com/photos/sarahphotogirl
ww.youtube.com/sarahphotogirl
Photographer: Sarahphotogirl.

Diana Scheunemann Contact: Terri Manduca Ltd

Kristian Schuller Contact: Darling Creative

Serlin Associates Highgate Studios, 53-79 Highgate Road, London, NW5 1TL **t** 020 7424 8888
f 020 7424 8889 **e** lisa@serlinassociates.com
w serlinassociates.com Managing Director: Lisa Davies.

Shoot Production Ltd Unit 2.08, Tea Building, Shoreditch High St, London, E1 6JJ **t** 020 7324 7500
f 020 7324 7514 **e** production@shootgroup.com
w shootproduction.com MD: Adele Rider.

Morgan Silk Contact: Rebecca Valentine Agency

Skinny Dip 6 Silver Place, London, W1F 0JS
t 020 7287 9585 **e** info@skinnydip.co.uk
w skinnydip.co.uk Contact: Amy Foster, Jonny Wright.

Steve Smith Contact: ERA Management Ltd

Paul Spencer Contact: Rebecca Valentine Agency

Stem Agency 102 Barnet Grove, London, E2 7BJ
t 07790 026628 **e** info@stemagency.com
w stemagency.com Contact: Will Robinson 07790 026 628.

Stewart Birch Photography 30 Kenilworth Rd, Bognor Regis, West Sussex, PO21 5NF **t** 07789 648 646
e info@stewartbirch.co.uk **w** stewartbirch.co.uk
Contact: Stewart Birch.

The Street Studios 2 Dunston St, London, E8 4EB
t 020 7923 9430 **f** 020 7923 9429
e mail@streetstudios.co.uk **w** streetstudios.co.uk
Studio Manager: Chris Purnell. **Susie Babchick Agency** Top Floor, 6 Brewer St, London, W1F 0SD
t 020 7287 1497 **f** 020 7439 6030
e susie@susiebabchick.com **w** susiebabchickagency.com
Dir: Susie Babchick.

Syndicated International Network 89a North View Road, London, N8 7LR **t** 020 8348 8061
f 020 8340 8517 **e** sales@sin-photo.co.uk **w** sin-photo.co.uk Contact: Marianne Lassen.

Terri Manduca Ltd The Basement, 11 Elvaston Place, London, SW7 5QG **t** 020 7581 5844 **f** 020 7581 5822
e sally@terrimanduca.co.uk **w** terrimanduca.co.uk
MD: Terri Manduca.

Terri Berg Photographic PO Box 20072, London, NW2 3ZU **t** 020 8450 6378 **f** 020 8450 7058
e tnb@dircon.co.uk **w** tbphoto.co.uk
Contact: Terri N Berg.

Timothy Cochrane Photography 8 Colgrove, Welwyn Garden City, Herts, AL8 6HU **t** 07919 411662
e tim@timothycochrane.com **w** timothycochrane.com
Photographer: Timothy Cochrane.

Donna Troppe Contact: Serlin Associates

Visualeyes Imaging Services 11 West Street, Covent Garden, London, WC2H 9NE **t** 020 7836 3004
f 020 7240 0079 **e** imaging@visphoto.co.uk
w visphoto.co.uk Sales & Marketing Manager: Fergal O'Regan.

Lawrence Watson Contact: Skinny Dip

Uli Weber Contact: Terri Manduca Ltd

WildeHague Ltd Unit 9, The Coach Works, 80 Parsons Green Lane, London, SW6 4HU
t 020 7384 3444 **f** 020 7384 3449
e info@wildehague.com **w** wildehague.com
Dirs: Janice Hague, Dilys Wilde.

Zegrae Stylefoto 2 Beaconsfield Street, Darlington, County Durham, DL3 6ER **t** 01325 255 252
f 01325 255 252 **e** graemerobinson@mac.com
Managing Director: Graeme Robinson.

www.musicweek.com

MusicWeek
THE BUSINESS OF MUSIC

Still the best way to get your message to the entire UK music business.

14,000+
Industry E-mail Subscribers

15,000+
Magazine Readers

100,000+
Unique Monthly Users at MusicWeek.com

Subscriptions – **Craig.Swan@intentmedia.co.uk**
Advertising – **Darrell.Carter@intentmedia.co.uk**

Phone **020 7354 600**

Concert Live: Live Music Retailing

Concert Live's products and services are **PROVEN** to increase per head spend at concerts by over 50%.

- **Instant live recordings** - over £1 million in new artist revenues created

- **Increased Chart placings** - Chart Eligible singles and albums sold across tours that count directly to UK Chart

- **Increased merchandise sales** - Concert Live's retailers and street teams actively drive merchandise sales at concerts

Previous clients include:
ELTON JOHN   Paolo Nutini   ELP
KISS   city and colour

To find out how you can generate more revenue from your gigs, get in touch.

sales@concertlive.co.uk
www.concertlive.co.uk

Live

Live

Established since 1976

John Henry's Ltd.

www.johnhenrys.com

Audio Rental

Backline Rental

Endorsements

Equipment Sales

Event Production

Flightcases

Rehearsal Studios

Staging Rental

Storage

Tour Supplies

Transport & Crewing

16-24 Brewery Road London N7 9NH
Tel: +44 (0)20 7609 9181 Email: info@johnhenrys.com

www.musicweek.com **Music Week Directory** 263

Contacts Facebook MySpace Twitter YouTube

Live

Booking Agents

13 Artists 11-14 Kensington Street, Brighton & Hove, United Kingdom, BN1 4AJ **t** 01273 601355
f 01273 626854 **e** postmaster@13artists.com
w 13artists.com

ABS Agency 2 Elgin Avenue, London, W9 3QP
t 020 7289 1160 **f** 020 7289 1162 **e** nigel@absagency.u-net.com MD: Nigel Kerr.

ACA Music Booking Blenheim House, Henry Street, Bath, BA11JR **t** 01225 428 284
e enquiries@acamusic.co.uk **w** acamusic.co.uk Senior Agent: Jezz Haigh.

Acker's International Jazz Agency
53 Cambridge Mansions, Cambridge Rd, London, SW11 4RX **t** 020 7978 5885
e pamela@ackersmusicagency.co.uk
w ackersmusicagency.co.uk Prop: Pamela Frances Sutton.

Active 60 Love St, Paisley, PA3 2EQ **t** 0141 561 0271
f 0141 561 0272 **e** active.events@virgin.net
w activeevents.org.uk MD: Lisa Whytock.

The Agency Group Ltd 361-373 City Rd, Islington, London, EC1V 1PQ **t** 020 7278 3331 **f** 020 7837 4672
w theagencygroup.com Chief Executive Officer: Neil Warnock.

AIR (Artistes International Representation Ltd) A I R House, 17 Clyde Terrace, Spennymoor, County Durham, DL16 7SE **t** 01388 814632
f 01388 812445 **e** info@airagency.com **w** airagency.com Director: Colin Pearson.

Air Artist Agency 27 The Quadrangle, 49 Atalanta St, London, SW6 6TU **t** 020 7386 1600 **f** 020 7386 1619
e info@airmtm.com **w** airmtm.com
facebook.com/pages/Air-MTM/7986276834
myspace.com/airmtm twitter.com/airmtm
youtube.com/user/Airmtm Booking Agent: Bethan Hay.

Alan Cottam Agency 8 Cabin End Row, Guide, Blackburn, Lancashire, BB1 2DP **t** 01254 668471
f 01254 697599 **e** alan7000uk@yahoo.com
w alancottamagency.co.uk Managing Director: Alan Cottam.

Alan Whitehead Management
51 Chambers Grove, Welwyn Garden City, Hertfordshire, AL7 4FG **t** 07957 358997
e alan_whitehead_uk@yahoo.com Managing Director: Alan Whitehead.

Asgard Promotions 125 Parkway, London, NW1 7PS
t 020 7387 5090 **f** 020 7387 8740 **e** paulfenn@asgard-uk.com **w** asgard-uk.com Joint Managing Director: Paul Fenn.

Avenue Artistes PO Box 1573, Chilworth, Southampton, Hampshire, SO16 3XS **t** 02380 760930
f 02380 760930 **e** info@avenueartistes.com
w avenueartistes.com Director: Terence Rolph.

Austin Baptiste Entertainments Agency
29 Courthouse Gardens, London, N3 1PU
t 020 8346 3984 **f** 020 8922 3770
e steelbands@aol.com **w** steelbands.uk.com
MD: Austin Baptiste.

Barn Dance and Line Dance Agency
62 Beechwood Road, South Croydon, Surrey, CR2 0AA
t 020 8668 5714 **f** 020 8645 6923
e barndanceagency@btinternet.com **w** barn-dance.co.uk
Dir: Derek Jones.

Barry Collings Entertainments PO Box 2112, Hockley, Essex, SS5 4WD **t** 01702 201880 **e** Barry-Collings@btconnect.com **w** barrycollings.co.uk
Proprietor: Barry Collings.

The Bechhofer Agency 51 Barnton Pk View, Edinburgh, EH4 6HH **t** 0131 339 4083 **f** 0131 339 9261
e agency@bechhofer.demon.co.uk
w bechhoferagency.com Contact: Frank Bechhofer.

John Bedford Enterprises 40 Stubbington Avenue, North End, Portsmouth, Hampshire, PO2 0HY
t 023 9266 1339 **f** 023 9264 3993
e agency@johnbedford.co.uk **w** johnbedford.co.uk
Dir: John Bedford.

Big Bear Music PO Box 944, Birmingham, West Midlands, B16 8UT **t** 01214 547020
f 01214 549996 **e** agency@bigbearmusic.com
w bigbearmusic.com Director: Tim Jennings.

The Bob Paterson Agency (BPA) PO Box 670, Ipswich, Suffolk, IP9 9AU **t** 01473 749 556
f 01473 749 556 **e** bp@bobpatersonagency.com
w bobpatersonagency.com MD: Bob Paterson 07946 038 634.

Carol & Associates 57 Meadowbank, Bushy Park Rd, Dublin 6, Ireland **t** +353 1 490 9339 **f** +353 1 492 1100
e info@carolandassociates.com
w carolandassociates.com MD: Carol Hanna.

Castaway Suite 3, 15 Broad Court, London, WC2B 5QN
t 020 7240 2345 **f** 020 7240 2772
e info@castaway.org.uk **w** castaway.org.uk MD: Sheila Britten.

CEE Worldwide Entertainment Agency
9 Coltsfoot Square, Oxford, Oxfordshire, OX4 7YN
t 08458 333232 **e** enquiries@cee-worldwide.com **w** cee-worldwide.com
facebook.com/pages/manage/#/pages/CEE-Worldwide-Entertainment-Agency/152427577342
twitter.com/CEEWorld
youtube.com/user/CEEWorldwide Chief Executive Officer: Paul Sims.

Live: Booking Agents

264 Music Week Directory

Contacts ▪ **Facebook** ▪ **MySpace** ▪ **Twitter** ▪ **YouTube**

Live: Booking Agents

Central Music Agency Flat 1, Viewfield, Como Rd, Great Malvern, Worcs, WR14 4HD e cmamalvern@aol.com ▪ Agent/Promoter: Suzi Glantz.

CNL 21 Station Road, Nottingham, NG14 7GD t 01636 831434 f 01636 831433 e info@cnltouring.co.uk w cnltouring.co.uk ▪ Agent: Jon Barry.

CODA Music Agency LLP 229 Shoreditch High St, London, E1 6PJ t 020 7456 8888 f 020 7456 8800 e maryann@codaagency.com w codaagency.com ▪ Office Manager: Maryann Spencer.

Complete Entertainment Services PO Box 112, Seaford, East Sussex, BN25 2DQ t 0870 755 7610 f 0870 755 7613 e info@completeentertainment.co.uk w completeentertainment.co.uk ▪ Events Mgr: Emalee Welsh.

Consolidated PO Box 87, Tarporley, CW6 9FN t 01829 730488 f 01829 730499 e alecconsol@aol.com ▪ Agent: Alec Leslie.

Continental Drifts Hilton Grove, Hatherley Mews, London, E17 4QP t 020 8509 3353 f 020 8509 9531 e Chris@continentaldrifts.co.uk w continentaldrifts.uk.com ▪ Director: Chris Meikan.

Creative Artists Agency UK Ltd 4th Floor, Space One, 1 Beadon Road, Hammersmith, London, W6 0EA t 020 8846 3000 f 020 8846 3090 e londonreception@caa.com w caatouring.com ▪ Contact: London Reception.

Creeme Entertainments East Lynne, Harper Green Road, Doe Hey, Farnworth, Bolton, Lancashire, BL4 7HT t 01204 793441 f 01204 792655 e info@creeme.co.uk w creeme.co.uk ▪ MD: Tom Ivers 01204 793018.

Criminal Booking Agency Suite B4, 203-205 The Vale, London, W3 7QS e bookings@criminalrecords.cc ▪ Booking Agent: Zac.

Crisp Productions PO Box 979, Sheffield, South Yorkshire, S8 8YW t 0114 261 1649 f 0114 261 1649 e dc@cprod.win-uk.net ▪ MD: Darren Crisp.

Crown Entertainments 103 Bromley Common, Bromley, Kent, BR2 9RN t 020 8464 0454 f 020 8290 4038 e info@crownentertainments.co.uk w crownentertainments.co.uk ▪ MD: David Nash.

Dave Seamer Entertainments 46 Magdalen Road, Oxford, Oxfordshire, OX4 1RB t 01865 240054 f 01865 240054 e dave@daveseamer.co.uk w daveseamer.co.uk ▪ Managing Director: Dave Seamer.

David Hull Promotions 46 University St, Belfast, BT7 1HB t 028 9024 0360 f 028 9024 7919 e info@dhpromotions.com w davidhullpromotions.com ▪ MD: David Hull.

Dawson Breed Music Ltd Spenser House, London, SE24 0NR t 020 7733 0508 e debra@dawsonbreedmusic.com w dawsonbreedmusic.com ▪ dawsonbreedmusic.com ▪ myspace.com/dawson_breed ▪ twitter.com/DawsonBreed ▪ Director: Debra Downes.

The Day Job 122 London Rd, Twickenham, Middlesex, TW1 1HD t 020 8607 9282 e nina@thedayjob.com w thedayjob.com ▪ \thedayjob ▪ Director: Nina Jackson.

DCM International Suite 3, 294-296 Nether St, Finchley, London, N3 1RJ t 020 8343 0848 f 020 8343 0747 e dancecm@aol.com w dancecrazy.co.uk ▪ MD: Kelly Isaacs.

DEXnFX Agency & Management London t 020 7272 2323 e jill@dexnfx.co.uk w dexnfx.com ▪ facebook.com/dexnfx ▪ Director: Jill Thompson.

Dinosaur Promotions/Pulse (The Agency) 5 Heyburn Crescent, Westport Gardens, Stoke On Trent, Staffordshire, ST6 4DL t 01782 824 051 f 01782 761 752 e agency@dinoprom.com w dinoprom.com ▪ MD: Alan Dutton.

The Dixon Agency 58 Hedley Street, Gosforth, Newcastle upon Tyne, Tyne and Wear, NE3 1DL t 0191 213 1333 f 0191 213 1313 e bill@dixon-agency.com w dixon-agency.com ▪ Owner: Bill Dixon.

Steve Draper Entertainments 2 The Coppice, Beard Wood Manor, Blackburn, Lancashire, BB2 7BQ t 01254 679005 f 01254 679005 e steve@stevedraperents.fsbusiness.co.uk w stevedraper.co.uk ▪ Proprietor: Steve Draper.

Dyfel Management 19 Fontwell Drive, Bickley, Bromley, Kent, BR2 8AB t 020 8467 9605 f 020 8249 1972 e jean@dyfel.co.uk w dyfel.co.uk ▪ Dir: J Dyne.

EC1 Music Agency 1 Cowcross St, London, EC1M 6DR t 020 7490 8990 f 020 7490 8987 e jack@ec1music.com ▪ MD: Alex Nightingale.

Elastic Artists Agency Ltd 101 Micawber Wharf, 17 Micawber St, London, N1 7TB t 020 7336 8340 f 020 7608 1471 e agents@elasticartists.net w elasticartists.net ▪ Managing Director: Jon Slade.

Elite Music Management PO Box 3261, Brighton, BN2 4WA t 01273 554022 f 01273 566123 e hq@elitemm.co.uk w elitemm.co.uk ▪ ww.myspace.com/elitemusicmanagement ▪ twitter.com/elitemm ▪ Contact: Paul Wells.

ePM PO Box 47264, London, W7 1WX t 020 8566 0200 e jonas@epm-music.com w electronicpm.co.uk ▪ Partner: Jonas Stone.

Excession: The Agency Ltd 242 Acklam Rd, London, W10 5JJ t 020 7524 7676 f 020 7524 7677 e bookings@excession.co.uk w excession.co.uk ▪ MD: Tara Morgan.

www.musicweek.com   **Music Week Directory** 265

📇 Contacts   **f** Facebook   **S** MySpace   **t** Twitter   ▶ YouTube

Live: Booking Agents

Fat! Agency Unit 36, Battersea Business Centre, 99-109 Lavender Hill, London, SW11 5QL **t** 020 7924 1333 **f** 020 7924 1833 **e** info@thefatclub.com **w** thefatclub.com 📇 MD: Paul Arnold.

Faze 2 - International DJ Agency PO Box 430, Manchester, M14 0BB **t** 0161 445 6531 **f** 0161 953 4038 **e** iain@faze2agency.com **w** faze2agency.com 📇 Mgr: Iain Taylor.

First Contact Agency Ltd 206 Chalk Farm Road (Top Floor), Market Hall Building-Camden Lock, Camden Town, London, NW1 8AB **t** 020 7485 0999 **f** 020 7485 1112 **e** info@firstcontactagency.com **w** firstcontactagency.com 📇 Agent: Adam Elfin.

Free Trade Agency 20-22 Curtain Rd, London, EC2A 3NF **t** 020 7655 6900 **f** 020 7655 6909 **e** info@freetradeagency.co.uk **w** freetradeagency.co.uk 📇 MD: Paul Boswell.

Fruit Pie Music Agency The Shop, 443 Streatham High Road, London, SW16 3PH **t** 020 8679 9289 **f** 020 8679 9775 **e** info@fruitpiemusic.com **w** fruitpiemusic.com 📇 MD: Kumar Kamalagharan.

Frusion 1 Holme Road, Matlock Bath, Derbyshire, DE4 3NU **t** 07791 699 889 **f** 01629 57082 **e** frusion@mac.com **w** frusion.co.uk 📇 Contact: Ian Smith.

G Entertainment 16 Coney Green, Abbotts Barton, Winchester, Hants, SO23 7JB **t** 0845 601 6285 **e** enquiries@g-entertaining.co.uk **w** g-entertaining.co.uk 📇 MD: Peter Nouwens.

Garry Brown Associates (International) 27 Downs Side, Cheam, Surrey, SM2 7EH **t** 020 8643 3991 **f** 020 8770 7241 **e** garrybrown27@gmail.com 📇 Chairman: Garry Brown.

Gordon Poole Agency Ltd The Limes, Brockley, Bristol, Somerset, BS48 3BB **t** 01275 463222 **f** 01275 462252 **e** agents@gordonpoole.com **w** gordonpoole.com 📇 MD: Gordon Poole.

The Groove Company The Coach House, Market Sq, Bicester, Oxon, OX26 6AG **t** 01869 250647 **e** martin@groovecompany.co.uk 📇 Manager: Martin Alker.

Hal Carter Organisation 41 Horsefair Green, Stony Stratford, Milton Keynes, Bucks, MK11 1JP **t** 01908 567388 **e** artistes@halcarterorg.com **w** halcarterorg.com 📇 Managing Director: Abbie Carter 07958 252 906.

Hartbeat Entertainments Ltd PO Box 348, Brixton, Plymouth, Devon, PL8 2ZW **t** 01752 881 155 **f** 01752 880 133 **e** hartbeat@lineone.net **w** hartbeat.co.uk 📇 MD: Mr RJ Hart.

The Headline Agency 39 Churchfields, Milltown, Dublin 14, Ireland **t** +353 1 260 2560 **f** +353 1 260 2560 **e** info@theheadlineagency.com **w** theheadlineagency 📇 MD: Madeleine Seiler +353 8 72 475 791.

John Howe Entertainment Agency 2 Meadow Way, Ferring, Worthing, BN12 5LD **t** 01903 249 912 **f** 01903 507 698 **e** johnhowe@btconnect.com 📇 Dir: John Howe.

IMD 29 Westminster Palace Gardens, 1-7 Artillery Row, London, SW1P 1RL **t** 020 7222 3095 **f** 020 7222 0898 **e** rachel@imd.dj **w** imd.dj **S** myspace.com/imddjs **t** twitter.com/IMDDJ 📇 CEO: Rachel Birchwood.

Imprint Bookings & Management 110 Willow Vale, London, W12 0PB **t** 020 8746 0400 **f** 020 8929 8097 **e** gareth.rees@imprintdjs.com **w** imprintdjs.com 📇 Director: Gareth Rees.

In Demand Agency Ltd 35 Jackson Court, Rose Avenue, Hazlemere, Buckinghamshire, HP15 7TZ **t** 0844 357 35 82 **e** info@indemandagency.com **w** indemandagency.com
f facebook.com/InDemandAgency
S myspace.com/indemanduk
t twitter.com/INDEMANDAGENCY
▶ youtube.com/InDemandAgency 📇 Director: Ms Simone Craig +44(0) 7957 996 724.

Insanity Artists Agency Ltd Moray House, 23-31 Great Titchfield Street, London, W1W 7PA **t** 020 7927 6222 **f** 020 7927 6223 **e** info@insanitygroup.com **w** insanitygroup.com 📇 MD: Andy Varley.

Jade-Inc Cameo House, 11 Bear St, London, WC2H 7AS **t** 020 7930 6996 **e** Jade@jade-inc.net **w** jade-inc.net 📇 Music Management: Jade Richardson.

The Leighton-Pope Organisation 8 Glenthorne Mews, 115a Glenthorne Rd, London, W6 0LJ **t** 020 8741 4453 **f** 020 8741 4289 **e** info@l-po.com 📇 MD: Carl Leighton-Pope.

Les Hart (Southampton Entertainments) 6 Crookhorn Lane, Purbrook, Waterlooville, Hants, PO7 5QE **t** 02392 258373 **f** n/a **e** rod@leshart.co.uk **w** leshart.co.uk 📇 Proprietor: Rod Watts.

Limelight Entertainment 23 Westbury Avenue, Droitwich, Worcestershire, WR9 0RT **t** 01905 796816 **e** limelight.ent@googlemail.com **w** limelight-ent.co.uk 📇 Partner: Lisa Nash.

Mainstage Artists Unit B, 11 Bell Yard Mews, 175 Bermondsey St, London, SE1 3TN **t** 020 7407 4466 **f** 020 7407 9719 **e** simon@mainstageartists.com **w** mainstageartists.com 📇 MD: Simon Clarkson.

Malcolm Feld Agency Malina House, Sandforth Rd, Liverpool, L12 1JY **t** 0151 259 6565 **f** 0151 259 5006 **e** Malcolm@malcolmfeld.co.uk **w** malcolmfeld.co.uk 📇 Agent: Malcolm Feld.

MassiveUK 36-40 Edge Street, Northern Quarter, Manchester, M4 1HN **t** 0161 833 4982 **f** 0161 833 4982 **e** info@massiveuk.org.uk **w** massiveuk.org.uk 📇 Director: Jo Fidler.

Live: Booking Agents

McLeod Agency Ltd 1st Floor Unit 6, Orchard Centre, The Square, Hessle, East Riding Of Yorkshire, HU13 0AA
t 01482 565444 f 01482 353635
e alex@mcleodagency.co.uk w mcleodagency.co.uk
Director: Alex Temperton.

Mi Live 55 St Albans Road, S.C.R., Dublin 8, Ireland
t +353 1 416 9418 f +353 1 416 9418 e info@milive.net
MD: Bernie McGrath +353 (0) 87 9817535.

Mike Moore Entertainments Owena, Poyle Road, Farnham, Surrey, GU10 1DX t 01252 781862
e mike@mikemooreentertainments.co.uk
w mikemooreentertainments.co.uk Contact: Mike Moore.

MN2S

4-7 Vineyard, London, SE1 1QL t 020 7378 7321
f 020 7378 6575 e sharron@mn2s.com w mn2s.com
facebook.com/mn2sagency myspace.com/mn2s/
twitter.com/#!/mn2sagency
youtube.com/user/mn2sofficial Director/ Agency Manager/ Agent: Sharron Elkabas 020 7234 9455. Director / Agency Manager / Agent: Sharron Elkabas. Director / Financial Controller: Tim Burnett. Accountant: Muhammad Malik. Assistant to Sharron Elkabas: Bex Pawsey. Booking Agent: Dave Alcock. Booking Agent: Andrew Read. Booking Agent: Mike Robinson. Booking Agent: Leticia Van Riel. Booking Agent: BK .

Miracle Artists 26 Dorset St, London, W1U 8AP
t 020 7935 9222 f 020 7935 6322 e info@miracle-artists.com Agency Dir: Steve Parker.

Mission Control Artist Agency 2-3 City Business Centre, Lower Rd, London, SE16 2XB
t 020 7252 3001 f 020 7252 2225
e Richard@missioncontrol.net w missioncontrol.net
Contact: Richard Smith.

Money Talks Agency Cadillac Ranch, Pencraig Uchaf, Cwm Bach, Whitland, Carms., SA34 0DT
t 01994 484466 f 01994 484294
e cadillacranch@telco4u.net w nikturner.com Dir: Chick Augustino.

Moneypenny Agency
The Stables, Westwood House, Main St, North Dalton, Driffield, East Yorks, YO25 9XA t 01377 217815
f 01377 217754 e nigel@adastey.demon.co.uk
w adastra-music.co.uk/moneypenny MD: Nigel Morton 07977 455882.

Monkeybiz Management Entertainment Agency 13 Homan House, Kings Avenue, London, SW4 8DB t 020 8683 9373
e info@monkeybizmanagement.com
w monkeybizmanagement.com Contact: Donlald Deans 07940 550 153.

Musicians Inc. 4 Solar Court, 22 Chambers Street, London, SE16 4XL t 0845 450 1962
e enquiries@musiciansinc.com
w musiciansinc.co.uk/musicians.htm MD: Sarah Ings.

Musicians Incorporated PO Box 56907, London, N10 2WD t 020 8365 2976 f 020 8365 3748
e info@musiciansincorporated.com
w musiciansincorporated.com
myspace.com/musiciansincorporated
twitter.com/musiciansinc Owner: Jason Walsh.

Neil O'Brien Entertainment 26 Eastcastle Street, London, W1W 8DQ t 020 7631 5168
e info@neilobrienentertainment.com
w neilobrienentertainment.com @neilobrienents
Managing Director: Neil O'Brien.

NMP Live Limited 8 Blenheim Court, Brook Way, Leatherhead, Surrey, KT22 7NA t 01372 361 004
f 01374 374 417 e live@nmp.co.uk w nmplive.co.uk
nmplive @nmplive Director: Neil Martin.

NVB Entertainments 80 Holywell Road, Studham, Dunstable, Bedfordshire, LU6 2PD t 01582 873623
f 01582 873618 e NVBEnts@aol.com Bookers: H Harrison, Frances Harrison.

Orange Promotions 3 Charter Court, Linden Grove, New Malden, Surrey, KT3 3BL t 020 8942 7722
e livegigs@mail.com myspace.com/orangepromotions
Bookings Manager: Phil Brydon 07958 967666.

Peller Artistes Ltd 39 Princes Ave, London, N3 2DA
t 020 8343 4264 f 070 9280 8252
e agent@pellerartistes.com w pellerartistes.com/
facebook.com/peller.artistes
youtube.com/user/pellerartistes MD: Barry Peller 0114 247 2365.

Playpen Management and Agency
1 Bank Street, Faversham, Kent, ME13 8PR
t 01795 533551 e terry@playpen.fsbusiness.co.uk
w myspace.com/playpenagency Manager: Terry O'Brien 07932 720 058.

Positive Nuisance 180 Muswell Hill Broadway, London, N10 3SA t 020 8444 9944
e chrissie@positivenuisance.com w positivenuisance.com
MD: Chrissie Yiannou.

Primary Talent International The Primary Building, 10-11 Jockey's Fields, London, WC1R 4BN
t 020 7400 4500 f 020 7400 4501
e mail@primary.uk.com w primarytalent.com Managing Director: Peter Elliott.

Prodmix International 98 Edith Grove, Chelsea, London, SW10 ONH t 020 7565 0324 f 0870 051 3581
e karen@prodmix.com w prodmix.com MD: Karen Goldie Sauve 07768 877426.

www.musicweek.com **Music Week Directory**

📧 Contacts   ⓕ Facebook   💬 MySpace   🐦 Twitter   ▶ YouTube

Live: Booking Agents

Profile Artists Agency 📧 Contact: See Primary Talent Int..

Psycho Management 111 Clarence Rd, Wimbledon, London, SW19 8QB **t** 020 8540 8122 **f** 020 8715 2382 **e** agents@psycho.co.uk **w** psycho.co.uk 🐦 @circusofhorrors ▶ youtube.com/psychomanagement 📧 MD: John Mabley 01483 419429.

Red Tree Consultants - School Touring, Label Management Becketts Cottage, Becketts Lane, Greet, Cheltenham, GL54 5NU **t** 07969 197433 **e** sam@samforrestpr.co.uk **w** redtreeconsultants.com ⓕ Red Tree School Touring 🐦 @RedTree_music 📧 Directors: Sam Forrest, Kim Glover 07969 197433 or 07739 649835.

RM2 Live 124 Monson Road, Reigate, Redhill, Surrey, RH1 2EY **t** 020 7193 4911 **e** info@rm2music.co.uk **w** rm2music.co.uk 🐦 twitter.com/RM2Music 📧 Managing Director: Diane Dunkley.

Roots Around the World The Barn, Fordwater Lane, Chichester, West Sussex, PO19 6PT **t** 01243 789786 & 373950 **e** markringwood@btinternet.com **w** rootsaroundtheworld.info 📧 Dir: Mark Ringwood 07802 500050 & 01243 789786/373950.

Safe Sets 24 Clarks Mead, London, WD23 4JZ **t** 020 8387 0200 **e** john@safesets.co.uk **w** safesets.co.uk ⓕ facebook.com/safesets 📧 CEO: John Rowley +44 (0) 208 387 0200.

Sasa Music 309, Aberdeen House, 22-24 Highbury Grove, London, N5 2EA **t** 020 7359 9232 **f** 020 7359 9233 **e** postroom@sasa.demon.co.uk **w** sasamusic.com 📧 MD: David Flower.

Sensible Events 2nd Floor, Regent Arcade House, 19-25 Argyll St, London, W1F 7TS **t** 020 7009 3470 **e** Andrew@sensibleevents.com **w** sensibleevents.com 📧 MD: Andrew Zweck.

Solo Agency & Promotions 2nd Floor, 53-55 Fulham High St, London, SW6 3JJ **t** 020 7384 6644 **f** 020 3266 1076 **e** soloreception@solo.uk.com **w** solo.uk.com 📧 MD: John Giddings.

Sound Generation 7 Imperial Mansions, 11 Royal Parade, Harrogate, HG1 2TA **t** 020 3344 2310 **e** sofia@soundgeneration.co.uk **w** soundgeneration.co.uk ⓕ facebook.com/soundgeneration 🐦 @s_generation ▶ youtube.com/soundgenerationsite 📧 Managing Director: Sofia Wilde 07789 710607.

Sounds Fair Promotions 9 Park Place, Ashton Keynes, Nr Swindon, Wiltshire, SN6 6NT **t** 01285 861486 **f** 01285 862302 **e** info@soundsfair.freeserve.co.uk **w** soundsfair.freeserve.co.uk 📧 Agent: Dave Beckley.

Spun Out Agency First Floor, 106 Leonard Street, London, EC2A 4RH **t** 020 7998 0217 **e** caroline@spunoutagency.com **w** spunoutagency.com ⓕ facebook.com/pages/Spun-Out-Agency/125471244837 📧 MD: Caroline Hayes.

Steve Allen Entertainments 60 Broadway, Peterborough, Cambs, PE1 1SU **t** 01733 569589 **f** 01733 561854 **e** steve@sallenent.co.uk **w** sallenent.co.uk 📧 Principal: Steve Allen.

Stoneyport Associates Suite 10, 130 Leith Walk, Edinburgh, EH6 5DT **t** 07968 131737 or 0131-443 4784 **f** 08700 510557 **e** jb@stoneyport.demon.co.uk **w** stoneyport.co.uk 🐦 twitter.com/stoneyport 📧 MD: John Barrow 0131-443 4784.

Swamp Music PO Box 94, Derby, DE22 1XA **t** 01332 332336 **f** 01332 332336 **e** chrishall@swampmusic.co.uk **w** swampmusic.co.uk 📧 MD: Chris Hall 07702 564804.

Talent Republic 2 Mostyn Gardens, London, NW105QX **t** 020 3051 5898 **e** amanda.kakembo@talentrepublic.co.uk **w** talentrepublic.co.uk 📧 director: amanda kakembo 07973128395.

Talking Heads (Voice Agency) 2-4 Noel St, London, W1F 8GB **t** 020 7292 7575 **f** 020 7292 7576 **e** voices@talkingheadsvoices.com **w** talkingheadsvoices.com 📧 Principal: John Sachs.

Time And Talent Agency Ltd PO Box 51146, London, SE13 7WD **t** 07986 420811 **e** clive@timeandtalentagency.co.uk **w** timeandtalentagency.co.uk 📧 Director: Clive Johnson.

Tony Bennell Entertainments 10 Manor Way, Kidlington, Oxford, Oxfordshire, OX5 2BD **t** 01865 372645 **f** 01865 372645 **e** tonybennell@hotmail.com **w** tonybennell.co.uk 📧 MD: Tony Bennell 07885 204274.

Tony Denton Promotions Ltd Charter House, 157-159 High St, London, N14 6BP **t** 020 8447 9411 **f** 020 3232 0085 **e** mail@tdpromo.com **w** tdpromo.com here-and-now.info ⓕ facebook.com/hereandnowtour 🐦 twitter.com/hereandnowtour 📧 Director: Tony Denton.

Top Talent Agency Yester Road, Chislehurst, Kent, BR7 5HN **t** 020 8467 0808 **f** 020 8467 0808 **e** top.talent.agency@virgin.net 📧 MD: John Day.

Tribute Entertainment Limited 2 Unity Pl, Westgate, Rotherham, South Yorkshire, S60 1AR **t** 01709 820379 **e** tributebands@btconnect.com **w** tributebandreviews.co.uk 🐦 twitter.com/bandreviews ▶ youtube.com/tributebandreviews 📧 Dir: Anthony French.

UK Booking Agency Box 1, 404 Footscray Rd, London, SE9 3TU **t** 020 8857 8787 **f** 020 8857 8775 **e** stevecanbefound@hotmail.com 📧 Owner: Steve Goddard 07740 351163.

Upfront Television 39-41 New Oxford Street, London, WC1A 1BN **t** 020 7836 7702 **f** 020 7836 7701 **e** claire@upfronttv.com **w** celebritiesworldwide.com 📧 Co-Managing Director: Claire Nye.

Vagabond Artists Floor 2, Building B, Tower Bridge Business Complex, 100 Clements Road, London, SE16 1ED **t** 020 7921 8353 **e** rubber_road_records@yahoo.com 📧 MD: Dexter Charles.

268 Music Week Directory   www.musicweek.com

✉ Contacts   f Facebook   MySpace   t Twitter   YouTube

Live: Booking Agents, Concert Promoters

Value Added Talent 1 Purley Pl, Islington, London, N1 1QA **t** 020 7704 9720 **f** 020 7226 6135 **e** vat@vathq.co.uk **w** vathq.co.uk ✉ MD: Dan Silver 0207 704 9720.

Vibe Promotions 91-95 Brick Lane, London, E1 6QL **t** 020 7426 0491 **f** 020 7426 0491 **e** info@vibe-bar.co.uk **w** vibe-bar.co.uk ✉ Event & Bookings: Adelle Stripe.

Vital Edge Artist Agency PO Box 25965, London, N18 1YT **t** 0870 350 1045 **f** 0870 350 1046 **e** info@vitaledgeagency.com **w** vitaledgeagency.com ✉ Prop: Nicky Jackson.

Kiss My Face Music Kiss My Face Entertainment Ltd, 313-315 High Street, Cheltenham, GL50 3HW **t** 07763 837 522 **e** info@kissmyfacemusic.co.uk **w** kissmyfacemusic.com/ ✉ Contact: Stefan Edwards.

Jason West Agency Gables House, Saddle Bow, Kings Lynn, Norfolk, PE34 3AR **t** 01553 617586 **f** 01553 617734 **e** info@jasonwest.com **w** jasonwest.com ✉ MD: Jason West.

William Morris Endeavor Entertainment Centrepoint Tower, 103 New Oxford St, London, WC1A 1DD **t** 020 7534 6800 **f** 020 7534 6900 **e** ldnmusiccentral@wmeentertainment.com **w** wmeentertainment.com ✉ London Music Central: Music Central 020 7534 6941.

X-ray Touring 2 Holford Yard, London, WC1X 9HD **t** 020 7749 3500 **f** 020 7749 3501 **e** info@xraytouring.com **w** xraytouring.com ✉ Office Manager: Lucy Henrit.

Concert Promoters

3A Entertainment Ltd 4 Princeton Court, 53-55 Felsham Rd, London, SW15 1AZ **t** 020 8789 6111 **f** 020 8789 6222 **e** EnquiriesAAA@aol.com ✉ Contact: Pete Wilson, Martyn Stanger, Dennis Arnold, Fiona Atwood.

APM 5th Floor Langham House, 308 Regent Street, London, W1B 3AT **t** 020 7224 1992 **f** 020 7255 2415 **e** mail@harveygoldsmith.com **w** harveygoldsmith.com ✉ Contact: Serena Emden 0207 224 1992.

Active 60 Love Street, Hillbrow, Bromley, Paisley, Renfrewshire, PA3 2EQ **t** 01415 610271 **f** 01415 610272 **e** active.events@virgin.net **w** activeevents.org.uk ✉ Managing Director: Lisa Whytock.

AEG Live 29 Great Guildford Street, London, SE1 0ES **t** 020 7536 2626 **f** 020 7620 0595 **e** info@aegworldwide.co.uk **w** aeglive.co.uk ✉ Senior Vice President: Rob Hallett.

Aiken Promotions Ltd 24 Holles St, Dublin 2, Ireland **t** +353 17 755 800 **f** +353 17 755 888 **e** office@aikenpromotions.com **w** aikenpromotions.com ✉ Office Mgrs: Mary Kelly / Sorcha.

Anonymous Groove 186 Town Street, Armley, Leeds, LS12 3RF **t** 0113 368 9912 **e** info@anonymous-groove.com **w** anonymous-groove.com ✉ MD: Chris Shipton 0793 044 3048.

Badger Promotions PO Box 9121, Birmingham, B13 8AU **t** 08712 260 910 **e** info@badgerpromotions.co.uk **w** badgerpromotions.co.uk ✉ Promoter: Mark Badger.

Barrucci Leisure Enterprises Ltd 45-47 Cheval Place, London, SW7 1EW **t** 020 7225 2255 **f** 020 7581 2509 **e** barrucci@barrucci.com ✉ MD: Bryan Miller.

BB Promotions 3 Roberts Road, Pokesdown, Bournemouth, BH7 6LN **t** 07749 768 904 **e** info@bb-promotions.co.uk **w** bb-promotions.co.uk ✉ Contact: Bert Burnell.

BDA 32 Chiltern Road, Culcheth, Warrington, Cheshire, WA3 4LL **t** 01925 766655 **f** 01925 765577 **e** briandurkin@btconnect.com **w** bdaltd.co.uk ✉ Managing Director: Brian Durkin.

Beat Up Music PO Box 456, Ramsgate, Kent, CT11 1AP **t** 01843 604599 **e** albie@beatupmusic.com **w** soundfestivalsuk.com ✉ Contact: Albie Park +44 (0)1843-604599.

Brian Yeates Associates Home Farm, London Road, Canwell, Sutton Coldfield, West Midlands, B75 5SH **t** 01213 232200 **e** mw@brianyeates.co.uk **w** brianyeates.co.uk f facebook.com/brianyeates ✉ Partner: Ashley Yeates.

Bugbear Promotions 40 Dunford Rd, London, N7 6EL **t** 020 7700 0550 / 020 7700 0880 **e** info@bugbearbookings.com **w** bugbearbookings.com f facebook/bugbearpromotions myspace.com/bugbearpromotions t twitter/bugbearmusic ✉ Contact: Jim Mattison, Tony Gleed.

CMC Promotions PO Box 3, Newport, NP20 3YB **t** 07973 715 875 **e** alanjones@cmcpromotions.co.uk ✉ Principal: Alan Jones.

CMP Entertainment - Music & Sport Anchor Courtyard, Atlantic Pavilion, Albert Dock, Liverpool, L3 4AS **t** 0151 708 6050 **f** 0151 707 0400 **e** info@cmplive.com **w** cmplive.com ✉ MD: Chas Cole.

Cream Group / Creamfields Cream Office, 1 - 3 Parr Street, Wolstenholme Sq, Liverpool, L1 4JJ **t** 0151 707 1309 **f** 0151 707 1761 **e** gill@cream.co.uk **w** cream.co.uk / creamfields.com f facebook.com/OfficialCreamfields / facebook.com/OfficialCream?ref=ts t CreamClub youtube.com/creamfields ✉ Head of PR & Communications: Gill Nightingale.

Curious Generation Bedford Chambers, The Piazza, London, WC2E 8HA **t** 07719 140848 **e** info@curiousgeneration.com **w** curiousgeneration.com ✉ Head Of Music: Alex Martin.

Dangerfield Promotions 49 East Court Yard, Tullyvale, Cherrywood, Co. Dublin, Ireland **t** +353 87 650 7481 **e** dangerfieldpromotions@gmail.com **w** myspace.com/dangerfieldpromotions ✉ MD: Marcus Lester.

www.musicweek.com **Music Week Directory** 269

Contacts Facebook MySpace Twitter YouTube

Live: Concert Promoters

DCB Promotions 30 A College Green, Bristol, BS1 5TB
t 0117 9834503 **f** 0117 9042269
e dave@dcbpromotions.com **w** dcbpromotions.com
MD: Dave Brayley.

Dead Or Alive Promotions t 020 7482 3908
e gigs@deadoralive.org.uk **w** deadoralive.org.uk
Managing Director: Nicholas Barnett.

Derek Block Artistes Agency & Concert Promotions 70-76 Bell Street, Marylebone, London, NW1 6SP **t** 020 7724 2101 **f** 020 7724 2102
e dbcp@derekblock.co.uk MD: Derek Block.

DF Concerts 272 St Vincent St, Glasgow, G2 5RL
t 0141 566 4999 **f** 0141 566 4998
e admin@dfconcerts.co.uk **w** gigsinscotland.com
twitter.com/gigsscot Contact: Geoff Ellis.

Discovery Talent 47a Rectory Grove, Clapham, London, SW4 0DX **t** 0207 622 4176 **f** 0207 622 4176
e akw@discovery-talent.co.uk
w myspace.com/discoverytalent Managing Director: Alex Kerr-Wilson.

Electric Broom Cupboard 2 Lauder Court, Coldharbour, Milborne Port, Dorset, DT9 5EL
t 01963 251407 **e** simon@evolver.org.uk **w** evolver.org.uk
MD: Simon Barber.

Eurobiketours Corner House, Pullham Lane, Wetwang, Yorkshire, Y025 8XD **t** 01904 431360 **f** 01904 623360
e music@eurobiketours.com **w** eurobiketours.com
MD: Phillip Sash.

Festival Republic 35 Bow St, London, WC2E 7AU
t 020 7009 3000 **e** info@festivalrepublic.com
w festivalrepublic.com Managing Director: Melvin Benn.

Flamencovision 54 Windsor Road, London, N3 3SS
t 020 8346 4500 **e** info@flamencovision.com
w flamencovision.com
facebook.com/profile.php?id=520781523
youtube.com/watch?v=qsvY6FPtaLM MD: Helen Martin.

Flick Productions PO Box 888, Penzance, Cornwall, TR20 8ZP **t** 01736 788798 **f** 01736 787898
e Flickprouk@aol.com MD: Mark Shaw.

Futuresound Music Ltd Munro House, Duke Street, Leeds, West Yorkshire, LS9 8AG **t** 0113 244 3446
f 0113 243 4849 **e** info@futuresoundmusic.com
w futuresoundmusic.com

Geronimo! 15 Canada Copse, Milford, Surrey, GU8 5AL
t 07960 187529 **e** barneyjeavons@supanet.com
Promoter: Barney Jeavons.

Glasswerk Concerts Ltd 85-89 Duke St, Liverpool, Merseyside, L1 5AP **t** 01517079044
e mat.ong@glasswerk.co.uk **w** glasswerk.co.uk
facebook.com/glasswerk twitter.com/glasswerk
Head Promoter: Mat Ong.

Global Promotions PO Box 3, Newport, NP20 3YB
t 07973 715 875 **e** alanjones@cmcpromotions.co.uk
Principle: Alan Jones.

GM Promotions 17 The Athenaeum, 32 Salisbury Rd, Hove, E. Sussex, BN3 3AA **t** 01273 774 469
e info@gmpromotions.co.uk **w** gmpromotions.co.uk
Dir: Laura Ducceschi 07980 917 056.

Goldenvoice UK 29 Great Guildford St, London, SE1 9LS **t** 020 7536 2626 **f** 020 7620 0595
e tom@goldenvoice.com **w** goldenvoice.co.uk
Promoter: Tom Hopewell.

Hallogen Ltd The Bridgewater Hall, Manchester, M2 3WS **t** 0161 950 0000 **f** 0161 950 0001
e admin@bridgewater-hall.co.uk **w** bridgewater-hall.co.uk
Programming Manager: Sara Unwin.

Handshake Ltd 2 Holly House, Mill St, Uppermill, Saddleworth, Lancs, OL3 6LZ **t** 01457 819350
f 01457 810052 **e** info@handshakegroup.com
w handshakegroup.com Director: Stuart Littlewood.

High Voltage Manchester
e richard@highvoltage.org.uk **w** highvoltage.org.uk
@highvoltageuk Director: Richard Cheetham.

Chester Hopkins Int Ltd PO Box 536, Headington, Oxford, OX3 7LR **t** 01865 766 766 **f** 01865 769 736
e office@chesterhopkins.co.uk **w** chesterhopkins.co.uk
MDs: Adrian Hopkins, Jo Chester 020 8441 1555.

IMG Arts & Entertainment McCormack House, Burlington Lane, London, W4 2TH **t** 020 8233 5300
f 020 8233 5301 **e** concerts@imgworld.com
w imgworld.com Managing Director: Stephen Flint Wood.

Infinite Events Ltd 2 Dickson Road, Blackpool, Lancashire, FY1 2AA **t** 01253 299 606 **f** 01253 299 454
e infinite@mct-online.com Contact: Julian Murray.

Insanity Artists Agency Ltd Moray House, 23-31 Great Titchfield Street, London, W1W 7PA
t 020 7927 6222 **f** 020 7927 6223
e info@insanitygroup.com **w** insanitygroup.com
MD: Andy Varley.

Jay Taylor Flat 114, India House, 75 Whitworth St, Manchester, M1 6HB **t** 0161 278 6087
e jaytaylor@cwcom.net **w** bone-box.com Promoter: Jay Taylor 07931 797 982.

Kennedy Street Enterprises Ltd Kennedy House, 31 Stamford St, Altrincham, Cheshire, WA14 1ES
t 0161 941 5151 **f** 0161 928 9491
e kse@kennedystreet.com Dir: Danny Betesh.

King Georges Hall BLACKBURN Northgate, Blackburn, Lancashire, BB2 1AA **t** 01254 582579
f 01254 667277 **e** geoff.peake@blackburn.gov.uk
w kinggeorgeshall.com Events/Promo Mgr: Geoff Peake 01254 503225. Seated Capacity: 1853 Standing capacity: 2000

Kingstreet Tours 49 High Street, Wincanton, Somerset, BA9 9JU **t** 0870 803 0208 **e** mail@kingstreet-tours.co.uk **w** kingstreet-tours.co.uk CEO: Andrew Wilkinson.

Music Week Directory

Live: Concert Promoters

Laughing Stock Productions 38/40 Eastcastle St, London, W1W 8DT **t** 020 7631 4290 **e** mike@laughingstock.co.uk **w** laughingstock.co.uk Director: Mike O'Brien.

CMC Promotions PO Box 3, Newport, NP20 3YB **t** 07973 715 875 **e** alanjones@cmcpromotions.co.uk Principal: Alan Jones.

Line-Up PMC Inc On-Line Records 10 Matthew Close, Newcastle Upon Tyne, Tyne and Wear, NE6 1XD **t** 01912 759745 **e** chrismurtagh@line-up.co.uk **w** line-up.co.uk Owner: Christopher Murtagh.

Live Nation Regent Arcade House, 19-25 Argyll Street, 19-25 Argyll St, London, W1F 7TS **t** 020 7009 3333 **f** 08707 490560 **e** paul.latham@livenation.co.uk **w** livenation.co.uk facebook.com/LiveNationUK @LiveNationUK Chief Executive Officer: Paul Latham.

The Louisiana, Bristol The Louisiana, Wapping Road, Bathurst Terrace, Bristol, BS1 6UA **t** 01179 304254 **e** thelouisiana@googlemail.com **w** thelouisiana.net facebook.com/#!/group.php?gid=3942886157 thelouisiana.net Dir: Michael Schillace 07989 283 253.

Scott Mackenzie Associates The Gatehouse, Porlock, Mine, Somerset, TA24 8ES **t** 01643 863 330 **f** 01643 863 341 **e** enquiries@scottmackenzie.co.uk **w** scottmackenzie.co.uk MD: Scott Mackenzie.

Marshall Arts Ltd Unit 6 Utopia Village, 7 Chalcot Road, 7 Chalcot Road, London, NW1 8LH **t** 020 7586 3831 **f** 020 7586 1422 **e** info@marshall-arts.co.uk **w** marshall-arts.com Managing Director: Barrie Marshall.

Matpro Ltd Cary Point, Babbacombe Downs, Torquay, Devon, TQ1 3LU **t** 01803 322 233 **f** 01803 322 244 **e** mail@matpro-show.biz **w** babbacombe-theatre.com MD: Colin Matthews.

Phil McIntyre Promotions 3rd Floor, 85 Newman Street, London, W1T 3EU **t** 0207 291 9000 **f** 0207 291 9001 **e** info@mcintyre-ents.com **w** mcintyre-ents.com Promoter: Paul Roberts.

Mean Fiddler 59-65 Worship St, London, EC2A 2DU **t** 020 7688 9000 **f** 020 7688 8999 **e** editor@meanfiddler.co.uk **w** meanfiddler.com twitter.com/meanfiddlerlive MD: Steve Forster.

Metropolis Music 69 Caversham Rd, London, NW5 2DR **t** 020 7424 6800 **f** 020 7424 6849 **e** mail@metropolismusic.com **w** gigsandtours.com /metropolismusic /metropolismusicuk @metropolismusic /metropolisdigital Managing Director: Bob Angus.

Mezonbeam Music 1 Cedars Drive, Hilingdon, Middlesex, UB10 0JT **t** 07760114814 **e** Mezonbeam@googlemail.com Dirs: Merryn Phillips 07760 114814.

Music First PO Box 3418, Sheffield, S11 7WJ **t** 0114 268 5441 **e** info@musicfirst.info **w** musicfirst.info Dir: Barney Vernon.

Partners In Crime 18 Chenies St, London, WC1E 7PA **t** 020 8521 7764 **e** saphron@msn.com Promoter: Annette Bennett 07973 415 167.

Performing Arts Management Canal 7, Clarence Mill, Bollington, Macclesfield, Cheshire, SK10 5JZ **t** 01625 575681 **f** 01625 572839 **e** info@performingarts.co.uk **w** performingarts.co.uk Marketing Manager: Fifi Butler.

Planet Of Sound - Live (Scotland) 236 High St, Ayr, South Ayrshire, KA7 1RN **t** 01292 265 913 **f** 01292 265 493 **e** planet-of-sound@btconnect.com Manager: Ian Hollins.

Platform Music Bedford Chambers, The Piazza, Covent Garden, London, WC2E 8HA **t** 07779 582 927 **f** 020 7379 4793 **e** info@platformmusic.net **w** platformmusic.net Promoter: Lisa Cowan.

Plymouth Music Collective Ltd 21-24 St Johns Road, Plymouth, PL4 0PA **t** 01752 201275 **e** info@pmc.uk.net **w** pmc.uk.net Dir: Oli James.

Gordon Poole Agency The Limes, Brockley, Bristol, Somerset, BS48 3BB **t** 01275 463222 **f** 01275 462252 **e** agents@gordonpoole.com **w** gordonpoole.com Consultant: James Poole.

Psychic Pig Promotions 13a British Row, Trowbridge, Wiltshire, BA14 8PB **t** 07973 314237 **e** alloutmgmt@hotmail.com Promotions: George Johnston.

PVC 51 Bath Rd, Southsea, Hants, PO4 0HX **t** 023 9275 2782 **f** 023 9234 6799 **e** ianbpvc@hotmail.com Promoter: Ian Binnington.

Regular Music 42 York Place, Edinburgh, EH1 3HU **t** 0131 525 6700 **f** 0131 525 6701 **e** mark@regularmusic.co.uk **w** regularmusic.co.uk regularmusic.co.uk regularmusic.co.uk regularmusic.co.uk - MD: Mark Mackie..

Richard Ogden Management Ltd 8 Dinham Crescent, Exeter, EX4 4EF **t** 07775 942131 **e** richard@richardogdenmanagement.com **w** richardogdenmanagement.com MD: Richard Ogden.

Rooti-Tooti Music - Festival Planning 6 Princess Cottages, Coffinswell, Newton Abbot, TQ12 4SR **t** 01803 875 527 **f** 01803 875 527 **e** graham@tooti.freeserve.co.uk Venue Programmer: Graham Radley.

Serious Ltd 51 Kingsway Place, Sans Walk, Clerkenwell, London, EC1R 0LU **t** 020 7324 1880 **f** 020 7324 1881 **e** david.jones@serious.org.uk **w** serious.org.uk facebook.com/seriouslivemusic twitter.com/seriouslive youtube.com/seriouslivemusic Director: David Jones.

Sink And Stove Top Floor Office, 53 Coronation Rd, Southville, Bristol, BS3 1AR **t** 0117 907 6931 **f** 0117 907 6931 **e** info@sinkandstove.co.uk **w** sinkandstove.co.uk Promoter: Benjamin Shillabeer.

www.musicweek.com   **Music Week Directory** 271

👤 Contacts   📘 Facebook   🅼 MySpace   🇹 Twitter   ▶️ YouTube

Live: Concert Promoters, Club Promoters

SJM Concerts St Matthews, Liverpool Rd, Manchester, M3 4NQ **t** 0161 907 3443 **f** 0161 907 3446
e kimberley@sjmconcerts.com **w** gigsandtours.com
📘 gigsandtours 🅼 @gigsandtours
▶️ youtube.com/user/wwwgigsandtourscom 👤 PA to Simon Moran: Kimberley Stephenson.

Songkick 12 - 18 Hoxton Street, London, N1 6NG
e pete@songkick.com 👤 COO: Pete Smith 02077290027.

Sonic Arts Network Jerwood Space, 171 Union Street, London, SE1 0LN **t** 020 7928 7337
e info@sonicartsnetwork.org **w** sonicartsnetwork.org
👤 Chief Exec: Phil Hallett.

Sound Advice 30 Artesian Road, London, W2 5DD
t 020 7229 2219 **f** 020 7229 9870
e info@soundadvice.uk.com **w** soundadvice.uk.com
👤 Managing Director: Hugh Phillimore.

Sound Bites Promotions The Abbey Tavern, 124 Kentish Town Road, London, NW1 9QB
t 020 7267 9449 **e** radha@abbey-tavern.com
w myspace.com/soundbitesmusic 👤 Promotion Manager: Radha Kothari 07757 870 568.

South West Artist Network 3 Westend Terrace, Millbrook, Torpoint, Cornwall, PL10 1AL **t** 01752 829 138
e chrisfunkymonkey@hotmail.com 👤 MD: Christian Murison.

SPC Live Unit 6, Utopia Village, 7 Chalcot Road, London, NW1 8LH **t** 020 7483 5736 **e** info@spclive.co.uk
w spclive.co.uk 👤 Director: Matt Jones 02074 83 57 36.

Straight Music Ltd 2 Munro Terrace, London, SW10 0DL **t** 020 7376 4456 **f** 020 7351 5569
e shelley@straightmusic.com 👤 MD: John Curd.

Surface Unsigned Festival 20 Pool St, Walsall, WS1 2EN **t** 01922 629140 **e** info@surfaceunsigned.co.uk
w surfaceunsigned.co.uk 👤 Events Manager: Jay Mitchell.

T.T.S. Promotions PO Box 10349, London, NW1 9WJ
t 020 8889 3408 **e** info@thetalentscout.co.uk
w thetalentscout.co.uk
🅼 myspace.com/thetalentscoutlondon 👤 Dir: Helen Douglas.

The Flying Music Company Ltd FM House, 110 Clarendon Road, London, W11 2HR **t** 020 7221 7799
f 020 7221 5016 **e** info@flyingmusic.co.uk
w flyingmusic.com 👤 Directors: Paul Walden, Derek Nicol.

Tidal Concerts 174 Camden High St, London, NW1 0NE **t** 020 7267 3939 **f** 020 7482 1955
e contact@theunderworldcamden.co.uk
w myspace.com/tidalconcerts
📘 facebook.com/tidalconcertslondon
🅼 myspace.com/tidalconcerts 🇹 @tidalconcerts
👤 Promoter: Jon Vyner.

Trailer Park Trash PO Box 2679, Bath, BA2 3XS
t 07976 152 604 **e** trailparktrash@hotmail.com
w trailerparktrash.co.uk 👤 MD: Lee Cotterell.

Traxx Connective 2nd floor, 342 Argyle St, Glasgow, G2 8LY **t** 0141 221 2495 **f** 0141 221 2495
e mark@wearetraxx.com **w** wearetraxx.com 👤 Dir: Mark MacKechnie.

Truck The Old Stable, Church Lane, Steventon, Abingdon, Oxfordshire, OX13 6SW **t** 01235 821262
e joseph@truckrecords.com **w** thisistruck.com
👤 Director: Joseph Bennett.

Underworld 174 Camden High St, London, NW1 0NE
e contact@theunderworldcamden.co.uk
w theunderworldcamden.co.uk
📘 facebook.com/theunderworldcamden
🅼 myspace.com/thecamdenunderworld
🇹 @theunderworld

Up All Night Music 20 Denmark St, London, WC2H 8NA **t** 020 7419 4696 **e** info@upallnightmusic.com
w upallnightmusic.com 👤 MD: Phil Taylor.

Urban (U-MEN) Live P.O. Box 7874, London, SW20 9XD **t** 07050605219 **f** 07050605239 **e** sam@pan-africa.org 👤 CEO: Oscar Sam-Carrol Jnr 07050 605219.

Weekender Promotions PO Box 571, Taunton, Somerset, TA1 3WZ **t** 07799 416 276
e weekenderlive@btopenworld.com 👤 Artist Roster and Booking: Paul Dimond.

World Unlimited 34, Rothesay Croft, Kitwell, Birmingham, West Midlands, B32 4JG **t** 01803 875 527
f 01803 875 527 **e** graham@tooti.freeserve.co.uk
w worldunlimited.freeuk.com 👤 Music Programmer: Graham Radley.

Zoe Gospel Promotions 9 Campbell Road, Stratford, London, E15 1SY **t** 020 8534 2194
e yemi@zoegospelpromo.co.uk 👤 Assistant Business Executive: Yemi Adeshina.

Club Promoters

The Arches 253 Argyle St, Glasgow, G2 8DL
t 0141 565 1009 **f** 0141 565 1001
e brian@thearches.co.uk **w** thearches.co.uk 👤 Music Programmer: Brian Reynolds. Seated Capacity: 330 Standing capacity: 800

Attitude is Everything 54 Chalton St, London, NW1 1HS **t** 0207 383 7979
e graham@attitudeiseverything.org.uk
w attitudeiseverything.org.uk 👤 Business Manager: Graham Griffiths.

Back To The Wood 15 Hamburg St, London, E1 6QL
e backtothewood@mac.com **w** backtothewood.com
👤 Contact: Nick Smith 07795127373.

Cambridge University Students Union
Old Examination Hall, Free School Lane, Cambridge, CB2 3RF **t** 01223 333313 **f** 01223 333179 **e** ents-manager@cusu.cam.ac.uk **w** cusuents.com
📘 facebook.com/group.php?gid=26673214811&ref=ts
👤 Entertainments Mgr: Sarah Fortescue.

Criminal Booking 203-204 The Vale, London, W3 7QS
e bookings@criminalrecords.cc 👤 Contact: Zac.

Music Week Directory

Live: Club Promoters, Concert Hire

Eclectricity The Old Stables, Newhouse Farm, Langley Road, Edstone, Stratford-upon-Avon, Warwickshire, B95 6DL **t** 01789 730558
e vicky@angelmusicgroup.com **w** eclectricityevents.co.uk
Head of Media: Vicky Beercock 01789 730 558.

Exposure (Nation-wide flyer distribution services) Beehive Mill, Jersey Street, Manchester, Lancashire, M4 6JG **t** 01619 504241 **f** 01619 504240
e keith@exposureuk.com Managing Director: Keith Patterson.

King Tut's Wah Wah Hut/DF Concerts
272A St Vincent Street, Glasgow, G2 5RL
t 0141 248 5158 **f** 0141 248 5202
e kingtuts@dfconcerts.co.uk **w** kingtuts.co.uk
facebook.com/kingtutswahwahhut
myspace.com/kingtuts twitter.com/kingtuts
Promoter: Dave McGeachan.

Movement London Bar Rumba,
36 Shaftesbury Avenue, London, W1D 7EP
t 07813 198 066 **e** jordan@movement.co.uk
w movement.co.uk Head of Promotions: Jordan V.

New Years Eve Manchester Churton Villa,
7 Churton Rd, Chester, Cheshire, CH3 5EB
t 01244 329718 **e** ralph@new-years-eve-manchester.co.uk **w** new-years-eve-manchester.co.uk
Director: Ralph Thornton.

Plastic Music Ltd 22 Rutland Gardens, Hove,
East Sussex, BN3 5PB **t** 01273 779 793 **f** 01273 779 820
e enzo@plastic-music.co.uk **w** plastic-music.co.uk
MD: Enzo (Vincent Amico).

Up All Night Music 20 Denmark St, London,
WC2H 8NA **t** 020 7419 4696 **e** info@upallnightmusic.com
w upallnightmusic.com MD: Phil Taylor.

XK8 Organisation 16-24 Underwood St, London,
N1 7JQ **t** 020 7490 0666 **e** info@xk8organisation.com
w xk8organisation.com myspace.com/xk8organisation
Director: Jeff Davy.

Concert Hire

A-C Technology Ltd 30 Grove Road, Pinner,
Middlesex, HA5 5HW **t** 020 8429 3111 **f** 020 8429 4240
e actech@btclick.com MD: George Ashley-Cound.

Adlib Audio Ltd Adlib House, Fleming Rd, Speke,
Liverpool, L24 9LS **t** 0151 486 2216 **f** 0151 448 1454
e hire@adlibaudio.com **w** adlibsolutions.co.uk
MDs: Andy Dockerty, Dave Kay, Mark Roberts 0151 486 2214.

Analogue Unit 8, Bridge Court, 12 Cook St, Glasgow,
G5 8JN **t** 0141 418 2500 **e** hire@analoguelive.com
w analoguelive.com Dirs: Dave Town, Iain Mackie.

Aquarius Acoustics Unit 1, Stanley St, Colne,
Lancashire, BB8 9DD **t** 01282 859797 **f** 01282 863250
e dave@aquariusacoustics.com **w** aquariusacoustics.com
facebook.com/#!/pages/Aquarius-Acoustics/144893098886157 MD: Dave Pickering.

Atlantic Hire 4 The Limes, North End Way, London,
NW3 7HG **t** 020 8209 0025 **e** info@atlantichire.com
w atlantichire.com Partner: Jez Strode.

Audile Unit 1 Clayton Court, The Cityworks, Welcomb St, Manchester, M11 2NB **t** 0161 223 0014 **f** 0161 223 7948
e rob@audile.co.uk **w** audile.co.uk Director: Rob Ashworth.

Audio & Acoustics United House, North Rd, London,
N7 9DP **t** 020 7700 2900 **f** 020 7700 6900
e aaaco@aol.com Dir: Nich Kantoch.

Audioforum Ltd Unit 20, Dixon Business Centre,
Dixon Rd, Brislington, Bristol, BS4 5QW **t** 0870 240 6444
f 0117 972 3926 **e** sales@audioforum.co.uk
w audioforum.co.uk MD: Mike Reeves.

Avolites Ltd 184 Park Avenue, Park Royal, London,
NW10 7XL **t** 020 8965 8522 **f** 020 8965 0290
e hire@avolites.com **w** avolites.com Sales Manager: May Lee.

Banana Row Backline Hire 47 Eyre Place,
Edinburgh, EH3 5EY **t** 0131 557 2088 **f** 0131 558 9848
e info@bananarow.com **w** bananarow.com MD: Craig Hunter.

Bandit Lites Ltd 235 Ampthill Rd, Bedford, MK42 9QH
t 01234 363 820 **f** 01234 365 382
e bandituk@banditlites.com **w** banditlites.com Chief Executive: Lester Cobrin.

Barrowlands Ballroom 244 Gallowgate, Glasgow,
G4 0TT **t** 0141 552 4601 **e** tom.joyes@glasgow-barrowland.com Manager: Tom Joyes. Standing capacity: 1900

Bennett Audio 41 Sherriff Rd, London, NW6 2AS
t 07748 705 067 **e** bennettaudio1@f2s.com
w bennettaudio.co.uk Dir. and Audio Engineer: Clem Bennett 020 7372 1077.

Bonza Sound Services Ltd Alfriston House,
Guildford Road, Normandy, Surrey, GU3 2AR
t 01483 235313 **f** 01483 236015 **e** ray@bonza.co.uk
w bonza.co.uk MD: Ray Bradman.

Borough Hall Middlegate, Headland, Hartlepool,
TS24 0JD **t** 01429 266522 **f** 01429 523005
e firstname.lastname@hartlepool.gov.uk **w** GM: Ernie Merrilees 01429 523409.

The Bridgewater Hall Lower Mosley St, Manchester,
M2 3WS **t** 0161 950 0000 **f** 0161 950 0001
e concerts@bridgewater-hall.co.uk **w** bridgewater-hall.co.uk Seated Capacity: 2341

Canegreen Unit 2, 12-48 Northumberland Park,
London, N17 0TX **t** 020 8801 8133 **f** 020 8801 8139
e yan@canegreen.com **w** canegreen.co.uk MD: Yan Stile.

Capital Sound Hire - Capital Productions
Abacus House, 60 Weir Rd, London, SW19 8UG
t 020 8944 6777 **f** 020 8944 9477 **e** info@capital-sound.co.uk **w** capital-sound.co.uk Managing Director: Keith Davis.

www.musicweek.com   **Music Week Directory** 273

📇 Contacts   f Facebook   ✱ MySpace   🐦 Twitter   ▶ YouTube

Live: Concert Hire

CAV Unit F2, Bath Road Trading Estate, Stroud, Gloucestershire, GL5 3QF **t** 01453 751865 **f** 01453 751866 **e** sales@cav.co.uk **w** cav.co.uk 👤 Prop: Hans Beier.

Celco Midas House, Willow Way, London, SE26 4QP **t** 020 8699 6788 **f** 020 8699 5056 **e** sales@celco.co.uk **w** celco.co.uk 👤 Sales: Mark Buss.

Chaps Production Co 4 Fairdene Road, Coulsdon, Surrey, CR5 1RA **t** 01737 551144 **f** 01737 552244 **e** hires@chapsproduction.com 👤 Dir: Steve Ludlam.

Cheltenham Stage Services Ltd Unit 31, Ullenwood Court, Ullenwood, Cheltenham, Gloucestershire, GL53 9QS **t** 01242 244978 **f** 01242 250618 **e** enquiries@ullenwood.co.uk **w** ullenwood.co.uk/css 👤 Business Manager: Chris Davey.

Choir Connexion & London Community Gospel Choir Brookdale House, 75 Brookdale Rd, Walthamstow, London, E17 6QH **t** 020 8509 7288 **f** 020 8509 7299 **e** info@choirconnexion.com **w** lcgc.org.uk 👤 Principal: Bazil Meade.

The Cloud One Group of Companies 24 Proctor St, Birmingham, B7 4EE **t** 0845 269 7711 **e** info@cloudone.net **w** cloudone.net 👤 DIRECTOR: Paul Stratford.

Concept Entertainment Bay Hill, Battledown Drive, Cheltenham, Gloucestershire, GL52 6RX **t** 0845 055 9789 **f** 01242 228730 **e** info@concept-ents.com **w** concept-ents.com f Facebook.com/ConceptEntertainmentGroup 🐦 twitter.com/Concept_Ents 🌐 concept-ents.com 👤 Director: Adam Elliott 01242 228730.

Concert Lights (UK) Ltd Undershore Works, Brookside Rd, Bolton, Lancs, BL2 2SE **t** 01204 391343 **f** 01204 363238 **e** clightuk@aol.com **w** concertlights.com 👤 Hire Manager: Chris Sinnott.

Concert Sound Unit C, Park Avenue Ind Estate, Sundon Park Road, Luton, Bedfordshire, LU3 3BP **t** 01582 565855 **f** 01582 565856 **e** davec@concert-sound.co.uk **w** concert-sound.co.uk 👤 GM: David Catlin 07768 418413.

Concert Systems Unit 4D, Stag Industrial Est, Atlantic Street, Altrincham, Cheshire, WA14 5DW **t** 0161 927 7700 **f** 0161 927 7722 **e** hire@concert-systems.com **w** concert-systems.com 👤 Prop: Paul Tandy.

Conway Hall South Place Ethical Society, 25 Red Lion Sq, London, WC1R 4RL **t** 020 7242 8032 **f** 020 7242 8036 **e** conwayhall@ethicalsoc.org.uk **w** conwayhall.org.uk 👤 Lettings Manager: Carina Dvorak. Seated Capacity: 300 Standing capacity: 500

Corporate Events UK Ltd Gratitude, Foxley Lane, Binfield, Berkshire, RG42 4EE **t** 01344 649549 **f** 01344 649549 **e** info@corporateeventsuk.co.uk **w** corporateeventsuk.co.uk 👤 Dir: Paul Donnelly.

CPL Cottar House, Chapel of Seggat, Auchterless, Aberdeenshire, AB53 8DH **t** 01888 511262 **f** 0700 6006792 **e** cyrus@cpl-electrical.co.uk **w** cpl-electrical.co.uk 👤 Director: Cyrus Shroff 07860 419728.

Creative Lighting And Sound Unit 6, Spires Business Units, Mugiemoss Road, Bucksburn, Aberdeen, AB21 9NY **t** 01224 683111 **f** 01224 686611 **e** clsabdn@aol.com 👤 Owner: Mr Flett.

DHA Lighting 284-302 Waterloo Rd, London, SE1 8RQ **t** 020 7771 2900 **f** 020 7771 2901 **e** sales@dhalighting.co.uk **w** dhalighting.co.uk 👤 MD: Diane Grant.

Die Hard Productions The Fishergate Centre, 4 Fishergate, York, YO10 4FB **t** 0845 226 1923 **f** 0870 705 2958 **e** info@diehardproductions.co.uk **w** diehardproductions.co.uk 👤 Director: John McLean.

Dimension Audio Unit E2, Sussex Manor Business Park, Gatwick Road, Crawley, RH10 9NH **t** 01293 582 005 **f** 01293 582 006 **e** info@dimension.co.uk **w** dimension.co.uk 👤 MD: Colin Duncan.

DM Audio Unit 7/1 Newhailes Industrial Estate, Newhailes Road, Edinburgh, EH21 6SY **t** 0131 665 5615 **f** 0845 833 9189 **e** hire@dmaudio.co.uk **w** dmaudio.co.uk f facebook.com/dmaudio 🐦 twitter.com/#!/dmaudio 👤 Hire Manager: Scott Moncrieff.

DPL Production Lighting Units 2 & 3 Dodds Farm, Hatfield Broad Oak, Bishop's Stortford, Herts, CM22 7JX **t** 0870 1610 141 **f** 0870 1610 151 **e** darren@dplighting.com **w** dplighting.com 👤 Contact: Darren Parker.

Electric Ballroom 184 Camden High St, London, NW1 8QP **t** 020 7485 9006 **f** 020 7284 0745 **e** info@electricballroom.co.uk **w** electricballroom.co.uk 👤 DIRECTOR: MARGARET GIBSON 020 7485 9007. Standing capacity: 1100

Empire Mobile Services 15 Hildens Drive, Tilehurst, Berkshire, RG31 5HW **t** 0118 942 7062 **f** 0118 942 7062 **e** geoffwemp@aol.com 👤 Prop: Geoff West.

Entec Sound And Light 517 Yeading Lane, Northolt, Northolt, Middlesex, UB5 6LN **t** 020 8842 4004 **f** 020 8842 3310 **e** dick@entec-soundandlight.com **w** entec-soundandlight.com 👤 Sound Dept Manager: Dick Hayes.

ESE Audio Great Job's Cross Farm, Hastings Road, Rolvenden, Kent, TN17 4PL **t** 01580 243330 **f** 01580 243216 **e** janewinterese@hotmail.com 👤 Partner: Jane Winter.

ESS Unit 2 Maun Close, Hermitage Lane, Nottinghamshire, NG18 5GY **t** 01623 647291 **f** 01623 622500 **e** richardmjohn@me.com 👤 Partner: Richard John.

Eurosound (UK) Unit 12, Station Court, Clayton West, Huddersfield, West Yorkshire, HD8 9XJ **t** 01484 866066 **f** 01484 866299 **e** sales@eurosound.co.uk **w** eurosound.co.uk 👤 Prod Mgr: Tony Bottomley.

Fexx Productions Cherry Tree St, Elsecar, South Yorkshire, S74 8DG **t** 07931 752641 **e** adam.taylor@fexx.co.uk **w** fexx.co.uk 👤 MD: Adam Taylor.

Live: Concert Hire

FX Music 525 Yeading Lane, Northolt, Middlesex, UB5 6LN **t** 020 8841 7666 **f** 020 8841 1333 **e** sales@fx-music.co.uk **w** fx-music.co.uk ✉ Hire Mgr: Dave Beck.

FX Rentals 38-40 Telford Way, London, W3 7XS **t** 020 8746 2121 **f** 020 8746 4100 **e** info@fxrentals.co.uk **w** fxgroup.net ✉ Operations Director: Peter Brooks.

Hand Held Audio Unit 2, 12-48 Northumberland Park, London, N17 0TX **t** 020 8880 3243 **f** 020 8365 1131 **e** info@handheldaudio.co.uk **w** handheldaudio.co.uk ✉ Dir: Mick Shepherd.

HSL Group Holdings Ltd Unit O, Ribble Business Pk, Challenge Way, Blackburn, BB1 5RB **t** 01254 698808 **f** 01254 698835 **e** simon@hslgroup.com **w** hslgroup.com ✉ Managing Director: Simon Stuart.

Intasound PA (No third party use) Unit 15, Highgrove Farm Ind Estate, Pinvin, Pershore, Worcestershire, WR10 2LF **t** 01905 841591 **f** 01905 841590 **e** sales@intasoundpa.co.uk **w** intasoundpa.co.uk ✉ Lighting Manager: Chris Dale.

Juice Lighting & Sound 9-10 Gresley Close, Drayton Fields, Daventry, Northants, NN11 5RZ **t** 01327 876883 **f** 01327 310094 **e** sales@juicesound.co.uk **w** juicesound.co.uk ✉ Prop: John Silk.

Light & Sound Design 201 Coventry Road, Birmingham, B10 0RA **t** 0121 766 6400 **f** 0121 766 6150 **e** uksales@lsdicon.com **w** fourthphase.com ✉ Ops Mgr: Kevin Forbes.

Lighting Design Services Ltd Crede Barn, Crede Lane, Old Bosham, Chichester, West Sussex, PO18 8NX **t** 01243 575373 **f** 01243 572076 **e** jon@light-design.co.uk **w** light-design.co.uk ✉ MD: Jon Pope.

Lite Alternative Unit 4, Shadsworth Business Pk, Duttons Way, Blackburn, Lancashire, BB1 2QR **t** 01254 279654 **f** 01254 278539 **e** anyone@lite-alternative.com **w** lite-alternative.com ✉ Hire Mgr: Jon Greaves.

Martin Bradley Sound & Light 69A Broad Lane, Hampton, Middlesex, TW12 3AX **t** 020 8979 0672 **e** mslbradley@aol.com ✉ Contact: Martin Bradley 07973 331151.

MCL 18 Lord Byron Square, Stowell Technical Park, Salford Quays, Manchester, M50 2XH **t** 0161 745 9933 **f** 0161 745 9975 **e** jleah@mcl-manchester.com **w** mclwebsite.com ✉ Marketing Manager: John Leah.

Media Control (UK) Ltd 69 Dartmouth Middleway, Birmingham, West Midlands, B7 4UA **t** 0121 333 3333 **f** 0121 333 3347 **e** hire@mcl-birmingham.com **w** mcl-europe.com ✉ MD: Tony Cant.

Midnight Electronics Off Quay Building, Foundry Lane, Newcastle upon Tyne, Tyne and Wear, NE6 1LH **t** 0191 224 0088 **f** 0191 224 0080 **e** info@midnightelectronics.co.uk **w** midnightelectronics.co.uk ✉ Manager: Dave Cross.

Mikam Sound (Ireland) Ltd 38 Parkwest Enterprise Centre, Park West, Dublin 12, Ireland **t** 00 353 1 623 7277 **f** 00 353 1 623 7350 **e** mikam@iol.ie ✉ Contact: Paul Aungier.

Mushroom Event Services Ltd 3 Encon Court, Owl Close, Moulton Park Industrial Estate, Northampton, NN3 6HZ **t** 01604 790900 **f** 01604 491118 **e** info@mushroomevents.co.uk **w** mushroomevents.co.uk ✉ Business Manager: David Goldman.

Music Room The Old Library, 116-118 New Cross Rd, London, SE14 5BA **t** 020 7252 8271 **f** 020 7252 8252 **e** sales@musicroom.web.com **w** musicroom.web.com ✉ MD: Gordon Gapper.

Nightair Productions Unit 1, Eastfield Side, Sutton In Ashfield, Notts, NG17 4JW **t** 01623 557 040 **f** 01623 555 586 **e** sales@nightair.co.uk **w** nightair.co.uk ✉ Prop: Andrew Monk 01623 455 051.

Nitelites Unit 3E, Howdon Green Ind Est, Norman Terrace, Wallsend, Tyne and Wear, NE28 6SX **t** 0191 295 0009 **f** 0191 295 0009 **e** nitelites@onyxnet.co.uk ✉ Partner: Gordon Reay.

Northern Light 35-41 Assembly Street, Leith, Edinburgh, Lothian, EH6 7RG **t** 0131 553 2383 **f** 0131 553 3296 **e** enquiries@northernlight.co.uk **w** northernlight.co.uk ✉ Hire Mgr: Gordon Blackburn 0131 440 1771.

O2 Academy Glasgow 121 Eglinton St, Glasgow, G5 9NT **t** 0141 418 3000 **f** 0141 418 3001 **e** mail@o2academyglasgow.co.uk **w** o2academyglasgow.co.uk
▪ facebook.com/profile.php?id=516097956&ref=hpbday#/o2academyglasgow?ref=ts
▪ myspace.com/o2academyglasgow
▪ twitter.com/O2AcademyGgow ✉ General Manager: Joe Splain. Standing capacity: 2500

OPTI 38 Cromwell Rd, Luton, Bedfordshire, LU3 1DN **t** 01582 411413 **f** 01582 400613 **e** optiuk@optikinetics.com **w** optikinetics.com ✉ Sales Dir: Neil Rice.

The PA Company Ltd Unit 7, Ashway Centre, Elm Crescent, Kingston-Upon-Thames, Surrey, KT2 6HH **t** 020 8546 6640 **f** 020 8547 1469 **e** thepacompany@aol.com **w** thepaco.com ✉ MD: Doug Beveridge 07836 600 081.

Pandora Productions Unit 38 Hallmark Trading Estate, Fourth Way, Wembley, Middlesex, HA9 0LB **t** 020 8795 2432 **f** 020 8795 2431 **e** pandoraprods@btconnect.com ✉ Proprietor: John Montier.

Pearce Hire Unit 8, Reynolds Industrial Park, Peterborough, Cambridgeshire, PE1 5EL **t** 01733 554950 **f** 01733 892807 **e** info@pearcehire.co.uk **w** pearcehire.co.uk ✉ Managing Director: Shaun Pearce 01733 554 950.

www.musicweek.com   **Music Week Directory** 275

Contacts   Facebook   MySpace   Twitter   YouTube

Live: Concert Hire

Pegasus Sound & Light 23-25 Canongate, The Royal Mile, Edinburgh, Lothian, EH8 8BX **t** 0131 556 1300 **f** 0131 557 6466 **e** pegasussl@aol.com **w** pegasussl.co.uk ✉ Sales Mgr: David Hunter.

PSL Concert Touring The Heights, Cranborne Industrial Estate, Potters Bar, Herts, EN6 3JN **t** 01707 648 120 **f** 01707 648 123 **e** pod.bluman@preservgroup.com **w** preservgroup.com ✉ Dir: Pod Bluman.

Pure Energy Production Services Suite 91, 2 Lansdowne Crescent, Bournemouth, Dorset, BH1 1SA **t** 01202 579673 **f** 01202 579679 **e** sales@pepuk.com **w** pepuk.com ✉ Dir: Ian Walker.

Remote Live 244A Kingston Road, Leatherhead, Surrey, KT22 7QA **t** 07968 100557 **e** info@remoteliverecordings.co.uk **w** remoteliverecordings.co.uk ✉ Proprietor: Mike Knight.

RG Jones Sound Engineering 16 Endeavour Way, London, SW19 8UH **t** 020 8971 3100 **f** 020 8971 3101 **e** info@rgjones.co.uk **w** rgjones.co.uk ✉ Hire Dept Mgr: John Carroll.

SAV Ltd Party House, Mowbray Drive, Blackpool, FY3 7JR **t** 01253 302602 **f** 01253 301000 **e** sales@stardream.co.uk ✉ Technical Director: Steve Salisbury.

Silent Disco care of Value Added Talent, 1. Purley Place, London, N1 1QA **t** 0207 704 0024 **f** 0207 226 6135 **e** dan@vathq.co.uk **w** silentdisco.com ✉ Agent: Dan Silver 0207 704 9720.

The Small PA Company 49 Liddington Rd, London, E15 3PL **t** 020 8536 0649 **f** 07092 022 897 **e** ian@soundengineer.co.uk **w** soundengineer.co.uk ✉ MD: Ian Hasell 07785 584 273.

Sound Hire Unit 7, Kimpton Trade Business Centre, Minden Road, Sutton, Surrey, SM3 9PF **t** 020 8644 1248 **f** 020 8644 6642 **e** richard@sound-hire.com **w** sound-hire.com ✉ MD: Richard Lienard.

Sound & Light Guys Warkworth Close, Banbury, Oxfordshire, OX16 1BD **t** 01295 720825 **f** 01295 720825 **e** hire@soundandlightguys.co.uk **w** soundandlightguys.co.uk ✉ Director: Freddie Fitzpatrick 07718 796 276.

Sound of Music 14 Runswick Drive, Wollaton, Nottingham, NG8 1JD **t** 0845 644 8550 **f** 0845 644 8551 **e** info@pahire.com **w** pahire.com ✉ Director: Sash Pochibko 07946 739384.

SouthWestern Management 13 Portland Road, Street, Somerset, BA16 9PX **t** 01458 445186 **f** 01458 841186 **e** info@sw-management.co.uk **w** sw-management.co.uk ✉ Dir: Chris Hannam 07831 437062.

SRS (Norwich) 59 Darrell Place, Norwich, Norfolk, NR5 8QN **t** 01603 250486 **f** 01603 250486 **e** deafgeoff@msn.com ✉ Owner: Geoff Lowther 07850 235161.

Stage Audio Services Unit 2, Bridge St, Wordsley, Stourbridge, DY8 5YU **t** 01384 263629 **f** 01384 263620 **e** kevinmobers@aol.com ✉ Dir: Kevin Mobberley.

Stage Electrics Third Way, Avonmouth, Bristol, BS11 9HB **t** 0117 938 4000 **f** 0117 916 2828 **e** sales@stage-electrics.co.uk **w** stage-electrics.co.uk ✉ Hire Mgr: Adrian Searle.

Stage Two Hire Services Unit J, Penfold Trading Estate, Imperial Way, Watford, Hertfordshire, WD24 4YY **t** 01923 230789 **f** 01923 255048 **e** richard.ford@stage-two.co.uk **w** stagetwo.co.uk ✉ Hire Mgr: Richard Ford 01923 244822.

Star Events Group Milton Road, Thurleigh, Bedfordshire, MK44 2DG **t** 01234 772233 **f** 01234 772272 **e** firstname.lastname@stareventsgroup.com **w** StarEventsGroup.com ✉ Dir: Mark Armstrong.

Stratford Acoustics 24 Procter Street, Birmingham, B7 4EE **t** 0121 333 7711 **f** 0121 333 7799 **e** info@cloudone.net **w** midlandsoundhire.com ✉ DIRECTOR: Paul Stratford.

STS Touring Productions Ltd Unit 104 Cariocca Business Park, 2 Hellidon Close, Ardwick, Manchester, M12 4AH **t** 0161 273 5984 **f** 0161 272 7772 **e** firstname.lastname@ststouring.co.uk **w** ststouring.co.uk ✉ Director: Peter Dutton.

Tega (Hull) Limited 58 Stockholm Road, Sutton Fields Ind. Est, Hull, East Yorkshire, HU7 0XW **t** 01482 831 031 **f** 01482 831 331 **e** hire@tega.co.uk **w** tega.co.uk ✉ Business Development: Richard Moorhouse 07900 215 024.

Terminal Studios 4-10 Lamb Walk, London Bridge, London, SE1 3TT **t** 020 7403 3050 **f** 020 7407 6123 **e** info@terminal.co.uk **w** terminal.co.uk ✉ Prop: Charlie Barrett.

TMC Hillam Road, off Canal Road, Bradford, West Yorkshire, BD2 1QN **t** 01274 370966 **f** 01274 308706 **e** sales@tmc.ltd.uk **w** tmc.ltd.uk ✉ Sales Mgr: Nick Bolton.

TMS Show Services Chichester Road, Sidlesham Common, Sidlesham, Chichester, PO20 7PY **t** 01243 641166 **f** 01243 641888 **e** info@tms1.co.uk ✉ Partner: Dick Edney.

Tourtech 3 Quarry Park Close, Moulton Park Industrial Estate, Northampton, NN3 6QB **t** 01604 494846 **f** 01604 642454 **e** tourtecuk@aol.com **w** tourtech.co.uk ✉ MD: Dick Rabel.

Travelling Light (Birmingham) Ltd Unit 34, Boulton Industrial Centre, Icknield Street, Birmingham, West Midlands, B18 5AU **t** 0121 523 3297 **f** 0121 551 2360 ✉ Dir: Chris Osborn.

Roy Truman Sound Services Unit 23, Atlas Business Centre, Oxgate Lane, London, NW2 7HJ **t** 020 8208 2468 **f** 020 8208 3320 **e** rtss@london.com ✉ Mgr: Elisabeth Wirrer.

Music Week Directory

Contacts Facebook MySpace Twitter YouTube

Live: Concert Hire, Venues

TSProfessional Sound + Light
Unit 6, Avocet Trading Estate, Burgess Hill, West Sussex, RH15 9NH t 01444 233030 f 01444 233159
e sales@tsprofessional.co.uk w tsprofessional.co.uk
MD: Keith Upton.

Utopium Lighting Unit A, Diamonite Ind Pk, Goodneston Rd, Fishponds, Bristol, BS16 3JX
t 0845 026 0919 f 0870 950 3355 e info@utopium.co.uk
w utopium.co.uk Production Manager: Ian Evans.

Wackiki Unit 73, Dunmurry Industrial Estate, Dunmurry, Belfast, BT17 9HU t 02890 623 177 f 02890 624 945
e karl@wackiki.com w wackiki.com Dir: Karl Hunt 02890 623177.

Wigmore Hall 36 Wigmore St, London, W1U 2BP
t 020 7935 2141 f 020 7935 3344 e info@wigmore-hall.org.uk w wigmore-hall.org.uk
facebook.com/wigmore.hall
twitter.com/wigmore_hall Contact: Box Office.
Seated Capacity: 540

Wigwam Unit 6, Junction 19 Ind Est, Green Lane, Haywood, Lancashire, OL10 1NB t 01706 363400
f 01706 363410 e events@wigwam.co.uk
w wigwam.co.uk MD: Mike Spratt 01706 363800.

Younger Hall University of St Andrews, North Street, St Andrews, KY16 9AJ t 01334 462226 f 01334 462228
e music@st-andrews.ac.uk w st-andrews.ac.uk/music
Seated Capacity: 900

Zig Zag Lighting (South) 68 Morton Gardens, Wallington, Surrey, SM6 8EX t 020 8647 1968
f 020 8401 2216 e kev@zigzag-lighting.com
Prop: Kevin Ludlam.

Zique Audio Highfield Works, John Street, Hinkley, Leicestershire, LE10 1UY t 01455 610364
f 01455 610164 e garry@msn.com (DO NOT PUBLISH)
Prop: Gary Hargraves 07831 342355.

Zisys Events 1 Alexander Place, Irvine, Ayrshire, KA12 0UR t 01294 238918 e danny@zisysavmn.co.uk
w zisysevents.co.uk Zisys Events Director: Danny Anderson.

Venues

12 Bar Club 26, Denmark St, London, WC2H 8NL
t 020 7240 2120 e 12barclub@btconnect.com
w 12barclub.com Bookings Mgr: Andy Lowe. Standing capacity: 150

42nd Street Nightclub 2 Bootle St, off Deansgate, Manchester, M2 5GU t 0161 831 7108 f 0161 831 7108
e simon@42ndstreetnightclub.com
w 42ndstreetnightclub.com Manager: Simon Jackson.
Standing capacity: 920

53 Degrees Brook St, Preston, Lancashire, PR1 2TQ
t 07812 347680 f 01772 894970
e devans@53degrees.net w 53degrees.net Ents Mgr: David Evans. Standing capacity: 1900

100 Club 100 Oxford St, London, W1D 1LL
t 020 7636 0933 f 020 7436 1958
e jenny@the100club.co.uk w the100club.co.uk
facebook.com/the100club Events Manager: Jeff Horton / Jenny Pierce. Seated Capacity: 290 Standing capacity: 290

229 – The Venue 229 Great Portland Street, London, W1W 5PN t 020 7323 7229 e info@229thevenue.co.uk
w 229thevenue.co.uk Entertainments Manager: Stuart Ellerker. Standing capacity: 760

3 B's Bar and Cafe Reading Town Hall, Blagrave Street, Reading, Berkshire, RG1 1QH
t 0118 939 9815 f 0118 956 6719
e andrew.hefferan@reading.gov.uk Bookings Mgr: Andy Hefferan. Seated Capacity: 95 Standing capacity: 150

The Abbey Tavern 124 Kentish Town Road, London, NW1 9QB t 020 7267 9449 e radha@abbey-tavern.com
w abbey-tavern.com Bookings: Radha Kothari 07757 870 568. Standing capacity: 200

Aberdeen Exhibition and Conference Centre
Bridge of Don, Aberdeen, AB23 8BL t 01224 824824
f 01224 825276 e estewart@aecc.co.uk w aecc.co.uk
Concert Bookings: Eilidh Stewart 01224 330416.
Seated Capacity: 4765 Standing capacity: 8500

Aberdeen Music Hall Union Street, Aberdeen, AB10 1QS t 01224 632 080 f 01224 632 400
e lisa.gnerre@aberdeenperformingarts.com
w boxofficeaberdeen.com Venue Manager: Lisa Gnerre.
Seated Capacity: 1282 Standing capacity: 1500

Aberdeen University Union Union Bar, 10 Littlejohn Street, Aberdeen, AB10 1BA
t 01224 638 369 f 01224 638 369
e adg155@abdn.ac.uk w abdn.ac.uk/union Ents Mgr: Duncan Stuart. Seated Capacity: 500 Standing capacity: 600

Aberystwyth Arts Centre Penglais, Aberystwyth, Ceredigion, SY23 3DE t 01970 622882 f 01970 622883
e lla@aber.ac.uk w aber.ac.uk/artscentre Dir: Alan Hewson. Seated Capacity: 1000 Standing capacity: 1200

Accrington Town Hall Blackburn Road, Accrington, Lancashire, BB5 1LA t 01254 380297 f 01254 380291
e leisure@hyndburnbc.gov.uk w leisureinhyndburn.co.uk
Mrktng & Events Officer: Nigel Green. Seated Capacity: 400 Standing capacity: 360

AK Bell Library York Place, Perth, PH2 8EP
t 01738 444949 f 01738 477010
e kmcwilliam@pkc.gov.uk w pkc.gov.uk Theatre Mgr: Kenny McWilliam. Seated Capacity: 125

The Alban Arena Civic Centre, St Albans, Hertfordshire, AL1 3LD t 01727 861078 f 01727 865755
e info@alban-arena.co.uk w alban-arena.co.uk GM: Paul McMullen. Seated Capacity: 856 Standing capacity: 1132

The Albany Douglas Way, London, SE8 4AG
t 020 8692 0231 f 020 8469 2253
e reception@thealbany.org.uk w thealbany.org.uk
Programmer: Gavin Barlow. Seated Capacity: 300 Standing capacity: 425

www.musicweek.com **Music Week Directory** 277

📇 Contacts   ▮ Facebook   ▮ MySpace   ▮ Twitter   ▶ YouTube

Live: Venues

Albert Halls Dumbarton Rd, Stirling, FK8 2QL
t 01786 473544 **f** 01786 448933
e whitee@stirling.gov.uk **w** stirling.gov.uk/alberthalls
📇 Contact: Eddie White. Seated Capacity: 893 Standing capacity: 1200

Alexandra Palace Alexandra Palace, Wood Green, London, N22 7AY **t** 020 8365 2121 **f** 020 8365 2662
e charlotte.johnson@alexandrapalace.com
w alexandrapalace.com
▮ facebook.com/pages/Alexandra-Palace/166215156722068?ref=ts ▮ @yourallypally
📇 Marketing Manager: Charlotte Johnson. Seated Capacity: 7250 Standing capacity: 10400

Alexandra Theatre Station Street, Birmingham, West Midlands, B5 4DS **t** 0121 643 5536
f 0121 632 6841 **e** firstname.lastname@livenation.co.uk
w livenation.co.uk 📇 Gen Mgr: Andrew Lister. Seated Capacity: 1365

Alloa Town Hall 6 Mars Hill, Alloa, Clackmannan, FK10 1AB **t** 01259 222345 **f** 01259 222341
e leisure@clacks.gov.uk **w** clacks.gov.uk Seated Capacity: 500

Anglia Polytechnic University Students Union, East Road, Cambridge, CB1 1PT **t** 01223 460008
f 01223 417718 **e** a.tadjrishi@apusu.com **w** apusu.com
📇 Ents Mgr: Ash Tadjrishi. Seated Capacity: 230 Standing capacity: 300

The Anvil Churchill Way, Basingstoke, Hampshire, RG21 7QR **t** 01256 819797 **f** 01256 331733
e Ann.Dickson@theanvil.org.uk **w** theanvil.org.uk 📇 Prog Mgr: Ann Dickson. Seated Capacity: 1400

Apollo Victoria 17 Wilton Road, London, SW1V 1LG
t 020 7834 6318 **f** 08707 492 351
e firstname.lastname@livenation.co.uk **w** getlive.co.uk
📇 GM: Richard Brown. Seated Capacity: 1564

Area Gade House, 46 The Parade, High St, Watford, Herts, WD17 1AY **t** 01923 281100 **f** 01923 281101
e chris@areaclub.com **w** areaclub.com 📇 Events & PR Manager: Neil Campbell 01923 281500. Seated Capacity: 1500 Standing capacity: 1500

The Arena 208 Newport Road, Middlesbrough, TS1 5PS
t 01642 503128 **f** 01642 503128 **e** info@thearena.co.uk
w thearena.co.uk 📇 Bookings Mgrs: Edzy. Standing capacity: 600

Artslink Theatre Knoll Road, Camberley, Surrey, GU15 3SY **t** 01276 707612 **f** 01276 707644
📇 Contact: Pat Pembridge. Seated Capacity: 400 Standing capacity: 600

Ashcroft Theatre Park Lane, Croydon, Surrey, CR9 1DG **t** 020 8681 0821 **f** 020 8760 0835
e info@fairfield.co.uk **w** fairfield.co.uk Seated Capacity: 749

The Assembly Spencer Street, Leamington Spa, Warcs, CV31 3NS **t** 01926 888 666
e firstname.lastname@leamingtonassembly.com
w leamingtonassembly.com 📇 Production Manager: Dutch Van Spall. Standing capacity: 1000

Assembly Hall Stoke Abbott Rd, Worthing, West Sussex, BN11 1HQ **t** 01903 231799
f 01903 215337 **e** theatres@worthing.gov.uk
w worthingtheatres.co.uk 📇 Theatres Manager: Peter Bailey. Seated Capacity: 940 Standing capacity: 1100

Assembly Hall Theatre Crescent Road, Royal Tunbridge Wells, Kent, TN1 2LU **t** 01892 530 613
f 01892 525 203 **e** theatreadmin@tunbridgewells.gov.uk
w assemblyhalltheatre.co.uk 📇 Marketing Mgr: Sheila Ryall 01892 532 072. Seated Capacity: 930 Standing capacity: 1000

Assembly Rooms 54 George Street, Edinburgh, Midlothian, EH2 2LR **t** 0131 624 2442 **f** 0131 624 7131
e info@assemblyrooms.com **w** assemblyrooms.com
📇 GM: Kath M Mainland. Seated Capacity: 700 Standing capacity: 750

Aston University Students Guild The Triangle, Birmingham, B4 7ES **t** 0121 359 6531 **f** 0121 333 4218
e l.b.cook@aston.ac.uk **w** astonguild.org.uk 📇 Venues Mgr: Larry Cook. Seated Capacity: 400 Standing capacity: 942

Aylesbury Civic Centre Market Square, Aylesbury, Bucks, HP20 1UF **t** 01296 585 541 **f** 01296 392 091
e rheason@aylesburyvaledc.gov.uk **w** aylesburycivic.co.uk
📇 Manager: Richard Heason. Seated Capacity: 640 Standing capacity: 1000

Babbacombe Theatre Babbacombe Downs, Torquay, Devon, TQ1 3LU **t** 01803 322233
f 01803 322244 **e** colin@matpro-show.biz
w babbacombe-theatre.com 📇 Resident Director: Colin Matthews. Seated Capacity: 600

Barbican Centre Silk St, Barbican, London, EC2Y 8DS
t 020 7382 7308 **f** 020 7382 7241
e press@barbican.org.uk **w** barbican.org.uk 📇 Head of Music (Interim): Angela Dixon 020 7382 7038. Seated Capacity: 1989

Barfly Camden 49 Chalk Farm Rd, London, NW1 8AN
t 020 7688 8994 **f** 020 7691 4243
e adam.ryan@Barflyclub.com **w** barflyclub.com
▮ myspace.com/barflyclublondon
▮ twitter.com/camdenbarfly 📇 Promoter: Adam Ryan 020 7688 9000. Standing capacity: 200

Bartok 78-79 Chalk Farm Rd, London, NW1 8AR
t 020 7916 0595

The Basement 4-8 Fisher Street, Carlisle, Cumbria, CA3 8RN **t** 01228 510444 **e** Jnightclub@aol.com
w Jnightclub.co.uk 📇 Promoter/Owner: David Jackson. Standing capacity: 600

Bath and West Events Centre
The Bath & West Trading Company,
Royal Bath & West Showground, Shepton Mallet, Somerset, BA4 6QN **t** 01749 822 219 **f** 01749 823 169
e jo.perry@bathandwest.co.uk **w** bathandwest.com
📇 Gen Mgr: Jo Perry 01749 822219. Seated Capacity: 4000 Standing capacity: 5250

Music Week Directory

Contacts | **Facebook** | **MySpace** | **Twitter** | **YouTube**

Live: Venues

Bath Pavilion North Parade Road, Bath, BA2 4EU **t** 01225 486902 **f** 01225 486976 **e** bath.pavilion@aquaterra.org **w** aquaterra.org GM: Jenny Jacob. Seated Capacity: 1000 Standing capacity: 1675

Bath Spa University College Students Union, Newton Park, Bath, BA2 9BN **t** 01225 875588 **f** 01225 874765 **e** bathspasu@bathspa.ac.uk **w** bathspasu.co.uk Events: Diane Starling. Standing capacity: 250

Bath Theatre Royal St John's Place, Sawclose, Bath, BA1 1ET **t** 01225 448815 **f** 01225 444080 **e** firstname.lastname@theatreroyal.org.uk **w** theatreroyal.org.uk TRB Productions: Nicky Palmer. Seated Capacity: 978

Beach Ballroom Beach Leisure Centre, Beach Promenade, Aberdeen, AB2 1NR **t** 01224 647647 **f** 01224 648693 Seated Capacity: 1200

Beau Sejour Centre Amherst, St. Peter Port, Guernsey, GY1 2DL **t** 01481 747215 **e** penny.weaver@cultureleisure.gov.gg **w** freedomzone.gg Events Manager: Penny Weaver. Seated Capacity: 1500 Standing capacity: 2000

Beck Theatre, Hayes Grange Road, Hayes, Middlesex, UB3 2UE **t** 020 8561 7506 **f** 020 8569 1072 **e** firstname.lastname@livenation.co.uk **w** getlive.co.uk GM: Louise Clifford. Seated Capacity: 600

Bedford Corn Exchange St Paul's Square, Bedford, MK40 1SL **t** 01234 344813 **f** 01234 325358 **e** cornexch-bedford@btinternet.com **w** bedfordcornexchange.co.uk Manager: Carl Amos. Seated Capacity: 830 Standing capacity: 1000

The Bedford 77 Bedford Hill, Balham, London, SW12 9HD **t** 020 8682 8940 **e** info@thebedford.co.uk **w** thebedford.co.uk Dir, Music, Art & Dev't: Tony Moore. Seated Capacity: 250

Belgrade Theatre Belgrade Square, Coventry, CV1 1GS **t** 024 7625 6431 **f** 024 7655 0680 **e** admin@belgrade.co.uk **w** belgrade.co.uk Artistic Dir: Hamish Glen. Seated Capacity: 865

The Big Chill House 257-259 Pentonville Rd, King's Cross, London, N1 9NL **t** 020 7427 2540 **f** 020 7684 2021 **e** info@bigchill.net **w** bigchill.net facebook.com/pages/London-United-Kingdom/The-Big-Chill-House/98380903602 myspace.com/bigchillhouse twitter.com/Bigchillfest General Manager: Grace West. Seated Capacity: 500

Birkbeck College Student Union, Malet Street, London, WC1E 7HX **t** 020 7631 6335 **f** 020 7631 6270 **e** administrator@bcsu.bbk.ac.uk **w** bbk.ac.uk/su Contact: Phil Ross. Seated Capacity: 100

Birmingham Town Hall Victoria Square, Birmingham, B3 3DQ **t** 0121 644 6157 **f** 0121 212 1982 **e** simon.wales@thsh.co.uk **w** thsh.co.uk search 'Town Hall Symphony Hall' @THSHBirmingham GM: Simon Wales. Seated Capacity: 400 Standing capacity: 800

Bivouac® 3 St Andrews St, Lincoln, Lincolnshire, LN5 7NE **t** 01522 539883 **f** 01522 528964 **e** steve.hawkins@easynet.co.uk Booker: Steve Hawkins. Standing capacity: 200

Blackheath Halls 23 Lee Rd, London, SE3 9RQ **t** 020 8318 9758 **f** 020 8852 5154 **e** programming@blackheathhalls.com **w** blackheathhalls.com Seated Capacity: 700 Standing capacity: 1000

Blackpool Grand Theatre - National Variety Theatre 33 Church Street, Blackpool, Lancashire, FY1 1HT **t** 01253 290111 **f** 01253 751767 **e** geninfo@blackpoolgrand.co.uk **w** blackpoolgrand.co.uk GM: Paul Isles. Seated Capacity: 1192

Blackpool Winter Gardens 97 Church St, Blackpool, Lancashire, FY1 1HL **t** 01253 625252 **e** events@leisure-parcs.co.uk **w** wintergardensblackpool.co.uk General Manager: Peter Walter. Seated Capacity: 3250 Standing capacity: 4000

Bletchley Leisure Centre Princes Way, Bletchley, Milton Keynes, Buckinghamshire, MK2 2HQ **t** 01908 377251 **f** 01908 374094 **e** bletchley@leisureconnection.co.uk **w** bletchleyleisurecentre.co.uk Manager: David Taylor. Seated Capacity: 1300 Standing capacity: 1500

Bloomsbury Theatre 15 Gordon St, London, WC1H 0AH **t** 020 7679 2777 **f** 020 7383 4080 **e** blooms.theatre@ucl.ac.uk **w** thebloomsbury.com Administrator: Shalini Simpson 020 7388 8822. Seated Capacity: 550 Standing capacity: 550

Bluecoat Arts Centre Bluecoat Chambers, School Lane, Liverpool, Merseyside, L1 3BX **t** 0151 709 5297 **f** 0151 709 0048 **e** admin@bluecoatartscentre.com **w** bluecoatartscentre.com

The Boileroom 13 Stokefields, Guildford, Surrey, GU1 4LS **t** 01483 440022 **f** 01483 440020 **e** info@theboileroom.net **w** theboileroom.net facebook.com/theboileroom myspace.com/boileroomgu1 twitter.com/boileroom youtube.com/user/boileroomgu1 Promotions Manager: Dominique Czopor. Standing capacity: 300

The Borderline 5 Goslett Yard, London, WC2H 0EA **t** 020 7734 5547 **e** james.gall@meanfiddler.co.uk **w** meanfiddler.com facebook.com/borderline.london myspace.com/borderlinevenue twitter.com/the_borderline General Business Manager: James Gall as above.

The Boston 178 Junction Road, London, N19 5QQ **t** 020 7272 8153 **f** 020 7281 2651 **e** Patrick.Fahey@btworld.com **w** bostonlivemusicvenue.co.uk Manager: PJ Fahey. Standing capacity: 600

www.musicweek.com **Music Week Directory**

📇 Contacts   👥 Facebook   🎵 MySpace   🐦 Twitter   ▶️ YouTube

Live: Venues

Bournemouth International Centre Exeter Rd, Bournemouth, Dorset, BH2 5BH **t** 01202 456400 **f** 01202 456500 **e** steve.turner@bhlive.co.uk **w** bic.co.uk 📇 Entertainment Programming Manager: Steve Turner 01202 456499. Seated Capacity: 4000 Standing capacity: 6200

Bournemouth Pavilion Theatre Westover Road, Bournemouth, Dorset, BH1 2BU **t** 01202 456 400 **f** 01202 451 024 **w** bic.co.uk 📇 Entertainment & Events Manager: Steve Turner. Seated Capacity: 1512

Bournemouth University The Old Fire Station, 36 Holdenhurst Road, Bournemouth, Dorset, BH8 8AD **t** 01202 503888 **f** 01202 503913 **e** info@oldfirestation.co.uk **w** oldfirestation.co.uk 📇 Events & Marketing Mgr.: Angus Carter. Seated Capacity: 300 Standing capacity: 600

Bradford University Commmunal Building Students Union, Richmond Road, Bradford, West Yorkshire, BD7 1DP **t** 01274 233245 **f** 01274 235530 **e** ubu-ents@bradford.ac.uk **w** ubuonline.co.uk Standing capacity: 1300

Braehead Arena Glasgow Braehead, Kings Inch Rd, Glasgow, G51 4BN **t** 0141 886 8300 **f** 0141 885 4620 **e** scott-martin@capshop.co.uk **w** braehead-arena.co.uk 📇 Arena Manager: Scott Martin. Seated Capacity: 5100

Brangwyn Hall The Guildhall, Swansea, West Glamorgan, SA1 4PE **t** 01792 635432 **f** 01792 635447 **e** brangwyn.hall@swansea.gov.uk **w** swansea.gov.uk/brangwynhall 📇 Manager: Tracy Ellicott. Seated Capacity: 1070 Standing capacity: 1286

Brel 39 Ashton Lane, Glasgow, G12 8SJ **t** 0141 560 2748 or 0141 337 1199 **f** 0141 357 0655 **e** contact@brelbarrestaurant.com **w** brelbarrestaurant.com 📇 Booker: Robin Morton. Standing capacity: 100

Brentford Fountain Leisure Centre 658 Chiswick High Road, Brentford, Middlesex, TW8 0HJ **t** 020 8994 9596 **f** 020 8994 4956 📇 Contact: Alan Boulden. Seated Capacity: 1200 Standing capacity: 1500

Brentwood Centre Doddinghurst Road, Brentwood, Essex, CM15 9NN **t** 01277 261111 x 381 **f** 01277 200152 📇 Concerts & Promotions Mgr: Steve Allen. Seated Capacity: 1900 Standing capacity: 1900

Brewery Arts Centre Highgate, Kendal, Cumbria, LA9 4HE **t** 01539 725133 **f** 01539 730257 **e** hannah.flynn@breweryarts.co.uk **w** breweryarts.co.uk 📇 Marketing Officer: Hannah Flynn. Seated Capacity: 300 Standing capacity: 450

The Brickmakers 496 Sprowston Rd, Norwich, Norfolk, NR3 4DY **t** 01603 441 118 **e** info@thebrickmakers.com **w** thebrickmakers.com 📇 Bookings Mgr: Charley South. Standing capacity: 300

Bridge Lane Theatre Bridge Lane, London, SW11 3AD **t** 020 7228 5185 **f** 020 7262 0090 📇 Artistic Dir: Terry Adams 020 7228 8828. Seated Capacity: 200

Bridgwater Arts Centre 11-13 Castle Street, Bridgwater, Somerset, TA6 3DD **t** 01278 422700 **f** 01278 447402 📇 Contact: Charlie Dearden 01278 422701. Seated Capacity: 196 Standing capacity: 186

Bridlington Spa Theatre And Royal Hall South Marine Drive, Bridlington, East Yorkshire, YO15 3JH **t** 01262 678255 **f** 01262 604625 📇 Contact: Rob Clutterham. Seated Capacity: 1800 Standing capacity: 3200

Brighton Centre Kings Rd, Brighton, Sussex, BN1 2GR **t** 01273 290131 **f** 01273 779980 **e** brightoncentre@brighton-hove.gov.uk **w** brightoncentre.co.uk 📇 Acting General Manager: Howard Barden. Seated Capacity: 4273 Standing capacity: 5127

Brighton Dome & Festival Ltd 12A Pavilion Buildings, Castle Square, Brighton, East Sussex, BN1 1EE **t** 01273 700747 **f** 01273 705705 **e** info@brightondome.org **w** brightondome.org.uk 👥 facebook.com/brightondome 🐦 @brightdome ▶️ brightondome 📇 Press: Shelley Bennett 01273 700474. Seated Capacity: 1800 Standing capacity: 1800

Bristol Hippodrome St Augustine's Parade, Bristol, BS1 4UZ **t** 0117 926 5524 **f** 0117 925 1661 📇 Gen Mgr: John Wood. Seated Capacity: 1981

Bristol University, Anson Rooms University of Bristol Union, Queens Road, Clifton, Bristol, BS8 1LN **t** 0117 954 5810 **f** 0117 954 5817 **e** ents-ubu@bristol.ac.uk **w** ubu.org.uk 📇 Ents Mgr: Kay Lowrie. Seated Capacity: 600 Standing capacity: 900

Broadstairs Pavilion Harbour Street, Broadstairs, Kent, CT9 1EY **t** 01843 865726 Seated Capacity: 260 Standing capacity: 340

Broadway Theatre Rushey Green, Catford, London, SE6 4RU **t** 020 8690 2317 **f** 020 8314 3144 **e** firstname@broadwaytheatre.org.uk **w** broadwaytheatre.org.uk 📇 GM: Martin Costello 020 8690 1000. Seated Capacity: 855 Standing capacity: 1000

The Broadway Theatre 46 Broadway, Peterborough, PE1 1RT **t** 01733 316109 **f** 01733 316101 **e** admin@thebroadwaytheatre.co.uk **w** thebroadwaytheatre.co.uk 📇 GM: Dave King. Seated Capacity: 1168

Brunel University Student Union, Runnymede Campus, Coopers Hill Lane, Egham, Surrey, TW20 0JZ **t** 01784 435508 Standing capacity: 320

Brunton Theatre Ladywell Way, Musselburgh, Edinburgh, EH21 6AA **t** 0131 665 9900 **f** 0131 665 7495 📇 Contact: Lesley Smith. Seated Capacity: 302

Buckinghamshire College Newland Park Campus, Gorelands Lane, Chalfont St Giles, Buckinghamshire, HP8 4AD **t** 01494 871225 **f** 01494 871954

Music Week Directory   www.musickweek.com

Contacts   Facebook   MySpace   Twitter   YouTube

Live: Venues

Buffalo Bar 259 Upper St, London, N1 1RU
t 020 7359 6191 **e** enquiries@buffalobar.co.uk
w buffalobar.co.uk
facebook.com/group.php?gid=89089362193&ref=ts
Bookings: Michael, Stacey. Standing capacity: 150

Bull & Gate Promotions 389 Kentish Town Rd, London, NW5 2TJ **e** info@bullandgate.co.uk
w bullandgate.co.uk Booker: Phil Avey 020 7485 5358.
Standing capacity: 150

The Bullingdon Arms 162 Cowley Road, Oxford, OX4 1UE **t** 01865 244516 **f** 01865 202457
e info@thebullingdon.com Manager: Arron Whan.
Seated Capacity: 200 Standing capacity: 280

Burnley Mechanics Manchester Road, Burnley, Lancashire, BB11 1HH **t** 01282 664411 Seated Capacity: 495 Standing capacity: 600

Café de Paris 3-4 Coventry Street, London, W1D 6BL
t 020 7395 5807 **f** 020 7395 5816
e Patrick@cafedeparis.com **w** cafedeparis.com
Contact: Patrick Tustian. Seated Capacity: 220
Standing capacity: 715

Cambridge Arts Theatre 6 St Edward's Passage, Cambridge, CB2 3PJ **t** 01223 578933 **f** 01223 578997
e smarsh@cambridgeartstheatre.com
w cambridgeartstheatre.com Contact: Ian Ross. Seated Capacity: 660

Cambridge Corn Exchange 3 Parsons Court, Wheeler St, Cambridge, CB2 3QE **t** 01223 457555
f 01223 457559 **e** admin.cornex@cambridge.gov.uk
w cornex.co.uk
facebook.com/cambridgecornexchange
twitter.com/cambridgecornex Asst Head - Arts & Ents: Graham Saxby. Seated Capacity: 1200 Standing capacity: 1837

Cambridge Guildhall Cambridge City Council, Market Square, Cambridge, CB2 3QJ **t** 01223 457000
f 01223 463364 Seated Capacity: 699 Standing capacity: 400

Camden Bars C/O The Monarch, 40-42 Chalk Farm Rd, London, NW1 8BG **e** jeremy.ledlin@monarchbar.com
w camdenbars.com Contact: Jeremy Ledlin 020 7482 2054.

The Camden Head 100 Camden High St, London, NW1 0LU **e** info@camdenhead.com **w** camdenhead.com
Contact: Adie Nunn, Jeremy Ledlin 020 7485 4019.

Canterbury Christ Church University College
Student Union, North Holmes Rd, Canterbury, Kent, CT1 1QU **t** 01227 782080 **f** 01227 458287
e ents@cant.ac.uk **w** c4online.net Ents & Marketing Mgr: Matt Wynter. Standing capacity: 450

Cardiff International Arena Mary Ann Street, Cardiff, CF10 2EQ **t** 029 2023 4500 **f** 029 2023 4501
w sfx-europe.com/cia GM: Graham Walters 029 2023 4600. Seated Capacity: 4994 Standing capacity: 6500

Cardiff University Students Union, Park Place, Cardiff, CF10 3QN **t** 029 2078 1400 **f** 029 2078 1407
e westawayj@cardiff.ac.uk **w** cardiffstudents.com Ents Mgr: Josh Westaway 029 2078 1456. Seated Capacity: 100 Standing capacity: 300

Cargo Kingsland Viaduct, 83 Rivington St, Shoreditch, London, EC2A 3AY **t** 020 7739 3440 **f** 020 7613 7740
e chasca@cargo-london.com **w** cargo-london.com
facebook.com/cargoshoreditch
twitter.com/cargo_ldn Contact: Chasca Summerville.
Seated Capacity: 500

Carnegie Hall East Port, Dunfermline, Fife, Scotland, KY12 7JA **t** 01383 602301 **e** verdi.clark@onfife.com
w onfife.com Contact: Verdi Clark 08451 555555 x 402221. Seated Capacity: 590

Carnegie Theatre Finkle Street, Workington, Workington, Cumbria, CA14 2BD **t** 01900 602122
f 01900 67143 **e** carnegie@allerdale.gov.uk
w carnegietheatre.co.uk Manager: Paul Sherwin.
Seated Capacity: 354

The Cathouse 15 Union Street, Glasgow, G1 3RB
t 0141 248 6606 **f** 0141 248 6741
e enquiries@cplweb.com **w** cplweb.com MD: Donald Macleod. Standing capacity: 400

The Cavern Club 8-10 Mathew St, Liverpool, Merseyside, L2 6RE **t** 0151 236 1965 **f** 0151 236 8081
e jo@thecavernliverpool.com **w** cavernclub.org
Operations Director: Jon Keats 0151 236 9091.
Standing capacity: 500

The Cavern Club 83-84 Queen St, Exeter, Devon, EX4 3RP **t** 01392 495370 **e** exetercavern@hotmail.com
w cavernclub.co.uk ExeterCavern
myspace.com/exetercavern
twitter.com/ExeterCavern Promoters: Pippa, David.
Standing capacity: 250

Cecil Sharp House Cecil Sharp House, 2 Regent's Park Road, London, NW1 7AY **t** 020 7485 2206
f 020 7284 0534 **e** info@efdss.org **w** efdss.org
efdss.org efdss.org Office Mgr: Verity Flecknell.
Seated Capacity: 400 Standing capacity: 450

University of Central England Student Union, Franchise Street, Perry Barr, Birmingham, B42 2SU
t 0121 331 6801 **f** 0121 331 6802 **w** uce.ac.uk Standing capacity: 350

Central Station 15 - 17 Hill St, Wrexham, LL11 1SN
t 01978 358 780 **f** 01978 311 884
e contact@centralstationvenue.com
w centralstationvenue.com Promoter: Aled Owens.
Seated Capacity: 225 Standing capacity: 500

The Central Theatre 170 High Street, Chatham, Kent, ME4 4AS **t** 01634 848584 **f** 01634 827711
e theatres@medway.gov.uk Contact: Tony Hill 01634 338338. Seated Capacity: 945

www.musicweek.com   **Music Week Directory** 281

Contacts Facebook MySpace Twitter YouTube

Live: Venues

Charter Hall Colchester Leisure World, Cowdray Avenue, Colchester, Essex, CO1 1YH **t** 01206 282946 **f** 01206 282916 **e** claire.jackson@colchester.gov.uk **w** colchesterleisureworld.co.uk Event Co-ordinator: Claire Jackson 01206 282020. Seated Capacity: 1216 Standing capacity: 1216

Cheese & Grain Market Yard, Frome, Somerset, BA11 1BE **t** 01373 455768 **f** 01373 455765 **e** office@cheeseandgrain.co.uk **w** cheeseandgrain.co.uk Programme Manager: Martin Dimery. Standing capacity: 800

Cheltenham Town Hall Imperial Square, Cheltenham, Gloucestershire, GL50 1QA **t** 01242 521621 **f** 01242 573902 **e** townhall@cheltenham.gov.uk **w** cheltenhamfestivals.co.uk Ents & Mktg Mgr: Tim Hulse 01242 227979. Seated Capacity: 1008 Standing capacity: 1008

Chequer Mead Theatre & Arts Centre De la Warr Road, East Grinstead, West Sussex, RH19 3BS **t** 01342 325577 **f** 01342 301416 **e** info@chequermead.org.uk **w** chequermead.org.uk Administration Contact: Sally Norris. Seated Capacity: 320

Chesterfield Arts Centre Chesterfield College, Sheffield Road, Chesterfield, Derbyshire, S41 7LL **t** 01246 500578 **e** littlewj@chesterfield.ac.uk **w** chesterfield.ac.uk Co-ordinator: Joe Littlewood. Seated Capacity: 250

Chingford Assembly Hall Station Road, Chingford, London, E4 8NU **t** 020 8521 7111 **w** walthamforest.gov.uk Contact: Halls Mgr.

The Citadel Arts Centre Waterloo Street, St Helens, Merseyside, WA10 1PX **t** 01744 735436 **e** info@citadel.org.uk **w** citadel.org.uk Seated Capacity: 161 Standing capacity: 300

City Halls and Old Fruitmarket Candleriggs, Glasgow, G1 1NQ **t** 0141 353 8080 **f** 0141 353 8006 **e** karentaylor@glasgowconcerthalls.com **w** glasgowconcerthalls.com Contact: Karen Taylor.

City Varieties Music Hall Swan St, Leeds, LS1 6LW **t** 0113 391 7777 **f** 0113 234 1800 **e** info@cityvarieties.co.uk **w** Cityvarieties.co.uk GM: Peter Sandeman. Seated Capacity: 531

Clair Hall Perrymount Rd, Haywards Heath, West Sussex, RH19 3DN **t** 01444 455440 **f** 01444 440041 **e** ClairHall@midsussex.gov.uk

Clapham Grand 21-25 St Johns Hill, Clapham Junction, London, SW111TT **t** 0207 223 6523 **e** richard@supernovaentertainment.org **w** claphamgrand.com Live Music Contact: Richard Beck 077385 22474.

Clickimin Leisure Complex Lochside, Lerwick, Shetland Islands, ZE1 0PJ **t** 01595 741000 **f** 01595 741001 **e** mail@srt.org.uk **w** srt.org.uk Manager: Mr Robert Geddes 01595741000. Seated Capacity: 1200 Standing capacity: 1500

Cliffs Pavilion Station Rd, Southend-on-Sea, Essex, SS0 7RA **t** 01702 390 657 **f** 01702 391 573 **e** info@southendtheatres.org.uk **w** thecliffspavilion.co.uk Theatre Director: Ellen McPhillips. Seated Capacity: 1657 Standing capacity: 2250

The Cockpit Swinegate, Leeds, LS1 4AG **t** 0113 2443 446 **f** 0113 2434 849 **e** info@thecockpit.co.uk **w** thecockpit.co.uk Dir: Richard Todd. Standing capacity: 750

Colchester Arts Centre Church Street, Colchester, Essex, CO1 1NF **t** 01206 500900 **f** 01206 500187 **e** info@colchesterartscentre.com **w** colchesterartscentre.com Dir: Anthony Roberts. Seated Capacity: 300 Standing capacity: 400

Colne Municipal Hall Bank House, 61 Albert Road, Colne, Lancashire, BB8 0PB **t** 01282 661220 **f** 01282 661221 **e** info@pendleleisuretrust.co.uk **w** pendleleisuretrust.co.uk Devel / Mkt Mgr: Gary Hood. Seated Capacity: 600 Standing capacity: 700

Colston Hall Colston St, Bristol, BS1 5AR **t** 0117 922 3686 **f** 0117 922 3688 **e** sarah.robertson@colstonhall.org **w** colstonhall.org facebook.com/ColstonHall twitter.com/Colston_Hall Marketing Manager: Sarah Robertson. Seated Capacity: 1840 Standing capacity: 1940

The Comedy 7 Oxendon St, London, SW1Y 4EE **t** 020 7482 3928 **e** n_barnett@madasafish.com **w** deadoralive.org.uk Promoter: Nicholas Barnett. Standing capacity: 100

The Congress Theatre Carlisle Road, Eastbourne, East Sussex, BN21 4BP **t** 01323 415500 **f** 01323 727369 **e** theatres@eastbourne.gov.uk **w** eastbourne.org Gen Mgr: Chris Jordan. Seated Capacity: 1689

King's Lynn Corn Exchange Tuseday Market Place, King's Lynn, Norfolk, PE30 1JW **t** 01553 765 565 **f** 01553 762 141 **e** entertainment_admin@west-norfolk.gov.uk **w** kingslynncornexchange.co.uk GM: Ellen McPhillips. Seated Capacity: 738

The Corn Exchange Market Place, Newbury, Berks, RG14 5BD **t** 01635 582 666 **f** 01635 582 223 **e** admin@cornexchangenew.co.uk **w** cornexchangenew.com Dir: Martin Sutherland. Seated Capacity: 400

The Coronet Theatre 28 New Kent Rd, London, SE1 6TJ **t** 020 7701 1500 **f** 020 7701 1300 **e** bookings@coronettheatre.co.uk **w** coronettheatre.co.uk facebook.com/group.php?gid=17994095305&ref=ts profile.myspace.com/index.cfm?fuseaction=user.viewprofile&friendID=308880606 twitter.com/CoronetLondon Bookings: Mike Weller. Seated Capacity: 550 Standing capacity: 1650

Corporation Trafalgar Court, 2 Milton Street, Sheffield, South Yorkshire, S1 4JU **t** 0114 276 0262 **f** 0114 252 7606 **e** mrkeef@corporation.org.uk **w** corporation.org.uk Managing Director: M Hobson. Seated Capacity: 700 Standing capacity: 700

282 Music Week Directory   www.musicweek.com

Contacts   **Facebook**   **MySpace**   **Twitter**   **YouTube**

Live: Venues

Coventry University Students Union, Priory Street, Coventry, West Midlands, CV1 5FJ **t** 024 7679 5200 **f** 024 7679 5239 **e** suexec@coventry.ac.uk **w** cusu.org Gen Mgr: William Blake. Seated Capacity: 1000

Crawley Leisure Centre Haslett Avenue, Crawley, West Sussex, RH10 1TS **t** 01293 537431 **f** 01293 523750 **e** enquiries@crawleyleisurecentre.co.uk **w** crawleyleisurecentre.co.uk Promotions & Ents Mgr: David Watmore. Seated Capacity: 1550 Standing capacity: 2400

The Crypt 53 Robertson Street, Hastings, East Sussex, TN34 1HY **t** 01424 444675 **f** 01424 722847 **e** pete@the-crypt.co.uk **w** the-crypt.co.uk Contact: 01424 424458. Seated Capacity: 350

Cumbernauld Theatre Kildrum, Cumbernauld, Glasgow, Lanarkshire, G67 2BN **t** 01236 737235 **f** 01236 738408 **e** info@cumbernauldtheatre.co.uk **w** cumbernauldtheatre.co.uk Administrator: Debra Jaffray. Seated Capacity: 258 Standing capacity: 300

Dancehouse Theatre 10 Oxford Road, Manchester, M1 5QA **t** 0161 237 9753 **f** 0161 237 1408 **e** admin@thedancehouse.co.uk **w** thedancehouse.co.uk Mgr: Chrispin Radcliffe. Seated Capacity: 433

Darlaston Town Hall Victoria Road, Wednesbury, West Midlands, WS10 8AA **t** 01922 650303 **f** 01922 720885 **e** bookings@walsall.gov.uk Seated Capacity: 300

Darlington Arts Centre Vane Terrace, Darlington, Co Durham, DL3 7AX **t** 01325 486 555 **f** 01325 365 794 **e** info@darlingtonarts.co.uk **w** darlingtonarts.co.uk Music Programmer: Lynda Winstanley. Seated Capacity: 320

Darlington Civic Theatre Parkgate, Darlington, Co Durham, DL1 1RR **t** 01325 468 555 **f** 01325 368 278 **e** info@darlingtonarts.co.uk **w** darlingtonarts.co.uk Programming Officer: Lynda Winstanley. Seated Capacity: 909

De La Warr Pavilion Marina, Bexhill-on-Sea, East Sussex, TN40 1DP **t** 01424 787900 **f** 01424 787940 **e** Ben.Osborne@dlwp.com **w** dlwp.com Head of Live Music: Ben Osborne. Seated Capacity: 1004 Standing capacity: 800

De Montfort Hall Granville Rd, Leicester, LE1 7RU **t** 0116 233 3111 **f** 0116 233 3183 **e** Pete.Mitchell@leicester.gov.uk **w** demontforthall.co.uk facebook.com/demontforthall @demontforthall Hire and Artist Liason Officer: Pete Mitchell 0116 233 3114. Seated Capacity: 1600 Standing capacity: 2200

De Montfort Student Union First Floor, Campus Centre Building, Mill Lane, Leicester, LE2 7DR **t** 0116 255 5576 **f** 0116 257 6309 **e** initial+surname@dmu.ac.uk **w** mydsu.com Standing capacity: 1200

De Montfort University, Bedford Students Union, Pole Hill Avenue, Bedford, MK41 9EA **t** 01234 793155 **f** 01234 217738 **e** rhurll@dmu.ac.uk **w** mydsu.com Bar & Ents Mgr: Robert Hurll. Standing capacity: 200

Debates Chamber, Glasgow University Glasgow University, 32 University Avenue, Glasgow, G12 8LX **t** 0141 339 8697 **f** 0141 341 1124 **e** info@guu.co.uk **w** guu.co.uk Marketing & Promotions Manager: Heather McMaster. Standing capacity: 900

University of Derby UDSU, Kedleston Rd, Derby, DE22 1GB **t** 01332 622238 **f** 01332 348846 **e** m.j.shepherd@derby.ac.uk **w** derby.ac.uk/udsu Ents Mgr: Matt Shepherd. Seated Capacity: 700

Derby LIVE Assembly Rooms, Market Place, Derby, DE1 3AH **t** 01332 255443 **f** 01332 255788 **e** derbylive@derby.gov.uk **w** derbylive.co.uk Marketing Manager: Ed Green. Seated Capacity: 1500 Standing capacity: 2000

Derngate Theatre 19-21 Guildhall Road, Northampton, NN1 1DP **t** 01604 626222 **f** 01604 250901 **e** info@royalandderngate.com **w** royalandderngate.com Contact: Rosemary Jones. Seated Capacity: 1500 Standing capacity: 1550

Dingwalls Middle Yard, Camden Lock, Chalk Farm Rd, London, NW1 8AB **t** 020 7428 5929 **e** david@dmpuk.com **w** dingwalls.com In-House Booker/Promoter: David Messer 01920 823098. Standing capacity: 487

Dominion Theatre 269 Tottenham Court Rd, London, W1P 0AQ **t** 020 7580 1889 **f** 020 7580 0246 **e** firstname.lastname@clerchannel.co.uk **w** getlive.co.uk GM: Stephen Murtath. Seated Capacity: 2101

Doncaster Dome Doncaster Leisure Park, Bawtry Road, Doncaster, South Yorkshire, DN4 7PD **t** 01302 370777 **f** 01302 379135 **e** info@the-dome.co.uk **w** the-dome.co.uk Seated Capacity: 1850 Standing capacity: 3264

Dover Town Hall Biggin Street, Dover, Kent, CT16 1DL **t** 01304 201200 **f** 01304 201200 **e** townhall@dover.gov.uk **w** dover.gov.uk/townhall Contact: Gen Mgr. Seated Capacity: 500 Standing capacity: 600

Dublin Castle 94 Parkway, London, NW1 7AN **t** 020 7700 0550 **e** info@bugbearbookings.com **w** bugbearbookings.com facebook.com/bugbearpromotions myspace.com/bugbearpromotions Promoters: Jim & Tony. Standing capacity: 159

Dudley Town Hall St James's Road, Dudley, West Midlands, DY1 1HF **t** 01384 815544 **f** 01384 815534 **e** dudley.townhall@dudley.gov.uk **w** dudley.gov.uk Production Mgr: Tim Jones. Seated Capacity: 1060 Standing capacity: 1000

Caird Hall City Sq, Dundee, Tayside, DD1 3BB **t** 01382 434030 **f** 01382 434451 **e** cairdhall@leisureandculturedundee.com **w** cairdhall.co.uk Caird Hall Manager: Susan Gillan. Seated Capacity: 2000 Standing capacity: 2400

www.musicweek.com   **Music Week Directory** 283

Contacts   Facebook   MySpace   Twitter   YouTube

Live: Venues

Dundee University Student Association, Airlie Pl, Dundee, Tayside, DD1 4HP **t** 01382 384021 **f** 01382 227124 **w** dusa.co.uk Ents & Publicity Mgr: Trevor San. Seated Capacity: 600 Standing capacity: 600

Durham University Student Union, Dunelm House, New Elvet, Co Durham, DH1 3AN **t** 0191 374 3331 **f** 0191 374 3328 **e** dsu.ents@dur.ac.uk **w** dsu.org.uk Venue Mgr: Jez Light. Seated Capacity: 550 Standing capacity: 800

Ealing Town Hall Halls & Events, Ground Floor, Perceval House, London, W5 2HL **t** 020 8758 5624 **f** 020 8566 5088 **e** HandM@Ealing.Gov.uk **w** Ealing.Gov.uk/HE&M Head of Halls & Events: M Hand 020 8758 8079. Seated Capacity: 500 Standing capacity: 500

Earls Court & Olympia Earls Court Exhibition Centre, Warwick Rd, London, SW5 9TA **t** 020 7370 8339 **f** 020 7370 8144 **e** firstname.lastname@eco.co.uk **w** eco.co.uk Live Event Manager: Suzie Pollock. Seated Capacity: 18000 Standing capacity: 22000

East Kilbride Civic Centre Andrew Street, East Kilbride, Lanarkshire, G74 1AB **t** 01355 806000

East London University Romford Road, London, E15 4LZ **t** 020 8223 3000 **f** 020 8223 3000

University of East London Union Building, Longbridge Road, Dagenham, Essex, RM8 2AS **t** 020 8590 6017 **f** 020 8597 6987

Eastbourne Theatres - Winter Garden Compton Street, Eastbourne, East Sussex, BN21 4BP **t** 01323 415500 **f** 01323 727369 **e** theatres@eastbourne.gov.uk **w** eastbourne.org Gen Mgr: Chris Jordan. Seated Capacity: 1100 Standing capacity: 1200

Eden Court Theatre and Cinema Bishops Rd, Inverness, IV3 5SA **t** 01463 239841 **f** 01463 713810 **e** marketing@eden-court.co.uk **w** eden-court.co.uk facebook.com/edencourttheatre twitter.com/EdenCourt youtube.com/user/EdenCourt1 Head of Marketing: Laurie Piper 01463 234234. Seated Capacity: 810

Edinburgh International Conference Centre The Exchange, Morrison Street, Edinburgh, EH3 8EE **t** 0131 300 3000 **f** 0131 300 3030 **e** sales@eicc.co.uk **w** eicc.co.uk Snr Sales Team Leader: Lesley Stephen. Seated Capacity: 1200 Standing capacity: 1200

Edinburgh Playhouse 18-22 Greenside Place, Edinburgh, EH1 3AA **t** 0131 524 3333 **f** 0131 524 3355 **w** atgtickets.com/edinburgh facebook.com/EdinburghPlayhouse ww.youtube.com/EdinburghPlayhouse General Manager: Gary Roden. Seated Capacity: 3056

Edinburgh University Students Association, Mandela Centre, 5/2 Bristo Square, Edinburgh, EH8 9AL **t** 0131 650 2656 **f** 0131 668 4177 **e** ian.evans@eusa.ed.ac.uk **w** eusa.ed.ac.uk Entertainments Manager: Ian Evans 0131 650 2649. Standing capacity: 120

Elements Bath University, Students Union, Claverton Down, Bath, BA2 7AY **t** 01225 386612 **f** 01225 444061 **e** union@bath.ac.uk **w** bathstudent.com Bars & Ents Co-ordinator: Mike Dalton. Seated Capacity: 250 Standing capacity: 500

Elgin Town Hall 5 Trinity Place, Elgin, IV30 1VL **t** 01343 543451 **f** 01343 563410 Contact: Eric McGilvery. Seated Capacity: 723

Ellesmere Port Civic Hall Civic Way, Ellesmere Port, South Wirral, Cheshire, CH65 0BE **t** 0151 356 6780 **f** 0151 355 0508 Contact: Miles Veitch 0151 356 6890. Seated Capacity: 636

Embassy Centre Grand Parade, Skegness, Lincolnshire, PE25 2UN **t** 01754 768444 **f** 01754 761737 Head of Leisure & Tourism: Bob Suich 01507 329411. Seated Capacity: 1158 Standing capacity: 1158

Empire Theatre High Street West, Sunderland, Tyne and Wear, SR1 3EX **t** 0191 566 1040 **f** 0191 566 1065 **e** Sarah.b.Clarke@clearchannel.co.uk **w** getlive.co.uk/sunderland GM: Paul Ryan. Seated Capacity: 1875 Standing capacity: 1875

The Empire Milton Keynes Leisure Plaza, 1 South Row, Charles Way, Milton Keynes, Buckinghamshire, MK9 1BL **t** 01908 394 074 **f** 01908 696 768 **e** info@empire-mk.co.uk **w** empire-mk.co.uk Promotions Manager: Nicky Harris. Standing capacity: 2000

The English Folk Dance and Song Society Cecil Sharp House, 2 Regent's Park Road, London, NW1 7AY **t** 020 7485 2206 **f** 020 7284 0534 **e** info@efdss.org **w** efdss.org /EFDSS @TheEFDSS Society & Marketing Administrator: Verity Flecknell. Seated Capacity: 400 Standing capacity: 540

English National Opera The London Coliseum, St Martin's Lane, London, WC2N 4ES **t** 020 7836 0111 Gen Mgr: Nicholas Payne. Seated Capacity: 2358

The Enterprise 2 Haverstock Hill, London, NW3 2BL **e** info@camdenenterprise.com **w** camdenenterprise.com Contact: Adie Nunn, Sophie Nicolas 020 7485 2659.

Esquires 60A Bromham Road, Bedford, MK40 2QG **t** 01234 340120 **f** 01234 356630

The Event II Kingswest, West Street, Brighton, East Sussex **t** 01273 732627 **f** 01273 208996 Info Mgr: Dan Boorman. Standing capacity: 1920

Everyman Theatre 5-9 Hope Street, Liverpool, Merseyside **t** 0151 708 0338 **f** 0151 709 0398 **e** info@everymanplayhouse.com **w** everyman.merseyworld.com Contact: The General Mgr. Seated Capacity: 450

284 Music Week Directory

www.musicweek.com

Contacts | **Facebook** | **MySpace** | **Twitter** | **YouTube**

Live: Venues

Evesham Arts Centre Victoria Avenue, Evesham, Worcestershire, WR1 4QH t 01386 48883 Contact: LA Griffith-Jones. Seated Capacity: 300

Exeter Corn Exchange Market Street, Exeter, Devon, EX1 1BW t 01392 665866 f 01392 665940 e cornexchange@exeter.gov.uk w exeter.gov.uk/cornexchange Venue Manager: David Lewis. Seated Capacity: 500 Standing capacity: 500

Exeter Phoenix Bradninch Place, Gandy Street, Exeter, Devon, EX4 3LS t 01392 667056 f 01392 667599 The Arts Mgr: Andy Morley. Seated Capacity: 216 Standing capacity: 500

Fairfield Halls Park Lane, Croydon, Surrey, CR9 1DG t 020 8681 0821 e johnspring@fairfield.co.uk w fairfield.co.uk Spring: John. Seated Capacity: 1550

Falmouth Arts Centre Church Street, Falmouth, Cornwall, TR11 3EG t 01326 212719 e adrian@falmoutharts.org w falmoutharts.org GM: Adrian Watts. Seated Capacity: 200

Farnborough Recreation Centre 1 Westmead, Farnborough, Hampshire, GU14 7LD t 01252 370411 f 01252 372280 Standing capacity: 2100

Fat Sam's Nightclub and Live Music Venue 31 South Ward Rd, Dundee, DD1 1PU t 01382 226836 f 01382 224780 e gus@fatsams.co.uk w fatsams.co.uk MD / General Manager: Angus Robb / Colin Rattray. Seated Capacity: 480 Standing capacity: 480

Ferneham Hall, Fareham Osborn Road, Fareham, Hampshire, PO16 0TL t 01329 824864 f 01329 281486 e rdavies@fareham.gov.uk w fareham.gov.uk Head of Arts & Ents: Russell Davies. Seated Capacity: 752 Standing capacity: 800

Fez Club 5-6 Gun St, Reading, RG1 2JR t 01189 586 839 f 01189 586 796 e info@sakurareading.com w readingfez.com GM: Olly Smith. Standing capacity: 400

The Fibbers Group Units 8-12, Stonebow House, Stonebow, York, North Yorkshire, YO1 7NP t 01904 466148 f 01904 675315 e fibbers@fibbers.co.uk w fibbers.co.uk MD: Tim Hornsby. Seated Capacity: 200 Standing capacity: 250

The Fleece 12 St Thomas Street, Bristol, BS1 6JJ t 0117 927 7150 e fleece@gigs.demon.co.uk w gigs.demon.co.uk Promoter: David Brayley. Standing capacity: 400

Fort Regent Leisure Centre St Helier, Jersey, Channel Islands, JE2 4UX, Jersey t 01534 449600 f 01534 449641 e t.lesueur3@gov.je w gov.je/events facebook.com/fortregentjersey Events Officer: Tom Le Sueur 01534 449614. Seated Capacity: 1974 Standing capacity: 2500

The Forum Fonthill, The Common, Tunbridge Wells, Kent, TN4 8YU t 08712 777 101 f 08712 777 101 e twforum@globalnet.co.uk w twforum.co.uk Manager: Mark Davyd. Seated Capacity: 110 Standing capacity: 250

Forum 28 28 Duke Street, Barrow-in-Furness, Cumbria, LA14 1HH t 01229 820000 f 01229 894942 e nward@barrowbc.gov.uk w barrowbc.gov.uk Bookings Mgr: Neil Ward. Seated Capacity: 485 Standing capacity: 720

The Foundry Beak Street, Birmingham, West Midlands, B1 1LS t 0121 622 1894 w dr-p.demon.co.uk/foundry.html

The Fridge 1 Town Hall Parade, Brixton Hill, London, SW2 1RJ t 02073265100 e andrew@fridge.co.uk w fridge.co.uk Owner: Andrew Czezowski. Seated Capacity: 1100 Standing capacity: 1100

Futurist Theatre Foreshore Road, Scarborough, North Yorkshire, YO11 1NT t 01723 370742 f 01723 365456 Standing capacity: 2155

Gaiety Theatre Douglas, Isle of Man t 01624 620046 Seated Capacity: 800

The Garage 490 Sauchiehall St, Glasgow, G2 3LW t 0141 332 1120 w garageglasgow.co.uk facebook.com/garageglasgow twitter.com/garageglasgow MD: Donald Macleod. Standing capacity: 700

The Gardner Arts Centre University Of Sussex, Falmer, Brighton, East Sussex, BN1 9RA t 01273 685447 f 01273 678551 e info@gardnerarts.co.uk w gardnerarts.co.uk Dir: Sue Webster. Seated Capacity: 476 Standing capacity: 476

Garrick Theatre Barrington Road, Altrincham, Cheshire, WA14 1HZ t 0161 929 8779 Contact: 0161 928 1677 (box). Seated Capacity: 472

Gateshead International Stadium Neilson Road, Gateshead, Tyne & Wear, NE10 0EF t 0191 478 1687 f 0191 477 1315 Seated Capacity: 11000 Standing capacity: 38000

Glamorgan University Student Union, Forest Grove, Treforest, Pontypridd, Mid Glamorgan, CF37 1UF t 01443 408227 f 01443 491589 Contact: Jason Crimmins. Seated Capacity: 200 Standing capacity: 500

Glasgow Caledonian University Students Union, 70 Cowcaddens Road, Glasgow, Lanarkshire, G4 0BA t 0141 332 0681 f 0141 353 0029 e d.mcbride@gcal.ac.uk w caledonianstudent.com Venue Mgr: Denis McBride. Standing capacity: 595

Glasgow Garage 490 Sauchiehall St, Glasgow, Lanarkshire, G2 3LW t 0141 332 1120 f 0141 332 1130 Contact: Donald Macleod. Standing capacity: 600

Glasgow King's Theatre Glasgow City Council, Cultural and Leisure Services, 229 George Street, Glasgow, G1 1QU t 0141 287 3922 f 0141 287 5533 Contact: Pauline Murphy. Seated Capacity: 1785

Glasgow Pavilion Theatre 121 Renfield Street, Glasgow, Lanarkshire, G2 3AX t 0141 332 7579 f 0141 331 2745 Theatre Mgr: Iain Gordon 0141 332 1846. Seated Capacity: 1449

Music Week Directory

📧 Contacts 📘 Facebook 💬 MySpace 🐦 Twitter ▶️ YouTube

Live: Venues

Glasgow's Concert Halls 2 Sauchiehall St, Glasgow, G2 3NY **t** 0141 353 8080 **f** 0141 353 8006 **e** laurasweeten@glasgowconcerthalls.com **w** glasgowconcerthalls.com 📧 Contact: Laura Sweeten. Seated Capacity: 2417

Glee Club The Arcadian Centre, Hurst Street, Birmingham, West Midlands, B5 4TD **t** 07973 121958 **e** markus_sargeant@yahoo.com **w** glee.co.uk 📧 Promoter: Markus Sargeant 07973121958. Seated Capacity: 400 Standing capacity: 600

The Globe Blackpool Pleasure Beach, Ocean Boulevard, Blackpool, Lancashire, FY4 1EZ **t** 01253 341033 **f** 01253 401098 📧 Contact: Michelle Barratt. Seated Capacity: 940

Gloucester Leisure Centre Bruton Way, Gloucester, GL1 1DT **t** 01452 385310 📧 Contact: 01452 306498. Seated Capacity: 2100 Standing capacity: 2500

Goldsmiths College Student Union Dixon Road, New Cross, London, SE14 6NW **t** 020 8692 1406 **f** 020 8694 9789 **e** gcsu@gold.ac.uk **w** gcsu.org.uk 📧 Entertainment Manager: Barrie Schooling. Seated Capacity: 350 Standing capacity: 600

The Good Ship 289 Kilburn High Rd, London, NW6 7JR **t** 07949 008253 **e** john@thegoodship.co.uk **w** thegoodship.co.uk 📘 facebook.com/goodshipkilburn 🐦 twitter.com/thegoodshipnw6 📧 Manager: John McCooke. Standing capacity: 200

Gordon Craig Theatre Stevenage Arts & Leisure Ctr, Lytton Way, Stevenage, Hertfordshire, SG1 1LZ **t** 01438 242642 **f** 01438 242342 **e** gordoncraig@stevenage-leisure.co.uk **w** stevenage.gov.uk/GordonCraig 📧 Bookings Mgr: Bob Bustance. Standing capacity: 500

Robert Gordon University Student Union, 60 Schoolhill, Aberdeen, Grampian, AB10 1JQ **t** 01224 262262 **f** 01224 262268 **e** rgusa@rgu.ac.uk **w** rgu.ac.uk Seated Capacity: 150 Standing capacity: 400

The Grafton West Derby Road, Liverpool, L6 9BY **t** 0151 263 2303 **f** 0151 263 4985 Seated Capacity: 1425

Grand Opera House Great Victoria Street, Belfast, Co Antrim, BT2 7HR **t** 028 9024 0411 **f** 028 9023 6842 **w** goh.co.uk 📧 Contact: Derek Nicholls. Seated Capacity: 1001

Grand Theatre Church Street, Blackpool, Lancashire, FY1 1HT **t** 01253 290111 **f** 01253 751767 **e** gm@blackpoolgrand.co.uk **w** blackpoolgrand.co.uk 📧 Contact: Stephanie Sir. Seated Capacity: 1200

Grand Theatre Wolverhampton, West Midlands **t** 01902 429212

Great Grimsby Town Hall Town Hall Square, Great Grimsby, North East Lincolnshire, DN31 1HX **t** 01472 324109 **f** 01472 324108 📧 Contact: John Callison. Seated Capacity: 350 Standing capacity: 400

Grimsby Auditorium Cromwell Road, Grimsby, South Humberside, DN31 2BH **t** 01472 323100 **f** 01472 323102 📧 Contact: Mr Morris. Seated Capacity: 1200 Standing capacity: 2000

Group Theatre Bedford Street, Belfast, Co Antrim, BT2 7FF **t** 028 9032 3900 **f** 028 9024 7199 📧 Contact: Pat Falls. Seated Capacity: 221

Guildhall Lancaster Road, Preston, Lancashire, PR1 1HT **t** 01772 203456 Seated Capacity: 780

Guildhall 23 Eastgate Street, Gloucester, GL1 1QR **t** 01452 505089 Seated Capacity: 250 Standing capacity: 150

Hackney Empire Ltd 291 Mare St, London, E8 1EJ **t** 020 8510 4500 **f** 020 8510 4530 **e** jennie.jacques@hackneyempire.co.uk **w** hackneyempire.co.uk 📧 Programme Manager: Jennie Jacques. Seated Capacity: 1300 Standing capacity: 1500

Half Moon Putney The Half Moon Putney, 93 Lower Richmond Rd, London, SW15 1EU **t** 020 8780 9383 **f** 020 8789 7863 **e** carrie@halfmoon.co.uk **w** halfmoon.co.uk 📘 facebook.com/thehalfmoonputney 💬 myspace.com/halfmoonputney 🐦 twitter.com/halfmoonputney 📧 Venue Manager: Carrie Davies 07976622468. Seated Capacity: 150 Standing capacity: 220

Hare And Hounds High Street, King's Heath, Birmingham, B14 7JZ **t** 0121 444 2081 📧 Contact: The Manager 0121 444 3578. Seated Capacity: 140

Harlow Bandstand Harlow Council Leisure Service, Latton Bush Centre, Southern Way, Harlow, Essex, CM18 7BL **t** 01279 446404 **f** 01279 446431 📧 Contact: Recreation Services Officer. Standing capacity: 5000

Harlow Playhouse Playhouse Sq, Harlow, Essex, CM20 1LS **t** 01279 446760 **f** 01279 424391 **e** scott.ramsay@harlow.gov.uk **w** playhouseharlow.com 📧 General Manager: Scott Ramsay 01279 446740. Seated Capacity: 419

Harlow Showground Harlow Council Leisure Service, Latton Bush Centre, Southern Way, Harlow, Essex, CM18 7BL **t** 01279 446404 **f** 01279 446431 📧 Contact: Recreation Services Officer. Standing capacity: 15000

Hawick Town Hall 44 High Street, Hawick, TD9 9EF **t** 01450 364743 Seated Capacity: 600 Standing capacity: 900

The Hawth, Crawley Hawth Avenue, Crawley, West Sussex, RH10 6YZ **t** 01293 552941 **f** 01293 533362 **e** info@hawth.co.uk **w** hawth.co.uk 📧 Head Of Arts: Kevin Eason. Seated Capacity: 850 Standing capacity: 950

Haymarket Theatre 1 Belgrave Gate, Garrick Walk, Leicester, LE1 3YQ **t** 0116 253 0021 **f** 0116 251 3310 Seated Capacity: 888

Music Week Directory

www.musicweek.com

Contacts Facebook MySpace Twitter YouTube

Live: Venues

Hazlitt Theatre Earl Street, Maidstone, Kent, ME14 1PL **t** 01622 602178 **f** 01622 602194 **e** mandyhare@maidstone.gov.uk Manager: Mandy Hare. Seated Capacity: 381 Standing capacity: 400

Heriot-Watt University Students Union Students Association, The Union, Riccarton Campus, Edinburgh, EH14 4AS **t** 0131 451 5333 **f** 0131 451 5344 **e** K.Easton@hw.ac.uk **w** hwusa.org Venue & Commercial Manager: Keith Easton. Seated Capacity: 250 Standing capacity: 450

University of Hertfordshire Student Union, College Lane, Hatfield, Hertfordshire, AL10 9AB **t** 01707 285008 **f** 01707 286151 **e** uhsu@herts.ac.uk **w** uhsu.herts.ac.uk Contact: Venue Mgr 01707 285000. Seated Capacity: 450 Standing capacity: 1300

Hexagon Queen's Walk, Reading, Berkshire, RG1 7UA **t** 0118 939 0123 **f** 0118 939 0028 **e** boxoffice@readingarts.com **w** readingarts.com Prog Co-ordinator: Charity Gordon. Seated Capacity: 1484 Standing capacity: 1686

Hippodrome Leicester Square, London, WC2 7JH **t** 020 7437 4311 **f** 020 7434 4225 **w** londonhippodrome.com Contact: Annette Morris. Seated Capacity: 700 Standing capacity: 1945

His Majesty's Theatre Rosemount Viaduct, Aberdeen, AB25 1GL **t** 01224 637738 **f** 01224 632519 **e** venues@arts-rec.aberdeen.net.uk **w** aberdeencity.gov.uk/venues GM: Duncan Hendry. Seated Capacity: 1446

The Hive, Glasgow University Glasgow University, 32 University Avenue, Glasgow, G12 8LX **t** 0141 339 8697 **f** 0141 339 8931 **e** libraries@guu.co.uk **w** guu.co.uk Contact: The Porter's Box. Standing capacity: 1000

HMV Forum 9-17 Highgate Rd, London, NW5 1JY **t** 020 7428 4099 **f** 020 7485 5604 **e** info@kentishtownforum.com **w** kentishtownforum.com Contact: Lucy Roiter. Seated Capacity: 1400 Standing capacity: 2110

HMV Hammersmith Apollo 45 Queen Caroline St, London, W6 9QH **t** 020 8563 3800 **f** 0870 749 0851 **e** info@hammersmithapollo.net **w** hammersmithapollo.net
 facebook.com/pages/London-United-Kingdom/HMV-Hammersmith-Apollo/112183489340 @hamapollo GM: Darren Murphy. Seated Capacity: 3632 Standing capacity: 5025

The Horn UK Live Music Venue of the Year 2008 & 2009 The Horn, Victoria St, St Albans, Herts, AL1 3TE **t** 01727 853143 **e** info@thehorn.co.uk **w** thehorn.co.uk
 facebook.com/group.php?gid=78970836486&ref=search&sid=507417968.1719924662..1
 myspace.com/thehornvenue
 twitter.com/hornvenue Bookings: Adrian Bell / Hansi Koppe 01727 844267. Standing capacity: 350

The Horns 1 Hempstead Road, Watford, Herts., WD17 3RL **t** 01923 225 020 **f** 01923 233 048 **e** info@thehornswatford.co.uk **w** thehornswatford.co.uk Bookings: Denis Cook. Standing capacity: 200

Horsham Arts Centre North Street, Horsham, West Sussex, RH12 1RL **t** 01403 259708 **f** 01403 211502 Mgr: Michael Gattrell 01403 268689. Seated Capacity: 438

Huddersfield Town Hall (also Batley, Dewsbury) Cultural Services HQ, Red Doles Lane, Huddersfield, West Yorkshire, HD2 1YF **t** 01484 226300 **f** 01484 221541 **e** julia.robinson@kirkleesmc.gov.uk Town Halls Manager: Julia Robinson. Seated Capacity: 1200 Standing capacity: 700

Huddersfield University Student Union, Queensgate, Huddersfield, HD1 3DH **t** 01484 538156 **f** 01484 432333 **e** k.j.stead@hud.ac.uk **w** huddersfieldstudent.com Ents Co-ordinator: Kerry Stead. Seated Capacity: 250 Standing capacity: 300

Hull Arena Kingston Street, Hull, East Yorkshire, HU1 2DZ **t** 01482 325252 **f** 01482 216066 **w** hullarena.co.uk Contact: Linda Parker. Seated Capacity: 3250 Standing capacity: 3750

Hull City Hall Victoria Square, Hull, East Yorkshire, HU1 3NA **t** 01482 613880 **f** 01482 613961 Programming Mgr: Mike Lister. Seated Capacity: 1400 Standing capacity: 1800

Hull New Theatre Kingston Square, Kingston Upon Hull, East Yorkshire, HU1 3HF **t** 01482 613880 **f** 01482 613961 Programming Mgr: Michael Lister. Seated Capacity: 1189

Hull University University House, Cottingham Road, Hull, East Yorkshire, HU2 9BT **t** 01482 466253 **f** 01482 466280 **e** j.a.brooks@hull.ac.uk **w** hull.ac.uk Ents Co-ordinator: James Brooks. Standing capacity: 1500

ICA The Mall, London, SW1Y 5AH **t** 020 7930 3647 **e** jamie.eastman@ica.org.uk **w** ica.org.uk Director of Music: Jamie Eastman 020 7766 1444. Seated Capacity: 167 Standing capacity: 350

Imperial College Union, Beit Quad, Prince Consort Road, London, SW7 2BB **t** 020 7594 8068 **f** 020 7594 8065 **e** ents@ic.ac.uk **w** union.ic.ac.uk Ents Manager: Ham Al-Rubaie. Seated Capacity: 300 Standing capacity: 450

IndigO2 at the O2 Peninsula Sq, Greenwich, London, SE10 0DX **t** 020 8463 2701 **e** jan.chadwick@aeglive.co.uk **w** theo2.co.uk/indigo2 General Manager: Jan Chadwick.

Inverurie Town Hall Market Place, Inverurie, Aberdeenshire **t** 01467 621610 Seated Capacity: 400

ION 161-165 Ladbroke Grove, London, W10 6HJ **t** 020 8960 1702 **w** meanfiddler.com

Music Week Directory

Live: Venues

Ipswich Corn Exchange King Street, Ipswich, Suffolk, IP1 1DH **t** 01473 433 133 **f** 01473 433 450 **e** firstname.lastname@ipswich.gov.uk **w** ipswichcornexchange.com ✉ Operations & Events Mgr: Craig Oldfield. Seated Capacity: 900 Standing capacity: 1000

Ipswich Regent Theatre 3 St Helens St, Ipswich, Suffolk, IP4 1HE **t** 01473 433 555 **f** 01473 433 727 **e** firstname.lastname@ipswich.gov.uk **w** ipswichregent.com ✉ Manager: Hazel Clover. Seated Capacity: 1781 Standing capacity: 1781

Irish Centre York Road, Leeds, West Yorkshire, LS9 9NT **t** 0113 248 0613

Isha Lounge Bar 43 Richmond Road, Kingston Upon Thames, Surrey, KT2 5BW **t** 020 8546 0099 **e** ishalounge@hotmail.com **w** ishalounge.com ✉ Contact: Titch Deegun. Standing capacity: 200

The Jaffa Cake 28 Kings Stables Road, Edinburgh, Lothian, EH1 2JY **t** 0131 229 9238

JAGZ At the Station, Station Hill, Ascot, Berks, SL5 9EG **t** 01344 878 100 **e** music@jagz.co.uk **w** jagz.co.uk ✉ Promotions Manager: Miles Gripton. Seated Capacity: 100 Standing capacity: 150

Jazz Cafe 5 Parkway, Camden Town, London, NW1 7PG **t** 020 7485 6834 **f** 020 7267 9219 **e** info@jazzcafe.co.uk **w** jazzcafe.co.uk facebook.com/jazzcafecamden twitter.com/jazzcafecamden ✉ General Business Manager: Lisa Auger. Seated Capacity: 250 Standing capacity: 400

Jersey Opera House Gloucester Street, St Hellier, Jersey, Channel Islands, JE2 3QL **t** 01534 617521 **f** 01534 610624 ✉ Contact: Ian Stephens. Seated Capacity: 680

The Joiners 141 St Mary St, Southampton, Hampshire, SO14 1NS **t** 0238 022 5612 **f** 01962 878812 **e** dave@joinerslive.co.uk, chris@joinerslive.co.uk, glenn@joinerslive.co.uk **w** joinerslive.co.uk facebook.com/group.php?gid=18151233324 myspace.com/joinerspromotions ✉ Head Booker, Head of Promotions, Owner (respectively): Dave Rowett, Chris Stemp, Glenn Lovell 023 8022 5612. Standing capacity: 250

Jug Of Ale 43 Alcester Road, Moseley, Birmingham, West Midlands, B13 8AA **t** 0121 449 1082

The Junction CDC ltd Clifton Way, Cambridge, CB1 7GX **t** 01223 578000 **e** rob@junction.co.uk **w** junction.co.uk ✉ Live Music & Comedy Programmer: Rob Tinkler. Seated Capacity: 278 Standing capacity: 850

Kartouche Princes Street, Ipswich, Suffolk, IP2 9TD **t** 01473 230666 **f** 01473 232579 **e** info@kartouche.net **w** kartouche.net ✉ Manager: Georgie Smith. Standing capacity: 1450

KCLSU The Macadam Building, Surrey Street, Surrey Street, London, WC2R 2NS **t** 020 7848 1588 **f** 020 7379 9833 **e** matt.friers@kclsu.org **w** kclsu.org ✉ Venues Duty Manager (Stage & Events): Matt Friers. Standing capacity: 600

Keele University Student Union Building, Keele, Newcastle, Staffordshire, ST5 5BJ **t** 01782 583700 **f** 01782 712671 **e** d.melville@keele.ac.uk **w** kusu.net ✉ Entertainments Manager: David Melville. Seated Capacity: 400 Standing capacity: 1100

Kef 9 Belmont St, Aberdeen, AB10 1JR **t** 01224 645328 **f** 01224 644737 **e** angela_stirling@hotmail.com ✉ Promoter: Paul Stewart 01224 648000. Seated Capacity: 120 Standing capacity: 250

Kendal Town Hall Highgate, Kendal, Cumbria, LA9 4DL **t** 01539 725758 **f** 01539 734457 ✉ Bookings: Debbie Mckee. Seated Capacity: 400 Standing capacity: 400

Town Hall, Kensington Royal Borough Kensington, & Chelsea, Horton Street, London, W8 7NX **t** 020 7361 2220 **f** 020 7361 3442 **e** hall-let@rbkc.gov.uk **w** rbkc.gov.uk ✉ Conference/Events Office: Maxine Howitt. Seated Capacity: 860 Standing capacity: 900

Kettering Arena Thurston Drive, Kettering, Northamptonshire, NN15 6PB **t** 01536 414141 **f** 01536 414334 ✉ Contact: Tony Remington. Seated Capacity: 2000 Standing capacity: 3000

Kidderminster Town Hall Vicar Street, Kidderminster, Worcestershire, DY10 2BL **t** 01562 732158 **f** 01562 750708 ✉ Contact: The Mgr. Seated Capacity: 450

Kilmarnock Palace Theatre 9 Green Street, Kilmarnock, KA1 3BN **t** 01563 537710 **f** 01563 573047 ✉ Asst Theatre & Ents Mgr: Laura Brown 01563 523590. Standing capacity: 1100

King Tut's Wah Wah Hut 272A St Vincent Street, Glasgow, G2 5RL **t** 0141 248 5158 **f** 0141 248 5202 **e** kingtuts@dfconcerts.co.uk **w** kingtuts.co.uk facebook.com/kingtutswahwahhut myspace.com/kingtuts twitter.com/kingtuts ✉ Promoter: Dave McGeachan. Standing capacity: 300

King's Hall Exhibition & Conference Centre Balmoral, Belfast, Co Antrim, BT9 6GW **t** 028 9066 5225 **f** 028 9066 1264 **e** info@kingshall.co.uk **w** kingshall.co.uk Seated Capacity: 5000 Standing capacity: 8000

Kingston University Guild Of Students Penrhyn Road, Kingston upon Thames, Surrey, KT1 2EE **t** 020 8547 2000 **f** 020 8255 0032 **w** kingston.ac.uk Standing capacity: 700

KOKO 1A Camden High St, London, NW1 7JE **t** 0870 432 5527 **f** 020 7388 3883 **e** daveid@koko.uk.com **w** koko.uk.com facebook.com/kokolondon twitter.com/kokolondon ✉ Head of Music: Daveid Phillips. Standing capacity: 1410

Live: Venues

Komedia 44-47 Gardner Street, Brighton, East Sussex, BN1 1UN **t** 01273 647100 **f** 01273 647102 **e** clair.montier@komedia.co.uk **w** komedia.co.uk
📧 Communicationsmanager: Clair Montier 01273 647101. Seated Capacity: 210

University of Wales - Lampeter College Street, Ty Ceredig, Lampeter, Dyfed, SA48 7ED **t** 01570 422619 **f** 01570 422480 **e** ents@lamp.ac.uk **w** lamp.ac.uk
📧 Entertainments Officer: Philip Birch.

Lancaster University (The Sugar House) Student Union, Slaidburn House, Lancaster, LA1 4YT **t** 01524 63508 **f** 01524 846732 **e** a.m.davies@lancaster.ac.uk **w** thesugarhouse.co.uk
📧 Venue Manager: Louise Davies. Standing capacity: 1200

The Landmark Seafront, Wilder Road, Ilfracombe, Devon, EX34 9BZ **t** 01271 865655 **f** 01271 867707 **e** info@northdevontheatres.org.uk **w** northdevontheatres.org.uk 📧 Programming Dir: Karen Turner. Seated Capacity: 483

Larkfield Leisure Centre New Hythe Lane, Larkfield, Aylesford, Kent, ME20 6RH **t** 01622 719345 **f** 01622 710822 📧 Contact: Operations Mgr. Seated Capacity: 600

The Leadmill 6 Leadmill Rd, Sheffield, Yorkshire, S1 4SE **t** 0114 221 2828 **e** rebecca@leadmill.co.uk **w** leadmill.co.uk 🆂 myspace.com/theleadmill 🅃 @leadmill 📧 Live Promoter: Rebecca Walker 0114 221 2861. Seated Capacity: 500 Standing capacity: 900

Leas Cliff Hall The Leas, Folkestone, Kent, CT20 2DZ **t** 01303 228600 **f** 01303 221175 **e** mail@leascliffhall.co.uk **w** leascliffhall.co.uk
📧 GM: Stephen Levine. Seated Capacity: 1000 Standing capacity: 1500

Leeds Civic Theatre Cookridge Street, Leeds, West Yorkshire, LS2 8BH **t** 0113 245 6343 **f** 0113 246 5906 **w** leeds.gov.uk/tourinfo/theatre Seated Capacity: 521

Leeds Grand Theatre & Opera House 46 New Briggate, Leeds, West Yorkshire, LS1 6NZ **t** 0113 245 6014 **f** 0113 246 5906 **w** leeds.gov.uk/GrandTheatre 📧 General Mgr: Warren Smith. Seated Capacity: 1550

Leeds Metropolitan University Student Union, Calverley Street, Leeds, West Yorkshire, LS1 3HE **t** 0113 209 8416 **f** 0113 234 2973 **e** events@lmsu.org.uk **w** lmusu.org.uk Seated Capacity: 500 Standing capacity: 1050

Leeds University PO Box 157, Leeds, West Yorkshire, LS1 1UH **t** 0113 380 1334 **f** 0113 380 1336 **e** s.w.keeble@leeds.ac.uk **w** leedstickets.com 📧 Venues Mgr: Steve Keeble. Standing capacity: 1750

Leicester University Student Union, University Road, Leicester, LE1 7RH **t** 0116 223 1169 **f** 0116 223 1207 **e** jk169@le.ac.uk **w** le.ac.uk/su 📧 Bars & Ents Manager: Jo Kenning 0116 223 1122. Seated Capacity: 500 Standing capacity: 1300

LG Arena The NEC, Birmingham, West Midlands, B40 1NT **t** 0121 767 3981 **e** phil.mead@necgroup.co.uk **w** necgroup.co.uk 📧 MD: Phil Mead. Seated Capacity: 16000

Life Cafe 23 Peter St, Manchester, M2 5QR **t** 0161 833 3000 **f** 0161 839 4000 **e** Lifecafe-manchester@luminar.co.uk **w** lifecafe.info
📧 Promoter: David Potts. Seated Capacity: 950

Lighthouse Pooles' Centre for the Arts, Kingland Rd, Poole, Dorset, BH15 1UG **t** 01202 665 334 **f** 01202 670 016 **e** jamesg@lighthousepoole.co.uk **w** lighthousepoole.co.uk 📧 Programmer: James Greenwood. Seated Capacity: 1463 Standing capacity: 2459

Limelight 17 Ormeau Aveuve, Belfast, Co Antrim, BT2 8HD **t** 028 9032 5942 **f** 028 9032 5335 **e** david@cdcleisure.com **w** cdcleisure.com 📧 Head of Operations/Booker: David Neely 028 90327007. Standing capacity: 500

Limelight Theatre Queens Park Centre, Queens Park, Aylesbury, Buckinghamshire, HP21 7RT **t** 01296 431272 **f** 01296 337363 **e** qpc@ukonline.co.uk **w** qpc.org
📧 Artistic Dir: Amanda Eels 01296 424332. Seated Capacity: 120 Standing capacity: 120

The Little Civic North Street, Wolverhampton, West Midlands, WV1 1RQ **t** 01902 552122 **f** 01902 713665 Standing capacity: 140

Live At The Suite Ltd Utopia Village, 7 Chalcot Road, London, NW1 8LH **t** 020 7813 7964 **f** 020 7209 4092 **e** ladyb@thesuite.sh **w** liveatthesuite.com
📧 Contact: Andrew, Lady B.

Liverpool Empire Theatre Lime Street, Liverpool, Merseyside, L1 1JE **t** 0151 708 3200 **f** 0151 709 6757 **e** firstname.lastname@livenation.co.uk **w** liverpool-empire.co.uk 📧 Gen Mgr: Hannah Collins. Seated Capacity: 2370

Liverpool Guild of Students 160 Mount Pleasant, Liverpool, L3 5TR **t** 0151 794 4143 **f** 0151 794 4174 **e** firstname.lastname@liv.ac.uk **w** lgos.org 📧 Venue Programme Manager: Adam Aggas. Seated Capacity: 700 Standing capacity: 1530

Liverpool Philharmonic Liverpool Philharmonic Hall, Hope St, Liverpool, Merseyside, L1 9BP **t** 0151 709 3789 **f** 0151 210 2902 **e** simon.glinn@liverpoolphil.com **w** liverpoolphil.com 📧 Executive Director: Simon Glinn 0151 210 2895.

Liverpool Students Union 160 Mount Pleasant, Liverpool, L69 7BR **t** 0151 794 4116 **f** 0151 794 4174 **e** guild@liv.ac.uk **w** liverpoolguild.org.uk 📧 Ents Mgr: Carl Bathgate 0151 794 4143. Standing capacity: 500

Logan Hall Institute of Education, 20 Bedford Way, London, WC1H 0AL **t** 020 7612 6401 **f** 020 7612 6402 **e** s.nazim@ioe.ac.uk **w** ioe.ac.uk 📧 Conference Office Mgr: Sittika Nazim. Seated Capacity: 933

London Palladium Argyll Street, London, W1A 3AB **t** 020 7494 5020 **f** 020 7437 4010 📧 Contact: Gareth Parnell 020 7734 6846. Seated Capacity: 2291

Music Week Directory

www.musicweek.com

📧 Contacts   📘 Facebook   🎵 MySpace   🐦 Twitter   ▶️ YouTube

Live: Venues

The Studio, Widnes The Studio, Lacey Street, Widnes, Cheshire, WA8 7SQ **t** 0151 420 8997 **e** hgspencer@aol.com **w** loosemusic.org 📘 The Studio (Official Page) 📧 Assistant Project Manager: Hazel Spencer.

Loreburn Hall Newall Terrace, Dumfries, DG1 1LN **t** 01387 260243 **f** 01387 2672255 📧 Area Mgr, East: John MacMillan. Seated Capacity: 800 Standing capacity: 1400

Loughborough Students' Union Ashby Road, Loughborough, Leicestershire, LE11 3TT **t** 01509 632020 **f** 01509 235593 **e** davehowes@lborosu.org.uk **w** lufbra.net 📧 Ents Mgr: Dave Howes. Seated Capacity: 400 Standing capacity: 2500

The Lowry Pier 8, Salford Quays, Manchester, M50 3AZ **t** 0161 876 2020 **f** 0161 876 2021 **e** info@thelowry.com **w** thelowry.com Seated Capacity: 218

LSE SU Entertainments LSE SU East Building, East Building, Houghton Street, London, WC2A 2AE **t** 020 7955 7136 **f** 020 7955 6789 **e** su.ents@lse.ac.uk **w** lse.ac.uk/union 📧 Ents Officer: George Ioannou. Seated Capacity: 440 Standing capacity: 550

LSO St Luke's 161 Old St, London, EC1V 9NG **t** 020 7490 3939 **f** 020 7566 2881 **e** lsostlukes@lso.co.uk **w** lso.co.uk/lsostlukes 📘 facebook.com/lsostlukes 🐦 twitter.com/lsostlukes 📧 Centre Director: Karen Cardy. Seated Capacity: 370

University of Luton Student Union Europa House, Vicarage Street, Luton, Bedfordshire, LU1 3JU **t** 01582 743272 **f** 01582 457187 **e** su.entsofficer@luton.ac.uk **w** ulsu.co.uk 📧 Venue & Events Manager: Darren Reed. Seated Capacity: 1000 Standing capacity: 1000

Lyric Theatre, Hammersmith King Street, London, W6 0QL **t** 020 8741 0824 **f** 020 8741 7694 **e** foh@lyric.co.uk **w** lyric.co.uk 📧 Theatre Mgr: Howard Meaden. Seated Capacity: 560

Magnum Theatre & Concert Hall Magnum Leisure Centre, Harbourside, Irvine, North Ayrshire, KA12 8PP **t** 01294 317400 **f** 01294 273172 **e** tduff@kaleisure.com **w** kaleisure.com 📧 Duty Manager: Thomas Duff. Seated Capacity: 1164 Standing capacity: 1700

Manchester Academy & University Student Union, Oxford Road, Manchester, M13 9PR **t** 0161 275 2930 **f** 0161 275 2936 **e** maximum@umu.man.ac.uk **w** umu.man.ac.uk 📧 Events Manager: Sean Morgan. Standing capacity: 1800

O2 Apollo Manchester Stockport Rd, Ardwick Green, Manchester, M12 6AP **t** 0161 273 6921 **f** 0870 094 9109 **e** o2apollomanchester@livenation.co.uk **w** o2apollomanchester.co.uk 📘 facebook.com/o2apollomanchester 🐦 twitter.com/o2apollomanc ▶️ youtube.com/o2academytv 📧 GM: Phil Rogers. Seated Capacity: 2693 Standing capacity: 3500

Manchester Evening News Arena Victoria Station, Manchester, M3 1AR **t** 0161 950 5000 **f** 0161 950 5558 **e** event.marketing@men-arena.com **w** men-arena.com 📘 facebook.com/menarena 📧 General Manager: John Knight. Seated Capacity: 19500

Manchester Met Students' Union 99 Oxford Road, Manchester, M1 7EL **t** 0161 247 6468 **f** 0161 247 6314 **e** s.u.ents@mmu.ac.uk **w** mmsu.co.uk 📧 Ents Mgr: Ben Casasola. Seated Capacity: 950 Standing capacity: 1100

Manchester Opera House Quay St, Manchester, M3 3HP **t** 0161 828 1700 **f** 0161 834 5243 **e** sarahbleasdale@theambassadors.com **w** palaceandoperahouse.org.uk 📘 facebook.com/PalaceandOperaHouseManchester 🐦 twitter.com/PalaceandOpera ▶️ youtube.com/user/PalaceAndOperaHouse 📧 General Manager: Sarah Bleasdale. Seated Capacity: 1909

Manchester Palace Theatre Oxford Street, Manchester, M1 6FT **t** 0161 228 6255 **f** 0161 237 5746 **w** manchestertheatres.co.uk 📧 Contact: Rachel Miller. Seated Capacity: 1996

Mansfield Leisure Centre Chesterfield Road South, Mansfield, Nottinghamshire, NG19 7BQ **t** 01623 463800 **f** 01623 463912 📧 Mgr: M Darnell. Seated Capacity: 1100 Standing capacity: 1500

Marco's An Aird Fort William, PH33 6AN **t** 01397 700707 **f** 01397 700708 Seated Capacity: 1500 Standing capacity: 2100

Marcus Garvey Centre Lenton Boulevard, Nottingham, NG7 2BY **t** 0115 942 0297 **f** 0115 942 0297 📧 Contact: Mr T Brown.

Margate Winter Gardens Fort Crescent, Margate, Kent, CT9 1HX **t** 01843 296111 **f** 01843 295180 📧 Ops Mgr: Mr S Davis. Seated Capacity: 1400 Standing capacity: 1900

Marina Theatre The Marina, Lowestoft, Suffolk, NR32 1HH **t** 01502 533 200 **f** 01502 538179 **e** info@marinatheatre.co.uk **w** marinatheatre.co.uk 🐦 @marinatheatre1 📧 Chief Executive: Martin Halliday 01502 533201. Seated Capacity: 751

Marlowe Theatre The Friars, Canterbury, Kent, CT1 2AS **t** 01227 862268 **f** N/A **e** mark.everett@marlowetheatre.com **w** marlowetheatre.com 🐦 @marlowetheatre 📧 Theatre Director: Mark Everett. Seated Capacity: 1192

Maryport Civic Hall Lower Church Street, Maryport, Cumbria **t** 01900 812652 📧 Mgr: Margaret Craig. Seated Capacity: 400 Standing capacity: 600

Mayfield Leisure Centre 10 Mayfield Place, Mayfield, Dalkeith, Midlothian, EH22 5JG **t** 0131 663 2219 **f** 0131 660 9539 📧 Contact: Area Leisure Mgr. Seated Capacity: 400 Standing capacity: 600

The Mayflower Commercial Road, Southampton, Hampshire, S015 1GE **t** 023 8071 1800 **f** 023 8071 1801 **e** Dennis.hall@mayflower.org.uk **w** the-mayflower.com 📧 Chief Executive: Dennis Hall. Seated Capacity: 2406

Live: Venues

Medina Theatre Mountbatten Centre, Fairlee Road, Newport, Isle of Wight, PO30 2DX **t** 01983 527020 **f** 01983 822821 Contact: Paul Broome. Seated Capacity: 425

The Met Market St, Bury, Lancashire, BL9 0BW **t** 0161 761 7107 **e** post@themet.biz **w** themet.biz facebook.com/metbury @themet Director: David Agnew. Seated Capacity: 230 Standing capacity: 300

Metro Radio Arena Arena Way, Newcastle upon Tyne, NE4 7NA **t** 0844 493 4567 **w** metroradioarena.co.uk twitter.com/ArenaNewcastle Seated Capacity: 9700 Standing capacity: 11321

The Metropole Galleries The Metropole Galleries, The Leas, Folkestone, Kent, CT20 2LS **t** 01303 255070 **f** 01303 851353 **e** info@metropole.org.uk **w** mertopole.org.uk Dir: Nick Ewbank. Seated Capacity: 140 Standing capacity: 200

Middlesbrough Town Hall PO Box 69, Albert Road, Middlesbrough, Cleveland, TS1 1EL **t** 01642 263848 **f** 01642 221866 Bookings Mgr: Jean Hewitt 01642 263850. Seated Capacity: 1190 Standing capacity: 1352

Middlesex University Student Union, Bramley Road, London, N14 4YZ **t** 020 8411 6450 **f** 020 8440 5944 **e** d.medawar@mdx.ac.uk **w** musu.mdx.ac.uk VP Ents: David Medawar. Seated Capacity: 400 Standing capacity: 850

Middleton Civic Hall Fountain Street, Middleton, Manchester, M24 1AF **t** 0161 643 2470 **f** 0161 654 0221 Contact: 0161 643 2389. Seated Capacity: 565 Standing capacity: 750

Milton Keynes College Chaffron Way, Leadenhall, Milton Keynes, MK6 5LP **t** 01908 230797 **f** 01908 684399 Standing capacity: 250

Ministry of Sound 103 Gaunt Street, London, SE1 6DP **t** 020 7378 6528 **f** 020 7403 5348 **e** arnie@ministryofsound.com **w** ministryofsound.com General Manager: Gary Smart. Standing capacity: 1500

Mitchell Theatre Exchange House, 229 George Street, Glasgow, Lanarkshire, G1 1QU **t** 0141 287 4855 **f** 0141 221 0695 Seated Capacity: 418

The Monarch 40-42 Chalk Farm Rd, London, NW1 8BG **e** info@monarchbar.com **w** monarchbar.com Contact: Adie Nunn, Jeremy Ledlin 020 7482 2054.

Monroes Bar Carnegie Theatre, Finkle St, Workington, Cumbria, CA14 2BD **t** 01900 602122 **e** paul.sherwin@allerdale.gov.uk **w** monroesbar.co.uk Mgr: Paul Sherwin. Standing capacity: 200

Morfa Stadium Upper Bank, Pentrechwyth, Swansea, SA1 7DF **t** 01792 476578 **f** 01792 467995

Mote Hall Maidstone Leisure Centre, Mote Park, Maidstone, Kent, ME15 7RN **t** 01622 220234 **f** 01622 672462 Events Mgr: Barry Reynolds. Seated Capacity: 1200 Standing capacity: 1080

Motherwell Concert Hall & Theatre PO Box 14, Civic Centre, Motherwell, Lanarkshire, ML1 1TW **t** 01698 267515 **f** 01698 268806 Contact: Theatre Mgr. Seated Capacity: 883 Standing capacity: 1800

Motherwell Theatre, Civic Centre PO Box 14, Motherwell, North Lanarkshire, ML1 1TW **t** 01698 267515 **f** 01698 268806 Theatre Mgr: Lynn McDougal. Seated Capacity: 395

The Musician Clyde Street, Leicester, LE1 2DE **t** 0116 251 0080 **f** 0116 251 0474 **e** rideout@stayfree.co.uk **w** themusicianpub.co.uk Booker/Mgr: Darren Nockles. Seated Capacity: 120 Standing capacity: 220

Napier Student Association 12 Merchiston Place, Edinburgh, EH10 4NR **t** 0131 229 8791 **f** 0131 228 3462 **e** e.reynolds@napier.ac.uk **w** napierstudents.com Contact: Ents Officer. Standing capacity: 100

The National Bowl at Milton Keynes c/o BS Group plc, Abbey Stadium, Lady Lane, Swindon, Wiltshire, SW2 4DW **t** 0117 952 0600 **f** 0117 952 5500 Contact: Gordon Cockhill. Standing capacity: 65000

National Club 234 Kilburn High Road, London, NW6 4JR **t** 020 7625 4444 Contact: PJ Carey 020 7328 3141. Standing capacity: 1200

The National Indoor Arena King Edward's Rd, Birmingham, West Midlands, B1 2AA **t** 0121 780 4141 **e** nia-sales@necgroup.co.uk **w** necgroup.co.uk MD, Arenas: Phil Mead. Seated Capacity: 12700 Standing capacity: 14200

The Nerve Centre 7-8 Magazine St, Londonderry, BT48 6HJ **t** 028 7126 0562 **f** 028 7137 1738 **e** info@nerve-create.org.uk **w** nerve-create.org.uk Promoter: Tony Doherty. Standing capacity: 600

New Roadmender 1 Ladys Lane, Northampton, Northamptonshire, NN1 3AH **t** 01604 231 688 **w** newroadmender.com Seated Capacity: 300 Standing capacity: 900

New Theatre George St, Oxford, OX1 2AG **t** 01865 320760 **f** 08707 490836 **e** jamiebaskeyfield@theambassadors.com **w** newtheatreoxford.org.uk facebook.com/OxfordNewTheatreAndOFS twitter.com/oxfordtheatres youtube.com/newtheatreoxford Theatre Manager: Jamie Baskeyfield. Seated Capacity: 1826

New Theatre Royal Guildhall Walk, Portsmouth, Hampshire, PO1 2DD **t** 01705 646477 **f** 01705 646488 Contact: Fiona Cole 01705 649000. Seated Capacity: 320 Standing capacity: 450

New Theatre, Cardiff Park Place, Cardiff, CF10 3LN **t** 029 2087 8787 **f** 029 2087 8788 Contact: Giles Ballisat 029 2087 8889. Seated Capacity: 1156

New Victoria Theatre Woking, Surrey **t** 01483 761144

www.musicweek.com **Music Week Directory** 291

📧 Contacts   ｆ Facebook   🎵 MySpace   🐦 Twitter   ▶ YouTube

Live: Venues

New Wimbledon Theatre 93 The Broadway, London, SW19 1QG **t** 020 8545 7900 **f** 020 8543 6376 **e** sambain@theambassadors.com **w** ambassadortickets.com/wimbledon 📧 Administration & Events Manager: Sam Bain. Seated Capacity: 1700

Newcastle City Hall Northumberland Road, Newcastle upon Tyne, Tyne and Wear, NE1 8SF **t** 0191 222 1778 **f** 0191 261 8102 📧 Mgr: Peter Brennan 0191 261 2606. Seated Capacity: 2133

Newcastle University Union Student Union, Kings Walk, Newcastle upon Tyne, Tyne & Wear, NE1 8QB **t** 0191 239 3926 **f** 0191 222 1876 **e** union-entertainments@ncl.ac.uk **w** unionsociety.co.uk/ents 📧 Entertainments Manager: Davey Bruce. Standing capacity: 1200

Newham Leisure Centre 281 Prince Regent Lane, London, E13 8SD **t** 020 7511 4477 **f** 020 7511 6463

Newman College Of Education Student Union, Genners Lane, Bartley Green, Birmingham, B32 3NT **t** 0121 475 6714 **f** 0121 475 6714 **e** ncsu@newman.ac.uk 📧 Contact: Louise Beasley. Seated Capacity: 160 Standing capacity: 300

Newport Centre Kingsway, Newport, Gwent, NP20 1UH **t** 01633 662663 **f** 01633 662675 📧 Events Mgr: Roger Broome. Seated Capacity: 2000 Standing capacity: 1600

Nice 'n' Sleazy 421 Sauchiehall Street, Glasgow, Lanarkshire, G2 3LG **t** 0141 333 9637 **f** 0141 333 0900 **e** sleazys@hotmail.com **w** nicensleazy.com 📧 Promoter: Mig 0141 333 0900. Standing capacity: 200

Night & Day Cafe 26 Oldham St, Northern Quarter, Manchester, M1 1JN **t** 0161 236 4597 **f** 0161 236 1822 **e** ben@nightnday.org **w** nightnday.org 📧 Promoter/Manager: Ben Taylor. Standing capacity: 250

North Devon Theatres Queen's Theatre, Boutport St, Barnstaple, Devon, EX31 1SY **t** 01271 327357 **f** 01271 326412 **e** info@northdevontheatres.org.uk **w** northdevontheatres.org.uk 📧 Colin May: Programming Director 01271 865655. Seated Capacity: 688

North Wales Theatre And Conference Centre The Promenade, Llandudno, Conwy, LL30 1BB **t** 01492 872000 **e** admin@nwtheatre.co.uk **w** nwtheatre.co.uk 📧 GM: Sarah Ecob. Seated Capacity: 1500 Standing capacity: 1100

North Worcestershire College Student Union, Burcot Lane, Bromsgrove, Worcestershire, B60 1PQ **t** 01527 570020 **f** 01527 572900

Northgate Arena Victoria Road, Chester, CH2 2AU **t** 01244 377086 **f** 01244 381693 **e** cadsart@compuserve.com **w** northgatearena.com 📧 Business Development Mgr: Jon Kelly. Seated Capacity: 800 Standing capacity: 1800

Northumbria University Union Building, 2 Sandyford Road, Newcastle upon Tyne, NE1 8SB **t** 0191 227 3791 **f** 0191 227 3776 **e** s.collier@unn.ac.uk 📧 Ents Mgr: Sue Collier. Standing capacity: 1680

Norwich Arts Centre Reeves Yard, St Benedicts, Norfolk, NR2 4PG **t** 01603 660387 **f** 01603 660352 📧 Centre Mgr: Pam Reekie. Seated Capacity: 120 Standing capacity: 250

Norwich City Hall St Peters Street, Norwich, Norfolk, NR2 1NH **t** 01603 622233 **f** 01603 213000

Notting Hill Arts Club 21 Notting Hill Gate, London, W11 3JQ **t** 020 7460 4459 **e** david@nottinghillartsclub.com Standing capacity: 218

Nottingham Albert Hall North Circus Street, Off Derby Road, Nottinghamshire, NG1 5AA **t** 0115 950 0411 **f** 0115 947 6512 📧 Events Mgr: Sarah Robinson. Seated Capacity: 900

Nottingham Arena Bolero Sq, The Lace Market, Nottingham, NG1 1LA **t** 08444 124 624 **e** louise.stewart@trentfmarenanottingham.com **w** trentfmarena.com Seated Capacity: 10000

Nottingham Trent University Student Union, Byron House, Shakespeare Street, Nottingham, NG1 4GH **t** 0115 848 6209 **f** 0115 848 6201 **e** ents@su.ntu.ac.uk **w** trentstudents.org 📧 Ents Manager: Rebecca Ebbs. Standing capacity: 640

University of Nottingham Student Union, Portland Building, University Park, Nottingham, NG7 2RD **t** 0115 935 1100 📧 Social Sec: Tanya Nathan. Seated Capacity: 200

Number10 10 Golborne Road, London, W10 5PE **t** 020 8969 8922 **f** 020 8969 8933 **e** tris@number10london.com **w** number10london.com 📧 Events Co-ordinator: Tris Dickin.

O2 ABC Glasgow 300 Sauchiehall St, Glasgow, G2 3JA **t** 0141 332 2232 **e** mig@o2abcglasgow.co.uk **w** o2abcglasgow.co.uk ｆ facebook.com/o2abcglasgow 🐦 twitter.com/O2ABC 📧 Promotions Manager: Mig 0141 352 4569. Standing capacity: 1550

O2 Academy Islington N1 Centre, 16 Parkfield St, London, N1 0PS **t** 020 7288 4400 **f** 020 7288 4401 **e** pernilla@o2academyislington.co.uk **w** o2academyislington.co.uk ｆ facebook.com/o2academyislington?ref=mf 🐦 twitter.com/o2islington 📧 General Manager: Pernilla Fraser. Standing capacity: 800

O2 Academy Bournemouth 570 Christchurch Rd, Bournemouth, Dorset, BH1 4BH **t** 01202 399 922 **f** 01202 646 519 **e** mail@o2academybournemouth.co.uk **w** o2academybournemouth.co.uk ｆ facebook.com/o2academybournemouth 📧 GM: Barny Bidwell 01202 399922. Seated Capacity: 1925

O2 Academy Bristol Frogmore St, Bristol, BS1 5NA **t** 0117 927 9227 **f** 0117 927 9295 **w** o2academybristol.co.uk ｆ facebook.com/o2academybristol 🐦 twitter.com/o2academybristo Standing capacity: 350

Music Week Directory

Contacts | **Facebook** | **MySpace** | **Twitter** | **YouTube**

Live: Venues

O2 Academy Brixton 211 Stockwell Rd, Brixton, London, SW9 9SL **t** 020 7771 3000 **f** 020 7738 4427 **e** mail@o2academybrixton.co.uk **w** O2academybrixton.co.uk Gen Mgr: Nigel Downs. Standing capacity: 4921

O2 Academy Liverpool 11-13 Hotham St, Liverpool, L3 5UF **t** 0151 707 3200 **f** 0151 707 3201 **w** o2academyliverpool.co.uk
facebook.com/o2academyliverpool
twitter.com/o2academylpool Seated Capacity: 250 Standing capacity: 500

O2 Academy Newcastle Westgate Rd, Newcastle, NE1 1SW **t** 0191 260 2020 **f** 0191 260 4650 **e** mail@o2academynewcastle.co.uk **w** o2academynewcastle.co.uk GM: Paul Twynham. Standing capacity: 397

O2 Academy Oxford 190 Cowley Road, Oxford, OX4 1UE **t** 01895 420042 **f** 01895 420045 **w** o2academyoxford.co.uk
facebook.com/o2academyoxford
twitter.com/O2AcademyOxford Standing capacity: 1350

O2 Shepherd's Bush Empire Shepherds Bush Green, London, W12 8TT **t** 020 8354 3300 **f** 020 8743 3218 **e** mail@O2shepherdsbushempire.co.uk **w** O2shepherdsbushempire.co.uk
facebook.com/o2shepherdsbushempire
twitter.com/o2sbe GM: Bill Marshall. Seated Capacity: 1278 Standing capacity: 2000

The O2, Dublin North Wall Quay, Dublin 1, Ireland **t** 00 353 1 819 8888 **w** theo2.ie Gen Mgr: Cormac Rennick. Seated Capacity: 6500 Standing capacity: 8500

Oakengates Theatre Lines Walk, Oakengates, Telford, Shropshire, TF2 6EP **t** 01952 619020 **f** 01552 610164 **e** oakthea@telford.gov.uk **w** oakengates.ws Theatre Mgr: Psyche Hudson. Seated Capacity: 650 Standing capacity: 780

Oasis Leisure Centre North Star Avenue, Swindon, Wiltshire, SN2 1EP **t** 01793 445401 **f** 01793 465132 **e** mljones@swindon.gov.uk **w** swindon.gov.uk/oasis Bookings Mgr: Michelle Jones 01793 465173. Seated Capacity: 1580 Standing capacity: 3000

Octagon Theatre Howell Croft South, Bolton, Lancashire, BL1 1SB **t** 01204 529407 **f** 01204 380110 Contact: The Administrator 01204 520661. Seated Capacity: 420

Odyssey Arena Belfast Odyssey, 2 Queens Quay, Belfast, County Antrim, BT3 9QQ **t** 02890 766000 **f** 02890 766111 **e** info@odysseyarena.com **w** odysseyarena.com facebook/odysseyarena
twitter.com/odysseyarena General Manager: Adrian Doyle 028 90766000. Seated Capacity: 8700 Standing capacity: 10800

The Old Institute 9 The Strand, Derby, DE1 1BJ **t** 01332 381770 **f** 01332 381745 **e** paul.needham7@btopenworld.com GM/Promoter: Paul Needham. Standing capacity: 500

The Old Market Upper Market St, Hove, E. Sussex, BN3 1AS **t** 01273 736 222 **f** 01273 329 636 **e** carolinebrown@theoldmarket.co.uk **w** theoldmarket.co.uk Artistic Dir: Caroline Brown. Seated Capacity: 300 Standing capacity: 500

The Old Town Hall Theatre High St, Old Town, Hemel Hempstead, Herts, HP1 3AE **t** 01442 228098 **f** 01442 234072 **e** barbara.cunningham@dacorum.gov.uk **w** oldtownhall.co.uk
myspace.com/theoldtownhalltheatre
twitter.com/#!/TheOldTownHall Marketing & Publicity Officer: Barbara Cunningham 01442 228091. Seated Capacity: 120

The Orchard Theatre Home Gardens, Dartford, Kent, DA1 1ED **t** 01322 220099 **f** 01322 227122 **e** vanessa.hart@dartford.gov.uk **w** orchardtheatre.co.uk Theate Mgr: Vanessa Hart. Seated Capacity: 950

Ormond Multi Media Centre 14 Lower Ormond Quay, Dublin 1, Ireland **t** +353 1 872 3500 **f** +353 1 872 3348

The Overdraft 300-310 High Road, Ilford, Essex, IG1 1QW **t** 020 8514 4400

Oxford University Student Union New Barnet House, Little Clarendon Street, Oxford, OX1 2HU **t** 01865 270777 **f** 01865 270776 **e** president@ousu.org **w** ousu.org President: Ruth Hunt 01865 270769.

Paisley Arts Centre New Street, Paisley, Renfrewshire, PA1 1EZ **t** 0141 887 1010 **f** 0141 887 6300 **e** artsinfo@renfrewshire.gov.uk Principle Arts Officer: John Harding. Seated Capacity: 158

University of Paisley - Ayr Campus Student Association, Beech Grove, Ayr, KA8 0SR **t** 01292 886330 office **f** 01292 886271 **e** dpa@upsa.org.uk Deputy President: Kim Macintyre 01292 886362 union. Seated Capacity: 100 Standing capacity: 200

Paradise Bar 460 New Cross Road, London, SE14 6TJ **t** 020 8692 1530 **f** 020 8691 0445 **w** paradisebar.co.uk Contact: David Roberts. Standing capacity: 300

The Paradise Room Blackpool Pleasure Peach, Ocean Boulevard, Blackpool, Lancashire, FY4 1EZ **t** 01253 341033 **f** 01253 407609 **e** debbie.hawksey@bpbltd.com **w** bpbltd.com Contact: Debbie Hawksey. Seated Capacity: 600 Standing capacity: 750

Parr Hall Palmyra Square South, Warrington, Cheshire, WA1 1BL **t** 01925 442345 **f** 01925 443228 **e** parrhall@warrington.gov.uk **w** parrhall.co.uk Arts & Project Mgr: John Perry. Seated Capacity: 1000 Standing capacity: 1100

Pavilion Argyle Street, Rothesay, Isle Of Bute **t** 01546 602127 **f** 01700 504225 Contact: 01700 504250 mgr. Seated Capacity: 4100 Standing capacity: 5250

Music Week Directory

📇 Contacts   **f** Facebook   **M** MySpace   **t** Twitter   ▶ YouTube

Live: Venues

Pavilion Theatre Marine Parade, Worthing, West Sussex, BN11 3PX **t** 01903 231799 **f** 01903 215337 **e** theatres@worthing.gov.uk **w** worthingtheatres.co.uk 📇 Theatres Manager: Peter Bailey. Seated Capacity: 867 Standing capacity: 1100

Peacock Arts And Entertainment Centre Victoria Way, Woking, Surrey, GU21 1GQ **t** 01483 747422 **f** 01483 770477 Standing capacity: 500

The Penny 30-31 Northgate, Canterbury, Kent, CT1 1BL **t** 01227 450333 **f** 01227 450333 📇 Contact: Ian Mills 01227 470512. Seated Capacity: 100 Standing capacity: 200

Philharmonic Hall Liverpool Philharmonic Hall, Hope St, Liverpool, Merseyside, L1 9BP **t** 0151 709 3789 **f** 0151 210 2902 **e** hall@liverpoolphil.com **w** liverpoolphil.com **f** facebook.com/profile.php?id=560691598&ref=name#/liverpoolphil **M** myspace.com/philharmonichall **t** twitter.com/liverpoolphil ▶ youtube.com/user/LiverpoolPhilHall 📇 Executive Director: Simon Glinn 0151 210 2895. Seated Capacity: 1682

The Platform Old Station Buildings, Central Promenade, Morecambe, Lancashire, LA4 4DB **t** 01524 582801 **f** 01524 831704 **e** Jharris@lancaster.gov.uk **w** lancaster.gov.uk 📇 Head of Arts and Events: Jon Harris. Seated Capacity: 350 Standing capacity: 1000

Playhouse Theatre High St, Weston-Super-Mare, Somerset, BS23 1HP **t** 01934 645 544 **e** firstname.lastname@n-somerset.gov.uk **w** theplayhouse.co.uk 📇 Promotions & Publicity: Paul Travers 01934 427277 / 427209 (Admin). Seated Capacity: 664

Plug 1 Rockingham Gate, Sheffield, South Yorkshire, S1 4JD **t** 0114 241 3040 **f** 0114 272 9879 **e** adele@the-plug.com **w** the-plug.com **f** facebook.com/plugsheffield **M** myspace.com/sheffieldtheplug **t** twitter.com/plugsheffield 📇 Owner: Adele Bailey. Standing capacity: 1200

Plymouth College Of Art & Design Student Union, Tavistock Place, Plymouth, Devon, PL4 8AT **t** 01752 203434 **f** 01752 203444

Plymouth Pavilions Millbay Rd, Plymouth, Devon, PL1 3LF **t** 0845 146 1460 **f** 01752 262226 **e** enquiries@plymouthpavilions.com **w** plymouthpavilions.com **f** facebook.com/plymouthpavilions **t** @plympavilions Seated Capacity: 2400 Standing capacity: 4000

Plymouth University Student Union, Drake Circus, Plymouth, Devon, PL4 8AA **t** 01752 663337 **f** 01752 251669 📇 Contact: Mark Witherall. Standing capacity: 600

The Point The Plain, Oxford, OX4 1EA **t** 01865 798794 **f** 01865 798794 **e** mac@thepoint.oxfordmusic.net **w** thepoint.oxfordmusic.net 📇 Promoter: Mac. Seated Capacity: 220 Standing capacity: 220

The Pop Factory Welsh Hills Works, Jenkin St, Porth, CF39 9PP **t** 01443 688500 **f** 01443 688501 **e** info@thepopfactory.com **w** thepopfactory.com 📇 Contact: Mair Afan Davies 01443 688504. Standing capacity: 300

The Porter Cellar Bar 15 George St, Bath, BA1 2QS **t** 01225 424104 **f** 01225 404447 **e** steve@moles.co.uk **w** moles.co.uk 📇 Booker: Steve Wheadon. Seated Capacity: 150 Standing capacity: 150

Portobello Town Hall 147 Portobello High Street, Edinburgh, Lothian, EH15 1AF **t** 0131 669 5800 **f** 0131 669 5800 📇 Hall Keeper: Andrew Crazy. Seated Capacity: 771

Portsmouth Guildhall Guildhall Square, Portsmouth, Hampshire, PO1 2AB **t** 01705 834146 **f** 01705 834177 📇 Gen Mgr: Martin Dodd. Seated Capacity: 2017 Standing capacity: 2228

Portsmouth University The Student Centre, Cambridge Rd, Portsmouth, Hampshire, PO1 2EF **t** 02392 843640 **f** 02392 843667 **e** janet.hillier@port.ac.uk **w** upsu.net 📇 Trad Op's Exec: Janet Hillier. Standing capacity: 450

Pressure Point 33 Richmond Place, Brighton, BN2 9NA **t** 01273 684 501 **e** gareth@pressurepoint.me.uk **w** pressurepoint.me.uk 📇 Bookings Mgr: Simon Parker. Standing capacity: 210

Prince of Wales Theatre Coventry Street, London, W1V 8AS **t** 020 7930 9901 **f** 020 7976 1336 📇 Contact: George Biggs. Seated Capacity: 1100 Standing capacity: 100

Princes Hall Princes Way, Aldershot, Hampshire, GU11 1NX **t** 01252 327671 **f** 01252 320269 **w** rushmoor.gov.uk/princes/index.htm 📇 Gen Mgr: Steven Pugh. Seated Capacity: 700 Standing capacity: 700

Princes Theatre Station Road, Clacton-on-Sea, Essex, CO15 1SE **t** 01255 253208 **f** 01255 253200 **e** rfoster@tendringdc.gov.uk **w** tendringdc.co.uk 📇 Ents Officer: Bob Foster. Seated Capacity: 820 Standing capacity: 800

Princess Pavilion Theatre & Gyllyndune Gardens 41 Melvill Road, Falmouth, Cornwall, TR11 4AR **t** 01326 311277 **f** 01326 315382 📇 Contact: Mr RHD Phipps 01326 211222. Seated Capacity: 400 Standing capacity: 400

Princess Theatre Torbay Road, Torquay, Devon, TQ2 5EZ **t** 01803 290288 **f** 01803 290170 📇 Gen Mgr: Wendy Bennett 01803 290290 (BO). Seated Capacity: 1487

Purcell Room Queen Elizabeth Hall, Southbank Centre, Belvedere Rd, London, SE1 8XX **t** 020 7960 4200 **e** customer@southbankcentre.co.uk **w** southbankcentre.co.uk 📇 Contact: Switch Board. Seated Capacity: 367

Live: Venues

Purple Turtle 9 Gunn Street, Reading, Berkshire, RG1 2JR **t** 0118 959 7196 **f** 0118 958 3142 **e** andy@purpleturtlebar.com **w** purpleturtlebar.com Bookings Manager: Andy Churchill. Standing capacity: 470

Quay Arts Centre Sea Street, Newport Harbour, Isle Of Wight, PO30 5BD **t** 01983 822490 **f** 01938 526606 **e** info@quayarts.org **w** quayarts.org Dir/Programming: Stephen Munn. Seated Capacity: 134

Queen Elizabeth Hall West Street, Oldham, Lancashire, OL1 1UT **t** 0161 911 4071 **f** 0161 911 3094 Admin Mgr: Shelagh Malley. Seated Capacity: 1300 Standing capacity: 2000

Queen Elizabeth Hall Southbank Centre, Belvedere Rd, London, SE1 8XX **t** 020 7960 4200 **w** southbankcentre.co.uk
facebook.com/southbankcentre
twitter.com/Southbankcentre Seated Capacity: 902

The Students' Union Queen Margaret University, Edinburgh The Student's Union, Queen Margaret University Drive, Edinburgh, EH21 6UU **t** 0131 474 0000 **f** 0131 474 0001 **e** union@qmu.ac.uk **w** qmusu.org.uk twitter.com/qmusu Membership Services Coordinator: Eddie Wilkinson. Seated Capacity: 300 Standing capacity: 400

Queen's Hall Arts Centre Beaumont Street, Hexham, Northumberland, NE46 3LS **t** 01434 606787 **f** 01434 606043 Arts Mgr: Geoff Keys 01434 607272. Seated Capacity: 399

The Queens Hall Edinburgh Clerk Street, Edinburgh, Lothian, EH8 9JG **t** 0131 668 3456 **f** 0131 668 2656 Hall Mgr: Iain McQueen. Seated Capacity: 868 Standing capacity: 900

Queens University Students Union, 79-81 University Road, Belfast, Co Antrim, BT7 1PE **t** 028 9032 4803 **f** 028 9023 6900 **e** info@qubsu-ents.com **w** qubsu-ents.com Standing capacity: 800

Queensway Hall Vernon Place, Dunstable, Bedfordshire, LU5 4EU **t** 01582 603326 **f** 01582 471190 Gen Mgr: Yvonne Mullens. Seated Capacity: 900 Standing capacity: 1200

Reading University PO Box 230, Whiteknights, Reading, Berkshire, RG6 2AZ **t** 0118 986 0222 **f** 0118 975 5283 Standing capacity: 1400

The Red Brick Theatre Aqueduct Road, Blackburn, Lancashire, BB2 4HT **t** 01254 698859 **f** 01254 265540 Contact: Miss C Kay 01254 265566. Seated Capacity: 380

Redditch Palace Theatre Alcester Street, Redditch, Worcestershire, B98 8AE **t** 01527 61544 **f** 01527 60243 Bookings Mgr: Michael Dyer 01527 65203. Seated Capacity: 399

Relentless Garage 20-22 Highbury Corner, London, N5 1RD **t** 020 7619 6720 and 020 7619 6721 **e** boxoffice@relentlessgarage.co.uk **w** relentlessgarage.co.uk
facebook.com/pages/London-United-Kingdom/Relentless-Garage/105978362370
twitter.com/GarageLondon Standing capacity: 500

The Rex 361 Stratford High Street, London, E15 4QZ **t** 020 8215 6003 **f** 020 8215 6004 **w** meanfiddler.com

The Rhythm Station Station House, Station Court, Newhallhey Road, Rawtenstall, Rossendale, Lancashire, BB4 6AJ **t** 01706 214039 Standing capacity: 800

Richmond Theatre The Green, Richmond, Surrey, TW9 IQJ **t** 020 8940 0220 **f** 020 8948 3601 Theatre Dir: Karin Gartzke. Seated Capacity: 840

The Richmond 10 Fisher Street, Carlisle, Cumbria, CA3 8R **t** 01228 512220 **f** 01228 534168 **e** Rvenue@aol.com **w** jnightclub.co.uk Promoter/Owner: David Jackson. Standing capacity: 325

Rio's Leeds The Grand Arcade, 9 Merrion Street, Leeds, LS1 6PQ **t** 0844 414 2182 **f** 0844 414 2183 **e** steve@rios-leeds.com **w** rios-leeds.com Events Manager: Steve Hawthorn. Standing capacity: 1000

The Ritz Ballroom Whitworth Street West, Manchester, M1 5NQ **t** 0161 236 4355 **f** 0161 236 7515 **e** eddieritz@hotmail.com GM: Eddie Challiner. Standing capacity: 1500

Riverside Studios Crisp Road, Hammersmith, London, W6 9RL **t** 020 8237 1000 **f** 020 8237 1011 **e** jonfawcett@riversidestudios.co.uk **w** riversidestudios.co.uk Hires Mgr: Jon Fawcett. Seated Capacity: 500 Standing capacity: 500

The Roadhouse 8 Newton St, Piccadilly, Manchester, M1 2AN **t** 0161 237 9789 **f** 0161 236 9289 **e** info@theroadhouselive.co.uk **w** theroadhouselive.co.uk Contact: Jon Green 0161 228 1789. Standing capacity: 350

The Robin 2 26-28 Mount Pleasant, Bilston, Wolverhampton, West Midlands, WV14 7LJ **t** 01902 405 511 **f** 01902 401 418 **e** music@therobin.co.uk **w** therobin.co.uk Director: Mike Hamblett 01902 401 211. Standing capacity: 700

Rock City 8 Talbot St, Nottingham, NG1 5GG **t** 0871 3100 000 **f** 0115 9418 438 **e** boxoffice@rock-city.co.uk **w** rock-city.co.uk
facebook.com/group.php?gid=15923779162
myspace.com/nottinghamrockcity
twitter.com/Rock_City_Notts Standing capacity: 2450

The Rock Garden/Gardening Club Bedford Chambers, The Piazza, Covent Garden, London, WC2E 8HA **t** 07779 582 927 **f** 020 7379 4793 **e** info@platformmusic.net **w** rockgarden.co.uk Platform Promoter: Lisa Cowan. Standing capacity: 250

www.musicweek.com   **Music Week Directory** 295

👤 Contacts   f Facebook   ✺ MySpace   🅴 Twitter   ▶ YouTube

Live: Venues

Ronnie Scott's 47 Frith Street, London, W1D 4HT
t 020 7439 0747 **f** 020 7437 5081
e ronniescotts@ronniescotts.co.uk **w** ronniescotts.com
👤 Managing Director: Simon Cooke 02074390747. Seated Capacity: 300 Standing capacity: 100

Rotherham Civic Theatre Catherine Street, Rotherham, South Yorkshire, S65 1EB **t** 01709 823640 **f** 01709 823638 Seated Capacity: 357

Rothes Halls The Kingdom Centre, Glenrothes, Fife, KY7 5NX **t** 01592 612121 **f** 01592 612220
e admin@rotheshalls.org.uk **w** rotheshalls.org.uk 👤 Halls Mgr: Frank Chinn 01592 611101 (box). Seated Capacity: 616 Standing capacity: 1400

Roundhouse Chalk Farm Road, London, NW1 8EH
t 020 7424 9991 **f** 020 7424 9992
e dave.gaydon@roundhouse.org.uk **w** roundhouse.org.uk
f facebook.com/roundhouseLDN
🅴 twitter.com/roundhouseLDN 👤 Head of Music: Dave Gaydon 020 7424 8454. Seated Capacity: 1800 Standing capacity: 3050

Royal Albert Hall Kensington Gore, London, SW7 2AP
t 020 7589 3203 **f** 020 7823 7725
e jessiccas@royalalberthall.com **w** royalalberthall.com
f facebook.com/royalalberthall
🅴 twitter.com/RoyalAlbertHall 👤 Marketing, Digital & Press Manager: Jessica Silvester. Seated Capacity: 5266

Royal Centre Theatre Sq, Nottingham, NG1 5ND
t 0115 989 5500 **f** 0115 947 4218
e enquiry@royalcentre-nottingham.co.uk **w** royalcentre-nottingham.co.uk
f facebook.com/business/dashboard/#/pages/Nottingham-United-Kingdom/The-Royal-Centre/87350812002?v=wall 👤 MD: Robert Sanderson 0115 9895500. Seated Capacity: 2499

Royal Court Theatre 1 Roe Street, Liverpool, Merseyside, L1 1HL **t** 0151 709 1808 **f** 0151 709 7611
e Richard.Maides@iclway.co.uk **w** royalcourttheatre.net
👤 Theatre Manager: Richard Maides 0151 709 4321. Seated Capacity: 1525 Standing capacity: 1796

Royal Court Theatre Sloane Sq, London, SW1W 8AS
t 020 7565 5050 **f** 020 7565 5001
e info@royalcourttheatre.com **w** royalcourttheatre.com
👤 Theatre Manager: Bobbie Stokes. Seated Capacity: 396

Royal Festival Hall Southbank Centre, Belvedere Road, London, SE1 8XX **t** 020 7960 4200
f 020 7928 2049
e marcus.marshall@southbankcentre.co.uk
w southbankcentre.co.uk
f facebook.com/southbankcentre
🅴 twitter.com/Southbankcentre 👤 Head Of Music: Marshall Marcus. Seated Capacity: 2900

Royal Highland Centre Ingliston, Edinburgh, EH28 8NF **t** 0131 335 6200 **f** 0131 333 5236
e info@rhass.org.uk **w** royalhighlandcentre.com
👤 Dir: Grant Knight.

Royal Lyceum Theatre Grindlay Street, Edinburgh, EH3 9AX **t** 0131 248 4800 **f** 0131 228 3955
e info@lyceum.org.uk **w** lyceum.org.uk 👤 Admin Mgr: Ruth Butterworth 0131 248 4848. Seated Capacity: 658

Royal Spa Centre Newbold Terrace, Leamington Spa, Warwickshire, CV32 4HN **t** 01926 334418
f 01926 832054 👤 Gen Mgr: Peter Nicholson. Seated Capacity: 800 Standing capacity: 800

Royal Victoria Hall London Road, Southborough, Tunbridge Wells, Kent, TN4 0ND **t** 01892 529176
f 01892 541402 Seated Capacity: 322

The Royal Pall Mall, Hanley, Stoke On Trent, Staffordshire, ST1 1EE **t** 01782 206000 **f** 01782 204955
w webfactory.co.uk/theroyal 👤 Dir: Mike Lloyd 01782 207777 box off. Seated Capacity: 1451 Standing capacity: 1900

The Sage Gateshead St Mary's Sq, Gateshead Quays, Gateshead, NE8 2JR **t** 0191 443 4666
f 0191 443 4550 **e** emily.taylor@thesagegateshead.org
w thesagegateshead.org
f facebook.com/thesagegateshead
🅴 twitter.com/#!/sage_gateshead
▶ youtube.com/user/TheSageGateshead?blend=21&ob=5 👤 Head of Marketing and Communications: Emily Taylor 0191 4434567. Seated Capacity: 1600

St David's Hall The Hayes, Cardiff, CF10 1SH
t 029 2087 8500 **f** 029 2087 8599 👤 Head Arts & Cultural Serv: Judi Richards. Seated Capacity: 1956

St James Concert & Assembly Hall
College Street, St Peter Port, Guernsey, Channel Islands, GY1 2NZ **t** 01481 711360 **f** 01481 711364
👤 Contact: Miss KR Simon. Seated Capacity: 480 Standing capacity: 350

St John's Tavern 91 Junction Road, London, N19 5QU
t 020 7272 1587 **f** 020 7371 8797 👤 Contact: Nick Sharpe.

St Mary's College Student Union, Waldergrave Road, Strawberry Hill, Twickenham, Middlesex, TW1 4SX
t 020 8240 4314 **f** 020 8744 1700 👤 Contact: Kieran Renihan. Seated Capacity: 300 Standing capacity: 600

Salford University Student Union, University House, The Crescent, Salford, Greater Manchester, M5 4WT **t** 0161 736 7811
f 0161 737 1633 **e** Entsorg-ussu@salford.ac.uk
w salfordstudents.com

Salisbury Arts Centre Bedwin Street, Salisbury, Wiltshire, SP1 3UT **t** 01722 343020 **f** 01722 343030
e sara@salisburyarts.co.uk **w** salisburyartscentre.co.uk
👤 Audience Development And Marketing Manager: Sara Lock. Seated Capacity: 300 Standing capacity: 400

Salisbury City Hall Malthouse Lane, Salisbury, Wiltshire, SP2 7TU **t** 01722 334432 **f** 01722 337059
e gpettifer@salisbury.gov.uk 👤 Sales & Marketing Mgr: Gail Pettifer. Seated Capacity: 953 Standing capacity: 1116

Music Week Directory

Contacts · **Facebook** · **MySpace** · **Twitter** · **YouTube**

Live: Venues

The Sands Centre, Carlisle The Sands Centre, Carlisle, Cumbria, CA1 1JQ t 01228 625 222 f 01228 625 666 e jonathan.higgins@carlisleleisure.com w thesandscentre.co.uk ▪ Arts & Events Programme Manager: Jonathan Higgins 01228 625 208. Seated Capacity: 1350 Standing capacity: 1750

Scala 275 Pentonville Rd, Kingscross, London, N1 9NL t 020 7833 2022 e jane@scala-london.co.uk w scala-london.co.uk ▪ facebook.com/scala.london ▪ myspace.com/scalalondon ▪ twitter.com/scalalondon ▪ Events Co-ordinator: Jane Cotter. Standing capacity: 1145

Scarborough Univerity College Student Union, Filey Road, Scarborough, North Yorkshire, YO11 3AZ t 01723 362392 f 01723 370815 ▪ Contact: Nick Evans. Standing capacity: 250

Scottish Exhibition & Conference Centre Glasgow, Lanarkshire, G3 8YW t 0141 248 3000 f 0141 226 3423 ▪ Acct Mgr, Concerts: Susan Verlaque. Seated Capacity: 9300 Standing capacity: 10000

Shanklin Theatre Prospect Road, Shanklin, Isle of Wight, PO37 6AJ t 01983 862739 f 01983 867682 ▪ Contact: David Redston. Seated Capacity: 472

Sheffield City Hall Barkers Pool, Sheffield, South Yorkshire, S1 2JA t 0114 2789 789 e c.procter@sheffieldcityhall.co.uk w sheffieldcityhall.co.uk ▪ facebook.com/group.php?gid=12577763454&ref=ts ▪ twitter.com/sheffcityhall ▪ youtube.com/user/SIVltd ▪ Bookings: Carol Procter. Seated Capacity: 2271

Sheffield Hallam University Student's Union, Nelson Mandela Building, Pond Street, Sheffield, South Yorksire, S1 2BW t 0114 225 4122 f 0114 225 4140 e a.sewell@shu.ac.uk w shu.ac.uk/su ▪ Ents Co-ordinator: Alice Sewell. Seated Capacity: 250 Standing capacity: 900

Sheffield Motorpoint Arena Broughton Lane, Sheffield, South Yorkshire, S9 2DF t 0114 256 2002 f 0114 256 5520 e sheffieldhospitality@livenation.co.uk w motorpointarena.co.uk ▪ GM: Rob O'Shea. Seated Capacity: 12500

Sheffield University Union of Students Western Bank, Sheffield, South Yorkshire, S10 2TG t 0114 222 8556 f 0114 222 8574 e c.white@sheffield.ac.uk w sheffieldunion.com ▪ Head of Entertainments and Events: Chris White. Seated Capacity: 1000 Standing capacity: 1500

Snape Maltings Concert Hall High Street, Aldeburgh, Suffolk, IP15 5AX t 01728 687100 f 01728 687120 e enquiries@aldeburghfestivals.org w aldeburgh.co.uk ▪ Concert Mgr: Sharon Godard. Seated Capacity: 830

Sound Swiss Centre, 10 Wardour Street, London, W1V 3HG t 020 7287 1010 f 020 7437 1029 e info@soundlondon.com w soundlondon.com ▪ Head of Corporate: Phil Bridges. Seated Capacity: 300 Standing capacity: 1335

South Bank University Student Union, Keyworth Street, London, SE1 6NG t 020 7815 6060 f 020 7815 6061 ▪ Ents Mgr: Tom Dinnis. Seated Capacity: 400 Standing capacity: 800

South Hill Park Arts Centre Ringmead, Birch Hill, Bracknell, Berkshire, RG12 7PA t 01344 484858 f 01344 411427 e music@southhillpark.org.uk w southhillpark.org.uk ▪ facebook.com/music.events.southhillpark ▪ myspace.com/shpmusic ▪ youtube.com/watch?v=kTE1KQc6eu4&feature=related ▪ Head of Music & Programmer for Big Day Out Festival of Music & Performing Arts: William Trevelyan 01344 416 260. Seated Capacity: 330 Standing capacity: 600

South Holland Centre 23 Market Place, Spalding, Lincolnshire, PE11 1SS t 01775 725031

South Street 21 South Street, Reading, Berkshire, RG1 4QU t 0118 901 5234 f 0118 901 5235 e 21southstreet@reading.gov.uk w readingarts.com ▪ Venue Mgr: John Luther. Seated Capacity: 125 Standing capacity: 200

Southampton Guildhall Civic Centre, Southampton, Hampshire, SO14 7LP t 023 8083 2453 f 0870 094 9177 e mandy.fields@livenation.co.uk w livenation.co.uk/southampton ▪ facebook.com/southamptonguildhall ▪ myspace.com/southamptonguildhall ▪ twitter.com/sguildhall ▪ youtube.com/SouthamptonGuildhall ▪ Venue Manager: Mandy Fields. Seated Capacity: 1271 Standing capacity: 1749

Southampton University Student Union, Highfield Campus, University Road, Southampton, SO17 1BJ t 023 8059 5213 f 023 8059 5245 e em@susu.org w susu.org ▪ Entertainments Manager: Melissa Taylor 023 8059 5221. Standing capacity: 800

Southport Arts Centre Lord Street, Southport, Merseyside, PR8 1DB t 0151 934 2134 f 0151 934 2126 e jake.roney@leisure.sefton.gov.uk w seftonarts.co.uk ▪ Programme Mgr: Jake Roney. Seated Capacity: 472

Southport Theatre & Floral Hall Promenade, Southport, Merseyside, PR9 0DZ t 01704 540454 f 01704 536841 ▪ Contact: Lisa Chu. Seated Capacity: 1631

Spa Pavilion Theatre Seafront, Felixstowe, Suffolk, IP11 8AQ t 01394 282126 f 01394 278978 Seated Capacity: 892

The Square Fourth Avenue, Harlow, Essex, CM20 1DW t 01279 305000 f 01279 866151 e promotion@harlowsquare.com w harlowsquare.com ▪ Music Promoter: Tom Hawkins. Standing capacity: 325

St Andrews University - Venue 1, Venue 2 Student Union, St Mary's Place, St Andrews, KY16 9UZ t 01334 462700 f 01334 462740 e doserv@st-and.ac.uk w yourunion.net ▪ Building Supervisor: Bruce Turner. Seated Capacity: 450 Standing capacity: 1000

www.musicweek.com **Music Week Directory** 297

📇 Contacts   **f** Facebook   👥 MySpace   **t** Twitter   ▶ YouTube

Live: Venues

St George's Bristol Great George Street, (off Park Street), Bristol, BS1 5RR **t** 0117 929 4929 **f** 0117 927 6537
e administration@stgeorgesbristol.co.uk
w stgeorgesbristol.co.uk 📇 Director: Suzanne Rolt.

St George's Concert Hall Bridge Street, Bradford, West Yorkshire, BD1 1JT **t** 01274 432186 **f** 01274 720736 **e** christine.raby@bradford.gov.uk **w** bradford-theatres.co.uk 📇 Programme & Bookings Manager: Christine Raby. Seated Capacity: 1574 Standing capacity: 1872

The St Helens Citadel Waterloo Street, St Helens, Merseyside, WA10 1PX **t** 01744 735436 **f** 01744 20836 📇 Contact: Jake Roney. Seated Capacity: 172 Standing capacity: 300

The Stables The Yukon Bar, 11 Mullingar Dist, Mullingar, Co. Westmeath, Ireland **t** +353 44 934 0251
e info@stableslive.com **w** stableslive.com
f facebook.com/business/dashboard/?ref=sb#/pages/The-Stables-Music-Venue/50579378961
📇 myspace.com/stableslive **t** twitter.com/stableslive
▶ bebo.com/stableslive 📇 Bookings: David McLynn +353 87 773 3565.

Stables Theatre Stockwell Lane, Wavendon, Milton Keynes, Buckinghamshire, MK17 8LU **t** 01908 280814 **f** 01908 280827 **e** stables@stables.org **w** stables.org 📇 Programmer: Penny Griffiths. Seated Capacity: 396

Stafford Gatehouse Eastgate Street, Stafford, ST16 2LT **t** 01785 253595 **f** 01785 225622 📇 Mgr: Daniel Shaw. Seated Capacity: 564

Staffordshire University, Stoke On Trent Student Union, College Road, Stoke On Trent, Staffordshire, ST4 2DE **t** 01782 294582 **f** 01782 295736 **e** b.clements@staffs.ac.uk **w** staffsunion.com 📇 Ents & Venues Manager: Ben Clements.

The Standard Music Venue 1 Blackhorse Lane, London, E17 6DS **t** 020 8503 2523 **f** 020 8527 1944 **e** thestandard@btinternet.com
w standardmusicvenue.co.uk 📇 Contact: Nigel Henson 020 8527 1966. Standing capacity: 400

Stantonbury Leisure Centre Purbeck, Stantonbury, Milton Keynes, Buckinghamshire, MK14 6BN **t** 01908 314466 **f** 01908 318754 📇 Mgr: Matthew Partridge. Seated Capacity: 1000 Standing capacity: 1000

Stirling University Students Association Student Union, The Robbins Centre, Stirling University, Stirling, FK9 4LA **t** 01786 467189 **f** 01786 467190 **e** susa-services@stir.ac.uk **w** susaonline.org.uk 📇 VP Services: Robert Hudd. Seated Capacity: 1100

Stour Centre Tannery Lane, Ashford, Kent, TN23 1PL **t** 01233 625801 **f** 01233 645654 Seated Capacity: 1500 Standing capacity: 1800

Stourbridge Town Hall Crown Centre, Stourbridge, West Midlands, DY8 1YE **t** 01384 812948
f 01384 812963 📇 Contact: Laurence Hanna 01384 812960. Seated Capacity: 300 Standing capacity: 650

University of Strathclyde Students Association, 90 John Street, Glasgow, Lanarkshire, G1 1JH **t** 0141 567 5023 **f** 0141 567 5033
e a.j.mawn@strath.ac.uk Seated Capacity: 300 Standing capacity: 700

The Studio Tower Street, Hartlepool, TS24 7HQ **t** 01429 424440 **f** 01429 424441
e studiohartlepool@btconnect.com
w studiohartlepool.com 📇 Studio Manager: Liz Carter.

Sub Zero Music 20-22 Mount Pleasant, Bilston, Wolverhampton, West Midlands, WV14 7LJ **t** 01902 405511 **f** 01902 401418
e music@therobin.co.uk **w** subzeromusic.com 📇 Dir: Mike Hamblett.

Sunderland University Student Union, Manor Quay, Charles Street, Sunderland, SR6 0AN **t** 0191 515 3583 **f** 0191 515 2499 **e** andy.fitzpatrick@sunderland.ac.uk **w** mq@sunderland.co.uk 📇 Contact: A Fitzpatrick. Seated Capacity: 1200 Standing capacity: 1200

The Superdome Ocean Boulevard, Blackpool, Lancashire, FY4 1EZ **t** 01253 341033 **f** 01253 401098 Seated Capacity: 1000

University of Surrey Union Club Union House, University of Surrey, Guildford, Surrey, GU2 7XH **t** 01483 689983 **e** ents@ussu.co.uk **w** ussu.co.uk 📇 Events Mgr: Alan Roy. Standing capacity: 1600

Sussex University Student Union, Falmer House, Falmer, Brighton, BN1 9QF **t** 01273 678555
f 01273 678875 📇 Contact: Entertainments Dept.

The Swan 215 Clapham Rd, London, SW9 9BE **t** 020 7978 9778 **f** 020 7738 6722
e info@theswanstockwell.co.uk
w theswanstockwell.co.uk **f** I love the swan stockwell
📇 Entertainment manager: Claire Jeanjean. Seated Capacity: 300 Standing capacity: 500

The Swan Abbey Barn Road, High Wycombe, Buckinghamshire, HP11 1RS **t** 01494 539482

University of Wales - Swansea Student Union, Fulton House, Singleton Park, Swansea, SA2 8PP **t** 01792 295485 **f** 01792 513006
e suents@swansea.ac.uk **w** swansea-union.co.uk/ents Seated Capacity: 800 Standing capacity: 800

Symphony Hall Symphony Hall, Broad Street, Birmingham, West Midlands, B1 2EA **t** 01212 002000 **f** 01212 121982 **e** feedback@symphonyhall.co.uk **w** symphonyhall.co.uk 📇 Managing Director: Andrew Jowett. Seated Capacity: 2260

Tait Hall Edenside Road, Kelso, Roxburgh, TD5 7BS **t** 01573 224233 Seated Capacity: 700

Tameside Hippodrome Oldham Road, Ashton-under-Lyne, Tameside, OL6 7SE **t** 0161 330 2095 **f** 0161 343 5839 **e** stuart.dornford-May@clearchannel.co.uk **w** getlive.co.uk 📇 Theatre Manager: Stuart Dornford-May. Seated Capacity: 1262

Live: Venues

Teesside University University of Teesside Union, Southfield Road, Middlesbrough, Cleveland, TS1 3BA **t** 01642 342234 **f** 01642 342241 **e** L.Stretton@utsu.ac.uk **w** utsu.org.uk Ent & Promotions Mgr: Luke Stretton. Seated Capacity: 450 Standing capacity: 1000

Telford Ice Rink Telford Town Centre, Telford, Shropshire, TF3 4JQ **t** 01952 291511 **f** 01952 291543 Mgr: Robert Fountain. Seated Capacity: 3300 Standing capacity: 4000

Thames Valley University Students Union, St Mary's Road, London, W5 5RF **t** 020 8231 2531 **f** 020 8231 2589

The Borderline Orange Yard, Off Manette St, Charing Cross Rd, London, W1D 4AR **t** 0207 734 5547 **e** james.gall@meanfiddler.com **w** theborderline.co.uk facebook.com/borderline.london myspace.com/borderlinevenue twitter.com/the_borderline General Business Manager: James Gall 020 7734 5547. Standing capacity: 275

The O2 Arena Peninsula Square, London, SE10 0DX **t** 020 8463 2000 **e** sales@theo2.co.uk **w** theo2.co.uk Head of Sales - The O2: Caroline McNamara. Seated Capacity: 20000

The Rocket Complex 166-220 Holloway Rd, London, N7 8DB **t** 020 7133 2238 **e** info.rocket@londonmet.ac.uk Event Mgr: Geoff Barnett. Standing capacity: 1200

Theatre Royal Corporation Street, St Helens, Merseyside, WA10 1LQ **t** 01744 756333 admin **f** 01744 756777 Gen Mgr: Basil Soper 01744 756000 bo. Seated Capacity: 698

Theatre Royal Royal Parade, Plymouth, Devon, PL1 2TR **t** 01752 668282 **f** 01752 671179 **e** info@theatreroyal.com **w** theatreroyal.com Chief Exec: Adrian Vinken 01752 267222. Seated Capacity: 1296

Theatre Royal Grey Street, Newcastle upon Tyne, Tyne and Wear, NE1 6BR **t** 0191 232 0997 **f** 0191 261 1906 Contact: Peter Sarah. Seated Capacity: 1294

Theatre Royal Theatre Sq, Nottingham, NG1 5ND **t** 0115 989 5500 **f** 0115 947 4218 **e** enquiry@royalcentre.co.uk **w** royalcentre-nottingham.co.uk MD: Mr Robert Sanderson. Seated Capacity: 1135

Theatre Royal 282 Hope Street, Glasgow, G2 3QA **t** 0141 332 3321 admin **f** 0141 332 4477 **w** theatreroyalglasgow.com Theatre Mgr: Martin Ritchie 0141 332 9000 box. Seated Capacity: 1555

Theatre Severn Frankwell Quay, Shrewsbury, Shropshire, SY3 8FT **t** 01743 281281 **f** 01743 281283 **e** j.edmondson@theatresevern.co.uk **w** theatresevern.co.uk Marketing Manager: Jan Edmondson 01743 256566. Seated Capacity: 384 Standing capacity: 500

Time Club Bangor Student Union, Deiniol Road, Bangor, Gwynedd, LL57 2TH **t** 01248 388033 **f** 01248 388031 **e** adami@undeb.bangor.ac.uk **w** undeb.bangor.ac.uk Ents Mgr: Adam Isbell. Standing capacity: 700

Tiverton New Hall Barrington Street, Tiverton, Devon, Exeter, EX16 6QP **t** 01884 253404 **f** 01884 243677 Town Clerk: B Lough. Seated Capacity: 222 Standing capacity: 300

TJ's Disco 16-18 Clarence Place, Newport, South Wales, NP19 0AE **t** 01633 216608 **e** sam@tjs-newport.demon.co.uk **w** tjs-newport.demon.co.uk Manager: John Sicolo. Seated Capacity: 500

The Top of Reilly's 10 Thurland Street, Nottingham, NG1 3DR **t** 0115 941 7709 **f** 0115 941 5604 Standing capacity: 450

Torbay Leisure Centre Clennon Valley, Penwill Way, Paignton, Devon, TQ4 5JR **t** 01803 522240 **w** torbay.gov.uk Seated Capacity: 2000 Standing capacity: 3400

The Tower Ballroom Reservoir Road, Edgbaston, Birmingham, West Midlands, B16 9EE **t** 0121 454 0107 **f** 0121 455 9313 **e** tower@zanzibar.co.uk **w** zanzibar.co.uk MD: Susan Prince. Seated Capacity: 1000 Standing capacity: 1200

The Tower Ballroom Blackpool Tower, Promenade, Blackpool, Lancashire, FY1 4BJ **t** 01253 629600 **f** 01253 629700 **e** firstname+lastname@leisure-parcs.co.uk **w** blackpooltower.co.uk Entertainments Co-ord: Donna Molyneaux. Seated Capacity: 1650 Standing capacity: 1700

Tramway 25 Albert Drive, Pollockshields, Glasgow, Lanarkshire, G41 2PE **t** 0141 276 0950 **f** 0141 276 0954 **e** info@tramway.org **w** tramway.org Marketing Officer: Kathryn Bradley. Seated Capacity: 1000 Standing capacity: 1500

Trinity & All Saints College The Base, Brownberrie Lane, Horsforth, Leeds, West Yorkshire, LS18 5HD **t** 0113 283 7241 **f** 0113 283 7283 **e** president@tasc.ac.uk **w** tasc.ac.uk Standing capacity: 600

The Trinity Centre Trinity Road, Bristol, BS2 0NW **t** 01179 351200 **e** info@3ca.org.uk **w** 3ca.org.uk 3ca.org.uk Centre Manager: Emma Harvey. Seated Capacity: 225 Standing capacity: 500

Truro Hall for Cornwall Back Quay, Truro, Cornwall, TR1 2LL **t** 01872 262465 **f** 01872 260246 **e** admin@hallforcornwall.org.uk **w** hallforcornwall.co.uk Seated Capacity: 950 Standing capacity: 1700

Tufnells 162, Tufnell Park Road, London, N7 0EE **t** 020 7272 2078 **f** 020 8546 3689 **e** tufnellsclub@yahoo.co.uk Bookings: Chris Larsen. Standing capacity: 500

The Tunnels Carnegie's Brae, Aberdeen, AB10 1BF **t** 01224 211 121 **e** info@thetunnels.co.uk **w** thetunnels.co.uk Bookings Mgr: Hen Beverly. Standing capacity: 300

www.musicweek.com **Music Week Directory** 299

👤 Contacts   ⓕ Facebook   Ⓜ MySpace   Ⓣ Twitter   ▶ YouTube

Live: Venues

University of Ulster Cromore Road, Coleraine, Co Antrim, BT52 1SA **t** 028 9036 5121 **f** 028 9036 6817

Ulster Hall Bedford Street, Belfast, Co Antrim, BT2 7FF **t** 028 9032 3900 **f** 028 9024 7199 **e** ulsterhall@belfastcity.gov.uk **w** ulsterhall.co.uk 👤 Manager: Pat Falls. Seated Capacity: 1000 Standing capacity: 1800

Ulster University Students' Association, York Street, Belfast, Co Antrim, BT15 1ED **t** 028 9032 8515 **f** 028 9026 7351 **e** info@uusu.org **w** uusu.org Standing capacity: 450

ULU (University of London Union) Malet St, London, WC1E 7HY **t** 020 7664 2000 **f** 020 7436 4604 **w** ulu.co.uk Seated Capacity: 320 Standing capacity: 828

UMIST Union PO Box 88, Sackville Street, Manchester, M60 1QD **t** 0161 275 2959 **f** 0161 200 3268 **e** sean.morgan@su.umist.ac.uk **w** umsu.manchester.ac.uk 👤 Contact: Sean Morgan. Seated Capacity: 350 Standing capacity: 600

The Underworld 174 Camden High Street, London, NW1 0NE **t** 020 7267 3939 **f** 020 7482 1955 **e** contact@theunderworldcamden.co.uk **w** theunderworldcamden.co.uk ⓕ facebook.com/theunderworldcamden Ⓜ myspace.com/thecamdenunderworld Ⓣ @theunderworld 👤 Bookings Mgr: Jon Vyner. Seated Capacity: 500 Standing capacity: 500

Unex Towerlands Arena Panfield Road, Braintree, Essex, CM7 5BJ **t** 01376 326802 **f** 01376 552487 **e** info@unextowerlands.com **w** unextowerlands.com 👤 Mktg Mgr: Holly Gredley. Seated Capacity: 3600 Standing capacity: 4000

Union Chapel Compton Avenue, Islington, London, N1 2XD **t** 020 7226 3750 **f** 020 7354 8343 **e** events@unionchapel.org.uk **w** unionchapel.org.uk 👤 Venue Mgr: Pete Stapleton. Seated Capacity: 850

Union of UEA Students Students Union, University Plain, Norwich, Norfolk, NR4 7TJ **t** 01603 505401 **f** 01603 593465 **e** ents@uea.ac.uk **w** ueaticketbookings.co.uk 👤 Ents Mgr: Nick Rayns 01603 593460. Seated Capacity: 780 Standing capacity: 1470

Unit 113 St Marys Rd, Southampton, Hampshire, SO14 0AN **t** 0238 022 5612 **e** chris@joinerslive.co.uk, neil@joinerslive.co.uk, glenn@joinerslive.co.uk **w** joinerslive.co.uk 👤 Head of Promotions, General Manager, Owner: Chris Stemp, Neil Downton, Glenn Lovell 023 8022 5612.

University College Of St Martin Student Union, Rydal Road, Ambleside, Cumbria, LA22 9BB **t** 01539 430216 **f** 01539 430309

University of Chester - Warrington Campus Student Union, Crab Lane, Warrington, Cheshire, WA2 0DB **t** 01925 534375 **f** 01925 534267 **e** csuw.ents@chester.ac.uk **w** chestersu.com 👤 Entertainments Officer: David Cowell. Seated Capacity: 400 Standing capacity: 500

University of Essex Students' Union Students' Union, Uni of Essex, Colchester, Essex, CO4 3SQ **t** 01206 863211 **f** 01206 870915 **e** ents@essex.ac.uk **w** essexentsonline.com 👤 Ents & Venues Mgr: Lee Pugh. Seated Capacity: 400 Standing capacity: 1000

University of Gloucestershire Students' Union Student Union, PO Box 220, The Park, Cheltenham, GL52 2EH **t** 01242 532848 **f** 01242 361381 **e** union@ugsu.org **w** ugsu.org 👤 VP Communications: John Webb. Seated Capacity: 600 Standing capacity: 1200

University of Greenwich Student Union, Bathway, Woolwich, London, SE18 6QX **t** 020 8331 8268 **f** 020 8331 8591

University of the Arts London Student Union, 2-6 Catton St, Holborn, London, WC1R 4AA **t** 020 7514 6270 **f** 020 7514 7838 **e** a.lukes@su.arts.ac.uk **w** thestudentsunion.info 👤 Ents Manager: Adrian Lukes.

Usher Hall Lothian Rd, Edinburgh, EH1 2EA **t** 0131 228 8616 **f** 0131 228 8848 **w** usherhall.co.uk 👤 General Manager: Karl Chapman. Seated Capacity: 2200 Standing capacity: 2800

The Venue at Kent University Kent Student Union, Mandela Building, Canterbury, Kent, CT2 7NW **t** 01227 824 245 **f** 01227 824 207 **e** g.newlands@kent.ac.uk **w** kentunion.co.uk 👤 Venue & Entertainments Manager: Graham Newlands. Seated Capacity: 1500 Standing capacity: 1500

Vibe Bar 91-95 Brick Lane, London, E1 6QL **t** 020 7247 3479 **f** 020 7426 0641 **e** jon@vibe-bar.co.uk **w** vibe-bar.co.uk 👤 Events Manager: Jon Wright. Standing capacity: 300

Victoria Community Centre Oakley Building, West Street, Crewe, Cheshire, CW1 2PZ **t** 01270 211422 **f** 01270 537960 👤 Centre Mgr: Mrs E McFahn. Seated Capacity: 550 Standing capacity: 1000

The Victoria Hall Bagnall Street, Hanley, Stoke-on-Trent, Staffordshire, ST1 3AD **t** 01782 213808 **f** 01782 214 738 **e** Firstname+lastname@theambassadors.com **w** victoria-hall.info 👤 GM: Mike Keane. Seated Capacity: 1700 Standing capacity: 637

Victoria Hall Akeman Street, Tring, Hertfordshire, HP23 6AA **t** 01442 228951 Seated Capacity: 250 Standing capacity: 250

The Victoria Inn 12 Midland Place, Derby, DE1 2RR **t** 01332 740 091 **e** info@thevicinn.co.uk **w** thevicinn.co.uk 👤 Promoters: Micky Sheehan, Andy Sewell. Standing capacity: 150

Victoria Theatre Wards End, Halifax, West Yorkshire, HX1 1BU **t** 01422 351156 **f** 01422 320552 **e** victoriatheatre@calderdale.gov.uk **w** calderdale.gov.uk/tourism/victoriatheatre 👤 Contact: George Candler 01422 351158. Seated Capacity: 1585 Standing capacity: 1585

Music Week Directory

Contacts | **Facebook** | **MySpace** | **Twitter** | **YouTube**

Live: Venues

Vortex Jazz Unit E1, 3 Bradbury St, London, N16 8JN
t 020 7254 4097 e info@vortexjazz.co.uk
w vortexjazz.co.uk vortexjazz
myspace.com/vortexjazz Manager: Todd Wills.

Wakefield Theatre Royal & Opera House
Drury Lane, Wakefield, West Yorks, WF1 2TE
t 01924 211 311 f 01924 215 525
e marketing@theatreroyalwakefield.co.uk
w theatreroyalwakefield.co.uk Gen Mgr: Murray Edwards. Seated Capacity: 509 Standing capacity: 509

Warwick Arts Centre University Of Warwick, Coventry, West Midlands, CV4 7AL t 024 7652 4524
f 024 4652 4777 e box.office@warwick.ac.uk
w warwickartscentre.co.uk Dir: Alan Rivett. Seated Capacity: 1462 Standing capacity: 1462

Warwick University Student Union, Gibbet Hill Road, Coventry, West Midlands, CV4 7AL t 024 7657 3056
f 024 7657 3070 e dwalter@sunion.warwick.ac.uk
w sunion.warwick.ac.uk/ents Entertainments Manager: Darren Walter. Standing capacity: 2700

The Waterfront 139 King St, Norwich, Norfolk, NR1 1QH t 01603 632717 f 01603 615463
e p.ingleby@uea.ac.uk w waterfrontnorwich.co.uk
facebook.com/waterfrontnorwich @waterfrontuea
Contact: Paul Ingleby, Leander Platten. Standing capacity: 700

Watermans Arts Centre 40 High Street, Brentford, Middlesex, TW8 0DS t 020 8847 5651 f 020 8569 8592
Contact: Lorna O'Leary. Standing capacity: 500

Watford Colosseum Rickmansworth Road, Watford, Hertfordshire, WD1 7JN t 01923 445300 f 01923 445225
Contact: John Wallace. Seated Capacity: 298 Standing capacity: 1200

The Wedgewood Rooms 147B Albert Road, Southsea, Portsmouth, Hampshire, PO4 0JW
t 023 9286 3911 f 023 9285 1326
e tickets@wedgewood-rooms.co.uk w wedgewood-rooms.co.uk GM: Geoff Priestley. Seated Capacity: 300 Standing capacity: 400

The Welly Club 105-107 Beverley Rd, Hull, HU3 1TS
t 01482 221 113 f 01482 221 676
e info@thewelly.karoo.co.uk w giveitsomewelly.com
GM: Mark Hall. Standing capacity: 885

Wembley Arena Arena Sq, Engineers Way, Wembley, London, HA9 0AA t 020 8782 5500
e rick.latham@livenation.co.uk w wembleyarena.co.uk
facebook.com/wembleyarena Contact: Rick Latham. Seated Capacity: 12000 Standing capacity: 12500

Wembley Stadium PO Box 1966, London, SW1P 9EQ
t 020 8795 9618 e jim.frayling@wembleystadium.com
w wembleystadium.com Head Of Music & New Events: Jim Frayling. Seated Capacity: 90000

West End Centre Queens Road, Aldershot, Hampshire, GU11 3JD t 01252 408 040 f 01252 408 041
e westendcentre@hants.gov.uk w westendcentre.co.uk
Centre Dir: Barney Jeavons. Seated Capacity: 150 Standing capacity: 200

University of West England Student Union, Coldharbour Lane, Frenchay, Bristol, B16 1QY
t 0117 965 6261 x 2580 f 0117 976 3909
e union@uwe.ac.uk
w gate.uwe.ac.uk:8000/union/ents/index.html
Contact: Programming Asst. Seated Capacity: 400 Standing capacity: 1500

University of Westminster Student Union, 32 Wells Street, London, W1T 3UW
t 020 7911 5000 x 2306 f 020 7911 5848
e edfrith@hotmail.com Events Mgr: Ed Frith. Seated Capacity: 150 Standing capacity: 630

Westpoint Arena Clyst St Mary, Exeter, Devon, EX5 1DJ t 01392 446000 f 01392 445843
e emilyegan@westpointarena.com w westpoint-devonshow.co.uk Westpoint Business Manager: Emily Egan. Seated Capacity: 6000 Standing capacity: 7500

Weymouth Pavilion The Esplanade, Weymouth, Dorset, DT4 8ED t 01305 765218 f 01305 789922
Arts & Entertainments Mgr: Stephen Young 01305 765214. Seated Capacity: 1000

The Wheatsheaf Live Music Venue
Church Street, Stoke On Trent, Staffordshire, ST4 1BU
t 01782 844438 f 01782 410340 Contact: Anne Riddle. Standing capacity: 400

White Rock Theatre White Rock, Hastings, East Sussex, TN34 1JX t 01424 781010 f 01424 781170
Contact: Andy Mould 01424 781000. Seated Capacity: 1165 Standing capacity: 1500

Whitehaven Civic Hall Lowther St, Whitehaven, Cumbria, CA28 7SH t 01946 852 821
e civichalls@copelandbc.gov.uk w copelandbc.gov.uk
Marketing Officer: Paul Tomlinson. Standing capacity: 600

Whitley Bay Ice Rink Hillheads Road, Whitley Bay, Tyne and Wear, NE25 8HP t 0191 291 1000
f 0191 291 1001 Contact: Francis Smith. Seated Capacity: 6000 Standing capacity: 6000

Guildhall Winchester Broadway, High St, Winchester, Hampshire, SO23 9GH t 01962 840820 f 01962 878458
e guildhall@winchester.gov.uk
w guildhallwinchester.co.uk Guildhall Manager: Ian Folger. Seated Capacity: 600 Standing capacity: 800

Winchester School Of Art Student Union, Park Avenue, Winchester, Hampshire, SO23 8DL
t 01962 840772 f 01962 840772
e cvasudev@hotmail.com w soton.ac.uk/~wsasu
President: Chetan. Seated Capacity: 250 Standing capacity: 250

www.musicweek.com   **Music Week Directory** 301

📇 Contacts   📘 Facebook   ⓜ MySpace   🇹 Twitter   ▶ YouTube

Live: Venues, Festivals

Windmill Brixton 22 Blenheim Gardens, (off Brixton Hill), London, SW2 5BZ **t** 020 8674 0055 **e** windmillbrixton@yahoo.co.uk **w** windmillbrixton.co.uk
📘 facebook.com/pages/London-United-Kingdom/Windmill-Brixton/58502258990?ref=search&sid=712682025.487038565..1
ⓜ myspace.com/windmillbrixton
🇹 twitter.com/WindmillBrixton
▶ youtube.com/windmillbrixton 📇 Booker: Tim Perry 07931 351971. Standing capacity: 130

Windsor Arts Centre St Leonard's Road, Windsor, Berkshire, SL4 3BL **t** 01753 859421 **f** 01753 621527
📇 Contact: Debbie Stubbs 01753 859336. Seated Capacity: 179 Standing capacity: 100

The Winter Gardens - Opera House, Empress Ballroom Church St, Blackpool, FY1 3PL
t 01253 625 252 **f** 01253 751 203 **e** events@leisure-parcs.co.uk **w** wintergardensblackpool.co.uk
📇 Contact: Events Team.

The Winter Gardens Pavilion Royal Parade, Weston-super-Mare, Somerset, BS23 1AJ
t 01934 417117 **f** 01934 612323 **e** Peter.Undery@n-somerset.gov.uk **w** thewintergardens.com 📇 GM: Peter Undery. Seated Capacity: 500 Standing capacity: 550

Wolverhampton Civic Halls North St, Wolverhampton, West Midlands, WV1 1RQ
t 01902 552122 **f** 01902 552123
e markblackstock@wolvescivic.co.uk **w** wolvescivic.co.uk
📇 Gen Mgr: Mark Blackstock. Seated Capacity: 2200 Standing capacity: 3000

Wolverhampton University Students Union, Wulfruna Street, Wolverhampton, West Midlands, WV1 1LY **t** 01902 322021 **f** 01902 322020 **w** wlv.ac.uk Seated Capacity: 200 Standing capacity: 600

Woodville Halls Theatre Woodville Place, Gravesend, Kent, DA12 1DD **t** 01474 337630
f 01474 337458 **e** woodville.halls@gravesham.gov.uk **w** woodvillehalls.com 📘 Woodville Halls
🇹 twitter.com/woodvillehalls ▶ youtube.com/gravesham
📇 Venue Manager: Graham Long. Seated Capacity: 814 Standing capacity: 1000

Wyvern Theatre Theatre Square, Swindon, Wiltshire, SN1 1QN **t** 01793 535534 **f** 01793 480278
e derek@wyverntheatre.org.uk **w** wyverntheatre.org.uk
📇 Theatre Director: Derek Aldridge. Seated Capacity: 615

Yeovil Octagon Theatre Hendford, Yeovil, Somerset, BA20 1UX **t** 01935 422836 **f** 01935 475281 📇 Gen Mgr: John G White 01935 422720. Seated Capacity: 625

York Barbican Centre Barbican Road, York, North Yorkshire, YO10 4NT **t** 01904 628991
f 01904 628227 **e** craig.smart@york.gov.uk
w fibbers.co.uk/barbican 📇 Contact: Craig Smart 01904 621477. Seated Capacity: 1500 Standing capacity: 1860

York University Students Union, Goodricke College, Heslington, York, North Yorkshire, YO1 5DD
t 01904 433724 **f** 01904 434664 **e** ents@york.ac.uk
w york.ac.uk/student/su/index.shtml 📇 Andrew Windsor: Entertainments Officer. Seated Capacity: 300 Standing capacity: 540

Zanzibar 43 Seel Street, Liverpool, Merseyside, L1 4AZ
t 0151 707 0633 **f** 0151 707 0633

Festivals

2000trees Festival
e bands@twothousandtreesfestival.co.uk
w twothousandtreesfestival.co.uk
📘 facebook.com/2000trees 📇 Director: James Scarlett.

Acoustic Festival Of Britain Uttoxeter Racecourse
t 01269 597 118 **e** info@acousticfestival.co.uk
w acousticfestival.co.uk 📇 Contact: Mike Stephens.

Aeon Festival Shobrooke Park Estate, Crediton, Devon, EX17 1DG **e** niki@aeonfestival.com **w** aeonfestival.com
📇 Contact: Niki Portus.

Americana International The Heartbeat Of The USA In The UK Americana Promotions Ltd, Jacksonville, 1 Middle Orchard St, Stapleford, Nottinghamshire, NG9 8DD **t** 01159 390595
e silvereagleuk@ntlworld.com **w** americana-international.co.uk
📘 facebook.com/americanapromotions 📇 Director: Chris R Jackson.

Artsfest Birmingham **t** 0121 464 5678
e artsfest@birmingham.gov.uk **w** artsfest.org.uk
📇 Contact: Emily Bartlett.

Bearded Theory SPL, PO Box 15573, Redditch, B97 9LR **t** 01527 592 756 **e** info@beardedtheory.co.uk
w beardedtheory.co.uk 📇 Contact: Artist Programmer.

Beautiful Days Escot Park, Near Fairmile, Devon, EX11 1LU **e** info@beautifuldays.org **w** beautifuldays.org
📘 facebook.com/beautifuldaysfestival
▶ youtube.com/BeautifulDaysVideos

Belladrum Festival Phoineas, By Beauly, Inverness-shire, IV4 7BA **e** info@tartanheartfestival.co.uk
📇 Contact: General Enquiries 01463 741366.

Bestival Ltd 3rd Floor, 25 Denmark St, London, WC2H 8NJ **e** hello@bestivel.net **w** bestival.net
📇 Contact: 020 7379 3133.

Big Bike Bash Bransgore, Hampshire **t** 02380 528 119
e soma_rich@yahoo.com **w** bigbikebash.co.uk
📇 Contact: Richard Ford.

Big Chill Festival see Festival Republic

Birmingham International Jazz Festival
PO Box 944, Birmingham, West Midlands, B16 8UT
t 01214 547020 **f** 01214 549996
e jim@bigbearmusic.com **w** bigbearmusic.com 📇 Festival Director: Jim Simpson.

302 Music Week Directory www.musicweek.com

Contacts | **Facebook** | **MySpace** | **Twitter** | **YouTube**

Live: Festivals

Bloodstock Amust4music Ltd, 54 Arundel Drive, Derby, DE21 7QW **t** 01332 666370 **f** 01332 675099 **e** paul@bloodstock.uk.com Contact: Paul Gregory.

Brecon Jazz c/o The Drill Hall, 25 Lion St, Hay-on-Wye, HR3 5AD **t** 01497 822620 **f** 01497 821066 **e** sarah@breconjazz.org **w** breconjazz.org Artistic Director: Sarah Dennehy.

Cambridge Folk Festival
e admin.cornex@cambridge.gov.uk
w cambridgefolkfestival.co.uk

Camden Crawl e info@thecamdencrawl.com
w emergingtalentawards.com Contact: Camden Crawl.

Camp Bestival e demos@campbestival.net
w campbestival.net Contact: Camp Bestival 020 7379 3133.

Charlbury Riverside Festival 2a Clarendon Court, Park Street, Charlbury, Oxfordshire, OX7 3PT
e music@riversidefestival.charlbury.com
w riversidefestival.charlbury.com Contact: Charlbury Riverside.

Clarence Park Festival Denby Dale Road, Wakefield, WF2 8DH **e** info@themusiccollective.co.uk
w themusiccollective.co.uk
facebook.com/#!/wakefieldmc
twitter.com/wakefieldmc Contact: Clarence Park 01924 899933 / 07913 170345.

Cornbury Festival 4b Ledbury Mews North, London, W11 2AF **e** mail@cornburyfestival.com Festival Director: Hugh Phillimore 020 7229 2219.

Creamfields Cream Office, Wolstenholme Sq, 1-3 Parr St, Liverpool, L1 4JJ **e** gill@cream.co.uk Press Contact: Gill Nightingale 0151 707 1309.

Download Festival Live Nation (Music) UK Ltd, 2nd Floor, Regent Arcade House, 19-25 Argyll St, London, W1F 7TS **e** info@livenation.co.uk Contact: Live nation press office.

EBC Event Bars & Catering (Workers Beer Co)
347 Garratt Lane, Earlsfield, London, SW18 4DX
t 020 8874 4254 **f** 020 8877 7301
e info@barsandcatering.com **w** barsandcatering.com
Contact: Zane.

Electric City Angel Music Group LTD, The Old Stables, Newhouse Farm, Langley Road, Stratford-upon-Avon, Warwickshire, B95 6DL **t** 01789 730558 **e** press@angelmusicgroup.com **w** eclectricityevents.co.uk Contact: Vicky.

End Of The Road Festival
e info@endoftheroadfestival.com
w endoftheroadfestival.com

Festival Republic 35 Bow St, London, WC2E 7AU
t 020 7009 3000 **e** info@festivalrepublic.com
w festivalrepublic.com Managing Director: Melvin Benn.

Freeze Battersea Power Station, London
e freeze@sportsvision.co.uk **w** thefreezefestival.com
facebook.com/londonfreeze
twitter.com/londonfreeze
youtube.com/freezefestivaltv Contact: Freeze.

Glade Festival Aldermaston, Berkshire
e info@gladefestival.com **w** gladefestival.com
myspace.com/gladefestival

Glastonbury Festival Glastonbury Festival Office, 28 Northload St, Glastonbury, Somerset, BA6 9JJ
e office@glastonburyfestivals.co.uk
w glastonburyfestivals.co.uk Contact: Press Office 01458 834596.

GlobalGathering Angel Music Group Ltd, The Old Stables, Newhouse Farm, Langley Rd, Estdone, Warwickshire, B95 6DL **t** 01789 730 558
e vicky@angelmusicgroup.com **w** globalgathering.com
globalgathering.com globalgathering.com
globalgathering.com Head of Media: Vicky Beercock 01789 730558.

Guilfest 54 Haydon Pl, Guildford, Surrey
t 01483 454159 **w** guilfest.co.uk

Hop Farm Festival The Hop Farm, Paddock Wood, Kent, TN12 6PT **t** 0871 220 0260 **w** hopfarmfestival.com Press Contact: Ian Roberts 020 7836 1122.

Hope Street Feast 13 Hope St, Liverpool, Merseyside, L1 9BH **t** 0151 708 7441 **f** 0151 709 3515 **e** info@hopestreetfeast.com **w** hopestreetfeast.com Director: Simon Glinn.

Isle of Wight Festival w isleofwightfestival.com

Kendal Calling Lowther Deer Park, Kendal
e bands@kendalcalling.com **w** kendalcalling.com

Larmer Tree Festival PO Box 1790, Salisbury, Wiltshire, SP5 5WA **t** 01725 552300
e info@larmertreefestival.co.uk **w** larmertreefestival.co.uk
facebook.com/LarmerTreeFestival
myspace.com/larmertreefestival @LarmerTreeFest

Latitude Festival Festival Republic, 35 Bow St, Covent Garden, London, WC2E 7AU **t** 020 7009 3001 **e** wanttoplay@latitudefestival.co.uk
w latitudefestival.co.uk Contact: Festival Republic.

Leeds Festival Festival Republic Ltd, 2nd Floor, Regent Arcade House, 19-25 Argyll St, London, W1F 7TS **e** info@festivalrepublic.com Contact: General Enquiries 020 7009 3001.

Leeds Festival Fringe e info@leedsfestivalfringe.org
w leedsfestivalfringe.org facebook.com/LFF2011
twitter.com/leedsfringemich Co-Founders: Michelle Dalgety, Mickey Thompson 07933699234.

Limetree Music & Arts Festival
Limetree Music & Arts Festival, Hutts Lane, Grewelthorpe, Ripon, North Yorkshire, HG4 3DA **t** 01937 557 812
e sean@limetreefestival.co.uk **w** limetreefestival.co.uk
limetreefestival.co.uk Contact: Sean Birdsall.

Loopallu Ullapool, Wester Ross, Highlands
w loopallu.co.uk Contact: Robert Hicks.

Live: Festivals

Lounge On The Farm Merton Farm, Canterbury
w loungeonthefarm.co.uk

Lovebox Weekender London
e press@loveboxlondon.com

MAPS Festival Northern Quarter, Manchester
e submissions.mapsfestival@gmail.com
w mapsfestival.co.uk

Music Bank Hire Music Bank, Building D, Tower Bridge Business Complex, 100 Clements Rd, London, SE16 4DG **t** 020 7252 0001 **f** 020 7231 3002 **e** jimm@musicbank.org **w** musicbank.org ☏ Managing Director: Jimmy Mac 0207 252 0001.

Musicport Festival 16 Skinner Street, Whitby, North Yorkshire, YO21 3AJ **t** 01947 603 475 **e** jim@musicportfestival.com **w** musicportfestival.com ☏ Contact: Jim.

Noise Festival Ltd PO Box 4106, Manchester, Lancashire, M60 1WW **t** 01612 379009 **e** denise@noisefestival.com **w** noisefestival.com ☏ Executive Producer: Denise Proctor.

Nozstock Rowden Paddocks, Bromyard, Herefordshire **e** perform@nozstock.com **w** nozstock.com

Off The Tracks PO Box 68, Derby, DE1 3XY **e** info@offthetracks.co.uk **w** offthetracks.co.uk ☏ Contact: Andy Cooper.

Offset Festival Ltd 1H Enterprise House, Tudor Grove, London, E9 7QL **t** 07050 366 673 **e** info@offsetfestival.co.uk **w** offsetfestival.co.uk ☏ Co-Promoter: Kieran Delaney.

onedotzero Unit 212C, Curtain House, 134-146 Curtain Rd, London, EC2A 3AR **t** 020 7729 0072 **f** 020 7729 0057 **e** info@onedotzero.com **w** onedotzero.com ☏ Director / Senior Producer & Curator: Shane Walter / Claire Cook.

Open House Festival PO Box 272, Belfast, BT20 5WX **e** info@openhousefestival.com **w** openhousefestival.com

Osfest The Old Malthouse, Willow Street, Oswestry, SY11 1AJ **t** 01691 680 468 **e** carly@osfest.co.uk **w** osfest.co.uk ☏ Contact: Carly Jackson, Hannah Davies.

Oxegen Festival Dublin, Ireland **w** oxegen.ie

Planetlovemusic
11 Blaris Industrial Estate, altona Road, Lisburn, Co Antrim, BT27 2QB **t** 02892 667 000 **f** 02892 668 000 **e** eddie@plmpromotions.com **w** planetlovemusic.com plmpromotions.com facebook/planetlovemusic ☏ Dir: Eddie Wray 02892 667000.

Reading Festival Festival Republic Ltd, 2nd Floor, Regent Arcade House, 19-25 Argyll St, London, W1F 7TS **e** info@festivalrepublic.com ☏ Contact: General Enquiries 020 7009 3001.

Reading Fringe Festival
e enquiries@readingfringefestival.com
w readingfringefestival.com

Redfest e matt@redfest.co.uk **w** redfest.co.uk ☏ Contact: Matt Nichols.

Boardmasters Newquay
e boardmasters@sportsvision.co.uk
w boardmasters.co.uk
facebook.com/boardmastersfestival
twitter.com/boardmasters81
youtube.com/boardmasterstv

Ripley Music Festival 7 Bowler Street, Ripley, Derbyshire, DE5 8HZ **e** mickwilson6@aol.com **w** ripleymusicfestival.co.uk ☏ Contact: Mick Wilson.

Riverside Festival
The Riverside Association Of Music & Arts Ltd, c/o Rutland House,, Minerva Business Park, Lynch Wood, Peterborough, PE2 6PZ **e** info@riversidefestival.co.uk **w** riversidefestival.co.uk ☏ Contact: Catherine Sandbach.

Rockness e enquiries@aeglive.co.uk ☏ Contact: AEG Live 020 7536 1618.

Seaton Village Musicfest Bright Water, Stotfold Farm, Seaton Village, Seaham, SR7 0NE **e** deepeevee@aol.com ☏ Contact: Ken Payne 07974 916 030.

Sensoria Festival 32-40 Bank Street, Sheffield, S1 2DS **e** info@sensoria.org.uk **w** sensoria.org.uk sensoria.org.uk twitter.com/SensoriaFest sensoria.org.uk ☏ Festival Director: Jo Wingate.

Shambala Festival 4th Floor, Block C, Hamilton House, 80 Stokes Croft, Bristol, BS1 3QY **e** music@shambalafestival.org **w** shambalafestival.org ☏ Contact: Dan Raffety.

Shepley Spring Festival
Shepley Cricket Club Ground & Village, West Yorkshire, HD8 8AP **t** 01484 604 704 **e** nikki@shepleyspringfestival.com **w** shepleyspringfestival.com @ShepleyFolk ☏ Director: Nikki Hampson 01484 604704.

Snaithfest c/o Strangerealitymusic, 20a Market Place, Snaith, East Yorkshire, DN14 9HE **t** 01405 869 929 **e** c_miley@hotmail.com **w** myspace.com/bellandcrown ☏ Contact: Chris Miley.

Sonisphere Festival w sonispherefestivals.com

Southsea Fest Albert Road, Southsea, PO5 2SH **e** info@southseafest.com **w** southseafest.com ☏ Contact: Josie Curtis.

Standon Calling Standon, Hertfordshire **e** perform@standon-calling.com **w** standon-calling.com ☏ Contact: Alex Trenchard.

Stompin' On The Quomps Christchurch Quay, Christchurch **t** 01202 474 518 **e** adwyer147@btinternet.com ☏ Contact: Adrian Dwyer.

Strawberry Fair PO Box 104, Cambridge, CB4 1WZ **e** enquiries@strawberry-fair.org.uk **w** strawberry-fair.org.uk

Music Week Directory

Contacts · **Facebook** · **MySpace** · **Twitter** · **YouTube**

Live: Festivals, Ticketing Services

Summer Sundae Weekender De Montfort Hall, Leicester **e** bookings@summersundae.com **w** summersundae.com

Surface Festival e hello@surfacefestival.com **w** surfacefestival.com Contact: Surface Festival 0800 434 6076.

T In The Park Big Day Out Ltd, PO Box 25241, Glasgow, G2 5XS **e** contact@tinthepark.info **w** tinthepark.com

Tribfest Beverley Polo Club, Tickton, Beverley,, East Yorkshire, HU17 9RX **t** 07802 533 414 **e** info@edentainments.co.uk **w** tribfest.co.uk Contact: Eddy Faulkner.

Trowbridge Festival Unsigned Act Competition, Prospect House, Peverell Avenue East, Poundbury, Dorchester, DT1 3WE **t** 01305 755 614 **f** 01305 260 676 **e** jack@hatm.co.uk **w** trowbridgefestival.co.uk Contact: Jack.

Truck Festival Hill Farm, Steventon **t** 01235 821 262 **e** info@thisistruck.com **w** thisistruck.com

Twinwood Twinwood Events Ltd, Twinwood Road, Clapham, Bedfordshire, MK41 6AB **t** 01923 282 725 **e** info@twinwoodevents.com **w** twinwoodevents.com Contact: Alice Wooding.

V Festival PO Box 34286, London, NW5 2XQ **e** hello@vfestival.com Contact: General Enquiries.

Wakestock e bex@wakestock.co.uk Press Contact: Rebecca Tappin 01758 714002.

Whatfest Shipbrook Hill Farm, Whatcroft, Norwich **e** info@whatfest.co.uk **w** whatfest.co.uk Contact: Tom.

Wickerman Festival 10 Quay St, Ullapool, Wester Ross, IV26 2UE **t** 01854 613746 **e** helen@thewickermanfestival.co.uk **w** thewickermanfestival.co.uk
thewickermanfestival.co.uk
thewickermanfestival.co.uk
twitter.com/WickermanFest Festival Coordinator: Helen Chalmers.

WOMAD Festival Box Mill, Mill Lane, Box, Wiltshire **t** 01225 743188 **f** 01225 744369 **e** info@womad.org **w** womad.com

Wood Braziers Park, Oxfordshire **t** 01235 821 262 **e** info@thisistruck.com **w** thisistruck.com

Worcester Music Festival Worcester **e** info@worcestermusicfestival.co.uk **w** worcestermusicfestival.co.uk

Wychwood Festival 46 Market Square, Witney, OX28 6AL **t** 01993 772 580 **e** info@wychwoodfestival.com **w** wychwoodfestival.com Contact: Graeme.

Y Not Festival Pikehall, Derbyshire **e** info@y-notfestivals.com **w** y-notfestivals.com Contact: Ralph.

Ticketing Services

Aloud.com Bauer, Endeavour House, 189 Shaftesbury Ave, London, WC2H 8JG **t** 020 7295 5000 **e** wendy.shaw@bauermedia.co.uk **w** aloud.com Strategic Partnerships: Wendy Shaw.

CrowdSurge 175-185 Grays Inn Rd, London, WC1X 8UE **t** 0207 812 0688 **f** 0207 812 0650 **e** martyn.noble@crowdsurge.com **w** crowdsurge.com Group Chairman & CEO: Martyn Noble.

eTickets.to (event ticketing services) 60, Maltings Place, London, SW8 2BX **t** 0845 644 4184 **f** 020 3355 2639 **e** hello@etickets.to **w** etickets.to MD: Matt McNeill.

Mobiqa 111 George St, Edinburgh, EH2 4JN **t** 0131 225 3141 **f** 0131 220 5353 **e** info@mobiqa.com **w** mobiqa.com CEO: Iain McCready.

Needtickets.com 17 Lloyd Villas, Brockley, London, SE4 1US **t** 07779 594012 **e** simon.harper@needtickets.com **w** Needtickets.com twitter.com/Needticketsguru Managing Director: Simon Harper.

Sandbag Ltd 59/61 Milford Rd, Reading, RG1 8LG **t** 0118 9505812 **f** 0118 9505813 **e** mungo@sandbag.uk.com **w** sandbag.uk.com Contact: Christiaan Munro.

SEE Tickets Manor House, 21 Soho Sq, London, W1D 3QP **t** 020 7087 7800 **w** seetickets.com Contact: Rob Wilmshurst.

The Ticket Factory Centre Core, The National Exhibition Centre, Birmingham, West Midlands, B40 1NT **t** 0844 338 8000 **e** peter.monks@theticketfactory.com **w** theticketfactory.com /theticketfactory @TicketFactory Assistant General Manager: Peter Monks 0121 767 3561.

Ticket Zone Unit 3, Barum Gate, Whiddon Valley, Barnstaple, Devon, EX32 8QD **t** 01271 323355 **f** 01271 375902 **e** customerservices@ticketzone.co.uk **w** ticketzone.co.uk Contact: Domingo Tjornelund or Bob Cotton.

Ticketmaster UK Communications House, 48 Leicester Square, London, WC2H 7LR **t** 020 7344 4000 **f** 020 7915 0411 **w** ticketmaster.co.uk facebook.com/ticketmasteruk twitter.com/ticketmasteruk Managing Director: Chris Edmonds.

TicketWeb UK 48 Leicester Sq, London, WC2H 7LR **t** 020 7344 4000 **f** 020 7915 0411 **e** clients@ticketweb.co.uk **w** ticketweb.co.uk facebook.com/ticketwebuk Operations Director: Janine Douglas-Hall.

WeGotTickets.com Unit 13, Kings Meadow, Ferry Hinksey Road, Oxford, OX2 0DP **t** 01865 798797 **f** 01865 798792 **e** info@wegottickets.com **w** WeGotTickets.com Marketing Dir: Laura Kramer.

www.musicweek.com **Music Week Directory** 305

Contacts Facebook MySpace Twitter YouTube

Touring & Stage Services

23 Management t 07785 228000 f 0870 130 5365 e ifan@23management.com w 23management.com Tour Manager: Ifan Thomas +61 415 498 955.

5 Star Cases Broad End Industrial Estate, Broad End Rd, Walsoken, Wisbech, Cambridgeshire, PE14 7BQ t 01945 427000 f 01945 427015 e info@5star-cases.com w 5star-cases.com MD: Keith Sykes.

Arc Sound Ltd Unit C, Arklow Trading Estate, Arklow Road, London, SE14 6EB t 020 8691 8161 f 020 7183 6997 e info@arcsound.co.uk w arcsound.co.uk myspace.com/arcsound twitter.com/ArcSoundLtd Director: James Dougill 020 86918161.

Backline For Bands 42 Woodstock Rd East, Begbroke, Oxford, OX5 1RG t 01865 842840 e info@backlineforbands.com w backlineforbands.com MD: Tarrant Anderson.

Band Pass Ltd 1st Floor, 20 Sunnydown, Witley, Surrey, GU8 5RP t 01428 684 926 f 01428 683 501 e maxine@band-pass.co.uk w band-pass.co.uk Director: Maxine Gale.

Bennett Audio 41 Sherriff Rd, London, NW6 2AS t 07748 705 067 e bennettaudio1@f2s.com w bennettaudio.co.uk Dir. and Audio Engineer: Clem Bennett 020 7372 1077.

Blackout Ltd 280 Western Road, London, SW19 2QA t 020 8687 8400 f 020 8687 8500 e sales@blackout-ltd.com w blackout-ltd.com Contact: Sales.

Capes UK Security Services Ltd Unit 1, West Street Business Park, Stamford, Lincolnshire, PE9 2PR t 01780 480712 f 01780 480824

Chameleon Pro Audio & Lighting Scotland Industrial Estate, London Rd, Coalville, Leicestershire, LE67 3JJ t 01530 831337 f 01530 838319 e info@chameleon-pa.com w chameleon-pa.co.uk Managing Director: Stewart Duckworth.

Clearwater Special Projects Ltd (Threat Management & Security) Netley Hall, Shrewsbury, Shropshire, SY5 7JZ t 01743 719 109 f 01743 719 170 e i.dewsnip@clearwaterprojects.com w clearwaterprojects.com Operations Manager: Ian Dewsnip.

David Lawrence Tour Mgmt & Security Solutions Suite 358, 78 Marylebone High St, London, W1U 5AP t 0800 043 0932 e info@david-lawrence.co.uk w david-lawrence.co.uk MD: Lawrence Levy.

DiGiCo Unit 10, Silverglade Buisness Pk, Leatherhead Rd, Chessington, Surrey, KT18 7LX t 01372 845600 f 01372 845656 e info@digiconsoles.com w digico.org Managing Director: James Gordon.

The Distribution Company TDC Ltd Unit 208 Buspace Studios, Conlan Street, London, W10 1TB t 020 8969 9771 f 020 8969 9772 e sales@thedistributionco.co.uk Senior Account Mgr: Claire Gibson.

Eat Your Hearts Out Basement, 108A Elgin Avenue, London, W9 2HD t 020 7289 9446 f 020 7266 3160 e eyho@dial.pipex.com MD: Kim Davenport.

ES Group Ltd Bell Lane, North Woolwich Rd, London, E16 2AB t 020 7055 7200 f 020 7055 7201 e jeffb@ess-uk.com w esgroup-uk.com Director: Jeff Burke.

Fineline Lighting Lighting Rigging Transport, Unit 3, Hither Green Trading Estate, Clevedon, Bristol, BS21 6XT t 01275 871800 f 01275 875200 e rob@finelinelighting.com w finelinelighting.com Production Manager: Rob Sangwell.

Friends To The Stars 14 Carlisle Rd, London, NW6 6TS t 07989 609246 e kirsty@friendstothestars.com w friendstothestars.com Director: Kirsty Booth.

Fruit Pie Music Productions Ltd The Shop, 443 Streatham High Road, London, SW16 3PH t 020 8679 9289 f 020 8679 9775 e info@fruitpiemusic.com w fruitpiemusic.com MD: Kumar Kamalagharan.

Futurist Sound and Light Ltd Unit 8, Brandon Street, Leeds, West Yorkshire, West Yorkshire, LS12 2EB t 0113 279 0033 f 0113 242 0088 e james@futurist.co.uk w futurist.co.uk twitter.com/futuristleeds youtube.com/futuristleeds Director: James Hudson 0113 279 00 33.

Hello Currency Ltd 2nd Floor, 145-157 St.John Street, London, EC1V 4PY t 020 7788 7765 f 0845 280 1549 e ngoddard@hellocurrency.com w hellocurrency.com MD: Noel Goddard.

ICP Group (Threat Management & Security) 2 Old Brompton Rd, London, SW1 3DQ t 020 7031 4440 e info@icpgroup.ltd.co.uk w icpgroup.ltd.co.uk MD: Will Geddes.

IllumiNation t +44 7976 244489 e concertlighting@me.com w concertlightingdesign.com Concert Lighting and Stage Designer: Andrew Liddle.

LarMac Live Unit 232, Great Guildford Business Sq, 30 Great Guildford St, London, SE1 0HS t 0207 401 0480 f 07092 840 701 e ian@larmaclive.com w larmaclive.com Director: Ian Greenway.

LXco Unit G, Brocks Business Centre, Homefield Rd, Haverhill, CB9 8QP t 0870 861 1456 f 0870 861 1457 e info@lxco.co.uk w lxco.co.uk Director: James Cobb.

Malvern Theatres Grange Rd, Malvern, Worcestershire, WR14 3HB t 01684 892277 f 01684 893300 e post@malvern-theatres.co.uk w malvern-theaters.co.uk Chief Exec: Nicolas Lloyd. Seated Capacity: 850

Live: Touring & Stage Services

Music Week Directory — www.musicweek.com

Contacts | Facebook | MySpace | Twitter | YouTube

Live: Touring & Stage Services, Travel & Transport Services

Matt Snowball Music Ltd Unit 2, 3-9 Brewery Rd, London, N7 9QJ **t** 020 7700 6555 **f** 020 7700 6990 **e** enquiries@mattsnowball.com **w** mattsnowball.com
Hire/Sales: Kent Jolly.

Midland Custom Cases 24 Proctor Street, Birmingham, B7 4EE **t** 0845 269 7711 **f** 0121 333 7799 **e** info@cloudone.net **w** cloudone.net DIRECTOR: Paul Stratford.

Music & Arts Security Ltd 13 Grove Mews, Hammersmith, London, W6 7HS **t** 020 8563 9444 **f** 020 8563 9555 **e** sales@musicartssecurity.co.uk **w** music-and-arts-security.co.uk MD: Jerry Judge.

NPB Group (Instrument Repair & Servicing) Electron House 2, Landmere Close, Ilkeston, Derbyshire, DE7 9HQ **t** 01159 321447 **f** 01159 321447 **e** npbelectronics@btinternet.com **w** npbgroup.net Contact: Pauline Barker.

Pearce Hire Unit 8, Reynolds Industrial Park, Peterborough, Cambridgeshire, PE1 5EL **t** 01733 554950 **f** 01733 892807 **e** info@pearcehire.co.uk **w** pearcehire.co.uk Managing Director: Shaun Pearce 01733 554 950.

PRG Lighting The Hoover Building, Western Avenue, Perivale, London, UB6 8DW **t** 0845 470 6400 **f** 0845 470 6401 **e** prglighting@prg.com **w** prglighting.co.uk CEO: Martin Locket.

Prism Lighting Unit 5A, Hampton Industrial Estate, Malpas, Cheshire, SY4 8LU **t** 01948 820201 **f** 01948 820480 **e** mail@prismlighting.co.uk **w** prismlighting.co.uk Project Manager: Ian Tobin.

Saucery Catering Watchcott, Nordan, Leominster, Herefordshire, HR6 0AJ **t** 01568 614221 **f** 01568 610256 **e** saucery@aol.com MD: Alison Taylor.

School Touring 2 King Street Cloisters, Clifton Walk, Hammersmith, London, W6 0GY **t** 020 8237 5526 **e** steverandrews@btinternet.com MD: Steve Andrews.

Sensible Music (Ireland) Unit 53, Parkwest Enterprise Centre, Lavery Avenue, Nangor Rd, Dublin 12, Ireland **t** +353 1 620 8321 **f** +353 1 620 8322 **e** info@sensiblemusic.ie **w** sensiblemusic.ie Dir: John Munnis.

Shell Shock Firework Ltd Furze Hill Farm, Knossington, Oakham, Leicestershire, LE15 8LX **t** 01664 454994 **f** 01664 454995 **e** rupert@shell-shock.co.uk **w** shellshockfireworks.co.uk Director: Rupert Gibson 07860 494117.

Skylight Cinema 3 Jubilee Wharf, Commercial Rd, Penryn, Cornwall, TR10 8FG **t** 01326 377738 **e** tim@metronome.co.uk **w** skylightcinema.co.uk Managing Director: Tim Smithies.

SSE Audio Group Burnt Meadow House, Burnt Meadow Rd, North Moons Moat, Redditch, B98 9PA **t** 01527 528 822 **f** 01527 528 840 **e** enquiries@sseaudio.com **w** sseaudiogroup.com Managing Director: John Penn.

Stage Light Design 3 Palace Gate House, Hampton Court Rd, East Molesey, London, SW19 2PT **t** 020 8397 8691 **f** 020 8020 1435 **e** mw@stagelightdesign.com **w** stagelightdesign.com MD: John Rinaldi.

Stratford Acoustics 24 Procter Street, Birmingham, B7 4EE **t** 0121 333 7711 **f** 0121 333 7799 **e** info@cloudone.net **w** midlandsoundhire.com DIRECTOR: Paul Stratford.

System Sound (UK) Ltd Unit 1 Liddall Way, Horton Rd, West Drayton, Middlesex, UB7 8PG **t** 01895 432995 **f** 01895 432976 **e** design@systemsound.com **w** systemsound.com Director: Simon Biddulph.

Tiger Production 32 Lake View Close, Plymouth, Devon, PL5 4LX **t** 07785 228511 **e** jim@tigerproduction.co.uk **w** tigerproduction.co.uk Owner: Jim Parsons.

Tour Concepts - Tour Management 14 Wakefield Road, London, N15 4NL **t** 020 8808 8115 **f** 08701 265960 **e** andy.reynolds@tourconcepts.com **w** tourconcepts.com Owner: Andy Reynolds.

Tour Logistics 25 Upper Tollington Park, London, N4 3EJ **t** 07733 431200 **e** hamish@tourlogistics.co.uk **w** tourlogistics.co.uk Production Manager: Hamish Duff.

TourHouse Productions 5 Knoll Road, Sidcup, Kent, DA14 4QT **t** 020 8308 9363 **f** 020 8308 9364 **e** steve@tourhouse.org Tour Manager/Production Manager: Steve Martin.

Vans For Bands Ltd 42 Woodstock Road East, Begbroke, Kidlington, Oxfordshire, OX5 1RG **t** 01865 842840 **e** info@vansforbands.co.uk **w** vansforbands.co.uk Managing Director: Tarrant Anderson.

Violation Tour Production Eastcourt, 39 Eastgate, Sleaford, Lincs, NG34 7DU **t** 07768 667076 **f** 0870 831 3726 **e** dickmeredith@mac.com Manager: Dick Meredith.

The Vocal Zone - Vocal Coach PO Box 25269, London, N12 9ZT **t** 07970 924 190 **e** info@thevocalzone.co.uk **w** thevocalzone.co.uk Contact: Kenny Thomas.

Travel & Transport Services

Aeromega Ltd Stapleford Tawney Aerodrome, Stapleford Tawney, Essex, RM4 1SJ **t** 01708 688 361 **f** 01708 688 566 **e** abere@aeromega.com **w** aeromega.com GM: James White.

www.musicweek.com **Music Week Directory** 307

■ Contacts ■ Facebook ■ MySpace ■ Twitter ■ YouTube

Studio Moves
Transport for the music industry

Luxury Splitter Tour Busses from £85 per day

Backline Transport

+ 44 7970 518 217

info@studiomoves.co.uk   http://www.studiomoves.co.uk

BASED IN SHEPHERDS BUSH FOR SPLITTER-COLLECTIONS (FREE DELIVERY THROUGHOUT THE UK OFFERED FOR LONG HIRES)
ALL OUR VEHICLES COME WITH GREEN CARDS AND FULL RELAY RAC COVER THROUGH OUT THE WHOLE OF EUROPE
ALL SELF DRIVE SPLITTERS ARE SUPPLIED WITH THE LATEST EUROPEAN TOMTOM SAT-NAV.
WIFI BROADBAND AVAILABLE AT NO EXTRA COST IN OUR TOP RANGE SPLITTERS.

Live: Travel & Transport Services

Air Brokers International Charity Farm, Fulborough Road, Parham, Sussex, RH20 4HP **t** 01903 740 200 **f** 01903 740 102 **e** bugle@instoneair.com ■ Contact: Mike Bugle.

Air Partner Plc 2 City Place, Beehive Ring Road, Gatwick, West Sussex, RH6 0PA **t** 01293 844800 **f** 01293 844859 **e** arts@airpartner.com **w** airpartner.com ■ Account Manager: Paul Todhunter 01293 844 794.

Anglo Pacific International Units 1 & 2, Bush Industrial Estate, Standard Road, London, NW10 6DF **t** 020 8965 1234 **f** 020 8965 4954 **e** info@anglopacific.co.uk **w** anglopacific.co.uk ■ MD: Steve Perry.

Beat The Street (UK) Ltd Wynyard Mill, Baskerville, Malmesbury, Wilts, SN16 9BS **t** 01666 825171 **f** 01666 823763 **e** tim@beatthestreet.net **w** beatthestreet.net ■ Manager: Tim King.

Chapman Freeborn Airchartering Limited 3 City Place, Gatwick Road, Crawley, West Sussex, RH6 0PA **t** 01293 572872 **f** 01293 572873 **e** vipteam@chapman-freeborn.com **w** chapman-freeborn.com ■ VIP Charters Manager: Claudette Gharbi 01293 572829.

Civilised Car Hire Company Ltd 50 Parsons Green Lane, London, SW6 4HU **t** 020 7703 3737 **f** 020 7384 3366 **e** mail@londoncarhire.com **w** londoncarhire.com ■ MD: Toby Hobson 020 7384 1133.

The Concert Travel Company Unit 3, Barum Gate, Widdon Valley, Barnstaple, Devon, EX32 8QD **t** 01271 323 355 **f** 01271 375 902 **e** sales@ticketzone.co.uk **w** ticketzone.co.uk ■ Contact: Robert Cotton.

Detonate Music & Entertainment Travel Services 104-105 High Street, Eton, Windsor, Berkshire, SL4 6AF **t** 01753 801200 **f** 01753 672710 **e** detonate@eton-travel.co.uk **w** detonatetravel.com ■ Managing Director: Alison Rogers 01753 801201.

DJB Passports & Visas 1st Floor, 16-20 Kingsland Road, Shoreditch, London, E2 8DA **t** 020 7684 6242 **f** 020 7739 5244 **e** info@djbvisas.com **w** djbvisas.com ■ Accounts Manager: James Cox.

Dunn-Line Travel Dunn-Line Holdings, Beechdale Road, Nottingham, Nottinghamshire, NG8 3EU **t** 0870 012 1212 **f** 0115 900 7051 **e** enquiries@dunn-line.com **w** dunn-line.com ■ MD: Scott Dunn.

Dynamic Touring Unit E3, 199 Eade Rd, Manor House, London, N41DN **t** 07763 886 811 **e** mat@dynamic-touring.co.uk **w** dynamic-touring.co.uk ■ Contact: Mat.

Music Week Directory

Contacts | **Facebook** | **MySpace** | **Twitter** | **YouTube**

Live: Travel & Transport Services

EST Ltd Bell Lane, North Woolwich Rd, London, E16 2AB
t 020 7055 7200 **f** 020 7055 7201 **e** delr@est-uk.com
w yourock-weroll.co.uk ✉ Director: Del Roll.

ET Travel 35 Britannia Row, Islington, London, N1 8QH
t 020 7359 7161 **f** 020 7354 3270 **e** info@ettravel.co.uk
w ettravel.co.uk ✉ Manager: Clare Rolston.

Executours
Tour Management / Ground Transport & Logistics
t 07774 137910 **e** info@executours.co.uk
w executours.co.uk ✉ Contact: Guy Anderson.

Fineminster Europe Worth Corner, Pound Hill, Crawley, West Sussex, RH10 7SL **t** 01293 885488
f 01293 883238 **e** charter@fineminster.com
w fineminster.com ✉ MD: Graham Plunkett.

Genesis Adoration Ltd Redwood House, Hurstwood Grange, Hurstwood Lane, Haywards Heath, West Sussex, RH17 7QX **t** 01444 476120
f 01444 476101 **e** lorna.milner@genesisadoration.com
w genesisadoration.com ✉ Events Manager: Lorna Milner.

GWH Backline Rental GWH, Pegasus House, 550 Newark Rd North Hykeham, Lincoln, LN6 9NG
t 01522 501814 **e** gary@gwhmusic.com
w gwhmusic.com ✉ Director: Gary Weight.

K West Hotel & Spa Kensington House, Richmond Way, London, W14 0AX **t** 020 8008 6640
f 020 8008 6696 **e** sts@k-west.co.uk **w** k-west.co.uk
facebook.com/pages/London-United-Kingdom/K-West-Hotel-Spa/103287936008
twitter.com/kwesthotel ✉ Music & Entertainment Sales Executive: Stefanie Scherer.

Marken Time Critical Express Unit 2, Metro Centre, St Johns Road, Isleworth, Middlesex, TW7 6NJ **t** 020 8388 8555 **f** 020 8388 8666
e info@marken.com **w** marken.com ✉ Bus Devel Mgr: Rob Paterson.

Millennium Concert Travel 1a Dickson Road, Blackpool, Lancashire, FY1 2AX **t** 01253 299 266
f 01253 299 454 **e** sales@mct-online.com **w** mct-online.com ✉ Contact: Julian Murray.

MM Band Services 19 Rosedale, Leven, Beverley, HU17 5NE **t** 01964 542 687 **f** 01964 545955
e mikemoulds@yahoo.co.uk **w** mmbandsevices.co.uk
✉ Contact: Mike Moulds.

Movin' Music Ltd (London) 52 Highfield Road, 52 Highfield Road, Purley, Surrey, CR8 2JG
t 01618 819227 **f** 01618 819089
e brenda@movinmusic.net **w** movinmusic.net
✉ Director: Brenda Lillywhite.

Movin' Music Ltd (Manchester) Studio 2, 33 Albany Rd, Chorlton, Manchester, M21 0BH
t 0161 881 9227 **f** 0161 881 9089
e info@movinmusic.net **w** movinmusic.net ✉ Dir: Nick Robinson.

Moving Space Rentals Ltd
Unit C4 Connaught business center,
Hyde Estate Rd Hendon, London, NW9 6JP
t 020 8205 2503 **e** charlene@movingspacetours.com
w movingspacetours.com ✉ Manager: Nick Yeatman, Charlene Bukowska.

Music By Appointment (MBA) - Tour Travel Agents The Linen House, 253 Kilburn Lane, London, W10 4BQ **t** 020 8960 1600 **f** 020 8960 1255
e caroline.mccann@appointmentgroup.com
w musicbyappointment.com ✉ Supervisor: Caroline McCann 020 8962 6751.

Nightsky Travel Ltd Starcloth Way, Mullacott Ind. Est, Ilfracombe, Devon, EX34 8AY **t** 01271 855 138
f 01271 867 120 **e** info@nightskytravel.com
w nightskytravel.com ✉ Director: Danny Hudson.

Nova Travel 20 Old Lydd Rd, Camber, East Sussex, TN31 7RH **t** 08452 300039 **e** Info@Novabussing.co.uk
w Novabussing.com ✉ Contact: Peter Davie.

Panache Chauffeur Hire Ltd Suite 1, Hamilton House, A406 North Circular Road, London, NW10 7XP **t** 020 7870 3766 **f** 020 3535 7986
e info@panache-chauffeur.com **w** www.panache-chauffeur.com
http://www.facebook.com/pages/Panache-Chauffeur-Hire-Ltd/266082173431233
http://twitter.com/#!/PanacheLondon
✉ Director: Darren James Thomas.

Pinnacle Chauffeur Transport London North
14 Lucerne Close, London, N13 4QJ **t** 0800 783 4107
e info@yourchauffeur.co.uk **w** yourchauffeur.co.uk
✉ Director: Alan D Pinner.

Premier Aviation Aircraft Charter UK Ltd
2 Newhouse Business Centre, Old Crawley Rd, Horsham, West Sussex, RH12 4RU **t** 01293 852688
f 01293 852699 **e** operations@premieraviation.com
w premieraviation.com ✉ MD: Adrian Whitmarsh.

Pro-Motive EB23 Europa Studios, Victoria Road, London, NW10 6ND **t** 020 8965 0800 **f** 0208 9610152
e giles@pro-motive.com **w** pro-motive.com
✉ Contact: Giles +447973745888.

Rima Travel 10 Angel Gate, City Rd, London, EC1V 2PT
t 020 7833 5071 **f** 020 7278 4700 **e** ernie.garcia@rima-travel.co.uk **w** rimatravel.co.uk ✉ MD: Ernie Garcia.

Screen And Music Travel Ltd Colne House, High Street, Colnbrook, SL3 0LX **t** 01753 764 050
f 01753 764 051 **e** groups@screenandmusictravel.co.uk
w screenandmusic.travel
facebook.com/pages/screen-and-music-travel/23237181745 ✉ Special Projects Manager: Colin Doran.

www.musicweek.com **Music Week Directory** 309

📇 Contacts   f Facebook   ✱ MySpace   t Twitter   ▶ YouTube

Live: Travel & Transport Services, Tour Miscellaneous

Sound Moves (UK) Ltd Abbeygate House, Challenge Rd, Ashford, Middx, TW15 1AX **t** 01784 424470 **f** 01784 424490 **e** london@soundmoves.com **w** soundmoves.com 📇 MD: Martin Corr 01784 424471.

Stardes Ashes Buildings, Old Lane, Holbrook Industrial Estate, Halfway, Sheffield, S20 3GZ **t** 0114 251 0051 **f** 0114 251 0555 **e** info@stardes.co.uk **w** stardes.co.uk 📇 Contact: David Harvey-Steinberg.

Studio Moves Ltd 54 Coningham Road, London, W12 8BH **t** 07970 518217 **f** 020 8746 9329 **e** peter@studiomoves.co.uk **w** studiomoves.co.uk f studiomoves ✱ myspace/studiomoves 📇 Director: Peter Stewart 07970 518 217.

the Tour Company 5 Eagle St, 1st Floor, Glasgow, G4 9XA **t** 0141 353 8800 **f** 0141 353 8801 **e** hello@thetourcompany.co.uk **w** thetourcompany.co.uk f facebook.com/thetourcompany t @theTourCompany 📇 MD: Tina Waters.

Tour Logistics 25 Upper Tollington Park, London, N4 3EJ **t** 07733 431200 **e** hamish@tourlogistics.co.uk **w** tourlogistics.co.uk 📇 Production Manager: Hamish Duff.

Tourpro Suite 136, Viglen House, Alperton Lane, HA0 1HD **t** 0845 116 1300 **e** bookings@tourpro.co.uk **w** tourpro.co.uk 📇 Operations Manager: Michele Conroy.

Travel4Tours Ashbourne Way, Woodthorpe, York, North Yorkshire, YO24 2SW **t** 01904 777217 **f** 01904 777172 **e** info@travel4tours.com **w** travel4tours.com f facebook.com/pages/Travel4Tours/185594721462379#!/pages/Travel4Tours/185594721462379?sk=wall t travel4tours 📇 Director: Claire Robinson.

Tour Miscellaneous

5 Star Cases lTD Broad End Industrial Estate, Broad End Rd, Walsoken, Wisbech, Cambs, PE14 7BQ **t** 01945 427000 **f** 01945 427015 **e** info@5star-cases.com **w** 5star-cases.com 📇 MD: Keith Sykes.

BCS Multi Media (Computer Visuals) Grantham House, Macclesfield, Cheshire, SK10 3NP **t** 01625 615 379 **f** 01625 429 667 **e** dpl@bcsmm.fsnet.co.uk **w** bcsmm.fsnet.co.uk 📇 Director: Duncan Latham.

Calma - Massage Therapy London N8 **t** 07973 887520 **e** caroline@calma.biz **w** calma.biz 📇 Massage Therapist: Caroline Dapre.

Complete Tours Wayside, Magna Mile, Ludford, Market Rasen, LN8 6AD **t** 07879 073488 **f** 01652 654243 **e** info@completetours.co.uk **w** completetours.co.uk 📇 Mgr: Nathan Clark.

Crawfords of London Executive Chauffeur hire UK & International 8 Concord Business Centre, Concord Rd, London, W3 0TJ **t** 020 8896 3030 **f** 020 8896 3300 **e** crawfords@cdsgroup.co.uk **w** crawfordsoflondon.com 📇 Operational Director: Dave Roberts.

Crisp Productions Tour Mgmt & Support Services, 21 Stupton Rd, Sheffield, S9 1BQ **t** 0114 261 1649 **f** 0114 261 1649 **e** dc@cprod.win-uk.net 📇 MD: Darren Crisp.

The Departure Lounge 29 Kingdon Road, London, NW6 1PJ **t** 020 7431 2070 **f** 020 7431 2070 📇 Contact: Susan Ransom.

Eat To The Beat Studio 4-5, Garnet Close, Greycaine Rd, Watford, Herts, WD2 4JN **t** 01923 211702 **f** 01923 211704 **e** catering@eattothebeat.com **w** globalinfusiongroup.com 📇 Operations Director: Mary Shelley-Smith.

Front Of House Productions 81 Harriet Street, Trecynon, Aberdare, Rhondda Cynon Taff, CF44 8PL **t** 01685 881006 **f** 01685 881006 **e** info@fohproductions.co.uk **w** fohproductions.co.uk 📇 Production Mgr: Jules Jones.

Fruition Chestnut Farm, Frodsham, Cheshire **t** 01928 734422 **f** 01928 734433 **e** mtasker@fruition.co.uk **w** fruition.co.uk 📇 Contact: Mark Tasker 020 7430 0700.

Grand Tours 93b Scrubs Lane, London, NW10 6QU **t** 020 8968 7798 **f** 020 8968 3377 **e** johndawkins@granduniongroup.com **w** grand-tours.net 📇 Manager: John Dawkins.

Health & Safety Advice PO Box 32295, London, W5 1WD **t** 0870 066 0272 **f** 0870 066 0273 **e** info@health-safetyadvice.co.uk **w** health-safetyadvice.co.uk 📇 Dir: Jan Goodwin.

Key Cargo International 7 Millbrook Business Centre, Floats Rd, Roundthorn, Manchester, M23 9YJ **t** 0161 283 2471 **f** 0161 283 2472 **e** info@keycargo.net 📇 Operations Director: Steve Plant.

Knights Guitar Electronics and Flight Cases 28 Hill Grove, Romford, Essex, RM1 4JP **t** 07788 740793 **f** 07092 231176 **e** kge@freeuk.com **w** welcome.to/kge 📇 MD: Ron Knights.

MEDIA TRAVEL LTD

mediatravel ★
travel management for the entertainment industry

Studio G2, Battersea Studios, 80 Silverthorne Road, London, SW8 3HE **t** 020 7627 2200 **f** 020 7627 2221 **e** fran@mediatravel.com **w** mediatravel.com f facebook.com/pages/London-United-Kingdom/Media-Travel/107212992646794 t Media_Travel 📇 Managing Director: Fran Green. Operations Manager: Carol Winter.

Live: Tour Miscellaneous

Midnight Costume Design & Wardrobe
London, SW3 **t** 07722 882 847
e Midnight_wardrobe@hotmail.com
w midnightwardrobe.com ✉ Wardrobe Specialist/Stylist/Designer: Midnight.

Movin' Music Ltd (London) 52 Highfield Road,
52 Highfield Road, Purley, Surrey, CR8 2JG
t 01618 819227 **f** 01618 819089
e brenda@movinmusic.net **w** movinmusic.net
✉ Director: Brenda Lillywhite.

Movin' Music Ltd (Manchester) Studio 2,
33 Albany Rd, Chorlton, Manchester, M21 0BH
t 0161 881 9227 **f** 0161 881 9089
e info@movinmusic.net **w** movinmusic.net ✉ Dir: Nick Robinson.

MTFX Velt House, Velt House Lane, Elmore, Gloucester,
GL2 3NY **t** 01452 729903 **f** 01452 729904
e info@mtfx.com **w** mtfx.com ✉ MD: Mark Turner.

Pa-Boom Phenomenal Fireworks Ltd
49 Carters Close, Sherington, Buckinghamshire,
MK19 9NW **t** 01908 612 593 **f** 01908 216 400
e pa@boom.demon.co.uk **w** pa-boom.com
✉ Contact: Neil Canham 0860 439 380.

Packhorse Case Co 9 Stapledon Road,
Orton Southgate, Peterborough, Cambs, PE2 6TB
t 01733 232440 **f** 01733 232556 ✉ Contact: Sam Robinson.

Personality Artistes Ltd PO Box 1, Skippool,
Poulton-Le-Fylde, Lancashire, FY6 7WS **t** 01253 899988
f 01253 899333 **e** info@personalityartistes.com
w personalityartistes.com ✉ Managing Director: Mal Ford 07860 479 092.

Pod Bluman 65 Coppetts Road, London, N10 1JH
t 020 8374 8400 **f** 020 8374 2982
e pod.projects@blueyonder.co.uk

Publicity & Display Ltd Douglas Drive, Godalming,
Surrey, GU7 1HJ **t** 01483 428326 **f** 01483 424566
e tim@pubdis.com **w** pubdis.com ✉ Sales Manager: Tim Cox.

Pyramid Productions & Promotions
Cadillac Ranch, Pencraig Uchaf, Cwm Bach, Whitland,
Carms., SA34 0DT **t** 01994 484466 **f** 01994 484294
e cadillacranch@telco4u.net ✉ Dir: Weepy Moyer.

So Touring Services PO Box 20750, London, E3 2YU
t 020 8573 6652 **f** 020 8573 6784 **e** sotouring@aol.com
✉ Contact: Sean O'Neill.

Sonic Movement Flat 2, 110 Chepstow Rd, London,
W2 5QS **t** 020 7229 0196 **f** 020 7691 7276
e JOwens666@btinternet.com ✉ Tour Manager: Jamie Owens.

SPA Catering Services 44 Oak Hill Road, London,
SW15 2QR **t** 020 7563 2550 **f** 020 8871 4579
e spacatering@hotmail.com ✉ MD: Simon Peter 07788 785 493.

Taurus Self Drive Ltd 55 Wyverne Road, Chorlton,
Manchester, M21 0ZW **t** 0161 434 9823
f 0161 434 9823 ✉ Contact: Sean Shannon
020 7434 9823.

TCP International Ltd 101 Shepherds Bush Rd,
London, W6 7LP **t** 020 7602 8822 **f** 020 7603 2352
✉ Live Manager/Event Prod: John Fairs.

TM International 4 Badby Rd, Newnham, Daventry,
Northamptonshire, NN11 3HE **t** 01327 705032
e hotel.india@virgin.net ✉ Tour Manager: Harry Isles
01327 705032 / 07785 267751.

The Tough Enough Touring Company
Tour Mngmt & Splitter Van Hire, 88 Calvert Rd, Greenwich,
London, SE10 0DF **t** 020 8333 9447
e sam.towers@ganzmanagement.com
✉ Contact: Sam Towers 07985 142 193.

Tour Logistics 25 Upper Tollington Park, London,
N4 3EJ **t** 07733 431200 **e** hamish@tourlogistics.co.uk
w tourlogistics.co.uk ✉ Production Manager: Hamish Duff.

Tour Supply Ltd Ground Floor Unit 1,
Apollo Business Centre, Apsley Grove, Ardwick,
Manchester, M12 6AW **t** 08454 238687
e bigal@toursupply.com **w** toursupply.co.uk
✉ Manager: Alan "Big Al" Mouat 07939 315941.

Len Wright Band Services 9 Elton Way, Watford,
Hertfordshire, WD2 8HH **t** 01923 238611
f 01923 230134 **e** lwbs1@aol.com
✉ Contact: Les Collins 07831 811201.

UNDER NEW MANAGEMENT

© 2011 METROPOLIS GROUP LTD. ALL RIGHTS RESERVED.

METROPOLIS GROUP

Recording Studios & Services

EUROPE'S #1 INDEPENDENT MUSIC & ENTERTAINMENT FACILITY

RECORDING & MASTERING STUDIOS | CREATIVE AGENCY
GRAMMY AWARD WINNING ENGINEERS | BVA AWARD WINNING CREATIVES
EVENTS & SHOWCASES | RECORD LABEL | MUSIC PUBLISHING | iTUNES LPs
RECORD STRAIGHT TO VINYL | INNOVATIVE MARKETING TOOLS
APPS & GAMES DEVELOPMENT | TV FORMATS | EDUCATIONAL FACILITY
DIGITAL RECORDING & VINTAGE ANALOGUE RECORDING
GAMES & RELAXATION | OPEN 24/7 | LICENSED BAR & SPANISH CHEF

HELLO@METROPOLIS-GROUP.CO.UK | WWW.METROPOLIS-GROUP.CO.UK | +44 (0)20 8742 1111
THE POWER HOUSE | 70 CHISWICK HIGH ROAD | LONDON W4 1SY

/METROPOLISSTUDIOS   @METROPOLISGROUP   /METROPOLISGROUP

Recording Studios & Services

HILLSIDE
RECORDING STUDIOS

Hillside Recording Studio is part of the Hillside group incorporating Hillside Music record label and recording studio and works with artists and labels to produce and release albums and singles for up and coming artists. Situated in the picturesque Buckinghamshire countryside it is the ideal place to hide away and get creative. Contact us with your requirements

"It's such a relaxed and professional atmosphere we are able to concentrate on the music and create our best work"

Charlene Carr
Roses and Pirates

Email: Info@hillsidestudio-uk.com
Website: hillsidestudio-uk.com
Phone: 07908256067

www.musicweek.com **Music Week Directory** 313

Contacts · Facebook · MySpace · Twitter · YouTube

Recording Studios & Services

Recording Studios

128 Studios (The Next Room) 5B Oakleigh Mews, Oakleigh Rd North, Whetstone, North London, N20 9HE
t 020 8343 9971 e studio@thenextroom.com
w thenextroom.com facebook.com/pages/The-Next-Room-Productions/42890293937
myspace.com/thenextroom Producers, Writers and Remixers: Rich and Bob 07930 180989.

2KHz Studios 145c Crouch Hill, Crouch End, London, UK, N8 9QH t 07775 723996 e ian.grimble1@gmail.com
w 2khzstudios.com myspace.com/2khz
Producer/Mixer: Ian Grimble.

3kyoti Studio Flat 2/1, 91 Oban Drive, Glasgow, G20 6AB t 0141 533 1837 e mark@kyoti.plus.com
w markfreegard.com recording engineer/producer: Mark Freegard 07977 101081.

45 RPM Imex House, V I P Trading Estate, Anchor & Hope Lane, London, SE7 7TE t 020 8269 0352
f 020 8269 0353 e info@quixoticrecords.com
Owner: Glenn Tilbrook.

80 Hertz Studios Sharp House, Thorp Road, Manchester, Lancashire, M40 5BJ t 07714 145880
e george@80hertz.com w 80hertz.com
facebook.com/group.php?gid=4674293619&ref=ts
myspace.com/80_hertz_studios
twitter.com/80hertz youtube.com/user/80Hertz
Director & Producer: George Atkins.

Abbey Road Studios 3 Abbey Rd, London, NW8 9AY
t 020 7266 7000 f 020 7266 7250
e bookings@abbeyroad.com w abbeyroad.com Studio Manager: Colette Barber.

AGM Studios The 1927 Building, 2 Michael Rd, London, SW6 2AD t +44 20 7371 0234 e info@agmstudios.com
w agmstudios.com AGM Studios Alex Golding Music
Producer/Writer/Musician: Alex Golding.

Air-Edel Recording Studios 18 Rodmarton Street, London, W1U 8BJ t 020 7486 6466 f 020 7224 0344
e tom.bullen@air-edel.co.uk w air-edel.co.uk Studio Manager: Tom Bullen.

Airtight Productions Unit 16 Albany Trading Estate, Albany Road, Chorlton, Manchester, Lancashire, M21 0AZ
t 01618 815157 e info@airtightproductions.co.uk
w airtightproductions.co.uk Director: Anthony Davey.

Alaska Studio Railway Arches, 127-129 Alaska Street, London, SE1 8XE t 020 7928 7440
e blodge_uk@yahoo.com w alaskastudio.co.uk
myspace.com/alaskastudio alaskastudio Studio Manager: Beverley Lodge 07427140289.

Albert Studios Unit 29, Cygnus Business Centre, Dalmeyer Road, London, NW10 2XA t 020 8830 0330
f 020 8830 0220 e info@alberts.co.uk
w albertmusic.co.uk Studio Manager: Will Maya.

All of Music PO Box 2361, Romford, Essex, RM2 6EZ
t 01708 688 088 f 020 7691 9508
e michelle@allofmusic.com w allofmusic.co.uk
MD: Danielle Barnett.

Westland Studios 5-6 Lombard Street East, Dublin, Dublin 2, Ireland t 00353 1 6779762
e westlandstudios@gmail.com
w westlandstudiosdublin.com
facebook.com/westlandstudios Manager / Producer: Alwyn Walker 00353 (0)879 668 333.

Angel Recording Studios Ltd 311 Upper St, London, N1 2TU t 020 7354 2525 f 020 7226 9624
e angel@angelstudios.co.uk w angelstudios.co.uk
Studio Manager: Lucy Jones.

Arclite Productions The Grove Music Studios, Unit 10.Latimer Ind. Est, Latimer Rd, London, W10 6RQ
t 020 8964 9047 e info@arcliteproductions.com
w arcliteproductions.com Producer: Alan Bleay 02089649047.

Ariwa Sounds 34 Whitehorse Lane, London, SE25 6RE
t 020 8653 7744 f 020 8771 1911 e info@ariwa.com
w ariwa.com Studio Mgr: Joseph Fraser 020 8771 1470.

Ariwa Studios 34 Whitehorse Lane, South Norwood, London, SE25 6RE t 020 8653 7744 f 020 8771 1911
e ariwastudios@aol.com w ariwa.com Sound engineer: Joseph Fraser 02086537744.

Arriba Studios 256-258 Gray's Inn Road, London, WC1X 8ED t 020 7713 0998 e info@arriba-records.com
w arriba-records.com Contact: SJ/Baby Doc.

Artisan Audio 46A Woodbridge Road, Moseley, Birmingham, West Midlands, B13 8EJ t 01212 490598
f 07092 148920 e enquiries@artisanaudio.com
w artisanaudio.com Owner: Jon Cotton.

Artspace Studio 130 Brixton Hill, London, SW2 1RS
e info@artspacestudio.com w artspacestudio.co.uk
Contact: Olsi 0208 671 1977.

Astar Studios Unit 206 Phoenix Close Ind. Estate, Phoenix Close, Heywood, Lancashire, OL10 2JG
t 0161 280 0908 f 0161 280 0908
e info@astarstudios.com w astarstudios.com Producer Owner: Andy Ross.

The Audio Workshop 217 Askew Rd, London, W12 9AZ t 020 8742 9242 f 020 8743 4231
e info@theaudioworkshop.co.uk
w theaudioworkshop.co.uk MD: Martin Cook.

Music Week Directory www.musicweek.com

👤 Contacts   f Facebook   ▶ MySpace   🅃 Twitter   ▶ YouTube

Recording Studios & Services: Recording Studios

Band On The Wall Studio 25 Swan Street, Northern Quarter, Manchester, M4 5JZ **t** 0161 834 1786 **f** 0161 834 2559 **w** bandonthewall.org
👤 Promotions: Gavin Sharp.

Bandwagon Studios Westfield Folkhouse, Westfield Lane, Mansfield, Notts, NG18 1TL
t 01623 422962 **f** 01623 633449
e info@bandwagonstudios.com
w bandwagonstudios.co.uk 👤 Studio Mgr: Andy Dawson.

Bark Studio 1A Blenheim Road, London, E17 6HS
t 020 8523 0110 **f** 020 8523 0110
e brian@barkstudio.co.uk **w** barkstudio.co.uk 👤 Studio Manager: Brian O'Shaughnessy.

Berlin Recording Studios Caxton House, Caxton Avenue, Blackpool, Lancashire, FY2 9AP
t 01253 591 169 **f** 01253 508 670
e info@berlinstudios.co.uk **w** berlinstudios.co.uk
👤 MD: Ron Sharples.

Berry Street Studio 1 Berry St, London, EC1V 0AA
t 020 7253 5885 **e** kp@berrystreetstudio.com
w berrystreetstudio.com f berrystreetstudio
▶ myspace.com/berrystreetstudio 🅃 berryststudio
▶ berrystreetstudio 👤 MD: Kevin Poree.

Big Noise Recording Studios Unit 3 Rose Way, Purdeys Ind Est, Rochford, Essex, SS4 1LY
t 01702 542844 **e** studio@bignoisestudios.co.uk
w bignoisestudios.co.uk 👤 Proprietor: S. Davies.

Big Noise Recordings 12 Gregory Street, Northampton, NN1 1TA **t** 01604 634 455
e bignoiserecordings@hotmail.co.uk
w myspace.com/bignoisestudio 👤 Studio Mgr: Kim Gordelier.

Blakamix International Garvey House, 42 Margetts Road, Bedford, MK42 8DS **t** 01234 856 164 **f** 01234 854 344 **e** info@blakamix.co.uk **w** blakamix.co.uk
👤 MD: Dennis Bedeau.

Blossom Studio Station Rd, Blaina, Gwent, NP13 3PW
t 01495 290 960 **e** info@blossomstudio.co.uk
w blossomstudio.co.uk 👤 Proprietor & Engineer: Noel Watson 07932 377 109.

Blue Pro Studios Unit 11, 407-409 Hornsey Rd, London, N19 4DX **t** 020 7272 0358
e info@blueprostudios.com **w** blueprostudios.com
f facebook.com/blueprouk
▶ myspace.com/blueprostudios
🅃 twitter.com/blueprouk 👤 Director: Alexander Balfour +44 (0)207 272 0358.

Blueprint Studios Elizabeth House, 39 Queen Street, Salford, Salford, Lancashire, M3 7DQ **t** 01618 172520
f 08700 112780 **e** tim@blueprint-studios.com
w blueprint-studios.com
▶ myspace.com/blueprintstudiosuk
🅃 twitter.com/blueprintstudio 👤 Studio Manager: Tim Thomas 0161 817 2520.

BonaFideStudio Burbage House, 83-85 Curtain Rd, London, EC2A 3BS **t** 020 7684 5350
e info@bonafidestudio.co.uk **w** bonafidestudio.co.uk
▶ myspace.com/recordingbonafidestudio 👤 Studio Director: Deanna Gardner.

Boomtown (ProTools) Studio Valetta Rd, London, W3 7TG **t** 020 8723 9548 **e** info@boomtownstudio.co.uk
w boomtownstudio.co.uk 👤 Contact: Simon Wilkinson.

Born To Dance Studios
Unit 34, DRCA Business Centre, Charlotte Despard Ave, Battersea, London, SW11 5JH **t** 01273 301555
f 01273 305266 **e** studio@borntodance.com
w borntodance.com 👤 Studio Mgr: Gavin McCall.

The Bridge Facilities Ltd 55-57 Great Marlborough St, London, W1F 7JX
t 020 7434 9861 **f** 020 7494 4658
e bookings@thebridge.co.uk **w** thebridge.co.uk
👤 Facilities Mgr: Dionne James.

Brighton Electric Tramway House, 43-45 Coombe Terrace, Brighton, East Sussex, BN2 4AD
t 01273 819617 **e** enquiries@brightonelectric.co.uk
w brightonelectric.co.uk
▶ myspace.com/brightonelectric 👤 Studio Manager: James Stringfellow.

Britannia Row Studios Unit 3 318-326 Wandsworth Bridge Road, Fulham, Fulham, London, SW6 2TZ **t** 020 7371 5872 **f** 020 7371 8641
e kate@britanniarowstudios.co.uk
w britanniarowstudios.co.uk 👤 Director: Kate Koumi.

British Grove Studios 20 British Grove, Chiswick, London, W4 2NL **t** 020 8741 8941 **f** 020 8748 1038
e info@britishgrovestudios.com
w britishgrovestudios.com 👤 Studio Manager: David Stewart.

Bryn Derwen Studio Coed Y Parc, Bethesda, Gwynedd, LL57 4YW **t** 07760 105773 **f** 01248 600234
e L.Gane@btinternet.com **w** brynderwen.co.uk
👤 Manager: Laurie Gane.

The Building 37 Rowley Street, Stafford, Staffs, ST16 2RH **t** 01785 245649 **e** info@thebuilding.co.uk
w thebuilding.co.uk 👤 Studio Mgr: Tim Simmons 07866 718010.

Ca Va Sound - Ca Va Soundmobile
30 Bentinck St, Kelvingrove, Glasgow, Strathclyde, G3 7TT
t 0141 334 5099 **f** 0141 339 0271
e cavasound@mac.com **w** cavasound.com
▶ cavasoundglasgow 👤 Studio Mgr: Brian Young.

Cadillac Ranch Recording Studio Cadillac Ranch, Pencraig Uchaf, Cwmbach, Whitland, Carms., SA34 0DT
t 01994 484466 **f** 01994 48446
e cadillacranch@telco4u.net **w** nikturner.com
👤 Dir: Moose Magoon.

Castlesound Studios The Old School, Park View, Pencaitland, East Lothian, EH34 5DW **t** 0131 666 1024
f 0131 666 1024 **w** castlesound.co.uk 👤 Studio & Bookings Mgr: Freeland Barbour.

www.musicweek.com   **Music Week Directory** 315

📇 Contacts   f Facebook   ♫ MySpace   t Twitter   ▶ YouTube

Recording Studios & Services: Recording Studios

The Cave Studio 155 Acton Lane, Park Royal, London, NW10 7NJ **t** 020 8961 5818 **f** 020 8965 7008 **e** danny@jetstar.co.uk 📇 Studio Manager: Danny Ray.

Chamber Recording Studio 120A West Granton Rd, Edinburgh, Midlothian, EH5 1PF **t** 0131 551 6632 **f** 0131 551 6632 **e** mail@humancondition.co.uk **w** chamberstudio.co.uk 📇 Studio Mgr: Jamie Watson.

Chem19 Recording Studios Unit 51B, South Avenue, Blantyre Industrial Estate, Blantyre, Glasgow, G72 0XB **t** 01698 324 246 **e** info@chem19.co.uk **w** chem19.co.uk 📇 Manager: Emma Pollock.

Chestnut Studios 17 Barons Court Rd, West Kensington, London, W14 9DP **t** 020 7384 5960 **e** info@chestnutstudios.com **w** chestnutstudios.com ♫ myspace.com/chestnutstudios 📇 Studio Manager: Chris Young.

The Church Road Recording Company 197-201 Church Rd, Hove, East Sussex, BN3 2AH **t** 07803 173003 **e** info@churchroad.net **w** churchroad.net f facebook.com/pages/Church-Road-Recording-Company/174498622576485 ♫ myspace.com/churchroadrecordingco t churchrdstudios 📇 Producer/Engineer: Julian Tardo 07803 173 003.

Circulation Recordings Hurworth Grange, 41 Hurworth Road, Hurworth Place, Darlington, County Durham, DL3 6ER **t** 01325 255 252 **f** 01325 255 252 **e** graemerobinson@mac.com 📇 MD: Graeme Robinson 01325 255252.

Classic Sound 5 Falcon Pk, Neasden Lane, London, NW10 1RZ **t** 020 8208 8100 **f** 020 8208 8111 **e** info@classicsound.net **w** classicsound.net 📇 Director: Neil Hutchinson.

CMS Studios The Millennium Centre, 11-13 Clearwell Drive, London, W9 2JZ **t** 020 7641 3679 **e** john@miller9878.fsnet.co.uk 📇 Contact: John Miller 07747 451 704.

Conversion Studios Milton On Stour, Milton On Stour, Gillingham, Dorset, SP8 5PX **t** 01747 824729 **e** info@conversionstudios.co.uk **w** conversionstudios.co.uk ♫ myspace.com/conversionstudios 📇 Director: Owen Thomas.

Cottage Recording Studios 2 Gawsworth Rd, Macclesfield, Cheshire, SK11 8UE **t** 01625 420 163 **f** 01625 420 168 **e** rogerboden@cottagegroup.co.uk **w** cottagegroup.co.uk ♫ myspace.com/cottagestudios 📇 MD: Roger Boden.

Courtyard Recording Studios Gorsey Mount Street, Waterloo Road, Stockport, Cheshire, SK1 3BU **t** 0161 477 6531 **e** courtyardrecording@mac.com **w** iWav.co.uk 📇 Studio Mgr: Tim Woodward.

Courtyard Studio 21 The Nursery, Sutton Courtenay, Abingdon, Oxfordshire, OX14 4UA **t** 01235 845800 **f** 08700 510183 **e** pippa@cyard.com 📇 Studio Manager: Pippa Mole.

Dada Studios 157A Hubert Grove, Stockwell, London, SW9 9NZ **t** 07956 945417 **e** dadastudios@mac.com **w** dadastudios.co.uk 📇 Studio Manager: George Holt 07956 945 417.

The Dairy Studios 43-45 Tunstall Rd, London, SW9 8BZ **t** 020 7387 7777 **f** 020 7738 7007 **e** info@thedairy.co.uk 📇 Studio Manager: Mary Evans 020 7738 7777.

Dean St. Studios 59 Dean Street, Soho, London, W1D 6AN **t** 020 7734 8009 **e** info@deanst.com **w** deanst.com 📇 Studio Manager: Jasmin Lee.

deBrett Studios 42 Wood Vale, Muswell Hill, London, N10 3DP **t** 020 8372 6179 **e** jwest@debrett41.freeserve.co.uk 📇 Proprietor: Jon West 07814 267 792.

Deep Blue Recording Studio 38 Looe St, Plymouth, Devon, PL4 0EB **t** 01752 210801 **e** dbs@deepbluesound.co.uk **w** deepbluestudio.co.uk ♫ myspace.com/deepbluestudiouk 📇 Studio Manager: Matt Bernard 01752 210801 ext130.

Deep Recording Studios 187 Freston Road, London, W10 6TH **t** +44 (0) 20 8964 8256 **f** email only please **e** bookings@deeprecordingstudios.com **w** deeprecordingstudios.com ♫ myspace.com/deeprecordingstudios t twitter.com/deeprecording 📇 Studio manager: Mark Rose 020 8964 8256.

Delta Recording Studios Deanery Farm, Bolts Hill, Chatham, Kent, CT4 7LD **t** 01227 732140 **f** 01227 732140 **e** deltastudios@btconnect.com **w** deltastudios.co.uk 📇 Contact: Julian Whitfield.

DeQoY Productions 6 Pound Lane, Marlow, Bucks, SL7 2AQ **t** 07551 343333 **f** 01628 478217 **e** info@deqoy.com **w** DeQoY.com f deqoy ♫ myspace.com/deqoy t deqoy ▶ youtube.com/deqoy 📇 Senior Director: Tarek Karaman 07793 140156.

Dreamhouse Studio (Right Bank Music UK) Home Park House, Hampton Court Road, Kingston Upon Thames, Surrey, KT1 4AE **t** 020 8977 0666 **f** 020 8977 0660 **e** rightbankmusicuk@rightbankmusicuk.com **w** rightbankmusicuk.com 📇 VP: Ian Mack.

Dubrek Studios 97C Monk St, Derby, DE22 3QE **t** 07595 158654 **e** dubrek@tiscali.co.uk **w** dubrek.co.uk ♫ myspace.com/dubrek 📇 Owner/Chief Engineer: Justin Dean.

Earth Productions 163 Gerrard Street, Birmingham, West Midlands, B19 2AP **t** 0121 554 7424 **f** 0121 551 9250 **e** info@earthproductions.co.uk **w** earthproductions.co.uk 📇 Studio Mgr: Lorna Williams.

Music Week Directory

Recording Studios & Services: Recording Studios

Eastcote Studios Ltd 249 Kensal Road, London, W10 5DB **t** 020 8969 3739 **f** 020 8960 1836 **e** peggy@eastcotestudios.com **w** eastcotestudios.com Studio Mgr: Peggy Fussell.

Ebony & Ivory Productions 11 Varley Parade, Edgware Road, Colindale, London, NW9 6RR **t** 020 8200 7090 **e** SVLProds@aol.com Studio Manager: Alan Bradshaw.

Echo Studios Park Manor Industries, Moreton Rd, Buckingham, Bucks, MK18 1PP **t** 01280 823158 **e** info@echostudios.org.uk **w** echostudios.org.uk myspace.com/echorecordingstudios Studio Manager: Jamie Masters.

Elevator Studios 23-27 Cheapside, Liverpool, Merseyside, L2 2DY **t** 01512 550195 **f** 01512 550195 **e** paul@elevatorstudios.com **w** elevatorstudios.com facebook.com/#!/elevatorstudios twitter.com/#!/ElevatorStudios Director: Paul Speed.

Emglow Records Norton Cottage, Colchester Rd, Wivenhoe, Essex, CO7 9HT **t** 01206 826342 **e** emglorecs@aspects.net Contact: Marcel Glover 07974 677532.

EMS Audio Ltd 12 Balloo Avenue, Bangor, Co Down, BT19 7QT **t** 028 9127 4411 **f** 028 9127 4412 **e** info@musicshop.to **w** musicshop.to Director: William Thompson.

Fairlight Mews Studios Fairlight Mews, 15 St. Johns Rd, Kingston upon Thames, Surrey, KT1 4AN **t** 020 8977 0632 **f** 0870 770 8669 **e** info@missionlimited.com **w** missionlimited.com Twitter.com/missionlimited MD: Sir Harry.

Fairview Studio Cavewood Grange, Common Lane, North Cave, Brough, North Humberside, HU15 2PE **t** 08000 181482 **f** 01430 425547 **e** info@fairviewstudios.co.uk **w** fairviewrecording.co.uk Studio Manager: Andy Newlove 01430 425 546.

Floating Earth Ltd Unit 14, 21 Wadsworth Rd, Perivale, Middlesex, UB6 7JD **t** 020 8997 4000 **f** 020 8998 5767 **e** record@floatingearth.com **w** floatingearth.com Director: Steve Long.

Foel Studio Foel Studio, Llanfair Caereinion, Nr Welshpool, Powys, SY21 0DS **t** 01938 810758 **f** 01938 810758 **e** foel.studio@dial.pipex.com **w** foelstudio.co.uk facebook.com/pages/Foel-Studio/141053547513?v=info&ref=search twitter.com/foelstudio MD: Dave Anderson.

The Funky Bunker Recording Studios Unit 5, 10 Acklam Road, London, W10 5QZ **t** 020 8968 2222 **f** 020 8968 2220 **e** info@ice-pr.com **w** ice-pr.com Contact: Jason Price.

Gargleblast Records 8 Dornoch Court, Bellshill, Lanarkshire, ML4 1HN **t** 01698 842899 **e** info@gargleblastrecords.com **w** gargleblastrecords.com myspace.com/gargleblaststudio gargleblast studio Label Manager: Shaun Tallamy 07716 167979.

Giginabox - Acoustic Specialist 444 Shoreham St, Sheffield, S2 4FD **t** 0114 221 6283 **e** davecarrick@googlemail.com **w** flavsgigguide.co.uk Owner: Dave Carrick 07960 510889.

The Granary Studio Bewlbridge Farm, Lamberhurst, Kent, TN3 8JJ **t** 01892 891 128 **e** granarystudio@btconnect.com **w** thegranarystudio.co.uk Studio Mgr: Guy Denning.

Grand Central Studios 51-53 GT Marlborough St, London, W1F 7TJ **t** 020 7306 5600 **f** 020 7306 5616 **e** info@grand-central-studios.com **w** grand-central-studios.com Bookings Manager: Katie Miles.

Grapevine Studios 190 Old Station Rd, Hampton-in-Arden, Solihull, Birmingham, B92 0HQ **t** 03300 881663 **f** 03300 881664 **e** info@grapevinestudios.co.uk **w** grapevinestudios.co.uk facebook.com/grapevinestudios twitter.com/grapevinestudio youtube.com/grapevinestudios Engineer: Tim Reid.

Gravity Shack Studio Unit 3, Rear of 328 Balham High Rd, London, SW17 7AA **t** 020 8767 1125 **e** jessica@gubbinsproductions.co.uk **w** gravityshackstudios.com myspace.com/gravityshackstudios Producer/Engineer: Jessica Corcoran.

Green Room Productions The Laurels, New Park Rd, Harefield, Middlesex, UB9 6EQ **t** 01895 822771 **e** tony@greenroomproductions.biz **w** greenroomproductions.biz Rec Engineer: Tony Faulkner.

Greystoke Studios Ealing, London, W5 1JL **t** 07850 735591 **e** andy@greystokeproductions.co.uk **w** andywhitmore.com Record Producer: Andy Whitmore.

Groovestyle Recording Studio 33 Upper Holt St, Earls Colne, Colchester, Essex, CO6 2PG **t** 01787 220326 **e** info@groovewithus.com **w** groovewithus.com Owner: Graham Game.

Grouse Lodge Residential Studios Rosemount, Moate, Westmeath, Ireland **t** +353 906 436 175 **f** +353 906 436 131 **e** info@grouselodge.com **w** grouselodge.com facebook.com/people/Grouse-Lodge/100000108387274 Bookings Mgr: Tracy Bolger +353 (0) 87 6614394.

H2o Enterprises Sphere Studios, 2 Shuttleworth Rd, Battersea, London, SW11 3EA **t** 020 7326 9460 **f** 020 7326 9499 **e** simonb@h2o.co.uk **w** h2o.co.uk Bkngs/Studio Mgr: Simon Bohannon.

Harewood Farm Studios Harewood Farm Studios, Little Harewood Farm, Clamgoose Lane, Kingsley, Staffs, ST10 2EG **t** 07973 157 920 **f** 01538 755 735 **e** kristian@harewoodfarmstudios.com **w** harewoodfarmstudios.com Producer: Kristian Gilroy.

Hatch Farm Studios Chertsey Road, Addlestone, Surrey, KT15 2EH **t** 01932 828715 **f** 01932 828717 **e** brian.adams@dial.pipex.com Managing Director: Brian Adams.

www.musicweek.com **Music Week Directory** 317

📇 Contacts   ⓕ Facebook   Ⓜ MySpace   ⓣ Twitter   ▶ YouTube

Recording Studios & Services: Recording Studios

HD1 Studios St Peter's Chambers, St Peter's St, Huddersfield, West Yorkshire, HD1 1RA **t** 01484 452013 **f** 01484 435861 **e** samroberts@hd1studios.co.uk **w** hd1studios.co.uk 📇 myspace.com/hd1studios 📇 Studio Manager: Sam Roberts.

Hear No Evil 6 Lillie Yard, London, SW6 1UB **t** 020 7385 8244 **f** 020 7385 0700 **e** info@hearnoevil.net **w** hearnoevil.net 📇 MD: Steve Parr 07886 380175.

Heartbeat Recording Studio Guildie House Farm, North Middleton, North Middleton, Mid Lothian, EH23 4QP **t** 01875 821102 **e** info@heartbeatstudio.co.uk **w** heartbeatstudio.co.uk 📇 Engineer/Prod: David L Valentine 07855 428074.

High Barn Studio The Bardfield Centre, Great Bardfield, Braintree, Essex, CM7 4SL **t** 01371 811 291 **f** 01371 811 404 **e** info@high-barn.com **w** highbarnstudio.com 📇 Studio Manager: Simon Allen.

Hillside Recording Studio Drayton Road, Newton Longville, Milton Keynes, MK17 0BD **e** richard@hillsidestudio-uk.com **w** hillsidestudio-uk.com 📇 Contact: Richard Bailey 07908256067.

The Hospital Group 24 Endell St, London, WC2H 9HQ **t** 020 7170 9110 **f** 020 7170 9102 **e** studio@thehospitalclub.com **w** thehospitalclub.com 📇 Studio Sales Manager: Anne Marie Phelan.

ICC Studios 4-5 Regency Mews, Silverdale Road, Eastbourne, East Sussex, BN20 7AB **t** 01323 643341 **f** 01323 649240 **e** info@iccstudios.co.uk **w** iccstudios.co.uk 📇 Studio & Bookings Manager: Neil Costello.

The ICE Group 3 St Andrews St, Lincoln, Lincolnshire, LN5 7NE **t** 01522 539883 **f** 01522 528964 **e** steve.hawkins@easynet.co.uk **w** icegroup.co.uk 📇 MD: Steve Hawkins.

icoico creative 25 king street, Glasgow, G1 5QZ **t** 0141 552 6052 **f** 0141 552 6052 **e** hello@icoico.com **w** icoico.com 📇 creative director: Lee McLean.

Impulse Studio 71 High Street East, Wallsend, Tyne and Wear, NE28 7RJ **t** 0191 262 4999 **f** 0191 263 7082 📇 MD: David Wood.

Instant Music 14 Moorend Crescent, Cheltenham, Gloucestershire, GL53 0EL **t** 01242 523304 **f** 01242 523304 **e** info@instantmusic.co.uk **w** instantmusic.co.uk 📇 Managing Director: Martin Mitchell 07957 355 630.

Intercom Recordings 48 Peddars Lane, Beccles, Suffolk, NR34 9UE **t** 01502 715449 **f** 01502 715449 **e** inter.comrecordings@virgin.net **w** myspace.com/ezrollers 📇 Label Manager: Jay Hurren.

Intimate Recording Studios The Smokehouse, 120 Pennington St, London, U.K., E1W 9BB **t** 020 7702 0789 **e** pmadden47@gmail.com **w** smokehousestudios.co.uk ⓕ facebook.com/smokehousestudios?ref=ts 📇 Contact: Paul Madden 07860 109612.

Jutland Studios 33 Parkgate Rd, London, SW11 4NP **t** 020 7801 0093 **e** jay@jutlandavestudios.com **w** jutlandavestudios.com 📇 Studio manager: Jay K A.

KD's Studio see Saturn Music Group.

Keith Grant Riverbank, The Creek, Sunbury-on-Thames, TW16 6BY **t** 01932 780682 **e** keithygrant@hotmail.com 📇 Music Recording Engineer: Keith Grant 07771803261.

Keynote Studios Burghfield Bridge, Green Lane, Burghfield, Reading, RG30 3XN **t** 0118 959 9944 **f** 0118 959 6442 **e** bret@keynotemusicmanagement.co.uk **w** keynotestudios.com 📇 Studio Manager: Bret Davis.

Komodo Studios 5-6 Lombard Street East, Dublin, Dublin 2, Ireland **t** 00353 16779762 **e** westlandstudios@gmail.com **w** westlandstudiosdublin.com 📇 Studio Engineer: Alwyn Walker.

Komodo Recordings 79 Magheraconluce Rd, Hillsborough, Co. Down, BT26 6PR **t** 02892 688 285 **e** info@komodorecordings.com **w** komodorecordings.com 📇 Mobile Recording Engineer: Darrell 07723306690.

Konk Studios 84 Tottenham Lane, London, N8 7EE **t** 020 8340 4757 **f** 020 8348 3952 **e** linda@konkstudio.com 📇 Studio Manager: Sarah Lockwood 020 8340 7873.

The Lab Music Studio Unit J, Blackhorse Mews, off Blackhorse Lane, London, E17 6SL **t** 020 8527 7300 **e** info@thelabmusicstudio.com **w** thelabmusicstudio.com 📇 Studio Manager: Mikee Hughes.

Bob Lamb's Recording Studio 122A Highbury Road, Kings Heath, Birmingham, West Midlands, B14 7QP **t** 0121 443 2186 **e** boblamb@recklessltd.com 📇 Studio Mgr/Prop: Bob Lamb.

CTS Lansdowne Recording Studios Rickmansworth Road, Watford, WD17 3JN **t** 020 8846 9444 **f** 05601 155 009 **e** info@cts-lansdowne.co.uk **w** cts-lansdowne.co.uk 📇 Bookings Enquiries: Sharon Rose.

LBS Manchester 11-13 Bamford St, Stockport, Cheshire, SK1 3NZ **t** 0161 477 2710 **f** 0161 480 9497 **e** info@lbs.co.uk **w** lbs.co.uk 📇 Producer: Adders.

Leeders Farm School Lane, Spooner Row, Norfolk, NR18 9JP **t** 01953 604 951 **w** leedersfarm.com 📇 Studio Manager: Producer/engineer: Nick Brine info@leedersfarm.com.

The Leisure Factory Ltd 20-22 Mount Pleasant, Bilston, Wolverhampton, West Midlands, WV14 7LJ **t** 01902 405511 **f** 01902 401418 **e** Music@therobin.co.uk **w** theleisurefactory.com 📇 Director: Mike Hamblett.

leloftmusic **t** 01995 601 880 **e** alan@leloftmusic.com **w** leloftmusic.com 📇 Owner: Alan Richard Olive.

Recording Studios & Services: Recording Studios

Lime Street Sound 3 Lime Court, Lime Street, Dublin 2, Ireland **t** +353 1 671 7271 **f** +353 1 670 7639 **e** limesound@eircom.net **w** limesound.com Dir: Steve McGrath.

Linden Studio The Granary, Coatflatt, Tebay, Penrith, Cumbria, CA10 3SZ **t** 01539 624827 **e** guy@lindenstudio.co.uk **w** lindenstudio.co.uk Producer/Engineer: Guy Forrester 01539624827.

The Live Room 2 Firbank Rd, London, SE15 2DD **t** 020 7732 2889 **e** tim@kickhorns.com **w** kickhorns.com myspace.com/tjnsanders Studio Manager: Tim Sanders 07931 776155.

Livingston Recording Studios Unit 1 Brook Road, off Mayes Road, London, N22 6TR **t** 020 8889 6558 **f** 020 8888 2698 **e** tim@livingstonstudios.co.uk **w** livingstonstudios.co.uk Studio Manager: Tim Jenkinson.

The Lodge 23 Abington Square, Northampton, NN1 4AE **t** 01604 475399 **f** 01604 516999 **e** studio@lodgstud.demon.co.uk **w** demon.co.uk/lodgstud Snr Engineer/Owner: Max Read.

London Recording Studios 9-13 Osborn Street, London, E1 6TD **t** 020 7247 5862 **e** info@thelondonrecordingstudios.com **w** thelondonrecordingstudios.com Studio Manager: Jasmin Lee.

Loose Ingledene, 94, Holloway, Runcorn, Cheshire, WA7 4TJ **t** 01928 566261 **e** william.leach1@virgin.net Studio Manager: Bill Leach.

Lost Boys Studio Hillgreen Farm, Bourne End, Cranfield, Bedfordshire, MK43 0AX **t** 01234 750 730 **f** 01234 751 277 **e** lostboysstudio@onetel.com **w** lostboysstudio.com Studio Mgr: Rupert Cook.

Lumen Studio 103 Islingword Road, Brighton, East Sussex, BN2 9SG **t** 01273 690149 **f** 01273 690149 **e** mark@lumenstudio.co.uk **w** lumenstudio.co.uk Director: Mark Williams.

MA Music Studios PO Box 106, Potton, Beds, SG19 2ZS **t** 01767 262 040 **e** info@mamusicstudios.com **w** mamusicstudios.co.uk Studio Mgr: Noel Rafferty.

MACH 2 412 Beersbridge Rd, Belfast, BT5 5EB **t** 028 9065 4450 **e** michael@machtwo.co.uk **w** machtwo.co.uk Director: Michael Taylor.

MAP Music Ltd 46 Grafton Rd, London, NW5 3DU **t** 020 7916 0545 **f** 020 7284 4332 **e** info@mapmusic.net **w** mapmusic.net MD: Chris Townsend 020 7916 0544.

Martian Studio East Nethercott, Whitstone, Holsworthy, Devon, EX22 6LD **t** 01288 341400 **f** 01288 341707 **e** mail@martianengineering.com **w** martianengineering.com Owner: Mark Hawley.

Mayfair Recording Studios 11A Sharpleshall Street, London, NW1 8YN **t** 020 7586 7746 **f** 020 7586 9721 **e** bookings@mayfair-studios.co.uk **w** mayfair-studios.co.uk Bkings/Studio Mgr: Daniel Mills.

Metropolis Studios The Power House, 70 Chiswick High Rd, London, W4 1SY **t** 020 8742 1111 **f** 020 8742 2626 **e** studios@metropolis-group.co.uk **w** metropolis-group.co.uk facebook.com/metropolisstudios twitter.com/metropolisgroup youtube.com/metropolisstudios

Mex One Recordings The Basement, 1 Eaton Place, Brighton, East Sussex, BN2 1EH **t** 01273 471987 **e** info@mexonerecordings.co.uk **w** mexonerecordings.co.uk myspace.com/mexonerecordings twitter.com/mexonerecording youtube.com/user/mexonerecordings Music Producer & Proprietor: Paul Mex.

Mighty Atom Studios 4 Montpelier Terrace, Swansea, West Glamorgan, SA1 6JW **t** 07771 546772 **e** info@mightyatomstudios.co.uk **w** mightyatomstudios.co.uk myspacemusic/mightyatomstudios Producer: Joe Gibb.

Mill Hill Recording Company Ltd Unit 7, Bunns Lane Works, Bunns Lane, Mill Hill, London, NW7 2AJ **t** 020 8906 5038 **f** 020 8906 9991 **e** enquiries@millhillmusic.co.uk **w** millhillmusic.co.uk MD: Roger Tichborne.

Miloco Studios 36 Leroy St, London, SE1 4SP **t** 020 7232 0008 **e** info@miloco.co.uk **w** miloco.co.uk Studio Manager: Siobhan Paine.

MIX Records Studio Auchineden North Lodge, Blanefield, Blanefield, Glasgow, Lanarkshire, G63 9AX **t** 01360 771069 **e** andy@mixrecords.com **w** mixrecords.com Studio Manager: Andy Malkin.

Mixing Rooms 222-226 West Regent Street, Glasgow, G2 4DQ **t** 0141 221 7795 **f** 0141 847 0495 **e** chris_h@mixingrooms.co.uk **w** mixingrooms.co.uk Assistant Studio Manager: Chris Hely.

Modern World Studios Unit 3 Tetbury Industrial Estate, Cirencester Road, Tetbury, Gloucestershire, GL8 8EZ **t** 01666 504300 **e** info@modernworldstudios.co.uk **w** modernworldstudios.co.uk Owner: Nick Cowan.

Moles Studio 14 George St, Bath, BA1 2EN **t** 01225 404445 **f** 01225 404447 **e** nick@moles.co.uk **w** moles.co.uk Studio Manager: Nick Jopling.

Monkey Puzzle House: Residential Studio Monkey Puzzle House, Heath Rd, Woolpit, Bury St Edmunds, Suffolk, IP30 9RJ **t** 01359 245050 **f** 01359 245060 **e** studio@monkeypuzzlehouse.com **w** monkeypuzzlehouse.com Studio Owner: Rupert Matthews.

Recording Studios & Services: Recording Studios

Monnow Valley Studio Old Mill House, Rockfield, Monmouth, NP25 5QE **t** 01600 712761 **f** 01600 715039 **e** enquiries@monnowvalleystudio.com **w** monnowvalleystudio.com Bookings Mgr: Jo Hunt 07770 988503.

Mother Digital Avon House, Glenalmond Rd, Sheffield, S11 7GW **t** 07767 622567 **e** studio@motherdigitalstudio.com **w** motherdigitalstudio.com Owner: Justin Morey.

The Motor Museum Studios 1 Hesketh Street, Aigburth, Liverpool, Merseyside, L17 8XJ **t** 0151 726 9808 **f** 0151 222 0190 **e** office@themotormuseum.co.uk **w** themotormuseum.co.uk Studio Manager: Julia Jeory.

Music 4 Studios 41-42 Berners Street, London, W1T 3NB **t** 020 7016 2000 **e** sandy@music4.com **w** music4.com Managing Director: Sandy Beech.

The Music Barn PO Box 92, Gloucester, GL4 8HW **t** 01452 814321 **f** 01452 812106 **e** vic_coppersmith@hotmail.com MD: Vic Coppersmith-Heaven.

The Music Complex Ltd 20 Tanners Hill, Deptford, London, SE8 4PJ **t** 020 8691 6666 **f** 020 8692 9999 **e** info@musiccomplex.co.uk **w** musiccomplex.co.uk Mgrs: Myles Bradley and Chris Raw.

The Music Factory Hawthorne House, Fitzwilliam Street, Parkgate, Rotherham, South Yorkshire, S62 6EP **t** 01709 710022 **f** 01709 523141 **e** info@musicfactory.co.uk **w** mfeg.com CEO: Andy Pickles.

MVD Studios Unit 4, Rampart Business Pk, Greenbank Ind, Estate, Newry, Co Down, BT34 2QU **t** 028 3026 2926 **f** 028 3026 2671 **e** mail@wren.ie **w** soundsirish.com Studio Manager: Jim McGirr.

MySoundRules Croydon Hse, 1 Peall Road, Croydon, Surrey, CR0 3EX **t** 07985 733 177 **e** mysoundrules@yahoo.co.uk **w** myspace.com/mysoundrules Contact: Mike Sogga 07737 143 181.

Natural Grooves Studio 3 Tannsfeld, London, SE26 5DQ **t** 020 8488 3677 **f** 020 8333 2572 **e** jon@naturalgrooves.co.uk **w** naturalgrooves.co.uk Studio Manager: Jonathan Sharif.

No. 13 Studios North Finchley London **e** bookings@no13studios.co.uk **w** no13studios.co.uk Management: Ed Swinburne 07776302149.

Nucool Studio 34 Beaumont Rd, London, W4 5AP **t** 020 8248 2157 **e** richard@richardniles.com **w** richardniles.com Owner/Producer: Richard Niles.

Old Smithy Recording Studio 1 Post Office Lane, Kempsey, Worcestershire, WR5 3NS **t** 01905 820659 **f** 01905 820015 **e** muffmurfin@btconnect.com Bookings Mgr: Janet Allsopp.

Online Studios Ltd Unit 18-19 Croydon House, 1 Peall Rd, Croydon, Surrey, CR0 3EX **t** 020 8287 8585 **f** 020 8287 0220 **e** info@onlinestudios.co.uk **w** onlinestudios.co.uk myspace.com/onlinestudios twitter.com/onlinestudiosuk youtube.com/onlinestudiosuk MD: Rob Pearson.

Panther Recording Studios 5 Doods Road, Reigate, Surrey, RH2 0NT **t** 01737 210848 **f** 01737 210848 **e** studios@dial.pipex.com **w** ds.dial.pipex.com/sema/panther.htm Studio Manager: Richard Coppen.

Park Lane 974 Pollokshaws Road, Glasgow, Strathclyde, G41 2HA **t** 0141 636 1218 **f** 0141 649 0042 **e** info@parklanerecordingstudios.com **w** parklanerecordingstudios.com Studio Mgr: Paul McGeechan.

Parkbench Studios 12a Albert Mansions, Albert Bridge Rd, Battersea, London, SW11 4QB **t** 07770 918078 **e** info@parkbenchstudios.co.uk **w** parkbenchstudios.co.uk MD: Ben Adams.

Parr Street Studios 33-45 Parr Street, Liverpool, L1 4JN **t** 0151 707 1050 **f** 0151 709 4090 **e** info@parrstreetstudios.com **w** parrstreetstudios.com Bookings: Pete or Peasy.

Perry Road Studios - Perry Road Records Ltd 75 Perry Rd, Buckden, Cambs, PE19 5XG **t** 01480 819636 **f** 01480 819636 **e** enquiries@perryroadstudios.co.uk **w** perryroadrecords.co.uk perryroadrecords.co.uk Chief Executive: Gilly Lee.

Phoenix Sound Pinewood Studios, Pinewood Road, Iver Heath, Bucks, SL0 0NH **t** 01753 785 495 **f** 01753 656 153 **e** info@phoenixsound.net **w** phoenixsound.net Studio Mgr: Pete Fielder.

PM Muzik Studio 226 Seven Sisters Rd, London, N4 3GG. **t** 020 7372 6806 **f** 020 7372 0969 **e** info@pmmuzik.com **w** pmmuzik.com Bookings: Mikey Campbell.

Pollen Studios 97 Main Street, Bishop Wilton, York, North Yorkshire, YO42 1SP **t** 01759 368223 **e** sales@pollenstudio.co.uk **w** pollenstudio.co.uk Prop: Dick Sefton.

The Pop Factory Welsh Hills Works, Jenkin St, Porth, CF39 9PP **t** 01443 688500 **f** 01443 688501 **e** info@thepopfactory.com **w** thepopfactory.com Contact: Emyr Afan Davies.

The Premises Studios 201-209 Hackney Road, Shoreditch, London, E2 8JL **t** 020 7729 7593 **f** 020 7739 5600 **e** info@premisesstudios.com **w** premises.demon.co.uk CEO: Viv Broughton.

The Green Room East Devon, Upottery, UK **t** 0787 6596606 **e** marktucker@zetnet.co.uk Producer: Mark Tucker.

Music Week Directory   www.musicweek.com

👤 Contacts   📘 Facebook   Ⓜ MySpace   🐦 Twitter   ▶ YouTube

Recording Studios & Services: Recording Studios

Priory Recording Studios 3 The Priory, London Rd, Canwell, Sutton Coldfield, West Midlands, B75 5SH **t** 0121 323 3332 **f** 0121 308 8815 **e** greg@prioryrecordingstudios.co.uk **w** prioryrecordingstudios.co.uk 👤 Studio Mgr: Greg Chandler.

The Propagation House Studios East Lodge, Ogbeare, North Tamerton, Holsworthy, Devon, EX22 6SE **t** 01409 271111 **f** 01409 271111 **e** office@propagationhouse.com **w** propagationhouse.com 👤 Studio Mgr: Mark Ellis.

Proper Records - Specific Sound Studio The New Powerhouse, Gateway Business Centre, Kangley Bridge Rd, London, SE26 5AN **t** 020 8676 5154 **e** malc@properuk.com **w** propermusicgroup.com 👤 Chairman: Malcolm Mills 020 8676 5152.

Q10 Studios Kings Court, 7 Osborne St, Glasgow, G1 5QN **t** 0141 552 6677 **f** 0141 552 1354 **e** q10studios@aol.com **w** myspace.com/q10studios 👤 Co-Dirs: Alan Walsh, Martin McQuillan.

Qton Studios Unit 105, 326 Kensal Road, London, W10 5BZ **t** 020 8960 8909 **e** enquiries@qtonstudios.com **w** qtonstudios.com 👤 Business Manager: Charlotte Hersh.

Quince 62a Balcombe St, Marylebone, London, NW1 6NE **t** 07810 752765 **f** 020 7723 1010 **e** info@quincestudios.co.uk **w** quincestudios.co.uk Ⓜ myspace.com/quincestudios 👤 Dir: Matt Walters 07810 752 765.

Raezor Studio 25 Frogmore, London, SW18 1JA **t** 020 8870 4036 **f** 020 8874 4133 👤 Studio Mgr: Ian Wilkinson.

RAK Recording Studios 42-52 Charlbert Street, London, NW8 7BU **t** 020 7586 2012 **f** 020 7722 5823 **e** trisha@rakstudios.co.uk **w** rakstudios.co.uk 👤 Studio Manager: Trisha Wegg 0207 586 2012.

Ravenscourt Studios 217 Askew Road, London, W12 9AZ **t** 0208 354 7486 **e** sam@ravenscourtstudios.com **w** http://www.ravenscourtstudios.com/ 👤 Contact: Sam Farr.

RCM Studios Prince Consort Road, Prince Consort Rd, London, SW7 2BS **t** 020 7591 4384 **f** 020 7591 4382 **e** studio@rcm.ac.uk **w** rcm.ac.uk/studios 👤 Studio Manager: Jonathan Rule 020 7591 4789.

Real World Studios Real World Studios, Mill Lane, Box, Corsham, Wiltshire, SN13 8PL **t** 01225 743188 **f** 01225 743787 **e** owenl@realworld.co.uk **w** realworldstudios.com 👤 Studio Manager: Owen Leech 01225 740 600.

Red Bus Recording & TV Studios 32-34 Salisbury Street, London, NW8 8QE **t** 020 7402 9111 **f** 020 7723 3064 **e** eliot@amimedia.com **w** redbusstudios.com 👤 Managing Director: Eliot Cohen.

Red Fort Studios & Keda Records Keda Records & Red Fort Studios, Global Sound Village, Priory Way, Southall, Middlesex, UB2 5EB **t** 020 8843 1546 **e** kuljit@kuljitbhamra.com **w** info@globalsoundvillage.com 👤 Owner: Kuljit Bhamra MBE.

Red Kite Studio Cwmargenau, Llanwrda, Dyfed, SA19 8AP **t** 01550 722000 **f** 01550 722022 **e** liz@mlsd.co.uk **w** redkitestudio.co.uk 👤 Studio & Bookings Manager: Liz Wellicome.

Red Rhythm Productions 2 Longlane, Staines, Middlesex, TW19 7AA **t** 01784 255629 **e** cliffrandall@telco4u.net 👤 Studio Mgr: Cliff Randall.

Red Triangle Productions PO Box 7268, Wimborne, Dorset, BH21 9FE **t** 01725 517204 **e** studio@redtriangleproductions.co.uk **w** redtriangleproductions.co.uk Ⓜ myspace.com/redtrianglepro 🐦 twitter.com/redtrianglepro 👤 Studio Manager: George Tizzard.

Reeltime Music c/o Newarthill Community and Education Centre, 50 High Street, Newarthill, Motherwell, ML1 5JU **t** 01698 862 860 **f** 01698 862 860 **e** info@reeltimemusic.net **w** reeltimemusic.net 👤 Marketing & Evaluation Officer: Carol McEntegart.

Revolution Studios 11 Church Road, Cheadle Hulme, Cheadle, Cheshire, SK8 6LS **t** 0161 485 8942 **f** 0161 485 8942 **e** revolution@wahtup.com 👤 Prop: Andrew MacPherson 0161 486 6903.

Ride Studio 9 Coach Ride, Marlow, Bucks, SL7 3BN **t** 07734 975 576 **e** info@ridestudio.co.uk **w** ridestudio.co.uk 👤 Studio Manager: Pete Hutchins.

RMS Studios 43-45 Clifton Rd, London, SE25 6PX **t** 020 8653 4965 **e** rmsstudios@blueyonder.co.uk **w** rms-studios.co.uk 👤 Bookings Manager: Alan Jones.

Rockbarn Studio Sarn, Nr. Newtown, Powys, SY16 4EJ **t** 01686 670101 & 07805 747806 **e** john@rockbarn.net **w** rockbarn.net 📘 facebook.com/pages/Rockbarn-Studios/228379723848775?sk=info Ⓜ myspace.com/rockbarnstudios 👤 Owner: John Hardman 01686 670101.

Rockfield Studios Amberley Court, Rockfield Road, Monmouth, Gwent, NP25 5ST **t** 01600 712449 **f** 01600 714421 **e** lisaward@rockfieldstudios.com **w** rockfieldstudios.com 👤 Studio Manager: Lisa Ward.

Rollover Studios 29 Beethoven Street, London, W10 4LG **t** 020 8969 0299 **f** 08717 142605 **e** music.studios@rollover.co.uk **w** rollover.co.uk Ⓜ myspace.com/rollovermusic 🐦 twitter.com/rollovermusic 👤 Studio Manager: Bruin Housley.

Rooster 117 Sinclair Rd, London, W14 0NP **t** 020 7602 2881 **e** roosteraud@aol.com **w** roosterstudios.com 👤 Proprietor/Manager: Nick Sykes 02076022881.

Recording Studios & Services: Recording Studios

Roundhouse Recording Studios 91 Saffron Hill, Clerkenwell, London, EC1N 8PT **t** 020 7404 3333 **f** 020 7404 2947 **e** roundhouse@stardiamond.com **w** stardiamond.com/roundhouse 📧 Studio Managers: Lisa Gunther & Maddy Clarke.

Sahara Sound Unit 18a/b, Farm Lane Trading Estate, 101 Farm Lane, London, SW6 1QJ **t** 020 7386 2400 **f** 020 7386 2401 **e** info@saharasound.com **w** saharasound.com 📧 Contact: Cath Cloherty, Javier Weyler.

Sain Canolfan Sain, Llandwrog, Caernarfon, Gwynedd, LL54 5TG **t** 01286 831111 **f** 01286 831497 **e** studio@sain.wales.com **w** sain.wales.com 📧 Studio Mgr: Eryl Davies.

Sarm Hook End Hook End Manor, Checkendon, Nr Reading, Berks, RG8 0UE **t** 01491 681000 **f** 01491 681926 **e** markcollins@hookendstudio.com **w** hookendstudio.com 📧 Studio Mgr: Mark Collins.

Sarm West 8-10 Basing Street, 8-10 Basing St, London, W11 1ET **t** 020 7229 1229 **f** 020 7221 9247 **e** julie@spz.com **w** sarmstudios.com 📧 Studio Manager: Julie Bateman.

Saturn Music Group Unit 1-133 Clarence Rd, London, E5 8EE **t** 020 8533 1067 **f** 020 8533 1067 **e** info@saturn-web.co.uk 📧 Contact: Chris Harraway 07904 773 908.

Sawmills Studio Golant, Fowey, Cornwall, PL23 1LW **t** 01726 833338 **f** 01726 832015 **e** ruth@sawmills.co.uk **w** sawmills.co.uk 📧 Studio Mgr: Ruth Taylor 01726 833752.

Sensible Music Studios 90-96 Brewery Rd, London, N7 9NT **t** 020 7700 9900 **f** 020 7700 4802 **e** studio@sensible-music.co.uk **w** sensible-music.co.uk 📧 Studio Manager: Pat Tate.

Shock And Awe Studios Brake Shear House, 164 High Street Barnet, Barnet, Hertfordshire, EN5 5XP **e** stevan@shockandawestudios.co.uk **w** shockandawestudios.co.uk 📧 Sound Engineer: Stevan Krakovic 02084405522.

Shushstudio Rockville, 10 Plaines Close, Cippenham Meadows, Slough, Berkshire, SL1 5TY **t** 01753 537206 **e** studio@shushstudio.com **w** shushstudio.com
🔲 myspace.com/shushstudiodannydematos
🔲 twitter.com/danny_de_matos 📧 producer: danny de matos 07956 816243.

Silk Sound Ltd 13 Berwick Street, London, W1F 0PW **t** 020 7434 3461 **f** 020 7494 1748 **e** bookings@silk.co.uk **w** silk.co.uk 📧 Studio Mgr: Paula Ryman.

Silk Studios 23 New Mount St, Manchester, M4 4DE **t** 0161 953 4045 **f** 0161 953 4001 **e** leestanley@silkstudios.co.uk 📧 Dir: Lee Stanley 07887 564 485.

Sirensound Digital UK Paul Turney, Somerford House, 22 Somerford Road, Cirencester, Gloucestershire, GL7 1TW **t** 01285 642289 **e** paul@sirensound.com **w** sirensound.com 📧 Contact: Paul Turney.

SJTMusic 51 Rosemullion Avenue, Tattenhoe, Milton Keynes, Buckinghamshire, MK4 3AH **t** 07968 795503 **e** sjtmusic@mac.com **w** sjtmusic.co.uk 📧 Director: Simon Turner.

Snap! Studios Unit C, 167 Hermitage Rd, Manor House, London, N4 1LZ **t** 07545 599 040 **e** marco@snapstudios.co.uk **w** snapstudios.co.uk 📧 Studio manager: Marco Pasquariello.

Soho Recording Studios The Heals Building, 22-24 Torrington Place, London, WC2E 7AJ **t** 020 7419 2444 **f** 020 7419 2333 **e** dominic@sohostudios.co.uk **w** sohostudios.co.uk 📧 Bkngs/Studio Mgr: Dominic Sanders 020 7419 2555.

Solitaire Residential Recording Studio 3 The Collops, Kingscourt, Co. Cavan, Ireland **t** +353 42 966 8793 **e** info@solitairestudio.com **w** solitairestudio.com 📧 MD: Alan Whelan +353 (0)872611655.

Songmaker Ltd Suite 296, 2 Lansdowne Row, London, W1J 6HL **t** 08717 505555 **f** 08712 264256 **e** michelle@songmaker.co.uk **w** songmaker.co.uk 📧 PA To Director: Michelle Parsons.

Songwriting & Musical Productions PO BOX 218, CONSETT, COUNTY DURHAM, DH8 1 EP **t** 01207 500825 **e** songandmedia@aol.com **w** songandmedia.com 📧 MD: Colin Eade.

Sound Recording Technology The Studios, 8 Hornton Place, Kensington, London, Cambs, W8 4LZ **t** 020 8123 0429 **f** 01480 496100 **e** sales@soundrecordingtechnology.co.uk **w** soundrecordingtechnology.co.uk 📧 Managing Director: Sarah Pownall.

Sounding Sweet Ltd. 27 Oak Road, Tiddington, Stratford Upon Avon, Warwickshire, CV37 7BU **t** 01789 297453 **e** ed@soundingsweet.com **w** soundingsweet.com 🔲 myspace.com/soundingsweet
🔲 twitter.com/#!/sounding_sweet
🔲 youtube.com/soundingsweet 📧 Audio Producer / Recording Engineer: Ed Walker 07580 418523.

Soundlab Studios Unit 22, Oakwood Hill Industrial Estate, Loughton, Essex, IG10 3TZ **t** 020 8508 2726 **e** mail@soundlabstudios.co.uk **w** soundlabstudios.co.uk 📧 Studio Manager: James Horwood.

Southern Studios 10 Myddleton Rd, London, N22 8NS **t** 020 8888 8949 **e** studio@southern.com **w** southern.com/studio 🔲 myspace.com/harveybirrell 📧 Studio Manager/Engineer: Harvey Birrell +44 (0)7802 259156.

Space Eko Recording Studio Unit 42, 72 Farm Lane, London, SW6 1QA **t** 020 7381 0059 **e** alex@thefutureshapeofsound.com **w** thefutureshapeofsound.com 📧 Contact: Alex McGowan.

Music Week Directory

Contacts · Facebook · MySpace · Twitter · YouTube

Recording Studios & Services: Recording Studios

Spatial Audio c/o The Soundhouse Ltd, Unit 11 Goldhawk Industrial Estate, 2a Brackenbury Rd, London, W6 0BA **t** 07802 657258 **e** gerry@spatial-audio.co.uk **w** spatial-audio.co.uk
myspace.com/spatial_audio Sound Engineer: Gerry O'Riordan.

Sphere Studios 2 Shuttleworth Road, London, SW11 3EA **t** 020 7326 9450 **f** 020 7326 9499 **e** inform@spherestudios.com **w** spherestudios.com
facebook.com/pages/Sphere-Studios/129266420449389
myspace.com/spherestudios Studio Manager: Simon Bohannon.

Spirit Recording Studios 1 Audley Close, Lavender Hill, Battersea, London, SW11 5RG **t** 020 7350 0940 **e** spiritrecordingstudios@gmail.com **w** spiritrecordingstudios.co.uk
facebook.com/pages/Spirit-Recording-Studios/164233986927834
myspace.com/spiritrecordingstudios
twitter.com/#!/Spirit_Studios
youtube.com/user/spiritstudioslondon
Director: Donna.

SPM Studios 9 Lichfield Way, South Croydon, Surrey, CR2 8SD **t** 020 8657 8363 **f** 020 8657 8380 **e** steve@spmstudios.co.uk **w** spmstudios.co.uk
Prop: Steve Parkes 07970 646 166.

Sprint Music - Sprint Studios High Jarmany Farm, Jarmany Hill, Barton St David, Somerton, Somerset, TA11 6DA **t** 01458 851187 **f** 01458 851187 **e** info@sprintmusic.co.uk **w** sprintmusic.co.uk Industry Consultant, Producer, Writer: John Ratcliff.

The Stables Recording Studio 5 Stables Lane, Eastbourne, East Sussex, BN21 4RE **t** 01323 720784 **f** 01323 720784 **e** doug@thestablesstudio.com **w** thestablesstudo.com thestablesstudo.com
Owner: Douglas Sturrock.

The Stables Studio The Stables, 3 Stables Lane, Eastbourne, BN21 4RE **t** 01323 720784 **e** not supplied **w** myspace.co.uk/thestables

State Of The Ark Studios 144 Sheen Road, 144 Sheen Rd, Richmond, Surrey, TW9 1UU **t** 07979 651000 **e** info@stateofthearkstudios.com
Studio Manager: Dan Britten.

Steelworks Studio Unit D, 3 Brown St, Sheffield, S1 2BS **t** 0114 272 0300 **f** 0114 272 0303 **e** steelworksmu@aol.com **w** steelworks-studios.com
Studio Mgr: Dan Panton.

Street Level Studios 1st Floor, 17 Bowater Road, Westminster Industrial Estate, Woolwich, London, SE18 5TF **t** 07886 260 686 **e** ceo@streetlevelenterprises.co.uk **w** streetlevelenterprises.com MD: Sam Crawford.

Strongroom 120-124 Curtain Rd, London, EC2A 3SQ **t** 020 7426 5100 **f** 020 7426 5102 **e** mix@strongroom.com **w** strongroom.com
myspace.com/strongroom twitter.com/strongroom
Bookings Co-ordinator: Charlie Mines.

Studio 17 17 David's Road, London, SE23 3EP **t** 020 8291 6253 **f** 020 8291 1097 **e** chris@dubvendor.co.uk Dir: Chris Lane.

Studio Sonic Enterprise Studios, 1-6 Denmark Place, London, WC2H 8NL **t** 020 7379 1155 **e** info@studio-sonic.co.uk **w** studio-sonic.co.uk Studio Manager: Andy Brook 020 7379 1166.

The Studio Tower Street, Hartlepool, TS24 7HQ **t** 01429 424440 **f** 01429 424441 **e** studiohartlepool@btconnect.com **w** studiohartlepool.com Studio Manager: Liz Carter.

SUB BUBBLE STUDIOS

Unit 2 Towers Business Park, Carey Way, Wembley, Middlesex, HA9 0LQ **t** 020 8902 0497 **e** Info@subbubble.com **w** subbubblestudios.com
facebook.com/SubBubbleRecordingStudio
@SubBubblestudio Studio Manager: Tobin Jones.

The Suite - Suite Music Ltd London, NW3 **t** 07515 648 251 **e** music@thesuite.sh **w** Music Publishing, Catalogue, Consulting
myspace.com/atthesuite thesuite MD: Andrew Maurice.

Sun Studios - 1 & 2 8 Crow Street, Dublin 2, Ireland **t** +353 1 677 7255 **f** +353 1 679 1968 **e** apollo@templelanestudios.com **w** templelanestudios.com Studio Mgr: John Hanley.

Temple Lane Recording Studios 8 Crow St, Temple Bar, Dublin 2, Ireland **t** +353 1 677 7255 **f** +353 1 670 9042 **e** templelanestudios@gmail.com
templelanestudios.com Studio Mgr: John Hanley 00 353 1 6777255.

Temple Music Studio 48 The Ridgway, Sutton, Surrey, SM2 5JU **t** 07802 822006 **f** 020 8642 8692 **e** jh@temple-music.com **w** temple-music-studio.com Producer/Engineer: Jon Hiseman.

Temple Studios 97A Kenilworth Rd, Edgware, Middlesex, HA8 8XB **t** 020 8958 4332 **f** 020 8958 4332 **e** contact@templestudios.co.uk **w** templestudios.co.uk Producer: Howard Temple 07956 510620.

Ten21 Recording Studios Little Milgate, Otham Lane, Bearsted, Maidstone, Kent, ME15 8SJ **t** 01622 735200 **f** 01622 735200 **e** info@ten21.biz **w** ten21recordingstudios.co.uk
ten21recordingstudios.co.uk
twitter.com/Ten21studios
ten21recordingstudios.co.uk Owner: Sean Kenny.

The Dairy 43-45 Tunstall Rd, London, SW9 8BZ **t** 020 7738 7777 **f** 020 7738 7007 **e** info@thedairy.co.uk **w** thedairy.co.uk Contact: Mary Evans.

Music Week Directory

Contacts Facebook MySpace Twitter YouTube

The Vocal Booth Toxteth TV, 37-45 Windsor St, Liverpool, L8 1XE **t** 0151 707 2833 **f** 0151 707 2833 **e** info@thevocalbooth.com **w** thevocalbooth.com myspace.com/thevocalbooth Producer: Mike Moran/Alan Watson 07800 993192.

Tin Pan Alley Studio 22 Denmark St, London, WC2H 8NG **t** 020 7240 0816 **e** info@tinpanalleystudio.com **w** tinpanalleystudio.com Studio Mgr: Alexandra Fry.

Toast Recordings Bridgewater Mill Studios, Legh St, Eccles, Manchester, M30 OUT **t** 07964 957458 **e** chris@toastrecordings.com **w** toastrecordings.com Studio Mgr: Chris Hamilton.

Toerag Studios 166A Glyn Rd, London, E5 0JE **t** 020 8985 8862 **e** toeragstudios1@hotmail.com **w** toeragstudios.com MD: Liam Watson.

Touchwood Audio Productions 6 Hyde Park Terrace, Leeds, West Yorkshire, LS6 1BJ **t** 0113 278 7180 **e** bruce@touchwoodaudio.com **w** touchwoodaudio.com Director: Bruce Wood 07745 377 772.

Tribal Tree Studios 66c Chalk Farm Road, Camden, London, NW1 8AN **t** 020 7482 6945 **e** chris@triangle-records.co.uk **w** tribaltreestudios.co.uk Studio Manager: Chris Lock.

Twin Peaks Studio Ty Neuadd, Torpantau, Brecon Beacons, Mid Glamorgan, CF48 2UT **t** 01685 359932 **e** twinpeaksstudio@btconnect.com **w** TwinPeaksStudio.com Director: Adele Nozedar.

Unit Q Studio Unit Q The Maltings, Station Rd, Sawbridgeworth, Herts, CM21 9JX **t** 01279 600078 **e** unitq@orgyrecords.com **w** orgyrecords.com Partner: Darren Bazzoni.

Univibe Audio Unit 6, Lawford Close, Birmingham, West Midlands, B7 4HJ **t** 01922 709152 **e** info@univibeaudio.com **w** univibeaudio.co.uk Owner: Joel Spencer 07734 151589.

Vertical Rooms 5-6 Road Farm, Ermine Way, Arrington, Herts, SG8 0AA **t** 01223 207 007 **f** 01223 207 007 **e** info@verticalrooms.com **w** verticalrooms.com Dir: Pete Brazier.

VIP Lounge 10 Parade St, Penzance, TR18 2AP **t** 01736 332592 **e** vip.lounge@sky.com **w** viplounge.org.uk Manager: Dare Mason 07855 044874.

Vital Spark Music 1 Waterloo, Breakish, Isle Of Skye, IV42 8QE **t** 01471 822 484 **e** chris@vitalsparkmusic.demon.co.uk **w** vitalsparkmusic.co.uk Owner/manager: Chris Harley (aka Chris Rainbow) 07768 031 060.

Warehouse Studios Unit 60 Sandford Lane, Kennington, Oxford, Oxfordshire, OX1 5RP **t** 01865 736411 **e** info@warehousestudios.com **w** warehousestudios.com Director: Joesph Samuals.

Warwick Hall of Sound Warwick Hall, Banastre Avenue, Heath, Cardiff, Mid Glamorgan, CF14 3NR **t** 02920 694455 **f** 02920 694455 **e** adamstangroom@btconnect.com **w** myspace.com/cardiffswarwickhallrecordingstudio Director: G Warsdale 029 2069 4450.

Welsh Media Music Gorwelion, Llanfynydd, Carmarthen, Dyfed, SA32 7TG **t** 01558 668525 **e** dpierce@fsmail.net MD: Dafydd Pierce 07774 100430.

West Orange Lancashire, PR4 0ZJ **t** 01772 722626 **f** 01772 722626 **e** alan@westorange.co.uk Studio Mgr: Alan Gregson.

Westland Studios 5-6 Lombard Street East, Dublin, 2, Ireland **t** +353 (0)879 668 333 **e** westlandstudios@gmail.com **w** westlandstudiosdublin.com facebook.com/westlandstudios @westlandstudio youtube.com/westlandstudios Producer/Manager: Alwyn Walker.

Westpoint Studio Unit GA, 39-40 Westpoint, Warple Way, London, W3 0RG **t** 020 8740 1616 **f** 020 8740 4488 **e** info@westpointstudio.co.uk **w** westpointstudio.co.uk Studio Manager: Ian Sherwin.

White's Farm Studios Whites Farm, Wilton Lane, Kenyon Culcheth, WA3 4BA **t** 0161 790 4830 **f** 0161 703 8521 **e** whitesfarmstudio@aol.com **w** whitesfarmstudios.com Dir: Gary Hastings.

Windmill Lane Recording Studios 20 Ringsend Rd, Dublin 4, Dublin, Ireland **t** +353 1 668 5567 **f** +353 1 668 5352 **e** info@windmill.ie **w** windmill.ie facebook.com/pages/Dublin/Windmill-Lane-Recording-Studios/76908637654 House Engineer: Niall McMonagle.

Wired Studios Ltd 26-28 Silver Street, Reading, Berkshire, RG1 2ST **t** 0118 986 0973 **e** office@wiredstudios.demon.co.uk **w** wiredstudios.demon.co.uk Manager: Chris Britton.

Wise Buddah Creative 74 Great Titchfield Street, London, W1W 7QP **t** 020 7307 1600 **f** 020 7307 1608 **e** chris.north@wisebuddah.com **w** wisebuddah.com Managing Director: Chris North.

Wizard Sound Studios Prospect House, Lower Caldecote, Biggleswade, Beds, SG18 9BA **t** +441767601398 **e** davysmyth@wizardsoundstudios.com **w** wizardsoundstudios.com @wizardsound Owner Producer: Davy Smyth +447773494085.

Wolf Studios 83 Brixton Water Lane, London, SW2 1PH **t** 020 7733 8088 **f** 020 7326 4016 **e** brethes@mac.com **w** wolfstudios.co.uk wolfstudios.co.uk Director: Dominique Brethes.

Woodbine Street Recording Studio 1 St Mary's Crescent, Leamington Spa, Warwickshire, CV31 1JL **t** 01926 338971 **e** jony2r@gmail.com **w** woodbinestreet.com MD/Studio Mgr: John A Rivers.

Recording Studios & Services: Recording Studios

Music Week Directory

📇 Contacts   📘 Facebook   🅼 MySpace   🅃 Twitter   ▶ YouTube

Recording Studios & Services: Recording Studios, Mobile Studios

Woodside Studio Woodside, Eason's Green, Framfield, Nr. Uckfield, East Sussex, TN22 5RE
t 01825 841484 **f** 01825 880019
e woodsidestudios@btconnect.com
w woodsidestudios.com 📇 Studio Manager: Terri Myles.

Yellow Arch Studios 30-36 Burton Road, Neepsend, Sheffield, S3 8BX **t** 0114 273 0800 **e** jon@yellowarch.com
w yellowarch.com 📇 Studio Manager: Jon Dean.

Zoo Studios 145 Wardour Street, London, W1F 8WB
t 020 7734 2000 **f** 020 7734 2200
e bookings@thejunglegroup.co.uk
w thejunglegroup.co.uk 📇 Bookings Manager: Kate Pengilley.

Mobile Studios

Abbey Road Mobiles 3 Abbey Rd, London, NW8 9AY
t 020 7266 7000 **f** 020 7266 7250
e bookings@abbeyroad.com **w** abbeyroad.com 📇 Studio Manager: Colette Barber.

As The Crow Flies The Retreat, Pidney, Hazlebury Bryan, Dorset, DT10 2EB **t** 01258 817214
f 01258 817207 **e** PeteFreshney@compuserve.com
w petefreshney.co.uk 📇 Contact: Pete Freshney 07971 686961.

BBC Radio Outside Broadcasts (London)
Brock House, 19 Langham St, London, W1A 1AA
t 020 7765 4888 **f** 020 7765 5504
e will.garnett@bbc.co.uk 📇 Operations Mgr: Will Garnett.

Circle Sound Services Circle House, 14 Waveney Close, Bicester, Oxfordshire, OX26 2GP
t 01869 240051 **f** 0872 331 0914
e sound@circlesound.net **w** circlesound.net
📇 Owner: John Willett 07973 633 634.

The Classical Recording Company Ltd 16-17 Wolsey Mews, Kentish Town, London, NW5 2DX
t 020 7482 2303 **f** 020 7482 2302
e info@classicalrecording.com **w** classicalrecording.com
📇 Senior Producer: Simon Weir.

Concert Live Ltd 15c Baltimore House, Juniper Drive, Battersea, London, SW18 1TS **t** 0207 2233262
e james@concertlive.co.uk **w** concertlive.co.uk
📇 Contact: James Perkins.

Doyen Recordings Ltd The Doyen Centre, Vulcan Street, Oldham, Lancashire, OL1 4EP
t 0161 628 3799 **f** 0161 628 0177 **e** sales@doyen-recordings.co.uk **w** doyen-recordings.co.uk
📇 MD: Nicholas J Childs.

K&A Productions 5 Wyllyotts Place, Potters Bar, Hertfordshire, EN6 2HN **t** 01707 661200 **f** 01707 661400
e info@kaproductions.co.uk **w** kaproductions.co.uk
📇 MD: Andrew Walton.

Leapfrog Audiovisual 1 Currievale Farm Cottages, Currie, Midlothian, EH14 4AA **t** 0131 449 5808
e claudeharper@supanet.com 📇 Prop: Claude Harper 07941 346813.

Make Some Noise Recording & Mastering
PO Box 792, Maidstone, Kent, ME14 5LG **t** 01622 691 106
f 01622 691 106 **e** info@makesomenoiserecords.com
w makesomenoiserecords.com 📇 Manager: Clive Austen.

Manor Mobiles Denham Media Park, North Orbital Road, Denham, Bucks, UB9 5HQ
t 08700 771 071 **f** 08700 771 068
e tim.s@fleetwoodmobiles.com **w** fleetwoodmobiles.com
📇 Dir: Tim Summerhayes.

Ninth Wave Audio 46 Elizabeth Rd, Moseley, Birmingham, West Midlands, B13 8QJ **t** 0121 442 2276
e Tgw@ninthwaveaudio.com **w** ninthwaveaudio.com
📇 Studio Mgr: Tony Wass 07770 364464.

Offslip London **e** danfeel@offslip.co.uk 📇 Live Recording Engineer: Dan Feel 07912 091979.

Professional Audio Company Ltd
17 Connaught Road, Ealing, Jubilee Rd, London, Hertfordshire, W13 0TF **t** 07973 493930
e adam@professionalaudiocompany.co.uk
w professionalaudiocompany.co.uk
🅼 myspace.com/professionalaudiocompany
🅃 twitter.com/proaudioco 📇 Director: Adam Peters 07971 612 060.

The Real Stereo Recording Company
14 Moorend Crescent, Cheltenham, Gloucestershire, GL53 0EL **t** 01242 523304 **f** 01242 523304
e martin@instantmusic.co.uk **w** instantmusic.co.uk
📇 Prod Mgr: Martin Mitchell 07957 355630.

Realsound Live Recording Nottingham, East Midlands, NG5 1JU **t** 0115 978 7745
e john@realsound.fsnet.co.uk **w** realsound-live.co.uk
📇 Engineer: John Moon 07973 279 652.

SounDesign Ltd 31 St Albans Gardens, Teddington, Middx, TW11 8AE **t** 020 8977 2575
e conrad@sounddesign.co.uk **w** sounddesign.co.uk
📇 Dir: Conrad Fletcher 07973 303679.

Remote Live Recordings 244A Kingston Road, Leatherhead, Surrey, KT22 7QA **t** 07968 100557
e info@remoteliverecordings.co.uk
w remoteliverecordings.co.uk 📇 Proprietor: Mike Knight.

Silk Recordings 65 High Street, Kings Langley, Herts., WD4 9HU **t** 01923 270 852 **e** info@silkrecordings.com
w silkrecordings.com 📇 MD: Bob Whitney 07812 602 535.

SJTMusic 51 Rosemullion Avenue, Tattenhoe, Milton Keynes, Buckinghamshire, MK4 3AH
t 07968 795503 **e** sjtmusic@mac.com **w** sjtmusic.co.uk
📇 Director: Simon Turner.

Sound Moves The Oaks, Cross Lane, Smallfield, Horley, Surrey, RH6 9SA **t** 01342 844 190 **f** 01342 844 290
e steve@sound-moves.com **w** sound-moves.com
📇 Proprietor: Steve Williams.

Tenth Egg Productions 47 Stanley Avenue, Beckenham, Kent, BR3 6PU **t** 020 7193 9603
e hi@tenthegg.co.uk **w** tenthegg.co.uk 📇 Head Engineer: Nick Barron.

www.musicweek.com **Music Week Directory** 325

📇 Contacts   📘 Facebook   🅜 MySpace   🅣 Twitter   ▶️ YouTube

Vigilante Studio 20 Churchfield Road, Chalfont St Peter, Bucks, SL9 9EN **t** 01753 424293 **e** vigilante@peroxidemusic.com 📇 Contact: Rupert Withers 07766 345222.

Westland Mobile Recording 5-6 Lombard Street East, Dublin, Dublin 2, Ireland **t** 00353 16779762 **e** westlandstudios@gmail.com **w** westlandstudiosdublin.com 📇 Studio Engineer: Alwyn Walker.

Producers & Producer Management

2am Productions Contact: The Lemon Group

3 Wise Men Contact: Ambush Management

3D Media Services Seton Lodge, 26 Sutton Avenue, Seaford, East Sussex, BN25 4U **t** 01323 892 303 **e** talk2us@3dmediaservices.com **w** 3dmediaservices.com MDs: Anthony Duke, Kim Duke.

3kHz 54 Pentney Rd, London, SW12 0NY **t** 020 8772 0108 **f** 020 8675 1636 **e** threekhz@hotmail.com 📇 Manager: Jessica Norbury.

24 Management Westfield Cottage, Scragged Oak Rd, Maidstone, Kent, ME143HA **t** 01622 632 634 **f** 01622 632 634 **e** info@24twentyfour.com 📇 MD: Andy Rutherford.

140dB Management The Chapel, Everwood Court, Maybury Gardens, London, NW2 2AF **t** 020 8208 5660 **f** 020 8459 3789 **e** firstname@140db.co.uk **w** 140db.co.uk/ 📘 facebook.com/pages/140dB-Management/131472680262316
🅜 soundcloud.com/140dbmanagement
🅣 twitter.com/#!/140dBManagement 📇 Managers: Ros Earls, Justin Pritchard and Vicky Ball.

365 Artists Ltd Unit 4, 9 Thorpe Close, London, W10 5XL **t** 020 8968 2071 **f** 020 8960 1588 **e** info@365artists.com **w** 365artists.com 📇 Creative Director: Paul Smith.

140dB Management The Chapel, Everwood Court, Maybury Gardens, London, NW2 2AF **t** 020 8208 5660 **f** 0208 459 3789 **e** ros@140db.co.uk, justin@140db.co.uk, vicky@140db.co.uk **w** 140db.co.uk 📇 Manager: Ros Earls, Justin Pritchard, Vicky Ball 0208 208 5660.

A Side Productions Contact: XL Talent

Jim Abbiss Contact: This Much Talent

Ad Productions & Management PO Box 491, Gateshead, Tyne & Wear, NE8 9BR **t** 0191 406 6380 **e** darren@ad-management.co.uk **w** ad-management.co.uk
📘 facebook.com/ADProductionsAndManagement 🅣 ad-management.co.uk 🅣 @ADTheRemixCo
▶️ vimeo.com/ad-management 📇 Managing Director: Darren Eager-Penman 07720317112.

Rich Adlam Contact: 365 Artists Ltd

Advanced Alternative Media Ltd 36 Forsyth Gardens, London, SE17 3NE **e** chrisw@aaminc.com **w** aaminc.com 📇 Manager: Chris Woo.

Afreex Contact: Stephen Budd Management

AIR Management Lyndhurst Hall, Lyndhurst Rd, Hampstead, London, NW3 5NG **t** 020 7426 5130 **e** coral@airstudios.com **w** air-management.co.uk
🅣 @AirManagement 📇 Contact: Coral Worman 020 7426 5132.

Akira The Don Contact: Paul Brown Management

Alan Cowderoy Management 5 Devonport Mews, London, W12 8NG **t** 020 8743 9336 **e** alan@producermanagement.co.uk **w** producermanagement.co.uk 📇 Managing Director: Alan Cowderoy.

Ambush Management 32 Ransome's Dock, 35-37 Parkgate Road, London, SW11 4NP **t** 020 7801 1919 **f** 020 7738 1819 **e** alambush.native@19.co.uk **w** ambushgroup.co.uk 📇 MD: Alister Jamieson.

Andrew Hunt - Record Producer London **e** mail@andrewhunt.info 📇 Record Producer - Songwriter - Engineer - Mix Engineer - Programmer: Andrew Hunt +447812 123 230.

Andrew Hunt Producer/Writer London **e** mail@andrewhunt.info **w** andrewhunt.info 📇 Producer - Songwriter - Engineer - Mix Engineer - Programmer: Andrew Hunt 07812123230.

Andy Whitmore Productions 39 Greystoke Park Terrace, London, W5 1JL **t** 07850 735591 **e** andy@andywhitmore.com **w** andywhitmore.com 📘 andywhitmore.com
🅜 andywhitmore.com 🅣 andywhitmore.com
▶️ andywhitmore.com 📇 Producer: Andy Whitmore.

ArchangelUK Unit 61A Eurolink, 49 Effra Rd, London, SW2 1BZ **t** 0207 0733 0477 **e** info@archangeluk.co.uk **w** archangeluk.co.uk
📘 facebook.com/groups/archangeluk
🅣 twitter.com/#!/brucearchangel
▶️ youtube.com/profile?gl=GB&hl=en-GB&user=archangelvideos 📇 CEO: Bruce Elliott-Smith.

Animal Farm Contact: SJP/Dodgy Productions

Anu Pillai Contact: Illicit Media Ltd

Apollo 440 Contact: XL Talent

Arclite Productions The Grove Music Studios, Unit 10.Latimer Ind. Est, Latimer Rd, London, W10 6RQ **t** 020 8964 9047 **e** info@arcliteproductions.com **w** arcliteproductions.com 📇 Producer: Alan Bleay/Laurie Jenkins.

Peter Arnold Contact: Panama Productions

Artfield 5 Grosvenor Square, London, W1K 4AF **t** 020 7499 9941 **f** 020 7499 5519 **e** bb@artfieldmusic.com **w** bbcooper.com 📇 Managing Director: Bb Cooper.

Recording Studios & Services: Mobile Studios, Producers & Producer Mgmt

Music Week Directory

Contacts · **Facebook** · **MySpace** · **Twitter** · **YouTube**

Recording Studios & Services: Producers & Producer Management

Artist, Music & Talent International PO Box 43, Manchester, M8 0BB **t** 0161 795 7717 **f** 0161 795 7717 **e** amti@btconnect.com MD: Peter Lewyckyj 07905 001 687.

Jon Astley Contact: Pachuco Management

Atlas Realisations Music Trendalls Cottage, Beacons Bottom, Bucks, HP14 3XF **t** 01494 483121 **f** 01494 484303 **e** craig@craigleon.com **w** craigleon.com wfacebook.com/pages/Craig-Leon/116434268404086 myspace.com/craigleon craigleon Producer: Craig Leon +44 (0) 1494 483121.

Audio Authority Management Number 1, Sherwood Oaks, 13 Frensham Road, Kenley, Surrey, CR8 5NS **t** 020 7101 2880 **e** tim.hole@audioauthority.co.uk **w** audioauthority.co.uk Managing Director: Tim Hole.

Audio-Freaks t 07843 006461 **e** matt@audio-freaks.com **w** audio-freaks.com Managing Director: Matt Meyers.

AudioJunkie Sovereign House, 12 Trewartha Rd, Praa Sands, Penzance, Cornwall, TR20 9ST **t** 01736 762826 **f** 01736 763328 **e** panamus@aol.com **w** panamamusic.co.uk myspace.com/digimixrecords MD: Roderick Jones.

Dan Austin Contact: 140dB Management

David Ayers and Felix Tod Contact: Giles Stanley Management

Baby Ash Contact: This Much Talent

Bacon & Quarmby Contact: Alan Cowderoy Management

Jon Bailey Contact: AIR Management

Lee Baker Contact: Giles Stanley Management

Arthur Baker Contact: Stephen Budd Management

James Banbury Contact: Giles Stanley Management

Jean Baptiste Contact: Advanced Alternative Media Ltd

Barny Contact: This Much Talent

Dave Bascombe Contact: Alan Cowderoy Management

Beatguru The Lansdowne Suite, Lansdowne House, Lansdowne Rd, London, W11 3LP **t** 020 7727 4214 **e** lesley@beatguru.com Contact: Magnus Fiennes 07880 865 754.

Sam Bell Contact: Smoothside Organisation

Joe Belmaati Contact: XL Talent

Haydn Bendall Contact: Duncan Management

Vito Benito Contact: Ambush Management

Biffco Management
t 01273 607 484 or +353 87 278 0233
e Ejbiffco@mac.com **w** biffco.net Contact: Emma Jane Lennon.

Big Blue Music Windy Ridge, 39-41 Buck Lane, London, NW9 0AP **t** 020 8205 2990 **f** 020 8205 2990 **e** info@bigbluemusic.biz **w** bigbluemusic.biz Mgr/Producer: Steve Ancliffe.

Big George and Sons PO Box 7094, Kiln Farm, MK11 1LL **t** 01908 566 453 **e** big.george@btinternet.com **w** biggeorge.co.uk Manager: Big George Webley.

Big Life Management 67-69 Chalton Street, London, NW1 1HY **t** 020 7554 2100 **f** 020 7554 2101 **e** reception@biglifemanagement.com **w** biglifemanagement.com Managing Director: Tim Parry.

Ned Bigham Contact: Ocean Bloem Productions

Peter Biker Contact: 365 Artists Ltd

Henry Binns Contact: Solar Management Ltd

Björn Again PO Box 63564, London, N6 9AN **t** 020 8341 4900 **e** rod@bjornagain.com **w** bjornagain.com Creator: Rod Stephen.

Black Man Jack Productions
The Garage Workshop Ltd, 1st Floor Office Suit, 122 Montague St, Worthing, West Sussex, BN11 3HG **t** 01903 606 513 **e** Owen.thegarageworkshop@gmail.com **w** thegarageworkshop.com Producer: Owen A Smith 07861 232 006.

Bobfalola Music Production 628 Old Kent Road, London, SE15 1JB **t** 07989 471263 **e** bobfalola@aol.com Dir: Bob Falola.

Roger Boden Contact: The Cottage Group - Amco Music Productions

Bodyrockers Contact: 24 Management

Jason Boshoff Contact: Audio Authority Management

Goetz Botzenhardt Contact: AIR Management

Harmony Boucher Contact: Advanced Alternative Media Ltd

Andy Bradfield Contact: 365 Artists Ltd

Pete Briquette Contact: Pachuco Management

Chris Brown Contact: SJP/Dodgy Productions

Steve Bush Contact: Paul Brown Management

Adrian Bushby Contact: This Much Talent

C A Management PO Box 379, Lymington, Hampshire, SO41 1AU **e** adam@camanagement.co.uk **w** camanagement.co.uk MD: Adam Sharp.

Colin Campsie Contact: WG Stonebridge Producer Management

Canyon Music Limited 172 Drakefell Road, London, SE4 2DS **t** 07788 454872 **e** heather@canyonmusic.co.uk **w** canyonmusic.co.uk Contact: Heather Edwards.

Cargogold Productions 39 Clitterhouse Crescent, Cricklewood, London, NW2 1DB **t** 020 8458 1020 **e** mike@mikecarr.co.uk **w** mikecarr.co.uk MD: Mike Carr.

www.musicweek.com **Music Week Directory** 327

📇 Contacts   f Facebook   👤 MySpace   🐦 Twitter   ▶ YouTube

Recording Studios & Services: Producers & Producer Management

Nick Carpenter PO Box 22626, London, N15 3WW **t** 020 8211 0272 **f** 020 8211 0272

Guy Chambers Contact: Sleeper Music

Change of Weather Productions 29 Gladwell Road, London, N8 9AA **t** 020 8245 2136 **e** pcarmichael@changeofweather.com **w** changeofweather.com 📇 MD: Paul Carmichael 07974 070 880.

DJ Chaos Contact: Panama Productions

Colin Leggett PO Box 58238, London, N1 9GQ **t** 07712 583331 **e** colin@colinleggett.com **w** colinleggett.com f facebook.com/colin.leggett 🐦 @colindeanowise1 📇 Music Producer Songwriter: Colin Leggett 07712583331.

Jon Collyer Contact: AIR Management

Con Fitzpatrick Productions Big Guitar Recording Studio, Gravity Shack, Unit 3, Rear of 328 Balham High Rd, London, SW17 7AA **t** 020 8672 4772 **e** con.fitzpatrick@btinternet.com 📇 Contact: Con Fitzpatrick.

Steve Cooper - Production/Engineering/Sound Design **t** 07989 301910 **e** steve@radiotone.co.uk **w** radiotone.co.uk 📇 MD: Steve Cooper.

Miranda Cosgrove Contact: Advanced Alternative Media Ltd

The Cottage Group - Amco Music Productions 2 Gawsworth Rd, Macclesfield, Cheshire, SK11 8UE **t** 01625 420 163 **f** 01625 420 168 **e** info@amcomusic.com **w** amcomusic.co.uk 👤 myspace.com/amcomusicpublishing ▶ youtube.com/amcomusic 📇 MD: Roger Boden.

Rupert Coulson Contact: AIR Management

Courtyard Productions Ltd 21 The Nursery, Sutton Courtenay, Abingdon, Oxfordshire, OX14 4UA **t** 01235 845800 **f** 08451 274663 **e** kate@cyard.com 📇 Director: Chris Hufford.

Covert Music Management Flat 5, Parr Court, Revere Way, Epsom, Surrey, KT19 9RJ **t** 07958 958541 **f** 08712 641322 **e** simon@covertmusic.co.uk **w** covertmusic.co.uk 🐦 twitter.com/covertmusic 📇 Managing Director: Simon King.

Jason Cox Contact: Alan Cowderoy Management

Pete Craigie Contact: Z Management

Creative Productions (UK) Ltd 1 Roundtown, Aynho, Oxfordshire, OX17 3BG **t** 01869 810956 **e** guy@creativeproductionsuk.com 📇 Contact: Guy Stanway, Gary Stevenson.

Stuart Crichton Contact: Z Management

Crocodile Music 431 Linen Hall, 162-168 Regent St, London, W1B 5TE **t** 020 7580 0080 **f** 020 7637 0097 **e** music@crocodilemusic.com **w** crocodilemusic.com 📇 Contact: Malcolm Ironton, Ray Tattle.

Mike Crossey Contact: Alan Cowderoy Management

Phil Culbertson 5-6 Road Farm, Ermine Way, Arrington, Herts, SG8 0AA **t** 01223 207 007 **f** 01223 207 007 **e** info@verticalrooms.com **w** verticalrooms.com 📇 Dir: Pete Brazier.

Ian Curnow Contact: Z Management

Cutfather Contact: XL Talent

The Cutting Room Abraham Moss Centre, Crescent Centre, Manchester, M8 5UF **t** 0161 740 9438 **f** 0161 740 0583

Dan & Leah Contact: Advanced Alternative Media Ltd

Dan O'Sullivan and Antti Uusimaki Contact: Paul Brown Management

Darah Music - Q Zone Ltd Suite 21, 405 Kings Rd, Chelsea, London, SW10 0BB **t** 020 7352 8393 **f** 020 776 8412 **e** david@darah.co.uk 📇 MD: David Howells.

David Beard Producers and Producer Management 176 Sandbed Lane, Belper, Derbyshire, DE56 0SN **t** 01773 824 340 **e** info@davidbeardmusic.com **w** davidbeardmusic.com 📇 MD: David Beard 07815 573 121.

David Jaymes Associates Ltd Hope House, 40 St Peters Rd, London, W6 9BN **t** 020 8741 6020 **e** info@spiritmm.com **w** irl.org.uk 👤 myspace.com/spiritmusicmedia 📇 Directors: David Jaymes, Tom Haxell.

Pete Davis Contact: Map Entertainment Limited

Charlotte Day Contact: The Cottage Group - Amco Music Productions

Daze Music UK 11 bank street, Tonbridge, Kent, Tonbridge, Kent, TN9 1BL **t** 01732 359458 **f** 01892 614562 **e** dazemusicuk@gmail.com **w** bibathemusical.com 📇 Director: David Foster-Smith 07887794723.

DB Entertainments Ltd PO Box 147, Peterborough, Cambridgeshire, PE1 4XU **t** 01733 311755 **f** 01733 709449 **e** info@dbentertainments.com **w** dbentertainments.com 📇 Director/Producer: Russell Dawson-Butterworth.

Edward de Bono Contact: Wingfoot Productions

John de Bono Contact: Wingfoot Productions

Dead Stereo Contact: Ambush Management

Deep Production Company 187 Freston Rd, London, W10 6TH **t** 020 8964 8256 **e** mark@deeprecordingstudios.com **w** deeprecordingstudios.com 🐦 deeprecording 📇 Manager: Mark Rose.

Dario Dendi Contact: Giles Stanley Management

Georgie Dennis Contact: 365 Artists Ltd

Music Week Directory

Contacts | **Facebook** | **MySpace** | **Twitter** | **YouTube**

Recording Studios & Services: Producers & Producer Management

Digimix Music Productions Sovereign House, 12 Trewartha Road, Praa Sands, Penzance, Cornwall, TR20 9ST **t** 01736 762 826 **f** 01736 763 328 **e** panamis@aol.com **w** panamamusic.co.uk MD: Roderick Jones.

DJ Stylus Sovereign House, 12 Trewartha Rd, Praa Sands, Penzance, Cornwall, TR20 9ST **t** 01736 762216 **f** 01736 763328 **e** panamus@aol.com **w** panamamusic.co.uk myspace.com/scampmusicpublishing MD: Roderick Jones.

Graham Dominy Contact: Innocent Management

Double Jointed Productions (address witheld by request) **t** 020 7836 7553 **e** djp@musicard.co.uk Production Mgr: David Newell.

Dr. Luke Contact: Advanced Alternative Media Ltd

Dreamscape Music 36 Eastcastle Street, London, W1W 8DP **t** 020 7631 1799 **f** 020 7631 1720 **e** lester@lesterbarnes.com **w** lesterbarnes.com Composer: Lester Barnes 07767 771 157.

Duffnote Productions Ltd Vine Cottage, North Road, Bosham, Chichester, West Sussex, PO18 8NL **t** 01243 774606 **e** info@duffnote.com **w** duffnote.com Director: Danny Jones.

Duncan Management Unit 8 Canalot Studios, 222 Kensal Rd, London, W10 5BN **t** 07990 550 001 **e** rebecca@duncanmanagement.com **w** duncanmanagement.com MD: Rebecca Duncan 07990 550001.

Jermaine Dupri Contact: Advanced Alternative Media Ltd

The Dust Brothers Contact: Advanced Alternative Media Ltd

Dusty Pink 11 bank street, Tonbridge, Kent, TN9 1BL **t** 01732 359458 **f** 01892 614562 **e** dazemusicuk@gmail.com **w** bibathemusical.com Director: David Foster-Smith 07887794723.

Colin Eade Sovereign House, 12 Trewartha Rd, Praa Sands, Penzance, Cornwall, TR20 9ST **t** 01736 762826 **f** 01736 763328 **e** panamus@aol.com **w** panamamusic.co.uk myspace.com/scampmusicpublishing MD: Roderick Jones.

Finn Eiles Contact: Interface

Bruno Ellingham Contact: Illicit Media Ltd

Colin Elliot Contact: 365 Artists Ltd

Jorgen Elofsson Contact: XL Talent

Colin Emmanuel (C Swing) Contact: Stephen Budd Management

Dave Eringa Contact: Solar Management Ltd

Steve Evans Contact: Positive Management

The Fern Organisation Fern Studios, 5 Low Road, Conisbrough, Doncaster, South Yorkshire, DN12 3AB **t** 01709 868511 **f** 01709 867274 Contact: Howard Johnson.

Debbie Ffrench Contact: 365 Artists Ltd

Firebird Studios - Firebird.com Ltd Kyrle House Studios, Edde Cross St, Ross-on-Wye, Herefordshire, HR9 7BZ **t** 01989 762269 **e** info@firebird.com **w** firebird.com facebook.com/pages/Phoenix-J/77298323726 myspace.com/phoenixjmusic twitter.com/phoenix_j CEO: Peter Martin.

Andrew Flintham Productions PO box 1255, Newton Flotman, Norwich, Norfolk, NR151WH **t** 01508 471 485 **e** andrew@overthrillrecords.com **w** overthrillrecords.com Producer/Record Company Owner: Andrew Flintham.

Flood Contact: 140dB Management

Richard Formby Contact: Jigsaw Music Management

John Fortis Contact: XL Talent

Matt Foster Contact: Interface

Geoff Foster Contact: AIR Management

Charlie Francis Contact: Paul Brown Management

Nick Franglen Contact: Big Life Management

Freeform Five Contact: Illicit Media Ltd

Freelance Hellraiser Contact: Big Life Management

Mark Frith Contact: Positive Management

Fume Productions 30 Kilburn Lane, Kensal Green, London, W10 4AH **t** 020 8969 2909 **f** 020 8969 3825 **e** info@fume.co.uk **w** fume.co.uk MD: Seamus Morley.

Fundamental Music 64 Manor Rd, Wheathampstead, Hertfordshire, AL4 8JD **t** 01582 622757 **e** karen@fundamentalmusic.co.uk Manager: Karen Ciccone 07815 898488.

Pascal Gabriel Contact: This Much Talent

Pete Gage Production 47 Prout Grove, London, NW10 1PU **t** 020 8450 5789 **f** 020 8450 0150 MD: Pete Gage.

Galaxy P Contact: Jamdown Ltd

Rod Gammons G2 Music, Pinewood Studios, Pinewood Road, IVER, Buckinghamshire, SL0 ONH **t** 01753 422751 **f** 01753 656683 **e** helen.gammons@gmail.com **w** g2-music.com Contact: Helen Gammons 07711 668121.

Gaudi Contact: The Lemon Group

Sean Genockey Contact: Solar Management Ltd

Gerry Diver London **t** 07956 502251 **e** gdiver@me.com **w** gerrydiver.co.uk Producer/composer/multi-instrumentalist: Gerry Diver.

Serban Ghenea Contact: Advanced Alternative Media Ltd

www.musicweek.com   **Music Week Directory**

👤 Contacts   📘 Facebook   🅼 MySpace   🐦 Twitter   ▶️ YouTube

Recording Studios & Services: Producers & Producer Management

Brad Gilderman Contact: Pachuco Management

Giles Stanley Management Fruit Tree, Otterbourne Rd, Winchester, Hants, SO21 2RT
t 07718 653218 **e** info@gs-music.com **w** gs-music.com
👤 MD: Giles Stanley.

Andy Gill Contact: Big Life Management

Kristian Gilroy Harewood Farm Studios, Little Harewood Farm, Clamgoose Lane, Kingsley, Staffs, ST10 2EG **t** 07973 157 920 **f** 01538 755 735
e kristian@harewoodfarmstudios.com
w harewoodfarmstudios.com 👤 Producer: Kristian Gilroy.

Mick Glossop Contact: Giles Stanley Management

Go Crazy Music The Studio, Penybryn, Tydcombe Rd, Warlingham, Surrey, CR6 9LU **t** 01883 626859
e gocrazymusic@aol.com 👤 GM: Sara Watts.

Clive Goddard Contact: Big Life Management

Goetz B Contact: 365 Artists Ltd

Simon Gogerly Contact: Stephen Budd Management

Goldman Associates 16 Red Hill Lane, Great Shelford, Cambridge, CB2 5JR **t** 01223 840436
f 01223 840436 **e** dox@goldman.co.uk **w** goldman.co.uk
👤 Contact: Martin Goldman.

Nigel Godrich Contact: Solar Management Ltd

Tim Gordine Contact: This Much Talent

Graeme Robinson 2 Beaconsfield Street, Darlington, County Durham, DL3 6ER **t** 01325 255 252
f 01325 255 252 **e** graemerobinson@mac.com
👤 Managing Director: Graeme Robinson.

Nicky Graham Contact: Maximum Music Ltd

Jon Gray Contact: Big Life Management

Howard Gray Contact: XL Talent

Andy Green Contact: Giles Stanley Management

Drew Griffiths Contact: Duncan Management

Ian Grimble Contact: Jigsaw Music Management

Raj Gupta Contact: Solar Management Ltd

Stephen Hague Contact: Stephen Budd Management

Hamm & Bertoni Contact: Big Life Management

Fran Ashcroft 101 Greenway Road, Higher Tranmere, Birkenhead, Merseyside, CH42 0NE **t** 01516 533463
e happybeatstudios@yahoo.cp.uk **w** happybeat.net
📘 facebook.com/profile.php?id=100001921657006
🅼 myspace.com/happybeat 👤 Record Producer: Fran Ashcroft.

Phil Harding Contact: P.J. Music

Mads Hauge Contact: WG Stonebridge Producer Management

Greg Haver Contact: Stephen Budd Management

Head Contact: Paul Brown Management

Heavy Duty Productions 162 Springfield Road, Brighton, BN1 6DG **t** 01273 906 908
e info@heavydutyproductions.co.uk
w heavydutyproductions.co.uk 👤 Dir: Stewart Crackett.

Mike Hedges Contact: 3kHz

Sally Herbert Contact: Solar Management Ltd

Max Heyes Contact: Z Management

Paul Hicks Contact: 3kHz

Ben Hillier Contact: 140dB Management

Steve Hilton Contact: Stephen Budd Management

Joe Hirst Contact: Interface

Hitsville-Village Productions and Studios P.O.Box 7874, London, SW20 9XD **t** 07050605219
f 07050605239 **e** info@pan-africa.org 👤 Contact: Oscar Sam-Carrol Studios 07050 605219.

Pete Hofmann Contact: Interface

Jimmy Hogarth Contact: Map Entertainment Limited

Emma Holland Contact: 365 Artists Ltd

Tim Holmes Contact: AIR Management

Holyrood Recording & Film Productions 86-92 Causewayside, Edinburgh, Midlothian, EH9 1PY
t 01316 683366 **f** 01316 624463
e neil@holyroodproductions.com 👤 Managing Director: Neil Ross.

Trevor Horn Contact: Sarm Management

Hot Source Productions Island Cottage, Rod Eyot, Wargrave Rd, Henley-on-Thames, Oxon, RG9 3JD
t 01491 412 946 **e** Jay-F@hotsourceproductions.com
👤 Contact: Jay-F.

Liam Howe Contact: This Much Talent

Hoxton Whores Contact: 24 Management

Chris Hughes Contact: Positive Management

Matt Hyde Contact: Interface

Illicit Media Ltd PO Box 51871, London, NW2 9BR
t 020 8830 7831 **f** 020 8830 7859 **e** ian@illicit.tv
w illicit.tv 👤 MD: Ian Clifford 0208 8307831.

Innocent Management 45 Sylvan Avenue, London, N22 5JA **t** 07896 428 861
e info@innocentmanangement.com
w innocentmanangement.com 👤 Contact: Lise Regan.

The Insects Contact: Paul Brown Management

Interface 36 Leroy Street, London, SE1 4SP
t 020 7232 0008 **e** info@interfaceyourmusic.com
w interfaceyourmusic.com 👤 Director: Nick Young.

Jacknife Lee Contact: Big Life Management

Jake Jackson Contact: AIR Management

Jamdown Ltd Stanley House Studios, 39 Stanley Gardens, London, W3 7SY **t** 020 8735 0280
f 020 8930 1073 **e** othman@jamdown-music.com
w jamdown-music.com 👤 MD: Othman Mukhlis.

Music Week Directory

Contacts | **Facebook** | **MySpace** | **Twitter** | **YouTube**

Recording Studios & Services: Producers & Producer Management

JamDVD London **t** 07976 820 774 **f** 07092 003 937 **e** jamdvd@macunlimited.net **w** jamdvd.com
Producer: Julie Gardner.

Eliot James Contact: Audio Authority Management

Jeff Jarratt Hotrock Music, Forestdene, Barnet, Hertfordshire, EN5 4PP **t** 020 8449 0830 **f** 020 8447 1210 **e** jeff@abbeyroadcafe.com MD: Jeff Jarratt.

Jax Management Ltd t 07939 131362 **e** ian@jaxmanagement.co.uk **w** jaxmanagement.co.uk
Managing Director: Ian Mizen.

JAY Productions 107 Kentish Town Rd, London, NW1 8PD **t** 020 7485 9593 **f** 020 7485 2282 **e** john@jayrecords.com **w** jayrecords.com
Producer: John Yap.

Jazz UK Magazine First Floor, 132 Southwark St, London, SE1 0SW **t** 020 7928 9089 **f** 020 7401 6870 **e** listings@jazzservices.org.uk **w** jazzservices.org.uk
Listings Editor: Yots.

Jazzwad Contact: Jamdown Ltd

Martin Jenkins Contact: Interface

Jigsaw Music Management 42 Albert Road, London, SE20 7JW **t** 07748 871737; 07843 304 999 **e** info@jigsawmusicmgmt.com **w** jigsawmusicmgmt.com
Partners: Carrie Ridley, Ellie Giles.

Jimmy Thomas PO Box 38805, London, W12 7XL **t** 020 8740 8898 **e** jimmythomas@osceolarecords.com **w** osceolarecords.com

Joe Brown Productions Ltd PO Box 272, London, N20 0BY **t** 020 8368 0340 **f** 020 8361 3370 **e** john@jt-management.demon.co.uk MD: John Taylor.

Tore Johansson Contact: Stephen Budd Management

Wessley Johnson Contact: 365 Artists Ltd

Roderick Jones Sovereign House, 12 Trewartha Rd, Praa Sands, Penzance, Cornwall, TR20 9ST **t** 01736 762826 **f** 01736 763328 **e** panamus@aol.com **w** panamamusic.co.uk
myspace.com/scampmusicpublishing MD: Roderick Jones.

Charlie Jones Contact: Positive Management

Hugh Jones Contact: Alan Cowderoy Management

Jonny Wright Contact: Advanced Alternative Media Ltd

DC Joseph Contact: Big Life Management

K-Klass The Bunker Recording Studio, Borras Road, Borras, Wrexham, LL13 9TW **t** 01978 263295 **f** 01978 263295 **e** kklass@btconnect.com **w** k-klass.com
Contact: Andrew Willimas/Carl Thomas.

David Kahne Contact: Advanced Alternative Media Ltd

Karl 'KGee' Gordon Contact: XL Talent

KC Blitz Contact: Audio Authority Management

Jon Kelly Contact: Stephen Budd Management

Kenisha Contact: Stephen Budd Management

Kick Production The Carriage House, 26B Dunstable Rd, Richmond upon Thames, Surrey, TW9 1UH **t** 020 8332 7525 **f** 020 8332 7527 **e** firstname@kickproduction.co.uk **w** kickproduction.com
Contact: Terry J Neale.

Chris Kimsey Contact: Giles Stanley Management

King Unique Contact: 24 Management

Rob Kirwan Contact: 140dB Management

KK Contact: Stephen Budd Management

Kool Kojak Contact: Advanced Alternative Media Ltd

Jagz Kooner Contact: Big Life Management

Savan Kotecha Contact: Advanced Alternative Media Ltd

Gisli Kristjansson Contact: Alan Cowderoy Management

Carsten Kroeyer Contact: Stephen Budd Management

Bob Lamb 122A Highbury Road, Kings Heath, Birmingham, West Midlands, B14 7QP **t** 0121 443 2186 **e** boblamb@recklessltd.com Studio Mgr/Prop: Bob Lamb.

Larry Hibbitt Contact: Paul Brown Management

Laurie Latham Contact: SJP/Dodgy Productions

Simon Law & Lee Hamblin Contact: Z Management

Peter Lawlor c/o Water Music Productions, 1st Floor, Block 2, 6 Erskine Road, London, NW3 3AJ **t** 020 7722 3478 **f** 020 7722 6605 Contact: Tessa Sturridge.

Graham Le Fevre 59 Park View Road, London, NW10 1AJ **t** 020 8450 5154 **f** 020 8452 0187 **e** rubiconrecords@btopenworld.com **w** rubiconrecords.co.uk Founder: Graham Le Fevre.

Leafman 31 Belsize Park, London, NW3 4DX **t** 07767 405 056 **e** liam@leafsongs.com MD: Liam Teeling.

John Leckie Contact: SJP/Dodgy Productions

Damian LeGassick Contact: AIR Management

The Lemon Group 1st Floor, 17 Bowater Road, Westminster Industrial Estate, Woolwich, London, SE18 5TF **t** 07989 340 593 **e** brian@thelemongroup.com **w** thelemongroup.com MD: Brian Allen.

Lester Barnes Contact: Dreamscape Music

James Lewis Contact: Stephen Budd Management

The Liaison and Promotion Company 124 Great Portland St, London, W1W 6PP **t** 020 7636 2345 **f** 020 7580 0045 **e** garydavison@fmware.com Dir: Gary Davison.

Linus Loves Contact: Illicit Media Ltd

www.musicweek.com   **Music Week Directory** 331

👤 Contacts   **f** Facebook   **S** MySpace   **t** Twitter   **YT** YouTube

Recording Studios & Services: Producers & Producer Management

Steve Lironi Contact: Stephen Budd Management

Long Island Studios Long Island House, 1-4 Warple Way, London, W3 0RG **t** 020 8954 7144 **e** info@longislandstudios.com **w** longislandstudios.com 👤 Contact: Leanne Myers.

Steve Lyon Contact: Stephen Budd Management

Steve Mac Contact: Darah Music - Q Zone Ltd

Macwell Contact: Smac Music

Per Magnusson & David Kreuger Contact: XL Talent

Makis G Contact: The Lemon Group

Richard Manwaring 25 Waldeck Road, London, W13 8LY **t** 020 8991 0495

Map Entertainment Limited 47 Kenlor Road, London, SW17 0DG **t** 020 8672 6079 **e** marie@mapentertainment.co.uk ; pete@mapentertainment.co.uk 👤 Directors: Marie Burmiston / Pete Evans Marie : +44 7770 914 513 / Pete : +44 7831 772 678.

Catherine Marks w www.catherinejmarks.com Contact: Fundamental Music

Pete 'Boxsta' Martin Contact: 365 Artists Ltd

Giles Martin Contact: C A Management

Guy Massey Contact: 140dB Management

Matpro Ltd Cary Point, Babbacombe Downs, Torquay, Devon, TQ1 3LU **t** 01803 322 233 **f** 01803 322 244 **e** mail@matpro-show.biz **w** babbacombe-theatre.com 👤 MD: Colin Matthews.

Gareth Matthews C/O Deep Recording Studios

Maximum Music Ltd 9 Heathmans Road, Parsons Green, London, SW6 4TJ **t** 020 7731 1112 **e** nicky.graham@btconnect.com **w** nickygraham.com 👤 Managing Director: Nicky Graham.

Mcasso Music Production 32-34 Great Marlborough Street, London, W1F 7JB **t** 020 7734 3664 **f** 020 7439 2375 **e** music@mcasso.com **w** mcasso.com 👤 MD: Mike Connaris.

Dave McCracken Contact: 140dB Management

Tom Mcfall Contact: Audio Authority Management

Reg McLean RMO Music, 37 Philip Close, carshalton, Surrey, SM5 2FE **t** 020 8646 3378 **f** 020 8646 3376

Neil McLellan Contact: This Much Talent

Richard McNamara Contact: Big Life Management

Dave Meegan Contact: Z Management

Menace Music Management 2 Park Rd, Radlett, Hertfordshire, WD7 8EQ **t** 01923 853789 **f** 01923 853318 **e** menacemusicmanagement@btopenworld.com 👤 MD: Dennis Collopy.

Messy Productions Studio 2, Soho Recording Studios, 22-24 Torrington Place, London, WC1E 7HJ **t** 020 7813 7202 **f** 020 7419 2333 **e** info@messypro.com **w** messypro.com 👤 MD: Zak Vraceli.

Miami Calling Contact: Ambush Management

Midi Mafia Contact: XL Talent

Teo Miller Contact: Stephen Budd Management

Duncan 'Pixie' Mills Contact: Jigsaw Music Management

Grant Mitchell Contact: Sarm Management

Martin Mitchell Commercial Music Productions 14 Moorend Crescent, Cheltenham, Gloucestershire, GL53 0EL **t** 01242 523304 **f** 01242 523304 **e** mmitchell@hrpl.u-net.com 👤 MD: Martin Mitchell.

The Mob Film Company 10-11 Great Russell St, London, WC1B 3NH **t** 020 7580 8142 **f** 020 7255 1721 **e** mail@mobfilm.com **w** mobfilm.com 👤 Producer: John Brockelhurst.

Gavin Monaghan Contact: Smoothside Organisation

Moneypenny The Stables, Westwood House, Main Street, North Dalton, Driffield, East Yorkshire, YO25 9XA **t** 01377 217815 **f** 01377 217754 **e** nigel@adastey.demon.co.uk 👤 MD: Nigel Morton.

Paul Mooney Suite 16, 7 Abingdon Rd, Middlesbrough, TS1 2DP **t** 01642 806795 **f** 01642 351962 **e** info@millbrand.com **w** millbrand.com **f** facebook.com/millbrand **S** myspace.com/millbrand 👤 Contact: Paul Mooney 07724 051117.

Owen Morris Contact: Nomadic Music

Tom Morris Contact: Audio Authority Management

Ian Morrow Contact: Sarm Management

Steve Rodway - Grammy Nominee & ASCAP Award Winner e info@steverodway.com **w** steverodway.com 👤 Contact: +44 (0)7740 840048.

Motive Music Management 93b Scrubs Lane, London, NW10 6QU **t** 07808 939 919 **e** nathan@motivemusic.co.uk 👤 Contact: Nathan Leeks.

Music Factory Entertainment Group Hawthorne House, Fitzwilliam Street, Parkgate, Rotherham, South Yorkshire, S62 6EP **t** 01709 710 022 **f** 01709 523 141 **e** info@musicfactory.co.uk **w** musicfactory.co.uk 👤 Contact: Andy Pickles.

Music Masters Ltd Orchard End, Upper Oddington, Moreton-in-Marsh, Gloucestershire, GL56 0XH **t** 01451 812288 **f** 01451 870702 **e** info@music-masters.co.uk **w** music-masters.co.uk 👤 MD: Nick John.

The Music Sculptors 32-34 Rathbone Place, London, W1P 1AD **t** 020 7636 1001 **f** 020 7636 1506

Christopher Neil The Hoods, High Street, Wethersfield, nr Braintree, CM7 4BY **t** 01371 850 238 **e** stpierre.roger@dsl.pipex.com 👤 MD: Roger St Pierre.

Music Week Directory

Contacts | **Facebook** | **MySpace** | **Twitter** | **YouTube**

Recording Studios & Services: Producers & Producer Management

Alan Moulder w www.alanmoulder.com Contact: Fundamental Music

Mike Nielsen Contact: AIR Management

Nightmoves Contact: Illicit Media Ltd

Niles Productions Ltd 34 Beaumont Rd, London, W4 5AP t 020 8248 2157 e richard@richardniles.com w richardniles.com Director/Producer/Composer: Dr. Richard Niles.

Richard Niles Contact: Niles Productions Ltd

NJC Music Suffolk e sales@njcmusic.co.uk w njcmusic.co.uk facebook.com/njcmusic myspace.com/natclarxon twitter.com/njcmusic youtube.com/njcmusic Production Manager: Nat 'NJC' Clarkson 01473254867.

Adam Noble Contact: AIR Management

Noko Contact: XL Talent

Nomadic Music Unit 18, Farm Lane Trading Estate, 101 Farm Lane, London, SW6 1QJ t 020 7386 6800 f 020 7386 2401 e info@nomadicmusic.net w nomadicmusic.net Label Head: Paul Flanagan 07779 257 577.

Chuck Norman Contact: Solar Management Ltd

Rick Nowels Contact: Stephen Budd Management

Nuff Productions 139 Whitfield Street, London, W1T 5EN t 020 7380 1000 f 020 7380 1000 e neil@nuff.co.uk w nuff.co.uk Producer: Neil Stainton 07768 242 057.

Paul O'Duffy Contact: XL Talent

Ocean Bloem Productions t 07799 767 888 e ned@oceanbloem.com w oceanbloem.com Producer: Ned Bigham.

OD Hunte Contact: OD Hunte Music Productions

Tim Oliver Contact: Positive Management

William Orbit Contact: Advanced Alternative Media Ltd

Steve Osborne Contact: 140dB Management

Out Of Office Contact: Ambush Management

The Outfit Productions Sherwood Plaza, 530a Mansfield Road, Sherwood, Nottingham, NG5 2FR t 07798 902 749 e info@theoutfitproductions.com w theoutfitproductions.com Producer: James Hancock.

Gorwel Owen Ein Hoff Le, Llanfaelog, Ty Croes, Ynys Mon, LL65 5TN t 01407 810 742 f 01407 810 742 e gorwel@rhwng.com Contact: 07987 672 824.

Oxbridge Records (Classical, Choral & Organ only) 1 Abbey Street, Eynsham, Oxford, OX8 1HR t 01865 880240 f 01865 880340 MD: HF Mudd.

Oxygen Music Management 14 Colquitt Street, Liverpool, Merseyside, L1 4DE t 0151 709 4090 e oxygenmusic@btinternet.com MD: Pete Byrne.

P.J. Music Willow Barn, Wrenshall Farm, Walsham-Le-Willows, Bury St Edmunds, Suffolk, IP31 3AS t 01359 258686 f 01359 258686 e phil.harding@virgin.net w philharding.co.uk myspace.com/philthepowerharding MD: Phil Harding.

Pachuco Management Old Fold Manor, Old Fold Lane, Hadley Green, Herts, EN5 5NQ t 07968 369805 e grahamcarpenter@hotmail.com MD: Graham Carpenter.

Panama Productions Sovereign House, 12 Trewartha Rd, Praa Sands, Penzance, Cornwall, TR20 9ST t 01736 762826 f 01736 763328 e panamu@aol.com w panamamusic.co.uk myspace.com/scampmusicpublishing Managing Director: Roderick Jones 01736 762 826.

P+E Music Contact: P.J. Music

Gareth Parton Contact: Big Life Management

Andy Paterson C/O Deep Recording Studios

Paul Brown Management 81 Vespan Rd, London, London W12 9QG t 020 8740 4455 e paulb@pbmanagement.co.uk w pbmanagement.co.uk MD: Paul Brown 07715 541 676.

Paul Lani Contact: Paul Brown Management

Ewan Pearson Contact: Illicit Media Ltd

Mike Pela Contact: Giles Stanley Management

Mike Pelanconi Contact: Motive Music Management

Pete Kirtley Chestnut Tree Cottage, Brick Hill, Chobham, Surrey, GU24 8TL t 07767 607907 e pete@jiant.co.uk myspace.com/petekirtley petekirtley Producer: Pete Kirtley.

Peter Gordeno Contact: XL Talent

Ferg Peterkin Contact: Interface

PHAB High Notes, Sheerwater Avenue, Woodham, Surrey, KT15 3DS t 019323 48174 f 019323 40921 MD: Philip HA Bailey.

Phatrax Productions e phatraxproductions.googlemail.com w phatraxproductions.googlepages.com Contact: Mark Mills.

Mark Phythian Contact: Innocent Management

Pierce c/o Pierce Ent., Pierce House, Hammersmith Apollo, Queen Caroline Street, London, W6 9QH t 020 8563 1234 f 020 8563 1337 Contact: Deborah Cable.

Pivotal Music Management 118-120 Great Titchfield Street, London, W1W 6SS t 020 7268 9620 e info@pivotalmusic.co.uk Contact: Björn Hall.

www.musicweek.com   **Music Week Directory** 333

Contacts   Facebook   MySpace   Twitter   YouTube

Platinum Tones Productions Ltd PO Box 5935, Towcester, Northamptonshire, NN12 7ZL **t** 01327 811618 **e** info@platinumtones.com **w** platinumtones.com myspace.com/platinumtone twitter.com/platinumtone Recording Engineer & Producer: Tony Platt.

Tony Platt Contact: Platinum Tones Productions Ltd

Play Production Contact: XL Talent

Point4 Productions Point 4 Music, 7 Queens Road, Brixham, Devbon, TQ5 8BG **t** 07788 420315 **e** info@point4music.com **w** point4music.com Dirs: Paul 'Bronze' Newton, Peter Day.

Point4 Records 7 Queens Road, Brixham, Devon, TQ5 BGG **e** info@point4music.com **w** point4music.com Dirs: Paul Newton, Peter Day.

Poseidon Music 46A Woodbridge Road, Moseley, Birmingham, West Midlands, B13 8EJ **t** 01212 490598 **f** 07092 148920 **e** enquiries@poseidonmusic.com **w** poseidonmusic.com facebook.com/poseidonmusic Managing Director: Jon Cotton +44 (0)121 249 0598.

Positive Management 16 Abbey Churchyard, 16 Abbey Churchyard, Bath, Somerset, BA1 1LY **t** 01225 311661 **f** 01225 482013 **e** carole@helium.co.uk **w** positiveproducermanagement.com Manager: Carole Davies 07968 354 878.

Chris Potter Contact: Z Management

Steve Power Contact: Zomba Management

Ade Pressly Contact: AIR Management

Prohibition Management Fulham Palace, Bishops Avenue, London, SW6 6EA **t** 020 7384 7372 **f** 020 7371 7940 **e** Caroline@prohibitiondj.com **w** prohibitiondj.com MD: Caroline Prothero 07967 610 877.

Project G Contact: The Cottage Group - Amco Music Productions

Q-Zone Suite 21, 405 Kings Rd, Chelsea, London, SW10 0BB **t** 020 7352 8393 **f** 020 776 8412 **e** nicki@darah.co.uk Director: Nicki L'Amy.

QD Music 72A Lilyville Road, London, SW6 5DW **t** 07779 653930 **e** drewtodd@qdmusic.co.uk facebook.com/pages/Drew-Todd/6007473492 youtube.com/drewbtodd Managing Director: Drew Todd.

Quiz & Larossi Contact: XL Talent

Steve Cooper c/o Radiotone Records Ltd **t** 07989 301910 **e** info@radiotone.co.uk **w** radiotone.co.uk Dir: Steve Cooper.

Peter Raeburn Contact: Soundtree Music

Mark Rankin Contact: Interface

Red Fort Studios The Sight And Sound Centre, Priory Way, Southall, Middlesex, UB2 5EB **t** 020 8843 1546 **f** 020 8574 4243 Contact: Kuljit Bhamra.

Red Jam Productions 24A Mellifont Avenue, Dun Laoghaire, Co Dublin, Ireland **t** +353 1 2300 118 **f** +353 1 2300 349 **e** firstname@redjamproductions.com **w** redjamproductions.com Producers: Mary McCarthy, Debbie Byrne.

Red Rhythm Productions Red Rhythm Towers, 2 Longlane, Stains, Middlesex, TW19 7AA **t** 01784 255629 **e** cliffrandall@telco4u.net Ace Production Team: Cliff Randall.

Red Triangle Productions Pinetree Farm, Cranborne, Dorset, BH21 5RR **t** 01725 517204 **f** 01725 517801 **e** studio@redtriangleproductions.co.uk **w** redtriangleproductions.co.uk myspace.com/redtrianglepro twitter.com/redtrianglepro Producers: Rick Parkhouse & George Tizzard.

Priscilla Renea Contact: Advanced Alternative Media Ltd

Fiona Renshaw Contact: 365 Artists Ltd

Jay Reynolds Contact: Long Island Studios

Rhythm of Life Ltd Lazonby, Penrith, CA10 1BG **t** 01768 898888 **f** 01768 898809 **e** events@rhythm.co.uk **w** rhythm.co.uk MD: Andrew Lennie.

Richard Lightman Productions 26b Dunstable Road, Richmond, Surrey, TW9 1UH **t** 07976 654453 **e** rl@richardlightman.com **w** richardlightman.com Producer: Richard Lightman.

Richard Rainey Contact: Duncan Management

Richard Robson Contact: Stephen Budd Management

GG Garth Richardson Contact: Advanced Alternative Media Ltd

Neil Richmond 12 Fairwall House, Peckham Road, London, SE5 8QW **t** 020 7703 4668 **f** 020 7703 4668 Contact: 0799 0932850.

Max Richter Contact: Stephen Budd Management

Right Bank Music Productions Home Park House, Hampton Court Rd, Kingston upon Thames, Surrey, KT1 4AE **t** 020 8977 0666 **f** 020 8977 0660 **e** rightbankmusicuk@rightbankmusicuk.com **w** rightbankmusicuk.com VP: Ian Mack.

Ro-lo Productions 35 Dillotford Avenue, Coventry, West Midlands, CV3 5DR **t** 02476 410388 **e** rog@rogerlomas.com **w** rogerlomas.com Managing Director: Roger Lomas 07711 817475.

Iain Roberton Contact: Sarm Management

Robot Club Contact: Smoothside Organisation

Jony Rockstar Contact: Z Management

Jarrad Rogers Contact: XL Talent

Emma Rohan Contact: 365 Artists Ltd

Christopher Rojas Contact: Advanced Alternative Media Ltd

Recording Studios & Services: Producers & Producer Management

334 Music Week Directory — www.musicweek.com

Contacts · Facebook · MySpace · Twitter · YouTube

Recording Studios & Services: Producers & Producer Management

Roll Over Productions 29 Beethoven Street, London, W10 4LJ t 020 8968 0299 f 020 8968 1047 w rollover.co.uk Contact: Phil Jacobs.

Mark Rose C/O Deep Recording Studios

RPM Management Ltd Pierce House, London Apollo Complex, Queen Caroline Street, London, W6 9QU t 020 8741 5557 f 020 8741 5888 e marlene-rpm@pierce-entertainment.com w pierce-entertainment.com MD: Marlene Gaynor.

Rupert Withers 20 Churchfield Road, Chalfont St Peter, Gerrards Cross, Bucks, SL9 9EN t 01753 424293 e vigilante@peroxidemusic.com Contact: Rupert Withers 07766 345222.

Ron Saint Germain Contact: SJP/Dodgy Productions

James Sanger Contact: Z Management

Sarm Management 8-10 Basing Street, 8-10 Basing St, London, W11 1ET t 020 7229 1229 f 020 7221 9247 e mel@spz.com w sarmstudios.com Director: Mel Hoven.

Rob Schnapf Contact: Advanced Alternative Media Ltd

Scott Cutler & Anne Previn Contact: Advanced Alternative Media Ltd

Mike Paxman e pax@secondwave.co.uk Contact: Secondwave +44(0)1932224319.

Sentinel Management 60 Sellons Avenue, London, NW10 4HH t 020 8961 6992 e sentinel7@hotmail.com Dirs: Sandra Scott 07932 737 547.

Shanelle Sovereign House, 12 Trewartha Rd, Praa Sands, Penzance, Cornwall, TR20 9ST t 01736 762826 f 01736 763328 e panamus@aol.com w panamamusic.co.uk myspace.com/digimixrecords MD: Roderick Jones.

Chris Sheldon Contact: Alan Cowderoy Management

George Shilling Contact: SJP/Dodgy Productions

Kevin Shirley Contact: Duncan Management

Valgeir Sigurdsson Contact: Stephen Budd Management

Silver Lion Productions 10 Oakwood Road, London, NW11 6QX t 07937 345368 Contact: Tony Wilson.

Craig Silvey Contact: Smoothside Organisation

Julian Simmons Contact: Smoothside Organisation

Will Simms Contact: Big Life Management

Rik Simpson Contact: Stephen Budd Management

SJP/Dodgy Productions 263 Putney Bridge Road, London, SW15 2PU t 020 8780 3311 f 020 8785 9894 e sjpdodgy@easynet.co.uk w sjpdodgy.co.uk Creative Manager: Safta Jaffery.

SJTMusic 51 Rosemullion Avenue, Tattenhoe, Milton Keynes, Buckinghamshire, MK4 3AH t 07968 795503 e sjtmusic@mac.com w sjtmusic.co.uk Director: Simon Turner.

Skatta Cordel Burrell Contact: Jamdown Ltd

Skylark Contact: 24 Management

Lee Slater Contact: AIR Management

Sleeper Music Block 2, 6 Erskine Road, Primrose Hill, London, NW3 3AJ t 020 7580 3995 f 020 7900 6244 e info@sleepermusic.co.uk w guychambers.com Contact: Dylan Chambers, Louise Jeremy.

Smac Music 1 Tanworth Close, 1 Tanworth Close, Northwood, Middlesex, HA2 2GF t 01923 450928 e macwell@smacmusic.com w smacmusic.com Head: Stuart Macwell 07904 546 729.

Alexis Smith Contact: 365 Artists Ltd

Smoothside Organisation Stoke House, South Green, Kirtlington, Oxford, OX5 3HJ t 01869 351268 e barbara@smoothside.com w smoothside.com MD: Barbara Jeffries.

Sniffy Dog 26 Harcourt St, London, W1H 4HW t 020 7724 9700 f 020 7724 2598 e info@coochie-hart.com w sniffy-dog.com Contact: Michael Blainey.

Solar Management Ltd 13 Rosemont Rd, London, NW3 6NG t 020 7794 3388 f 020 7794 5588 e info@solarmanagement.co.uk w solarmanagement.co.uk MD: Carol Crabtree.

Sonic Music Production Building 348a, Westcott Venture Park, Westcott, Aylesbury, Bucks, HP18 0XB t 01296 655 880 e reception@sonic.uk.com w sonic.uk.com MD: Adrienne Aiken.

Sonny Contact: Innocent Management

Soul Mekanik Contact: Illicit Media Ltd

Soundcakes 14A Hornsey Rise, London, N19 3SB t 020 7281 0018 f 020 7272 9609 Gen Mgr: Kris Hoffmann.

Soundtree Music Bath House, 8 Chapel Place, Rivington Street, London, EC2A 3DQ t 020 7033 3390 e jay@soundtree.co.uk w soundtree.co.uk MD: Jay James.

Soundz Of Muzik Ltd The Courtyard, 42 Colwith Road, London, W6 9EY t 020 8741 1419 f 020 8741 3289 e firstname@evolverecords.co.uk Director: Trevor Porter.

John Spence - Freelance Engineer/Producer 20 Churchside, Appleby, North Lincs, DN15 OAJ t 01724 732 062 e john@spence252.wanadoo.co.uk w fairviewrecording.co.uk Contact: 07718 061 297.

Jim Spencer Contact: Paul Brown Management

John Springate 61 Lansdowne Lane, London, SE7 8TN t 020 8853 0728 f 020 8853 0728 e handbagmusic@cwcom.net w starguitar.mcmail.com/johnspring.html

Matt Squire Contact: Advanced Alternative Media Ltd

Music Week Directory 335

Contacts | **Facebook** | **MySpace** | **Twitter** | **YouTube**

JIM BEADLE -SRB Music - Beat Factory Productions PO Box 189, Hastings, TN34 2WE **t** 01424 435 693 **f** 01424 461 058 **e** jimsrbmusic@aol.com **w** myspace.com/jimbeadle myspace.com/jimbeadle **t** twitter.com/beatfactoryuk Dir: Jim Beadle 07889 279040.

Stab Productions Ltd 223b Victoria Park Road, London, E9 7HD **t** 020 8985 1115 **f** 020 8985 1113 **e** info@stabgroup.com **w** stabgroup.com Dirs: Bradley & Stewart James.

Jeremy Stacey Contact: Sarm Management

Neil "Nuff" Stainton Contact: Ambush Management

Stan Green Management PO Box 4, Dartmouth, Dartmouth, Devon, TQ6 0YD **t** 01803 770046 **f** 01803 770075 **e** tv@stangreen.co.uk **w** stangreen.co.uk Managing Director: Stan Green.

Ian Stanley Contact: Alan Cowderoy Management

Richard "Biff" Stannard Contact: Biffco Management

Paul Statham Contact: This Much Talent

Ali Staton Contact: Giles Stanley Management

Billy Steinberg Contact: Stephen Budd Management

Stephen Budd Management 59-65 Worship Street, London, EC2A 2DU **t** 020 7688 8995 **f** 020 7688 8999 **e** info@record-producers.com **w** record-producers.com Managing Director: Stephen Budd.

Stevan Krakovic London, N10 3AA **e** stevankrakovic@mpg.org.uk **w** mpg.org.uk/members/121 Contact: Stevan Krakovic +447944610940.

Steve Christian Contact: Paul Brown Management

Motiv8 - International Remixing & Production - including Pet Shop Boys, PULP, Kylie Minogue, Spice Girls, Saint Etienne, Dubstar... **e** info@motiv8mix.com **w** motiv8mix.com Contact: +44 (0)7740 840048.

Steve Smith 167, Ringwood Road, St. Leonards, Ringwood, Hants, BH24 2NP **t** 01425 473 432 **f** 01425 473 432 **e** info@rwav.co.uk **w** rwav.co.uk

Graeme Stewart Contact: Solar Management Ltd

Street Level Contact: Street Level Management Ltd

Street Level Management Ltd 1st Floor, 17 Bowater Road, Westminster Industrial Estate, Woolwich, London, SE18 5TF **t** 07886 260 686 **e** ceo@streetlevelenterprises.co.uk **w** streetlevelenterprises.com MD: Sam Crawford.

Streetfeat Management 26 Bradmore Park Road, London, W6 0DT **t** 020 8846 9984

Suli n' Stef Productions Ltd 56 Fraser Road, Perivale, Middlesex, UB6 7AL **t** 020 8723 6158 **f** 020 7738 1764 **e** suli.hirani@btinternet.com Producer: Suli.

Sunship Contact: Jamdown Ltd

Danton Supple Contact: 140dB Management

Martin Sutton Contact: WG Stonebridge Producer Management

Dan Swift Contact: Z Management

Brio Taliaferro Contact: 365 Artists Ltd

Shel Talmy Productions 14 Raynham Road, London, W6 0HY **t** 020 8846 9912 **f** 020 8748 6683 Contact: Judy Lipson.

Tawiah Contact: Advanced Alternative Media Ltd

Edward de Bono 41A Cavendish Rd, London, NW6 7XR **t** 020 8459 2833 **e** edwarddebono@f2s.com Producer and Surround Sound Consultant: Edward de Bono 07958 521099.

Ben Thackeray Contact: Interface

The Glennon Music Group (US & UK Ltd) **e** glennonlondon@comcast.net **w** mpg.org.uk/members/236 myspace.com/georgeglennonmusic PA to George Glennon: Gainsbeth Alstrom US (617) 921-7323.

Ant Theaker Contact: Jigsaw Music Management

This Much Talent The Chapel, Everwood Court, Maybury Gardens, London, NW10 2AF **t** 020 8208 5660 **e** contact@thismuchtalent.co.uk **w** thismuchtalent.co.uk MD: Sandy Dworniak.

Rod Thompson Music 73 Bromfelde Road, London, SW4 6PP **t** 020 7720 0866 **f** 020 7720 0866

Ali Thomson Contact: Sarm Management

Phil Thornalley Contact: WG Stonebridge Producer Management

Darrell Thorp Contact: Solar Management Ltd

Tidy Trax Contact: Music Factory Entertainment Group

Dimitri Tikovoi Contact: 140dB Management

Paul Tipler Contact: Motive Music Management

TLS Music Management/Mixsuite studios UK & LA Los Angeles **t** 310 738 2245 **e** tracy@tlsmanagement.com managing director: Tracy Slater.

TMC Records PO Box 150, Chesterfield, Derbyshire, S40 0YT **t** 01246 236667 **f** 01246 236667 Contact: 07711 774369.

Cenzo Townshend Contact: Alan Cowderoy Management

Toy Productions see Principle Management

OD Hunte Music Productions Unit 3, Leeds Place, London, N4 3RF **t** 07774 265211 **e** od@odhunte.com **w** odhunte.com facebook.com/odhunte twitter.com/odhunte youtube.com/odhunte Music Producer / Writer: OD Hunte 07774 265 211.

Recording Studios & Services: Producers & Producer Management

Music Week Directory

Recording Studios & Services: Producers & Producer Management

TripTik Management 89c. Coningham Road, London, W12 8BS **e** will@triptikmanagement.co.uk / holly@triptikmanagement.co.uk **w** triptikmanagement.co.uk Directors: Will Gresford / Holly Lintell.

Tropical Fish Music 351 Long Lane, London, N2 8JW **t** 0870 444 5468 **f** 0870 132 3318 **e** info@tropicalfishmusic.com **w** tropicalfishmusic.com MD: Grishma Jashapara 07973 386 279.

Chris Tsangarides Contact: Audio Authority Management

Two Twiggs Xperiment no 4 The Breakers, Alexander Ave, Unit 213, Hout Bay, Cape Town, 7806 **t** +27 (0) 71-886-5247 **e** greg@twotwiggs.com **w** twotwiggs.com facebook.com/group.php?gid=5159687354 myspace.com/twotwiggs Dir: Greg Viljoen.

Ty Contact: Sentinel Management

U-Freqs 20 Athol Court, 13 Pine Grove, London, N4 3GU **t** 0831 770 394 **f** 0870 131 0432 **e** info@u-freqs.com **w** u-freqs.com Partner: Stevino.

The Umbrella Group Send email for details **t** 07802 535 696 **f** 020 7603 9930 **e** Tommy@Umbrella-Group.com **w** Umbrella-Group.com Dir: Tommy Manzi.

UMU Productions 144 Princes Avenue, London, W3 8LT **t** 020 8992 7351 **f** 020 8400 4931 **e** promo@ciscoeurope.co.uk MD: Mimi Kobayashi.

Utopia Records Utopia Village, 7 Chalcot Rd, London, NW1 8LH **t** 020 7586 3434 **f** 020 7586 3438 **e** utopiarec@aol.com MD: Phil Wainman.

Utters Contact: Advanced Alternative Media Ltd

Martijn Ten Velden Contact: Stephen Budd Management

Dan Vickers Contact: Sarm Management

Phil Vinall Contact: AIR Management

Tony Visconti Tony Visconte Productions Inc, PO Box 314, Pomona, NY, USA, 10970 **t** 001 845 362 8876 **f** 001 845 362 9190 **w** tonyvisconti.com Contact: May Pang.

Vision Discs PO Box 92, Gloucester, GL4 8HW **t** 01452 814321 **f** 01452 812106 **e** vic_coppersmith@hotmail.com **w** visiondiscs.com MD: Vic Coppersmith-Heaven.

VocalTuning.com 9 Woodmancote Vale, Cheltenham, Glocs, GL52 9RJ **t** 01242 676 672 **e** enquiries@vocaltuning.com **w** vocaltuning.com Sound engineer: James Kinnear.

Andy Wallace Contact: Advanced Alternative Media Ltd

Mark Wallis Contact: Stephen Budd Management

Greg Walsh Contact: The Liaison and Promotion Company

Peter Walsh Contact: Paul Brown Management

Rik Walton Giffords Oasthouse, Battle Rd, Dallington, E Sussex, TN21 9LH **t** 01424 838148 **e** rik.walton@virgin.net **w** madeupmusic.co.uk Producer/Engineer: Rik Walton 07808 453 321.

Ward 21 Contact: Jamdown Ltd

Liam Watson Contact: Smoothside Organisation

We Want More e hai.la@wwm-inc.com **w** wwm-inc.com Music Manager: Hai La 07861291 826.

Dan Weller Contact: Jigsaw Music Management

WG Stonebridge Producer Management PO Box 49155, London, SW20 0YL **t** 020 8946 7242 **f** 020 8946 7242 **e** w.stonebridge@btinternet.com Contact: Bill Stonebridge.

Jeremy Wheatley Contact: 365 Artists Ltd

David White Contact: The Liaison and Promotion Company

Allister Whitehead Contact: Ambush Management

Mark Williams Contact: 140dB Management

Tim Wills Contact: Z Management

Kasper Winding Contact: 365 Artists Ltd

Wingfoot Productions 15 Flower Lane, London, NW7 2JA **t** 020 8180 8074 **f** 0705 363 7012 **e** info@wingfoot.co.uk **w** wingfoot.co.uk Managing Director: John de Bono.

Nick Wollage Contact: AIR Management

Hugh Worskett Contact: Jigsaw Music Management

XL Talent Reverb House, Bennett St, London, W4 2AH **t** 020 8747 0660 **e** management@reverbxl.com **w** reverbxl.com Partner: Julian Palmer.

Yazuka Productions 30 West Block, Rosebery Square, London, EC1A 4PT **t** 020 7916 9205 Contact: Brett Hunter.

Youth Contact: Big Life Management

Z Management The Palm House, PO Box 19734, London, SW15 2WU **t** 020 8874 3337 **f** 020 8874 3599 **e** office@zman.co.uk **w** zman.co.uk MD: Zita Wadwa-McQ.

Zomba Management 20 Fulham Broadway, London, SW6 1AH **t** 020 7835 5260 **f** 020 7835 5261 **e** firstname.lastname@zomba.com GM: Tim Smith.

Rehearsal Studios

3 Mills Studios 3 Mills Studios, Three Mill Lane, London, E3 3DU **t** 020 7363 3336 **f** 087 1594 4028 **e** info@3mills.com **w** 3mills.com Bookings Manager: Melanie Faulkner.

Achieve Fitness New Islington Mill, Regent Trading Estate, Oldfield Road, Manchester, M5 7DE **t** 0161 832 9310 **f** 0161 832 9310 Prop: Glenn Ashton.

www.musicweek.com   **Music Week Directory** 337

👤 Contacts   ƒ Facebook   🎵 MySpace   🇹 Twitter   ▶ YouTube

Recording Studios & Services: Producers & Producer Mmt, Rehearsal Studios

All of Music PO Box 2361, Romford, Essex, RM2 6EZ **t** 01708 688 088 **f** 020 7691 9508 **e** michelle@allofmusic.co.uk **w** allofmusic.co.uk MD: Danielle Barnett.

Backstreet Rehearsal Studios 313 Holloway Road, London, N7 9SU **t** 020 7609 1313 **f** 020 7609 5229 **e** backstreet.studios@virgin.net **w** backstreet.co.uk Prop: John Dalligan.

Bally Studios 16-18 Millmead Business Centre, Millmead Road, Tottenham Hale, London, N17 9QU **t** 020 8808 0472 **e** info@ballystudios.co.uk **w** ballystudios.co.uk Studio Manager: Jimmy Mulvihill.

Banana Row Rehearsal Studios 47 Eyre Place, Edinburgh, EH3 5EY **t** 0131 557 2088 **f** 0131 558 9848 **e** info@bananarow.com **w** bananarow.com MD: Craig Hunter.

Beechpark Studios Kilteel Road, Rathcoole, Co Dublin, Ireland **t** 0035 314 588500 **f** 0035 314 588577 **e** info@beechpark.com **w** beechpark.com Studio Manager: Daire Winston +353 86 389 9722.

Berkeley 2 54 Washington Street, Glasgow, G3 8AZ **t** 0141 248 7290 **f** 0141 204 1138 **w** berkeley2.co.uk Prop: Steve Cheyne.

Big City Studios (Dance only) 159-161 Balls Pond Road, London, N1 4BG **t** 020 7241 6655 **f** 020 7241 3006 **e** pineapple.agency@btinternet.com **w** pineapple-agency.com Prop: Rebecca Paton.

Big Noise 12 Gregory Street, Northampton, NN1 1TA **t** 01604 634 455 **e** bignoisestudios@hotmail.co.uk **w** myspace.com/bignoisestudio Studio Mgr: Kim Gordelier.

Charlton Rehearsal Solutions PO Box 3187, Radstock, BA3 5WD **t** 01373 834161 **f** 01373 834167 **e** sil@cruisin.co.uk **w** cruisin.co.uk Managing Director: Sil Willcox.

Crash Rehearsal Studios Imperial Warehouse, 11 Davies Street, Liverpool, Merseyside, L1 6HB **t** 0151 236 0989 **f** 0151 236 0989 Directors: John White, Mark Davies.

Downs Sounds Studio Units 3-4 New Southgate Industrial Estate, Lower Park Rd, London, N11 1QD **t** 020 8211 3656 **e** info@downssounds.co.uk **w** downssounds.co.uk Proprietor: Adam Downs.

Earthworks Music Studios 62 The Rear, Barnet High St, Barnet, Herts, EN5 5SJ **t** 020 8449 2258 **e** info@earthworksstudio.co.uk **w** earthworksstudio.co.uk myspace.com/earthworksstudio Head Engineer: Leigh Darlow 07863 185264.

Elevator Studios 23-27 Cheapside, Liverpool, Merseyside, L2 2DY **t** 01512 550195 **f** 01512 550195 **e** paul@elevatorstudios.com **w** elevatorstudios.com facebook.com/#!/elevatorstudios twitter.com/#!/ElevatorStudios Director: Paul Speed.

Gracelands East Acton Lane, London, W3 7HD **t** 020 8740 8922 **f** 020 8740 8922 Prop: Paul Burrows.

Groovestyle Recording Studio 33 Upper Holt St, Earls Colne, Colchester, Essex, CO6 2PG **t** 01787 220326 **e** info@groovewithus.com **w** groovewithus.com Owner: Graham Game.

The Grove Music Studios 10 Latimer Industrial Estate, Latimer Road, London, W10 6RQ **t** 020 8960 9601 **f** 020 8960 9606 **e** info@musicspace.co.uk **w** musicspace.co.uk Dir: Alistair R. Fincham.

House of Mook Studios Unit 1, Authorpe Works, Authorpe Rd, Leeds, LS6 4JB **t** 0113 230 4008 **e** mail@mookhouse.ndo.co.uk **w** mookhouse.ndo.co.uk House-of-Mook-Studios houseofmook PhilMook Studio Mgr: Phil Mayne.

Islington Arts Factory 2 Parkhurst Road, Holloway, London, N7 0SF **t** 020 7607 0561 **f** 020 7700 7229 **e** IAF@islingtonartsfactory.fsnet.co.uk **w** islingtonartsfactory.org.uk Music Technician: Daniel Taylor-Lind.

JJM Studios 20 Pool St, Walsall, West Midlands, WS1 2EN **t** 01922 629 700 **e** info@jjmstudios.com **w** jjmstudios.com Contact: Jay Mitchell.

Music Bank Tower Bridge Business Complex, 100 Clements Road, London, SE16 4DG **t** 0207 7252 0001 **f** 020 7231 3002 **e** jimm@musicbank.org **w** musicbank.org Manager: Jimmy Mac.

The Music Box Stevenson College Edinburgh, Bankhead Avenue, Edinburgh, EH11 4DE **t** 0131 535 4757 **f** 0131 535 4666 **e** themusicbox@stevenson.ac.uk **w** stevenson.ac.uk/music-box.html Contact: Elaine Indoo.

The Music Complex Ltd 20 Tanners Hill, Deptford, London, SE8 4PJ **t** 020 8691 6666 **f** 020 8692 9999 **e** info@musiccomplex.co.uk **w** musiccomplex.co.uk Mgrs: Myles Bradley and Chris Raw.

OTR Studios Ltd 143 Mare St, Hackney, London, E8 3RH **t** 020 8985 9880 **e** info@otrstudios.wanadoo.co.uk **w** otrstudios.co.uk facebook.com/home.php#!/pages/OTR-Studios-UK/232616506762294 myspace.com/otrstudios143 Director: Paul Lewis 07956 450607.

Panic Music 14 Trading Estate Rd, Park Royal, London, NW10 7LU **t** 020 8961 9540 / 020 8965 1122 **e** mroberts.drums@virgin.net **w** panic-music.co.uk Director: Mark Roberts 020 8965 1122.

Q10 Studios Kings Court, 7 Osborne St, Glasgow, G1 5QN **t** 0141 552 6677 **f** 0141 552 1354 **e** q10studios@aol.com **w** myspace.com/q10studios Co-Dirs: Alan Walsh, Martin McQuillan.

Quo Vadis Recording and Rehearsal Studios Unit 1 Morrison Yard, 551A High Road, London, N17 6SB **t** 020 8365 1999 **e** quovadis_2002@yahoo.co.uk **w** quovadisstudios.com Studio Manager: Don Mackenzie.

Music Week Directory

🔲 Contacts   📘 Facebook   Ⓜ️ MySpace   🐦 Twitter   ▶️ YouTube

Recording Studios & Services: Rehearsal Studios, Session Fixers

Reeltime Music
c/o Newarthill Community and Education Centre,
50 High Street, Newarthill, Motherwell, ML1 5JU
t 01698 862 860 f 01698 862 860
e info@reeltimemusic.net w reeltimemusic.net
🔲 Marketing & Evaluation Officer: Carol McEntegart.

Rich Bitch 505 Bristol Road, Selly Oak, Birmingham,
West Midlands, B29 6AU t 0121 471 1339
f 0121 471 2070 e richbitchstudios@aol.com w rich-bitch.co.uk 🔲 Owner: Rob Bruce.

Ritz Studios - Peter Webber Hire 110-
112 Disraeli Road, Putney, London, SW15 2DX
t 020 8870 1335 f 020 8877 1036
e firstname@peterwebberhire.com
w peterwebberhire.com 🔲 Director: Lee or Ben Webber 02088701335.

Rogue Studios Unit RA 4 Bermondsey Trading Estate,
Rotherhithe New Road, London, SE16 3LL
t 020 7231 3257 f 020 7231 7358
e info@RogueStudios.co.uk w roguestudios.co.uk
🔲 Manager: sarah.

The Rooms Rehearsal Studios Lynchford Lane,
North Camp, Farnborough, Hants, GU14 6JD
t 01252 371 177 e minister.g@ntlworld.com
🔲 Directors: Gerry Bryant, Shaun Streams.

Rooz Studios 2A Corsham Street, London, N1 6DP
t 020 7490 1919 🔲 Studio Mgr: Graham Clarke.

Rotator Studios / Interzone Management
Interzone House, 74-77 Magdalen Road, Oxford, OX4 1RE
t 01865 715705 e info@rotator.co.uk w rotator.co.uk
🔲 MD: Richard Cotton.

Soundbite Studios Unit 32,
17 Cumberland Business Park, Cumberland Avenue,
London, NW10 7RG t 020 8961 8509 f 020 8961 8994
🔲 Owner: Ranj Kumar.

The Studio Tower Street, Hartlepool, TS24 7HQ
t 01429 424440 f 01429 424441
e studiohartlepool@btconnect.com
w studiohartlepool.com 🔲 Studio Manager: Liz Carter.

Sub Bubble Studios Unit 2 Towers Business Park,
Carey Way, Wembley, Middlesex, HA9 0LQ
t 020 8902 0497 e Info@subbubble.com
w subbubblestudios.com
📘 facebook.com/SubBubbleRecordingStudio
🐦 @SubBubblestudio 🔲 Studio Manager: Tobin Jones.

Survival Studios Unit B18, Acton Business Centre,
School Road, London, NW10 6TD t 020 8961 1977
🔲 Mgr: Simon Elson.

Terminal Studios 4-10 Lamb Walk, London Bridge,
London, SE1 3TT t 020 7403 3050 f 020 7407 6123
e info@terminal.co.uk w terminal.co.uk 🔲 Prop: Charlie Barrett.

Tweeters Unit C1, Business Park 7, Brookway,
Kingston Rd, Leatherhead, Surrey, KT22 7NA
t 01372 386592 e info@tweeters.ltd.uk
w tweeters.ltd.uk Ⓜ️ myspace.com/tweeters.studios
🔲 Studio Manager: Nigel Read.

Unit 25 - Mill Hill Music Complex
Bunns Lane Works, Bunns Lane, London, NW7 2AJ
t 020 8906 9991 f 020 8906 9991
e enquiries@millhillmusic.co.uk w millhillmusic.co.uk
🔲 Dir: Roger Tichbourne.

Warehouse Studios Unit 60 Sandford Lane,
Kennington, Oxford, Oxfordshire, OX1 5RP
t 01865 736411 e info@warehousestudios.com
w warehousestudios.com 🔲 Director: Joesph Samuals.

Warwick Hall of Sound Warwick Hall,
Banastre Avenue, Heath, Cardiff, Mid Glamorgan,
CF14 3NR t 02920 694455 f 02920 694455
e adamstangroom@btconnect.com
w myspace.com/cardiffswarwickhallrecordingstudio
🔲 Director: G Warsdale 029 2069 4450.

WaterRat Music Studios
Unit 2 Monument Way East, Woking, Surrey, GU21 5LY
t 01483 764 444 e jayne@waterrat.co.uk
w waterrat.co.uk 🔲 Prop: Jayne Wallis.

Westbourne Rehearsal Studios
The Rear Basement, 92-98 Bourne Terrace, Little Venice,
London, W2 5TH t 020 7289 8142 f 020 7289 8142
w myspace.com/westbournerehearsals 🔲 Studio Mgr: Chris Thomas.

White Rooms Rehearsal Studios Roden House,
Alfred St South, Nottingham, NG3 1JH t 0115 932 2802
e whiterooms@btinternet.com w npbgroup.net
🔲 Prop: Pauline Barker.

Session Fixers

AKlass Entertainment PO Box 42371, London,
N12 0WS t 020 8368 7760 e info@aklass.biz
w aklassentertainment.com 🔲 Director: Patsy McKay.

B&H Management PO Box 1162, Bovingdon, Herts.,
HP1 9DE t 01442 832010 f 01442 834910
e simon@bandhmanagement.demon.co.uk
w sessionmusicians.co.uk
Ⓜ️ myspace.com/bandhmanagement 🔲 MD: Simon Harrison.

Citizen K Gospel Choir
Hilton Grove Business Centre, Hatherley Mews, London,
E17 4QP t 020 8520 3975 e info@redonion.uk.com
w citizenk.co.uk 🔲 MD: Dee Curtis.

Eclipse-PJM (Vocalists) PO Box 3059,
South Croydon, Surrey, CR2 8TL t 020 8657 2627
f 020 8657 2627 e Eclipsepjm@btinternet.com 🔲 Mgr &
PA: Paul Johnson & Iris Sutherland 07798 651691.

Face Music Lambourne Farm, Tolcarne, St Day,
Cornwall, TR16 5HA t 01209 820 796 f 01209 820 796
e facemusic@btinternet.com 🔲 MD: Sue Carling.

Isobel Griffiths Ltd t 020 7351 7383
f 020 7376 3034 e isobel@isobelgriffiths.co.uk
🔲 MD: Isobel Griffiths.

Music Week Directory

📧 Contacts　📘 Facebook　👤 MySpace　🐦 Twitter　▶️ YouTube

Kick Horns 158 Upland Road, London, SE22 0DQ
t 020 8693 5991 **e** info@kickhorns.com
w myspace.com/kickhorns 🌐 kickhorns.com
📧 Director: Simon Clarke 07941 054219.

Lager Productions 10 Barley Rise, Baldock, Herts, SG7 6RT **t** 01462 636799 **f** 01462 636799
e dan@Lockupmusic.co.uk 📧 Dir: Steve Knight.

London Musicians Ltd Cedar House, Vine Lane, Hillingdon, Middlesex, UB10 0BX **t** 01895 252 555
f 01872 863 557 **e** mail@londonmuscians.co.uk
📧 MD: David White.

London Symphony Orchestra Barbican Centre, Silk Street, London, EC2Y 8DS **t** 020 7588 1116
f 020 7374 0127 **e** marc.stevens@lso.co.uk **w** lso.co.uk
📧 Concerts & Recordings Manager: Marc Stevens.

Rhythm & Bookings Ltd Townhouse Studios, 150 Goldhawk Rd, London, W12 8HH **t** 020 8354 1726
f 020 8354 1719 **e** randb@pennies.demon.co.uk
w rhythmandbookings.com
📧 Booker/Contractor: Graeme Perkins.

Royal Philharmonic Orchestra
16 Clerkenwell Green, London, EC1R 0QT **t** 020 7608 8800
f 020 7608 8801 **e** info@rpo.co.uk **w** rpo.co.uk 📧 MD: Ian Maclay.

SD Creative 113b Leander Road, London, SW2 2NB
t 020 7652 9676 **e** office@sdcreative.co.uk 📧 Session Coordinator: Suzann Douglas.

Sense of Sound Training Parr Street Studios, 33-45 Parr St, Liverpool, L1 4JN **t** 0151 707 1050
f 0151 709 8612 **e** info@senseofsound.net
w senseofsound.net 📧 Artistic Director: Jennifer John.

Session Connection The New House, Denchworth Road, Wantage, Oxfordshire, OX12 9AX
t 07801 070362 **e** sessionconnection@mac.com
w thesessionconnection.com 📧 Managing Director: Tina Hamilton.

Solomon Productions 25a Chesterfield Road, Chiswick, London, W4 3HQ **t** 07949 507 018
e mail@solomonproductions.com 📧 Dir: Sue Ballingall.

Tuff The Session Agency Ltd Unit 15, Millmead Business Centre, Millmead Road, London, N17 9QU **t** 0870 8030 672 **f** 0870 8030 692
e info@tuffsessions.com **w** tuffsessions.com 📧 Business Manager: Joanne Costello.

Wired Strings 12 Rosemont Road, Hampstead, London, NW3 6NE **t** 07976 157277 **f** 020 7794 1997
e rosie@wiredstrings.com **w** wiredstrings.com
📧 Director: Rosie Danvers 07976 157 277.

The Wrecking Crew 15 Westmeads Rd, Whitstable, Kent, CT5 1LP **t** 07957 686 152 **f** 01227 264 966
e sophie.sirota@onetel.com **w** thewreckingcrew.co.uk
📧 Bookings: Sophie Sirota.

Studio Equipment Hire & Sales

Absolute Music Solutions (Audio Sales)
58 Nuffield Road, Poole, Dorset, BH17 0RT
t 01202 597180 **f** 01202 684900
e shop@absolutemusic.co.uk **w** absolutemusic.co.uk
📘 facebook.com/absolutemusicuk
👤 myspace.com/absolutemusicuk
🐦 twitter.com/absolutemusicuk 📧 Sales Director: Andy Legg.

Advanced Sounds Ltd **t** 01305 757088
f 01305 268947 **e** advancedsoundsltd@btinternet.com
w advancedsounds.co.uk 📧 Hire, Sales & Repairs: Mike Moreton.

AES Pro Audio North Lodge, Stonehill Road, Ottershaw, Surrey, KT16 0AQ **t** 01932 872672
f 01932 874364 **e** aesaudio@intonet.co.uk
w aesproaudio.com 📧 Dir: Mike Stockdale.

Atlantic Hire 4 The Limes, North End Way, London, NW3 7HG **t** 020 8209 0025 **e** info@atlantichire.com
w atlantichire.com 📧 Partner: Jez Strode.

Audiohire 133-137 Kilburn Lane, 133-137 Kilburn Lane, London, W10 4AN **t** 020 8960 4466 **f** 020 8964 0343
e admin@audiohire.co.uk **w** audiohire.co.uk 📧 Managing Director: Jerry Evans.

Autograph Sales Ltd Unit 6, Bush Industrial Estate, Station Rd, London, N19 5UN **t** 0207 281 7574
f 0207 281 3042 **e** sales@autograph.co.uk
w autograph.co.uk 📧 General Manager: Debbie Lovelock.

Batmink Beckery Rd, Glastonbury, Somerset, BA6 9NX
t 01458 833186 **f** 01458 835320 **e** info@batmink.co.uk
w batmink.co.uk 📧 Director: D Churches.

Delta Concert Systems Unit 4, Springside, Trinity, Jersey, Channel Islands, JE3 5DG **t** 01534 865885
f 01534 863759 **e** hire@delta-av.com **w** delta-av.com
📧 Director: Cristin Bouchet.

Enlightened Lighting Ltd
Unit 12 The Maltings Industrial Estate, Brassmill Lane, Brassmill Lane, Bath, Bath, Somerset, BA1 3JL
t 01225 311964 **f** 01225 445454
e enq@enlightenedlighting.co.uk
w enlightenedlighting.co.uk 📧 Director: Simon Marcus.

FX Rentals 38-40 Telford Way, London, W3 7XS
t 020 8746 2121 **f** 020 8746 4100 **e** info@fxrentals.co.uk
w fxgroup.net 📧 Operations Director: Peter Brooks.

GB Audio Unit D, 51 Brunswick Rd, Edinburgh, EH7 5PD
t 0131 661 0022 **e** info@gbaudio.co.uk **w** gbaudio.co.uk
📧 Contact: G Bodenham.

Harris Hire 49 Hayes Way, Park Langley, Beckenham, Kent, BR3 6RR **t** 020 8663 1807 **f** 020 8658 2803
e philharris335@aol.com **w** harris-hire.co.uk 📧 Managing Director: Phil Harris.

Recording Studios & Services: Session Fixers, Studio Equipment Hire & Sales

Music Week Directory

Recording Studios & Services: Studio Equipment Hire, Manufacture & Distribution

John Henry's 16-24 Brewery Road, London, N7 9NH **t** 020 7609 9181 **f** 020 7700 7040 **e** johnnyh@johnhenrys.com **w** johnhenrys.com Manager: Johnny Henry.

The M Corporation (Audio Sales) 58 Nuffield Rd, Poole, Dorset, BH17 0RT **t** 0845 025 5555 **f** 01202 684900 **e** sales@absolute.ms **w** absolutemusic.co.uk Pro Audio Sales: Andy Legg.

Midnight Electronics Off Quay Building, Foundry Lane, Newcastle upon Tyne, Tyne and Wear, NE6 1LH **t** 0191 224 0088 **f** 0191 224 0080 **e** info@midnightelectronics.co.uk **w** midnightelectronics.co.uk Manager: Dave Cross.

The Music Complex Ltd 20 Tanners Hill, Deptford, London, SE8 4PJ **t** 020 8691 6666 **f** 020 8692 9999 **e** info@musiccomplex.co.uk **w** musiccomplex.co.uk Mgrs: Myles Bradley and Chris Raw.

PA Music Unit 4, The Old Print Works, Tapster Street, Barnet, EN5 5TH **t** 020 3375 2311 **e** mail@pamusicbarnet.co.uk **w** pamusicbarnet.co.uk Prop: Mr MW Lowe.

Planet Video Systems Pinewood Studios, Iver Heath, Buckinghamshire, SL0 0NH **t** 01753 422750 **f** 01753 656683 **e** sales@planetvideosystems.com **w** planetvideosystems.com MD: Rod Gammons 01753 422740.

Sensible Rentals 88 Brewery Road, London, N7 9NT **t** 020 7700 6655 **f** 020 7609 9478 **e** johnnyh@sensiblerentals.com **w** sensiblerentals.com Hire Mgr: Johnny Henry.

Strong Hire 120-124 Curtain Rd, London, EC2A 3SQ **t** 020 7426 5150 **f** 020 7426 5102 **e** hire@stronghire.com **w** stronghire.com Bookings: Alex Green 07973 828449.

Studiocare Professional Audio Unit 9 Century Building Brunswick Business Park, Summers RD, Summers Rd, Liverpool, Merseyside, L3 4BL **t** 08453 458910 **f** 08453 458911 **e** hire@studiocare.com **w** studiocare.com Hire Department Manager: Andrew Culshaw.

Studiohire 8 Daleham Mews, London, NW3 5DB **t** 020 7431 0212 **f** 020 7431 1134 **e** mail@studiohire.net **w** studiohire.net Studiohire London GM: Sam Thomas.

Studiospares Ltd 964 North Circular Road, London, NW2 7JR **t** 0844 375 5000 **f** 020 8450 4390 **e** sales@studiospares.com **w** studiospares.com Mgrs: Richard Venables/Mike Dowsett.

Tickle Music Hire Ltd 133-137 Kilburn Lane, 133-137 Kilburn Lane, London, W10 4AN **t** 020 8964 3499 **f** 020 8964 0343 **e** hire@ticklemusichire.com **w** ticklemusichire.com Director: Jerry Evans.

Vintage and Rare Guitars Ltd 6 Denmark St, London, WC2 8LX **t** 020 7240 7500 **f** 020 7240 8900 **e** enquiries@vintageandrareguitars.com **w** vintageandrareguitars.com Mgr: Adam Newman.

Volume Audio 6 All Saints Crescent, Garston, Watford, Hertfordshire, WD25 0LU **t** 01923 673027 **f** 01923 893733 **e** david@finn.com Dir: David Finn.

Studio Equipment Manufacture & Distribution

AES Pro Audio North Lodge, Stonehill Road, Ottershaw, Surrey, KT16 0AQ **t** 01932 872672 **f** 01932 874364 **e** aesaudio@intonet.co.uk **w** aesproaudio.com Dir: Mike Stockdale.

Allen & Heath Ltd Kernick Industrial Estate, Penryn, Cornwall, TR10 9LU **t** 01326 372070 **f** 01326 377097 **e** sales@allen-heath.com **w** allen-heath.com Sales Dir: Bob Goleniowski.

AMG Electronics 2 High Street, Haslemere, Surrey, GU27 2LR **t** 01428 658775 **f** 01428 658438 **e** amg@c-ducer.com **w** c-ducer.com Proprietor: AW French.

AMS Neve Plc Billington Road, Burnley, Lancs, BB11 5UB **t** 01282 457 011 **f** 01282 417 282 **e** info@ams-neve.com **w** ams-neve.com Dir of Commercial Oper.: Greg Cluskey.

APT Codecs 729 Springfield Rd, Belfast, Co Antrim, BT12 7FP **t** 028 9067 7200 **f** 028 9067 7201 **e** kcampbell@aptcodecs.com **w** aptcodecs.com Sales Director: Kevin Campbell.

Audio & Design Reading Ltd 51 Padick Drive, Lower Earley, Reading, Berkshire, RG6 4HF **t** 0118 324 0046 **f** 0118 324 0048 **e** sales@adrl.co.uk **w** adrl.co.uk Sales Manager: Ian Harley.

Audio Agency PO Box 4601, Kiln Farm, Milton Keynes, Bucks, MK19 7ZN **t** 01908 510123 **f** 01908 511123 **w** audioagency.co.uk Sales Mgr: Paul Eastwood.

Audio Developments Ltd Hall Lane, Walsall Wood, Walsall, West Midlands, WS9 9AU **t** 01543 375351 **f** 01543 361051 **e** sales@audio.co.uk **w** audio.co.uk Sales Director: Antony Levesley.

Audio-Technica Technica House, Royal London Industrial Estate, Old Lane, Leeds, LS11 8AG **t** 0113 277 1441 **f** 0113 270 4836 **e** marketing@audio-technica.co.uk **w** audio-technica.com Senior Marketing Manager: Harvey Roberts.

BBM Electronics Group Ltd Kestrel House, Garth Road, Morden, Surrey, SM4 4LP **t** 020 8330 3111 **f** 020 8330 3222 **e** sales@trantec.co.uk **w** trantec.co.uk Dir: Steve Baker.

Canford Audio Plc Crowther Industrial Estate, Crowther Rd, Washington, Tyne and Wear, NE38 0BW **t** 0191 418 1122 **f** 0191 418 1123 **e** sales@canford.co.uk **w** canford.co.uk facebook.com/canfordgroup canford_tweet canfordaudioonyoutube.com/canfordaudio Director of Sales & Marketing: David Holloway.

www.musicweek.com **Music Week Directory** 341

- Contacts
- Facebook
- MySpace
- Twitter
- YouTube

Cunnings Recording Associates Brodrick Hall, Brodrick Road, London, SW17 7DY **t** 0870 90 66 44 0 **f** 020 8767 8525 **e** info@cunnings.co.uk **w** cunnings.co.uk ■ Proprietor: Malcolm J Cunnings.

D&M Professional Chiltern Hill, Chalfont St Peter, Buckinghamshire, SL9 9UG **t** 01753 888447 **f** 01753 880109 **e** info@d-mpro.eu.com **w** d-mpro.eu.com ■ Sales & Marketing Mgr: Simon Curtis.

DEM Manufacturing Deltron Emcon House, Hargreaves Way,, Scunthorpe, N. Lincs, DN15 8RF **t** 01724 273200 **f** 01724 280353 **e** sales@dem-uk.com **w** dem-uk.com ■ Mktng Co-ord: Diane Kilminster.

Digidesign UK Westside Complex, Pinewood Studios, Pinewood Rd, Iver Heath, Bucks, SL0 0NH **t** 01753 658496 **e** sales-uk@digidesign.com **w** digidesign.com/uk
- facebook.com/AvidProTools ■ myspace.com/digizine
- twitter.com/digidesign
- youtube.com/user/digidesign ■ UK Sales Specialist: Simon Caton.

Direct Distribution Unit 6 Belfont Trading Estate, Mucklow Hill, Halesowen, West Midlands, B62 8DR **t** 0121 550 2777 **f** 0121 585 8003 **e** info@directdistribution.uk.com **w** directdistribution.uk.com ■ UK Manager: Andrew Scott.

Drawmer Distribution Ltd Charlotte St Business Centre, Charlotte Street, Wakefield, West Yorkshire, WF1 1UH **t** 01924 378669 **f** 01924 290460 **e** sales@drawmer.com **w** drawmer.com ■ MD: Ken Giles.

EA Sowter Ltd The Boatyard, Cullingham Rd, Suffolk, IP1 2EL **t** 01473 252794 **f** 01473 236188 **e** sales@sowter.co.uk **w** sowter.co.uk ■ MD: Brian W Last.

EAW 2 Blenheim Court, Hurricane Way, Wickford, Essex, SS11 8YT **t** 01268 571 212 **f** 01268 570 809 **e** firstname.lastname@mackie.com **w** mackie.com ■ UK Sales Manager: John Kaukis.

Euphonix Europe Ltd Newport Rd, Hayes, UB4 8JX **t** 020 8561 2566 **f** 020 8589 0766 **e** mhosking@euphonix.com **w** euphonix.com ■ Director of Sales: Mark Hosking.

Focusrite Audio Engineering Windsor House, Turnpike Rd, High Wycombe, Bucks, HP12 3FX **t** 01494 462246 **f** 01494 459920 **e** chris.mayes-wright@focusrite.com **w** focusrite.com
- facebook.com/focusrite ■ twitter.com/wearefocusrite
- youtube.com/focusritetv ■ Artist & Media Relations: Chris Mayes-wright.

Fuzion Plc 9 Lyon Road, Walton-On-Thames, Surrey, KT12 3PU **t** 01932 882222 **f** 01932 882244 **e** info@fuzion.co.uk **w** fuzion.co.uk
- facebook.com/pages/Fuzion-Ltd/164315463614374
- @Fuzion_UK ■ Managing Director: Beckie Hughes.

Harbeth Audio Ltd Unit 3, Enterprise Park, Lindfield, W Sussex, RH16 2LH **t** 0870 803 4788 **f** 05600 756 442 **e** sound@harbeth.co.uk **w** harbeth.com ■ MD: Alan Shaw.

HHB Communications 73-75 Scrubs Lane, London, NW10 6QU **t** 020 8962 5000 **f** 020 8962 5050 **e** sales@hhb.co.uk **w** hhb.co.uk ■ Sales & Marketing Dir.: Steve Angel.

Junger Audio Invicta Works, Elliott Road, Bromley, Kent, BR2 9NT **t** 020 8460 7299 **f** 020 8460 0499 **e** sales@michael-stevens.com **w** michael-stevens.com ■ UL Sales Mgr: Simon Adamson.

Klark Teknik Telex Communications (UK) Ltd, Klark Teknik Building, Walter Nash Rd, Kidderminster, Worcestershire, DY11 7HJ **t** 01562 741515 **f** 01562 745371 **e** firstname.lastname@uk.telex.com **w** klarkteknik.com ■ Marketing Manager: James Godbehear.

Logic System Pro Audio Ltd Unit 46, Corringham Road Industrial Est, Gainsborough, Lincolnshire, DN21 1QB **t** 01427 611791 **f** 01427 677008 **e** sales@logic-system.co.uk **w** logic-system.co.uk ■ MD: Chris Scott.

MC2 Audio Ltd Units 6 & 7 Kingsgate, Heathpark Industrial Estate, Honiton, Devon, EX14 1YG **t** 01404 44633 **f** 01404 44660 **e** mc2@mc2-audio.co.uk **w** mc2-audio.co.uk ■ MD: Ian McCarthy.

MJQ Ltd (Studio Consultants) Swillett House, 52 Heronsgate Road, Chorleywood, Herts, WD3 5BB **t** 01923 285 266 **f** 01923 285 168 **e** sales@mjq.co.uk **w** mjq.co.uk ■ MD: Malcolm Jackson.

MTR Ltd Ford House, 58 Cross Rd, Bushey, WATFORD, Hertfordshire, WD19 4DQ **t** 01923 234050 **f** 01923 255746 **e** support@mtraudio.com **w** mtraudio.com ■ Managing Director: Tony Reeves 01923-234050.

Mutronics Unit 12 Impress House, Mansell Rd, London, W3 7QH **t** 020 8735 0045 **f** 020 8735 0046 **e** james@mutronics.co.uk **w** mutronics.co.uk ■ Dir: James Dunbar.

Ohm (UK) Ltd Wellington Close, Parkgate, Knutsford, Cheshire, WA16 8XL **t** 01565 654641 **f** 01565 755641 **e** clive@ohm.co.uk **w** ohm.co.uk ■ Sales Manager: Clive Kinton.

Peavey Electronics Great Folds Rd, Oakley Hay, Corby, Northants, NN18 9ET **t** 01536 461234 **f** 01536 747222 **e** sales@peavey-eu.com **w** peavey-eu.com ■ Contact: Ken Achard.

Penny & Giles Controls Ltd 36 Nine Mile Point Ind Estate, Cwmfelinfach, Gwent, NP11 7HZ **t** 01495 202000 **f** 01495 202006 **e** sales@pennyandgiles.com **w** pennyandgiles.com ■ Director of Industrial Sales: Andrew Clarke.

Planet Audio Systems Pinewood Studios, Iver Heath, Buckinghamshire, SL0 0NH **t** 01753 422750 **f** 01753 656683 **e** sales@planetvideosystems.com **w** planetvideosystems.com ■ MD: Rod Gammons 01753 422740.

Recording Studios & Services: Studio Equipment Manufacture & Distribution

Recording Studios & Services: Studio Equipment Manufacture & Distribution

Contacts · **Facebook** · **MySpace** · **Twitter** · **YouTube**

Polar Audio 17 Albert Drive, Burgess Hill, West Sussex, RH15 9TN **t** 01444 258258 **f** 01444 258444
e sales@beyerdynamic.co.uk **w** beyerdynamic.co.uk
Managing Director: John Midgley.

PRECO (Broadcast Systems) Ltd
3 Four Seasons Crescent, Kimpton Road, Sutton, Surrey, SM3 9QR **t** 020 8644 4447 **f** 020 8644 0474
e sales@preco.co.uk **w** preco.co.uk MD: Tony Costello.

Quested Monitoring Systems Ltd
Units 6&7 Kingsgate, Heathpark Industrial Estate, Honiton, Devon, EX14 1YG **t** 01404 41500
f (0)1404 44660 **e** sales@quested.com **w** quested.com MD: Ian McCarthy.

Ridge Farm Industries Rusper Rd, Capel, Surrey, RH5 5HG **t** 01306 711202 **e** info@ridgefarmstudio.com
w ridgefarmindustries.com MD: Frank Andrews.

RMPA & Rauch Amplification 42 Lower Ferry Lane, Callow End, Worcester, WR2 4UN **t** 01905 831877
f 01905 830906 **e** rmpaworcester@aol.com
w rmpa.co.uk Owner: Richard Bailey 07836 617158.

Rock Solid Sound Systems Limited
The Old Barn, Rosier Business Pk, Coneyhurst Rd, Billingshurst, West Sussex, RH14 9DE **t** 01403 782211
e info@rocksolidsounds.co.uk **w** rocksolidsounds.co.uk
M D: Ray Rowles 07950 274224.

Roland (UK) Ltd Atlantic Close, Swansea Enterprise Park, Swansea, West Glamorgan, SA7 9FJ **t** 01792 515 020 **f** 01792 515 048
e customers@roland.co.uk **w** roland.co.uk

SCV London 40 Chigwell Lane, Oakwood Hill Ind. Estate, Loughton, Essex, IG10 3NY
t 020 8418 0778 **f** 020 8418 0624
e marketing@scvlondon.co.uk **w** scvlondon.co.uk Sales and Marketing Director: Andrew Stirling 020 8418 1470.

Sennheiser UK 3 Century Point, Halifax Road, High Wycombe, Buckinghamshire, HP12 3SL
t 01494 551 551 **f** 01494 551 550
e info@sennheiser.co.uk **w** sennheiser.co.uk Director of Marketing: John Steven.

Shep Associates Long Barn, North End, Meldrith, Royston, Herts, SG8 6NT **t** 01763 261 686
f 01763 262 154 **e** info@shep.co.uk **w** shep.co.uk
MD: Derek Stoddart.

Solid State Logic Spring Hill Road, Oxford, OX5 1RU
t 01865 842300 **f** 01865 842118 **e** info@solid-state-logic.com **w** solid-state-logic.com Sales Dir: Niall Feldman.

Sound and Video Services UK Ltd
Shentonfield Rd, Sharston Industrial Estate, Manchester, M22 4RW **t** 0161 491 6660 **f** 0161 491 6669
e sales@svsmedia.com **w** svsmedia.com Sales Director: John Cooper.

Raycom Ltd Langton House, 19 Village Street, Harvington, Worcestershire, WR11 8NQ **t** 01789 777040
e pyers@raycom.co.uk **w** raycom.co.uk MD: Pyers Easton.

Sound Control 61 Jamaica Street, Glasgow, G1 4NN
t 0141 204 2774 **f** 0141 204 0614
e sales@soundcontrol.co.uk **w** soundcontrol.co.uk
GM: Kenny Graham 0141 204 0322.

Soundcraft/Studer Cranborne House, Cranborne Industrial Estate, Cranborne Road, Potters Bar, Hertfordshire, EN6 3JN **t** 01707 665000 **f** 01707 660482
e info@harmanpro.com **w** soundcraft.com Vice President Sales: Adrian Curtis.

Speed Music Plc Speed Music, 195 Caerleon Road, Newport, South Wales, NP19 7HA **t** 01633 215577
e info@speedmusic.co.uk **w** speedmusic.co.uk
facebook.com/group.php?gid=130806610278301
myspace.com/speedmusicswansea
twitter.com/#!/SpeedNewport Manager: Nick Fowler.

Straight Edge Manufacturing Ltd
Bladewater Marina, The Esplanade, Mayland, Chelmsford, Essex, CM3 6FD **t** 01621 742000 **f** 01621 742222
e info@straight-edge.co.uk **w** straight-edge.co.uk
MD: Ian Wilson.

Tannoy Rosehall Industrial Estate, Coatbridge, North Lanarkshire, ML5 4TF **t** 01236 420199
f 01236 428230 **e** pr@tannoy.co.uk **w** tannoy.com
facebook.com/pages/Tannoy/58636265737
twitter.com/TannoyPro PR & Communications: Mark Flanagan.

TDK UK Ltd TDK House, 5-7 Queensway, Redhill, Surrey, RH1 1YB **t** 01737 773773 **f** 01737 773809 **w** tdk-europe.com Brand Dev Mgr: Donna de Souza.

TEAC UK Limited (TASCAM) Marlin House, The Croxley Centre, Watford, Hertfordshire, WD18 8TE
t 01923 438880 **f** 01923 236290 **e** info@teac.co.uk
w teac.co.uk Sales Mgr: Neil Wells.

Thurlby Thandar Instruments Ltd Glebe Road, Huntingdon, Cambridgeshire, PE29 7DR **t** 01480 412451
f 01480 450409 **e** sales@tti-test.com **w** tti-test.com
Dir: John Cornwell.

TL Audio Sonic Touch, ICENI Court, Icknield Way, Letchworth, Hertfordshire, SG6 1TN **t** 01462 492090
f 01462 492097 **e** sales@tlaudio.co.uk **w** tlaudio.co.uk
facebook.com/pages/TL-Audio-Ltd/54847133607
twitter.com/TLAudio
youtube.com/user/TLAudioLtdEngland Managing Director: Tony Larking 01462 492 090.

TL Commerce Ltd / Trading As Larking's List
Unit 2 Iceni Court, Icknield Way, Letchworth Garden City, Hertfordshire, SG6 1TN **t** 01234 772244 **f** 01462 492097
e info@tlcommerce.co.uk **w** tlcommerce.co.uk
Managing Director: Tony Larking 01462 492090.

Turbosound Star Road, Partridge Green, West Sussex, RH13 8RY **t** 01403 711 447 **f** 01403 710 155
e sales@turbosound.com **w** turbosound.com Sales Dir: Rik Kirby.

www.musicweek.com   **Music Week Directory** 343

📇 Contacts   **f** Facebook   🅜 MySpace   **t** Twitter   ▶ YouTube

Volt Loudspeakers Ltd Manor Farm, High St, Burton Bradstock, Dorchester, Dorset, DT6 4QA **t** 01308 898763 **f** 01308 898593 **e** info@voltloudspeakers.co.uk **w** voltloudspeakers.co.uk 📇 MD: David Lyth.

Wharfedale Professional Ltd
IAG House, Sovereign Court, Ermine Business Park, Huntingdon, Cambridgeshire, PE29 6XU **t** 01480 447706 **f** 01480 431767 **e** chris@iaguk.com **w** wharfedalepro.com 📇 National Sales Manager: Chris Fearn.

Yamaha-Kemble Music (UK) Sherbourne Drive, Tilbrook, Milton Keynes, Buckinghamshire, MK7 8BL **t** 01908 366700 **f** 01908 368872 **w** yamaha-music.co.uk 📇 MD: Andrew Kemble.

Studio Design & Construction

Acoustics Design Group 30 Pewley Hill, Guildford, Surrey, GU1 3SN **t** 01483 503681 **f** 01483 303217 **e** acousticsdesign@aol.com 📇 Prop: John Flynn.

AVD (FM) Ltd 342 St Leonards Rd, Windsor, Berks, SL4 3DX **t** 01753 622666 **f** 01753 622666 **e** advltd@btinternet.com **w** avdco.com 📇 Director: Alan Stewart 07973 820090.

Black Box Ltd (UK) 1 Greenwich Quay, London, SE8 3EY **t** 020 8858 6883 **f** 020 8692 6957 **e** info@blackbox-design.com **w** blackbox-design.com 📇 Director: Hugh Flynn.

Cablesystems 8 Woodend, London, SE19 3NU **t** 020 8653 5451 **e** cablesystems@yahoo.com 📇 Owner: Alan Maskall 07771 755 339.

DACS Ltd Unit A19 Stonehills, Shields Road, Pelaw, Gateshead, Tyne and Wear, NE10 0HW **t** 0191 438 2500 **f** 0191 438 2511 **e** douglas@dacs-audio.com **w** dacs-audio.com **f** facebook.com/#!/pages/DACS-Ltd/139386719485464 📇 Managing Director: Douglas Doherty.

Eastlake Audio (UK) PO Box 160, Tonbridge, Kent, TN1 8BX **t** 01892 722164 **f** 01892 722128 **e** info@eastlake-audio.co.uk **w** eastlake-audio.co.uk 📇 Director: David Hawkins.

Munro Acoustics Unit 3G1 The Leather Market, 11-13 Weston Street, London, SE1 3ER **t** 020 7403 3808 **f** 0845 867 3406 **e** info@munro.co.uk **w** munro.co.uk 📇 Director: Andy Munro.

PG Stage Electrical Studio House, Tameside Work Centre, Ryecroft St, Ashton under Lyne, UK, OL7 0BY **t** 0161 830 0303 **f** 0161 830 0302 **e** sales@pgstage.co.uk **w** pgstage.co.uk 📇 Managing Director: Paul Holt.

RA:THE BOOK - The Recording Architecture Book of Studio Design 1 Greenwich Quay, Greenwich, London, SE8 3EY **t** 020 8692 6992 **e** ra@aaa-design.com **w** aaa-design.com 📇 MD: Roger D'Arcy.

Sound Workshop (Sound System Design/Installation) 19-21 Queens Road, Halifax, West Yorkshire, HX1 3NS **t** 01422 345021 **f** 01422 363440 **e** info@thesoundworkshop.com **w** thesoundworkshop.com 📇 Managing Director: David Mitchell.

The Studio Wizard Organisation Sawmill Cottage, Melton Pk, Melton Constable, Norfolk, NR24 2NJ **t** 07092 123666 **f** 07092 123666 **e** info@studiowizard.com **w** studiowizard.com 📇 MD: Howard Turner 01263 862999.

Veale Associates 16 North Rd, Stevenage, Hertfordshire, SG1 4AL **t** 01438 747666 **f** 01438 742500 **e** info@vealea.com **w** vealea.com 📇 MD: Edward Veale.

Nick Whitaker Electroacoustics
33 Occupation Lane, Shooters Hill, London, SE18 3JQ **t** 020 8319 2423 **e** nick@nickwhitaker.net **w** nickwhitaker.homechoice.co.uk 📇 Designer: Nick Whitaker 07718 632 165.

Studio Miscellaneous

Asadul Service Ltd 8 Marram Close, Stanway, Colchester, Essex, CO3 0PJ **t** 01206 241 600 **e** officeasadul@copperstream.co.uk 📇 Director: Phil Gambling.

Audio Transfers @ Inflight Productions
15 Stukeley St, Covent Garden, London, WC2B 5LT **t** 020 7400 8569 **e** alex.tomlin@inflightstudios.com **w** ifpaudiotransfers.com 📇 Chief Engineer: Alex Tomlin 020 7400 8570.

John Willett 14 Waveney Close, Bicester, Oxfordshire, OX6 2GP **t** 01869 240051 **f** 0872 331 0714 **e** john@circlesound.net **w** circlesound.net 📇 Consultant - Microphones a speciality: John Willett 07973 633 634.

Smokehouse Studios 120 Pennington St, London, EW1 2BB **t** 0207 702 0789 **e** hello@smokehousestudios.com **w** smokehousestudios.com 📇 Contact: Paul Madden 07860 109612.

Speed Music Plc Speed Music, 195 Caerleon Road, Newport, South Wales, NP19 7HA **t** 01633 215577 **e** info@speedmusic.co.uk **w** speedmusic.co.uk **f** facebook.com/group.php?gid=130806610278301 📇 myspace.com/speedmusicswansea **t** twitter.com/#!/SpeedNewport 📇 Manager: Nick Fowler.

Recording Studios & Services: Studio Design & Construction, Studio Misc.

Advertisers' Index

Advertisers

PPL	Inside front cover

Record Companies
Demon Music Group	5

Publishers
Songlink	55

Digital
Music Portals & Online Magazines
The Official Charts Company	105

Design, Pressing & Distribution
Code 7 Music Distribution	117

Pressers & Duplicators
Sounds Good Ltd	119
Clear Sound And Vision Ltd	121

Mastering & Post Production
Sound Performance	123

Printers & Packaging
The Box Set Co	127
Clear Sound And Vision Ltd	128
Senol Printing Ltd	129
Project Packaging	130

Art & Creative Studio
White Label Productions Ltd	131

Business Services
Web Sheriff	145

Accountants
Bevis & Co	151

Legal
DWFM Beckman Solicitors	157
Music Royalty Investigations	159

Media
IMD Fastrax	199

Press & Promotion
Open Door PR	235

Promoters & Pluggers
Shoot Promotions Ltd	239

PR Companies
Chuff Media	243
Fifth Element PR	245

Live
Concert Live Ltd	261
John Henry's Ltd	262

Travel & Transport Services
Studio Moves	307

Recording Studios & Services
Metropolis Group Ltd	311
Hillside Recording Studio	312
BMI Broadcast Music Incorporated	Outside back cover